Sturmjahre
Samantha Hardgrave hat einen dornenreichen Weg vor sich, um als Ärztin anerkannt zu werden: Im Jahr 1881 bricht sie ein Tabu, als sie beschließt, sich in der Männerwelt der Medizin durchzusetzen. Mit Energie und einem unbändigen Willen verfolgt sie ihr Ziel: den unaufgeklärten Frauen zu helfen, die mit angeblich heilenden Elixieren süchtig gemacht werden. Doch Samantha muß für ihren beruflichen Erfolg viele private Niederschläge einstecken.

Herzflimmern
Drei junge Frauen begegnen sich während des Medizinstudiums in den späten sechziger Jahren, bereit, um ihren Platz in der Männerwelt der Medizin zu kämpfen. Jede will einer schmerzvollen Vergangenheit entrinnen, jede einen persönlichen Traum verwirklichen. Nach der gemeinsamen Zeit des Studiums gehen die drei Freundinnen getrennte Wege. Jedoch sind ihre Schicksale auf dramatische Weise miteinander verflochten.

Barbara Wood, 1947 in England geboren, wuchs in Kalifornien auf. Sie arbeitete nach ihrem Studium zehn Jahre als OP-Schwester in einer neurochirurgischen Klinik, bevor sie ihr Hobby zum Beruf machte und Schriftstellerin wurde. Inzwischen hat sie mehrere sehr erfolgreiche Romane geschrieben, die in ihren deutschen Verlagen Krüger und Fischer Taschenbuch erscheinen. Barbara Wood bereist alle Länder, in denen ihre Romane spielen, und unternimmt sorgfältige Recherchen. Sie lebt in Kalifornien.

Im Fischer Taschenbuch Verlag ist das Gesamtwerk von Barbara Wood erschienen: ›Seelenfeuer‹ (Bd. 15036), ›Herzflimmern‹ (Bd. 28368), ›Sturmjahre‹ (Bd. 28369), ›Lockruf der Vergangenheit‹ (Bd. 10196), ›Bitteres Geheimnis‹ (Bd. 10623), ›Rote Sonne, schwarzes Land‹ (Bd. 16574), ›Haus der Erinnerungen‹ (Bd. 10974), ›Traumzeit‹ (Bd. 16569), ›Der Fluch der Schriftrollen‹ (Bd. 15031), ›Spiel des Schicksals‹ (Bd. 12032), ›Nachtzug‹ (Bd. 15032), ›Das Paradies‹ (Bd. 16572), ›Die sieben Dämonen‹ (Bd. 12147), ›Die Prophetin‹ (Bd. 16573), ›Himmelsfeuer‹ (Bd. 16571), ›Kristall der Träume‹ (Bd. 15954) und ›Das Haus der Harmonie‹ (Bd. 16570).

Unsere Adresse im Internet: www.fischerverlage.de

Barbara Wood

Sturmjahre
Herzflimmern

2 Romane

Aus dem Amerikanischen von
Mechtild Sandberg

Fischer Taschenbuch Verlag

Limitierte Sonderausgabe
Veröffentlicht im Fischer Taschenbuch Verlag,
einem Unternehmen der S. Fischer Verlag GmbH,
Frankfurt am Main, November 2004

Sturmjahre
Die amerikanische Originalausgabe erschien 1983
unter dem Titel »Domina«
bei Doubleday & Company, Inc., New York
© Barbara Wood 1985
Für die deutsche Ausgabe:
© Fischer Taschenbuch Verlag, einem Unternehmen der
S. Fischer Verlag GmbH, Frankfurt am Main 1990
Herzflimmern
Die amerikanische Originalausgabe erschien 1985
unter dem Titel »Vital Signs«
bei Doubleday & Company, Inc., New York
© Barbara Wood 1985
Für die deutsche Ausgabe:
© Fischer Taschenbuch Verlag, einem Unternehmen der
S. Fischer Verlag GmbH, Frankfurt am Main
Gesamtherstellung: Clausen & Bosse, Leck
Printed in Germany
ISBN 3-596-50826-6

Band 1
Sturmjahre

Prolog
New York, 1881

Sie hatte einen merkwürdigen Traum gehabt. Sein Inhalt hatte sich verflüchtigt, aufgelöst im morgendlichen Sonnenlicht, das durch das Fenster strömte, aber die düster beklemmende Stimmung wirkte noch nach. Vor irgend etwas hatte sie große Angst gehabt, aber sie konnte sich nicht mehr erinnern, was es gewesen war. Vorahnungen? Ein Blick in die Zukunft?

Ach was, sagte sie sich, Träume sind Schäume. Kopfschüttelnd, wie um sich von den dunklen Schleiern zu befreien, setzte sie sich auf und glitt aus dem Bett. Ehe sie ins Badezimmer lief, trat sie zum Fenster, um einen Blick hinauszuwerfen. Schamhaft im Verborgenen bleibend, schob sie den Chintzvorhang zur Seite. Die Straße war belebt, wie es in dem verschlafenen kleinen Lucerne nur äußerst selten vorkam. Kutschen rollten vorüber, Pferde trabten mit klirrenden Eisen über das Kopfsteinpflaster, Kinder und Hunde jagten umher, ehrwürdige Herren in Gehrock und Zylinder bevölkerten die Bürgersteige.

Aber keine Frauen waren zu sehen.

Stirnrunzelnd zog sich Samantha vom Fenster zurück. Die Frauen würden also nicht kommen...

Bei ihrer Ankunft vor zwei Jahren hatten sich die Frauen von Lucerne gegen sie zusammengeschlossen. Sie hatten ihr Unterkunft verweigert und sie auf der Straße geschnitten. In jenen ersten einsamen Tagen war Samantha für die Frauen des Städtchens ein Objekt kalter Verachtung gewesen, für die Männer der Gegenstand frivoler Spekulation. Welche junge Frau setzte sich schließlich in einen Unterrichtsraum voller junger Männer und hörte sich mit ihnen gemeinsam Vorträge über Dinge an, die für die Ohren anständiger Frauen wahrhaftig nicht geeignet waren? Es war klar, daß Samantha Hargrave eine Bedrohung für die Moral der einheimischen Jugend darstellte.

Samantha hatte gehofft, diese Vorurteile und Ängste hätten sich im Verlauf der vergangenen zwei Jahre gelegt. Wenn aber die Frauen auch der Abschlußfeier an diesem Tag fernblieben, so konnte das nur bedeuten, daß sie an ihrer Mißbilligung Samanthas festhielten.

Tief getroffen, aber entschlossen, sich durch den Boykott den Tag nicht verderben zu lassen, holte Samantha Hargrave einmal tief Atem und begann mit der Morgentoilette.

Nachdem sie Wasser aus dem Porzellankrug in die Schüssel gegossen

hatte, hielt sie einen Moment inne und musterte ihr Bild im Spiegel über dem Waschtisch. Es wunderte sie beinahe, daß sie nicht anders aussah als am Tag zuvor, obwohl doch mit dem neuen Tag auch ein neuer Lebensabschnitt für sie begann. Sonst durchaus zufrieden mit ihrem Aussehen, dachte sie jetzt mit einem Anflug von Ironie: zu hübsch. Und nicht alt genug.
Wagte man es als Frau, den Arztberuf zu ergreifen, so mußte man ständig um Anerkennung kämpfen; war die Frau dazu noch jung und hübsch, so hatte sie kaum eine Chance. Während Samantha vor dem Spiegel stand, versuchte sie, sich wie eine Fremde zu betrachten, ihr Gesicht objektiv zu sehen: die hohe, gewölbte Stirn, die schmale Nase, der weiche Mund mit den leicht aufgeworfenen Lippen – lauter Hemmnisse für eine junge Frau, die ihren Weg in einer Männerwelt machen wollte. Wird man mich als Ärztin je ernst nehmen, fragte sie sich zweifelnd.
Ihre Augen, das wußte sie, waren das Ungewöhnlichste und Faszinierendste an ihrem Gesicht. Von langen, dunklen Wimpern umkränzt, lagen sie wie Katzenaugen unter den schön geschwungenen Brauen. Das helle, beinahe durchsichtige Grau der Iris, von einem schwarzen Ring umrandet, erweckte bei vielen Menschen den Eindruck, sie könne klarer und tiefer sehen als die meisten.
Samantha nahm ihre morgendliche Reinigung wie viele Frauen vor. Auf einer Gummimatte stehend, rieb sie ihren Körper mit Seife ein und wusch mit Wasser aus der Schüssel nach. Eine Sitzbadewanne, wie in den Häusern der Wohlhabenden und Fortschrittlichen, gab es hier noch nicht. Nachdem sie sich abgetrocknet hatte, nahm sie ihr Korsett aus Baumwolltwill und schnürte es mit flinken Händen, aber nicht so fest, daß es ihr die Luft nahm. Samantha konnte sich glücklich preisen: von Natur aus schlank und zierlich gebaut, hatte sie es nicht wie viele andere Frauen nötig, sich um der modischen Wespentaille willen so gewaltsam einzuschnüren, daß nachher nur noch eine Dosis Morphium gegen die Schmerzen half.
Als sie in ihre Spitzenhose stieg und sie an den langen, wohlgeformten Beinen emporzog, fiel ihr plötzlich etwas ein, und sie mußte lächeln. Damals allerdings hatte sie nicht gelächelt.
Vor zwei Jahren, an ihrem ersten Tag am Lucerne Medical College, hatten ihre männlichen Kommilitonen sie mit grausamem Gesang empfangen.

Wie lange schien das her zu sein! Zwei kurze Jahre, und so vieles hatte sich verändert. Die größte Veränderung hatte sie selber durchgemacht.

Zaghaft und voller Ängste war sie gewesen, als sie an einem Oktobertag des Jahres 1879 zum erstenmal den Hörsaal betreten hatte. Unter den unverschämten Blicken der jungen Männer, die bereits Platz genommen hatten, wäre sie am liebsten in den Boden versunken. Die Grausamkeiten, die sie ihr angetan hatten! In der Rückschau konnte Samantha kaum glauben, daß sich das alles wirklich zugetragen hatte. Ja, es hatte sich viel verändert seither.
Sie begann, ihr Leinenhemd zuzuknöpfen. Wie herrlich wäre dieser Tag, wenn *er* käme. Sie ließ die Hände sinken und erlaubte sich, einen Moment sein Bild heraufzubeschwören und von ihm zu träumen. Nein, Joshua würde nicht kommen. Ebensogut hätte sie das Paradies herbeiwünschen können.
Ein Kleid, wie das, welches sie an diesem Tag anziehen würde, hatte sie nie zuvor besessen. Sie war ihr Leben lang arm gewesen, hatte, solange sie denken konnte, jeden Penny zweimal umdrehen müssen. Die Hoffnung, daß sich alle ihre Opfer eines Tages lohnen würden, hatte ihr die Kraft und die Zuversicht gegeben, dieses armselige Leben auszuhalten. Und nun war dieser Tag gekommen. Die Schneiderin in Canandaigua hatte ein wahres Traumkleid für sie genäht.
Sie hatten ein zartes Perlgrau gewählt, das mit der Farbe ihrer Augen in Einklang stand, und hatten alle Modejournale nach einem Modell durchgesehen. Schließlich hatten sie sich für eine Kreation Worths entschieden, des derzeit berühmtesten Modeschöpfers, und es beim Zuschnitt so verändert, daß es Samanthas schlanke Anmut voll zur Geltung brachte. Die Turnüre, die in den modisch eleganten Kreisen Europas immer stärker betont wurde, spielten sie etwas herunter; den Rock, den die Damen der Pariser Gesellschaft schockierenderweise inzwischen nur noch knöchellang trugen, hatten sie bodenlang gelassen. Das knapp sitzende Mieder reichte bis zu den Hüften, der füllige Rock darunter war vorn gerafft und hinten über einem Drahtgestell zur Turnüre hochgezogen. Die schmalen Ärmel und der hohe Kragen waren mit gerüschten Valenciennesspitzen besetzt.
Mit Knopfstiefelchen und einem Federhütchen auf dem hochgesteckten schwarzen Haar komplettierte Samantha ihr elegantes Kostüm. Jetzt brauchte sie nur noch die Handschuhe überzustreifen und zur Tür hinauszugehen.
Doch sie blieb noch. Sie faltete die Hände, schloß die Augen und sprach leise ein Methodistengebet ihrer Kindheit. Mit flüchtiger Trauer dachte sie an ihren Vater, bedauerte, daß er diesen Tag nicht erleben konnte, und dankte Gott für seinen Beistand auf ihrem Weg zu diesem Tag.

Ruhiger jetzt, nahm sie die grauen Wildlederhandschuhe und ging zur Tür hinaus.

Professor Jones erwartete sie im Salon. Seit einer halben Stunde marschierte er im Zimmer auf und ab, wie ein aufgeregter Brautvater. Als er endlich Samantha an der offenen Tür stehen sah, strahlte er.
Sie lächelte. Auch für ihn war dies ein großer und besonderer Tag. Aller Aufmerksamkeit war auf diesen stattlichen Mann mit der rosigen Glatze und den Koteletten gerichtet, der den Konventionen seiner Gesellschaft so mutig getrotzt hatte. Zum erstenmal in der Geschichte der Hochschule hatten sich Vertreter der Presse zur Abschlußfeier angesagt. Der Dekan des Lucerne Medical College war in diesem Moment so nervös, daß er keine Worte fand.
Samantha erlöste ihn. »Wollen wir gehen, Doktor?« sagte sie.
Als sie vor das Haus traten, blieb Samantha plötzlich stehen und legte die Hand über die Augen, als wolle sie sie vor der blendenden Sonne schützen. In Wahrheit brauchte sie einen Moment der Besinnung, um sich gegen die neugierigen Blicke der Männer auf der Straße zu wappnen. Aber ihre Geste wirkte durchaus natürlich: Der Canandaigua See jenseits der grünen Hänge über der Main Street lag in gleißendem Licht. Als Samantha die Hand von den Augen zog, sah sie den See und die ihn umgebende Landschaft im Frühlingsglanz vor sich liegen. Lichtgrüne Felder und Weinpflanzungen bedeckten die Hänge der sanft gewellten Hügel, zwischen denen der See eingebettet lag. Einen Moment war Samantha wie verzaubert, dann bemerkte sie die Blicke der Männer, und der Bann war gebrochen.
Ach, wären die Frauen doch auch gekommen, dachte Samantha, während sie am Arm von Professor Jones dem Collegegebäude entgegenging. Warum können sie diesen Tag nicht als unseren gemeinsamen Triumph sehen, einen Sieg aller Frauen?
Es hatte keinen Sinn, sich darüber den Kopf zu zerbrechen. Die Frauen würden nicht kommen; nicht einmal kleine Mädchen waren auf den Straßen zu sehen.
Als sie auf die kleine Holzbrücke trat und in das Wasser des Bachs hinunterschaute, der das Collegegelände vom Ort trennte, überkam sie plötzlich Wehmut. Das letztemal ging sie heute diesen Weg. Während Jones in der versammelten Menge unruhig nach einem Mann Ausschau hielt, den er nirgends entdecken konnte, erinnerte sich Samantha mit leiser Trauer an den Tag, als sie das erstemal hierher gekommen war.
Das imposante Hauptgebäude der Schule, das keine hundert Meilen von

der Grenze zum Gebiet der Mohawk-Indianer stand, nahm sich neben den Holzschindelhäusern des Grenzstädtchens deplaciert aus. Es war ein wuchtiger weißer Bau mit einer Giebelfassade über einer tiefen Säulenhalle. Den Mittelpunkt bildete die gewaltige Rotunde, um die sich Hörsäle, Aula, Labors, Bibliothek und Verwaltungsräume gruppierten. Es hieß, Thomas Jefferson, der eine Vorliebe für den massiven Baustil der Römer gehabt hatte, hätte den Bau entworfen. Samantha fand ihn monströs.

Zwei Jahre zuvor hatte sie hier an diesem Ort gestanden und Professor Jones zugehört, der die indianische Sage erzählt hatte. Ein irokesisches Liebespaar, dessen Liebe unter einem Unstern stand, hatte an diesem Ort auf tragische Weise den Tod gefunden. Ihre Geister, so hieß es, irrten bei Nacht durch die Räume, ewig auf der Suche nach Vereinigung.

Es war nichts Merkwürdiges daran, daß sie gerade in diesem Augenblick an Geister denken mußte; sie war ja von ihnen umgeben. Sie waren alle gekommen, diesen Tag des Triumphs mit ihr zu feiern: ihr Vater, Samuel Hargrave, der strenge und unversöhnliche Diener Gottes; ihre Brüder, rastlos und unglücklich; Isaiah Hawksbill; Freddy, der Freund ihrer Kindheit. Und ihre Mutter, war sie auch gekommen?

Sie dachte an Hannah Mallone, und einen Moment lang überfiel sie tiefe Traurigkeit. Das ist für dich, liebste Freundin, das ist unser Erfolg.

Die Studenten, die sich im Schatten der tiefen Säulenhalle vor dem Hauptgebäude versammelt hatten, waren unruhig. Wie junge Pferde, die gerade erst gelernt haben, am Zügel zu gehen. Sie wollten lachen und schreien und in wildem Überschwang ihre Hüte in die Luft werfen, aber die ernste Feierlichkeit des Augenblicks und die Forderungen der Tradition verboten es ihnen.

Nun versammelten sich auch die Dozenten, und einige stutzerhafte Reporter in großkarierten Jacketts mischten sich in die Menge. Professor Jones entschuldigte sich mit einer Bemerkung über einen Mr. Kent, mit dem er etwas zu besprechen habe, und Samantha gesellte sich zu einer Gruppe Studenten, die in ruhigem Gespräch beieinander stand.

Händeringend drängte sich Professor Jones auf der Suche nach Simon Kent durch das Gewühl. Wo konnte der Mann nur geblieben sein?

Samantha war an Professor Jones' Dilemma schuld, obwohl sie davon keine Ahnung hatte. Einige Wochen zuvor hatte einer der Dozenten den Dekan darauf aufmerksam gemacht, daß die übliche Urkunde, die den Studenten beim erfolgreichen Abschluß ihres Studiums ausgehändigt wurde, für Samantha nicht taugte. Die Urkunden waren in lateinischer Sprache abgefaßt und einzig auf männliche Absolventen bezogen. Der neue Titel der Absolventen lautete *Domine*, was etwa gleichbedeutend war mit Meister. Müsse man nicht, hatte der Dozent gemeint, einen entsprechenden Titel für Miss Hargrave schaffen? Das gesamte Kollegium hatte sich zur Beratung zusammengesetzt, und man hatte sich schließlich auf den Titel *Domina* geeinigt.

Das nächste Problem war die Erstellung einer passenden Urkunde gewesen. Üblicherweise wurden die Urkunden serienmäßig hergestellt, so daß man vor der Übergabe nur noch den Namen des jeweiligen Absolventen einzusetzen brauchte. Jetzt mußte dringend einer mit schöner Handschrift her, der eine entsprechende Urkunde mit den nötigen Änderungen abfassen konnte. Man hatte den Auftrag Simon Kent gegeben, einem Bauern aus der Umgebung. Er hätte die Urkunde am Tag vor der Feier liefern sollen, doch aus unerfindlichem Grund war er bis jetzt nicht bei Professor Jones erschienen.

Nicht nur peinlich, verheerend würde es sein, wenn Kent nicht kommen sollte! Das Lucerne Medical College machte an diesem Tag Geschichte. Die Augen der Welt waren auf Professor Henry Jones gerichtet. Sogar aus Michigan war ein Reporter gekommen. Dieser Tag würde über Erfolg oder Mißerfolg seines kühnen und viel kritisierten Experiments – eine Frau an einem Männer-College zuzulassen – entscheiden. Seine Kritiker würden sich diebisch freuen, wenn der Tag mit einer Blamage für ihn enden sollte. In höchster Verzweiflung setzte Professor Jones seine Suche fort.

»Entschuldigen Sie!«

Samantha drehte sich um. Ein großer, bulliger Mann, den Hut auf den Hinterkopf geschoben, drängte sich zu ihr durch.

»Miss Hargrave! Kann ich Sie einen Moment sprechen?« Er hielt einen Stift in der einen und einen Schreibblock in der anderen Hand. »Jack Morley vom *Baltimore Sun*. Ich hätte Ihnen gern einige Fragen gestellt.«

»Die Prozession fängt gleich an, Mr. Morley.«

»Wie fühlt man sich als erste Medizinerin, die von einem Männercollege abgeht?«

»Ich bin nicht die erste, Sir. Dr. Elizabeth Blackwell war mir dreißig Jahre voraus.«

»Ja, sicher, sie war die allererste, aber seitdem hat es so was nicht mehr gegeben. Dr. Blackwell ist eigentlich nur durch einen glücklichen Zufall 'reingekommen, und nachdem sie ihr Studium abgeschlossen hatte, wurden an diesem College keine Frauen mehr zugelassen. Ich hörte, daß Sie erbittert darum gekämpft haben, in Harvard aufgenommen zu werden.«

»Ich habe mich in Harvard beworben und wurde abgelehnt.«
»Darf ich fragen, warum Sie gerade in ein Männercollege wollten? Es gibt doch genug Frauencolleges.«
Samantha legte einen Finger an ihr Kinn. »Mir lag daran, die bestmögliche medizinische Ausbildung zu bekommen, Sir. Da wir in einer Männerwelt leben, in der das Beste den Männern vorbehalten ist, sagte ich mir, daß ich eine solche Ausbildung nur in einem Männercollege bekommen würde. Vielleicht wird sich das eines Tages ändern.« Sie ging davon.
»Sie reden wie eine Lucy Stoner«, rief der Reporter ihr nach.
Der Zug bildete sich schon; in Zweierreihen sollten sie in die Kirche einziehen. Über Samanthas Position innerhalb des Zuges hatte es viele Diskussionen gegeben. Schließlich war man überein gekommen, daß sie an Professor Jones' Arm an der Spitze des Zuges gehen sollte. Doch Samantha hatte es abgelehnt, aufgrund ihres Geschlechts in eine Sonderstellung gedrängt zu werden. Sie war drittbeste Absolventin ihres Jahrgangs, also würde sie auch in der Prozession an dritter Stelle gehen.
Während Dozenten und Studenten Aufstellung nahmen, hielt Henry Jones noch einmal verzweifelt nach Simon Kent Ausschau, konnte ihn aber nirgends entdecken.
Die Hörner schmetterten, und Henry Jones begab sich eilig an die Spitze des Zugs, um das Zeichen zum Aufbruch zu geben. Die Indianer, Angehörige des Stammes der Senecas in Stammestracht, stimmten auf Trompeten und Posaunen ein blechernes ›America‹ an, und der Zug setzte sich in Bewegung.

Die presbyterianische Kirche, wo alle Gemeindeversammlungen abgehalten wurden, stand am Ortsrand, keine halbe Meile von der Rotunde entfernt. Die Prozession brauchte zehn Minuten, um den Weg zurückzulegen, und in dieser Zeit fand Samantha ihre Ruhe wieder. Doch als die Menge der Männer vor der Kirche in Sicht kam, befiel neue Unsicherheit sie.
Kutschen und Fuhrwerke aller Art hielten auf dem Platz, Pferde schnaubten ungeduldig, Hunde und kleine Kinder tollten herum, Reporter warteten, Fotografen mit ihren großen Stativkameras; es war wie auf dem Rummelplatz. Viele waren nur Samanthas wegen gekommen. Sie war eine Sensation für die Leute. Aus weitem Umkreis waren sie zusammengelaufen, um dieses kuriose Frauenzimmer zu begaffen, das unter lauter Männern Medizin studiert hatte.
Vor der Treppe hielt der Zug an, um den Fotografen Gelegenheit zu ge-

ben, ihre Aufnahmen zu machen. Den Kopf unbewegt, das Gesicht nach vorn gerichtet, ließ Samantha den Blick über die Menge schweifen und zuckte plötzlich zusammen. Joshua!

Aber nein – der Mann auf der Treppe drehte sich um, und sie sah, daß es nicht Joshua war; nur ein Mann gleicher Größe und gleicher Haarfarbe. Wie albern von ihr, auch nur einen Moment lang zu glauben, er könnte gekommen sein. Mehr als eineinhalb Jahre waren vergangen, seit sie sich gelobt hatte, ihn nie wiederzusehen.

Samantha straffte die Schultern. Sie hörte, wie das Portal der Kirche geöffnet wurde, und dachte, wenn ich ihn nicht haben kann, will ich überhaupt keinen Mann.

Während sie mit klopfendem Herzen darauf wartete, daß der Zug sich in die Kirche hineinbewegte, dachte sie, daß es so ähnlich sein müsse, wenn man heiratete. Und in gewisser Weise heirate ich ja auch wirklich, sagte sie sich. Als Miss Hargrave gehe ich in die Kirche hinein und als Dr. Hargrave werde ich wieder herauskommen. Dies ist mein Hochzeitstag, einen anderen wird es nicht geben.

Während sie nun dort stand, hatte sie das Gefühl, am Ufer eines weiten, von Nebeln verdunkelten Meeres zu stehen, das zu erreichen sie Hunderte von Meilen gegangen war, nur um zu entdecken, daß sie weiter mußte. Vieles hatte sie erreicht, viele Kämpfe hatte sie gewonnen, viele Hindernisse überwunden, und doch hatte sie noch lange nicht das Ende ihres Wegs erreicht. Wohin würde dieser Weg sie führen?

Wenn nur die Frauen gekommen wären!

Erster Teil
England, 1860

1

Wohl zum dreißigsten Mal in dieser einen Stunde schrie die Frau laut auf. Ihr Schrei zerriß den feingesponnenen Frieden des Frühlingsabends und drang durch alle Mauern des Hauses. Die Hebamme, eine schwarze Silhouette im trüben Licht, beugte sich über die wimmernde Felicity Hargrave.
»Da stimmt was nicht«, murmelte sie vor sich hin. Sie drückte sich ihre Hand ins Kreuz, richtete sich auf und streckte sich ausgiebig. Dann nahm sie die Flasche mit dem Stärkungsmittel, das sie für Felicity mitgebracht hatte, und nahm einen kräftigen Schluck.
Diese Geburt ließ sich gar nicht gut an, und der Ehemann, der unten saß, war auch keine Hilfe. Man sollte meinen, ein Mann würde seiner leidenden Frau einen Schluck Arznei gönnen, wenn das die Schmerzen linderte. Aber nicht Samuel Hargrave. Der hatte die Anwendung jeglicher Medizin bei der Entbindung ausdrücklich verboten. Jammerschade, wahrhaftig, zumal Mrs. Cadwalladers Köfferchen besser bestückt war als das der meisten Hebammen in London. Sie führte Opium und Belladonna mit sich; Mutterkorn, um die Wehen einzuleiten und die Blutungen zu stillen; ein Sortiment von Kräutern und volkstümlichen Heilmitteln; und dazu eine Flasche starken Wacholderschnaps.
Sie korkte die Flasche wieder zu und stellte sie zu Boden, ehe sie sich wieder vornüber neigte und mit ihren kräftigen Händen über den angeschwollenen Leib strich. »Kommen Sie, Kindchen«, schmeichelte sie. »Kommen Sie, lassen Sie's los.«
Felicity stöhnte auf und schrie erneut, so markerschütternd, daß Mrs. Cadwallader meinte, man müsse den Schrei bis nach Kent hinunter gehört haben.
Sie richtete sich auf und schnalzte leise mit der Zunge. »Zwanzig Stunden geht das jetzt schon so«, brummte sie. »Und dabei ist es ihr drittes. Da kann was nicht stimmen.« Sie seufzte tief. »Wird wohl nichts anderes übrig bleiben als die Feder.«
Schnaufend hob sie ihr Köfferchen vom Boden auf und nahm eine Feder und ein Fläschchen heraus. Nachdem sie das Fläschchen geöffnet hatte, tauchte sie die Feder ganz in das weiße Niespulver und schob sie dann Felicity tief ins Nasenloch.

»Schön hochziehen, Kindchen. So ist's gut.«
Mrs. Cadwallader ließ sich zwischen Felicitys gespreizten Beinen wieder auf die Knie sinken und machte sich auf die unvermeidliche Konsequenz ihrer Aktion gefaßt – ein explosives Niesen und die jähe Ausstoßung des Kindes.
Felicity Hargrave stöhnte laut, als die nächste Wehe sich ankündigte. Sie holte einmal tief Atem, hielt einen Moment die Luft an und nieste dann so gewaltsam, daß es ihren Körper in die Höhe schleuderte. Gleichzeitig schoß ein kleines Beinchen aus dem Geburtskanal, den Mrs. Cadwallader eine Stunde zuvor mit Gänseschmalz eingefettet hatte.
Die dicke Hebamme zog die Brauen hoch. »So ist das also. Tja, da kann ich beim besten Willen nichts mehr tun.«

Der Mann und die beiden Jungen saßen mit düsteren Gesichtern um den Eßtisch. Ihre Köpfe waren gesenkt, und die Hände hatten sie vor sich gefaltet. Das Geschirr war abgeräumt; nichts stand auf dem Tisch außer der Öllampe, die die drei Gesichter in gelbliches Licht tauchte. Samuel Hargrave, Felicitys Mann, betete; Matthew, der Sechsjährige, starrte mit kohlschwarzen Augen in das Licht der Lampe; James, der Neunjährige, knetete seine Hände und kaute auf der Unterlippe. Immer wieder sah er seinen Vater hilfesuchend an, doch er bekam keinen Beistand.
Samuel Hargrave, in tiefer Zwiesprache mit Gott, hatte die Hände so fest ineinander gekrampft, daß die Knöchel weiß hervortraten. Seit vier Stunden saß er nun schon so, ohne auch nur ein Anzeichen von Ermüdung zu zeigen. Er war so versunken, daß er nicht einmal Mrs. Cadwallader die Treppe herunterkommen hörte.
»Vater«, flüsterte James, voller Angst beim Anblick des ernsten Gesichts der Hebamme.
Samuel hatte Mühe, aus seiner Versunkenheit herauszufinden. Langsam kehrte sein Blick aus transzendenten Bereichen zurück und richtete sich auf die Hebamme.
»Wir schaffen's nicht, Sir. Das Kind hat Steißlage, noch dazu die schlimmste. Ein Bein unten, das andere oben beim Kopf.«
»Können Sie das Kind nicht drehen?«
»In dem Fall nicht, Sir. Da muß ich mit der ganzen Hand rauf, und das schaff' ich nicht, weil Ihre arme Frau sich so verkrampft. Sie braucht einen richtigen Arzt, Sir.«
»Nein«, entgegnete Samuel so rasch und entschieden, daß die Hebamme ihn erschreckt ansah. »Ich erlaube nicht, daß ein Mann meine Frau in ihrer Scham sieht.«

Mrs. Cadwallader fixierte ihn mit scharfem Blick. »Wenn Sie verzeihen, Sir, es ist keine Sünde, Ihre Frau von einem *Arzt* anschauen zu lassen. Das sind anständige Herren, Sir, die interessieren sich überhaupt nicht für so was, wenn Sie verstehen, was ich meine –«
»Kein Arzt, Mrs. Cadwallader.«
Die Hebamme warf sich in die Brust. »Nehmen Sie's mir nicht übel, Sir, aber zu langem Hin und Her haben wir jetzt keine Zeit. Ihre Frau und das Baby sind in großer Gefahr. Wir müssen uns beeilen, Mr. Hargrave.«
Samuel stand von seinem Stuhl auf. Seine große Gestalt warf lange Schatten. Matthew und James starrten stumm zu ihm auf. Sein Rücken, seit langem schon gekrümmt von der täglichen Arbeit am Schreibpult auf dem Standesamt, wirkte an diesem Abend noch runder, wie von einer schweren Last gebeugt. Samuel zog ein Taschentuch heraus und tupfte sich die Stirn.
Mrs. Cadwallader wartete ungeduldig. Sie mochte Samuel Hargrave nicht – kaum jemand mochte ihn; seine strenge Methodistenfrömmigkeit schreckte fast jeden ab. Die Hebamme war nur Felicitys wegen gekommen.
Samuel sprach, als stünde er auf der Kanzel. »Mrs. Cadwallader, es wäre eine tödliche Demütigung für meine Frau, wenn ein Mann ihr christliches Schamgefühl verletzte. Es ist ebensosehr ihr Wunsch wie der meine –«
»Dann fragen Sie sie doch jetzt mal, Mr. Hargrave, ob sie nicht einen Arzt haben will!«
Samuel sandte einen gequälten Blick zur Zimmerdecke und zuckte zusammen, als von oben ein neuerlicher Schmerzensschrei erklang.
Der neunjährige James starrte mit klopfendem Herzen zu seinem ehrfurchtgebietenden Vater auf, der selbst zu Hause noch den schwarzen Gehrock und das weiße Hemd mit der gestärkten weißen Halsbinde trug. Nie zuvor hatte er seinen Vater unschlüssig gesehen.
Während die Hebamme einen Schritt näher trat und sich breitbeinig, die Hände in die ausladenden Hüften gestemmt, vor Samuel Hargrave hinstellte, glitt James lautlos und unbemerkt von seinem Stuhl.
»Sie können's mir glauben, Mr. Hargrave. Ihre Frau braucht einen Arzt. Ich weiß einen guten, anständigen Mann in der Tottenham Court Road gleich bei der Great Russell Street. Dr. Stone ist ein Ehrenmann, glauben Sie mir. Ich hab' oft genug gesehen, wie er –«
»Nein, Mrs. Cadwallader.«
Während die Hebamme Samuel Hargrave mit mühsam unterdrückter

Empörung anstarrte, schlich sich James leise in den dunklen Flur hinaus.
»Wirklich, Mr. Hargrave, Ihre Frau braucht Hilfe.«
Samuel senkte den Kopf und funkelte die Hebamme so zornig an, daß diese zurückwich. »Dann würde ich vorschlagen, Mrs. Cadwallader, daß Sie wieder auf Ihren Posten gehen und ihr helfen.« Er wandte sich abrupt ab und zog sich seinen Stuhl heran. »Und ich werde beten.«
Mrs. Cadwallader stapfte wütend die Treppe wieder hinauf, und Samuel senkte den Kopf über seine gefalteten Hände. Niemand merkte, daß James verschwunden war.
Als einige Zeit später die Haustür leise geöffnet wurde, und von einem Hauch feuchter Nachtluft begleitet, der kleine James in den Flur schlüpfte, betete Samuel immer noch. James blieb stockstelf stehen und betrachtete ängstlich das schweißnasse, in sich gekehrte Gesicht seines Vaters.
»Vater«, flüsterte er schließlich.
Samuel hob die schweren Lider und zwinkerte mehrmals, ehe er den Blick auf das ungewöhnlich bleiche Gesicht seines Sohnes richtete. James keuchte, denn er war den ganzen Weg gerannt.
»Vater, ich hab' Hilfe geholt.«
Samuel zwinkerte wieder. »Was hast du gesagt, James?«
»Ich habe den Doktor geholt. Er kommt gleich.«
Als Samuel begriff, was der Junge getan hatte, vergaß er seine ganze christliche Frömmigkeit und geriet in unfaßbare Wut. Langsam stand er von seinem Stuhl auf.
»Du hast einen Arzt geholt?«
James wich zurück. »Ja, Vater. Du hast doch nicht gewußt, was du tun sollst, und –«
Mit einem Riesensprung kam Samuel hinter dem Tisch hervor. James sah noch die große Hand, die zum Schlag ausholte, dann klatschte ihm diese Hand mit solcher Wucht ins Gesicht, daß ihm Hören und Sehen verging. Er schrie auf, mehr vor Schreck als vor Schmerz, und drückte sofort eine Hand auf sein linkes Ohr. Samuel packte ihn beim Arm, riß die schützende Hand weg und verabreichte ihm noch einen Schlag auf die Kopfseite. Vergeblich versuchte James, seinem Vater zu entkommen, während dieser immer wieder auf ihn einschlug, aber er wurde erst erlöst, als von der Tür her jemand sagte: »Bin ich hier richtig bei der Familie Hargrave?«
James hob den schmerzenden Kopf und sah durch Tränen den Arzt, Dr. Stone, im Flur stehen.

»Wir brauchen keinen Arzt, Sir«, erklärte Samuel kurz.
Die scharfen Augen hinter den Brillengläsern blitzten, als Dr. Stone den Blick auf James' blutendes Ohr richtete. »Mir scheint, ich bin genau im rechten Moment gekommen.«
Samuel sah zu seinem Sohn hinunter und schien einen Moment lang verwirrt. Dann ließ er den Jungen los, der augenblicklich unter den Tisch kroch, und richtete sich kerzengerade auf.
»Das ist Frauensache, Sir. Ich dulde keinen Mann am Wochenbett.«
Ohne auf eine Aufforderung zu warten, trat Dr. Stone in den Wohnraum. Er war ein kleiner, drahtiger Mann von gut sechzig Jahren, mit einer langen, scharfen Nase und einem buschigen Schnauzbart. Er schlug seinen Zylinder gegen seinen Oberschenkel, um die Feuchtigkeit abzuklopfen und sagte: »Der Junge hat mir gesagt, das Kind hätte Steißlage und Mrs. Cadwallader könne nichts tun.«
Die Hebamme, die James' Geschrei gehört hatte, stand bereits am Fuß der Treppe.
»Gut, daß Sie gekommen sind, Dr. Stone«, sagte sie. »Sie liegt jetzt schon seit fast vierundzwanzig Stunden in den Wehen, und es ist ihr drittes Kind. Das ist nicht normal. Es ist eine Steißlage, und außerdem hat das Kind die Nabelschnur um den Hals. Ich kann's nicht drehen, weil die arme Frau sich sofort verkrampft, wenn ich zupacken will.«
Der Arzt nickte. »Ich will sehen, was ich tun kann.«
»Einen Augenblick, Sir«, rief Samuel. »Ich möchte nicht, daß Sie meine Frau behandeln.«
»Dann stirbt sie«, sagte die Hebamme.
Die Stimme des Arztes war freundlich. »Ich habe schon vielen Kindern auf die Welt geholfen, Mr. Hargrave. Ich respektiere Ihre Empfindungen, aber –«
»Wir bauen auf den Herrn. Er wird uns helfen.«
»Ich diene dem Herrn, Mr. Hargrave. Hat nicht Jesus die Kranken und Siechen geheilt?«
Samuels Gesicht nahm einen gehetzten Ausdruck an. Das Wimmern und Schreien seiner Frau zerriß ihm fast das Herz.
»Vielleicht«, sagte der Arzt tröstend, »sind Ihre Gebete durch mich erhört worden. Vielleicht hat der Herr mich zu Ihnen gesandt. Lassen Sie mich wenigstens nach Ihrer Frau sehen.«
Samuel holte zitternd Atem. »Also gut«, sagte er widerstrebend. »Mrs. Cadwallader, bitte sehen Sie zu –«
»Aber ja, Mr. Hargrave. Ich bleibe bei Ihrer Frau, keine Sorge.«
Dr. Stone legte Samuel die Hand auf die Schulter. »Es wird schon gutge-

hen, glauben Sie mir. Heute, wo wir das neue Betäubungsmittel haben, geht es immer gut.« Er wandte sich der Hebamme zu. »Also, Mrs. Cadwallader, gehen wir hinauf.«
Samuels Gesicht verdunkelte sich. »Was sagten Sie da? Ein neues Betäubungsmittel?«
Dr. Stone hob sein schwarzes Lederköfferchen hoch. »Ich gehe mit der Zeit, Mr. Hargrave. Ich verwende Chloroform. Das wird Ihrer Frau allen Schmerz ersparen.«
»Was!« Samuel trat einen Schritt zurück.
Der Arzt erschrak. Er hatte nicht geglaubt, daß es noch Leute dieses Schlags gab, seit selbst die Königin sieben Jahre zuvor bei der Geburt ihres Sohnes sich hatte Chloroform geben lassen.
»Sie brauchen nichts zu fürchten, Mr. Hargrave. Ich gebe das Chloroform, Ihre Frau wird einschlafen und sich entspannen, und dann kann ich das Kind ohne Mühe drehen. So wird das heute überall gemacht.«
»Aber nicht bei meiner Frau!«
»Es ist die einzige Möglichkeit, Mr. Hargrave. Sonst verlieren Sie beide, Ihre Frau und Ihr Kind.«
Samuels Stimme zitterte. »Der Geburtsschmerz ist uns vom Herrn auferlegt. Ihn zu verhindern ist Gotteslästerung, und Ihr Schlafgas, Doktor, ist Machwerk des Teufels. Der Geburtsschmerz ist die Strafe Gottes an der Frau für die Sünde, die sie im Garten Eden begangen hat, und keine gottesfürchtige Frau würde sich dieser gerechten Strafe entziehen, die alle Frauen auf sich genommen haben, seit Eva Adam mit der verbotenen Frucht verlockte.« Er hob einen zitternden Finger himmelwärts. »›Und zum Weibe sprach er: Unter Schmerzen sollst du deine Kinder gebären.‹«
Dr. Stone bemühte sich, seine Ungeduld zu verbergen. Er hatte geglaubt, dieses Argument, das einst wie ein rasendes Feuer London überzogen hatte, sei tot und begraben. Noch vor zehn Jahren hatte es unter den Ärzten heiße Debatten darüber gegeben, ob man das Chloroform bei Entbindungen verwenden dürfe. Eine Zeitlang hatte es ausgesehen, als würde das Alte Testament den Sieg davontragen; dann jedoch hatte John Snow Königin Victoria unter Anwendung von Chloroform von ihrem Sohn Leopold entbunden, und es war ein allgemeiner Sinneswandel eingetreten. Dieser Mann allerdings schien ihn nicht mitgemacht zu haben.
»›Da ließ Gott der Herr‹«, sagte Dr. Stone ruhig, »›einen tiefen Schlaf fallen auf den Menschen, und er schlief ein. Und er nahm eine seiner Rippen und schloß die Stelle mit Fleisch.‹«
»Wie können Sie es wagen, in meinem Haus derartige Gottlosigkeiten zu

äußern, Doktor! Jehova zum stümperhaften Chirurgen zu degradieren, der Chlorofom braucht, um einen Menschen in Schlaf zu versenken. Der Vergleich ist absurd. Außerdem vergessen Sie, Doktor, daß die wunderbare Erschaffung der Frau aus Adams Rippe geschah, noch *ehe* Gott den Schmerz in die Welt gebracht hatte; in der Zeit der reinen Unschuld.«
Wieder zerriß ein markerschütternder Schrei aus dem oberen Stockwerk die Stille der Nacht.
»Die Schreie einer Gebärenden«, fuhr Samuel bitterernst fort, »sind Musik in den Ohren des Herrn. Sie erfüllen sein Herz mit Freude. Sie sind die Schreie des Lebens und des christlichen Willens zum Leben. Mein Kind wird nicht in dieses Leben eintreten, während seine Mutter schläft und sich der heiligen Handlung, die sie vollzogen hat, nicht bewußt ist. Damit ist die Sache für mich erledigt, Dr. Stone.«
Neville Stone betrachtete einen Moment lang den Mann, der ihm gegenüberstand, taxierte ihn und kam zu dem Schluß, daß es ihm niemals gelingen würde, die versteinerten Überzeugungen dieses Erzmethodisten ins Wanken zu bringen. »Nun gut«, sagte er darum nur und wandte sich mit brüsker Bewegung zur Treppe.
Was er oben sah, ließ ihn einen Augenblick innehalten: Keuchend vor Erschöpfung und stöhnend vor Schmerz lag die Frau auf dem Bett, der gewölbte Leib in zuckender Bewegung, die Beine blutverschmiert. Hastig zog Dr. Stone seinen Gehrock aus und krempelte die Hemdsärmel auf.
Nachdem er sich zwischen die Beine der Gebärenden aufs Bett gekniet hatte, schob er behutsam zwei Finger in die Vagina und folgte mit ihnen dem Verlauf des dünnen Beinchens, das aus dem Gebärmutterhals herabhing. Nach einer raschen Untersuchung setzte er sich zurück. »Es ist so, wie Sie gesagt haben, Mrs. Cadwallader.«
Neville Stone öffnete sein Köfferchen, nahm die Instrumente heraus und legte sie aufs Bett: die Geburtszange, die dazu vorgesehen war, den Kopf des Kindes zu umfassen; ein lange, gebogene Spritze aus Metall, die er von Mrs. Cadwallader mit Wasser füllen ließ, für den Fall, daß er gezwungen sein sollte, das Kind *in utero* zu taufen; mehrere scharfe Skalpelle falls er – was Gott verhüten möge! – gezwungen sein sollte, einen Kaiserschnitt durchzuführen; und schließlich ein hakenförmiges Instrument, das dazu bestimmt war, den Fötus im Mutterleib zu töten und aus dem Geburtskanal zu entfernen.
Vom keuchenden Atmen der Gebärenden begleitet, arbeitete Neville Stone rasch und konzentriert. Seine Besorgnis und sein Unbehagen vertieften sich. Schon die erste Untersuchung hatte ihm gezeigt, daß das Kind nicht ohne weiteres gedreht werden konnte. Da Samuel Hargrave

jedoch die Verwendung von Chloroform ausdrücklich verboten hatte, sah er sich nun vor eine Entscheidung gestellt, vor der er zurückschreckte. Es gab nur zwei Möglichkeiten: Mit einem Kaiserschnitt konnte er das Kind retten, doch die Mutter würde sterben; wollte er die Mutter retten, so mußte er das Kind töten.
Er spürte die ängstliche Besorgnis der dicken Hebamme, die erregt atmend neben ihm stand. Er hörte die röchelnden Atemstöße der Gebärenden und fühlte ihren flatternden Puls. Er dachte an den Mann, der unten saß und betete, und er dachte an seine eigene Schwachheit und Vergänglichkeit.
Sein Blick wanderte zu dem schwarzen Köfferchen.
Vor zehn Jahren hätte es keine Möglichkeit gegeben, dem Konflikt auszuweichen; da hätte er einen der gleichermaßen schrecklichen Wege einschlagen *müssen* und hätte es mit der stoischen Ruhe getan, die er sich in langen Jahren medizinischer Praxis angeeignet hatte. Unzählige Frauen waren im Kindbett gestorben, ehe es das Chloroform gegeben hatte. Jetzt aber, an diesem Tag, gab es eine einfache, lebensrettende Lösung, die ihn von der bedrückenden Last der grausamen Entscheidung befreien konnte. Wenige Tropfen des Wundermittels genügten, und beide, Mutter wie Kind, konnten leben...
Kurzentschlossen griff Neville Stone in sein Köfferchen und entnahm ihm eine Flasche. Während sich die Hebamme näher zu ihm neigte, zog er ein Taschentuch heraus und rollte es zu Trichterform.
»Sie nehmen das Chloroform, Sir?« flüsterte die Hebamme, als er die Flasche aufschraubte.
Er nickte entschlossen. Dann stieg er vom Bett und trat neben die stöhnende Frau. Behutsam legte er das breite Ende des trichterförmig gerollten Taschentuchs über Mund und Nase seiner Patientin und gab einige Tropfen Chloroform darauf.
»Und wie wirkt das?« flüsterte die Hebamme fasziniert, während ein ekelhaft süßlicher Geruch sich im Zimmer ausbreitete.
»Die Flüssigkeit verdampft schon bei Körpertemperatur, und wenn Mrs. Hargrave die Dämpfe einatmet, fällt sie in einen tiefen Schlaf.«
»Und wie nennt man so was?«
Neville Stones Stimme war sanft und beruhigend. Seine Worte galten mehr der Beschwichtigung der Patientin als der Belehrung der Hebamme.
»Vor vier Jahren lieferte uns ein Amerikaner namens Oliver Wendell Holmes das Wort, das wir brauchten, um diesen Tiefschlaf zu beschreiben. Er nannte es *Anästhesie*.«

»Ach, ein Yankee?« Mrs. Cadwallader schniefte mit einiger Geringschätzung. »Also, ich weiß nicht, Sir –«
»Pst!« Er richtete sich auf, ohne das Taschentuch von Felicitys Gesicht zu nehmen. »Sie schläft jetzt ein. Sobald sie tief schläft, hole ich das Kind.«

Der Schweiß fiel in schweren Tropfen von seiner Stirn auf die Tischplatte; seine Hände waren so fest ineinander gekrampft, daß sie zitterten. Mit aller Kraft und Konzentration, die ihm zu Gebote standen, mühte er sich, alles körperliche Empfinden hinter sich zu lassen, um einzig als geistiges Wesen zu existieren. Er spürte nicht das harte Holz des Stuhls auf dem er saß; er dachte nicht an den kleinen Jungen, der unter dem Tisch hockte und die Hand auf sein blutendes Ohr drückte; er nahm nicht einmal wahr, daß oben im Schlafzimmer plötzlich alle Geräusche verstummt waren. Er konzentrierte sich ausschließlich auf die Zwiesprache mit dem Herrn.
Doch Samuels Konzentration war nicht so stark wie sein Wille. Immer wieder schweiften seine Gedanken vom Gebet ab: wie schwierig würde es sein, noch ein drittes Kind durchzubringen; wo sollte er eine vertrauenswürdige Haushälterin finden, die während Felicitys Rekonvaleszenz die Familie versorgen konnte; woher sollte er das Geld für die Grundsteuer auf das Haus nehmen, die demnächst fällig war.
Er schluckte krampfhaft. Das Undenkbare: Wenn Felicity sterben sollte...
Er schluchzte laut auf und brach plötzlich über dem Tisch zusammen. Die Arme seitlich ausgestreckt wie der Gekreuzigte, eine Wange auf die Tischplatte gedrückt, die Augen geschlossen, blieb er liegen. Seine Gedanken schweiften in alle Richtungen. Er ließ sie fliehen, zu schwach, sie weiter in Fesseln zu halten. Sie flogen, kaum verwunderlich, direkt zum Ursprung seiner Qual. Er hatte sich dagegen gewehrt, der unerträglichen Wahrheit ins Auge zu sehen. Er hatte sich, das war ihm wohl bewußt, weniger um Felicitys Rettung als um seines eigenen Seelenheils willen ins Gebet gestürzt. Das, was er jetzt klar und deutlich sah, war die nackte, unausweichliche Tatsache, daß er, Samuel Hargrave, allein die Schuld trug an dieser Unglücksnacht.
Er versuchte jetzt nicht mehr, vor der Wahrheit davonzulaufen. Er stellte sich der Erinnerung an jene Nacht vor neun Monaten, durch die er sich und Felicity zu dieser heutigen Nacht, die die Hölle war, verdammt hatte.
Niemals hatte Samuel in den Jahren, seit er ein Mann geworden war, Lust

und Begierde nachgegeben. Als Junge hatte ihm sein erster und einziger Versuch der Selbstbefriedigung eine äußerst schmerzhafte Tracht Prügel von seinem Vater eingetragen. Als Halbwüchsiger und junger Angestellter auf dem Standesamt hatte er unwillkürlichem Erguß während der Nacht vorgebeugt, indem er allabendlich seinen Penis abgebunden hatte; wenn sein lüsternes Fleisch ihn dann des Nachts verraten wollte, weckte ihn der Schmerz der eng gebundenen Schnur, die in sein Glied einschnitt, und er konnte sich mit kalten Güssen ernüchtern.

Die Hochzeitsnacht mit Felicity hatte ihm höchstes Maß an Selbstkontrolle abverlangt, doch er hatte auch diese Prüfung bestanden. Er hatte seinen ehelichen Pflichten schnell und automatisch Genüge geleistet. Nicht einen einzigen Moment lang hatte er die Freuden des Fleisches genossen, Freude allein in dem Wissen gefunden, daß durch diesen Akt ein neuer Mensch geschaffen wurde, dem Herrn zu dienen. Felicity, die Fügsame, war ihm – Gott sei gelobt – niemals Versuchung gewesen. Nur zweimal hatten sie den Akt vollzogen, und beidemale war sie danach guter Hoffnung gewesen. So einfach erschien Samuel die Enthaltsamkeit, daß er die fleischlichen Begierden anderer nicht verstehen und nicht tolerieren konnte.

Doch nach neun Jahren gottesfürchtigen und keuschen ehelichen Lebens war die Katastrophe hereingebrochen.

Felicity veränderte sich besorgniserregend. Sie wurde teilnahmslos, entwickelte einen Hang, vor sich hin zu träumen, vernachlässigte ihre Pflichten. Nachts warf sie sich rastlos im Bett hin und her und weckte Samuel mehr als einmal mit ihrem Seufzen und Stöhnen. Nach einer Weile entschloß er sich, die Kosten auf sich zu nehmen und einen Arzt zu konsultieren. Der Spezialist in der Harley Street jedoch schüttelte nur ratlos den Kopf, unfähig, für Felicitys Mattigkeit eine Erklärung zu finden.

Wenig später riß ihn eines Nachts unerklärliche Erregung aus dem Schlaf. Als er die Augen öffnete, sah er über sich das wie trunken lächelnde Gesicht Felicitys. Ihr Atem roch nach Laudanum. Er wollte etwas sagen, doch sie legte ihm die Fingerspitzen auf die Lippen, während sie mit der anderen Hand seine nackte Brust streichelte. Samuel wehrte sich gegen die Versuchung, schüttelte Felicity, um sie wieder zu Verstand zu bringen, doch die berauschende Kraft des Opiumtrunks hatte von ihr Besitz ergriffen, und der betörende Anblick ihres weißen Busens, auf den dunkel die schwarzen Locken herabfielen, raubte ihm die Sinne.

An das, was dann geschah, erinnerte sich Samuel nur bruchstückhaft: die Feuchtigkeit ihrer weichen Lippen, der süße Geschmack ihres Mundes,

die Hitze ihres anschmiegsamen Körpers, die erregenden Berührungen ihrer Hände, dann ein schwarzer Strudel der Leidenschaft und der Ekstase.
Am nächsten Morgen war Felicity wieder die, die er neun Jahre gekannt hatte. Es war, als sei der Teufel ausgetrieben worden. Ruhig und zufrieden ging sie ihrer täglichen Arbeit nach, widmete sich geduldig ihren beiden kleinen Söhnen, saß am Abend züchtig mit ihrem Gebetbuch am Kamin. Doch Samuel hatte sich verändert. Entsetzt über seine Schwachheit, sich mit dem unglückseligen Adam vergleichend, der unwillentlich von Eva zur Sünde verführt worden war, suchte er Rettung in der Hingabe an seinen Glauben. Jeden Abend ging er zu den Versammlungen, hielt häufig auch Predigten. Er begann, Traktate zu schreiben und verteilte sie unter die Armen: Abhandlungen über die Übel des Alkohols, des Glücksspiels und der Fleischeslust. Er wurde seinen Söhnen gegenüber unerbittlich streng in dem Bemühen, sie gegen alle teuflische Versuchung zu stählen. Als Felicity ihm einige Wochen nach jener gottlosen Nacht eröffnete, daß sie guter Hoffnung sei, war Samuel bis ins Innerste entsetzt.
Jetzt also strafte ihn der Herr. Es hätte eine leichte Geburt werden müssen; nach dem ersten Kind waren weitere Geburten im allgemeinen kaum mehr als eine Unbequemlichkeit. Dieser Alptraum ließ sich nur mit der rächenden Hand Gottes erklären. In jener Nacht vor neun Monaten hatte der Herr seinen Diener Samuel Hargrave einer Prüfung unterzogen, an der dieser jämmerlich gescheitert war. Nun folgte die Strafe.
Schwerfällig und mit unendlicher Mühe richtete sich Samuel vom Tisch auf und rieb sich das tränennasse Gesicht. Und da wurde ihm plötzlich bewußt, daß es im Haus völlig still geworden war.

Mit ungläubigem Staunen hatte die Hebamme Neville Stone bei seiner Arbeit zugesehen. Ohne Mühe hatte er, nachdem Felicity sich endlich entspannt, die Vagina sich geöffnet hatte, das Kind gedreht und ans Licht der Welt befördert. Nun lag das Neugeborene rot und feucht zwischen Felicitys Beinen.
Seltsamerweise schrie das Kind nicht.
Nachdem Stone die Nabelschnur abgeklemmt und durchtrennt hatte, hob die Hebamme das Kind vom Bett. Gerade, als sie sich abwenden wollte, hörte sie die erstickte Stimme des Arztes. »Oh, mein Gott!«
Sie riß entsetzt die Augen auf, als sie das Blut sah, das hellrot und klar aus dem Schoß der Bewußtlosen strömte.
Stone griff hastig zu seinem Köfferchen und kramte eine Klemme her-

aus, während er mit der anderen Hand ein Tuch in den blutenden Schoß stopfte. »Es ist der Mutterkuchen, Mrs. Cadwallader. Er liegt falsch.«
»Gott im Himmel!« Unwillkürlich drückte die Hebamme das Kind wie schützend an die Brust. »Dann verblutet sie uns.«
»Nicht, wenn's nach mir geht.« Neville Stone schob eine Hand in den Geburtskanal und drückte die andere in den Unterleib seiner Patientin, um die Gebärmutter zu massieren.

Der Klang schwerer Schritte auf der Treppe riß Samuel aus dem Strudel seiner wirbelnden Gedanken. Tief verzweifelt stand er auf.
Neville Stone trat in die Stube und blieb vor Samuel stehen. »Wir haben das Menschenmögliche getan.«
Das Kind ist tot, schoß es Samuel durch den Kopf.
»Es tut mir leid, Mr. Hargrave, aber Ihre Frau war nicht zu retten.«
Samuel starrte den Arzt in dumpfem Unverständnis an, während dieser weitersprach. »Der Mutterkuchen befand sich in unnatürlicher Lage und dadurch wurden starke Blutungen ausgelöst. Aber –« Er legte Samuel die Hand auf den Arm – »das Kind konnten wir retten.«
Samuel zwinkerte wie ein langsam Erwachender. »Meine Felicity – ist tot?«
»Sehen Sie es nicht als Unglück, Mr. Hargrave. Der Tod Ihrer Frau war nicht umsonst. Sie haben immer noch das Kind.«
Mit heftiger Bewegung schlug Samuel die Hand des Arztes von seinem Arm und rannte an ihm vorbei die Treppe hinauf. Im Schlafzimmer fiel er neben Felicitys Bett auf die Knie.
Sie sah aus, als schliefe sie nur, das Gesicht still und unschuldig wie das eines Engels. Dunkel lagen die Wimpern auf den schönen grauen Augen, die sich für immer geschlossen hatten. Das Weiß des Kissens leuchtete wie ein Heiligenschein um das rabenschwarze Haar. Sie sah so friedlich aus und so unglaublich jung.
Samuel stöhnte auf vor Qual und hob hastig die Hand, um sich die Tränen aus den Augen zu wischen. Um wieder Fassung zu gewinnen, holte er tief Atem und fühlte sich einen Moment lang wie berauscht. Dann nahm er einen merkwürdigen Geruch im Zimmer wahr, den er nicht identifizieren konnte. Mit gerunzelter Stirn sah er zum Nachttisch und versuchte im dünnen Licht der Öllampe die Gegenstände zu erkennen, die dort lagen. Plötzlich sah er sie ganz klar; eine Flasche mit einer Flüssigkeit und ein Taschentuch.
Mit einem Sprung war er auf den Beinen. Er zitterte am ganzen Leib.
»Es war die einzige Möglichkeit, das Kind zu retten, Mr. Hargrave«,

sagte Neville Stone hastig. »Hätten wir nicht das Chloroform gehabt, so hätten beide sterben müssen. Der Trost des Kindes wäre Ihnen versagt geblieben.«
»Sie haben sie getötet!«
»Das habe ich bestimmt nicht getan, Sir. Ihre Frau war nicht zu retten. Und ohne das Betäubungsmittel müßten Sie jetzt auch das Kind zu Grabe tragen.«
Samuels Gesicht verzerrte sich. Röte überflutete sein Gesicht bis zum Haaransatz, und die Venen traten dick aufgeschwollen hervor. Neville Stone erschrak; Samuel Hargrave sah aus, als stünde er kurz vor einem Schlaganfall. Aber dann verblich die Röte, das Zittern hörte auf, Samuel Hargrave schien in sich zusammenzusinken.
»Nein«, sagte er tonlos, »es ist nicht Ihre Schuld, Doktor. Ich allein trage die Schuld am Tod meiner Frau. Sie, Doktor, haben sich nur eines Verstoßes gegen das Gebot des Herrn schuldig gemacht. Sie haben dem Willen Gottes getrotzt. Beide hätten sie sterben sollen. Das hatte *Er* mir als Strafe zugemessen. Das Kind ist die Ausgeburt meiner Sündhaftigkeit. Sie, Doktor, haben einem Kind das Leben gerettet, das kein Recht hat zu leben.«
»Einen Augenblick, Sir!« begann der Arzt heftig, doch die Hebamme brachte ihn mit einer warnenden Geste zum Schweigen.
»Ohne Ihr eigenmächtiges Eingreifen, Doktor, wären meine Sünden getilgt gewesen. So aber wird mich, dank Ihrer Eigenmächtigkeit und Ihrem teuflischen Chloroform, für immer die lebendige Erinnerung an jene Nacht begleiten...«
Einen Moment lang starrte Neville Stone den Mann entsetzt an, dann wandte er sich dem kleinen Bündel zu, das die Hebamme in den Armen hielt. Ahnte das Kind, in was für eine Unglückswelt es gekommen war? War das der Grund, weshalb es bis jetzt noch nicht einen Laut von sich gegeben hatte?
»Verzeihen Sie, Mr. Hargrave«, sagte der Arzt ruhiger, »aber wir müssen dem Kind noch seinen Namen geben. Es war der letzte Wunsch Ihrer Frau, daß das Kind Ihren Namen erhält. Meine Pflicht als Arzt und als Mensch gebietet mir, dafür zu sorgen, daß ihr Wunsch erfüllt wird, ehe ich heute nacht dieses Haus verlasse.«
Samuel wandte sich ab und blickte auf das stille weiße Gesicht seiner toten Frau.
»Gut, dann soll das Kind Samuel heißen.«
»Aber genau da liegt das Problem, Mr. Hargrave. Ihre Frau glaubte, das Kind wäre ein Junge.«

Als Samuel Hargrave sich wieder umdrehte, sah Neville Stone mit Schrecken den Haß und den Abscheu in seinen dunklen Augen. Aber wem galten diese Gefühle?
»Dann wird *sie* eben meinen Namen tragen, Doktor.«
»Das kann nicht Ihr Ernst sein, Sir!«
Mit einem Aufschrei fuhr Samuel herum und fiel wieder neben dem Bett auf die Knie. Er warf die Arme über Felicitys Oberkörper und drückte seinen Kopf an ihre Brust. Sein gekrümmter Rücken zuckte in lautlosem Schluchzen.
Der Arzt und die Hebamme zogen sich in eine dunkle Ecke des Zimmers zurück. »Das arme kleine Wurm«, murmelte die Hebamme. »Erst verliert es die Mutter und nun auch noch den Vater.«
»Er wird sich schon wieder fassen. Ich habe schon oft in der Stunde des Schmerzes Verwünschungen gehört, die bald danach vergessen waren. Unsere Pflicht ist es jetzt, dem armen Mann zu helfen, den letzten Wunsch seiner Frau zu erfüllen.«
»Aber was kann man denn tun, Sir? Der Mann ist besinnungslos vor Schmerz, und wer weiß, wie lang es dauert, ehe er wieder zu Verstand kommt. Und inzwischen hat das arme kleine Seelchen nicht mal einen Namen.«
Neville Stone zupfte geistesabwesend an seinem weißen Schnauzbart, während er den schluchzenden Mann betrachtete. Dann war ihm, wie durch eine Erleuchtung, plötzlich klar, was er zu tun hatte.
»Wir werden unsere Christenpflicht tun, Mrs. Cadwallader. Bitte holen Sie mir frisches Wasser, damit ich das Kind taufen kann.«
Er ging aus dem Zimmer, die Treppe hinunter in die Wohnstube, wo die zwei vergessenen kleinen Jungen warteten. Der eine stand mit großen Augen beim Kamin, in dem das Feuer fast erloschen war, der andere kauerte noch immer wie ein geschlagener Hund unter dem Tisch.
Neville Stone nahm die Familienbibel, die auf dem Tisch lag, und schlug sie auf. Als er die mit goldenen Schnörkeln verzierte Seite gefunden hatte, die das Familienregister enthielt, griff er zur Feder. Unter die Eintragung vom 14. Juni 1854, die die Geburt Matthew Christopher Hargraves bezeugte, schrieb er: ›Geboren am 4. Mai 1860, Samantha Hargrave, Tochter des Samuel Hargrave und seiner seligen Frau Felicity (Am selben Tag verschieden)...‹

2

Als der vierte Geburtstag der kleinen Samantha herankam, hatte sie noch immer kein einziges Wort gesprochen.
Sie war in ein düsteres Haus ohne Fröhlichkeit und ohne Lachen hineingeboren worden. Einzige Begleiter ihrer Kindheit waren der strenge, immer schwarz gekleidete Vater, der morgens in aller Frühe aus dem Haus ging und abends erst spät heimkehrte, ihre beiden geduckten, immer mürrischen Brüder und eine griesgrämige Haushälterin. Der war das kleine Mädchen nicht geheuer, das dauernd irgendwo in einer schattigen Ecke zu stehen schien und sie mit großen Katzenaugen anstarrte. Sie hielt das Kind für zurückgeblieben und meinte, es verdiene nicht die gleiche Fürsorge wie ein normales Mädchen. Um es aus dem Weg zu haben, pflegte sie es auf den Treppenabsatz vor dem Haus zu setzen und kümmerte sich nicht weiter um das Kind.
Der St. Agnes Crescent war eine häßliche, halbmondförmig gebogene Straße zwischen Charing Cross und High Holborn. Als Samuel Hargrave sich vor Jahren mit seiner jungen Frau hier niedergelassen hatte, war es ein anständiges Viertel der unteren Mittelklasse gewesen, mit kleinen Reihenhäusern, in denen fleißige und rechtschaffene Protestanten wie die Hargraves wohnten. Die Einwandererwellen aus dem hungernden Irland jedoch, die später ganz London überschwemmten, hatten bewirkt, daß sich die Einwohnerzahl im St. Agnes Crescent innerhalb weniger Jahre verfünffacht hatten. Die Folge war, daß aus dem adretten Kleinbürgerviertel schnell ein von Armen und Arbeitslosen wimmelndes Elendsquartier geworden war.
Zu beiden Enden der Straße standen Gasthäuser, das *King's Coach* und das *Iron Lion*. Im Erkerfenster des den Hargraves benachbarten Hauses hing ein Schild mit der Aufschrift ›Wäschemangel – Zwei Pence pro Stück‹, aber die Leute, denen die Mangel gehört hatte, waren längst weggezogen, und niemand hatte sich die Mühe gemacht, das Schild aus dem Fenster zu entfernen. Auf der anderen Straßenseite war eine verräucherte Imbißstube, wo sich Erdarbeiter und Prostituierte herumtrieben, und straßauf, straßab wimmelte es zwischen Gemüsekarren und fliegenden Händlern von Bettlern und Horden von Gassenjungen.
Die Haushälterin, deren liebste Tageszeit der späte Nachmittag war, wenn sie mit einer Waschfrau aus der Nachbarschaft ihren Tee trank, pflegte sich in vorwurfsvollem Ton darüber zu wundern, daß Mr. Hargrave, der doch beim Standesamt ein anständiges Gehalt bekam, in diesem heruntergekommenen Viertel blieb, anstatt wie viele seiner alten

Nachbarn das Haus zu verkaufen und in eines der hübschen neuen Häuser in der Brixton Road zu ziehen. Das war nur eine Klage, die sie zu führen hatte; die zweite bezog sich auf das Kind.
»Halten Sie die Kleine sauber, sagt er zu mir«, berichtete sie eines Tages bei Tee und Butterbrötchen. »Ausgerechnet er, der er sich benimmt, als wär' sie überhaupt nicht vorhanden. Als ich vor fast vier Jahren bei ihm anfing, sagte er, ihm käm's vor allem auf zwei Dinge an: daß ich dafür sorge, daß die Kleine ruhig ist und ihm nicht in die Quere kommt, und daß ich sie sauberhalte. Ruhig halten kann ich sie leicht; sie redet ja sowieso keinen Ton. Die ist nicht ganz richtig im Kopf, wenn Sie mich fragen. Ein richtiges unheimliches kleines Ding ist die. Schleicht dauernd irgendwo im Dunklen rum, ohne daß man's merkt. Soundsooft ist mir's passiert, daß ich mich ganz ahnungslos umgedreht hab', und da stand sie direkt hinter mir und starrte mich an, als hätte sie mich noch nie gesehen. So richtig durchdringend, wissen Sie. Unheimlich, wirklich. Und ich frag' Sie, wie ich die Kleine sauberhalten soll, wenn der Herr so sparsam ist, daß er mir nicht mal erlaubt, ihr neue Sachen zu kaufen. Sie hat genau zwei Kleider, und die muß ich dauernd flicken und rauslassen, weil sie so schnell wächst. Ich hab' ihn schon ein paarmal um Geld gefragt, damit ich Stoff kaufen und ihr was Neues machen kann, aber der Mann rückt keinen Penny raus.«
Die Freundin schnalzte teilnahmsvoll mit der Zunge.
»Die Kleine hat noch so eine Marotte«, fuhr die Haushälterin fort, des Interesses ihrer Zuhörerin gewiß. »Sie läßt mich um keinen Preis an ihre Haare. Ich brauch' nur den Kamm zu nehmen, und schon fängt sie an zu brüllen wie eine Wilde. Es ist fast so, als ob sie weiß, daß mit ihrem Kopf was nicht in Ordnung ist, und nicht will, daß jemand ihn anrührt. Also kämm' ich sie eben nicht. Aber ich frag' Sie, wie ich das Kind unter diesen Umständen sauberhalten soll!«
Sie schaffte es nicht. Für Samantha war das von Vorteil: Als sie unternehmungslustig und mutig genug geworden war, sich den Straßenkindern anzuschließen, wurde sie dank ihrem verlotterten Äußeren sofort in die Horde aufgenommen. Vom Vater und den Brüdern, die den ganzen Tag zur Schule gingen und abends mit dem Vater über ihren Schulbüchern oder der Bibel saßen, alleingelassen, fand Samantha ihre Familie auf der Straße. Sie lernte schnell. In das Rudel eingegliedert, erforschte sie unter der Führung der älteren, pfiffigeren Kinder Hinterhöfe und Abfalltonnen, kletterte auf Bäume, machte Klimmzüge an Wäscheleinen, spielte Fangen und Verstecken. Sie lernte ungezügelte Freiheit kennen, entwickelte sich zu einem wahrhaften kleinen Haudegen und flin-

ken Kletterer und erwarb sich, obwohl niemand ihren Namen wußte, da sie nicht sprach, rasch die Anerkennung ihrer wilden Gefährten.
Ihr bester Freund und treuer Beschützer war ein neunjähriger Junge namens Freddy, den seine Mutter gleich nach seiner Geburt in eine Zeitung gewickelt in einer Abfalltonne deponiert hatte. Ein alter Katzenschinder, der das Wimmern des Säuglings hörte und meinte, auf einen guten Fang gestoßen zu sein, fand das ausgesetzte Kind, hatte Mitleid und nahm es zu sich. Der Alte, der sein mageres Leben mit dem Verkauf der Felle der von ihm gefangenen Katzen fristete, zog den Findling auf und lehrte ihn sein Gewerbe. Er starb an Lungenentzündung, als Freddy sieben Jahre alt war. Auf sich selbst gestellt, fand Freddy Unterschlupf in einem verlassenen, alten Schuppen und ernährte sich, so gut es ging, mit Betteln und Stehlen sowie vom Katzenfang. Fast jeden Abend ging er mit Stock und Sack bewaffnet auf Beute und zog den Katzen, wie der Alte es ihn gelehrt hatte, dann bei lebendigem Leib das Fell ab, da für solche Felle das meiste Geld zu bekommen war. Oft prahlte er damit, daß er eines Tages sein eigenes Gasthaus eröffnen würde.
Freddy war es, der die vierjährige Samantha endlich zum Sprechen brachte.
Als die Kinder eines Tages gegen Abend vom benachbarten Markt zurückkehrten, wo sie Zwiebeln und Würste gestohlen hatten, blieb Freddy so plötzlich stehen, daß Samantha gegen ihn prallte.
»Horch!« flüsterte er und drehte den Kopf erst in die eine, dann in die andere Richtung.
Samantha spitzte die Ohren und hörte von irgendwoher leises Wimmern.
»Das ist eine Katz!« rief Freddy. »Komm, die fangen wir uns und häuten sie und verkaufen das Fell. Für das Geld kauf ich dir ein paar Schweinsfüße. Na, wär' das was?«
Verwundert folgte ihm Samantha, als er vorsichtig zu einem Loch in der Umzäunung schlich. Er kroch auf alle Viere und spähte hinein.
»Recht hab' ich gehabt. Eine Katze. Und verletzt ist sie auch. Da erwischen wir sie mit Leichtigkeit und können ihr gleich das Fell abziehen.«
Während er an seinen Gürtel griff, um das Messer herauszuholen, kniete auch Samantha nieder und spähte durch das Loch im Zaun. Eine rotscheckige alte Katze lag dort leise klagend auf der Seite, in einem Bein eine große Wunde.
Als Freddy den Arm ausstrecken wollte, um zuzupacken, faßte Samantha ihn hastig am Handgelenk. Überrascht von der Kraft ihres Zugriffs, hielt er inne. »Was ist denn los?«

Samantha schüttelte den Kopf so heftig, daß die Locken flogen.
Er wollte sich losreißen. »Ach, komm schon. Für das Geld können wir uns was Richtiges zu essen kaufen.«
Sie öffnete den Mund und stieß einen heiseren Laut aus.
»Was sagst du?«
»Krank.« Es war nur ein kratziges Flüstern.
Freddy sah sie erstaunt an. »Du kannst ja reden!«
»Krank!« sagte sie wieder, immer noch die Hand an seinem Arm.
»Ja, ich weiß, daß die Katze krank ist. Das ist ja gerade das Gute. Da können wir sie leicht –«
»Helfen, Freddy! Helfen!«
Er riß die Augen auf. »Was? Ich soll der ollen Katze helfen?«
Sie nickte heftig.
»Du spinnst ja!«
Sie fing an zu weinen. »Hilf der Katze. Bitte!«
Er starrte ihr in das schmutzige kleine Gesicht und merkte, wie er weich wurde. »Ach, ich weiß nicht. Ich wollt' nur schnell reinlangen und ihr eins mit dem Messer verpassen. Aber anfassen läßt die sich von uns bestimmt nicht. Die kratzt uns höchstens. Das ist bei kranken Tieren immer so.«
Wieder schüttelte Samantha den Kopf und beugte sich tiefer. Sie sah lächelnd in die leuchtenden gelben Augen der Katze und streckte langsam den Arm nach ihr aus. Die alte Katze ließ sich ruhig von ihr streicheln.
Freddy war baff. »Also da kriegst du wirklich die Motten.«
Sie brauchten eine Woche, um die Katze gesundzupflegen. Jeden Morgen, nachdem Samanthas Vater aus dem Haus gegangen war, trafen sie sich und rannten zu dem Hinterhof, um die Katze zu versorgen. Samantha stahl Milch aus der Speisekammer und fütterte das Tier damit, und sie nahm mehrmals etwas von dem grünen Brotschimmel mit, den die Haushälterin in einer Dose in der Küche verwahrte, um das verletzte Bein der Katze damit zu betupfen. Wozu das gut war, wußte sie nicht, aber sie hatte gesehen, wie die Haushälterin Matthew einmal das grüne Zeug aufgelegt hatte, als dieser mit einer tiefen Rißwunde am Arm nach Hause gekommen war. Freddy, von dem die Katze sich nicht anrühren ließ – sie hatte ihn gekratzt, als er es einmal versuchte –, pflegte an den Zaun gelehnt ungeduldig zu warten, während seine kleine Freundin das Tier streichelte und versorgte. So ging das acht Tage lang, dann war die Katze eines Morgens spurlos verschwunden.
Freddy war es auch, der Samantha als erster vor Isaiah Hawksbill warnte.

Nicht weit von der Straßenecke stand ein dunkles, stilles Haus, gruslig und geheimnisvoll. Mehrere seiner Fenster waren mit Brettern vernagelt, doch es war bewohnt. Ein alter Mann lebte dort, ganz allein, der sich niemals auf der Straße zeigte. Seine Lebensmittel ließ er sich wöchentlich liefern; die Lieferanten mußten die Pakete auf der Treppe ablegen, wo die Bezahlung in einer Blechdose bereitstand. Ein paar ganz Mutige hatten es sich nicht nehmen lassen, im Verborgenen zu warten, um den alten Hawksbill doch einmal zu Gesicht zu bekommen, und was sie darüber zu erzählen wußten, klang wahrhaft abschreckend: Schlohweiß und bucklig wäre er, und sein Gesicht so häßlich, daß einem die Augen stehenblieben, wenn man ihn direkt ansähe. Während der Name Hawksbill bei den Kindern vom St. Agnes Crescent Grusel und Angst auslöste – sie gingen immer auf die andere Straßenseite hinüber, wenn sie an seinem Haus vorbei mußten –, war er den Erwachsenen Anlaß zu Argwohn und Mißtrauen. Es kursierte das Gerücht, daß der alte Hawksbill vor Jahren ein schreckliches Verbrechen an einem kleinen Mädchen begangen hatte.

Oft stand Samantha, von Freddys schützendem Arm umfangen, auf der Straße und starrte zu dem Haus mit den blinden Fenstern hinüber.

Als Samantha sechs Jahre alt war, trat ihr Vater in ihr Leben. Sie hockte in einem schmutzigen Kleid, das ihr zu eng und viel zu kurz war, mit nackten, schmutzverkrusteten Füßen und zerzaustem Haar auf der Treppe vor dem Haus und zeichnete mit dem Finger ein Muster in den Staub an der Haustür, als Samuel, wegen der Geburtstagsfeierlichkeiten früher als sonst aus dem Büro zurück, die Treppe heraufkam. Er fuhr Samantha, die er für ein Nachbarskind hielt, barsch an und wollte sie mit dem Fuß aus dem Weg stoßen, als sie plötzlich den Kopf hob und ihm direkt in die Augen sah. Beide erstarrten einen Moment, er groß und finster, die Hand schon am Türknauf, sie zusammengekauert und schmutzig zu seinen Füßen. Reglos starrten sie einander an, so als sähe jeder den anderen zum erstenmal. Ein Schwall jahrelang aufgestauter Emotionen überschwemmte Samuel. Er sah direkt in das Gesicht seiner unvergessenen Felicity.

Schwankend zwischen Schmerz und Abscheu sah Samuel, wie das Kind mit kleiner schmutziger Hand nach seinem Hosenbein greifen wollte, und wich unwillkürlich einen Schritt zurück. Dann fuhr er herum, stürzte so hastig ins Haus, daß er über die Türschwelle stolperte, und brüllte nach der Haushälterin. Es folgte eine wütende Auseinandersetzung.

»Sie ist so verdreckt wie der schlimmste Straßenbengel.«

»Wieso kümmert Sie das plötzlich? Sie achten doch sowieso nicht auf sie.«
»Ich bezahle Sie dafür, daß Sie sich um sie kümmern.«
»Für fünf lumpige Schilling die Woche können Sie von mir nicht erwarten, daß ich –«
Die Haushälterin wurde noch am selben Tag entlassen.
Samuel holte eine Nachbarsfrau, Mutter von zwölf Kindern, gab ihr einen Schilling als Lohn dafür, daß sie das Kind gründlich wusch und frisierte, und etwas Geld, um ihr Kleider und Schuhe zu kaufen. Wortlos und ohne Klage ließ Samantha die gründliche Wäsche mit der harten Bürste über sich ergehen, ließ es sich sogar ohne Widerstand gefallen, daß die Frau ihr Haar kämmte. Sie war wie verzaubert von dem Wunder, das geschehen war.
Ihr Vater hatte sie bemerkt.

3

Samuel stellte eine neue Haushälterin ein und setzte sich nun jeden Abend mit Samantha an den Kamin, um ihr Religionsunterricht zu erteilen.
Samantha war selig. Sie betrachtete diesen strengen, düsteren Mann als ihren Retter und Wohltäter; denn hatte er sie nicht von der Straße hereingeholt, um sich mit väterlicher Fürsorge ihrer anzunehmen? Von dem heftigen Wunsch getrieben, ihm zu gefallen, bemühte sich Samantha mit höchstem Eifer, alles zu behalten, was er ihr beibrachte, und Samuel war insgeheim beeindruckt, wie rasch sie lernte. Er behandelte seine Tochter wie fremder Leute Kind, ja, wie ein Findelkind, das zu nähren und zu lehren er aus seinem christlichen Glauben heraus verpflichtet war. Ihre beiden verschlossenen Brüder, die sie kaum kannte, pflegten an den abendlichen Bibelstunden teilzunehmen und dann zu Bett zu gehen, ohne von ihrer Existenz Notiz zu nehmen.
Tagsüber trieb sich Samantha weiterhin mit der Rotte ihrer wilden Freunde in Straßen und Gassen herum, doch abends lief sie jetzt früher nach Hause, um sich zu waschen und die Kleider zu wechseln, ehe der sehnsüchtig erwartete Vater heimkehrte.
In einem wesentlichen Punkt unterschied sich Samantha von den Straßenkindern des Viertels: Sie bewahrte sich trotz aller mutwilligen Streiche und kleiner Gaunereien, an denen sie sich beteiligte, ihre Ehrlichkeit. Verbunden damit war ihre vertrauensvolle Überzeugung, daß jeder Mensch im Grunde seines Herzens gut war. Alle anderen sahen

nur die äußere Person; Samantha aber sah hinter die Fassade und erkannte die gute Seele, den Menschen, der ins Unglück geraten war. Samantha glaubte fest daran, daß die Menschen durch die Umstände zum Bösen gezwungen wurden, daß kein Mensch aber von Natur aus böse war.
Freddy meinte, sie wäre dumm, und er sagte es ihr oft genug. Als sie Mitleid mit den Wursthändlern äußerte, die sie gemeinsam bestahlen, versuchte er, ihr das einfache Gesetz vom Überleben des Gewitztesten zu erklären. Als sie den armamputierten Veteranen aus dem Krimkrieg, die am Piccadilly Circus bettelten, alles gab, was sie an einem Tag zusammengestohlen hatte, versuchte Freddy ihr klarzumachen, daß viele von ihnen nur Theater spielten; daß sie ihre Arme unter dem Hemd verbargen und mit dem, was sie von weichherzigen Dummköpfen wie ihr erbettelten, ein flottes Leben führten. Doch mit der Zeit sah er ein, daß es ihm nicht gelingen würde, sie zu seinen Ansichten zu bekehren, und er gab alle Versuche auf. Er mochte sie einfach so, wie sie war.
Und da Samantha an den Leuten, die im Crescent lebten, nichts Böses sehen konnte, war es nur natürlich, daß ihr Vater, ihr Retter, in ihren Augen die reine Verkörperung alles Guten war. Ihr brennendster Wunsch war es, seine Anerkennung zu finden. Doch als selbst nach Wochen heißesten Bemühens bei den abendlichen Unterrichtsstunden jedes Lob von ihm ausblieb, meinte Samantha, sie müsse wohl ein anderes Mittel finden, ihm zu gefallen.
Sie schleppte gerade einen Eimer Wasser von der Pumpe am Ende der Straße zu ihrem Haus, in dem es kein fließendes Wasser gab, als Freddy über die Straße gelaufen kam und mit anpackte. Mit einem breiten Grinsen sah er sie an.
»Dich kriegt man ja fast überhaupt nicht mehr zu sehen, Prinzessin.«
Samantha zuckte nur die Achseln, während sie, den schwappenden Eimer zwischen sich, weiter die schmutzige Straße hinuntergingen. Freddy hatte ja keine Ahnung, wie das mit einem Vater war.
Als sie vor dem Haus angekommen waren, erzählte Freddy ihr prahlerisch, er hätte sich in den letzten Tagen einen ganzen Sack voll Pennies verdient.
»Und wo kann einer wie du soviel Geld verdienen?« fragte sie.
»Beim Gerber drüben.« Er hob den Arm und zeigte ihr das Haus. »Der zahlt pro Eimer einen halben Penny. Er braucht das Zeug für seine Arbeit.«
»Was für Zeug?«
Freddy drückte beide Hände in seinen Magen und lachte laut heraus.

»Was für Zeug? Warum fragst du ihn nicht selber, Prinzessin?« Damit rannte er, immer noch lachend, davon.
Samantha sah ihm verwundert nach, und plötzlich hatte sie eine Idee: wenn sie sich auch ein bißchen Geld verdiente, konnte sie ihrem Vater ein Geschenk kaufen.
Der Gerber brauchte, wie sich herausstellte, Hundekot für seine Arbeit und zahlte pro Eimer, wie Freddy gesagt hatte, einen halben Penny. Es war harte Arbeit, einen ganzen Eimer zu füllen, und die Konkurrenz war erbittert, da viele Kinder sich auf diese Weise Geld verdienten. Mit Eimer und Schäufelchen bewaffnet, die der Gerber ihr gestellt hatte, wanderte Samantha den ganzen Tag durch Straßen und Gassen und langte schließlich bei Sonnenuntergang todmüde wieder vor der Werkstatt des Gerbers an, wo ihre alten Freunde sie mit Spott und Gelächter empfingen. »He, bei uns zu Haus' gibt's immer *Butter* aufs Brot!«
Samantha drängte sich mit stoischer Miene durch die Meute, aber als nachher einer der Rowdys ihr den halben Penny aus der Hand riß, den sie vom Gerber erhalten hatte, und damit davonlief, brach sie in Tränen aus. Die Kinder lachten sie aus, und Freddy lief grinsend auf Samantha zu.
Auf dem Heimweg hörte er sich ihren Jammerbericht über den Verlauf des Tages an, und vor ihrem Haus blieb er, die Hände in die Hüften gestemmt, stehen.
»Du bist blöd, Samantha, da nützt dir das ganze Schreiben und Lesen nichts. Die andern machen sich nicht soviel Arbeit. Es gibt ja gar nicht genug Hundescheiße für alle. Du hättest den Eimer mit deiner eigenen vollmachen können und dann für obendrauf noch ein paar Haufen sammeln können. Der Gerber hätt's bestimmt nicht gemerkt. Du bist wirklich dumm, Prinzessin!«
Dann rannte er lachend davon.
Fünf Minuten später musterte Samuel Hargrave naserümpfend seine Tochter, inspizierte die braunen Flecken an ihren Händen und ihrem Kleid und übergab sie der schockierten Haushälterin, die ihr erst eine Tracht Prügel verpaßte und sie dann ohne Abendessen ins Bett schickte.
Zwei Tage später reiste James, ihr Bruder, nach Rugby ab.
Am Morgen seiner Abreise kam der Sechzehnjährige in seinem Sonntagsanzug und mit einem abgeschabten alten Koffer in der Hand die Treppe herunter. Nachdem er steif und förmlich von seinem Vater Abschied genommen hatte, ging er zur Tür hinaus und verschwand fürs erste aus Samanthas Gesichtskreis.
Im Lauf des Jahres kamen Briefe von ihm, kurze Schreiben, die nicht

mehr enthielten als lakonische Beschreibungen seines Internatsalltags.

Als er nach einem Jahr zurückkehrte, groß und gut gewachsen, seinem Vater sehr ähnlich, blieb er nur kurze Zeit. Sobald die Ferien zu Ende waren, reiste er nach Oxford, und diesmal begleitete sein Vater ihn.

Am Morgen ihrer Abreise hockte Samantha, das Kinn in die Hand gestützt, auf der Treppe vor dem Haus, als plötzlich Freddy auftauchte.

»Warum machst du so ein miesepetriges Gesicht?« fragte er und ließ sich, lang und schlaksig, neben ihr auf die Treppe fallen.

»Mein Vater und mein Bruder sind mit der Eisenbahn weggefahren, und ich wär' so gern mitgefahren.«

»Wohin sind sie gefahren?«

»Nach Oxford.«

»Und was tun sie da?«

»Keine Ahnung. James hat was davon gesagt, daß er die Medizin studieren will. Aber ich versteh' das nicht. Wie kann man denn eine Medizin studieren?«

»Das heißt, daß dein Bruder Doktor werden will.«

»Wozu muß er denn da nach Oxford fahren? Das kann doch jeder. Den Leuten Arznei geben, die wie Gift schmeckt.«

»Ja, aber das ist nicht alles, was ein Doktor tut.« Freddy neigte sich näher zu ihr. »Die machen noch ganz andere Sachen«, erklärte er in vertraulichem Ton. »Die schneiden die Leute in Stücke, verstehst du. So richtig in Scheiben wie ein Stück Schinken.«

Samantha schüttelte den Kopf. »Ist ja gar nicht wahr. Mein Bruder würde so was nie tun.«

»Muß er aber, wenn er ein Doktor werden will.«

»Und woher weißt du das alles?«

»Ich zeig's dir.« Freddy sprang auf und sah sie lachend an. »Kommst du mit, Prinzessin?«

Sie sah ihn mißtrauisch an. »Wohin denn?«

»Da, wo sie den Leuten die Bäuche aufschneiden.«

4

Sie folgte ihm quer durch London, die Charing Cross Road hinunter bis zur Tottenham Court Road und von da durch die University Street zum North London Hospital. Das Krankenhaus war ein dreistöckiger Bau von beeindruckender Größe. Vor dem Hauptportal ging es an diesem Morgen

um zehn Uhr sehr geschäftig zu. Freddy winkte Samantha und führte sie um das Gebäude herum in einen Hinterhof, wo Fuhrwerke und Kutschen warteten.
Nicht weit von der Hintertür stand eine Gruppe Medizinstudenten, frische junge Männer, die sich mit gesenkten Stimmen unterhielten. »Die machen das gleiche wie dein Bruder«, flüsterte Freddy. »Die studieren alle auf Doktor. Genau wie James.«
Samantha und Freddy duckten sich hinter einem schweren Rollwagen, um die Medizinstudenten zu beobachten, und sahen wenig später drei sichtlich aufgeregte junge Frauen in den Hof huschen. Nervös kichernd eilten sie den jungen Männern entgegen. Einer von ihnen legte mahnend den Finger auf seine Lippen, nahm dann eines der Mädchen beim Arm und zog sie mit sich durch die Tür. Als alle im Krankenhaus verschwunden waren, krochen Samantha und Freddy hinter dem Fuhrwerk hervor und schlüpften ebenfalls durch die Hintertür.
Sie gelangten in einen düsteren, schmalen Korridor mit vielen Türen auf beiden Seiten. Eine der Türen stand halb offen. Samantha spähte neugierig hinein und fuhr entsetzt zurück. Auf einem langen Tisch lag nackt und wächsern die Leiche eines jungen Mannes. Vier Männer standen mit aufgerollten Hemdsärmeln um den Tisch herum, während ein fünfter, ein hünenhafter Mann mit grauem Haar und einer blutverschmierten Fleischerschürze, mit leiser Stimme etwas erklärte.
»Na, willst du wieder heim, Angsthase?« flüsterte Freddy neben ihr.
Sie schüttelte nur stumm den Kopf und folgte ihm durch den Korridor zu einer kleineren Tür, durch die die Medizinstudenten verschwunden waren. Auf Zehenspitzen huschten sie über die Fliesen, zogen die Tür auf und fanden sich am Fuß einer dunklen Treppe. Oben war wieder eine Tür, durch die Licht und Stimmengemurmel ins Treppenhaus drangen.
»Freddy, das dürfen wir doch nicht«, wisperte Samantha.
Er stand hinter ihr, die Hand auf ihrer Schulter. »Ich hab' ja gleich gewußt, daß dir der Mumm fehlt. Du bist eben doch ein Angsthase.«
»Bin ich nicht!«
»Pst, sonst erwischen sie uns und schmeißen uns raus. Na los, wenn du nicht bange bist, dann geh' doch rauf.«
Langsam stieg Samantha die Treppe hinauf. Oben hielt sie an und pirschte sich an den Türpfosten heran, um in den Raum dahinter sehen zu können. Sie befand sich in der obersten Sitzreihe eines Operationssaals. In den drei unteren Reihen drängten sich Schulter an Schulter Medizinstudenten, Ärzte und chirurgische Assistenten. An Metallgeländer gelehnt, schauten sie gespannt zu dem leeren Operationstisch hinunter.

Es war, als warteten sie auf den Beginn einer Theatervorstellung. In der obersten Reihe, weit weg von der Tür, saßen die Medizinstudenten mit ihren nervösen Freundinnen.
Dicht an Freddy gedrückt blieb Samantha in der Ecke stehen und sah, wie unten eine Flügeltür aufgestoßen wurde. Als erster trat der mächtige grauhaarige Mann ein, der immer noch die blutige Fleischerschürze um den Leib hatte. Augenblicklich wurde es mucksmäuschenstill im Saal. Ihm folgten die vier Assistenten mit blutbefleckten Händen und Armen und zwei Träger, die den Weidenkorb mit der Patientin in den Operationssaal trugen.
Sie war ein mageres kleines Ding, zart wie ein Vögelchen, und sie zitterte vor Angst. Die Träger halfen ihr auf den Tisch, ihr Blick flog gehetzt über die Gesichter der vielen fremden Menschen, die ohne eine Gefühlsregung zu ihr hinunterstarrten, und während einer der Assistenten daran ging, ihr Kleid aufzuknöpfen, wandte sich der Professor für klinische Chirurgie, Mr. Bomsie, mit dröhnender Stimme an sein Publikum.
»Die Patientin ist fünfundzwanzig Jahre alt, Dienstmädchen in Notting Hill. Ihr Arbeitgeber schickte sie zu Dr. Murray, weil sie über starke Schmerzen in der rechten Brust klagte. Bei der Untersuchung wurden ein Knoten von der Größe eines Apfels und eine eingezogene Brustwarze festgestellt, die ständig blutete. Ohne Operation wird die Patientin ohne Zweifel innerhalb eines Jahres sterben.«
Bomsie nickte einem seiner Assistenten zu. Der junge Mann ging zu einem Schrank an der Wand und wählte Mr. Bomsies Lieblingsinstrumente aus: zwei Skalpelle, ein Tenakel, einige Klemmen, eine Schere. Er legte sie auf einen Instrumententisch beim Kopf der Patientin.
Die Frau, deren Brust jetzt entblößt war und die verzweifelt darum bat, gehen zu dürfen, wurde angeschnallt.
Das North London Hospital war das erste Krankenhaus in England, wo mit Narkose operiert wurde. Das hieß jedoch nicht, daß Anästhesie eine Selbstverständlichkeit war; vielmehr lag es im Ermessen jedes einzelnen Chirurgen, Chloroform einzusetzen. Mr. Bomsie zog es vor, ohne Narkose zu arbeiten. Seine Begründung dafür wurde von vielen seiner Kollegen geteilt: Allzu viele Patienten starben unter der Einwirkung von Chloroform und Äther. Das Risiko, daß sie aus der Operation nicht mehr erwachten, nur weil man ihnen ein paar Minuten Schmerz hatte ersparen wollen, war unverhältnismäßig hoch. Das war die Erklärung, die Mr. Bomsie der Öffentlichkeit gab. Tatsächlich lag der Grund für seine Abneigung gegen die Narkose in seinem Alter – er war über sech-

zig – und auch darin, daß er ein herausragender Operateur von beinahe schon legendärem Ruf war.

In den Tagen vor der Narkose – und die lagen noch nicht lange zurück – galt derjenige als der beste Operateur, der am schnellsten arbeitete und den Patienten dem geringstmöglichen Schmerz aussetzte. Nun jedoch, wo es die Narkose gab, wo der Patient nicht mehr vor Schmerz schreiend versuchte, sich aus den Gurten zu befreien, sondern friedlich schlummerte, konnte der Operateur sich Zeit lassen. Nicht mehr der Chirurg, der am schnellsten arbeitete, heimste die Lorbeeren ein, sondern der, welcher das meiste Geschick bewies, und wenn auch Gerald Bomsie an Schnelligkeit kaum zu schlagen war, fehlte es ihm doch an Finesse. Die Anästhesie drohte ihn seines Glorienscheins zu berauben. Da viele der älteren Chirurgen ihre Operationen noch nach alter Weise durchführten, ohne Narkose nämlich, stellte keiner der an diesem Maimorgen im Saal Anwesenden Mr. Bomsies Methode in Frage.

Gerald Bomsie klemmte sich das Skalpell zwischen die Zähne, um sich mit beiden Händen noch einmal durch seine Löwenmähne zu fahren, dann beugte er sich über die angstvoll schreiende Patientin, straffte mit der einen Hand die Haut der erkrankten Brust und setzte mit der anderen einen schnellen sauberen Schnitt.

Die Zuschauer zogen ihre Taschenuhren, um die Zeit zu nehmen. Samantha hörte, wie jemand leise sagte: »Er ist der schnellste Mann seit Liston. Ich hab' mal gesehen, wie er mit einem einzigen Schnitt Bein und Hoden des Patienten, drei Finger seines Assistenten und den Rockzipfel eines Zuschauers abgetrennt hat.«

Samantha starrte in grauenvoller Faszination zum Operationstisch hinunter.

Donnernder Applaus riß Samantha aus ihrer Erstarrung. Sie sah, daß die Patientin gnädigerweise das Bewußtsein verloren hatte und die drei Freundinnen der Medizinstudenten ebenfalls.

Während man die Patientin hinaustrug, wusch sich Mr. Bomsie die Hände und wandte sich wieder seinem Publikum zu. Doch Samantha und Freddy blieben nicht, um sich seine Ausführungen anzuhören. Sie schlüpften wieder hinaus, rannten die Treppe hinunter zum Korridor, um zu sehen, wohin die Patientin gebracht wurde.

Niemand beachtete die beiden verwahrlost aussehenden Kinder, die hinter den Trägern mit ihrem Weidenkorb durch den Gang liefen. Sie gelangten in einen Vorraum, der voller Leute war: Ärzte und Medizinstudenten, Patienten, die schwach an den Wänden lehnten oder auf dem Boden hockten, Besucher in Zylindern und raschelnden Krinolinen.

Durch eine der Türen, die von dem Vorraum abgingen, trugen die Träger den Weidenkorb.

Freddy sah Samantha mit einem leicht boshaften Grinsen an. »Du schaust ein bißchen käsig aus, Prinzessin. Du hast wohl genug, was?«

Sie hatte Mühe, überhaupt einen Ton hervorzubringen. »Soviel wie du halt' ich leicht aus.«

Unbemerkt huschten sie in den Krankensaal.

Solch durchdringender Gestank schlug ihnen entgegen, daß sie abrupt stehenblieben. Samantha drückte einen Zipfel ihres Halstuchs an die Nase, während sie sich mit großen Augen umsah. Vor ihr dehnte sich ein langer schlauchförmiger Raum mit Betten zu beiden Seiten und einem offenen Kamin am hinteren Ende. Den aufsteigenden Brechreiz unterdrückend, ließ Samantha den Blick über die Betten schweifen, in denen nur Frauen lagen. Manche stöhnten, manche schrien, einige flehten Gott an, sie sterben zu lassen, einige lagen noch in gnädiger Bewußtlosigkeit. Es waren lauter Frauen, die vor kurzem operiert worden waren.

An einem Tisch beim Kamin saß eine Schwester des Allerheiligen-Ordens im schlichten braunen Kleid und weißer Haube und trank Tee. Mehrere Krankenhelferinnen waren im Saal bei der Arbeit, leerten Toiletteneimer, betteten Patientinnen um, legten Kompressen auf, fegten den Boden.

Samantha hätte nicht sagen können, was schlimmer war, der atemberaubende Gestank oder das gräßliche Schreien und Klagen, das ihr so grauenvoll erschien wie das sprichwörtliche Heulen und Zähneklappern der Hölle. Doch sie konnte sich die Ohren nicht zuhalten, da sie ihr Tuch an die Nase drücken mußte. Nicht einmal aus den verkommensten Hinterhöfen des Elendsviertels um den St. Agnes Crescent kannte sie solchen Gestank. Woher er kam, war leicht zu sehen: aus schwärenden Wunden und von brandigem Fleisch. Es war der Gestank bei lebendigem Leib verfaulender Menschen.

Der Weidenkorb war jetzt leer. Die bedauernswerte Frau, deren Brust immer noch nackt und blutig war, hatte man in ein Bett gelegt. Am Nachbarbett standen ein Chirurg und drei Medizinstudenten und untersuchten ein hübsches junges Mädchen, dem man das Bein abgenommen hatte. Der Stumpf ruhte auf einer flachen Schale, in die der Eiter abfloß. Während der Chirurg seinen Studenten einen Vortrag hielt, nahm er dem Mädchen den Verband ab, ein Stück mit einem Monogramm versehener Damast – wohltätige Spende irgendeiner reichen Familie. Er schälte das Tuch vom Stumpf, riß, wo es klebte, und warf es ans Fußende des Bettes. Eine der Schwestern nahm es, sobald es dort niedergefallen

war, trug es zum Nebenbett, wo schluchzend die junge Frau mit der Brustamputation lag, und befestigte das schmutzige Tuch mit Pflastern über der Operationswunde.
Eine zweite Schwester, die zu Hilfe kam, entdeckte die beiden Kinder und rief barsch: »He, ihr beiden da! Raus mit euch!«
Freddy und Samantha ergriffen die Flucht, rannten durch den Vorraum voller Menschen und stürmten die Treppe hinunter auf die Straße. Mit fliegenden Haaren jagten sie weiter, sprangen über Zäune und Rinnsteine, bis sie schließlich vor Erschöpfung keuchend an eine Mauer fielen.
Freddy fing an zu lachen. »Junge, Junge, das hätte ich dir nicht zugetraut, Sam.«
Samantha starrte stumm auf die rußige Backsteinmauer auf der anderen Seite der Gasse. Erst als Freddy wieder ernst wurde, sagte sie: »Es ist nicht recht, Freddy.«
»Ach, tu doch nicht so, Sam. Da ist doch nichts dabei, wenn man sich mal ins Krankenhaus schleicht –«
»Das mein' ich ja gar nicht.« Sie sah ihn mit ihren großen grauen Augen eindringlich an. »Ich mein', was die da drin machen. Ein Doktor soll den Leuten doch helfen. Aber die quälen die Leute ja.«
»Sie meinen's gut, Sam. Vielleicht können sie's einfach nicht besser.«
Sie wandte sich ab und zog sich in ihre eigenen Gedanken zurück.

Wochenlang hatte Samantha nach diesem Tag Alpträume. Nacht für Nacht wurde sie von den schrecklichsten Bildern heimgesucht. Aber es waren nicht Furcht oder Ekel, die sie peinigten, sondern das Gefühl, daß Ärzte und Schwestern in den Krankenhäusern sich an ihren Patienten auf furchtbare Weise vergingen.
Als Samantha die innere Beschäftigung mit dem Krankenhaus schon fast zur Besessenheit geworden war, geschah etwas, das sie ablenkte.
Mit dem Übergang des Sommers in einen feuchtkalten Winter, der London mit rußschwarzem Schnee zudeckte, steigerte sich Samuel Hargraves religiöser Eifer zum missionarischen Fanatismus. Samantha mußte nun Abend für Abend die frommen Traktate, die er wieder eifrig schrieb, zu kleinen Heftchen binden, mit denen er dann in die finstersten Gegenden Londons lief, um Gauner und Prostituierte zur Umkehr zu ermahnen. Hand in Hand mit seinem wachsenden Fanatismus ging eine persönliche Veränderung Samuels, die Samantha in ihrer blinden Liebe nicht bemerkte.
Eines Abends tat Samuel etwas Seltsames. Während Samantha im dämmrigen Lampenschein über den Tisch gebeugt saß und an den Trak-

taten stichelte, spürte sie plötzlich den Blick ihres Vaters auf sich. Sie hob den Kopf und war bestürzt über den Ausdruck wilder Gefühlsbewegtheit in seinen Augen. Lange sah sie ihn verwundert, aber ohne Furcht an, bis er, wie ungewollt, sehr leise »Felicity« sagte.
Samantha, die niemanden dieses Namens kannte, verstand nicht, was er meinte. »Was hast du denn, Vater?« fragte sie.
Der Klang ihrer Stimme schien eine Tür aufgeschlossen zu haben. Zum erstenmal seit zehn Jahren wurde Samuels Gesicht weich und traurig, und Feuchtigkeit verschleierte seine Augen. Mit einem unterdrückten Aufschrei sprang Samantha von ihrem Stuhl auf und lief zu ihm. Sie warf die Arme um seinen Hals und drückte ihr Gesicht an seine Brust. Eine kleine Weile ließ er sich von ihr umschlungen halten, auch wenn er die Umarmung nicht erwiderte, dann zog er ihre Arme von seinem Hals und gebot ihr, an ihren Platz zurückzukehren. Ohne ein weiteres Wort über den Vorfall zu verlieren, setzte er sich wieder an seine Predigt.
Zwei Tage später erklärte er Samantha in dem Ton, den er anzuschlagen pflegte, wenn er sich über eine mißlungene Mahlzeit beschwerte, es wäre an der Zeit, daß sie die Bedeutung christlicher Arbeit und den Wert des Geldes kennenlerne. Sie sei schließlich bereits zehn Jahre alt und stünde an der Schwelle der Entwicklung zur erwachsenen Frau. Er wisse von einem Witwer, der dringend ein Dienstmädchen brauche, das für ihn koche und ihm das Haus sauberhalte. Samantha hätte ihm gern entgegengehalten, daß es unsinnig sei, sie in einen fremden Haushalt zu schikken, wo sie doch ihm, ihrem Vater, die Haushälterin ersetzen könne, doch sie sah seiner strengen Miene an, daß jeder Widerspruch zwecklos gewesen wäre. Er hätte mit dem Herrn vereinbart, erklärte Samuel kurz und bündig, daß Samantha jeden Morgen pünktlich um sieben ihren Dienst antreten, im Haus das Mittag- und das Abendessen einnehmen solle und zur Nacht nach Hause zurückkehren würde.
Schon am folgenden Tag sollte sie ihre Arbeit aufnehmen. Der Herr, der ihrer Dienste so dringend bedurfte, war Isaiah Hawksbill.

5

Das erste, was Samantha vermerkte, war der Gestank, der aus der offenen Tür strömte; das zweite die abschreckende Häßlichkeit des alten Mannes. Stumm starrte sie ihn an und mühte sich, ihren Schrecken zu verbergen, da Freddy sie gewarnt hatte, daß sie für immer in Hawksbills Gewalt sein würde, wenn sie auch nur ein einziges Mal Furcht zeigen sollte.

»Komm rein«, sagte er unwirsch. »Du bist ja wohl die kleine Hargrave, wie?«
Samantha nickte nur und trat ins Haus. Die Tür führte direkt in die Küche, einen düsteren Raum, wo das schmutzige Geschirr in Stapeln herumstand, verkrustete Töpfe, in denen Essensreste verfaulten, Becher mit sauer gewordener Milch neben angeschlagenen Tellern, auf denen verschimmelte Brotkanten lagen.
»Du kannst gleich hier anfangen«, sagte der alte Hawksbill, und Samantha fiel auf, daß er anders sprach als die Leute aus dem Viertel; als käme er aus einer anderen Gegend oder einem fremden Land. »Ich habe keine Zeit, mich mit diesem Kram hier abzugeben, aber ich habe keinen einzigen sauberen Löffel mehr im Schrank, und von meiner eigenen Kocherei habe ich mittlerweile mehr als genug.«
Die kleinen grünen Augen lagen blitzend unter buschigen weißen Brauen. Das weiße Haar stand dem Alten wild und zerzaust um den Kopf, Kinn und Wangen waren von weißen Bartstoppeln bedeckt. Er trug einen zerknitterten Rock, sein Halstuch saß schief, das weiße Hemd hatte einen grauen Schimmer und war voller Flecken. Im Grund war er einfach ein ungepflegter alter Mann, aber auf Samantha wirkte er wie der Unhold, vor dem Freddy sie so eindringlich gewarnt hatte.
Am liebsten hätte sie auf der Stelle kehrt gemacht und wäre davongelaufen, aber das konnte sie nicht. Es war der Wunsch ihres Vaters, daß sie diesem schrecklichen alten Mann das Haus führte, und wenn sie die Gründe für diesen Wunsch auch nicht verstehen konnte, ihrem Vater zuliebe würde sie bleiben.
»Damit wirst du zweifellos den ganzen Tag zu tun haben«, fuhr Hawksbill fort. »Mittags bringst du mir einen Becher Milch und ein paar Scheiben Brot dazu und stellst mir die Sachen vor die Tür. Mein Zimmer ist am Ende des Flurs, gegenüber vom Wohnzimmer. Die Tür ist abgeschlossen. Stell' das Essen einfach hin und geh' dann wieder in die Küche. Laß dir ja nicht einfallen zu klopfen. Fürs Abendessen liegt da in der Speisekammer ein kaltes Huhn. Nimm dir einen Flügel und bring mir den Rest. Stell den Teller vor die Tür und geh' nach Hause, wenn du gegessen hast. Wir sprechen uns morgen wieder. Wenn du Fragen hast, heb' sie dir für morgen auf.«
Einen Moment lang musterte Isaiah Hawksbill sie noch mit seinen, wie ihr schien, böse schillernden grünen Augen, dann wandte er sich ab und schlurfte hinaus.
Die Aufgaben, die Samantha erwarteten, waren von wahrhaft herkulanischem Ausmaß, aber sie ließ sich davon nicht abschrecken, sondern

stürzte sich mit Feuereifer in die Arbeit. Sie war entschlossen, sich Hawksbills Lob zu verdienen, um es ihrem Vater zum Zeichen dafür, daß sie seiner Liebe würdig war, als Geschenk zu bringen. Unverdrossen säuberte sie Schränke und Borde, putzte Becken und Anrichte, fegte und schrubbte, warf die verrotteten Abfälle in die Mülltonne hinter dem Haus und wusch Berge von Geschirr. Zur Mittagszeit trug sie Hawksbills karges Mahl durch den langen dunklen Gang und stellte Becher und Teller vor der verschlossenen Tür nieder. Ehe sie zur Küche zurückging, lauschte sie einen Moment, hörte aber nichts als gedämpftes Scharren und Schlurfen. Als sie am Abend das kalte Huhn zu Hawksbills Zimmer trug, fand sie vor der Tür das geleerte Mittagsgeschirr. Durch die verschlossene Tür drang nicht ein einziger Laut.

Das Haus war dunkel und verstaubt, die Möbel waren sämtlich mit Leintüchern zugedeckt. Eine Treppe führte in bedrohliche Schwärze hinauf. Als es draußen zu dunkeln begann, packte Samantha eine solche Furcht, daß sie nicht einmal mehr ihr Essen wollte. Sie warf den Hühnerflügel in den Mülleimer, schlug die Haustür hinter sich zu und rannte wie gejagt nach Hause.

Am nächsten Morgen erwartete Hawksbill sie schon.

»Mein Bett muß frisch bezogen werden. Zieh es ab, wasch die Leintücher und häng sie draußen auf. Frische Wäsche findest du irgendwo in einem Schrank, Mittag bringst du mir Milch und Brot wie gestern und zum Abendessen ein paar Wurstbrote. Aber streich die Wurst ja nicht zu dick. Stelle mir das Essen wieder wie gestern vor die Tür.«

Er trat einen Schritt näher und packte sie beim Arm. »Merk dir eines, kleines Fräulein – das abgeschlossene Zimmer geht dich nichts an.« Er neigte sich so dicht zu ihr hinunter, daß sein Haar beinahe ihr Gesicht berührte. »Wenn ich dich auch nur ein einzigesmal dabei erwische, daß du an der Klinke herumfummelst, kannst du was erleben. Hast du mich verstanden?«

Als das Ende der ersten Arbeitswoche herankam, war Samantha so müde, daß sie sich kaum noch auf den Beinen halten konnte. Die Arbeit, die es in Hawksbills finsterem Haus zu erledigen gab, hätte zwei kräftige Dienstmädchen den ganzen Tag auf Trab gehalten. Morgens mußte Feuer gemacht und der Kessel aufgesetzt werden; das Kamingitter mußte geputzt und poliert werden, ebenso der Rost; Leintücher und Schonbezüge mußten von den Möbeln genommen, ausgeschüttelt und wieder aufgelegt werden; die Böden mußten gefegt, die Teppiche geklopft, Simse und Regale abgestaubt werden. Dazu mußte sie täglich spülen und Hawksbills Mahlzeiten zubereiten. Zum Einkaufen gab er ihr neun Pence; davon

mußte sie Milch, Brot und Fleischpasteten, die schon angegangen waren, bezahlen. Doch als der alte Hawksbill ihr am Ende der Woche drei Shilling in die Hand drückte, war alle Müdigkeit wie weggeblasen. Sie war selig. Ein Geschenk für ihren Vater.
»Na, wie ist es denn so?« erkundigte sich Freddy, der sich auf ihrem Heimweg zu ihr gesellte.
»Ach, geht schon. Nichts Besonderes.«
»Macht er keine schlimmen Sachen?«
Samantha dachte an die abgeschlossene Tür. »Ich hab' nichts davon gemerkt.«
Freddy kickte mit dem Fuß einen Stein vor sich her. Er war fast fünfzehn, hochaufgeschossen und schlaksig, ein hübscher Halbwüchsiger.
»Harry Passwater hat mir erzählt, der Alte hätte mal mit einem kleinen Mädchen was ganz Schlimmes angestellt. Er wär' beinah' dafür aufgehängt worden, aber dann hat er die Zeugen verzaubert, und keiner konnte ihm was nachweisen.«
»Du kannst Harry Passwater ausrichten, er soll nicht solche Geschichten erzählen.«
»He, jetzt setz dich bloß nicht aufs hohe Roß, Samantha Hargrave! Du bist vielleicht in Stellung, aber darauf brauchst du dir noch lange nichts einzubilden.«
Vor dem Haus der Hargraves angelangt, faßte Freddy Samantha impulsiv bei den Schultern. Mit einem Ernst, den sie nie zuvor an ihm gesehen hatte, sagte er: »Wenn der alte Kerl dir auch nur ein Härchen krümmt, Sam, schlag ich ihm seinen grauslichen Schädel ein. Das schwör' ich dir.«
Sie sah ihm nach, bis er verschwunden war, dann lief sie ins Haus. Ihr Vater nahm die drei Shilling ohne ein Wort.

Der Sommer ging zur Neige, ein regnerischer Herbst folgte und wurde von einem trüben, grauen Winter abgelöst. Für Samantha, die nun nicht mehr nach Herzenslust auf der Straße herumspringen konnte, reihten sich die Tage in ereignisloser Eintönigkeit aneinander, die nur ab und zu von einem Brief ihres Bruders James aus Oxford unterbrochen wurde. Tagsüber erledigte sie ihre Arbeit in Isaiah Hawksbills stillem, finsteren Haus, abends saß sie in der freudlosen Wohnstube unter dem strengen Blick ihres Vaters beim Bibelstudium. Mit der Zeit regte sich eine immer stärker werdende Neugier in ihr.
Was trieb Mr. Hawksbill Tag für Tag hinter der verschlossenen Tür?

6

Isaiah Hawksbill hatte zwei streng gehütete Geheimnisse: Dem einen wäre man auf den Grund gekommen, wenn man die Dielenbretter im kleinen Vorsaal seines Hauses hochgehoben hätte; dem anderen, wenn man seiner Herkunft nachgespürt hätte. Er war Jude.

Isaiah Rubinowitsch, in Weißrußland geboren, war der Sohn eines armen Hausierers und seiner schwindsüchtigen Frau. Er hatte eines Nachts aus dem Getto fliehen müssen, als die bewaffneten Horden des Zaren ihn abholen wollten. Zar Nikolaus hatte verfügt, daß alle Juden männlichen Geschlechts zwischen zwölf und achtzehn Jahren zu fünfundzwanzig Jahren Wehrdienst eingezogen werden sollten. Isaiah war mit einem Laib Brot und dem Versprechen geflohen, daß er eines Tages zurückkehren würde. Seitdem waren fünfundvierzig Jahre vergangen.

Das Schicksal hatte ihn erst nach Polen, dann nach Deutschland verschlagen, wo die Juden größere Freiheit genossen und das akademische Leben blühte. In Gießen wurde er von entfernten Verwandten aufgenommen und begann an der Universität Gießen bei Justus von Liebig das Studium der Pharmakologie.

So sehr der junge, einsame Isaiah sich danach sehnte, eines Tages in seine Heimat zurückzukehren, wußte er doch, daß dies nur ein schöner Traum war; in den Jahren seit seiner Flucht hatten sich die Lebensbedingungen der Juden in Rußland weiter verschlechtert; sie wurden verfolgt und waren größter materieller Not ausgesetzt. In Westeuropa hingegen bot sich Isaiah ein Leben in Freiheit und die Aussicht auf Wohlstand und Ansehen.

Nach Beendigung seines Studiums ließ Isaiah sich als Apotheker nieder und genoß die Wertschätzung vieler ausgezeichneter Ärzte. Infolge seines jähzornigen Temperaments und gewisser radikaler Ansichten jedoch fiel er bei der Regierung in Ungnade. Wieder brach er seine Zelte ab und gelangte über Paris in die explosionsartig wachsende Hauptstadt des Britischen Empire. Er nahm einen anderen Namen an und baute sich eine neue Existenz auf. Ein Jahr später lernte er eine schöne englische Jüdin namens Rachel kennen und heiratete sie. Es folgten einige Jahre ungetrübten Glücks, bis im Jahr 1848 die Cholera-Epidemie ihm seine Familie raubte.

Er schloß seine florierende Apotheke, zog in das Haus am St. Agnes Crescent und lebte fortan in völliger Abgeschlossenheit von der Gesellschaft.

Er erwartete Samantha, wie das seine Gewohnheit war, Punkt sieben an der Hintertür seines Hauses. An diesem Morgen jedoch saß ein angestaubter Zylinder auf seiner schlohweißen Mähne, und er trug einen Ulster über dem Gehrock.
»Ich muß ausgehen. Zwar widerstrebt es mir, aber diese Angelegenheit kann ich nur persönlich erledigen.«
Obwohl Samantha sich sogleich nach seinem Weggang mit Energie in ihre Arbeit stürzte und obwohl sie es gewöhnt war, allein zu arbeiten, war ihr gar nicht wohl bei dem Gedanken, daß sie nun tatsächlich mutterseelenallein in diesem unheimlichen Haus war. Um sich selber Mut zu machen, summte sie vor sich hin, während sie fegte und wischte, flüsterte kleine Monologe beim Abspülen, ging mit künstlich schwerem Schritt durch Zimmer und Gänge. Irgendwann stand sie ganz unvermeidlich vor der verbotenen Tür.
Wie so oft schon zuvor, drückte sie vorsichtig das Ohr an die Füllung. An manchen Tagen hatte sie merkwürdige Kratz- und Schabgeräusche gehört, ab und zu auch mal ein Poltern und erst gestern ein Klirren, als würde eine schwere Kette über den Boden gezogen. An diesem Morgen war es totenstill.
Sie trat einen Schritt zurück und musterte die Eichentäfelung.
Das Gehörige wäre es gewesen, jetzt umzudrehen und in die Küche zurückzukehren. Aber sie stand wie angewurzelt. Immer heftiger drängte die kindliche Neugier sie, zu erforschen, was sich hinter der verbotenen Tür befand, bis sie schließlich ganz langsam die Hand ausstreckte und vorsichtig die Klinke berührte. Zu ihrem Schrecken bewegte sich die Tür nach innen.
Sie riß die Hand zurück, als hätte sie etwas gebissen. Er hatte das Zimmer nicht abgesperrt.
Samantha schluckte einmal, dann legte sie die Hand flach auf die Türfüllung und drückte behutsam. Die Tür schwang langsam auf. Von der anderen Seite gähnte ihr schwarze Finsternis entgegen. Mit angstvoll aufgerissenen Augen trat Samantha einen Schritt vor. Dann noch einen. Und noch einen, bis sie schließlich in dem geheimnisvollen Zimmer stand.
Es war eiskalt. Nirgends schimmerte ein Licht. Zwischen den schweren Samtportieren stahl sich ein dünner Strahl grauen Morgenlichts in die Dunkelheit. Langsam gewöhnten sich ihre Augen an die Düsternis, und sie konnte verschiedene Gegenstände erkennen.
Nie in ihrem Leben hatte sie ein so vollgepfropftes und unordentliches Zimmer gesehen.

Dicke Bücher und Folianten stapelten sich zu wackeligen Türmen, die aussahen, als könnte der leiseste Windhauch sie umstoßen; an den Wänden standen große Holzkisten; Berge von Papieren häuften sich auf einem Tisch, an den Wänden hingen Bilder und graphische Darstellungen; ausgestopfte Eulen und Falken hockten auf dem Kaminsims, und im Kamin selbst stand eingezwängt eine große, noch ungeöffnete Kiste. Im ganzen Zimmer war kaum genug Platz, um einen Fuß vor den anderen zu setzen.
An der einen Wand stand ein langer Arbeitstisch voller Flaschen und Dosen und vielerlei Glasgegenständen, denen Samantha keinen Namen geben konnte. Über dem Tisch bogen sich Holzborde unter der Last weiterer Bücher, Papiere und Flaschen.
Dann sah sie es plötzlich. Ein Glasgefäß, in das ein kleiner Mensch eingesperrt war.

Isaiah Hawksbill eilte durch die Hintertür ins Haus und schüttelte sich die Regentropfen von Schultern und Armen. Er schälte sich aus dem langen Schal, den er sich um die untere Gesichtshälfte gewickelt hatte, und säuberte sich die Schuhe auf dem Abtreter.
Fasziniert neigte sich Samantha näher zu dem Glasbehälter und starrte offenen Mundes den kleinen Gefangenen mit den winzigen ausgebreiteten Armen an. Er wollte offensichtlich hinaus.
Hawksbill ging tief in Gedanken durch den dunklen Flur und blieb abrupt stehen, als er die Tür zu seinem Arbeitszimmer offenstehen sah.
Samantha hob sich auf die Zehenspitzen und streckte die Arme nach dem Glasbehälter aus. Vorsichtig schloß sie die Finger darum und zog ihn an den Rand des Bordes. Als sie ihn herunterheben wollte, hörte sie an der Tür ein Geräusch. Sie drehte sich um. Er stand auf der Schwelle. Samantha schrie erschrocken auf und ließ den Glasbehälter fallen, der auf dem Boden in tausend Scherben zersprang.
Wie ein riesiger schwarzer Vogel in seinem flatternden Cape stürzte er sich auf sie. Sie schrie laut, als er sie mit knochigen Händen packte und schüttelte.
»Bitte, Sir, ich wollte ihn doch nur freilassen. Ich hab' sonst nichts angefaßt. Bestimmt nicht. Bitte schlagen Sie mich nicht, Mr. Hawksbill.«
Immer noch schüttelte er sie. »Ich habe dich gewarnt, du ungezogenes Ding!«
»Er wollte doch raus!« schrie sie. »Ich wollte ihn nur rauslassen.«
»Ich werde dich lehren, meine Verbote zu mißachten!«
Samantha schaffte es, sich loszureißen und deckte schützend einen Arm

über ihr Gesicht. »Bitte, bitte, Mr. Hawksbill, schlagen Sie mich nicht.«
Er sagte nichts. Als Samantha vorsichtig unter dem Schutz ihres Armes zu ihm aufsah, bemerkte sie, daß er verwirrt war.
»Was redest du da?« fragte er. »Wen wolltest du freilassen?«
Jetzt erst begann Samantha zu weinen. »Den kleinen Mann da«, antwortete sie schluchzend. »Warum haben Sie ihn in der Flasche eingeschlossen? Er wollte raus, und ich wollte ihm helfen.«
Zu ihrer Überraschung trat der alte Hawksbill einen Schritt von ihr weg und richtete sich auf. »Hör auf zu weinen!« befahl er.
Samantha schniefte und schnüffelte.
»Ich habe gesagt, du sollst aufhören zu weinen. Also, was hat das Gerede zu bedeuten?«
»Der kleine Mann da!« Sie deutete auf die Scherben auf dem Boden.
Hawksbill zog eine kleine Schachtel aus seiner Rocktasche, riß ein Schwefelhölzchen an und entzündete die Petroleumlampe. Dann bückte er sich zu der Bescherung auf dem Boden.
»Meine Alraunwurzel«, sagte er in überraschend ruhigem Ton. »Aber es ist nichts passiert, sie ist nicht beschädigt.« Er sah zu Samantha auf. »Habe ich dir wehgetan?«
»N-nein, Sir.«
Er blickte wieder zum Boden hinunter und schob mit seinen knorrigen Fingern vorsichtig die Glasscherben zusammen. »Wird mühsam werden, das aufzufegen. Es hatte genau die richtige Größe. Wer weiß, ob ich nochmal so eines finde...«
Samantha schaute erstaunt zu ihm hinunter. Sie sah den gekrümmten alten Rücken, die gebogenen Schultern, den rosigen Scheitel inmitten des Kranzes ungebärdiger weißer Haare und sagte mit kleiner Stimme: »Es tut mir leid, Mr. Hawksbill. Wirklich, es tut mir so leid.«
Er richtete sich schwerfällig auf. »Es macht nichts. Kinder sind nun mal neugierig.« Seine Stimme wurde weich. »Habe ich dir auch wirklich nicht wehgetan?«
»Überhaupt nicht, Mr. Hawksbill.«
»Weißt du, sie war genau in deinem Alter...«

»So eine Alraunwurzel ist ein seltsames Ding, weißt du. Weil sie so eine Ähnlichkeit mit einem winzigen Menschen hat, glaubte man jahrhundertelang, sie hätte besondere, geheimnisvolle Kräfte.«
Sie saßen in dem Durcheinander des Arbeitszimmers und tranken Tee. Samantha hatte die Glasscherben aufgefegt, und Mr. Hawksbill hatte einen neuen Behälter für seine Wurzel gefunden.

»Man glaubte, die Alraune klammere sich so fest in die Erde, daß sie, wenn man sie herausriß, schreie und wimmere wie ein gequälter kleiner Mensch, und daß jeder, der ihr Schreien hört, auf der Stelle sterben müsse. Das ist der Grund, warum die Alraune immer von extra darauf abgerichteten Hunden herausgezogen wurde.«
Samanthas Blick wanderte zu dem Glasgefäß, in dem die Wurzel nun wieder eingesperrt war. Jetzt war sie wirklich nichts weiter als eine Wurzel. Aber vorher hätte Samantha schwören können...
»*Sie* nannte die Alraune auch immer ein kleines Männchen.«
»Wer?«
»Meine kleine Ruth. Sie war etwa in deinem Alter, als sie –« er schluckte – »an der Cholera starb. Ich habe alles versucht, um sie zu retten, aber mein ganzes Wissen war nutzlos. Ich konnte ihr nicht helfen. Das war vor mehr als zwanzig Jahren. Als ich Ruth und Rachel verloren hatte, gab ich meine Apotheke auf und zog mich hierher zurück.«
»Und was tun Sie hier?«
»Du bist ein neugieriges kleines Ding, wie? Aber Ruth war genauso. Immer stellte sie mir Fragen...« Die Stimme des Alten verklang und einen Moment lang sah er Samantha schweigend an. »Wo ist deine Mutter, Kind?« fragte er dann.
»Weiß ich nicht.«
»Erinnerst du dich an sie?«
»Nein.«
»Betest du für sie?«
»Ich bete jeden Abend für die gefallenen Frauen vom Haymarket.«
»Wozu denn das?«
»Vater will es so.«
»Und er hat dir nie gesagt, daß du für deine Mama beten sollst? Hast du dir nie Gedanken über sie gemacht?«
»Nein, ich hab' nie an sie gedacht. Das ist sicher nicht richtig, weil ja jeder eine Mutter hat, sogar Freddy. Ich glaub', ich hab' immer gedacht, ich hätte nie eine Mutter gehabt. Aber das kann ja nicht sein, oder?«
»Nein, das kann nicht sein...«
Dies war ein neues Geheimnis, dem Samantha sich nun zuwenden konnte, da das Rätsel um das verbotene Zimmer des alten Mr. Hawksbill nun gelöst war. Er sei ein Kräuterkundiger, erklärte er ihr, und arbeite täglich an einem umfassenden Buch über Pflanzen- und Kräutermedizin. Da das Schreiben eines solchen Werkes viel gründliche Forschung und Disziplin erfordere, müsse er alle seine Energien darauf konzentrieren. Nun wollte Samantha wissen, was mit ihrer Mutter geschehen war.

Die Antwort auf ihre Frage fand sie eines Abends in der Bibel, auf der Seite mit der Überschrift ›Familienregister‹. Am nächsten Morgen bat sie Isaiah Hawksbill um Erläuterung.
»Was heißt ›verschieden‹?«
Er hatte gerade aus der Küche hinausgehen wollen. »Warum fragst du?«
»Weil meine Mutter das ist. Es steht neben ihrem Namen.«
»Das heißt gestorben.«
»Meine Mutter ist tot?«
»Ja, das heißt es.« Er wandte sich ab.
»Sie ist an meinem Geburtstag gestorben. Wie ist sie gestorben?«
»Warum fragst du das nicht deinen Vater?«
»Oh, den darf ich nicht stören.«
»Aber mich darfst du stören!« rief er ärgerlich.
Samantha fuhr zurück. »Entschuldigen Sie, Mr. Hawksbill –«
»Ich bin mit meiner Arbeit sowieso schon spät dran. Ich bin kein junger Mann mehr. Ich muß mich dranhalten, wenn das Buch noch veröffentlicht werden soll, ehe *ich* verschieden bin.«
Als er auf dem Absatz kehrt machte, rief Samantha hastig: »Warum stellen Sie dann nicht jemanden an, der Ihnen hilft?«
Die grünen Augen blitzten zornig. »Was soll das heißen, du impertinentes Ding? Erst schnüffelst du in meinen Sachen herum und jetzt willst du mir auch noch sagen, wie ich meine Arbeit tun soll!«
»Aber es ist doch soviel Arbeit, Mr. Hawksbill. Das haben Sie selbst gesagt. Und es wäre so schade, wenn Sie nicht fertigwerden würden, ehe Sie sterben. Ein Junge, der Kraft hat und Ihre Bücher rumschleppen könnte und Besorgungen –«
»Himmel!« schimpfte er, doch dann hielt er nachdenklich inne. »So dumm ist der Gedanke gar nicht.«
Samantha, die an Freddy dachte, sagte eilig: »Wenn Sie einen Jungen anstellen, der Ihnen Gläser und Flaschen kaufen kann, der Ihre Bücher sortiert, damit Sie leichter rankommen, und der Ihnen allerhand unwichtige Sachen abnehmen kann, damit Sie mehr zum Schreiben kommen –«
»Brauch' ich nicht«, entgegnete er kurz. »Ich hab schließlich dich.«
Sie riß die Augen auf. »Mich, Sir?«

Noch am selben Tag machte er sie zu seiner Gehilfin. Sie mußte Kisten auspacken, Behälter mit getrockneten Kräutern und Blütenblättern und Samen sortieren, Federkiele spitzen, Bücher abstauben. Als der Alte entdeckte, daß sie lesen konnte, ließ er sie die Stapel von Büchern über Wesen und Art Hunderter von Pflanzen alphabetisch ordnen; und als er entdeckte, daß sie auch schreiben konnte, mußte sie für ihn Etiketten mit den lateinischen Namen der Pflanzen beschriften.

Samanthas erste Arbeitswoche als Gehilfin des alten Hawksbill war noch nicht vorüber, da begann er immer häufiger, ihr Erklärung und Unterweisung zu geben. Sie lernte, daß Lakritze auf lateinisch *Glycyrrhiza glabra* hieß, daß die Kerne der Wassermelone gegen Bandwurm wirkten, daß *centranthus ruber* ein ausgezeichnetes Beruhigungsmittel war. Ihr Lerneifer wuchs mit jedem neuen Wort, das sie erfuhr; je mehr er ihr beibrachte, desto größer wurde ihr Wissensdurst. Isaiah Hawksbill, der von sich selbst vermutet hätte, daß ihre begierigen Fragen ihn irritieren würden, stellte mit Erstaunen fest, daß er die Geduld in Person war. Ja, mit dem nicht nachlassenden Wunsch des Kindes zu lernen, erwachte in dem versteinerten Alten ein intensiver Wunsch, sein eigenes Wissen weiterzugeben.

Die Beziehung zwischen dem alten Mann und dem kleinen Mädchen bekam ein völlig neues Gesicht. Immer weniger Zeit brachte Samantha in der Küche zu, vielmehr saß sie im Arbeitszimmer an Hawksbills Seite, hörte seinen Belehrungen zu, stellte Fragen, prägte sich alles ein, was er ihr erzählte. Als er ihr über die Heilkraft des Ginseng-Tees berichtete und entdeckte, daß sie noch nie von China gehört hatte, kramte er ein verstaubtes Geographiebuch heraus und zeigte ihr Kontinente und Ozeane der Erde. Als er merkte, daß ihr Vater ihr nicht einmal die Grundbegriffe der Mathematik beigebracht hatte, begann er, mit ihr das Rechnen zu üben. Ihr Lerneifer und ihre rasche Auffassungsgabe freuten und beflügelten ihn.

Den ganzen kalten Winter hindurch saß Isaiah Hawksbill Tag für Tag mit Samantha am lodernden Feuer und lehrte sie alles, was er wußte. Sein großes Werk über die Heilkraft der Kräuter und Pflanzen, an dem er viele Jahre lang mit solcher Besessenheit gearbeitet hatte, verlor an Bedeutung für ihn; jetzt fand er seine größte Befriedigung darin, diesem aufgeschlossenen und wißbegierigen kleinen Mädchen ein guter Lehrer zu sein. Als der Frühling kam, und Samanthas elfter Geburtstag sich näherte, erweiterte er den Unterricht auf Astronomie, Zoologie und antike

Geschichte. Jeder Tag wurde Samantha zu einem neuen Abenteuer an der führenden Hand des alten Hawksbill.
Ihrem Vater sagte Samantha kein Wort von diesen Lehrstunden.

8

Der alte Hawksbill hob eine Majolikadose hoch und drehte sie langsam im Licht.
»Das ist *smilax officinalis*, Samantha, etwas ganz besonders Wertvolles.«
Sie musterte die kleinen dornigen Ranken mit den langen dünnen Wurzeln. »Woher kommt es?«
»Oh, das findet sich an vielen Orten der Erde. Das graue wächst in Mexiko, das braune in Honduras, und das hier –« Er klopfte leicht an die Dose – »stammt von den westlichen Hängen der Anden. Es ist sehr schwer zu bekommen.«
»Und wozu braucht man es?«
»Wozu man es braucht, Kind? Es ist ein uraltes Mittel zur Linderung der Geburtsschmerzen. Und es hilft bei einem Brustleiden, das man *Angina pectoris* nennt. Die Wilden Nordamerikas glauben außerdem, daß es gegen Impotenz hilft.«
Samantha versuchte, den schwierigen lateinischen Namen auszusprechen.
»Du kannst es auch Stechwinde nennen, Kind. Das ist –«
Lautes Getöse auf der Straße störte unversehens die beschauliche Ruhe des Junimorgens. Isaiah Hawksbill rutschte von seinem hohen Hocker und trat ans Fenster. Der Anblick, der sich ihm bot, war chaotisch: Ein Fuhrwerk, dessen Kutscher die Gewalt über das Pferd verloren hatte, war die schmale Straße hinuntergedonnert, hatte Gemüsekarren umgerissen und Passanten in die Flucht geschlagen. Zwei unerschrockene Bauarbeiter sprangen auf das Fuhrwerk zu, dem eine schreiende Menge hinterherrannte, bekamen die Zügel des Pferdes zu fassen und kämpften mit dem verschreckt wiehernden Tier, bis sie es schließlich direkt vor Hawksbills Haus zum Stillstand brachten.
Samantha lief neugierig ebenfalls zum Fenster und spähte hinaus. Am Rand der laut diskutierenden Menge sammelte sich jetzt eine kleine Menschengruppe.
»Was ist denn passiert, Mr. Hawksbill?«
»Sieht aus, als sei jemand verletzt worden.«

Sie sah ihn an. »Wollen wir da nicht helfen?«
Er schüttelte den Kopf. »Das ist nicht unsere Sache.«
»Aber Sie haben doch die vielen guten Arzneien.«
»Nichts da. Ich will damit nichts zu tun haben.«
Samantha schaute wieder hinaus. Zwei Männer, die zwischen sich wie eine Bahre eine Tür trugen, kamen die Straße heruntergelaufen. Samantha wirbelte herum und rannte zur Hintertür, da die Haupttür des Hauses stets verschlossen war. Sie flitzte die Hintergasse entlang, bog um die Ecke und blieb am Rand der Menge atemlos stehen. Der Fuhrmann stand händeringend da und sagte immer wieder: »Der Junge wollte den Gaul ganz allein aufhalten. Ich konnte nicht mehr ausweichen.«
Die Menge teilte sich, um die Männer mit der Tür durchzulassen, und da sah Samantha, daß es Freddy war, der da stöhnend auf der Straße lag. Mit einem Aufschrei lief sie zu ihm und fiel neben ihm auf die Knie. Er drehte den Kopf stöhnend und wimmernd von einer Seite auf die andere, doch die Augen öffnete er nicht.
»Aus dem Weg, Fräuleinchen. Wir müssen ihn auf die Trage laden.«
Die beiden Männer packten den verletzten Jungen grob an den Füßen und unter den Armen und warfen ihn wie einen Sack auf die Tür. Samantha starrte entsetzt auf Freddys rechtes Bein: Die beiden gesplitterten Enden eines gebrochenen Knochens stießen durch das Fleisch, das von Blut und Straßenschmutz verschmiert war.
Ein Schatten fiel auf sie, und die Leute rundherum wichen zurück. Sie sah auf. Isaiah Hawksbill stand neben ihr. »Wohin bringen sie ihn, Mr. Hawksbill?«
Er blickte mit zusammengekniffenen Augen auf Freddys verletztes Bein. »Ins Krankenhaus.«
Erinnerungen an den Besuch im North London Hospital wurden wach, gräßliche Bilder wurden plötzlich wieder lebendig.
»Nein!« rief sie. »Das dürfen sie nicht.« Sie warf sich schützend über Freddy.
»Beruhige dich«, sagte Hawksbill und faßte nach ihrer Hand.
»Nein!« schrie sie laut. »Nicht ins Krankenhaus. Nicht ins Krankenhaus!«
»Na los, Mister«, sagte der eine der Männer mit der Tür. »Tun Sie die Kleine da weg. Wir haben nicht den ganzen Tag Zeit.«
Isaiah Hawksbill sah stumm zu dem kleinen Mädchen hinunter, das mit dünnen Armen die kräftigen Schultern des verletzten Jungen umschlungen hielt und ihn mit tränennassem Gesicht flehend anblickte. Gefühle, die er längst tot geglaubt hatte, rührten sich in ihm.

»Ich kümmere mich um den Jungen«, hörte er sich sagen. »Kommen Sie mit.«
Einen Moment lang leuchtete Samanthas Gesicht auf. Sie sprang auf, nahm Freddys Hand und ging neben den beiden Männern, die die Tür trugen, durch die Hintergasse bis zum Haus des alten Hawksbill. Drinnen befahl ihnen der Alte, den Jungen in die Wohnstube zu tragen. Er zog ein Leintuch von einem breiten Sofa und sagte: »Legen Sie ihn hier hin.«
Die Männer kippten Freddy wie eine Ladung Kohlen von der provisorischen Trage und machten sich davon. Der alte Hawksbill legte den bewußtlosen Jungen auf den Polstern gerade und beugte sich über ihn, um ihn zu untersuchen.
»Ich weiß nicht, ob ich da was tun kann, Kind«, sagte er, sich aufrichtend. »Jetzt hol erstmal ein frisches Leintuch und reiß es in Streifen, und dann bring mir heißes Wasser.«
Beim Waschen der Wunde hatte Hawksbill mit seinen von der Gicht verkrümmten Fingern große Mühe.
»Warten Sie, das kann ich doch machen«, sagte Samantha, und als er ihr das Tuch gab, kniete sie neben Freddy nieder und säuberte mit liebevoller Behutsamkeit die Wunde.
Hawksbill ging in sein Arbeitszimmer und kam mit mehreren Behältern mit zerstoßenen Kräutern und Wurzelsud zurück. Samantha gab die Arzneien vorsichtig auf den bloßgelegten Knochen und die zerrissenen Muskelfasern. Isaiah Hawksbill, der neben ihr stand und ihr zusah, war erstaunt, mit welcher Geschicklichkeit und ruhiger Fürsorge sie zu Werke ging.
Gemeinsam unternahmen sie es, den gebrochenen Knochen zu schienen. Sie zogen das Bein der Länge nach auseinander und schoben es dann, zwischen zwei starre Bretter eingeklemmt, vorsichtig wieder zusammen. Danach zog Samantha unter der Anleitung des Alten das Fleisch und die Haut zusammen und klebte Pflaster darüber, damit die Wunden nicht wieder aufreißen konnten.
Als sie fertig waren, sank Hawksbill erschöpft in einen Sessel, während Samantha sich das feuchte Gesicht wischte und in die Küche ging, um eine Kanne Tee aufzugießen. Draußen war es dunkel geworden, und in der ganzen langen Zeit hatte Freddy nicht ein einziges Mal das Bewußtsein wiedererlangt.
»Wir haben das Menschenmögliche getan, Kind«, sagte Hawksbill müde. »Nun können wir nur noch auf Gottes Hilfe vertrauen.«
Samantha trank einen Schluck Tee. »Er wird doch wieder gesund, oder?«

Hawksbill schüttelte bedenklich den Kopf. »Ich will dich nicht belügen, Samantha. Es steht schlecht um ihn. Die meisten Menschen sterben an komplizierten Knochenbrüchen.«
»Aber wieso? Wir haben doch die Knochen eingerichtet und geschient und die Wunde zugemacht.«
»Weil sich ganz sicher eine *Sepsis* entwickeln wird, und dagegen gibt es kein Mittel.«
»Was ist Sepsis?«
»Gift, Kind, Entzündung. Niemand weiß, wodurch sie hervorgerufen wird und darum weiß auch niemand, was man gegen sie unternehmen kann.« Hawksbill schwieg. Er hatte kürzlich von einem jungen Quäker aus Schottland gehört, einem gewissen Joseph Lister, der behauptete, ein Heilmittel gefunden zu haben. Der Alte schüttelte den Kopf. Er konnte nicht recht daran glauben.
Samantha schaute zu Freddy hinüber, der sachte atmend mit geschlossenen Augen auf dem Sofa lag. »Ich passe auf ihn auf«, sagte sie leise.
Die folgenden Tage waren ein einziger Angsttraum. Freddy bekam hohes Fieber und warf sich im Delirium rastlos auf dem Sofa herum. Samantha saß stundenlang bei ihm, ihre kühle Hand auf seiner brennenden Stirn, und es schien wirklich, als wirke ihre Gegenwart, ihr leises tröstendes Sprechen beruhigend auf ihn. Sie bestand darauf, die von Eiter durchtränkten Verbände jeden Tag zu wechseln, obwohl der alte Hawksbill das für sinnlos hielt, und legte bei jedem Verbandwechsel frische Salbe und neuen Brotschimmel auf. Sie kümmerte sich mit so selbstverständlicher Fürsorge und soviel behutsamer Geschicklichkeit um ihn, daß Hawksbill den Eindruck hatte, die kleine Elfjährige wüßte genau, was sie zu tun hatte.
Sie blieb jetzt immer bis in die Nacht hinein. Ihr Vater merkte es gar nicht. Hawksbill verstand die Gleichgültigkeit dieses Vaters nicht. Hätte er eine so schöne und intelligente Tochter gehabt, er hätte sie soviel wie möglich um sich haben mögen. Er war froh und dankbar dafür, Samantha jeden Tag so lang in seinem Haus haben zu dürfen, auch wenn sie einzig wegen des kranken Jungen blieb, der fieberlallend, mit dick angeschwollenem Bein in seiner Wohnstube lag. Bald, das wußte der Alte nur zu gut, würde es vorüber sein.

Samantha trug die Schmalzbrote, die sie zum Abendessen gestrichen hatte, ins Arbeitszimmer. In den letzten Monaten war der alte Hawksbill großzügiger geworden und pflegte Samantha Geld genug für anständiges Essen zu geben. Sie aßen jetzt regelmäßig Kohl und Kartoffeln, Bratwürste, Marmelade oder Käse auf dem Brot und zum Nachtisch ab und zu eine süße Pastete.

»Er ist heut' so ruhig, Mr. Hawksbill. Den ganzen Tag schon. Das macht mir angst.«

Hawksbill, der an seinem Arbeitstisch saß und getrocknete Schwarzwurzelblätter von ihren Stengeln trennte, murmelte: »Vielleicht wäre es am besten gewesen, ihn ins Krankenhaus bringen zu lassen. Er hätte einen Chirurgen gebraucht.«

»Nein«, entgegnete sie leise, aber entschieden. »Im Krankenhaus machen sie alles nur schlimmer. Die Leute, die dahin kommen, sterben fast alle.«

Dem konnte er nicht widersprechen. Im St. Bartholomew's Hospital, das wußte er, verlangte man bei Einlieferung eines Patienten eine Beerdigungsgebühr, die im Fall der Genesung des Patienten zurückerstattet wurde.

»Auch wir werden deinen Freund nicht retten können, Samantha«, sagte er, ihr fest in die Augen schauend. »Es ist ausgeschlossen, daß er durchkommt. Seit mehr als einer Woche hat er keinen Bissen gegessen. Von dem bißchen Wasser, das wir ihm eingeflößt haben, kann er nicht zu Kräften kommen. Er ist, seit er hier liegt, nicht einmal eine Sekunde lang zu Bewußtsein gekommen –«

Hawksbill brach plötzlich ab und sank in sich zusammen. Was half es schon, ihr die Wahrheit einbleuen zu wollen? Sie war so eigensinnig und störrisch, hielt unerschütterlich an der Illusion fest, daß –

Lautes Poltern ließ ihn zusammenfahren. Samantha sprang auf und stürzte in die Wohnstube hinüber. Hawksbill folgte ihr, so schnell er konnte. Als er die offene Tür erreichte, sah er Samantha in verzweifeltem Kampf mit dem tobenden Freddy, dessen glasige Augen weit geöffnet, aber völlig blicklos waren.

»Es ist ja gut, Freddy«, beteuerte Samantha immer wieder, während der Junge sie in seinem Fieberwahn herumschleuderte, als hätte sie überhaupt kein Gewicht. »Ich bin bei dir, Freddy. Du brauchst keine Angst zu haben. Du wirst wieder gesund.«

Fasziniert beobachtete der Alte, wie es Samantha schaffte, den Jungen so weit zu beruhigen, daß sie ihn wieder in die Kissen drücken konnte. Als er still lag, gab sie ihm einen Kuß auf die Stirn und sah dann mit glänzenden Augen zu Hawksbill auf. »Er ist aufgewacht«, flüsterte sie glücklich.

Freddys Genesung ging nur sehr langsam voran. Doch nach einer Weile gab es keinen Zweifel mehr daran, daß er es schaffen würde. Er begann zu essen und ließ sich Samanthas treue Fürsorge dankbar gefallen. Dem alten Hawksbill war klar, daß der Junge nur dank Samanthas liebevoller Pflege mit dem Leben davongekommen war, und er bewunderte die Kraft und den Mut des kleinen Mädchens. Samantha selbst dankte jeden Abend, wenn sie in ihrem Bett lag, Gott für die wunderbare Rettung ihres Freundes.

Schwül und stickig kam der Sommer. Die Luft über der Zwei-Millionen-Stadt verdichtete sich vom Rauch aus unzähligen Fabrikschornsteinen und Dampfbooten zum schwefelgelben, stinkenden Dunst. Im Stadtteil Marylebone brach der Typhus aus und raffte vor den Augen der hilflosen Ärzte Tausende dahin. Doch während der Sommer sich langsam zum kühleren Herbst neigte und dann winterliche Kälte den Himmel über der Stadt reinigte, bis er in frostigem Blau leuchtete, machte Freddys Genesung langsam, aber sicher Fortschritte. Als der November kam, konnte er endlich sein Bein wieder belasten und ohne Hilfe in der Wohnstube umherhumpeln, und er hatte sich rettungslos in Samantha verliebt. Wie übrigens auch der alte Isaiah Hawksbill.

9

Samantha stellte das Tablett mit dem Tee, den warmen Brötchen und der Johannisbeermarmelade auf den Tisch beim Kamin. Freddy stocherte mit dem Schürhaken im Feuer herum und sah ihr zu, während sie Zucker in die beiden Tassen gab.
»Wo ist denn der Alte?« fragte er.
»Ysop kaufen gegangen. Wir haben alles für dein Bein verbraucht. Jetzt muß er neues besorgen.« Samantha setzte sich in einen der Sessel, denen sie schon vor Monaten die Leintücher abgezogen hatte, und stellte ihre Füße auf das Fußbänkchen. »Komm, Freddy, der Tee ist fertig.«
Freddy stellte den Schürhaken weg und humpelte zum anderen Sessel. Die Bretter zum Schienen der Knochen waren inzwischen entfernt worden, aber das Bein war so verkrümmt, daß Freddy beim Gehen schlingerte wie ein alter Seebär.
»Prima, der Tee. Ich hab's mein ganzes Leben nie so gut gehabt, wie in den Monaten hier beim Alten. Tut mir richtig leid, daß ich ihm immer die Hundekacke an die Haustür geknallt hab'.«
Samantha lächelte.
»Sam, ich muß dir was sagen.«
Sie starrte weiter ins Feuer.
»He, Sam, schau mich an.«

Sie hob den Blick. Freddys hübsches Gesicht mit der hohen Stirn und den tiefliegenden braunen Augen war von der Röte des Feuerscheins übergossen und auf seinem nußbraunen, immer zerzausten Haar spielten rötliche Lichter.
»Was ist denn, Freddy?«
»Sam, ich muß fort.«
Einen Moment lang starrte sie ihn erschrocken an, dann stellte sie die Teetasse nieder. »Warum?«
»Weil's an der Zeit ist. Ich bin jetzt fünf Monate hier und praktisch wieder ganz gesund. Ich kann für mich selber sorgen. Es wird Zeit, daß ich geh'.«
Sie sah ihn bestürzt an. »Wie meinst du das?«
»Ich muß weg von hier. Weg aus dem Viertel.«
»Aber das kannst du nicht. Das brauchst du doch gar nicht, Freddy. Du kannst so lange hierbleiben, wie du willst. Für immer. Mr. Hawksbill mag dich.«
»Ja, aber ich will hier nicht bleiben. Es wird Zeit, daß ich selber was auf die Beine stell'.«
»Ich versteh' dich nicht –«
»Jetzt hör' mir mal zu, Sam.« Er neigte sich zu ihr und nahm impulsiv ihre Hand. »Ich bin dem Tod gerade nochmal von der Schippe gesprungen, Sam. Ich war schon mit einem Bein drüben auf der anderen Seite. Wenn du nicht gewesen wärst, hätt's mich bestimmt erwischt. Und dadurch hab' ich jetzt zum erstenmal was begriffen. Daß ich selber meinen Weg machen muß; daß ich was werden muß. Verstehst du, Sam, ich bin kein kleiner Junge mehr. Ich bin erwachsen, und ich kann nicht den Rest meines Lebens auf der Straße leben und Äpfel klauen. Ich brauch' eine richtige Arbeit, damit ich mir ein richtiges Leben aufbauen kann.«
»Aber ich will nicht, daß du fortgehst, Freddy«, rief sie mit Tränen in den Augen. »Du bist doch der einzige, den ich hab'.«
»Unsinn, Sam. Du hast deinen Papa und Mr. Hawksbill und deinen Bruder, der bald ein vornehmer Doktor ist. Außerdem verschwind' ich ja nicht für immer, Sam. Ich komm' zurück. Schneller als du glaubst, warte nur.«
»Aber wohin willst du denn?« fragte sie weinend.
»Ich weiß noch nicht, aber wenn ich das Richtige gefunden hab', merk' ich's bestimmt. Ach, Sam.« Ungeschickt und ein bißchen verlegen streichelte er ihre kleine Hand. Er hätte ihr gern noch viel mehr gesagt – daß er erkannt hatte, daß er für ein Mädchen wie Samantha nicht gut genug

war, daß er ein Mensch werden wollte, auf den sie stolz sein konnte, daß er sie liebte und für sie sorgen wollte –, aber er hatte nicht den Mut, ihr das alles zu sagen; darum blieb es unausgesprochen.
»Schau mal, Sam, du hast vom lieben Gott die Gabe mitgekriegt, andere gesund machen zu können. Wie damals die alte Tigerkatze. Als ich da auf dem Sofa lag, hab ich oft geträumt, daß du mit mir redest und daß du durch einen dicken Nebel, der mir die Luft abschnürte, auf mich zukämst und mich bei der Hand nähmst, um mich rauszuziehen. Ich weiß jetzt, daß das keine Träume waren, sondern daß es wirklich passiert ist. Du hast mir das Leben gerettet, Sam, und das werd' ich nie vergessen.«
Sie umschlang Freddy mit ihren mageren Armen. »Du bist doch mein einziger Freund, Freddy! Ohne dich werd' ich bestimmt schrecklich einsam sein. Ich werde jeden Tag, wo du weg bist, für dich beten.«
Er hielt sie fest an sich gedrückt und spürte eine neue fremde Erregung in sich hochsteigen. Die alte brüderliche Zuneigung hatte einem neuen, aufregenden Gefühl Platz gemacht. Sie war noch keine zwölf Jahre alt, aber in ein paar Jahren, wenn er sein Glück gemacht hatte und als Gentleman zu ihr zurückkehrte, würde sie eine Schönheit sein, und dann würde sie ihm gehören. Freddy drückte sein Gesicht in ihr weiches Haar und murmelte: »Wart' auf mich, Sam. Geh' ja nicht von hier fort, eh' ich wieder da bin.«

10

Es war zwei Tage vor Ostern, ein grauer, regnerischer Morgen. Samantha stand in der eiskalten Küche und blies in die Hände, während sie darauf wartete, daß das Wasser endlich kochen würde.
Isaiah Hawksbill stand an der Tür und beobachtete sie, ohne daß sie es bemerkte.
In wenigen Wochen würde sie zwölf Jahre alt werden; der kindlich magere Körper begann schon, sich auszufüllen und zu runden. Bei ihrem Anblick erwachten Gefühle in ihm, die er längst tot geglaubt hatte; ein brennendes Verlangen und eine tiefe Sehnsucht, sie in die Arme zu nehmen und an sich zu drücken. Nur einmal, vor vier Monaten, an dem Tag, als Freddy fortgegangen war, hatte sie ihm erlaubt, sie zu umarmen. Sie war außer sich gewesen vor Schmerz, hatte schluchzend gedroht, dem Jungen zu folgen; da hatte Hawksbill sie tröstend in die Arme genommen und ihr immer wieder versichert, daß Freddy sein Versprechen halten und eines Tages zurückkehren würde. Ganz langsam hatte sie sich beruhigt.

Aber seit jenem Tag hatte sie sich verändert. Sie war still und verschlossen geworden und gestattete ihm keinerlei Zärtlichkeiten mehr.
»Mr. Hawksbill!« rief sie. »Der Tee ist gleich fertig. Ach, da sind Sie, Sir. Ich hab' Sie gar nicht gesehen.«
Er trat in die Küche. »Laß ihn noch ein bißchen ziehen, Kind, und gib ein bißchen Kamille dazu. Ich spüre heute meine Gelenke.«
Nachdem er gegangen war, schlang Samantha ihre Arme fest um ihren Körper und stampfte mit den Füßen, um sich warm zu machen. Sie spürte ein merkwürdiges schmerzhaftes Ziehen im Bauch, das sie schon seit dem frühen Morgen beunruhigte. Zweimal war sie schon zum stinkenden Plumsklo hinausgelaufen, weil sie meinte, Durchfall zu haben, aber es war gar nichts passiert. Das Rumoren in ihrem Unterleib wurde so stark jetzt, daß sie ein drittesmal hinausrannte; wieder vergeblich. Doch als sie aufstand, spürte sie eine warme Feuchtigkeit zwischen ihren Schenkeln. Verblüfft schaute sie hinunter und sah im spärlichen Licht, das durch die Ritzen der Bretter sickerte, einen Blutfleck auf dem Boden.
In hellem Entsetzen rannte sie zum Haus zurück, stürzte ins Arbeitszimmer und schrie: »Ich bin krank. Ich sterbe.«
Erschrocken rutschte der alte Hawksbill von seinem Hocker. »Was ist geschehen?«
»Ich muß sterben, Mr. Hawksbill.« Sie klammerte sich an ihn. »Bitte bringen Sie mich nicht ins Krankenhaus.«
Der Alte sagte einen Moment lang gar nichts. Er war sich nur des warmen jungen Körpers bewußt, der sich an seinen alten schmiegte. Dann legte er Samantha die Hände auf die Schultern und schob sie ein wenig zurück.
»Was ist denn los, Kind?«
Ihr Gesicht war kreideweiß. »Ich verblute.«
»Du was?«
»Ich hab's gerade erst gemerkt. Auf dem Klo. Bitte, bitte geben Sie mir eine Arznei, Mr. Hawksbill. Geben Sie mir was gegen die Blutungen.«
Er wandte sich ab. Seine Stimme klang erstickt, als er sagte: »Du mußt nach Hause gehen, Kind.«
»Aber warum denn?« Sie schluchzte jetzt ganz offen.
Hawksbill lehnte sich an seinen Arbeitstisch und sah sie mitleidig an. »Ihr habt doch eine Haushälterin, nicht wahr? Geh zu ihr und sprich mit ihr, Kind.«
»Aber sie schickt mich bestimmt ins Krankenhaus.«
»Nein, Samantha. Geh nach Hause. Rede mit der Frau. Sie weiß, was zu tun ist. Glaub mir, Kind, es ist nichts Schlimmes.«

Isaiah Hawksbill wußte, daß die Leute vom St. Agnes Crescent ihn einen Kinderschänder nannten. Etwas Gemeineres als einen erwachsenen Mann, der sich an unschuldigen Kindern verging, gab es auf der ganzen Welt nicht, und das Schlimme war, daß er in Anbetracht dessen, was er einmal getan hatte, den Leuten ihre Angst nicht verübeln konnte, obwohl sie ungerechtfertigt war.

Während er jetzt allein in der Küche am Feuer saß, eine Decke über den Knien, eine Schale warmer Milch auf dem Schoß, erinnerte er sich jenes längst vergangenen schrecklichen Tages.

Immer noch in tiefer Trauer um Rachel und seine kleine Tochter Ruth, war er eines Morgens im Frühjahr ausgegangen, um Bücher und Pflanzen zu besorgen. Er war durch den Hyde Park gewandert und hatte sich, soweit ihm das in seinem Schmerz möglich war, am hoffnungsfroh grünen Erwachen der Natur gefreut. Auf einer Bank saß eine junge Frau in Reifrock und Schute und las in einem Buch: nicht weit von ihr stand ein kleines Mädchen von höchstens acht Jahren am Wasserrand und schlug mit einem Stock ins Wasser.

Er konnte sich jetzt so wenig wie damals erklären, was in diesem Augenblick in ihm vorgegangen war. Der dünne Faden der Vernunft war beim Anblick des Kindes, dessen Gesicht ihm vertraut schien, gerissen. »Ruth!« rief Isaiah Hawksbill laut und stürzte, jünger und beweglicher damals, auf das kleine Mädchen zu. Er riß es in seine Arme und wollte mit ihm davonlaufen.

Was dann geschehen war, daran konnte er sich auch heute nicht erinnern. Er wußte nur, daß plötzlich empörte und erregte Stimmen um ihn laut wurden, daß dunkle, verschwommene Gestalten ihn umringten. Ein Polizist drängte sich durch die Menge, während die Gouvernante vor dem weinenden kleinen Mädchen niederkniete und es schützend an sich drückte. Voller Entsetzen war Isaiah Hawksbill klargeworden, was er getan hatte.

Später, auf der Polizeidienststelle, als Hawksbill sich wieder etwas gefaßt hatte, verteidigte er sich mit einer Lüge: »Das Kind wäre beinahe ins Wasser gefallen. Ich habe es zurückgerissen. Mehr war es nicht.«

Die erschrockene Gouvernante, die im Beisein ihrer Arbeitgeber vernommen wurde, scheute sich zuzugeben, daß sie gelesen und daher von den Vorgängen nichts gesehen hatte; sie bestätigte Hawksbills Aussage im eigenen Interesse. Man sah von einer Anzeige gegen Hawksbill ab, und die Sache wäre vergessen gewesen, wäre nicht zufällig im kritischen Moment eine Bewohnerin vom St. Agnes Crescent – eine Gemüsehändlerin, die auf dem Weg zu den Lagerhäusern in Billingsgate gewesen war – im

Park zugegen gewesen. Die hatte den Vorfall ganz anders gesehen. Das kleine Mädchen war überhaupt nicht so nahe am Wasser gewesen, daß es hätte hineinfallen können, als Hawksbill plötzlich wie ein Wilder dahergekommen war, die Kleine gepackt hatte und zweifellos mit ihr durchgebrannt wäre, hätte nicht ein Spaziergänger ihn aufgehalten.
Die Frau, die ihre eigenen Gründe hatte, den Kontakt mit den Hütern des Gesetzes zu scheuen, berichtete zwar der Polizei nicht, was sie gesehen hatte, doch sie hatte nichts Eiligeres zu tun, als ihre Geschichte im ganzen Viertel herumzuerzählen, so daß die Leute, als Isaiah Hawksbill schließlich niedergeschlagen nach Hause zurückkehrte, ihr Urteil über ihn bereits gefällt hatten.
Wie konnte er unter diesen Umständen auch nur daran denken, Samuel Hargrave um die Hand seiner Tochter zu bitten?

Fünf Tage blieb sie weg. Isaiah Hawksbill litt Qualen. Er würde sie auf Händen tragen; er würde sie vor Leid und Unrecht schützen und sie vor der freudlosen Zukunft bewahren, die sie erwartete, wenn sie im Haus ihres Vaters blieb, wo sie im Dienst an einem Mann, der ihre Liebe gar nicht zu schätzen wußte, langsam zur alten Jungfer verkümmern würde, die am Ende, wenn ihr Vater schließlich starb, kein Mann mehr haben wollte. Vor diesem Los wollte Isaiah Hawksbill sie retten; er wollte ihr seinen Namen und ein Zuhause geben, das sie nach ihrem Geschmack einrichten sollte. Er würde ihr ein Piano kaufen und sie das Klavierspiel lehren. Abends würden sie am Feuer Karten spielen und das Gespräch pflegen. Er würde sie weiterhin unterrichten und ihr seine ganze Liebe geben.
Als Samantha wiederkam, wirkte sie sehr gedämpft. »Sie hatten recht, Mr. Hawksbill«, sagte sie, den Blick zu Boden gerichtet. »Ich bin nicht ins Krankenhaus gekommen. Mrs. Scoggins hat gar nichts gesagt. Sie hat nur ein Laken zerrissen und hat es mir umgebunden. Jetzt ist es vorbei. Aber sie hat gesagt, in einem Monat kommt es wieder.«
Der alte Hawksbill sah sie nachdenklich an. »Samantha, empfängt dein Vater manchmal Besuch?«
»O nein, Sir. Er arbeitet ja immer an seinen Schriften.«
»Ich würde aber gern einmal mit ihm sprechen.« Er zog sein Taschentuch heraus und tupfte sich die Oberlippe.
»Hab' ich was angestellt?«
»Aber nein, Kind, nein. Es ist eine geschäftliche Angelegenheit, weißt du. Ich habe seit fast zwei Jahren nicht mehr mit deinem Vater gesprochen. Ich hätte nur gern gewußt – ach, laß mal, es ist schon gut«, sagte er

leise. »Ich werde schon Gelegenheit finden, mit ihm zu sprechen. Also, was wollen wir heute beim Tee lesen?« Er griff nach einem geologischen Lehrbuch.
»Mr. Hawksbill?«
»Ja, Kind.«
»Können Sie mir nicht erklären, warum ich jetzt jeden Monat bluten muß?«
Er erstarrte. »Vielleicht wenn du älter bist.«
»Aber warum denn? Da passiert doch was mit meinem Körper. Hab' ich vielleicht kein Recht darauf zu wissen, was es ist?«
Er seufzte. Dieses Dilemma hatte er sich selbst zuzuschreiben. Er hatte sie in ihrem Wissensdurst stets ermutigt und ihr nie eine Erklärung verweigert.
»Na schön, dann setz dich erstmal, Kind, und ich werde versuchen...«
Am Ende seiner Erklärung angekommen, war Hawksbill unzufrieden und frustiert. Im Jahr 1872 war es der Wissenschaft noch nicht gelungen, das Geheimnis des weiblichen Zyklus zu enträtseln. Es gab viele Theorien, die fast alle auf Aberglauben gründeten. Die unter den Ärzten gängigste besagte, daß die Menstruation, Entschädigung dafür, daß es bei der Frau keinen Samenerguß gab, von den magischen Kräften des Mondes ausgelöst werde. Man vermutete, daß die Menstruation in direktem Zusammenhang mit der Gebärfähigkeit stünde, da ihr Einsetzen ein Zeichen der Furchtbarkeit war und ihr Ausbleiben den Beginn einer Schwangerschaft markierte; die genauen Zusammenhänge jedoch hatte bisher niemand durchschaut.
»Warum haben Männer so was nicht?« fragte Samantha mit zweifelnd gerunzelter Stirn.
»Weil sie – äh – etwas anderes haben, etwas Ähnliches, das sich bei der Zeugung eines Kindes abspielt.«
»Ach *das*!«
Er merkte, wie er rot wurde. »Darüber brauchst du dir noch lange keine Gedanken zu machen, Kind«, sagte er und fügte im stillen hinzu, wahrscheinlich niemals.
Da durchzuckte es ihn plötzlich wie ein Messerstich. Was, um alles in der Welt, hatte er sich nur gedacht? Wie hatte er auch nur einen Moment lang wahnsinnig genug sein können zu glauben, er könne dieses Kind zu seiner Frau machen? Gewiß, er konnte Samantha beschützen, er konnte für sie sorgen und sie lieben, aber das kostbarste Geschenk, das ein Mann seiner Frau machen konnte, das konnte er ihr nicht geben. Er war zu alt, um noch Kinder zu zeugen. Welches Recht hatte er, ihr das Erlebnis der

Mutterschaft zu verwehren? Woher wollte er wissen, daß sie niemals heiraten würde? Hawksbill, du alter Narr!
»Ist Ihnen nicht gut, Mr. Hawksbill?«
Er sah ihr in die klaren grauen Augen und dachte: Wie konnte ich nur so egoistisch sein, mir einzureden, es ginge mir einzig um ihr Wohl? Wie konnte ich mir einbilden, ich besäße das Recht, sie zu meinem Eigentum zu machen und einzusperren wie eine Porzellanpuppe, die kein anderer anfassen darf?
Entsetzt über sich selbst, senkte er den Kopf. Samantha berührte mit einer Hand sachte seinen Arm. »Es geht Ihnen heut' nicht gut, stimmt's? Ich mach Ihnen jetzt erstmal einen starken Weißdorntee.«
Hawksbill rührte sich nicht, als sie aus dem Zimmer ging. Er würde sie bis ans Ende seiner Tage lieben, das wußte er, aber um ihretwillen würde er niemals darüber sprechen.

11

Niemand, nicht einmal Matthew selbst, merkte, daß er am Rand des Zusammenbruchs stand.
Matthew Christopher Hargrave, achtzehn Jahre alt, arbeitete seit fast vier Jahren als Schreiber in einem Kontor, und ein Tag war wie der andere. Er arbeitete sechseinhalb Tage jede Woche – frei war nur der Sonntagmorgen für den Kirchgang – und bekam nicht einen Tag Urlaub im Jahr. Jeden Morgen marschierte er in aller Frühe zum Fluß, um mit dem Dampfer die Themse hinunter zur Tower-Brücke zu fahren und von dort aus zu Fuß zu der Wagenbauerei in Bermondsey zu gehen. Nachdem er Hut und Rock in einer Ecke des muffigen Kontors aufgehängt hatte, fegte er zusammen mit den anderen Schreibern die Böden, staubte die Möbel ab, füllte die Petroleumlampen und spitzte die Federkiele, die er für seine Schreibarbeit brauchte. Das Kontor war dreizehn Stunden pro Tag geöffnet, mittags und abends hatten die Angestellten je eine halbe Stunde Essenspause. Junge Männer, die verlobt waren, bekamen einen freien Abend pro Woche. Das Rauchen von spanischen Zigarren, der Genuß von Alkohol, der Besuch von Billardsalons waren Grund zur fristlosen Entlassung. Die Angestellten wurden zum Bibelstudium angehalten, und jeder, der fünf Jahre tadellosen Verhaltens ohne einen einzigen Fehltag nachweisen konnte, bekam eine Gehaltserhöhung von fünf Pence pro Tag.
Im Gegensatz zu seinen Kollegen, die gewissenhaft und im allgemeinen

gutgelaunt ihrer Arbeit nachgingen und jeden Penny für den Tag zurücklegten, an dem sie einmal heiraten würden, fühlte sich Matthew Hargrave mit seinen achtzehn Jahren bis zum Ersticken eingeengt. Er kam sich vor wie lebendig begraben.

Sein Leben zu Hause war so grau und freudlos wie die Tage im Kontor. Sein Bruder James war in Oxford; sein Vater hatte keine Zeit für ihn; seine kleine Schwester war ihm fremd. Freunde hatte er keine, und vor Frauen hatte er Angst. Sein einziges Vergnügen war der kurze Moment der Selbstbefriedigung, die er allabendlich in seinem Bett praktizierte.

Matthew spürte, daß mit ihm etwas nicht in Ordnung war, und litt schwer unter den inneren Spannungen, die ihn zu zerreißen drohten. Er glaubte, sie seien die Strafe für die Sünde der allabendlichen ›Selbstbeschmutzung‹; er war sich nicht bewußt, daß sie ihren Ursprung in seiner rasenden Eifersucht auf seinen älteren Bruder James hatten.

Während Matthew von früh bis spät in dem verhaßten Kontor schuftete wie ein Sklave und jeden sauer verdienten Penny seinem Vater übergab, der ihm das nicht einmal mit einem Wort des Lobes dankte, führte James als Student ein flottes Leben. Nachdem er in Oxford sein Grundstudium mit dem Bakkalaureat abgeschlossen und sich an den medizinischen Fakultäten mehrerer Universitäten in und um London beworben hatte, würde er nun wieder zu Hause leben, Matthews ständige, marternde Erinnerung daran, daß er seinem Vater nichts, James ihm hingegen alles galt.

Im Haus merkte niemand, was sich da zusammenbraute; nur Mrs. Scoggins, die Haushälterin, hatte düstere Ahnungen und machte es sich zur Gewohnheit, abends ihre Zimmertür zu verriegeln.

Am Abend des Guy-Fawkes-Tages geschah es dann. Überall in London zündeten die jungen Leute zur Feier der Aufdeckung der sogenannten Pulververschwörung im Jahr 1605 riesige Freudenfeuer an.

Matthew stand am Fenster und schaute zur Straße hinaus. Die Leute waren außer Rand und Band. Lockere Mädchen flogen von einem Arm in den anderen und verschenkten freigebig ihre Küsse, alte und junge Männer tanzten zum wilden Gefiedel einiger Musikanten ausgelassen die Gigue, Feuerwerkskörper krachten wie Gewehrschüsse, Bier- und Schnapskrüge machten die Runde. Wie unter einem Bann ging Matthew zur Haustür und zog sie auf. Die Feuershitze, die ihm entgegenschlug, brachte sein Blut in Wallung. Unwiderstehlich angezogen von dem übermütigen Treiben, stieg er die Treppe hinunter, und als ihm jemand einen Bierkrug in die Hand drückte, trank er herzhaft daraus.

Es dauerte nicht lang, da war Matthew, der nie vorher einen Tropfen Alkohol angerührt hatte, völlig betrunken.

Als Samuel, der wieder einmal in der Gegend um den Haymarket gepredigt und seine Schriften verteilt hatte, nach Hause kam und müde die Treppe zu seiner Haustür hinaufstieg, sah er Samantha mit großen, erschrocken blickenden Augen an der offenen Tür stehen. Er drehte sich um, sein Auge folgte ihrem Blick, und da sah er seinen jüngsten Sohn mitten im grölenden Getümmel in den Armen einer Hure.

Laut lachend hing Matthew am Hals des Mädchens und trank in vollen Zügen aus einem Bierkrug. Dann zog er sich seinen schwarzen Rock vom Leib, wirbelte ihn ein paarmal über seinem Kopf durch die Luft und schleuderte ihn mitten ins Feuer. Im selben Augenblick gewahrte er seinen Vater. Den Arm über den Kopf erhoben, den Mund lachend geöffnet, erstarrte er, wie gelähmt vom strafenden Blick seines Vaters. Das Lärmen der Menge verklang, die Glut des Feuers erkaltete, der lodernde Schein der Flammen verdunkelte sich. Er fühlte sich wie aufgespießt vom anklagenden Blick dieser verhaßten Augen.

Plötzlich raste er wie ein Wahnsinniger die Treppe hinauf, schleuderte seinen Vater zur Seite und stürzte in die Wohnstube. Blindwütend riß er die schwere Bibel vom Lesepult und rannte, sie mit beiden Händen haltend, wieder auf die Straße. Er hörte verworrene Geräusche, sah flüchtig ein entsetztes weißes Gesicht, Arme, die ihn festhalten wollten, und wieder die strafenden Augen, deren Blick ihn durchbohrte. Er warf den Kopf zurück und heulte wie ein schmerzgequältes Tier, während die Bibel aus seinen Händen in die Luft flog und ins Feuer fiel.

Samuel rappelte sich hoch, stieß seinen Sohn zur Seite und stürzte sich ins Feuer. Während erschrockene Menschen ihn packten und aus den Flammen zerrten, sah er, wie das geliebte Buch in Flammen aufging.

Gesang und Gelächter verstummten. Einige Männer, die eben noch getanzt hatten, rannten dem rasenden Matthew nach, der wie im Amoklauf die Straße hinunterjagte. Zu viert gelang es ihnen schließlich, ihn zu überwältigen. Als er zu Boden stürzte, blieb er mit zuckendem Körper und schaumweißem Mund auf dem Pflaster liegen.

Ohne seiner schweren Verbrennungen an Gesicht und Händen zu achten, ohne die ungeheuren Schmerzen wahrzunehmen, lief Samuel Hargrave taumelnd zu seinem Sohn. In die Stille hinein, in der nur das Knistern des Feuers zu hören war, sagte er mit blutenden, von Blasen aufgeschwollenen Lippen: »Du bist auf immer und ewig zur Hölle verdammt, Matthew Christopher, und von diesem Tag an nicht mehr mein Sohn.« Dann stürzte er bewußtlos zu Boden.

Man trug ihn ins Haus. Der Arzt, den man geholt hatte, erklärte, er würde die Nacht nicht überleben. Samantha blieb Tag und Nacht an seiner Seite und pflegte ihn. James, der inzwischen seinen Dienst im North London Hospital angefangen hatte, löste sie ab, so oft er konnte, und linderte die Schmerzen des Schwerkranken mit häufigen Verabreichungen von Morphium.
Erst im Frühjahr konnte Samuel, immer noch sehr schwach und hilfebedürftig, das erste Mal aufstehen. Doch er war bis zur Unkenntlichkeit entstellt, nur noch ein Schatten seiner selbst. Gott schien er vergessen zu haben. Er schrieb keine Traktate mehr, hielt nie wieder eine Predigt. Tag für Tag saß er von früh bis spät in seinem Zimmer und starrte mit leerem Blick vor sich hin. Häufig nahm er nicht einmal von Samanthas Kommen oder Gehen Notiz. Um ihm weiteren Schmerz zu ersparen, sagte sie ihm nichts von James.
Nach kurzer Dienstzeit im North London Hospital war James dort entlassen worden und hatte eine Praktikantenstelle im Guy's Krankenhaus gefunden. Aber auch dort hatte man ihn nach sechs schwierigen Monaten nicht mehr haben wollen, und so war er nun im St. Bartholomew's Krankenhaus gelandet. Weit besorgniserregender jedoch als diese berufliche Unbeständigkeit war das neue Leben, das er führte: Er trank und spielte und brachte seine Nächte in der Gesellschaft leichter Mädchen zu.
Samantha fühlte sich einsam und alleingelassen. Ihr Vater und ihre Brüder waren ihr verloren. Freddy, fürchtete sie, würde sie nie wiedersehen. Der einzige Mensch, den sie noch hatte, war Isaiah Hawksbill.

12

An einem Morgen im Herbst, als schon Reif auf den Dächern lag, fand Samantha das Haus Isaiah Hawksbills zu ihrer Verwunderung kalt und dunkel vor. In den viereinhalb Jahren, die sie nun für ihn arbeitete, hatte er sie morgens stets erwartet. Zögernd trat sie in die Küche und hörte aus dem oberen Stockwerk gedämpftes Stöhnen und einen leisen Ruf. Erschrocken lief sie hinauf.
Isaiah Hawksbill lag seitlich zusammengekrümmt in seinem Bett und keuchte leise. »Hol einen Arzt, Kind«, sagte er mühsam. »Ich brauche einen Arzt.«
Voller Angst um ihren alten Freund rannte Samantha zu Dr. Pringle, dessen Praxis nicht weit entfernt war. In Morgenrock und Pantoffeln

hörte sich der Arzt ihren atemlosen Bericht an und sagte, er würde nach dem Frühstück vorbeikommen.
Als er zwei Stunden später eintraf, hatte sich der Zustand des alten Hawksbill beängstigend verschlechtert. Keuchend und stockend berichtete er dem Arzt, er sei in der Nacht mit starken Schmerzen auf der rechten Bauchseite erwacht und nicht fähig gewesen aufzustehen. Jetzt hatte er offensichtlich hohes Fieber; seine Wange glühte und seine Augen glänzten wie grünes Glas.
Der Arzt zog die Bettdecke herunter und betastete vorsichtig den Unterleib des alten Mannes. Dann sagte er kopfschüttelnd: »Sie haben eine Entzündung am kleinen Darmfortsatz, Sir. Ich werde tun, was ich kann.«
Samantha stand am Fußende des Bettes und sah mit wachsender Beklemmung zu, wie der Arzt ein Glas mit Blutegeln aus seinem Köfferchen nahm, Isaiah Hawksbills Nachthemd hochzog und die schleimigen schwarzen Tiere auf seine weiße Haut fallen ließ. Während sie sich vollsogen, bis sie von selber herabfielen, mischte der Arzt einen mit Strychnin versetzten Trank und flößte ihn dem alten Mann ein. Beinahe unverzüglich übergab sich der Alte; Samantha hielt eine Schüssel neben seinen Kopf, um das Erbrochene aufzufangen. Diese Behandlung wurde den ganzen Tag über wiederholt, bis der alte Mann vom Blutverlust und Erbrechen so geschwächt war, daß er nur noch um Gnade flehen konnte. Um sechs Uhr erklärte Dr. Pringle, mehr könne er für den Patienten nicht mehr tun.
Isaiah Hawksbill bot einen erschreckenden Anblick: totenbleich, völlig ausgelaugt, das Gesicht uralt und verfallen.
»Ich sterbe, Kind«, flüsterte er.
Samantha saß auf dem Rand seines Bettes und drückte ihm ein feuchtes Tuch auf die Stirn. »Nein, Sir. Sagen Sie so was nicht.«
»Ich habe nicht viel – Zeit. Ich habe gespürt, wie der Eiterherd geplatzt ist. Das Gift ist jetzt in meinem Blut. Aber ich muß dir noch etwas sagen, Kind.«
»Sprechen Sie jetzt nicht, Mr. Hawksbill. Sparen Sie Ihre Kraft. Wir können morgen reden.«
»Für mich – gibt es kein Morgen.«
Sie war so verzweifelt, daß sie kein Wort sagen konnte. Dieser Pfuscher von einem Arzt! Er hatte alles nur schlimmer gemacht.
Mit schwacher Gebärde hob der alte Hawksbill die Hand, um Samanthas Wange zu streicheln, doch ihm fehlte die Kraft. »Ich muß dir etwas sagen.« Sein Atem ging röchelnd. »Du sollst versorgt sein. Du sollst nicht von deiner Familie abhängig sein, Kind. Du mußt selbständig sein...«

Er stöhnte vor Schmerzen. Sein Mund war so trocken, daß ihm die Zunge am Gaumen klebte. »Nimm es«, flüsterte er heiser. »Es gehört jetzt dir. Wenn sie es finden, fällt es an die Krone. Das will ich nicht. Du bist das einzige, was ich habe...«
Samantha beugte sich über ihn und umfaßte seine Schultern. »Bitte, bitte, sterben Sie nicht!«
Hawksbill verdrehte die Augen. Einen Moment lang sah er aus wie ein Wahnsinniger. »Meine Bücher! Meine Pflanzen!« rief er heiser, dann fielen ihm die Augen zu, und er starb.
Hin und her gerissen zwischen Schmerz und Zorn blieb Samantha bis tief in die Nacht hinein an seinem Bett sitzen. Später, als die Leichenträger kamen und ihn holten, wartete sie auf der Straße, bis der Wagen mit dem Toten fort war, dann ging sie nach Hause.
Das Haus des alten Juden stand mehrere Jahre lang leer. Dann kaufte es jemand der Krone ab und machte eine Gastwirtschaft daraus. Vierzig Jahre nach Isaiah Hawksbills Tod verwüstete ein Feuer den St. Agnes Crescent. Als die Häuser ausgeschlachtet wurden, fand man unter den eingestürzten Dielenbrettern im Haus des alten Hawksbill eine verkohlte Eisenkassette. Das Geld, das sie enthalten hatte – Isaiah Hawksbills gesamte Ersparnisse, an die fünfzigtausend Pfund –, war in der Hitze der Feuersbrunst zu schwarzer Asche zerfallen.

Das zweite Unglück folgte dem ersten so dicht auf dem Fuß, daß Samantha kaum Zeit blieb, um ihren alten Freund zu trauern.
Eine Woche vor dem Guy-Fawkes-Tag 1874, fast genau zwei Jahre nach Matthews Amoklauf und seinem darauffolgenden spurlosen Verschwinden, hörte Samuel Hargrave zu essen auf. Samantha und Mrs. Scoggins konnten ihn weder mit Bitten noch mit Drohungen dazu bewegen, Nahrung zu sich zu nehmen. Vom Fasten geschwächt, zog er sich eine Lungenentzündung zu und starb am Abend des Feiertags im flackernden Licht der Freudenfeuer, das durch die Fenster seines Zimmers fiel.
Samantha und James saßen ernst und still in der Wohnstube, während der Abgesandte der Anwaltskanzlei Welby & Welby das Testament ihres Vaters verlas. James sollte für die Dauer seiner medizinischen Ausbildung einen monatlichen Wechsel erhalten. Nach erfolgreichem Abschluß der Ausbildung und Eröffnung einer eigenen Praxis würde ihm der Rest des hinterlassenen Vermögens übergeben werden. Auch das Haus samt allem Inventar erbte James, mit der Auflage allerdings, daß er es vor Abschluß seiner Ausbildung nicht verkaufen durfte.
Samantha sollte Playells Pensionat für junge Damen in Kent besuchen.

Sie war wie erstarrt. In ihrem Sonntagskleid, dem Mrs. Scoggins in aller Eile etwas schwarze Spitze an Kragen und Ärmelbündchen genäht hatte, saß sie stumm und reglos im Zug, der aus London hinausfuhr. Mrs. Scoggins, nicht James, der seine Fortbildung am Middlesex Krankenhaus aufgenommen hatte, hatte sie zum Victoria-Bahnhof gebracht, ihr ein kleines Bündel mit Brot und Käse für die Reise in die Hand gedrückt und dann mit förmlicher Umarmung von ihr Abschied genommen.

In Chislehurst wurde sie von einem sauertöpfischen alten Mann namens Humphrey mit einem Einspänner abgeholt. Ohne ein Wort zu wechseln, fuhren sie durch das sanfte Licht des späten Nachmittags. Die Luft roch nach lehmschwerer Erde und feuchtem Herbstlaub. Zu beiden Seiten der von Hecken begrenzten Landstraße konnte Samantha weit zurückgesetzt, am Ende langer Alleen stattliche Landhäuser erkennen, über denen mächtige alte Bäume ihre Äste ausbreiteten.

Durch eine eben solche Allee lenkte schließlich der alte Humphrey den Einspänner zu einem hochherrschaftlichen Landsitz im Tudorstil. Samantha hatte das Gefühl, daß hundert Augenpaare sie durch die bleiverglasten Fenster beobachteten, als sie aus der Kutsche stieg und zaghaft zum hohen Portal ging, wo eine stattliche Frau von etwa vierzig Jahren im schwarzen Bombassinkleid sie erwartete. Mrs. Steptoe, die Vorsteherin des Pensionats, musterte sie mit einem so mißbilligenden Blick, daß Samantha sich erschrocken fragte, was sie angestellt haben könnte, um sich so bald schon das Mißfallen der formidablen Matrone zugezogen zu haben.

Später erfuhr sie, daß es nichts und niemanden gab, an dem Mrs. Steptoe Gefallen finden konnte. Mit zweiundzwanzig Jahren zur mittellosen Witwe geworden, hatte Mrs. Steptoe sich in der mißlichen und demütigenden Lage gesehen, mit eigener Hände Arbeit für ihren Lebensunterhalt sorgen zu müssen. Sie hatte als Lehrerin in Playells Pensionat angefangen und sich im Lauf der Jahre mit diplomatischem Geschick und einigen Intrigen zur Vorsteherin hochgearbeitet. Die Damen Playell waren längst tot, das Pensionat wurde aus dem Vermögen eines Treuhandfonds und mit den von den höheren Töchtern bezahlten Schulgeldern betrieben; Mrs. Steptoe verfügte über unumschränkte Macht.

»Komm mit«, sagte sie kurz, nachdem Samantha sie begrüßt hatte, machte auf unsichtbarem Absatz kehrt und glitt so geschmeidig über den glänzenden Parkettboden, daß Samantha flüchtig der Verdacht kam, sie liefe auf Rädern.

Das Haus, in der Zeit der Königin Elisabeth erbaut, hatte den Grundriß eines E. Vom großen Vorsaal aus, an den sich Aufenthaltsräume, Bibliothek und Wirtschaftsräume anschlossen, schwang sich eine imposante Steintreppe in den ersten Stock hinauf, wo sich im Nordflügel die Unterrichtsräume und im Südflügel die Schlafzimmer befanden. Mrs. Steptoe führte Samantha in ein prunktvolles altes Schlafgemach mit dunkler Holztäfelung, dicken Teppichen und einem großen offenen Kamin aus grauem Stein. In dem Raum standen vier Betten, zwei Schreibtische, zwei Sessel, ein Schrank und ein Waschtisch.

Einen Moment lang war Samantha wie erschlagen von der Pracht, dann ließ sie ihren abgewetzten Koffer fallen und rannte zum Fenster, um hinunterzuschauen.

Ein harter Schlag traf sie am Hinterkopf. Sie schrie auf und fuhr zornig herum. Mrs. Steptoe maß sie mit eisigem Blick. Damenhaftes Benehmen zu jeder Zeit und respektvolles Verhalten dem Lehrkörper gegenüber, erklärte sie kalt, gehöre zu den unumstößlichen Regeln des Pensionats. Wer dreimal gegen die Regeln verstieße, müsse zur Strafe eine Woche lang die Toiletten säubern.

In den folgenden Wochen und Monaten mußte Samantha oft die Toiletten säubern, und mit jedem Tag wuchs ihre Abneigung gegen das Pensionat und Mrs. Steptoe. Als der Frühling kam, begann sie Fluchtpläne zu schmieden.

Ungeschliffen wie sie war und aus ärmlichen Verhältnissen stammend, blieb Samantha unter ihren Mitschülerinnen eine Außenseiterin. Vom abendlichen Getuschel und Gekicher, das einsetzte, sobald die Lampen gelöscht waren, blieb sie ausgeschlossen. Aber sie hörte zu. Die heimlichen Gespräche ihrer drei Zimmergenossinnen drehten sich immer um dasselbe Thema.

Es gab nur eine männliche Lehrkraft in Playells Mädchenpensionat, und das war Mr. Roderick Newcastle. Er war gerade zwei Monate vor Samantha eingetroffen. Alle Mädchen waren rettungslos in den kahlköpfigen kleinen Mathematiklehrer verliebt, der beim Mittag- und Abendessen den Ehrenplatz zu Mrs. Steptoes Rechten einzunehmen pflegte.

»Ich hätte überhaupt nichts dagegen, mich Mr. Newcastle hinzugeben«, gestand eine von Samanthas Zimmergenossinnen eines Abends, nachdem Miss Tomlinson, die Lehrerin für Hygiene und Körperpflege, ihnen einen Vortrag über die ehelichen Pflichten gehalten hatte, die jede Frau ihrem Mann zuliebe erfüllen müsse, auch wenn es ihr keinerlei Genuß bereite.

»Ja, und dann kriegst du ein Kind.«

»Wie kommt so ein Kind eigentlich raus?«
»Durch den Nabel.«
Samantha, die in ihrem Bett lag und lauschte, hätte am liebsten laut gelacht. Im St. Agnes Crescent aufgewachsen, hatte sie sehr früh gelernt, was es mit der Sexualität auf sich hatte.
Das älteste der Mädchen, siebzehn Jahre alt, beendete die Diskussion, indem sie in sachlichem Ton erklärte: »Es ist überhaupt nichts Besonderes. Man muß es einfach über sich ergehen lassen und dabei an was Schönes denken.«
Die Mädchen schwiegen, und Samantha zog sich die Decke über die Ohren, um ihre Lieblingsphantasie zu spinnen: Durchbrennen.
Gleich morgen würde sie sich davonmachen, den Zug nach Liverpool nehmen und sich auf die Suche nach Freddy machen. Dann würden sie sich ein schönes Haus kaufen, heiraten und miteinander glücklich sein bis an ihr Lebensende. Oder sie würde warten, bis James seine eigene Praxis aufmachte, und dann zu ihm in die Harley Street ziehen und als Krankenschwester bei ihm arbeiten. Am genußvollsten allerdings war die Vorstellung, daß eines Tages eine prächtige Kutsche vorfahren und Freddy in Gehrock und Zylinder ihr entsteigen würde, um der verdatterten Mrs. Steptoe und den Mädchen mitzuteilen, er sei gekommen, Samantha auf sein Schloß in Cheshire zu holen.
Dumpfes Poltern, das wie ferner Donner klang, riß sie aus ihren Träumereien. Sie hörte einen Schrei und dann ein Krachen und fuhr hoch.
»Was war das?« flüsterte eines der Mädchen im Zimmer.
Draußen rannte jemand durch den Flur.
Samantha war als erste aus dem Bett. Sie lief zur Tür und spähte hinaus. Auch die anderen Türen im Gang hatten sich geöffnet. Überall standen die Mädchen in ihren langen Flanellnachthemden und schauten neugierig zum östlichen Ende des dunklen Korridors. Miss Tomlinson eilte im Morgenrock und mit fliegenden Zöpfen vorüber.
Die Mädchen tuschelten aufgeregt miteinander. Als sie Miss Tomlinson aufschreien hörten, liefen einige der wagemutigeren Mädchen, Samantha unter ihnen, zu ihr.
Miss Tomlinson lag ohnmächtig auf dem Treppenabsatz. Über das Geländer konnte man im trüben Licht der Nachtlampen unten Mrs. Steptoe sehen, die zusammengekrümmt am Fuß der Treppe lag und sich nicht rührte.
Eines der Mädchen sank mit einem Seufzer neben Miss Tomlinson zu Boden, die anderen hielten sich krampfhaft am Treppenpfosten fest. Samantha jedoch rannte so schnell sie konnte die Treppe hinunter und

kam gleichzeitig mit Miss Whittaker, der Handarbeitslehrerin, bei der ohnmächtigen Vorsteherin an. Ohne zu überlegen, kniete sie neben Mrs. Steptoe nieder und nahm ihr Handgelenk, um den Puls zu fühlen, wie sie das James bei ihrem Vater hatte tun sehen.
»Sie lebt«, sagte sie, und Miss Whittaker begann zu weinen.
»Sie braucht einen Arzt!« rief jemand.
Oben an der Treppe, wo Miss Tomlinson sich jetzt schwerfällig aufrichtete, hatten sich weitere Mädchen eingefunden. Roderick Newcastle, in Hemdsärmeln und Hosenträgern, drängte sich zwischen ihnen durch. Er blickte zu Mrs. Steptoe und wurde kalkweiß. »O Gott!« sagte er nur.
Irgend jemand weckte Humphrey und schickte ihn nach Chislehurst, den Arzt holen. Roderick Newcastle und Miss Whittaker trugen die immer noch bewußtlose Mrs. Steptoe in ihr Schlafzimmer im Erdgeschoß und legten sie behutsam aufs Bett. Während Miss Whittaker in einen Sessel sank und Roderick Newcastle sich die schweißfeuchte Stirn wischte, zog Samantha Mrs. Steptoe die Stiefel aus und legte eine Decke über sie.
Der Arzt kam lange nicht. Derry Newcastle machte im Kamin Feuer, und Miss Whittaker kochte eine Kanne Tee. Samantha blieb am Bett sitzen und überprüfte immer wieder Mrs. Steptoes Puls. Einmal hob sie die Decke hoch und sah, daß sich auf Mrs. Steptoes Kleidern ein großer Blutfleck ausgebreitet hatte.
Endlich klopfte es. Miss Whittaker sprang aus dem Sessel und öffnete die Tür. Verdutzt starrte sie die zierliche, etwa fünfzigjährige Frau an, die neben Humphrey auf der Schwelle stand.
Die Frau ging wie selbstverständlich an ihr vorüber, nahm ihr Cape ab und trat ans Bett.
»Wer sind Sie?« fragte Newcastle scharf.
»Ich wäre Ihnen dankbar, wenn Sie hinausgingen, Sir«, entgegnete die Frau ruhig. »Das ist hier nichts für Männer.« Sie beugte sich über Mrs. Steptoe und griff nach ihrem Handgelenk, wie Samantha es vorher getan hatte.
Widerstrebend ging Newcastle hinaus und schloß die Tür hinter sich. Die Frau hob die Decke hoch, sah den Blutfleck und sagte: »Ich brauche heißes Wasser und saubere Tücher.« Sie hob den Kopf und sah Samantha an. »Außerdem brauche ich hier Hilfe.«
Miss Whittaker stürzte schon zur Tür. »Ich hole das Wasser und die Tücher!« Und schon war sie auf und davon.
Die Frau sah Samantha über das Bett hinweg an. »Mir scheint, es hat dich getroffen. Schaffst du das?«

Samantha schlug das Herz bis zum Hals. »Ja, Madam, ich hab' ein bißchen Erfahrung.«
»Gut. Krempel deine Ärmel hoch. Es wird hart werden.«
Während Samantha ihre langen Zöpfe hinten ins Nachthemd stopfte und die Ärmel aufrollte, musterte sie die Frau auf der anderen Seite des Betts. Das blonde Haar, das schon grau zu werden begann, war in der Mitte des Kopfes gescheitelt und im Nacken zu einem Knoten gedreht. Die Frau mußte ungefähr fünfzig Jahre alt sein, aber sie wirkte jugendlich und trotz ihrer Zierlichkeit robust und energisch. Samantha beobachtete fasziniert, wie sie sich über Mrs. Steptoe beugte, erst das eine Augenlid hochzog, dann das andere und aufmerksam das stille Gesicht betrachtete.
»Ich bin Dr. Blackwell«, sagte sie, ohne aufzusehen. »Wie heißt du?«
»Samantha Hargrave, Madam.« Sie wurde rot. »Ich meine, Mrs. Blackwell. Ich meine Frau Doktorin –«
Elizabeth Blackwell lächelte sie flüchtig an. »Sag einfach Dr. Blackwell. Hilf mir jetzt, sie auszuziehen.«
Während sie die vielen kleinen Knöpfe öffneten und Mrs. Steptoe behutsam aus ihrem Mieder schälten, sprach Elizabeth Blackwell mit leiser Stimme. Sie hatte einen fremdartigen Akzent, wie Samantha ihn noch nie gehört hatte.
»Ich war in Chislehurst, um alte Freunde zu besuchen«, berichtete sie. »Als euer Kutscher in das Gasthaus kam und nach einem Arzt fragte, erbot ich mich mitzukommen. Der arme Mann, er wußte gar nicht, was er tun sollte. ›Ich suche einen Arzt‹, erklärte er. ›Keine Hebamme.‹«
Sie öffneten die Bänder von Mrs. Steptoes Unterröcken, die alle von Blut durchtränkt waren, und zogen sie ihr über die Beine herunter.
»Es ist nicht so schlimm, wie es aussieht, Samantha«, sagte Elizabeth Blackwell in beruhigendem Ton, ehe sie zum Waschtisch ging, Wasser in die Schüssel goß und sich gründlich die Hände wusch.
»Die meisten Ärzte«, bemerkte sie, als sie wieder ans Bett kam, »waschen sich die Hände erst hinterher. Meiner Meinung nach kann es nicht schaden, wenn man's schon vorher tut. – Also, mal sehen, was wir hier haben.«
Mit ihren kleinen Händen betastete sie Mrs. Steptoes Unterleib, drückte hier und dort ein wenig, schob dann sachte die Beine auseinander und nahm eine gründliche innere Untersuchung vor. Ihr schöngeschnittenes Gesicht zeigte tiefe Konzentration. Als sie fertig war, wischte sie sich die Hand an dem Handtuch, das sie vom Waschtisch mitgebracht hatte.
»Die arme Frau hatte eine Fehlgeburt.«

Samantha sperrte Mund und Augen auf. »Mrs. Steptoe kriegt ein Baby?«
Elizabeth Blackwell griff nach ihrem Köfferchen.
»Ja, sie war schwanger. Durch den Sturz kam es zu einer Fehlgeburt. Nach der Größe der Gebärmutter zu urteilen, war sie ungefähr im vierten Monat.«
Samantha sah in das blasse, reglose Gesicht und dachte, zum erstenmal, solange sie sie kannte, sähe die Vorsteherin so aus, als wäre sie mit sich in Frieden.
»Ich möcht' wissen, wie das passiert ist«, sagte Samantha nachdenklich. »Sie kennt doch jede einzelne Stufe, so oft, wie sie die Treppe rauf- und runtergelaufen ist...«
Elizabeth Blackwell warf ihr einen scharfen Blick zu. »Jetzt müssen wir uns erst einmal an die Arbeit machen. Bring mir die Lampe her und stell sie zwischen ihre Beine.«
Miss Whittaker kam auf Zehenspitzen hereingetrippelt, deponierte Wasserkrug und Tücher neben dem Bett und ging ohne ein Wort wieder hinaus. Als Samantha die Lampe aufs Bett gestellt hatte, half sie der Ärztin, die Beine der immer noch bewußtlosen Frau so weit wie möglich zu spreizen, schob sie in angewinkelte Haltung hoch und hielt sie so fest.
»Was machen Sie jetzt?«
»Das Kind ist nicht zu retten. Wir müssen es jetzt herausholen, sonst stirbt die arme Frau auch noch.«
Elizabeth Blackwell entnahm ihrem Köfferchen ein silbernes Instrument, das Samantha der Form nach an einen Entenschnabel erinnerte.
»Beobachte genau ihr Gesicht, Samantha«, sagte sie und rückte die Lampe ein wenig zurecht, um mehr Licht zu bekommen. »Beim kleinsten Anzeichen dafür, daß sie aufwacht, mußt du mir Bescheid sagen. Dann höre ich sofort auf. Jetzt muß ich schnell machen. Solange sie bewußtlos ist, kann ich ohne Narkose arbeiten. Das ist gut; denn die Narkose ist nicht ungefährlich. Bitte versuche ihre Beine ruhigzuhalten.«
Weit über die Bewußtlose gebeugt, bemühte sich Samantha, mit beständigem Druck die angewinkelten Beine auseinanderzuhalten. Ihr Blick flog beständig zwischen dem stillen Gesicht der Vorsteherin und Dr. Blackwells geschickt arbeitenden Händen hin und her. Nachdem die Ärztin eine Schale unter das rinnenförmige Spekulum geschoben hatte, ergriff sie ein merkwürdiges Instrument, eine lange Nadel, an deren Ende eine scharfkantige silberne Scheibe befestigt war.
»Was ist denn das?« flüsterte Samantha.

»Eine Kürette.« Die Ärztin führte die silberne Scheibe behutsam ein und schloß einen Moment die Augen, als wolle sie im Geist seinen Weg verfolgen. »Ich muß sicher sein, daß ich in der Gebärmutter bin und nicht statt dessen in die Bauchhöhle eingedrungen bin.«
Mit angehaltenem Atem sah Samantha zu, wie die Ärztin das Instrument ganz vorsichtig und tastend immer tiefer einschob, bis nur noch einige Zentimeter der Nadel zu sehen waren.
»So«, sagte Elizabeth Blackwell leise und öffnete die Augen wieder. »Schau ihr Gesicht an, Samantha. Irgendwelche Anzeichen?«
»Nein. Sie ist immer noch bewußtlos. Und sie atmet ganz regelmäßig. Man sieht es an ihrer Brust.«
Die Ärztin warf Samantha einen kurzen Blick der Überraschung zu, dann begann sie mit der Ausschabung.
Samantha sah unter ihrem ausgestreckten Arm das Zucken des Leibes, während Elizabeth Blackwell mit der Kürette arbeitete.
»Wie geht es ihr?« fragte die Ärztin.
Samanthas Stimme war ein Piepsen. »Gut –«
»Weißt du, Samantha, ich muß die Gebärmutter ganz sauber machen. Wenn das nicht geschieht, gibt es hinterher Komplikationen. Dann kann es zu Blutungen kommen, zu Entzündungen und starken Schmerzen. Verstehst du das, Samantha?«
»Ja, Madam.« Samantha wandte den Kopf und sah das ruhige, entschlossene Gesicht der Ärztin an, dessen Züge im gelben Lampenschein wie gemeißelt wirkten.
»So, das wär's.« Elizabeth Blackwell legte die Kürette aus der Hand und nahm eine lange silberne Zange, an deren Ende ein Ring befestigt war. Sie nahm eines der kleinen sauberen Tüchter, stopfte es in den Ring und führte das Instrument ein.
»Die Gebärmutter ist sauber. Jetzt tupfen wir sie aus. Schon Anzeichen, daß sie wach wird?«
»Ihre Augenlider zucken.«
»Gut. Wir sind fast fertig.«
Nachdem Elizabeth Blackwell den Ring mehrmals eingeführt hatte, führte sie den Alaunstift ein. »Das stillt kleinere Blutungen«, erklärte sie und packte dann den Unterleib ihrer Patientin in saubere Tücher.
Eine halbe Stunde später saßen sie am Feuer und tranken Tee. Mrs. Steptoe war erwacht, als sie sie gewaschen hatten. Sie hatten ihr eine Dosis Laudanum verabreicht, und nun schlief sie friedlich in ihrem frisch bezogenen Bett.
»Glauben Sie, es ist alles gutgegangen, Frau Doktor?«

»Ich denke schon. Du hast deine Sache sehr gut gemacht, Samantha. Ohne deine Hilfe wäre es für mich viel schwieriger gewesen.«
Samantha senkte scheu die Lider und starrte in ihre Teetasse. Sie war erschöpft und doch auch auf seltsame Weise erregt und glücklich. Sie fühlte sich der Frau, mit der sie Hand in Hand gearbeitet hatte, um Mrs. Steptoe zu helfen, so nahe, daß es sie beinahe verlegen machte. Es war ein ihr fremdes Gefühl, das sie nicht in Worte fassen konnte; zum erstenmal in ihrem Leben verspürte sie das Gefühl tiefer Gemeinschaft mit einer Frau. Und ein Lob von dieser Frau, die sie vor zwei Stunden noch nicht gekannt hatte, bedeutete ihr plötzlich unendlich viel.
Elizabeth Blackwell musterte das schweigsame junge Mädchen nachdenklich. Ein ausgesprochen schönes junges Mädchen und dabei doch gänzlich natürlich und unaffektiert. Das erlebte man selten. Wie war dieses einfache Ding, dem es sichtlich an gesellschaftlichen Manieren fehlte – man brauchte nur zu sehen, wie sie ihre Tasse hielt, und zu hören, wie sie den Tee schlürfte –, unter die höheren Töchter geraten? Ein Bild kam Elizabeth Blackwell unversehens: Samantha Hargrave war ein ungeschliffener Diamant unter glänzend polierten Glassteinen.
»Gefällt es dir hier, Samantha?«
»Nein, Frau Doktor.«
»Warum nicht?«
»Ich weiß nicht, was ich hier soll. Ich hab' keine Freundinnen. Sie mögen mich nicht. Dauernd knuffen sie mich. Und morgens darf ich immer erst als letzte an die Waschschüssel, wenn das Wasser schon ganz schmutzig ist.«
»Deine Eltern haben aber doch sicher ihre Gründe dafür, dich hierher zu schicken«, meinte Elizabeth Blackwell freundlich.
»Ich hab' gar keine Eltern. Meine Mutter ist bei meiner Geburt gestorben, und mein Vater –« Sie schluckte.
»Und was willst du anfangen, wenn du hier wieder weggehst? Hast du darüber schon einmal nachgedacht?«
Elizabeth Blackwell sprach so freundlich, mütterlich beinahe, daß Samantha instinktiv spürte, daß sie ihr vertrauen konnte.
»Ehrlich gesagt, Frau Doktor, will ich überhaupt nicht hierbleiben. Ich würd' am liebsten abhauen. Ausreißen.«
»Und wohin würdest du dann gehen?«
»Keine Ahnung.«
»Weißt du, Samantha, mir ist aufgefallen, daß du mit Kranken sehr gut umgehen kannst. Ohne Angst und ohne Scheu. Du hast mich heute abend richtig beeindruckt. Du hast da wohl Erfahrung?«

Samanthas Gesicht hellte sich auf. »O ja, die hab' ich. Ich hab' Freddy gepflegt, wissen Sie, und dann meinen Vater. Der hatte ganz schlimme Verbrennungen.«
»Aha...« Elizabeth Blackwell schien zu überlegen, dann sagte sie: »Hast du einmal daran gedacht, so einen Beruf zu erlernen, wo du mit Kranken umgehen mußt?«
»Sie meinen, als Krankenschwester?«
»Hm, vielleicht, aber ich dachte eigentlich an den Arztberuf. Du könntest Ärztin werden.«
Samantha stellte ihre Teetasse nieder. »Ärztin? Frauen können doch gar keine Ärzte werden.«
»Aber natürlich können sie. Schau mich an!«
»Aber – Sie sind doch kein richtiger Arzt, oder?«
Elizabeth Blackwell lachte erheitert. »Und ob ich das bin.«
»Aber Ärzte schneiden doch an den Leuten rum. Das tut eine Dame nicht.«
»Liebes Kind, am Studium der Natur ist nichts Abstoßendes oder Undamenhaftes. Jeder Muskel, jede Sehne und jeder Knochen ist ein göttliches Kunstwerk.«
Samantha sah sie aufmerksam an. »Wie ist denn das, wenn man eine Ärztin ist?«
»Ich will dir ein Beispiel geben. Neulich kam ein Mann mit einem Leiden zu mir, das ich heilen konnte. Als ich ihm danach mein Honorar nannte, sagte er: ›Für *das* Geld hätte ich mir einen richtigen Arzt leisten können.‹«
Samantha starrte einen Moment nachdenklich in die Ferne. »Eine Frau, die Arzt ist. So was...« Sie beugte sich in ihrem Sessel vor. »Und wie wird man Arzt?«
»Vor allem muß man den Wunsch dazu haben, und ich glaube, den hast du. Dann braucht man eine gute Schulbildung. Und man muß Manieren lernen und sich wie eine Dame benehmen.«
Samantha verzog das Gesicht. »Sie meinen, ich muß hierbleiben und lernen, wie man seine Teetasse hält und das alles?«
»Ja, denn das gehört auch dazu. Um an einer Universität aufgenommen zu werden, braucht man das Bakkalaureat. Das kannst du hier bekommen, wenn du nicht wegläufst. Und es ist auch wichtig, richtig sprechen zu lernen.«
»Ach, da hab' ich immer meine Schwierigkeiten gehabt. Freddy hat gesagt, ich hätt' kein einziges Wort rausgelassen, bis er mal eine alte Katze aufschlitzen wollte. Da war ich vier Jahre alt. Und wenn ich jetzt fremde

Leute treffe, geht's mir immer noch so, daß mir erstmal die Spucke wegbleibt. Dann bin ich stumm wie ein Fisch.«
»Das mußt du überwinden, denn Ärzte müssen mit ihren Patienten sprechen können.«
Während Samantha sich in ihre eigenen Gedanken vertiefte, stand Elizabeth Blackwell auf und nahm aus ihrem Köfferchen eine Visitenkarte, die sie Samantha gab.
»Ich würde mich sehr freuen, wenn du mich einmal besuchst. Das ist meine Adresse in London. Denk noch einmal gründlich darüber nach, was du mit deinem Leben anfangen willst, und wenn du mit mir darüber sprechen willst, brauchst du dich nur zu melden.«

Als Samantha wieder in ihrem Bett lag, konnte sie lange nicht einschlafen. Ihr ganzer Körper kribbelte vor Erregung, und die Gedanken wirbelten ihr wie Schneeflocken durch den Kopf. Während sie den ruhigen Atemzügen ihrer Zimmergenossinnen lauschte, entfaltete sich ein ganzer Bilderbogen vor ihren Augen: Mrs. Steptoe, wie sie bewußtlos am Fuß der Treppe gelegen hatte; sie selbst, wie sie ohne Überlegung zu ihr hinuntergelaufen war; das Eintreffen der Ärztin; die blitzenden Instrumente; das Blut; die beeindruckende Ruhe und Gelassenheit der Ärztin. Samantha versuchte, das alles zu verstehen. Obwohl sie zu Tode erschrocken gewesen war, nicht weniger in Panik als Miss Whittaker, war sie nicht davongelaufen. Was hatte sie als einzige die Treppe hinuntergetrieben? Was hatte sie veranlaßt, der Ärztin trotz ihrer Angst zu assistieren?
Bin ich wirklich so anders? Und wenn ja, in welcher Hinsicht? War es so einfach, wie Dr. Blackwell es ausgedrückt hatte, daß sie mit Kranken gut umgehen konnte? Sie dachte an die alte Tigerkatze, an Freddys zerquetschtes Bein, an ihren Vater, wie er dem Tode nahe in seinem Bett gelegen hatte.
Lag da die Antwort? Vielleicht, ja. Abgesehen von diesem bisher ungekannten, schönen Gefühl, das sie Dr. Blackwell entgegenbrachte, war noch etwas anderes in Samantha wach geworden, etwas, das sie kannte, aber nie zu deuten gewußt hatte. Jetzt wußte sie, was es war. Während sie der Ärztin assistiert hatte, hatte ein unerschütterliches Zielbewußtsein alle Ängste verdrängt. Das Gefühl war ihr vertraut, weil sie es schon früher empfunden hatte, wenn auch nicht in so starkem Maß. Sie kannte es aus den Tagen, als sie Freddy gesundgepflegt, als sie Tag um Tag am Bett ihres Vaters gesessen und sich um ihn gekümmert hatte. Und vielleicht war es auch damals schon die Kraft gewesen, die sie getrieben hatte, die verletzte alte Tigerkatze vor dem Tod zu retten...

Samantha holte einmal tief Atem und hielt die Luft so lange an, daß sie meinte, ihre Lunge würde platzen. Ärztin werden, dachte sie aufgeregt. Eine Ärztin wie *sie*. Das tun, was *sie* an diesem Abend getan hat!
Samantha war so kribbelig und aufgedreht, daß sie am liebsten aus dem Bett gesprungen wäre. Heute nachmittag noch war alles trüb und dunkel, und ich sah keinen Weg für mich, dachte sie. Jetzt ist alles hell und klar, und ich habe meinen Weg gefunden.

14

Mrs. Steptoe erholte sich rasch, und im Pensionat kehrte wieder der Alltag ein. Doch einiges hatte sich verändert. Derry Newcastle war noch in der Nacht des Unfalls mit Sack und Pack verschwunden, und es kam ein neuer Mathematiklehrer. Mrs. Steptoe wurde viel freundlicher und toleranter und verlor den Blick eisiger Mißbilligung, der allein schon die Mädchen zittern gemacht hatte.
Und Samantha Hargrave war wie umgewandelt. Sie stürzte sich von einem Tag auf den anderen mit Feuereifer in die schulische Arbeit, die, wie sie rasch entdeckte, keine übermäßig hohen Anforderungen stellte, da die Lehrerinnen die allgemeine Überzeugung teilten, daß allzuviel Wissen einer Frau nur schaden könne. Viel Wert wurde auf schöngeistige Literatur, gepflegte Sprache und Musik gelegt; man lernte Französisch und Deutsch und bekam Grundkenntnisse in Lateinisch und Griechisch. Die naturwissenschaftlichen Fächer – Botanik, Chemie und Zoologie – waren für Samantha dank ihrer Zeit bei Isaiah Hawksbill leicht zu bewältigen. Sie gab sich größte Mühe, sich gute Manieren anzueignen und erarbeitete sich mit Dr. Blackwells Hilfe, die sie so oft wie möglich in London besuchte, gesellschaftlichen Schliff. Als sich das Slummädchen Samantha im Lauf der Monate zur wohlerzogenen jungen Dame mauserte, wandelte sich die frühere Geringschätzung ihrer Mitschülerinnen allmählich in freundliche Bewunderung und Kameradschaftlichkeit.
In den folgenden drei Jahren fuhr Samantha mehrmals nach Hause. Wenn sie James überhaupt antraf, so war er unweigerlich angetrunken und feindselig, beschwerte sich über die Arbeit, die ihm sein Studium abverlangte, und über ständigen Geldmangel aufgrund seiner Spielschulden. Meistens jedoch war er nicht da, wenn sie kam. In den Weihnachtsferien des dritten Jahres, als sie sich gerade fertigmachte, um zu Dr. Blackwell zum Abendessen zu gehen, torkelte James völlig betrunken mit

der Nachricht ins Haus, daß man ihn im Westminster Krankenhaus an die Luft gesetzt hatte.
Eine Woche vor ihrem siebzehnten Geburtstag erhielt Samantha ein Schreiben, in dem ihr mitgeteilt wurde, daß James wegen Mordes verurteilt worden war und im Zuchthaus Newgate seine Hinrichtung erwartete.
Er bat sie flehentlich zu kommen.
Am Abend vor der Hinrichtung setzte sich Samantha in den Zug nach London, nahm sich dort eine Droschke und kam am Abend in Newgate an. Nachdem sie den Kutscher gebeten hatte, auf sie zu warten, stieg sie aus.
Als sie den abschreckenden grauen Steinbau sah, wäre sie am liebsten auf der Stelle umgekehrt. Dann aber raffte sie entschlossen ihre Röcke und ging die finstere Straße entlang zu der unauffälligen kleinen Tür. Sie würde nach links und rechts Bestechungsgelder verteilen müssen, hatte James ihr geschrieben, und so war es auch. Die Wärter, abstoßend gemein und nach Gin stinkend, maßen sie mit lüsternen Blicken, ehe sie ihr Geld nahmen und sie mit klirrenden Schlüsselbunden durch klamme Steinkorridore führten. Es war wie ein Abstieg zur Hölle – Gestank, Moder und Fäulnis, bedrückende Düsternis.
Ganz unten, wo die Luft kaum noch zu atmen war und einzig flackernde Fackeln trübes Licht spendeten, blieb der letzte der Wärter endlich stehen. Sein alkoholgeschwängerter Atem schlug ihr ins Gesicht, als er sagte: »Einer, der zum Tod verurteilt ist, darf eigentlich keinen Besuch kriegen. Ich kann mir da 'n Hauf'n Ärger einhandeln.«
Samantha griff in ihren Beutel und legte mehrere Shilling-Münzen in die schmutzige geöffnete Hand.
»Fünf Minuten«, sagte er brummig und wandte sich ab.
Vor sich sah sie die Gittertür einer Zelle. Dahinter gähnte undurchdringliche Finsternis. Vorsichtig, als nähere sie sich dem Käfig eines wilden Tieres, trat Samantha heran. Sie hörte eine schwere Kette klirren, dann erschien ein geisterhaftes Gesicht vor ihr.
»Sam«, flüsterte James heiser. »Du bist wirklich gekommen.«
Sie war wie betäubt. Konnte dieser heruntergekommene, bis zum Skelett abgemagerte Mensch wirklich ihr flotter, gutaussehender Bruder sein? Sie ging dicht an die Gittertür heran und streckte den Arm aus.
»Tu das nicht«, sagte James leise, »sonst glaubt das Schwein da drüben, du willst mir etwas geben, und schmeißt dich raus. Wir haben nicht viel Zeit, und ich habe dir soviel zu sagen.«
Er drückte das Gesicht an die Eisenstangen. Es war uralt.
»Morgen werde ich gehängt, Sam.«

Es bereitete ihr Schwierigkeiten zu sprechen. »Was ist denn geschehen, James?«
»Ich war auf einen Schluck im *Iron Lion*, da ging er plötzlich auf mich los, so ein bulliger Ire, der auf mein Mädchen scharf war. Ich hörte ihn wegen meines kaputten Ohrs nicht kommen und war so überrascht, daß ich mit aller Wucht zugeschlagen habe. Ich habe ihn so unglücklich getroffen, daß er auf der Stelle tot war. Ich schwöre es dir, Sam, wenn ich ihn gehört hätte, wäre ich vorsichtiger gewesen. Es war reine Notwehr, aber der Kerl hatte zu viele Freunde, und die haben alle gegen mich ausgesagt.«
Samantha umklammerte die Stangen.
»Du hast nie gehört, wovon ich taub geworden bin, nicht, Sam? Ich werd's dir erzählen.«
Stumm lauschte sie seinem leisen, emotionslos vorgetragenen Bericht von den Ereignissen am Abend ihrer Geburt. »Ist das nicht Ironie des Schicksals?« meinte er zum Schluß. »Was ich getan habe, um *dein* Leben zu retten, hat letztlich meines zerstört. Mein ganzes Leben war deinetwegen ein einziges Elend. Wegen meiner Taubheit konnte ich keinen Sport treiben, und in der Schule und an der Universität mußte ich doppelt so hart arbeiten wie alle anderen, weil ich in den Stunden und Vorlesungen immer nur die Hälfte mitbekam. Wenn die anderen ausgingen, hockte ich auf dem Zimmer und lernte. Manchmal habe ich mich gefragt, ob du das alles wert bist, Sam.«
»Ach, James, das tut mir so leid«, hörte sie sich murmeln.
»Wahrscheinlich konnte es gar nicht anders kommen. Von dem Abend an, als unsere Mutter starb, waren wir alle verloren. Du brauchst nur an Matthew zu denken, wo immer der jetzt sein mag. Was glaubst du, warum ich zu trinken anfing, als ich aus Oxford zurückkam? Warum ich mich so veränderte? Einzig Vaters wegen. Ich schuftete und lernte wie ein Verrückter, um nur ein kleines bißchen Anerkennung von ihm zu bekommen, ein kleines Zeichen nur, daß er mir mein eigenmächtiges Handeln am Abend deiner Geburt verziehen hatte, aber er hielt es nicht einmal für nötig, zu meiner Doktorfeier zu kommen. Da war's bei mir aus, Sam. Zum Teufel mit ihm, sagte ich mir, ich will endlich auch mal was vom Leben haben.« James senkte den Kopf. »Er hat uns immer gehaßt, Sam, weil wir unsere Mutter getötet haben. Wir sind zum Verderben verurteilt. Das Urteil wurde vor siebzehn Jahren gesprochen, und meines wird morgen vollzogen. Aber glaub mir, Sam, auch du kommst an die Reihe.«
Sie schloß die Augen. Ihr war, als wehte ein eiskalter Wind sie an.
James hob den Kopf. Der Schmutz auf seinem Gesicht war von Tränen-

spuren durchzogen. »Ich hab' morgen früh eine Verabredung mit dem Sensenmann, Sam. Bete für mich.«
»He, Sie da!« belferte es aus dem Schatten.
Samantha drehte sich um.
»Die Zeit ist um.« Der Wärter kam auf sie zu wie ein schwerfälliger Bär und schlug mit seinem Knüppel an die Eisenstangen.
»Aber das waren doch keine fünf Minuten!«
»Wenn ich sag', es waren fünf Minuten, dann stimmt's auch. Also, machen Sie, daß sie weiterkommen.«
»Gib ihm noch etwas Geld, Sam«, rief James.
»Aber ich habe keines mehr.«
»Wenn Sie kein Geld haben, gibt's auch keine Zeit.«
»Bitte, Sir, nur noch eine Minute. Ich kann Ihnen nichts mehr geben.«
Der Wärter grinste. »Wirklich nicht?« Sein Blick wanderte langsam an ihr hinab.
»Lauf, Sam«, rief James. »Schnell! Lauf!«
Sie wich vor dem Wärter zurück und rutschte auf dem glitschigen Boden aus. Er blieb vor James' Zelle stehen, wippte auf seinen großen Füßen hin und her und lachte dröhnend. Samantha floh.
Am nächsten Morgen suchte Samantha den Gefängnisdirektor auf und flehte ihn weinend an, ihr James' Leiche freizugeben. Doch der Mann lehnte ab; James hatte bestimmt, daß seine Leiche der Universitätsklinik zu Forschungszwecken zur Verfügung gestellt werden solle. Ohne den Trost eines Begräbnisses kehrte Samantha in das leere Haus am St. Agnes Crescent zurück.

15

Mrs. Steptoe, in Schwarz wie immer seit dem frühen Tod ihres Mannes, saß beim Tee im Salon und blickte sinnend in den strahlenden Maitag hinaus. Sie dachte an jenen Tag vor vier Jahren, als ein mageres kleines Mädchen mit langen Zöpfen aus Humphreys Einspänner gestiegen und mit großen verschreckten Augen auf sie zugegangen war. Damals hatte sie Samantha nicht gemocht, und wäre nicht Mr. Welby, der Rechtsanwalt der Familie Hargrave, so hartnäckig gewesen, sie hätte Samantha gar nicht im Pensionat aufgenommen. Sie war frech und unerzogen gewesen, kam aus übelsten Verhältnissen und war von niedrigster Herkunft. Doch in den vergangenen vier Jahren hatte sich Mrs. Steptoes negative Meinung über Samantha völlig gewandelt, und in der letzten Woche hatte eine glückliche und bis in die Fingerspitzen wohlerzogene Samantha Hargrave ihre Bakkalaureatsurkunde in Empfang genommen.

Kein Mädchen, dachte Mrs. Steptoe, war ihr je so ans Herz gewachsen wie Samantha, die ihr an jenem schicksalhaften Abend Beistand geleistet und sich rührend um sie gekümmert hatte, bis sie wieder ganz gesund gewesen war. Sie würde es Samantha nie vergessen, daß sie ihr Geheimnis niemals ausgeplaudert hatte. Doch die ganze Wahrheit dieses Geheimnisses kannte selbst Samantha nicht – daß sie sich, von Derry Newcastle zurückgewiesen, absichtlich die Treppe hinuntergestürzt hatte, um ihrem Leben ein Ende zu machen. Später, als sie ihre Gesundheit wiedergewonnen und ihr törichtes Handeln in der Rückschau betrachtet hatte, war Mrs. Steptoe Samantha unendlich dankbar dafür gewesen, daß sie der Ärztin bei ihren Bemühungen, ihr – Amalia Steptoes – Leben zu retten, so beherzt zur Seite gestanden hatte. Von diesem Tag an hatte sie Samantha in ihr Herz geschlossen, und jetzt graute ihr vor dem Augenblick, wo sie fortgehen würde.

Aber Amalia Steptoe hatte einen Plan. Sie wußte von Samanthas Wunsch, Ärztin zu werden, aber sie glaubte, ihr diesen Wunsch ausreden zu können. Sie hatte schließlich beträchtlichen Einfluß auf das Mädchen, und sie wollte ihr ein Angebot machen, das sie gar nicht zurückweisen konnte: den Posten der Vorsteherin in Playdells Pensionat für junge Damen.

Sie selbst würde mit Freuden zurücktreten, wenn dieser Verzicht Samantha zum Bleiben veranlassen würde. Und wie könnte Samantha wohl ein solches Angebot ausschlagen, eine Gelegenheit, wie sie sich einer Frau nur selten im Leben auftat! Amalia war sicher, daß sie ihre beruflichen Pläne ohne Zögern aufgeben und als Vorsteherin am Pensionat bleiben würde, um Seite an Seite mit ihrer Freundin Amalia Steptoe die Schule zu leiten.

Es klopfte leise. Alice, das Mädchen, öffnete die Tür und sagte: »Mrs. Steptoe? Es ist jemand für Samantha Hargrave hier.«

Amalie Steptoe stellte ihre Tasse nieder. »Wie bitte?« In den vier Jahren ihres Aufenthalts im Pensionat hatte Samantha nicht ein einzigesmal Besuch bekommen.

»Es ist ein junger Mann, und er hat nach Miss Hargrave gefragt.«

Amalia runzelte die Stirn. Samantha war für den Tag nach London gefahren, um Dr. Blackwell zu besuchen. »Führen Sie ihn herein, Alice.«

Gleich darauf erschien er an der offenen Tür: ein großgewachsener, kräftiger junger Mann mit grobgeschnittenem, aber gutaussehendem

Gesicht und ungebärdigem kastanienbraunem Haar. Er trug die Uniform der Handelsmarine.
»Bitte treten Sie näher«, sagte Amalia kühl.
Mit seltsam schlingerndem Gang kam er auf sie zu.
»Danke, Madam. Ich hätte gern Samantha gesprochen. Vielleicht sagen Sie ihr, daß Freddy hier ist.«

16

»Ich kann mich einfach nicht entscheiden, Dr. Blackwell.«
Elizabeth lächelte. In den dreieinhalb Jahren ihrer Bekanntschaft hatte sie ihre junge Freundin nicht dazu überreden können, sie beim Vornamen zu nennen.
»Ich kann dir nur raten, Kind. Entscheiden mußt du ganz allein.«
Samantha wäre jetzt, wo sie ihr Abschlußzeugnis hatte, zum Studium am liebsten in London geblieben. Aber sie wußte von Elizabeth, daß eine Frau kaum eine Chance hatte, an einer Londoner Universität zum Medizinstudium angenommen zu werden. Elizabeth hatte ihr geraten, ins Ausland zu gehen. Aber hier, in dieser Stadt, die ihr vertraut war und die sie liebte, lebten alle ihre Freunde; außerdem hatte sie Freddy versprochen, auf ihn zu warten.
Samantha hatte das Haus am St. Agnes Crescent vermietet und ihre Mieter gebeten, jedem, der nach ihr fragen sollte, die Adresse des Pensionats anzugeben. Wenn sie sich entschließen sollte, England zu verlassen, mußte sie das Haus verkaufen und würde für Freddy nicht mehr auffindbar sein.
Aber vielleicht war das sowieso eine Illusion. Freddy war wahrscheinlich inzwischen längst verheiratet, oder er war in Australien, vielleicht auch irgendwo im Gefängnis, möglicherweise sogar tot. Sieben Jahre waren vergangen, seit er fortgezogen war. Er hatte ihr sein Versprechen im jugendlichen Überschwang gegeben. Vermutlich hatte er sie längst vergessen.
Der Haken war nur, daß Samantha ihn nicht vergessen hatte.
Elizabeth schenkte den Tee ein und reichte Samantha eine Tasse. »Ich könnte dich beinahe beneiden, Kind, daß du jetzt anfängst. Die Medizin steht vor einer revolutionären Entwicklung, und ich werde wohl ihren großen Siegeszug nicht mehr erleben. Aber du, Samantha, wirst an dieser Revolution teilhaben.«
Samantha lächelte, dankbar für den Themawechsel.
»Am King's College ist ein neuer Mann«, fuhr Elizabeth fort, »der in

Medizinerkreisen für eine Menge Aufsehen gesorgt hat. Und Mr. Lister behauptet, er hätte am Königlichen Krankenhaus in Edinburgh wahre Wunderheilungen bewirkt. Er sagt, Wunden, die er behandelt hatte und von denen er erwartete, daß sie brandig werden und zum Tod des Patienten führen würden, seien innerhalb weniger Wochen verheilt, nachdem er sie mit Karbol ausgewaschen hatte.

Ich habe vom Fall eines zehnjährigen Jungen gehört, dessen Arm von einer Maschine in einer Fabrik so übel zugerichtet wurde, daß die Ärzte im Krankenhaus eine Amputation für unvermeidlich hielten. Aber Joseph Lister wollte davon nichts wissen. Er sagte, er wolle einen Versuch machen, und tat etwas, das keiner vor ihm gewagt hat. Er schiente die Knochen, nähte die Wunde und packte den Arm in einen Gipsverband, der mit Karbol getränkt war. Alle meinten, er hätte unverantwortlich gehandelt; mit einer sofortigen Amputation, sagten sie, hätte der Junge eine Chance gehabt, so aber würde er garantiert am Wundbrand sterben. Aber es geschah ein Wunder. Als Mr. Lister den Verband abnahm, stellte er fest, daß der Arm geheilt war. Sieben Wochen nach dem Unfall wurde der Junge mit einem völlig gesunden Arm nach Hause geschickt.«

»Aber wie ist das möglich? Sie haben mir doch immer gesagt, daß eine Wunde nur an frischer Luft heilen kann.«

»Vielleicht habe ich mich geirrt, Samantha. In Frankreich hat Louis Pasteur angegorenen Wein und angegorene Milch unter dem Mikroskop untersucht und behauptet, winzige, mit bloßem Auge nicht sichtbare Organismen entdeckt zu haben, die die Gärung verursachen. Und Dr. Koch in Deutschland behauptet, den mikroskopisch kleinen Erreger des Milzbrands entdeckt zu haben. Mr. Lister bezeichnet diese Mikro-Organismen als Bakterien. Seiner Meinung nach sind *sie* die Verursacher von Wundentzündungen. Durch sein Karbol, sagt er, würden sie abgetötet, so daß die Wunde sauber und ohne Eiter heilen kann.«

»So was habe ich noch nie gehört. Eine Wunde muß doch eitern, um richtig heilen zu können.«

»Vielleicht haben wir Ärzte unsere Patienten jahrelang falsch behandelt.« Mit raschelnden Röcken stand Elizabeth aus ihrem Sessel auf und ging durch das Zimmer. Am Kamin blieb sie stehen. »In der Medizin wird es sehr bald große Veränderungen geben, mein Kind. Und ich bin überzeugt, ein Teil der Veränderung wird sich im Zuwachs an weiblichen Ärzten spiegeln. Ärztinnen gibt es heute kaum, Samantha. Dr. Garrett und ich sind die einzigen Frauen, die in Großbritannien im Ärzteregister eingetragen sind. Die medizinischen Fakultäten der Universitäten sind uns verschlossen, aber sie werden sich öffnen, und zwar schon bald, da bin ich sicher.«

Sie seufzte. »Die neue Krankenpflege ist uns bei unserem Kampf leider keine Hilfe.«

Dies alles war Samantha nicht neu. Sie wußte, daß Florence Nightingales revolutionäre neue Art der Krankenpflege Frauen anlockte, die sonst vielleicht ernsthaft um einen Studienplatz an einer medizinischen Fakultät gekämpft hätten. Die Nightingale Schule am St. Thomas Krankenhaus bot alleinstehenden Frauen zum erstenmal eine reguläre Berufsausbildung, und das Experiment war gelungen, auch wenn es viele Widersacher und Kritiker hatte.

Samantha hatte Florence Nightingale persönlich kennengelernt. Elizabeth hatte sie im vergangenen Sommer einmal ins St. Thomas Krankenhaus am Albert Embankment mitgenommen, und dort hatte Samantha mit eigenen Augen gesehen, welche Demütigung und Beschämung es für viele Frauen bedeutete, sich von einem Mann untersuchen lassen zu müssen. Elizabeth hatte ihr bei dieser Gelegenheit erzählt, daß viele Frauen es vorzogen, zu Hause zu bleiben und zu versuchen, ihre weiblichen Leiden mit Hausmitteln zu kurieren.

Nach dem Besuch im Krankenhaus hatten sie der berühmten Frau selbst ihre Aufwartung gemacht. Leidend infolge der aufopfernden Arbeit, die sie auf der Krim geleistet hatte, war sie permanent ans Bett gefesselt, doch sie hatte ihre Freundin Elizabeth und deren Schützling wie eine Königin empfangen. Eine widersprüchliche Frau, fand Samantha: körperlich klein und zart, beseelt jedoch von ungeheurer Entschluß- und Willenskraft. Sie hatten den ganzen Nachmittag lebhaft über das Thema ›Frau in der Medizin‹ diskutiert, und Samantha hatte freimütig ihre Meinung dazu gesagt. Zum Abschied hatte Florence Nightingale ihnen einen Kuchen mitgegeben.

Elizabeth riß sich aus ihren Gedanken und sah Samantha an. »Du mußt dich bald entscheiden, Kind. Viel länger kannst du jetzt nicht mehr im Pensionat bleiben.«

Samantha seufzte. »Ich weiß ja, daß Amerika wahrscheinlich das Beste für mich wäre, aber es fällt mir so schwer, aus London wegzugehen.«

Elizabeth Blackwell hatte in Amerika Medizin studiert und war der Meinung, daß dies auch für Samantha die beste Möglichkeit wäre. Jetzt sah sie Samantha nachdenklich an. »Ist es ein Mann, der dich hier hält, Kind?«

Samantha riß erstaunt die Augen auf.

Elizabeth lachte. »Ich kenne diesen Blick, Samantha. Von meinem eige-

nen Spiegelbild. Ich will dir etwas erzählen, worüber ich bis heute mit keinem Menschen gesprochen habe.« Sie kehrte zum Sofa zurück und setzte sich wieder. »In meiner Jugend hatte ich gar nicht den Wunsch, Ärztin zu werden. Mein Entschluß war nur vom Verstand diktiert, und ich traf ihn, weil ich genau wußte, daß ich mich für einen Mann restlos aufgeben würde, wenn ich mich nicht von Anfang an auf eigene Füße stellte. Ich habe diese Neigung früh bei mir entdeckt und erkannte, daß ich einen starken Schutz brauchte, wenn ich jemals eigenständig werden wollte. Darum beschloß ich ganz bewußt, auf Ehe und Familie zu verzichten und meine Erfüllung anderswo zu suchen. Und das Medizinstudium war eine gute Wahl, denn kein Mann will eine Ärztin zur Frau.«
»Ist das wirklich wahr?«
»In Amerika, diesem riesigen Land, gibt es nicht einmal fünfhundert Ärztinnen, und nur ganz wenige von ihnen sind verheiratet. Durchweg mit Ärzten.«
»Wie kommt denn das?«
»Unüberwindliches Vorurteil, Kind. Wir leben in einem Zeitalter männlicher Dominanz. Die Frauen sind eine Bedrohung für die Herrschaft der Männer. Warum die Männer vor uns Angst haben, kann ich nicht sagen; ich weiß nur, daß ich in den dreißig Jahren meiner Tätigkeit als Ärztin nicht einem einzigen Mann begegnet bin, bei dem sich diese Angst vor der Frau nicht in irgendeiner Form äußerte. Sie bekämpfen uns mit Spott, Samantha. Ein bekannter Chirurg sagte einmal, die Menschen auf der Welt seien in drei Gruppen eingeteilt: Männer, Frauen und Medizinerinnen. Um von ihnen überhaupt akzeptiert zu werden, muß man besser sein als sie. Aber wenn man sie dann überflügelt hat, wollen sie einen als Frau nicht mehr haben. Die Entscheidung, Ärztin zu werden, bedeutet, sich für ein Leben ohne Mann zu entscheiden, Samantha.«

Amalia Steptoe hatte größte Mühe, ihre Wut zu unterdrücken. Wie konnte dieser ungehobelte Bursche es wagen, hier einzudringen, um ihre Samantha zu entführen! Diese Anmaßung!
»Tja, wie ich schon sagte, Mr. Hawksbill«, erklärte sie äußerlich ruhig. »Samantha hat das Pensionat vor einer Woche verlassen und keine Adresse hinterlassen.«
Freddy hockte auf der Kante des brokatbezogenen Sessels, als hätte er Angst, er könnte ihn beschmutzen.
»Und sie kommt auch nicht wieder her?«
»Wohl kaum, Mr. Hawksbill. Sie sprach von einer Reise nach Frankreich.«

»Aber sie schreibt Ihnen doch bestimmt.«
Amalia Steptoe preßte die schmalen Lippen zu einer dünnen, harten Linie zusammen. Verschwinde endlich, du gräßlicher Kerl, dachte sie. »Es kann natürlich sein, daß sie schreibt.«
Freddy griff in seine Jackentasche und zog einen verschlossenen Briefumschlag heraus. »Wenn Sie von ihr hören sollten«, sagte er und reichte ihr den Umschlag, »würden Sie ihr dann diesen Brief zusenden? Ich hab' ihr darin meine Adresse in London aufgeschrieben. Ich hab' augenblicklich eine Arbeit am Hafen und bleibe sechs Monate. Sagen Sie ihr, daß ich auf sie warte.«
Amalia Steptoe nahm den Brief mit spitzen Fingern und stand auf. Freddy Hawksbill, der den Nachnamen des Mannes angenommen hatte, der ihm das Leben gerettet hatte, verstand das Signal und erhob sich ebenfalls. Grüßend legte er die Hand an die Stirn.
»Besten Dank, Madam. Ich danke Ihnen für Ihre Hilfe.«
Nachdem er gegangen war, trat Amalia Steptoe zum Kamin und warf den Brief ins Feuer.

17

Der Wagen schwankte sachte, und der rhythmische Hufschlag des Pferdes wirkte einschläfernd, aber Samantha döste nicht vor sich hin, wie sie das sonst auf der Rückfahrt vom Bahnhof in Chislehurst immer tat. Sie war rastlos.
Sie mußte sich entscheiden. Wohin?
Stimmen dröhnten in ihrem Kopf. Freddy: ›Warte auf mich, Sam. Ich komm' zurück und hol' dich, das versprech' ich dir.‹
Elizabeth Blackwell: ›Ich wollte auf eigenen Füßen stehen.‹
Und James: ›Wir sind zum Verderben verurteilt. Glaub mir, Sam, auch du kommst an die Reihe.‹
Sie drückte krampfhaft die Augen zu. Zum Verderben verurteilt... Ja, Vater, das könnte dir so passen, nicht wahr? Erst Matthew, dann James, jetzt ich. Dann hättest du deine Rache.
Aber du wirst sie nicht bekommen. Ich werde nicht untergehen. Ich werde meinen Weg machen und ohne Männerhilfe. Freddy ist fort, er hat mich vergessen. Ich werde meinen Weg allein gehen. In Amerika...

Zweiter Teil
New York, 1878

1

»Der Kreis muß fest geschlossen sein«, sagte Louisa mit ihrer rauchigen Stimme. »Und ihr dürft die Augen nicht aufmachen. Wir müssen uns konzentrieren. Wir müssen uns der Geisterwelt öffnen. Wir müssen alle aufnahmebereit sein. Konzentriert euch!«
Samantha widerstand tapfer der Versuchung, die Augen zu öffnen und sich umzuschauen. Sie wußte, was sie sehen würde. Fünf junge Frauen, die einander an den Händen haltend um den Speisetisch saßen, in dessen Mitte eine Kerze stand, die die Gesichter mit flackerndem Schein beleuchtete. Und dahinter Dunkelheit.
Vorher hatten sie in Mrs. Chathams gutbürgerlichem Salon gesessen, um an ihrem einzigen freien Abend in der Woche die Flickarbeiten zu erledigen, zu denen sie bisher nicht gekommen waren, Briefe zu schreiben oder gierig die neueste Ausgabe des *Illustrated Newspaper* zu verschlingen. Die fünf Mädchen hatten lange Arbeitszeiten, Louisa saß sogar vierzehn Stunden jeden Tag in ihrem Büro. Helen war in der Bibliothek beschäftigt; die Schwestern Wertz waren Verkäuferinnen in einem eleganten Geschäft in der Fifth Avenue; die rundliche Naomi lernte bei einer Putzmacherin; und die hübsche grünäugige Louisa hatte eine beneidenswerte Stellung als Tippmamsell bei der neuen Telefongesellschaft Bell.
Samantha spürte das Zucken von Louisas Hand, die in der ihren lag, und hörte Louisa im Singsang verkünden: »Ich fühle, wie die Grenzen sich auflösen. Die Geister nähern sich...«
Eine halbe Stunde zuvor hatte Louisa ihre Modezeitschrift gelangweilt weggeworfen und vorgeschlagen, eine spiritistische Sitzung zu halten. Erst im vergangenen Monat, erklärte sie Samantha, hätte die Gruppe den Geist der Heiligen Johanna beschworen. Louisas Enthusiasmus war so ansteckend gewesen, daß es Samantha nicht fertiggebracht hatte abzulehnen. Erst jetzt, wo sie in der Dunkelheit saß und Louisas beschwörenden Singsang hörte, gestand sie sich ein, daß sie überhaupt keine Lust hatte ausgerechnet jetzt, wo sie gerade in diesem neuen Land angekommen war, irgendwelche Toten herbeizuzitieren.
»Ich spüre das Fluidum eines Geistes!« rief Louisa dramatisch.
Eines der Mädchen schnappte erschrocken nach Luft, und Samantha spürte, wie sich Naomis Finger fester um ihre Hand schlossen.

»Wer ist da?« fragte Louisa mit hohler Stimme. »Wer ist zu uns gekommen? Gib uns ein Zeichen!«
Samanthas Herz klopfte schneller.
Erst vor zwei Tagen war sie mit der *Servia* in New York angekommen. Dank Elizabeth Blackwells Rat, zweiter Klasse zu reisen, waren ihr die demütigende Quarantäne und ›Desinfizierung‹, denen sich Einwanderer dritter Klasse unterziehen mußten, erspart geblieben. Das Billett hatte sie eine Menge Geld gekostet – beinahe die Hälfte des Erlöses aus dem Verkauf des Hauses am St. Agnes Crescent –, aber es hatte sich gelohnt. Nach einer flüchtigen Inspektion ihres Gepäcks und ihrer Papiere hatte Samantha New Yorker Boden betreten können. Doch auf der anderen Seite des Zauns hatte sie das Gewimmel der Einwanderer gesehen, die wie eine Viehherde vorangetrieben wurden. Das Quarantäneverfahren nahm, wie Samantha gehört hatte, Stunden in Anspruch, manchmal sogar Tage.
Von der Battery aus war Samantha in dieses Stadtviertel zwischen Greenwich Village und der Lower East Side gefahren, das Elizabeth Blackwell ihr als sauber und anständig, aber nicht teuer empfohlen hatte. Schon nach einem kurzen Spaziergang die Houston Street entlang war sie auf Mrs. Chathams Haus gestoßen und hatte das Schild im Fenster gesehen: ›Zimmer zu vermieten. Juden und Italiener unerwünscht‹.
Das zweistöckige typische New Yorker Stadthaus aus braunem Sandstein wurde von Mrs. Chatham, einer vollbusigen Witwe in den sechzigern, einem dreizehnjährigen Dienstmädchen von schlichtem Verstand und den fünf jungen Mieterinnen bewohnt. Samantha teilte sich ein Zimmer mit Louisa Binford, die in ihrem Alter war.
In der ersten Nacht hatte Samantha kaum geschlafen, obwohl sie todmüde gewesen war. Während sie dem Knacken der Heizkörper und dem Rattern der Hochbahn gelauscht hatte, hatte sie an zu Hause gedacht und Mühe gehabt, die Tränen des Heimwehs zurückzudrängen.
Beim Frühstück am nächsten Morgen hatten sich die anderen Mädchen, alle in langen dunklen Röcken und hochgeschlossenen weißen Blusen, vorgestellt und waren dann aus dem Haus geflitzt, um rechtzeitig zu ihren Arbeitsstellen zu kommen. Samantha hatte sich in den Salon gesetzt und die New Yorker Zeitungen gelesen. Gegen Mittag hatte sie sich zu Fuß auf den Weg zum New York Infirmary gemacht, das, wie sich herausstellte, gar nicht weit weg in der Second Avenue war. Dort hatte sie für den folgenden Montag einen Gesprächstermin mit Dr. Emily Blackwell, Elizabeths Schwester, vereinbart.
»Wer bist du?« rief Louisa mit Grabesstimme. »Wessen Geist ist zu uns gekommen?«

Es war mucksmäuschenstill im Speisezimmer. Lächerlich, dachte Samantha und umfaßte doch instinktiv Louisas Hand fester. Die Toten können nicht erweckt werden.
»Der Geist ist gekommen, um mit einer von uns zu sprechen. Er versucht, Kontakt aufzunehmen.«
Samantha atmete schneller.
Louisas Stimme wurde schrill. »Gib uns ein Zeichen, Gast aus dem Jenseits! Mit welcher von uns möchtest du in Verbindung treten?«
Samantha hörte ein leises Stöhnen. Sie neigte den Kopf nach rückwärts und öffnete ihre Augen einen Spalt. Auf der anderen Seite des Tisches sah sie ein schwaches Leuchten und schrie leise auf.
»Was ist?« rief Louisa, die sich auf ihrem Stuhl sachte hin und her wiegte. »Zu wem bist du gekommen? Sprich zu uns, Geist aus der anderen Welt –«
Eines der Mädchen schrie auf, dann folgte ein Krachen. Samantha riß die Augen auf und sah, daß Edith Wertz aufgesprungen war und sich zum Boden hinunterneigte.
Jetzt sprangen alle auf. Louisa zündete hastig die Gaslampen an, während Samantha um den Tisch herumrannte. Helen lag auf dem Boden, der umgestürzte Stuhl neben ihr. Ihr lockiges platinblondes Haar umgab ihren Kopf wie eine Wolke. Samantha wußte plötzlich, was für ein Leuchten das gewesen war, das sie gesehen hatte.
»Sie ist in Ohnmacht gefallen. Schnell, Mrs. Chathams Riechsalz.«
Ein paar Minuten später lag Helen ausgestreckt auf dem roten Samtsofa, und eines der Mädchen drückte ihr ein feuchtes Tuch auf die Stirn. Verwirrt blickte sie in die über sie geneigten Gesichter. »Was ist passiert?«
»Der Geist wollte mit dir in Verbindung treten«, erklärte Louisa, die auf der Sofakante saß. »Aber du warst nicht stark genug, um ihn einzulassen.«
Samantha, die Helens aschfahles Gesicht sah, die winzig zusammengezogenen Pupillen, die seltsame Färbung der Lippen, vermutete einen anderen Grund hinter dem Ohnmachtsanfall.
Louisa stand auf und strich ihren Rock glatt. »Jetzt ist der Bann auf jeden Fall gebrochen. Es hat keinen Sinn, noch mal anzufangen.«
»Vielleicht nächste Woche«, meinte Naomi mit erregt blitzenden Augen. »Ich würde zu gern wissen, wer dich erreichen wollte, Helen.«
Helen schüttelte schwach den Kopf. »Ich kenn überhaupt keine Toten...«
Samantha brachte Helen in ihr Zimmer und blieb an ihrem Bett sitzen, bis sie sich so weit erholt hatte, daß sie wieder aufstehen konnte. Dann

kochte Helen auf dem Spirituskocher Tee. »Sehr stark ist er nicht«, sagte sie schüchtern, »aber er reicht für zwei.«
Samantha machte es sich in dem einzigen Lehnstuhl, der im Zimmer stand, bequem.
»Das ist schon das zweitemal, daß ich diese Woche ohnmächtig geworden bin«, sagte Helen bedrückt und setzte sich aufs Bett. »Neulich wollte ich Bücher ins Regal stellen und plötzlich lag ich da. Mr. Grant, der Bibliothekar, war wütend.«
Samantha wartete stumm, während Helen nervös an ihrem Rock zupfte.
»Ich kann es mir nicht leisten, die Arbeit in der Bibliothek zu verlieren. Was anderes kann ich nicht. Ich bin froh, daß ich die Stellung bekommen habe. Es gibt viele Frauen in New York, die sofort zugreifen würden, wenn ich hinausfliege. Und zu meinem Vater zurück kann ich nicht. Er – er...« Sie senkte den Kopf.
Samantha trank einen Schluck Tee. Er war so dünn wie Spülwasser. Sie hätte gern eine Prise von ihrem eigenen Tee dazugegeben, aber das konnte sie aus Höflichkeit nicht tun.
»Ich habe nichts gespart«, murmelte Helen niedergeschlagen. »Ich bin erst seit drei Monaten in Manhattan. Wenn an den Büchern Schäden festgestellt werden, wird mir das von meinem Gehalt abgezogen. Ich muß immer anständig gekleidet sein, und du weißt ja, wie teuer das ist.«
Samantha betrachtete einen Moment lang das blasse, hoffnungslose Gesicht, dann fragte sie behutsam: »Was bedrückt dich denn, Helen?«
Helen starrte in ihre Tasse und schüttelte stumm den Kopf.
»Ich – ich glaube, ich bin krank«, sagte Helen schließlich leise und sah Samantha angstvoll an.
»Wie kommst du darauf?«
Helen errötete. »Ich – es –« Sie preßte die Lippen zusammen.
»Ist es eine Frauensache?« fragte Samantha.
Helen nickte. »Es hört nicht mehr auf«, flüsterte sie. »Es geht immer weiter.«
Samantha stellte ihre Tasse weg und setzte sich zu Helen aufs Bett. »Und wie lange geht das schon?«
»Zwei Wochen. Normalerweise dauert es höchstens vier Tage. Aber diesmal hört es einfach nicht auf.«
»Und was tust du dagegen?«
Helen beugte sich vor und holte hinter der Lampe, die auf ihrem Nachttisch stand, eine Flasche hervor. Samantha las das Etikett: ›Mrs. Lydia Pinkhams Gemüsemixtur‹.

»Auf der Flasche steht«, erklärte Helen, »daß das gegen alle Frauenleiden hilft.«
»Wie lange nimmst du das schon?«
»Über eine Woche. Aber bis jetzt hat es noch nicht geholfen.«
Samantha stellte die Flasche weg. »Helen, du mußt zum Arzt gehen.«
»Nein!« rief sie so laut und nachdrücklich, daß Samantha sie erstaunt ansah. »Das könnte ich nicht ertragen. Ich meine, ein Mann – ich würde mich in Grund und Boden schämen...«
»Aber Ärzte sind doch keine gewöhnlichen Männer, Helen. Sie sind extra dafür ausgebildet –«
Helen schüttelte heftig den Kopf. »Das ist mir ganz gleich. Mann ist Mann. Ich kann nicht mit einem Mann über die intimsten Dinge –«
»Vielleicht kannst du dir eine Ärztin suchen, wenn es dir peinlich ist, mit einem Mann zu sprechen –«
Wieder schüttelte Helen den Kopf. »Einer Ärztin würde ich nicht vertrauen. Die meisten sind Pfuscherinnen.« Helen warf Samantha einen scheuen Blick zu. »Kannst *du* mir nicht helfen?« flüsterte sie.
»Ich? Ich bin keine Ärztin.« Samantha hatte den Mädchen in Mrs. Chathams Haus nicht erzählt, warum sie nach Amerika gekommen war. »Du brauchst fachliche Hilfe. Die Flasche da heilt dich bestimmt nicht.«
»Aber es steht doch auf dem Etikett.«
»Helen, Papier ist geduldig, das weißt du doch. Ein Etikett kann alles mögliche versprechen. Wenn du daran glaubst, machst du dir nur etwas vor.«
»Dann wird es schon von selber wieder gut werden. Es war wahrscheinlich nur die Anstrengung. Jeden Tag zwölf Stunden auf den Beinen und nur eine Viertelstunde Mittagspause. Dazu brauche ich noch eine Stunde für die Hin- und die Rückfahrt. Und der Pferdebus ist immer so voll, daß ich nie einen Platz kriege. Das muß einen ja krank machen.«
»Helen, es hilft dir nichts –«
»Zu einem Arzt gehe ich nicht, Samantha. Niemals!«

Louisa war schon im Bett und las begierig einen Liebesroman. Nachdem Samantha sich rasch gewaschen hatte, schlüpfte sie in ihr Nachthemd.
»Geht's ihr wieder gut?« fragte Louisa und legte ihr Buch nieder.
Samantha kroch zwischen die kühlen, sauberen Leintücher. »Ja.«
Louisa musterte sie verstohlen. Ziemlich rätselhaft bis jetzt, diese Samantha Hargrave. »Hast du Heimweh?« fragte sie.
Samantha knüllte das Kissen unter ihrem Kopf zusammen und nickte. Aber das Heimweh war nicht das Schlimmste. Schlimmer war die Angst,

die ihre Zuversicht zu zerstören drohte; die Angst, daß sie es nicht schaffen würde. Sie war achtzehn Jahre alt, hatte nichts gelernt, war mutterseelenallein in einer wildfremden gigantischen Stadt und wußte, daß ihr Geld nur begrenzte Zeit reichen würde. Der Teufel mußte sie geritten haben, als sie beschlossen hatte, diesen Schritt zu wagen.
»Am Anfang geht es jedem so«, sagte Louisa ruhig. »Als ich vor einem Jahr aus Cincinnati hierher kam, habe ich einen Monat lang jede Nacht in mein Kissen geheult.«
Samantha drehte den Kopf, um sie anzusehen. Sie konnte sich kaum vorstellen, daß dieses lustige Mädchen mit den unternehmungslustig blitzenden grünen Augen vor irgend etwas Angst hatte.
»Aber nach einer Weile merkte ich, was für ein aufregendes Abenteuer es ist, ganz allein in einer großen Stadt zu leben«, fuhr Louisa ihrem Naturell getreu fort. »Kein strenger Vater, der dauernd die Augenbrauen hochzieht, keine ängstliche Mutter, die einem ständig Ermahnungen mitgibt.«
Samantha war bei ihrer Ankunft in Mrs. Chathams Haus tatsächlich erstaunt gewesen zu sehen, daß hier lauter junge Mädchen lebten, die sich auf durchaus rechtschaffene Weise ihren eigenen Lebensunterhalt verdienten und von keinem männlichen Wesen, sei es nun Vater, Bruder oder Ehemann, abhängig waren. In England, wo jede Frau, die allein lebte, entweder als alte Jungfer oder als zweifelhaftes Geschöpf abgetan wurde, wäre so etwas kaum möglich gewesen. Obwohl sich Samantha unter diesen jungen Frauen fehl am Platz fühlte, bewunderte sie ihre Entschlossenheit und ihren Willen zur Selbständigkeit.
»Aber New York ist natürlich nicht für jedes Mädchen der richtige Ort«, plauderte Louisa weiter. »Es gibt eine ganze Menge, die besser zu Hause geblieben wären.«
»Wieso?«
»Weil jungen Mädchen, die nicht vorsichtig sind, die schrecklichsten Dinge passieren. Das Geld geht ihnen schneller aus als sie berechnet haben, und ehe sie wissen, wie ihnen geschieht, landen sie in den schlimmsten Kreisen. Die *Police Gazette* ist voll von solchen traurigen Geschichten. Aber mir passiert so was nicht.« Sie warf den Kopf in den Nacken, daß die blonden Locken flogen. »Ich heirate mal einen reichen Mann und dann fahr ich im Vierspänner spazieren, mit seidenen Polstern von der gleichen Farbe wie mein Haar.« Sie lachte. »Warum bist du eigentlich nach New York gekommen?«
»Ich möchte hier studieren.«
»Was denn?«

»Medizin.«
Einen Moment blieb es still, dann platzte Louisa heraus: »Das ist ja absolut hinreißend!«
Samantha sah sie verblüfft an.
»Hier tobt nämlich gerade ein erbitterter Kampf«, erklärte Louisa dramatisch. »Sie wollen die Harvard Universität zwingen, an der medizinischen Fakultät Frauen zuzulassen. Sämtliche Zeitungen sind voll davon. Himmel, da wirst du ja bald mittendrin sein.«
Samantha lächelte beinahe entschuldigend. »Ich habe nicht vor, mich bei Harvard zu bewerben. Ich möchte am New York Infirmary studieren.«
Louisa war sichtlich enttäuscht. »Ach so.«
»Warum sagst du das so?«
»Na ja, ich dachte, du wolltest eine richtige Ärztin werden.«
»Will ich ja auch.«
»Ja, aber die Absolventinnen vom Infirmary werden von vielen Leuten nicht als richtige Ärztinnen betrachtet. Wenn sie es rechtlich gesehen wahrscheinlich auch sind.«
»Das verstehe ich nicht.«
»In England ist es vielleicht anders, Samantha, aber hier in Amerika gibt es zwei Sorten von Ärzten: die richtigen Ärzte, und die, die sich so nennen. Weißt du, hier kann jeder sich Doktor nennen und ein schönes Messingschild an seine Tür kleben. Man braucht kein Diplom dazu. Jeder Gesundheitsapostel oder Quacksalber kann sich Doktor nennen. Man kann sie auf den ersten Blick von den richtigen Ärzten, die an einer Universität studiert haben, überhaupt nicht unterscheiden. Du hast keine Ahnung, was das für ein Durcheinander gibt.«
»Aber jeder Kranke möchte doch bestimmt einen richtigen Arzt.«
»Natürlich, aber woher soll man vorher wissen, ob der Mann, zu dem man geht, ein richtiger Arzt ist? Man geht hin und mitten in der Behandlung merkt man, daß man es mit einem Quacksalber zu tun hat. Und jetzt auch noch Ärzt*innen*!«
»Aber wenn sie ein Diplom von einer anerkannten Universität haben?«
»Das ist gar nicht möglich. An den anerkannten Universitäten sind Frauen nicht zugelassen. Ich hab' dir doch gerade von dem Kampf an der Harvard Universität erzählt.«
»Aber Dr. Blackwell erzählte mir, daß es in Amerika viele Universitäten gibt, die Frauen zulassen.«
»Klar, aber das sind alles *Frauen*universitäten. Und die Leute sagen sich,

wenn man an einer solchen Universität studiert hat, kann man nicht sehr gut sein, weil man sich mit zweiter Klasse begnügt hat. Also kann man selber auch nur zweitklassig sein.«
Samantha nickte nur zerstreut und zog sich in ihre eigenen Gedanken zurück. Was Louisa ihr da über das Infirmary und die Frauenuniversitäten erzählt hatte, gab ihr zu denken. Stimmte das alles wirklich? Und wurden Ärztinnen hier tatsächlich als minderwertig und nicht vertrauenswürdig betrachtet? Elizabeth Blackwell hatte davon nichts gesagt. Die Angst kehrte zurück. Was, wenn ich es nicht schaffe?

2

»Die Gründung unserer Lehranstalt entsprang einem dringenden Bedürfnis, Miss Hargrave. Auf jede einzelne Frau, die es schafft, zum Medizinstudium an einer Männeruniversität zugelassen zu werden, kommen Hunderte, die abgelehnt werden. Meine Schwester gründete das Infirmary im Jahr 1855; 1864 wurde uns vom Gesetz das Recht zugestanden, den Doktorgrad zu verleihen. Vor neun Jahren hielten wir unsere erste Promotionsfeier. Damals hatten wir fünf Doktorandinnen.«
Sie saßen in Dr. Emily Blackwells kleinem Büro. Die Frau hatte viel Ähnlichkeit mit ihrer Schwester. Sie hatte sich die Zeit genommen, Samantha durch den ganzen Komplex zu führen – zwei benachbarte alte Stadthäuser, die in ein Krankenhaus mit Krankensälen, Operationsräumen, Ambulanz und Unterrichtsräumen umgebaut worden waren. Samantha hatte die blitzsauberen Säle gesehen und einige der Ärztinnen und Studentinnen kennengelernt.
»Das Krankenhaus wurde gegründet, um mittellosen Frauen und solchen Frauen, denen es unerträglich ist, sich von einem Mann untersuchen oder behandeln zu lassen, die Möglichkeit zu geben, sich hier sachkundige medizinische Hilfe zu holen. Im ersten Jahr behandelten wir dreitausend Patientinnen, Miss Hargrave. Heute, dreiundzwanzig Jahre später, ist die Zahl auf das Zehnfache angestiegen.«
Emily lächelte stolz. »Da ergab sich die Gründung einer Lehranstalt zur Ausbildung zukünftiger Mitarbeiterinnen eigentlich ganz von selbst. Unsere Studentinnen sehen die Patientinnen in der Ambulanz, beraten sie und schicken sie mit Medikamenten und Anweisungen zur Körper- und Gesundheitspflege wieder nach Hause. Wir befinden uns mitten in einem Einwandererviertel, Miss Hargrave, und viele dieser Frauen haben sehr eigenartige Vorstellungen von Hygiene und Reinlichkeit. Aus die-

sem Grund machen unsere Pflegerinnen regelmäßig Hausbesuche, um sich um die Kranken zu kümmern und sie, wenn möglich, mit den Grundsätzen der Hygiene vertraut zu machen. Wie Sie selbst gesehen haben, bekommen alle unsere Studentinnen die Möglichkeit, gründliche klinische Erfahrung zu sammeln.«
Samantha äußerte ihre Skepsis über den Wert des Diploms vom New York Infirmary.
»Ich will gar nicht bestreiten, daß es starke Vorurteile gegen uns gibt und daß die wenigen Frauen, die das Diplom einer Männeruniversität vorweisen können, weit mehr Ansehen genießen, aber ich bin überzeugt, daß man uns mit der Zeit, wenn wir unsere Kompetenz bewiesen haben, anerkennen wird. Die Leute mögen über uns sagen, was sie wollen, Miss Hargrave, wir sind eine wissenschaftliche Hochschule.«
Samantha war im Zwiespalt, als sie wieder ging. Das Infirmary hatte sie beeindruckt; an einem so fortschrittlichen Institut zu lernen, mit hervorragenden Ärztinnen wie der berühmten Mary Putnam Jacobi zusammenzuarbeiten, das war verlockend. Aber die Frau, die sie am meisten bewunderte, Elizabeth Blackwell, hatte an einer Männeruniversität studiert.
Doch Samantha würde hinreichend Zeit haben, sich zu entscheiden, auch wenn das gar nicht in ihre Pläne paßte. Im Augenblick nämlich waren alle Studien- und Laborplätze am Infirmary belegt. Emily Blackwell hatte ihr jedoch zugesagt, daß man sie im Januar aufnehmen würde, und hatte ihr geraten, sich in der Zwischenzeit eine Praktikumsstelle bei einem praktizierenden Arzt zu suchen. Samantha, die wußte, daß auch Elizabeth vor Beginn ihres Studiums ein Praktikum absolviert hatte, nahm dankbar die Liste empfohlener Ärzte, die Emily Blackwell ihr vorlegte.
Voller Optimismus machte sie sich gleich am folgenden Tag auf die Suche nach einer geeigneten Stelle, aber sie hatte kein Glück. Mit jeder Absage, die sie bekam, wurde sie mutloser. Einige der vorgeschlagenen Ärzte hatten bereits Praktikanten; die anderen meinten, ihre Praxen wären nicht groß genug, um eine Praktikantin zu tragen.
Spät abends, allein in ihrem Zimmer, zählte Samantha ihr Geld und rechnete sich aus, daß es bei äußerster Sparsamkeit drei Monate reichen würde. Sie mußte schleunigst etwas unternehmen, wenn sie nicht gleich zu Beginn ihres Wegs scheitern wollte.

Am nächsten Tag nahm sie sich die Zeitungen vor und strich sich alle Annoncen von Ärzten an, die Praktikanten suchten. Mehrere Tage lang marschierte sie kreuz und quer durch Manhattan und bot ihre Dienste an. Die Reaktionen reichten von unverhohlener Erheiterung zu lautstarker Entrüstung. Die meisten waren schockiert über ihren Vorschlag, nannten ihn unmoralisch; einige lachten gutmütig, überzeugt, daß sie es nicht ernst meinte.

Sie fing im vornehmen Teil Manhattans an und arbeitete sich langsam und mit einigem Widerstreben hinunter in den zehnten Bezirk, auch unter dem Namen Schweinemarkt oder Typhusbezirk bekannt, das am dichtesten bevölkerte Elendsviertel Manhattans. Sie versuchte ihr Glück in Little Italy, wo sich Kindergeschrei mit den lauten Rufen der Straßenverkäufer mischte. Sie versuchte es im jüdischen Viertel, wo ihr auf Schritt und Tritt strengblickende Rabbis begegneten und vollbärtige Trödler an den Straßenecken ihre Waren feilboten. Leute aller Altersklassen bettelten sie an, dreiste Straßenkinder und schüchterne junge Frauen, die die Fülle ihres schwangeren Leibes züchtig unter großen Tüchern zu verbergen suchten. Ärzte gab es hier wenige, und die, zu denen sie vordrang, sprachen entweder kein Englisch oder schickten sie mit ernster Ermahnung, daß ein junges Mädchen nach Hause gehörte, wieder fort.

Eine Woche lang nahm sie jeden Tag wieder neuen Anlauf, eilte durch fremde Straßen, treppauf und treppab, handelte sich eine Absage nach der anderen ein, kam abends todmüde nach Hause, badete ihre geschwollenen Füße in kaltem Wasser und fiel dann erschöpft in ihr Bett. Aber trotz aller Enttäuschungen ließ sie den Mut nicht sinken. Im Gegenteil, mit jeder Zurückweisung wuchs ihre Entschlossenheit. Irgendwo in dieser großen Stadt mußte es einen Arzt geben, der sie aufnehmen würde.

3

Der Unfall ereignete sich genau an der Ecke 8. Straße und Second Avenue. Samantha wollte gerade die Fahrbahn überqueren, als ein junger Mann auf seinem blitzenden Hochrad vorüberflitzte. Als er sie sah, lüftete er lächelnd seine modische blaue Polomütze und drehte sich, schon an ihr vorüber, winkend nach ihr um. Samantha sah den Wagen um die Ecke biegen und öffnete den Mund, um dem jungen Mann eine Warnung zuzurufen. Doch es war zu spät. Die Pferde scheuten laut wiehernd, das blitzende Fahrrad und der elegante Phaeton prallten klirrend aufeinander. Die Pferde bäumten sich in panischem Schrecken auf, und der Wagen stürzte um, direkt auf eine unbesetzte Droschke, deren Kutscher von der Wucht des Aufpralls vom Bock geschleudert wurde.

Innerhalb von Sekunden war es vorüber. Die Kreuzung bot ein chaotisches Bild. Die Pferde lagen schreiend auf der Straße und versuchten, wieder auf die Beine zu kommen; Räder drehten sich lautlos an gebrochenen Achsen; andere Wagen bremsten vor der Unfallstelle ab oder versuchten erfolglos, sie zu umrunden, und im Nu staute sich der gesamte Verkehr. Passanten rannten zu dem umgestürzten Wagen; Samantha war als erste dort.

Der Droschkenkutscher war tot. Er war mit dem Kopf direkt an einen Telegrafenmasten geprallt. Die vier Insassen des Zweispänners lagen an verschiedenen Stellen auf der Straße; einer war bewußtlos, zwei jammerten stöhnend nach Hilfe, der vierte bemühte sich aufzustehen. Ihr Kutscher kroch benommen und mit verschrammtem Gesicht unter dem Wagen hervor. Der junge Radfahrer war unter der Kutsche eingeklemmt, den rechten Arm, der in unnatürlichem Winkel vom Körper abstand, zwischen den verbogenen Speichen seines Hochrads.

Während mehrere Männer sich bemühten, die schwere Droschke hochzuhieven, um den jungen Mann zu befreien, riß Samantha sich ihren weißen Seidenschal vom Hals und band ihn in aller Eile fest um den blutenden Oberarm des jungen Mannes. Mit der Droschke bewegte sich auch das Fahrrad, und der junge Mann heulte laut auf vor Schmerz. Samantha untersuchte den Jungen hastig nach weiteren Verletzungen, prüfte seine Pupillen und fühlte seinen Puls, der sehr schnell schlug. Aus der Wunde am Arm floß trotz der Abbindung ein stetiger Blutstrom.

»Wir brauchen einen Krankenwagen«, rief Samantha laut. »Kann jemand einen Krankenwagen holen?«

Um die Unfallstelle hatte sich eine gaffende Menge gesammelt. Eine junge Frau war in Ohnmacht gefallen und wurde von zwei Männern befächelt. Mehrere andere Männer bemühten sich, den Insassen des Phaeton auf die Beine zu helfen. Der junge Radfahrer war schweißgebadet; zum Glück war er ohnmächtig geworden.

Als die Männer die Droschke endlich aufgestellt hatten, fingen zwei von ihnen an, an dem Fahrrad zu zerren.

»Nein!« rief Samantha. »Nicht so. Sie müssen ganz vorsichtig sein. Sonst verliert er den Arm.«

»Hören Sie mal, junge Frau –«

»Versucht jemand, einen Krankenwagen zu holen?«

»Ich glaub' schon. Wer sind Sie überhaupt?«

Der Junge stöhnte qualvoll. Samantha beugte sich über ihn und legte ihm eine Hand auf die Stirn. Immer noch sickerte Blut aus der Armwunde auf die Straße.

Ein Mann im schwarzen Gehrock und Zylinder bahnte sich einen Weg durch das Getümmel. Bei jedem Opfer beugte er sich nieder und untersuchte es hastig. Als er Samantha und den verletzten Jungen erreichte, kniete er nieder und beugte sich über den Bewußtlosen. Zuerst untersuchte er den Arm, dann Kopf und Hals. Er klappte das schwarze Köfferchen auf, das er bei sich hatte, und entnahm ihm ein Stethoskop.
Samantha musterte ihn neugierig. Das Gesicht unter dem Zylinder war markant: sehr dunkle Augen unter dichten Brauen, eine große, gerade Nase, schmaler Mund, ein kantiges, energisches Kinn. Die leicht ergrauten Schläfen ließen sie vermuten, daß er um die Vierzig sein müsse.
Als er sich aufrichtete und das Stethoskop wieder einsteckte, sagte Samantha: »Die anderen –«
»Sie sind glimpflich davongekommen. Ihre Verletzungen können warten, bis der Krankenwagen kommt. Aber dieser Junge muß sofort versorgt werden.«
Ein Polizist drängte sich durch die Menge. »Das St. Brigid's schickt einen Sanitätswagen, Dr. Masefield.«
»Wir müssen den Jungen hier in meine Praxis bringen. Sofort. Ich brauche jemand, der mir beim Tragen hilft.«
»He, Sie beide da!« rief der Polizist mit dröhnender Stimme zwei Männer an. »Kommen Sie her!«
Jetzt erst sah der Fremde Samantha an. Sie fand das ernste Gesicht sehr schön. »Halten Sie seinen Arm«, sagte er, »dann versuche ich, das Rad wegzuziehen. Wenn Sie spüren, daß der gebrochene Knochen sich verschiebt, geben Sie mir sofort Bescheid.«
Der Polizist kniete nieder und umfaßte die Felge des Rades. Während er und der Arzt vorsichtig zu ziehen begannen, hielt Samantha den Arm des Jungen. Er stöhnte leise, doch er erwachte nicht aus seiner Ohnmacht. Fest hielt sie die Enden des gebrochenen Knochens bewegungslos, während das Rad langsam weggezogen wurde.
Dann sprang der Arzt auf. »Seien Sie sehr vorsichtig, wenn Sie ihn jetzt tragen. Wenn Sie stolpern, kann es passieren, daß die Enden des gebrochenen Knochens Nerven oder Blutgefäße zerfetzen. Wenn wir Glück haben, können wir den Arm retten.«
Während die beiden Männer den Jungen vorsichtig hochhoben und sich dann in Bewegung setzten, stand Samantha auf. Der Arzt wollte schon gehen, drehte sich aber noch einmal um und sagte kurz: »Kommen Sie mit?«
Seine Praxis war nicht weit. Sie gingen durch einen Vorsaal in das Be-

handlungszimmer, in dem es nach Karbol roch. Während die Männer den Jungen vorsichtig auf den Untersuchungstisch legten, gab der Arzt Samantha knappe Anweisungen.
»Klemmen finden Sie in dem Schrank da. Ich brauche Darm und Seide. Ziehen Sie sie erst durch die Säure. Eine Schürze hängt hinter der Tür.«
Während Samantha, die keine Ahnung hatte, was von ihr erwartet wurde, das Nahtmaterial herausholte, nahm der Arzt seinen Zylinder ab, schlüpfte aus dem Rock und rollte die Ärmel seines Hemdes auf.
»Gießen Sie etwas Karbol in die Schale da.«
Mit hastigem Blick suchte Samantha auf den Borden und entdeckte eine große Flasche Karbolsäurelösung. Sie nahm sie, entkorkte sie und goß etwas von der Flüssigkeit in die Emailschale.
Einmal, als sie gerade bei Elizabeth Blackwell zu Besuch gewesen war, hatte man der Ärztin einen verletzten Schornsteinfeger in die Praxis gebracht. Elizabeth hatte die Seidenfäden zu einer Länge von etwa 60 cm geschnitten. Samantha suchte sich eine Schere und schnitt die Fäden jetzt zu etwa gleicher Länge.
»Bringen Sie mir die Schale da«, sagte der Arzt kurz.
Der Arzt tauchte seine Hände in die Karbollösung, trocknete sie mit einem Handtuch und ging daran, den blutdurchtränkten Schal vom Arm des Jungen zu entfernen.
»Legen Sie jetzt die Fäden in die Schale mit der Säure.«
»Sie haben den Arm wahrscheinlich gerettet«, meinte er, als er den Schal abnahm und in den Eimer warf. »Okay, bringen Sie jetzt die Lampe hierher und halten Sie sie so, daß sie direkt in die Wunde leuchtet.«
Sie arbeiteten fast eine Stunde. Der Arzt reinigte auf einem Hocker sitzend wie ein Goldschmied die Wunde, band mehrere Blutgefäße ab. Samantha half ihm beim Einrichten des Knochens, rannte hin und her, um ihm zu holen, was er brauchte, drehte die Lampe, so daß er immer gut sehen konnte, und tränkte am Schluß den Verband im Karbol. In der ganzen Zeit sah der Arzt sie nicht ein einzigesmal an.
»So«, sagte er schließlich, lehnte sich zurück und wischte sich das Blut von den Händen. »Jetzt kann ihn der Krankenwagen holen.«
Samantha stand unsicher da und zupfte an der blutbespritzten Schürze.
Der Arzt stand auf und beugte sich über den Jungen. Er fühlte seinen Puls und prüfte die Pupillen. »Ziehen Sie mal da an der Klingelschnur«, sagte er zu Samantha.
Sie drehte sich um. Der Klingelzug hing in der Ecke. Sie zog einmal kurz.

Wenig später öffnete eine ältere Frau im braunen Kleid die Tür zum Behandlungszimmer. »Ja, Dr. Masefield?«
»Mrs. Wiggen, würden Sie bitte den jungen Horowitz zum St. Brigid's schicken, damit er einen Krankenwagen holt. Und dann kochen Sie uns bitte einen Tee.« Er richtete sich auf und sah Samantha an. »Ich denke, der Junge wird wieder ganz gesund werden«, bemerkte der Arzt. »Diese Radfahrer sind eine Gefahr im Verkehr.«
Samantha wußte nicht, was sie sagen sollte. Sie starrte stumm auf den immer noch bewußtlosen jungen Mann.
Der Arzt ging zum Becken und wusch sich die Hände. »Er kann von Glück sagen, daß Sie zur Stelle waren«, meinte er, ihr den Rücken zuwendend. »Sie haben gute Arbeit geleistet. Darf ich fragen, wo Sie ausgebildet worden sind?«
Samantha trat verlegen von einem Fuß auf den anderen. »Äh – ich...«
Er drehte sich um. »Ach, verzeihen Sie vielmals. Ich habe mich noch gar nicht vorgestellt. Joshua Masefield.«
Sie kam sich lächerlich vor, wie sie da in der blutbespritzten Schürze vor ihm stand, das Haar zerzaust, das Hütchen schief auf dem Kopf. »Samantha Hargrave.«
Er lächelte nicht, sondern sah sie mit seinen dunklen Augen nur ernst an.
Samantha fummelte mit den Bändern ihrer Schürze. »Die ist jetzt leider ganz schmutzig.«
»Das macht doch nichts. Mrs. Wiggen wäscht sie wieder. Ich glaube, Ihnen täte es gut, wenn Sie sich jetzt mal ein Weilchen setzen könnten.«
Sie folgte ihm in den Salon, der gemütlich eingerichtet war. Sie setzte sich auf das burgunderrote Plüschsofa, während er stehen blieb. Als sie den Kopf senkte, entdeckte sie einen großen Blutfleck auf ihrem Rock.
»Das wäscht Mrs. Wiggen Ihnen aus«, sagte Dr. Masefield, an den Kaminsims gelehnt.
»Nein, nein«, erwiderte sie hastig. »Das kann ich doch selber.«
»Unsinn. Mrs. Wiggen ist solchen Kummer gewöhnt. Sie wollen doch nicht so auf die Straße gehen.«
Samantha sagte nichts. Die Sprechhemmung, die sie überwunden geglaubt hatte, war unversehens zurückgekehrt.
»Sie kommen aus England, nicht wahr?«
»Ja.«

»Wie lange sind Sie schon hier?«
»Zehn Tage.«
»Dann haben Sie drüben Ihre Ausbildung gemacht. In London?«
Samantha konnte ihre quälende Schüchternheit nicht überwinden. Verärgert über sich selbst, sagte sie, ohne aufzublicken: »Was meinen Sie mit Ausbildung, Sir?«
»Wo haben Sie Medizin studiert?«
Überrascht hob sie den Kopf. »Ich habe nicht Medizin studiert.«
Obwohl sein Gesichtsausdruck sich nicht veränderte, war die Verwunderung in seinen Augen zu sehen. »Aber Sie haben doch gewiß eine medizinische Ausbildung? Als Krankenpflegerin vielleicht?«
Sie schüttelte stumm den Kopf.
»Unglaublich«, sagte er und musterte sie mit wachsendem Interesse. »Sie haben sich vorhin an der Unfallstelle so professionell verhalten, daß ich annahm, Sie wären Ärztin oder mindestens Krankenschwester. Ich hätte Sie selbstverständlich nicht so gefordert, wenn ich gewußt hätte, daß das nicht der Fall ist. Das tut mir wirklich leid.«
Sie sahen einander an. Es war ganz still, und Samantha hörte nur den erregten Schlag ihres Herzens. Dann öffnete sich die Tür, und Mrs. Wiggens brachte den Tee.
Die alte Frau zeigte flüchtige Überraschung und warf einen kritischen Blick auf Samantha. Als sie davonging, sagte Dr. Masefield: »Ich bekomme so selten Besuch, daß Mrs. Wiggen sich manchmal vergißt. Entschuldigen Sie.«
Nachdem Mrs. Wiggen den Tee gebracht hatte, holte sie einen Rock, und Samantha zog sich im Behandlungszimmer um. Der Ersatzrock, aus gutem Wollstoff, hatte eine schmale Taille; der rundlichen Haushälterin gehörte er sicher nicht. Wem dann?
»Sie müssen verzeihen, daß ich einfach so über Sie verfügt habe, Miss Hargrave«, sagte Joshua Masefield, als sie wieder in den Salon trat. »Hätte ich gewußt, daß Sie nicht als Ärztin Hilfe leisteten, sondern rein aus Menschlichkeit, ich hätte Sie nicht einfach so angestellt. Daß man sich so täuschen kann!«
Samantha hielt die Lider gesenkt. Sie brachte es jetzt, wo er ihr gegenübersaß, nicht fertig, ihm ins Gesicht zu sehen. »So sehr haben Sie sich gar nicht getäuscht, Dr. Masefield«, erwiderte sie scheu.
In aller Kürze berichtete sie von ihren Erfahrungen in England, ihrer Freundschaft mit Elizabeth Blackwell und ihrem Wunsch, in Amerika Medizin zu studieren. Joshua Masefield hörte ihr mit Interesse zu, und als sie zum Ende gekommen war, wirkte er sichtlich erleichtert. Gerade,

als er etwas sagen wollte, hörten sie draußen Schritte. Gleich darauf klopfte es.
Der Krankenwagen vom St. Brigid's Krankenhaus war angekommen. Joshua half dem Sanitäter, den Jungen auf der Bahre hinaustragen, während Samantha im Salon wartete. Als der Arzt zurückkam und sich wieder setzte, sagte sie entschlossen: »Mein Rock ist doch jetzt sicher fertig.«
»Haben Sie es so eilig? Mrs. Wiggen sagt Ihnen gewiß gleich Bescheid, wenn Sie so weit ist.«
»Ist Mrs. Wiggen Ihre Helferin?«
»In gewisser Weise. Sie hat zwar keine Ausbildung, aber sie achtet darauf, daß die Patienten der Reihe nach aufgerufen werden, und sie macht nach den Sprechstunden sauber. Ab und zu assistiert sie mir auch, so wie sie das heute getan hätte, wenn Sie nicht gewesen wären.«
Samantha zwang sich, ihn anzusehen. »Haben Sie nie daran gedacht, einen Praktikanten zu nehmen?«
»Doch. Ich habe mich vor kurzem dazu entschlossen. Er fängt nächste Woche hier an. Ein Medizinstudent.«
Die Hoffnung, die sich flüchtig in ihr geregt hatte, war schon wieder zerstört.
Er hatte ihr die Enttäuschung offenbar angesehen, denn er fragte: »Was ist denn, Miss Hargrave?«
Stockend erzählte sie von den sieben Tagen vergeblicher Suche nach einer Praktikumsstelle und gestand, daß sie nahe daran war, alle Hoffnung aufzugeben.
»Sie wollen also im Januar anfangen, am Infirmary zu studieren«, sagte er. »Das ist wahrscheinlich der Grund, warum Sie überall abgewiesen werden. Die meisten Ärzte wollen niemanden anlernen und ihn dann, wenn er gerade auf dem laufenden ist, wieder verlieren. Ein Jahr ist das Mindeste, was sie verlangen.«
Samantha lächelte dankbar, schüttelte jedoch den Kopf. »Es ist nett von Ihnen, das zu sagen, Dr. Masefield, aber ich glaube nicht, daß das der Grund war, weshalb ich überall abgewiesen wurde.«
Mrs. Wiggen erschien wieder, Samanthas Rock in der Hand. »Er ist noch feucht, aber der Fleck ist raus.«
Samantha ging wieder ins Behandlungszimmer hinüber und zog sich um. Sie sah, daß Mrs. Wiggen inzwischen saubergemacht hatte und daß die Instrumente, die Dr. Masefield gebraucht hatte, in einer Schale mit Karbol lagen.
Wieder im Salon, sagte sie: »Die amerikanischen Ärzte scheinen sehr

fortschrittlich zu sein. In England hat sich Mr. Listers Theorie überhaupt nicht durchgesetzt.«
Joshua Masefield stand auf. »Hier auch nur bei jämmerlich wenigen Ärzten, Miss Hargrave. Ich las in verschiedenen Fachzeitschriften über Listers Methode und habe dann selber experimentiert. Ich war augenblicklich überzeugt. Aber die Mehrheit der amerikanischen Ärzte bekämpft derzeit noch die Mikrobentheorie.«
»Ach...« Sie fuhr sich mit beiden Händen glättend über ihren Rock. »Ja, also...«
Joshua Masefield ging an ihr vorbei zur Haustür. »Soll ich Ihnen eine Droschke rufen?«
»Nein danke, ich habe es nicht weit. Ich wohne gleich in der Houston Street bei Mrs. Chatham. Herzlichen Dank für den Tee.«
»Ich danke *Ihnen*, Miss Hargrave. Der Junge verdankt Ihnen sein Leben.«
Im hellen Sonnenlicht, das durch die offene Tür strömte, kniff sie die Augen zusammen. »Das sicher nicht. Sie haben ihn doch – ach, du lieber Gott!«
»Was ist denn?«
»Meine Handschuhe. Ich habe sie vorhin bei dem Unfall ausgezogen und liegengelassen. Jetzt sind sie sicher weg. Es war mein einziges Paar.«
Er stand schweigend an der offenen Tür.
Sie lächelte schüchtern. »Auf Wiedersehen, Dr. Masefield«, sagte sie und eilte die Treppe hinunter.
Sie konnte nicht schlafen. Während sie in der Dunkelheit lag und Louisas ruhigen Atemzügen lauschte, dachte sie an Joshua Masefield. Was war es an ihm, das sie so faszinierte? Natürlich seine ungewöhnliche Erscheinung, das rabenschwarze Haar mit der leichten grauen Melierung, die hochgewachsene, breitschultrige Gestalt, die Haltung, die sie an einen Offizier erinnerte. Aber das wirklich Faszinierende war, daß er ihr von einem Geheimnis umschleiert schien. Joshua Masefield schien ihr in einer tiefen Melancholie befangen, einer Schwermut, die sich vor allem in den dunklen Augen zeigte. Und hatte er nicht irgendwie maskenhaft auf sie gewirkt, als sei er ständig darauf bedacht, sich ja nicht zu zeigen?
Samantha schüttelte im Dunkeln ungeduldig den Kopf. Es gab Wichtigeres, worüber sie nachdenken mußte: Wie sie es anstellen sollte, trotz aller Widrigkeiten mit ihrem bißchen Geld auszukommen.

4

Der Botenjunge kam vier Tage später. Da Samantha auf Stellensuche unterwegs war, nahm Mrs. Chatham das Päckchen entgegen und legte es Samantha ins Zimmer. Als sie am Abend nach einem weiteren Tag voller Enttäuschungen nach Hause kam, fand sie es und öffnete es neugierig. Es enthielt, in Seidenpapier eingewickelt, ein Paar perlgraue Wildlederhandschuhe und dazu einen kurzen Brief. ›Zum Dank für Ihre tatkräftige Hilfe. J. M.‹

Sie war nervös, als sie am nächsten Morgen zu ihm ging, und ärgerte sich darüber. Sie würde höflich, aber kurz sein, nahm sie sich vor. Vielleicht konnte sie die Schachtel sogar Mrs. Wiggen übergeben, ohne ihn überhaupt sprechen zu müssen, und ihm ausrichten lassen, daß sie seine Großzügigkeit zwar zu schätzen wisse, das Geschenk aber unmöglich annehmen könne.

Leider war der Vorsaal voller Patienten und Mrs. Wiggen war nirgends zu sehen. Während die Leute sie neugierig anstarrten, sah sie sich nach einem Sitzplatz um. An den Wänden standen zwei lange Bänke, die schon besetzt waren. Samantha mußte mit zwei Männern und einem kleinen Jungen stehen. Es war erstaunlich still in dem Raum mit den vielen Menschen.

Als die Tür des Behandlungszimmers sich öffnete, gab es Samantha einen Stich. Joshua Masefield rief »Mr. Giovanni«, einer der Männer, die mit Samantha standen, riß sich die Mütze vom Kopf, eilte ins Sprechzimmer, und die Tür schloß sich hinter ihm. Samantha wußte nicht, ob Joshua Masefield sie überhaupt bemerkt hatte.

Als sich die Tür des Sprechzimmers wieder öffnete, fuhr sie zusammen. Der Italiener kam mit einer leise weinenden kleinen Frau heraus. Samantha schaute zu Joshua Masefield hinüber, und ihre Blicke trafen sich flüchtig. Dann sagte er: »Der nächste bitte« und zog sich zurück. Eine junge Mutter mit einem Säugling stand auf, und alle rutschten einen Platz nach.

Samanthas Nervosität wandelte sich in Ungeduld und dann in Gereiztheit, als die nächsten drei Patienten aufgerufen wurden, ohne daß Joshua Masefield von ihr auch nur Notiz nahm. Gerade, als sie sich überlegte, ob sie einfach aufstehen und wieder gehen sollte, kam Mrs. Wiggen durch den Flur auf sie zu.

»Bitte kommen Sie, Miss Hargrave«, sagte sie kurz.

Sie führte Samantha in einen Raum neben dem Sprechzimmer. Es schien Joshua Masefields Arbeitszimmer zu sein. Vor dem großen offenen Ka-

min gruppierten sich ein bequemes Sofa und zwei schwere Sessel, deren Samtbezüge schon reichlich abgewetzt waren. Der hohe Bücherschrank an der Wand war bis auf das letzte Eckchen gefüllt, auf dem Sekretär stapelten sich Papiere und Fachzeitschriften. Es war ein gemütlicher Raum, der von der Persönlichkeit seines Besitzers geprägt war. Nur Fotografien gab es nirgends, und das fand Samantha merkwürdig.
»Was kann ich für Sie tun, Miss Hargrave?«
Sie fuhr herum. Joshua Masefield trat durch die Verbindungstür zum Sprechzimmer.
»Ich wollte Ihnen das hier zurückbringen.« Sie hielt ihm die Schachtel mit den Handschuhen hin.
»Ich kann die Handschuhe nicht annehmen«, erklärte sie hastig. »Ich kenne Sie ja kaum.«
Sein Gesicht blieb unbewegt.
»Bitte nehmen Sie sie zurück.« Sie sah sich um und legte die Schachtel auf den Sekretär. »Es tut mir leid, daß ich Sie stören mußte. Auf Wiedersehen, Sir.« Sie wandte sich zum Gehen.
»Miss Hargrave!«
Samantha blieb stehen und drehte sich um.
»Die Handschuhe waren als Bezahlung für Ihre Hilfe gedacht. Als ich unseren jungen Radfahrer im Krankenhaus besuchte, gab mir sein Vater einen Scheck für unsere Bemühungen. Da ich wußte, daß Sie dringend ein Paar Handschuhe brauchen, nahm ich mir die Freiheit, sie Ihnen gleich zu kaufen, anstatt das Geld zu schicken. Wenn Sie Ärztin werden wollen, Miss Hargrave, müssen Sie lernen, auch Naturalien als Bezahlung anzunehmen. Ihre Patienten werden nicht immer das nötige Bargeld haben.«
Sie war verlegen. »Ach, und ich dachte –«
»Ich weiß, was Sie dachten, Miss Hargrave. Also.« Er nahm die Schachtel und hielt sie ihr hin. »Nehmen Sie sie. »Stecken Sie sie, wenn Sie wollen, zur Erinnerung an Ihr erstes Arzthonorar in einen Rahmen.«
Samantha nahm die Schachtel und brachte mit einiger Mühe ein Lächeln zustande. »Ich habe mich wohl sehr töricht benommen.«
»Sagen Sie, Miss Hargrave, haben Sie inzwischen eine Stelle gefunden?«
»Nein. Mir wird wohl nichts anderes übrigbleiben, als mich nach einer anderen Arbeit umzusehen, bis ich am Infirmary anfangen kann.«
»Ich habe über unser Gespräch von neulich nachgedacht, Miss Hargrave. Der junge Mann, den ich angestellt habe, hat vor, an der Cornell Universität zu studieren. Er kommt aus einer wohlhabenden Familie und hat

ausgezeichnete Referenzen. Er wird keine Mühe haben, eine Praktikantenstelle in Manhattan zu finden. Darum habe ich mir überlegt, daß ich an seiner Stelle lieber Sie nehmen sollte. Sie brauchen die Stelle weit nötiger als er; Sie haben mir Ihre Fähigkeiten bereits bewiesen, und Ihre Freundschaft mit den Damen Blackwell ist eine gute Referenz. Außerdem habe ich mir überlegt, daß eine Frau in der Praxis bei der Behandlung weiblicher Patienten, die mir gegenüber häufig große Hemmungen haben, eine wertvolle Hilfe wäre. Nun, was meinen Sie, Miss Hargrave?«
Sie starrte ihn nur ungläubig an.
»Hinter meinem Entschluß stehen allerdings auch persönliche Motive, über die Sie unterrichtet sein müssen, ehe Sie sich entscheiden, Miss Hargrave.«
Samantha wartete auf eine nähere Erklärung.
»Ich erhoffe mir Ihre Hilfe in einer privaten Angelegenheit, Miss Hargrave«, fuhr Joshua fort. »Es handelt sich – äh –« Er wich ihrem Blick aus – »um meine Frau.« Er schwieg einen Moment, und als Samantha nichts sagte, fuhr er fort: »Meine Frau ist leidend. Sie braucht – nicht immer, aber doch von Zeit zu Zeit – sachkundige Betreuung. Mrs. Wiggen ist dieser Aufgabe nicht recht gewachsen. Ich hatte daran gedacht, ein Pflegerin anzustellen, aber sie wäre nicht ausgelastet. Meine Frau braucht, wie ich schon sagte, nur ab und zu Betreuung.«
Erst jetzt sah er sie wieder an. »Die meiste Zeit kann meine Frau durchaus für sich selbst sorgen. Aber sie hat – Rückfälle. Und in solchen Zeiten könnte ich Ihre Hilfe gebrauchen. Glauben Sie mir, Miss Hargrave, daß das Ausnahmefälle wären. Normalerweise würden Sie mit mir in der Praxis arbeiten.«
Samantha fühlte sich erschüttert. Er hatte mit solcher Anstrengung und soviel offenkundiger Überwindung gesprochen, als hätte er ihr ein schweres Geständnis abgelegt.
»Sie werden Bedenkzeit haben wollen –«
»Ich brauche keine Bedenkzeit, Dr. Masefield«, sagte Samantha rasch. »Ich nehme Ihren Vorschlag mit Dank an.«

5

Noch am selben Nachmittag zog sie um. Louisa half ihr. Sie bekam ein Zimmer in der zweiten Etage, neben dem von Mrs. Wiggen, mit der sie das neu installierte Bad teilte. So glücklich sie war, nun endlich eine Stel-

lung gefunden zu haben, ein wenig unbehaglich war ihr doch. Was wußte sie schon über diesen Mann, dem sie so rasch zugesagt hatte?
Sie brauchte nicht lang, um ihr Zimmer in Ordnung zu bringen. Als sie alle ihre Sachen verstaut hatte, machte sie sich frisch und zog sich zum Tee um. Zu ihrer Enttäuschung hörte sie, daß sie alle Mahlzeiten zusammen mit Mrs. Wiggen und Filomena, einer jungen Italienerin, die dreimal die Woche zum Putzen kam, in der Küche einnehmen würde. Die Masefields, erklärte ihr Mrs. Wiggen, die ihre Geringschätzung für sie nicht verbarg, nahmen ihre Mahlzeiten immer in ihren eigenen Räumlichkeiten ein. Sie konnte den Salon benutzen, um Besuch zu empfangen, aber das Arbeitszimmer war für sie tabu, ebenso Mrs. Masefields Räume, es sei denn, sie wurde ausdrücklich gerufen. Sonntags hatte sie frei.
Joshua Masefield blieb unzugänglich und verschlossen. Er erlaubte keine Nähe und keine Vertraulichkeit. Morgens kam er pünktlich um acht herunter, wünschte guten Morgen und bat Mrs. Wiggen dann, den ersten Patienten hereinzuschicken. Nie erkundigte er sich, wie Samantha sich eingelebt hatte oder ob sie etwas brauchte; derlei war, so schien es, Mrs. Wiggens Aufgabe.
Anfangs fragte sich Samantha, ob sie dieses Leben mit dem unpersönlichen Dr. Masefield und der unwirschen Mrs. Wiggen auf die Dauer aushalten würde, doch die Sonntagsausflüge mit Louisa waren ihr für vieles ein Trost, und in der Praxis hatte sie bald so viel zu tun, daß ihr zum Nachdenken kaum Zeit blieb.
Sie war bei jeder Untersuchung dabei, und wenn Dr. Masefield seine Diagnose gestellt und den Patienten mit einem Mittel aus seinem Medikamentenschrank nach Hause geschickt hatte, pflegte er ihr jeden einzelnen Fall zu erklären.
»Die Tollwut kann durch den Biß jedes Tieres übertragen werden. Sogar von einem harmlosen Haustier wie der Katze des kleinen Willie kann man sie bekommen. Dem Kind stehen entsetzliche Qualen bevor, Miss Hargrave. Es wird Erstickungsanfälle bekommen, heftige Atembeschwerden und unerträglichen Durst, von dem ihn keiner befreien kann, weil bei Tollwutkranken schon der Anblick eines Glas Wassers oder einer Tasse Tee schwere hysterische Anfälle auslöst. Man behandelt mit Aderlaß und Opium, aber das hilft im Grund überhaupt nicht.«
»Und es gibt kein Heilmittel?«
»Nein. Die Krankheit endet unweigerlich mit dem Tod. Es heißt, daß sie mit dem Speichel des Tieres übertragen wird, und soviel ich weiß, su-

chen mehrere Wissenschaftler, unter ihnen Pasteur, nach einem Mittel. Aber für den armen kleinen Willie wird es nicht mehr rechtzeitig kommen.«

Frauen gegenüber war er sehr behutsam und rücksichtsvoll, zeigte niemals Ungeduld und nahm ihr Schamgefühl ernst. Da eine Untersuchung bei Frauen nicht in Frage kam, nahm er sich um so mehr Zeit mit seinen Fragen, forschte geduldig, bis er dem jeweiligen Übel auf den Grund kam, gab dann neben Medikamenten Rat und Trost.

»Mrs. Higginbotham leidet an schmerzhaften Krämpfen«, erklärte er Samantha. »Gegen Beschwerden beim monatlichen Unwohlsein gibt es viele Linderungsmittel, aber zu heilen sind sie nicht. Solange die Menses nicht aufgehört hat, treten sie jeden Monat von neuem auf. Ich verschreibe im allgemeinen Pfeilwurz und Laudanum.«

Es gab Leiden, gegen die Joshua Masefield nichts tun konnte oder wollte.

»Miss Sloan bat mich um ein Mittel zur Zyklusregulierung. Sie hat es zwar nicht zugegeben, aber ich vermute, sie ist schwanger. Sie bat mich, ihr etwas zu geben, das die monatlichen Blutungen wieder in Gang bringt.«

»Aber das würde doch bedeuten –«

»Eine unerwünschte Schwangerschaft ist etwas sehr Quälendes und Bedrückendes, Miss Hargrave. Gegenmittel gibt es genug, aber ich bezweifle, daß sie etwas bewirken. Tee aus Mistelbeeren. Chrysanthemenblüten helfen manchmal, oder Flohkraut als Aufguß. Es gibt, soweit ich gehört habe, eine ganze Anzahl von Hebammen, die mit Abtreibungen nicht schlecht verdienen.«

»Was tun Sie mit solchen Patientinnen?«

»Ich habe Miss Sloan, wenn das ihr richtiger Name ist, geraten, ihren Geistlichen aufzusuchen. Aber ich vermute, sie wird schnurstracks in DeWinters Drugstore gehen und sich irgendein Allerweltsmittel kaufen.«

»Geht denn das so einfach?«

»Mittel zur Zyklusregulierung sind das große Geschäft, Miss Hargrave, wenn sie auch nicht wirken. James Clarks Pillen. Fords Regulator. Dr. Kilmers Mittel gegen Frauenleiden. Jede Frau, die fünfzig Cents in der Tasche hat, kann sich eine Flasche trügerischer Hoffnung kaufen.«

Joshua Masefield sprach soviel Deutsch und Italienisch, daß er den Einwanderern, die zu ihm kamen, die grundlegenden Fragen stellen konnte. Häufig wurde Filomena zum Dolmetschen beigezogen, ab und zu konnte Samantha mit ihrem Französisch aushelfen.

Samantha sah ihn als einen Menschen mit zwei Gesichtern: Allein mit ihr und Mrs. Wiggen zeigte sich Joshua steif und förmlich, legte niemals die Maske ab. Seinen Patienten zeigte er sich weich und anteilnehmend, ein zuverlässiger Freund und Vertrauter. Es wunderte Samantha, daß ein so hervorragender Arzt wie er, fähig und vertrauenerweckend, es nicht weiter gebracht hatte als zu dieser Arme-Leute-Praxis. Und es wunderte sie ebensosehr, daß er völlig zurückgezogen lebte. Jeden Abend saß er in seinem Arbeitszimmer – wenn er nicht Hausbesuche machte –, niemals kam Besuch, ein gesellschaftliches Leben schien für ihn nicht zu existieren.
Vielleicht hatte dieses selbstgewählte Einsiedlerdasein etwas mit der leidenden Mrs. Masefield zu tun, die Samantha bisher nicht zu Gesicht bekommen hatte.

Es war ein warmer Sommertag. Nach dem Mittagessen wollten die beiden Mädchen nach Hoboken hinaus, um das Baseball-Spiel der New York Knickerbockers gegen die Cincinnati Red Stockings anzuschauen. Seit Samantha bei Joshua Masefield arbeitete, trafen sich die beiden jeden Sonntag zu gemeinsamen Unternehmungen, und Samantha hatte inzwischen viel von New York kennengelernt. Sie genoß diese Ausflüge, bei denen es immer viel zu lachen gab, nur Louisas Neugier über die Masefields empfand sie häufig als bedrängend.
»Du sollst dich um sie kümmern, und er hat dir doch nicht mal gesagt, was überhaupt mit ihr los ist?« Louisas grüne Augen blitzten. »Samantha, wie hältst du das aus?«
»Er wird es mir schon sagen, wenn er es für richtig hält.«
»Woher weißt du, daß es überhaupt eine Mrs. Masefield gibt?« bohrte die unverbesserliche Louisa weiter.
Samantha sah sie entgeistert an. »Wie bitte?«
Louisa beugte sich über den Tisch und sagte mit gesenkter Stimme: »Na ja, es verstößt doch eigentlich gegen alle gesellschaftlichen Regeln, daß ein junges Mädchen mit ihrem Arbeitgeber unter einem Dach lebt. Stell dir mal vor, was seine Patienten denken würden. Vielleicht hat er deshalb eine Ehefrau erfunden.«
»Du bist ja verrückt, Louisa! Dr. Masefield ist die Korrektheit in Person. Außerdem ist Mrs. Wiggen im Haus.«
»Ja, und sie schläft wahrscheinlich wie ein Murmeltier, wenn sie einmal die Augen zugemacht hat.« Louisa lehnte sich zurück und legte den Kopf leicht zur Seite. »Ich habe ihn gesehen, Samantha, und ich bin überzeugt, diese Kälte ist nichts als Maske. Er ist ein Mann wie alle anderen, und er

lebt allein. Und gleich im Zimmer nebenan bist du, so hübsch und so jung, wie kann er da widerstehen.«
»Also hör mal, Louisa, was soll das heißen?«
»Daß er eines Nachts an deine Zimmertür klopfen wird. Wart's nur ab.«

6

Genau das tat er sechs Tage später. Samantha saß gerade über einem Brief an Elizabeth Blackwell. Trotz der späten Stunde, es war fast Mitternacht, trug er seinen dunklen Gehrock, als hätte er vor, noch auszugehen. Sein Gesicht wirkte angespannt.
»Miss Hargrave, würden Sie bitte mitkommen.«
Sie legte sich ein Tuch um die Schultern, nahm eine Lampe und folgte ihm die Treppe hinunter. Vor einer Tür blieb er stehen. Seine Züge wirkten streng im dämmrigen Lichtschein.
»Ich muß noch einmal weg, und meine Frau braucht eine Nachtwache. An sich hat Mrs. Wiggen das immer übernommen, aber sie nickt leicht einmal ein. Ich denke, ich kann mich darauf verlassen, daß Sie wach bleiben werden.«
Auf die Pracht auf der anderen Seite der Tür war Samantha nicht vorbereitet. Mrs. Masefields Schlafzimmer war von einer Eleganz, als befände es sich in einem der hochherrschaftlichen Häuser in der Fifth Avenue. Hier schimmerten Marmor und glänzendes Ebenholz im Licht geschliffener Kristalleuchter. Auf kostbaren Teppichen standen edle Louis-Quatorze-Sessel und zierliche Tische. Sommerblumen in hohen Wedgwood Vasen gaben dem Zimmer Farbe und Heiterkeit.
Samanthas Blick wanderte zum Bett, wo Joshua Masefield sich zu seiner Frau hinunterneigte, ein breites Himmelbett mit gerafften Vorhängen aus topasfarbener Seide.
»Miss Hargrave!«
Mit der Lampe in der Hand trat Samantha ans Bett.
Estelle Masefield war die schönste Frau, die sie je gesehen hatte. Das lange honigblonde Haar fiel in schweren Locken auf das Satinkissen, schien um ihren Kopf zu schwimmen wie flüssiges Gold. Das fein gezeichnete Gesicht war sehr weiß, nur die schmalen Wangen glühten in fiebriger Röte. Als sie einmal die von hellen Wimpern umkränzten Lider hob, sah Samantha, daß die Augen von einem tiefen Veilchenblau waren.
Joshua Masefield hielt das zerbrechlich schmale Handgelenk in seinen Fingern. »Sie hat hohes Fieber. Auf keinen Fall darf die Temperatur weiter

steigen. Überprüfen Sie sie bitte immer wieder mit dem Thermometer hier.«

Er nahm das etwa fünfundzwanzig Zentimeter lange Metallthermometer vom Nachttisch und zeigte es ihr.

»Sie ist im Delirium«, fuhr er fort, »aber sie hat immer wieder klare Momente. Sagen Sie ihr dann, wer Sie sind – sie weiß bereits von Ihnen –, und daß ich zu einer Entbindung mußte. Wenn die Temperatur steigen sollte, waschen Sie sie von Kopf bis Fuß mit Alkohol.« Er wies auf die Flasche auf dem Nachttisch. »Reiben Sie sie solange immer wieder ab, bis die Temperatur fällt. Ich komme so bald wie möglich zurück.«

Schon im Begriff zu gehen, hielt er noch einmal inne. »Meine Frau hat Leukämie, Miss Hargrave. Ihr Blut ist so dünn, daß sie ständig von Infektionen bedroht ist, die, wenn sie nicht aufgehalten werden, leicht zur Lungenentzündung führen. Sie hat bereits mehrmals Lungenentzündung gehabt und hat mittlerweile so viele Verwachsungen an Pleura und Perikard, daß sie ständig Schmerzen hat. Atmung und Durchblutung sind so schlecht, daß die geringste Anstrengung sie völlig erschöpft. Bitte lassen Sie sie keinen Augenblick allein. Wenn Sie aus irgend einem Grund das Zimmer verlassen müssen, dann läuten Sie Mrs. Wiggen.«

Mit abrupter Bewegung drehte er sich um und ging ohne ein weiteres Wort oder einen Blick zu der Frau im Bett hinaus.

Samantha hatte sich gerade einen Sessel ans Bett gezogen, als es leise klopfte. Mrs. Wiggen trat ins Zimmer und fragte flüsternd: »Wie geht es ihr?«

»Sie schläft.«

Die Haushälterin trat ans Bett. Ihr sonst so kontrolliertes Gesicht wurde weich. »Der arme Mann, als hätte er nicht mit seiner Praxis schon genug Sorgen.« Sie sah Samantha mit einem mitleidigen Lächeln an. »Ich habe gestern die ganze Nacht bei ihr gewacht. Deshalb hat er heute wahrscheinlich Sie gerufen; er wollte mich schlafen lassen. Aber wie kann ich schlafen, wenn mein Engel hier liegt und leidet? Sie können wieder zu Bett gehen, Miss Hargrave. Ich kümmere mich jetzt um sie.«

»Dr. Masefield hat mich ausdrücklich gebeten zu bleiben, Mrs. Wiggen, und ich habe ihm versprochen, nicht von ihrer Seite zu weichen.«

Die kleinen Augen der Haushälterin blitzten zornig auf, und der verkniffene Mund zuckte. Dann gab sie nach. »Wahrscheinlich haben Sie recht. Ich mache uns eine Kanne Tee. Es wird sicher eine lange Nacht.«

Als Mrs. Wiggen wieder gegangen war, maß Samantha die Temperatur ihrer Patientin und stellte mit Erleichterung fest, daß sie etwas gefallen war. Sie rutschte auf die Kante ihres Sessels und musterte das schöne

Gesicht, das im Schlaf einen kindlichen Zug hatte. Estelle Masefield konnte noch keine dreißig Jahre alt sein.
Mrs. Wiggen kam mit Tee und Keksen aus der Küche und stellte alles auf einen niedrigen, mit Elfenbein eingelegten Tisch am Kamin. »Kommen Sie, Miss Hargrave, Sie brauchen nicht die ganze Zeit direkt am Bett zu sitzen.«
Zögernd gesellte sich Samantha zu ihr, drehte aber ihren Sessel so, daß sie Estelle Masefield im Auge behalten konnte.
Mrs. Wiggen schenkte Tee ein. »Tragisch«, sagte sie.
»Ist sie schon lange krank?«
»Nein, Anfang des Jahres fing es an. Sie ist erst achtundzwanzig. Zuerst wußten sie nicht, was es ist. Nach jeder kleinen körperlichen Anstrengung bekam sie Schwächeanfälle. Dann wurde sie mehrmals ohnmächtig. Wir glaubten alle, sie wäre guter Hoffnung. Ach, wäre das schön gewesen. Die beiden wünschten sich unbedingt Kinder. Sie sind erst seit drei Jahren verheiratet, wissen Sie. Aber dann hat man die Knoten an ihrem Hals entdeckt, und Dr. Washington hat mit seinem Mikroskop irgendwelche neumodischen Untersuchungen gemacht. Er hat ihr Blut abgenommen und hat es genau inspiziert. Ich versteh' das ja nicht so gut wie Dr. Masefield, aber es scheint, daß irgendwas mit ihrem Blut nicht in Ordnung ist.«
Mrs. Wiggen seufzte. »Kurz danach beschloß Dr. Masefield dann, mit ihr nach New York zu ziehen.«
Samantha sah die Frau erstaunt an. »Sie sind vor kurzem erst hierher gezogen? Woher kommen sie denn?«
»Aus Philadelphia. Das war ein Leben, sag' ich Ihnen. Sie hatten ein vornehmes Haus am Rittenhouse Square und verkehrten nur in der besten Gesellschaft. Immer gab es Gesellschaften und Tanzabende, niemals eine ruhige Minute. Sie können sich ja nicht vorstellen, wie lebenslustig und sprühend Mrs. Masefield war. Und Dr. Masefield war einer der prominentesten Ärzte in der Stadt. Er lehrte an der Universität, und seine Patienten kamen nur aus den ersten Kreisen. Ach, war das ein Leben.« Wieder seufzte Mrs. Wiggen voller Bekümmerung.
»Aber warum sind sie denn weggegangen?«
Das Gesicht der Haushälterin verdunkelte sich, und sie senkte die Stimme. »Das ist was Komisches mit der Leukämie, Miss Hargrave. Die Leute haben Angst vor der Krankheit, ich kann überhaupt nicht verstehen, warum. Manche glauben wahrscheinlich, sie wäre ansteckend. Es dauerte gar nicht lang, da blieben die Freunde aus. Immer hatten sie eine andere Entschuldigung. Und da Mrs. Masefield so leicht ermüdete und

für Entzündungen so anfällig war, war sie ans Haus gefesselt. Ich sag' Ihnen, das war, wie wenn man einen wilden Vogel in einen Käfig steckt. Sie wurde immer blasser und immer schmäler, sie welkte richtig, wenn Sie verstehen, was ich meine. Der arme Dr. Masefield war außer sich. Oft hab ich ihn nachts weinen hören –«

Mrs. Wiggen schien sich plötzlich bewußt zu werden, daß sie klatschte, und brach ab. »Aber das ist jetzt alles vorbei«, sagte sie hastig. »Und wenn er's Ihnen nicht selber erzählt hat, steht's mir nicht zu, mit Ihnen darüber zu reden.«

»Aber Sie können mir doch mehr über die Krankheit sagen«, drängte Samantha vorsichtig. »Damit ich sie richtig versorgen kann.«

»Ich weiß nur das, was Dr. Masefield mir gesagt hat und was ich mit eigenen Augen gesehen habe. Es gibt Tage, da ist sie plötzlich wieder so frisch und munter wie früher, dann will sie ausfahren oder sonst was unternehmen, und ein paar Tage später kommt der Zusammenbruch.«

»Wie ist die Prognose?« fragte Samantha. »Wird sie wieder gesund werden?«

Mrs. Wiggen senkte den Kopf. »Nein, sie wird nie wieder gesund. Das ist ja das Furchtbare. Es wird immer nur schlimmer werden. Ist das nicht eine entsetzliche Zukunft für so ein junges Paar? Auf Kinder können sie jetzt natürlich nicht mehr hoffen.« Die Haushälterin hob den Kopf. Sie weinte. »Darum hat er sie ja hierher gebracht, Miss Hargrave. Zum Sterben.«

»Aber wieso denn?« fragte Samantha verständnislos.

»Weil er es nicht ertragen konnte, daß ihre Freunde zwar in der Nähe waren, aber sich nicht mehr sehen ließen. Ich hörte einmal, wie er praktisch bettelte –« Mrs. Wiggen zog ihr Taschentuch heraus und schneuzte sich. »Er wollte seiner Frau die bittere Erfahrung ersparen, daß alle ihre Freunde sie im Stich ließen. Deshalb erfand er einen Grund für den Umzug. Er behauptet, er müßte aus beruflichen Gründen hierher. Sie weiß die Wahrheit nicht.«

»Aber es werden doch nicht alle sie im Stich gelassen haben!«

»Nein, ein paar junge Damen besuchten sie weiter, aber die waren hinter dem Doktor her. Die sagten sich, er wird bald Witwer sein –« Wieder brach Mrs. Wiggen schuldbewußt ab. »Sie sollten jetzt mal wieder die Temperatur messen.«

Er kam kurz vor Morgengrauen nach Hause. Nachdem er nach seiner Frau gesehen und festgestellt hatte, daß das Fieber gefallen war, und sie so friedlich schlief wie Mrs. Wiggen in ihrem Sessel, ging er in sein Arbeitszimmer und schenkte sich einen Brandy ein. Samantha folgte ihm.

»Sie hat eine ruhige Nacht gehabt, Dr. Masefield«, sagte sie und kroch fröstelnd etwas tiefer in ihr Schultertuch.
»Ich danke Ihnen.«
»Bitte sagen Sie mir etwas mehr über die Krankheit Ihrer Frau, Dr. Masefield«, sagte Samantha leise.
Er spülte den Brandy hinunter und schenkte sich einen zweiten ein. Er sah sie nicht an, als er sagte: »Man hält die Leukämie für eine Art von Krebs. Die Ursache ist unbekannt. Jeder kann die Krankheit bekommen. Manche sterben innerhalb von Tagen, manchmal kommt der Tod erst nach Monaten oder Jahren. Die Symptome sind: Körperliche Schwäche, Anämie und Blutstürze. An Komplikationen treten im allgemeinen Lungenentzündung und Tumore auf. Eine Heilung gibt es nicht. Die Krankheit endet immer mit dem Tod.«
»Es tut mir so leid«, flüsterte sie.
Er hob den Kopf und sah sie einen Moment lang schweigend an. Dann sagte er sehr müde: »Gehen Sie zu Bett, Miss Hargrave. Sie brauchen Ihren Schlaf.«
Aber Samantha konnte nicht schlafen. Sie starrte an die dunkle Zimmerdecke und dachte an Joshua Masefield und das glanzvolle Leben, die hervorragende Karriere, die er um seiner Frau willen aufgegeben hatte. Aber da stimmte etwas nicht. Das Leiden seiner Frau konnte nicht der einzige Grund für die Flucht in dieses Einsiedlerleben sein. Samantha war überzeugt, daß es da noch etwas anderes geben mußte. Sie hatte den deutlichen Eindruck, daß das Leiden seiner Frau Joshua Masefield nur als Vorwand diente, sich von der Welt zurückzuziehen.

7

Ein schwüler Sommer wälzte sich über New York hinweg. In der Bowery gab es mehrmals gewaltsame Unruhen, und in den Elendsvierteln griff ein seuchenartiges Fieber um sich, dem nicht beizukommen war. Randalierer und Gaunerbanden hielten die Polizei auf Trab, und in Joshua Masefields Praxis gab es mehr denn je zu tun.
Samantha lernte jeden Tag etwas Neues, beobachtete, nahm auf, memorierte. Joshua erklärte und zeigte ihr die richtige Verwendung seiner zahlreichen Instrumente: Skalpelle, Knochensägen, Hohlnadeln und chirurgische Nadeln, Pipetten und Pinzetten aller Größen, Katheter, Spekula und Zangen. Nichts fehlte in seiner Praxis.
Ebenso beeindruckend war seine Apotheke. Samantha las die Etiketten –

einige Namen waren ihr aus den Jahren bei Isaiah Hawksbill bekannt – und versuchte sich Verwendungszweck und richtige Dosierung jedes einzelnen Mittels einzuprägen: Pulver in den verschiedensten Farben, rote und blaue Flüssigkeiten, Pasten und Pillen, Salben und Gelees. Borde voller Flaschen und Dosen. Joshua Masefields Medikamentenschrank war so gut bestückt, daß er selten ein Rezept ausschreiben mußte.
In Anbetracht der ständig steigenden Patientenzahl mußte Samantha ihren Status als passive Beobachterin bald aufgeben. Wenn Joshua die Patienten untersucht hatte, mußte sie nun den Verband wechseln oder die Kompressen auflegen oder das schmerzstillende Mittel verabreichen, während er sich bereits dem nächsten Patienten widmete. Jeder Tag brachte neue Hektik, selten blieb Zeit für die Mittagspause.
Erst abends wurde es still im Haus. Samantha zog sich dann auf ihr Zimmer zurück und las, oder aber sie hielt Wache bei Estelle Masefield, während Joshua sich in sein Arbeitszimmer einsperrte oder späte Hausbesuche machte. Sogar sonntags kamen in diesem heißen Sommer Patienten in die Praxis, doch Joshua bestand darauf, daß Samantha sich diesen Tag weiterhin freinahm.
Sie machte Louisa mit Luther Arndt bekannt, dem netten jungen Mann, der die wöchentlichen Lieferungen von DeWinters Drugstore brachte, und zu dritt begaben sie sich nun sonntags auf Erkundungsfahrten durch New York. Bald kannte Samantha Manhattan so gut wie jede Einheimische.
Doch bei all diesen Untersuchungen spukte Samantha fast unaufhörlich Joshua Masefield im Kopf herum.

DeWinters Drugstore war ein Laden, wie Samantha früher nie einen gesehen hatte. Im Gegensatz zu den Drogerien und Apotheken in England hatte er hinter blitzenden Glasfenstern große Auslagen, wo Bruchbänder und Pessare ausgestellt waren, Dr. Scotts echte Elektrogürtel, Korsetts und Gymnastikgeräte aller Art zur Muskelbildung und zur Vergrößerung des Busens. Drinnen reihten sich auf hohen Regalen und in Glasvitrinen Flaschen mit Patentmedizinen und Elixieren, mit allen möglichen Wässerchen, Pulvern und Salben, Allheilmitteln, deren Etiketten das Unmögliche versprachen. Hinter der Theke waren Toilettenwasser und Puder, Konfekt und Grußkarten. Und an der Wand stand die neueste Errungenschaft: der große Sprudelwassersiphon.
Nachdem Luther seine beiden Freundinnen zu einem der kleinen Tische gebracht hatte, die Mr. DeWinter in der sogenannten Erfrischungshalle aufgestellt hatte, ging er zum Siphon, der auf der Marmorplatte der

Theke stand, und zapfte drei Gläser braunes Sprudelwasser. Es war ein ganz neues Getränk, das aus Kohlensäure und Kokasaft bestand. Viele Leute tranken es zur Beruhigung der Nerven.
Wenn sich Luther dann zu ihnen setzte, klatschte er recht gern über die Kunden des Ladens.
»Seht, das ist Mrs. Bowditch«, vertraute Luther seinen Freundinnen an, »sie ist die Bezirksvorsitzende des Abstinenzvereins hier. Sie behauptet, daß sie Bowkers Magenbitter nur gegen ihre Verdauungsbeschwerden trinkt. Pünktlich jeden Morgen und jeden Abend.« Er lachte trocken. »Bowkers besteht aus zweiundvierzigprozentigem Alkohol.«
Luther war ein witziger und charmanter junger Mann, der Samantha und Louisa oft zum Lachen brachte. Jeden Mittwochmorgen sprach er in Dr. Masefields Praxis mit den Medikamenten vor, die am Abend zuvor bestellt worden waren, und immer hatte er Zeit, ein wenig mit Samantha zu schwatzen. Sonntags pflegte er erst sie und dann Louisa zu ihren gemeinsamen Streifzügen abzuholen. Es entging Samantha nicht, daß er und Louisa sich rettungslos ineinander verliebt hatten.
»Er sagt, er wird mal seinen eigenen Drugstore aufmachen«, berichtete ihre Freundin bei einem Spaziergang am Washington Square. »Er hat nämlich in Deutschland Pharmazie studiert, weißt du. Er meint, es ist nur noch eine Sache der Zeit, bis Mr. DeWinter ihn zum Kompagnon macht.«
»Louisa! Du kennst ihn gerade zwei Monate und bist schon wild entschlossen, ihn zu heiraten.«
»Ich wußte schon in dem Moment, als du ihn mir vorgestellt hast, daß ich ihn heiraten werde. Er ist ein absoluter Traum!« Louisa raffte mit zierlicher Bewegung ihre Röcke, als sie vom Bürgersteig auf die Straße traten. »Als Frau muß man die Augen offenhalten, Samantha. Man ist nicht lange jung, und wenn man mal ein gewisses Alter überschritten hat, will einen kein Mann mehr haben. Es ist nie zu früh, nach einem zukünftigen Ehemann Ausschau zu halten.« Sie warf der Freundin einen Seitenblick zu. »Du hast wohl noch niemanden im Sinn?«
Sie wehrte sich immer wieder hitzig gegen die Gedanken und Träume, die sich einschlichen, wenn sie bei Tag an seiner Seite arbeitete oder abends schlaflos in ihrem Bett lag. Welch eine Vorstellung, sich in einen Mann wie Joshua Masefield zu verlieben, der doppelt so alt war sie sie, verheiratet und absolut unzugänglich. Nach drei Monaten der Zusammenarbeit mit ihm wußte sie nicht mehr über ihn als am ersten Tag. Der Mann, der sich hinter der Fassade verbarg, war ihr immer noch völlig fremd.
Er machte sie neugierig, er faszinierte sie, aber von Liebe konnte da doch wahrhaftig keine Rede sein. Schon gar nicht, da ja Estelle da war.

Nach jener ersten Nacht hatte sich Samantha in zunehmendem Maß um Estelle Masefield gekümmert. Sie stützte sie auf dem mühevollen Weg vom Bett zum Sessel, half ihr beim Ankleiden, las ihr vor oder berichtete, was sie auf ihren Ausflügen gesehen hatte. Obwohl die beiden jungen Frauen wenig gemeinsam hatten, bildete sich zwischen ihnen eine behutsame Freundschaft. Samantha begann sich auf die Nachmittage oder Abende in dem eleganten Zimmer zu freuen, wenn Estelle ihr mit ihrer weichen Stimme von den herrlichen Tagen in Philadelphia zu erzählen pflegte; und Estelle fühlte sich zu der stillen jungen Frau hingezogen, die ihr geduldig zuhörte und mit ihren Berichten ein wenig Leben in ihr zurückgezogenes Dasein brachte.

Schon diese keimende Freundschaft hätte jeden Gedanken an eine nähere Beziehung zu Joshua Masefield verbieten müssen; aber sie war nicht das einzige. Hinzukam Joshuas Verhalten seiner Frau gegenüber. Samantha hatte ihn oft genug beobachtet, um zu wissen, daß er Estelle über alles liebte. Sie sah die Liebe in seinen Augen, wenn er Estelle ansah, und sie sah auch das Leiden, das sich nur zeigte, wenn Estelle es nicht sehen konnte.

Wie also hätte sich Samantha unter diesen Umständen in den Mann verlieben können?

8

Früh einfallende herbstliche Kälte kündigte einen strengen Winter an, und Samantha dachte mit Bedauern daran, daß sie in drei Monaten schon die Praxis verlassen würde. Obwohl jetzt nicht mehr so viel zu tun war wie im Sommer, blieb Samantha weiterhin die Versorgung gewisser Patienten – Frauen vor allem und Kinder – überlassen, und im Oktober begleitete sie Joshua Masefield auf den ersten Hausbesuch.

Man hatte einen Straßenjungen in die Praxis geschickt, ihn zu holen. Joshua nahm sein Köfferchen und klopfte bei Samantha.

»Es handelt sich um einen kranken Säugling. Die Nachbarn haben nach mir geschickt, nicht die Familie selbst. Ich erwarte Widerstand. Es wäre vielleicht eine Hilfe, wenn ich in Begleitung einer Frau komme.«

Sie gingen durch Straßen, in die sich Samantha normalerweise nach Einbruch der Dunkelheit nicht hingewagt hätte, aber Joshua Masefield war ein bekannter Mann, der allgemeine Achtung genoß. Dieser Teil Manhattans, zwischen der Hester Street und dem Mulberry Bend wurde allgemein der Selbstmordbezirk genannt. Die Bürgersteige waren mit Abfällen und Hundekot übersät, hier und dort schallte Gelächter oder

auch wütendes Geschrei durch offene Fenster. Flüchtiges Heimweh packte Samantha; wie ähnlich war dieses Viertel dem St. Agnes Crescent.
Der kleine Straßenjunge erwartete sie und führte sie zu einer Mietskaserne, wo sie vier knarrende alte Treppen hinaufsteigen mußten. Oben stießen sie auf eine weinende Frau, die in Italienisch auf sie einredete. Joshua und Samantha folgten ihr durch den düsteren Korridor zu einer offenen Tür.
Es war schwer zu sagen, ob die Leute, die in der finsteren kleinen Wohnung beisammensaßen, alle zu einer Familie gehörten oder ob sich mehrere Familien die Unterkunft teilten. Alle musterten sie Joshua und Samantha mit mißtrauischen Blicken. Ein großer, brutal wirkender Mann im Unterhemd kam ihnen entgegen.
»Wir brauchen hier keinen *dottore*. Wir werden selber fertig.«
Aus einem Hinterzimmer kam das jämmerliche Weinen eines Säuglings.
»Vielleicht kann ich helfen«, sagte Joshua ruhig.
Die Leute rückten enger zusammen, als müßten sie sich vor einem Feind schützen. Samantha hatte Menschen dieser Art schon früher im St. Agnes Crescent gesehen: blasse, unterernährte Kinder, Frauen, die lange vor ihrer Zeit alt geworden waren, alte Männer mit ausgemergelten Körpern und zahnlosen Mündern.
»Verschwinden Sie«, sagte der Mann.
Joshua nahm seinen Zylinder ab. »Ich würde gern die Mutter sprechen, wenn ich darf.«
Ein mageres junges Ding mit verhärmtem Gesicht kam durch die Tür. Samantha sah die braungefleckten Hände und wußte, daß sie in einer Zigarettenfabrik arbeitete; siebzehn Stunden sieben Tage die Woche für ein paar lumpige Pennies. Und wenn sie auch nur eine Arbeitsstunde versäumte, würde man sie auf der Stelle entlassen. Ersatz war jederzeit zu finden.
Die junge Frau legte ihrem Mann zaghaft den Arm auf die Schulter. Sein grobes Gesicht verzog sich vor Schmerz und Elend.
Eine alte Frau schlurfte auf Joshua zu. »Ich bring' Sie«, sagte sie.
Sie folgen ihr in das Schlafzimmer, stiegen über die auf dem Boden liegenden Matratzen hinweg, um zu der Orangenkiste unter dem Fenster zu gelangen, in der der Säugling lag.
»Sie nicht essen«, sagte die Alte, während Joshua neben der Kiste niederkniete. »Sie nicht weinen. Nicht bewegen.«
Joshua legte seine Hand auf die kalte, feuchte Haut des Kindes. »Wie lange ist das schon so?«

»Zwei oder drei Tage.«

Er sah zu Samantha hinauf. »*Trismus nascentium*. Kieferstarre. Und sie haben sie selbst verursacht.«

Sehr behutsam hob er das Kind heraus und drückte es an seine Brust. Samantha kniete neben ihm nieder, er nahm ihre Hand und führte sie vorsichtig an den Hinterkopf des Säuglings.

»Fühlen Sie die kleine Mulde? Sie haben das Kind zum Schlafen auf den Rücken gelegt, dadurch entstand Druck auf das Hinterhauptbein. Der Schädel eines Neugeborenen ist sehr weich, das Hinterhauptbein drückt auf das Gehirn und blockiert die Durchblutung eines lebenswichtigen Bereichs. Der Säugling kann nur noch in Stößen atmen, ist unfähig Nahrung aufzunehmen und wird von heftigen Krämpfen befallen, bei denen Arme und Beine steif werden. Wenn früh genug etwas getan wird, kann man das Kind retten.«

»Und ist hier noch etwas zu tun?« flüsterte Samantha.

»Wenn die Alte die Wahrheit sagt und dieser Zustand erst seit zwei oder drei Tagen besteht, können wir helfen. Wir brauchen das Kind nur auf die Seite zu legen. Dann wird das blockierte Gebiet wieder durchblutet, und die normalen Körperfunktionen setzen wieder ein.«

Behutsam legte er das Kind wieder in die Kiste und stützte seinen Rücken mit einer zusammengelegten Decke. Dann stand er auf und drehte sich um. An der Tür hatte sich die gesamte Familie versammelt.

»Achten Sie darauf, daß das Kind immer auf der Seite liegt«, sagte er. »Sorgen Sie dafür, daß es nicht auf den Rücken rollt. Dann ist in ein paar Stunden alles wieder gut.«

Sie starrten ihn verständnislos an.

»Haben Sie das verstanden?« wandte er sich an die alte Frau.

»*Si! Si!*«, versicherte sie nickend. »*Capisco, capisco! Mille grazie, Signor Dottore!*«

Er legte seine Hand leicht auf Samanthas Arm und führte sie durch die Wohnung und das Treppenhaus auf die Straße hinaus.

»Manche Fälle sind einfach«, sagte er. »Wenn die Leute tun, was ich gesagt habe, geht es dem Kind morgen wieder gut und es kann essen. Manchmal kommt es nur auf einen guten Rat an.«

In Joshua Masefields Praxis kamen viele Prostituierte. Die Geschichte, die sie zu erzählen hatten, war fast immer die gleiche. Arglos und unwissend hatten sie den Lügen der Schiffahrtsgesellschaften geglaubt, daß man in Amerika kein Geld brauche und ohne Mühe ein Unterkommen fände, hatten ihre gesamten Ersparnisse für ein Billett hingelegt, nur um dann die bittere Wahrheit zu entdecken – daß die Straßen in Amerika

nicht mit Gold gepflastert waren. Am Hafen nahmen sich charmante, redegewandte junge Männer ihrer an, luden sie ein, versprachen ihnen Hilfe bei der Suche nach Arbeit und Unterkunft. Und wenn die Mädchen, kaum fähig, ein Wort Englisch zu verstehen, voller Dankbarkeit die Einladung annahmen, fanden sie sich in einem Bordell wieder. Voller Angst und völlig mittellos, wagte es kaum eine zu fliehen. Sie reihten sich widerstandslos in das Heer der Prostituierten von New York ein, und nach einer Weile erschienen sie zaghaft in Joshua Masefields Praxis und baten um ein Mittel zur Schwangerschaftsunterbrechung oder gegen Geschlechtskrankheit.
Die Prostituierten waren nicht die einzigen, die sich Abhilfe gegen unerwünschte Schwangerschaft erhofften. Es kamen auch viele völlig überforderte Einwandererfrauen, die, Jahr um Jahr von Schwangerschaft geplagt, endlich Ruhe haben wollten und schüchtern um Rat zur Verhütung fragten.
»Das Schlimme dabei ist, Miss Hargrave, daß ihre Ehemänner sie grün und blau schlagen würden, wenn sie es erführen. Unglücklicherweise gibt es nichts, was ich raten oder verschreiben kann. Verhüten kann nur der Mann.«
Eines Morgens, als ein junges Ehepaar in der Praxis erschien, bat Joshua Samantha, ihn mit dem Paar allein zu lassen. Nachdem die beiden wieder gegangen waren, berichtete er kurz und sehr sachlich.
»Der Geschlechtsakt ist für die junge Frau mit Schmerzen verbunden und wird darum nur selten vollzogen. Sie leidet an Vaginismus, einer Verkrampfung der Vaginamuskeln während des Geschlechtsverkehrs. Die beiden baten mich, zu ihnen ins Haus zu kommen und der jungen Frau Äther zu verabreichen, damit der Akt vollzogen werden kann. Sie wollen unbedingt Kinder haben. Natürlich konnte ich ihrer Bitte nicht stattgeben; ich habe der jungen Frau statt dessen ein Brompräparat zur inneren Entspannung verschrieben. In neunzig Prozent der Fälle ist Vaginismus seelischen Ursprungs.«
»Seelisch?«
»Ja, die junge Frau hat entweder schreckliche Angst vor dem Geschlechtsakt oder hegt eine starke Abneigung dagegen, darum verschließt sie sich. Es gibt kaum einen Fall, den man chirurgisch oder medikamentös behandeln kann.«
Seltsam, dachte Samantha halb erstaunt, halb mit Unbehagen, hier stehe ich und spreche mit einem Mann, der mir praktisch fremd ist, über Dinge, die nicht einmal Mann und Frau in einer Ehe miteinander besprechen. Wie ist das überhaupt, wenn man mit einem Mann schläft?

Jeden Tag kamen auch Frauen, die um Rat und Hilfe baten, um endlich schwanger zu werden. Mrs. Malloy, eine Frau Ende dreißig, die nie Kinder gehabt und alle Hoffnung längst aufgegeben hatte, kam eines Nachmittags und zeigte Joshua Masefield stolz ihren dicken Bauch. Während sich Samantha diskret im Hintergrund hielt, stellte er seine Fragen.
Strahlend beantwortete Mrs. Malloy alle seine Fragen. Als er vorschlug, sie solle sich von einem der Fachärzte im Woman's Hospital noch einmal untersuchen lassen, lehnte sie lächelnd ab. »Das ist nicht nötig, Doktor. Ich wollte nur die Bestätigung meiner Vermutung. Ich habe meinen Mann nie so glücklich erlebt. Er hat schon Farbe gekauft, um das Kinderzimmer zu streichen.«
Joshua bat Samantha, der Frau ein Glas Brandy einzugießen, und erklärte ihr dann so behutsam wie möglich, daß die Schwellung ihres Leibes nicht auf eine Schwangerschaft, sondern auf einen Tumor zurückzuführen sei. Samantha konnte gerade noch mit einem geistesgegenwärtigen Sprung dem Glas ausweichen, das durch die Luft flog, und mußte später den Brandy von der Wand waschen. Sie und Joshua brauchten eine halbe Stunde, um die Frau zu beruhigen, und zum Schluß begleitete Samantha sie nach Hause.
Am Nachmittag, als sie zusammen Kaffee tranken, was sie sehr selten taten, sagte Joshua: »Wenn Mrs. Malloy ein bißchen mehr Ahnung gehabt hätte, hätte sie gewußt, daß eine Schwangerschaft nicht schon nach einem Monat sichtbar wird. Aber die meisten Frauen wissen praktisch nichts über ihren eigenen Körper und seine Funktionen. Sie werden absichtlich unwissend gehalten. Es ist eine Schande.«
»Und wie kann man Mrs. Malloy helfen?«
»Wenn sie Glück hat, ist es nur ein Eierstocktumor, der durch einen winzigen Einschnitt entfernt werden kann. Oder vielleicht ein Fibrom am Uterus. Die Ärzte im Woman's Hospital haben Erfahrung darin, den Unterleib rasch zu öffnen, die Masse zu entfernen und die Wunde schnellstens und mit minimalem Blutverlust wieder zu schließen.«
»Und wenn es etwas anderes ist?«
»Dann kann man gar nichts tun. Die Bauchchirurgie steckt noch in den Kinderschuhen. In Deutschland wird experimentiert, aber bis jetzt ohne Erfolg. Ich zweifle nicht daran, Miss Hargrave, daß der Tag kommen wird, an dem Unterleibsoperationen Routine sein werden, aber derzeit, wo es noch keine Möglichkeit gibt, die starken Blutungen zu stillen, und jede Narkose tödlich sein kann, wagt sich kein Arzt daran.«
Immer war er sachlich und professionell. Nie zeigte er auch nur das geringste Interesse an Samantha persönlich. Samantha, die so gern einen

Zugang zu ihm gefunden hätte, mußte sich damit trösten, daß sie bei ihm mehr lernte als jeder Student in Vorlesungen und Seminaren.
Eines Nachmittags kam eine junge Polin, die mit der Hand in die Nähmaschine geraten war. Weinend, ein blutiges Taschentuch um die Hand, kam sie ins Sprechzimmer.
»Bedrückend diese Fälle«, sagte Joshua leise, während er vorsichtig das Taschentuch von der verletzten Hand entfernte. »Sie wird ein paar Tage nicht arbeiten können und infolgedessen die Arbeit verlieren. Ohne Einkommen wird sie ihren Schlafplatz in einer dieser überfüllten Mietskasernen nicht mehr bezahlen können und im wahrsten Sinn des Wortes auf der Straße enden.«
Samantha hielt das zitternde Mädchen fest um die Schultern. »Aber hier in der Nähe sind doch gar keine Fabriken, Dr. Masefield.«
Er sah nicht von seiner Arbeit auf. »Man heuert diese Frauen fast alle als Heimarbeiterinnen an, weil dann die Gesetze für Fabrikarbeiter nicht für sie gelten. Sie haben überhaupt keinen Schutz. Diese armen Dinger schuften jeden Tag zwölf Stunden, haben kaum genug zu essen, leben in Massenunterkünften mit dem übelsten Gesindel zusammen und bemühen sich, trotz allem ihre Würde zu bewahren. Ich bin sicher, viele von ihnen hatten in ihrer alten Heimat ein menschenwürdigeres Leben.«
Als er die Faust des Mädchens öffnen wollte, schrie diese laut.
»Fünf Tropfen Magendie, Miss Hargrave.«
Er hatte ihr gezeigt, wie man Narkotika verabreichte. Samantha gab das Morphium auf einen Löffel süßen Sirup und gab es dem Mädchen ein. Dann sprühte Joshua den Handrücken mit Äther ein. Als er taub geworden war, gab er in jeden Einstich einen Tropfen Salpetersäure. Zischend fraß die Säure sich ins Fleisch, von dem dünne Rauchfäden aufstiegen. Das Mädchen schrie und versuchte aufzuspringen, aber Samantha hielt sie fest. Nachdem Joshua die Verletzungen auf Nadelsplitter untersucht hatte, band Samantha die Hand ein, und Joshua gab dem Mädchen eine kleine Flasche mit einem schmerzstillenden Mittel. Auf einen Zettel schrieb er: ›Bei starken Schmerzen einen Teelöffel.‹
»Wir verlangen kein Honorar von ihr«, sagte er zu Samantha.

9

Mitte November erhielt Samantha ein kurzes Schreiben von Emily Blackwell, in dem diese ihr mitteilte, daß sie in der ersten Januarwoche ihr Studium am Infirmary aufnehmen könne. Als sie sich am Abend mit dem Brief in ihr Zimmer zurückzog, empfand sie keine Spur der freudigen Erregung, die er eigentlich hätte auslösen müssen. Sie konnte einzig daran denken, daß sie schon in sechs Wochen die Masefields für immer verlassen würde.

Verärgert über sich selbst, schüttelte sie den Kopf und griff, um sich abzulenken, nach dem *Boston Medical and Surgical Journal*. Gleich die Überschrift des ersten Aufsatzes sprang ihr ins Auge: ›Die Frauenfrage oder wer sind die besseren Ärzte‹.

Der Autor, ein gewisser Dr. Charles Gage, ließ von Anfang an keinen Zweifel daran, daß er die Absicht hatte, den *wissenschaftlichen* Nachweis zu führen, daß Frauen für den Arztberuf nicht geeignet waren.

›Die Frau‹, schrieb er, ›ist von ihrer Natur aus nicht dazu veranlagt, die Ängste, nervlichen Belastungen und Erschütterungen, die die ärztliche Praxis mit sich bringt, auszuhalten. Der Frau fehlt es von Natur aus an dem Mut und der Bereitschaft zum Risiko, die unerläßlich sind, um die schwierigen und häufig gefahrvollen Entscheidungen zu treffen, die dem Arzt aufgegeben sind. Hinzu kommt, daß Frauen von Natur aus nicht frei handeln können, sondern vielmehr Gefangene ihrer eigenen Biologie sind; insbesondere des monatlichen Unwohlseins. Es ist, als hätte der Allmächtige bei der Erschaffung der Frau den Uterus genommen und die Frau um ihn herum geschaffen. Das, was sie ist – sowohl was Gesundheit und Charakter, als auch was Geist und Seele angeht –, hängt einzig von ihrer Gebärmutter ab. Welcher Patient würde sein Leben einem Menschen anvertrauen, dessen inneres Gleichgewicht dem eines Wahnsinnigen gleicht? Dessen Stabilität von Woche zu Woche wechselt? Das periodische Leiden der Frau beeinflußt ihren geistigen Zustand, sie macht eine Zeit durch, in der sie vorübergehend wahnsinnig ist; ja, in diesen Zeiten braucht die Frau selbst ärztlichen Beistand und kann keinesfalls anderen solchen geben.

Angesichts der anerkannten Tatsache, daß die Frau dem Mann unterlegen ist, daß ganz allgemein die Frau den niedrigeren Rang und der Mann den höheren einnimmt, kann man logischerweise annehmen, daß ein von weiblichen Personen überfluteter Berufsstand an Prestige und Ansehen verlieren wird. Braucht unsere Gesellschaft in einer Zeit zu vieler schlechter Klavierspielerinnen und zu weniger guter Köchinnen und Näherinnen auch noch Ärztinnen?‹

Samantha klappte das Heft zu. Ein ärgerlicher Artikel. Aber die Frauen hatten schon angefangen, sich zu wehren. In Boston gab Lucy Stone eine Zeitschrift heraus, die sich *Woman's Journal* nannte und sich unter anderem vehement für die Gleichberechtigung der Frau in der medizinischen Wissenschaft einsetzte.

›Die Männer sollten sich nur nicht einbilden, daß sie allein den Schlüssel in Händen halten, der das Tor zur medizinischen Wissenschaft aufschließt. Sie verweigern den Medizinstudentinnen den Zugang zu den Bostoner Krankenhäusern und überhäufen sie mit Spott, den sie nicht verdient haben. Die Männer halten der Welt die konstitutionellen Schwächen der Frau vor Augen, als hätten sie selber keine Schwächen. Aber der Tag wird kommen, an dem Frauen die Männer zwingen werden anzuerkennen, daß sie ihnen ebenbürtig sind und in der Medizin das gleiche zu leisten vermögen wie sie.‹

Die Worte, die Elizabeth einmal gesagt hatte, fielen Samantha ein. ›Sie haben Angst vor uns, und ich weiß nicht, warum.‹ Bei Joshua Masefield allerdings hatte sie diesen Eindruck nicht; sie vermutete, daß er sie genauso behandelte, wie er den Studenten behandelt hätte, dem er ihretwegen abgesagt hatte. Aber würde das auch noch so sein, wenn sie fertige Ärztin war? Oder würde sich seine Haltung dann vielleicht ändern?

Samantha war darauf vorbereitet, daß sie auf ihrem beruflichen Weg auf Hindernisse stoßen würde. Aber würde sie sich selbst zusätzliche Steine in den Weg legen, wenn sie an einer Frauenuniversität studierte? Würde man sie als Quacksalberin ansehen, wie Louisa und Luther prophezeiten?

Die Frage hielt sie die ganze Nacht wach, und in der dunklen, kalten Stunde vor Morgengrauen faßte sie schließlich einen tollkühnen Entschluß. Sie würde versuchen, ihr Studium an einer der anerkannten Männeruniversitäten zu absolvieren. Das bedeutete, daß sie noch weitere neun Monate bei Joshua Masefield arbeiten konnte...

Sie zögerte lange, mit ihm darüber zu sprechen. Ihre größte Angst, daß er versuchen würde, sie zum Studium am Infirmary zu überreden, und sie dann schon in fünf Wochen gehen mußte, lähmte ihr die Zunge. Jedesmal, wenn sie einen Anlauf nahm, versagte ihr einfach die Stimme.

Eines Nachts Anfang Dezember, als sie noch einmal nach Estelle gesehen hatte, die friedlich schlief, traf sie ihn im Vorsaal, als er gerade von einem Hausbesuch bei einem kranken Kind zurückkam.

»Oh, Miss Hargrave«, sagte er, während er den schneebedeckten Hut und den Schal abnahm.

»Ich wollte mir gerade etwas heiße Milch machen«, sagte sie. »Wie geht es dem Kind?«

Er hängte seinen Mantel auf und rieb sich die kalten Hände. »Die Kleine

hat Scharlach. Da ist nichts mehr zu machen.« Er ging ins dunkle Arbeitszimmer.
Samantha hörte, wie er ein Streichholz anriß, und sah den Lichtschein, der die Türöffnung erhellte.
»Miss Hargrave«, rief er. »Kommen Sie ans Feuer.«
Er stand vor dem Kamin und legte frische Scheite auf. »Teuflisch, diese Kälte. Kommen Sie, hier ist es angenehm.«
Sie trat zu ihm und stellte ihre Kerze auf den Kaminsims.
»Wieso schlafen Sie noch nicht?« fragte er, während er zwei Gläser nahm und Brandy einschenkte.
»Ich –« Sie trank einen Schluck Brandy, als könne das ihr Mut machen. »Mir geht etwas im Kopf herum.«
»Das dachte ich mir schon. Sie wirkten in den letzten Tagen manchmal zerstreut.«
»Oh! Waren Sie mit meiner Arbeit –«
»Keine Sorge. Ihre Arbeit war ausgezeichnet, wie immer.«
Sie lächelte. Es war das erstemal in den langen Wochen ihrer Zusammenarbeit, daß er sie lobte.
»Handelt es sich um etwas, das Sie mit mir besprechen wollten, Miss Hargrave?« fragte er, und seine Stimme war unerwartet weich und teilnahmsvoll.
»Ja.« Sein Blick stürzte sie in tiefste Verwirrung. Sie mußte wegsehen. »Ich habe mir überlegt, Dr. Masefield, daß es vielleicht ein Fehler ist, wenn ich am Infirmary studiere.«
Als er schwieg, stellte sie ihr Glas auf den Sims und ging ein paar Schritte weg, um seinem Bann zu entweichen.
»Ich habe mir überlegt, daß es vielleicht besser ist, wenn ich auf eine reguläre Männeruniversität gehe wie Dr. Blackwell damals.«
Zu ihrer Überraschung sagte er: »Der Meinung bin ich auch. Aber Sie werden die größten Schwierigkeiten haben, eine solche Universität zu finden.«
»Das kann ich mir vorstellen«, erwiderte sie lebhaft. »Aber ich werde alles versuchen, und wenn es nicht gelingt, kann ich immer noch am Infirmary studieren.«
»Und wie wollen Sie es anstellen, an einer solchen Universität aufgenommen zu werden?«
»Ich hatte gehofft, daß Sie mir helfen würden.«
»Das tue ich gern. Ich schlage vor, wir machen eine Liste aller Universitäten, die in Frage kommen, und dann schreibe ich Ihnen eine Empfehlung. So ganz unbekannt ist mein Name in der Medizin nicht.«

Samantha war tief erleichtert. »Und ich kann weiter hier arbeiten?«
»Aber ja. Sie können bleiben bis zum nächsten September. Dann haben Sie gut ein Jahr Praktikum.«
»Dr. Masefield, ich weiß nicht, wie ich Ihnen danken soll...«
»Ich handle aus reinen egoistischen Motiven, Miss Hargrave«, erwiderte er. »Mir bleibt auf diese Weise eine hervorragende Assistentin erhalten, und meiner Frau eine Freundin und Pflegerin, die sie sehr schätzt.« Er stellte sein Glas auf einen kleinen Tisch. »Aber es ist spät...«
»Natürlich«, sagte Samantha hastig. »Verzeihen Sie. Gute Nacht, Dr. Masefield, und vielen Dank.«
Er stand da und lauschte ihren Schritten nach, bis sie im oberen Flur verklangen.

10

Estelles Befinden besserte sich ganz plötzlich. Im Februar und März fühlte sie sich so kräftig, daß sie allein aufstehen und ein wenig in ihrem Zimmer umhergehen konnte. Samantha war überglücklich, doch Joshua ließ sich nicht zu trügerischen Hoffnungen verleiten und war deshalb nicht ganz so bitter enttäuscht und niedergeschlagen wie Samantha, als der Rückschlag kam, und Estelle, die einen Zug bekommen hatte, so schwer erkrankte, daß sie alle um ihr Leben bangten. Stundenlang saß Joshua am Bett seiner Frau und versuchte mit allen Mitteln, die ihm zu Gebote standen, sie am Leben zu erhalten. Doch sie verfiel von Tag zu Tag. Zum erstenmal in ihrem Leben zweifelte Samantha an der sogenannten Gerechtigkeit und Barmherzigkeit Gottes.
Louisas Reaktion auf ihren Bericht über Estelles beängstigenden Zustand fand sie empörend. »Deine Tränen machen die Frau auch nicht wieder gesund, Samantha. Sieh doch den Tatsachen ins Auge: sie stirbt. Und wenn sie tot ist, ist er frei und kann heiraten.«
In einem unbedachten Augenblick im März, als Louisa ihr erzählt hatte, sie sei ziemlich sicher, daß Luther ihre Gefühle erwidere, hatte Samantha der Freundin endlich ihre heimliche Zuneigung zu Joshua gestanden. Jetzt bereute sie es. Sie wollte von Louisa nicht die verwerflichen Hoffnungen ausgesprochen hören, die sie selbst sich nicht einzugestehen wagte.
»Estelle wird so bald nicht sterben, Louisa. Mit Leukämie kann man jahrelang leben. Außerdem liebt Dr. Masefield seine Frau.«
Louisa begnügte sich mit einem wissenden Lächeln statt einer Antwort.

Im Juni kamen die ersten Antworten auf die sechsundzwanzig Bewerbungsschreiben, die Samantha abgeschickt hatte.

›Madam‹, schrieb man ihr von einem berühmten College im Norden des Staates, ›tun Sie sich und der Gesellschaft den Gefallen und geben Sie diese hirnverbrannte Idee auf. Nur eine junge Frau von fragwürdiger Moral würde unter lauter Männern studieren wollen.‹

In einem anderen Schreiben hieß es: ›Erinnern Sie sich ihrer gottgewollten Bestimmung, Miss Hargrave. Die Frau soll Kinder gebären, sonst nichts.‹

Obwohl Samantha mit Ablehnung gerechnet hatte, war sie bestürzt über den Ton, in dem die Absagen gehalten waren. Mit jedem Brief, der eintraf, wurde sie zorniger. Und als die Absage der Harvard Universität kam, beschloß sie, sich zur Wehr zu setzen.

»10. Juni 1879

Sehr verehrtes gnädiges Fräulein,

Obwohl ich persönlich Ihre Bewerbung um Aufnahme an unserer Fakultät im Sinne der Vorschriften akzeptabel fand und unsere Statuten keine Klausel enthalten, die Frauen die Teilnahme an den Lehrveranstaltungen verwehrt, mußte ich mich dem Votum meiner Kollegen beugen und Ihren Antrag der Studentenschaft zur Abstimmung unterbreiten. Das Ergebnis dieser Abstimmung teile ich Ihnen nachstehend mit.

›Es werden folgende Beschlüsse gefaßt:

Keine wahrhaft feinfühlende Frau kann gewillt sein, in Gegenwart von Männern an Diskussionen über solche Themen teilzunehmen, mit denen der Student der Medizin sich notwendigerweise befassen muß.

Wir sind nicht bereit, uns die Gemeinschaft mit einer weiblichen Person aufzwingen zu lassen, die bereit ist, ihr Geschlecht zu verleugnen und weiblichem Schamgefühl zum Trotz Unterrichtsräume mit Männern zu teilen.‹

Studentenschaft und Dozenten waren sich darin einig, Ihren Antrag abzulehnen. Ich wünsche Ihnen aufrichtig Glück bei Ihren Bemühungen an einer anderen Hochschule.«

Der Brief war von Oliver Wendell Holmes, dem Dekan der Medizinischen Fakultät, unterzeichnet.

»Sechzehn Absagen, Dr. Masefield, und einzig, weil ich eine Frau bin. Ich will mir das nicht gefallen lassen.«

»Was wollen Sie tun?«

Sie sah auf den Brief in ihrer Hand. »Ich reise nach Boston.«

Seinem Schreiben nach zu urteilen, schien Oliver Wendell Holmes ihr ein vernünftiger Mensch zu sein. Sie glaubte zuversichtlich daran, daß er seinen Einfluß geltend machen würde, Studenten und Dozenten umzustimmen, wenn sie persönlich ihre Sache vertrat und bewies, daß sie ernstzunehmen war.
Als Joshua sie zwei Tage nach ihrer Abreise mit einer Droschke am Bahnhof abholte, sah er, daß sie keinen Erfolg gehabt hatte. Schweigend fuhren sie nach Hause. Im Salon ließ Samantha sich müde in einen Sessel fallen.
»Erzählen Sie«, sagte Joshua, der am Kamin stand.
Sie lehnte den Kopf zurück und starrte zur Decke hinauf. »Ich habe mit Mr. Holmes gesprochen. Er war sehr freundlich, aber er sagte, er könne sich nicht öffentlicher Kritik und Beschimpfung aussetzen. Nicht nur die Universität wäre gegen meine Aufnahme, sondern auch die Ärztekammer von Massachusetts. Er sagte, sie hätte sich gegen meine Aufnahme ausgesprochen, weil es darum ginge, Würde und Ansehen der Universität zu wahren.«
Joshua zog nur schweigend eine Augenbraue hoch.
»Ich erklärte, daß ich bereit wäre, jede Bedingung anzunehmen, die man mir stellen würde, vorausgesetzt, ich bekäme nach Abschluß des Studiums wie alle anderen mein Diplom. Aber genau da war der Haken. Vier Dozenten wären sogar bereit gewesen, mich zu unterrichten, aber den Doktorgrad wollten sie mir nicht verleihen. Das mindere den Wert des Diploms der Universität Harvard, behaupteten sie.«
Samantha sah Joshua an. »Wissen Sie, was Dr. Holmes noch sagte? In den Augen der Studenten sei die Anwesenheit einer Frau in Seminaren und Vorlesungen widerwärtig.« Sie schlug die Hände vor ihr Gesicht. »Lieber Gott, widerwärtig!«
Joshua setzte sich zu ihr. »Hat er Ihnen wenigstens einen Rat gegeben?«
»Ja.« Sie nahm die Hände vom Gesicht. »Er sagte, daß an der Universität von Michigan jetzt Frauen zum Medizinstudium angenommen werden und daß er mir gern eine Empfehlung schreiben würde.«
»Michigan«, murmelte Joshua. »So weit weg...«
»Ist es wirklich hoffnungslos, Dr. Masefield? Muß ich wirklich kapitulieren? Meine Qualifikationen zählen nicht, wenn sie sehen, daß ich eine Frau bin.«
Er sah sie einen Moment schweigend an, dann stand er auf und ging ohne ein Wort aus dem Zimmer. Samantha kämpfte mit den Tränen. Als er wieder hereinkam, nahm sie, ohne ihn anzusehen, die beiden Schreiben, die er ihr hinhielt.

»Die kamen während Ihrer Abwesenheit. Ich habe mir erlaubt, sie zu öffnen.«
Das eine war von der Universität von Pennsylvania. Man bedauerte, Dr. Masefield mitteilen zu müssen, daß man sich außerstande sehe, die junge Frau, die er so warm empfohlen habe, zum Studium aufzunehmen. ›Wir sind leider auf weibliche Studierende nicht eingerichtet.‹
Samantha schleuderte das Schreiben zornig zu Boden und entfaltete mit einem Gefühl der Aussichtslosigkeit das zweite.
»14. Juni 1879
Sehr verehrte Miss Hargrave,
da Ihre Bewerbung um Aufnahme an der Lucerne Medical School einen Präzedenzfall darstellt und unsere Statuten für einen solchen Fall keine Richtlinien geben, haben wir die gesamte Studentenschaft für Ihren Antrag abstimmen lassen. Im folgenden teile ich Ihnen den Ausgang der Abstimmung mit:
›Zu den grundlegenden Prinzipien einer republikanischen Regierung gehört die Erziehung und Ausbildung der Angehörigen beider Geschlechter auf allen Gebieten. Die Möglichkeit einer wissenschaftlichen Ausbildung, gleich, in welchem Bereich, soll jeder Frau und jedem Mann gleichermaßen offenstehen. Daher befürworten wir den Antrag Samantha Hargraves auf Aufnahme an unserer Universität und versichern, daß wir ihr niemals Anlaß geben werden, den Besuch dieser Hochschule zu bedauern.‹
Ich darf Sie bitten, Miss Hargrave, sich am letzten Montag im September, dem Tag des Semesterbeginns, morgens in meinem Büro zu melden.
Mit vorzüglicher Hochachtung,
Henry Jones, M. D., Dekan, Lucerne Medical College.«
»Hurra!« Samantha sprang aus ihrem Sessel und umarmte Joshua Masefield überschwenglich. »Sie nehmen mich, Dr. Masefield. Sie nehmen mich.«
Joshua schreckte fast vor ihr zurück, aber Samantha merkte es gar nicht. Sie schwenkte frohlockend den Brief und tanzte im Zimmer herum wie ein glückseliges Kind. Joshua konnte es nicht länger mitansehen und wandte sich ab.

11

Unter der gestreiften Markise des neuen Grand Central Bahnhofs nahmen sie voneinander Abschied. Förmlich und unpersönlich. Joshua drückte Samantha nur kurz die Hand, dann eilte er zu seiner Droschke.

Samantha sah dem Wagen nach, der die 42. Straße hinunterfuhr, bis er verschwunden war.

Während der Zug sich in Bewegung setzte und langsam aus dem Bahnhof hinausrollte, dachte Samantha daran, wie oft in ihrem Leben sie schon hatte Abschied nehmen müssen; aber keine Trennung, meinte sie, war so schmerzlich gewesen wie diese. Bis zum letzten Moment fast hatte sie geschwankt, war immer wieder versucht gewesen, doch ans Infirmary zu gehen, um in Joshuas Nähe bleiben zu können, aber im Grunde hatte sie immer gewußt, daß sie ihren eigenen Weg gehen mußte. Und sie hatte ja einen Trost: In neun Monaten würde sie zurückkommen.

Die Reise war lang und strapaziös. Lucerne, dreihundert Meilen von New York entfernt, lag an der Nordspitze des Canandaigua Sees. Sie mußte erst in Albany umsteigen, fuhr von dort aus mit dem Zug bis Newark und stieg dann in einen anderen Zug, der sie nach Geneva am Seneca-See brachte. Die letzten sechzehn Meilen mußte sie sich einen Wagen nehmen. Insgesamt brauchte sie zwei Tage und eine Nacht, bis sie endlich am Abend des zweiten Tages ihr Zimmer in Lucernes einzigem Hotel bezog.

Samantha wußte nichts über diesen Ort, der die nächsten neun Monate ihr Zuhause sein würde, nichts von der provinziellen Engstirnigkeit seiner Bewohner. Sie sah nichts weiter als ein friedliches Städtchen am Ufer eines beschaulichen Sees. Gleich am nächsten Tag wollte sie sich am College einschreiben und danach auf Zimmersuche gehen.

»*Wer* sind Sie?«

Etwas bestürzt über die Reaktion des Mannes, wiederholte Samantha ihren Namen.

Dr. Jones sah sie durch die Gläser seines Zwickers beinahe strafend an. Dann machte er sich mit den Papieren auf seinem Schreibtisch zu schaffen und brummte: »Ah ja. Hargrave. Sie schickten uns Ihre Bewerbung im vergangenen Juni.«

Samantha rutschte unbehaglich auf ihrem Stuhl hin und her. Das Verhalten des Dekans beunruhigte sie. »Ich hoffe doch, es ist alles in Ordnung, Dr. Jones. Heute ist doch der richtige Tag? In Ihrem Brief stand –«

»Ja, ja.« Er wedelte mit der Hand. »Ich weiß, was in meinem Brief stand. Ich bin nur –« Er brach ab und starrte sie mit Eulenaugen an. »Also, ganz offen gesagt, Miss Hargrave, Sie entsprechen überhaupt nicht meinen Vorstellungen. Überhaupt nicht.«

Sie zog die Brauen hoch. »Wieso? Ist an mir etwas nicht in Ordnung?«
»Aber nein! Ganz im Gegenteil, Miss Hargrave.« Er wurde so rot wie ein Radieschen. »Ich meine, wir hatten eine ältere Dame erwartet.«
»Aber Sie nehmen mich doch?«
Er schüttelte unglücklich den Kopf und zupfte an seinem Schnauzbart. »Natürlich. Da Sie nun schon einmal da sind. Aber das wird einen Wirbel geben, guter Gott.« Er fing wieder an, in seinen Papieren zu kramen und zog ein bedrucktes Formular heraus. »Das müssen Sie ausfüllen. Statistische Angaben für unsere Registratur. Bringen Sie es irgendwann im Lauf der Woche bei meinem Sekretär vorbei.«
Samantha faltete den Bogen und steckte ihn ein. »Dr. Jones, ich habe eine Bitte: Können Sie mir bei der Suche nach einer Unterkunft behilflich sein? Im Augenblick wohne ich im Hotel, und das ist sehr teuer.«
»Wir haben einige kleine Pensionen hier, Miss Hargrave, aber die sind voller junger Männer. Eine Studentin, wissen Sie, das ist etwas, das völlig aus dem Rahmen fällt.«
Samantha runzelte die Stirn. Dr. Jones hatte ihr den Zusagebrief geschrieben; warum versuchte er jetzt, sie zu entmutigen?
Sie stand auf. »Ich danke Ihnen, Dr. Jones. Wann fangen die Veranstaltungen an?«
»Montag morgen punkt acht.«
»Und wo?«
»Melden Sie sich zuerst in meinem Büro.«

Sie fand keine Unterkunft. Die Neuigkeit von ihrem Eintreffen hatte sich so schnell in dem kleinen Ort verbreitet, daß Samantha, wie sie erfahren mußte, bereits sämtlichen Wirtinnen bekannt war und abgewiesen wurde, noch ehe sie überhaupt anklopfen konnte. Bis zum späten Nachmittag hatte sie in neun Pensionen vorgesprochen und neun Absagen erhalten.
Samantha setzte sich im Hotel in die Teestube, die Damen vorbehalten war und bestellte sich ein Gurkenbrötchen zu ihrem Tee. Das Kinn in die Hand gestützt, starrte sie zum Fenster hinaus in den sonnigen Nachmittag und kämpfte gegen die Mutlosigkeit, die sie zu überwältigen drohte.
Lucerne gefiel Samantha. Es war ein hübsches Städtchen mit alten Bäumen und weißen Holzhäusern. Die Ruhe und die Beschaulichkeit taten gut nach der Hektik Manhattans, und die Leute wirkten freundlich. Und dennoch fühlte sich Samantha fremd, so ungeborgen wie ein aus dem Nest gefallener Vogel.

»Ah«, hörte sie plötzlich eine etwas rauhe Stimme neben sich. »Hier sind Sie also. Eine Enttäuschung, das muß ich schon sagen.«
Verdutzt blickte sie auf. Die Frau stand direkt vor ihrem Tisch, die Hände in die breiten Hüften gestemmt, den Kopf zur Seite geneigt. Das dicke rote Haar war hochgesteckt, das sommersprossige Gesicht drückte Belustigung aus.
»Sprechen Sie mit mir?« fragte Samantha.
»Ich hatte gehofft, Sie hätten mindestens zwei Köpfe, nach allem, was über Sie geredet worden ist. Drum bin ich hergekommen. Ich wollt' Sie mir mal ansehen. Eine schöne Enttäuschung sind Sie.«
Samantha war perplex.
»Ich bin Hannah Mallone«, fuhr die Frau fort. »Ich freu' mich, Sie kennenzulernen.«
Die Frau bot ihr die Hand, und Samantha nahm sie. Ohne Umstände zog Hannah Mallone sich einen Stuhl heran und setzte sich zu Samantha an den Tisch. Sie war eine füllige Frau mit üppigem Busen und einer kräftigen Stimme.
»Ich hab' von Ihren Schwierigkeiten gehört, Liebchen«, sagte sie mit starkem irischen Akzent, »und ich muß sagen, das macht mich wütend.«
»Ich habe mir heute bei der Zimmersuche neun Körbe geholt. Können Sie mir sagen, warum?«
»Keiner will eine solche Person in seinem Haus haben.«
»Was soll das heißen?«
Hannahs hellbraune Augen wurden weich. »Ach, Sie armes Ding, Sie tun mir wirklich leid. Als ich vor einer Stunde in Mrs. Kendalls Laden von der dreisten jungen Person hörte, die am hellichten Tag auf unseren Straßen herumspaziert und sich einbildet, sie könnte in einem unserer anständigen Häuser unterkommen, und als sich dann sämtliche anwesenden Damen darüber aufregten, daß Sie kein Schamgefühl besitzen, und es wirklich schlecht um die Welt bestellt sein müsse, wenn Frauenzimmer wie Sie einfach hier in Lucerne auftauchen –«
»Frauenzimmer wie ich?«
»Nun, man hält Sie für ein liederliches Frauenzimmer.«
Samantha erstarrte.
»Wußten Sie das nicht? Wenn Sie eine Ahnung hätten, wie engstirnig die Leute hier sind! Die wollen keine Frauen, die Medizin studieren. Deshalb haben Sie auch kein Zimmer bekommen. Ich kann mir vorstellen, wie Ihnen zumute ist, Kindchen, ich hab' die Bigotterie der Leute hier nämlich auch zu spüren bekommen.«

Samantha war völlig verwirrt. »Ja, aber wieso hat man mich dann hier am College angenommen?«
»Darüber würde ich mir vorläufig mal keine Gedanken machen, Kindchen. Jetzt brauchen Sie erst eine Unterkunft.«
»Können Sie mir helfen?« fragte Samantha rundheraus.
»Ich hab' ein großes Haus, und mein Mann ist die meiste Zeit weg. Da ist mir manchmal ganz schön einsam. Ein bißchen Gesellschaft würde mir nur guttun.«
Samantha gefiel Hannah Mallones Gesicht. Es wirkte ehrlich, und die Augen blitzten lebendig. »Das ist sehr freundlich von Ihnen, Mrs. Mallone.«
»Nennen Sie mich Hannah.«
Das Haus war in der Tat groß, ein einstöckiges Gebäude im Kolonialstil, das auf einem Wiesengrundstück am Ortsrand stand. Als Sean Mallone fünfzehn Jahre zuvor mit seiner jungen Frau nach Lucerne gekommen war, hatten die beiden von einer großen Familie geträumt. Doch die oberen Räume standen fast alle leer.
»Wir sind hier nicht weit von der Hosenträgerfabrik«, bemerkte Hannah am Abend beim Tee. »Sean hat eine Zeitlang dort gearbeitet, ehe er unter die Fallensteller gegangen ist.«
Samantha sah sich in dem großen Wohnraum um. »Das Haus ist so groß, Hannah. Warum vermieten Sie nicht einige Zimmer?«
»Das wollte Sean nicht. Er hat seinen Stolz, wissen Sie, und was für einen! Die Leute hier sollen nur ja nicht glauben, wir hätten so was nötig. Sean verdient gut mit seiner Fallenstellerei, und wenn's mal so weit ist, daß wir genug beisammen haben, hängt Sean seinen Kram an den Nagel und bleibt für immer hier bei mir.«
Hannah stand auf, nahm eine Daguerreotypie vom Kaminsims und brachte sie Samantha. »Das ist mein Mann. Seine Familie stammt von alten irischen Königen ab.«
Samantha war beeindruckt. In Lederzeug und Pelze gekleidet, stand Sean Mallone lässig auf sein Gewehr gestützt und lächelte strahlend, ein gutaussehender, dunkelhaariger Mann.
»Als ich Sean vor sechzehn Jahren kennenlernte, arbeitete er in der Ziegelei in Haverstraw. Aber auf die Dauer hielt er das nicht aus. Er wollte raus ins Freie, in die Natur. Er war nach Manhattan gekommen, weil er sich nach neuen Möglichkeiten umsehen wollte, und da lernten wir uns kennen. Ich war damals vierundzwanzig. Ich war mit einem der Segler nach Amerika gekommen, die die Iren vor der Hungersnot retteten. Als ich Sean begegnete, war ich schon vier Jahre da...«

Hannah klaschte plötzlich in die Hände. »Schluß jetzt mit den Erinnerungen. Sie sind bestimmt todmüde. Marsch ins Bett mit Ihnen. Ich hab' so das Gefühl, daß sie in den nächsten Tagen viel Kraft brauchen werden.«

Samantha brauchte nicht nur Kraft, wie sich zeigte, sondern auch ein dickes Fell. Anfangs war sie bestürzt über die Art und Weise, wie die Leute von Lucerne ihr begegneten, aber aus der Bestürzung wurde rasch Zorn. Als wäre sie eine Aussätzige, gingen die Frauen, wenn sie ihr begegneten, auf die andere Straßenseite, blieben stehen und gafften ihr tuschelnd nach. Kinder rannten ihr lachend und schreiend hinterher, die Männer hielten es nicht für nötig, den Hut zu ziehen, und wenn sie die Straße hinunterging, nahm sie oft aus dem Augenwinkel wahr, wie sich die Vorhänge an den Fenstern bewegten.
Nachdem sie Dr. Jones' Formular ausgefüllt hatte, brachte sie es eines Nachmittags zum College. Ein paar Studenten, die nichts zu tun hatten, standen in der Säulenhalle herum. Als sie an ihnen vorüberging, starrten sie sie herausfordernd an und fingen lauthals zu lachen an. Dr. Jones' Sekretär, ein steifer junger Mann, nahm das Formular mit spitzen Fingern, ohne sie eines Wortes zu würdigen.
»Ich weiß nicht, ob ich das auf die Dauer aushalte, Hannah«, sagte sie am Abend, als sie gemeinsam das Essen richteten.
»Aber natürlich, Liebchen.«
Hannah rührte energisch ihren Pudding.
»Das geht schon vorrüber. Jetzt sind Sie für die Leute noch interessant, aber mit der Zeit wird ihnen der Spaß langweilig werden und sie werden sich jemand anderen suchen, den sie piesacken können. Für Sean und mich war's auch nicht leicht, als wir hierher kamen, zwei runtergekommene irische Katholiken unter lauter hochnäsigen Protestanten. Aber die Leute haben sich längst an uns gewöhnt, und bei Ihnen wird das nicht anders sein.«
Samantha lächelte. Vielleicht hatte Hannah recht, und die Wellen würden sich glätten.

12

Wieder dieses merkwürdige Verhalten. Als hätte er gehofft, sie würde sich wie durch ein Wunder in Luft auflösen. Am Tag des Unterrichtsbeginns erschien Samantha pünktlich in Dr. Jones' Büro und wurde mit gereizter Überraschung und offenem Unbehagen empfangen. Nachdem

Dr. Jones ihr zerstreut ein paar Worte über damenhaftes Verhalten gesagt hatte, führte er sie nach oben zum Hörsaal.
Doch er führte sie nicht durch die Haupttür hinein, sondern brachte sie in ein kleines Vorzimmer, das, wie er ihr erklärte, Patienten und Vortragenden als Wartezimmer diente. Er bestand darauf, daß sie sich setzte. Dann zog er die Weste über dem dicken Bauch herunter und trat mit gewichtigem Schritt in den Hörsaal hinaus.
Samantha hatte durch die geschlossene Tür das Donnern trampelnder Füße und lautes Gegröle gehört. Doch sobald der Dekan den Hörsaal betrat, wurde es still. Vielleicht, dachte sie, ist das der Grund für Dr. Jones' Nervosität. Er hat Angst vor dem Aufruhr, der entstehen könnte, wenn eine Frau im Hörsaal auftaucht.
Sie hörte, wie er die Studenten ansprach. Seine Stimme war gedämpft. Sie verstand nicht ein einziges Wort. Als die Tür geöffnet wurde, fuhr sie zusammen.
»Miss Hargrave?«
Sie stand auf und folgte Dr. Jones in den Hörsaal.
Das Sonnenlicht des frühen Morgens flutete durch die hohen Fenster. Samantha kniff einen Moment geblendet die Augen zusammen, während sie mit Dr. Jones über das Podium ging. Zu ihrer Linken waren Tafeln und anatomische Schaubilder aufgehängt; rechts war der Saal, hufeisenförmig ansteigende Sitzreihen voller junger Männer. Es war so still, daß das Rascheln ihrer Röcke deutlich zu hören war. Dr. Jones begleitete sie zu einem Pult am Rand des Podiums, abseits von allen anderen, und Samantha setzte sich, den Rücken zum Saal. Sie nahm ihren Hut ab und legte ihn unter ihren Stuhl. Dann schlug sie das Heft auf, das sie mitgebracht hatte, tauchte ihre Feder ins Tintenfaß und richtete den Blick erwartungsvoll auf den Dozenten.
Die beiden Männer standen in der Mitte des Podiums: der füllige Dr. Jones und der große, magere Dr. Page. Beide schienen wie zum Bild erstarrt.
Dann schien sich Dr. Jones plötzlich zu besinnen. Er räusperte sich geräuschvoll, nickte dem verblüfften Dr. Page kurz zu und eilte auf seinen kurzen Beinen schnurstracks hinaus.
Dr. Page drückte seinen Zwicker fester auf die Nase, schniefte ein wenig, griff nach seinen Unterlagen und sagte mit unsicherer Stimme: »Die Herzarterien, der Aortenbogen und die vier Herzkammern.«
Hinter sich hörte Samantha Papier rascheln, dann das Kratzen vieler Federn.
Zwei Stunden lang sprach Dr. Page. Niemand unterbrach ihn, niemand

störte ihn mit einem herausfordernden Zwischenruf, obwohl die Medizinstudenten an allen Universitäten, wie Samantha mehrfach gehört hatte, für ihre Rauhbeinigkeit und Respektlosigkeit bekannt waren. Ab und zu hielt Dr. Page in seinem Wortschwall inne und warf einen Blick auf die neue Studentin, die über ihr Heft gebeugt saß und eifrig schrieb. Er war tief verwundert. Nie zuvor in seiner langjährigen Universitätslaufbahn hatte er so aufmerksame Zuhörer gehabt. Die jungen Männer schrieben tatsächlich mit!
Am Ende der Vorlesung erschien Dr. Jones an der Tür zum Vorzimmer. Samantha nahm ihre Sachen, ging zu ihm und folgte ihm hinaus. Kaum hatte sich die Tür hinter ihr geschlossen, brach im Hörsaal ein Höllenlärm los.
»Und so soll das jeden Tag gehen. Zwei Jahre lang«, berichtete sie am Abend, als sie mit Hannah am Kamin saß.
»Viel Freude hat Ihnen der erste Tag anscheinend nicht gemacht.«
»Ich weiß selber nicht, ob ich mich freue oder nicht. Ich hatte heute fünf Vorlesungen. Jedesmal mußte ich vorher in diesem blöden kleinen Zimmer warten und dann auf Signal herauskommen. Ich kam mir vor wie die Frau ohne Unterleib auf dem Jahrmarkt.«
Hannah lachte. »Aber Sie scheinen diesen jungen Draufgängern doch ganz schön Respekt einzuflößen. Warten Sie nur, die werden Ihnen bald aus der Hand fressen.« Hannah machte einen Knoten in ihren Nähfaden und biß das Ende ab. »Ich hab mal gehört, daß an einer Universität die Studenten eine Frau einfach gepackt und an die Luft gesetzt haben.«
Samantha nickte. Elizabeth hatte ihr die Geschichte erzählt, und andere, die noch schlimmer waren. An einer Universität zum Studium angenommen zu werden, war noch keine Garantie, daß man bis zum Diplom kommen würde: man mußte sich auch gegen die Studenten behaupten. Aber hatten nicht diese Studenten hier gerade für ihre Aufnahme plädiert? Sie hatten, wie Dr. Jones geschrieben hatte, einstimmig ihre Aufnahme befürwortet.
Dennoch fühlte sich Samantha unbehaglich. Die ganze Woche schon quälte sie dieses nebulöse Gefühl, daß etwas nicht stimme, daß der Schein trog. Sie kam sich vor wie auf einem Pulverfaß.

Bei der ersten Vorlesung des folgenden Morgens ging es um ansteckende Krankheiten. Wieder wurde es mucksmäuschenstill im Saal, als Samantha eintrat und sich an ihren Platz setzte. Wieder schrieben alle Studenten eifrig mit. Doch nach einer halben Stunde etwa kam aus einer der oberen Reihen eine kunstvoll aus Papier gefaltete Schwalbe angesegelt und landete auf ihrem Ärmel. Samantha entfernte sie äußerlich ruhig, obwohl sie innerlich zitterte. Wenige Minuten darauf traf ein weiteres Papiergeschoß sie am Hinterkopf. Als die Vorlesung zu Ende war, nahm sie scheinbar gelassen ihre Sachen und ging hocherhobenen Kopfes hinaus, ohne nach rechts oder links zu schauen.

Während der Vorlesung am Nachmittag hüstelte Samantha einmal, und sofort hüstelten hundertneunzehn Studenten hinter ihr. Gegen Ende des Vortrags fiel ihr der Federhalter zu Boden; prompt ließen sämtliche Studenten hinter ihr ihre Federhalter fallen. Der Dozent, Dr. Warkins, wurde rot und geriet vorübergehend ins Stottern, doch er unterbrach seinen Vortrag nicht. Als es vorbei war, ging Samantha so ruhig und gelassen, wie ihr das möglich war, hinaus.

Aber als sie zu Hause ankam, war sie den Tränen nahe.

»Genau das wollen sie doch, Kindchen. Die Freude dürfen Sie denen nicht machen.«

»Ich halte das nicht aus, Hannah! Es ist der reinste Alptraum. Sie warten nur auf einen Ausrutscher von mir. Ich bin so nervös, daß ich mich überhaupt nicht auf die Vorlesungen konzentrieren kann. Warum können sie mich nicht genauso behandeln wie jeden anderen Studenten? Es ist doch keine Sünde, als Frau geboren zu sein.«

»Können Sie nicht mit Dr. Jones darüber sprechen?«

»Ich habe das Gefühl, der würde mir mit Vergnügen sagen, wenn ich das nicht ertragen kann, soll ich wieder nach Manhattan verschwinden. Ich dachte, man wollte mich hier haben. Und jetzt tun sie alles, um mich zu vertreiben.«

»Sie dürfen nicht klein beigeben, Kindchen. Die wollen einen Kampf, also liefern Sie ihn.«

Die Kampfansage erfolgte schon am nächsten Morgen. Samantha wartete im Vorzimmer, bis Dr. Page erschien, dann ging sie in starrer Haltung über das Podium zu ihrem Platz. Dort angekommen, nahm sie ihren Hut ab und wollte sich setzen, als sie in der Mitte des Stuhl eine schwarze Tintenpfütze entdeckte.

Im ersten Moment war sie wie vom Donner gerührt, dann packten sie Zorn und Entrüstung. Sehr langsam und sehr beherrscht, damit nur ja niemand sah, wie sehr sie zitterte, drehte sie sich um und sah zum erstenmal direkt in den Saal. Jemand kicherte unterdrückt.

Die Hände zu Fäusten geballt, ging Samantha drei Schritte nach vorn und blieb vor den Studenten in der ersten Reihe stehen. Zwei von ihnen senkten die Lider, einer lächelte verlegen, der vierte grinste frech.

In einem Ton, der sie selbst überraschte, sagte Samantha laut und klar: »Verzeihen Sie, Sir, haben Sie ein Taschentuch?«
Das Grinsen war wie weggeblasen. »Was?«
Sie streckte eine Hand aus. »Haben Sie ein Taschentuch?«
»Äh – ja. Ja, Madam.« Er griff in seine Hosentasche und reichte ihr verwirrt das sauber gefaltete, frisch gestärkte Taschentuch.
»Danke.« Samantha ging zu ihrem Platz zurück und wischte die Tinte auf.
Von den Studenten gespannt beobachtet, trat sie wieder zu dem verblüfften jungen Mann, reichte ihm das durchweichte Taschentuch und sagte: »Vielen Dank. Das war sehr freundlich von Ihnen.«
Einen Moment blieb es still, dann brach im ganzen Saal donnernder Applaus los. Erstaunt blickte Samantha auf und sah ringsherum lachende Gesichter. Die jungen Männer klatschten und trampelten begeistert. Selbst der Junge, dessen Taschentuch ruiniert war, lächelte sie beschämt an und klopfte auf sein Pult.
Samantha hatte die erste Prüfung bestanden.

13

»Sie sind keine üblen Burschen, Miss Hargrave. Viele sind einfache Bauernjungen aus der Umgebung. Sie haben es nicht böse gemeint.«
»Aber ich verstehe es trotzdem nicht, Dr. Jones. Sie haben doch für meine Aufnahme gestimmt. Wieso taten dann alle so überrascht, als ich hier ankam?«
Sie saßen in seinem Arbeitszimmer und tranken Tee. Durch das Fenster sickerte blasses Sonnenlicht.
Dr. Jones gab noch ein Stück Zucker in seine Tasse. »Ja, Miss Hargrave«, sagte er, ohne sie anzusehen, »das ist ein bißchen peinlich. Sehen Sie, ihr Aufnahmeantrag wurde – äh – als eine Art Witz betrachtet.«
Sie sah ihn ungläubig an.
»Natürlich nicht von den Dozenten«, versicherte er hastig. »Wir wußten alle, daß es sich um eine ernstzunehmende Bewerbung handelte. Aber einige der Studenten hatten den Verdacht, ich wollte einen Scherz machen.«
»Würden Sie mir das näher erklären, Dr. Jones?«
Er hob den Kopf und sah ihr offen ins Gesicht. »Um ganz ehrlich zu sein, Miss Hargrave, als Ihr Schreiben bei mir ankam, sah ich mich in einer Zwickmühle. Sie konnten zwar ausgezeichnete Qualifikationen vorwei-

sen – besser als die meisten Ihrer Kommilitonen hier –, aber ich wollte keine weibliche Studierende hier haben und will es, offen gesagt, auch jetzt nicht. Im Juni versuchten wir, bei unseren Gönnern Mittel für den weiteren Betrieb des Colleges lockerzumachen und erreichten das Ziel nicht, das wir uns gesetzt hatten. Aufgrund Ihrer Verbindung zu den Damen Blackwell und Dr. Masefield befürchtete ich, diese Herrschaften würden ihren Einfluß geltend machen, unsere Geldquellen zu stopfen, falls wir Sie nicht aufnehmen sollten. Da verfiel ich auf eine Notlösung: Ich sagte mir, wenn die Studenten selbst Ihre Aufnahme ablehnen würden, wären das College und ich von jedem Vorwurf frei. Leider –« Er senkte etwas verlegen den Kopf – »ging mein schöner Plan nicht auf.«
Er nahm seinen Zwicker ab und polierte die Gläser umständlich mit seinem Taschentuch. »Sie müssen wissen, Miss Hargrave«, sagte er, ohne sie anzusehen, »daß ich hier nicht beliebt bin. Den Studenten ist beinahe jedes Mittel recht, um mir eins auszuwischen. Da sie wußten, daß ich gegen Ihre Aufnahme sein würde, stimmten sie *für* Sie, um mich zu ärgern.«
»So ist das also«, sagte Samantha kühl. »Und ich war so naiv zu glauben, man hätte mich aus Einsicht aufgenommen. Dabei hat man mich nur benutzt.«
»Tragen Sie es ihnen nicht nach, Miss Hargrave. Die jungen Männer haben Sie doch inzwischen als völlig gleichberechtigt in ihren Reihen aufgenommen. Ich habe den Eindruck, sie freuen sich jetzt darüber, daß Sie hier sind.«
»Aber das alles erklärt noch nicht, wieso bei meiner Ankunft alle so überrascht waren, Dr. Jones.«
Er drückte den Zwicker wieder auf seine kurze, knollige Nase. »Keiner hat erwartet, daß Sie tatsächlich kommen würden, Miss Hargrave. Wir waren überzeugt, Sie würden noch vor Semesterbeginn die Torheit Ihres Vorhabens einsehen. Das ist bei vielen Frauen so, die zunächst den Wunsch haben, Medizin zu studieren. Als wir dann von Mr. Rutledge, dem Hotelbesitzer, hörten, die neue Studentin sei angekommen –«
Dr. Jones zuckte die Achseln. »Und als Sie dann bei mir im Büro erschienen – nun, das müssen Sie doch verstehen.«
»Ich verstehe gar nichts, Dr. Jones.«
Er wurde krebsrot. »Miss Hargrave, wir hatten uns vorgestellt, sie wären zwei Meter groß, sprächen im tiefsten Baß und hätten womöglich einen Schnurrbart.«
Einen Moment lang starrte Samantha ihn entgeistert an, dann drückte sie hastig die Hand auf den Mund, um das Lachen zu unterdrücken.

Er neigte sich verlegen über seine Teetasse und gab noch einen Würfel Zucker hinein. »Aber nun sind Sie einmal hier, Miss Hargrave, und irgendwie müssen wir damit zurechtkommen. Sie haben jetzt die Studenten auf Ihrer Seite und auch einige der Dozenten. Ich persönlich bin noch nicht überzeugt. Ich will offen sein: Ich finde, Frauen haben in der medizinischen Wissenschaft nichts zu suchen.«

»Aber, Dr. Jones, die Frau ist doch die geborene Ärztin. In ihrer Eigenschaft als Mutter muß sie sich um das leibliche Wohl ihrer Familie kümmern. Seit jeher sind Mütter immer auch Ärztinnen gewesen. Es würde mich wirklich interessieren, Dr. Jones, woher man die Überzeugung nimmt, daß Gott nur Männer für den Arztberuf bestimmt hat.«

Sein Ton wurde frostig. »Das will ich Ihnen gern sagen, Miss Hargrave. Das, was Sie eben geschildert haben, war nicht *Wissenschaft*, das war gewissermaßen Hausmannskost. Mit dem Aufstieg der Medizin zur ernsten Wissenschaft ergab es sich von selbst, daß sie zur Domäne des überlegenen Intellekts, nämlich dem des Mannes, wurde.«

»Aber Frauen –«

Er hob abwehrend die Hand. »Sparen Sie sich Ihre Worte, Miss Hargrave. Wie ich schon sagte, Sie sind nun einmal hier, und wir werden versuchen müssen, das Beste daraus zu machen. Aber ich möchte Ihnen einige Verhaltensmaßregeln geben, die ich Sie zu beachten bitte.«

Samantha hatte Mühe, ruhig zu bleiben.

»Ich erwarte von Ihnen, daß sie zu jeder Zeit tadelloses, damenhaftes Benehmen zeigen. Sie werden jeden Verkehr mit den Studenten und Dozenten unterlassen –«

»Aber wieso denn, Dr. Jones? Das verstehe ich nicht. Das sind doch alles meine Kommilitonen. Wir müssen zusammen lernen, miteinander sprechen –«

»Miss Hargrave!« Dr. Jones lehnte sich zurück und verschränkte die Arme. »Wir müssen den guten Ruf des Colleges schützen. Jeglicher Verkehr mit den Studenten oder einem Mitglied der Lehrerschaft außerhalb der Unterrichtsräume ist Grund zur sofortigen Entlassung. Ferner«, fuhr er fort, »werden Sie an einigen Seminaren nicht teilnehmen. Das sind solche, die dem natürlichen Feingefühl der Frau zuwider sind. Genau gesagt, jegliche Diskussion über die Fortpflanzungsorgane und ihre Krankheiten.«

»Das kann nicht Ihr Ernst sein, Sir.«

»Sie werden außerdem keinen Zutritt zum Sektionslabor haben.«

»Aber Dr. Jones«, rief sie erregt, »wie soll ich denn gründliche Kenntnisse in der Anatomie –«

»Ferner ist Ihnen nicht gestattet, männliche Patienten zu untersuchen.«
Sie war wie vor den Kopf geschlagen.
»Und jetzt, Miss Hargrave –« Jones stand auf – »muß ich dieses Gespräch leider beenden.«

14

Als im November der Tag der ersten Laborsitzung kam, hatte Samantha ihren Entschluß gefaßt. Sie würde es auf eine Kraftprobe ankommen lassen. Sie hoffte, wenn sie an der ersten Sitzung trotz des Verbots teilnahm und sich als ernsthafte Studentin erwies, die so leicht nichts erschüttern konnte, würde Dr. Jones sein Verbot aufheben. Um allen Anfällen weiblicher Schwäche, auf die man nur warten würde, vorzubeugen, hatte sie sich strengen Exerzitien unterworfen.
Elisabeth Blackwell hatte ihr mit einer ihrer Erzählungen aus ihrer eigenen Studienzeit die Idee dazu geliefert. »Dauernd«, hatte sie berichtet, »beobachteten sie mich, um mich beim kleinsten Ausrutscher kritisieren zu können. Ich wußte genau, daß ich beim Sezieren genauso gut war wie jeder Mann, aber ich wußte auch, daß man mir jedes Erröten als Schwäche auslegen würde. Deshalb beschloß ich, in den Wochen vor Sektionsbeginn alles mir mögliche zu tun, um über diesen verräterischen Reflex die Kontrolle zu gewinnen. Jeden Abend stellte ich mich vor den Spiegel und stellte mir die schockierendsten und peinlichsten Situationen vor, die man sich nur denken kann, und wenn ich dann errötete, versuchte ich, es mit Willenskraft zu unterdrücken. Ich hungerte, aß kein Fleisch mehr, trank keinen Wein, nahm keine Medikamente, selbst wenn ich starke Kopfschmerzen oder Krämpfe hatte, denn diese Substanzen erweitern die Blutgefäße im Gesicht und machen einen rötlichen Teint. Außerdem puderte ich jeden Morgen mein Gesicht mit weißem Talkum. Die große Prüfung kam, als wir die männlichen Geschlechtsorgane durchnahmen. Während der Dozent sprach und mit seinem Zeigstab auf die einzelnen Organe hinwies, konzentrierte ich mich die ganze Zeit so fest darauf, nicht zu erröten, daß ich hinterher merkte, daß ich von dem Vortrag nicht ein einziges Wort mitbekommen hatte.«
Drei Wochen lang bereitete sich Samantha vor: sie hungerte, versagte sich auch das kleinste Gläschen Wein, nahm kein Medikament, übte jeden Abend vor ihrem Spiegel. Als der entscheidende Tag gekommen war, puderte sie ihr Gesicht leicht mit weißem Talkum, ehe sie aus dem Haus ging.

Doch es war alles umsonst. Als sie um zehn Uhr vor dem Labor im zweiten Stock ankam, war die Tür verschlossen, und alle Studenten standen im Korridor. Dr. Monks, der Anatomieprofessor, war nicht bereit, im Beisein einer Frau zu unterrichten.
Am nächsten Tag war es das gleiche. Die Tür war abgesperrt, die Studenten mußten unverrichteter Dinge wieder abziehen.
Sie wandte sich an Jones. »Sie können doch nicht die Absicht haben, das durchzuhalten, Sir. Lassen Sie wenigstens die anderen hinein, wenn schon mich nicht.«
»Miss Hargrave, das ist Sache von Mr. Monks. Er weiß, daß Sie die Absicht haben, an der Sitzung teilzunehmen. Das verletzt sein Gefühl für Anstand und Sitte so sehr, daß er es vorzieht, gar keinen Unterricht zu halten.«
»Die anderen müssen meinetwegen leiden«, sagte sie am Abend zu Hannah. »Sie werden es mir übelnehmen. Es ist zum Wahnsinnigwerden. Ganz gleich, wie ich mich verhalte, es ist immer falsch. Wenn ich nicht nachgebe, bleibt das Labor verschlossen, und die anderen Studenten werden bald so wütend auf mich sein, daß sie mich nur noch loshaben wollen. Und wenn ich nachgebe, lerne ich nichts. Eine Ärztin ohne Anatomiekenntnisse!«
Hannah, die über ihren Stickrahmen gebeugt saß und gelassen die Nadel durch das gespannte Leinen führte, sagte lächelnd: »Das Problem ist ganz einfach zu lösen, Herzchen.«
»Wie denn?«
Hannahs Augen blitzten verschmitzt, als sie aufsah. »Es wundert mich, daß Sie nicht schon selber draufgekommen sind.« Sie ließ die Stickerei auf den Schoß sinken. »Sie können sich und Dr. Jones und die anderen Studenten zufriedenstellen.«
»Wie denn?« fragte Samantha wieder.

Vor der ersten Vorlesung ging sie zu ihm ins Büro.
»Sie können Dr. Monks sagen, daß ich nicht mehr versuchen werde, das Labor zu betreten.«
Jones musterte sie skeptisch.
»Ich gebe Ihnen mein Wort, Sir. Ich möchte nicht daran schuld sein, daß die anderen nicht zu ihrem Anatomieunterricht kommen. Dr. Monks braucht die Tür nicht mehr abzuschließen. Ich gehe nicht hinein.«
Und das tat sie auch nicht. Statt dessen holte sie sich aus einem der anschließenden Räume einen Stuhl und stellte ihn, nachdem der Unterricht begonnen hatte, vor die Labortür. Obwohl die Tür geschlossen war,

konnte sie, wenn sie sich nahe ans Schlüsselloch neigte, gut hören, was gesprochen wurde. Das alles schrieb sie sich auf.

Einer der Studenten kam verspätet durch den Korridor gelaufen und blieb perplex stehen, als er sie sah. »Was tun Sie denn hier, Miss Hargrave?« Sie erklärte es ihm. Er schüttelte den Kopf, dann lief er ins nächste Unterrichtszimmer, holte sich ebenfalls einen Stuhl und setzte sich Samantha gegenüber.

Jones, dem viel daran lag, daß die erste Sitzung im Sektionslabor gut verlief, stieß wenige Minuten später bei einem Inspektionsgang auf Samantha und den jungen Mann. Als er ihre Erklärung für dieses seltsame Verhalten hörte, explodierte er und befahl beiden, auf der Stelle zu verschwinden.

Am Abend sagte Samantha zu Hannah, der Einfall wäre vielleicht doch nicht so gut gewesen. »Ich hätte rausfliegen können. Und ich hatte kein Recht, den jungen Mann in so eine brenzlige Lage zu bringen.«

Hannah lächelte nur. »Nicht lockerlassen, Herzchen. Sie unterschätzen Ihre Mitstudenten, lassen Sie sich das von einer Frau gesagt sein, die sich auf Männer versteht. Tun Sie morgen nochmal das gleiche. Ich freß' einen Besen, wenn das keinen Erfolg hat.«

Als Samantha am folgenden Morgen in den zweiten Stock hinaufkam, sah sie verblüfft, daß der ganze Korridor von den Studenten besetzt war. Einer von ihnen stand von seinem Stuhl auf und erklärte etwas verlegen, sie hätten von dem Kommilitonen, der sie am vergangenen Tag im Gang angetroffen hatte, gehört, was vorging und seien der Meinung, wenn der Korridor für Miss Hargrave gut genug sei, dann sei er auch für sie gut genug.

Samantha hatte Mühe die Tränen zu unterdrücken, doch ehe sie etwas sagen konnte, erschienen Dr. Jones und Dr. Monks und verlangten empört eine Erklärung für dieses unerhörte Verhalten. Es folgte ein unerfreulicher Auftritt, in dessen Verlauf allen die Entlassung angedroht wurde, aber am Ende ließ sich Dr. Monks, der Samantha an diesem Tag das erstemal sah und durchaus angetan war, erweichen. Dr. Jones stimmte ihrer Aufnahme in das Sektionsseminar grollend zu und marschierte davon.

15

»Kannst du wirklich nicht bleiben, Samantha? Sean kommt erst im Frühjahr wieder heim. Ohne dich werd' ich mich furchtbar einsam fühlen.«

Samantha, die beim Packen war, richtete sich auf. »Sei mir nicht böse, Hannah. Ich würde ja gern bleiben, aber meine Freunde in New York möchten mich gern wiedersehen.«
Das stimmte zumindest teilweise. Louisa hatte Samantha in ihrem letzten Brief geschrieben, sie stürbe fast vor Sehnsucht nach ihr; sie müsse über Weihnachten unbedingt nach New York kommen. Doch von den Masefields hatte sie überhaupt nichts gehört, und das beunruhigte sie stark. Sie fürchtete um Estelle.
Hannah blieb mit verschränkten Armen an der Tür stehen und sah der Freundin beim Packen zu. Sie hatte ihre eigene Meinung über Samantha Hargrave, aber die äußerte sie nicht. Sie fand es hirnverbrannt, daß dieses hübsche Mädchen es sich in den Kopf gesetzt hatte, Ärztin zu werden. So ein hübsches junges Ding sollte lernen, die Herzen der Männer zu brechen, nicht, sie wiederzusammenzuflicken. Völlig unnatürlich diese Interesselosigkeit an einem Haufen galanter junger Männer, von denen einige sie unverhohlen anschwärmten. Hannah hatte die sehnsüchtigen Blicke der Verehrer, wenn sie ihnen bei abendlichen Spaziergängen begegnet waren, sehr genau registriert.
Von Joshua Masefield wußte Hannah nichts. Samantha hatte ihn im September einmal flüchtig erwähnt und dann nie wieder von ihm gesprochen. Aber Hannah hatte bemerkt, wie gespannt Samantha jeden Nachmittag die Post durchsah und wie enttäuscht sie hinterher jedesmal war. Von wem erwartete sie einen Brief? Für Hannah war klar, daß die Sehnsucht nur einem Mann gelten konnte. Aber wer dieser Angebetete war, das hatte Hannah bisher trotz diplomatischer Fragen nicht herausgebracht.
Beim Abschied überraschte Hannah Samantha mit einem Weihnachtsgeschenk, einem zierlichen Ottermuff. Gerührt und ein wenig schuldbewußt sagte Samantha: »Und ich habe nichts für dich.«
Hannah umarmte sie. »Du bist eine arme Studentin, Herzchen. Wenn du erst deine eigene Praxis hast, kannst du dich revanchieren. Paß gut auf dich auf, Samantha, und fröhliche Weihnachten.«
Niemand holte sie ab, aber sie hatte es nicht anders erwartet. Mit Herzklopfen stieg sie vor der Praxis aus der Droschke. Im Vorsaal saßen einige Patienten. Die, die sie kannten, begrüßten sie lächelnd. Samantha ließ ihren Koffer an der Tür stehen, hängte Hut und Mantel auf und machte sich auf die Suche nach Mrs. Wiggen.
Sie fand sie in der Küche beim Spülen.
»Wie schön, daß Sie da sind«, rief sie, als sie Samantha sah, die sie längst liebgewonnen hatte.

»Wie geht es Mrs. Masefield?«
»Nicht gut. Sie hat starke Schmerzen und schlimme Atembeschwerden.«
»Und wie geht es ihm?«
»Wie immer. Er hat gerade Mrs. Creighton im Sprechzimmer.«
Samantha strich sich ordnend über ihr Haar, dann ging sie mit ruhigem Schritt hinaus, obwohl sie am liebsten geflogen wäre. Sie klopfte leicht an die Tür des Sprechzimmers und hörte ihn sagen: »Kommen Sie herein, Mrs. Wiggen.«
An der Tür blieb sie stehen. Er stand mit dem Rücken zu ihr, leicht über Mrs. Creighton geneigt, ein Mahagonihämmerchen in der Hand, mit dem er seiner Patientin leicht ans Knie klopfte.
»Es ist Arthritis, stimmt's, Dr. Masefield?« fragte die Frau, die nicht einmal Hut und Handschuhe abgelegt hatte.
Joshua richtete sich auf. »Die Symptome sind alle da, Mrs. Creighton. Aber keine Sorge, ich habe etwas, das hilft. – Mrs. Wiggen, würden Sie mir bitte die Tabletten für Mrs. Creighton geben.«
Samantha ging zum Schrank, nahm die Flasche heraus und drückte sie ihm in die ausgestreckte Hand.
»Danke«, murmelte er, blickte kurz auf und starrte sie verblüfft an. »Miss Hargrave!«
Sie lächelte befangen. »Ich habe Ferien, Dr. Masefield.«
Er betrachtete sie beinahe unfreundlich. »Sie sind dünn geworden.«
Samantha sah an sich hinunter. Ihr Kleid saß wirklich auffallend lose, Folge der wochenlangen Hungerkur zur Überwindung des Errötens.
»Ist etwas nicht in Ordnung, daß Sie keinen Appetit haben?«
»Ich –« Sein unwirscher Ton verwirrte sie. Sie kam sich vor wie ein gescholtenes Kind. »Doch, es ist alles in Ordnung, Mr. Masefield. Ich habe nur –«
Er wandte sich brüsk von ihr ab. »Eine Tablette jeden Abend vor dem Schlafengehen, Mrs. Creighton. Auf keinen Fall mehr.«
»Ja, Herr Doktor.«
Samantha schlüpfte leise aus dem Zimmer. In tiefer Niedergeschlagenheit packte sie in ihrem Zimmer aus. Wenn er sie über Weihnachten nicht hier haben wollte, hätte er ein Telegramm schicken sollen. Samantha bedauerte es schon, daß sie nicht bei Hannah Mallone geblieben war, wo sie willkommen und geschätzt war.
Aber Louisa und Luther trösteten sie am nächsten Tag über die erste Enttäuschung hinweg. Während sie im Pferdeschlitten durch den verschneiten Central Park fuhren, begann Samantha, die Dinge wieder in

einem rosigeren Licht zu sehen. Sie durfte Joshua nicht zu hart beurteilen, er hatte wahrhaftig kein leichtes Leben.

Es wurde wieder so, wie es vor ihrer Abreise gewesen war: Sie assistierte ihm in der Praxis und begleitete ihn auf Hausbesuche. Aber nie fragte er nach ihrem Studium oder ihren neuen Freunden, nie äußerte er auch nur das geringste Interesse an ihrem Leben. Joshua blieb so fern und unzugänglich wie er immer gewesen war.
Umso erstaunter war sie, als er an einem Samstag abend zwei Wochen vor Weihnachten bei ihr klopfte.
»Kann ich Sie einen Augenblick sprechen, Miss Hargrave? Die Sache ist ziemlich wichtig.«
Sie bat ihn einzutreten, und er setzte sich in einen der Sessel vor dem Feuer.
»Ich möchte Sie um einen großen Gefallen bitten, Miss Hargrave, und weiß ehrlich gesagt nicht recht, wie ich es anfangen soll.« Sie sah die Spannung in seinem Gesicht, während er sprach: »Ich würde Sie gewiß nicht bitten, wenn ich nicht in einer höchst unangenehmen Situation wäre.«
Er schwieg und starrte ins Feuer.
»Wissen Sie, daß es in ganz New York nicht ein einziges Krankenhaus gibt, das Krebspatienten aufnimmt, Miss Hargrave?«
»Nein, das wußte ich nicht.«
»Die Leute haben Angst vor Ansteckung, obwohl jeder Arzt ihnen sagen kann, daß Krebs nicht ansteckend ist. Wenn ein Krankenhaus auch nur einen einzigen Krebskranken aufnähme, würden sich die Krankenzimmer im Nu leeren. Die Folge ist, daß Krebskranke, wie meine Frau, entweder zu Hause oder in Privatkliniken behandelt werden müssen, die teuer sind und häufig sehr weit außerhalb. Viele dieser Kranken bekommen überhaupt keine Behandlung oder Pflege und sterben einsam und von der Gesellschaft im Stich gelassen einen qualvollen langsamen Tod.«
Er hob den Kopf und sah sie an. »Es gibt jetzt eine Bewegung, deren Ziel es ist, im Woman's Hospital eine Krebsstation einzurichten. Aber dazu sind natürlich Gelder nötig. Aus diesem Grund findet am Heiligen Abend im Haus von Mrs. Astor ein Wohltätigkeitsball statt, dessen Erlös für die Einrichtung dieser neuen Krebsstation verwendet werden soll. Ich habe dazu eine Einladung erhalten.«
Wieder schwieg er und senkte den Blick zum Feuer. Samantha wartete schweigend.

»Ich habe folgendes Problem, Miss Hargrave«, sagte er schließlich. »Ich habe keinem Menschen von der Krankheit meiner Frau erzählt. Niemand in Manhattan weiß davon. Ich nehme an, Mrs. Wiggen hat Ihnen erzählt, daß meine Frau und ich erst im vergangenen Jahr von Philadelphia nach New York übergesiedelt sind. Estelle möchte nicht, daß jemand von ihrer Krankheit erfährt, darum bin ich gezwungen, irgendwie den Schein zu wahren. Die wenigen Leute, mit denen ich hier in New York bekannt bin, haben Estelle nie kennengelernt, aber sie glauben natürlich, sie wäre kerngesund. Ich habe ab und zu sogar ein paar Geschichten über das rege gesellschaftliche Leben meiner Frau erzählt. Unglücklicherweise wird nun erwartet, daß auch meine Frau zu dem Wohltätigkeitsball erscheint.«
»Aber das ist unmöglich!«
»Natürlich. Aber ich kann nicht absagen. Dieses Projekt liegt mir sehr am Herzen, und ich möchte meinen Teil dazu beitragen.«
»Sie könnten doch sagen, daß Ihre Frau erkrankt ist.«
Er sprang auf. »Seit ich in New York bin, war ich viermal auf gesellschaftlichen Veranstaltungen. Jedesmal habe ich eine Ausrede gebraucht, um meine Frau zu entschuldigen – Kopfschmerzen, eine Erkältung, anderweitige Verpflichtungen. Ich kann nicht damit rechnen, daß man mir diese Ausreden ewig glauben wird. Es wird Mrs. Astor beleidigen, glauben zu müssen, daß meine Frau sie meidet.«
»Aber was wollen Sie dann tun?«
Er straffte die Schultern und sah sie an. »Miss Hargrave, könnten Sie sich bereitfinden, die Rolle meiner Frau zu spielen und mich auf den Ball zu begleiten?«
Samantha starrte ihn entgeistert an.
»Ich weiß, es ist eine Zumutung«, fügte Joshua hastig hinzu, »von Ihnen zu verlangen, daß Sie mir bei einem Täuschungsmanöver helfen. Aber es ist nur eine harmlose Scharade, die niemandem schaden wird. Im Gegenteil, sie wird allen nur nützen. Der gute Ruf meiner Frau wird unangetastet bleiben, und ich werde die Genugtuung haben, einer guten Sache geholfen zu haben.«
»Aber wie wird denn Ihre Frau das aufnehmen?«
»Der Einfall stammt ja von ihr.«
Joshua setzte sich wieder. »Niemand hat meine Frau je zu Gesicht bekommen. Sie brauchen keine Angst zu haben, daß Sie die Rolle nicht spielen können. Ich werde dafür sorgen, daß alles glatt geht. Wir bleiben eine angemessene Zeit, und dann gehen wir wieder.«
Samantha fand die Vorstellung plötzlich sehr aufregend. Ein Abend in

der großen Welt der Reichen dieser Welt, und sie an Joshuas Arm, der im Abendanzug bestimmt umwerfend aussah. »Ich habe gar nichts anzuziehen«, sagte sie.
»Dann sind Sie bereit, mir zu helfen?«
Samantha lächelte. »Ja, Dr. Masefield, gern.«

16

Sie wollte für den Abend ein Kleid ausleihen, doch davon wollte Joshua nichts wissen. Niemals würde seine Frau auf einem Ball der großen Gesellschaft in einem geliehenen Kleid erscheinen, sagte er mit Nachdruck. Samantha fragte Estelle um Rat. Auch die meinte, ein Leihkleid käme nicht in Frage. Sie gab ihr die Adresse eines Seidenhändlers in der Fifth Avenue und den Namen einer Schneiderin von bestem Renommee.
»Aber die Zeit reicht doch gar nicht mehr, um ein Kleid anfertigen zu lassen«, wandte Samantha ein.
Estelle, einen Berg Satinkissen im Rücken, sagte unbekümmert: »Mrs. Simmons ist Eilaufträge gewöhnt. Besonders um diese Jahreszeit. Sie kann wahre Wunder vollbringen. Und wenn Sie ihr sagen, daß das Kleid für den Ball bei den Astors sein soll, wird sie ihre Mädchen Tag und Nacht arbeiten lassen.« Wehmütig fügte Estelle hinzu: »Ach, könnte ich doch selbst hingehen, aber ich bin froh, daß Sie an meiner Stelle gehen können, Samantha. Wirklich. Es wäre schlimm gewesen für Joshua, wenn es nicht geklappt hätte. Die Krebsstation liegt ihm so am Herzen...«
Samantha wählte anthrazitgrauen Taft und schwarzen Samt als Besatz für ihr Ballkleid. Spitzen und Schleifen lehnte sie als zu teuer ab. Mrs. Simmons, die so beeindruckt und beflissen war, wie Estelle vorausgesagt hatte, versprach, das Kleid genau nach Samanthas Angaben zu machen, streng und zurückhaltend.
Als es fünf Tage vor Weihnachten gebracht wurde, reagierte Joshua wie von der Tarantel gestochen. Im Beisein des verschüchterten Botenjungen schleuderte er das Kleid wieder in die Schachtel und rief: »Was, zum Teufel, haben Sie sich dabei gedacht, Miss Hargrave? Wenn Sie keinen Geschmack haben, hätten Sie sich von Mrs. Simmons beraten lassen sollen!«
»Was ist denn an dem Kleid nicht in Ordnung? Ich dachte –«
»Was daran nicht in Ordnung ist? Es ist abscheulich. Glaubten Sie allen Ernstes, ich würde es zulassen, daß Sie in diesem Ding vor aller Öffentlichkeit als meine Frau auftreten?«

Samantha warf einen erschrockenen Blick auf den Botenjungen. »Wirklich, Dr. Masefield«, begann sie hastig, »ich wollte nur –«
Er drehte ihr einfach den Rücken, packte Karton und Verpackung und drückte beides dem Jungen in die Arme. »Bring das zurück. Wir nehmen es nicht.«
Verdattert nahm der Junge die Sachen.
»Dr. Masefield, das ist wirklich nicht nötig. Ich kann ein paar Änderungen machen, wenn Sie wollen. Mrs. Wiggen kann mir helfen.«
Er fuhr herum. Seine Lippen hatten eine seltsame Färbung angenommen, und seine Pupillen waren klein wie Stecknadelköpfe. »Diese Scheußlichkeit kann man höchstens ins Feuer werfen, Miss Hargrave.«
Sie wich einen Schritt zurück. Der Botenjunge trat nervös von einem Fuß auf den anderen. Joshua starrte Samantha noch einen Moment zornig an, dann wedelte er mit dem Arm.
»Geh schon. Sag Mrs. Simmons, sie soll mir die Rechnung schicken.«
Der Junge flitzte hinaus und schlug die Tür hinter sich zu.
»Jetzt müssen wir uns etwas anderes einfallen lassen«, sagte Joshua.
»Wenn Sie mir vorher gesagt hätten, was Sie sich vorstellen«, sagte Samantha eisig, »anstatt alles mir zu überlassen –«
»Verdammt nochmal, Miss Hargrave, ich glaube, Sie wären fähig, ein simples Abendkleid zu bestellen.«
»Was war denn nicht in Ordnung daran?«
»Es war scheußlich! Meine Frau zeigt sich nicht in einem Putzlappen vor der Öffentlichkeit.«
»Es war kein Putzlappen, und ich bin nicht Ihre Frau. Ich wollte lediglich –«
»Ich bin froh und dankbar, daß Sie nicht meine Frau sind.«
»Sie tun so, als hätte ich Sie absichtlich verärgern wollen, Dr. Masefield. Als ich das Kleid bestellte, habe ich in der Tat an Sie gedacht. Ich wollte Ihnen Geld sparen.«
Er sah sie verblüfft an. »Das kann doch nicht Ihr Ernst sein.«
»Doch, es ist mein Ernst.«
»Ja, glauben Sie denn, ich sei arm, Miss Hargrave?«
»Ich wurde dazu erzogen, anderer Leute –«
»Es ist mir absolut gleichgültig, wie Sie erzogen wurden, Miss Hargrave.«
Joshua starrte sie noch einen Moment lang mit zornblitzenden Augen an, dann machte er kehrt und ging aus dem Zimmer. Samantha stand wie gelähmt. Gewaltsam kämpfte sie die Tränen nieder. Von draußen hörte

sie das Klappen der Haustür und sah einen Augenblick später Joshua in
Mantel und Schal die Straße entlang eilen.

Die Szene wurde mit keinem Wort wieder erwähnt, und auch von dem
Ball wurde nicht mehr gesprochen. Er kam an jenem Abend spät nach
Hause, nahm sein Essen allein in seinem Arbeitszimmer ein und zog sich
zeitig in sein Schlafzimmer zurück.
Am nächsten Morgen nach dem Frühstück rief Samantha den ersten Patienten ins Sprechzimmer und assistierte Joshua in eisigem Schweigen.

Am 24. wurde Joshua zu einer Entbindung gerufen und kam erst am
frühen Abend zurück. Samantha saß in ihrem Zimmer und schrieb
Briefe, als sie das Öffnen und Schließen der Haustür hörte. Sie hörte ihn
die Treppe hinaufgehen, doch zu ihrer Verwunderung machte er nicht in
der ersten Etage halt, wo er und Estelle ihre Schlafzimmer hatten, sondern kam ein Stockwerk höher. Sie wartete mit angehaltenem Atem.
Er klopfte.
Sie schob ihre Schreibsachen weg und stand auf, um ihm zu öffnen. Er
hatte ein großes Paket in den Händen.
»Wir haben nicht viel Zeit«, sagte er und hielt ihr das Paket hin. »Der
Wagen kommt in einer Stunde.«
Verwundert nahm Samantha das Paket. »Was ist das?«
»Ihr Abendkleid, Miss Hargrave. Ich hätte es eigentlich schon früher
abholen sollen, aber der kleine Levy hat mir einen Strich durch die Rechnung gemacht.« Damit wandte er sich zum Gehen.
»Ich verstehe nicht. Was für ein Abendkleid?«
Mit offenkundiger Ungeduld drehte er sich um. »Das, das Sie heute
abend tragen werden«, sagte er in einem Ton, als hätte er es mit einem
Kind zu tun.
»Wieso? Ich dachte, der Abend wäre abgeblasen.«
»Wie kommen Sie denn darauf?« fragte er überrascht.
Er schien völlig verständnislos.
»Ich dachte, Sie lehnten es ab, mit mir auf den Ball zu gehen.«
»Aber Miss Hargrave, mein Zorn galt dem schrecklichen Kleid und nicht
Ihnen.«
»Sie haben mich vor dem Botenjungen abgekanzelt und mich mit Beleidigungen überhäuft. Und jetzt erwarten Sie, daß ich Sie auf diesen – diesen
verdammten Ball begleite, als wäre nichts gewesen!«
»Sie sind ja wütend auf mich, Miss Hargrave«, sagte er ungläubig.

»Ich warte auf Ihre Entschuldigung«, sagte sie kühl.
»Begleiten Sie mich dann auf den Ball?«
Sie sah ihm direkt in die Augen. »Ja.«
»Gut, dann bitte ich um Entschuldigung. Also, können Sie in einer Stunde fertig sein?«

17

Samantha kam sich vor, als schwebte sie auf einer Wolke in ihrem pfauenblauen Satinkleid mit dem tiefen Dekolleté, das ihren schlanken Hals und ihre schön gerundeten Schultern voll zur Geltung brachte. Wie im Traum ging sie die Treppe hinunter, aber als sie Joshua sah, der unten wartete und sie anstarrte, als hätte er eine wunderbare Vision, wurde sie mit einem Ruck in die Wirklichkeit zurückgerissen. Er sieht Estelle, dachte sie, nicht mich.
Über dem Arm hielt er ein Chinchillacape, das er Samantha um die Schultern legte, als sie zu ihm trat.
»Aber –« begann sie abwehrend, doch er schüttelte den Kopf.
»Es gehört meiner Frau. Sie möchte, daß Sie es tragen.« Er machte die Spange an ihrem Hals zu, und Samantha meinte, die Wärme seines Körpers durch das Cape zu fühlen. Einen Moment ließ er seine Hände auf ihren Schultern liegen. »Sie sehen heute abend sehr schön aus, Miss Hargrave.«
»Danke, Dr. Masefield.«
Er trat von ihr weg. »Denken Sie daran, mich Joshua zu nennen und mich zu duzen, wenn wir auf dem Ball sind.«
Er half ihr die Treppe hinunter, und sie stiegen in den wartenden Wagen. Dicht neben ihr sitzend, zog er die dicken Decken über ihre Knie hinauf. Während der Fahrt sprachen sie kein Wort.

Angesichts der Parade prächtiger Wagen vor dem Haus in der Fifth Avenue, das strahlend erleuchtet war, überfiel Samantha Befangenheit. Und als sie die Leute sah, die aus den Wagen stiegen – Herren im Domino, Damen in Pelzen und funkelnden Juwelen –, kam sie sich tatsächlich wie eine graue Maus vor.
Im Dunkel des Wagens wandte sie sich Joshua zu. »Dr. Masefield ––«
»Meinen Vornamen bitte.« Als der Schlag ihres Wagens geöffnet wurde, fügte er hinzu: »Und vergessen Sie nicht, daß Sie meine Frau sind.«
Die Hand auf Joshuas Arm, stieg sie im Gefolge der anderen Gäste die

breite Treppe hinauf und trat, äußerlich selbstbewußt, innerlich eingeschüchtert von der Pracht, auf die Gastgeberin zu, die allein unter ihrem eigenen Porträt stand und die Gäste begrüßte.
Mrs. William Astor, eine kleine, rundliche Frau, trug so schwer an ihrem prunkvollen goldbestickten Abendkleid aus purpurrotem Samt und den kostbaren Juwelen, daß sie sich kaum bewegen konnte, sondern nur statuenhaft in königlicher Haltung dastehen und huldvoll nicken konnte.
Als Joshua sich und ›seine Frau‹ vorstellte, lächelte sie höflich und dankte ihnen für ihre Unterstützung der guten Sache. Dann nahm ein Diener ihnen die Garderobe ab, und sie folgten dem stetigen Strom der Gäste in den Ballsaal.
Samantha blieb einen Moment wie geblendet stehen. Kostbare Gemälde schmückten die Wände, hohe Topfpalmen und verschwenderischer Blumenschmuck machten den eisigen Winterabend zur tropischen Nacht, und im feuersprühenden Schmuck der Damen spiegelten sich tausend Lichter aus italienischen Kandelabern. Bedienstete eilten hin und her, um die mehr als sechshundert Gäste, die sich in dem großen Saal eingefunden hatten, zu versorgen.
Joshua führte sie zu einem Palmengarten, wo kleine Tische und Stühle aufgestellt waren, und verschwand, nachdem sie sich gesetzt hatte, in der Menge.
Samantha, die inzwischen die erste Scheu überwunden hatte, sah sich neugierig um. Am meisten interessierten sie die Frauen, die so anders zu sein schienen als sie selbst. Sie hätte gern gewußt, wie sie ihr Leben gestalteten. Alle, gleich, welchen Alters und welcher Körperfülle, waren sie qualvoll eingeschnürt, um dem gängigen Schönheitsideal zu entsprechen: eine Wespentaille und ein voller Busen.
Sie sah Joshua mit zwei Gläsern zurückkommen und bemerkte, daß er hinkte.
Schweigend saßen sie nebeneinander und tranken ab und zu von ihrem Champagner. Joshua schien nicht geneigt, Konversation zu machen. Als die Kapelle auf der Galerie einen Walzer anstimmte, begann Samantha das Herz schneller zu klopfen. Joshua würde doch sicher wenigstens einmal mit ihr tanzen.
Doch während die Kapelle Walzer um Walzer spielte, und immer mehr Paare sich auf der Tanzfläche drehten, wurde Samantha langsam klar, daß sie auf eine Aufforderung von Joshua nicht zu hoffen brauchte.
»Ich glaube, jetzt würde ich doch gern etwas essen«, sagte sie und stellte ihr leeres Glas weg. »Kann ich es mir selbst holen? Ich würde so gern die Tafel sehen.«

Zu ihrer Überraschung erhob er keine Einwände, sondern nickte nur, und sie fragte sich flüchtig, ob er froh war, eine Weile allein sein zu können.
Die Tafel, so lang wie die Wand, an der sie stand, war mit Speisen und Delikatessen überladen, von denen Samantha nicht einmal die Hälfte kannte. Während sie noch ratlos davorstand, sagte neben ihr jemand: »Ich kann das Steak empfehlen.«
Sie schaute auf und begegnete dem lächelnden Blick eines etwa dreißigjährigen Mannes mit warmen braunen Augen.
»Ich kann leider nur das Steak empfehlen«, fügte er hinzu, »weil es so ziemlich das einzige ist, was ich identifizieren kann.«
Samantha lachte und sah wieder auf die üppige Tafel hinunter. »Hoffentlich wird das auch alles gegessen.«
»Bestimmt nicht. Bei solchen Veranstaltungen übt sich der Gast mit Manieren in Zurückhaltung. Aber keine Angst, die Reste wandern genauso wie die Blumen direkt ins Bellevue Krankenhaus.«
Die großen grauen Augen der jungen Frau, die in diesen Kreisen offensichtlich nicht zu Hause war, faszinierten Mark Rawlins. Wer, zum Teufel, war sie, und wo war ihr Begleiter?
»Immer wenn Mrs. Astor einen Ball gibt, fallen die Insassen von Bellevue vor Dankbarkeit auf die Knie. Normalerweise müssen sie nämlich den Fraß, den sie bekommen, direkt von der Tischplatte mit den Fingern essen. Besteck gibt man ihnen nicht. Und es ist wirklich ein Fraß!«
»Das kann nicht Ihr Ernst sein.«
»O doch. Das Bellevue wurde erst neulich von einem Untersuchungsausschuß überprüft, und da stellte sich heraus, daß die Patienten nicht nur mit den Fingern essen müssen, sondern daß es auch im ganzen Haus nicht ein Stück Seife gab.«
Samantha stellte den Teller nieder, den sie sich genommen hatte. »Ich bin eigentlich gar nicht hungrig.«
»Ach, jetzt habe ich Ihnen den Appetit verdorben. Verzeihen Sie mir. Und ich habe mich außerdem wie ein ungehobelter Klotz benommen. Gestatten Sie, daß ich mich selbst vorstelle – Mark Rawlins.«
»Sehr erfreut. Gehören Sie hierher?«
Er starrte sie verblüfft an, dann warf er den Kopf zurück und lachte. »Lieber Himmel, nein!«
Samantha kam sich ein wenig dumm vor. Sie spähte durch den Saal nach Joshua, konnte ihn aber nirgends entdecken.
»Ich bin gewissermaßen als Symbolträger hier«, erklärte Mark Rawlins. »Ich bin einer der armen völlig überarbeiteten und unterbezahlten Ärzte, die Mrs. Astor zu dieser Wohltätigkeitsveranstaltung eingeladen hat.«

In seinem eleganten Cut sah er weder überarbeitet noch unterbezahlt aus. Samantha hatte den Verdacht, daß er sich über sie lustig machte.
»Sie sind Arzt, Sir?«
Er verneigte sich leicht. »Chirurg, ja. Darf ich Sie, da ich so dreist war, mich selbst vorzustellen, um einen Tanz bitten?«
Sie war unschlüssig. »Das ist sehr freundlich von Ihnen, Sir, aber ich bin in Begleitung hier.«
»Ach so. Dann muß ich nochmals um Verzeihung bitten. Ich hatte geglaubt...« Wieso stand sie dann hier und holte sich selbst das Essen? Mark Rawlins betrachtete sie neugierig. Sie schien es nicht eilig zu haben, zu ihrem Begleiter zurückzukehren. Vorsichtig fragte er: »Meinen Sie, Ihr Begleiter hätte etwas dagegen, wenn wir nur ein kleines Tänzchen miteinander wagen?«
Wieder suchte Samantha in der Menge nach Joshua, wieder sah sie ihn nirgends. Sie sah Mark Rawlins in das gutaussehende, lächelnde Gesicht und gab der Verlockung nach. Sie wollte so gern tanzen.
»Einen Tanz vielleicht...«
Schon faßte er sie um die Taille und wirbelte mit ihr auf die Tanzfläche hinaus. Samantha hatte ein Gefühl, als wäre sie plötzlich zum Leben erwacht: die Musik, die Freiheit, die herrliche Bewegung, und direkt vor ihr Mark Rawlins' lachendes Gesicht.
»Sie haben mir Ihren Namen noch gar nicht gesagt.«
»Sam –« begann sie und brach ab. »Estelle Masefield, *Mrs.* Estelle Masefield.«
»Joshua Masefields Frau?«
Ihr stockte der Atem. »Ja –«
Sein Lächeln vertiefte sich. »Ich muß sagen, Sie sehen viel besser aus als bei unserem letzten Zusammentreffen, Mrs. Masefield.«
Samantha stolperte und trat ihm auf den Fuß. Sie blieben stehen. »Oh, entschuldigen Sie...« Andere Paare tanzten an ihnen vorüber. Samantha sah den Mann, der sie immer noch im Arm hielt, tief bestürzt an.
Mark sah auf ihren gesenkten Kopf hinunter und fragte sich, was für eine mysteriöse Beziehung sie zu Joshua Masefield haben mochte. Sie war eine junge Frau, in die ein Mann sich leicht verlieben konnte. War Joshua schwach geworden?
»Sie sind also mit Joshua hier? Ich freue mich darauf, ihn wiederzusehen.«
Samantha hob den Kopf. »Kennen Sie ihn?«
»O ja, wir waren in Philadelphia befreundet. Ich war bei ihm, als er das Urteil von Dr. Washington erhielt.« Von der Musik der Geigen getragen,

drehten sie sich weiter und immer weiter. »Ich muß gestehen, Ihre Maskerade macht mich neugierig...«
»Mrs. Masefield ist zu krank, um an dem Fest teilzunehmen, und Dr. Masefield wollte sie nicht wieder entschuldigen müssen. Ich fand nichts dabei, seine Frau für einen Abend zu vertreten.«
Mark fragte sich, wieviel sie über Joshua wußte. Alles hatte er ihr gewiß nicht erzählt.
»Würden Sie mir verraten«, sagte er laut, »woher Sie und Joshua sich kennen?«
Sie erzählte es ihm, und plötzlich sah Mark sie mit anderen Augen. »Medizinstudentin sind Sie! Ich bin beeindruckt. Verzeihen Sie, wenn ich es sage, aber darauf wäre ich nie gekommen.«
Samantha wollte etwas sagen, doch die Worte blieben ihr im Hals stecken, als sie über Marks Schulter hinweg Joshua erblickte. Sein Gesicht war sehr bleich, und die dunklen Augen fixierten Samantha.
Mark wirbelte sie herum, so daß ihr der Blick versperrt war, und als sie etwas später wieder zu der Stelle hinübersah, wo Joshua gestanden hatte, war er verschwunden.
Als die Musik abbrach, sagte Samantha: »Ach, Dr. Rawlins, wären Sie so nett, mir ein Glas Champagner zu holen?«
Er führte sie erst zu einem Tisch unter den Palmen, dann eilte er davon. Samantha suchte mit wachsender Beunruhigung nach Joshua.
»Ihr Champagner, Mrs. Masefield.«
Sie sah erstaunt auf und nahm das Glas. »Danke.«
Er setzte sich neben sie. »Wo ist denn Josh? Ich habe ihn bis jetzt noch nicht gesehen.«
Sie reckte den Hals und hielt nach allen Seiten Ausschau. »Er war eben noch hier.«
Eine dunkle Ahnung ging Mark durch den Kopf: Ich weiß, wo er ist. Laut sagte er betont lässig. »Ach, er wird sicher gleich wieder auftauchen. Ganz schön leichtsinnig von ihm, so eine schöne Frau allein zu lassen.«
Samantha bemühte sich, ihre Unruhe zu verbergen.
»Und wie gefällt Ihnen das Studium? Haben Sie als Frau Schwierigkeiten gehabt?«
Froh über die Ablenkung, berichtete Samantha von den ersten Wochen in Lucerne. Er hörte ihr aufmerksam und offensichtlich interessiert zu. Samanthas innere Anspannung löste sich langsam und sie wurde lebhaft.
»Einer der Dozenten, Dr. Page, erinnert mich immer an einen alten Kra-

nich. Sie sollten sehen, wie er auf seinen langen Beinen in den Hörsaal stakst. Ich warte immer nur darauf, daß er ein Bein hochzieht und vor uns steht wie der Storch im Salat.«

Mark lachte und ließ sich von einem vorüberkommenden Diener zwei frische Gläser Champagner geben.

»Wissen Sie, ich habe immer noch das Gefühl, als wäre ich nur auf Probe am College und als würden sie mich beim kleinsten Fehler an die Luft setzen.« Samantha, die den Champagner spürte, kühlte sich das Gesicht mit dem Fächer. »Am Anfang dachte ich, ich würde es überhaupt nicht aushalten, so unfreundlich waren alle zu mir.«

Mark betrachtete sie, das leicht gerötete Gesicht, die lebhaft blitzenden Augen, den schön geschwungenen Mund. »Ich bin sicher«, sagte er leise, »daß inzwischen alle in Sie verliebt sind.«

Samantha lachte und stellte ihr Glas weg. »Die Zuneigung ist rein brüderlich, glauben Sie mir.«

Mark ließ den Blick durch den großen Saal schweifen. »Joshua scheint anderweitig besetzt zu sein. Wollen wir noch einmal tanzen?«

Aus einem Tanz wurden zwei und drei, bis Samantha schließlich lachend und außer Atem um eine Pause bat. Es war fast Mitternacht, das Fest hatte seinen Höhepunkt erreicht. Sechshundert Gäste, die Creme der New Yorker Gesellschaft, tanzten und tranken und flirteten nach Herzenslust.

Mark spazierte mit Samantha umher, erzählte ihr kleine Klatschgeschichten über die Leute, an denen sie vorüberkamen.

In einer kleinen Gruppe, an der sie vorüberkamen, gab es plötzlich Aufregung. Jemand hustete krampfhaft und rief nach Wasser. Die Leute rundherum tuschelten erschrocken. Ein Mann verlangte einen Arzt. Mark schob sich augenblicklich durch das Gewühl. Samantha folgte ihm. In der Mitte der Gruppe stießen sie auf einen kleinwüchsigen bärtigen Mann, der gierig Wasser trank, während eine füllige Frau an seiner Seite schon das nächste Glas bereithielt.

»Was ist passiert?« fragte Mark und beugte sich über den Sitzenden.

»Die Zigarre«, antwortete die Frau, die, wie Samantha sah, ein Glasauge hatte. »Er hat versehentlich das glühende Ende in den Mund gesteckt.«

Samantha bemerkte wohl das Augenzwinkern und mühsam verhaltene Gelächter der scheinbar besorgten Leute rundherum.

Mark bat den Mann, das Glas vom Mund zu nehmen, damit er ihn untersuchen könne. »Es ist nicht schlimm, Sir«, sagte er dann. »Sie werden eine Blase bekommen, mehr nicht.«

Der alte Herr wischte sich das Gesicht mit einem Taschentuch und ver-

schmähte das zweite Glas Wasser. »Ich hätte lieber einen Whisky, Julia.«
Als Mark sich wieder aufrichtete, gab der Patient ihm dankend die Hand und stellte sich vor. Samantha war tief beeindruckt. Der alte Herr war Ulysses S. Grant, berühmter Bürgerkriegsgeneral und vor zwei Jahren noch Präsident der Vereinigten Staaten.
Nachdem Mark ihm noch einige Ratschläge zur Behandlung der kleinen Wunde gegeben hatte, nahm er Samanthas Arm und ging mit ihr davon, um anderen Platz zu machen, die den hohen Gast begrüßen wollten.
»Möchten Sie noch einmal tanzen?« fragte er.
Samantha, die wieder voller Unruhe nach Joshua zu suchen begonnen hatte, sagte: »Ich würde mich gern einen Moment setzen, wenn Sie nichts dagegen haben, Dr. Rawlins.«
Sie kehrten an ihren früheren Tisch zurück.
»Sie haben mir immer noch nicht Ihren richtigen Namen gesagt«, bemerkte Mark, als sie sich setzten.
Hinter ihnen sagte jemand: »Sie ist Estelle Masefield.«
Sie fuhren herum. Direkt hinter ihnen stand Joshua unter den Palmen.
»Josh!« Mark Rawlins sprang auf. »Wie schön, Sie wiederzusehen! Wir haben Sie schon gesucht.«
Joshua sah nur Samantha an. »Wirklich?«
»Wollen Sie sich nicht zu uns setzen? Ich meine, Sie haben doch hoffentlich nichts dagegen, wenn ich Ihnen und Ihrer bezaubernden Begleiterin ein Weilchen Gesellschaft leiste?« Mark gab Joshua einen freundlichen Klaps auf den Rücken. »Wie lang ist es jetzt her, Josh? Ich bin inzwischen am St. Luke's Krankenhaus gelandet. Da arbeite ich seit einem halben Jahr.«
Joshua kam schweigend um den Tisch herum und nahm sich einen der freien Stühle. Samantha sah, daß ein feiner Schweißfilm seine Oberlippe bedeckte.
»Ich würde wirklich gern wissen, wer die junge Dame in Wahrheit ist.«
»Sie ist meine Frau.«
Mark starrte Joshua einen Moment an, dann räusperte er sich. »Ich weiß den Grund für die Maskerade, Josh. Ihre Begleiterin hat mir alles erzählt.«
»Ach?« wandte sich Josh ironisch an Samantha. »Sie haben nicht lange gebraucht, um unsere Vereinbarung zu vergessen.«
»Sie dürfen ihr keinen Vorwurf machen, Josh. Ich habe so lange gebohrt, bis ihr nichts anderes übrig blieb, als mit der Wahrheit herauszurücken. Aber ihren richtigen Namen weiß ich immer noch nicht.«

»Und Sie werden ihn auch nicht erfahren.«
Mark spürte sehr wohl die unterschwelligen Strömungen zwischen den beiden. Früher am Abend hatte er sich gefragt, ob Joshua sich in diese schöne Frau verliebt hatte; jetzt hatte er den Eindruck, daß sie mindestens genauso unter seinem Bann stand wie er unter ihrem. Eine merkwürdige Beziehung.
»Ihre Begleiterin erzählte mir vorhin, daß sie Medizin studiert. Ich war sehr verblüfft!«
Samantha schien sich plötzlich wieder zu fangen. Mit lebhafter Bewegung wandte sie sich an Mark und sagte: »Ja, so hat man am College auch reagiert. Man hätte eine wesentlich ältere und gesetztere Frau erwartet. Und dann wollten sie mich vom Sektionsseminar ausschließen.«
Mark bemühte sich, Joshuas finsteren Blick zu ignorieren. »Sie dürfen nicht teilnehmen?«
»Doch, doch, jetzt schon, aber es war ein harter Kampf.« Sie berichtete von den Vorgängen, hatte allerdings Mühe, unter Joshuas brennendem Blick nicht den Faden zu verlieren. »Seitdem hat man uns in Fünfergruppen aufgeteilt, und wir arbeiten abends ganz selbständig. Leider setzen sich die anderen aus meiner Gruppe abends oft lieber in eine Gastwirtschaft. Dann bin ich ganz allein, und das ist mir gar nicht geheuer. Es heißt nämlich, daß es am College nachts spukt.«
Mark hörte ihrer hastig sprudelnden Rede nur mit halbem Ohr zu. Die Veränderung war bemerkenswert. Allein die Anwesenheit Joshuas schien sie nervös zu machen. Welcher Art war die Macht, die er über sie ausübte?
»Es spukt?« sagte er, ihre letzten Worte aufnehmend.
»Ja. An der Stelle, wo heute das College steht, soll vor vielen Jahren ein indianisches Liebespaar umgekommen sein. Das Mächen wurde von dem Indianer, dem es eigentlich versprochen war, getötet, und der junge Mann, mit dem sie durchgebrannt war, wurde von seinem Stamm verstoßen. Aus Schmerz legte er sich neben seiner toten Geliebten nieder und starb nach vielen Tagen ebenfalls. Es heißt, daß die Geister der beiden jede Nacht durch das College irren und einander rufen. Aber sie können nicht zusammenkommen, weil sie verflucht sind.«
Als Samantha schwieg, schien die Musik der Kapelle plötzlich überlaut zu klingen. Mark blickte nachdenklich zu Boden. Joshua sagte: »Die Liebe scheint nichts als Schmerz und Leid zu bringen.«
»Sie kann auch glücklich machen«, entgegnete Samantha leise, »wenn man es nur zuläßt.«
Mit einem Schlag war Mark alles klar. »Ach!« sagte er etwas zu laut und

richtete sich auf. »Das ist der alte Doktor Barnes mit seiner Frau. Ich habe ihn seit dem Studium nicht mehr gesehen.« Er stand auf und bot Joshua die Hand. »Seien Sie mir nicht böse, daß ich mich so formlos davonmache, aber ich würde Barnes gern begrüßen. Sie wissen, wo ich zu erreichen bin, Josh. Am St. Luke's. Bleiben wir in Verbindung, ja?« Die beiden Männer geben sich die Hand, dann wandte sich Mark Samantha zu. »Es war mir ein Vergnügen, Miss Namenlos. Ich hoffe, wir sehen uns einmal wieder.«

Schon zum Gehen gewandt, blieb er stehen und sagte: »Ihre kleine Maskerade ist durchaus überzeugend, Josh, aber man könnte es sonderbar finden, daß Sie kein einziges Mal mit Ihrer Frau getanzt haben. Guten Abend.«

Schweigend blickten sie ihm nach, bis er in der Menge verschwand. Samantha bewegte nervös ihren Fächer hin und her und erschrak beinahe, als Joshua unvermittelt sagte: »Möchten Sie tanzen?«

Sie hätte gern abgelehnt; Mark hatte Joshua zu dieser Aufforderung genötigt. Statt dessen antwortete sie: »Ja, gern.«

Auf dem Weg zur Tanzfläche fiel ihr wieder sein Hinken auf. »Haben Sie sich verletzt, Dr. Masefield?«

»Nein, nein, es ist nichts.«

Beim Tanzen hielt er sie sehr weit von sich ab, und seine Bewegungen waren so mechanisch, als entledige er sich einer lästigen Pflicht. Nicht ein einziges Mal sah er Samantha an, sondern hielt den Blick über ihre Schulter hinweg starr geradeaus gerichtet.

Joshuas Gesicht hatte eine beängstigend fahle Färbung. Auf seiner Stirn glänzten winzige Schweißperlen.

»Dr. Rawlins ist ein sympathischer Mann«, sagte Samantha, um ein Gespräch in Gang zu bringen.

Endlich sah Joshua sie an. »Werden Sie ihn wiedersehen? Er wäre der ideale Mann für Sie. Er hat einen tadellosen Ruf, ein gutes Einkommen und eine große Praxis. Er hat keine Laster, sieht nicht übel aus und ist offensichtlich hingerissen von Ihnen.«

Samantha runzelte die Stirn. »Wie kommen Sie denn darauf?«

»Ich kenne Mark seit langem und ich habe nie beobachtet, daß er eine Frau so angesehen hat, wie er Sie ansah. Das sind keine eitlen Spekulationen, Samantha. Es wird auf Ihre Laufbahn als Medizinerin entscheidenden Einfluß haben, wen Sie einmal heiraten. Mark würde Sie, denke ich, unterstützen.«

Er kam plötzlich aus dem Takt und blieb schwankend stehen.

»Dr. Masefield, fühlen Sie sich nicht wohl?«

Er stützte sich auf Samantha. »Vielleicht sollten wir uns einen Moment setzen.«
Sie kehrten zu ihrem Platz unter den Palmen zurück. Sein Hinken war jetzt auffallender, und er wischte sich ganz offen das Gesicht mit dem Taschentuch.
»Kann ich Ihnen irgend etwas holen, Dr. Masefield?«
Er wedelte abwehrend mit der Hand. »Ich fühle mich schon den ganzen Tag nicht recht wohl. Vielleicht bekomme ich eine Erkältung. Am liebsten würde ich nach Hause fahren, sobald dieser kleine Schwächeanfall vorüber ist.«
Zehn Minuten später half sie ihm die eisglatte Treppe hinunter. Der Portier, der glaubte, Joshua hätte zuviel getrunken, legte ihm einen Arm um die Körpermitte und stützte ihn, als er in den Wagen stieg. Samantha kletterte nach ihm hinein und zog eilig die Decke hoch. Joshuas Gesicht war von einer erschreckenden Blässe.
Die ganze Heimfahrt wurde er von Schüttelfrost geplagt, doch zu Hause angekommen, ließ er sich von ihr nicht die Treppe hinaufhelfen, erklärte vielmehr, die kalte Luft hätte ihn erfrischt, und er fühle sich viel wohler. Er wünschte Samantha gute Nacht, dankte ihr für ihre Begleitung und zog sich in sein Arbeitszimmer zurück.
Langsam stieg Samantha die Treppe hinauf. Insgesamt, sagte sie sich, war es ein sehr schöner Abend gewesen. Sie gestand sich sogar ein, daß es sie reizen würde, Mark Rawlins wiederzusehen.
Unter Estelles Tür schimmerte noch Licht. Wahrscheinlich war Estelle extra aufgeblieben, um zu hören, wie es gewesen war, und um Samanthas Kleid zu sehen. Doch als Samantha klopfte und eintrat, sah sie Mrs. Wiggen über das Bett gebeugt.
»Was ist?« fragte sie erschrocken und eilte näher.
Estelle öffnete die Augen. »Ach, Samantha...« flüsterte sie. »Ich bekomme keine Luft. – Oh, das Kleid ist wunderschön. Die Farbe haben Sie wirklich gut ausgesucht, sie bringt Ihre Augen herrlich zur Geltung.«
Joshua hat die Farbe ausgesucht, nicht ich, dachte Samantha, während sie das Chinchillacape am Fußende des Bettes niederlegte und sich zu Estelle setzte.
»Wie war der Ball? Erzählen Sie.«
Sich zur Heiterkeit zwingend, berichtete Samantha in aller Ausführlichkeit, beschrieb die Roben der Damen, den glanzvollen Saal, das üppige Büffet, doch je länger sie sprach, desto bedrückter fühlte sie sich. Sie sagte nichts von Joshuas Verschwinden, von seiner Unhöflichkeit gegen einen alten Freund, von ihrem überstürzten Aufbruch.

Estelle schloß die Augen und lächelte träumerisch. »Und Joshua?« sagte sie leise. »Hat er sich amüsiert? Haben Sie mit ihm getanzt, Samantha? Er ist ein wunderbarer Tänzer, nicht wahr?«
Samantha wandte sich ab, weil sie fürchtete, Estelle könnte ihr ansehen, wie ihr zumute war. »Ich mußte ihn praktisch von der Tanzfläche schleppen. Ich war völlig erschöpft, aber er hätte die ganze Nacht durchtanzen können, glaube ich.«
»Das ist typisch für Joshua. Auf jedem Fest, wo wir waren, haben sich die Frauen um ihn gerissen, weil er so ein hervorragender Tänzer ist. Ach, danke Samantha, daß Sie ihm die Möglichkeit gegeben haben, das wieder einmal zu genießen.«
Sie hielt es nicht mehr aus. Sie rannte aus dem Zimmer und stolperte tränenblind die Treppe hinauf und fiel oben neben ihrem Bett auf die Knie. Aber sie konnte auch im Gebet keinen Trost finden. Sie murmelte die Worte, die sie in ihrer Kindheit gelernt hatte, und spürte nichts als Kälte und Angst. Sie stellte sich Gott so vor, wie ihr Vater gewesen war – fern und strafend. Sie hörte seine strenge Stimme: Für wen betest du, Samantha Hargrave? Für diese arme Frau da unten oder für dich selbst?
Für Estelle, schrie es schuldbewußt in ihr. Sie drückte ihr Gesicht in das Kissen, um das Schluchzen zu ersticken. Ich bete für Estelle! Ich wünsche mir aus aufrichtigem Herzen, daß sie wieder gesund wird.
Aber das unerbittliche Gesicht Gottes, der aussah wie Samuel Hargrave, verdammte sie. Du kannst dich durch Gebete nicht reinwaschen, Weib. Es gibt nur einen Weg, dich von der Sünde des Ehebruchs zu reinigen, die du im Geist begangen hast –
Von unten kam ein lautes Poltern.
Samantha riß den Kopf in die Höhe und lauschte. Im Erdgeschoß tappte jemand herum.
Sie nahm die Lampe und schlich sich in den Flur hinaus. Nachdem sie festgestellt hatte, daß bei Mrs. Wiggen alles dunkel war, stieg sie leise die Treppe hinunter zum ersten Stock. Auch hier war alles still und dunkel. Sie beugte sich über das Treppengeländer und sah unter der Tür des Sprechzimmers Licht. Mit angehaltenem Atem ging sie weiter und blieb am Fuß der Treppe erneut stehen, um zu lauschen. Sie hörte im Sprechzimmer das Klirren von Flaschen und Dosen.
Das konnte nur ein Patient sein, der dringend ein Medikament brauchte, aber nicht dafür bezahlen konnte. Sie hatte davon gehört, daß solche Einbrüche bei Ärzten immer wieder vorkamen. Samantha hatte keine Angst; sie war überzeugt, sie würde mit dem Eindringling vernünftig sprechen können.

Langsam drehte sie den Türknauf und öffnete. Dann fuhr sie erschrocken zurück.

Joshua Masefield stand mitten in einem Haufen Flaschen und Dosen, die er aus dem Schrank gefegt hatte. Als sie eintrat, fuhr er herum und sagte heiser: »Wo ist es, Miss Hargrave?«

Samantha war sprachlos.

»Wo ist das Morphium?« Joshua hielt eine Spritze in der Hand. Der Ärmel seines Hemdes war aufgerollt. »Hier war heute morgen noch eine Flasche Magendie. Wo ist sie?«

»Der kleine Evans«, sagte Samantha hastig. »Er war heute nachmittag hier. Mit einem Loch im Kopf. Ich mußte es nähen. Sie waren nicht da. Ich habe ihm eine Spritze gegeben –«

»Aber es muß doch noch etwas da sein.«

»Er hatte Angst. Er schlug nach meiner Hand, und da fiel mir die Spritze herunter. Dann kippte er die Flasche um. Es lief eine ganze Menge heraus.«

»Heißt das, daß *nichts* mehr da ist? Verdammt noch mal, Miss Hargrave! Sie haben das ganze Morphium verbraucht und mir nichts davon gesagt!«

»Ich hielt es nicht für nö –«

»Morgen ist Feiertag!« schrie er sie an. »Wo soll ich da was herbekommen?« Samantha sah, daß seine Pupillen unnatürlich geweitet waren. Seine Augen tränten, und er schwitzte stark. Sie stellte die Lampe nieder und schloß die Tür.

»Wenn Sie Schmerzen haben, Dr. Masefield, sind ja noch die Tabletten da.«

Er wandte sich von ihr ab und ging hinkend zum Medikamentenschrank.

»Haben Sie sich das Bein verletzt, Doktor?«

»Ich brauche die Injektion«, murmelte er, während er die Flaschen auf den Borden herumschob. Als er versehentlich die mit dem Karbol umstieß, sprang Samantha hinzu, aber es war zu spät; die Flasche zersprang auf dem Boden, und sofort breitete sich im ganzen Raum der durchdringende Geruch der Säure aus.

»Dr. Masefield, wie kann ich Ihnen helfen? Wie haben Sie sich verletzt?«

»O Gott! Muß ich es Ihnen wirklich erst sagen? Haben Sie in den vergangenen anderthalb Jahren überhaupt nichts gelernt? Ich habe mich nicht verletzt; ich bin morphiumsüchtig!«

Sie war so entsetzt, daß sie kein Wort hervorbringen konnte. Joshua stand vor ihr und starrte sie an wie ein Wahnsinniger. Er keuchte, als wäre er gerannt, und sein Hemd war an vielen Stellen von Schweiß durchtränkt.

Lange standen sie so da und starrten einander stumm an. Dann ging Samantha an ihm vorbei zum Schrank. Ihre Stimme zitterte, als sie sagte: »Hier muß doch etwas dabei sein, was Sie fürs erste nehmen können, Dr. Masefield. Gleich morgen früh geh' ich in den Drugstore –«

»Das ist alles nicht stark genug«, antwortete er, nach seinem zornigen Ausbruch plötzlich sehr gedämpft. »Ich bin bei drei Gran pro Tag.«

Der Schrank vor Samanthas Augen verschwamm in Tränen. Und doch sah sie plötzlich alles mit grauenvoller Klarheit. Sie wußte jetzt den wahren Grund für die Flucht aus Philadelphia, den wahren Grund für sein zurückgezogenes Leben. Blind griff sie nach einer Flasche. »Morphium ist doch ein Derivat von Opium, nicht wahr?«

»Laudanum hilft nicht. Ich brauche drei Gran intravenös.«

Verzweifelt um ihre Fassung kämpfend, drehte sie sich um und hielt ihm die Flasche hin. »Das hilft wenigstens gegen die schlimmsten Symptome. Morgen früh gehe ich zu Mr. DeWinter. Wenn er nicht zu Hause ist, versuche ich es bei Dr. Newman.«

Sein Gesicht zeigte tiefe Scham, als er die Flasche nahm. Dann wandte er sich ab und ging in sein Arbeitszimmer, während Samantha, ohne auf ihr Kleid Rücksicht zu nehmen, niederkniete und den Boden des Sprechzimmers säuberte.

Zehn Minuten später ging sie zu ihm. Er saß zusammengesunken in einem Sessel und starrte in die kalte Asche im offenen Kamin. Die leere Flasche stand neben ihm auf einem kleinen Tisch.

»Es tut mir leid, was ich da drüben angerichtet habe«, sagte er schließlich, ohne aufzusehen. Seine Stimme war tonlos. »Bitte verzeihen Sie mein Verhalten. Sie können sich nicht vorstellen, in welche Panik ich geriet, als ich – o Gott, es war entsetzlich.«

Samantha holte sich ein Fußbänkchen und setzte sich neben ihn. Die Arme auf die Seitenlehnen seines Sessels gestützt, fragte sie leise: »Fühlen Sie sich jetzt wenigstens etwas besser?«

Er nickte. »Es hat etwas geholfen. Heute. Aber was wird morgen –«

»Machen Sie sich keine Sorgen, Dr. Masefield. Gleich in aller Frühe gehe ich zu Dr. DeWinter.«

»Das kann ich Ihnen nicht zumuten.«

Erst jetzt schaffte er es, sie anzusehen. Seine Pupillen hatten wieder normale Größe, er schwitzte nicht mehr, aber sein Gesicht war immer noch aschgrau. »Ich kann mir vorstellen, wie sehr Sie mich verachten.«

»Sie beleidigen mich, Dr. Masefield, wenn Sie glauben, ich würde jetzt den Stab über Sie brechen. Wenn Sie schon zu sich selbst kein Vertrauen haben, dann haben Sie doch Vertrauen zu mir.«

Er zuckte zusammen, als bereiteten die Worte ihm körperlichen Schmerz. »Das ist sehr ehrenwert von Ihnen, Miss Hargrave«, sagte er trocken. »Mich einfach als einen ärztlichen Notfall zu behandeln. Aber das trifft nicht die Wahrheit. Ich bin ein heruntergekommenes Subjekt, Miss Hargrave, und ob Sie es nun wahrhaben wollen oder nicht, etwas Verachtenswerteres als einen Morphiumabhängigen gibt es nicht auf der Welt.«

Samantha berührte leicht seinen Arm. »Wie ist es gekommen?« fragte sie leise.

Joshua blickte wieder in den dunklen Kamin. Seine Stimme war ausdruckslos, ohne alle Lebendigkeit: »Es geschah vor zwanzig Jahren in der ersten Schlacht bei Bull Run. Als der Sezessionskrieg ausbrach, trat ich als Feldarzt ins Heer der Union ein. Kurz danach, der Krieg war gerade zwei Monate alt, erwischte mich bei Bull Run eine Kugel im Oberschenkel.«

Er seufzte und legte seine Hand über Samanthas. »Sie zerschmetterte den Oberschenkelknochen. Fünf Männer mußten mich festhalten, während der Arzt Salpetersäure in die Wunde goß. Zum Glück verlor ich das Bewußtsein, ehe er daran ging, die Kugel herauszuholen. Narkose gab es damals im Feld nicht. Mir ist heute noch rätselhaft, wie ich überhaupt überlebt habe. Die folgenden Wochen waren die Hölle. Zur Linderung der Schmerzen gab man mir Morphium. Damals wußte niemand, daß man davon abhängig werden kann. Es wurde ganz sorglos verabreicht, und viele Männer kamen als Süchtige aus dem Krieg zurück. Die ›Soldatenkrankheit‹ nannte man die Sucht.«

Er hielt einen Moment inne. »Wahrscheinlich sollte ich mich glücklich preisen. Man rettete mir das Bein. Und als das Heer weiterzog, nahm man mich mit. Normalerweise ließ man die Verwundeten, die nicht aus eigener Kraft marschieren konnten, einfach zurück. Aber da ich Arzt war, war ich wichtig. Also schleppte man mich mit. Ich erholte mich langsam. Ich war in Gettysburg dabei, als endlich die Wende in diesem Krieg eintrat. Aber um diese Zeit war ich bereits rettungslos abhängig.«

Er drehte den Kopf und sah sie an. »Sie können sich nicht vorstellen, welch ein Alptraum jeder einzelne Tag meines Lebens ist.«

Samantha sah auf seine große, kräftige Hand hinunter, die die ihre festhielt. Sie wußte mehr über Sucht, als er vermutete. Sie hatte erlebt, wie

Opium und Morphium freie Menschen zu willenlosen Sklaven ihrer Sucht machten. Zwei Lehrerinnen in Playells Pensionat waren suchtkrank gewesen. Sie hatten ohne Dr. Richters Nerventonikum nicht mehr leben können. Immer begann es auf die gleiche Weise: Eine Frau ging in die Apotheke, um sich ein Mittel gegen Menstruationsschmerzen zu besorgen. Sie kaufte irgendeine Mixtur in einer attraktiv aufgemachten Flasche, deren Etikett sofortige Erleichterung garantierte. Daß die Erleichterung einzig einem hohen Zusatz an narkotischen Substanzen zu verdanken war, wurde auf dem Etikett nirgends erwähnt. Man brauchte nur jeden Tag ein paar Teelöffel voll von dem Mittel zu nehmen, und schon fühlte man sich wie neugeboren. Doch der Tag des Erwachens kam, wenn die Frau das Mittel absetzen wollte und mit Entsetzen spürte, daß sie das nicht mehr konnte. Mehrmals hatte Samantha, wenn sie nachts in ihrem Bett gelegen hatte, das Weinen und die verzweifelten Schreie der Lehrerin gehört, die vergessen hatte, ihren Vorrat zu erneuern. Einmal war sie zu ihr gelaufen, weil sie gemeint hatte, ihr helfen zu können, und hatte die Symptome gesehen; die Schweißausbrüche, die Unrast, das Erbrechen, die Magenkrämpfe, die unerträglichen Schmerzen.

»Können Sie sich denn nicht einer Kur unterziehen?« fragte sie jetzt leise.

Er lachte bitter. »Dafür gibt es keine Kur. Da hilft nur eiserne Abstinenz, und glauben Sie mir, Samantha –« Joshua drehte den Kopf zur Seite, so daß ihre Gesichter nur Zentimeter voneinander getrennt waren – »ich habe es versucht. Es war grauenvoll. Es war so schrecklich, daß ich nach einer Weile nur noch den Tod herbeisehnte.« Er sprach stockend, als mache es ihm Mühe, die Worte hervorzubringen. »Haben Sie eine Ahnung, wie das ist, wenn man versucht, davon loszukommen, Samantha? Das erste Stadium ist beinahe noch erträglich: Reizbarkeit, tränende Augen, ständiges Gähnen. Aber darauf folgt sehr schnell die nächste Phase, und die ist qualvoll. Man hat das Gefühl, daß jeder Nerv bloßgelegt ist und ständig gereizt wird. Man bekommt Muskelkrämpfe, man schwitzt aus allen Poren und wird von dauernden Magenkrämpfen gequält. Gleichzeitig tragen Geist und Körper einen erbitterten Kampf aus. Man weiß, daß man das Gift nicht mehr anrühren darf, aber gleichzeitig schreit der Körper danach. Man wird fast wahnsinnig dabei. Glauben Sie mir, Samantha, ich habe es versucht.«

Sie sah ihn fest an. »Haben Sie es heute abend auch versucht? Wollten Sie aufhören?«

Er entzog ihr seine Hand und sprang auf. »Ja.«

»Warum?«

»Ich hatte meine Gründe.«
Samantha blieb auf der Fußbank sitzen, während Joshua, der jetzt nicht mehr hinkte, unruhig hin und her ging.
»Das letzte Mal habe ich vor zwei Jahren versucht aufzuhören. Damals schaffte ich es nicht, aber ich glaubte, diesmal würde es anders sein, weil –« Er brach ab. »Jetzt wissen Sie den wahren Grund, weshalb ich aus Philadelphia weggegangen bin. Einige meiner Freunde hatten erkannt, was mit mir los war. Wenn meine Patienten etwas gemerkt hätten...« Er schüttelte den Kopf. »Sie können sich nicht vorstellen, welch irrsinnige Anstrengung es ist, sich ständig unter Kontrolle zu halten. Jede Minute meines Lebens ist ein Kampf. Ich mußte weg, ehe es zu einem Zusammenbruch kam. Estelles Krankheit bot mir den Vorwand.«
Er ging zum Tisch und schenkte sich einen Brandy ein. Samantha sprang auf. »Nicht!«
Er spülte den Alkohol mit einem Zug hinunter.
»Joshua!« rief sie entsetzt. »Doch nicht auf das Opium!«
Er lächelte voller Selbstverachtung. »Warum nicht? Mein Körper hält es aus.«
»Seien Sie doch nicht so hart gegen sich selbst, Joshua. Es ist nicht Ihre Schuld.«
Sein Gesicht wurde plötzlich sehr weich. Er kam auf sie zu und strich ihr mit einer Hand leicht über die Wange. »Ach, Samantha«, sagte er leise.
Sie schloß unwillkürlich die Augen.
»Ich habe Ihnen nie gesagt«, fuhr er beinahe zaghaft fort, »wie stolz ich auf Sie bin. Ich muß gestehen, als Sie bei mir anfingen, hatte ich gewisse Zweifel. Sie wirkten so jung, so kindlich noch. Aber Sie haben sich verändert, Samantha. Sie sind erwachsen geworden, selbstsicher, Sie wissen genau, was Sie wollen. Lucerne hat Ihnen gutgetan.«
»Nicht Lucerne«, entgegnete sie leise. »Sie haben mir gutgetan, Joshua. Ich liebe Sie.«
Sein Gesicht zuckte wie in innerem Kampf, dann riß er sie in seine Arme und drückte sie an sich. »Ich liebe dich auch«, murmelte er. »So lange schon.«
Samantha hätte am liebsten gleichzeitig geweint und gelacht. Statt dessen blieb sie still und reglos in seinen Armen, um diesen Moment auszukosten, von dem sie so oft geträumt hatte. Und als er sie küßte, war es ganz selbstverständlich, daß sie ihre Arme um seinen Hals legte und ihn wiederküßte.
Aber plötzlich stieß er sie von sich. »Nein! Ich darf das nicht tun. Ich habe

kein Recht dazu. Ich werde dich nicht mit mir in den Abgrund ziehen!«
Er trat von ihr weg, und sie fühlte sich kalt und verlassen.
Mit dem Rücken zu ihr, den Kopf gesenkt, stand er da. »Ich habe nicht das Recht dazu«, sagte er wieder. »Ich liebe dich zu sehr, Samantha. Ich darf dir das nicht antun, dich in diesen grauenvollen Abgrund hinunterzerren.«
Sie trat an ihn heran und legte beide Hände auf seine Schultern. »Aber das tust du doch gar nicht, Joshua. Du machst mich nur glücklich.«
»Ach, du verstehst mich nicht«, erwiderte er gequält. »Samantha –« Er drehte sich um. »Samantha, du bist keine gewöhnliche Frau. Du bist etwas besonderes. Du hast eine Berufung. Das weiß ich schon seit langem, und das Gefühl, dir auf deinem Weg weiterzuhelfen, war mir in den vergangenen Monaten eine große Freude. Indem ich meiner Schwäche nachgegeben habe, habe ich mich dieser Freude beraubt.«
»Nein, das verstehe ich wirklich nicht, Joshua«, erwiderte sie verwirrt.
»Wenn wir unseren Gefühlen jetzt nachgeben, werden wir ein Liebespaar, Samantha. Und ich weiß, wohin dieser Weg unweigerlich führen wird. Zur Besessenheit. Zum Selbstekel. Du wirst deinen Traum, Ärztin zu werden, um meinetwillen aufgeben. Nicht mehr deine Karriere wird der Mittelpunkt deines Lebens sein, sondern ich.«
»Wäre das denn so schlimm?«
»Wenn du eine Frau wie alle anderen wärst, nein. Aber das bist du nicht. Ich habe nicht das Recht, dich aus meinem egoistischen Verlangen heraus von deinem Weg abzubringen.«
»Aber ich kann doch weiterstudieren und gleichzeitig dich lieben!«
»Meinst du?« Er lachte bitter. »Ich weiß, welche Energie das Medizinstudium kostet, wieviel Kraft und Zielstrebigkeit man braucht, wieviel innere Ruhe. Glaubst du, du wirst diese innere Ruhe haben, wenn du bei Tag am Krankenbett meiner Frau sitzt und nachts zu mir kommst? Glaubst du, du wirst Schuldgefühle und alles Denken an mich ausblenden können, um dich einzig deinem Studium zu widmen? Und später, wenn du fertig bist, wirst du dich da auf deine Karriere konzentrieren können, wenn du einen Süchtigen am Hals hast? Bevor du in mein Leben tratst, war mein ganzes Dasein nichts als Aussichtslosigkeit. Aber dann kamst du, und durch dich bekam mein Leben einen neuen Sinn. Wenn schon für mich keine Hoffnung bestand, so konnte ich doch wenigstens dich fördern und an deiner Entwicklung zur selbstsicheren erwachsenen Frau und zur guten Ärztin teilhaben. Wenn wir uns jetzt aber hinreißen lassen, dann ist das alles verloren – dann

folgst du mir auf meinem elenden Weg, und ich werde mit dem Wissen leben müssen, daß ich es war, der dich in die Irre geführt hat. Ach, Samantha...«
Sie nahm ihn in die Arme. »Joshua, ich liebe dich.«
»Wenn du das wirklich tust, dann solltest du dieses Haus verlassen und niemals zurückkommen.«
Aber noch während er sprach, zog er sie fester an sich und begann von neuem, sie zu küssen. Alles, was er über Schuld und Reue, über den Abstieg in eine unglückliche Zukunft gesagt hatte, löste sich auf in der Flut der Leidenschaft. In all ihren Träumen und Phantasien hatte sich Samantha nicht vorgestellt, daß es so sein könnte, Schmerz und Ekstase zugleich, heißes Verlangen und Erfüllung in einem.
Später gingen sie in ihr Zimmer hinauf, wo niemand sie hören konnte, und dort verbrachten sie die letzten Stunden, ehe ein kalter Weihnachtsmorgen heraufzog. Als das erste graue Licht durch die Ritzen der Vorhänge fiel, löste sich Joshua von der schlafenden Samantha und schlich sich leise aus dem Zimmer.
Seinen Brief fand Samantha beim Erwachen.
»Während Du diesen Brief liest, Liebste, laufe ich auf der Suche nach Morphium durch die Straßen. Wenn ich zurückkehre, wird mich nichts interessieren als meine Spritze. Estelle hat heute morgen starke Schmerzen. Während wir uns unseren selbstsüchtigen Wünschen und Bedürfnissen überließen, lag meine Frau in einsamem Leiden in ihrem Bett. Was geschehen ist, können wir nicht ungeschehen machen, Liebste, aber wir können dafür sorgen, daß es nie wieder vorkommt. Wenn Du mich wirklich liebst und wenn Du Deiner Berufung treu bleiben willst, dann gehst Du noch heute von hier fort. Laß mir in meinem Elend einen letzten Funken Selbstachtung.«

18

Sie ging allein durch die winterlichen Straßen von Lucerne, kletterte über Schneewehen, so hoch, daß sie nur den Arm auszustrecken brauchte, um die Telegrafendrähte zu berühren, lauschte dem Knirschen des Schnees unter ihren Stiefeln, einziges Geräusch in der weißen Stille. Sie machte weite, einsame Wanderungen, bis ihr Gesicht vor Kälte brannte, die Finger selbst im warmen Muff gefühllos wurden, der Saum ihrer Röcke ihr klamm um die Beine schlug. Hin und wieder hörte sie aus der Ferne das Bimmeln von Schlittenglöckchen, aber sie mied die Straßen, die freigeschaufelt waren, und jene Bereiche des Sees, wo sich die Schlittschuhläufer tummelten. Sie wollte keine Menschen sehen. Sie wollte nur allein sein.

Zu Hause, in der Wärme der Stube, trat Hannah immer wieder ans Fenster, um nach Samantha Ausschau zu halten, und kehrte dann kopfschüttelnd an ihre Arbeit zurück. Das Verhalten des Mädchens war ihr rätselhaft, doch sie war überzeugt, daß das, was über Weihnachten geschehen war, das Samantha jetzt so rastlos machte, mit der Zeit verblassen und an Nachdruck verlieren würde, wie alles Gute und Schlechte im Leben, und daß Samantha dann wieder die alte werden würde.

Samantha spürte keinerlei Bedürfnis, sich Hannah mitzuteilen. Sie war zwei Tage nach Weihnachten unerwartet zurückgekehrt, blaß und still, und hatte sich dankbar der Wärme und Geborgenheit von Hannahs behaglicher kleiner Welt überlassen. Sie sprach wenig und lebte wie hinter einer Wand: Sie aß, ohne etwas zu schmecken; sie schlief, ohne Ruhe zu finden; und jeden Morgen brach sie dick vermummt zu ihren Wanderungen auf, auf der Suche nach etwas, das sie nicht identifizieren konnte.

Sie hatte das vage Gefühl, am Ende eines Abschnitts in ihrem Leben angekommen zu sein, obwohl sie nicht wußte, was eigentlich zu Ende gegangen war.

Samantha stand am Ufer des gefrorenen Sees und merkte nicht, daß ihr der Wind die Kapuze vom Kopf riß. Sie rang mit ihren Gedanken und Gefühlen, bis die beißende Kälte sie daran erinnerte, daß bei allen seelischen Kämpfen auch der Körper versorgt sein will. Sie stand da und starrte in die weiße Weite, als müsse sich ihr hier die flüchtige Erkenntnis zeigen, die sie nicht greifen konnte. Manchmal, wenn sie schon glaubte, sie erhaschen zu können, schwebte sie unversehens davon wie eine Feder im Wind.

Der Winter wich mildem, regnerischem Tauwetter und dann einem blühenden, duftenden Frühling mit bunt geblümten Wiesen und Vogelgezwitscher. Ende Mai kam Sean Mallone nach Hause, und mit einem Schlag schienen die Jahre von Hannah abzufallen. Sie arbeitete mit jugendlicher Energie im Haus, ihre hellbraunen Augen strahlten, sie machte sich jeden Morgen hübsch, stand singend am Herd, um Sean seine Lieblingsgerichte zu kochen, füllte die Vasen im Haus mit Sträußchen aus Erdbeerblüten und Schwarzäugiger Susanne.

Samantha zog sich noch mehr zurück, um den beiden möglichst viel Ungestörtheit zu lassen. So saß sie, wenn sie aus dem College nach Hause kam, bis spät in die Nacht über ihren Büchern, und die Wochenenden verbrachte sie mit großen Spaziergängen.

In der letzten Semesterwoche entdeckte sie die Lichtung. Tief in Gedanken trat sie aus den Bäumen plötzlich auf eine kleine Waldwiese und drehte sich staunend im Kreis. Lichtsprenkel fielen durch die ausladenden Zweige von Birken und Weiden, die sich wie ein Dach über der Wiese wölbten. Ein umgestürzter Stamm, vor langer Zeit vom Blitz gefällt, bot sich als Bank an. Schwarz glänzende Brombeeren hingen überreif im Gestrüpp, es schien Samantha, die nachdenklich umherging, als habe nie vorher ein Mensch diese stille Lichtung betreten. Sie fand die Spitze eines alten Indianerpfeils und stellte sich vor, daß die Indianer vor langer Zeit, als sie von der Zivilisation der Weißen noch unberührt gewesen waren, diesen Ort als Kultstätte benützt hatten. Sie verehrten erdnahe Götter, die in den Feldfrüchten, den Bäumen und im Wasser lebten, die man anrühren und schmecken, mit denen man in Verbindung treten konnte; Götter die ganz anders waren als der ferne, gesichtslose Gott Samuel Hargraves.
Es war Samantha, als hätte die Lichtung nur auf sie gewartet. Sie war der ideale Ort zum Nachdenken und zur inneren Einkehr, die sie brauchte, um nach der Verwirrung, in die sie geraten war, mit sich selbst ins Reine zu kommen. Beinahe jeden Nachmittag kam sie hierher, und anfangs kreisten ihre Gedanken fast ausschließlich um Joshua. Aber mit der Zeit gelang es ihr, sich innerlich von ihm zu lösen, und sie fühlte sich freier. War es wirklich Liebe gewesen? Sie war sich nicht mehr sicher. Sie hatte nie etwas Vergleichbares erlebt. Möglich, daß sie einst Freddy geliebt hatte, aber das Gefühl war verschwommen und unscharf geworden. Vielleicht gab es verschiedene Arten von Liebe. Was sie für Joshua empfunden hatte, war mehr anbetende Verehrung gewesen, Liebe gewiß, aber nicht von der Art, die zwangsläufig zur körperlichen Erfüllung drängte. Häufig dachte Samantha über dieses merkwürdige Phänomen nach: daß sich mit der vollzogenen Umarmung ihre Liebe zu Joshua verändert hatte.
Während die Spätsommertage einander in gleichförmiger Reihe ablösten, erkannte Samantha, daß Joshua ein Symbol war. Er war wie die Blume, die man zwischen den Seiten eines Buches aufbewahrt: Man liebt nicht die Blume, sondern das, was sie verkörpert, einen Augenblick, der einem teuer ist. Joshua verkörperte für Samantha den Wendepunkt vom Mädchen zur Frau, schon darum würde sie ihn nie vergessen. Doch sie konnte es jetzt akzeptieren, daß sie ihn niemals wiedersehen, nie wieder von ihm hören würde.
Nachdem es ihr gelungen war, Joshua seinen Platz zu geben, konnte sie

sich nun von der Vergangenheit lösen und der Zukunft zuwenden. Und da kam ihr eine weitere Erkenntnis, die ihr zunächst fremd und sonderbar erschien: Sie war wirklich zur Medizin berufen. Als sie das erkannte, was Isaiah Hawksbill, Elizabeth Blackwell und Joshua lange vor ihr erkannt hatten, beschloß sie, sich zu dieser Berufung zu bekennen und sich durch nichts von ihrem Weg ablenken zu lassen.

Ende August teilte ihr Louisa glücklich mit, daß sie und Luther heiraten würden. Sie gratulierte den beiden und schickte ihnen ein Teeservice, das sie bei Mrs. Kendall erstand.

Der Herbst kam rasch, und plötzlich war der Beginn des neuen Studienjahres da. Frei von innerer Unruhe und quälenden Gedanken – geradeso, wie Joshua es für sie gewünscht hatte –, widmete sich Samantha mit uneingeschränkter Hingabe ihren Studien und der Verfolgung ihres Lebensziels.

Im Oktober ging Sean wieder fort. Das Haus schien Hannah leer ohne ihn, so leer wie ihre Tage. Sie begann wieder, sich über Samantha Gedanken zu machen. So ungern sie es eingestand, das Mädchen hatte sich tatsächlich verändert. Wenn sie abends am Feuer saßen, während der Novemberregen an die Fensterscheiben prasselte, blickte Hannah oft von ihrer Handarbeit auf und betrachtete Samantha, die über irgendein Lehrbuch gebeugt saß, und fragte sich, wieso, zum Teufel, dieses Mädchen so verschlossen war und nicht ein einziges Mal den Versuch gemacht hatte, ihr Herz auszuschütten.

In Hannahs Augen war das einfach nicht in Ordnung; schon gar nicht angesichts der Studien, die Samantha betrieb, die sie zwangen, die geheimsten Winkel des Körpers eines Menschen zu erforschen. Einem Arzt blieb nichts verborgen; er sah die Menschen in ihrer Nacktheit und erfuhr ihre intimsten Geheimnisse. Wie kam es, daß gerade Samantha, die diesen Beruf ergreifen wollte, in dem ihr nichts Menschliches fremd bleiben würde, sich so verschloß?

Vielleicht, dachte Hannah, war genau das der Grund: Vielleicht hatte man, wenn einem täglich die intimsten Dinge offenbart wurden, das Bedürfnis, an einem letzten Fetzchen Geheimnis festzuhalten. Vielleicht hielt man es im Grunde seines Wesens nicht für naturgewollt, so tief in andere hineinsehen zu können, und versperrte, um wenigstens ein letztes Stück Geheimnis zu bewahren, unwillkürlich die eigene innere Tür. Der alte Doktor Shaughnessey, dachte Hannah, während sie sich wieder über ihre Stickerei beugte, war auch so ein zugeknöpfter Mensch. Er wußte alles über jeden im Ort, doch er selber blieb ein Rätsel. Waren alle Ärzte so? Vielleicht. Samantha war jedenfalls auf dem besten Weg, so zu werden. Hannah zuckte die Achseln. Wozu diese Spekulationen? Sie würde ja doch nie klug werden aus Samantha.

19

»Es war absolut erniedrigend«, erklärte Samantha empört, während sie ein Loch in einem ihrer Strümpfe stopfte. »Ich bin froh, wenn das alles vorbei ist und ich mein Diplom in der Tasche habe. Dann bin ich Ärztin und brauche mir solche Unverschämtheiten nicht mehr gefallen zu lassen.«
Hannah warf ihr einen raschen Seitenblick zu, der besagte, wenn du dich da nur nicht täuschst, Herzchen. Aber sie hielt den Mund. Hannah Mallone hatte andere Sorgen.
Es war ein bleigrauer Januarnachmittag, ein eisiger Sturm tobte um das Haus, und Samanthas Hände waren kalt trotz des wärmenden Feuers. Sie war rastlos, fühlte sich eingesperrt. Sie sehnte sich nach ihrer kleinen Lichtung, doch die war unter Schneebergen begraben.
Hannah stand mit dem Rücken zu Samantha und schnipselte Karotten in einen Topf. »Und warum mußtest du denn nun eigentlich hinter dem Paravent sitzen, Samantha?«
Wieder stieg der Zorn in Samantha hoch, und sie konnte nicht gleich antworten. Der Gastdozent, der extra von außerhalb gekommen war, um einen Vortrag über die gynäkologische Untersuchung zu halten, hatte sich entrüstet geweigert, in Anwesenheit einer Frau zu sprechen. Dr. Jones hatte Samantha inständig gebeten, sich doch »nur dies eine Mal« zurückzuziehen, doch Samantha hatte es auf eine Konfrontation ankommen lassen, und schließlich hatte der Dozent sich bereit erklärt, seinen Vortrag zu halten, wenn man dafür sorge, daß die »weibliche Person« ihm aus den Augen bliebe. Man hatte in einer Ecke einen Paravent aufgestellt und Samantha dahinter placiert. So konnte sie den Vortrag über die menschliche Sexualität hören, ohne den Dozenten durch ihren Anblick zu schockieren.
»Ehrlich gesagt«, meinte Hannah, ohne ihre Arbeit zu unterbrechen, »ich muß dem Professor recht geben. Es gehört sich einfach nicht, daß eine Frau sich so was anhört.«
»Aber als Ärztin muß ich das doch lernen.«
»Eine Frau läßt sich von ihrem Ehemann über solche Dinge aufklären. Sie setzt sich nicht mit einem Haufen Männer in einen Hörsaal, um sich so was anzuhören.«

Samantha schwieg. Die abschließenden Worte von Dr. Millers Vortrag fielen ihr ein. »Denken Sie daran, meine Herren, da die meisten Frauenleiden sowieso nicht heilbar sind, besteht die Aufgabe des Arztes vor allem darin, einfach auf die Damen einzugehen. Sie werden feststellen, daß die meisten Patientinnen wegen Lappalien zu Ihnen kommen, die sie ungeheuer aufbauschen. Um den hochgeschätzten Dr. Oliver Wendell Holmes zu zitieren: ›Die Frau ist ein unter Verstopfung leidender Zweibeiner mit Rückenschmerzen.‹«
Hannah bückte sich, um im Rohr nach den beiden schmorenden Kartoffeln zu sehen. Im allgemeinen machte ihr das Kochen Freude; an diesem Tag hatte sie Mühe, sich zu konzentrieren. Zuvieles ging ihr im Kopf herum. Ein Wirrwarr von Gedanken und Überlegungen, die sich alle um Männer drehten.
Sie dachte an den ersten Weihnachtsfeiertag, der gerade drei Wochen vorbei war. Ein schöner Reinfall war das gewesen. Sie hatte die Idee gehabt, einen von Samanthas Kommilitonen zum Weihnachtsessen einzuladen, einen anständigen jungen Mann, der keine Familie hatte und sich freuen würde, den Nachmittag in Samanthas Gesellschaft zu verbringen.
Der junge Mann hatte einen vorzüglichen Eindruck auf Hannah gemacht. Im Wohnzimmer, wo ein loderndes Feuer brannte und die Luft nach Tannengrün roch, hatte er seinen beiden Gastgeberinnen je ein Geschenk gemacht: Ein Lavendelkissen für Hannah, ein Buch mit dem Titel *Ben Hur* für Samantha. Während Hannah sich unter Vorwänden in die Küche zurückgezogen hatte, waren die beiden jungen Leute im Wohnzimmer geblieben.
Hannah hatte heimlich ihr Gespräch belauscht.
»Ich habe gehört, Miss Hargrave, daß ein polnischer Chirurg in Wien nur noch mit sterilen Leinenhandschuhen operiert. Die anderen Studenten haben sich darüber kaputt gelacht, aber so albern finde ich das gar nicht. Was meinen Sie, Miss Hargrave?«
»Wenn die Mikrobentheorie zutrifft, Mr. Goodman, dann ist es durchaus möglich, daß offene Wunden über die Hände des Operators infiziert werden können. Aber ich stelle mir vor, daß dem Operator das Fingerspitzengefühl verlorengeht, wenn er mit Handschuhen arbeitet.«
Zaghaft versuchend, das Gespräch auf persönlichere Dinge zu lenken, sagte der junge Mann: »Ich hoffe sehr, daß das Buch Ihnen gefallen wird, Miss Hargrave. Es ist eine sehr fesselnde Darstellung des Lebens Christi.«

»Ach, zum Lesen von Romanen komme ich leider kaum, Mr. Goodman. Meine Lektüre beschränkt sich auf Lehrbücher und Fachzeitschriften. Da habe ich übrigens neulich im *Boston Journal* einen Artikel von einem Dr. Tait aus England gelesen, der eine erfolgreiche Blinddarmoperation durchgeführt hat. Und wissen Sie, worauf er es zurückführt, daß sein Patient überlebte? Er sterilisierte vor der Operation die Instrumente...«

Hannah wäre am liebsten ins Zimmer gestürzt und hätte Samantha gründlich geschüttelt. Verdammt noch mal, Mädchen, dachte sie, du bist ja völlig verbohrt. Wenn du so weitermachst, wirst du garantiert eine alte Jungfer!

Hannah stand erschöpft am Herd und strich sich mit der Hand über die Stirn. Was war nur heute los mit ihr? Sie neigte doch sonst nicht zu Grübeleien! Aber Hannah Mallone wußte nur zu gut, was mit ihr los war; sich ahnungslos zu stellen, half gar nichts. Das Problem, das sie seit Wochen bedrängte, wurde dadurch nicht aus der Welt geschafft. Sie mußte endlich den Mut aufbringen, die furchtbare Entscheidung, zu der sie sich durchgerungen hatte, in die Tat umzusetzen. Sie mußte endlich den Mut aufbringen, Samantha um Hilfe zu bitten.

Hannah wusch sich die Hände, trocknete sie an ihrer Schürze und zog sich einen Stuhl heran. »Ich bin ganz erledigt. Ich muß mich ein bißchen setzen.«

»Geht es dir nicht gut, Hannah?«

Hannah antwortete nicht. Sie nahm die Teekanne, schenkte sich ein und gab zwei Löffel Honig in ihre Tasse. Sie umfaßte die Tasse mit beiden Händen, als müsse sie sich wärmen, obwohl ihr Gesicht rot und erhitzt aussah.

Samantha musterte sie aufmerksam. »Ich glaube, du solltest ein Stärkungsmittel nehmen, Hannah. Manche Menschen leiden im Winter an Blutarmut.«

»Vielleicht hast du recht.« Müde stand Hannah auf, ging zum Schrank und nahm eine Flasche von Seans irischem Whiskey heraus. Wieder am Tisch sitzend, entkorkte sie die Flasche und gab einen Schuß von dem Whiskey in ihren Tee. Dann hielt sie die Flasche hoch und sah Samantha fragend an.

In diesem Moment sah Samantha etwas im Blick ihrer Freundin, was sie schon einmal gesehen hatte, bei einer Patientin, die Dr. Page seinen Studenten mit der Erklärung vorgestellt hatte, daß sie Krebs habe. Genau dieser Blick war es gewesen, der ihr an der Frau aufgefallen war – ein Flackern schwarzer Trostlosigkeit, als gäbe sie ihre Seele rettungslos ver-

loren. Aber dann war er schon verschwunden, und nur noch Müdigkeit spiegelte sich in Hannahs Augen.
»Ach ja, danke, Hannah«, sagte Samantha. »Ich kann auch eine kleine Stärkung gebrauchen.«
Eine Weile saßen sie schweigend beieinander. Vom Herd her kamen die blubbernden Geräusche des leise kochenden Eintopfs. Hin und wieder löste sich ein Schneebrett vom Dach und fiel mit dumpfem Krachen zu Boden. Je länger das Schweigen dauerte, desto spürbarer wurde für Samantha, daß etwas nicht in Ordnung war.
»Ich muß mit dir reden«, sagte Hannah schließlich. »Du kennst doch den neuen –« Hannah hob ihre Teetasse und begann, die Untertasse hin und her zu drehen – »den neuen Verkäufer in Kendalls Laden?«
Samantha kannte ihn. Niemand wußte viel über ihn. Er war eines Tages im Oktober in Lucerne aufgetaucht, und Mr. Kendall hatte ihm für einen Tag Arbeit gegeben, damit er sich sein Abendessen und das Geld für die Übernachtung verdienen konnte. Der Mann hatte sich als so anstellig, tüchtig und zuvorkommend erwiesen, daß Mr. Kendall ihn behalten hatte. Samantha wußte nur, daß er Oliver hieß und daß die Art und Weise, wie er sie anzusehen pflegte, wenn Mr. Kendall nicht im Laden war, ihr höchst unangenehm war.
»Was ist mit ihm, Hannah?«
»Ja, weißt du...« Unaufhörlich drehte sich die Untertasse auf dem blanken Holztisch. »Ich glaube, er verguckte sich ein bißchen in mich. Er war immer sehr freundlich zu mir und hat mir auch mal ein Stück Stoff ein bißchen billiger gelassen. Du weißt ja, wie knickrig Mr. Kendall sein kann. Aber wenn er nicht im Laden ist, macht Oliver mir immer einen guten Preis. Er hat mir sogar die Pakete nach Hause getragen, und ich hab' ihn auf eine Tasse Tee eingeladen.«
Samantha hielt den Blick auf die kreisende Untertasse gerichtet.
»Na ja, und an dem Nachmittag, als du deine Examen hattest...«
Das war Ende November gewesen. Samantha war so müde und mit ihren eigenen Gedanken beschäftigt gewesen, daß ihr Hannahs ungewöhnliches Schweigen beim Abendessen gar nicht aufgefallen war. Jetzt, in der Rückschau, sah sie es plötzlich.
Die Untertasse stand still. Klirrend landete die Tasse auf ihr.
»Er ist den ganzen Nachmittag geblieben.« Samantha spürte körperlich Hannahs abgrundtiefe Scham. »Und es war nicht das einzige Mal.«
Samantha sah auf. Hannahs Augen waren weit geöffnet und sehr klar. Ihre Stimme klang, als sei sie dem Weinen nahe, aber es kam keine Träne.

»Ich hab' Angst, Samantha.«
»Daß Sean dahinterkommt? Aber wie sollte er denn?«
Hannah schüttelte den Kopf. »Nein. Ich war so vorsichtig, daß kein Mensch was gemerkt hat. Sean würde es nie erfahren.«
»Ist es aus?«
»O ja. Es dauerte ganze zwei Wochen, dann machte ich Schluß.«
»Wovor hast du dann Angst?«
»Ich bin schwanger.«
Samantha starrte sie an. »Bist du sicher? Warst du beim Arzt?«
»Ich brauch' keinen Arzt. Ich weiß selber, was es zu bedeuten hat, wenn meine Tage ausbleiben und mir morgens hundeübel ist und mir die Knöchel anschwellen wie verrückt.«
»Ach, Hannah...«
Hannah straffte die Schultern. »Ich erzähl' dir das alles, Samantha, weil ich deine Hilfe brauche.«
»Was kann ich denn da tun?«
»Du mußt es mir wegmachen.«
Samantha zuckte zusammen, als wäre sie geschlagen worden. Hannah konnte das Entsetzen auf ihrem Gesicht nicht aushalten. Sie stand auf, ging zum Herd und rührte in einem der Töpfe herum.
»Du fragst dich sicher«, sagte sie mit tonloser Stimme, »warum ich das getan habe. Wieso ich mit einem anderen Mann, und noch dazu mit einem läppischen Kerl wie Oliver, was anfange, wo ich fünf Monate im Jahr einen Mann wie Sean Mallone in meinem Bett habe.«
Samantha sagte nichts.
»Du kannst das vielleicht heute nicht verstehen, Herzchen«, fuhr Hannah fort. »Du bist zwanzig und gertenschlank, hast eine Haut wie Milch und Honig und bist so frisch wie der junge Morgen. Ich war auch mal so.«
Hannah ging in der Küche umher und berührte die einzelnen Gegenstände, als könne sie bei ihnen Halt finden. »Aber wenn ich in den letzten Jahren in den Spiegel geschaut habe, dann hab' ich jeden Tag eine neue Falte entdeckt. Ich hab' gesehen, daß ich breiter wurde, füllig, und daß ich immer mehr graue Haare bekam. Oft, wenn ich nachts in meinem Bett lag, hab' ich mir überlegt, daß Sean mich vielleicht nur noch aus Gewohnheit und Bequemlichkeit mag. Und ich hab' natürlich gemerkt, daß mir die Männer nicht mehr nachgeschaut haben, wie früher.«
Sie drehte sich um und sah Samantha an. »Ich stellte mir vor, wie es weitergehen würde, wenn ich immer dicker und grauhaariger werden würde. Ich stellte mir vor, daß Sean eines Morgens beim Aufwachen mich anschauen und mich endlich so sehen würde, wie ich wirklich war.

Es wäre alles nicht so schlimm, Samantha«, sagte sie mit gepreßter Stimme, »wenn wir Kinder hätten. Wenn man Kinder hat, macht es nichts, daß man alt und dick wird. Man hat etwas, worauf man stolz sein kann. Eine Art Beweis dafür, daß man einmal eine begehrenswerte und nützliche Frau war. Aber ich, was hab' ich denn schon? Ich kann dir sagen, Samantha, ich hab' plötzlich eine Heidenangst gekriegt.«
Sie kehrte an ihren Platz am Tisch zurück und goß Whiskey in ihre Teetasse. »Ich war nicht in Oliver verliebt, ich fand ihn nicht mal anziehend. Aber er gab mir das Gefühl, wieder jung zu sein, wie er mit mir flirtete und mich *Miss* Mallone nannte, und wenn er mich anfaßte, war's, als wär' ich wieder zwanzig. Mit Sean hab' ich mich seit Jahren nicht mehr so gefühlt, so kribbelig und lebendig, weißt du. Aber nach zwei Wochen war's vorbei, und ich war nichts weiter als eine alte Frau, die sich mit einem jüngeren Mann lächerlich machte. Also hab' ich Schluß gemacht.«
Samantha neigte sich über den Tisch und nahm Hannahs Hand.
»Du weißt doch, was man in so einem Fall tun muß, Samantha. Du hast das alles gelernt. Du mußt mir helfen. Vielleicht gibt's irgendein Mittel, das ich einnehmen kann –«
»Hannah«, flüsterte Samantha. »Willst du das wirklich?«
»Nein. Ich will es nicht, aber ich muß es tun. Ich muß!« Endlich begann sie zu weinen. »Gott weiß, wie sehnlich ich mir immer ein Kind gewünscht habe. Was habe ich gebetet. Die Knie haben mir geblutet vom langen Knien. Und jetzt...« Hannah senkte den Blick auf ihren Bauch. »Ach, wenn ich mir vorstelle, daß da drinnen endlich so ein kleines Geschöpfchen ist und nur darauf wartet, fröhlich in die Welt zu kommen –«
Sie brach schluchzend ab. »Ich liebe dieses Kind, Samantha. Aber Sean liebe ich mehr. Und darum kann ich es nicht bekommen.«
»Aber du brauchst doch gar nicht zu wählen. Du kannst beides haben. Sag Sean, der Mann hätte dich gezwungen, er hätte dich bedroht. Sean ist ein verständnisvoller und einfühlsamer Mensch. Er wird das Kind gewiß behalten und wie sein eigenes großziehen –«
»Das ist ja gar nicht das Problem, Samantha. Es geht mir nicht um mich oder meinen guten Ruf. Es geht mir um Sean. Ach, Kind, verstehst du denn nicht? Die ganzen Jahre haben wir geglaubt, *ich* wäre schuld an unserer Kinderlosigkeit. Aber dies hier bedeutet doch, daß Sean nicht fähig ist, ein Kind zu zeugen, und wenn er das erfahren müßte, würde er sich wie ein elender Versager fühlen. Das kann ich ihm nicht antun. Du mußt mir helfen, Sean seine Selbstachtung zu bewahren, Samantha.«
Samantha wußte nicht, was sie darauf antworten sollte. »Hast du es Oliver gesagt?« fragte sie.

»Nein.«
»Er hat ein Recht, es zu wissen.«
»Er hat keinerlei Rechte. Was er wollte, hat er oben im Schlafzimmer gekriegt. Wir sind quitt, ich schulde ihm nichts.« Hannah beugte sich mit flehender Miene über den Tisch. »Es braucht ja gar nicht schnell und schmerzlos zu sein. Das verlang' ich gar nicht. Gott wird wollen, daß ich dafür leide, aber du mußt mir nur versprechen, daß es wirkt.«
Samantha zitterte. Ach, wüßte sie doch nicht, wie man das Mittel zubereitete, das Hannah von dem ungewollten Kind befreien würde, dann wäre die Entscheidung einfach gewesen. Aber sie wußte es, die Antwort lag ihr auf den Lippen, so einfach – ein Aufguß aus Baumwollsamen oder eine Flasche Rainfarnöl, in der Apotheke zu kaufen –, und am nächsten Morgen wäre Hannah befreit.
»Hannah«, flüsterte sie. »Bist du ganz sicher?«
»Ach, Samantha, glaubst du nicht, daß ich tagelang darüber gegrübelt habe? Meinst du wirklich, ich wüßte nicht, was ich verlange? Es bringt mich fast um, dich bitten zu müssen.« Hannah rannen die Tränen jetzt in Strömen über das Gesicht. »Das ist meine Strafe für das, was ich getan habe. Ja, das ist Gottes Strafe. Ich werde nie in den Himmel kommen, sondern in der Hölle verbrennen, aber –« Hannah ließ sich vornüber auf den Tisch fallen und schluchzte hemmungslos. »Ich tu' es nur, um Sean den Schmerz zu ersparen, den ihm die Wahrheit bereiten würde.«
Samantha sprang von ihrem Stuhl auf und nahm die weinende Hannah in die Arme.
»Bitte hilf mir«, schluchzte Hannah. »Bitte mach, daß alles wieder so wird, wie es war. Ich nehme die ganze Schuld auf mich. Ich weiß, daß es nicht recht ist, dir das aufzubürden, aber ich habe sonst niemanden, an den ich mich wenden kann.« Ihre Stimme sank zum Flüstern. »Ich bin ganz allein...«
»Nein, das bist du nicht, Hannah. Du hast mich. Wir stehen das gemeinsam durch.« Behutsam streichelte Samantha der Freundin über das Haar. »Hannah, gibt es wirklich keine Möglichkeit für dich, das Kind zu behalten? Wir könnten doch eine Weile zusammen verreisen und Sean dann sagen, es wäre mein Kind.«
Hannah schniefte laut. »Ach, Samantha, das würdest du wirklich für mich tun? Aber dann müßtest du dein Studium aufgeben und dein Ruf wäre hin und du würdest vielleicht nie das Diplom kriegen. Nein, das möchte ich nicht auf dem Gewissen haben. Außerdem könnten wir gar nicht sagen, daß es ein fremdes Kind ist. An dem roten Haar würde je-

der gleich sehen, daß es meines ist. Nein, Liebchen, ich hab' wirklich hin und her überlegt; das ist die einzige Lösung.«
Samantha starrte auf das Bord mit den Töpfen, das über dem Herd hing, und ihre Stimme klang brüchig, als sie sagte: »Hannah, ich sehe es aus tiefer Überzeugung als meine Aufgabe, Leben zu erhalten. Dieser Aufgabe habe ich mich verschrieben. Ich – ich kann kein ungeborenes Kind töten...«
Hannah zog die Hände von ihrem Gesicht und sah Samantha mit nassen Augen an. »Und was glaubst du wohl, wie mir zumute ist? Ich weiß, daß ich mich versündige. Glaubst du etwa, ich liebe dieses kleine lebendige Wesen nicht, das da in mir wächst?«
»Es tut mir leid, Hannah. Verzeih mir, daß es so hart klang. Ich glaube, ich kann mir vorstellen, was du durchmachst. Ich wollte dir nur begreiflich machen, warum – warum ich Bedenkzeit brauche. Ich bin durcheinander, Hannah. Laß mir ein wenig Zeit. Gib mir bis morgen, dann wird mir schon etwas einfallen.«
Hannah seufzte einmal tief auf, dann zog sie sich aus Samanthas Umarmung zurück.
»Ich bin auf einmal todmüde, Herzchen. Ich glaub', ich geh' rauf und leg' mich hin.«
»Hannah, verlaß dich auf mich. Ich werde versuchen, eine Lösung zu finden.«
»Natürlich, Kind. Aber ich möcht's nicht zu lang rausschieben. Wenn du mir nicht helfen kannst, muß ich nämlich zur Witwe Dorset gehen. Und die wohnt zwanzig Meilen von hier.«
»Zur Witwe Dorset?«
Hannah versuchte, tapfer zu lächeln. »Hast du noch nicht von ihr gehört? Sie ist die beste Hebamme in der ganzen Gegend. Außerdem sehr diskret, stellt keine Fragen, und man kann sich auf sie verlassen. – Laß den Eintopf nicht verkochen.«
Samantha aß nichts. Nachdem sie den Eintopf vom Feuer genommen hatte, spülte sie das Teegeschirr, räumte auf und ging in ihr Zimmer hinauf.

Sie war zornig. Sie wußte nicht, auf wen. Gewiß nicht auf Hannah, die ihr aus tiefstem Herzen leid tat. Auf den eingebildeten Oliver vielleicht, der ihr vorkam wie ein dicker Kater, der ungestraft aus dem Sahnetopf genascht hatte und sich befriedigt die Lefzen leckte. Vielleicht war sie sogar zornig auf sich selbst, weil sie nicht fähig war, die Situation zu meistern. Ihre Hilflosigkeit machte sie wütend. Gleichzeitig fühlte sie

sich schuldig, weil sie das Gefühl hatte, ihre Freundin im Stich gelassen zu haben.
Den ganzen Abend rannte sie in ihrem Zimmer hin und her wie ein gefangenes Tier und versuchte ihre Gedanken zu ordnen. Und immer wieder kam sie zu der gleichen Erkenntnis: Sie mußte Hannah helfen.
Im Grunde war es sehr einfach: Hannah war in Not und brauchte Hilfe. Geradeso, wie ich einmal Hilfe brauchte, dachte Samantha. Niemand wollte mir Unterkunft gewähren, jede Tür war mir verschlossen, aber Hannah war menschlich genug, mich bei sich aufzunehmen. Was hätte ich ohne sie angefangen.
Aber es kam noch ein anderer Aspekt dazu. Hannah war eine Frau, die in einer beängstigenden Situation, in die ein Mann niemals geraten konnte, bei einer anderen Frau Hilfe suchte.
Samantha blieb in der Mitte des Zimmers stehen. Sie wußte jetzt, daß weiteres Nachdenken überflüssig war. Einmal dachte sie: Habe ich das Recht, das Leben eines ungeborenen Kindes zu beenden? Und gleich kam die Antwort: Habe ich das Recht, Hannah eine Auskunft zu verweigern, die ihr genauso zusteht wie mir?
Sie ging zu Hannahs Zimmer und klopfte. Es überraschte sie nicht, als es still blieb. Hannah schlief wahrscheinlich fest.
Sie klopfte noch einmal, lauter diesmal. Dann drehte sie den Knauf. Die Tür öffnete sich. In Hannahs Zimmer war es so finster und kalt wie in einer Höhle, und Hannah war nicht da. Samantha rannte rufend die Treppe hinunter, schaute in jedes Zimmer, lief dann in den Flur, schlüpfte in ihre Stiefel, legte das dicke Cape und den Wollschal um und zog sich ihre Handschuhe über. Als sie die Haustür öffnete, stand die eiskalte Luft wie eine gläserne Wand vor ihr.
Es hatte geschneit. Die Fußspuren, die vom Haus wegführten, waren deutlich zu sehen. Samantha zog die Kapuze fester um ihren Kopf und ging, der Spur von Hannahs Stiefeln folgend, in die klirrend kalte Nacht hinaus. Sie atmete langsam und flach, jeder Atemzug ein eisiger Stich in ihrer Lunge. Die Spur führte am Waldrand entlang und dann zum See hinunter. Als Samantha die steile Uferböschung herunterkam, sah sie mit Entsetzen, daß die Spur auf den gefrorenen See hinausführte.
Sie blieb stehen, legte die Hände um den Mund und rief laut Hannahs Namen. Ihre Stimme schallte geisterhaft durch die eisige Stille. Wieder rief sie. Im fahlen Sternenlicht dehnte sich der See wie eine phantastische Landschaft in Weiß. Sie suchte verzweifelt nach Bewegung, hielt den Atem an, in der Hoffnung, ein Geräusch wahrzunehmen, aber die ganze Welt war wie gefroren, in Reglosigkeit und Stille erstarrt.

Die schneidende Kälte drang ihr durch die Kleider. Sie konnte ihre Fingerspitzen und ihre Zehen nicht mehr spüren. Sie wollte mit den Armen wedeln und mit den Füßen stampfen, aber sie konnte nicht. Sie war wie gebannt.

Da hörte sie es plötzlich. Ein schwaches Knacken wie das Splittern eines feinen Knochens. Sie drehte den Kopf. Ja, da draußen auf dem Eis bewegte sich etwas.

»Hannah!« rief sie so laut sie konnte und stürzte auf die Eisfläche. Immer wieder rief sie Hannahs Namen, während sie über das Eis rannte. Einmal rutschte sie aus und fiel und hatte Mühe, sich wieder hochzurappeln. Danach ging sie vorsichtiger, die Arme ausgestreckt, um nicht das Gleichgewicht zu verlieren. Alle paar Meter blieb sie stehen und blickte auf, um sich zu vergewissern, daß sie in der richtigen Richtung lief. Der Himmel hinter den Bäumen links von ihr wurde heller; ein seltsames blasses Licht fiel über die Bäume hinweg auf den See. Sie konnte Hannah jetzt deutlich erkennen, sah, daß sie stockstill stand, als hörte sie ihren Namen nicht, der weit über den See getragen wurde.

»Rühr dich nicht!« schrie Samantha. »Das Eis bricht.« Sie versuchte, schneller zu laufen, während das Eis unter ihren Füßen knirschte.

Als Samantha nahe genug war, sah sie, daß Hannah auf ihren hölzernen Schlittschuhen stand.

»Hannah!« rief sie außer Atem. »Rühr dich nicht!«

Aber Hannah schien sie nicht gehört zu haben. Sie machte einen Schritt und im nächsten Moment war sie verschwunden.

Samantha war starr vor Entsetzen, dann rannte sie los, spürte, wie es ihr die Beine unter dem Körper wegzog und fiel auf die Knie. Auf allen Vieren kroch sie weiter. Das Eis schwankte beängstigend unter ihr. Sie erreichte das schwarze Loch und schrie: »Hannah! Hannah!« Ein Zipfel des Capes lag noch auf dem Eis, Samantha packte es und zog mit aller Kraft. Sie hörte es unter sich Krachen und Klirren, spürte, wie das Eis unter ihren Knien in die Höhe ging und dann brach.

Das Wasser war so kalt, daß sie nichts spürte. Samantha schnappte nach Luft, sie schlug mit Armen und Beinen um sich, aber Rock und Cape zogen sie in die Tiefe. Ihre Füße stießen gegen etwas Festes. Während sie mit der einen Hand versuchte, sich am Eis festzuhalten, das immer wieder brach, tauchte sie die andere Hand ins Wasser und bekam einen Haarschopf zu fassen. Aber sie konnte Hannah nicht heraufziehen. Sie ging unter wie ein Stein, Schwärze schlug über ihr zusammen.

Aus, dachte sie. Und nur weil ich gezögert habe...

Im nächsten Moment lag sie sonderbarerweise irgendwo auf dem Rücken

und starrte zum lichter werdenden Himmel hinauf. Sie spürte zwei kräftige Hände in den Achselhöhlen und begriff, daß sie über das Eis gezogen wurde.
Manchmal tauchte sie für kurze Zeit aus Fieberphantasien auf, und Gesprächsfetzen fluteten an ihrem Ohr vorüber. Mr. Kendalls knarrige Stimme: »Was hatten sie mitten in der Nacht auf dem See zu suchen?«
Dr. Jones: »Lösen Sie einen halben Teelöffel dieses Pulvers in lauwarmem Wasser und geben Sie es alle vier Stunden. Das senkt das Fieber.«
Mrs. Kendall bekümmert: »Die arme Frau. Es ist ein Segen, daß es schnell ging. Sie mußte wenigstens nicht leiden.«
Wenn sie schlief, wurde sie von Alpträumen gequält. Gespenster stiegen aus wogenden Nebelschwaden auf: Freddy, das grobgeschnittene, hübsche Gesicht so scharf gezeichnet, als stünde er vor ihr; James auf dem Seziertisch festgeschnallt, der Hals bläulich verfärbt vom Strick des Henkers; der grauenvoll entstellte Samuel; Isaiah Hawksbill in einer Flasche gefangen, aus der er nicht heraus konnte.
Fast sechs Wochen lag sie auf Leben und Tod. Als sie dank Mrs. Kendalls fürsorglicher Pflege und Dr. Jones' sachkundigen Bemühungen das Schlimmste überstanden hatte und auf dem Weg zur Genesung war, erzählte man ihr, daß Bauer McKinney und sein Sohn sie in jener Nacht aus dem Wasser gezogen hatten. Hannah jedoch hatten sie nicht mehr retten können.

Dr. Jones saß an ihrem Bett, den Blick auf seine Taschenuhr gerichtet, und zählte ihren Puls. Zufrieden klappte er nach einer Weile die Uhr zu und ließ Samanthas Arm sachte aufs Bett nieder.
»Mir scheint, Sie haben es geschafft, junge Dame«, sagte er lächelnd. »Sie haben eine kräftige Konstitution, Miss Hargrave. Ich habe kaum je erlebt, daß jemand sich von einer so schweren Lungenentzündung wieder erholt hat.«
Sie starrte ihn nur benommen an.
»Nun machen Sie sich mal keine Sorgen. Mrs. Kendall stellt Ihnen das Zimmer hier bis zum Ende des Semesters zur Verfügung. Mr. Kendall hat Ihre Sachen schon geholt. Was Ihr Studium angeht, so bin ich sicher, daß Sie das Versäumte ohne Mühe nachholen werden. Im übrigen werden wir selbstverständlich Nachsicht üben.«
Ihre Lippen waren spröde. Sie befeuchtete sie mit der Zunge, ehe sie flüsterte: »Und – Sean?«
Jones' Gesicht verdunkelte sich. »Er wird benachrichtigt, sobald man ihn ausfindig machen kann. Ruhen Sie sich jetzt aus, mein Kind. Sie haben

Schlimmes durchgemacht. Nur ein paar Sekunden länger in diesem eisigen Wasser, und Sie wären erfroren.«

Als der Frühling kam und die Erde wieder weich wurde, begrub man Hannah wie all die anderen im Winter Verstorbenen, die in der Gruft unter der Kirche auf ihr Begräbnis gewartet hatten, auf dem Friedhof von Lucerne. Es war einer jener späten Märztage, in denen der Winter ein letztes Mal versuchte, seine Herrschaft zu behaupten. Als der schlichte Fichtensarg in die Grube hinuntergelassen wurde, begann es zu schneien. Die wenigen Menschen, die Hannah das letzte Geleit gegeben hatten, standen mit gesenkten Köpfen um das Grab, während Pastor Patterson sich bemühte, seinen protestantischen Gebeten einen römisch-katholischen Hauch zu geben.

Sobald Samantha wieder so kräftig war, daß sie allein ausgehen konnte, besuchte sie beinahe täglich Hannahs Grab, pflanzte Blumen, pflegte den kleinen, allmählich grünenden Hügel, als könnte sie Hannah damit etwas Gutes tun.

Sie hätte jetzt auch wieder auf ihrer Lichtung Zuflucht suchen können, aber es zog sie unweigerlich zum Grab, als könnte sie dort die Antwort auf die Fragen finden, die sie quälten. Was ist geschehen, Hannah? Du wußtest doch, daß ich dir helfen würde, warum hast du es getan? Weil ich so wenig einfühlsam war? Weil ich dir durch mein Zögern, mit meinen Worten über die Unverletzlichkeit des Lebens unerträgliche Schuldgefühle gemacht habe? Ich war dir keine Hilfe, liebste Hannah. Ich habe dich in deiner Not im Stich gelassen. Es gibt gar keine Witwe Dorset, nicht wahr? Die hast du nur erfunden, um mir einen schuldfreien Ausweg zu öffnen.

Ein rauher Frühlingswind fuhr durch die Bäume über dem Grab, und Samantha glaubte, Hannahs Stimme hören zu können. »Mach dir kein Kopfzerbrechen, Herzchen. Das ist meine Strafe. Damit straft mich der Herr für das, was ich getan habe.«

Samantha spürte flammenden Zorn. Wo ist dann Olivers Strafe, Hannah? Er hat so sehr gesündigt wie du. Womit hat der Herr ihn gestraft?

Die tägliche Zwiesprache mit Hannah gab Samantha Kraft und ein neues Verständnis. Der tiefe Schmerz über Hannahs Tod wich Zorn und Entschlossenheit. Die Männer, dachte sie, begreifen nicht, was hier wirklich geschehen ist, verstehen nicht, was Hannahs Handlung zu bedeuten hat, und wenn sie es auch nur ahnten, würden sie sich abwenden, um die Wahrheit nicht sehen zu müssen. Denn die Wahrheit ist, daß sie nicht das sind, wofür sie sich halten. Die Männer täuschen sich,

wenn sie glauben, die Herren zu sein, die von Gott eingesetzten Wächter über Leben und Tod. Doch die erste Entscheidung über Leben und Tod liegt einzig bei den Frauen, das hat Hannah bewiesen. Und die Männer haben keine Ahnung davon.
Was für eine fürchterliche Macht haben wir Frauen, Hannah. Kein Wunder, daß die Männer uns so fürchten.
Und weil sie uns fürchten, unterdrücken sie uns, aber nur mit unserer Einwilligung. Nur die Geduld der Frauen ist die Macht der Männer.
Samantha kniete vor Hannahs Grab nieder. »Ich werde wiedergutmachen, was dir angetan worden ist, Hannah, das verspreche ich. Ich kann dich nicht wieder zum Leben erwecken, ich kann das Unrecht, das ich dir angetan habe, nicht ungeschehen machen, aber ich verspreche dir, Hannah, daß du mich immer begleiten wirst und dein Tod nicht umsonst gewesen sein soll. Durch ihn habe ich diese neue Kraft gewonnen: Nie wieder werde ich mich von ihnen beherrschen lassen. Ich werde selbst über mich bestimmen. Ich verspreche dir, Hannah, daß ich um deinetwillen nie wieder zögern werde...«

20

Äußerlich ruhig und gelassen, war Samantha innerlich aufs Äußerste angespannt. Der feierliche Zug war vor der Kirchentreppe zum Stehen gekommen, um den Fotografen Gelegenheit zu geben, ihre Aufnahmen zu machen. Samantha stand mit hocherhobenem Kopf, doch sie konnte die dunkle Wolke, die sich über sie gesenkt hatte, nicht vertreiben. Erst der Traum der vergangenen Nacht, der sie erschreckt und beunruhigt hatte, und jetzt der Boykott durch die Frauen.
Warum nur hatten sie ihr das angetan? Sie wußte, daß unter den Frauen selbst nach diesen zwei Jahren noch gewisse Vorbehalte bestanden. Die gute Mrs. Kendall hatte keinen Hehl daraus gemacht, daß Samantha ihrer Meinung nach durch den Besuch einer Männeruniversität ihren guten Ruf gefährdete, und einige besonders starrsinnige Frauen wichen immer noch auf die andere Straßenseite aus, wenn sie Samantha kommen sahen. Aber im Laufe der vergangenen zwei Jahre hatte Samantha geglaubt, die Frauen hätten sie akzeptieren gelernt. Sie war tief enttäuscht. Hannah, wenn sie noch am Leben gewesen wäre, wäre bestimmt zur Abschlußfeier gekommen.
Sean Mallone war Anfang Mai nach Hause gekommen und vor Schmerz fast wahnsinnig geworden, als er vom Tod seiner Frau gehört hatte. Er

hatte das Haus mit allem, was darin war, verkauft und war für immer in die Berge gezogen.

Die Indianer nahmen neben dem Portal Aufstellung und stimmten wieder ›America‹ an. Der Zug setzte sich von neuem in Bewegung. Als Samantha in den kühlen, dämmrigen Innenraum der Kirche trat, hörte sie erregtes Getuschel und das Rascheln seidener Röcke.

Die Frauen! Sie waren gekommen! In farbenfrohen Kleidern und prächtigen Hüten drängten sie sich in den Bänken und auf der Galerie. Ihr zu Ehren hatten sie ihren Sonntagsstaat angelegt. Samantha schossen die Tränen in die Augen.

Während die Studenten sich zu den vorderen Bänken begaben, drängten nun auch die Männer herein, um ihre Plätze einzunehmen. Es knisterte vor Spannung. Dies war ein großer Tag für das kleine Lucerne.

Jones stieg auf das Podium, das man vor dem Altar errichtet hatte, und sprach die ersten Worte seiner Rede, die er jedes Jahr hielt, während er im stillen den säumigen Simon Kent mit seinem verflixten handgeschriebenen Diplom verfluchte. Und Samantha erlebte die zweite Überraschung dieses denkwürdigen Tages. Oben auf dem Podium saß zusammen mit den anderen Dozenten Mark Rawlins.

Samantha starrte ihn an wie eine Erscheinung. Wieso war ihr damals auf dem Ball überhaupt nicht aufgefallen, was für ein gutaussehender Mann er war? Sie war offenbar so besessen gewesen von Joshua, daß sie ihn kaum wahrgenommen hatte.

Mark Rawlins sah zu ihr hin. Ihre Blicke trafen sich. Er lächelte flüchtig. An seinem linken Mundwinkel gewahrte Samantha eine kleine weiße Narbe, ein feiner Makel im Ebenmaß dieses schönen Gesichts. Dann wandten beide ihre Aufmerksamkeit der Rede des Dekans zu.

Mark Rawlins war, wie sich herausstellte, der Gastsprecher bei dieser Promotionsfeier. Als Jones ihn vorstellte, stand er langsam auf und ging mit ruhigem, selbstsicherem Schritt zum Rednerpult. Samantha fiel ein, wie herrlich es gewesen war, mit ihm zu tanzen.

Während Mark Rawlins sprach und mit seiner ungezwungenen, heiteren Art die Zuhörer in seinen Bann schlug, versuchte Samantha sich zu erinnern, was er ihr damals auf dem Ball über sich selbst erzählt hatte. Aber vergeblich. Sie war so sehr mit Joshua beschäftigt gewesen, daß sie von dem, was Mark Rawlins gesprochen hatte, kaum ein Wort aufgenommen hatte. Es war, als hätte sie einen völlig Fremden vor sich.

Nachdem Mark an seinen Platz zurückgekehrt war, eilte Jones wieder zum Pult und begann die Namen der Absolventen aufzurufen, obwohl

ihm nicht wohl dabei war, da Kent mit Samantha Hargraves Urkunde noch immer nicht erschienen war.
Er rief die Studenten in alphabetischer Reihenfolge auf. Als auf *Domine Gower* sogleich *Domine Jarvis* folgte, sagte sich Samantha, daß er sie wohl als Letzte aufrufen würde. Es schien ihr ewig zu dauern. Einer nach dem anderen stiegen die jungen Männer zum Podium hinauf, nahmen ihre Urkunde in Empfang und wurden mit einem Händedruck des Dekans wieder entlassen. Niemand bemerkte, wie nervös Jones war. Niemandem fiel auf, daß in dem Stapel von Urkunden eine fehlte. Die jungen Männer, die ihr Diplom schon in der Hand hielten, bemühten sich, ruhig und geduldig auszuharren, und Samantha kämpfte gegen die Versuchung, wieder zu Mark Rawlins hinzusehen.
Hinten wurde das Portal aufgestoßen. Ein Mann eilte an der Wand entlang nach vorn. Als er die erste Bank erreichte, beugte er sich zu einem der Kirchendiener hinunter, flüsterte ihm etwas zu und übergab ihm ein Schriftstück. Dann zog er sich wieder zurück. Der Kirchendiener stand auf, neigte sich nach vorn und legte das Schriftstück auf das Rednerpult. Henry Jones atmete auf. Er nahm die letzte Urkunde auf dem Pult und rief stolz »Domina Hargrave«.

Halbwegs geordnet noch bewegte sich der Zug aus der Kirche, aber kaum waren die neugebackenen Ärzte draußen im Freien, schleuderten sie ihre Hüte in die Luft und erhoben ein Freudengeschrei wie kleine Jungen am letzten Schultag. Vor der Kirche ging es zu wie auf dem Rummelplatz: Eltern umarmten ihre Söhne, distinguierte Herren klopften sich gegenseitig auf die Schultern, elegant gekleidete Damen tupften sich die feuchten Augen mit dem Spitzentüchlein, Kinder jagten hin und her, eifrige Reporter prallten zusammen. Samantha sah sich suchend um. Mark Rawlins war verschwunden.
»Miss Hargrave.« Es war wieder der rüpelhafte Reporter vom *Baltimore Sun*. »Wie spricht man Sie jetzt an? Fräulein Doktor?«
Sie tat so, als hätte sie ihn nicht gehört und drängte sich ins Gewühl. Mrs. Kendall hielt sie fest und sagte überschwenglich, wie schön die Feier gewesen sei und wie bezaubernd Samantha in ihrem Kleid aussähe. Dann näherte sich Henry Jones mit stolzgeschwellter Brust und verkündete so laut, daß die Reporter es hören mußten, Samantha wäre der Stolz des Colleges. Andere wünschten ihr lächelnd Glück, man überhäufte sie mit Worten des Lobes und der Bewunderung, Frauen, die sie früher kaum eines Blickes gewürdigt hatten, taten jetzt, als wären sie alte Freundinnen. Kommilitonen, Dozenten, Reporter umringten Samantha. Sie

lächelte höflich und hörte kaum, was sie alle sagten. Wohin war Mark Rawlins verschwunden?

»Dr. Hargrave«, sagte hinter ihr eine Frau mit tiefer, kultivierter Stimme, »dürfen wir Ihnen unsere aufrichtigen Glückwünsche aussprechen?«

Sie drehte sich um. Die zwei Frauen, die vor ihr standen, hatte sie noch nie gesehen. Die eine, die sie angesprochen hatte, war gewiß schon über sechzig, doch sie war eine auffallend schöne Frau. Auf den ersten Blick wirkte das schmale Gesicht mit den tiefliegenden Augen und dem scharf geschnittenen Kinn streng. Doch das Lächeln, mit dem sie Samantha die Hand reichte, war warm und gewinnend. »Ich bin Miss Anthony, und das ist meine Freundin, Mrs. Stanton.«

»Guten Tag«, sagte Samantha und gab beiden Frauen die Hand.

»Wir sind extra hergekommen«, sagte Miss Anthony, »um Ihre große Leistung zu würdigen und Ihnen die wärmsten Glückwünsche der Schwestern im ganzen Land zu übermitteln. Was Sie da geschafft haben, Dr. Hargrave, ist keine Kleinigkeit und findet allenthalben Anerkennung. Sie haben einen großen Sieg errungen, der die Sache der Frauen auf der ganzen Welt einen großen Schritt vorwärtsbringen wird.«

Samantha runzelte leicht verwirrt die Stirn.

»Vielleicht wissen Sie nicht«, fuhr Miss Anthony fort und drehte sich so, daß sie beinahe im Profil stand, »wer wir sind und was für eine Sache wir vertreten, aber das spielt im Augenblick keine Rolle. Wir sind nicht hier, um zu missionieren oder zu rekrutieren, sondern einzig, um Ihnen zu danken.«

»Mir zu danken? Wofür denn?«

»Für das, was Sie geleistet haben. Es ist doch so, Dr. Hargrave, daß die Frauen dieses Landes wie Sklavinnen gehalten werden, und dies um so erniedrigender ist, als sie sich dies nicht einmal bewußt sind. Mit Ihrer Leistung, Dr. Hargrave, zwingen Sie die Frauen genauer hinzuschauen, Sie geben ihnen den Mut und das Bewußtsein, für ihre eigene Freiheit einzutreten.«

Samantha fand es merkwürdig, wie Miss Anthony sich stets so drehte, daß ihr Gesicht nur im Profil zu sehen war. Sie wußte nicht, daß Susan B. Anthony unter einer Entstellung litt – sie schielte auf einem Auge. Ein stümperhafter Chirurg hatte versucht, den Fehler zu korrigieren, aber er hatte ihn nur schlimmer gemacht.

Mrs. Stanton legte Samantha die Hand auf den Arm und sagte: »Dr. Hargrave, Sie gehören der neuen Generation an. Miss Anthony und ich gehören schon fast zum alten Eisen. Wir haben den Kampf begonnen und haben ihn mit allen uns zur Verfügung stehenden Mitteln geführt. Jetzt übergeben wir an die nächste Generation von Frauen und vertrauen darauf, daß sie ihn zu Ende bringen wird.«

Verblüfft sah Samantha den beiden Frauen nach, als diese sich mit kurzem Gruß zum Gehen wandten, und merkte nicht, daß Jack Morley, der Reporter vom *Baltimore Sun* sich schon wieder an sie herangepirscht hatte.

»Freundinnen von Ihnen?« fragte er.

Sie drehte sich um, sah den gezückten Bleistift in seiner Hand und sagte freundlich: »Verzeihen Sie, Sir, aber ich muß zu den anderen.«

Einen Moment lang sah der Reporter ihr nach, dann befeuchtete er die Spitze seines Bleistifts mit der Zunge und schrieb auf, was er später seinem Redakteur telegrafieren wollte: ›Das reizende Fräulein Doktor Hargrave sollte sich in ihrer Praxis auf gebrochene Herzen spezialisieren.‹

Er stand im Gespräch mit Dr. Page auf der Treppe vor der Kirche. Samantha blieb ein wenig entfernt stehen und beobachtete die beiden. Plötzlich wurde wieder lebendig, woran sie lange nicht mehr gedacht hatte: der glanzvolle Ball am Heiligen Abend, Walzer und Champagner, Joshuas Kuß, die Nacht, die sie mit ihm verbracht hatte. Aber auch anderes fiel ihr ein, was sie aus ihrem Gedächtnis gestrichen hatte: die unangenehme Szene mit Joshua im Beisein von Mark Rawlins, Marks offenkundiges Unbehagen, die Art, wie er Joshua genötigt hatte, schließlich doch mit ihr zu tanzen, und schließlich Joshuas Worte, die sie damals verletzt und verwirrt hatten: ›Ich kenne Mark seit langem und habe nie erlebt, daß er eine Frau so angesehen hat wie Sie. Er ist hingerissen von Ihnen. Er wäre der richtige Mann für Sie.‹

Damals hatten ihr Joshuas Worte nur weh getan. Jetzt aber, während sie Mark zum erstenmal wirklich wahrnahm, fragte sie sich, ob er nicht richtig gesehen hatte. Ja, in jenem Augenblick vielleicht. Aber erinnerte sich Mark Rawlins überhaupt an jenen Abend? Erinnerte er sich an sie? War es möglich, daß seine Anwesenheit in Lucerne mehr als reiner Zufall war?

Er schaute zu ihr herüber, als hätte er gewußt, daß sie da war, und wieder trafen sich ihre Blicke flüchtig. Dann wandte er sich erneut Page zu, schüttelte ihm mit einigen Worten die Hand und kam die Treppe herunter.

»Dr. Hargrave«, sagte er mit einem warmen Lächeln, »ich möchte Ihnen gratulieren.«

»Danke, Sir. Erinnern Sie sich, daß wir uns schon einmal begegnet sind?«

»Aber natürlich! Glauben Sie, das hätte ich vergessen?« Er lachte. »Ich hatte an dem Abend, den ich in Ihrer reizenden Gesellschaft verbrachte, allerdings keine Ahnung, daß ich es mit einer Dame zu tun hatte, die Geschichte machen würde.«
Samantha wollte gerade etwas erwidern, als hinter ihr Henry Jones rief: »Ah, da sind Sie ja.«
Sein Gesicht war so rot wie eine reife Erdbeere, und er schwitzte stark. »Verzeihen Sie, daß ich bis jetzt keine Zeit für Sie hatte, Dr. Rawlins. Der Mann vom *Boston Journal* ließ mich einfach nicht aus seinen Fängen.«
Jones packte Marks Hand und schüttelte sie mehrmals kräftig. »Ich kann Ihnen nicht genug dafür danken, daß Sie heute gekommen sind, Sir. Ihre Anwesenheit hat unserer kleinen Feier besonderes Prestige verliehen. Aber ist denn Mrs. Rawlins nicht mitgekommen?«
»Die Reise wäre ihr zu anstrengend gewesen.«
»Es ist doch hoffentlich nichts Ernstes?«
»Nein, nein, nur eine kleine Indisposition.«
Er ist verheiratet, dachte Samantha.
»...beginnt um vier Uhr«, sagte Henry Jones. »Sie können das Haus nicht verfehlen, ein großes weißes Haus an der Ecke mit gelben Läden.«
Henry Jones nickte ihnen beiden zu und eilte davon. Mark fragte Samantha: »Kommen Sie auch zu dem Festbankett?«
»O ja. Ich wohne bei Mrs. Kendall.«
»Dann darf ich mich jetzt bei Ihnen entschuldigen, Dr. Hargrave. Ich habe in meinem Hotel noch etwas zu tun.« Er lächelte, zögerte einen Moment, als wolle er noch etwas hinzufügen, dann aber lüftete er seinen Zylinder und verneigte sich leicht. »Bis heute nachmittag also.«

Mrs. Kendall hatte sich selbst übertroffen. Die Tafel bog sich förmlich unter der Vielfalt der Speisen. Silber und Porzellan glänzten. Der Duft der Rosenbuketts mischte sich mit den würzigen Gerüchen, die aus dampfenden Schüsseln aufstiegen. Vier Tage lang hatte Mrs. Kendall geschafft, um den Schmaus vorzubereiten, und jetzt saß sie strahlend am oberen Ende der Tafel und freute sich, daß es ihren Gästen schmeckte.
Samantha saß zwischen Henry Jones und seiner Frau genau in der Mitte an der Längsseite des Tisches. Rechts und links von ihnen hatten Dr. Page und seine Frau Platz genommen. Gegenüber saßen Pastor Patterson und seine Frau, der Journalist vom *Boston Journal*, Mr. Collins, Lucernes Lokalreporter und schließlich, Samantha direkt gegenüber, Mark Rawlins.

Die Unterhaltung war lebhaft. Während Samantha sich Mrs. Jones' Berichte über ihre Enkelkinder anhörte, führte Henry Jones ein angeregtes Gespräch mit Mark.

»Ist Ihr Vater auch Arzt, Sir?«

Mark lachte. »Nein. Mein Vater ist Jurist, genau wie vor ihm sein Vater und sein Großvater.«

»Und Sie haben einen ganz anderen Weg eingeschlagen. Wie kommt denn das?«

»Ursprünglich war es die reine Rebellion, Dr. Jones. Mein Vater ist ein Patriarch von altem Schrot und Korn, der erwartet, daß die ganze Familie sich nach seinen Wünschen richtet. Als Achtzehnjähriger hat man nicht viele Möglichkeiten zu rebellieren. Mein Vater wollte, daß ich Jura studiere, da studierte ich eben Medizin.«

Jones lachte in seine Serviette. Dann wurde er ernst. »Aber Rebellion als Grundlage für die Berufswahl ist doch auf die Dauer nicht befriedigend.«

»Natürlich nicht. Zu meinem Glück entdeckte ich an der Universität schon sehr bald meine Liebe zur Medizin. Heute bin ich meinem Vater dankbar dafür, daß er mich praktisch in dieses Studium getrieben hat.«

»Und wie steht Ihr Herr Vater heute dazu?«

»An dem Tag, als ich ihm meine Absicht, in die Medizin zu gehen, mitteilte, enterbte er mich. Das war vor dreizehn Jahren. Seitdem haben wir nicht wieder miteinander gesprochen.«

»Oh, ist das nicht schmerzlich für Sie?«

»Nicht besonders«, antwortete Mark trocken. »Meine drei Brüder werden von meinem Vater beherrscht, der von Jahr zu Jahr tyrannischer wird. Sie sind alle drei sehr unglücklich. Ich hingegen bin mein eigener Herr.«

»Aber Sie haben einen hohen Preis dafür bezahlt.«

»Es hat sich gelohnt, Dr. Jones.«

»Ist es möglich, daß ich schon von Ihrem Vater gehört habe?«

»Durchaus, Sir. Mein Vater ist Nicholas Rawlins.«

»Oh, der Eiskönig? Natürlich habe ich von ihm gehört. Ich dachte mir schon, daß Sie vielleicht mit ihm verwandt wären. Er muß, nach seinem bemerkenswerten beruflichen Aufstieg zu urteilen, ein faszinierender Mann sein.«

Mark warf einen Blick auf Samantha. Sie schien kaum Appetit zu haben, und wenn sie auch allem Anschein nach Mrs. Jones aufmerksam zuhörte, so verrieten ihre Augen doch, daß sie in Gedanken ganz woanders war. Es hätte Mark interessiert, wo.

»Ja, Sir, mein Vater ist sicher ein interessanter Mann...«
Mark trank einen Schluck Wein und merkte plötzlich, daß Samantha ihn ganz unverhohlen anstarrte.
Mrs. Jones war im Gespräch mit Mrs. Page, und Henry Jones wandte jetzt seine Aufmerksamkeit dem Reporter vom *Boston Journal* zu. Nur Samantha und Mark unterhielten sich nicht. Schweigend sahen sie sich über den Tisch hinweg an.
Mark nahm sich ein Stück Brot und strich Butter darauf. »Und was haben Sie jetzt für Pläne, Dr. Hargrave?« fragte er.
»Ich habe vor, eine kleine Praxis zu eröffnen. In einer Gegend, wo Ärzte gebraucht werden.«
Wie Joshuas Praxis, dachte Mark.
»Ich habe mir die Statistiken angesehen, Dr. Rawlins«, fuhr Samantha fort, »und festgestellt, daß in New York gerade dort, wo die Bevölkerung am dichtesten ist, die wenigsten Ärzte sind. Ich finde, das ist eine Schande.«
Mark Rawlins sah etwas in Samanthas Augen, das vor anderthalb Jahren noch nicht sichtbar gewesen war. Ohne Zweifel hatte Samantha Hargrave eine Veränderung durchgemacht. Oberflächlich gesehen war sie dieselbe geblieben, eine schöne junge Frau von gewinnendem Wesen, doch ihre Haltung und ihr Ausdruck zeigten eine innere Kraft, die der unsicheren jungen Frau auf dem Weihnachtsball vor anderthalb Jahren gefehlt hatte. Damals hatte sie etwas kindlich Naives gehabt; jetzt saß eine selbstsichere, entschlossene Frau vor ihm, die wußte, was sie wollte.
»Wie geht es den Masefields, Dr. Rawlins?«
Er riß sich aus seinen Betrachtungen. »Mrs. Masefield ist vor einiger Zeit gestorben, Dr. Hargrave. Wir hatten einen harten Winter. Sie war körperlich schon zu geschwächt, um ihn überstehen zu können.«
»Ach Gott, das tut mir leid«, murmelte Samantha, und die alten Gefühle überfluteten sie, als wäre ein Damm gebrochen – Schmerz über Estelles Tod, Freude darüber, daß Joshua frei war. Aber nein, sie hatte ihm versprochen, sie hatte sich selbst gelobt, daß es vorbei war, für immer beendet.
»Ach«, ließ sich Henry Jones vernehmen, »täusche ich mich, oder kennen Sie beide sich?«
Marks Stimme klang merkwürdig gezwungen, als er sagte: »Wir haben uns durch gemeinsame Freunde kennengelernt.«
»Aha! Dann ist also Miss Hargrave die Ihnen bekannte Person an unserem College, die Sie in Ihrem Schreiben erwähnten.«
Samantha drehte erstaunt den Kopf. »Was sagen Sie da, Dr. Jones?«
»Dr. Rawlins erkundigte sich vor einiger Zeit bei mir nach dem genauen

Datum unserer Abschlußfeier. Er schrieb, er und Mrs. Rawlins hätten die Absicht, an der Feier teilzunehmen, da sich unter den diesjährigen Absolventen jemand befände, mit dem sie bekannt seien.«
Samantha sah Mark an. »Tatsächlich? Sie sind meinetwegen hergekommen? Dann ist es also doch kein Zufall.«
Mark wollte etwas antworten, aber Jones schnitt ihm das Wort ab. »Ich muß gestehen, ich nützte Dr. Rawlins Bitte gleich schamlos aus, indem ich ihn bat, die Gastrede zu halten. Ich wußte allerdings nicht, Miss Hargrave, daß *Sie* die Person sind, auf die Dr. Rawlins sich bezog.«
Sie sah Mark unverwandt an. »Ich fühle mich geschmeichelt, Sir, daß Sie meinetwegen die lange Reise auf sich genommen haben.«
Ein Anflug von Unbehagen huschte über sein Gesicht. Samantha sah es und fragte sich, was ihn bedrückte.
Mr. Kendall hob die Tafel auf, und bat die Herren zu Brandy und Zigarren ins Herrenzimmer, während Mrs. Kendall, die es kaum erwarten konnte, endlich ihr Korsett aufzuschnüren, die Damen zum Kaffee einlud. Als Samantha den Frauen in Mrs. Kendalls Salon folgen wollte, hielt Mark sie auf.
»Kann ich Sie einen Moment unter vier Augen sprechen?« fragte er leise.
»Gewiß.« Nachdem Samantha der Gastgeberin versprochen hatte, gleich nachzukommen, wartete sie, bis alle das Speisezimmer verlassen hatten, schloß die Tür und wandte sich dann Mark zu.
»Ich habe Sie um dieses Gespräch unter vier Augen gebeten, Dr. Hargrave, weil ich Ihnen etwas mitzuteilen habe. Und etwas zu überbringen habe.«
Sie wartete an die Tür gelehnt, während Mark einen Brief aus der Innentasche seines Rocks zog. Er drehte ihn einige Male unschlüssig in den Händen, ehe er den Kopf hob und sie ansah. »Ich bin aus anderen Gründen hergekommen, als Sie glauben, Dr. Hargrave. Joshua hat mich darum gebeten.«
Sie wartete stumm.
»Dieses Schreiben ist von Joshua«, fuhr Mark fort und hielt ihr den Brief hin. »Er bat mich, es Ihnen zu bringen.«
Sie zögerte einen Moment, dann nahm sie den Brief. »Danke, Dr. Rawlins.«
Ihre Hände zitterten, als sie den Umschlag aufriß, und als sie den Bogen Papier entfaltete, sah sie sogleich, daß er nicht mit Joshuas Hand beschrieben war.
›Meine liebe Samantha‹, begann das Schreiben, ›wenn Du diesen Brief

liest, bist Du gerade frischgebackene Ärztin. Ich gratuliere Dir von Herzen. Es tut mir leid, daß ich nicht selbst zu Deinem großen Tag kommen kann, sondern mich von Mark vertreten lassen muß, aber ich bin schon jetzt zu schwach, um selbst zu schreiben, und wenn Du diesen Brief bekommst, werde ich tot sein.‹
Den Kopf gesenkt, starrte sie wie blind auf die letzten Worte. Im Hintergrund hörte sie wie aus weiter Ferne Mr. Kendalls dröhnende Stimme, dann schallendes Gelächter.
»Entschuldigen Sie mich, Dr. Rawlins, aber ich kann hier nicht lesen...«
Ohne auf seine Erwiderung zu warten, lief sie zur Tür hinaus, griff in der Halle automatisch nach ihrem Cape und rannte, den Brief in der Hand, die Treppe hinunter.

Der späte Nachmittag warf lange Schatten, als sie die Lichtung erreichte. Sie setzte sich auf den sonnenwarmen Baumstamm und las im vergehenden Licht Joshuas Brief zu Ende.
›Marks Diagnose lautet Herzklappenentzündung. Louis Pasteur in Paris würde sagen, daß sie durch Bakterien an der Injektionsnadel verursacht wurde. Vielleicht hätte er recht. Wer kann heute in der Medizin noch sagen, was richtig und was falsch ist? Wir haben in unserer Unwissenheit unverzeihliche Fehler gemacht. Infolge der Unwissenheit der Ärzte wurde ich süchtig; hätten sie damals gewußt, was wir heute wissen, ich wäre nicht in dieser elenden Situation. Es muß sich etwas ändern. Wir Ärzte haben die heilige Pflicht, nur das Rechte zu tun. Die Medizin aber befindet sich noch im finstersten Mittelalter, und wir sind kaum mehr als Scharlatane.
Ich schreibe Dir diesen Brief, Samantha, um Dir ein Versprechen abzunehmen. Und ich weiß, daß Du mir diesen letzten Wunsch erfüllen wirst. Bemühe Dich, Licht in das Dunkel zu bringen, Samantha. Kämpfe für das, was recht und richtig ist. Vergrabe Dich nicht in einer obskuren kleinen Praxis, wie ich das tun mußte. Jeder zweitklassige Arzt kann leisten, was ich geleistet habe. Aber Du bist zu Größerem bestimmt. Ich kenne Deine Fähigkeiten, Samantha. Setze Dein Wissen und Deine Kraft ein, um die medizinische Wissenschaft zu fördern. Lerne weiter, gib Dich nicht mit dem Diplom zufrieden. Ich möchte so gern in dem Wissen sterben, daß ich an der Vollendung einer Ärztin teilhatte, die fähig ist, etwas zu verändern.
Ich hinterlasse Dir meine Instrumente, Samantha. Mark hat sie in Verwahrung genommen. Ich vertraue darauf, daß Du sie besser einsetzen wirst, als ich es tat.

Wir waren nie füreinander bestimmt, meine Liebste. Leb wohl, Samantha. Was es noch zu sagen gibt, wird Mark Dir mitteilen.‹
Das Gekritzel am Ende des Briefes hatte nur entfernte Ähnlichkeit mit Joshuas Unterschrift.
Sie las den Brief noch einmal, obwohl es inzwischen so dämmrig geworden war, daß sie die Buchstaben kaum noch erkennen konnte. Ihre Tränen fielen auf das Papier und verwischten die Tinte. Als sie in der Nähe einen Zweig knacken hörte, hob sie den Kopf. Dunkel wie ein Schatten kam Mark auf sie zu.
Sie sagte nur ein Wort. »Wann?«
»Vor sechs Wochen.«
Als wäre es von größter Wichtigkeit, versuchte Samantha krampfhaft, sich zu erinnern, was sie vor sechs Wochen getan hatte, was sie zur Stunde von Joshuas Tod gedacht hatte.
»Es ging sehr schnell, und er hatte keine Schmerzen«, fügte Mark hinzu. »Als er merkte, daß es dem Ende zu ging, ließ er mich holen. Er litt sichtlich, aber er lehnte jede Behandlung ab. Er wollte nur eine Digitalisspritze, um noch diesen Brief diktieren zu können. Er wollte sterben.«
»Warum?« fragte Samantha leise. »Warum wollte er sterben?«
Mark setzte sich zu ihr auf den Baumstamm. Hell fiel das Mondlicht durch die Bäume und übergoß Samanthas tränennasses Gesicht mit blassem Licht.
»Ich habe mich beinahe noch mit ihm gestritten«, sagte Mark. »Er bat mich, Ihnen etwas mitzuteilen. Ich wollte nicht. Aber er behauptete, Sie müßten es wissen. Sie würden schon wissen, warum.« Marks Stimme war leise. »Estelle ist nicht an ihrer Krankheit gestorben. Joshua hat sie getötet.«
Samantha rührte sich nicht, gab durch nichts zu erkennen, daß sie die Worte gehört hatte.
»Estelle litt entsetzlich«, fuhr Mark fort. »Sie bekam eine Infektion nach der anderen; sie hatte unaufhörlich Schmerzen und wurde von Tag zu Tag schwächer. Sie war zum Skelett abgemagert. Sie flehte ihn an, ihrem Leben ein Ende zu machen. Da gab er ihr eine Überdosis Morphium. Sie war ihm dankbar dafür, daß sie ohne Schmerzen sterben konnte.«
Ja, Joshua, dachte Samantha tieftraurig, ich weiß, warum du mich das wissen lassen wolltest. In der Medizin gibt es keine klaren, eindeutigen Entscheidungen; es gibt kein Schwarz oder Weiß. Soll man ein ungeborenes Kind töten, um das Leben einer Frau zu retten? Soll man eine Frau töten, um ihrem Leiden ein Ende zu machen? Manchmal muß der Arzt sich für den Tod entscheiden, um Leben zu erhalten, und manchmal muß

er sich fragen: Was ist wichtiger, die Quantität oder die Qualität des Lebens? Die Antworten auf solche Fragen stehen in keinem Lehrbuch, der Arzt muß versuchen, sie selbst zu finden. Darum hast du darauf bestanden, daß Mark mir die Wahrheit über Estelle sagte.
Samantha war plötzlich sehr müde.
»Dr. Rawlins«, sagte sie leise, »würden Sie mich jetzt bitte allein lassen?«
»Hier?« Er sah sich skeptisch um. »Aber –«
»Bitte. Ich muß nachdenken, und das kann ich nur hier. Ich werde nicht lange bleiben. Bitte entschuldigen Sie mich bei Mrs. Kendall.«
Lange saß Samantha reglos auf dem alten Baumstamm in der kleinen Lichtung, wo sie im Lauf des vergangenen Jahres so manche Entscheidung für sich getroffen hatte. Sie wußte, daß ein langer, harter Weg vor ihr lag, ein Weg, den keine Frau vor ihr beschritten hatte. Aber sie wußte auch, daß dies der Weg war, der ihr bestimmt war, und sie war entschlossen, ihn zu gehen.

Dritter Teil
New York, 1881

Samantha wußte genau, was Dr. Prince im Schilde führte. Seit sie sich vier Wochen zuvor mit Hilfe einer List eine Assistentenstelle am St. Brigid's Krankenhaus erobert hatte, sann er nur darüber nach, wie er sie schleunigst wieder loswerden könnte. Jetzt hatte er ihr eine Falle gestellt. Nur hatte er in seiner Arroganz Samantha gründlich unterschätzt. Die hatte nämlich bereits ihren eigenen Plan.

Was sie an diesem Abend tun wollte, hatte vor ihr noch keine Frau gewagt, und wenn sie auch zuversichtlich an ihren Erfolg glaubte, so war sie doch nervös. Während sie rastlos in ihrem kleinen Zimmer hin und her ging, wartete sie ungeduldig auf das schrille Bimmeln des Rettungswagens.

Es wäre ihr an diesem Abend genau wie vor vier Wochen lieber gewesen, nicht zu einer List greifen zu müssen, aber sie war jetzt ebenso dazu gezwungen wie damals. Gleich nach ihrer Rückkehr nach New York hatte sich Samantha eine Liste aller Krankenhäuser gemacht, die Assistentenstellen anboten. Henry Jones hatte ihr erklärt, daß sie es nur auf diesem Weg zu einer gehobenen Stellung in der medizinischen Wissenschaft bringen konnte. Sie war also von Krankenhaus zu Krankenhaus marschiert und hatte nichts als Absagen erhalten.

Sie brauchte nur durch die Tür des Verwaltungsbüros zu treten, und schon sagte man ihr, ohne auch nur einen Blick auf ihre Referenzen zu werfen, die Stelle sei leider schon besetzt. Samantha, der nach zwei Wochen vergeblicher Bemühungen klar wurde, daß sie als Frau niemals unterkommen würde, wenn sie sich nicht etwas einfallen ließ, beschloß, ihre Strategie zu ändern. Bei den letzten vier Krankenhäusern, die noch auf ihrer Liste standen, bewarb sie sich nicht persönlich, sondern schriftlich und legte Empfehlungsschreiben von Dr. Jones und Dr. Page bei, aus denen zum Glück nicht hervorging, daß sie weiblichen Geschlechts war. Ihre Bewerbungsschreiben unterschrieb sie mit ›Dr. S. Hargrave‹.

Das Warten danach war qualvoll, aber schließlich kamen vier Zusagen. Samantha war selig.

Sie entschied sich aus zwei Gründen für das St. Brigid's: Es war ein großes Krankenhaus mit vierhundert Betten, und es bot ein chirurgisches Ausbildungsprogramm an. Genau das Richtige für sie.

Dr. Silas Prince war anderer Meinung. Als sie ihn in seinem Büro aufsuchte, und er begriff, daß *sie* S. Hargrave war, teilte ihr der sechzigjährige Chefarzt mit kaum verhohlener Empörung mit, daß man sich außerstande sehe, sie als Assistentin einzustellen. Samantha, die mit einem solchen Empfang gerechnet hatte, erklärte Dr. Prince mit kühler Sachlichkeit, daß diese plötzliche Sinnesänderung ein Vertragsbruch sei und sie sich unter diesen Umständen gezwungen sähe, die Angelegenheit einem Anwalt zu übergeben.

Samantha hätte gar nicht das Geld gehabt, sich einen Anwalt zu nehmen, aber Dr. Prince fiel auf ihren Bluff herein und erklärte, er müsse die Sache mit der Krankenhausverwaltung besprechen, ehe er etwas Definitives sagen könne.

»Aber, meine Herren«, empörte sich Dr. Prince, »das ist doch unvorstellbar! Sie ist eine Frau! Ich kann doch nicht dulden, daß sie im Beisein von Männern Patienten untersucht, daß sie mit lauter Männern im Krankenhaus wohnt, und womö–«

»Doch, Dr. Prince, genau das wünschen wir. Die Dame wird sicher eine Sonderbehandlung erwarten. Nun, da wird sie eine Enttäuschung erleben. Sie, Dr. Prince, werden dafür sorgen, daß Dr. Hargrave *sämtliche* Stationen des Assistentenprogramms durchläuft und nicht anders behandelt wird als die Männer. Da wird sie bald wieder abspringen.«

Eine grobe Fehleinschätzung. Samantha war froh, daß man ihr keine Sonderbehandlung einräumte. Sie wollte ja lernen. Und was eine Frau bürgerlicher Herkunft vielleicht unerträglich gefunden hätte, mit einem Haufen junger Männer auf einer Etage zu wohnen, das einzige Badezimmer mit ihnen zu teilen, spät abends womöglich ihre Zoten und ihr grobes Gelächter anhören zu müssen, machte Samantha, dem Mädchen vom St. Agnes Crescent, nicht das geringste aus.

Aber leicht würde es nicht werden, das wußte sie. Dr. Prince hatte eine Niederlage erlitten; er würde sich rächen wollen.

Der Chefarzt war nicht der einzige, dem ihre Anwesenheit zuwider war. Abgesehen von den übrigen Assistenten, die sich in ihrer männlichen Freiheit beschnitten fühlten, waren auch die Krankenschwestern empört. Sie fanden es unerhört, daß sie von einer Frau Befehle entgegennehmen sollten. Auf die stärkste Mißbilligung stieß Samantha jedoch bei der Oberschwester, Mrs. Knight, die nicht nur die Aufsicht über die schlecht ausgebildeten und schlecht bezahlten Schwestern führte, sondern auch für Ordnung und Sauberkeit in den Assistentenunterkünften zuständig war.

Als sie Samantha in das kleine Zimmer ganz hinten im Korridor führte, zeigte sie ganz unverhohlen ihr Mißvergnügen.

»Ich werde dem Hausmeister sagen, daß er an der Badezimmertür ein Schloß anbringen soll«, bemerkte sie und rasselte dabei mit dem Schlüsselbund, der an ihrem Gürtel hing. »Bis dahin müssen Sie eben laut singen, um peinliche Zwischenfälle zu vermeiden. Abends haben Sie Ihre Tür abzuschließen, und Sie werden den Korridor stets in vorschriftsmäßiger Kleidung betreten. Der Speisesaal für das Personal befindet sich im zweiten Stock. Die Mahlzeiten werden pünktlich eingenommen. Wer zu spät kommt, bekommt nichts mehr. Ich war dafür, Sie mit den Schwestern zusammen essen zu lassen, aber Dr. Prince besteht darauf, daß Sie als Ärztin mit dem Ärztestab essen.«
Mrs. Knight war eine dicke Frau mit eisengrauem Haar. Sie faltete die Hände vor ihrem gewaltigen Busen und schnaubte mißbilligend.
»Ich sage Ihnen ganz offen, Dr. Hargrave, daß mir Ihre Anwesenheit hier überhaupt nicht paßt. Man hat so etwas schon einmal versucht, 1869 am Pennsylvania Krankenhaus. Diese sogenannten Ärztinnen dort haben nicht einmal den ersten Tag überstanden. Frauen sind für den Beruf des Arztes nicht bestimmt. Sie sind nicht geeignet, solche Verantwortung zu tragen. Ich gebe Ihnen einen Monat.«
Es war ein armseliges kleines Zimmer mit einem Fenster, das so schmutzig war, daß man kaum hinaussehen konnte. Die Kommode wackelte, und das Bett war durchgelegen. Aber Samantha fand es herrlich.
Die Arbeit war hart und anstrengend. Jeden Abend fiel Samantha todmüde in ihr Bett. Doch ihr Enthusiasmus und ihre Entschlossenheit gaben ihr die Kraft durchzuhalten – zur Überraschung aller. Das einzige, was sie wirklich bedauerte, war, daß die anderen Assistenten sich weigerten, sie zu akzeptieren. Ursprünglich waren es neun junge Männer gewesen, aber zwei waren aus moralischer Entrüstung sofort gegangen, als Samantha aufgenommen worden war. Die sieben übrigen zeigten offen ihren Ärger über Samanthas Aufnahme. Sie waren der Auffassung, ihre Anwesenheit mindere das Prestige des Krankenhauses und mache sie und die anderen Ärzte zum allgemeinen Gespött. Sie beschwerten sich bei Dr. Prince, der ihnen versicherte, daß die Dame bestimmt nicht lange bleiben würde. Sie taten so, als sei sie nicht vorhanden. Bei den Mahlzeiten setzte sich nie jemand zu ihr; von den fachlichen Diskussionen blieb sie ausgeschlossen; und abends, wenn die Assistenten nach einem anstrengenden Tag beisammen saßen, redeten, lachten, Musik machten, klopfte nie einer an ihre Tür.
Silas Prince, der sich durch Samantha täglich an den Fehler erinnert fühlte, den er unbedachterweise begangen hatte, sann auf Rache. Und es kam der Tag, an dem sich die Gelegenheit dazu bot. Er war entschlossen,

Samantha Hargrave auf die gleiche hinterhältige Art wieder aus dem Krankenhaus hinauszubefördern, wie sie sich dort eingeschlichen hatte.
Die Krankenhausregeln schrieben allen weiblichen Angestellten zu jeder Zeit tadelloses Benehmen vor. Tabak und Alkohol waren ihnen ebenso untersagt wie drastische Ausdrucksweise. Die Kleidung mußte stets vorbildlich sein; Fesseln, Handgelenke und Hals hatten bedeckt zu sein. Ungepflegte oder unanständige Kleidung war Grund zu sofortiger Entlassung.
Dies war der eine Punkt, auf den Silas Prince seine Hoffnung stützte, Samantha abschieben zu können.
Der andere war, daß jeder Assistent sämtliche Stationen durchlaufen mußte. Mit ihren voluminösen Röcken würde sich aber Dr. Hargrave unmöglich auf den Rettungswagen hinaufschwingen können, ohne entweder zu stürzen oder aber besagte Röcke zu zerreißen. Da sie Hosen nicht tragen durfte – sie galten bei Frauen als ›unanständig‹ –, hoffte Silas Prince, daß Dr. Hargrave nicht imstande sein würde, den Rettungsdienst wie vorgeschrieben zu übernehmen. Die Folge: Fristlose Entlassung ohne jegliches Aufsehen.
Aber Samantha war entschlossen, ihm einen Strich durch die Rechnung zu machen. Als sie in der Woche zuvor ihren Namen auf der Liste für den Rettungsdienst gesehen hatte, ahnte sie sofort, was ihr blühte. Unverzüglich war sie zu einem Schneider in der nahegelegenen 50. Straße gegangen und hatte bei ihm ein höchst ungewöhnliches Kostüm bestellt. Um es bezahlen zu können, hatte sie das silberne Stethoskop versetzen müssen, das Dr. Jones ihr zur bestandenen Abschlußprüfung geschenkt hatte. Aber der Schneider, ein netter alter Jude, hatte ihr Geld gar nicht haben wollen. Er betrachte es als eine Ehre, ihr das Kostüm zu schneidern, versicherte er, und außerdem verspreche er sich davon gute Werbung für sein Geschäft. Sie solle nur jedem, der danach frage, sagen, daß sie es bei ihm habe anfertigen lassen, dann könne sie es umsonst haben.
Eine Woche später hatte Samantha das Kostüm abgeholt. Es war aus marineblauem Serge, kurz genug, um eine gewisse Bewegungsfreiheit zu bieten, und lang genug, um nicht gegen die guten Sitten zu verstoßen. Die Jacke war konventionell auf Taille gearbeitet; das Raffinierte an der Kreation war der Rock, in Wirklichkeit eine bauschig fallende Pluderhose, die nur wie ein Rock aussah. Keiner konnte behaupten, sie wäre nicht tadellos angezogen, und sie konnte mühelos, ohne sich in massigen Unterröcken zu verheddern, auf den Rettungswagen hinauf oder von

ihm herunter springen. Um sich nicht mit einem Köfferchen beschweren zu müssen, hatte sie sich Taschen mit Knopfklappen in den Hosenrock einarbeiten lassen, in denen sie ihre Instrumente unterbringen konnte.

Dies nun war der entscheidende Abend, und Samantha ging unruhig hin und her. Die meisten Assistenten versuchten, wenigstens etwas Schlaf zu bekommen, wenn sie im Rettungseinsatz waren. Man hörte das Bimmeln der Glocke laut und deutlich bis in den zweiten Stock hinauf. Aber Samantha war viel zu aufgeregt, um schlafen zu können. Sie wußte, daß alle sie mit Argusaugen beobachten würden. Dr. Prince, der kaum je eine Nacht im Krankenhaus verbrachte, hatte es sich sogar versagt, in sein luxuriöses Schlafzimmer in der Park Avenue heimzukehren, um im Augenblick des Triumphs nur ja zur Stelle zu sein.

Aber das war nicht der einzige Grund für Samanthas Rastlosigkeit. Sie war auch gespannt darauf, was dieser erste Rettungsdienst bringen würde; ob sie in der Lage sein würde, angemessen zu handeln. Am Nachmittag war sie hinuntergegangen, um sich den Wagen anzusehen und mit dem Fahrer Bekanntschaft zu schließen. Dann war sie in Windeseile in ihr Zimmer hinaufgelaufen und hatte errechnet, wie lange sie gebraucht hatte. Besser vorbereitet konnte man wahrhaftig kaum sein.

Samantha blieb plötzlich stehen und drehte sich mit einem Ruck um. Draußen im Korridor waren Schritte zu hören. Sie kannte diese Schritte und wurde wütend, als sie sie hörte. Nicht schon wieder! dachte sie. Und ausgerechnet heute abend.

In ihrer ersten Nacht im Krankenhaus war Samantha vom Klang dieser Schritte aus leichtem Schlaf geweckt worden. Zunächst hatte sie sich nichts gedacht, aber als die Schritte immer näher gekommen waren, und ihr einfiel, daß das Badezimmer sich ja am anderen Ende des Flurs befand, war sie unruhig geworden. Vor ihrer Tür hatte der nächtliche Wanderer halt gemacht. Samantha hatte mit angehaltenem Atem dagelegen und gelauscht, aber nichts gehört. Sie hatte das unangenehme Gefühl gehabt, daß die Person vor der Tür durch ihr Schlüsselloch spähte. Nach einer Minute etwa war der ungebetene Besucher wieder gegangen, seine Schritte waren im Korridor verhallt. Schnüffler, hatte Samantha zornig gedacht und hatte sich umgedreht, um weiterzuschlafen.

Aber der Schnüffler hatte ihr keine Ruhe gelassen. Er war immer wieder gekommen, im allgemeinen dreimal in der Woche, immer spät nachts. Und jedesmal war er eine Weile vor ihrer Tür stehengeblieben, als lausche er oder versuche, in ihr Zimmer zu sehen. Samantha hatte daran gedacht, sich bei Mrs. Knight zu beschweren, hatte den Gedanken aber

gleich wieder verworfen. Die Oberschwester würde ihr höchstens sagen, daß sie sich das selbst zuzuschreiben hatte. Wer immer auch der Schnüffler sein mochte, er schien nichts Böses im Sinn zu haben, sondern nur neugierig zu sein. Samantha beschloß, ihn einfach zu ignorieren.
Aber an diesem Abend geriet sie in Zorn. Kurz entschlossen packte sie ihre Flasche mit Eau de Cologne und stellte sich direkt vor die Tür. Als der Klang der Schritte vor ihrer Tür abbrach, wartete sie noch einen Moment, dann schob sie das Schläuchlein des Flakons ins Schlüsselloch und drückte ein paarmal kräftig. Von der anderen Seite der Tür kam ein verdutzter Aufschrei, dann folgte ein dumpfes Geräusch, als wäre jemand gestürzt, und wenig später rannte der Schnüffler durch den Korridor davon.
Im nächsten Moment schallte das Bimmeln der Notglocke durch das Haus.

Die Pferde schnaubten unruhig. Jake, der Nachtfahrer, sprang vom Bock, um Samantha auf den Wagen zu helfen, doch sie wehrte ab. Irgendwo, vermutete sie, stand versteckt Dr. Prince und beobachtete sie. Sie umfaßte das Geländer und zog sich mit solchem Schwung in die Höhe, daß sie beinahe kopfüber in den Wagen gefallen wäre. Ehe sie ihr Gleichgewicht wiedergefunden hatte, zogen die Pferde an, und sie stürzte auf die Knie.
Samantha hielt sich mit beiden Händen fest, während sie mit laut bimmelnder Glocke die 50. Straße hinunterjagten. Es war früher Abend, und auf den Straßen waren noch eine Menge Leute unterwegs; diejenigen, die bemerkten, daß hinten auf dem Notwagen eine Frau saß, blieben stehen und zeigten mit den Fingern.
Beim East River hielt der Wagen vor einem hell erleuchteten Haus mit einer roten Laterne über der Tür. Im Nu sammelte sich eine kleine Menge Neugieriger an. Eine spitzgesichtige Frau im strengen grauen Bombassinkleid kam Samantha und Jake entgegen und führte sie in den oberen Stock des Hauses.
Das Zimmer war voller Frauen jeden Typs und jeden Alters, alle notdürftig gekleidet. Die einen weinten, die anderen starrten mit morbider Faszination auf das Bett.
»Es ging ihr schon die letzten paar Tage nicht gut«, bemerkte die verkniffen wirkende Bordellmutter.
Auf dem Bett lag ein Mädchen von höchstens vierzehn Jahren, der magere kleine Körper nur in einen Spitzenmantel gehüllt. Sie schien zu schlafen. Die Hände waren auf dem Bauch gefaltet. Als Samantha den

bläulichen Schimmer um Lippen und Nasenflügel sah, fragte sie sofort: »Was hat sie genommen?«
Die deutete auf eine leere Flasche neben dem Bett: Dr. Hansens Elixir. »Alle meine Mädchen nehmen das hin und wieder mal. Auf dem Etikett steht, daß es völlig ungefährlich ist. Ich verstehe nicht, wie das hier passieren konnte.«
Samantha zog die Lider des jungen Mädchens hoch und sah die stark verengten Pupillen. Das Mädchen atmete kaum noch, aber der Puls war gut.
»Opiumüberdosis, Jake«, sagte Samantha. »Wir müssen sie schnellstens ins Krankenhaus bringen.«
Sie legten das Mädchen auf eine Trage und trugen sie die Treppe hinunter. Die Bordellmutter rannte ihnen hinterher. »Ich kann da nichts dafür«, sagte sie mehrmals beschwörend. »Ich führe ein ordentliches Haus. Keines meiner Mädchen hat jemals...«
Auf der Fahrt ins Krankenhaus rieb Samantha unablässig die eiskalten Hände des Mädchens, während sie innerlich flehte, du darfst nicht sterben. Bitte, stirb nicht...
In der Notaufnahme war kein Mensch. Nachdem sie das Mädchen auf den Untersuchungstisch gelegt hatten, schickte Samantha Jake um Hilfe. Das Kind war inzwischen blau im Gesicht.
Zuerst versuchte es Samantha mit einer Magenspülung; da jedoch durch den Schlauch kaum etwas von dem ›Elixir‹ hochkam, wußte sie, daß es dafür zu spät war. Sie würde zu drastischeren Maßnahmen greifen müssen. Im Geist hörte sie Dr. Pages schnarrende Stimme: »Bringen Sie die Atmung auf mechanische Weise wieder in Gang, schlagen Sie mit einem feuchten Tuch nicht zu fest auf den Bauch, wärmen Sie Hände und Füße, flößen Sie dem Patienten schwarzen Kaffee ein und zwingen Sie ihn umherzugehen...«
Als Jake zurückkam, war Samantha schon dabei, die schlaffen Arme des Mädchens wie Pumpenschwengel zu bewegen – nach oben, über den Kopf, und hinunter zum Bauch, und drücken. Immer wieder der gleiche Ablauf. Mit Jake kam einer der Stationsärzte. Er trat zum Tisch, legte die Fingerspitzen an den Hals des Mädchens, warf nur einen kurzen Blick auf das blau verfärbte Gesicht und sagte: »Verehrteste, Sie arbeiten mit einer Leiche.«
Samantha hielt inne, um den Puls zu suchen. Überzeugt, ihn gespürt zu haben, nahm sie ihre Bemühungen wieder auf. »Ich brauche Hilfe, Doktor. Bis die Atmung spontan wieder einsetzt, müssen wir für sie atmen.«

Der Arzt schüttelte den Kopf. »Sie verschwenden Ihre Zeit, Miss Hargrave. Die Kleine ist hinüber. Ich schlage vor, Sie stellen den Tod fest und gehen zu Bett. Bei ihrem Gewerbe ist sie tot sowieso besser dran.«
Kaum war er gegangen, sagte Samantha zu Jake: »Holen Sie mir irgend jemanden, ganz gleich, wen.«
Sie war nahe daran zusammenzubrechen, als Jake endlich mit Mrs. Knight wiederkam. Ohne ein Wort löste sie Samantha ab. Von da an wechselten sie alle fünfzehn Minuten.
Gegen Mitternacht erschien einer der Assistenzärzte im Zimmer. Ein paar Minuten lang sah er der keuchenden Mrs. Knight bei der Arbeit zu, dann zog er hastig sein Jackett aus und ging zu ihr, um sie abzulösen. Weit weniger enthusiastisch in seinen Bemühungen als die beiden Frauen, sagte er nach ein paar Minuten: »Die kommt nicht wieder auf die Beine, Doktor. Stellen Sie doch den Tod fest.«
»Nein. Solange der Puls noch spürbar ist, tue ich das nicht. Wenn Sie müde sind, Doktor, kann ich ja weitermachen.«
Davon jedoch wollte er nichts wissen. Im fünfzehn-Minuten-Takt arbeiteten sie weiter. Nach zwei Stunden, als sie alle drei schweißgebadet waren, wichen die bläulichen Schatten im Gesicht des jungen Mädchens einem feinen rosigen Schimmer, und ein paar Minuten später holte das Mädchen zum erstenmal tief Luft.
Der Assistenzarzt hörte auf zu pumpen. Samantha nahm das Handtuch, das sie in eiskaltem Wasser eingeweicht hatte und begann, das Mädchen mit dem nassen Tuch fest auf den bloßen Bauch zu schlagen. Bei jedem Schlag schnappte das Mädchen krampfhaft nach Luft und wälzte den Kopf hin und her. Als ihre Augenlider zu flattern begannen, sagte Samantha: »Mrs. Knight, jetzt brauchen wir eine große Kanne starken schwarzen Kaffee.«
Sie hoben sie vom Untersuchungstisch und stellten sie, so gut es ging, auf die Beine. Sie von beiden Seiten stützend, gingen sie mit ihr im Zimmer hin und her, wobei sie immer wieder Pause machten, um ihr von dem starken Kaffee einzuflößen.
Als es draußen zu dämmern begann, hatte sie sich so weit erholt, daß sie sie in einen der Krankensäle bringen konnten. Müde nahm Samantha Hut und Jacke. An der Tür trat ihr der junge Kollege in den Weg und bot ihr die Hand.
»Sie haben mich überzeugt, Dr. Hargrave. Für mich sind Sie in Ordnung.«

Beim Frühstück sprachen alle nur über das Attentat auf Präsident Garfield, das die Gemüter weit mehr erregte als Lincolns Ermordung sechzehn Jahre zuvor. Damals hatte das Land vier Jahre grausamen Krieg hinter sich gehabt; Lincoln war für die Leute nur eines seiner Opfer gewesen. James Garfield jedoch hatte die Präsidentschaft in Friedenszeiten übernommen, er stand für Wohlstand und Sicherheit und genoß darum große Beliebtheit. Nun lag er im Sterben. Die Ärzte konnten nichts für ihn tun. Die Kugel, die ihn getroffen hatte, konnte trotz fieberhafter Bemühungen nicht gefunden werden.

»Da stecken die Demokraten dahinter!« behauptet einer der älteren Chirurgen.

»Und ich sage Ihnen, meine Herren«, ließ sich eine andere Stimme vernehmen, »es ist reiner Wahnsinn, den Bauch öffnen zu wollen. Es ist völlig belanglos, daß die Kugel nicht zu finden ist. Den Bauch aufzumachen, wäre sowieso der sichere Tod.«

In diesem Augenblick kam Samantha in die Kantine, und es wurde still. Alle drehten die Köpfe und starrten sie an. Dr. Prince stand von seinem Tisch auf und kam, in der Hand die Morgenausgabe der *Tribune*, langsam auf sie zu. Sein Blick war kalt, sein weißer Schnauzbart sträubte sich förmlich vor Wut.

»Haben Sie das gesehen, Dr. Hargrave?« Er hielt ihr die Zeitung hin.

Sie hatte es bereits gesehen. Jemand hatte ihr die Zeitung vor ihre Zimmertür gelegt. Auf der ersten Seite war ein kurzer Bericht über Samanthas nächtliche Heldentat.

»Ich kann dergleichen nicht billigen, Dr. Hargrave. Verantwortlich dafür ist der Fahrer des Rettungswagens. Er hatte gestern nacht offenbar nichts Besseres zu tun, als vor einem Reporter, der zufällig auf der Rettungsstation war, mit Ihrem gemeinsamen Abenteuer zu prahlen. Jetzt stehen sechs Reporter unten und verlangen die neuesten Geschichten über die Frau Doktor. Ich habe dem Mann eine Rüge erteilt. Und ich empfehle Ihnen, Dr. Hargrave, in Zukunft auf Diskretion zu achten, statt billigem Ruhm nachzujagen. Das St. Brigid's ist kein Zirkus.«

Sie sah ihm ruhig in die Augen. »Ja, Dr. Prince.«

Er kniff die Augen zusammen. Diese Frau war eine gerissene Person. Er hatte sie zweifellos unterschätzt; aber das würde ihm nicht noch einmal passieren.

»Noch etwas, Dr. Hargrave. Die Tatsache, daß Sie eine ganze Nacht an eine einzige Patientin verschwendet haben, zeugt von Ihrem schlechten Urteilsvermögen. Sie sind übermüdet, was bei der morgendlichen Visite untragbar ist, und Sie haben zwei weitere Personen benötigt, die Ober-

schwester und einen Assistenzarzt. Hinzu kommt, daß Sie nicht verfügbar waren, falls ein weiterer Notruf hereingekommen wäre. Sie müssen lernen, Prioritäten zu setzen.«
»Ja, Dr. Prince.«
Einen Moment schien es, als wolle er noch etwas hinzufügen, dann aber drehte er sich abrupt um und ging aus dem Saal. Innerlich kochend vor Zorn, setzte sich Samantha an ihren Tisch, an dem wie immer alle Plätze frei waren.
Da begann plötzlich einer der Assistenzärzte am Nebentisch gedämpft, aber mit Nachdruck zu applaudieren.
Verdutzt sah Samantha auf.
Die anderen begannen nun ebenfalls zu klatschen, und fast eine Minute lang füllte dröhnender Applaus die Kantine. Samantha sah die freundlich lachenden Gesichter um sich herum und wurde rot vor Freude und Verlegenheit.

2

Louisa hatte sich erschreckend verändert. Sie, die immer wie aus dem Ei gepellt gewesen war, sah ungepflegt und vernachlässigt aus. Von ihrer früheren Lebenslust war nichts zu spüren; ihre Bewegungen waren fahrig, die grünen Augen standen keinen Moment still, ihr Ton wurde oft heftig und schrill. Gewiß, sie war im achten Monat schwanger, aber das konnte doch nicht der Grund für diese Veränderung sein. War sie vielleicht in ihrer Ehe unglücklich?
Als Louisa sich, die Hand ins Kreuz gestemmt, vom Sofa hochzog und hinausging, benutzte Samantha die Gelegenheit dazu, sich im Wohnzimmer umzusehen. Luther verdiente als Teilhaber von Mr. DeWinter offensichtlich gut. In der Ecke stand eine nagelneue Musik-Nähmaschine: Beim Treten wurden zugleich mit der Nadel Walzen in Bewegung gesetzt, die kleine Melodien klimperten. Doch die Maschine wurde offenbar nie benutzt; sie war ebenso wie die Figuren, die auf ihr standen, mit einer dicken Staubschicht bedeckt. Ein Ausbund an Ordnung war Louisa nie gewesen, aber dieses staubige, unaufgeräumte Wohnzimmer machte den Eindruck, als wäre sie an einem Punkt angelangt, wo ihr alles gleichgültig war.
»Garfield, Garfield, Garfield«, sagte Louisa gereizt, als sie mit einem Tablett, auf dem zwei Gläser mit einer braunen Flüssigkeit und zwei Teller mit Mohnkuchen standen, aus der Küche zurückkam. »Das ist *root beer*«, erklärte sie, auf die Gläser zeigend. »Es ist was ganz Neues.«

Samantha griff nach einem der Gläser.
»Nein, das ist meines«, sagte Louisa und nahm es ihr aus der Hand.
Samantha fiel auf, daß der Schaum nicht so hoch stand wie im anderen Glas.
Louisa zog die angeschwollenen Beine aufs Sofa hinauf und stieß dabei einen Warenhauskatalog zu Boden. »Alle reden nur von Garfield. Ich bin es wirklich leid.«
Samantha bemühte sich, ihre Enttäuschung zu verbergen. Sie hatte sich sehr auf dieses Wiedersehen nach langer Zeit gefreut, aber die Louisa, die sie zu sehen erwartet hatte – das lebenslustige Mädchen, das sich darauf verstanden hatte, immer aus allem das Beste zu machen –, hatte sich nicht gezeigt. Gewiß, sie hatte sich über Samanthas Kommen offensichtlich gefreut, hatte sie so fest an sich gedrückt, daß Samantha beinahe die Luft weggeblieben war, aber nachdem sie eine Viertelstunde lang Erinnerungen ausgetauscht hatten, begann Louisa sich allem Anschein nach zu langweilen. Es war beinahe so, als wäre Samantha für sie nichts weiter als ein neues Spielzeug, das nach kurzer Zeit seinen Reiz verloren hatte. Jetzt lag sie verdrossen auf dem Sofa, und ihr Blick wanderte rastlos im Zimmer umher.
Was ist denn los? hätte Samantha am liebsten gefragt, aber sie fürchtete, sie zu verletzen. »Wie geht es Luther?« fragte sie statt dessen.
»Gut«, antwortete Louisa kurz.
»Es ist doch sicher schön für euch, daß Mr. DeWinter ihn zum Teilhaber gemacht hat.«
Louisa starrte geistesabwesend auf den verstaubten Farn, der vor dem Fenster stand. »Er ist nur noch in der Apotheke. Jetzt wollen sie anfangen, Eiskrem zu verkaufen. In der Erfrischungshalle.«
Es mußte doch etwas geben, das Louisa interessierte! Wenn schon nicht ihr Mann, dann doch wenigstens das Kind, das im nächsten Monat kommen würde.
»Habt ihr das Kinderzimmer fertig?«
Louisa löste ihren Blick von der Pflanze am Fenster und sah Samantha dumpf und teilnahmslos an.
»Das Kinderzimmer«, wiederholte Samantha. »Darf ich es mir einmal ansehen?«
Mit einem Achselzucken richtete sich Louisa auf. Während Samantha ihr die Treppe hinauf folgte, fragte sie sich, ob die Schwangerschaft sich bei allen Frauen so auswirkte. Vielleicht machte einen das lange Warten so müde, daß man sich am Ende für nichts mehr interessierte. Sobald das Kind da war, würde Louisa zweifellos wieder die alte werden.

»Oh«, sagte Samantha und bedauerte, daß sie darum gebeten hatte, das Kinderzimmer sehen zu dürfen. Bis auf ein Kinderbett und ein paar Rollen Tapeten, die auf dem nackten Boden lagen, war es völlig leer. »Na ja, du hast ja noch Zeit.«
Wieder sah Louisa sie mit diesem stumpfen, teilnahmslosen Blick an, und Samantha dachte, irgend etwas ist hier nicht in Ordnung. Bedrückt kehrte sie mit Louisa ins Wohnzimmer zurück. Als sie sich wieder gesetzt hatten, sagte sie allen Bedenken, Louisa zu nahe zu treten, zum Trotz: »Was quält dich, Louisa?«
Zu ihrer Überraschung nahm Louisa ihr die Frage gar nicht übel, sondern reagierte zum erstenmal mit Lebendigkeit. »Ach, Samantha, ich werde noch wahnsinnig hier. Seit Monaten hocke ich im Haus und komm' nicht raus. Es ist eine Gemeinheit, daß Frauen, die ein Kind erwarten, sich nicht in der Öffentlichkeit sehen lassen dürfen. Die Leute sind so was von scheinheilig! Kleine Babys finden sie entzückend, aber wehe, sie werden daran erinnert, woher sie kommen! Einerseits erwartet die Gesellschaft von uns Frauen, daß wir heiraten und Kinder bekommen, aber sobald eines unterwegs ist, tut alle Welt so, als müßte man sich zu Tode schämen, und man wird strikt ins Haus verbannt. Wenn ich auf die Straße ginge, würden die Leute mich angaffen und sofort wissen, was ich getan habe. Aber Luther hat's doch auch getan! Nur sieht man's ihm nicht an, und darum kann er kreuzfidel weiterhin auf der Straße herumspazieren. Ich finde, das ist eine ganz gemeine Ungerechtigkeit!«
Aber es ist nicht nur die Schwangerschaft, dachte Samantha, die aus Louisas Worten und vor allem ihrem Ton noch etwas anderes herauszuhören glaubte. Erste Anzeichen dafür, daß etwas nicht stimmte, hatten sich schon in den Briefen gezeigt, die sie noch vor der Schwangerschaft geschrieben hatte. Louisas Kummer saß tiefer. Es war, als habe sie das Bedürfnis, sich mitzuteilen, könne aber nicht den richtigen Weg finden, es zu tun.
Samantha, die ihr helfen wollte, fragte vorsichtig: »Hast du Schwierigkeiten im Ehebett?«
Louisa senkte den Kopf und nickte. »Du hast ja keine Ahnung, wie es ist, Samantha. Du bist nicht verheiratet.«
Samantha dachte an Joshua und dann, zu ihrer eigenen Überraschung, an Mark Rawlins. Sie hatte ihn seit jenem Abend auf der Lichtung nicht wiedergesehen. Er hatte ihr seine Adresse in Manhattan gegeben und sie eingeladen, ihn zu besuchen und Joshuas Instrumente abzuholen, doch Samantha hatte den Besuch immer wieder verschoben. In ihrem kleinen Zimmer, sagte sie sich, hatte sie sowieso keinen Platz, um die Instru-

mente unterzubringen; außerdem brauchte sie sie im Augenblick nicht, sie lagen sicherer bei Mark Rawlins. Bisher hatte sie ein Zusammentreffen mit Mark tunlichst zu vermeiden gesucht. Sie hatte sich eingeredet, der Grund dafür sei, daß er sie an Joshua erinnerte; aber jetzt, in Louisas staubigem Salon, konnte sie die Wahrheit nicht mehr leugnen: Es waren die unerwünschten Gefühle, die er in ihr weckte...

Louisa hob den Kopf und sah sie zaghaft an. »Ich weiß nicht, was ich erwartet hatte, Samantha. Aber ich glaubte, es würde rein und sauber sein. Die Hochzeitsnacht war schrecklich. Luther sagte dauernd, es wäre ganz richtig, so würde es gemacht, es wäre nichts dabei. Aber ich habe jedesmal geheult, wenn er es getan hat. Mich hat geekelt, Samantha. Aber er hörte nicht auf. Er sagte, es wäre ganz natürlich, daß ich keinen Spaß daran hätte. Nur die Männer hätten Spaß daran. Ich war so froh, als ich merkte, daß ich ein Kind erwartete! Da ließ Luther mich endlich in Ruhe.«

Louisa sprach nicht die Wahrheit. In Wahrheit war es so gewesen, daß Luthers Zärtlichkeiten und seine Umarmung sie in der Hochzeitsnacht leidenschaftlich erregt hatten und daß sie tief entsetzt gewesen war, solche niederen Regungen bei sich zu entdecken. Sie war von sich selbst abgestoßen und nahm es Luther übel, daß er solche ekelhaften Gedanken und Wünsche in ihr geweckt hatte. Sie haßte sich dafür, daß sie ihn begehrte, vergoß verzweifelte Tränen über diese Entdeckung, sie war felsenfest überzeugt davon, eine absolut verworfene und mißratene Person zu sein. Doch mit dem Selbstekel konnte sie nicht leben; darum übertrug sie ihren ganzen Abscheu auf Luther. Er war schuld daran, daß sie sich diese widerwärtigen Wünsche und Begierden einbildete, obwohl sie ihrem wahren Wesen überhaupt nicht entsprachen. Nach einem Jahr hatte sie sich selbst davon überzeugt, daß ihr der körperliche Teil der Liebe niemals Spaß gemacht hatte, daß sie ihn vielmehr von Anfang an abstoßend gefunden hatte, wie sich das für eine anständige Frau gehörte.

Samantha war bestürzt. Wie merkwürdig, daß derselbe Akt bei verschiedenen Menschen so unterschiedliche Reaktionen auslösen konnte. Louisa und Luther taten ihr leid.

»Hast du Luther mal gesagt, wie dir zumute ist?«

Louisa riß die Augen auf. »Ich soll mit ihm darüber reden? Samantha, wie kannst du nur!«

»Aber vielleicht weiß Luther nicht, daß du es so schrecklich findest«, entgegnete Samantha. »Viele Frauen haben am Anfang Schwierigkeiten, aber dann gewöhnen sie sich daran und können es sogar genießen. Vielleicht glaubt Luther, daß du über deine Abneigung hinwegkommen

wirst. Louisa, du machst dich noch krank, wenn du das nicht mit ihm klärst.«
»Ich kann darüber nicht mit Luther sprechen. Du bist der einzige Mensch auf der Welt, mit dem ich über so was reden kann, Samantha, weil du meine beste Freundin bist und außerdem Ärztin.«
»Sprichst du mit deinem Arzt darüber?«
»Ach, Dr. McMahan. Er behandelt mich wie ein kleines Kind. Wenn ich ihm erzähle, wie unwohl ich mich fühle, lacht er nur und tätschelt mir den Kopf. Er erklärt mir immer nur, ich müßte strahlen vor Glück und müßte mich wunderschön fühlen. Die Mutterschaft sei eine heilige Aufgabe. Aber schau mich doch mal an, Samantha! Schau dir diesen Körper an. Wenn Männer eine Schwangerschaft durchmachen müßten, würden sie bestimmt schnell aufhören, von Glück und Schönheit zu quasseln.«
Samantha runzelte die Stirn. Was tat Louisa da? Eine schwangere Frau konnte ja wirklich schön sein, von einer inneren Schönheit strahlend. Es war beinahe so, als vernachlässige Louisa sich und das Haus absichtlich; als handle es sich dabei um einen vorsätzlichen Akt der Rebellion.
»Samantha«, sagte Louisa plötzlich leise, »ich muß dir was sagen, was ich bis jetzt noch keinem Menschen gesagt habe. Ich habe eine schreckliche Wut auf das Baby. Es hat mich entstellt, und es hat mich zur Gefangenen gemacht. O Gott, Samantha, ich fühle mich grauenvoll. Ich will das Kind nicht haben. Es kommt mir vor wie ein Schmarotzer, der sich in meinen Körper eingeschlichen hat und mich langsam auffrißt. Wenn das Kind nicht wäre, könnte ich mich hübsch anziehen, ich könnte ausgehen, bummeln gehen.«
»Aber dann geh doch aus, Louisa«, sagte Samantha. »Bewegung und frische Luft brauchst du gerade jetzt. Das täte dir gut.«
Louisa starrte sie entgeistert an. »Aber Samantha! Ich kann doch so nicht auf die Straße gehen. Was würden denn die Leute von mir denken?«
»Louisa, die Schwangerschaft ist keine Krankheit. Es gibt keinen Grund, warum eine werdende Mutter sich nicht Bewegung und frische Luft gönnen sollte. Wir könnten gemeinsam etwas unternehmen, so wie früher, Louisa. Erst essen wir bei Macy's zu Mittag und dann gehen wir ins Hotel Everett und schauen uns die neuen Glühlampen von Mr. Edison an. Hundert Lampen, Louisa, du wirst staunen.«
Sie zeigte schwaches Interesse. »Und wann gehen wir?«
»Wann? Ach, ich weiß nicht. Ich habe jeden zweiten Sonntag frei, aber dann muß ich waschen und flicken...«
»Ist ja auch gleich, Samantha. In dem Zustand kann ich sowieso nicht ausgehen. Vielleicht wenn das Baby da ist...« Ihr Gesicht verschloß sich

und ein Gedanke kam ihr in den Sinn, der ihr in letzter Zeit häufig durch den Kopf gegangen war. Ich kann nirgends hingehen, und ich habe keine Freundinnen. Niemand hat Zeit für eine Frau, die ein Kind erwartet. Aber wenn das Baby sterben würde, dann würden sich alle um mich kümmern. Oder wenn Luther bei einem Unfall ums Leben kommen würde, dann wäre ich Witwe, und alle würden mich mit großer Teilnahme behandeln, und ich brauchte nie wieder zu heiraten und Kinder zu bekommen.

Ohne sich dessen bewußt zu sein, ließ Louisa ihre Gedanken in ihre nächsten Worte einfließen. »Also, ich mache das jedenfalls nicht mehr mit. Luther wird sich daran gewöhnen müssen, ohne das zu leben. Und wenn er seine Begierden unbedingt befriedigen muß, kann er sich ja eine von den vielen Frauen nehmen –«

Sie war selbst erschrocken über den harten Klang ihrer Stimme, und als sie Samanthas Blick gewahrte, schämte sie sich tief. Sie geriet ins Stottern und brach in peinlicher Verlegenheit ab.

Um den Moment zu überbrücken, sagte Samantha: »Es ist wirklich warm heute. Ich würde mich gern ein bißchen frisch machen. Sagst du mir, wo das Badezimmer ist?«

Louisa wies stumm in den Flur, der zum rückwärtigen Teil des Hauses führte. Samantha, die sah, daß Louisas Glas leer war und der Kuchen aufgegessen, stellte das Geschirr auf das Tablett und nahm es mit in die Küche.

Die Küche war mit allen Einrichtungen ausgestattet, die eine Frau sich wünschen konnte, aber Louisa schien das nicht zu schätzen. Alles war so unordentlich und vernachlässigt wie im Wohnzimmer. Auf dem Tisch sah Samantha die beiden leeren *root beer* Flaschen stehen. Daneben lag einer der raffinierten neuen ›automatischen‹ Dosenöffner. Zerstreut nahm sie ihn zur Hand und drehte ihn hin und her. Dabei fiel ihr Blick auf eine dritte Flasche, die neben dem Spültisch stand. ›Dr. Pooles Beruhigungssirup für werdende Mütter‹. Samantha legte den Dosenöffner weg, entkorkte die Flasche und roch an der Öffnung. Ein widerlich süßer Geruch stieg er entgegen, der jedoch nicht ganz überdecken konnte, was er gewiß sollte: daß Dr. Pooles Beruhigungstrank ein Rauschmittel enthielt, das Samantha allerdings auf Anhieb nicht identifizieren konnte.

Einen Augenblick später stand sie im modern eingerichteten Badezimmer – die Arndts hatten sogar eine der neuen Toiletten mit Wasserspülung – und drückte sich ein feuchtes Tuch in den Nacken. Neben Luthers Rasierzeug stand eine Flasche Dr. Raphaels Stärkungstrunk für Männer, die sich ihre Männlichkeit lange bewahren wollen.

Was war mit den beiden unbeschwerten Freunden geschehen, mit denen sie ihre Sonntage verbracht hatte? Sie kamen Samantha plötzlich wie Fremde vor. Sie und Louisa hatten kaum noch etwas gemeinsam; lange Pausen des Schweigens schlichen sich in ihr Gespräch ein. Louisa brauchte andere Freundinnen, verheiratete Freundinnen, Frauen mit Kindern.
Samantha faltete den Waschlappen ordentlich und hängte ihn über seinen Halter. Unsere Wege trennen sich, Louisa. Siehst du es auch? Bist du deshalb so zornig auf mich und die Welt? Wenn das Kind erst da ist, wird die Kluft so groß werden, daß wir sie nicht mehr überbrücken können. Gibst du auch daran Luther die Schuld?
Sie hörte das Klappen der Haustür. Nachdem sie sich noch einmal ordnend über das Haar gestrichen hatte, ging sie in den Flur hinaus. Luther kam ihr entgegen und drückte ihr mit freundschaftlicher Herzlichkeit die Hand. Er hatte sich nicht verändert, war so warm und offen, wie sie ihn in Erinnerung hatte.
Als er sich zu Louisa hinunterbeugte, um ihr einen Kuß zu geben, hielt diese ihm die Wange hin. Als er fragte, wie sie sich fühle, klagte sie über Rückenschmerzen. Sie bestrafte ihn, dachte Samantha.
»Ich habe schon gehört, daß du jetzt in der Apotheke sehr viel zu tun hast, Luther«, sagte Samantha.
Während er sprach, wanderte sein Blick immer wieder zu seiner Frau.
»Ja, es gibt viel Arbeit, und ich habe natürlich auch eine Menge Verantwortung übernommen. Aber es macht mir Spaß. Mr. DeWinter hat mir gesagt, daß er mir eines Tages die Apotheke ganz überlassen will. Er ist ziemlich altmodisch. Ich versuche, ein bißchen frischen Wind ins Geschäft zu bringen, aber er sträubt sich.«
Louisa gähnte laut und ungeniert, ohne die Hand vor den Mund zu halten.
Luther beugte sich vor. »Ich möchte die Apotheke modernisieren«, erklärte er ernsthaft. »Mit der Zeit gehen, verstehst du, Samantha. Aber Mr. DeWinter will nichts davon wissen.«
Samantha warf einen verstohlenen Blick auf Louisa, von der eine spürbare Spannung ausging.
Luther rieb sich etwas verlegen die Hände. »Louisa, wie sieht's denn mit dem Abendessen aus?«
»Du wolltest doch was mitbringen.«
Er errötete. »Ach ja, natürlich. Das hab' ich völlig vergessen. Vielleicht könnten wir Samantha einladen...«
»Ich würde sehr gern bleiben, wenn es dir nicht zuviel wird, Louisa.«

»Aber nein...«
»Wunderbar.« Luther stand auf und ging zur Kredenz, um jedem ein Gläschen Likör einzuschenken.
Samantha sagte leise zu Louisa: »Vielleicht können wir später noch sprechen. Wäre dir das recht?«
Louisa lächelte. »Ach ja, Samantha. Sehr.«
Später, nach dem Essen und einer langen Plauderstunde brachte Luther Samantha zur Tür. So leise, daß Louisa, die im Wohnzimmer geblieben war, es nicht hören konnte, sagte er: »Es ist eine schwere Zeit für sie, Samantha. Ich mache mir Sorgen um sie. Sie hat solche Angst.«
»Wovor denn?«
»Vor der Geburt. Sie ist überzeugt, daß sie sterben wird. Sie wird völlig hysterisch, wenn sie nur daran denkt.«
»Ach, Luther, das tut mir so leid. Wenn ich irgendwie helfen kann, dann laß mich holen, sobald es bei ihr so weit ist.«

3

Es war ein schwüler Septembernachmittag, nicht der leiseste Windhauch bewegte die Luft, die faul und stinkend in den Korridoren und Sälen des Krankenhauses hing. Den acht Assistenzärzten, die versuchten, sich auf den Vortrag des Stationsarztes am Bett einer Patientin zu konzentrieren, stand der Schweiß auf der Stirn.
»Die Diagnose in diesem Fall lautet also Asthma, meine Herren«, sagte der Stationsarzt. »Welche Behandlung würden Sie verschreiben, Dr. Weston?«
Einer der Assistenzärzte antwortete: »Marihuana, dreimal täglich.«
»Richtig. Als nächstes haben wir eine Frau, die –« Von lauten Stimmen an einem der Nachbarbetten gestört, brach er ab.
»Rühren Sie mich nicht an!« rief eine Frau, die, die Decke bis zum Kinn hochgezogen, aufrecht in ihrem Bett saß und mit entsetztem Blick den Arzt anstarrte, der sich über sie beugte.
»Also wirklich, Madam«, entgegnete der Arzt mit mühsam beherrschter Ungeduld. »Wie soll ich Ihnen denn helfen, wenn Sie sich nicht untersuchen lassen?«
»Sie fassen mich nicht an!«
Dr. Miles richtete sich zornig auf und verdrehte die Augen zur Decke. Dann trat er einen Schritt näher ans Bett. Die Frau schrie gellend.
»Verdammt noch mal, Sie albernes Geschöpf!« donnerte er. »Entweder

tun Sie, was ich sage, oder ich sorge dafür, daß Sie auf der Stelle aus dieser Anstalt entlassen werden.«
Die Frau brach in Tränen aus und vergrub ihr Gesicht in der Bettdecke.
Die jungen Ärzte lachten verstohlen. Samantha löste sich aus der Gruppe und eilte zu der weinenden Frau. Sie setzte sich auf den Bettrand und legte ihr einen Arm um die zuckenden Schultern. »So, so...«
»Er soll mich nicht anrühren«, sagte die Frau schluchzend. »ich würde sterben vor Scham.«
Samantha sah Dr. Miles fragend an. »Was fehlt ihr denn?«
»Woher soll ich das wissen? Das dumme Geschöpf läßt sich ja nicht untersuchen.«
»Niemals!« Die Frau hob ruckartig den Kopf. Ihre Augen blitzten. »Sie glauben, nur weil ich fürs Krankenhaus nicht bezahle, können Sie alles mit mir machen. Aber da täuschen Sie sich. Sie rühren mich nicht an.«
Samantha tätschelte der Frau die Schultern und redete beruhigend auf sie ein. Solche Szenen kamen in der Frauenabteilung täglich vor; Samantha brauchte keine weiteren Erklärungen, um zu wissen, was dieser Patientin fehlte.
Mit der Zeit beruhigte sich die Frau ein wenig. Sie wandte Samantha ihr rundes Gesicht zu. »Sie verstehen mich doch, nicht wahr?«
»Aber ja.« In einer Gesellschaft, die die Frauen in strenge moralische Konventionen einschnürte, in der es schon als unanständig galt, wenn eine Frau nur ein kleines Stück Bein sehen ließ, ertrugen die meisten Frauen lieber ihre intimen Leiden, als sich der Untersuchung durch einen Arzt zu unterwerfen.
»Sie wurde in der Nacht mit akuten Leibschmerzen gebracht«, sagte Dr. Miles gereizt. »Es könnten Wehen sein, aber diese dumme Person weiß nicht einmal, ob sie schwanger ist oder nicht.«
»Glauben Sie, die Schmerzen könnten Geburtswehen sein?« fragte Samantha die Frau freundlich.
»Ich weiß nicht.«
»Haben Sie Kinder?«
»Ja. Neun.«
Samantha überlegte einen Moment. »Wir müssen Sie untersuchen, damit wir feststellen können, was Ihnen fehlt –«
»Nein! Ich laß mich nicht von einem wildfremden Mann anfassen.«
»Ich bin Ärztin. Wie wäre es, wenn ich Sie untersuche?«

Die Frau machte große Augen. »Sie sind Ärztin?«
»Augenblick mal –«
Samantha sah zu Dr. Miles hinauf. »Ich glaube, die Patientin wird sich von mir untersuchen lassen, Doktor. Wenn Sie es gestatten, kann ich, denke ich, in kürzester Zeit feststellen, wo das Problem liegt.«
Die Frau flüsterte: »Aber er soll weggehen.«
»Könnten Sie uns einen Moment allein lassen?«
Sichtlich empört ging Dr. Miles einige Schritte vom Bett weg.
»Was tun Sie jetzt?« fragte die Frau und faßte ängstlich Samanthas Hand.
»Ich untersuche Sie ganz schnell unter der Decke. Niemand wird etwas sehen, ich verspreche es Ihnen. Bitte versuchen Sie jetzt, sich zu entspannen...«
Ein paar Minuten später trat Samantha zu Dr. Miles. »Sie hat einen Gebärmuttervorfall, Sir.«
»Hm. Zweifellos von ihrem Korsett. Sie war ja so eingeschnürt, daß sie kaum noch Luft holen konnte, die alberne Person.«
»Dr. Hargrave.« Silas Prince stand an der Tür zum Saal. »Kommen Sie bitte in den Korridor hinaus. Ich habe mit Ihnen zu reden.«
Draußen sagte er scharf: »Sie hatten keinerlei Recht, sich da einzumischen. Die Frau gehört nicht zu unseren Patientinnen.«
»Aber sie brauchte Hilfe, und Dr. Miles erreichte gar nichts.«
»Sie war ja auch völlig hysterisch. Was war da anderes zu erwarten?«
»Sicher, aber Anschreien hilft da nichts.«
»Sehr häufig ist das die einzige Möglichkeit, um mit solchen Frauen fertigzuwerden. Man muß streng sein, ihnen zeigen, wer der Herr ist. Dieses hysterische Getue behindert nur unsere Arbeit als Ärzte.«
Samantha sagte nichts.
»Ich verbiete Ihnen hiermit, sich noch einmal in die Angelegenheiten anderer Ärzte einzumischen, Dr. Hargrave. Sie können froh und dankbar sein, daß Dr. Miles ein nachsichtiger Mann ist.«
Als er sich zum Gehen wenden wollte, hielt Samantha ihn auf. »Verzeihen Sie, Sir, ich würde gern noch etwas mit Ihnen besprechen, was mir sehr wichtig ist.«
Gereizt drehte er sich noch einmal um, doch Samantha ließ sich von seiner offen gezeigten Ungeduld nicht irritieren. Sie sprach ruhig und langsam, ohne jede Unsicherheit. »Mein Name steht nicht auf der Chirurgieliste, Dr. Prince. Ich bin jetzt acht Wochen hier, war auf sämtlichen Stationen außer der Chirurgie und stelle fest, daß ich jetzt wieder für die Entbindungsabteilung eingeteilt bin, wo ich angefangen habe. Meine

nächste Station müßte aber die Chirurgie sein. Liegt da vielleicht ein Versehen vor, Sir?«
»Nein, es handelt sich keineswegs um ein Versehen, Dr. Hargrave. Zur Chirurgie werden Sie nicht zugelassen.«
Da sie mit dieser Antwort gerechnet hatte, gelang es ihr, ihren Zorn zu beherrschen. »Dr. Prince, das ist doch eine ungerechte Benachteiligung. Warum läßt man mich nicht in den Operationssaal?«
»Weil er kein Ort für eine Frau ist. Die Chirurgie, Dr. Hargrave, ist eine Domäne des Mannes. Frauen fehlen die körperlichen Voraussetzungen für diese Arbeit.«
»Da kann ich nicht zustimmen –«
»Es fällt mir nicht ein, Dr. Hargrave, mich hier mit Ihnen auf Diskussionen einzulassen, die sowieso fruchtlos sind. Frauen sind nicht dazu disponiert, im Operationssaal zu arbeiten.«
»Mir wurde aber zugesichert, daß ich sämtliche Stationen durchlaufen würde, wie alle Assistenzärzte.«
»Es geht hier nicht um Sie, Dr. Hargrave. Es geht um die Patienten. Sie wären eine Gefährdung für ihre Sicherheit.«
Dr. Prince, der es liebte, seine Worte mit dramatischen Gesten zu unterstreichen, machte auf dem Absatz kehrt und ging davon, ohne Samantha noch eines Blickes zu würdigen.
Sie nahm sich einen Moment Zeit, um ihre innere Ruhe wiederzugewinnen, ehe sie zu den Patienten zurückkehrte. Sie hatte gewußt, daß die Diskussion so ausgehen würde, aber sie war nicht gewillt, es dabei bewenden zu lassen. Sie wußte noch nicht, was sie unternehmen würde, aber irgendwie würde sie es schaffen, in die der Chirurgie einzudringen.
Gerade als sie gehen wollte, sah sie am Ende des Korridors ein elegantes Paar um die Ecke biegen, das im grauen Mief des Krankenhauses völlig fehl am Platz wirkte. Der hochgewachsene Mann im maßgeschneiderten Rock hielt sich sehr gerade, bewegte sich aber dabei doch mit der lässigen Selbstsicherheit des Aristokraten. Das unkonventionell lange Haar fiel ihm leicht gewellt bis auf die Schultern. Die Frau an seiner Seite, im mitternachtsblauen Seidenkleid, das weizenblonde Haar zur eleganten Hochfrisur aufgetürmt, war vielleicht zwei- oder dreiundzwanzig Jahre alt und sehr schön. Das also war Mrs. Rawlins.
Samantha hätte am liebsten kehrtgemacht und wäre davongelaufen, statt dessen stand sie wie angewurzelt.
»Dr. Hargrave«, sagte Mark Rawlins lächelnd und verneigte sich leicht, während das Gesicht seiner Begleiterin bei Samanthas Anblick merklich kühl wurde.

»Guten Tag, Dr. Rawlins«, erwiderte Samantha. »Das ist eine nette Überraschung.« Sie war so aufgeregt, daß sie Mühe hatte, ruhig zu sprechen.

»Für mich kommt unsere Begegnung gar nicht so überraschend, Dr. Hargrave«, entgegnete er. »Im Gegenteil, ich hatte sie fast erwartet.«

»Ach? Und woher wissen Sie, daß ich am St. Brigid's bin?«

Er lachte. »Aber Dr. Hargrave, die ganze Stadt redet von nichts anderem als der tollkühnen Ärztin, die diese von Männern gehütete Festung gestürmt hat. Die einen schildern Sie als streitbare Amazone, die anderen als Hexe. Und Ihnen ist es zu verdanken, daß mittlerweile sämtliche Krankenhäuser der Stadt von Ärztinnen belagert werden. Sie haben für eine Menge Wirbel gesorgt, Dr. Hargrave.«

Sie lachten beide. Seine Begleiterin, das Gesicht weiterhin kühl und unbewegt, nahm seinen Arm etwas fester.

»Ach, entschuldigen Sie, meine Damen«, sagte er, »ich bin wirklich ein ungehobelter Bursche. – Janelle, darf ich dich mit der unerschrockenen Dr. Samantha Hargrave bekanntmachen?«

Janelle lächelte nicht einmal. »Freut mich«, sagte sie frostig.

»Ganz meinerseits, Mrs. Rawlins.«

Mark sah sie einen Moment verblüfft an, dann rief er lachend: »Da habe ich ja ein schönes Kuddelmuddel angerichtet. Die Dame ist Miss MacPherson, Dr. Hargrave, eine gute alte Freundin.«

Samantha hatte den Eindruck, daß die ›gute, alte Freundin‹ über diese Charakterisierung nicht sonderlich erfreut war.

»Ach, verzeihen Sie den Irrtum, Miss MacPherson. Ich hielt Sie für Mrs. Rawlins.«

Janelle nickte nur distanziert, doch Mark schien sehr erheitert. »Wie sind Sie denn auf die Idee gekommen, daß ich verheiratet sei, Dr. Hargrave?«

»Sind Sie es denn nicht?«

»Meines Wissens nicht, nein.«

»Oh, das ist mir wirklich peinlich, Dr. Rawlins. In Lucerne fragte Dr. Jones doch nach der Feier nach Mrs. Rawlins.«

»Ach so. Er meinte meine Mutter. Sie hatte mich eigentlich begleiten wollen, aber dann fühlte sie sich nicht wohl genug für die Reise.« In seinen braunen Augen blitzte es amüsiert. »Sie glaubten also, ich sei verheiratet –«

»Es war mir ein Vergnügen, Sie kennenzulernen, Dr. Hargrave«, unterbrach Janelle das Gespräch in etwas scharfem Ton. »Mark, Darling, wir werden uns verspäten.«

Er tätschelte zerstreut ihre Hand, die auf seinem Arm lag. »Nur einen Augenblick noch, Janelle. – Dr. Hargrave, ich hatte eigentlich erwartet, daß Sie mich besuchen würden, um Ihr Erbe abzuholen.«
»Ich hatte die ganze Zeit sehr viel zu tun, Dr. Rawlins. Aber ich werde mich melden, sobald sich eine Gelegenheit bietet. Es macht Ihnen doch hoffentlich keine Mühe, die Sachen für mich aufzubewahren.«
»Keineswegs. Aber nun sagen Sie mir noch, wie Ihnen der Krankenhausalltag gefällt.«
»Ach, es ist natürlich viel Arbeit, aber auch sehr interessant und anregend.«
Mark sah sie mit einem unergründlichen Ausdruck an. »Ein aufregendes Leben, wie?«
»In mancher Hinsicht, ja, in anderer, nein«, antwortete sie, ohne sich näher zu dem Thema zu äußern. Samantha war nicht bereit, Mark Rawlins einzugestehen, daß sie für ihre berufliche Durchsetzungskraft mit tiefer Einsamkeit bezahlen mußte. Ihre Kollegen hatten sie zwar akzeptiert, viele bewunderten ganz offen ihren Mut, aber sie hatte in ihren Kreis keinen Eingang gefunden. Gerade weil sie die einzige Frau in ihrer Mitte war, bemühten sich die jungen Ärzte um besondere Höflichkeit und Rücksichtnahme und achteten streng darauf, Samantha nach der Arbeitszeit nicht zu stören. Eingedenk der gesellschaftlichen Konventionen wäre es ihnen nicht eingefallen, sie abends in ihre gesellige Runde einzuladen, obwohl Samantha sich manchmal nichts sehnlicher wünschte.
Janelle warf Mark einen mahnenden Blick zu.
»Verzeih, meine Liebe«, sagte er sofort. »Du hast völlig recht, wir müssen uns auf den Weg machen. – Dr. Hargrave, Miss MacPherson ist Präsidentin des Frauenwohltätigkeitsvereins, und das St. Brigid's Krankenhaus gehört zu den Spendenempfängern des Vereins. Da ich zum Stab dieses Krankenhauses gehöre, hat man mich eingeladen, an der Vereinssitzung heute nachmittag teilzunehmen.«
Samantha nickte höflich. »Ach, wirklich?« sagte sie. »Sie gehören dem Ärztestab am St. Brigid's an? Ich habe Sie noch nie hier gesehen.«
»Das St. Brigid's ist für die meisten meiner Patienten etwas abgelegen. Ich arbeite darum meistens im St. Luke's Krankenhaus. Aber von Zeit zu Zeit benutze ich die hiesige Chirurgie. Sie verfügt über hervorragende Einrichtungen. Haben Sie das nicht auch festgestellt?«
»Ich hatte noch nicht die Gelegenheit dazu, aber sie wird sicher kommen. Bitte entschuldigen Sie mich jetzt, ich muß zur Visite. Auf Wiedersehen, Miss MacPherson, auf Wiedersehen, Dr. Rawlins.«

4

Samantha blickte auf die kleine Uhr in ihrer Hand, und als der Zentralsekundenzeiger die zwölf erreichte, legte sie die Uhr aus der Hand und nahm das Skalpell. Schnelligkeit war von entscheidender Wichtigkeit; auch wenn der Patient narkotisiert war, bestand immer das Risiko, daß er plötzlich starb. Drei saubere Schnitte, dann legte Samantha das Skalpell weg und ergriff die Säge. Jetzt kam der heikle Teil.
Sie tastete nach dem Retraktor; er fiel ihr aus der Hand und landete klirrend auf dem Boden. »Verflixt«, flüsterte Samantha und schleuderte das Kissen ärgerlich aufs Bett zurück.
Beine und Rücken taten ihr weh. Sie dachte daran, für diesen Abend Schluß zu machen. Aber dann fiel ihr Blick auf den Koffer, der offen auf dem Boden stand, und auf das silberne Schild, in das der Name ›Joshua Masefield, M.D.‹ eingraviert war. Also gut, Samantha, dachte sie, das ganze noch einmal von vorn.
Es war alles ziemlich schwierig, aber Samantha war entschlossen, sich davon nicht unterkriegen zu lassen. Nachdem Jake ihr auf ihre Bitte Joshuas Instrumente bei Mark Rawlins abgeholt hatte, hatte Samantha sich das beste Chirurgielehrbuch gekauft, das sie finden konnte, hatte sich mit jedem einzelnen Instrument und dem Teil der Anatomie, für den es gebraucht wurde, gründlich vertraut gemacht und dann mit dem Selbstunterricht begonnen. Einzige Hilfen waren ihr die Instrumente, das Buch und ein Kissen, das inzwischen so oft aufgeschnitten und wieder zugenäht worden war, daß sie nachts ziemlich unbequem darauf lag.
Wieder beugte sie sich über das Kissen und machte sich an die Arbeit. Von draußen drangen Banjomusik und das Gelächter ihrer Kollegen in ihr Zimmer.
Samantha glaubte zuversichtlich daran, daß es ihr gelingen würde, die Operationstechnik zu meistern. Im Grunde konnte jeder, der ein Mindestmaß an Ausbildung genossen hatte, die Operationen durchführen, an die man sich zu dieser Zeit heranwagte. In erster Linie arbeitete man an den Gliedmaßen. Operationen im Bauchraum gab es nicht, abgesehen einzig von der Ovariektomie, einem raschen Eingriff durch eine winzige Öffnung.
Während Samantha mit der Knochensäge arbeitete, dachte sie, welch ein Durchbruch es wäre, wenn endlich eine Möglichkeit entdeckt werden würde, den Bauchraum gefahrlos zu öffnen. So viele Menschen könnten gerettet, so viele Tragödien abgewendet werden.
Sie fuhr zusammen, als es an ihrer Tür klopfte. »Ja?«

»Dr. Hargrave«, rief Mrs. Knight, »Dr. Prince möchte Sie sprechen. In seinem Büro.«
Sie packte die Instrumente ein, schob den Koffer unter ihr Bett und machte sich auf den Weg zu Dr. Prince.

Dr. Prince nahm absichtlich keine Notiz von ihr, nachdem sie eingetreten war. Er ließ sie einfach stehen, während er in irgendwelchen Papieren auf seinem Schreibtisch kramte. Als er schließlich den Kopf hob, fixierte er sie mit kaltem Blick.
»Dr. Hargrave, jedes Jahr organisieren die Mitglieder eines bekannten Wohltätigkeitsvereins eine Benefizveranstaltung zugunsten verschiedener New Yorker Krankenhäuser. Auf dieser Veranstaltung wird jeweils bestimmt, welches der Krankenhäuser die Mittel erhalten soll, die der Verein aufgebracht hat. Zu unserem Bedauern ist die Wahl in den letzten Jahren niemals auf das St. Brigid's gefallen, aber in diesem Jahr besteht eine gute Chance, daß uns die Spende zugesprochen werden wird. Im allgemeinen sind Assistenzärzte zu dieser Veranstaltung nicht geladen; aber man ist offenbar neugierig auf Sie, Dr. Hargrave, und bittet um Ihre Teilnahme.«
Er sah sie erwartungsvoll an, doch sie hüllte sich in Schweigen.
»Einige einflußreiche Mitglieder des Vereins drängen schon seit langem auf die Aufnahme von Ärztinnen in das Krankenhauspersonal. Es handelt sich fast durchweg um Damen der guten Gesellschaft, die sich offen zur Frauenbewegung bekennen. Diese Damen haben um Ihre Teilnahme an der Veranstaltung gebeten. Sie möchten Sie kennenlernen. Ich habe den Damen Ihr Kommen zugesagt. Das Fest findet morgen in einer Woche statt. Als Ihren Begleiter habe ich Dr. Weston bestimmt. Ich erwarte von Ihnen beispielhaftes Verhalten, Dr. Hargrave. Die Finanzierung dieses Krankenhauses liegt gewissermaßen in Ihrer Hand.«
Als sie sich zum Gehen wandte, fügte Dr. Prince in scharfem Ton hinzu: »Ich möchte noch einmal darauf hinweisen, Dr. Hargrave, daß Ihr Erscheinen an diesem Abend von größter Wichtigkeit ist. Und ich bitte mir absolute Pünktlichkeit aus.«

Samantha lächelte vergnügt vor sich hin, während sie ihr graues Seidenkleid zuknöpfte, das sie das letzte Mal bei der Abschlußfeier in Lucerne getragen hatte. Sie wußte genau, was sie tun würde. Wenn Prince ihre Hilfe wollte, sollte er auch dafür bezahlen.
Sie warf einen Blick aus dem Fenster. Die Straßenlampen brannten schon. Sie sahen aus wie gelbe Pusteblumen im grauen abendlichen Nebel.

»Ja, Mrs. Stuyvesant«, sagte Samantha halblaut. »Ja, es gefällt mir gut am St. Brigid's. Es war wirklich entgegenkommend, mich in das Assistenzprogramm aufzunehmen. Aber leider regiert auch hier noch das männliche Vorurteil. Obwohl ich den Wunsch geäußert habe, am chirurgischen Ausbildungsprogramm teilzunehmen, verweigert man mir –«
Es klopfte.
»Wer ist da?«
»Im Foyer wartet jemand auf Sie, Dr. Hargrave«, antwortete eine der Schwestern.
Samantha sah auf die kleine Taschenuhr an ihrem Mieder. Dr. Weston würde bald kommen, um sie abzuholen. »Wer denn?«
»Ein Mr. Arndt. Er sagt, es wäre dringend.«
Luther!
Er lief ihr erregt entgegen, als sie hinunterkam. Louisa verlange nach ihr, erklärte er. Sie läge in den Wehen und rufe unentwegt nach Samantha. Ja, eine Hebamme sei da, aber Louisa wolle sich nicht von ihr helfen lassen.
Samantha rannte wieder zu ihrem Zimmer hinauf, klebte an die Tür einen Zettel für Dr. Weston – daß er vorausgehen solle; sie würde später nachkommen –, packte ihr Cape und ihr Köfferchen und lief wieder zu Luther hinunter.

Zunächst verstand Samantha nicht, warum Louisa sie hatte holen lassen. Eine Untersuchung zeigte ihr, daß der Geburtsverlauf bisher völlig normal war, mit Komplikationen nicht zu rechnen war. Die Hebamme war eine energische Frau, sauber gekleidet und mit rosig geschrubbten Händen, offensichtlich tüchtig und erfahren. Aber als Samantha die nackte Angst in Louisas Augen sah, begriff sie, warum Louisa sie brauchte.
»Du brauchst dich nicht zu sorgen, Louisa. Es ist alles bestens. Die Lage des Kindes ist normal, alles ist so, wie es sein sollte.«
»Samantha!« Louisa umklammerte krampfhaft ihren Arm. »Ich muß sterben. Ich weiß es. Ich habe so schreckliche Träume gehabt. Ich werde es nicht überstehen.«
Samantha bemühte sich, ihre Besorgnis nicht zu zeigen. »Ich komme gleich wieder zu dir, Louisa. Inzwischen ist Mrs. Marchand hier.« Sie löste Louisas Finger von ihrem Arm und ging nach unten.
Luther saß in der unaufgeräumten Küche, niedergeschlagen und völlig in sich zusammengesunken. Mit trübem Blick sah er zu ihr auf. »Sie will das Kind nicht haben, Samantha. Sie haßt es.«
»Louisa hat nur Angst, Luther.« Samantha setzte sich zu ihm und legte

ihm beruhigend die Hand auf den Arm. »Wenn das Kind erst da ist, wird sie alles ganz anders sehen.«
Er schüttelte den Kopf. »Nein. Nach dem, was sie jetzt durchmacht, wird sie nicht nur das Kind hassen, sondern auch mich.«
Samantha sah ihn stumm an und dachte, es kann gut sein, daß er recht hat.
»Samantha«, sagte er leise. »Ich möchte bei ihr sein. Sie soll das nicht ganz allein durchstehen müssen.«
Samantha zögerte. Auf dem Land war es durchaus üblich, daß die Männer ihren Ehefrauen bei der Geburt beistanden, da dachte sich niemand etwas dabei. Aber in der Stadt billigte man den Männern dieses Recht nicht zu. Da schrie man, es sei unanständig und unmoralisch. Selbst Ärzte wurden bei einer Geburt nur widerwillig geduldet. Geburten waren Frauensache; Männer hatten sich da nicht einzumischen.
Samantha dachte an Dr. Prince und die Soiree. Dann dachte sie an Mrs. Marchand, die oben bei Louisa war. Sie würde Luther niemals ins Zimmer lassen. Plötzlich wußte Samantha, was sie zu tun hatte.

Mrs. Marchand sprang entrüstet auf, als sie Luther hinter Samantha ins Zimmer kommen sah. Samantha hob nur warnend die Hand und sagte leise: »Mr. Arndt wird seiner Frau beistehen.«
Mit zusammengekniffenen Augen und mißbilligend verzogenem Mund beobachtete die Hebamme, wie Luther neben dem Bett seiner Frau niederkniete und Louisa sachte über die schweißfeuchte Stirn strich.
Luthers Anwesenheit schien Louisa tatsächlich zu trösten und zu beruhigen. Auf Samanthas Bitte blieb Mrs. Marchand im Zimmer und setzte sich mit ihrem Strickzeug in eine Ecke.
Als die Wehen stärker wurden, begann Louisa zu schreien. »Laß mich nicht sterben. Ich will nicht sterben!«
Als endlich das Köpfchen des Kindes zum Vorschein kam, sagte Samantha: »Jetzt kommt euer Kind, Luther. Komm, setz dich hierher und halte die Hände so...«
»Schau«, sagte Samantha leise, als Louisa unter dem Ansturm der nächsten Wehe aufschrie, »da ist der Kopf.«
Luther war schweißgebadet.
»So, Luther, jetzt ist es gleich soweit.« Samantha nahm seine Hände und brachte sie in die richtige Lage, die eine oben, die andere unten, als sollten sie einen Ball auffangen.
Das Köpfchen stieß vor und zog sich wieder zurück; stieß erneut vor und wich erneut zurück; bei jeder Wehe preßte Louisa abwärts. Luther hielt

seine Hände, wie Samantha ihm gezeigt hatte, und als der kleine Kopf plötzlich herausstieß, reagierte er sofort. Er hob die untere Hand, um das Gesichtchen zu bergen, während er mit der oberen den weichen kleinen Schädel schützte. Er sah aus wie ein Mensch, der unter einem Bann steht, und seine Hände reagierten wie von selbst, als leisteten sie eine Arbeit, die ihnen schon immer vertraut gewesen war. Er zog nicht am Kopf des Kindes, wie Samantha befürchtet hatte, sondern wartete geduldig mit ausgestreckten Händen, bis die nächste Wehe kam. Als dann eine kleine Schulter sich durch die Öffnung zwängte, beugte er sich vor, streckte die untere Hand ganz flach aus und nahm auf ihr das Kind auf, das den Mutterleib nun verließ.
Samantha wollte etwas sagen, doch Luther reagierte schon, ehe sie ein Wort hervorbringen konnte. Mit einem frischen Tuch wischte er dem Neugeborenen Mund und Nase und gab ihm dann instinktiv ein paar leichte Klapse auf den Rücken. Das Kind begann zu schreien.
»Ist es ein Junge?« keuchte Louisa.
Jetzt griff Samantha ein, band die Nabelschnur ab und durchtrennte sie. Sobald sie fertig war, wickelte Luther das Kind in eine Decke und drückte das kleine Bündel zärtlich an seine Brust. Dann stand er mit zitternden Knien auf und ging zu Louisa.
»Ja, Louisa«, flüsterte er, während er ihr das Kind in die ausgestreckten Arme legte, »wir haben einen kleinen Jungen.«
»Einen Jungen! Wir haben einen Jungen!« Louisa hielt das Kind hoch, so daß sie ihm in das zerknitterte kleine Gesicht sehen konnte und lachte selig. »Ach, Luther, er sieht genau aus wie du...«
Samantha lachte mit ihr. Dann fiel ihr Blick auf die Uhr auf der Kommode. Sie konnte es kaum glauben: Es war drei Uhr morgens.

Luther bestand darauf, sie ins Krankenhaus zurückzubegleiten. Trotz der späten Stunde gelang es ihnen, eine Droschke aufzutreiben.
»Sie liebt das Kind jetzt schon, Samantha«, sagte Luther glücklich, während der Wagen durch den dichten Nebel Manhattans zuckelte. »Und jetzt glaube ich, daß sie mich auch liebt.«
»Sie hat dich immer geliebt«, erwiderte Samantha lächelnd.
Vor dem Krankenhaus bat Luther den Kutscher zu warten und ging mit Samantha die Treppe zum Portal hinauf. Dort blieb sie stehen. »Danke, Luther. Es war nett von dir, mich zu begleiten.«
»Wir können dir das niemals danken, Samantha.«
»Ach was! Fahr heim zu deiner Familie, Luther. Mrs. Marchand möchte sicher nach Hause.«

Impulsiv zog Luther Samantha in die Arme und drückte sie fest an sich.
In diesem Augenblick trat Mark Rawlins, der in der Nacht zu einem seiner frischoperierten Patienten gerufen worden war, durch die Tür und blieb abrupt stehen, als er das Paar sah: Samantha Hargrave in leidenschaftlicher Umarmung mit einem Mann. Hastig kehrte Mark um, schloß die Tür leise hinter sich und verließ das Krankenhaus auf einem anderen Weg.

Silas Prince war fuchsteufelswild. Sobald Samantha in die Kantine kam, sprang er auf und trat ihr in den Weg. Ohne Rücksicht auf Diskretion oder Form, fragte er laut und zornig: »Wo waren Sie gestern abend, Dr. Hargrave?«
Samantha war so verblüfft über diesen wütenden Ausbruch, daß es ihr einen Moment die Sprache verschlug.
Als sie nicht sofort antwortete, wiederholte Dr. Prince hitzig seine Frage. Schockiert und empört über sein ungezogenes Verhalten, sah sie ihn nur schweigend an.
Mark Rawlins, der mit zwei Kollegen an einem Tisch hinter ihr saß, legte ihr Schweigen als einen Versuch aus, Zeit zu gewinnen, um eine plausible Ausrede zu finden.
»Dr. Hargrave war mit mir zusammen, Sir«, sagte er.
Alle Köpfe drehten sich nach Mark um. Silas Prince fing an zu stottern vor Verblüffung. »Sie – sie – was?«
Samantha drehte sich um, als Mark von seinem Stuhl aufstand und ruhig auf sie und Silas Prince zuging.
»Es ist alles meine Schuld, Sir. Dr. Hargrave sagte mir von Anfang an, daß wir nicht rechtzeitig zurück sein würden, aber ich ließ ihre Einwände nicht gelten und überredete sie schließlich, sich meiner Mutter und mir zu einer Fahrt um Long Island anzuschließen. Leider kam dann Nebel auf, der uns stark behinderte.«
Samantha sah ihn einen Moment lang erstaunt an, dann sagte sie: »Das ist sehr freundlich von Ihnen, Dr. Rawlins, aber es ist nicht nötig, daß Sie mit einer erfundenen Geschichte für mich in die Bresche springen. Ich kann für mich selbst sprechen. – Dr. Prince«, fuhr sie fort, sich von Mark abwendend, »ich war gestern abend bei einer Entbindung. Ich kann Ihnen Namen und Adresse geben, wenn Sie es überprüfen wollen.«
Silas Prince blickte verwirrt bald zu Mark Rawlins, bald zu Samantha. »Sie hätten jemand anderen schicken können, Dr. Hargrave«, zischte er schließlich. »Sie hatten keinen Notdienst.«

»Die Patientin ist eine Freundin von mir. Ich hatte ihr versprochen, ihr Geburtshilfe zu leisten.«
»War denn keine Hebamme da?«
»Doch.«
»Wozu mußten Sie dann da sein? Gab es Komplikationen? Oder warum –« Seine Stimme schwoll bedrohlich an – »sind Sie dann gestern abend nicht erschienen?«
»Ich hatte ein Versprechen gegeben, Dr. Prince.«
»Dr. Hargrave!« Silas Prince hatte sichtlich Mühe, nicht völlig die Beherrschung zu verlieren. »Sie haben mich gestern abend blamiert. Sie haben das ganze Krankenhaus blamiert. Wir haben den ganzen Abend auf Sie gewartet. Ich wußte nicht, was ich den Damen sagen sollte. Dr. Weston erklärte mir, Sie wären weggerufen worden. Unsere Gastgeberinnen waren außerordentlich enttäuscht.« Er holte keuchend Atem. »Ist Ihnen eigentlich klar, was Sie getan haben, Dr. Hargrave? Sie haben das St. Brigid's Krankenhaus um die Mittel gebracht, die es so dringend benötigt. Mit diesem Geld hätten wir Betten und Matratzen kaufen können, wir hätten –« Er brach ab, um nicht völlig außer Fassung zu geraten. Mit mühsam beherrschter Stimme sagte er dann: »Erste Regel an diesem Krankenhaus ist absoluter Gehorsam, Dr. Hargrave. Leute, die sich bedenkenlos über diese Regel hinwegsetzen, können wir hier nicht dulden. Packen Sie Ihre Sachen und verschwinden Sie. Noch heute!«
»Aber, Sir, es muß doch Ausnahmen geben! Das Wohl des Patienten muß wichtiger sein als die strengste Regel.«
Sein kalter Blick durchbohrte sie. »War das Leben der Patientin in Gefahr? War das Leben des Kindes bedroht?«
»Nein.«
»War sie ohne Beistand?«
Samantha seufzte. »Nein.«
»Dann gibt es für Ihr Verhalten keine Entschuldigung. Ich fordere Sie nochmals auf, dieses Krankenhaus sofort zu verlassen.«
Samantha stand immer noch reglos in der Mitte des Saales, als Silas Prince längst gegangen war und die übrigen Ärzte ihm verlegen und voll Unbehagen gefolgt waren. Am Schluß war nur noch Mark Rawlins da.
»Ich danke Ihnen, daß Sie mir helfen wollten, Dr. Rawlins«, sagte Samantha, sich ihm zuwendend. »Ich verstehe allerdings nicht, wie Sie auf den Gedanken kamen, daß ich Hilfe brauchte.«
Mark sah sich einmal rasch in der Kantine um, und als er sah, daß sie allein waren, antwortete er: »Als ich heute in den frühen Morgenstunden aus dem Krankenhaus kam, sah ich Sie dort auf der Treppe stehen.«

Sie runzelte wie verwundert die Stirn. »Ich verstehe nicht.«
»Natürlich konnten Sie Dr. Prince nicht sagen, warum Sie nicht zu der Soiree erschienen waren; weil Sie den Abend mit einem Freund verbracht hatten.«
»Mit einem Freund? Ach so, Sie meinen Luther. Er ist der Mann meiner Freundin. Er hat mich nach der Entbindung ins Krankenhaus zurückbegleitet.« Samantha begriff plötzlich. »Ach, und Sie dachten –« Beinahe hätte sie gelacht. »Nein, Dr. Rawlins, da hat der Schein getrogen. Es war wirklich nett von Ihnen, mir helfen zu wollen, aber das muß ich alleine durchstehen.«
»Aber die Entlassung ist doch bitter für Sie. Was haben Sie jetzt vor?«
»Das weiß ich noch nicht. Ich hatte nicht damit gerechnet, daß er so böse reagieren würde.«
»Darf ich Ihnen noch einmal meine Hilfe anbieten?«
Samantha sah in sein lächelndes Gesicht und glaubte einen Moment lang, er wolle sich über sie lustig machen. Dann aber erkannte sie die echte Teilnahme in seinem Blick.
»Der Direktor am St. Luke's Krankenhaus schuldet mir eine Gefälligkeit –«
»Vielen Dank, Dr. Rawlins, aber ich würde mich auf einer Stelle, die ich nur aufgrund persönlicher Beziehungen bekommen habe, nicht wohlfühlen.«
Er bewunderte ihren Stolz und ihren Mut, aber er sah auch ihre Verletzlichkeit.
»Bitte weisen Sie mein Angebot nicht so hastig zurück. Es ist kein Zeichen von Schwäche, einen Freund um Hilfe zu bitten.«
Sie sah ihm in die warmen braunen Augen und fühlte sich beinahe unwiderstehlich zu ihm hingezogen. »Sie haben leider recht, Dr. Rawlins«, sagte sie leise. »In meiner jetzigen Lage brauche ich wirklich alle Hilfe, die ich bekommen kann.«
»Soll ich einmal mit Prince sprechen?«
»Ich glaube nicht, daß das Sinn hätte.«
»Dann lassen Sie mich mit dem Direktor am St. Luke's sprechen, Dr. Hargrave. Es ist ein gutes Krankenhaus. Sie würden dort sicher eine Menge lernen.«
Sie schüttelte den Kopf. »Ich bin Ihnen dankbar für Ihre Hilfe, Dr. Rawlins, aber ich weiß im Augenblick überhaupt nicht, was ich eigentlich will. Ich muß das erst einmal für mich selbst klären.«
»Gut. Sie haben meine Adresse. Zögern Sie bitte nicht, mit mir Verbindung aufzunehmen. Ich bin immer für Sie da.«

Als Samantha fertig gepackt hatte, setzte sie sich hin und zählte noch einmal ihr Geld. Leider wurde es nicht mehr. Sie hatte genau noch 29 Dollar und 47 Cents.

Als es klopfte, öffnete sie die Tür und sah sich Dr. Princes Sekretär gegenüber.

»Dr. Hargrave«, sagte der junge Mann, »ich soll Ihnen ausrichten, daß Sie bis zum Ende der Ausbildung am St. Brigid's bleiben können.«

Samantha sah ihn erstaunt an. Dann erwiderte sie: »Bitte sagen Sie Dr. Prince, daß ich das gern von ihm persönlich hören möchte.«

Fünf Minuten später wurde sie in Silas Princes Büro gerufen.

»So, nun habe ich es Ihnen persönlich mitgeteilt«, sagte er, mit dem Rücken zu ihr am Fenster stehend.

»Was hat Sie bewogen, Ihren Entschluß zu ändern?«

Silas Prince drehte sich um. Sein Gesicht war unwirsch. »Das St. Brigid's hat die Spende, auf die wir gehofft hatten, erhalten, Dr. Hargrave. Unter besonderer Würdigung der Tatsache, daß Sie an diesem Krankenhaus tätig sind. Die Entscheidung der Damen war bereits vor der gestrigen Veranstaltung gefallen.« Er kam um seinen Schreibtisch herum und blieb vor ihr stehen. »Dr. Hargrave, im Interesse dieses Krankenhauses bin ich bereit, Konzessionen zu machen und gewisse persönliche Prinzipien zu opfern. Aber ich warne Sie, Dr. Hargrave: Ich werde diesen Zwischenfall nicht vergessen. Fordern Sie mich also nicht wieder heraus!«

5

Auf den regnerischen Herbst folgte ein klirrend kalter Winter. Alle verfügbaren Decken wurden gebraucht, um die Patienten warmzuhalten, und die Öfen in den Krankensälen schwängerten die Luft mit beißendem Qualm. Samantha fühlte sich wie von der Außenwelt abgeschnitten. Die Woche über hatte sie im Krankenhaus soviel zu tun, daß sie abends nur noch todmüde in ihr Bett fallen konnte, und an ihren freien Sonntagen hinderte sie oft der hohe Schnee an einem Besuch bei Louisa und Luther.

Mark Rawlins sah sie selten, aber manchmal hatte sie das Gefühl, daß er die Begegnung mit ihr suchte. Im allgemeinen sahen sie sich in der Kantine, wo er sie, wenn auch im Gespräch mit Kollegen, ganz unverhohlen anzustarren pflegte. Wenn sie dann zu ihm hinüberschaute, nickte er lächelnd, mit einem Ausdruck in den Augen, als hätten sie ein Geheimnis miteinander.

Janelle MacPherson hingegen traf sie häufig, wenn diese, von ihrem Gefolge wohlmeinender, aber gelangweilter Damen begleitet, im kostbaren Hermelin durch die Krankensäle rauschte, um die Patienten mit Decken, Bibeln und ein paar warmen Worten zu bedenken. Wenn Samantha ihr begegnete, tauschten sie einen höflich frostigen Gruß. Viel sympathischer als Janelle fand Samantha ihre jüngere Schwester Letitia, ein lebenslustiges, hübsches junges Mädchen, das gern lachte und echte Teilnahme am Schicksal der Patienten zeigte. Sie war die einzige in der Gruppe, die ab und zu stehen blieb und mit der trist gekleideten jungen Ärztin ein paar freundliche Worte wechselte.

Wenn Samantha abends nicht zu müde war, übte sie in der Abgeschlossenheit ihres kleinen Zimmers weiterhin den Umgang mit dem Skalpell an ihrem Kissen. Oft fühlte sie sich einsam und allein gelassen in ihrem Bemühen, besonders wenn um die Weihnachtszeit Gesang und Gelächter ihrer männlichen Kollegen durch den Korridor schallten, aber sie verfolgte ihr Ziel mit unerschütterlicher Entschlossenheit. Sie wußte jetzt in der Theorie alles, was es zu wissen gab, kannte jeden einzelnen Handgriff, ging ruhig und sicher mit den Instrumenten um, hatte die diffizile Kunst des Nähens gemeistert. Aber eine Gelegenheit, ihr Können praktisch anzuwenden, hatte sich bis jetzt nicht ergeben.

Das erste Läuten riß sie aus tiefem Schlaf, beim zweiten rannte sie schon in ihrem pludrigen Kostüm durch den Korridor.
Jake erwartete sie füßestampfend neben den schnaubenden Pferden.
»Verdammt kalte Nacht, Doc«, sagte er, als er ihr auf den Wagen half.
»Was ist es denn, Jake?«
»Unfall im Meadowland. Mehr weiß ich nicht.«
Samantha klammerte sich ans Geländer, als der Wagen in die Winternacht hinausschoß. Sie konnte des eisige Metall durch ihre gefütterten Handschuhe spüren. Das Meadowland. Sicher ein abgestürzter Trapezkünstler. Solche Unfälle gab es in den Varietétheatern immer wieder. Die Akrobaten und Seiltänzer wagten das Äußerste, um das Publikum in möglichst großen Scharen anzulocken.
Während der Wagen an strahlend erleuchteten Häusern vorüberfuhr, wurde sich Samantha bewußt, daß Heiliger Abend war. Es berührte sie nicht sonderlich. Sie hatte den Notdienst freiwillig übernommen, damit ihre Kollegen mit ihren Familien feiern konnten. Die Arndts hatten sie zum Abendessen eingeladen, aber sie brauchten sie nicht; sie hatten nur Augen für ihren kleinen Johann. Es ist ein Abend wie jeder andere, sagte sich Samantha.

Die Fassade des Meadowland funkelte und glitzerte wie ein bunter Weihnachtsbaum. Besucher in langen Abendkleidern und schwarzen Capes gingen von ihren Wagen vorsichtig über den vereisten Bürgersteig zum Theatereingang. Einige drehten die Köpfe, als der Rettungswagen vorfuhr. Dann kam schon ein nervöser kleiner Mann angeschossen. »Frau Doktor«, sagte er hastig, während er sich nach allen Seiten umsah, »bitte kommen Sie zum Bühneneingang. Ohne Aufsehen, bitte.«

Samantha und Jake folgten dem Mann durch die Seitentür zu den Garderoben, wo so kurz vor dem Beginn der Vorstellung allgemeine Hektik herrschte.

»Ausgerechnet diesen Abend mußte sie sich aussuchen«, jammerte der nervöse kleine Mann, als sie vor einer Tür haltmachten, die mit einem glitzernen Stern dekoriert war. »Wir haben ein absolut volles Haus. Und ausgerechnet dann muß sie diese Dummheit machen.«

Er führte sie in die hell erleuchtete Garderobe mit blinkenden Spiegeln und grellbunten Kostümen, die säuberlich an vielen Haken hingen. Zwei Frauen befanden sich in dem kleinen Raum; die eine lag auf einer Chaiselongue, die andere kniete an ihrer Seite. Nur sie reagierte, als die Tür sich öffnete.

»Es ist die Ärztin vom St. Brigid's«, sagte der Theaterdirektor.

Die Frau, die neben der Chaiselongue kniete, stand auf, als Samantha sich näherte. Sie trug einen hautengen, mit Pailletten besetzten Anzug und einen Kopfschmuck aus Straußenfedern.

»Was ist passiert?« fragte Samantha.

Die kostümierte Frau warf einen Blick auf die beiden Männer und sagte dann leise: »Sie hatte einen Unfall mit einer Stricknadel.«

Samantha sah sich nach den Männern um und sagte: »Würden Sie uns bitte allein lassen?« Nachdem die beiden sich hastig zurückgezogen hatten, kniete sie neben der Chaiselongue nieder und hob die Decke, die man über der reglos daliegenden Frau ausgebreitet hatte. »Wann hat sie es getan?« fragte sie, während sie mit der einen Hand den Rock der Bewußtlosen hochschob und mit der anderen ihren Puls suchte.

»Ich weiß nicht. Vor einer halben Stunde vielleicht. Sie hätte gleich in der ersten Nummer auftreten müssen. Sie ist die ›Goldene Nachtigall‹, wissen Sie. Na ja, und da erscheint *er* plötzlich hinter der Bühne...«

Während Samantha sich den Bericht anhörte, versuchte sie festzustellen, was die Frau sich angetan hatte. Flammender Zorn schoß in ihr hoch. Zu welchen Verzweiflungstaten Frauen getrieben werden konnten!

»Sie hatten einen Riesenkrach. Wir haben's alle mitangehört. Sie sagte ihm, daß sie ein Kind kriegt, und er sagt, es wäre bestimmt nicht von ihm,

sie wäre nichts als eine elende Hure. Sie flehte ihn an, er solle sie nicht verlassen, sie hat geheult und geschrien, aber der Kerl beschimpfte sie nur. Als er gegangen war, schickte Mr. Martinelli, das ist der Direktor, mich zu ihr, um sie zu beruhigen, und da hab' ich sie mit der Stricknadel erwischt. Es war schon zu spät, um noch was zu tun. Sie blutete wie verrückt...«
»Holen Sie meinen Fahrer herein«, sagte Samantha. Sie zog den Rock der Bewußtlosen wieder herunter und legte ihr die Decke fest um die Beine.
»Das Handtuch war meine Idee«, sagte die Frau, ehe sie hinauslief. »War das richtig, Doktor?«
»Sie haben ihr wahrscheinlich das Leben gerettet.«

Während Samantha im schwankenden Wagen über ihre bewußtlose Patientin gebeugt saß, überlegte sie fieberhaft. Die Frau hatte sich schweren Schaden zugefügt; sie hatte die Gebärmutter und das Peritoneum durchbohrt, vielleicht auch den dahinterliegenden Darm. Samantha wußte, daß ihre Chancen gleich Null waren. Es sei denn, sie wurde auf der Stelle operiert.
Samanthas Gedanken eilten voraus. An diesem Abend fand bei Dr. Prince eine Weihnachtsfeier statt, und praktisch das gesamte Personal war dort. Fünf der Assistenzärzte hatten die Erlaubnis erhalten, nach Hause zu fahren. Zurückgeblieben waren nur Samantha, die den Notdienst übernommen hatte, und Dr. Weston, der auf Station war.
Samantha versuchte zu berechnen, wie lange es dauern würde, einen der Chirurgen von der Weihnachtsfeier zu holen. Viel zu lange, dachte sie entsetzt.
Sie rannte Jake, der die Bewußtlose durchs Foyer trug, voraus. Dr. Weston saß im Ärztezimmer vor dem Ofen, als Samantha hereinstürzte und sich ihr Cape von den Schultern riß.
»Ist außer uns noch jemand im Haus, Doktor?«
Er schüttelte den Kopf. »Was ist denn los?«
»Versuchter Abort. Ich glaube, sie hat innere Verletzungen. Sie verblutet, Dr. Weston. Sie muß sofort operiert werden. Können Sie operieren?«
Wieder schüttelte er den Kopf. »Ich hab' gerade erst in der Chirurgie angefangen. Ich hab' von Tuten und Blasen keine Ahnung. Schicken Sie lieber Jake, daß er jemanden holt.«
Samantha wirbelte herum. »Jake, holen Sie uns einen Arzt, irgendeinen. Wer am schnellsten zu erreichen ist. Aber tragen Sie sie erst in den Operationssaal hinauf.«
»Was –«, begann Dr. Weston.

Sie drehte sich nach ihm um. »Wir müssen anfangen, Doktor. Wir haben keine andere Wahl. Die Frau ist in einem kritischen Zustand. Wir können nicht warten.«
»Aber wir können doch nicht einfach –«
»Wir können, Doktor. Wir müssen. Können Sie Narkose geben?«
»Aber, Dr. Hargrave, Sie waren noch nie –«
»Jake, gehen Sie los! Kommen Sie, Doktor. Wir haben keine Zeit.«
Auf der Treppe kam ihnen Mrs. Knight entgegen, die das Bimmeln der Notglocke gehört hatte. »Was geht hier vor, Dr. Hargrave?«
»Wir bringen die Frau in die Chirurgie hinauf. Würden Sie uns bitte helfen?«
»Aber wer soll denn operieren?« fragte Mrs. Knight, als Samantha sich an ihr vorbeidrängte.
»Ich«, antwortete Samantha kurz und lief weiter.
Sie arbeitete schnell und systematisch. Sie war angespannt und ein wenig beklommen, aber die wochenlange Arbeit auf den Stationen hatte sie dazu erzogen, sich jeweils nur auf das zu konzentrieren, was gerade anstand – für Panik war jetzt keine Zeit. Während sie in den Schränken nach Dingen suchte, die sie brauchte – sie war ja nie zuvor in einem Operationssaal gewesen –, zündete Mrs. Knight die Lampen an und Dr. Weston schnallte die Patientin auf dem Operationstisch an.
Ätherdämpfe stiegen schon in die Luft auf, als Samantha ihre Instrumente zu einem Becken trug. »Mrs. Knight«, sagte sie, »würden Sie bitte Karbol in das Becken gießen.«
»Auf die Instrumente?« Das Gesicht der Oberschwester zeigte Verwunderung, aber sie gehorchte ohne Widerrede.
Samantha ließ die blutverschmierten Metzgerschürzen an ihren Haken hängen und befestigte statt dessen mit ein paar Nadeln ein sauberes Handtuch auf ihrem Kleid. Dann tauchte sie zum Erstaunen der anderen im Raum die Hände in die Karbollösung.
»Mrs. Knight«, sagte sie ruhig, »würden Sie bitte die Beine der Patientin halten?« Im stillen aber flehte sie: O Gott, Jake, beeilen Sie sich.
Die Blutungen hatten nachgelassen, aber das war nicht unbedingt ein gutes Zeichen; die Frau konnte innere Blutungen haben. Und das Licht war unmöglich – in der Regel wurde nur morgens operiert, wenn die Beleuchtung am besten war. Bei trübem Himmel wurden Operationen abgesagt, und abends wurde kaum je eine Operation versucht.
Samanthas Mund war wie ausgedörrt, und in ihren Ohren war ein beständiges Dröhnen. »Mrs. Knight, ich brauche mehr Licht. Vielleicht kann man noch eine Lampe herholen.« Von den Ätherdämpfen wurde ihr

einen Moment schwindlig. »Dr. Weston, das müßte fürs erste reichen. Ein paar Tropfen alle paar Minuten bitte...«
Samantha nahm ein Tenakel aus dem Becken, wartete einen Moment, bis ihre Hand ruhig geworden war, und führte es vorsichtig ein. Sie sah die Lehrbuchillustration vor sich und im nächsten Moment das Bild Elizabeth Blackwells, wie sie ruhig und sicher Mrs. Steptoe versorgte. Nachdem Samantha mit dem Instrument den Gebärmutterhals zu fassen bekommen hatte, manipulierte sie den Uterus und konnte im Licht der Lampe, die Mrs. Knight auf den Operationstisch gestellt hatte, die Perforation erkennen.
Während sie im stillen darum betete, daß Jake endlich mit einem Arzt zurückkommen würde, sagte sie völlig ruhig: »Was macht der Puls, Dr. Weston?«
»Ungefähr neunzig und stabil.«
»Würden Sie ihn bitte unter Beobachtung halten? Prüfen Sie ihn alle paar Minuten.« Bitte Gott, gib mir Kraft. Laß sie mir nicht sterben...
Die Minuten dehnten sich ins Endlose. Außer dem gelegentlichen Klirren der Instrumente war es grabesstill im Raum. Und sehr kalt. Dr. Weston fröstelte. Die Brust der Patientin hob und senkte sich in sanften Atembewegungen. Samantha arbeitete stumm, den Mund krampfhaft zusammengepreßt, während Mrs. Knight ihr gegenüber stand und auf ihre Befehle wartete.
Samantha hatte das Gefühl, als wären ihre Finger erstarrt, drohten jeden Moment, ihr den Dienst zu versagen. Immer wieder mußte sie die aufsteigende Panik niederkämpfen, und während sie jeden Handgriff ausführte, wie das Lehrbuch ihn vorschrieb, lief in ihrem Inneren ein erbittertes Streitgespräch ab: Ich hätte das gar nicht anfangen sollen, ich hätte mich darauf nicht einlassen sollen. Doch, ich mußte, es war die einzige Möglichkeit. Sie wäre jetzt schon tot, wenn wir auf einen Chirurgen gewartet hätten. Sie lebt noch, aber wie lange noch? Mein Gott, sie wird mir sterben. Ich hätte nicht anfangen sollen –
Da sprang die Tür auf und Mark Rawlins kam herein, Hut und Mantel voller Schnee. »Wie geht es ihr?« fragte er.
Samantha wäre vor Erleichterung beinahe in die Knie gegangen. »Sie lebt noch, Doktor. Aber es ist kritisch.«
Im nächsten Moment stand er ihr am Tisch gegenüber und begutachtete mit raschem, sachkundigen Blick Samanthas Arbeit.
»Warten Sie«, sagte er, nahm das Tenakel und und brachte es in eine andere Stellung. »So. Da haben Sie besseren Blick. Sehen Sie?«
»Ja«, antwortete sie.

»Jetzt nehmen Sie diese Klemme, Doktor...« Mark führte ihr mit ruhiger Festigkeit die Hand und sagte ihr, was sie zu tun hatte. »Tupfen Sie häufiger. Achten Sie darauf, daß das Operationsfeld immer frei ist. Mrs. Knight, die Beleuchtung ist schauderhaft. Dr. Weston, die Patientin hat Schmerzen. Mehr Äther.«

Anstatt einfach zu übernehmen, wie Samantha das erwartet hatte, arbeitete Mark mit ihr zusammen, half ihr und führte sie. »Der Ansatz ist richtig, Doktor, aber der Retraktor hier hilft Ihnen mehr, wenn Sie ihn da plazieren.« Seine Hand umfaßte die ihre. »Nicht zuviel Spannung, sonst reißt das Gewebe. Haben Sie das Nahtmaterial bereits?«

»Ja. Der Darm liegt im Karbol.«

Er sah einen Moment auf und blickte Samantha an, deren Kopf über die Patientin geneigt war. Er öffnete den Mund, um etwas zu sagen, aber dann ließ er es bleiben. Als Samantha den Nadelhalter nahm, veränderte er behutsam die Stellung ihrer Finger, und als sie den Knoten band, legte er ihr die Schere in die Hand und führte sie beim Abschneiden der Fäden.

Samantha sah nicht ein einziges Mal auf. Sie wirkte so konzentriert, daß Mark überzeugt war, sie wäre sich seiner Anwesenheit kaum bewußt. Tatsächlich jedoch war sich Samantha seiner Nähe und der freundlichen Berührung seiner Hände sehr deutlich bewußt und schöpfte Kraft und Ruhe aus ihr.

Samantha arbeitete schnell und geschickt. Nie mußte Mark ihr einen Handgriff mehr als einmal zeigen. Mark fädelte ihr die gebogenen Nadeln ein und sah ihr zu, wie sie das zerrissene Gewebe sauber zusammenzog und die Fäden so sicher und gekonnt verknotete, als hätte sie dies schon viele Male früher getan. Er musterte die Instrumente im Becken, die alle richtig gewählt waren, die Fäden, die auf die richtige Länge geschnitten waren, und bewunderte die Unerschrockenheit, mit der sie ganz allein und ohne Hilfe zugepackt hatte.

»Sie haben dieser Frau das Leben gerettet, Doktor«, sagte er leise.

Jetzt erst hob Samantha den Kopf. Ihre Wangen waren gerötet, und die klaren grauen Augen glänzten. »Aber ohne Ihre Hilfe wäre Sie mir gestorben.«

Er sah ihr in die großen Augen, in denen sich soviel Kraft und Entschlossenheit spiegelten, sah aber darunter auch ihre Verwundbarkeit und Unsicherheit.

»Sie haben alles absolut richtig gemacht, Doktor.« Er griff über den Tisch und drückte ihre Hand.

Samantha fühlte sich plötzlich wie auf Wolken. Sie hatte ein Menschen-

leben gerettet, sie hatte den kühnen Schritt zur Operation gewagt, und sie wurde sich mit einem Schlag bewußt, daß sie Mark Rawlins liebte.
»In den nächsten fünf Tagen muß sie ständig beobachtet werden, Dr. Hargrave«, sagte er und ließ ihre Hand los. »Die Gefahr der Peritonitis und der Sepsis ist groß. Untersuchen Sie sie mindestens dreimal täglich und überwachen Sie die Temperatur.«
Samantha sah ihn lächelnd an. »Ja, Dr. Rawlins.«
Mark zog die Schürze über seinen Kopf und ging zur Tür, um sie aufzuhängen. Dann zog er seine Taschenuhr heraus und klappte sie auf. »Es ist Weihnachtstag, Dr. Hargrave.«
Sie sah durch das Fenster ins Schneetreiben hinaus. »Ja, ich weiß«, murmelte sie.
Er kehrte zum Tisch zurück und nahm wieder ihre Hände. Ohne auf die neugierigen Blicke von Dr. Weston und Mrs. Knight zu achten, trat er sehr nahe an Samantha heran und sah ihr tief in die Augen. »Ich bewundere Sie, Dr. Hargrave. Ich werde diese Nacht nie vergessen.«

Samantha war beunruhigt. Sie hatte auf eigene Faust eine Operation gewagt. Dr. Prince würde sie nicht ungestraft davonkommen lassen. Würde Marks Unterstützung ausreichen, um sie vor der Entlassung zu bewahren? Sie schlief schlecht in der folgenden Nacht. Nachdem vierundzwanzig Stunden vergangen waren und dann ein weiterer banger Tag und eine schlaflose Nacht folgten, ohne daß eine Reaktion von Dr. Prince kam, sagte sich Samantha, daß er seine Strafaktion gegen sie diesmal zweifellos gründlich vorbereitete, um nicht erneut Gefahr zu laufen, etwas zurücknehmen zu müssen.
Zwei Tage später wurde sie in sein Büro zitiert.
Er stand mit grimmiger Miene hinter seinem Schreibtisch, als sie eintrat. Doch zu ihrer Überraschung war noch eine dritte Person anwesend, ein Mann, den sie nicht kannte.
»Dr. Hargrave«, sagte Silas Prince, »darf ich Sie mit Dr. Landon Fremont bekanntmachen? – Dr. Fremont, Dr. Samantha Hargrave.«
Sie nickte dem Fremden kurz zu. Sein Name kam ihr irgendwie bekannt vor. Sie sah, daß er ein freundliches, offenes Lächeln hatte und sie mit unverhohlener Überraschung musterte.
»Setzen wir uns doch«, sagte Dr. Prince und nahm so gewichtig wie ein Richter im Gerichtssaal seinen Platz am Schreibtisch ein. »Dr. Hargrave, Dr. Fremont hätte sich gern mit Ihnen unterhalten.«
Der Fremde wirkte ein wenig unsicher. Er räusperte sich umständlich.
»Sie müssen verzeihen, Dr. Hargrave, aber ich hatte nicht erwartet, daß

Sie so – so... Nun, ich hatte eine ältere Frau erwartet. Sehen Sie, ich habe soviel von Ihnen gehört und in den Zeitungen gelesen, daß ich – äh – nun ja...« Er wedelte mit der Hand. »Ich werde Sie nicht lange aufhalten, Doktor. Ich möchte Ihnen nur einige Fragen stellen, wenn sie gestatten. Ich habe nämlich von Ihrer Operation neulich gehört, Dr. Hargrave, und würde darüber gern mit Ihnen sprechen.«

Dr. Fremont überlegte einen Moment, als hätte er Mühe, den rechten Anfang zu finden, dann sagte er. »Dr. Hargrave, Dr. Rawlins berichtete mir, daß Sie Ihre Instrumente und Ihre Hände in Karbol wuschen, ehe Sie die Operation begannen. Darf ich fragen, warum Sie das getan haben?«

»Mein erster Lehrer, Dr. Joshua Masefield, hat mir das so gezeigt. Es ging ihm um die Keimfreiheit.«

»Dann halten Sie also die Mikrobentheorie für richtig?«

»Ich kann nicht sagen, ob sie richtig ist oder nicht. Aber wenn es Keime gibt, dann vernichtet das Karbol sie, und die Gefahr der Wundinfektion wird dadurch verringert. Wenn es andererseits keine gibt, schadet das Karbol jedenfalls nicht.«

Dr. Fremont nickte nachdenklich. »Ich reinige seit Jahren alle Wunden mit Wein. Er enthält ein Polyphenol, das noch stärker ist als Karbol. Und seit Jahren lachen meine Kollegen mich aus. Aber mir starben weniger Patienten an Infektionen, und jetzt, wo Louis Pasteur nahe daran ist zu beweisen, was bisher nur Spekulation war, lachen meine Kollegen nicht mehr ganz so spöttisch.« Seine kleinen Augen schweiften zu Silas Prince und kehrten dann zu Samantha zurück. »Wie ich hörte, Dr. Hargrave, baten Sie außerdem Dr. Weston, den Puls der Patientin während der Operation zu überwachen. Darf ich fragen, warum?«

»So viele Patienten sterben auf dem Operationstisch an den Ätherdämpfen und aus anderen, uns unbekannten Gründen. Ich dachte mir, daß diese plötzlichen Todesfälle auf dem Operationstisch vielleicht vermieden werden können, wenn Atmung und Puls der Patienten ständig beobachtet werden.«

»Davon habe ich noch nie etwas gehört. Wo haben Sie das gelernt?«

»Das habe ich mir selbst überlegt, Dr. Fremont.«

»Und wo haben Sie das Operieren gelernt?«

»Aus Büchern. Ich habe es mir selbst beigebracht.«

»Sie hatten keine formale Ausbildung?«

»Nein. Darf ich fragen, warum Sie mir alle diese Fragen stellen, Sir?«

Dr. Prince beugte sich vor und faltete die Hände auf dem Schreibtisch. »Dr. Fremont wird in Zukunft an unserem Krankenhaus tätig sein, Dr. Hargrave. Das St. Brigid's hat Spendenmittel zur Eröffnung einer neuen Spezialabteilung erhalten, einer gynäkologischen Abteilung. Sie wird im Erdgeschoß im Ostflügel untergebracht werden. Dr. Fremont wird die Abteilung leiten und einen unserer Assistenzärzte zur Ausbildung zugeteilt bekommen.«

Samantha richtete ihre Aufmerksamkeit wieder auf Dr. Fremont, der freundlich sagte: »Verzeihen Sie mir diesen Schwall von Fragen, Dr. Hargrave, aber als Dr. Rawlins mir von Ihrer Leistung im Operationssaal berichtete...«

Einen Moment lang stand Samantha wieder mit Mark im Operationssaal wie in jener Nacht, spürte seine Nähe, die Stärke und Ruhe, die von ihm ausstrahlten, fühlte die warme Berührung seiner Hände, die sie führten. Diese besondere Stunde, das wußte Samantha, würde sie und Mark für immer miteinander verbinden, gleich, wohin ihre Wege sie führen würden.

»Und darum, Dr. Hargrave«, sagte Landon Fremont gerade, »wäre es mir eine Ehre und eine Freude, wenn Sie mit mir in dieser neuen Abteilung zusammenarbeiten würden.«

»Dr. Fremont, ich weiß nicht, was ich sagen soll.« Sie warf einen Blick auf Dr. Prince. Sein Gesicht war wie versteinert. »Die Ehre ist ganz auf meiner Seite. Ich nehme Ihren Vorschlag mit Freuden an und versichere Ihnen, daß Sie niemals Anlaß haben werden, Ihr Angebot zu bereuen.«

Landon Fremont stand auf und reichte Samantha die Hand. Silas Prince überraschte sie damit, daß er sich ebenfalls erhob und ihr die Hand bot.

»Ich wünsche Ihnen viel Glück, Dr. Hargrave«, sagte er nicht ganz so kühl und distanziert wie sonst.

6

Unter den Fundamenten des St. Brigid's Krankenhauses lagen die Gebeine von Selbstmördern, die im achtzehnten Jahrhundert an der öffentlichen Straße verscharrt worden waren, nachdem man ihnen spitze Holzpfähle durch das Herz getrieben hatte. Als Samantha an diesem Sommerabend durch die Räume ging und die Lichter anzündete, meinte sie, den ruhelosen Geist eines dieser lange Verstorbenen auf sich zukommen zu sehen. Die Arme vor sich ausgestreckt, das lange Haar wirr um den Kopf, tappte die Gestalt wie blind umher. Samantha nahm die Frau beim Arm und sagte leise und freundlich: »Kommen Sie, Mrs. Franchimoni. Sie dürfen nicht aufstehen.«

Die Augen der Frau waren wie Brunnen der Trostlosigkeit. »Mein Kind. Haben Sie mein Kind gesehen?«
Samantha führte sie zu ihrem Bett und deckte sie zu. »Sie dürfen nicht herumlaufen, Mrs. Franchimoni. Sie müssen erst wieder richtig gesund werden.«
»Und mein Baby?«
»Sie brauchen jetzt erst einmal Schlaf. Schlafen Sie...« Samantha blieb an ihrem Bett, bis die Frau die Augen schloß und sich endlich dem Schlaf überließ. Samantha glättete ihre Decke, dann richtete sie sich auf und sah sich im Saal um. Die Nacht war, typisch für diese Sommerabende, wie ein schwarzer Vorhang herabgefallen, während sie sich um die Patientin gekümmert hatte. Das Licht der Gaslampen bildete kleine Oasen der Helligkeit in dem dunklen Raum. Die Frauen schliefen, hatten eine Weile Ruhe und Frieden, wie Mrs. Franchimoni, die noch nicht wußte, daß ihr Neugeborenes gestorben war. Wann würde Landon es ihr sagen?
Seufzend wandte sich Samantha ab und ging zum hinteren Ende des Raumes, wo an einem Tisch eine Schwester saß und Verbände aufrollte. Eine der Neuerungen, die Landon Fremont in seiner Abteilung eingeführt hatte, war die Einstellung von Krankenschwestern, die nach der neuen Nightingale-Methode ausgebildet waren. Anders als die übrigen Pflegerinnen im St. Brigid's waren die Schwestern auf der gynäkologischen Abteilung geschult, sauber und pflichtbewußt.
Mildred hob das junge Gesicht, als Samantha kam und sagte lächelnd: »Vielleicht haben wir heute zur Abwechslung einmal eine ruhige Nacht, Doktor.«
Samantha ließ sich schwer und müde wie eine alte Frau auf den anderen Stuhl sinken und lachte leise. Eine ruhige Nacht, eitle Hoffnung. Ruhige Nächte gab es in der gynäkologischen Abteilung nur äußerst selten.
»Mildred, würden Sie uns eine Tasse Tee holen?«
»Natürlich.« Die Schwester sprang auf.
Samantha zog sich eine Fußbank unter dem Tisch hervor und legte ihre Füße darauf. Sie war sogar zu müde, um zu schlafen. Aber sie fühlte sich wohl dabei. Die vergangenen sechs Monate waren alle Strapazen wert gewesen. Die Zusammenarbeit mit Landon Fremont war so wohltuend, daß Samantha schon jetzt mit Bedauern an den Tag in vier Monaten dachte, wo ihre Assistenzzeit beendet sein würde.
Der einzige Schatten, der die Freude der vergangenen Monate trübte, war Marks Abwesenheit. Kurz nach Weihnachten hatte sein Vater einen schweren Herzanfall erlitten und war in seinem palastartigen Haus auf Beacon Hill in Boston gestorben. Samantha hatte Mark in jener Zeit nur

einmal kurz gesehen, als er zu einer Besprechung mit Dr. Miles, der seine Patienten übernehmen sollte, ins Krankenhaus gekommen war. Sie hatte kaum Zeit gehabt, ihm zu kondolieren, da war er schon wieder fort gewesen. In den folgenden Monaten hatte sie beinahe ständig nach ihm Ausschau gehalten, versucht, etwas über seinen Verbleib zu erfahren, und hatte schließlich gehört, daß er sich noch immer in Boston aufhielt, um gemeinsam mit seinen Brüdern den Nachlaß seines Vaters zu ordnen. Wochen und Monate vergingen, und allmählich gab Samantha niedergeschlagen alle Hoffnung auf, ihn je wiederzusehen.
Mit Beklommenheit vermerkte sie, daß auch Janelle MacPherson sich nicht mehr im Krankenhaus sehen ließ.
Von einem der Betten kam ein schmerzliches Stöhnen, und sofort war Samantha auf den Beinen, eilte ans Bett der Patientin, strich ihr über die fieberheiße Stirn, während sie beruhigende Worte murmelte.
Die junge Frau, gerade erst achtzehn Jahre alt, war am Nachmittag von ihrem angsterfüllten Ehemann gebracht worden. Sie hatte starke Schmerzen im Unterleib und hohes Fieber. Landon Fremont hatte zunächst eine Blinddarmentzündung diagnostiziert. Als aber dann starke Blutungen eingesetzt hatten, war ihnen klar geworden, daß es sich um eine Eileiterschwangerschaft handelte. Landon und Samantha hatten getan, was in ihrer geringen Macht stand, obwohl sie wenig Hoffnung gehabt hatten, der Frau helfen zu können. Sie hatten Uterus und Eileiter mit Salzlösungen durchgespült, in der Hoffnung, den Fötus ablösen zu können, ehe der Eileiter brach. Doch die Behandlung war ohne Erfolg geblieben; diese Spülungen wirkten selten. Jetzt lag die junge Frau bewußtlos im Bett, und Samantha konnte nur in ohnmächtigem Bedauern zusehen, wie sie langsam starb.
Eines vor allem hatte Samantha in den letzten sechs Monaten bei der Zusammenarbeit mit Landon Fremont gelernt: Die gynäkologische Praxis brachte mehr Enttäuschung als Erfolgserlebnisse. Es gab viel mehr Todesfälle als glückliche Genesungen. Im Grunde war die Gynäkologie eine völlig unterentwickelte Wissenschaft, die sich größtenteils auf Halbwahrheiten und Spekulationen gründete. Solange chirurgische Eingriffe im Bauchraum nicht möglich waren, weil die geeignete Methode dazu noch nicht gefunden war, solange waren Frauen mit Gebärmuttergeschwüren, Eileiterschwangerschaften und ähnlichen Unterleibsbeschwerden automatisch zum Tode verurteilt.
Samantha sah Mildred mit dem Tee hereinkommen und setzte sich, da die junge Patientin sich beruhigt hatte, wieder zu ihr. Während sie sich einschenkte, dachte sie wieder an Janelle MacPherson, die sie seit Weih-

nachten nicht mehr im Krankenhaus gesehen hatte, obwohl ihre Schwester Letitia weiterhin getreulich kam.
Bei dem Gedanken an Letitia MacPherson erfaßte Samantha plötzlich Unbehagen. Sie hatte das lebhafte junge Mädchen von Anfang an gemocht und hatte es ihr hoch angerechnet, daß sie stets ein freundliches Wort für jeden hatte. Die meisten wohltätigen Damen der guten Gesellschaft schwebten in ihren teuren Garderoben durch die Krankensäle, vermieden es tunlichst, den Patienten zu nahe zu kommen, behandelten die Schwestern und Samantha kaum besser als Dienstboten. Letitia jedoch schien keine Klassenunterschiede zu kennen. Sie behandelte die schwer arbeitenden Schwestern mit freundlichem Respekt und wechselte ab und zu ein paar Worte mit Samantha. Sie war ein strahlendes junges Geschöpf, das jeder gern sah.
Aber irgendwann im vergangenen Monat hatte Samantha eine Beobachtung gemacht, die, wenn auch zunächst nur flüchtig, ihre Aufmerksamkeit erregte. Sie war dabei gewesen, bei einem Patienten den Verband zu wechseln und hatte, als sie nach der Schere griff, zur Tür geblickt. Dort hatte sie Letitia bemerkt, die in einem allem Anschein nach recht vertraulichen Gespräch mit Dr. Weston beisammen stand. Der junge Mann schien, nach seinem breiten Grinsen zu urteilen, ganz hingerissen gewesen zu sein von der Aufmerksamkeit der jungen Dame. Samantha hätte die Sache wahrscheinlich schnell wieder vergessen, wenn sie nicht, wiederum rein zufällig, in der folgenden Woche Letitia in ähnlichem Tête-à-tête mit Dr. Sitwell beobachtet hätte.
Danach hatte Samantha etwas genauer auf Letitia geachtet, wenn sie mit ihren freundlichen Gaben ins Krankenhaus kam, und hatte festgestellt, daß Letitia es jedesmal ganz unverhohlen darauf anlegte, die Aufmerksamkeit des gerade diensthabenden Arztes auf sich zu ziehen, um ihn dann mit ihrem reizenden Lächeln und ihren strahlenden Augen zu becircen. Sie genoß ihre Wirkung auf Männer; aber wußte sie auch, daß sie mit dem Feuer spielte? Sie war gewiß wie alle jungen Mädchen der guten Gesellschaft streng behütet aufgewachsen; der wöchentliche Besuch im Krankenhaus war für sie vermutlich die einzige Gelegenheit, sich in ein Spiel zu stürzen, das sie reizte, dessen Regeln sie jedoch nicht kannte. Samantha hatte die Absicht in Dr. Sitwells Blicken klar und deutlich gesehen; Letitia offensichtlich nicht.
»Was fehlt Mrs. Mason, Doktor? Bett zehn. Sie ist heute morgen eingeliefert worden.«
Samantha drehte den Kopf und versuchte, zum Bett hinüberzusehen, aber das andere Ende des Saals war in tiefen Schatten getaucht. »Ihre

Haut ist gelblich verfärbt, und sie hat immer wieder heftige Schmerzen im Oberbauch. Es könnte etwas mit der Gallenblase sein.«
»Kann man etwas für sie tun, Doktor?«
Samantha wollte gerade »Nein« sagen, als die Tür zum Saal geöffnet wurde. Ein Mann trat ein und blieb, eine vom einfallenden Licht umrissene Silhouette, an der offenen Tür stehen. Es hätte irgendein beliebiger Mann sein können, aber Samantha erkannte ihn sofort.
Langsam stand sie auf, stellte ihre Tasse nieder und ging, wie an einer unsichtbaren Schnur gezogen, zur Tür.
»Dr. Rawlins«, sagte sie, als sie ihn erreicht hatte, und gab ihm die Hand.
Sein Händedruck war warm und fest. »Wie schön, daß ich Sie treffe. Es ist ja schon so spät.«
Niedergeschlagenheit und Hoffnungslosigkeit fielen von ihr ab, und das, was sie zu verdrängen gesucht hatte, brach sich neue Bahn – das Bewußtsein, wie sehr sie Mark Rawlins liebte.
»Ich habe Nachtdienst«, hörte sie sich sagen. »Wie geht es Ihnen, Dr. Rawlins? Sie haben uns allen sehr gefehlt.«
»Sie mir auch. Ich war völlig abgeschnitten von der Welt. Sechs Monate lang habe ich praktisch wie ein Gefangener im Haus meiner Eltern gesessen und zusammen mit meinen Brüdern versucht, den absolut verworrenen Nachlaß meines Vaters zu ordnen.«
»Das tut mir leid.«
»Nicht nötig«, erwiderte er. »Mein Vater war ein egoistischer alter Tyrann, der lange genug die Welt nach seiner Pfeife tanzen ließ. Es wurde nicht eine einzige Träne vergossen, glauben Sie mir.«
»Um so schlimmer.« Samantha sah auf seine kräftige Hand hinunter, die immer noch ihre Hand festhielt, und wünschte sich, dieser Moment würde nie vergehen.
»Ich bin eben erst zurückgekommen«, bemerkte er. »Hier wird wahrscheinlich auch eine Menge Arbeit auf mich warten.«
»Möchten Sie eine Tasse Tee mit uns trinken, Doktor?«
»Ich kann leider nicht, Dr. Hargrave. Ich bin nur gekommen, um Sie zu bitten, morgen abend in einer Woche mit meiner Familie und mir zusammen zu Abend zu essen.«
»Oh. Danke, die Einladung nehme ich sehr gern an.«
Schweigend, ein Lächeln, das sie nicht deuten konnte, auf dem Gesicht, sah er sie an. »Wie gefällt Ihnen die Arbeit mit Landon?«
»Ich bin wunschlos glücklich. Und das habe ich Ihnen zu verdanken.«
»Unsinn. Das haben Sie sich verdient«, entgegnete er. Immer noch sah er

sie mit diesem unergründlichen Lächeln an, und Samantha spürte, wie ihr die Knie weich wurden. »Jetzt muß ich leider gehen«, sagte er leise. »Der Wagen holt Sie um acht Uhr ab.« Er drückte ihre Hand. »Sie können sich nicht vorstellen, wie ich mich auf den Abend freue.«

7

Samantha hatte gewußt, daß die Familie Rawlins sehr begütert war, doch sie hatte nie viel darüber nachgedacht. Aber als sie das elegante Haus in der Madison Avenue betrat, die erlesenen Möbel sah, die Gemälde, die funkelnden Leuchter und die kostbaren orientalischen Teppiche, verschlug es ihr einen Moment den Atem. Wider Willen eingeschüchtert, folgte sie dem Butler in den großen Salon und blieb mit dem Gefühl stehen, daß sie hier völlig fehl am Platz war. Aber dann sah sie Mark in lebhaftem Gespräch mit Janelle am Kamin stehen, und ihr Kampfgeist erwachte.
Der junge Mann am Klavier blickte auf, und die heitere Polonaise, die er gespielt hatte, brach mit einem Mißton ab. Alle Köpfe wandten sich zur Tür, und als der Butler Samantha mit lauter Stimme meldete, kam sie sich vor wie bei einem großen Auftritt auf der Bühne.
»Dr. Hargrave! Wir haben uns schon Gedanken gemacht. Was hat Sie aufgehalten?« Mark nahm ihren Arm und führte sie ins Zimmer.
»Verzeihen Sie die Verspätung, Dr. Rawlins, aber ich mußte in letzter Minute noch zu einer Patientin. Ich hoffe, ich habe Ihre Pläne nicht durcheinandergebracht.«
»Aber gar nicht«, versicherte der junge Mann am Klavier in leicht affektiertem Tonfall und kam mit lässigem Schritt auf sie zu. »Pünktlichkeit ist etwas entsetzlich Spießiges.«
»Dr. Hargrave, darf ich Sie mit meinem Bruder Stephen bekannt machen?«
Die Ähnlichkeit zwischen den Brüdern war nicht sehr ausgeprägt. Stephen war vielleicht zu schön, das Gesicht zu ebenmäßig, und in seinem Lächeln entdeckte Samantha einen Hauch von Eitelkeit. Als er ihr zur Begrüßung einen Handkuß gab und dabei die Hacken zusammenschlug, bemerkte Mark: »Stephen ist erst vor kurzem aus Europa zurückgekommen.«
Henry und Joseph Rawlins, die beiden anderen Brüder, waren jünger als Mark, aber älter als Stephen. Samantha schätzte sie auf Ende zwanzig: gutaussehende, wohlerzogene junge Männer, denen dennoch das Be-

sondere fehlte, das Mark auszeichnete. Hinter ihrem verbindlichen Lächeln meinte Samantha Leere zu spüren. Von ihren beiden Ehefrauen hatte Samantha den Eindruck, daß sie unaufhörlich miteinander konkurrierten.
Zuletzt begrüßte sie Letitia und Janelle.
»Wir warten noch auf meine Mutter«, sagte Mark und führte Samantha zu einem Sofa.
Einen Moment lang herrschte etwas verlegenes Schweigen, dann nahmen Joseph und Henry ihr früheres Gespräch wieder auf, ihre Frauen versuchten von neuem, sich gegenseitig mit drolligen Anekdoten über ihre Kinder zu übertreffen, und Letitia setzte sich ans Klavier und klimperte einen modernen Song, dessen Text zu risqué war, um ihn in dieser Gesellschaft vorzutragen.
Als Mark zur Anrichte ging, um Janelles Glas aufzufüllen, nahm Stephen die Gelegenheit wahr, um sich zu Samantha zu setzen.
»Unsere Mutter läßt die *New York Herald* in diesem Haus nicht zu, Dr. Hargrave. Sie ist in ihren Augen nur ein Sensationsblatt. Aber ich lese sie ziemlich regelmäßig und bin über Ihre erstaunlichen Unternehmungen bestens informiert.«
»Ich fürchte, die Berichte sind stark übertrieben, Mr. Rawlins.«
»Das kann ich kaum glauben, wenn ich daran denke, wie Mark über Sie spricht. Ich hatte Sie mir zwei Meter groß und mit Schild und Speer bewaffnet vorgestellt.«
Samantha warf einen Blick auf Mark, der wieder bei Janelle am Kamin stand. Die beiden schienen ein ernstes Gespräch zu führen, nicht die Spur eines Lächelns lag auf Marks Gesicht, und Janelle, die ihm den Kopf zuneigte, sprach mit eindringlicher Ernsthaftigkeit.
In diesem Augenblick öffnete sich die Flügeltür, und Clair Rawlins trat ein. Das Klavierspiel brach so abrupt ab, als wäre das Instrument durch einen Mechanismus mit der Tür verbunden, und die vier Brüder unterbrachen augenblicklich ihre Gespräche.
Clair Rawlins war eine Frau von gebieterischer Würde, groß und schlank, mit fließenden Bewegungen, die trotz des Alters nichts von ihrer Geschmeidigkeit eingebüßt hatten. Sie war ganz in Schwarz gekleidet und musterte die kleine Gesellschaft im Salon durch die blitzenden Gläser eines Lorgnons.
»Guten Abend«, sagte sie, und Samantha hatte den Eindruck, einer Musterung unterzogen zu werden. Dann trat Mark zu ihr.
»Mutter«, sagte er, »darf ich dir Dr. Samantha Hargrave vorstellen? Dr. Hargrave – meine Mutter, Mrs. Rawlins.«

Die alte Dame senkte das Lorgnon, und Samantha sah mit Überraschung, daß sie die gleichen warmen braunen Augen hatte wie Mark. Unerwartete Weichheit und Güte spiegelten sich in ihnen. Es waren die Augen einer Frau, die geliebt und gelitten hatte.
»Es freut mich sehr, Sie kennenzulernen, Mrs. Rawlins.«
»Und ich freue mich, daß Sie heute abend zu uns kommen konnten, Miss Hargrave. Mark gönnt uns nur selten das Vergnügen, seine Kollegen kennenzulernen.«
»Mutter, möchtest du ein Glas Champagner?«
Sie winkte ab. Brillanten funkelten an ihrem Arm. »Champagner verdirbt den Appetit. Ich möchte mich gern ein wenig mit unserem Gast unterhalten.«
Die anderen verstanden Ton und Worte als Zeichen dafür, daß ihre Aufmerksamkeit nicht weiter erwünscht war. Letitia setzte sich wieder ans Klavier, und auch die anderen widmeten sich wieder ihren Gesprächen, selbst Mark und Janelle, wie Samantha bemerkte.
»Ich muß gestehen, ich war sehr neugierig auf Sie, Miss Hargrave. Wie kamen Sie zum Medizinstudium?«
Es war weniger eine Frage, als ein Befehl, Auskunft zu erteilen. Während Samantha sprach, das erzählte, was sie den meisten Leuten auf diese Frage erzählte, bekam sie mehr und mehr das Gefühl, daß ihre üblichen Erklärungen diese Frau nicht befriedigen würden. Clair Rawlins wollte tiefer forschen, das spürte Samantha.
Als zum Abendessen geläutet wurde, folgte Samantha an Stephens Arm ins Speisezimmer und stellte fest, daß man ihr den Platz rechts von Clair Rawlins zugedacht hatte. Mark, der über die Sitzordnung nicht begeistert zu sein schien, saß am anderen Ende des Tisches zwischen Janelle und Letitia.
Samantha ließ sich vom Raffinement des opulenten Diners nicht einschüchtern, sondern tat so, als wäre sie es gewöhnt, jeden Tag zwölf Gänge zu speisen. Wenn sie nicht wußte, welches Besteck für den nächsten Gang zu benutzen war, trank sie einfach einen Schluck Wasser, ehe sie zu essen begann, und konnte so sehen, welche Gabel oder welchen Löffel die anderen zur Hand nahmen.
»Sagen Sie, Miss Hargrave, empfinden Sie die Arbeit, die Sie täglich tun müssen, nicht als verletzend für Ihr weibliches Feingefühl?«
Samantha nahm das Fischbesteck zur Hand und zerteilte die Forelle auf ihrem Teller. »Neben der Befriedigung, die mir meine Arbeit bringt, spielt das weibliche Feingefühl eine höchst untergeordnete Rolle, Mrs. Rawlins.«

Stephen, der ihr gegenüber saß, bemerkte: »Mutter, ich glaube, Dr. Hargrave zieht es vor, mit ihrem Titel angesprochen zu werden.«
Mrs. Rawlings machte eine ungeduldige Kopfbewegung. »Unsinn. Miss Hargrave ist in erster Linie Frau und erst in zweiter Linie Ärztin. Sie zieht es deshalb zweifellos vor, wie eine Dame angesprochen zu werden. Ist das nicht richtig, meine Liebe?«
»Offen gesagt, Mrs. Rawlins, ziehe ich es, wie Ihr Sohn richtig vermutete, vor, als Ärztin angesprochen zu werden.«
Clair legte demonstrativ ihre Gabel aus der Hand und musterte Samantha ungläubig. »Wie ungewöhnlich!«
»Ich bin in erster Linie Ärztin, Mrs. Rawlins. Diesen Titel habe ich mir schließlich aus eigener Kraft erworben.«
»Aber woher sollen die Leute denn wissen, ob Sie verheiratet sind oder nicht, wenn Sie sich immer nur als Dr. Hargrave ansprechen lassen?«
»Ich denke, wenn es jemand wirklich wissen will, wird er fragen.«
»Meine liebe Miss Hargrave«, entgegnete Clair in einem Ton, den sie häufig ihren Schwiegertöchtern gegenüber anschlug, »kein Mann mit halbwegs guter Erziehung würde es wagen, Sie rundheraus zu fragen, ob sie verheiratet sind. Viele werden einfach annehmen, daß Sie verheiratet sind, und Sie werden auf diese Weise manche Gelegenheit zu einer guten Heirat verpassen. Wie wollen Sie da je zu einem Ehemann kommen?«
Ausgerechnet in diesem Moment versiegten alle Gespräche am Tisch, und Samantha sah sich der allgemeinen Aufmerksamkeit ausgesetzt.
»Mutter«, sagte Mark mit leichter Schärfe, »du trittst Dr. Hargrave etwas zu nahe, finde ich.«
Samantha lachte und erwiderte: »Ach, ich finde das gar nicht so schlimm, Dr. Rawlins.« Sie wandte sich Clair zu. »Ihre Anteilnahme ist sehr freundlich, Mrs. Rawlins, aber ich denke, mein Beruf wirkt sich weder auf mein Frausein noch auf meine Heiratschancen negativ aus, um es ganz direkt zu sagen. Eine Ehe im konventionellen Sinn werde ich sicher niemals führen können. Der Mann, den ich einmal heirate, müßte schon etwas besonderes sein. Und ein solcher Mann wäre, hoffe ich, auch ehrlich und freimütig genug, um ganz offen zu fragen, ob ich noch frei bin. Ich würde das als Zeichen von Mut und Charakterstärke auffassen, Mrs. Rawlins, nicht als Zeichen mangelnder Erziehung.«
Einen Moment lang starrten die anderen sie verblüfft an, dann wandten sie sich wieder ihrem Essen zu. Nur Mark schien wie gebannt. Niemand hatte seiner Mutter je so entschlossenen Widerpart geboten.
Schließlich sagte Clair trocken: »Welcher Mann würde denn schon eine Ärztin heiraten wollen?«

Ehe Samantha antworten konnte, sagte Mark: »Ein Arzt natürlich.«
Clair, die ihrem Sohn einen strengen Blick zuwarf, entging nicht der flüchtige Blickwechsel zwischen ihm und Samantha. Und auch Janelle MacPherson bemerkte ihn, und ihr Gesicht wurde starr.
Das etwas betretene Schweigen wurde von Stephen gebrochen, der sich mit einem charmanten Lächeln Samantha zuneigte und sagte. »*Ich* hätte überhaupt nichts dagegen, eine Ärztin zu heiraten.«
Samantha lachte und griff nach ihrem Weinglas. »Wenn Sie zum hundertstenmal ein angebranntes Essen vorgesetzt bekommen, weil Ihre Frau wieder einmal zu einem Notfall gerufen wurde, würden Sie vielleicht anderen Sinnes werden.«

Während Samantha ihre Aufmerksamkeit zwischen Stephen, der sehr darauf bedacht war, ihr zu gefallen, und Clair, die das offensichtlich gar nicht war, teilte, sah sie immer wieder einmal nach links, zum anderen Ende der Tafel hinunter, wo Mark saß, und ertappte ihn ein paarmal beglückt dabei, daß er sie beobachtete.
»Miss Hargrave?« Clairs klare Stimme riß sie aus ihren Gedanken. »Ich hoffe, dies ist nicht einer dieser Abende, vor denen Sie uns eben gewarnt haben.«
Samantha blickte auf. »Verzeihen Sie, was meinten Sie?«
»Ich hoffe, Sie werden heute abend nicht weggerufen werden. Letitia wird uns zum Kaffee etwas vortragen. Sie macht das immer sehr schön. Und hinterher hätte ich Sie gern ein paar Minuten unter vier Augen gesprochen, Miss Hargrave. Wenn Ihnen das recht ist.«
»Aber natürlich, Mrs. Rawlins.«
»Das ist übrigens der Grund, weshalb ich Sie heute abend hergebeten habe. Ich möchte etwas mit Ihnen besprechen, das mir sehr wichtig ist.«
Samantha sah Clair erstaunt an, dann hörte sie plötzlich Marks schallendes Gelächter und drehte mit einem Ruck den Kopf nach links. Er schien sich köstlich über irgend etwas zu amüsieren, was Janelle zum Besten gegeben hatte.
Verwirrt wandte sich Samantha ihrem Dessert zu. Es war also gar nicht Mark gewesen, der sie an diesem Abend hier haben wollte, sondern Clair; Clair, der alles an Samantha zu mißfallen schien, und die es nicht für nötig hielt, dieses Mißfallen zu verbergen.

Clair hatte nicht zuviel versprochen, Letitita war wirklich eine gute Vortragskünstlerin. Sie deklamierte *Annabel Lee* mit großem Einfühlungsvermögen, und Samantha wäre sicher ergriffen gewesen, wäre ihr nicht anderes im Kopf herumgegangen. Während sie alle mit ihrem Kaffee im Salon saßen, wo man die Lichter des Effekts wegen heruntergedreht hatte und Letitia mit dramatischer Geste ihr Gedicht vortrug, kämpfte Samantha mit der Enttäuschung darüber, daß sie diese Einladung nicht Mark, sondern Clair zu verdanken hatte. Sie hatte offenbar Marks Absichten völlig mißverstanden.

Als Letitia mit schmerzlich klagender Stimme rief: »›I was a child and she was a child, In this kingdom by the sea, But we loved with a love that was more than love...‹«, sah Samantha zu Mark hinüber, der, die Beine vor sich ausgestreckt, im Halbdunkel saß, und merkte, daß sein Blick auf sie gerichtet war. Sein Gesicht war im Schatten, sein Ausdruck nicht zu erkennen, aber Samantha, die wie gebannt in die dunklen Augen starrte, nahm diesen intensiven Blick wie eine zärtliche Berührung voll männlicher Kraft und männlichen Begehrens wahr.

Freundlicher Applaus riß sie in die Wirklichkeit zurück. Stephen drehte die Lampen höher, und alle lobten Letitias Darbietung. Mark stand auf und kam zu ihr, sein Gesicht ernst, beinahe grüblerisch.

»Hat Ihnen das Gedicht gefallen?« fragte er so leise, daß nur sie es hören konnte. »Es ist so unendlich traurig.«

»Vielleicht liegt gerade darin seine Schönheit.«

Jetzt erhoben sich auch die anderen und machten Anstalten, auseinanderzugehen, die Herren zu ihren Zigarren, die Damen zu einem Gläschen Likör. Samantha und Mark jedoch rührten sich nicht von der Stelle.

»Welches ist denn Ihr Lieblingsgedicht, Dr. Hargrave?« fragte Mark.

Samantha überlegte einen Moment. Gerade als sie antworten wollte, trat Clair zu ihnen.

»Miss Hargrave, darf ich Sie jetzt bitten?«

Samantha setzte sich in einen Ledersessel, der nach Zitronenöl roch, und wartete, während Clair zwei Gläser Brandy einschenkte. Sie hatten sich in die Bibliothek zurückgezogen, einen großen, holzgetäfelten Raum mit hohen Bücherschränken und einem offenen Kamin. Von der Wand über dem Kamin blickte aus goldenem Rahmen Nicholas Rawlins, der Eiskönig, auf sie hinunter.

Clair reichte Samantha ein Glas und setzte sich in den Sessel ihr gegenüber.

»Ich habe Freundinnen bei den Temperenzlern, die sich entsetzlich über meine kleine Vorliebe für einen Brandy aufregen, während sie gleichzeitig flaschenweise alle möglichen Elixire aus der Apotheke in sich hinein gießen, die soviel Alkohol enthalten, daß man einen Elefanten damit betäuben könnte. Sogar Nicholas machte mir immer wieder Vorhaltungen.«

Sie sah zu dem Porträt auf, und ihre Stimme wurde weich. »Er war ein schwieriger Mensch, Miss Hargrave, und es war nicht leicht, ihn zu lieben, aber gerade, weil ich ständig um ihn kämpfen mußte, war er mir um so teurer.«

»Sein Tod muß Ihnen sehr nahe gegangen sein.«

»Ja«, antwortete sie einfach und fügte dann hinzu: »Aber kommen wir zur Sache, Miss Hargrave. Ich mache kein Hehl daraus, wie Sie gemerkt haben werden, daß ich von berufstätigen Frauen – Ärztinnen, Anwältinnen, Richterinnen, Fotografinnen – nicht viel halte. Sie geben zuviel auf. Ich finde unweibliche Frauen schrecklich. Und doch – Sie werden mich für eine Heuchlerin halten – sehe ich mich gezwungen, mich gerade deshalb an Sie zu wenden, weil sie Ärztin sind. Ich brauche Ihren Rat, Miss Hargrave.«

Clair trank einen Schluck von ihrem Brandy und drehte das Glas nachdenklich in den Händen, ehe sie zu sprechen fortfuhr.

»Ich war mein Leben lang kerngesund. Viel körperliche Bewegung und gesundes Essen sind meiner Meinung nach die besten Mittel zur Erhaltung der Gesundheit. Ich konnte diese blutarmen Geschöpfe, die unsere Gesellschaft herangezüchtet hat, nie ausstehen. Eine Frau kann einem Mann sowohl in geistiger als auch in körperlicher Hinsicht ebenbürtig sein, ohne deshalb gleich ihre Weiblichkeit einzubüßen. Und ich habe in meinem ganzen Leben nie einen Arzt konsultiert, Miss Hargrave.«

Samantha glaubte ihr das gern. Sie sah den harten Panzer, den diese Frau sich zugelegt hatte, um den Zwängen der Gesellschaft und den despotischen Ansprüchen ihres Mannes Grenzen setzen zu können. Aber hinter der Fassade sah Samantha noch eine andere Frau, deren gefühlvolles, weiches Wesen sich in den warmen braunen Augen spiegelte.

»Ich fürchtete, Sie würden nicht das sein, was ich suchte, Miss Hargrave. Ich fürchtete, Sie würden wie so viele Ärzte eine Meisterin geschickter Ausweichmanöver und beschönigender Lügen sein. Aber im Laufe dieses Abends habe ich gesehen, daß sie stark und aufrichtig sind und daß Sie mir die Wahrheit sagen werden.«

»Worüber, Mrs. Rawlins?«

»Wie lange ich noch zu leben habe.«

Samantha starrte sie bestürzt an. Ehe sie etwas sagen konnte, fügte Clair hinzu: »Ich möchte, daß Sie mich untersuchen. Wie machen wir das am besten?«

»Wo soll ich Sie denn untersuchen?«
»An der Brust.«
Samantha stellte ihr Glas nieder und stand auf.
»Am bequemsten wäre es auf dem Sofa. Aber Sie müßten sich freimachen.«
Clair wedelte wegwerfend mit der Hand. »Falsche Scham ist nicht meine Sache. Nur seien Sie offen mit mir, bitte.«
Einige Minuten später sagte Samantha: »Wie lange haben Sie diesen Knoten schon, Mrs. Rawlins?«
»Vier Monate.«
»Warum sind Sie nicht gleich zum Arzt gegangen?«
»Miss Hargrave, ich habe mich in meinem ganzen Leben keinem Mann außer meinem eigenen Ehemann gezeigt.«
»Das ist töricht und gefährlicher Stolz.«
»Das weiß ich, Miss Hargrave. Ich dachte außerdem, der Knoten würde wieder weggehen. Wie lange noch?«
Der Knoten hatte die Größe einer Mandarine, war steinhart, klar umrissen, und die Brustwarze war eingezogen. Samantha tupfte sie mit dem Taschentuch. Ein brauner Fleck blieb auf dem weißen Leinen zurück. Auch in der Achselhöhle hatte sie Knoten entdeckt.
»Einige Monate, mehr auf keinen Fall.«
»Das ist zu wenig; zu bald nach dem Tod meines Mannes. Meine Familie braucht mich noch. Ich brauche wenigstens ein Jahr.«
»Das kann *ich* Ihnen nicht geben.« Sie half Clair in ihr Hemd. »Wenn Sie sofort einen Arzt aufgesucht hätten, Mrs. Rawlins, hätte er die Brust abnehmen können –«
»Nein! Das hätte ich nicht gewollt. Meine Schwester ist an Brustkrebs gestorben, Miss Hargrave. Ihr hat man die Brust abgenommen. Sicher, sie lebte ein wenig länger, aber was war das für ein Leben! Man hatte alle Muskeln entfernt, so daß der eine Arm überhaupt nicht mehr zu gebrauchen war, und ihre Schulter war beinahe bis zum Brustbein nach vorn gezogen. Sie war grauenvoll verstümmelt und hatte ständig Schmerzen. Nach der Operation hat sie ihr Zimmer nie wieder verlassen. Nur ihre Familie durfte zu ihr. Freunde wollte sie nicht sehen. Ja, Miss Hargrave, mein Leben wäre durch so eine Operation vielleicht ein wenig verlängert worden, aber was für eine Qualität hätte dieses Leben denn gehabt?«
Samantha half Clair beim Zuknöpfen ihres Kleides. »Weiß es Mark?«
»Wenn ich damit zu Mark gegangen wäre, hätte ihn das viel zu stark erschüttert. Ich – ich habe eine besondere Beziehung zu ihm. Es ist schwer genug, ein solches Urteil hinnehmen zu müssen; ich hätte es

nicht von dem Sohn hören wollen, den ich liebe. Und er darf nichts davon wissen, Miss Hargrave. Es wäre zu schlimm für ihn. Keiner darf etwas erfahren. Es soll bis zuletzt ein Geheimnis bleiben.«
Sie kehrten zu ihren Sesseln zurück, und Clair nahm ihr Glas. »Brumaire«, sagte sie leise. »Der Lieblingsbrandy meines Mannes. Nicholas wurde von keinem seiner Söhne geliebt. Ich glaube, Joseph und Henry sind insgeheim froh über seinen Tod. Keiner vermißt ihn, das weiß ich. Und jetzt frage ich ich mich, wie mein Tod aufgenommen werden wird.«
Clair sah Samantha mit tränenfeuchten Augen an. »Ich habe keine Angst vor dem Tod, Miss Hargrave. Ich bin nur noch nicht bereit –« Ihre Stimme brach.
Samantha legte schweigend ihre Hand auf die Clairs. Werde ich im Alter auch wie Clair Rawlins sein, immer noch um meine Würde kämpfend, auch wenn alles gegen mich ist? dachte sie.
Clair tätschelte Samanthas Hand. »Ich wäre Ihnen dankbar, wenn Sie noch ein Weilchen bei mir sitzenbleiben würden, Miss Hargrave.«

Mark saß Samantha im leise schwankenden Wagen gegenüber und betrachtete ihr Gesicht. Seit dem Gespräch in der Bibliothek war sie still und ernst; es beunruhigte ihn, denn er wußte, wie seine Mutter sein konnte. Gleichzeitig war er verwundert und neugierig; er hätte gern gewußt, was hinter den verschlossenen Türen gesprochen worden war.
»Jetzt, wo Sie meine Mutter kennengelernt haben«, sagte er, als der Wagen in den nächtlich belebten Broadway einbog, »würde ich gern hören, was Sie von ihr halten.«
Samantha zwang sich zu einem Lächeln. »Sie ist eine bemerkenswerte Frau.«
»Worüber haben Sie sich denn so lange unterhalten?«
»Ach, über alles mögliche.«
Er sah sie ernst an. »Ist sie krank?«
Samantha erwiderte seinen Blick ruhig, obwohl sie innerlich gar nicht ruhig war. »Sie bat mich, niemandem etwas von unserem Gespräch zu erzählen, und ich habe es ihr versprochen.«
Mark hob seinen Stock, betrachtete aufmerksam die silberne Krücke und legte den Stock wieder nieder. »Hat sie ein gesundheitliches Problem?«
»Ich kann Ihnen nichts sagen.«
»Ich habe ein Recht, es zu wissen«, entgegnete er leise.
Samantha verspürte plötzlich tiefes Mitleid, nicht mit Clair, die ihrem Tod tapfer ins Auge sah, sondern mit Mark, der bald um sie trauern würde. So gern hätte sie ihm die Wahrheit gesagt, um ihm die Möglichkeit zu ge-

ben, sich auf den Verlust vorzubereiten, aber Clair hatte es ihr ausdrücklich verboten. Samantha kämpfte mit ihrem Gewissen. Aus Liebe zu Mark wünschte sie, ihm die Wahrheit sagen zu können, ihm in seinem Schmerz beizustehen; doch sie durfte als Ärztin das Vertrauen einer Patientin nicht mißbrauchen.
»Sie bat mich um einen Rat, und ich habe ihn ihr gegeben. Das ist alles, was ich Ihnen sagen kann.«
Er schwieg nachdenklich, dann nickte er. »Ich bin glücklich, daß Sie heute abend bei uns waren. Sie haben den Abend zu etwas Besonderem gemacht.«
Samantha senkte den Kopf. Sie wünschte, die Pferde würden schneller traben. Ihr Verlangen nach Mark war so stark, daß sie fürchtete, nicht mehr lange ihre Fassung bewahren zu können. Am liebsten hätte sie geweint. Nicht um Clair. Um Mark. Dieses elende Versprechen. Wenn sie es ihm doch nur sagen könnte.
»Samantha«, rief er erschrocken und sprang auf, als er sah, daß sie weinte.
»Entschuldigen Sie!« Sie schluchzte auf und wischte sich gleichzeitig mit zorniger Bewegung die Tränen von den Wangen.
Er setzte sich neben sie und legte ihr den Arm um die Schultern. »Verzeihen Sie«, murmelte er. »Ich habe Sie mit meinen Fragen verstört.« Er reichte ihr sein Taschentuch.
Sie drückte es an die Augen. Es roch schwach nach seinem Toilettenwasser.
»Es ist nicht Ihre Schuld, Mark«, sagte sie. »Ich bin einfach müde.«
»Landon läßt Sie wahrscheinlich viel zu hart arbeiten.«
Sie hob den Kopf und sah ihn lächelnd an. Durch ihr Cape fühlte sie die Wärme seines Körpers und die Berührung seines Armes, der schützend um ihre Schultern lag. Wieder sah sie in seinen Augen diesen intensiven Blick, der wie eine Liebkosung war. Einen Moment lang sah sie ihn an, dann schloß sie die Augen und genoß einfach seine Nähe. Ausnahmsweise einmal hatte sie das Gefühl, nicht stark sein, nicht in Kontrolle sein zu müssen, sondern sich fallenlassen, sich Schwäche erlauben zu können.
Im flott dahinrollenden Wagen hielt er sie an sich gedrückt und betrachtete stumm das Gesicht mit den geschlossenen Augen, das wie schlafend wirkte. Wie konnte eine Frau so stark und eigenständig sein und zugleich so zart und schwach? Er bewunderte ihren Mut und ihre Unerschrockenheit, sah sie als eine mündige Frau, die es schaffte, allen Widerständen zum Trotz zu sich selber zu stehen, und doch hatte er gleichzeitig das

Gefühl, sie beschützen zu müssen. Keine Frau hatte ihn je so gefesselt wie Samantha, keine Frau hatte er je so heftig begehrt.
Er wünschte, die Fahrt würde ewig so weitergehen und war enttäuscht, als sie vor dem grauen Krankenhausgebäude hielten. Er brachte sie ins Foyer und faßte sie, stehenbleibend, bei den Schultern.
»Geht es Ihnen besser?« fragte er weich.
Samantha nickte.
Mark wartete. So vieles wollte er ihr sagen, aber keines der vielen Worte, die ihm auf der Zunge lagen, wollte ihm über die Lippen. Darum sagte er nur: »Gute Nacht, Samantha.«
»Gute Nacht, Mark«, flüsterte Samantha und wandte sich ab.

Obwohl es spät war, wurde in Dr. Westons Zimmer noch gefeiert. Banjoklänge und weibliches Gelächter drangen durch die Tür auf den Korridor. Samantha rannte vorbei, hinunter zum stillen Teil des Flurs, und stürzte in ihr Zimmer. Keuchend, mit den Tränen kämpfend, lehnte sie sich an die Tür. Warum ist Liebe so schmerzhaft?
Sie hörte draußen schnelle Schritte, dann klopfte es an ihre Tür. Widerwillig machte sie auf, und da stand Mark vor ihr. Er drängte sich an ihr vorbei, schlug beinahe zornig die Tür zu, packte sie bei den Armen und sagte: »Verdammt nochmal, Samantha, ich liebe dich.«
Beinahe gewaltsam riß er sie an sich und küßte sie. Die Leidenschaft, mit der sie seinen Kuß erwiderte, empfand er wie ein herrliches Wunder. »O Gott, wie ich dich liebe, Samantha«, flüsterte er. »Ich liebe dich, ich liebe dich.«
Er war überrascht, sich von Liebe sprechen zu hören. Es hatte einige Frauen in seinem Leben gegeben, aber mit Liebe hatte das nie etwas zu tun gehabt. Liebe war ein Gefühl, das Mark fremd war. Und doch sprach er jetzt von Liebe, als wäre sie eine Selbstverständlichkeit, und es fühlte sich wahr und richtig an.
Beinahe verwirrt löste er sich von Samantha. Erst jetzt wurde ihm bewußt, wie egoistisch er sich verhalten hatte.
»Verzeih mir«, sagte er rauh. »Verzeih mir, daß ich dich so rücksichtslos überfallen habe...«
»Tut es dir denn leid?« fragte sie mit einem leisen Lachen.
»Nein«, antwortete er. »Ich möchte dich heiraten, Samantha.« Als er ihre Überraschung sah, fügte er hinzu: »Ich erwarte nicht, daß du mir sofort eine Antwort gibst. Aber überlege es dir wenigstens. Wir könnten ein wunderbares Leben haben, Samantha. Kinder. Wir könnten zusammen arbeiten...«

Sie faßte seine Hand und stellte sich auf die Zehenspitzen, um ihn zu küssen. Mark hob die Arme und zog sie an sich. Er wußte, er würde niemals aufhören, Samantha zu lieben.

8

»Es muß eine Möglichkeit geben, Landon«, sagte Samantha und schob ihren Frühstücksteller weg. »Ich kann das nicht mehr mitansehen. Dieses Sterben. Völlig sinnlos.«
Er erwiderte nichts. Sie führten diese Diskussion jede Woche von neuem. Patientinnen, die mit einer Eileiterschwangerschaft eingeliefert wurden, mußten sterben. Daran war nichts zu ändern. Warum konnte sie das nicht akzeptieren?
Samantha klopfte mit ihrem Löffel auf die Tischplatte. »Nur ein kleiner Schnitt, dann schnell den Eileiter abbinden, den Fötus entfernen, Zunähen und fertig. Warum ist das nicht zu schaffen?«
Er sah sie nur stumm an. Sie wußte den Grund so gut wie er: weil die Patientin dabei unweigerlich verblutete.
»Landon, lassen Sie uns überlegen. Es muß doch ein Mittel geben, die Blutungen zu kontrollieren. Wenn wir dieses Mittel finden könnten! Denken Sie nur, wir könnten Tausende von Operationen durchführen, ohne jedes Risiko. Blinddarmoperationen, Gallenblasen, Hysterektomien –«
Sie brach ab, als sie Mark in die Kantine kommen sah, und das Unvermeidliche geschah – sie errötete. Seit drei Monaten waren sie nun ein heimliches Liebespaar.
Er sah sich um, wünschte einigen Kollegen guten Morgen und kam dann an den Tisch, wo Samantha und Landon saßen.
»Guten Morgen. Störe ich?«
»Immer die alte Leier, Mark«, antwortete Landon, während er seine Taschenuhr zog und den Deckel aufklappte. »Die Bauchoperation.«
»Hm. Eines Tages schaffen wir sie bestimmt. Halsted behauptet, er hätte mit seiner neuen Klemme einigen Erfolg.«
»Ich habe mir eine seiner Operationen angesehen. Eine Gallenblase. Die Wunde war mit mindestens fünfzig Klemmen gespickt. Halsted hatte fast keinen Platz für seine Arbeit. Er brauchte über eine Stunde.«
Mark zog die Brauen hoch. »Eine ganze Stunde für eine Operation?«
Landon klappte seine Uhr zu und steckte sie wieder ein. »Ich werde mich mal um Mrs. Riley kümmern«, sagte er zu Samantha.

Er nickte ihr und Mark zerstreut zu und ging davon. Mark sah Samantha zwinkernd an. »Und wie geht es Ihnen heute morgen, Dr. Hargrave?«
»Glänzend, Doktor. Und Ihnen?« Drei Monate zuvor waren sie sich wegen dieser Scharade beinahe in die Haare geraten. Mark war entschlossen gewesen, auf den Turm der St. Patrick's Kathedrale hinaufzustürmen und ihre Verlobung in die ganze Welt hinauszuposaunen; doch Samantha hatte darauf bestanden, ihre Beziehung geheimzuhalten. Am St. Brigid's herrschten strenge Vorschriften, und Samantha wollte sich nicht vier Wochen vor Beendigung ihrer Assistenzzeit um ihr Zertifikat bringen. Die Vorschriften sagten eindeutig, daß weibliche Krankenhausangestellte weder verheiratet noch verlobt sein durften, und der gesellschaftliche Umgang mit männlichen Angehörigen des Krankenhausbetriebs war ihnen untersagt. Und Samantha war in den Augen Silas Princes eine weibliche Angestellte. Mark hielt ihre Befürchtungen für unbegründet; Samantha war anderer Meinung. Vor wenigen Wochen erst war eine sehr tüchtige Pflegerin entlassen worden, als man entdeckt hatte, daß sie verlobt war.

Nach jener ersten Nacht in ihrem Zimmer gingen sie keinerlei Risiko mehr ein. Sie trafen sich einmal in der Woche in Marks Wohnung, und er hatte sich widerstrebend ihrem Wunsch gefügt, niemandem, nicht einmal seiner Mutter, etwas von ihrer Verlobung zu sagen.

Samantha trank von ihrem Tee und dachte an die Nächte mit Mark.

Mark berührte flüchtig ihre Hand. »Samantha, ich muß dir etwas sagen. Es fällt mir ziemlich schwer. Ich muß nächste Woche nach London.«

Sie sah ihn entsetzt an. Dann fiel ihr ein, wo sie waren, und sie vertuschte hastig ihre Bestürzung.

»Im Auftrag vom St. Luke's. Ich soll das Krankenhaus dort bei einem Kongreß vertreten.«

»Kann nicht jemand anderer reisen?«

»Der Kongreß ist nicht nur für das Krankenhaus wichtig, Samantha, sondern auch für meine Karriere. Wenn ich dort gute Figur mache, kann mir das meine eigene Abteilung einbringen.«

Samantha nickte. Schon begannen sich Beruf und Karriere in ihr Privatleben einzudrängen; damit mußten sie umgehen lernen, wenn sie in Harmonie zusammenleben wollten.

»Wie lange wirst du weg sein?«

»Der Kongreß dauert nur eine Woche. Meine Passage ist schon gebucht. Ich reise mit der *Excalibur* nach Bristol. Wenn das Wetter mitspielt, bin ich in der letzten Oktoberwoche zurück. Genau vier Tage vor deiner Abschlußfeier.«

»Vier Wochen! Wie soll ich das überleben?«
»Samantha.« Wieder berührte er wie zufällig ihre Hand. »Laß uns doch jetzt heiraten. Ehe ich abreise.«
Sie war versucht, ja zu sagen, aber dann schüttelte sie den Kopf. »Nein, Mark. Es sind ja nur noch vier Wochen. Dann sind wir frei. Außerdem wäre es für deine Mutter nicht schön, wenn wir sie einfach so damit überraschen.«
»Ach, Mutter kommt über jede Enttäuschung hinweg. Sie wirft so leicht nichts um.«
»Trotzdem, Mark.« Dabei wäre sie am liebsten aufgesprungen und hätte Mark vor der versammelten Mannschaft mitten auf den Mund geküßt. Danach hätten sie sich auf dem nächsten Standesamt trauen lassen und vor seiner Abreise noch ein paar schöne gemeinsame Tage verleben können.
Aber nein! Das Zertifikat war zu wichtig, und Prince war jedes Mittel recht, um es ihr vorzuenthalten.
»Was bin ich für ein Glückspilz«, sagte Mark beinahe feierlich. »Manchmal habe ich direkt Angst, ich könnte aufwachen und feststellen, daß alles nur ein Traum war.«
Samantha lachte, obwohl ihr nicht danach zumute war.
»Ich muß jetzt auf die Station«, sagte sie dann. »Wir haben vier Frauen im Kreißsaal.« Sie trank den letzten Schluck Tee und stand auf.
Er sah ein wenig traurig zu ihr auf. »Heute abend?«
Sie überlegte. Seit ihrem letzten Zusammensein war eine Woche vergangen. Landon würde ihr sicher den Abend freigeben. »Ja, heute abend«, sagte sie leise und eilte hinaus.

»Guten Morgen, Dr. Hargrave!«
Samantha blickte von ihrer Untersuchung auf und sah direkt in das strahlende Gesicht Letitias. Sie trug einen Korb voll Rosen am Arm, zweifellos die Tischdekoration eines festlichen Abendessens bei der Familie MacPherson, und hinter ihr wartete ein Hausmädchen mit einem Stapel Leintücher.
»Samantha, ich habe Leintücher für Verbände mitgebracht. Meine Mutter mag sie nicht mehr, aber sie sind noch in sehr gutem Zustand.«
»Danken Sie Ihrer Mutter für uns. Pearl, würden Sie sie bitte der Schwester am Tisch geben?«
»Und wem soll ich die Rosen schenken?« fragte Letitia.
Samanthas Blick schweifte durch den sonnenhellen Saal und blieb am Bett von Mrs. Murphy hängen. Die alte Frau war in der vergangenen

Woche mit heftigen Magenschmerzen und chronischem Erbrechen eingeliefert worden. Sie hatte nie in ihrem Leben ein Stethoskop gesehen und hatte, als Samantha ihr das Instrument auf die Brust setzte, gemeint, es handle sich um irgendeine neumodische Behandlungsmethode. Mit einem tiefen Seufzer hatte sie gesagt: »O ja, es geht mir schon viel besser.«

»Mrs. Murphy, drüben in Bett sieben, freut sich gewiß über die Rosen, Letitia.«

Mit gerunzelter Stirn sah Samantha dem jungen Mädchen nach, das heiter davonsprang. Sie machte sich ernstliche Sorgen um sie.

Während Samantha noch dastand und Letitia beobachtete, die lachend mit der alten Mrs. Murphy plauderte, kam Dr. Weston zur Tür herein. Als er Letitia sah, stockte sein Schritt einen Moment, und Letitia, die aufblickte, wurde rot. Er ging an ihr vorbei, als hätte er sie nicht bemerkt, und sie plauderte weiter mit Mrs. Murphy, aber Samantha war der kurze Blickwechsel zwischen den beiden nicht entgangen. Ich sollte mit ihr reden, dachte sie. Sie spürt nicht die Gefahr.

Tatsächlich wußte Letitia MacPherson sehr wohl, daß sie mit dem Feuer spielte. Ihr erstes Abenteuer mit einem Mann hatte sie in sehr jungen Jahren im Gartenpavillon des Sommersitzes ihrer Eltern gehabt. Ihr Partner war einer ihrer Vettern gewesen. Danach war Letitia zu der Überzeugung gekommen, daß es auf der Welt keine Beschäftigung gab, die auch nur halb soviel Spaß machte. Sie spielte nicht schlecht Klavier, handarbeitete leidlich, malte mittelmäßige Aquarelle, aber im Zusammenspiel mit einem Männerkörper war sie Meisterin.

Einen besonderen Reiz gewannen diese Spiele für sie durch die Gefahr, ertappt zu werden. Die Vorstellung, zu heiraten und jede Nacht mit demselben Mann zu schlafen, erschien ihr bei weitem nicht so verlockend wie die Aussicht, sich jedesmal mit einem anderen Partner zu vergnügen. Das Pikante an der Liebe lag in der Abwechslung und in der Gefahr, entdeckt zu werden.

Um dem Risiko einer Schwangerschaft vorzubeugen, war Letitia auf Empfehlung einer Freundin zu einer Frau in Greenwich Village gegangen, die ihr eine Flasche mit einer Tinktur und dazu ein Schwämmchen verkauft hatte, das unmittelbar vor dem Geschlechtsverkehr eingeführt werden mußte.

Weder Samantha noch die Männer, die sich, von Letitias kindlich unschuldigem Charme hingerissen, alle für ihren ersten und einzigen Liebhaber hielten, ahnten etwas davon.

»Wir gehen kommenden Samstag alle zu der großen Wildwestschau, Dr. Hargrave. Da sollen sogar *richtige* Indianer auftreten.«
Samantha lächelte und nahm der Patientin, der sie das Fieber gemessen hatte, das Thermometer aus der Achselhöhle. Während sie die Temperatur ablas, dachte sie: ich bin zu ängstlich. Letitia ist ein viel zu anständiges und gescheites Mädchen, um die Männer zu weit gehen zu lassen.
»Dr. Hargrave?«
Sie blickte auf. Dr. Weston stand an der offenen Tür zum Korridor und winkte. »Können Sie gleich mal kommen? Sie werden gebraucht.«
Sie eilte mit ihm auf die Unfallstation. Es ging chaotisch zu. Stöhnende Verletzte auf Tragen, hektisch herumlaufende Schwestern, Ärzte, die Befehle brüllten, während sie sich die Ärmel hochkrempelten. An einer Straßenkreuzung in der Nähe war ein Pferd durchgegangen und hatte eine Massenkarambolage verursacht, bei der Passanten getötet und zahlreiche Menschen verletzt worden waren.
»Hierher, Doc!« rief Jake, der einem Polizisten half, einen tobenden Mann zu bändigen, dessen Bein von einem Wagen überfahren worden war.
Samantha befahl, ihm den Rock auszuziehen, und gab ihm eine Morphiumspritze. Als er sich beruhigt hatte, sah sie sich die Verletzung an. Das Bein war oberhalb des Knies praktisch durchgetrennt. Der Polizist hatte geistesgegenwärtig irgendwo ein paar Tücher zusammengerafft und das Bündel fest an die Wunde gedrückt, um die Blutungen zu stoppen. Vorsichtig schälte Samantha das Tuchbündel ab und stellte erstaunt fest, daß es eiskalt war. In seiner Mitte spürte sie einen steinharten Klumpen.
Der Polizist, der ihre verwunderte Miene sah, sagte: »Das hab ich als Pfleger bei der Unionsarmee gelernt. Unter den Fuhrwerken an der Unfallstelle war ein Eiswagen. Da hab ich mich einfach bedient.«
Samantha blickte auf das schwer verletzte Bein und sah, daß die Blutung auffallend gering war. Doch in der Wärme des Raumes begannen sich die Gefäße zu erweitern, und das Fleisch fing an sich zu röten. Sie wußte schon jetzt, daß die Wunde gut verheilen und allenfalls eine schwache Entzündung auftreten würde. Und der Mann hatte so wenig Blut verloren!
Eis, dachte sie erregt. Eis...

Es war ein klarer, kalter Oktobertag. Der Wind trieb rotgoldene Blätter über die Bürgersteige, und in der Luft lag schon ein Hauch des nahenden Winters.

Samantha stand am Waschbecken im Krankensaal und wusch sich die Hände. Es war ein langer Tag gewesen, und sie war müde. Sie freute sich auf ihren Feierabend, auf die Ruhe ihres kleinen Zimmers, vor allem aber freute sie sich auf den Brief von Mark, der, wie man ihr mitgeteilt hatte, oben auf sie wartete.

Sie lächelte glücklich vor sich hin. Gestern war die *Excalibur* aus Bristol ausgelaufen. In einer Woche würde Mark wieder zu Haus sein.

Mildred erschien an der Tür. »Dr. Hargrave? Es tut mir leid, aber Dr. Weston meint, er hätte einen gynäkologischen Fall für Sie.«

Samantha nickte nur. »Ich komme sofort, Mildred.«

Dr. Weston stand über eine junge Frau geneigt, die vor ihm auf einem Stuhl saß, und bemühte sich, ihr mit seinem Stethoskop ja nicht zu nahe zu kommen.

Er richtete sich auf, als er Samantha kommen hörte. Sein Gesicht war, wie Samantha mit Bestürzung sah, kalkweiß.

»Was ist es denn, Dr. Weston?«

Er wandte sich von der Patientin ab, faßte Samantha beim Ellbogen und führte sie ein Stück weg.

»Die Familie behauptet, es wäre der Blinddarm«, sagte er leise. »Aber das glaube ich nicht.«

Samantha sah das nervöse Zucken um seinen Mund. »Und warum nicht?«

»Sie hat Blutungen.«

Samantha drängte sich an ihm vorbei. Vor der Patientin blieb sie erschrocken stehen. Die junge Frau war Letitia MacPherson. Ihre Augen waren geschlossen, ihre Wangen fieberheiß, der Kopf hing schlaff auf die Brust.

»Helfen Sie mir, sie auf den Untersuchungstisch legen, Dr. Weston. War sie bewußtlos, als die Familie sie brachte?«

»Ihre Schwester sagte, sie hätte den ganzen Tag über Übelkeit geklagt. Am Nachmittag schrie sie plötzlich, sie hätte schreckliche Schmerzen im Bauch und brach zusammen. Sie brachten sie zu Bett und holten den Hausarzt, der dann empfahl, sie zu uns zu bringen.«

»Wo ist der Arzt?«

»Im Foyer. Mit der Mutter und der Schwester.«

Samantha warf nur einen kurzen Blick auf Dr. Weston und las in seinem aschfahlen Gesicht die ganze Geschichte. Letitia hatte sich also doch auf mehr eingelassen als ein paar harmlose Spielereien. Und du, dachte Samantha, hast jetzt Angst, daß du der Schuldige bist, wenn sie schwanger ist.

Vorsichtig untersuchte sie Letitia. Beim Tasten fand sie den kleinen harten Klumpen unter der Haut. Behutsam tastete sie das Umfeld ab und untersuchte den Uterus, während sie gleichzeitig die merkwürdigen kleinen roten Male auf Letitias weißer Haut studierte. Dr. Weston und Mrs. Knight standen die ganze Zeit stumm dabei, und als Samantha schließlich sprach, fuhren sie beide zusammen.

»Es ist eine Eileiterschwangerschaft«, sagte Samantha. »Der Eileiter ist eben gebrochen.«

Mrs. Knight schüttelte tief bekümmert den Kopf und bekreuzigte sich.

»Mrs. Knight«, sagte Samantha, während sie Letitias Röcke herunterzog, »machen Sie alles für eine Operation fertig. Ich brauche alles an Licht, was Sie kriegen können. Ja, und ist Eis in der Küche?«

Mrs. Knight riß ungläubig die Augen auf, nickte nur stumm und ging hinaus, um zu tun, was Samantha ihr aufgetragen hatte.

»Sie wollen operieren?« fragte Dr. Weston, der wie ein Häufchen Unglück auf einem Stuhl zusammengesunken war. »Das kann nicht Ihr Ernst sein.«

»Ich brauche Sie für die Narkose, Doktor. Und bitte schicken Sie jemanden zu Dr. Fremont nach Hause. Ich brauche seine Hilfe.«

Samantha holte einmal tief Atem, straffte die Schultern und ging durch die Tür hinaus, die ins Foyer führte.

Janelle MacPherson sprang auf, als sie sie sah, die ältere Frau neben ihr jedoch blieb sitzen.

Samantha wappnete sich innerlich, ehe sie sagte: »Wollen wir uns nicht setzen, Miss MacPherson? Ich fürchte, ich habe schlechte Nachricht für Sie.«

»Ich möchte lieber stehen bleiben, Dr. Hargrave. Was fehlt meiner Schwester?«

»Letitia muß sofort operiert werden.«

Janelle wurde kreidebleich. »Sie wollen operieren? Seit wann operiert man einen Blinddarm?«

»Bitte, setzen wir uns doch.«

Nachdem sie sich auf der Bank niedergelassen hatten, sagte Samantha so behutsam wie möglich: »Letitia hat keine Blinddarmentzündung, Miss

MacPherson. Bei ihr liegt eine außeruterine Schwangerschaft vor. Sie muß augenblicklich abgebrochen werden.«

Janelles tiefblaue Augen blitzten wie Stahl. »Was haben Sie da gesagt?«

Samantha wollte ihr beschwichtigend die Hand auf den Arm legen, aber Janelle rückte von ihr ab.

»Letitia ist schwanger. Der Fötus wächst in einem der Eileiter. Dieser Eileiter ist geplatzt. Wenn nicht sofort etwas geschieht, ist Letitia nicht zu retten.«

»Wie können Sie es wagen, eine solche Anschuldigung gegen meine Schwester vorzubringen!«

»Das ist keine Anschuldigung, Miss MacPherson. Und wenn ich nicht sofort operiere –«

»Sie werden meine Schwester nicht operieren.«

»Einen Augenblick!« sagte ein Mann mit dröhnender Baßstimme. »Ich habe die Diagnose selbst gestellt. Die junge Dame hat eine akute Blinddarmentzündung.«

Samantha musterte den alten Herrn mit raschem Blick. Er war vermutlich schon seit Jahren der Hausarzt der Familie MacPherson und anderer wohlhabender Familien. Samantha hatte den Verdacht, daß seine medizinische Praxis vor allem darin bestand, Händchen zu halten, gezuckerte Pillen zu verteilen und sich die Klagen der reichen Damen über ihre eingebildeten Krankheiten anzuhören, wofür er dann fürstliche Honorare einstrich.

»Ich muß Ihrer Diagnose leider widersprechen, Doktor«, sagte Samantha. »Bei einer Blinddarmentzündung würden keine Blutungen auftreten.«

»Das Mädchen hat offensichtlich seine Menses.«

»Aber die Masse ist deutlich fühlbar, Sir, und die Schmerzen sind auf der *linken* Seite.«

»Das ist noch lange kein Hinweis auf eine Schwangerschaft, Madam.«

»Das ist wahr. Aber es spricht weit mehr für eine Schwangerschaft, und so lautet meine Diagnose.«

»Selbst wenn sie stimmt, Madam, wäre eine Operation sinnlos.«

»Nicht sinnloser als Aderlaß, Sir.«

In den alten Augen blitzte Furcht auf. Dr. Grimes wußte, daß seine Weisheit und seine Methoden hoffnungslos veraltet waren.

Samantha wandte sich wieder an Janelle. »Miss PacPherson«, sagte sie ruhig, »ich weiß, wie schwer das für Sie sein muß, aber Tatsache ist, daß

Letitia in Lebensgefahr schwebt. Wenn wir nicht sofort versuchen zu operieren, wird Sie die Nacht nicht überleben.«

»Dr. Hargrave«, versetzte Janelle erregt, »es ist völlig ausgeschlossen, daß meine Schwester schwanger ist. Was Sie unterstellen, ist eine bodenlose Unverschämtheit. Den guten Ruf eines unschuldigen Mädchens zu besudeln, nur um die eigene Karriere zu fördern...« Janelle, die laut geworden war, hielt inne, um sich zu beruhigen. »Ich lasse nicht zu, daß Sie sich meiner Schwester bedienen. Wenn Sie für die Zeitungen die große Heldin spielen wollen, dann suchen Sie sich ein anderes Opfer.«

Samantha blickte zu der traurigen kleinen Frau hinüber, die etwas entfernt von ihnen saß. Mrs. MacPherson hatte nicht wie Clair Rawlins die Kraft aufgebracht, sich gegen ihren Mann durchzusetzen und um ihre eigene Identität zu kämpfen. Sie sah vorzeitig alt und verbraucht aus. Für ihren Mann war sie vermutlich nie etwas anderes gewesen als eine Frau, die ihm seine Kinder gebar. Doch in den unglücklichen Augen blitzte jetzt, als sie Samanthas Blick begegneten, ein Funke früherer Stärke auf. Mrs. MacPherson wußte die Wahrheit, ahnte, welch gefährliches Spiel ihre Tochter getrieben hatte, und schaffte es beinahe, Samantha dies zu sagen. Aber nur beinahe. Dann fehlte es ihr doch an innerer Stärke, am Mut zur eigenen Meinung, schon gar im Angesicht ihrer dominanten Tochter. Mrs. MacPherson senkte die Lider und schwieg.

»Unterstehen Sie sich ja nicht, meine Schwester anzurühren, Dr. Hargrave!«

Als Samantha wieder in die Unfallstation kam, stand Dr. Weston bei Letitia und zählte ihren Puls.

»Ist Landon schon hier?« fragte sie.

Dr. Weston schüttelte den Kopf. Dann steckte er seine Uhr ein und sah auf. »Sie ist im Schock, Dr. Hargrave. Was hat die Familie gesagt?«

»Man hat mir die Operationserlaubnis verweigert.«

»Hm. Da ist sowieso nichts zu operieren.«

Samantha warf ihm einen harten Blick zu. »Da bin ich anderer Meinung, Doktor.«

»Aber Dr. Hargrave! So was ist noch nie gemacht worden. In so einem Fall zu operieren, bedeutet den Tod des Patienten.«

Samantha wollte gerade erwidern, als Letitia zu stöhnen begann. Mit flatternden Lidern wälzte sie den Kopf hin und her. Schließlich öffnete sie die Augen, schien aber nicht zu wissen, wo sie sich befand.

Samantha beugte sich über sie. »Hallo, Letitia.« Sie drückte ihre Hand.

»Dr. Hargrave! Wo – wo bin ich?« Letitia leckte sich die spröden Lippen und drehte den Kopf zur Seite, um Dr. Weston anzusehen. »Ich muß sterben«, sagte sie.
»Nein!« entgegnete er erstickt.
»Letitia«, sagte Samantha. »Wissen Sie, was Ihnen fehlt?«
»Nein...« Ihre Augen wanderten unstet umher.
»Sie müssen operiert werden, Letitia. Und ich möchte die Operation vornehmen. Ich glaube, daß ich Ihnen helfen kann.« Samantha neigte sich noch näher. »Aber Janelle erlaubt es mir nicht. Letitia!«
»Retten Sie mich«, hauchte Letitia. »O Gott... retten Sie mich...«
»Hören Sie, Letitia. Sie haben eine Chance, wenn ich Sie operiere. Können Sie mich verstehen? Letitia?«
»Ja«, flüsterte Letitia. »Tun Sie – was nötig ist, Dr. Hargrave. Operieren Sie. Bitte – retten Sie mich...«
Samantha richtete sich auf und sah Dr. Weston an. Der nickte nur stumm.

Im Operationssaal gab Samantha Mrs. Knight gerade Anweisung, für große Mengen Eis zu sorgen, als Landon Fremont endlich kam.
»Was hat das zu bedeuten, Samantha?«
Während sie Letitias Symptome schilderte, ging er zum Operationstisch und sah sich das Mädchen an. »Das kann nicht Ihr Ernst sein.«
»Doch, Landon. Ich tue es.«
»Sie bringen sie um.«
»Und wenn wir nichts tun, stirbt sie auf jeden Fall. Ich habe einen Plan, Landon, und ich bin überzeugt, es wird klappen. Das Eis hier...«
»Samantha«, sagte er, sich umdrehend, um sie ernst anzusehen, »das Mädchen stirbt so oder so. Wir können da gar nichts tun. Aber wichtig ist, *wo* das Mädchen stirbt. Wenn es in einem Bett im Krankensaal geschieht, kann man uns nichts vorwerfen. Aber wenn sie hier oben stirbt, wird man sagen, wir hätten sie umgebracht.«
»Landon, bitte, hören Sie mir zu. In der Medizin kann ein Durchbruch nicht ohne Risiko erreicht werden. Ich kann einfach nicht länger mitansehen, wie diese Frauen sterben, ohne daß jemand einen Finger rührt. Ich glaube, ich habe ein Mittel gefunden, um die Blutungen zu kontrollieren. Hier, mit Hilfe des Eises. Und wenn das klappt, können wir ihr das Leben retten. Aber wenn wir es nicht versuchen, werden wir nie wissen, ob es klappt.«
»Und was ist, wenn Sie aufmachen und feststellen, daß Ihre Diagnose falsch ist? Was, wenn es doch der Blinddarm ist oder irgendeine andere

Darmgeschichte? Wir wissen nicht, was in solchen Fällen zu tun ist. Sie wird uns unter den Händen sterben. Dann haben Sie sich hier am St. Brigid's unmöglich gemacht, Samantha, und Sie haben mit Ihrer Diagnose der Schwangerschaft der Familie des Mädchens großen gesellschaftlichen Schaden zugefügt.«
Samantha inspizierte ihre Instrumente. »Meine Diagnose ist richtig, Landon, und ich weiß, daß wir sie retten können. Aber ich brauche Ihre Hilfe. Allein kann ich es nicht schaffen.«
Er musterte sie lange mit eindringlichem Blick, sah die Entschlossenheit in der Haltung ihrer Schultern und im Ausdruck ihres Gesichts.
»Also gut«, sagte er laut. »Versuchen wir's.«
Sie lächelte erleichtert. »Ich danke Ihnen, Landon.« Aber im stillen dachte sie: Ach, Mark, Liebster, wenn du nur hier wärst. Das ist unsere gemeinsame Arbeit. Das ist unsere gemeinsame Zukunft...
Sie trat an den Operationstisch. »Immer nur einige Tropfen Äther auf einmal, bitte«, sagte sie zu Dr. Weston. »Keine hohen Dosen.«
Er nickte ernsthaft. Seinetwegen sollten sie die Patientin nicht verlieren.
Im Licht der Gaslampen betrachtete Landon Fremont Samanthas ruhiges Gesicht. Das ist entweder unser Ende oder ein großer Neubeginn. Ich wollte, ich besäße Ihren Mut!
Samantha straffte mit den Fingern der einen Hand die Haut am Unterbauch, dann schnitt sie.
Es kamen Momente, in denen Landon überzeugt war, daß ihnen das Mädchen sterben würde. Der Puls war nicht mehr zu finden, die Blutungen waren exzessiv – aber Samantha arbeitete unerschrocken weiter. Ständig legten sie Eis in die Wunde; sobald es zu schmelzen begann, nahmen sie die feuchten Tücher weg und legten neue Kompressen ein. Und wie durch ein Wunder ließen die Blutungen merklich nach. Aber natürlich, dachte Landon.
»Da«, sagte Samantha. »Der gebrochene Eileiter. Jetzt binde ich ab...«

10

»Wir sitzen ganz schön in der Patsche«, sagte Landon unglücklich.
Samantha nickte müde.
Sie hatte die ganze Nacht nicht geschlafen. Letitia lebte, aber ihr Leben hing am sprichwörtlichen seidenen Faden, und vor einer halben Stunde hatte sich der Anwalt der Familie MacPherson zu Dr. Prince ins Büro

begeben. Dort saßen die beiden Männer jetzt hinter verschlossener Tür. Es sah nicht gut aus.

»Es tut mir leid, Landon, daß ich Sie da hineingezogen habe. Aber ich mußte es tun. Können Sie das verstehen?«
Er nickte, froh, daß der Speisesaal zu dieser frühen Stunde völlig leer war.
»Ich kann es verstehen, Samantha. Aber ich bin immer noch der Ansicht, daß Sie unüberlegt und überstürzt gehandelt haben.«
»Die Patientin lebt. Das ist die Hauptsache.«
»Aber der Anwalt der Familie ist da.«
»Wir haben nichts Unrechtmäßiges getan«, entgegnete sie ruhig. »Letitia hat mir die Erlaubnis gegeben.«
»Solange sie bewußtlos ist, können Sie das nicht beweisen.«
Die Tür zum Korridor öffnete sich einen Spalt, und Dr. Weston schaute herein. Als er sah, daß der Saal leer war, kam er herein und setzte sich zu ihnen an den Tisch. Er legte seine gefaltete Zeitung nieder und rieb sich das stoppelige Kinn.
»Jetzt geht's los«, sagte er. »Was werden die mit uns tun?«
»Sie haben nichts zu fürchten«, meinte Landon. »Sie haben nur Befehle ausgeführt.«
Dr. Westons Gesicht hellte sich nur flüchtig auf. Das war es weniger, was ihm Sorgen machte. Er hatte Angst vor dem Moment, in dem Letitia MacPherson das Bewußtsein wiedererlangen und den Namen des Mannes nennen würde, der für die Schwangerschaft verantwortlich war. Dr. Weston glaubte nämlich, er sei der einzige gewesen, dessen Charme Letitia nicht hatte widerstehen können.
»Wie geht es ihr?« fragte er.
»Sie ist immer noch bewußtlos.«
»Aber sie lebt. Gott sei Dank.« Er sah Samantha hoffnungsvoll an. »Die Familie wird bestimmt nichts unternehmen, wenn sie von Letitia erfährt, daß sie selbst die Erlaubnis zur Operation gegeben hat.«
Samantha glaubte nicht, daß es ganz so einfach werden würde. Sie wußte, daß Janelles Zorn weniger der Ärztin Dr. Hargrave galt als vielmehr der Frau, die ihr den Mann abspenstig zu machen drohte, den sie unbedingt heiraten wollte.
Dr. Princes Sekretär erschien an der Tür und rief Dr. Weston. Landon Fremont und Samantha warteten nervös. Schon nach wenigen Minuten kam Weston zurück.
»Das ging aber schnell«, sagte Samantha. »Man hatte wohl nicht viele Fragen an Sie?«

»Sie haben mir überhaupt keine Fragen gestellt. Und jetzt sind sie weg. Es war ganz merkwürdig. Da saßen sie alle, Miss MacPherson, der ehrwürdige Hausarzt, zwei Anwälte und Dr. Prince. Ich hatte mich gerade gesetzt, als Miss MacPherson plötzlich laut schrie und in Ohnmacht fiel. Sie legten sie auf die Couch, und als sie wieder zu sich kam, erklärte sie, sie könne nicht mehr, und wollte unbedingt nach Hause gebracht werden.«
»Haben Sie eine Ahnung, was die Ursache dieses plötzlichen Zusammenbruchs war?«
»Ich kann nur Vermutungen anstellen. Als ich hereinkam, beugte sie sich gerade über Dr. Princes Schreibtisch und schaute in die Zeitung, die dort lag. Und da schrie sie plötzlich auf.«
Landon nahm Westons Zeitung, die noch gefaltet auf dem Tisch lag, schlug sie auf und rief erschrocken: »Oh, mein Gott!«
»Was ist denn?«
»Ein Schiff ist gesunken.« Er breitete die Zeitung auf dem Tisch aus, so daß auch Samantha und Weston die fette Schlagzeile lesen konnten.
»›Ozeanriese gesunken‹«, las Weston laut vor. »Es ist die *Excalibur*!« Er überflog den Artikel darunter. »›...auf einen Eisberg aufgelaufen...‹«, murmelte er. »›...die gesamte Besatzung und alle Passagiere ertrunken... keine Überlebenden –‹« Er riß plötzlich den Kopf in die Höhe. »Die *Excalibur*! War nicht Mark Rawlins –«
Das Zimmer drehte sich um Samantha. Gedämpfte Stimmen drangen an ihr Ohr. Sie umklammerte den Tischrand, während das eisige Wasser des Atlantik über ihr zusammenschlug und sie verschlang. Mark ertrunken. Tot. Vorbei. Nie wieder...
Arme umschlangen sie. Beißende Ammoniakdämpfe stiegen ihr in die Nase. Landon kniete neben ihr auf dem Boden und hielt ihr ein Fläschchen mit Riechsalz unter die Nase.
Sie starrte ihm ins besorgte Gesicht und murmelte: »Er hat das Schiff verpaßt. Er lebt...«
»Kommen Sie, Samantha«, sagte Landon und half ihr auf. »Sie brauchen jetzt erst einmal Ruhe. Sie haben die letzten zwölf Stunden unter starker Belastung gestanden. Kommen Sie, ich bringe Sie auf Ihr Zimmer.«

Letitia MacPherson hielt am Leben fest. Fast rund um die Uhr saß Samantha an ihrem Bett, die grauen Augen auf das schlafende junge Gesicht gerichtet. Sie aß nur, wenn Mildred ihr ein Tablett brachte und sie praktisch zum Essen zwang.
Alle warteten ab, ob Letitia MacPherson durchkommen würde. Nur Silas

Prince hatte einen ersten Schritt getan: Er hatte Samantha die schriftliche Entlassung übergeben. Sie gehörte nun nicht mehr zum Ärztestab des St. Brigid's Krankenhauses. Dennoch blieb sie am Bett ihrer Patientin und gönnte sich nur ab und zu einige Stunden Schlaf in ihrem kleinen Zimmer.

Doch das, was Samantha stumm und unzugänglich machte, war nicht die Sorge um ihre berufliche Zukunft. Es war der Schmerz um Mark und daß sie diesen Schmerz mit niemandem teilen konnte. Nach außen konnte sie nur Bedauern über den tragischen Tod eines Kollegen zeigen. Tatsächlich litt sie so sehr, daß sie oft das Gefühl hatte, mit ihm gestorben zu sein. Die schwache Hoffnung, er könnte das Boot verpaßt oder es könnte dem ersten Zeitungsbericht zum Trotz doch Überlebende bei der Katastrophe gegeben haben, ließ sich mit dem Verstreichen der Tage nicht aufrechterhalten. Tief im Innern fühlte sie, daß er tot war, wußte auch, daß mit ihm ein Teil von ihr gestorben war.

Ihr Unglück nahm neue Dimensionen an, als sich das, was sie bisher nur vermutet hatte, bestätigte: Sie war schwanger.

Und sie konnte mit niemandem darüber sprechen. Louisa und Luther waren nach Ohio gereist, um den kleinen Johann seinen Großeltern zu präsentieren. Am Krankenhaus gab es keinen, dem sie sich hätte anvertrauen können. Sie hatte zweimal versucht, Mrs. Rawlins zu sehen, war aber jedesmal vom Butler abgewiesen worden, der ihr mit steinerner Miene erklärte, die Familie sei in Trauer und empfange keinen Besuch.

Janelle war es, der Ärzte und Pflegerinnen, als sie, ganz in Schwarz, ihre Schwester besuchte, ihr Beileid aussprachen. Samantha fühlte sich betrogen. Nie in ihrem ganzen Leben war sie so einsam und verlassen gewesen.

Letitia erholte sich von Tag zu Tag ein klein wenig und war schließlich außer Gefahr.

Es wäre ein Wunder, sagten alle. Ärzte und Schwestern feierten Samantha und ihre bahnbrechende Leistung. Die Familie MacPherson holte Letitia nach Hause. Es war, als hätte es nie Differenzen gegeben.

Nur Silas Prince war nicht bereit, zu vergessen.

Am Tag von Letitias Entlassung erhielt Samantha ein Schreiben von ihm, in dem er ihr mitteilte, sie könne einen Widerruf ihrer Entlassung erwirken, wenn sie sich vor aller Öffentlichkeit für den Skandal entschuldige, den sie verursacht hatte.

Am liebsten hätte sie das Klopfen einfach ignoriert. Ihre Sachen waren gepackt; sie wollte nur noch weg. So schnell wie möglich.
Es war ihr schwer gefallen, aber Samantha hatte ihren Stolz hinuntergeschluckt und sich um des Zertifikats willen bei Silas Prince entschuldigt. Da erst hatte sie erfahren, daß ihre Wiederaufnahme in das Assistenzprogramm an Bedingungen geknüpft war. Silas Prince, der seinen Triumph auskosten und Samanthas Erfolg schmälern wollte, hatte ihr mitgeteilt, man hätte es für erforderlich gehalten, ihre Assistenzzeit zu verlängern. Sie wäre noch nicht so weit, hatte er selbstgerecht erklärt, ihre Pflichten mit dem Verantwortungsbewußtsein zu erfüllen, das man von einem Arzt erwarten müsse; sie müsse noch Loyalität und Gehorsam lernen. Man werde ihr darum das Zertifikat erst in sechs Monaten erteilen.
Landon Fremont, der an Princes Vorschlag nichts auszusetzen fand, hatte Samantha zu überreden versucht, auf ihn einzugehen. Aber ohne Erfolg. Sie könne nicht bleiben, hatte sie nur gesagt, sie müsse gehen, auch wenn sie dann auf das Zertifikat verzichten müsse. Und jetzt stand sie zwischen ihren gepackten Koffern und wartete auf den Wagen, der sie abholen sollte.
Als es nochmals klopfte, ging Samantha zur Tür und machte auf. Janelle MacPherson stand ihr gegenüber. Schweigend sahen sich die beiden Frauen an, und vieles ging zwischen ihnen hin und her. Dann trat Samantha zur Seite, hielt die Tür auf und bat Janelle einzutreten.
»Sie reisen ab?« fragte diese, als sie das Gepäck sah.
Samantha war hin- und hergerissen. Janelle war nur noch eine ehemalige Widersacherin. Der Kampf, den sie mit ihr ausgetragen hatte, war sinnlos geworden. Mark war tot. Janelle war für Samantha nichts anderes als irgendeine Frau. Dennoch fühlte sie sich nicht imstande, sich ihr zu öffnen. Die Wunden gingen zu tief. Sie konnte Janelle nichts von Princes Beschluß sagen; sie konnte ihr nicht sagen, daß sie ihn nicht akzeptieren konnte, weil sie ein Kind erwartete. Darum sagte sie einfach: »Ich möchte fort von hier.«
Janelle öffnete ihren Pompadour und zog ein Blatt Papier heraus, das sie Samantha reichte. »Ich wollte es Ihnen nicht vorenthalten. Es ist ein Telegramm von der Schiffahrtsgesellschaft. Sie bestätigen, daß Marks Name auf der Passagierliste stand, und daß er bei dem Unglück ums Leben gekommen ist.«
Samantha versuchte, den Text zu lesen, aber die Worte verschwammen unter ihren Augen. Sie hob den Blick. »Warum bringen Sie mir das?«

»Damit Sie sich nicht wie ich falsche Hoffnungen machen«, antwortete Janelle mit brüchiger Stimme.
Samantha gab ihr das Telegramm zurück. »Danke.«
»Ich weiß, daß Sie ihn geliebt haben, Dr. Hargrave. Wir haben ihn beide geliebt. Und ich denke, zwischen Ihnen und Mark war mehr als nur eine rein berufliche Beziehung. Ich fürchtete sogar, er könnte Sie lieben, und – in meiner Eifersucht haßte ich Sie.«
Samantha sah sie nur stumm an.
Janelle hob mit einer stolzen Bewegung den Kopf. »Ich sehe jetzt, daß ich bei ihm nie eine Chance hatte, als Sie kamen. Sie gaben ihm etwas, das ich ihm nicht geben konnte. Sie hatten all dies hier mit ihm gemeinsam...«
Sie machte eine Geste, die das ganze Zimmer umschloß und die Medizin meinte. »Dr. Hargrave, ich muß Sie um Verzeihung bitten. Das ist der zweite Grund meines Besuchs. Sie haben meiner Schwester das Leben gerettet. Ich weiß jetzt alles. Sie hat mir die Wahrheit über – über ihre Indiskretionen gesagt. Ich danke Ihnen, Dr. Hargrave, daß Sie ihr geholfen haben.«
Wieder griff Janelle in ihren Pompadour und entnahm ihm ein kleines Päckchen, das sie Samantha in die Hand drückte.
»Das ist von Letitia. Sie bat mich, es Ihnen zu geben. Es bedeutete ihr sehr viel. Sie möchte Ihnen mit diesem Geschenk danken.«
Samantha faltete das Seidenpapier auseinander und sah einen blaugrünen Stein von der Größe eines Silberdollars.
»Letitia hat ihn vor Jahren einigen Zigeunern auf einem Rummelplatz abgekauft. Sie erzählten ihr, er wäre uralt und brächte dem, der ihn trägt, Glück. Es scheint, daß der Stein die Farbe wechseln kann. Es heißt, wenn seine Farbe verblaßt, dann hat der Träger das Glück, das er bringt, verbraucht, und der Stein muß weitergegeben werden. Letitia hatte ihn in der Nacht, als Sie sie operierten, in ihrer Tasche.«
Der glänzende Türkis hatte die Form eines Rotkehlcheneis und war in der Mitte von einer eigentümlich geformten Maserung durchzogen.
»Letitia sagt, der Stein hätte jetzt seine dunkle Farbe verloren«, fuhr Janelle fort. »Ich kann es nicht erkennen, aber meine Schwester ist sehr abergläubisch...«
Samantha legte die Finger um den kühlen Stein. »Bitte danken Sie Letitia für mich. Ich werde ihn immer gut hüten.«
Janelle warf einen Blick auf die Koffer. »Wohin reisen Sie?«
»Einfach fort. Nach Kalifornien. In ein neues Leben. Hier hält mich nichts.«
»Kann ich Ihnen irgendwie behilflich sein?«

Samantha überlegte einen Moment, dann sagte sie: »Ach ja, das wäre nett.« Sie nahm einen Brief, der auf ihrem Nachttisch lag. »Würden Sie den bitte Mrs. Rawlins geben? Ich wollte sie aufsuchen, aber sie empfängt niemanden.«
»Mrs. Rawlins ist nach Boston zurückgegangen. Marks Tod war ein schrecklicher Schlag für sie. Sie ist krank und liegt zu Bett. Ich werde ihr den Brief gern geben, Dr. Hargrave, und wenn ich sonst noch etwas tun kann...«
»Nein, nein. Ich danke Ihnen, daß Sie hergekommen sind.«
Nachdem Janelle gegangen war, zog Samantha ihre Handschuhe an und sah sich ein letztes Mal in ihrem Zimmer um. Sie wußte nicht, was sie in Kalifornien erwartete, wohin ihr Weg sie führen würde; sie wußte nur, daß sie von hier fort mußte, einen Platz finden mußte, wo ihre Wunden heilen würden. Und einen Platz, wo sie ihr Kind, ihres und Marks, zur Welt bringen konnte.
Wir werden zusammen ein neues Leben anfangen, und Mark wird immer bei mir sein...

Vierter Teil
San Francisco, 1886

1

Samantha warf einen Penny in den Kasten, nahm eine Kerze, entzündete sie an einer, die schon brannte, und drückte sie fest auf einen freien Spieß. Dann kniete sie unter dem Standbild der Madonna nieder und faltete die Hände. Obwohl sie nicht katholisch war, kam sie seit langem regelmäßig in die Mission, wenn sie Sehnsucht nach Ruhe und Frieden hatte. Hier hatte sie Trost gefunden, als zwei Jahre zuvor ihre kleine Tochter, Clair, an Diphtherie gestorben war. Dieser Tag war Clairs Geburtstag; sie wäre drei Jahre alt geworden.

Tränen traten Samantha in die Augen, und die ruhigen Flammen der vielen Kerzen zu Füßen des Standbilds verschwammen unter ihrem Blick. Sie war tieftraurig, sie würde niemals aufhören, um Mark und um ihr Kind zu trauern, doch in der tröstlichen Stille der kleinen Kapelle wurde der Schmerz erträglicher.

Unter ihrem Kleid lag glatt und warm der Stein auf ihrer Haut, den Letitia ihr zum Dank geschenkt hatte. Samantha hatte ihn bei späterem genauerem Hinsehen höchst eigentümlich gefunden. Auf der Rückseite trug er eine Inschrift in fremden Buchstaben und ein Datum, beides nicht mehr deutlich erkennbar. Die rostfarbene Maserung auf der Vorderseite hatte auf den ersten Blick die Gestalt einer Frau mit ausgestreckten Armen; betrachtete man sie aus einem anderen Winkel, so sah man zwei Schlangen, die sich an einem Baumstamm emporwanden. Sobald Samantha das nötige Geld beisammen gehabt hatte, war sie zu einem Goldschmied gegangen und hatte sich eine Kette machen lassen. Der Mann hatte ihr gesagt, der Stein sei sehr alt und zweifellos kostbar.

Der Stein war Samanthas einzige greifbare Verbindung mit der Vergangenheit. Oft, wenn sie allein war, holte sie ihn unter ihrem Kleid hervor und strich mit den Fingern über seine glatten Flächen. Immer hatte das eine merkwürdig beruhigende Wirkung auf sie.

In den frühen Tagen nach ihrer Ankunft in San Francisco hatte sich Samantha bitter allein und einsam gefühlt. Damals hatte sie festgestellt, daß eine stille Stunde des Nachdenkens und Sicherinnerns zwar nicht Tröstung, aber doch eine Linderung des Schmerzes brachte. Sachte pflegte sie dabei über den Stein zu streichen, und als wohne ihm ein geheimnisvoller Zauber inne, durchlebte sie dann von neuem in erstaunlicher Lebendigkeit und Detailliertheit Szenen aus ihrem vergangenen Leben.

Sie brauchte nur die Augen zu schließen, und plötzlich war sie wieder am St. Agnes Crescent, Hand in Hand mit Freddy, der sie beschützte, und sie konnte seine helle Jungenstimme so deutlich hören, als befände er sich mit ihr im selben Raum. Oder sie sah sich plötzlich in Joshuas Praxis, in Hannahs Haus in Lucerne, bei Louisas Entbindung, in leidenschaftlicher Umarmung mit Mark...

Sie machte es sich zur Gewohnheit, gewissermaßen ein paar Schritte zurückzutreten und ihr Leben wie eine geographische Karte zu betrachten, und in der Überschau sah sie, daß in ihrem Leben, so voll und ereignisreich es immer gewesen war, eines fehlte. So wenig sie früher darüber nachgedacht hatte, so sehr beschäftigte sie sich jetzt damit: Ich stehe völlig allein auf der Welt. Ich kann Freunde, Bekannte, sogar Liebhaber haben, aber ich bin niemandem durch Blutsverwandtschaft verbunden.

Samantha wußte, daß diese Gedanken vor allem durch ihren beruflichen Alltag ausgelöst wurden. Tagtäglich hatte sie in irgendeiner Weise mit Familien zu tun – mit Geburten, mit Müttern und Kindern, mit Geschwistern, mit Verwandten und Angehörigen. Und jeder Tag erinnerte sie daran, daß es auf der ganzen Welt niemanden gab, von dem sie sagen konnte: Wir stammen aus *einer* Familie. Die Hargraves waren alle tot, und von der Familie ihrer Mutter wußte Samantha nichts. Es war, als wäre Samantha Hargrave dem Nichts entsprungen. Ich stehe ganz allein.

Eine Bewegung an ihrer Seite veranlaßte Samantha, zu dem Kind hinunterzublicken, das mit gefalteten Händen, das Gesicht zur Madonna emporgerichtet, neben ihr kniete. Sie lächelte liebevoll. Nein, nicht ganz allein, dachte Samantha. Nicht ganz allein.

Auf den Tag genau vor einem Jahr war Samantha auf dem Rückweg von der Mission von der Straße weggeholt worden, um einer Frau in einer der Mietskasernen hinter dem Opernhaus Beistand zu leisten. Als sie in das armselige Zimmer getreten war, hatte sie gerade noch gesehen, wie eine alte irische Hebamme die sterbende Mutter von einem totgeborenen Kind entbunden hatte. In der Ecke stand ein mageres kleines Mädchen mit großen angstvollen Augen und starrte, alle fünf Finger der Hand im Mund, stumm auf die bedrückende Szene. Als die Frau gestorben war, beschwerte sich die Hebamme, daß sie nun den schwachsinnigen Fratz zu sich nehmen müßte. Das Kind hätte weder Vater noch Verwandte.

»Nicht ganz richtig im Kopf, die Kleine«, hatte die Hebamme gebrummt. »Das einzige von Megans Kindern, das am Leben geblieben ist. Aber sie

redet nicht. Starrt einen nur an und macht einen ganz kribbelig damit.«
Samantha hatte das Kind mitgenommen. Sie hatte nicht herausbekommen, wie alt die Kleine war, schätzte sie aber auf acht Jahre. Sie hieß Jennifer. Samantha adoptierte sie und gab ihr den Namen Hargrave. Wenn wir allein sein müssen, dann wollen wir zusammen allein sein.
Mit zärtlicher Hand strich Samantha dem kleinen Mädchen, das neben ihr kniete, über das dunkle Haar. Jennifer war taubstumm; Samantha hatte ihr die Bedeutung dieses Rituals in der kleinen Kapelle nie erklären können. Aber das Kind kniete stets ruhig und geduldig neben ihr, denn es sah etwas, das sonst niemand sah: Das Gesicht des Standbilds glich aufs Haar dem der Frau, die sie bei sich aufgenommen hatte.
»Wir müssen jetzt gehen«, sagte Samantha leise. Sie sprach immer mit ihr, obwohl sie nicht hören konnte.
Samantha ging nicht gern von der Mission fort, aber sie wußte, daß in ihrer Praxis Patienten auf sie warteten. Sie schloß ihre Praxis selten, tat kaum je etwas für sich, doch diese Besuche in der Kapelle waren wichtig für sie – wenn sie mit Ängsten zu kämpfen hatte, wenn die Einsamkeit sie zu überwältigen drohte, wenn die Sehnsucht nach der Vergangenheit allzu stark wurde. Hier fand sie Ruhe und Trost.
Als Ärztin im Arbeiterviertel von San Francisco hatte Samantha es zunächst schwer gehabt; als schwangere Frau ohne Ehemann und Familie hatte sie es doppelt schwer gehabt. Aber sie hatte gar nicht erwartet, daß die Stadt am Golden Gate sie mit offenen Armen aufnehmen würde. Als erstes hatte sie sich eine Wohnung in der Kearny Street gemietet, dann hatte sie langsam begonnen, sich ihre Praxis aufzubauen. Anfänglich waren ihr die Leute mit Mißtrauen und Argwohn begegnet; die meisten ›Ärztinnen‹ in San Francisco waren Engelmacherinnen. Aber allmählich sprach es sich herum, daß hier eine Ärztin war, die einem wirklich half, und die ersten Patientinnen kamen, Arbeiterinnen vor allem, aber auch Prostituierte, von denen manche bezahlten, viele aber auch nicht.
Es gab Nächte, da konnte Samantha vor Kummer und Heimweh nach New York nicht schlafen. In dieser Zeit hatte sie die Mission entdeckt. Ihr alter Kampfgeist war wieder erwacht. Ihre Praxis gedieh, und in finanzieller Hinsicht wurde ihr Leben einfacher.
Sie hatte ihr Kind ganz allein in ihrem Schlafzimmer zur Welt gebracht und sofort gesehen, daß es Marks große braune Augen hatte. Als Clair ein Jahr später an Diphtherie erkrankt war, hatte Samantha in ihrer Not und Verzweiflung einen Luftröhrenschnitt gemacht, um ihr Kind vor dem Ersticken zu bewahren, aber es war zu spät gewesen. Das kleine

Mädchen war auf einem Friedhof hoch über dem Ozean begraben, aber Samantha besuchte das Grab nie. Clair war nicht dort in dem Grab, sie war in ihrem Herzen und sie war hier, in der liebenden Obhut der Madonna.

Sie gingen durch den sommerlichen Garten der Mission. An den weißgetünchten Mauern leuchtete das Purpur und Scharlachrot der Bougainvillea, und um die alten Grabsteine wucherten üppig Hibiskus und Fuchsien.

Während Samantha mit Jenny an der Hand den Kiesweg entlangging, spürte sie, wie ihr Herz sich in der Sommersonne weitete. Nach den ersten Wochen der Niedergeschlagenheit und des Schmerzes waren ihre angeborene Zuversicht und ihr Lebensmut wieder erwacht. So sehr sie anfänglich unter Heimweh gelitten hatte, hatte sie doch niemals daran gedacht, nach New York zurückzukehren. Zurückzugehen war keine Lösung; sie mußte vorwärtsgehen, ihrer Bestimmung und besseren Zeiten entgegen.

Mit Landon Fremont hatte sie in den ersten Wochen rege korrespondiert, aber als er nach Wien übergesiedelt war, um dort zu unterrichten, waren seine Briefe immer seltener gekommen, und nun hatte sie schon lange nichts mehr von ihm gehört. Auch der Kontakt zu Louisa und Luther, die mit ihren beiden Kindern nach Deutschland gegangen waren, war abgerissen. Es gab kein Band mehr, das sie mit New York verknüpfte.

Samantha akzeptierte es ruhig, daß dieser Abschnitt ihres Lebens, der mit soviel Kampf und Bitternis, aber auch mit den schönsten Erinnerungen ihres Lebens verbunden war, beendet war. Sie hatte San Francisco liebgewonnen. Nur selten blickte sie zurück – an besonderen Tagen nur. Dann sah sie auf den Kalender und dachte: Heute ist Marks Geburtstag, er wäre dreiunddreißig geworden; oder, heute vor vier Jahren ist die *Excalibur* gesunken. Sie ließ Mark in ihre nächtlichen Gedanken und ihre Träume ein, aber sie verbannte ihn aus ihrem anstrengenden Alltag, denn stets raubte ihr die Erinnerung an ihn ein wenig von ihrer Kraft und machte sie empfindlich und verletzlich. Niemals würde sie aufhören, ihn zu lieben und um ihn zu trauern, aber das Leben mußte Vorrang haben.

Die Julisonne war angenehm warm, die Stadt in ihrer Geschäftigkeit anregend. Samantha ging den Weg zwischen Praxis und Mission immer gern. Dennoch merkte sie, wie die ruhige Heiterkeit, die sie wie immer von ihrem Besuch in der Mission mitgenommen hatte, sich wie unter einer dunklen Wolke zu trüben begann. Sie hatte in letzter Zeit schon des öfteren eine wachsende innere Unruhe an sich wahrgenommen, die sie ein wenig erschreckte.

Während sie mit Jenny an der Hand am neuen Crocker Woolworth Gebäude vorüberging, dachte sie über diese merkwürdige Unruhe nach und überlegte, was für eine Ursache sie haben könnte.

War es vielleicht Sehnsucht nach einem Mann? Sie glaubte es nicht. Die Tage der leidenschaftlichen Liebe waren für sie vorbei; sie hatten mit Marks Tod geendet. Außerdem fehlte es ihr nicht an männlicher Aufmerksamkeit und Bewunderung. Obwohl sie sechsundzwanzig war, also nicht mehr in der Blüte der Jugend, hatte Samantha in den letzten Jahren mehrere Heiratsanträge bekommen – von Patienten, die Dankbarkeit mit Liebe verwechselten, von Mr. Finch, dem Apotheker, der jedesmal zu stottern anfing, wenn sie in seinen Laden kam, von dem netten Polizisten, der in ihrem Viertel Streife ging und energisch für sie eingetreten war, als man sie bezichtigt hatte, eine Engelmacherin zu sein. Alle hatten sie behauptet, Samantha könne allein unmöglich mit dem Leben fertigwerden; sie brauche dringend einen Mann.

Nein, die Tatsache, daß es in ihrem Leben keinen Mann gab, war nicht schuld an dieser inneren Unruhe. Es mußte etwas anderes sein, etwas, das mit den äußeren Dingen des Lebens – Arbeit, Freundschaft, Geselligkeit – nichts zu tun hatte. Denn daran mangelte es ihr ja nicht. Was aber konnte es dann sein?

In den ersten Wochen hatte San Francisco verwirrend und überwältigend auf sie gewirkt. Die Stadt war ein Durcheinander bunt zusammengewürfelter Gemeinden von Chinatown mit seiner ungewöhnlichen Einwohnerschaft gelbhäutiger Menschen mit flachen Hüten und weit schlotternden Gewändern bis zur Babary Coast mit seinen rumseligen Seeleuten, vom eleganten Nob Hill mit seinen verschnörkelten Prachtvillen bis zum Portsmouth Square mit seinen Bordellen, in denen bis zu vierhundert Mädchen wie Tiere in Käfigen zusammengepfercht waren. Samantha war sich vorgekommen, als sei sie in ein wildfremdes Land geraten, und ihr neues Leben war im Grunde ein ständiger Kampf gewesen. Zuerst hatte sie um Anerkennung und Ansehen kämpfen müssen; dann hatte sie um das Leben ihres Kindes gekämpft; danach hatte sie sich der Herausforderung gestellt, Zugang zu Jennifer zu finden. Vier Jahre des Bemühens und des Kämpfens. Aber das war jetzt vorbei. Man hatte sie akzeptiert, sie genoß allgemeines Ansehen, ihr Leben war frei von finanziellen Sorgen.

Vielleicht, dachte Samantha, bin ich zu bequem geworden.

Sie drängten sich durch das Menschengewühl in der Kearny Street, Sa-

mantha in der Hoffnung, daß Mrs. Keller nüchtern genug sein würde, um das Abendessen zu kochen, als sie vor ihrem Haus eine Menschenansammlung bemerkte. Am Bürgersteig stand eine elegante Equipage, um die sich eine Schar gaffender Kinder versammelt hatte.
Miss Seagram scheint hohen Besuch zu haben, dachte Samantha.
Als sie vier Jahre zuvor die Wohnung gemietet hatte, hatte sie erfreut festgestellt, daß ihre nächste Nachbarin eine Fotografin war, deren Geschäft nach ihrer Garderobe zu urteilen ausgezeichnet ging. Im Lauf der Zeit jedoch hatte Samantha bemerkt, daß Miss Seagrams Kunden ausschließlich Männer waren, daß sie lange zu bleiben pflegten – manchmal über Nacht – und daß nie einer von ihnen mit einem Bild unter dem Arm aus dem Atelier kam.
Als Samantha die Treppe zu ihrer Wohnung erreichte, sah sie erstaunt, daß oben eine adrett gekleidete Zofe sie erwartete. Dann erfuhr sie, daß der Besuch nicht zu Miss Seagram gekommen war, sondern daß die Equipage eine Dame gebracht hatte, die ärztliche Hilfe suchte.

2

Trotz der warmen Witterung war die Frau von Kopf bis Fuß in ein Cape aus teurem Wollstoff gehüllt. Die Kapuze fiel ihr so tief in die Stirn, daß ihre Gesichtszüge nicht zu erkennen waren. Der Kutscher half ihr aus dem eleganten Wagen, und sie stieg langsam und schwerfällig, als litte sie Schmerzen, die Treppe hinauf. Ihr Alter war nicht zu schätzen; aber eines war deutlich zu sehen, die mysteriöse Dame war sehr wohlhabend.
Samantha führte sie in den kleinen Salon neben dem Sprechzimmer, wo sie ihre Patienten häufig empfing. Die gemütliche Atmosphäre, die frischen Blumen, die immer auf dem Tisch standen, nahmen auch den ängstlichsten Frauen im allgemeinen die Befangenheit. Die geheimnisvolle Dame setzte sich auf einen zierlichen brokatbezogenen Sessel, und Samantha wußte sofort, warum sie gekommen war.
Sie schloß die Tür und setzte sich der Frau gegenüber, deren Zofe hinter ihr stehen geblieben war. Die Stimme, die unter der Kapuze hervorkam, war kultiviert und klang zu Samanthas Überraschung sehr jung.
»Sind Sie Dr. Hargrave?«
»Ja.«
Die Fremde hob die behandschuhten Hände und öffnete die Spange, die das Cape zusammenhielt, und streifte es ab. Darunter trug sie ein veil-

chenblaues Satinkleid mit Perlmuttknöpfen. Das schöne junge Gesicht, das unter der Kapuze hervorkam, war von Schmerz und Erschöpfung gezeichnet. Vorzeitige Falten, dunkle Ringe unter den blauen Augen und eine unnatürliche Blässe zeugten davon, wie schlecht es dieser jungen Frau ging.

»Dr. Hargrave, ich habe ein sehr intimes Problem. Ich war damit bereits bei mehreren Ärzten, aber keiner konnte mir helfen. Mein Mädchen hat mir schließlich von Ihnen erzählt. Sie war begeistert von Ihnen, Dr. Hargrave, und lobte Sie so sehr, daß ich mich nun entschlossen habe...«

Samantha, die sah, daß die junge Frau unter starker seelischer Belastung stand, sagte behutsam: »Wenn Sie mir gestatten, Sie zu untersuchen, kann ich Ihnen sehr schnell sagen, ob ich Ihnen helfen kann.«

»Ja – natürlich.«

Im St. Brigid's hatte Samantha viele Frauen mit diesem Problem erlebt. Bis zu dem Tag, an dem Landon Fremont gekommen war und die sogenannte Sims-Methode eingeführt hatte, waren diese unglücklichen Geschöpfe dazu verurteilt gewesen, bis an ihr Lebensende Höllenqualen zu leiden. Ihre Beschwerden wurden durch eine sogenannte Vesikovaginalfistel verursacht, einen winzigen Durchgang von der Blase zur Vagina. Es war eines der schlimmsten Übel, das eine Frau befallen konnte. Diese Fisteln führten zu einer äußerst schmerzhaften und unheilbaren Entzündung; häufig ausgelöst durch eine schwierige Geburt. Frauen, die mit diesem Leiden geschlagen waren, wagten sich nicht mehr aus dem Haus. Das Schreckliche für diese Frauen aber war, daß sie wußten, daß sie dazu verurteilt waren, bis an ihr Lebensende zu leiden und wie eine Aussätzige behandelt zu werden. Viele dieser Frauen machten schließlich aus Verzweiflung ihrem Leben mit eigener Hand ein Ende.

Als Samantha sah, wie weit die Erosion bei dieser jungen blühenden Frau fortgeschritten war, hätte sie am liebsten geweint. Wieder im Salon, stellte sie ihre Fragen.

»Wann ist das passiert?«

»Weihnachten vor einem Jahr, als meine Tochter zur Welt kam. Es war eine Zangengeburt. Dabei ist es passiert.«

Samantha nickte, ohne den Zorn zu zeigen, der momentan in ihr aufflammte. So viele männliche Geburtshelfer griffen jetzt zur Zange, um die Geburt zu beschleunigen; zu ungeduldig, um zu warten und der Natur ihren Lauf zu lassen. Diese Frau war nicht das einzige Opfer solchen unnötigen Eingreifens.

»Wie alt sind Sie?«

»Vierundzwanzig.«
»Haben Sie noch andere Kinder?«
Sie begann zu weinen. »Merry war mein erstes Kind. Und sie wird mein letztes sein.«
»Sie sagen, daß Sie schon bei anderen Ärzten waren?«
»Ja, aber sie sagten, in meinem Fall gäbe es keine Hilfe.« Sie beugte sich vor. »Dr. Hargrave«, sagte sie mit eindringlichem Flehen, »Sie können sich nicht vorstellen, was für ein grauenvolles Leben ich führe. Es ist ein Alptraum. Ich sitze den ganzen Tag in meinem Zimmer. Ich kann nicht ausgehen, ich wage mich nicht einmal in die anderen Zimmer unseres Hauses. Mein Mann ist in ein anderes Schlafzimmer umgezogen. Wir haben keine Beziehungen mehr. Elsie ist die einzige, die mir Gesellschaft leistet. Meine Freundinnen lasse ich nicht mehr herein, denn ich weiß, wie abstoßend meine Gesellschaft ist. Ich muß mehrmals am Tag die Röcke wechseln. Ich kann Bäder nehmen soviel ich will, der Geruch geht nicht weg. Und das brennt! Ich schlafe keine Nacht mehr. Es macht mich wahnsinnig. Wenn das so weiter geht, bringe ich mich um!«
Samantha drückte ihr die Hand. »Das werden Sie nicht tun«, sagte sie fest. »Ich glaube, ich kann Ihnen helfen. Es geht allerdings nur mit einer Operation.«
»Mit einer Operation?« Die junge Frau runzelte die Stirn. »Ich würde lieber nicht in ein Krankenhaus gehen, Doktor Hargrave, aber wenn es die einzige Möglichkeit ist...«
»Ich mache die Operation hier in meiner Praxis.«
Samantha beschrieb ihr kurz das Verfahren. Sie hatte es bei Landon Fremont gelernt, der bei Dr. Sims, seinem Erfinder, in die Schule gegangen war. Da jedoch die Operation so neu und revolutionär war und Sims bei der konservativen Ärzteschaft unbeliebt war, fanden seine Methoden nur sehr langsam Verbreitung. Das war der Grund, weshalb die anderen Ärzte, die diese Frau konsultiert hatte, gar nicht auf den Gedanken gekommen waren, diesen Eingriff zu versuchen. Entweder hatten sie überhaupt nicht von ihm gewußt, oder aber sie hatten keine entsprechende Ausbildung.
»Ich kann allerdings den Erfolg nicht garantieren. Die Erosion ist weit fortgeschritten. Sie hat ein kritisches Stadium erreicht. Es könnte sogar geschehen, daß die Sache durch die Operation noch schlimmer wird.«
»Das Risiko nehme ich auf mich. Wie lange wird es denn dauern?«
»Da ich mit Narkose arbeiten muß und die Nähte sehr fein und empfindlich sind, werden Sie eine Weile hier bleiben müssen. Zehn Tage, würde ich sagen. Wollen Sie das?«

»Ich werde meinem Mann sagen, daß ich meine Schwester in Sacramento besuche.«
Als Samantha sie verwundert ansah, fügte sie verlegen hinzu: »Ich muß Ihnen etwas gestehen, Doktor Hargrave. Mein Mann weiß nichts von diesem Besuch bei Ihnen. Wenn er davon erführe, würde er sehr böse werden. Für ihn sind alle Ärztinnen nur Pfuscherinnen.«
»Und wie sehen Sie es?«
Sie sah Samantha ruhig in die Augen. »Ich glaube, daß Sie mir helfen können.«
»Dann kommen Sie wieder, sobald Sie soweit sind. Und bringen Sie bitte Elsie mit. Meine Tochter Jenny wird ebenfalls helfen.«

Sie hieß Hilary Gant, und unmittelbar, bevor Elsie ihr die Äthermaske aufs Gesicht legte, sagte sie: »Wenn mir etwas passieren sollte, weiß mein Mädchen, was sie zu tun hat. Sie werden keinerlei Unannehmlichkeiten bekommen, Doktor Hargrave, das verspreche ich Ihnen.«
Samantha nickte lächelnd und ließ ihre Hand auf Hilarys Schulter liegen, bis diese eingeschlafen war. Mach dir um mich keine Sorgen, dachte sie, während sie darauf achtete, daß Elsie nicht zuviel Äther gab. Ich habe schon einiges hinter mir.
»Nur ein paar Tropfen, Elsie«, sagte sie. »Hören Sie jetzt auf und beobachten Sie genau ihre Augenlider. Wenn sie zu flattern anfangen, geben Sie noch ein paar Tropfen drauf.«
Elsie war blaß und sichtlich aufgeregt, aber Samanthas Ruhe gab ihr Sicherheit. Tapfer lächelnd hielt sie die Flasche, den Blick unverwandt auf Hilarys Gesicht gerichtet.
Jennifer hielt brav die Retraktoren, während Samantha arbeitete. Sie war es gewöhnt, Samantha in der Praxis zu helfen; man brauchte ihr jeden Handgriff nur einmal zu zeigen, und sie vergaß ihn nie wieder. Ruhig und ohne Neugier erfüllte Jenny jede Aufgabe, die man ihr stellte, mit größter Gewissenhaftigkeit und Hingabe; niemals gab sie auf. Auch jetzt stand sie unerschütterlich, und mit großen aufmerksamen Augen sah sie Samantha zu.
Die arbeitete mit großer Sorgfalt und Genauigkeit. Die Ränder der Wunde mußten präzise zusammengezogen werden, die Naht mit den Silberfäden mußte äußerst behutsam angelegt werden, damit das Gewebe nicht riß. Zum Schluß führte sie einen der neuen Katheter ein und richtete sich dann mit einem Seufzen auf.
»Wir haben getan, was wir konnten. Jetzt können wir nur hoffen, daß alles gut verheilt.«

Zusammen mit Elsie trug sie die Bewußtlose in das Gästezimmer im Erdgeschoß. Es war ein freundliches Zimmer mit hellen Möbeln und Blumen, in dem jeder Gast sich wohlfühlen konnte. Denn seelisches Wohlbefinden, meinte Samantha, war für den Heilungsprozeß genauso wichtig wie Salben und Verbände.
In den ersten zwei Nächten schlief Samantha auf einem Feldbett neben Hilary, um sie überwachen zu können. Danach hatte sich Hilary soweit erholt, daß sie keine ständige Kontrolle mehr brauchte.
Neun Tage lag Hilary Gant in Samanthas Gästezimmer, eine fügsame Patientin, die sich niemals beklagte. Elsie brachte ihr das Essen, wusch sie und leistete ihr Gesellschaft. Dreimal täglich ließ Hilary geduldig Samanthas Untersuchungen über sich ergehen. Ärztin und Patientin sprachen wenig miteinander, ihre kurzen Unterhaltungen beschränkten sich auf das Sachliche. Samantha hatte in der Praxis viel zu tun und mußte häufig weg, um Hausbesuche zu machen. Am neunten Tag zog sie Hilary Gant die Fäden; am zehnten entließ sie ihre Patientin nach Hause.
Eine Woche später erhielt sie eine auf edelstem Büttenpapier geschriebene Einladung zum Tee im Haus der Gants in der California Street auf Nob Hill.

3

Samantha war die große, wuchtige Villa in der California Street auf einem ihrer Spaziergänge durch die Stadt schon einmal aufgefallen, und sie war stehengeblieben, um den palastartigen Bau, der inmitten grüner Rasenflächen stand, eingehender zu betrachten. Als sie jetzt im Wagen der Gants durch das hohe schmiedeeiserne Tor fuhr und die zahllosen Türmchen und gedrehten Säulen, die Giebeldächer über den blitzenden Fenstern sah, kam sie sich vor wie zu Besuch bei einer königlichen Familie.
Ein chinesischer Hausdiener führte sie durch einen großen Vorsaal mit bunten Glasfenstern, goldgerahmten Spiegeln und Statuen, die im Schatten ausladender Farne und Palmen standen, in einen Salon, der an Opulenz und Luxus alles übertraf, was sie bisher gesehen hatte.
Das Licht der Nachmittagssonne, das durch vier große Erkerfenster hereinströmte, fing sich in dem Kristall und blankem Silber, lag schimmernd auf polierten Tischplatten, die aus edelsten Hölzern eingelegt waren, und auf alten chinesischen Vasen, brachte die verschwenderischen Blumenarrangements zum Leuchten. Nicht Geschmack und Kultur hatten

die Einrichtung dieses bombastischen Raumes bestimmt, sondern einzig der Wille seiner Besitzer, ihren Reichtum zur Schau zu stellen.
Hilary Gant, in raschelnder Seide und Perlen im hochgesteckten kastanienbraunen Haar stand auf, als Samantha eintrat, und Samantha hätte sie fast nicht wiedererkannt. Mit ausgestreckten Händen ging sie Samantha entgegen, strahlend glücklich.
»Dr. Hargrave«, sagte sie, »ich freue mich so sehr!«
Einen Moment lang sahen sie einander stumm an. Samantha genoß diesen Augenblick. Genau das ist es, dachte sie angesichts der tiefen Dankbarkeit in Hilarys Augen, wofür ich lebe. Etwas Schöneres kann ich mir nicht wünschen.
Immer noch hielt Hilary Samanthas Hände. »Für das, was Sie für mich getan haben, Dr. Hargrave, müßte ich eigentlich vor Ihnen auf die Knie fallen.«
»Sie beschämen mich, Mrs. Gant.«
Noch einmal drückte Hilary Samantha die Hände, dann trat sie einen Schritt zurück. »Bitte setzen Sie sich doch. Ich lasse den Tee gleich kommen.«
»Ich kann leider nicht lange bleiben, Mrs. Gant. Ich habe meine Tochter bei einer Nachbarin gelassen, aber wenn Miss Seagram unerwartet Besuch bekommen sollte, muß Jenny gehen.«
Der Tee wurde in einem silbernen Samowar serviert. Samantha setzte sich auf einen Biedermeier-Sessel und nahm die Tasse aus feinstem Sèvresporzellan entgegen, die das Mädchen ihr reichte.
»Sie müssen noch sehr jung gewesen sein, als Ihre Tochter geboren wurde, Doktor«, meinte Hilary verwundert und ein wenig neugierig.
Samantha lachte. »Sie schmeicheln mir. Ich könnte leicht eine neunjährige Tochter haben. Aber sie ist adoptiert und lebt seit einem Jahr bei mir. Ich hatte selbst eine kleine Tochter, aber sie starb bei der Diphtherie-Epidemie.«
»Oh, das tut mir leid. Ein Kind zu verlieren, das ist das Schlimmste, was ich mir vorstellen kann. Ich weiß nicht, was ich ...«
Sie verstummte und starrte einen Moment gedankenverloren in ihre Teetasse. Es war so still im Zimmer, daß das Ticken der Standuhr deutlich zu hören war. Dann jedoch besann sich Hilary ihrer Rolle als Gastgeberin und setzte dem Moment der Besinnlichkeit mit einem freundlichen Lachen ein Ende.
»Vor lauter Freude darüber, Sie wiederzusehen, Dr. Hargrave, hätte ich beinahe den Anlaß der Einladung vergessen.« Sie griff nach einem Briefumschlag und reichte ihn über den Teetisch.

Samantha stellte ihre Tasse nieder, nahm den Umschlag und öffnete ihn. Darin lag ein Scheck über eintausend Dollar.
Sprachlos starrte sie auf das Blatt Papier in ihrer Hand. Als Honorar für die Operation hatte sie fünfzig Dollar verlangt. Sie war darauf und daran, den Scheck zurückzugeben, als ihr das Schulgeld einfiel, das sie im nächsten Jahr brauchen würde, um Jenny auf die Taubstummenschule nach Berkeley schicken zu können.
»Ich danke Ihnen, Mrs. Gant«, sagte sie, faltete den Umschlag und steckte ihn ein.
»Es ist viel zu wenig, Doktor. Wenn ich Ihnen eine Million Dollar geben könnte, würde ich es tun. Sie haben mir das Leben gerettet. Und Sie haben meine Ehe gerettet.« Die blauen Augen wurden feucht. »Mein Mann und ich haben wieder ein gemeinsames Schlafzimmer.«
Samantha blickte durch die großen Fenster hinaus auf das glitzernde blaue Wasser der Bucht von San Francisco und die olivgrünen Hügel, die sich auf der anderen Seite von dem blauen Himmel abhoben. Wir glauben immer, die Reichen in ihren Palästen hätten keine Sorgen, aber sie sind so menschlich und so verletzlich wie wir alle...
Die Schiebetür öffnete sich, und ein adrett gekleidetes Kindermädchen führte ein kleines Mädchen mit rotblonden Locken herein. Es gab Samantha einen Stich. Die kleine Merry war nicht viel älter, als Clair zur Zeit ihres Todes gewesen war.
Hilary sprang auf und schwang das Kind lachend in die Höhe. »Da ist ja mein kleiner Schatz...«
Während Samantha die Szene beobachtete, dachte sie an den Tag vor einem Jahr, als Jenny zu ihr gekommen war, ein magerer kleiner Dreckspatz, der sich nach einer gründlichen Wäsche als zierliches kleines Mädchen von eigenartigem Reiz entpuppt hatte, feingliedrig, mit leicht getönter Haut und exotisch geschnittenen Gesichtszügen. Ihre stille Fügsamkeit erstaunte und verwunderte Samantha, die aus eigener Erfahrung wußte, wie wild und ungebärdig die Kinder in den Slums aufwuchsen. Jenny war immer brav und gehorsam und lächelte nie.
Mit der Puppe, die Samantha ihr zu Weihnachten geschenkt hatte, hatte sie nichts anzufangen gewußt; das große Schokoladenei zu Ostern hatte sie sehr gelassen entgegengenommen. Einmal war Samantha mit ihr ans Meer gefahren. Sie hatten den Pferdebus bis nach Seal Point genommen und den Wellen zugesehen, die sich schäumend an den Felsen unterhalb des Cliff House brachen. Jenny war völlig ungerührt geblieben. Aber sie hatte mit ihren scharfen, klugen Augen alles genau beobachtet – die Seehunde, die Möwen, den Gischt, der vom Meer aufstieg –, und als Saman-

tha sie bei der Hand nahm, weil es Zeit war, nach Hause zurückzukehren, war sie ihr zur Bushaltestelle gefolgt, ohne sich noch einmal umzudrehen.

Sie war ein seltsames, verschlossenes Kind, vertrauensvoll und lammfromm auf der einen Seite, doch immer auch von scharfer Aufmerksamkeit. Samantha, die sie für intelligent hielt, hatte versucht, Jenny das Alphabet und die Zahlen beizubringen, aber es war ihr nicht gelungen. Und es war ihr auch nicht gelungen, Zugang zu ihren Gefühlen zu finden.

Die kleine Merry begann zu weinen, und das Kindermädchen nahm sie Hilary ab. Die küßte das Kind noch einmal herzhaft, dann zogen die beiden wieder ab, und Hilary ließ sich lachend in ihren Sessel fallen.

Samantha betrachtete schweigend das feine Gesicht Hilary Gants, einer Frau, die der Reichtum nicht verdorben zu haben schien. Sie war frei von Geziertheit, warm und natürlich. Samantha verspürte plötzlich Neugier, hätte gern viel mehr über sie gewußt, überlegte sogar, wie es sein würde, mit Hilary Gant befreundet zu sein.

Nach Marks Tod war Samantha anderen Menschen gegenüber auf Distanz gegangen. Zum erstenmal jetzt seit vier Jahren hatte sie Sehnsucht nach Freundschaft und vertrauensvollem Austausch mit einem anderen Menschen.

Hilary fühlte sich ähnlich zu Samantha hingezogen, aber da man nicht einfach wie in Kinderzeiten sagen konnte, willst du meine Freundin sein?, versuchte sie, sich ihr mit kleinen Schritten zu nähern. »Wissen Sie, Dr. Hargrave«, sagte sie, »mit das Schlimmste in diesem schrecklichen letzten Jahr war die Geringschätzung der Ärzte, bei denen ich war. Sie waren so kalt und verständnislos, daß ich vor Scham jedesmal am liebsten in den Erdboden versunken wäre. Erst machten sie mich krank und dann ließen sie mich einfach im Stich.«

Sie sagte es ohne Bitterkeit. Es war nichts weiter als eine sachliche Feststellung, und es erstaunte Samantha, daß diese junge Frau, die an Leib und Seele so schwer gelitten hatte, so wenig nachtragend war.

»Elsie erzählte mir schon vor Monaten von Ihnen, Dr. Hargrave, und ich brauchte so lange, um mich zu dem Besuch bei Ihnen zu entschließen. Ich hatte keinerlei Erfahrung mit Ärztinnen, und die einzige, von der ich hier am Ort gehört hatte, genießt einen sehr – hm, zweifelhaften Ruf. Um ehrlich zu sein, ich hatte Angst vor Ihnen. Ich zögerte und zögerte, bis ich schließlich den absoluten Tiefpunkt erreichte. Ich konnte Dr. Roberts Behandlungen einfach nicht mehr ertragen. Er legte mir Blutegel an die Scheide und ließ sie solange da hängen, bis ich nur noch um Erbarmen

winseln konnte. Es war grauenhaft. Ich war so weit, daß ich lieber gestorben wäre, als mich noch ein einziges Mal von ihm anrühren zu lassen. Elsie überredete mich schließlich, zu Ihnen zu gehen. Und Sie haben ein Wunder vollbracht.«
»Das Wunder liegt einzig darin, daß ich eine Frau bin, Mrs. Gant.«
»Sagen Sie das nicht. Ich bewundere Sie, Dr. Hargrave. Und ich beneide Sie auch. Als ich jünger war, vor meiner Ehe, hatte ich große Ambitionen. Ich wollte etwas Großes leisten, so wie Sie. Aber das waren nur Träume. In der Welt, in der ich zu Hause bin, haben Frauen keine Wahl.«
Die Trauer in Hilarys Stimme war nicht zu überhören. Samantha spürte, daß sie ihr etwas anvertraute, worüber sie bisher mit niemandem gesprochen hatte. »Bitte, mißverstehen Sie mich nicht, Dr. Hargrave. Ich liebe meinen Mann von Herzen, und mein Leben ist schön und befriedigend. Aber manchmal, wenn ich hier sitze und zusehe, wie über der Bucht der Nebel aufsteigt, frage ich mich...«
Die Schatten wurden länger. Samantha warf einen Blick auf die Standuhr.
Hilary bemerkte es. »Ich halte Sie auf, Dr. Hargrave.«
»Nein, ich denke nur an meine Tochter. Die Frau, bei der ich sie gelassen habe, konnte mir nur eine Stunde versprechen, und Jenny ist es nicht gewöhnt, allein zu sein. Ich wünschte, ich könnte länger bleiben, wirklich. Es tut mir sehr leid, daß ich schon aufbrechen muß, Mrs. Gant.«
»Dann werden wir uns in Zukunft eben öfter sehen«, erwiderte Hilary lächelnd. »Und von jetzt an schicke ich alle meine Bekannten zu Ihnen. Ich habe eine Freundin, die entsetzlich leidet, weil sie sich absolut nicht von einem Mann untersuchen lassen will. Ich glaube, bei Ihnen würde sie sich gut aufgehoben fühlen, Dr. Hargrave.«
Samantha stand auf.
»Hätten Sie Lust am Sonntag zum Abendessen zu uns zu kommen?« fragte Hilary ein wenig nervös. »Ich habe meinem Mann von Ihnen erzählt, und er würde Sie sehr gern kennenlernen.«
»Ich komme mit Vergnügen.«

So begann es. Schon am folgenden Tag konnten die staunenden Bewohner der Kearny Street beobachten, wie ein prachtvoller Vierspänner vor Samanthas Praxis hielt, dem eine geheimnisvoll verschleierte Dame im weinroten Samtkostüm entstieg.
Dahlia Mason war achtundzwanzig Jahre alt und nach sieben Jahren Ehe immer noch kinderlos. Alle Ärzte, die sie konsultiert hatte, hatten sie nach eingehender Befragung für unfruchtbar erklärt. Die Folge war, daß

ihr Mann sich von ihr zurückgezogen hatte und sie selbst unter starker seelischer Spannung litt. Ärztinnen traute sie nicht, hatte Angst vor Kurpfuscherei, aber Hilarys schnelle Heilung hatte sie so beeindruckt, daß sie ihr Mißtrauen und ihre Ängste überwunden und den Weg zu Samantha gewagt hatte.

Das erste, was Samantha erfuhr, war, daß keiner der Ärzte, bei denen sie gewesen war, sie am Körper untersucht hatte. Und als zweites, daß Dahlia Mason vom eigentlichen Vorgang der Empfängnis keine Ahnung hatte. Bei der Untersuchung stellte sie fest, daß Dahlia einen Knick in der Gebärmutter hatte, was die anderen Ärzte ohne eine Untersuchung natürlich nicht hatten feststellen können. Samantha fertigte eine einfache Zeichnung an und erklärte Dahlia Mason anhand des Bildes, warum durch die unnormale Schräglage der Gebärmutter die Empfängnis verhindert wurde. Der Rat, den sie ihr gab, war einfach und leicht zu befolgen.

»Bleiben Sie nach dem Beischlaf mindestens eine halbe Stunde lang auf dem Rücken liegen und machen Sie keine Spülung, wie das sonst Ihre Gewohnheit ist. Ich kann nicht garantieren, daß Sie schwanger werden, denn Ihre Unfruchtbarkeit kann auch andere Gründe haben, die mir verborgen geblieben sind. Aber wenn das tatsächlich das einzige Problem sein sollte, gibt es keinen Grund, weshalb Sie kinderlos bleiben sollten.«

Dahlia Mason war skeptisch, als sie ging. Dr. Hargrave hatte ihr weder Tabletten noch bittere Arznei verschrieben, und sie konnte sich nicht vorstellen, daß ein so ernstes Problem mit einem so einfachen Rat aus der Welt geschafft werden könne. Doch sie tat, was Samantha ihr empfohlen hatte, und es dauerte nicht lange, da merkte sie, daß sie schwanger war.

Die Gesellschaftsspalten sämtlicher Lokalzeitungen berichteten die sensationelle Neuigkeit, und wieder einmal war der Name Samantha Hargrave in aller Munde.

Aber es war nicht das bescheidene kleine Wunder, das sie an Dahlia Mason gewirkt hatte, so daß Samantha beinahe über Nacht zur Ärztin der reichen Frauen von San Francisco geworden war, es war ihre Freundschaft mit Hilary Gant, die sich nach jener ersten kurzen Teestunde rasch entwickelte. Häufiger Gast in der Villa auf Nob Hill, stand Samantha bald mit vielen Angehörigen des einheimischen Geldadels auf vertrautem Fuß.

In ihrem Bemühen, es einer gesellschaftlichen Schicht gleichzutun, von der sie nichts wußten, stellten diese Leute, denen es an alter Kultur und Tradition fehlte, ihren Reichtum auf prahlerisch grelle Weise zur Schau.

Darius Gant, Hilarys Mann, war einer ihrer typischen Vertreter: ein großgewachsener, wuchtiger Mann, ungeschliffen, aber gutmütig, der sein Vermögen am Spieltisch und mit kühnen Spekulationen verdient hatte. Hilarys Vater, ein sogenannter Neunundvierziger, der auf der *S. S. California* herübergekommen war und gewissermaßen dem ›alten Adel‹ von San Francisco angehörte, hatte für seine älteste Tochter große Pläne gehabt; aber als sie sich in diesen rauhbeinigen millionenschweren Parvenu verliebt hatte, hatte der Alte, dem die schnörkellose Direktheit des Mannes grollende Bewunderung abzollte, nachgegeben.

Auch Samantha mochte ihn von Anfang an. Darius hatte seine Kontakte in sämtlichen aufblühenden Industrien Kaliforniens, vom Weinbau bis zum Eisenbahnbau. Er war ein interessanter und großzügiger Mensch, ein Förderer der Künste und immer eifrig bedacht darauf, seine Offenheit für alles Neue zu demonstrieren; im Grunde seines Herzens jedoch war Darius Gant immer noch der arme Junge vom Land, der mit einem Traum nach Kalifornien gekommen war: Wenn er sich *Die Hochzeit des Figaro* ansah, konnte er immer noch laut herauslachen.

Jede Woche nahm sich Samantha Zeit zum Zusammensein mit Hilary. Solche Unbeschwertheit hatte sie seit den Tagen, als sie mit Freddy umhergezogen war, nicht mehr gekannt. Sie lernte ein San Francisco kennen, von dessen Existenz sie nichts gewußt hatte. Hilary überschüttete ihre neue Freundin mit Aufmerksamkeiten. Sie besuchten Isaac Magnins Modeatelier und bestellten eine komplette neue Garderobe für Samantha. Aber als Hilary dann auch noch wollte, daß sie sich kostbares Porzellan aussuche, legte Samantha Protest ein und setzte diesem verschwenderischen Einkaufsbummel ein Ende.

Hilary nahm Samantha mit in den Golden Gate Park zum Reiten und führte sie danach in einen ganz neuen Sport ein, der ihre Leidenschaft war, das Bogenschießen. Bald wurde es den beiden Frauen zur Gewohnheit, jeden Montag der Woche miteinander zu verbringen, und ein spätes Mittagessen in einem diskreten Restaurant, in dem auch Damen ohne männliche Begleitung bedient wurden, krönte ihren gemeinsamen Tag.

»Weißt du, Hilary«, sagte Samantha eines Tages, als sie beim Tee im *Chez Pierre* saßen, »deine Freunde liegen mir dauernd damit in den Ohren, daß ich meine Praxis verlegen soll. Sie behaupten, sie kämen nur ungern in dieses Viertel. Ich kann das natürlich verstehen, aber wenn ich umziehe, leiden meine anderen Patienten darunter. Dann müssen sie mit der Eisenbahn fahren, um zu mir zu kommen, und viele können sich das nicht leisten. Jetzt bin ich in ihrer Nähe und für sie leicht zu erreichen. Ich finde, es ist einfacher für deine Freunde, zu mir zu kommen, als es für

meine weniger wohlhabenden Patienten wäre, wenn ich umziehen würde.«
»Dann zieh nicht um«, sagte Hilary einfach.
»Das ist nicht das einzige Problem. Die Zahl meiner Patienten ist so groß geworden, daß ich kaum noch fertigwerde. Viele größere Operationen muß ich ablehnen. Kleinere Eingriffe kann ich machen, aber die schwierigeren Fälle muß ich an andere Ärzte überweisen, weil ich das Zertifikat nicht habe.«
Hilary nickte teilnehmend. Sie kannte Samanthas Geschichte. Es schien ihr lächerlich und kleinlich, daß eine blendende Chirurgin wie Samantha wegen einer solchen Formalität nicht an den Krankenhäusern San Franciscos zugelassen wurde. Während sie ihren Tee tranken und sich unterhielten, reifte in Hilary langsam eine Idee.
»Und, weißt du«, fuhr Samantha fort, »die Unwissenheit unter den Patientinnen ist einfach bodenlos. Nicht nur bei den Frauen der unteren Schicht, sondern auch bei denen aus deinen Kreisen. Wenn du wüßtest, wieviele deiner Freundinnen felsenfest überzeugt sind, daß sie die Empfängnis verhüten können, wenn sie eine Kette aus Knoblauchzehen um den Hals tragen! Ich kenne eine Frau, die meint, wenn sie beim Beischlaf absolut bewegungslos daliegt und ihn nicht genießt, dann wird sie nicht schwanger.«
Samantha machte eine kurze Pause, um einen Schluck Tee zu trinken.
»Ach, ich weiß nicht, Hilary. Wenn es nur eine Möglichkeit gäbe, sie wenigstens über die grundlegenden Dinge aufzuklären und zu unterrichten. Im Moment bin ich immer so in Eile und Hetze, daß ich nur untersuchen und verschreiben kann. Ich habe nicht die Zeit, mich mit jeder einzelnen Frau zusammenzusetzen und mit ihr zu sprechen, wie ich das gern tun würde.«
»Aber Samantha«, sagte Hilary und biß herzhaft in ihr Brötchen, »die Lösung liegt doch auf der Hand. Mach dein eigenes Krankenhaus auf.«
»Was?«
Begeistert von ihrem Einfall, erklärte Hilary eifrig: »Mach dein eigenes Krankenhaus auf. Ein Krankenhaus für Frauen von Frauen geführt. Du könntest operieren und hättest, wenn du genügend Personal einstellst, Zeit, mit den Frauen zu sprechen. Es ist doch ganz einfach, Samantha. Ich verstehe gar nicht, warum wir darauf nicht schon viel früher gekommen sind.«
Samantha starrte Hilary in das strahlende Gesicht, und plötzlich war ihr, als öffnete sich ein Wolkenvorhang, um der Sonne freie Bahn zu geben:

diese innere Unruhe, die sie in den letzten Monaten immer wieder gequält hatte! Das war es, was ihrem Leben fehlte – eine Herausforderung, die Wagemut und Kampfgeist verlangte.
»Mein eigenes Krankenhaus!«
»Du könntest alles selbst bestimmen, einstellen, wen du willst –«
»Ein Assistentenprogramm, Schwesternausbildung, freie Impfungen, Beratung – ach, Hilary, meinst du wirklich, wir könnten das schaffen?«
»Aber natürlich!«
Über den Tisch hinweg reichten sie sich die Hand, entschlossen, den Weg, der vor ihnen lag, gemeinsam zu gehen. Sie hatten ein Ziel, und sie wußten, ohne es aussprechen zu müssen, daß es ihnen gelingen würde, dieses zu erreichen.

4

»Das werden Sie nie schaffen, Dr. Hargrave. Der Plan ist absurd.«
LeGrand Mason, Dahlias Mann, der Bankier, sprach mit großem Nachdruck. Er war ein untersetzter, energischer Mann, der seine Erklärungen mit Vorliebe in einem Ton der Endgültigkeit gab, der unterstellte, daß sie der Weisheit letzter Schluß waren.
Aber nicht dieses für ihn typische Verhalten beunruhigte Samantha in diesem Moment, sondern die Tatsache, daß sie genau das gleiche bereits von Darius und dann von seinem Anwalt, Stanton Weatherby, gehört hatte. Diese drei Finanzfachleute hatten ihren Plan jeder für sich begutachtet und ihn rundheraus für undurchführbar erklärt.
Samantha ging zum Fenster. Es war spät, Nebel hing über der Stadt. Von irgendwoher kam das langgezogene Heulen eines Nebelhorns. Samantha fröstelte und rieb sich die Arme. Eine kalte Furcht, daß ihr junger Traum sich in nichts auflösen würde, hielt sie gepackt.
Nach ihrem Beschluß im *Chez Pierre* hatten Samantha und Hilary zunächst die Struktur und Betriebsweise einer Reihe von Krankenhäusern in der Stadt und ihrer Umgebung studiert und dann einen Finanzierungsplan entworfen. Der hatte sich leider als sehr unausgeglichen erwiesen: zu hohe Ausgaben, zu geringe Einnahmen. LeGrand Mason hatte anhand dieses Papiers ausgerechnet, daß das Frauen- und Kinderkrankenhaus von San Francisco innerhalb von spätestens sechs Monaten bankrott sein würde.
»Kein Mensch wird in ein Verlustunternehmen investieren«, sagte er jetzt hinter ihr. »Wenn Sie aber von jedem Patienten ein Honorar verlangen, werden Sie Kapitalgeber finden, so viele Sie brauchen.«

Samantha drehte sich um. »Aber Mr. Mason, es ist doch undenkbar, von einem Wohlfahrtskrankenhaus zu erwarten, daß es Gewinn macht. Unsere Kapitalgeber werden keine Anleger mit Gewinnbeteiligung sein, sondern *Spender*.«

»Das ist doch eine Illusion. Sicher, Sie werden von Leuten wie den Crokkers und den Stanfords Spenden zur Gründung des Krankenhauses erhalten, aber Sie können nicht erwarten, daß diese Spenden regelmäßig und unaufhörlich fließen werden.«

»Der Gewinn, Dr. Mason, schlägt sich in der Erhaltung menschlichen Lebens nieder.«

Mason warf einen hilfesuchenden Blick auf Darius, der sogleich sagte: »Samantha, ihr könnt vielleicht genug Mittel aufbringen, um das Krankenhaus auf die Beine zu stellen, aber ihr werdet es niemals in Gang halten können. Und dann ist es auch mit der Erhaltung menschlichen Lebens vorbei.«

»Doch, Darius, es ist zu schaffen. Ich kriege das Geld. Hilary und ich haben uns schon einiges überlegt, Wohltätigkeitsveranstaltungen zum Beispiel.«

Darius schüttelte nur stumm den Kopf. Er mochte Samantha, bewunderte ihren Kampfgeist und ihren Optimismus, aber ihre Starrsinnigkeit ärgerte ihn. Zumal sich seine Frau davon hatte infizieren lassen. Seit die beiden so dicke Freundinnen waren, zeigte sich Hilary manchmal recht eigenwillig.

Es war still im überladenen Salon der Familie Gant, während jeder der fünf Anwesenden seinen eigenen Gedanken nachhing. LeGrand Mason, der am Kamin stand, trommelte mit den Fingern ungeduldig auf den marmornen Sims. Er hatte gegen den Krankenhausplan nichts einzuwenden; im Gegenteil, seit Dr. Hargrave ihm und Dahlia so wunderbar geholfen hatte, war es ihm ein Anliegen, sie bei ihrer hervorragenden Arbeit zu unterstützen, wo er konnte. Das Problem war nur, daß sie die Sache nicht auf die richtige Art anpackte. Schließlich war er hier der Fachmann, was die Finanzierung anging; sie sollte wirklich auf ihn hören. Ein Wohlfahrtskrankenhaus – das waren doch nichts als Flausen! Die Reichen der Stadt konnten sich schon jetzt kaum retten vor Spendenaufrufen – für Waisenhäuser, Invalidenheime, Tierheime und weiß der Himmel was sonst noch für wohltätige Einrichtungen. Wenn er sie nur überreden könnte, von jedem Patienten ein Honorar zu verlangen.

Der dritte der anwesenden Experten hatte sich gründlich in Samantha Hargrave verguckt. Stanton Weatherby, Rechtsanwalt der Familie Gant,

war ein kultivierter, geistreicher Witwer von fünfzig Jahren, der nach dem Tod seiner Frau vor fünfzehn Jahren davon überzeugt gewesen war, daß es nie wieder eine andere Frau für ihn geben könne. Bis er Samantha Hargrave kennengelernt hatte.
»Wie dem auch sei«, sagte Darius, das Schweigen brechend, »wir haben ja noch nicht einmal den Standort für das Krankenhaus gefunden, und solange der nicht da ist, sind alle Finanzdiskussionen müßig.«
»Doch«, entgegnete Hilary strahlend. »Wir haben ihn gefunden.«
Die drei Männer wandten sich ihr zu.
Sie warf einen etwas nervösen Blick auf Samantha – sie wußten beide, wie kritisch dieser Moment war –, dann sagte sie schnell und atemlos: »Wir haben nicht nur den Ort gefunden, wir haben sogar ein Gebäude gefunden, das absolut ideal ist. Und es hat eine ausgezeichnete Lage, mitten in der Stadt, so daß die Patienten keine Schwierigkeiten haben werden, es zu erreichen.«
»Wo ist es?« fragte LeGrand.
»In der Kearny Street. Nicht weit weg vom Portsmouth Square.«
Er zog die Brauen hoch. »Was ist das für ein Gebäude?«
Sie drückte die Hände in ihrem Schoß zusammen. »Es ist das *Gilded Cage*.«
»Das *Gilded* –«, stotterte Darius und sprang auf.
LeGrand, der meinte, die Damen wollten sich einen Scherz erlauben, lachte leise. Aber dann sah er, daß es ihnen ernst war, und er war tief erschüttert.
»Madam«, donnerte Darius, »hast du völlig den Verstand verloren?«
»Das *Gilded Cage* ist wie geschaffen für unser Krankenhaus«, entgegnete Hilary ruhig. »Samantha und ich haben es gründlich besichtigt. Die obere Etage ist genau richtig für die Schwesternunterkünfte. Es gibt Lastenaufzüge, mit denen man das Essen aus der Küche nach oben befördern kann, und –«
»Mrs. Gant!« brüllte Darius. »Soll das etwa heißen, daß ihr dieses Haus betreten habt?«
Er schlug mit der Faust auf den Tisch, daß es krachte.
LeGrand legte ihm beschwichtigend die Hand auf den Arm und sagte ruhig: »Augenblick mal. Wenn ich die Damen richtig verstehe, steht das *Gilded Cage* zum Verkauf, und ich vermute, sie beide haben es in Begleitung des Maklers besichtigt.«
»So ist es.«
»Aber, meine Damen, ist Ihnen klar –«
»Mr. Mason«, sagte Samantha ruhig, »wir wissen, was das *Gilded Cage*

für ein Haus ist. Wichtig ist, daß das Gebäude zu verkaufen ist und für unser Krankenhaus wie geschaffen ist.«
»Nein«, widersprach Darius.
Alle sahen ihn an. Er drehte sich langsam um. Sein Gesicht war hart.
»Das kommt nicht in Frage.«
»Aber Darius –«
»Die Sache ist erledigt, Madam.«
Samantha rührte sich nicht in ihrem Sessel. Sie wußte, die kleinste Bewegung würde ihren Zorn und ihren Ärger verraten. Sie und Hilary hatten vermutet, daß es zu dieser Szene kommen würde. Sie hatten beschlossen, einen günstigen Moment abzuwarten, um diesen Männern, die den Verwaltungsrat des Krankenhauses bilden sollten, von ihrer Besichtigung zu berichten. Aber für so etwas gab es eben keinen günstigen Moment. Selbst Hilary war noch vor einer Woche, als sie im *Chez Pierre* beim Mittagessen gesessen hatten, schockiert gewesen über Samanthas Vorschlag, ein berüchtigtes Freudenhaus in ihr Krankenhaus umzufunktionieren. Doch Hilary hatte sich überzeugen lassen. Diese Männer aber würden sich offensichtlich niemals überzeugen lassen.
Samantha war inzwischen immun gegen schockierte Gesichter und ungläubige Entrüstung. Als sie und Hilary den Makler aufgesucht und ihm mitgeteilt hatten, sie wünschten das Haus zu besichtigen, hatten er und seine Mitarbeiter sie mit offenen Mündern angestarrt. Ebenso schockiert war der Droschkenkutscher gewesen, der sie zu dem Haus gefahren und den Damen aus dem Wagen geholfen hatte. Selbst der Türsteher, die Männer an den Spieltischen, die Barkeeper, der Klavierspieler und schließlich Choppy Johnson, der Eigentümer, hatten sich entsetzt gezeigt.
Samantha und Hilary hatten sich höchst unbehaglich gefühlt im Kreuzfeuer der rüden Blicke, doch Choppy Johnson hatte sich trotz seines üblen Rufs und seiner zwielichtigen Verbindungen als Gentleman erwiesen und sich bemüht, völlig geschäftlich zu bleiben. Die Besichtigung war nicht umfassend gewesen, da viele der Zimmer noch benützt wurden, aber Samantha hatte genug gesehen, um zu erkennen, daß sich das Haus für ihre Zwecke hervorragend eignete.
Die Zimmer, in denen jetzt die Mädchen wohnten, konnte man den Schwestern und den im Krankenhaus wohnenden Ärztinnen als Unterkünfte zuteilen. Aus dem Lagerraum in der obersten Etage ließ sich der Operationssaal einrichten. Das *Gilded Cage* war ein Etablissement gehobenen Stils; Choppy Johnson hatte bestens für den Komfort seiner Gäste gesorgt: Die sanitären Anlagen waren das Modernste,

was es derzeit gab, im ganzen Haus war Gasbeleuchtung installiert, in der Küche gab es einen großen vernickelten Herd und einen Heißwasserboiler.

Während Samantha sich mit kritischem Auge umsah, bemerkte sie nicht die Frauen in dekolletierten Kleidern und Netzstrümpfen, die mit rotem Samt ausgeschlagenen Séparées, die Männer, die sie anstarrten; sie sah Reihen sauberer weißer Betten, freundliche Schwestern, Untersuchungstische, glückliche Patienten. Die Renovierung würde einfach sein. Ein Heer von Putzfrauen mit Eimern und Schrubbern...

»Was soll es kosten?« fragte LeGrand. »Ich wußte gar nicht, daß Choppy Johnson verkauft.«

»Er verlangt zwanzigtausend.«

LeGrand rechnete rasch. »Das ist ein hoher Preis.«

Samantha lächelte.

»Ein Krankenhaus gehört aufs Land, wo die Luft gut und sauber ist«, sagte LeGrand. »Ich hatte gedacht, ihr würdet euch für einen Platz in der Gegend von Richmond entscheiden.«

»Mr. Mason«, widersprach Samantha, »ein Krankenhaus gehört an einen Ort, der für die Patienten gut erreichbar ist. Gerade darum ist das *Gilded Cage* ideal.«

»Sie hat recht, Darius.«

Alle wandten sich Stanton Weatherby zu, der bisher kein Wort gesprochen hatte. Er lächelte Samantha zu.

»Ich finde Ihren Vorschlag sehr vernünftig, Doktor.«

Sie erwiderte das Lächeln. »Ich danke Ihnen, Sir. Wenn Sie nun noch die beiden anderen Herren überreden könnten, das Gebäude wenigstens zu besichtigen –«

»Kommt nicht in Frage!« sagte Darius scharf.

»Es würde mich interessieren, warum Choppy verkauft«, meinte LeGrand.

»Uns sagt er, er wolle sich vom Geschäft zurückziehen. Er übersiedelt zu seinem Bruder, der in Arizona lebt.«

»Er will sich zurückziehen? Choppy Johnson ist keinen Tag über fünfzig.«

Samantha hatte ähnlich gedacht, bis sie Choppy in seinem Büro bei Tageslicht gesehen hatte. Die erschreckende Blässe seines Gesichts, die Schatten unter den Augen, die eingefallenen Wangen und die Art, wie er immer wieder unwillkürlich eine Hand auf seinen Magen drückte, hatten ihr verraten, daß Choppy Johnson ein schwerkranker Mann war.

»Zwanzigtausend werden Sie nie aufbringen«, sagte LeGrand.
»Ich glaube, ich kann ihn auf achtzehntausend drücken.«
»Das kann ich mir nicht vorstellen. Es gibt hier in San Francisco genug – äh, Geschäftsleute, die ihm mit Freuden zwanzigtausend dafür bezahlen würden. Warum sollte er billiger verkaufen? Und noch dazu an jemanden, der die Absicht hat, den Laden zu schließen?«
Samantha hatte sich das auch überlegt. Auf Choppy Johnsons Sekretär hatte sie mehrere fromme Traktate liegen sehen. Sie vermutete, daß seine Krankheit die Gedanken an den Tod, zu später Frömmigkeit ausgelöst hatten.
»Als wir ihm unsere Absicht mitteilten«, bemerkte sie, »sagte er, er würde uns eine Bedenkzeit von einer Woche einräumen und versprach uns, vorher andere Angebote nicht in Betracht zu ziehen.«
»Diese Diskussion ist völlig sinnlos«, erklärte Darius wieder. »Ich mache mit einem Mann wie Choppy Johnson keine Geschäfte. Solchem korrupten Gesindel werfe ich nicht mein gutes Geld hinterher.«
»Du bist verbohrt«, warf Stanton ein. »Mir schiene das Geld gut angelegt. Und ich finde, wie könnten uns den Laden wenigstens einmal ansehen.«
»Oh, das Haus ließe sich mühelos in ein Krankenhaus umwandeln«, bemerkte LeGrand und wurde rot. »Ich meine«, fügte er hastig hinzu, »nach allem, was die Damen uns darüber berichtet haben.«
Als sich die kleine Gesellschaft etwas später auflöste, erbot sich Stanton Weatherby, Samantha in seinem Wagen mitzunehmen. Während der Wagen langsam durch den dichten Nebel kroch, überließ sich Samantha ihren Gedanken, und Stanton, der schweigend ihr beschattetes Gesicht musterte, gestand sich ein, daß er sie, jedesmal, wenn er sie sah, ein wenig mehr bewunderte, sich jedesmal ein wenig mehr von ihr gefangen fühlte.
»Es gibt einen alten Spruch, Dr. Hargrave«, sagte er nach einer Weile, »der besagt, daß ein Ausschuß eine Gruppe von Männern ist, die einzeln nichts tun können und in der Gemeinschaft beschließen, daß nichts getan werden kann.«
»Bitte?« Sie sah ihn fragend an. »Oh, verzeihen Sie, Mr. Weatherby. Ich hatte so sehr gehofft, daß dieser Abend erfreulicher verlaufen würde. Ich kann gar nicht nachdrücklich genug darauf hinweisen, wie geeignet das *Gilded Cage* für unsere Zwecke wäre.«
In seinen Augen blitzte es amüsiert. Er fand ihre Entschlossenheit und ihre Zielstrebigkeit durchaus attraktiv. »Machen Sie sich keine Sorgen, Dr. Hargrave. Ich werde noch einmal mit Darius sprechen. In der Zwi-

schenzeit, würde ich vorschlagen, versuchen Sie, die Mittel lockerzumachen.«
»Danke. Genau das habe ich vor. Ich bin Ihnen sehr dankbar für Ihre Unterstützung«, fügte sie lächelnd hinzu.
Wieso ist diese Frau nicht verheiratet? dachte er, während er zurücklächelte. Dann räusperte er sich und sagte in beiläufigem Ton: »Haben Sie eigentlich schon die Victoria Regina im Golden Gate Park gesehen? Es heißt, das wäre die größte Blume der Welt. Die Blüte mißt fünf Fuß im Durchmesser.«
»Oh, wie interessant. Nein, ich hatte noch keine Gelegenheit, sie mir anzusehen, Mr. Weatherby.«
»Dann würden Sie mir vielleicht das große Vergnügen machen, nachmittags einmal mit mir hinauszufahren? Am Sonntag vielleicht?«
»Leider ist ausgerechnet der Sonntag der Tag, an dem ich am meisten zu tun habe, Mr. Weatherby. Viele meiner Patientinnen sind Arbeiterinnen und können nur sonntags in die Praxis kommen.«
»Ach so, ich verstehe. Nun ja...« Er zog an seinen Handschuhen. »Machen Sie sich wegen des *Gilded Cage* auf jedenfall keine Sorgen, Dr. Hargrave. Ich kann Ihnen praktisch garantieren, daß Darius zur Einsicht kommen wird.«

Aber Darius war nicht umzustimmen. Er hielt Hilary einen strengen Vortrag und befahl ihr ein für allemal, die Finger von dem Plan zu lassen, das *Gilded Cage* zu kaufen. Hilary jedoch ließ sich nicht beeindrucken. Es war das zweitemal in ihrer Ehe, daß sie seinem Befehl zuwiderhandelte; und sie hatte das Gefühl, daß es nicht das letztemal war.
»Tja«, sagte Samantha, als die beiden Frauen aus der imposanten Villa traten, und sie den Namen Flood von ihrer Liste strich, »es reicht immer noch bei weitem nicht.«
In den letzten drei Tagen hatten sie die meisten der Reichen auf Nob Hill aufgesucht, um Spenden für ihr Krankenhaus zu sammeln, aber kaum jemand wollte für den Ankauf eines der berüchtigsten Häuser San Franciscos Geld geben. Zwar waren viele dieser Leute mit Hilary befreundet, doch ihren Plan konnten sie nicht gutheißen. Der üble Leumund des Freudenhauses würde sich auf das Krankenhaus übertragen, meinten sie. Hinzu käme, daß es sich in einem verrufenen Viertel befände, und das Krankenhaus somit vor allem Frauen von zweifelhafter Moral als Patientinnen anziehen würde. Keine Frau, die auch nur über einen Funken Selbstachtung verfüge, ganz gleich, wie arm oder wie krank, würde danach noch das Krankenhaus aufsuchen.

Hilary war erbost. »In drei Tagen verkauft Mr. Johnson an jemand anderen. Ich wollte, ich hätte die Verfügungsgewalt über mein Geld, Samantha. Mein Vater hat mir eine große Erbschaft hinterlassen, aber alles läuft auf Darius' Namen.«
»Wir dürfen noch nicht aufgeben, Hilary. Also, wollen wir es bei Mrs. Elliott versuchen?«
Hilary blickte über die Straße auf den vieltürmigen Palast, der hinter einer mehr als mannshohen Mauer aufragte. Wie eine mittelalterliche Festung thronte die Elliott Villa, das älteste Gebäude auf Nob Hill auf der Höhe der California Street. In Schweigen eingehüllt und von Geheimnis umwoben. Es war das einzige Haus auf Nob Hill, das Hilary noch nie betreten hatte. Seine einsame Bewohnerin, die alte Mrs. Lydia Elliott, empfing keinen Besuch. Sie war Jahrzehnte zuvor als Frau eines des Schreibens und Lesens unkundigen Goldsuchers aus Boston nach San Francisco gekommen. Ihr Mann, James Elliott, in San Francisco inzwischen zur Legende geworden, war vor fünfundzwanzig Jahren bei einem Duell am Merced See getötet worden, jedoch nicht, ohne seiner Frau und seinem Sohn ein Vermögen an Eisenbahnaktien zu hinterlassen. Am Tag seines Todes hatte Lydia Elliott einen schwarzen Kranz an ihrer Haustür aufgehängt und hatte sich nie wieder unter Menschen sehen lassen. Über den einzigen Sohn waren alle möglichen Gerüchte in Umlauf, aber niemand wußte wirklich, was aus ihm geworden war.
»Ich glaube nicht, daß sie uns empfangen wird, Samantha. Es heißt, daß sie keinen Besuch mag.«
Während sie die steile Auffahrt hinaufgingen – zwei elegante junge Frauen in modischen Pelzcapes, die gerade die Schultern bedeckten und langen, geraden Röcken, die an der Taille eng gegürtet waren –, hatten sie beide das Gefühl, beobachtet zu werden. Doch die Vorhänge an den hohen Fenstern bewegten sich nicht. Das ganze Haus wirkte verlassen. Nirgends ein Gärtner, nirgends ein Wagen, nicht das kleinste Geräusch.
»Vielleicht lebt sie gar nicht mehr«, murmelte Hilary.
Samantha hob den schweren Türklopfer und ließ ihn fallen. Staub fiel von dem schwarzen Kranz an der Tür.
»Komm, wir gehen wieder«, flüsterte Hilary, aber da wurde die Tür schon geöffnet, zu ihrem Erstaunen von einem sehr würdevollen und tadellos gekleideten Butler.
»Ja?«
Hilary erklärte kurz ihr Anliegen und reichte ihm ihre Karte. Der Butler bat sie, Platz zu nehmen, und ging, die Karte auf einem Silbertablett, gemessenen Schrittes davon. Samantha und Hilary sahen sich um.

»Es ist – wunderschön«, flüsterte Hilary. »Und so sauber.«
Als der Butler zurückkam, bat er sie, ihm zu folgen und führte sie in einen hell und freundlich eingerichteten Wintergarten. Wenige Minuten später erschien Lydia Elliott.
Sie ging gebeugt und auf einen Stock gestützt. Die Haut ihres Gesichts war von einem Netzwerk feiner Fältchen durchzogen. Sie sah sehr alt aus, aber ihre Augen verrieten einen wachen und lebendigen Geist. Das gepflegte weiße Haar war in der Mitte gescheitelt und im Nacken zu einem Knoten geschlungen. So altmodisch wie die Frisur war das schwarze Kleid, unter dem sie noch die längst verpönte Krinoline trug. Aber das Kleid war unverkennbar neu geschneidert; es war, als wollte Lydia Elliott der Zeit trotzen, sie zum Stillstand bewegen.
Nachdem Hilary und Samantha sich vorgestellt hatten, wobei bei der Erwähnung des Doktortitels ein Funken von Interesse in den dunklen Vogelaugen aufblitzte, sagte Lydia Elliott: »Wissen Sie, ich empfange selten Besuch, aber das kommt vor allem daher, daß heutzutage so selten jemand zu mir kommt. Der Butler sagte mir, daß Sie wegen eines Wohlfahrtskrankenhauses hier sind.«
Hilary erklärte, und Lydia Elliott hörte ihr mit Interesse zu, als aber Hilary zum geplanten Kauf des *Gilded Cage* kam, hob die alte Dame gebieterisch die Hand.
»Schluß«, sagte sie kalt. »Ich will kein Wort mehr hören. Bitte gehen Sie. Charnley wird Sie hinausbringen.«
»Aber Mrs. Elliott –« protestierte Hilary.
»Junge Frau«, fuhr Lydia Elliott sie zornig an und klopfte dabei mit ihrem Stock auf den Boden, »wie können Sie es wagen, hierher zu kommen und dieses – dieses Haus zu erwähnen! Als Charnley mich über den Zweck Ihres Besuchs unterrichtete, öffnete ich Ihnen meine Tür. Sie haben mein Vertrauen grob mißbraucht. Verlassen Sie auf der Stelle mein Haus!«
»Mrs. Elliott«, sagte Samantha rasch, »es tut mir von Herzen leid, wenn wir Sie beleidigt haben, aber das *Gilded Cage* ist das ideale Gebäude für unser –«
»Mich beleidigt?« rief die alte Dame. »Sie haben eine Wunde aufgerissen und Salz hineingestreut.«
Samantha und Hilary starrten sie erschrocken an.
»Da!« rief sie mit zitternder Stimme und wies auf ein Porträt über dem Kamin. »Mein Mann. Erschossen vom Besitzer eines Etablissements, wie das *Gilded Cage* eines ist. Damals wurden die Straßen von den *vigilantes* bewacht, aber diesen Mann haben sie nie seiner gerechten Strafe zugeführt. Es war ein Duell, sagten sie. Schöne Ausrede!«

»Das tut mir leid, Mrs. Elliott!«
»Na und? Davon wird mein Mann auch nicht wieder lebendig. Und mein Sohn ebensowenig. Bitte gehen Sie jetzt endlich.«
Hilary setzte sich gehorsam in Bewegung, aber Samantha blieb stehen.
»Was ist Ihrem Sohn denn zugestoßen, Mrs. Elliott?« fragte sie teilnehmend.
Plötzlich schossen der alten Dame die Tränen in die Augen, und sie ließ sich wieder in ihren Sessel sinken. Ihre Stimme kam wie aus weiter Ferne. »Er ging immer dorthin. Ich hatte keine Ahnung davon. Es war nicht leicht für mich, nach dem Tod meines Mannes ganz allein meinen Sohn großzuziehen. Philip ging beinahe jeden Abend in dieses Haus. Und eines Tages lernte er dort ein Mädchen kennen, das ihm völlig den Kopf verdrehte.«
Samantha und Hilary hörten schweigend zu.
»Das *Gilded Cage* ist schuld am Tod meines Sohnes«, fuhr die alte Dame fort. »Er war ein anständiger, guter Junge, aber leicht zu beeinflussen. Sie brachten ihm das Trinken und das Spielen bei dort. Dann behauptete eines dieser Frauenzimmer, sie erwarte ein Kind von ihm. Philip handelte wie ein Ehrenmann und heiratete sie. Aber sie bekam nie ein Kind. Sie brachte sein Geld durch und ging mit einem anderen Mann auf und davon. Und Philip erschoß sich.«
Samantha und Hilary starrten sie betreten an. Dann sagte Hilary leise: »Es tut uns leid, Mrs. Elliott, daß wir Sie belästigt haben.«
»Mrs. Elliott«, sagte Samantha eindringlich, »jetzt könnten Sie für den Tod Ihres Sohnes Vergeltung üben.«
Die alte Dame hob den Kopf und entgegnete müde: »Was geschehen ist, kann man nicht ungeschehen machen. Bitte gehen Sie. Nichts kann die Vergangenheit ändern.«
»Das weiß ich, Mrs. Elliott, aber wenn wir das *Gilded Cage* kaufen und ein Krankenhaus daraus machen, werden solche schrecklichen Dinge in Zukunft nicht mehr vorkommen.«
»Ich will mit diesem elenden Haus nichts zu tun haben. Von mir wird der Mann, dem es gehört, keinen Penny bekommen. Sie haben schmerzliche Erinnerungen ausgegraben«, sagte sie. »In Zukunft werde ich sorgfältiger darauf achten, wen ich in mein Haus lasse.«
»Mrs. Elliott«, sagte Samantha beinahe flehend, »wenn wir das *Gilded Cage* nicht kaufen, wird ein anderer Choppy Johnson es tun, und was Ihrem Sohn Philip zugestoßen ist, wird anderen Männern genauso wieder geschehen. Sie haben jetzt die Möglichkeit, San Francisco von diesem Übel zu befreien. Gibt es denn eine bessere Art, Gerechtigkeit zu üben,

als ein Haus, in dem Frauen mißbraucht werden, in eines umzuwandeln, wo sie geheilt werden?«
Lydia Elliotts Augen wurden hart. »Verlassen Sie auf der Stelle mein Haus.«
Auf dem Weg die Auffahrt hinunter sagte Hilary: »Wir hätten das nicht tun sollen, Samantha. Die arme alte Frau!«
Samantha, die immer noch erregt war von der Auseinandersetzung, blieb am Tor stehen. Das Gesicht in den Wind gerichtet, sagte sie beinahe zähneknirschend: »Es muß doch eine Möglichkeit geben, diese Leute zur Einsicht zu bewegen.«
»Vergessen wir das *Gilded Cage*, Samantha. Wir finden auch ein anderes Haus. Vielleicht sollten wir tun, was LeGrand vorgeschlagen hat, und draußen in Richmond bauen.«
Aber so leicht konnte sich Samantha von dem Bild, das sich ihr gezeigt hatte, sobald sie das *Gilded Cage* gesehen hatte, nicht trennen. Sie war überzeugt davon, daß dies das richtige Gebäude für ihr Krankenhaus war.
»Mrs. Gant!« schallte eine Stimme durch den Park.
Hilary und Samantha drehten sich um. Ein Mädchen in weißer Schürze und weißem Häubchen kam die Auffahrt heruntergelaufen. Keuchend blieb sie vor ihnen stehen und streckte ihnen einen Brief hin. »Madam schickt mich. Ich soll Ihnen das geben.«
Hilary öffnete den Umschlag. Er enthielt zwei Dinge: einen Scheck über zehntausend Dollar und einen kurzen Brief, in dem Lydia Elliott darum bat, daß eine Abteilung des neuen Krankenhauses nach ihrem Sohn die Philip-Elliott-Abteilung genannt werden solle.

Mit dem Geld von Lydia Elliott konnten sie das Anwesen erwerben, aber sie brauchten weitere Mittel für die Ausstattung, für Geräte und Personal.
Gemeinsam mit LeGrand Mason und Stanton Weatherby – Darius war geschäftlich in Los Angeles – setzten sie sich nieder und entwarfen einen Finanzplan: zehntausend Dollar, darin waren sie sich einig, würde man brauchen, um alle Anfangskosten und die Betriebskosten des Krankenhauses für die ersten zwölf Monate zu decken. Danach würde man von neuem mit Spendenaufrufen beginnen müssen. Von diesen zehntausend Dollar hatten sie bisher viertausend.
Samantha und Hilary gingen mit Energie und Entschlossenheit daran, die fehlenden sechstausend Dollar aufzubringen, und da die reichen Geschäftsleute für ihren Ankauf des *Gilded Cage* größtenteils noch immer

kein Verständnis aufbrachten, beschlossen sie, sich an die breite Öffentlichkeit zu wenden.

Dahlia Mason bot ihre Unterstützung an. Als sich herausstellte, daß sie sehr hübsch zeichnen konnte, gaben sie ihr den Auftrag, kleine Dankeskärtchen zu entwerfen, die jedem Spender, ob er das Krankenhaus nun mit Geld oder mit Naturalien unterstützte, zur Anerkennung überreicht werden sollten. Diese kleinen Karten wurden bald zum großen Renner. Man sah sie überall in der Stadt, voll Stolz in Salons und Ladenfenstern ausgestellt. Wer etwas auf sich hielt, spendete für das neue Krankenhaus – eine Uhr, ein altes Sofa, einen Stapel Leintücher – und schmückte sich dafür mit einem Blumenkärtchen von Dahlia Masons Hand.

Als der Strom der Gaben allmählich versiegte, konnte Samantha eine der Lokalzeitungen dazu überreden, die Namen aller Spender zu veröffentlichen. Prompt schoß die Zahl der Förderer wieder in die Höhe. Es war doch zu verlockend, den eigenen Namen in der Zeitung zu lesen! All denen, die hundert Dollar oder mehr spendeten, wurde zugesagt, daß ihr Name auf einer eigens dafür bestimmten Wand im Foyer des neuen Krankenhauses Platz finden würde. Ein Steinmetz hatte zugesagt, die Gravuren kostenlos zu übernehmen.

Während Handwerker und Putzkolonnen Tag und Nacht arbeiteten, um dem *Gilded Cage* ein neues Gesicht zu geben, sammelten sich immer wieder Neugierige auf der Straße, um zu beobachten und ihre Kommentare zu geben. War Hilary da, so versäumte sie niemals, einen Teller herumgehen zu lassen. Und als mit den Wochen das ehemalige Bordell immer respektierlichere Gestalt annahm, begann auch die vornehme Gesellschaft, sich für das Projekt zu erwärmen.

Hilary reagierte sofort mit dem Entwurf eines neuen Plans zur Mittelbeschaffung. ›Finanzieren Sie ein Bett‹ hieß dieser Plan, der vorsah, daß man ein Jahr lang die Pflegekosten aller Patienten übernahm, die innerhalb dieses Zeitraums ein bestimmtes Bett belegten. LeGrand machte eine detaillierte Kostenberechnung: drei Cents pro Jahr würde seiner Schätzung nach die Wäsche pro Bett kosten, achtundvierzig Dollar berechnete er für die Mahlzeiten, zwölf Cents pro Tag für die Pflege und so weiter. Dazu addiert wurden die geschätzten Kosten für Arzneimittel und Instrumente. Schließlich setzte man den Jahressatz für ein Bett auf fünfundsiebzig Dollar fest. Dahlia Mason entwarf Namenstafeln, die über den Betten aufgehängt werden sollten, um an die Spender zu erinnern. Die Idee fand großen Anklang: noch ehe die fünfzig Betten geliefert waren, hatten sich schon alle Geldgeber gefunden.

Hilary und Samantha hatten alle Hände voll zu tun. Hilary organisierte nicht nur ein Damenkomitee, das eine Reihe wichtiger Funktionen zur Unterstützung des Krankenhauses übernehmen sollte, sie plante gleichzeitig ein großes Einweihungsfest zur Eröffnung des Krankenhauses.
Samantha war fast zu jeder Tages- und Nachtzeit im Krankenhaus, um die Arbeit der Handwerker zu kontrollieren und dafür zu sorgen, daß alles nach ihren Anweisungen und Wünschen eingerichtet wurde.
Und nun war sie auf der Suche nach Pflegerinnen.
Die erste, die sie einstellte, war eine ehemalige Angestellte des *Gilded Cage*, eine Frau Mitte vierzig, die Choppy aus reiner Menschenfreundlichkeit behalten hatte, die jetzt aber keine Anstellung mehr finden konnte. Samantha stellte sie als Küchenhilfe ein.
Die zweite Frau, die sie einstellte, war Charity Ziegler – »Ein Geschenk des Himmels, ich schwöre es dir«, sagte Samantha zu Hilary –, die erst vor kurzem mit ihrem Mann nach San Francisco gekommen war. Mrs. Ziegler hatte sechs Jahre lang am Buffalo General Hospital als Krankenschwester gearbeitet, war nicht nur erfahren in der Beaufsichtigung des Pflegepersonals und in der Ausbildung neuer Kräfte, sondern hatte außerdem Erfahrungen mit der Krankenhauskost und konnte somit die Planung des täglichen Speisezettels übernehmen.
Die erste Assistenzärztin, die Samantha aufnahm, war Willella Canby, eine rundliche kleine Person, die vor kurzem am Toland Medical College der Universität von Kalifornien Examen gemacht hatte. Sie kam mit den besten Referenzen, war aufgeweckt und enthusiastisch und ließ sich nicht davon schrecken, daß sie außer Unterkunft und Verpflegung kein Entgelt erhalten würde.
Ganz allmählich gewann alles seine Form. Hilary hatte ihr Damenkomitee beisammen, Stanton Weatherby setzte die Statuten des Krankenhauses auf, das Personal war komplett, und im Juli 1887, fast genau ein Jahr nach jenem denkwürdigen Mittagessen im *Chez Pierre*, konnte das Frauen- und Kinderkrankenhaus San Francisco seine Tore öffnen.
Nun fehlten nur noch die Patienten.

Der letzte Handwerker war gegangen, die Zimmer und Gänge rochen nach frischer Farbe und Seife. In jedem Stockwerk gab es einen Kohleofen – Samantha hatte Dampfheizung installieren lassen wollen, aber das hätte noch einmal fünftausend Dollar mehr gekostet; neben jedem Krankenbett war ein Klingelzug, mit dem die Schwester gerufen werden konnte, und im ganzen Gebäude war ein System von Lautsprechern verlegt, ähnlich wie auf einem Schiff.

Die Personalunterkünfte waren fertig eingerichtet; in jedem Zimmer gab es zwei Betten, einen Waschtisch, eine Kommode und einen Schreibtisch. Bald würden fünfzehn Schwestern und Schwesternschülerinnen und dazu die Ärztinnen Willella Canby, Mary Bradshaw und Hortense Lovejoy in diese Zimmer einziehen.
Die Küchenräume waren geschrubbt, geputzt und voll ausgestattet. Im Gemeinschaftsraum, der für die Patientinnen gedacht war, die aufstehen konnten, standen ein Flügel, bequeme Sessel und mehrere Bücherschränke, alles Spenden. Den Flur entlang waren die Untersuchungszimmer, die Unfallstation und Samanthas Büro.
Die Krankensäle standen noch leer. Samantha, die den ganzen Komplex noch ein letztesmal inspiziert hatte und nun nach Hause gehen wollte, um sich für Hilarys großes Einweihungsfest zurechtzumachen, blieb im Foyer stehen. Es war früher Abend, die Geräusche der Straße drangen durch die offene Tür. Langsam drehte sich Samantha um, ließ den Blick über die blank polierten Bänke schweifen, um den Holzkasten für die Spenden und die Blumenarrangements, die das Foyer schmückten. Sie war ungläubig, aufgeregt und ein wenig furchtsam zugleich. Bis hierher hatten sie es geschafft, hatten das Ziel erreicht, das zunächst wie ein unerfüllbarer Traum erschienen war, aber das war noch keine Garantie für den weiteren Erfolg. Hatte sie das Richtige getan? Würden die Frauen vergessen können, daß dies einst ein Bordell und eine Spielhölle gewesen war? Würden sie zu ihr kommen?
Sie strich mit der Hand über die glatte Fläche des Empfangspults und dachte an Mark. Ach, wenn er in diesem Augenblick bei ihr sein könnte!
Samantha legte die Hand auf den Türknauf und schloß einen Moment die Augen. Morgen, morgen wird das Krankenhaus eröffnet werden...

5

Wenn man die Erdatmosphäre wie einen Vorhang teilen könnte, würde man die Sterne sehen, wie sie wirklich sind: feste, kalte Lichtkörper. Sie würden wahrscheinlich viel von ihrer geheimnisvollen Anziehungkraft und ihrer Romantik verlieren. So sah die kleine Jennifer das Leben, mit reinem Sinn, unbeeinflußt von Vorurteilen, Ängsten, Lügen und Illusionen. Jennifer, die nie ein unwahres Wort gehört hatte, nie schmeichlerische Lügen, Worte der Täuschung und des Betrugs, wußte nicht, daß die Menschen die Sprache gebrauchten, um sich dahinter zu verbergen.

Darum ahnte Jenny nicht, als Dahlia Mason noch einmal ins Kinderzimmer heraufkam, um ihren kleinen Robert zu herzen, daß der Mund der prächtig geputzten Frau, die sie aus ihrem Eckchen beobachtete, etwas anderes sagte als ihre Augen. Das Kindermädchen hörte: »Ach, was für ein wunderschönes Zimmer! Mein kleiner Robert sollte es so gut haben wie Merry Gant!« Doch die leicht zusammengekniffenen Augen sagten: Niemals würde ich meinen Robert so entsetzlich verwöhnen!

Jennifer Hargrave, niemals durch die Sprache verführt, sah die Menschen wie sie wirklich waren, und sehr häufig gefiel ihr das, was sie sah, nicht. Dahlia Mason war einer der Menschen, die ihr nicht gefielen, aber Jenny wußte, daß sie unbedeutend war, keine Bedrohung. Doch es gab andere, Gefährliche, und vor denen fürchtete sie sich. An diesem Abend hatte sie unten einen Mann gesehen, der sie ängstigte, und sie konnte ihn sich nicht aus dem Kopf schlagen.

Als Megan O'Hanrahan vor zehn Jahren dieses Kind geboren hatte, hatte sie das teilnahmslose kleine Wesen nur einmal angesehen und augenblicklich abgelehnt. Sie gab dem Kind zwar zu essen, wie es ihre Pflicht war, aber sie faßte es nur an, um es wegzustoßen. Da die Kleine von allen für schwachsinnig gehalten wurde, versuchte nie jemand, mit ihr in Beziehung zu treten. Schmutzig und vernachlässigt wuchs sie auf, Gegenstand allgemeiner Verachtung. Jenny lernte nie, was Liebe ist: man gab ihr nichts und erwartete auch nichts von ihr. Aber so wie sie nichts von Liebe wußte, wußte sie auch nichts von Schmerz. Der Tod ihrer Mutter, der nun beinahe zwei Jahre zurücklag, hatte sie unberührt gelassen.

Dann war die Frau gekommen und hatte sie mitgenommen. Jenny hatte ihre neue Umgebung mit scharfem Auge und ohne Furcht wahrgenommen, und am aufmerksamsten hatte sie die Frau beobachtet, die sie sehr schön fand. Doch Jenny besaß Instinkte, und zwei von ihnen waren stark ausgeprägt: treue Anhänglichkeit und ein Gespür für Gefahr. Dieser schönen Frau war sie so treu ergeben wie ein Hündchen seinem Herrn, der es vor dem Tod gerettet hat. Ihr Gespür für Gefahr war in dem Elendsviertel geschärft worden. Und diese beiden Instinkte, die Jennys Verhalten leiteten, waren am Abend des großen Einweihungsfestes hellwach.

Das Kindermädchen hatte die kleinen Mädchen ein Stück die Treppe hinuntergeführt, so daß sie einen verstohlenen Blick auf das festliche Treiben hatten werfen können, und Jenny hatte den weißhaarigen Mann gesehen, dessen Blick ihrer Beschützerin überallhin folgte. Sie mißtraute ihm instinktiv.

Samantha stand in der Tür zum Festsaal, um Mrs. Beauchamp zu begrüßen, eine ihrer Patientinnen, eine Witwe, die, obwohl ihr Mann seit zwanzig Jahren tot war, immer noch ausschließlich schwarz trug.
»Meine liebe Dr. Hargrave«, sagte die Frau und drückte ihr kräftig die Hand, »Sie können sich nicht vorstellen, wie sehr ich mich freue, daß ich heute abend hier sein kann.«
Samantha lächelte. Dreihundert Hände hatte sie bisher geschüttelt, aber der Strom der Gäste riß immer noch nicht ab. Und obwohl sie von der harten Arbeit der letzten Monate eigentlich hätte müde und erschöpft sein müssen, fühlte sie sich frisch und lebendig. Sie genoß diesen Abend, den Glanz, die Lichter, die vielen Menschen, die alle gekommen waren, um mit ihr und Hilary die Eröffnung des Krankenhauses zu feiern.
Sie schaute an Mrs. Beauchamp vorbei zu Hilary, die sich auf der anderen Seite des Saals mit einigen Gästen unterhielt, und mußte lächeln über die quirlige Energie der Freundin. Im vierten Monat schwanger und zum schockierten Erstaunen der Gesellschaft gar nicht bemüht, es zu verbergen, spielte sie die Rolle der Gastgeberin mit einer Grandezza, als handle es sich um eine intime kleine Teegesellschaft. Von blendender Schönheit in weißem Satin mit Hermelinbesatz, überwachte sie ohne das geringste Anzeichen von Nervosität oder Gereiztheit die Bediensteten, die die Gäste mit Getränken und Speisen versorgten, und kümmerte sich gleichzeitig mit gewinnender Aufmerksamkeit um jeden einzelnen Gast. Als sie jetzt durch den Saal zu Samantha hinüberblickte, zwinkerte sie ihr lächelnd zu. Dieser Abend gehörte ihnen beiden.
Mrs. Beauchamp machte eben eine Bemerkung über die Schwesterntrachten – ob eine gedämpftere Farbe nicht passender wäre als das unpraktische Hellblau? –, und Samantha widersprach freundlich. »In einem Krankenhaus geht es traurig genug zu, Mrs. Beauchamp. Helle Farben wirken aufmunternd auf die Menschen, und wenn die Seele hell ist, heilt der Körper leichter. Sind Sie nicht auch der Meinung?«
»Aber ja, da haben Sie recht!« Mrs. Beauchamps wieselflinker Blick schweifte durch den Saal. Samantha sah ihr an, daß sie eine kräftige Dosis von Dr. Mortons Gesundheitselixir gekippt hatte, ehe sie gekommen war.
Mrs. Beauchamp war zur Behandlung ihrer Krampfadern zu Samantha gekommen. Obwohl sie sich sonst in jeder Hinsicht streng an Samanthas Ratschläge hielt, hatte sie sich von der regelmäßigen Einnahme von Dr. Mortons Elixier nicht abbringen lassen. Es helfe ihr über ›schwarze‹ Tage hinweg, hatte sie erklärt und einfach bestritten, daß es so schädlich sein könne, wie Samantha es darstellte. Man bekam es schließlich in den be-

sten Apotheken; da würde man doch bestimmt nichts verkaufen, was Schaden anrichten könne. Samantha hatte ihr klarzumachen versucht, daß das Elixier einen hohen Opiumgehalt hatte und Mrs. Beauchamp auf dem besten Weg sei, süchtig zu werden, aber das hatte die Frau außerordentlich beleidigend gefunden. Wenn eine Waschfrau jeden Tag einen Eßlöffel Dr. Mortons nahm, war es eine Sucht; wenn eine Dame der Gesellschaft das gleiche tat, handelte es sich um eine notwendige gesundheitsfördernde Maßnahme.
Die nächsten Gäste, die eintrafen, waren Mr. und Mrs. Charles Havens, die Samantha zur Eröffnung des Krankenhauses mit Herzlichkeit Glück und Erfolg wünschten. Sie hatten den Operationssaal finanziert. Auch Rosemary Havens gehörte zu Samanthas Patientinnen. Sie hatte vier Jahre lang mit Fowlers Hauttonikum, das angeblich der Verschönerung des Teints diente, regelmäßig Arsen zu sich genommen. Im Gegensatz zu Mrs. Beauchamp jedoch hatte sie auf Samanthas Warnung gehört und das Tonikum sofort abgesetzt. Jetzt pflegte sie ihren Teint statt dessen durch regelmäßige Waschungen mit frischem Gurkensaft.
Nachdem die Havens sich unter die Gäste gemischt hatten, beschloß Samantha, sich ein Weilchen davonzustehlen, um sich etwas Ruhe und frische Luft zu gönnen.
Dieser Abend stand jenem denkwürdigen Weihnachtsball im Haus der Astors in New York in nichts nach. Fast alles war wie damals: nur war diesmal Samantha der Mittelpunkt des Festes. Und Mark fehlte.
Im Park duftete es nach Rosen und frisch gemähtem Gras. Gäste flanierten im milden Licht der Gartenlampen. Gedämpft drangen ihre Stimmen zu Samantha, die zwischen blühenden Büschen hindurch zu einer verborgen stehenden Marmorbank ging und sich niedersetzte. Ihre Gedanken galten nicht dem Krankenhaus und nicht dem rauschenden Fest; im Gefühl tiefer Befriedigung über das Erreichte gestattete sie sich vielmehr etwas, das sie sich sonst selten erlaubte: Sie dachte an Mark. Hätte er doch an diesem Abend bei ihr sein können...
»Verzeihen Sie, Dr. Hargrave.«
Sie sah auf.
»Ich wollte den richtigen Augenblick abwarten.«
»Den richtigen Augenblick wozu, Sir?«
»Um Ihnen meine Aufwartung zu machen. Als ich hier eintraf, waren Sie von so vielen Menschen umringt. Sie gestatten, daß ich mich vorstelle? Warren Dunwich, zu Ihren Diensten, Madam.«
Sie musterte ihn interessiert. Er war zu kultiviert, zu elegant, um ein Einheimischer San Franciscos zu sein, doch sein Akzent war eindeutig der

der West-Küste. Anfang fünfzig, schätzte sie, aber jugendlich. Das weiße Haar machte ihn nicht älter, verstärkte vielmehr den Eindruck von männlicher Kraft und Energie.
»Sehr erfreut, Mr. Dunwich. Sind Sie besuchsweise in San Francisco?«
Sein Lächeln war merkwürdig kalt. Er war ein gutaussehender Mann mit schmalem, aristokratisch wirkendem Gesicht. Samantha sah ihn flüchtig als Herrn auf einem langsam verfallenden alten Schloß.
»Ich komme jedes Jahr wieder zu Besuch nach San Francisco, Madam. Es ist meine Heimatstadt. Aber ich bin sehr viel auf Reisen.«
Warren Dunwich hatte scharf blitzende blaue Augen, von denen eine ähnliche Kälte ausging wie von seinem Lächeln. Seine Bewegungen waren knapp und präzise, seine Haltung militärisch gerade.
»Darf ich Ihnen etwas vom Buffet bringen, Dr. Hargrave?«
»Nein, danke, Mr. Dunwich. Ich muß zu meinen Gästen zurück.«
»Dann darf ich Sie begleiten?«
Sie legte die Hand auf seinen dargebotenen Arm. »In was für Geschäften sind Sie tätig, Mr. Dunwich, daß Sie soviel reisen müssen?«
»Oh, meine Geschäfte sind vielfältiger Art. Aber ich würde sehr gern Näheres über dieses neue, höchst bemerkenswerte Krankenhaus und seine Gründerin hören.«
Hilary stand mit einer Gruppe Freunden im Gespräch, als sie Samantha lachend, als fühle sie sich in bester Gesellschaft, am Arm eines Fremden in den Saal treten sah. Nachdenklich kniff sie die Augen zusammen. Wie hieß der Mann nur? Sie wußte, daß er ein Mitglied von Darius' Club war, aber der Name war ihr entfallen. Ein interessanter Mann zweifellos, dachte sie, ausgesprochen gutaussehend und ihres Wissens begütert und unverheiratet. Aber es ging eine Kälte von ihm aus, die sie abstieß.
Sie entschuldigte sich bei ihren Freunden und drängte sich durch die Menge. Sie schnappte Gesprächsfetzen auf, und es wunderte sie nicht, daß die Kontroverse immer noch in vollem Gang war: sollte man nun Frauen von fraglicher Moral im Krankenhaus aufnehmen oder nicht? Hilary lächelte vor sich hin. Sie konnten streiten, soviel sie wollten, Samantha war nicht zu erschüttern. Einige der Spenden waren unter der Bedingung gegeben worden, daß das Krankenhaus keine Prostituierten und Geschlechtskranken aufnehmen dürfe, andere, daß weder Chinesinnen noch Mexikanerinnen behandelt werden dürften; Samantha hatte das Geld unverzüglich zurückgesandt. Das Krankenhaus stand allen Frauen offen.
»Samantha, ich glaube, du befindest dich tatsächlich in Gesellschaft des einzigen Gastes, den *du* kennst und ich nicht!«

Samantha machte Hilary mit Warren Dunwich bekannt und fing das kurze Aufblitzen im Auge der Freundin auf.
»Wenn ich nicht irre«, sagte Hilary unumwunden, »sind Sie Mitglied im Club meines Mannes, Mr. Dunwich. Es freut mich sehr, Sie kennenzulernen. Darf ich fragen, ob Ihre Gattin auch anwesend ist?«
Samantha warf Hilary einen strafenden Blick zu, den diese strahlend ignorierte. Sie hatten dieses Thema mehr als einmal diskutiert: Hilary, die geborene Kupplerin, war der Meinung, Samantha brauchte unbedingt einen Mann in ihrem Leben. Samantha konnte dagegen halten, was sie wollte, Hilary ließ sich von dieser Überzeugung nicht abbringen.
»Ich bin Witwer, Mrs. Gant«, antwortete Warren Dunwich. »Seit acht Jahren schon.«
»Und Sie leben in San Francisco.«
»Ich lebe in Marina, aber ich bin häufig hier.«
»Also, dann müssen Sie unbedingt einmal zum Abendessen kommen –«
»Hilary«, unterbrach Samantha, »ich glaube, Darius sucht dich.«
»Oh?« Hilary drehte sich um.
In diesem Augenblick befiel Samantha plötzlich ein heftiges Schwindelgefühl. Und Hilary ging es genauso. Als sie beide hastig die Hand an die Stirn drückten, stieg aus dem Inneren der Erde ein dumpfes Grollen auf, drohend wie das eines Gewitters über der Bucht, und im nächsten Moment war die Luft erfüllt vom gläsernen Klimpern von Kristall. Die Gespräche brachen ab. Das Beben war rasch vorbei; was blieb, war eine unheimliche Stille. Keiner der dreihundert Gäste sprach, keiner machte eine Bewegung. Dann stieg ein allgemeines Seufzen der Erleichterung in die Stille, gefolgt von nervösem Gelächter. Während rundherum die Gespräche wieder aufgenommen wurden, wandte sich Hilary an Samantha.
»Himmel, das war aber ein starkes –«
Ein Stoß erschütterte das Haus, der sie beinahe auf die Knie geworfen hätte. Diesmal war das Krachen ohrenbetäubend, und keiner blieb mehr stehen, um zu den schwankenden Lüstern hinaufzustarren.
Samantha drohte das Gleichgewicht zu verlieren, doch Warren Dunwich legte ihr fest den Arm um die Taille und hielt sie. Das Beben schien ewig zu dauern; tatsächlich war es innerhalb von Sekunden vorüber. Samowars stürzten vom Buffet, Flaschen fielen um, Frauen kreischten oder fielen in Ohnmacht.
Als es vorbei war, standen alle wie erstarrt und wagten kaum zu atmen. Es war, als spürten sie nach einem Zeichen in der Atmosphäre. Dann erwachten die Gäste mit jenem Instinkt, der den Bewohnern San Francis-

cos eigen ist, aus ihrer Erstarrung. Sie wußten, daß das Beben vorüber war.
Warren Dunwich, der Samantha immer noch festhielt, öffnete den Mund, um sie zu fragen, ob ihr auch nichts geschehen sei, als sie zu seiner Überraschung ihm zuvorkam und ihm die gleiche Frage stellte. Aus der oberen Etage klang Geschrei herunter.
»Die Kinder!« rief Samantha und eilte davon.
Mehrere Leute hetzten die Treppe hinauf zum Kinderzimmer, aber Samantha war als erste da. Die kleine Merry lag weinend in den Armen des Kindermädchens, während Dahlia Mason schon ihren schreienden kleinen Robert an die Brust drückte. Jennifer hockte mit großen Augen und ausdruckslosem Gesicht in einer Ecke.
Samantha kniete vor ihr nieder. Aus Gewohnheit fragte sie automatisch: »Ist dir auch nichts passiert, Herzchen?« Sie musterte Jennys Gesicht, ihre Pupillen, die Farbe ihrer Haut, suchte nach Anzeichen von Angst oder Schock, aber sie fand nichts. Es war, als wäre überhaupt nichts geschehen.
Samantha strich ihr über die langen Locken. »Es ist nichts Schlimmes, Herzchen. Es war nur ein kleines Beben.«
In diesem Augenblick hob Jenny den Kopf, und ihre Augen weiteten sich angstvoll. Samantha drehte sich um und sah Warren Dunwich hinter sich stehen, der eben zur Tür hereingekommen war. Als sie den Blick hob, sah sie mit Entsetzen einen riesigen Riß in der Decke des Kinderzimmers.
»Du brauchst keine Angst zu haben, Jenny.« Sie zog das kleine Mädchen fest in ihre Arme. »Die Decke fällt nicht herunter, glaub' mir.«
Aber es war nicht der klaffende Riß in der Zimmerdecke, der das Kind so erschreckt hatte. Passiv und reglos in Samanthas Armen, schaute Jennifer mit großen, mißtrauischen Augen zu Warren Dunwich auf, und der wußte sofort, was das Kind gesehen hatte.

6

»Da stimmt was nicht, Doktor. Sie spricht nicht an.«
Samantha ging vom Sterilisator weg und trat ans Kopfende des Operationstischs, auf dem die Patientin lag. »Versuchen Sie es mit etwas mehr«, sagte sie und beobachtete aufmerksam, wie die Schwester Äther auf die Maske träufelte. Die Patientin, eben noch voller Unruhe, wurde still. »Das müßte reichen«, meinte Samantha und kehrte zum Sterilisator zurück.

Das Gerät war ihre eigene Erfindung. Die meisten Chirurgen arbeiteten, wenn sie überhaupt an die Notwendigkeit der Keimfreiheit glaubten, mit Karbol. Samantha hatte festgestellt, daß die Säure die empfindlichen Gewebe ihrer Patientinnen reizte. Nachdem sie von einer neuen Sterilisierungsmethode mit Dampf gelesen und selbst damit experimentiert hatten, hatte Samantha ihren eigenen Sterilisator konzipiert. Er war, soweit sie wußte, der erste seiner Art und gab Anlaß zu vielen Kommentaren. Insbesondere wurde vermerkt, daß die Infektionsrate am Frauen- und Kinderkrankenhaus San Franciscos niedriger war als der Landesdurchschnitt.
Als Samantha die heißen Instrumente herausnahm und in eine flache Schale legte, bemerkte sie, daß die Glastüren des Schrankes neben dem Sterilisator beschlugen. Sie nahm sich vor, das Gerät an einen anderen Platz stellen zu lassen, dann nahm sie ein Tuch und wischte sorgsam das Glas ab. Dies war ein besonderer Schrank.
Auf seinen Borden lagen Joshuas Instrumente. Sie waren schon lange nicht mehr in Gebrauch und würden wohl auch nie wieder zur Hand genommen werden, da sie völlig veraltet waren; doch Samantha waren sie beinahe heilig. Für sie symbolisierten diese schönen alten Instrumente die Zukunft und den Fortschritt. Sie erinnerten sie daran, daß dies eine neue Ära war. Im Sterilisator waren die neuen Instrumente, die sie gekauft hatte und die alle ihre Ärztinnen benützten: Instrumente aus glattem, blitzendem Metall, wie sie nun überall eingesetzt wurden. Mit der immer weiter um sich greifenden Überzeugung, daß Wundentzündungen und Brand in der Tat durch Keime verursacht wurden, mußten die altmodischen Instrumente mit ihren fein gearbeiteten Bein- und Holzgriffen weichen, denn man konnte sie nicht sterilisieren. Diese kleinen Kunstwerke, die, kunstvoll geschnitzt und ziseliert, zu einer Zeit hergestellt worden waren, als man die Qualität eines ärztlichen Instruments nach seiner Schönheit und nicht nach seiner Funktionsfähigkeit beurteilte, waren jetzt nicht mehr zu gebrauchen. Samantha hätte sie verkaufen können, aber sie behielt sie zur ständigen Mahnung daran, daß alles fortschreitet, und zur Erinnerung an ein Versprechen, das sie einst gegeben hatte.
Aus dem unteren Stockwerk, wo die Frauen des Damenkomitees mit Fruchtkuchen und warmem Punsch von Krankenzimmer zu Krankenzimmer gingen, drangen fern und süß die Klänge von ›Stille Nacht‹ herauf. Es war der Tag vor Weihnachten, ein frischer, klarer Tag, aber hier im Krankenhaus, wo Schwestern und Ärztinnen schon seit den frühen Morgenstunden auf den Beinen waren, ein Tag wie jeder andere. Nicht einen

einzigen ruhigen Tag hatte es in den fünf Monaten seit Eröffnung des Krankenhauses gegeben. Samantha mußte lächeln, als sie daran dachte, daß sie gefürchtet hatten, es könnten keine Patientinnen kommen. Als sie mit ihren neuen Mitarbeiterinnen am Morgen nach dem großen Fest hier angekommen war, hatte vor der Tür schon eine kleine Menge gewartet, und seit jenem Tag hatte niemals ein Bett leergestanden.
»Dr. Hargrave!«
Sie fuhr hoch. Schwester Collins kämpfte mit der Patientin unter der Äthermaske. Samantha rannte zum Operationstisch und drückte die Schultern der sich aufbäumenden Frau hinunter. »Mehr Äther, Schwester!« sagte sie.
»Aber ich bin schon ganz nahe an der tödlichen Dosis, Doktor.«
»Er hat offensichtlich keine Wirkung. Geben Sie ihr mehr!«
Mit zitternden Händen gehorchte die Schwester, und wenig später schlief die Patientin friedlich.
Willella Canby kam zur Tür herein, noch dabei, sich ihr Häubchen festzustecken. »Tut mir leid, daß ich mich verspätet habe, Doktor. Ich mußte zu einem Hausbesuch – oh, Sie haben noch nicht angefangen.«
»Die Patientin spricht auf den Äther nicht an. Würden Sie sie bitte einen Moment für mich beobachten?«
Samantha nahm die Karte, die an einem Haken am Fuß des Operationstischs hing, und las noch einmal Mrs. Cruikshanks Krankengeschichte und die Ergebnisse der letzten Untersuchung durch. Zu ihrer Verwunderung fand sie nichts in der Geschichte der Frau, was erklärt hätte, warum sie auf die Narkose nicht ansprach.
Als die Patientin wieder anfing, unruhig zu werden, sagte Samantha: »Lassen wir es. Wir müssen die Operation verschieben, bis wir festgestellt haben, was da los ist.«
»Das ist wirklich ungewöhnlich«, meinte Willella. »Ich habe so was noch nie erlebt.«
»Ich schon«, erwiderte Samantha nachdenklich. »Einmal. In New York. Wir sollten einem Werftarbeiter ein Bein amputieren. Wir konnten ihm Äther geben, soviel wir wollten, er blieb nie so lange im Rausch, daß wir die Operation hätten durchführen können. Als wir ihn später befragten, stellte sich heraus, daß er starker Zigarettenraucher war.«
Willella betrachtete die Patientin, eine Frau mittleren Alters, der eine Zyste am Eierstock entfernt werden sollte. »Aber das kann hier doch nicht der Grund sein, oder?«
»Ich halte es jedenfalls für höchst unwahrscheinlich. Wir werden sehen. – Schwester Collins, halten Sie sie bitte unter ständiger Beobachtung, bis

sie ganz wach ist, und bringen Sie sie dann in ihr Bett zurück. Ich spreche später mit ihr.«
Willella verließ den Operationsraum zusammen mit Samantha. »Sie müssen in die Kinderabteilung hinuntergehen, Dr. Hargrave, und sich den Weihnachtsbaum ansehen, den das Damenkomitee da aufgestellt hat.«
»Ja, was würden wir wohl ohne unsere Damen anfangen«, murmelte Samantha und eilte schon zur Treppe. »Wir sehen uns später.«
Willella blickte ihr kopfschüttelnd nach. In den fünf Monaten ihrer Arbeit am Krankenhaus hatte sie Samantha nicht ein einzigesmal untätig gesehen. Sie war ihnen allen ein Vorbild, und wer wollte nachlassen, wenn er sah, wie unermüdlich Dr. Hargrave war. Aber manchmal hatte Willella doch ein wenig Sorge, daß Samantha sich zuviel aufbürdete.
In Gedanken bei dem Hausbesuch, von dem sie eben zurückgekehrt war, ging Willella langsam zu ihrem Zimmer, um sich frischzumachen.
Seufzend trat sie in das kleine Appartement. Die engen Zimmer störten niemanden. Die Schwestern, froh und dankbar, daß sie genommen worden waren, teilten sich die Zimmer, die kaum groß genug waren für eine Person, gern mit einer Kollegin, und die drei Ärztinnen, die alle aufgrund ihres Geschlechts bei anderen Krankenhäusern abgelehnt worden waren, fühlten sich in ihrem kleinen Appartement so wohl wie in Abrahams Schoß. Das größere der beiden Zimmer war mit drei Betten möbliert, und da ihre Schichten versetzt waren, lag fast immer eine von ihnen schlafend in ihrem Bett. Das anschließende Wohnzimmer, mit einem Teppich ausgelegt, hatte einen Kohleherd, drei Sessel und einen Tisch. Auf einem Spirituskocher konnten sie sich jederzeit eine Tasse Tee machen. Im Augenblick war das Appartement leer; Dr. Bradshaw war über Weihnachten zu ihrer Familie nach Oakland gereist, und Dr. Lovejoy war auf Station.
Willella ging zum Waschtisch und während sie sich die Hände einseifte, musterte sie sich kritisch im Spiegel. Sie war ihr Leben lang rundlich gewesen und hatte sich damit abgefunden, daß ihr die modische Wespentaille versagt bleiben würde. Ihre Wangen waren rund und voll, das rosige Gesicht von einer puppenhaften Niedlichkeit. Aber der Schein trog, sie war eine durchaus energische kleine Person, die zuzupacken verstand, und das Personal durch ihre Freimütigkeit für sich eingenommen hatte. Die Patientinnen liebten sie, und Samantha hoffte, daß sie auch nach Abschluß ihrer Assistentenzeit am Krankenhaus bleiben würde.
Willella selbst war zwiegespalten. Einerseits war sie froh und glücklich in ihrem Beruf als Ärztin, arbeitete mit Freude und Enthusiasmus am Kran-

kenhaus und war dankbar, unter einer Frau wie Samantha Hargrave lernen zu können; andererseits aber sehnte sie sich nach einem Mann und Kindern. In diesem Krankenhaus, wo sie von früh bis spät ausschließlich mit Frauen zu tun hatte, kam sie sich machmal vor wie eine Nonne. Männer gab es in ihrem Leben nicht; nicht einmal die Hoffnung, einen netten Mann kennenzulernen. Sie war fünfundzwanzig Jahre alt, nach den Maßstäben ihrer Zeit bereits eine alte Jungfer, und hatte Angst, daß sie ihre Sehnsüchte und Träume bald endgültig würde begraben müssen.

Sie dachte an Samantha Hargrave, die sie bewunderte, aber auch beneidete; ihr schien es an Verehrern nicht zu mangeln, ob das nun der charmante Mr. Weatherby war oder der aristokratische Mr. Dunwich. Wirklich beneidenswert! Willella war überzeugt, daß Samantha Hargrave früher oder später heiraten würde. Aber wie stand es um ihre eigenen Chancen? Klein, mollig und Ärztin dazu – in ganz San Francisco gab es keinen Mann, der auch nur einen Gedanken an sie verschwenden würde.

Aber noch würde sie die Hoffnung nicht aufgeben. Josephine Beauharnais war zweiunddreißig gewesen, als sie Bonaparte kennengelernt hatte. Willella kniff sich in die Wangen, um ihnen Röte zu geben, inspizierte ihre Tracht, um sich zu vergewissern, daß alles vorschriftsmäßig war, und marschierte hinaus.

Ja, was würden wir wohl ohne unser Damenkomitee anfangen? dachte Samantha wieder, als sie in den großen Krankensaal trat. Die kleine Hilfstruppe, modisch gekleidete junge Frauen in hochgeschlossenen weißen Blusen und geraden dunklen Röcken, waren gerade im Aufbruch. Sie waren alle Freundinnen von Hilary, tatkräftig und voller Energie, ganz anders als Janelle MacPherson und ihre Damen damals im St. Brigid's. Das waren keine gelangweilten Gesellschaftsdämchen, die, wenn sie gerade nichts Besseres zu tun hatten, einmal in der Woche im Krankenhaus erschienen, um Bibeln und Blumen zu verteilen; diese Frauen waren, auch wenn sie in eleganten Equipagen vorgefahren wurden, zuverlässige Helferinnen. Sie taten weit mehr, als Blumen und Kuchen zu verteilen. Neben ihrer Hauptaufgabe, die darin bestand, Mittel für die Weiterfinanzierung des Krankenhauses aufzutreiben, kümmerten sie sich um Säuglinge, die vor dem Krankenhaus ausgesetzt wurden oder deren Mütter im Kindbett gestorben waren, und sorgten dafür, daß sie adoptiert wurden. Sie besuchten die Armen der Stadt und meldeten alle Pflegefälle im Krankenhaus, so daß die Kranken von dort aus ambulant versorgt werden konnten. Sie lasen den Kranken vor, trösteten die Geängstigten, sprachen den Verzweifelten Mut zu, hielten die Hände der Sterbenden. Das

Frauen- und Kinderkrankenhaus San Francisco erwarb sich sehr schnell den Ruf, weit mehr zu sein als nur ein Krankenhaus – eine Zuflucht, wo Frauen in Not Anteilnahme und Trost fanden, wo Frauen Frauen halfen. Daß das möglich war, war zu einem großen Teil Hilarys Damenkomitee zu verdanken.
Nun, dachte Samantha, während sie an einem Bett stehen blieb, um den Verband einer Patientin zu prüfen, wir haben eine schwere Zeit vor uns, und das Komitee wird hart arbeiten müssen, damit wir durchhalten können. Die Mittel waren so knapp geworden, daß Samantha Kohle und Holz bereits auf Kredit einkaufte. Am Ende des Monats würde man auch den Fleischer vertrösten müssen. Hilary hatte wie immer einige Ideen, um dem Krankenhaus aus der Misere herauszuhelfen, aber da ihre Entbindung unmittelbar bevorstand, konnte sie sich derzeit an der Arbeit des Komitees nicht aktiv beteiligen. Doch sobald sie wieder auf den Beinen sei, hatte sie versprochen, würde sie sich mit den Damen zusammensetzen und einen richtigen Feldzug zur Sicherstellung weiterer Mittel ausarbeiten.
Samantha vermißte Hilary. Wegen ihres Zustandes fielen die wöchentlichen gemeinsamen Mittagessen schon seit einiger Zeit aus, und es war natürlich nicht daran zu denken, zum Bogenschießen zu gehen. Selbst der kleine Schwatz bei einer Tasse Tee, den sie einzulegen pflegten, wenn Hilary auf einen Sprung ins Krankenhaus kam, war nicht mehr möglich. Samantha machte sich zwar immer wieder einmal eine Stunde frei, um Hilary auf Nob Hill zu besuchen, aber da drehten sich ihre Gespräche nur um das Krankenhaus und um Geldbeschaffung.
Mit der Patientin im nächsten Bett, einer lebhaften jungen Frau, tauschte Samantha lächelnd ein paar Worte. Sie war zwei Wochen zuvor mit einem Blinddarmdurchbruch eingeliefert worden. Samantha und Willella Canby hatten sofort operiert, und die junge Frau hatte sich inzwischen vollständig erholt. Während sich Samantha die saubere, rosige Narbe ansah, dachte sie an die Zeiten, wo eine solche Operation unmöglich gewesen war und jeder Blinddarmpatient zum Tode verurteilt gewesen war. Riskant war der Eingriff immer noch, aber wenigstens hatte der Patient jetzt eine Chance.
Als sich die Tür des Saals öffnete und eine Schwester mit einem Stapel frischer Laken eintrat, wehte Samantha der verlockende Duft von Gänsebraten in die Nase, und sie merkte plötzlich, daß sie sehr hungrig war. Sie hatte vor lauter Arbeit seit dem Frühstück nichts mehr gegessen. Nun, der Abend würde sie dafür entschädigen. Warren Dunwich hatte sie zu Coppa's eingeladen.

Die wenigen freien Abende, die sie nicht mit Jennifer verbrachte, teilte sie zwischen Stanton Weatherby und Warren Dunwich, die sie beide beharrlich umwarben. Hilary hatte zunächst große Hoffnungen gehegt und Samantha immer wieder mehr oder weniger durch die Blume zur Heirat gedrängt, aber nach einer Weile hatte sie ihre Bemühungen aufgegeben. Samantha und Hilary hatten längst gelernt, offen miteinander zu sein und vertrauten einander ohne Scheu auch Dinge an, die sie vor anderen verheimlichten, und als Hilary Samantha eines Tages unverblümt nach ihrer Beziehung zu den beiden Männern gefragt hatte, hatte Samantha aufrichtig geantwortet: »Sie sind nett, aber es knistert nicht.«

Obwohl es nicht knisterte, freute sie sich auf den Abend mit Warren Dunwich. Er war ein charmanter Begleiter, höflich und ritterlich, stets darauf bedacht, sie zu verwöhnen. Und das tat gut nach der täglichen Hektik und Anstrengung im Krankenhaus.

Es war immer anregend, mit Warren Dunwich auszugehen. Er pflegte sie nach dem Krankenhaus zu fragen und sich ihre Berichte und kleinen Anekdoten mit echtem Interesse anzuhören. Oder er erzählte ihr von seiner letzten Geschäftsreise und den komischen Leuten, denen er begegnet war. Seine Komplimente taten ihr gut, und seine Aufmerksamkeiten schmeichelten ihr. Aber nach einer Weile wurde sich Samantha der vorgerückten Stunde bewußt, dachte an Jenny, die mit der Haushälterin zu Hause war, an das frühe Aufstehen, die Arbeit, die sie am folgenden Tag im Krankenhaus erwartete, und dann bat sie Warren, sie nach Hause zu bringen. So war es jedesmal. Sie unterhielt sich gut in Warrens Gesellschaft, aber der Funke, der nötig gewesen wäre, um eine neue Entwicklung in dieser Freundschaft einzuleiten, entzündete sich nie.

Ähnlich war es mit Stanton Weatherby. Er verstand es, sie mit seinem Witz und seinem Humor zum Lachen zu bringen, er führte sie an die skurrilsten Plätze San Franciscos, er verwöhnte sie wie Warren. Aber auch hier blieb der zündende Funke aus.

Samantha hatte beide Männer gern, aber wenn sie ihnen fern war, dachte sie kaum an sie, und wenn sie mit ihnen zusammen war, konnte sie nicht umhin, sie mit Mark zu vergleichen.

Mark würde immer ihre einzige Liebe bleiben. Hundert kleine Dinge erinnerten sie jeden Tag an ihn. Eine Patientin konnte hereinkommen, und Samantha dachte unwillkürlich, Mark würde dies oder jenes verschreiben. Wenn sie im Operationssaal zum Tenakel griff, fiel ihr ein, wie er sie gelehrt hatte, das Instrument richtig zu halten. Und jeden Abend, wenn sie sich in ihrem Bett ausstreckte, kreisten ihre Gedanken um ihn. Sie sah sein geliebtes Gesicht vor sich, die warmen Augen, seinen schön

geschwungenen Mund mit der kleinen weißen Narbe am Winkel, und sie spürte die zärtliche Berührung seines Körpers, die Leidenschaft seiner Küsse und seiner Umarmung. Manchmal taten die Phantasien ihr gut und sie dachte voller Dankbarkeit an das, was gewesen war; aber manchmal machten sie sie auch traurig, und sie weinte um das, was nie hatte sein können.
»Dr. Hargrave?«
Sie zog die Decke über der Patientin hoch und blickte auf. Die Aufnahmeschwester stand am Fuß des Bettes.
»Draußen wartet eine neue Patientin auf Sie.«
»Danke. Ich komme sofort.« Zu der jungen Frau im Bett sagte sie: »Sie können morgen mit Ihrer Familie Weihnachten feiern, Martha.« Sie drückte der Patientin lächelnd die Hand, dann ging sie davon.
Auf dem Weg zur Tür sah sie sich gewohnheitsmäßig aufmerksam um und gab im Gehen ihre Anweisungen.
»Vergessen Sie nicht, Mrs. Mayers Füße einzureiben. Die Patientin in Bett sechs hat Atembeschwerden. Bitte legen Sie ihr noch ein Kissen in den Rücken.«
Immer gab es etwas zu tun, immer etwas zu bedenken und zu beachten. Bei der Eröffnung des Krankenhauses hatte Samantha nicht geahnt, wie umfassend ihre Pflichten als Leiterin sein würden. Sie hatte nur an Patienten gedacht. Aber als Leiterin eines Krankenhauses hatte man weit mehr zu tun, als nur zu diagnostizieren und zu therapieren. Charity Ziegler kam regelmäßig mit ihren Berichten über die Schwestern; Mrs. Polanski hatte Schwierigkeiten mit der Hilfskraft in der Wäscherei; Mr. Buchanan, der Hausdiener, war wieder einmal betrunken; im Keller hatte man Mäuse entdeckt.
Ehe Samantha ins Untersuchungszimmer ging, warf sie einen Blick auf ihre kleine Taschenuhr. Es war schon spät, und sie wollte noch ein wenig Zeit mit Jenny verbringen, ehe Warren kam. Sie hatte sich bereits vor Monaten dagegen entschieden, sie nach Berkeley auf die Taubstummenschule zu schicken. Sie hielt es für besser, wenn Jenny in ihrer gewohnten häuslichen Umgebung blieb, und sie wollte dieses Kind, das sie liebte, um sich haben, da sie immer noch hoffte, einen Zugang zu ihr zu finden. Doch da sie nach Gesprächen mit Hilary und Darius eingesehen hatte, daß die wenige Zeit, die sie Jenny widmen konnte, niemals ausreichen würde, sie aus ihrer Isolation herauszuholen, hatte sie einen Hauslehrer engagiert, einen gewissen Adolf Wolff, der mit Beginn des neuen Jahres zu ihnen ins Haus ziehen würde. Die Schule hatte ihr den Mann als ausgezeichneten Lehrer gerade für ein taubstummes Kind emp-

fohlen, der sich, da er selbst taub war, aber sprechen konnte, besonders gut einfühlen konnte in die Welt eines solchen Kindes.

Nachdem Samantha diese Entscheidung getroffen hatte, war sie in Gedanken noch einen Schritt weiter gegangen. Sie wollte Jenny ein möglichst schönes Zuhause geben, und jetzt, wo sie ihre Patienten im Krankenhaus empfing und nicht mehr in der Praxis, bestand keine Notwendigkeit, weiter in der Kearny Street wohnen zu bleiben, die wahrhaftig nicht gerade im besten Stadtviertel war. Außerdem war das Haus genaugenommen zu klein, besonders wenn jetzt noch der Hauslehrer einzog. Darius hatte ihr vorgeschlagen, nach Pacific Heights zu ziehen, ein ruhiges gepflegtes Viertel, mit hübschen Häusern, die alle einen Garten hatten. Die Vorstellung von einer vergnügt im Garten spielenden Jenny und von einem eigenen Arbeitszimmer verlockte Samantha. Vielleicht würde sie Darius nach den Feiertagen bitten, sich für sie umzuhören.

Sie stieß die Tür zum Untersuchungszimmer auf und sagte: »Guten Tag. Ich bin Dr. Hargrave.«

Das Mädchen, das gewiß nicht älter als siebzehn war, sprang auf. Ehe Samantha zum Becken ging, um sich die Hände zu waschen, registrierte sie mit einem raschen Blick die nervös zuckenden Hände, das ungewöhnlich blasse Gesicht, das unterwürfige, ängstliche Gebaren.

»Es ist Heiliger Abend«, sagte Samantha lächelnd, während sie sich die Hände trocknete. »Ich könnte hundert Plätze aufzählen, wo ich jetzt lieber wäre, als ausgerechnet im Krankenhaus. Geht es Ihnen auch so?«

»Ja, Doktor...«

Samantha bat das Mädchen, sich zu setzen, ließ sich auf dem Stuhl gegenüber nieder und fragte freundlich: »Also, was haben Sie denn für Sorgen?«

Ihre Tage waren zweimal ausgeblieben, und jeden Morgen war ihr speiübel. Während das Mädchen stockend berichtete, fiel Samantha wieder ihre Ängstlichkeit auf. An ihrer Kleidung sah sie, daß sie aus der Arbeiterschicht kam, und ahnte, was kommen würde. Frauen aus der Arbeiterklasse gingen fast nie zu einem Arzt, um sich bestätigen zu lassen, daß sie schwanger waren. Sie lernten schon in früher Jugend die Tatsachen des Lebens und lebten oft in großen Familien, wo eine Mutter oder eine Tante da war, um ihnen zu raten. Dennoch untersuchte Samantha das Mädchen und sagte: »Meinen Glückwunsch, Mrs. Montgomery, Sie erwarten ein Kind.«

Die Reaktion des Mädchens überraschte sie nicht. »Nicht *Mrs.* Montgomery. Ich bin Miss Montgomery. Auf den Glückwunsch kann ich, ehrlich gesagt, verzichten. Ich wußte schon, daß ich ein Kind kriege.«

»Warum sind Sie dann hergekommen?«
Miss Montgomery wich Samanthas Blick aus. »Ich will es nicht haben.«
»Das Kind?«
»Es war ein Versehen, verstehen Sie? Na ja, ich hatte ein bißchen Gin getrunken, und der Bursche sagte, er würde mich heimbegleiten. Mich legt so leicht keiner um, Doktor, wissen Sie, aber es passierte, eh' ich richtig wußte, was los war, und ich seh den Kerl bestimmt nie wieder. Es war ein einziger Reinfall.«
»Und was wollen Sie denn nun von uns?« Samantha wußte sehr wohl, was das Mädchen wollte, aber sie wollte es von ihr selbst hören.
Das Mädchen blickte zu Boden. »Sie sollen es mir wegmachen.«
»Warum wollen Sie es nicht behalten?«
Als das Mädchen den Kopf hob, waren ihre Augen voller Furcht. »Ich kann ja nicht zu Hause bleiben und mich um das Kind kümmern. Ich muß arbeiten. Ich muß für meinen Vater und meine kleinen Brüder sorgen. Ich bin die einzige, die Geld heimbringt. Ich kann sie doch nicht einfach verhungern lassen.«
»Wo arbeiten Sie?«
»Bei der Union Wäscherei in der Mission Street. Die würden mich rausschmeißen, sobald man was merkt –« Sie fing an zu weinen – »und dann hätten wir überhaupt nichts mehr zu beißen. Ich kann das Kind nicht behalten, Doktor. Es tut mir leid, daß ich so blöd war, aber ich kann's nicht behalten.«
Samantha nickte und schwieg einen Moment nachdenklich. Dann sagte sie: »Miss Montgomery, ich glaube, Sie hat der liebe Gott zu mir geschickt.«
»Wieso?«
»Ich kenne eine Frau, eine sehr liebe Frau, die seit Jahren ein Kind haben möchte und keines bekommt. Vor kurzem haben sie und ihr Mann nun beschlossen, ein Kind zu adoptieren, aber leider hat die Sache einen Haken. Die Dame wünscht sich ein Kind, das ihr möglichst ähnlich sieht, und die einzigen kleinen Waisen, die bei uns in letzter Zeit zur Adoption frei waren, waren Mexikaner und Orientalen. Und jetzt sitzen Sie hier vor mir, Miss Montgomery, so blond und hellhäutig wie die Dame selber. Das ist wirklich ein Geschenk des Himmels.«
Das Mädchen runzelte die Stirn. »Aber ich will nicht bis nach der Geburt warten. Ich kann nicht. Ich muß es jetzt wegmachen lassen.«
»Ich weiß, daß Sie mit diesem Wunsch hierher gekommen sind, Miss Montgomery, aber ich dachte daran, wie glücklich es dieses Paar machen

würde, wenn sie Ihr Kind zu sich nehmen könnten. Es sind anständige Leute, das versichere ich Ihnen, und sie haben ein schönes Haus. Ihr Kind würde in einer schönen Umgebung aufwachsen –«

»Aber ich kann das Kind nicht bekommen!« rief das Mädchen flehentlich. »Wenn ich mit dem dicken Bauch in der Wäscherei ankomme, schmeißen sie mich raus.«

»Ja«, sagte Samantha. »Natürlich. Aber warten Sie, ich habe eine Idee. Zufällig suchen wir in der Krankenhauswäscherei gerade dringend eine Kraft. Erst heute morgen bat mich Mrs. Polanski, jemanden einzustellen. Was halten Sie davon, Miss Montgomery, wenn Sie Ihre Stelle bei der Union Wäscherei aufgeben und zu uns kommen? Sie können bis zu Ihrer Entbindung bleiben, ich würde dafür sorgen, daß Sie leichte Arbeit bekommen, und hinterher könnten Sie weiter für uns arbeiten, wenn Sie das wollen. Nun, was meinen Sie?«

Das Mädchen wischte sich die Tränen aus dem Gesicht. »Ich weiß nicht...«

»Wir zahlen Ihnen den gleichen Lohn wie die Union Wäscherei.« Samantha überlegte hastig. Irgendwo würde sie Einsparungen machen müssen, um den Lohn bezahlen zu können. Und sie würde Mrs. Polanski erklären müssen, warum sie plötzlich eine neue Kraft bekam, obwohl sie keine angefordert hatte.

»Meinen Sie das wirklich ernst?«

»Aber ja. Und Sie können sofort anfangen.«

Das junge Gesicht hellte sich auf. Die Schultern strafften sich, als wäre eine Last von ihnen abgefallen. »Ehrlich? Ach, vielen Dank, Doktor. Ich würde sowieso viel lieber hier arbeiten.«

Samantha stand auf und ging zur Tür. »Melden Sie sich gleich nach den Feiertagen bei Mrs. Polanski. Sie weist Sie dann ein.«

»Vielen Dank, Doktor!«

»Ach, und Miss Montgomery – Sie sind nicht verpflichtet, Ihr Kind nach der Geburt freizugeben. Wenn Sie dann doch den Wunsch haben sollten, es bei sich zu behalten –«

»Das glaube ich nicht, Doktor. Es wäre mir lieber, diese netten Leute nähmen es. Nochmals vielen Dank.«

Auf dem Weg durch den Korridor zu ihrem Büro zog Samantha einen Notizblock heraus und schrieb: ›Adoptiveltern für Miss Montgomerys Kind ausfindig machen.‹

»Doktor! Doktor Hargrave!«

Samantha blieb stehen. Die Aufnahmeschwester kam ihr entgegengerannt, mit der einen Hand ihre Röcke raffend, mit der anderen wild win-

kend. »Doktor! Eine Entbindung. Draußen. Wir können sie nicht aus dem Wagen bekommen.«
Samantha lief schon an ihr vorbei.
Am Bordstein vor dem Krankenhaus stand eine Droschke. Der Kutscher, der die Tür aufhielt, brüllte ihr einen italienischen Wortschwall entgegen. »Raus mit ihr«, schrie er, als Samantha sich an ihm vorbeidrängte. »Sie muß raus, Doc. Macht mir die ganze Polsterung dreckig.«
Ohne auf ihn zu achten, kletterte sie in den Wagen und kniete neben der Frau nieder, die beide Hände auf den geschwollenen Leib gedrückt, im Sitz lag.
»Ich bin Dr. Hargrave«, sagte sie. »Kommen Sie. Ich helfe Ihnen ins Krankenhaus.«
Das Gesicht der Frau war schmerzverzerrt. »Ich kann nicht«, stieß sie zwischen zusammengebissenen Zähnen keuchend hervor. »Es kommt! O Gott, es kommt!«
»Wir tragen Sie.«
»Nein! Nein!« schrie die Frau, sich von einer Seite zur anderen wälzend.
Samantha drehte sich um und sagte über ihre Schulter: »Schwester, holen Sie mir mein Stethoskop, eine Decke, Tücher und die Geburtsinstrumente. Und eine Lampe.«
»He!« schrie der Kutscher. »Die kann doch das Kind nicht in meiner Droschke kriegen.«
»Würden Sie bitte die Tür schließen und etwas Rücksicht auf die Frau nehmen.«
Nachdem Samantha in aller Eile Puls und Reflexe der Frau geprüft hatte, schob sie den schweren Samtrock hoch. »Ich sehe jetzt nach, wie weit es ist«, sagte sie. »Es tut nicht weh.«
Die Frau, das wußte Samantha, hatte so starke Schmerzen, daß ihr alles andere gleichgültig war. Die Wehen kamen im Abstand von zwei Minuten, und bei jeder schrie sie laut auf.
Samantha tastete nach dem Köpfchen des Kindes. Es befand sich noch in der Cervix, die auf zehn Zentimeter erweitert war. Nachdem die Schwester ihr durch die Wagentür das Stethoskop gereicht hatte, versuchte sie, den Herzschlag des Ungeborenen zu finden. Draußen bemühten sich Schwester Hampton und ein Polizist, Neugierige fernzuhalten. Samantha lauschte. Nur hundert Schläge in der Minute.
Das Kind war gefährdet.
Hastig schlug sie das Bündel mit den Instrumenten auseinander, das die Schwester ihr gebracht hatte.

»Okay«, sagte sie, »ich mache jetzt die Fruchtblase auf. Sie werden nichts spüren. Wenn Sie nur eine Minute lang stillhalten könnten...«
Im Licht der Laterne zwischen den Beinen der Frau führte Samantha Zange und Schere ein, durchschnitt die Haut der Fruchtblase und sah sich das herauslaufende Fruchtwasser an. Ihre schlimmsten Befürchtungen wurden bestätigt. Das normalerweise klare Fruchtwasser hatte eine grünlich braune Färbung. Das hieß, daß es Fäkalstoffe des Kindes enthielt, ein Zeichen dafür, daß für das Kind ernste Lebensgefahr bestand.
Wieder hörte Samantha die Herztöne ab. Die Frequenz war auf neunzig gefallen. Jetzt mußte sie rasch entscheiden: Sollte sie die Frau in den Operationssaal bringen lassen und einen Kaiserschnitt machen, oder sollte sie versuchen, sie hier zu entbinden?
Nein, sagte sich Samantha, die Zeit reicht nicht, um sie erst in den Operationssaal bringen zu lassen.
Unter ihren Instrumenten war eine Geburtszange; bei einer normalen Geburt fand sie ihren Einsatz verwerflich, aber in einem Notfall konnte die Zange Leben retten.
Der Kopf war jetzt weit unten im Geburtskanal, aber es ging nicht mehr vorwärts. Die Mutter schrie bei jeder Wehe.
Ohne zu wissen, ob die Frau sie überhaupt hörte, sagte Samantha: »Ich hole jetzt Ihr Kind. Wenn Sie spüren, daß ich ziehe, dann pressen Sie so fest, wie Sie nur können.«
»Lassen Sie mich doch«, jammerte die Frau. »O Gott, machen Sie, daß die Schmerzen aufhören. Geben Sie mir was, damit es aufhört.«
»Das kann ich nicht. Ich brauche Ihre Hilfe. Sie müssen mitarbeiten, so gut Sie können.«
Während Samantha die Zange in den Kanal hineinschob, schloß sie die Augen und ertastete mit den Fingern der anderen Hand Kopf und Gesicht des Kindes. Die Zange mußte so angesetzt werden, daß sie den weichen Schädel nicht verletzte: am Kiefer, unmittelbar vor den Ohren. Als sie richtig saß, sagte Samantha: »So, jetzt holen wir es. Arbeiten Sie mit! Pressen Sie!«
Samantha zog, ließ locker, zog wieder, so gut wie möglich im Einklang mit dem natürlichen Geburtsvorgang. Als der Kopf zur Hälfte frei war, zog sie die Zange weg und umschloß den kleinen Schädel behutsam mit ihren Händen.
»O Gott, o Gott!« wimmerte die Frau. »Aufhören!«
»Pressen Sie noch einmal ganz fest. Gleich ist es vorbei. Pressen Sie!«
Samantha drehte vorsichtig den Kopf und zog behutsam die Schulter heraus. Dies war der heikelste Teil. Um einem Dammriß vorzubeugen,

drückte Samantha ihre Fingerspitzen fest an das Perineum, hob das Kind an und zog sachte die andere Schulter heraus. Dann kam der kleine Körper ihr von selbst entgegen.
Normalerweise hätte sie die Nabelschnur jetzt nicht durchschnitten. Sie hätte das Kind der Mutter auf den Bauch gelegt und beide zusammen ins Krankenhaus tragen lassen, um dort unter reinlicheren Bedingungen die Placenta zu entfernen. Aber dazu war keine Zeit.
Das Kind atmete nicht.
Samantha hielt es bei den Füßen und schlug ihm auf die Sohlen. Keine Reaktion. Dann schlug sie einmal auf den kleinen Po.
Mit einer Gummispritze sog sie eilig den Schleim heraus, der Mund und Nase verstopfte. Der kleine Körper war kalt und weiß. Aber das Herz schlug immer noch schwach.
Die Mutter hatte das Bewußtsein verloren. Sie sah nicht, wie Samantha ihren Mund auf den des Kindes legte und Luft in die kleine Lunge blies. Samanthas Gesicht war weiß, während sie verzweifelt versuchte, dem sterbenden Kind Leben einzuhauchen.
Bleib am Leben, flehte sie stumm. Bitte, lebe!
Sie blies, sah, wie der kleine Brustkorb sich hob und senkte, blies wieder. Dann hielt sie inne, wartete darauf, daß das Kind von selbst weiteratmen würde.
Aber ihre Bemühungen hatten nichts geholfen. Der kleine Körper erkaltete immer mehr, und schließlich hörte auch der Pulsschlag auf. Samantha drückte das kleine Geschöpf an sich, neigte den Kopf über es und weinte.

7

Der Wagen war zu elegant für sie, aber Samantha hatte das Geschenk nicht ablehnen können. Bethenia Taylor, die Frau des Eisenbahnmagnaten, hatte jahrelang an einem Bruch gelitten, und Samantha hatte ihn behoben. Zum Dank hatte ihr die Frau diesen eleganten Wagen mit Laternen aus Silber und geschliffenem Glas und Hartgummireifen geschenkt, die die Fahrt weich und bequem machten. Samantha hatte ihn verkaufen wollen, aber Hilary hatte sie davon abgehalten. Als Ärztin brauchte sie einen Wagen, hatte sie gesagt; es sei doch absurd, daß Samantha mit der Kabelbahn zu ihren Hausbesuchen fahre. Dennoch war es Samantha jedesmal peinlich, wenn sie in dem Wagen vor ihrem Haus vorfuhr, und sie war immer froh, wenn er wieder in der Mietgarage drüben, auf der anderen Straßenseite, verschwand.

Müde und niedergeschlagen stieg sie die Treppe hinauf. Alle Lust aufs Ausgehen war ihr vergangen. Viel lieber hätte sie den Abend ruhig mit Jenny verbracht, ihrer Tochter, die sie liebte...
In den drei Jahren, seit Jenny bei ihr war, hatte Samantha nie die Hoffnung aufgegeben, daß sie ihr eines Abends bei der Heimkehr entgegenlaufen und sie umarmen würde. Doch auch an diesem Abend war es wie immer: Samantha, die einen Moment stehenblieb, um auf den Klang eilender Schritte zu lauschen, hörte nur das Klaviergeklimpere von nebenan und das Rattern des Verkehrs auf der belebten Straße.
Seufzend schloß sie die Tür hinter sich.
Miss Peoples, die Haushälterin kam aus der Küche. »Dr. Hargrave, guten Abend. Geht es Ihnen nicht gut? Sie sehen unwohl aus.«
»Ich bin müde, Miss Peoples. Es war ein schlimmer Tag.«
Miss Peoples wußte, was das zu bedeuten hatte. Wieder jemand gestorben, dachte sie, und Samantha tat ihr leid.
»Mr. Dunwich ist hier«, sagte sie, während sie Samantha Mantel und Tasche abnahm.
»Was? Aber das ist ja eine Stunde zu früh!«
Die Haushälterin breitete hilflos die Hände aus.
»Na ja, schon gut, Miss Peoples. Bieten Sie ihm einen Brandy an und sagen Sie ihm, daß ich gleich komme.«
Verwundert und verärgert über Warrens vorzeitiges Eintreffen, das so ganz untypisch für ihn war, ging Samantha nach oben. Sie sehnte sich dringend nach etwas Ruhe, um ausspannen zu können.
Warum? Warum hatte das Kind sterben müssen? Die Medizin hatte in den letzten Jahren Riesenfortschritte gemacht, aber immer noch starben unzählige Säuglinge. Dagegen mußte doch etwas zu tun sein!
Der Tod dieses namenlosen Kindes jedoch war nicht der einzige Grund für Samanthas gedrückte Stimmung an diesem Abend. Auch andere Dinge beschäftigten sie, darunter das Problem mit Mrs. Cruikshank.
Nachdem Samantha eine Weile allein in ihrem Büro gesessen hatte, um sich nach dem Tod des Kindes wieder zu fassen, war sie zu einem Gespräch mit Mrs. Cruikshank in den Krankensaal gegangen.
Nachdem sie erklärt hatte, warum die Operation abgeblasen worden war – »Wir konnten es nicht riskieren; der Äther wirkte nicht bei Ihnen« –, stellte Samantha einige gezielte Fragen. Aber es zeigte sich nichts. Nein, sagte die Frau, sie rauche nicht; sie tränke auch keinen Alkohol, nicht einmal ein gelegentliches Glas Wein. Nein, sie hätte nie Beschwerden an den Atmungsorganen gehabt.
Samantha war völlig verwirrt, bis die Frau sagte: »Ich war mein Leben

lang kerngesund, Doktor. Bis auf diese Zyste. Und die Anämie damals.«
»Sie hatten Anämie?«
»Ja, aber das ist Jahre her. Darum hab' ich's gar nicht erwähnt. Ich hab' jetzt wieder richtig kräftiges und gesundes Blut.«
»Wie wurde Ihre Anämie denn geheilt, Mrs. Cruikshank?«
»Mein Arzt sagte, ich solle ein Stärkungsmittel nehmen. Ich bin in die Apotheke gegangen, und der Apotheker empfahl mir Johnstons Bluttonikum. Und es wirkte prompt, sage ich Ihnen. Sobald ich es ein paarmal genommen hatte, fing ich an, mich wohler zu fühlen.«
»Wie lange ist das her?«
»Siebzehn, achtzehn Jahre.«
Samantha schüttelte den Kopf. Da gab es keinen Zusammenhang.
»Aber ich hab's natürlich weitergenommen«, fügte Mrs. Cruikshank hinzu, »weil auf dem Etikett stand, daß die Anämie wiederkommt, wenn man aufhört, das Tonikum zu nehmen.«
»Sie nehmen seit achtzehn Jahren Johnstons Tonikum?«
»Regelmäßig.« Die Frau griff in den kleinen Nachttisch neben ihrem Bett und nahm eine Flasche heraus. »Ohne mein Tonikum geh' ich nirgends hin. Ich hab's immer in der Tasche.«
Samantha nahm die Flasche und las das Etikett. Es versprach alles, vom Aufbau dünnen Bluts bis zur Heilung von Impotenz. Die Zusammensetzung des Mittels jedoch wurde nirgends angegeben.
»Wieviel nehmen Sie, Mrs. Cruikshank?«
»Also, angefangen hab' ich mit einem Eßlöffel morgens und einem Eßlöffel abends. Aber nach einer Weile merkte ich, daß ich mehr nehmen mußte. Der Körper gewöhnt sich wahrscheinlich an so was. Jetzt trinke ich morgens ein Glas, mittags eines, dann eines zum Abendessen und ein letztes vor dem Zubettgehen.«
»Aber, Mrs. Cruikshank, das ist ja die ganze Flasche.«
»Eine Flasche pro Tag, ja, das kommt ungefähr hin, Doktor. Aber es ist ein gutes Mittel. Es hält mich auf Trab. Wenn ich's mal nicht nehme, merk' ich sofort, was für schlechtes Blut ich hab'. Ich werd' schwach und zittrig und furchtbar schlecht gelaunt.«
Samantha zog den Korken aus der Flasche und roch daran. Der Alkoholgeruch was so stark, als atme man reinen Whisky ein. Mrs. Cruikshank war Alkoholikerin. Das war der Grund, weshalb sie auf den Äther nicht ansprach.
Während Samantha jetzt an ihrem Toilettentisch saß und ihr Haar löste, um es kräftig durchzubürsten, stiegen Zorn und Enttäuschung in ihr

hoch. Die Arbeit am Krankenhaus brachte ihr ungeheure Befriedigung und Erfüllung, gewiß, aber man konnte das beste Krankenhaus der Welt mit den besten Ärzten und Pflegerinnen einrichten, wenn ein Problem – das Grundproblem – blieb: die Unwissenheit der Leute. Es reichte nicht, nach einem Unglück ärztliche Versorgung und Pflege zu geben; die Frauen mußten vorher aufgeklärt werden, ehe es zu den Unfällen kam, ehe sie zu der Flasche griffen, die sie süchtig machte, ohne ihr wirkliches Leiden zu beheben.

Aber wo lag die Verantwortung des Arztes und wie weit reichte sie? Wo waren ihre Grenzen? Im Laufe ihrer medizinischen Praxis, insbesondere seit Eröffnung ihres Krankenhauses, war Samantha immer wieder bewußt geworden, daß viele der Fälle, die sie behandelte, über das rein Medizinische hinaus mit moralischen und gesellschaftlichen Fragen verknüpft waren. Wie weit sollte sie als Ärztin sich vorwagen?

Da kamen Frauen, die von ihr wissen wollten, welche Mittel es gäbe, um den Beischlaf erträglicher zu machen, damit sie ihre Männer nicht mehr abweisen müßten. Da kamen Frauen, die eine weitere Schwangerschaft nicht ertragen konnten oder wollten und von ihr Ratschläge zur Verhütung erwarteten. Es kamen Prostituierte, jene Frauen, bei denen sich die zurückgewiesenen Ehemänner schadlos hielten. Alle diese Dinge gingen über das Medizinische hinaus; es waren gesellschaftliche Fragen. Samantha sah die Ursachen der Mißstände, aber sie konnte nichts tun, um eine Veränderung herbeizuführen.

Die Empfängnisverhütung war eines der Hauptthemen, mit denen Samantha von ihren Patientinnen konfrontiert wurde. Könnten sie sich ihren Ehemännern ohne die Furcht vor einer Schwangerschaft hingeben, so könnten sie zärtlicher und liebevoller sein, eher bereit, mit ihren Männern zu schlafen, die dann zu Hause bleiben würden, anstatt bei irgend einer Prostituierten Befriedigung zu suchen. Weniger Säuglinge würden ausgesetzt werden, weniger Abtreibungen versucht werden, weniger Frauen noch vor Vollendung des dreißigsten Lebensjahres sterben, weil sie von jährlichen Schwangerschaften ausgezehrt waren. Aber das Gesetz war klar: Die Ausgabe von Verhütungsmitteln war verboten.

Samantha stellte mit Schrecken fest, wie wenig die Frauen über ihren eigenen Körper und grundlegende Regeln der Gesundheit wußten. Wie Mrs. Cruikshank, die in aller Arglosigkeit täglich ihr Tonikum, das einer Flasche Whisky entsprach, trank und alkoholsüchtig war. Da wuschen Frauen ihr Geschirr in dem Wasser, in dem am Tag zuvor die ganze Familie gebadet hatte; da gab es Frauen, die fest glaubten, die empfängnisfreien Tage wären die in der Mitte ihres Zyklus, und andere, die glaubten,

Wasserlassen unmittelbar nach dem Beischlaf verhinderte die Schwangerschaft. Frauen der oberen Gesellschaftsschicht schnürten sich täglich so eng, daß sie ihren Brustkorb deformierten, arbeitende Mütter beruhigten ihre schreienden Säuglinge mit Winslows Schlafsaft und wußten nicht, daß er Morphium enthielt. Jeden Tag wurde Samantha mit Leiden konfrontiert, die mit ein bißchen Aufklärung hätten vermieden werden können.

Die Haarbürste vergessen in der Hand, starrte sie in den Spiegel. Miss Peoples hatte recht, sie sah unwohl aus.

Jeder Tod einer Frau oder eines Kindes raubt mir Kraft.

Tränen brannten in ihren Augen. So viele mußten sterben. Säuglinge, die mit Herzfehlern oder Defekten an den Atmungsorganen zur Welt kamen, blind geborene, verkrüppelt geborene Kinder. Und unzählige dieser Defekte waren auf falsches Verhalten der unwissenden Mutter während der Schwangerschaft zurückzuführen. Gewiß, an ihrem Krankenhaus lag die Säuglingssterblichkeit unter dem Durchschnitt, aber das war nicht genug. Es starben dennoch zu viele Neugeborene; es starben dennoch zu viele Kinder, die gerade erst anfingen, das Leben beim Schopf zu packen, an heimtückischen Krankheiten, die auf lautlosen Füßen durch die Stadt schlichen.

Samantha senkte den Kopf und stützte ihn auf ihre gefalteten Hände.

Leises Klopfen an der Tür ließ sie aufschrecken. Sie sah auf ihre Uhr. Guter Gott, seit einer Stunde saß sie schon hier! Warren!

Die Haushälterin öffnete die Tür und streckte den Kopf ins Zimmer.

»Ach, da sind Sie, Dr. Hargrave. Ich dachte, Sie hätten sich vielleicht hingelegt.«

»Entschuldigen Sie, Miss Peoples. Ich habe überhaupt nicht auf die Zeit geachtet. Ich hoffe, Mr. Dunwich ist nicht verärgert.«

»Er sitzt mit seinem Brandy im Salon. Ich habe ihm erklärt, daß Sie einen Moment Ruhe brauchen. Er ist sehr verständnisvoll.«

»Ja, das ist er. Ich werde mich beeilen.«

»Ich wollte Sie fragen, Dr. Hargrave, ob ich Miss Jenny jetzt das Abendessen machen soll?« Mit dem kleinen Mädchen an der Hand trat sie ins Zimmer.

Augenblicklich hatte Samantha all ihre trüben Gedanken vergessen. Sie drehte sich um und breitete die Arme aus. »Komm zu mir, Herzchen.«

Von Miss Peoples mit einem leichten Klaps in Bewegung gesetzt, trat Jenny in die ausgebreiteten Arme Samanthas, ohne eine Gefühlsregung zu zeigen.

»Mr. Dunwichs frühes Kommen hat alles durcheinandergebracht«, sagte

Samantha zur Haushälterin, während sie Jenny über das Haar strich. »Jetzt habe ich nicht einmal mehr Zeit für das Kind.«
Jenny war elf Jahre alt, aber immer noch klein und sehr zierlich. Ihr schmaler Körper kam Samantha beinahe zerbrechlich vor. »Ach, wie schade, daß uns jetzt keine Zeit bleibt, Jenny«, murmelte Samantha. »Aber ich verspreche dir, ich mache es wieder gut. Morgen bin ich den ganzen Tag da. Erst öffnen wir unsere Geschenke und dann machen wir mit dem Wagen eine lange Spazierfahrt...«
Im vergangenen Sommer, nachdem Samantha beschlossen hatte, das Kind doch nicht auf die Taubstummenschule in Berkeley zu schicken, hatte sie versucht, Nachforschungen über Jennys Herkunft anzustellen, um vielleicht die Ursache für ihre Taubheit in Erfahrung zu bringen. Aber als sie in das Elendsviertel gekommen war, hatte man die Mietskaserne abgerissen, und die irischen Familien, die dort gehaust hatten, waren in alle Winde zerstreut. Ein alter Priester der katholischen Gemeindekirche erinnerte sich der O'Hanrahans und ihrer seltsamen kleinen Tochter, aber er konnte Samantha nur berichten, daß einige Jahre zuvor Scharlach im Viertel ausgebrochen war, zu einer Zeit, als Jenny etwa zwei Jahre alt gewesen sein mußte. Wenn Jenny die Krankheit bekommen hatte, dann konnte das die Ursache für die Taubheit sein. Aber es erklärte weder ihre Stummheit noch ihre Verschlossenheit und augenscheinliche Gefühllosigkeit.
Samantha hielt Jenny lange in den Armen und wartete wie immer vergeblich darauf, daß das Kind seinerseits die Arme um ihren Hals legen würde. Schließlich stand sie auf.
»Bitte sagen Sie Mr. Dunwich, daß ich in fünf Minuten hinunterkomme«, sagte sie zur Haushälterin.
Weder Samantha noch Miss Peoples sahen den sehnsüchtigen Blick, mit dem Jenny sich noch einmal nach Samantha umdrehte, als sie hinausgeführt wurde.

Warren Dunwich sah auf den Regulator auf dem Kaminsims und verglich die Zeit mit der auf seiner Taschenuhr. Drei Minuten Unterschied. Er klappte die Uhr zu und schob sie in seine Westentasche. Der Regulator auf dem Kamin ging nach; wenn es etwas gab, worauf Warren Dunwich stolz war, dann seine absolute Pünktlichkeit. Daß er an diesem Abend vorzeitig hierher gekommen war, widersprach völlig seiner Art, aber es war notwendig gewesen. Nach tagelanger sorgfältiger Überlegung hatte Warren Dunwich beschlossen, an diesem Abend Samantha die entscheidende Frage zu stellen, und dazu wollte er mit ihr allein sein.

Mit kritischem Blick sah er sich im Salon um. Eigenartig, daß eine Frau von Samantha Hargraves Prestige und gesellschaftlichem Stand in solcher Umgebung lebte. Das Haus war sauber, geschmackvoll eingerichtet, immer ordentlich, aber Schliff und Eleganz fehlten. Sie hatte in letzter Zeit davon gesprochen, daß sie sich ein Haus in einem besseren Viertel kaufen wolle. Nun, Warren Dunwich hatte einen besseren Einfall. Er wollte die alte Harrold Villa kaufen und Samantha den Vorschlag machen, als seine Frau mit ihm in das vornehme Haus zu ziehen.

Das hieß nicht, daß Warren Dunwich in Samantha verliebt war oder sie gar liebte; er war ein kalter Mensch, der die Liebe gar nicht kannte. Was ihn zu Samantha hinzog, war Faszination, ein Drang, das Geheimnis dieser Frau zu lüften, der an Besessenheit grenzte.

Als Warren Dunwich fünf Monate zuvor die Einladung zum Einweihungsfest für das neue Krankenhaus angenommen hatte, hatte er das nur getan, um alte Bekanntschaften aufzufrischen, mit denen er aufgrund seiner vielen Reisen den Kontakt verloren hatte. Er hatte nicht vorgehabt, lange zu bleiben. Aber dann hatte er Samantha Hargrave gesehen und war sofort gefesselt gewesen. Nichts interessierte Warren Dunwich brennender als eine geheimnisvolle Frau. Unweigerlich drängte es ihn, sie zu erforschen wie einen unbekannten Erdteil, um sie dann, wenn sie ihm keine Überraschungen mehr bieten konnte, fallenzulassen und nach der nächsten reizvollen Herausforderung Ausschau zu halten.

Nur eine Frau hatte es bisher in seinem Leben gegeben, die nicht so rasch zu durchschauen und einzuordnen gewesen war, und das hatte ihn so gereizt, daß er die Dame geheiratet hatte, um seine Forschungen tiefer und nachdrücklicher betreiben zu können. Dieser Frau, der ersten Mrs. Dunwich, war er bald müde geworden, und ihre Ehe war zu einem höflichen Nebeneinander zweier Fremder geworden.

Jetzt hatte er ein neues Geheimnis entdeckt, und von allen Frauen, die er bisher gekannt hatte, war Samantha Hargrave die reizvollste und verwirrendste.

Er hatte es sich augenblicklich zum Ziel gesetzt, sie zu erforschen, alles über sie in Erfahrung zu bringen, hatte jedoch zu seiner Überraschung und zur Erhöhung seiner Neugier entdeckt, daß sie ihr Innerstes sorgsam verschloß. Es kam höchst selten vor, daß sie ihm einen flüchtigen Blick hinter die Fassade erlaubte, aber das hatte ihn nicht etwa entmutigt, sondern sein Interesse nur verstärkt.

Langsam war Warren klar geworden, daß höfliches Werben, auch wenn noch so beharrlich, niemals zur Offenbarung des lockenden Mysteriums dieser Frau führen würde. Wenn er sein Ziel erreichen wollte, mußte er

direktere Maßnahmen ergreifen. Für Warren war die Heirat nicht, wie für manche Männer, ein Opfer; sie war ihm einzig Mittel zum Zweck. Und wenn er auch gefühlskalt war, so fehlte es ihm doch nicht an Leidenschaft: Zur Ehe mit ihr lockte ihn nicht nur die Möglichkeit, dann bis auf den Grund ihres Wesens vordringen zu können, sondern auch die Aussicht auf gemeinsame Nächte.
»Warren, verzeihen Sie mir!«
Er stand auf und ging ihr entgegen.
»Ich muß *Sie* um Verzeihung bitten, Samantha. Mein frühes Kommen hat vermutlich Ihre Pläne durcheinander gebracht. Aber ich versichere Ihnen, es war keine Impulshandlung.«
Warren Dunwich war unbestreitbar ein gutaussehender Mann, fesselnd in seiner aristokratischen Eleganz. Wenn nur auch sein Wesen so fesselnd gewesen wäre!
»Bitte setzen Sie sich doch, Warren. Darf ich Ihnen noch etwas anbieten?«
Als Samantha zum Servierwagen ging, der vor dem Erkerfenster stand, sah sie erstaunt, daß die Straße draußen von Feuchtigkeit glänzte. Es war ein sonniger Tag gewesen, aber jetzt wälzten sich vom Meer her schwere Wolken heran, und ein feiner Regen fiel.
Sie setzten sich in die beiden Lehnstühle am Kamin.
»Wie geht es im Krankenhaus, Samantha?« fragte er, wie er stets zu tun pflegte.
Sie zögerte. »Wir haben viel zu tun, aber es geht alles gut, danke. Und Ihre Geschäfte?«
»Bestens.« Er trank einen Schluck Brandy. »Und wie geht es Jenny?«
»Sie ist meine ganze Wonne.«
»Ich bewundere Ihre Fürsorge für das Kind, Samantha, das doch gar nicht Ihr eigenes ist.«
Samantha warf ihm einen scharfen Blick zu, dann zuckte sie innerlich die Achseln. Sie konnte nicht verlangen, daß alle ihre Ansicht teilten, daß ein Kind Liebe und Fürsorge brauchte, ob es nun das eigene war oder nicht. Außerdem hatte Warren ja bei Jenny wenig Glück. Obwohl er sie fast jedesmal beschenkte, wenn er kam, verhielt sie sich ihm gegenüber so abweisend wie am ersten Tag. Obwohl ihr Gesicht nichts verriet, spürte Samantha ihre Furcht und ihr Mißtrauen gegen Warren Dunwich, aber sie verstand sie nicht.
»Ich mache mir manchmal Sorgen um sie«, sagte Samantha. »In wenigen Jahren wird sie eine junge Frau sein. Aber sie ist so wehrlos, so verletzlich.«

Warren war anderer Meinung, aber er sagte nichts. Er hatte oft genug in diese großen dunklen Augen geblickt, um Abgründe darin zu sehen. Das Mädchen war nicht so hilflos wie Samantha glaubte. Und sie war intelligent – viel zu intelligent. Er hatte oft das Gefühl, sie könne bis auf den Grund seiner Seele sehen, und das gefiel ihm gar nicht.
»Vielleicht sollten Sie sich das mit der Taubstummenschule doch noch einmal überlegen.«
»Nein, ich möchte Jenny nicht fortschicken. Mr. Wolff, der Hauslehrer, den ich engagiert habe, hat Erfahrung im Umgang mit solchen Kindern und soll bemerkenswerte Erfolge gehabt haben.«
»Sagten Sie nicht, daß er auch taub ist?«
»Er verlor das Gehör bei einem Unfall. Aber er kann sprechen. Mr. Wolff kommt nächsten Monat. Ich gebe ihm das untere Gästezimmer, und mein ehemaliges Sprechzimmer soll Unterrichtsraum werden. Ich hoffe sehr, daß Jenny sich an ihn gewöhnen wird.«
Warren war enttäuscht darüber, daß Samantha nicht zu bewegen war, das Kind fortzuschicken; aber gerade das erhöhte für ihn noch die Herausforderung.
»Jenny hat im Umgang mit Menschen keine Erfahrung. Ich werde nicht immer da sein, um sie zu beschützen. Darum hoffe ich, daß Mr. Wolff ihr helfen kann, mit anderen in Kontakt zu treten.«
»Mir scheint, das Kind braucht einen Beschützer.«
»Sie hat mich, Warren. Und wenn ich nicht hier bin, ist Miss Peoples da.«
»Ich denke, das Mädchen braucht einen Vater.«
»Jennys Vater ist leider verschollen, Warren.«
»Ich sprach von mir selbst, Samantha.«
Sie starrte ihn an. »Was sagen Sie da, Warren? Ist das ein Heiratsantrag?«
»Ja.«
Samantha wußte nicht, warum, aber sie war plötzlich traurig. »Es ist sehr gütig von Ihnen, Warren, sich so um Jenny zu sorgen –«
»Meine Sorge gilt auch Ihnen, liebe Samantha.«
»Glauben Sie denn, daß ich einen Beschützer brauche?«
»Aber nein, keineswegs. Ich dachte an Partnerschaft.«
Sie sah weg. Ihre Traurigkeit vertiefte sich. »Aber ich liebe Sie nicht, Warren.«
»Auch bei mir handelt es sich nicht um Liebe. Aber ich denke, eine gute Ehe kann auf anderen Dingen gründen. Auf gegenseitiger Achtung, gemeinsamen Interessen.«

»Ich habe eine Vergangenheit, Warren.«
»Liebe Samantha, ich bin ein Mann von zweiundfünfzig Jahren. Ich mache mir keine Illusionen.«
Sie starrte ins Feuer und dachte an jenen Abend vor langer Zeit, als Mark in ihr Zimmer gestürmt war, um ihr zu sagen, daß er sie liebte. Sie dachte an seine Küsse, die Leidenschaft, das Feuer. Und hier stand Warren Dunwich und redete von Ehe, als handle es sich um ein Gespräch über das Wetter.
»Samantha«, sagte er, »mir scheint, ich habe Sie aus der Fassung gebracht.«
»Das haben Sie, Warren. Aber es ist nicht Ihre Schuld. Bei Ihrem Antrag kam mir eine Erinnerung an einen Tag vor langer Zeit...«
Er konnte seine Erregung kaum bezähmen. Die unbezwingbare Samantha Hargrave hatte also doch ihre schwachen Stellen!
»Verzeihen Sie mir«, sagte er nochmals und nahm ihre Hand. »In meiner Bewunderung für Sie hegte ich die wahnsinnige Hoffnung, daß Sie meine Wertschätzung erwidern, Samantha. Ich fürchte jetzt, ich habe mich getäuscht.«
»Warren, machen Sie sich keine Vorwürfe. Wenn ich Ihnen Hoffnung gemacht habe, so bitte ich um Verzeihung.«
Er drückte einmal kurz ihre Hand. »Bitte weisen Sie mich nicht sogleich ab, Samantha. Überdenken Sie meinen Antrag noch einmal.«
»Warren, ich habe nie daran gedacht zu heiraten. Es hat mit Ihrer Person nichts zu tun. Ich bin zu sehr mit meiner Arbeit verbunden. Ich würde Ihnen nicht die Zeit und die Aufmerksamkeit widmen, die Sie von einer Ehefrau verdienen.«
»Samantha, ich weiß, wie ungemein wichtig Ihnen Ihre Arbeit ist und wie stark sie Sie in Anspruch nimmt. Ich würde mir nicht träumen lassen, Ihnen auch nur eine Minute zu rauben. Unsere Ehe wäre nicht die typische häusliche Gemeinschaft, sondern vielmehr eine Partnerschaft, die auf Freundschaft und gemeinsamen Interessen beruht. Und wenn Sie den Wunsch haben sollten, eines Tages Kinder zu haben...«
Samantha stand aus ihrem Sessel auf und ging ans Fenster. Am Servierwagen goß sie sich ein kleines Glas Brandy ein. Draußen regnete es jetzt in Strömen.
Warren Dunwich hatte, ohne es zu wissen, einen wunden Punkt berührt. Den Blick auf regennasse Droschken und feucht glänzende Pferde gerichtet, die draußen auf der Straße vorüberzogen, erinnerte sich Samantha an eine ähnliche regnerische Nacht vor vier Jahren, die Nacht, als Clair geboren worden war.

Die Wehen hatten Samantha so plötzlich überfallen, daß sie die Hebamme nicht mehr hatte holen können. Allein in ihrem Schlafzimmer hatte sie Clair zur Welt gebracht. Sie hatte selbst die Nabelschnur durchschnitten und das Kind auf ihre Brust gelegt, während sie auf die Ausstoßung des Mutterkuchens gewartet hatte. Es war einer der wunderbarsten Augenblicke ihres Lebens gewesen.
Noch einmal ein Kind zu bekommen...
Samantha trank von dem Brandy und spürte, wie er sie von innen erwärmte.
Warrens Antrag hatte sie nicht übermäßig überrascht. Auf den ersten Blick schien es da nichts zu bedenken zu geben. Sie liebte ihn nicht, sie hatte ihren Beruf, ihre Arbeit, sie brauchte nicht zu heiraten. So viele Frauen gab es, die ohne Liebe in eine Ehe gingen, nur um dem Stigma der Altjüngferlichkeit zu entgehen; für andere war die Ehe eine Flucht aus der Einsamkeit. Aber das waren für Samantha keine Gesichtspunkte.
Oder, fragte sie sich, das Glas an den Lippen, bin ich vielleicht doch einsam? Die Antwort machte sie frösteln: Ja, manchmal. Aber ist das ein Grund zur Heirat?
Samantha starrte auf ihr Spiegelbild im Fenster und auf das Bild Warren Dunwichs, der vor dem Kamin saß und geduldig auf ihre Antwort wartete.
Es gab überhaupt keinen Grund, ihn zu heiraten.
Und warum, fragte sich Samantha, sage ich dann nicht hier gleich und jetzt nein? Warum zögere ich?
Wie wunderbar, noch einmal ein Kind zu bekommen...
Da fiel ihr Mark ein, und sie wollte plötzlich nur noch allein sein.

Miss Peoples zog Jenny durch den Flur und redete aus reiner Gewohnheit auf sie ein. »Also schön, Missy. Wir sagen deiner Mama noch gute Nacht, und dann geht's ins Bett. Morgen früh kommt der Heilige Nikolaus durch den Kamin gesaust.«
Als sie die Tür zum Salon erreichten, sah die Haushälterin, daß sie nur angelehnt war, und gab Jenny einen leichten Puff, ehe sie die Tür öffnete und ins Zimmer trat. Sie wollte eben auf sich und das Kind aufmerksam machen, als sie sah, wie Warren Dunwich, der die beiden an der Tür nicht bemerkte, von seinem Sessel aufstand und zum Fenster ging, wo Samantha stand. Er legte ihr die Hände auf die Schultern und drehte sie zu sich herum. Hastig zog Miss Peoples Jenny zurück.
Aber Jenny leistete Widerstand. Sie stand wie festgewachsen, den Blick

unverwandt auf den Mann mit dem weißen Haar gerichtet, der Samantha festhielt und auf sie einredete.

Als Warren den Kopf neigte und Samantha küßte, riß Jenny sich von der Haushälterin los und stürzte sich kreischend auf ihn. Erschrocken fuhr Warren herum. Jenny schlug mit beiden Fäusten heulend auf ihn ein, dann schloß sie ihre Arme fest um Samantha.

»Was zum Teufel!« rief Warren erbost.

Bestürzt versuchte Samantha, sich aus Jennys Umklammerung zu lösen, aber die hielt fest. Durchdringende Klagelaute kamen aus ihrem Mund.

Miss Peoples eilte ins Zimmer. »Verzeihen Sie, Dr. Hargrave. Wir wollten Ihnen gute Nacht sagen. Die Tür war offen. Ich wußte nicht, daß wir stören –«

»Jenny?« Samantha sah zu dem kleinen Mädchen hinunter, das ihren Kopf in ihre Röcke vergraben hatte. Behutsam streifte sie die Arme des Kindes von sich ab und kniete nieder, so daß sie mit Jenny auf Augenhöhe war. Sie war erschrocken über die Furcht in den dunklen Augen, über den bebenden Mund, das zuckende blasse Gesicht. »Jenny«, sagte sie wieder und strich ihr über das Haar.

»Was, zum Teufel?« fragte Warren nochmals.

»Sie dachte, Sie täten mir weh«, erklärte Samantha leise. Tränen schossen ihr in die Augen. »Sie hat also doch Gefühle! Ach, und sie versucht zu sprechen.«

Jenny machte unbeholfen mahlende Bewegungen mit dem Kiefer, starrte wie gebannt auf Samanthas Mund, während sie zu sprechen versuchte.

»Du brauchst auch die Stimme dazu, Jenny«, sagte Samantha. »Ach, Jenny, wie kann ich dich erreichen?« Die Tränen liefen ihr über das Gesicht. »Lieber Gott, gib ihr eine Stimme.«

Jenny hob plötzlich die Hand und berührte Samanthas Wange. Mit einem Finger zeichnete sie die Tränenspur nach, dann zog sie die Hand weg und zeichnete eine ähnliche Spur auf ihrem eigenen Gesicht.

»Sie möchte weinen«, sagte Samantha leise. »Ja, Jenny, weine.«

»Samantha!«

Sie sah auf. Warren blickte mit unbewegter Miene zu ihr und dem Kind hinunter.

»Ich glaube, es ist besser, Sie gehen, Warren«, sagte Samantha. »Jenny hat offensichtlich Angst vor Ihnen. Ich halte es für das Beste, wenn wir uns nicht wiedersehen.«

Er nickte kurz, zu stolz, um seine Empörung zu zeigen. Aber schon an der Tür war aus der Empörung Verärgerung geworden, und als er wenige

Minuten später in seinem Wagen davonfuhr, dachte er an sein Abendessen.

Samantha stand auf, bat Miss Peoples Tee zu machen und ging mit Jenny zum Kamin. Sie setzte sich, zog das Kind auf ihren Schoß und sah ihm liebevoll in das zuckende kleine Gesicht.
»Ach, mein Liebes«, murmelte sie. »Ich hatte doch recht, und alle anderen haben sich getäuscht. Du hast Gefühle, aber sie sind eingesperrt wie deine Stimme. Wie kann ich sie nur befreien? Wie kann ich dir helfen, aus deinem Käfig herauszukommen? Jenny, ach Jenny, wie kann ich dich erreichen?«
Jenny berührte mit den Fingerspitzen Samanthas Lippen, berührte dann ihren eigenen Mund. Samantha nahm die kleine Hand und legte sie an ihren Hals. »Da! Spürst du das? Du mußt Töne machen, Jenny. Du hast Stimmbänder. Du kannst sprechen.«
Jenny zwinkerte verwundert, dann zog sie ihre Hand weg und legte sie an ihren eigenen Hals. Ihre Lippen formten Laute, aber es kam kein Ton.
»Jenny, das ist der Anfang. Du hast den ersten Schritt gemacht. Ach, wenn ich doch wüßte, wie ich dich weiterführen soll!«
Als es draußen läutete, glaubte Samantha, Warren wäre zurückgekommen. Da die Haushälterin in der Küche war, ging sie selbst zur Tür. Sie würde ihm mit aller Entschiedenheit sagen, daß seine Besuche nicht mehr erwünscht waren.
Aber nicht Warren stand vor der Tür, sondern ein junger Mann mit klatschnassem schulterlangem Haar, seine Reisetasche ebenso durchweicht wie der Anzug, der ihm um einiges zu klein war.
Er zwinkerte sich die Regentropfen aus den Augen und sagte verlegen: »Dr. Hargrave? Ich bin Adam Wolff von der Taubstummenschule.«

Fünfter Teil
San Francisco, 1895

1

Nur mit Mühe die Tränen zurückhaltend, küßte Hilary jedes der Kinder auf die Stirn und übergab sie dann dem wartenden Kindermädchen. Merry, inzwischen elf Jahre alt, nahm den Kuß kühl entgegen, ohne die Liebkosung zu erwidern. Sie war bereits eine richtige junge Dame, und richtige junge Damen übten distanzierte Zurückhaltung, auch wenn es sie noch so drängte, sich in die Arme ihrer Mutter zu kuscheln. Eve hingegen, acht Jahre alt, umarmte ihre Mutter mit stürmischem Überschwang und drückte ihr einen feuchten Kuß auf die Wange. Julius, der nächste, gerade sieben, hielt es für würdevoller, seiner Mutter nur die Hand zu geben, aber dann ging doch das Gefühl mit ihm durch, und er schlang ihr so fest die Arme um den Hals, als wolle er sie nicht wieder loslassen.
Hilarys ungeweinte Tränen galten nicht diesen drei Kindern; sie waren ihr ganzer Stolz, sie hatte sie mit Freuden empfangen und geboren. Die nachfolgenden drei waren es, die sie nicht von Herzen annehmen konnte: die stille kleine Myrtle, deren Geburt nach einer beschwerlichen Schwangerschaft langwierig und qualvoll gewesen war; die vierjährige Peony, die gekommen war, obwohl Hilary nach Myrtles Geburt versucht hatte, die empfängnisfreien Tage zu beachten; und schließlich der zweijährige Cornelius, ein Schock für Hilary, die heimlich Verhütungsmittel genommen hatte.
Als die Kinder im Gänsemarsch hinausgingen, richtete sich Hilary auf und legte beide Hände auf ihren Bauch. Sechs Kinder in neun Jahren, dachte sie bitter. Und jetzt das siebente unterwegs...
»Vergessen Sie nicht, das Fläschchen zu sterilisieren, Griselda«, sagte sie zu der grauhaarigen Kinderfrau, die den Kleinsten auf den Arm nahm.
»Nein, Madam.« Griselda, seit vierzig Jahren in verschiedenen vornehmen Häusern als Kinderfrau tätig, hielt diese neumodische Marotte, alles zu sterilisieren, für albern, aber sie behielt ihre Meinung für sich.
Auf dem Weg durch die Halle blieb Hilary einen Moment stehen und lauschte auf die Stille des großen Hauses. Groll stieg in ihr auf, als sie daran dachte, daß Darius das Wochenende auf der Segeljacht eines Freundes verbrachte. Zum erstenmal in den fünfzehn Jahren ihrer Ehe

grollte sie Darius dafür, daß er ein Mann war, frei zu tun, was ihm gefiel.
Sie lief in ihr Zimmer und warf sich aufs Bett. Ich hasse dich, Darius, daß du mir das schon wieder angetan hast. Und ich hasse dich dafür, daß ich mich auf dieses Kind nicht freuen kann; daß ich es am liebsten nicht bekommen würde.
Ach, es war alles so wirr und durcheinander. Sie liebte Darius wie am Tag ihrer Trauung, aber sie verabscheute ihr Leben, wie es jetzt war.
Nach einer Weile stand sie auf und begann, sich auszukleiden. Früher hatte ihr Elsie immer dabei geholfen, aber seit einiger Zeit war Hilary es leid, sich ständig bedienen zu lassen. Dreiunddreißig Jahre lang hatte sie nie auch nur den kleinsten Handgriff getan; aber seit ein paar Monaten konnte sie die beflissenen Butler, die sie nie eine Tür selbst aufmachen ließen, die ritterlichen Herren, die sie nie eine Treppe hinaufsteigen ließen, ohne sie zu stützen, die devoten Zofen, die ihr beim An- und Auskleiden halfen, nicht mehr aushalten.
Sie hielt seufzend inne. Die Kopfschmerzen fingen wieder an. Erst zwei Monate schwanger, und schon fühlte sie sich so matt und elend wie damals, als sie Myrtle erwartet hatte. Noch sieben Monate Übelkeit, Schmerz und Lethargie.
Sie ging ins anschließende Badezimmer, öffnete ein Schränkchen und nahm eine Flasche Farmers Frauenfreund. Dahlia Mason hatte ihr das Mittel empfohlen; auch ihre zweite und dritte Schwangerschaft waren schwierig gewesen. »Es wirkt wirklich Wunder«, hatte sie Hilary versichert. Hilary hatte den Saft während ihrer letzten Schwangerschaft regelmäßig eingenommen und auch hinterher gelegentlich zu dem Mittel gegriffen, da es in der Tat bei Rückenschmerzen und Menstruationskrämpfen gut half.
Auf dem Etikett wurde betont, das Mittel sei extra für die werdende Mutter gedacht und nach ›wissenschaftlichen‹ Erkenntnissen zusammengestellt worden.
›Wenn Sie unter einem oder mehreren dieser Symptome leiden‹, stand da, ›Lethargie, Mattigkeit, Teilnahmslosigkeit, Übelkeit, schlechter Mundgeschmack, beeinträchtigtes Allgemeinbefinden, trockene Haut, häufiges Wasserlassen, Spannung in den Brüsten, Angstgefühle, Augenflimmern, Kopfschmerzen, Schlaflosigkeit, Herzklopfen, Depression oder sonstigen Symptomen, die natürlicherweise während einer Schwangerschaft auftreten, garantieren wir, daß Farmers Frauenfreund Sie augenblicklich von ihnen befreien wird. Sollten Sie nicht zufrieden sein, so erhalten Sie Ihr Geld zurück.‹

Nicht alle diese Symptome quälten Hilary, aber einige davon setzten ihr sehr zu, vor allem Depression und Mattigkeit. Und das Mittel wirkte tatsächlich; sie brauchte nur davon zu nehmen, und gleich sah die Welt wieder rosiger aus.

Sie schluckte einen Eßlöffel voll, wartete einen Moment, nahm dann noch einen.

Es war nicht nur die Schwangerschaft, die Hilary so elend machte. Es war ein Gefühl der Sinnlosigkeit, als wäre ihr ganzes Leben vergeudet, das sie deprimierte. Ihre Arbeit für das Krankenhaus in den vergangenen sieben Jahren hatte ihr Freude und Befriedigung gebracht, aber sie hatte sich ihr immer nur halbherzig widmen können, weil sie beinahe ununterbrochen schwanger gewesen war. Nach Cornelius hatte sie gehofft, das endlich hinter sich zu haben, frei zu sein, und hatte sich mit Enthusiasmus in die Arbeit für das Damenkomitee gestürzt. Jetzt war diese Hoffnung dahin.

In der vergangenen Woche hatte Hilary sich angesichts der sieben langen Monate, die vor ihr lagen, überlegt, daß sie sich um die Leitung des Hauses kümmern könnte; damit hätte sie Darius etwas abnehmen können und wäre sich nicht mehr so unnütz vorgekommen. Aber Darius hatte sie ausgelacht, als sie ihn gebeten hatte, ihr die Finanzen zu erklären. Als sie dann noch nach ihren Vermögensverhältnissen gefragt hatte, war Darius ungeduldig geworden und hatte gesagt, sie solle mit diesem Unsinn aufhören.

Ich bin absolut überflüssig, hatte Hilary gedacht, und Eiseskälte hatte sie beschlichen.

Sie sehnte sich nach einem Gespräch mit Samantha, aber Samantha war nie zu erreichen. Das Krankenhaus, das in einem Maß gewachsen war, wie sie es nie erwartet hatten, nahm sie völlig in Anspruch. Vor zwei Jahren hatte man ein zweites Gebäude dazugekauft und renoviert; fünfzig neue Betten wurden installiert, die Schwesternschule in ein Haus auf der anderen Straßenseite verlegt. Die Arbeit, die der Zuwachs an Patienten und die Einführung neuer Geräte mit sich brachten, fraß Samantha fast auf. Sie hatte kaum noch Zeit für die Freundin. Ihr letztes gemeinsames Mittagessen bei *Chez Pierre* lag sechs Wochen zurück.

Hilary sah auf die Uhr neben ihrem Bett und überlegte, wo Samantha um diese Zeit sein würde – zu Haus vielleicht, aber wahrscheinlicher im Krankenhaus. Schon am Morgen hatte Hilary versucht, Samantha zu erreichen, aber vergeblich. Hilary war zu Dahlia Mason gefahren, aber die war, wie man ihr mitteilte, ausgeritten.

Hilary setzte sich vor ihren Toilettentisch und starrte ihr Spiegelbild an. Wie alt sie aussah! Sie fühlte sich sehr einsam.

Aus einer Schublade ihrer Kommode nahm sie ein Schmuckkästchen, eine chinesische Lackarbeit, das, wenn man es aufklappte, ›Für Elise‹ spielte. Darin lag eine kleine Pappschachtel, die aussah, als enthielte sie irgendein wertloses kleines Spielzeug aus Chinatown. Hätte Darius zufällig in den Schmuckkasten hineingeschaut, er hätte dem Schächtelchen keinerlei Bedeutung beigemessen.
Tatsächlich enthielt es ein Instrument.

Samantha lehnte sich zurück und nahm die Brille ab. Sie fühlte sich an diesem Abend so schwer an. Aber sie wußte sehr wohl, was sie in Wirklichkeit beschwerte: der bevorstehende Prozeß gegen Willella Canby. Man warf Dr. Willella Canby vor, im Krankenhaus eine illegale Operation – eine Abtreibung – vorgenommen zu haben.
Als Samantha von ihrem Schreibtisch aufblickte, stellte sie überrascht fest, daß es draußen dunkel geworden war. Sie stand auf, um das elektrische Licht anzuknipsen, dann ging sie langsam zur Terrassentür.
Sie war fünfunddreißig Jahre alt, aber sie sah jünger aus und hatte noch viel von der etwas unsicheren jungen Frau, die vor dreizehn Jahren nach San Francisco gekommen war, um sich ihr eigenes Leben aufzubauen.
Vor der Terrassentür blieb Samantha stehen. Sie wünschte, sie hätte jetzt hinausgehen und einen Spaziergang machen können, aber die Gerichtsverhandlung gegen Willella war für den kommenden Tag angesetzt, und da mußte sie vorbereitet sein.
Willella war ängstlich und nervös, aber auch empört. Die Patientin hatte sie mit einem alten Trick hereingelegt: Sie hatte ein lebendes Huhn gekauft, ihm die Kehle durchgeschnitten und ein Tuch mit seinem Blut getränkt. Mit dem blutigen Tuch in der Unterwäsche war sie die Treppe zum Krankenhaus hinaufgetaumelt und hatte behauptet, eine Fehlgeburt zu haben. Man hatte das Mädchen, wie es dem normalen Verfahren entsprach, in den Operationssaal hinaufgebracht. Willella hatte operiert, wie es ihre ärztliche Pflicht war; aber strenggenommen hatte sie eine Abtreibung durchgeführt.
Es war still im Haus. Samantha sah auf die kleine Uhr an ihrem Handgelenk – ein Geschenk von Darius, für den jede moderne Neuheit einen besonderen Reiz hatte. Die Kinder mußten schon im Bett sein. Bei dem Gedanken lächelte Samantha. Sie mochte alt genug sein, um Jennys Mutter sein zu können, aber sie war ganz gewiß nicht alt genug, um die Adams sein zu können. Dennoch sah sie beide als ihre Kinder. Seit jenem regnerischen Heiligen Abend, als Adam durchnäßt und unsicher in ihr

Haus gekommen war, betrachtete sie ihn als ihren Sohn. Obwohl er nur sechs Jahre jünger war als sie.
Der Garten lockte zu sehr. Kurz entschlossen machte Samantha die Tür auf. Nur einen kleinen Rundgang wollte sie sich gönnen, ehe sie sich wieder an ihren Schreibtisch setzte.
Das zweistöckige Haus in der Jackson Street in Pacific Heights war eine Zuflucht der Ruhe und des Friedens. Als Samantha damals, sieben Jahre war es her, auf Suche gegangen war, hatte sie eigentlich ein Haus in der Stadt nehmen wollen, in der Nähe des Krankenhauses und ihrer Freunde; ein Haus, das groß genug war, jedem seiner Bewohner eine gewisse Freiheit und Ungestörtheit bieten zu können. Sie wünschte sich eines mit Blick auf die Bucht und einem kleinen Garten. Genau ein solches Haus hatte sie beinahe auf Anhieb gefunden. Es stand auf einer Anhöhe, mit Blick auf die Marina, die Insel Alcatratz und Golden Gate. Samantha hatte unten neben Salon und Speisezimmer ihr Arbeitszimmer, das zum Garten hinausging, Adam und Jenny hatten oben jeder ein eigenes Zimmer, dazu einen Unterrichtsraum, und unter dem Dach war Platz für die beiden Dienstmädchen und Miss Peoples. Das Haus lag direkt an der Straße. Der Garten war jedoch hinter dem Haus, mit einem kleinen Pavillon.
Samantha ließ sich den Wind ins Gesicht wehen und atmete die frische, salzige Luft, während sie zu den blitzenden Lichtern der Bucht hintersah. Solche Augenblicke der Muße waren selten in ihrem Leben, und sie genoß sie stets in vollen Zügen. Trotz der vielen Arbeit, der oft schwierigen Aufgaben, die jeden Tag auf sie warteten, war sie glücklich. Viele ihrer frühen Träume waren wahr geworden, sie war als Ärztin anerkannt, und ihr Beruf füllte sie aus; sie hatte gute und zuverlässige Freunde; sie hatte keine Geldsorgen; und sie hatte ihre beiden Kinder.
Viel von ihrem Glück hatte sie Adam Wolff zu verdanken, der, an jenem Heiligen Abend vor sieben Jahren wie von Gott gesandt auf der Schwelle gestanden hatte, gerade in jenem Augenblick gekommen war, als Jenny das erstemal versucht hatte, sich aus eigener Kraft aus ihrem inneren Gefängnis zu befreien. Schon in der ersten Stunde des Zusammenseins mit Jenny war es ihm gelungen, Verbindung zu ihr aufzunehmen, eine Verbindung besonderer Art, die beinahe von Tag zu Tag inniger wurde und wunderbare Früchte trug. Mit seiner einfühlsamen Hilfe war Jenny zu einem lebhaften und gefühlvollen jungen Mädchen aufgeblüht.
Adam Wolff hätte ein schöner junger Mann sein können. Aber der Unfall auf Telegraph Hill, wo er, zehn Jahre alt, mit seinem Vater in einer Sprengmannschaft gearbeitet hatte, hatte ihm nicht nur das Gehör ge-

raubt, sondern auch sein Gesicht grausam entstellt. Die Missionsbrüder hatten den Jungen, der durch den Unfall den Vater verloren hatte, bei sich aufgenommen und ihn auf die Taubstummenschule geschickt, wo er sechs Jahre lang die Zeichensprache und das Ablesen von den Lippen gelernt hatte. Danach hatte er selbst fünf Jahre an der Schule unterrichtet.

Ursprünglich war vereinbart worden, daß Adam Wolff nur so lange im Haus Samantha Hargraves bleiben sollte, bis er Jenny gewisse Fertigkeiten beigebracht hatte. Aber während Adam sich geduldig bemüht hatte, das Mädchen in der Zeichensprache zu unterrichten, hatte er, ohne sich dessen bewußt zu sein, Jennys Seele befreit.

Es war nicht über Nacht geschehen, sondern ganz allmählich, und während der Bann der frühen Jahre langsam von Jenny abfiel, hatte niemand mehr daran gedacht, daß Adam eigentlich nur vorübergehend ihr Lehrer sein sollte. Er blieb und wurde bald von allen als zur Familie gehörig betrachtet.

Anfangs hatte Samantha gemeint, sie könne vielleicht etwas tun, um die Entstellungen im Gesicht des jungen Mannes zu beheben; aber bei näherer Untersuchung hatte sie festgestellt, daß die Narben zu tief waren; ja, er konnte sich glücklich preisen, daß er bei dem Unfall nicht auch noch blind geworden war. Die Entstellungen waren jedoch nur bei erster Bekanntschaft erschreckend. Jeder, der den jungen Mann das erstemal sah, reagierte zuerst mit Entsetzen; dann folgte das Mitleid. Aber wenn man Adam dann in seiner Sanftheit und Sensibilität näher kennenlernte, vergaß man die Narben und sah nur noch den liebenswürdigen und einfühlsamen jungen Mann.

Ein bemerkenswertes Paar, meine beiden Kinder, dachte Samantha glücklich.

Jenny, neunzehn jetzt, hatte sich zu einer jungen Frau von zarter dunkler Schönheit entwickelt, gertenschlank, mit rabenschwarzem Haar und großen dunklen Augen. Sie hatte eine Art, einen anzusehen, einem ›zuzuhören‹, wenn man sprach, die den Eindruck vermittelte, daß sie weit mehr aufnahm als bloße Worte; es war, als wäre sie auf feinere Töne eingestimmt. Neben Adam war ihre Schönheit noch auffallender; wenn die beiden in der Stadt waren, auf einem Spaziergang oder mit dem Wagen unterwegs, drehten die Leute auf der Straße die Köpfe nach ihnen. Sich in ihrer eigenen Welt bewegend und sich in ihrer eigenen Sprache verständigend, waren Adam und Jennifer ein höchst ungewöhnliches Paar.

Samantha setzte sich auf eine Bank mitten in den Blumen und dachte an Mark. Er war immer bei ihr, hatte sie nie verlassen, war jetzt der einzige

Mann in ihrem Leben. Seit Samantha an jenem Abend Warren Dunwich fortgeschickt hatte, hatte sie sich für sich entschieden: Sie würde niemals heiraten, denn Mark würde immer ihr Mann sein. Sie brauchte keine eigenen Kinder, sie hatte ja neben Jenny und Adam die vielen Kinder im Krankenhaus, wenn auch immer nur vorübergehend. So behutsam wie möglich hatte sie Stanton Weatherby zu verstehen gegeben, daß eine Heirat mit ihm für sie nicht in Frage kam, und etwas weniger behutsam hatte sie Hilarys fortdauernden Bemühungen, sie unter die Haube zu bringen, ein Ende gesetzt.

Als Samantha eine Viertelstunde später wieder ins Haus ging, setzte sie sich sofort an ihren Schreibtisch, schob sich die Brille auf die Nase und las noch einmal aufmerksam die Aufzeichnungen, die sie zu Willella Canbys Verteidigung niedergeschrieben hatte. Stanton Weatherby, der jetzt ein guter Freund und ihr Anwalt war, hatte ihr versichert, daß der Kläger – der erboste Vater der Patientin – die Klage zurücknehmen würde, sobald er von dem Betrug seiner Tochter erfuhr. Jetzt wollte Samantha von sich aus etwas tun, um derartigen unerfreulichen Zwischenfällen in Zukunft vorzubeugen.

Sie hatte gelesen, daß vorgetäuschte Fehlgeburten an den städtischen Krankenhäusern inzwischen fast an der Tagesordnung waren. Ein Arzt hatte empfohlen, man solle, ehe man die Patientin operierte, das Blut unter dem Mikroskop untersuchen. Mit Hilfe einer solchen Untersuchung ließe sich eindeutig feststellen, ob es sich um eine vorgetäuschte Fehlgeburt handle oder nicht, da die roten Blutkörperchen von Hühnerblut einen Zellkern haben, die von Menschenblut hingegen nicht.

Samantha nahm ihren Füllfederhalter und begann zu schreiben.

Hilary starrte das Telefon an und dachte: Du bist überhaupt nicht mehr zu erreichen, Sam. Wenn man zu dir vordringen will, muß man krank sein.

Sie stand aus dem Sessel vor ihrem Sekretär auf und schlüpfte in ihr Nachthemd. Der hohe Spiegel zeigte ihr, daß sie füllig geworden war, längst nicht mehr so schlank und biegsam wie früher. Seit Jahren war sie nicht mehr ausgeritten; zum Bogenschießen kam sie vielleicht einmal alle paar Monate. Sie wurde eine richtige alte Matrone. Hilary war angewidert von sich selbst.

Sie setzte sich wieder vor ihren Toilettentisch und drehte die kleine Pappschachtel in den Händen. Dann hob sie den Deckel hoch und schaute zornig auf das Ding, das darin verborgen war. Sie war einmal glücklich gewesen über seinen Besitz; jetzt war sie nur wütend. Falsche Sicherheit

ist schlimmer als überhaupt keine Sicherheit. Sie gab dem Ding die Schuld an dieser ungewollten Schwangerschaft.
Empfängnisverhütung war in Amerika gesetzlich verboten. Während die europäischen Frauen leichten Zugang zu solchen zuverlässigen Mitteln wie dem Pessar hatten, mußten amerikanische Frauen auf die völlig unzulänglichen Verhütungsmethoden zurückgreifen, die schon ihre Mütter und Großmütter angewendet hatten: chiningetränkte Schwämmchen, Tampons aus Bienenwachs und ähnliche Provisorien. Die Nachricht von den europäischen Verhütungsmitteln, die bis nach Amerika gedrungen war, hatte dort zu großer Nachfrage geführt; die wenigen, die eingeschmuggelt wurden, verkaufte man zu hohen Preisen. Am Frauen- und Kinderkrankenhaus in San Francisco sprachen jeden Monat Hunderte von Frauen vor, die Hilfe suchten, aber man konnte nichts tun. Das Gesetz war klar und eindeutig: Jedem Arzt, der solche Mittel ausgab, wurde die Erlaubnis zu praktizieren entzogen.
Samantha quälte das Dilemma. Sie wollte helfen, aber sie fürchtete, das Krankenhaus zu gefährden. Sie und die anderen Ärztinnen umgingen das Gesetz, wenn immer möglich, indem sie Tampons und Spritzen vorgeblich zur Behandlung von Scheideninfektionen ausgaben. In Wirklichkeit enthielten sie Spermizide. Was sie taten, war äußerst riskant, und sie alle lebten in der Furcht vor Entdeckung, aber sie brachten es nicht über sich, die elenden, ausgezehrten Frauen abzuweisen, die in ihrer Verzweiflung damit drohten, bei der nächsten Schwangerschaft sich umzubringen. Als Hilary um Hilfe gebeten hatte, hatte Samantha keinen Augenblick gezögert und der Freundin ein entsprechend präpariertes Schwämmchen gegeben.
Das Schwämmchen hatte sechs Wochen lang sein Werk getan, ohne daß Darius von seinem Vorhandensein eine Ahnung gehabt hatte. Dann hatte es einmal versagt, und die Folge war eine weitere Schwangerschaft gewesen. Cornelius war zur Welt gekommen.
Über eine Freundin war es Hilary gelungen, sich ein Pessar zu beschaffen. Samantha hatte es ihr eingesetzt und ihr genaue Gebrauchsanweisungen gegeben. Zwei herrliche Jahre lang war alles gut gegangen, aber dann hatte es die nächste Panne gegeben. Nun war sie wieder schwanger, Hilary fühlte sich verraten und verkauft.
Resigniert drückte sie den Deckel auf die kleine Pappschachtel und legte sie wieder an ihren versteckten Platz in der Kommode. Sie hatte immer noch rasende Kopfschmerzen. Sie ging ins Bad und holte die Flasche aus dem Schränkchen.

2

Samantha war zornig. Dies war nicht der erste solche Fall. Während sie auf die bläulichen Lider und das friedlich schlafende Gesicht hinunterblickte, dachte sie, verdammt noch mal, so kann das nicht weitergehen.
Sie richtete sich auf. Zum Glück schien es, als würde das Mädchen durchkommen, obwohl sie am frühen Morgen dem Tod nahe gewesen war. Das war Willella Canbys Geistesgegenwart zu verdanken, die dem Mädchen sofort den Magen ausgepumpt und ihr so das Leben gerettet hatte. Ob das Mädchen allerdings glücklich sein würde, wenn Samantha ihr beim Erwachen sagte, daß das Mittel zur Zyklusregulierung, das sie in der Apotheke gekauft hatte, nicht gewirkt hatte und sie immer noch schwanger war, war zu bezweifeln.
Samantha nahm ihr Stethoskop ab und steckte es in die große Tasche ihres Rocks. Die Unfälle infolge unbeabsichtigter Überdosen von Medikamenten, die jedermann in der Apotheke oder Drogerie kaufen konnte, nahmen zu. Immer größer wurde die Zahl argloser Frauen und Mädchen, die entweder suchtkrank wurden oder sich, was noch schlimmer war, mit Medikamenten umbrachten, von denen ihre Hersteller behaupteten, sie seien gesund und absolut unschädlich.
Samantha ging langsam durch den Saal und machte immer wieder halt, um mit dieser oder jener Patientin ein paar Worte zu wechseln. Auf dem Weg zu ihrem Büro machte sie erst einen Abstecher zu Dr. Lovejoy, um mit ihr einen Fall zu besprechen, dann ging sie zu Charity Ziegler, die ihr den Speisezettel für den nächsten Tag vorlegen wollte und ihr berichtete, daß man den Hausdiener wieder einmal betrunken im Keller entdeckt hatte, wo er seinen Rausch ausgeschlafen hatte. Als sie endlich in Vorfreude auf fünf Minuten Ruhe und eine Tasse Tee ihr Zimmer betreten wollte, hielt Schwester Constance sie auf, um ihr mitzuteilen, daß im Untersuchungsraum eine neue Patientin warte.
Samantha ging sogleich zu ihr. Es war eine füllige Frau mittleren Alters im altmodischen Turnürenkleid und einem gewaltigen Hut mit wippenden Straußenfedern, die den ganzen Raum auszufüllen schienen. Sie war eine lebhafte, energisch wirkende Person, ganz ohne die Schüchternheit, die die meisten neuen Patientinnen an den Tag zu legen pflegten. Nein, sie habe keine Beschwerden, sagte sie, sondern nur eine Frage: Sie sei zweiundfünfzig Jahre alt und habe schon seit zwei Jahren die Regel nicht mehr gehabt; nun aber hätten die Blutungen wieder begonnen. Sie wollte wissen, ob sie noch schwanger werden könne.
Samantha verbarg ihre Besorgnis hinter einem Lächeln, während sie der

Frau auf den Untersuchungstisch half. Nachdem sie sie untersucht hatte, sah sie ihre schlimmsten Befürchtungen bestätigt. Die Frau hatte Krebs.

Sie blieb eine Weile bei ihr, gab ihr ein Taschentuch, mit dem sie ihre Tränen tocknen konnte und versuchte, ihr Mut zuzusprechen. Dann läutete sie und bat Schwester Hampton, sich mit der Frau in eines der kleinen privaten Sprechzimmer zu setzen.

Niedergeschlagen blieb sie auf ihrem Hocker im Untersuchungsraum sitzen. Bei Gebärmutterkrebs gab es keine Rettung. Er war nicht zu operieren, da bösartige Wucherungen sehr stark bluteten und meist auch andere Organe in Mitleidenschaft gezogen waren, so daß eine Operation immer tödlich ausging. Diese nach außen hin so robuste, energiegeladene Frau hatte höchstens noch einige Monate zu leben.

Ein zaghaftes Klopfen riß sie aus ihren Gedanken.

»Dr. Hargrave?« sagte Schwester Constance.

»Ja, Constance?«

»Draußen ist ein Chinese, der Sie sprechen möchte. Er sagte, es sei sehr dringend.«

Der Chinese war, wie sich herausstellte, der Hausdiener der Gants. Er war sehr erregt.

»Missy Gant sehr krank. Bitte kommen!«

»Welche Miss Gant?« fragte Samantha erschrocken.

»Missy *Lady* Gant. Schnell bitte!«

In höchster Unruhe folgte Samantha dem eilenden Chinesen zum Wagen hinaus.

Die Haushälterin empfing sie an der Tür und führte sie durch das stille Haus zu Hilarys Schlafzimmer. Dort klopfte sie an die Tür und rief mit gesenkter Stimme: »Dr. Hargrave ist hier.«

Elsie machte auf. Sie war so bleich, daß Samantha erschrak.

»Was ist passiert, Elsie?« fragte sie, während sie schon aus ihrem Mantel schlüpfte. Noch ehe das Mädchen antworten konnte, sah sie Hilary auf dem Bett liegen, bewußtlos.

»Mein Gott, Dr. Hargrave«, flüsterte Elsie hinter ihr. »Es war grauenvoll. Sie ist die Treppe hinuntergefallen.«

Samantha beugte sich über Hilary. Der Pulsschlag war schwach und verlangsamt; die Haut war klamm, Hände und Füße waren eiskalt, die Lippen bläulich verfärbt. Samantha zog die Lider hoch und sah, daß die Pupillen stark verengt waren.

»Wie ist es passiert?« fragte sie, während sie Hilary weiter untersuchte, um festzustellen, ob sie sich bei dem Sturz etwas gebrochen hatte.

»Mrs. Gant war schon heute morgen so sonderbar«, berichtete Elsie tonlos. »Ich konnte sie kaum wecken, und dann war sie irgendwie – irgendwie benebelt. Sie blieb den ganzen Tag in ihrem Zimmer. Und vorhin hörten wir es dann poltern, und als ich hinkam, lag sie unten an der Treppe.«
Samantha runzelte die Stirn. »Was meinen Sie mit ›benebelt‹, Elsie? Können Sie mir den Zustand ein bißchen genauer beschreiben?«
»Na ja, sie war schläfrig, wissen Sie. Sie sagte, sie hätte fürchterliche Kopfschmerzen. Und sie hatte schrecklichen Durst. Ich konnte den Krug gar nicht schnell genug nachfüllen. Ach, Dr. Hargrave, sie muß doch nicht sterben, oder?«
»Ich muß wissen, ob sie etwas eingenommen hat. Tabletten oder –«
»Das hier hat sie genommen.« Elsie hielt Samantha die leere Flasche hin. Farmers Frauenfreund.
Samantha zog die Brauen zusammen, während sie das Kleingedruckte auf dem Etikett las. ›Bringt garantierte Linderung bei Depressionen, Niedergeschlagenheit und Angstgefühlen, unter denen werdende Mütter häufig leiden‹.
»Wieviel davon hat sie genommen, Elsie?«
»Gestern abend war die Flasche noch voll.«
Samantha starrte auf das Etikett. Frauenfreund. Depressionen, Angstgefühle... »Wissen Sie, wann sie das Zeug gekauft hat?«
»Diese Flasche, meinen Sie? Gestern, glaub' ich. Als die andere leer war.«
Ruckartig hob Samantha den Kopf. »Die andere? Hat Mrs. Gant dieses Mittel schon vorher einmal genommen?«
»Sie nimmt es schon eine ganze Weile, Doktor. Ich glaube, sie fing damit an, als sie Cornelius erwartete. Wird sie wieder gesund?«
»Ja, Elsie«, antwortete Samantha ruhig. »Sie wird wieder gesund. Aber jetzt brauchen wir erst einmal viel schwarzen Kaffee. Stark muß er sein.«
Elsie rannte aus dem Zimmer, froh, etwas tun zu können, und Samantha studierte nochmals das Etikett auf der Flasche. Sie hatte unter ihren Patientinnen schon mehrere Frauen gehabt, die mit Farmers Frauenfreund üble Erfahrungen gemacht hatten. Das Mittel enthielt einen hohen Zusatz von Opium, aber das war auf dem Etikett nirgends vermerkt. Ebensowenig gab es eine Mahnung zu vorsichtiger Anwendung.
Sie schaute zu der schlafenden Hilary hinunter und fühlte tiefe Beklommenheit.
Eine Stunde lang arbeiteten Samantha und Elsie unermüdlich, um Hilary

wieder zum Leben zu erwecken. Sie massierten ihr Füße und Hände, bewegten ihre Arme und Beine, klatschten ihr auf die Wangen, um sie zu wecken. Hilary tauchte auf und versank wieder; ihre Lider flatterten; sie stöhnte. Samantha hielt in ihren Bemühungen nur inne, um das Herz abzuhören. Der Pulsschlag erhöhte sich. Langsam begann Hilary normal zu atmen, der bläuliche Schimmer der Lippen verblich.
Als Hilary wach wurde, schob Samantha ihr einen Arm unter die Schultern, um sie hochzuhalten, und flößte ihr langsam den starken Kaffee ein.
Hilary hustete. »O Gott, ich fühle mich gräßlich. Was ist denn passiert?«
»Du bist die Treppe hinuntergefallen.«
»Was? Das weiß ich überhaupt nicht mehr...«
»Zum Glück warst du so berauscht, daß du wie eine Gummipuppe gefallen bist. Du hättest dir das Genick brechen können.«
»Berauscht?« Hilary bemühte sich, ihren Blick auf Samanthas Gesicht zu konzentrieren.
»Farmers Frauenfreund. Du hast die ganze Flasche getrunken.«
Hilary stöhnte. »Ich wachte auf, weil ich so wahnsinnige Kopfschmerzen hatte. Wahrscheinlich habe ich überhaupt nicht aufgepaßt, wieviel ich genommen habe.«
»Hier, trink den Kaffee. Der bringt dich wieder auf die Beine. Wir müssen dem Opium entgegenwirken.«
»Opium? Ich habe doch gar kein – aber nein, so was würde ich niemals –«
»Nein, das weiß ich. Nicht absichtlich. Aber dein Gesundheitssaft enthält eine Riesenmenge Opium.«
Hilary blinzelte verwirrt. Sie trank von dem Kaffee und leckte sich die Lippen. »Nein, Samantha, da täuschst du dich. Es ist ein rein pflanzliches Mittel. Das steht doch auf der Flasche... O Gott, Samantha, mir ist so elend. Habe ich das Kind verloren?«
Samantha sah sie verblüfft an. Hilary hatte ihr nicht gesagt, daß sie schwanger war. »Nein, dem Kind geht es gut, Darling.«
Als Hilary die Augen wieder zufielen, stellte Samantha die Kaffeetasse weg und nahm die Freundin in die Arme. Sie hielt sie lange fest an sich gedrückt und wiegte sie sachte wie ein Kind.

Sie fuhr zusammen, als es klopfte, und stand aus dem Sessel auf, in dem sie die letzten zwei Stunden gesessen hatte, um zu öffnen. Darius, in weißer Hose und marineblauem Blazer, stand vor ihr.

»Samantha! Mrs. Mainwaring sagte mir –«
»Pst!« Sie legte einen Finger auf die Lippen. »Gehen wir hinunter.«
»Ist ihr auch nichts passiert? Mrs. Mainwaring sagte mir, daß sie die Treppe hinuntergestürzt ist.«
Samantha legte ihm beschwichtigend die Hand auf den Arm. »Wir dürfen Sie jetzt nicht stören, Darius. Komm, reden wir unten.«
Im Salon blieb Darius vor dem Kamin stehen. Die zuckenden Flammen verzerrten seinen Schatten ins Groteske. Samantha setzte sich ihm gegenüber in einen Sessel.
»Hilary hatte ein Medikament genommen, das ihr die Orientierung raubte. Sie verlor das Gleichgewicht und stürzte.«
»Was für ein Medikament?«
»Es soll bei Depressionen helfen. Wußtest du, daß Hilary Depressionen hatte?«
»Nein. Davon habe ich nichts bemerkt...« Darius ging zu einem Sessel. »Ich bin in letzter Zeit nicht viel zu Hause gewesen, aber wenn sie deprimiert gewesen wäre, hätte sie es mir doch gesagt, meinst du nicht?«
Samantha seufzte. »Ich bin ihre beste Freundin, Darius, aber ich hatte auch keine Ahnung, daß es ihr nicht gut ging, Darius. Das Medikament ist ausdrücklich für werdende Mütter. Ist Hilary über diese Schwangerschaft unglücklich?«
Er starrte sie an. »Ich wußte gar nicht, daß sie ein Kind erwartet.«
Samantha schwieg. Ihr fiel plötzlich ein, daß man ihr vor ein paar Tagen im Krankenhaus ausgerichtet hatte, Hilary wäre dagewesen, während sie operiert hatte. Sie hatte vorgehabt, Hilary am selben Abend anzurufen, aber dann war der Prozeß gegen Willella Canby dazwischen gekommen. Andere Kleinigkeiten fielen Samantha jetzt ein: Wie unglücklich Hilary während ihrer letzten Schwangerschaft gewesen war; der heimliche Kauf des Pessars; Hilarys deutlich ausgesprochene Erklärung, daß sie hoffe, das alles nun endgültig hinter sich zu haben. Mit einem Schlag war Samantha alles klar.
Sie fühlte sich schuldig. Hilary brauchte mich, und ich war nicht da.
»Darius«, sagte sie leise, »wir haben sie im Stich gelassen. Du hattest mit deinen Geschäften zu tun und ich mit dem Krankenhaus.«
»Aber Hilary hat doch selbst genug zu tun. Sie hat ihr Damenkomitee, die sechs Kinder, ein großes Haus, um das sie sich kümmern muß.«
»Vielleicht ist ihr das nicht genug, Darius. Oder vielleicht ist es nicht das, was sie sich wünscht. Hilary ist schon lange unglücklich, und wir haben es nie bemerkt.«
»Das verstehe ich nicht. Wieso soll sie unglücklich sein? Und gerade

jetzt, da sie wieder ein Kind erwartet. Sie müßte doch überglücklich sein.«
»Vielleicht will sie kein Kind mehr, Darius.«
»Das ist ja lächerlich.«
»Wußtest du, daß sie Verhütungsmittel angewendet hat?«
Er sah sie nur an, wie vom Donner gerührt.
Ein schrecklicher Gedanke kam Samantha. War der Sturz wirklich ein Unfall gewesen?
»Aber warum denn?« fragte Darius. »Warum sollte sie kein Kind mehr wollen?«
»Darius.« Samantha beugte sich vor. »Hilary ist eine gute Ehefrau und eine gute Mutter. Aber sie wünscht sich mehr als das. Seit ich sie damals kennengelernt habe, war sie eigentlich bis auf die letzten zwei Jahre ununterbrochen schwanger. Immer eingeschränkt, wie eine Gefangene. Sie will das nicht mehr. Sie möchte frei sein.«
»Frei? Frei wovon?«
»Von ständiger Schwangerschaft.«
»Aber das ist doch die Bestimmung einer Frau.«
»Sie hat sechs Kinder, Darius. Diese Bestimmung hat sie erfüllt.«
»Das ist nicht in Ordnung.« Er schüttelte den Kopf. »Ohne mein Wissen, Verhütungsmittel anzuwenden. Ich habe auch gewisse Rechte.«
»Aber Hilary auch, Darius. Sie hat das Recht auf Freiheit. Und sie hat dieses Recht wahrgenommen, indem sie zur Verhütung griff.«
»Das verstehe ich nicht.«
»Solange du Hilary immer wieder schwängern kannst, Darius, ist sie dir unterworfen. Aber indem sie dir diese Macht nimmt, macht sie sich von dir frei.«
Er sah sie entsetzt an. »Dann habe ich sie verloren?«
»Aber nein«, entgegnete Samantha. »Du hast sie nicht verloren. Du hast immer noch eure Ehe, Darius, und dir bleibt ihre Liebe.«
»Nein, nicht wenn sie meine Kinder nicht haben will.«
»Hier geht es doch nicht um Kinder, Darius. Hier geht es um etwas ganz anderes, das für sie sehr wichtig ist. Ich erinnere mich noch an den Tag vor neun Jahren, als sie zu mir in die Praxis kam, um sich operieren zu lassen. Damals hat sie dir erst hinterher von der Operation erzählt. Seitdem versucht sie, sich ihre Selbständigkeit zu erobern, Darius. Hilary möchte ein wenig Freiheit haben, aber sie will sie sich nicht heimlich stehlen müssen.«
»Ich verstehe das alles nicht. Meinst du, sie möchte sich von mir trennen?«

»Eine Frau kann verheiratet und trotzdem frei sein.«
Darius leuchtete das nicht ein.
»Sprich mit ihr, Darius. Hilary liebt dich nicht weniger, nur weil sie etwas mehr Freiheit möchte. Sprich mit ihr, Darius, und hör ihr zu.«
Er nickte unsicher. »Ich tu' alles, wenn ich sie nur glücklich machen kann.«
Samantha lächelte. Dann stand sie auf und strich sich glättend über ihren langen Rock. Und ich, dachte sie, weiß, was *ich* jetzt zu tun habe.

3

Als sie eingetreten war, blieb sie einen Moment stehen und wartete, bis sich ihre Augen an das gedämpfte Licht gewöhnt hatten. Es war ein Drugstore wie jeder andere in der Stadt. Mit Flaschen und Dosen gefüllte Regale, die bis zur Decke reichten, neue Glasvitrinen mit Gesundheitswässerchen und Kölnisch Wasser. Die Erfrischungshalle mit dem Sodasiphon war gleich vorn. Über der Theke, an der mehrere Hocker standen, hing ein großer Spiegel mit Reklameschildern für Coca Cola, Bromo Seltzer und Moxie. Auf der Verkaufstheke weiter hinten stand ein Briefmarkenautomat, daneben ein Kasten, in dem man Filme hinterlegen konnte, die man entwickeln lassen wollte. Einige Kunden sahen sich mit müßigem Interesse im Laden um, und an der Theke nahm eine Frau ein eingewickeltes Päckchen vom Apotheker entgegen.
Samantha wollte sich erst einmal umsehen. Hunderte verschiedener Produkte wurden hier angeboten, die versprachen, alles zu heilen, vom eingewachsenen Zehennagel bis zum Gehirntumor. Auf einer Flasche, die eine Arznei namens Gono enthielt, wurde behauptet, es handle sich hier um ein ›unvergleichliches Mittel gegen alle unnatürlichen Sekrete und gegen jede Art von Entzündung‹, das garantiert Gonorrhöe und Nachtripper heile. Eine Schachtel mit Dr. Roses Schlankheitspulver garantierte Gewichtsabnahme ›innerhalb relativ kurzer Zeit‹. Es gab Haarwuchsmittel und Zahnhärter; Säfte zur ›Vorbeugung gegen Leber-, Nieren- und Darmkrankheiten‹; Salben, die besorgte Eltern ihren Söhnen auf die Genitalien auftragen konnten, um das Onanieren zu verhindern; ein garantiert wirksames Heilmittel gegen die Syphilis; diverse Arten von Scheidentampons, die wundertätige Substanzen zur ›Wiederherstellung der regelmäßigen Zyklustätigkeit, die aufgrund nervöser Ängste oder anderer Ursachen gestört ist‹, enthielten.
Langsam ging Samantha zwischen Regalen und Vitrinen hin und her, sah

sich ausgestellte Injektionsspritzen und Klistiersspritzen an, die zusammen mit Fläschchen ›beruhigenden Weinopiats‹ verkauft wurden. Auf dem Rückweg zur Kasse, wo der Apotheker gerade einer älteren Frau gute Ratschläge gab, blieb Samantha vor einer kleinen Pyramide aus Flaschen stehen, die zu Reklamezwecken auf der Theke aufgebaut war. Davor lag ein Stapel dünner Broschüren mit der Aufschrift: ›Kostenlose Information zu Sara Fenwicks Wundermixtur. Bitte bedienen Sie sich.‹
Sie nahm eine Flasche und las das Etikett. Die Wundermixtur heilte angeblich nicht nur jede Krankheit und jedes Leiden, die eine Frau befallen konnten, sie wirkte außerdem verjüngend, belebend und kräftigend. Woraus das Wundermittel sich zusammensetzte, wurde nicht erwähnt.
Samantha klappte eine der Broschüren auf. ›Jede Frau kann ihr eigener Arzt sein‹, hieß es da. ›Sie kann sich selbst behandeln, ohne ihre intimen Beschwerden einem anderen zu offenbaren oder sich einer unnötigen Untersuchung durch einen Arzt zu unterwerfen, die ihr weibliches Schamgefühl verletzen würde. Oder möchten Sie einem wildfremden Mann Ihre intimsten Geheimnisse anvertrauen? Mit ihm über Dinge sprechen, die wirklich nur Frauensache sind? Das widerspricht der Natur der Frau; es läßt sich mit ihrem ausgeprägten Gefühl für Anstand und Würde nicht vereinbaren. Jede richtige Frau ist empört bei der Vorstellung, einem Mann, sei er nun Arzt oder nicht, ihre geheimsten Leiden anzuvertrauen. Mrs. Fenwick weiß das; sie ist selbst eine Frau. Wenn Sie Rat brauchen, dann schreiben Sie ihr. Sie wird Ihnen persönlich antworten, und es kostet Sie keinen Penny. Kein Mann bekommt Ihren Brief zu sehen. In unseren Büros arbeiten keine Männer. Die gesamte Korrespondenz wird nur von Frauen gelesen und beantwortet.‹
Dann folgte eine Auswahl an Dankschreiben.
Mrs. G. V. aus Scranton schrieb: ›Jahrelang hatte ich ständig mit Beschwerden der Gebärmutter zu tun. Ich hatte in vier Jahren fünf Geschwulste und war bei allen möglichen Ärzten, aber sie konnten mir nicht helfen. Sie hatten überhaupt kein Verständnis und verschrieben mir nur Morphium. Aber dann hörte ich von Mrs. Fenwick und bat sie um Rat. Sie schrieb mir, ich solle nach jeder Mahlzeit und immer, wenn ich niedergeschlagen oder gereizt sei, einen Eßlöffel von der Mixtur nehmen. Die Geschwulste waren sofort verheilt. Ich bin jetzt kräftig und vollkommen gesund. Ich bin immer guter Stimmung, und mein Mann freut sich, wenn er abends nach Hause kommt. Wenn Mrs. Fenwicks Wundermixtur nicht gewesen wäre, wäre ich heute wahrscheinlich nicht mehr am Leben.‹

Samantha sah sich noch einmal die Flasche an. Auf dem Aufkleber auf der Rückseite stand: ›Der Schock einer Operation ist für die meisten Frauen zu groß. Sara Fenwicks Wundermixtur löst Gebärmuttergeschwulste sauber und schmerzlos auf.‹

Sie warf einen Blick auf den Apotheker, sah, daß er gerade an der Kasse beschäftigt war, und entkorkte rasch die Flasche, um daran zu riechen. Das Wunderelixier bestand zu mindestens dreißig Prozent aus Alkohol.

Sie stellte die Flasche wieder hin, legte die Broschüre auf den Stapel zurück. ›Löst Gebärmuttergeschwulste auf...‹

»Womit kann ich dienen, Madam?«

Sie hob den Kopf. »Ich suche Farmers Frauenfreund.«

»Einen Augenblick, Madam.« Er griff in ein Regal hinter der Theke und holte eine Flasche herunter.

Samantha nahm sie, las das Etikett und fragte: »Ist es auch wirklich unschädlich?«

»Garantiert, Madam.«

»Für eine Frau, die ein Kind erwartet?«

»Gerade für werdende Mütter ist das Mittel ja gedacht, Madam.«

»Gut«, sagte Samantha, »ich nehme es.«

Während der Apotheker die Flasche einwickelte, musterte Samantha die Borde hinter ihm. »Listerine«, murmelte sie. »Ist das nach Dr. Lister benannt?«

»Aber gewiß, Madam. Zwei geschäftstüchtige Leute aus Missouri kamen auf die Idee. Dr. Lister verkaufte ihnen seinen Namen. Er bekommt Lizenzgebühren, und ich habe ein Produkt, das reißend weggeht.«

»Sie haben hier eine große Auswahl.«

»Ich bemühe mich, alles zu führen, was der Mensch so braucht. Die Leute gehen nun mal nicht gern zum Arzt und zahlen ihm zwei Dollar dafür, daß er ihnen sagt, daß er nicht helfen kann. Sie kommen hierher, erzählen mir, was los ist, und dann empfehle ich was. Das ist billiger, geht schneller und die Heilung ist garantiert. Da kann kein Arzt mithalten.«

Sie griff in ihren Beutel und legte einen Dollarschein auf die Theke. Während der Apotheker die Registrierkasse betätigte, sprach er weiter: »Ich verkaufe den Leuten, was sie haben wollen. Die Damen von der Temperenzbewegung sind ein gutes Beispiel. Sie wettern gegen das Bier und wollen den Ausschank verbieten lassen und dann kommen sie zu mir in den Laden und kaufen Parks Gemüsetrank. Bier hat höchstens acht Prozent Alkohol. Parks hat einundvierzig.« Er zählte ihr das Wechselgeld in die Hand. »Nichts als Heuchelei, verstehen Sie.«

Sie steckte das Kleingeld ein. »Vielleicht wissen sie nicht, daß Alkohol

enthalten ist«, sagte sie und wies auf eine Flasche Parks Gemüsetrank, auf deren Etikett groß und deutlich stand: ›Absolut ohne Alkohol‹. Sie griff nach ihrem Päckchen.
»Oder schauen Sie sich das da an«, fuhr er fort. »Goldbalsam. Die Pastoren empfehlen ihn. Siebzig Prozent Alkohol. Ich sag's Ihnen, mir macht die Temperenzbewegung keine Angst; ich bin hundertprozentig dafür. Macht die Kneipen zu, dann kommen die Leute in den Drugstore.«
Samantha nickte mit Interesse. »Stehen Sie für alles ein, was Sie verkaufen?«
»Vollkommen. Wenn ich was für schlecht halte, nehme ich es nicht auf Lager.«
»Wußten Sie, daß die Arznei, die ich eben gekauft habe, eine hohe Dosis Opium enthält?«
Seine Augen wurden unruhig. »Wieso?«
»Farmers Frauenfreund. Es enthält Opium. Viel. Wissen Sie nicht, daß das für eine werdende Mutter und ihr ungeborenes Kind schädlich ist?«
Die freundliche Mitteilsamkeit des Mannes war wie weggeblasen. »Wer sagt, daß es Opium enthält?«
»Wenn ich nicht irre, sagte *ich* das eben.«
»Aber auf dem Etikett steht's nicht.«
»Aber, Sir. Sie und ich, wir wissen doch, wie das mit den Etiketten ist. Es überrascht mich nur, daß Sie wissentlich ein schädliches Produkt verkaufen.«
»Dieses Mittel enthält kein Opium.«
»Das würde ich mir gern vom Hersteller persönlich bestätigen lassen. Können Sie mir die Adresse geben?«
»Nein, das kann ich nicht.«
»Ich habe ein Recht zu wissen, was ich einnehme. Bitte geben Sie mir die Adresse.«
Er maß sie mit kaltem Blick. »Meine Dame, wenn Ihnen nicht paßt, was die Medizin enthält, dann kaufen Sie sie nicht.«
»Woher soll ich wissen, was sie enthält, wenn auf dem Etikett nicht darauf hingewiesen wird, und Sie es entweder nicht sagen können oder nicht sagen wollen. Ich weiß zufällig, daß dieses Mittel ein gefährliches Betäubungsmittel enthält. Eine Freundin von mir wäre beinahe daran gestorben. Dieses sogenannte Medikament macht arglose Frauen, die es einnehmen, suchtkrank. Ich bin der Meinung, Sir, daß es Ihre Pflicht ist, entweder Ihre Kunden zu warnen oder die Flaschen aus Ihrem Regal zu nehmen.«

Einen Moment lang starrte er sie schweigend an, dann sagte er leise und wütend: »Im Augenblick habe ich nur die Pflicht, Verehrteste, Sie zu bitten, mein Geschäft zu verlassen. Mir gefallen Ihre Unterstellungen nicht.«

Samantha erwiderte seinen Blick kühl, dann warf sie einen Blick auf die anderen Kunden im Laden, nahm ihre Flasche und ging.

»Und was hast du dann getan?«
»Ich habe hier im Krankenhaus eine Analyse gemacht. Farmers Frauenfreund enthält mehr Opium als Laudanum.«
»Samantha, würdest du bitte mal eine Weile aufhören, im Zimmer hin und her zu laufen?« sagte Stanton Weatherby.

Samantha machte vor dem Fenster halt und sah hinaus. Die Stadt war in abendliche Nebelschwaden gehüllt. Auf der Kearny Street hingen die Lichter der Straßenlampen wie Lampions im Dunst.

Stanton, Mitglied des Verwaltungsrats und zugleich Rechtsberater des Krankenhauses, kam einmal in der Woche vorbei, um Geschäftliches mit Samantha zu besprechen. Aber an diesem Nachmittag hatte ihn nicht wie gewohnt ein gemütlicher Plausch bei einer Tasse Tee erwartet. Samantha hatte ihn erregt und aufgebracht empfangen und hatte den Tee völlig vergessen.

Sie begann wieder, im Zimmer auf und ab zu gehen. »Ich war entsetzt, Stanton, was in den Drugstores so alles an Elixieren verkauft wird. Und die Apotheker scheint es überhaupt nicht zu kümmern, oder aber sie wissen es wirklich nicht. Aber die Leidtragenden sind die Frauen!«
»Es ist nicht verboten.«
Sie blieb stehen. »Nein, aber es sollte verboten sein! Jeder Quacksalber kann die Leute mit einer Flasche gefärbtem Wasser und einem verlockend aufgemachten Etikett betrügen. Und ihnen vielleicht sogar Schaden antun.«
»Gefärbtes Wasser schadet nicht.«
»Doch, Stanton. Diese Wundermittel halten die Leute davon ab, zum Arzt zu gehen, wo sie richtig behandelt werden würden.«
Er betrachtete ihr erhitztes Gesicht und bedauerte es wie schon so oft, daß sie sich nicht hatte entschließen können, seine Frau zu werden. »Dagegen kann man nichts tun, Samantha.«
»Aber die Öffentlichkeit hat ein Recht auf Aufklärung, Stanton. Die Leute haben ein Recht darauf zu erfahren, was diese sogenannten Medikamente enthalten. Und wenn die Öffentlichkeit aufgeklärt wird, dann entsteht vielleicht genug Druck, um Änderungen in der Gesetzgebung

durchzusetzen – ein Gesetz zum Beispiel, das vorschreibt, daß auf dem Etikett sämtliche Bestandteile eines Mittels angegeben werden müssen.«

Stanton schüttelte den Kopf. »Das würde ein harter Kampf werden, Samantha«, meinte er skeptisch. »Die pharmazeutische Industrie ist mächtig. Jedes Jahr werden beim Kongreß Gesetzesvorlagen eingebracht, und jedes Jahr sterben sie einen lautlosen Tod.«

»Wir können zu den Zeitungen gehen.«

»Von denen bekommst du keine Schützenhilfe. Die verdienen doch an der Werbung der Arzneimittelhersteller.«

»Aber es muß doch einen Weg geben!«

Wieder schüttelte er den Kopf. »Hast du mal von Harvey Wiley gehört, Samantha?«

»Ja, ich glaube. Ist er nicht der Leiter der Abteilung für chemische Produkte am Landwirtschaftsministerium?«

»Richtig. Wiley bemüht sich seit Jahren um ein Gesetz, das Lebensmittelherstellern und -händlern verbietet, aus Gründen des Profits Nahrungsmittel zu verfälschen oder zu strecken. Alaun im Brot, damit es schwerer wiegt, Sand im Zucker, Staub im Kaffee, Kreide in der Milch – die Liste ist endlos. Lebensmittelhändler und -lieferanten können genau wie die Arzneimittelhersteller mit ihren Produkten machen, was sie wollen und sind nicht verpflichtet, dem Kunden Aufklärung darüber zu geben. Sämtliche Anträge, die Wiley im Kongreß eingebracht hat, um da eine Änderung zu erreichen, sind abgeschmettert worden. Und Wiley ist ein einflußreicher Mann.«

»Aber wir müssen etwas tun, Stanton.«

Stanton überlegte einen Augenblick. »Wir leben in einem freien Land, Samantha. Ein Hersteller von Arzneimitteln hat das Recht, seine Mittel so zusammenzustellen, wie er es für richtig hält. Der Staat kann ihm da keine Vorschriften machen.«

»Ich sage ja gar nicht, daß der Staat Vorschriften machen soll. Ich sage nur, daß der Hersteller zum Schutz des Kunden verpflichtet sein müßte, die Zusammensetzung des Mittels genau anzugeben. Die Leute haben doch ein Recht darauf zu wissen, was die Arznei enthält, die sie kaufen. Wofür sie bezahlen.«

»Du sprichst von staatlicher Intervention, Samantha.«

»Im Gegenteil, ich spreche von mehr Freiheit für die Leute. Sie müssen die Freiheit der aufgeklärten Wahl haben, wenn sie ein Arzneimittel kaufen, damit sie sich vor Betrug schützen können.« Sie trat zu ihm und sah ihn eindringlich an. »Stanton, ich trage diesen Zorn schon seit Jahren mit mir herum. Wenn ich sehe, wie sich die Frauen mit diesen Mitteln kaputtmachen, könnte ich schreien vor Wut. Entweder sie werden süchtig, oder sie kommen dank dieser Mittel, die ihnen prompte Heilung versprechen, erst zum Arzt, wenn es zu spät ist. Und darum muß ich jetzt endlich etwas unternehmen.«

Er sah ihrer entschlossenen Miene an, daß es keinen Sinn hatte, mit ihr zu argumentieren. »Und was hast du vor?«

»Zunächst einmal werde ich die Frauen aufklären, die zu uns ins Krankenhaus kommen. Dann werde ich versuchen, die Öffentlichkeit wachzurütteln. Es muß doch jemanden geben, der mir zuhört...«

4

Andere mochten sich an seine Häßlichkeit gewöhnen, Adam selbst würde sich nie mit ihr abfinden. Jedesmal, wenn er sich im Spiegel sah, war er entsetzt und abgestoßen. Darum hatte er keinen Spiegel in seinem Zimmer; darum war er nie sorgfältig gekämmt. Aber er entkam der Begegnung mit seinem Spiegelbild nicht: überall im Haus gab es Spiegel; es gab Fensterscheiben und im Garten einen Weiher. Sie warfen ihm sein Bild zurück, als wollten sie ihn verhöhnen. Aber *sie*, dachte Adam dann schmerzlich, aber *sie* sieht es nicht.

Nein, Jenny sah nichts Häßliches an Adam. Geradeso, wie sie einst die elegante Fassade Warren Dunwichs durchschaut und dahinter die Herzlosigkeit gesehen hatte, sah sie, ohne sich von den äußeren Entstellungen ablenken zu lassen, die Schönheit und Klarheit von Adams Wesen.

Adam hatte lange geglaubt, die Explosion auf Telegraph Hill hätte ihn nicht nur taub gemacht und entstellt, sondern auch sein Herz versteinert. Ein Tuch auf sein blutendes Gesicht gedrückt, hatte er dagestanden und zugesehen, wie man seinen Vater tot unter den Trümmern hervorzog, und hatte gespürt, wie er innerlich erstarrte. In den folgenden Monaten, als er sich verzweifelt und mutterseelenallein auf den Straßen herumgetrieben hatte, schutzlos ausgeliefert jedem, der ihn mißbrauchen wollte, hatte er sich gefühlt, als wäre er mit seinem Vater gestorben.

Als die Franziskaner von der Mission ihn aufgelesen hatten, hatten sie ihn zuerst in ein Waisenhaus gebracht und dann veranlaßt, daß er an die Taubstummenschule kam. Später hatte er vom Leiter der Schule erfahren, daß sein Gesicht weit weniger gelitten hätte, wenn er sofort nach dem Unfall in ärztliche Behandlung gekommen wäre; aber nun war es zu spät, noch etwas zu tun. Adam war dazu verurteilt, in einer Welt des

Schweigens zu leben, erschreckend für jedermann, der ihn das erstemal sah.
Nach Beendigung seiner Schulzeit hatte Adam sich entschlossen, als Lehrer an der Schule zu bleiben. Hinter ihren Mauern fühlte er sich vor den grausamen Blicken gesunder Menschen geschützt. Seine Schüler brauchten nicht lange, um sich an ihn zu gewöhnen und akzeptierten ihn dann so, wie er war.
Adam hätte nicht mehr sagen können, wann genau das Gefühl völliger Isolation ihn das erstemal übermannt hatte; die Erkenntnis, daß er anders war, abgeschnitten, getrennt selbst von denen, die taub waren wie er. Aber er erinnerte sich, daß es ihn vor allem in der Zeit der Pubertät gequält hatte, als er angefangen hatte, den hübschen Mädchen an der Schule nachzuschauen, und gewußt hatte, daß sie ihn niemals beachten würden. Er hatte sich noch mehr verhärtet: Wenn sie ihn nicht haben wollten, dann brauchte er sie auch nicht. Er brauchte überhaupt niemanden. Er zog sich zurück, entwickelte sich zu einem verschlossenen und unzugänglichen jungen Mann.
Als Lehrer jedoch zeichnete er sich aus. In seiner Isolation, ohne Freunde, ohne geselligen Umgang, wandte Adam sich den geistigen Dingen zu. Er las und lernte und forschte. Er beobachtete, experimentierte und entdeckte bessere Lehrmethoden. Seine Schüler machten immer die schnellsten Fortschritte; sein Enthusiasmus und seine Hingabe vermochten selbst den Widerstand der starrsinnigsten Schüler zu überwinden. Man begann, ihm die schwierigen Klassen zuzuteilen; und bald gab er Einzelunterricht.
Als der Leiter der Schule Samanthas Brief erhielt, in dem sie ihm mitteilte, daß sie einen Hauslehrer für ihre Tochter suche, die schwer geschädigt sei, hatte er sofort beschlossen, ihr Adam Wolff zu schicken. Adam hatte anfangs nichts davon wissen wollen. Er hatte Angst vor der Welt. Nach einer Weile jedoch hatte er auch die Herausforderung in der neuen Aufgabe gesehen und hatte beschlossen, sie anzunehmen. Er wollte sich selbst auf die Probe stellen, sehen, ob er außerhalb der schützenden Mauern der Schule leben konnte.
Auf der ganzen Fahrt hatten die Leute ihn angestarrt, in der Postkutsche, auf der Fähre, im Pferdebus. Als er spät am Heiligen Abend – aufgrund eines Mißverständnisses zwei Wochen zu früh, wie er danach zu seiner Verlegenheit erfuhr – völlig durchnäßt und zornig vor dem Haus in der Kearny Street stand, nahm er sich vor, beim ersten Anzeichen von Erschrecken oder Mitleid bei den Leuten, die ihn engagiert hatten, kehrt zu machen und zur Schule zurückzufahren.

Aber die Frau, die ihm öffnete, lächelte nur freundlich, bat ihn herein, nahm ihm seine nassen Sachen ab und führte ihn in den Salon, wo ein warmes Feuer brannte.

Dort stand im Schein der flackernden Flammen ein kleines Mädchen, das ihn mit großen, aufmerksamen Augen ansah, ohne sich zu rühren. Schweigend und ein wenig verlegen ließ er die Musterung über sich ergehen, bis sie ganz langsam auf ihn zukam, dicht vor ihm stehen blieb und zu ihm aufblickte. Sie hob einen Arm, berührte mit den kleinen Fingern seine vernarbten Wangen und lächelte.

Adam spürte Bewegung hinter sich und drehte sich um. Die Frau, die ihn eingelassen hatte, drückte mit einem Ausdruck, in dem sich Ungläubigkeit und Beglücktheit mischten, die Hand auf den Mund, und als sie die Hand wegzog, sah er, wie ihre Lippen sich bewegten und las: »Jenny! Du lächelst ja!«

Er sah wieder zu dem kleinen Mädchen, und alle Bitternis und aller Groll fielen von ihm ab. Plötzlich konnte er sehen, daß das Leben schön war. Zum erstenmal seit langen Jahren war er innerlich bewegt.

Er blühte auf in diesem Haus, unter Samanthas Zuneigung und Verständnis, unter Jennys schwärmerischer Anbetung. Als er von Samantha hörte, wie abgekapselt und verschlossen Jenny die ganzen Jahre über gewesen war, hatte er keinen sehnlicheren Wunsch, als ihr zu helfen. Anfangs war es nicht leicht gewesen. Die Zeichensprache war nur ein Spiel. Aber schließlich hatten Jennys angeborene Intelligenz und ihr tiefes Verlangen, in Beziehung zu treten, die Mauern eingerissen.

Jennys Wissensdurst war Adam ständiger Ansporn, noch mehr für sie zu tun. Malerei, Literatur, die Natur, die Wissenschaften – es gab nichts, was sie nicht faszinierte und entzückte. Und alles, was sie lernte, betrachtete sie als ein Geschenk von ihm. Adam öffnete Jenny die Welt, und sie gab ihm dafür ihr Vertrauen. Mehr konnte er nicht verlangen.

Aber er liebte sie. Er liebte sie und konnte nichts gegen das Gefühl tun, obwohl er wußte, daß sie es nicht erwiderte, daß sie bestenfalls einen großen Bruder in ihm sah. Sie war neunzehn Jahre alt, selbständig, klug, gebildet, fähig, allein ihren Weg zu gehen. Sie brauchte ihn nicht mehr. Seine Aufgabe war erfüllt.

Auf dem Weg durch den Garten zum Pavillon, wo Jenny mit einem Buch saß, blieb er hinter den Rosenbüschen stehen, um sie einen Moment nur anzuschauen. Sie war so schön.

Sie spürte seine Anwesenheit und sah von ihrem Buch auf. Lächelnd stand sie auf. Er wäre am liebsten davongelaufen, aber das schaffte er nicht. Er trat hinter dem Rosenbusch hervor und ging auf sie zu.

»Hallo«, bedeutete er ihr mit den Fingern. »Gefallen dir die Gedichte?«
Jennys schmale Hände antworteten mit geübten Bewegungen. »Ja. Ich danke dir. Das ist ein wunderschönes Geschenk. Setzt du dich zu mir?«
Er zögerte. In seiner Tasche war der Brief an John Wilkinson, den Leiter der Taubstummenschule, mit der Bitte, an die Schule zurückkehren zu dürfen. Er wollte ihn so bald wie möglich abschicken.
Aber dann setzte er sich doch zu ihr. Ihr dunkles Haar flatterte im Wind, während sie ihm rasche Zeichen machte.
»Ich habe dich heute noch gar nicht lächeln sehen«, signalisierte sie und drohte ihm mit dem Finger wie einem ungezogenen kleinen Jungen.
Er lächelte schwach. Früher hatte es ihn nicht gestört, wenn Jenny ihn angesehen hatte, aber in letzter Zeit hätte er sich jedesmal, wenn sie ihn anschaute, am liebsten einen Sack über den Kopf gezogen.
Jenny berührte leicht seinen Arm. »Du bist heute so bedrückt, Adam. Warum?«
Er überlegte lange. Er mußte es ihr sagen. »Ich gehe nach Berkeley zurück, Jenny.«
Sie lachte. »Kann ich mitkommen?«
»Nein, nicht zu Besuch. Für immer.«
Ihr Lächeln erlosch. »Warum?«
»Es ist Zeit für mich. Ich bin fast acht Jahre hier gewesen. Ich habe dir alles beigebracht, was ich weiß. Es gibt keinen Grund für mich, noch länger hier zu bleiben.«
Sie wandte sich ab und drückte die Hände auf ihr Gesicht.
Es wird nur eine kleine Weile wehtun, dachte Adam. Und dann bin ich nur noch eine Erinnerung...
Ihr Gesicht war tränennaß, als sie sich ihm wieder zuwandte. »Geh nicht fort«, signalisierte sie.
»Die Schule braucht mich.«
»Ich brauche dich.«
Er schloß die Augen. Er sah die Zukunft nur zu gut. Jenny würde seiner Abreise bald von Verehrern umgeben sein. Er hatte oft bemerkt, wie die Männer sie ansahen, mit einer Mischung aus Begehren und Bewunderung. Nichts sprach dagegen, daß Jenny heiratete und ein normales Leben führte. Samantha, die Gants, sogar Miss Peoples hatten die Zeichensprache gelernt. Jeder Ehemann konnte sie lernen.
Er faßte sie bei den Handgelenken. »Du brauchst mich nicht mehr!« rief er. »Ich bin nur ein Hindernis für dich. Wenn ich dauernd um dich herum bin, wird nie ein Mann kommen, der dich heiraten will. Jenny!«

Sie beobachtete angespannt die Bewegungen seiner Lippen, verstand kaum, was er sagte. Dann riß sie sich los. »Geh nicht«, signalisierte sie verzweifelt. »Bitte, geh nicht.«
Der Pavillon begann vor Adams Augen zu verschwimmen. Er sprang auf. Sie sollte ihn nicht weinen sehen. Einen Moment stand er unschlüssig. Dann drehte er sich um und lief davon.
Jenny streckte die Arme nach ihm aus, versuchte zu rufen, bewegte schluchzend die Hände. »Ich liebe dich, Adam.«
Aber Adam sah die flehentlichen Zeichen nicht. Er stürzte ins Haus, durch den Flur, an der verdutzten Miss Peoples vorbei auf die Straße zum nächsten Briefkasten.

5

Samantha sah auf ihre Armbanduhr. Eigentlich hatte sie zu Mittag essen wollen, ehe sie Visite machte, aber auf ihrem Schreibtisch hatte sich soviel Schreibarbeit angehäuft, daß sie es wahrscheinlich doch wieder einmal nicht schaffen würde. Sie mußte unbedingt die neuen Gefäßklemmen bestellen, die, wie man überall hörte, bei Unterleibsoperationen mit revolutionierendem Erfolg eingesetzt wurden. Außerdem wollte sie bei der Goodyear Rubber Company ein Paar Gummihandschuhe bestellen. Ein Chirurg am Johns Hopkins Krankenhaus hatte seiner Operationsschwester, deren Hände vom Karbol völlig wund gewesen waren, gestattet, Handschuhe zu tragen, und hatte einen plötzlichen merklichen Abfall an postoperativen Infektionen bei seinen Patienten festgestellt. Das war für Samantha Grund genug, selbst mit dieser erstaunlichen Entdeckung zu experimentieren.
Schließlich lag noch ein ganzer Stapel Korrespondenz da, darunter die Antwortschreiben der Zeitungen und Zeitschriften, an die Samantha sich um Unterstützung in ihrer Kampagne gegen die Arzneimittelhersteller gewandt hatte. Stanton Weatherby hatte recht behalten: Die Presse wollte davon nichts wissen.
Lustlos schob Samantha das Bündel Briefe auf die Seite. Zu Hause auf ihrem Schreibtisch sah es nicht besser aus.
Ihr Gesicht verdunkelte sich. Da lag auch der Brief, den sie am Vortag von John Wilkinson, dem Leiter der Taubstummenschule, erhalten hatte. Adam Wolff, schrieb er, hätte darum gebeten, an die Schule zurückkehren zu dürfen. Jetzt war ihr klar, warum Jenny seit drei Wochen so bedrückt und verschlossen war. Sie hatte mehrmals versucht, mit ihr zu sprechen, hatte sich auch an Adam gewandt, der mit ähnlicher Trauer-

miene durchs Haus ging wie Jenny, aber keiner von beiden hatte ihr sagen wollen, was los war. Als der Brief gekommen war, hatte Samantha begriffen.
An diesem Abend wollte sie ernsthaft mit den beiden reden.
Es klopfte, und Schwester Constance trat ins Zimmer.
»Dr. Hargrave? Es tut mir leid, daß ich Sie stören muß, aber wir haben ein Problem. Dr. Canby, die heute eigentlich in der Neuaufnahme Dienst hat, operiert noch, und im Untersuchungszimmer wartet eine Dame auf sie.«
»Gut, Constance, ich mach' das schon.«
Als Samantha eintrat, stand die Frau auf und bot ihr die Hand, als empfänge sie sie zum Tee. »Guten Tag, Doktor.«
»Guten Tag. Bitte, nehmen Sie doch wieder Platz.« Unauffällig musterte Samantha die Frau, unverkennbar Oberschicht, elegant, gepflegt, kultiviert. Sie war etwa Ende dreißig, sehr hübsch, selbstsicher und allem Anschein nach kerngesund. Samantha fragte sich, was sie auf dem Herzen haben könnte.
»Ich bin noch nicht lange in San Francisco, Doktor. Wir sind vor kurzem erst aus St. Louis hierher gezogen. Dort war ich bei verschiedenen Spezialisten, die mir alle keine Hoffnung machen konnten, aber Ihr Krankenhaus hat einen so ausgezeichneten Ruf, daß ich es doch noch einmal versuchen wollte.«
»Worum geht es denn?«
»Ich wünsche mir ein Kind. Ich war einmal schwanger, vor sechs Jahren, aber unmittelbar nach der Entbindung bekam ich Kindbettfieber. Es war sehr schlimm, und mein Kind ist daran gestorben. Seitdem bin ich nicht wieder schwanger geworden. Mein Mann und ich hätten so gern ein Kind.«
»Ich verstehe. Ich kann noch nicht sagen, ob ich etwas für Sie tun kann. Dazu muß ich Sie erst untersuchen. Weiß Ihr Mann, daß Sie zu mir gekommen sind?«
»O ja. Er drängte mich sogar, zu Ihnen zu kommen. Er hat großes Vertrauen in die Medizin.« Sie lächelte. »Verständlicherweise. Er ist selbst Arzt. Er lehrt hier an der Medizinischen Fakultät der Universität.«
»Aus St. Louis? Vielleicht kenne ich ihn.«
»Eigentlich kommen wir aus New York. Sein Name ist Mark Rawlins.«
Samantha starrte sie an. »Was sagten Sie?«
»Der Name meines Mannes ist Mark Rawlins.«
»Das ist unmöglich. Mark Rawlins ist tot.«

»Pardon? Kannten Sie ihn? Oh, Sie sprechen von der Schiffskatastrophe? Das war lange, ehe ich ihn kennenlernte. Mark wurde zusammen mit elf anderen Passagieren von einem Fischerboot gerettet.«
Samantha war wie betäubt. Sie senkte den Blick zu ihren Händen. »Und ich dachte all die Jahre, er sei tot.«
»Dann haben Sie ihn also gekannt?«
»Ja. Ja, vor langer Zeit.«
»Ich wußte gar nicht – Kannten Sie ihn denn gut?«
Samantha hob den Kopf. Ihre Augen wirkten gläsern. »Ich kannte seine Familie.«
»Ach so. Ich habe Marks Eltern leider nicht mehr kennengelernt. Sie lebten beide nicht mehr, als ich nach New York kam.«
»Ein Fischerboot...«
»Ja, es rettete ihn und elf andere Passagiere. Sie waren die einzigen Überlebenden des Unglücks. Sie trieben zwei Wochen lang in einem Rettungsboot auf dem Meer, ehe sie gefunden wurden. Natürlich waren sie alle völlig erschöpft. Mark litt hinterher zwei Monate lang an Amnesie; niemand in dem Fischerdorf wußte, wer er war oder mit wem man hätte Kontakt aufnehmen können. Aber als er sich langsam von den Strapazen erholte, kam auch sein Gedächtnis zurück. Seine Rückkehr nach New York erregte ziemliches Aufsehen. Es wundert mich, daß die hiesigen Zeitungen nicht darüber berichteten.«
»Vielleicht haben sie das getan. Ich war gerade erst angekommen und hatte viel zu tun. Aber wie dem auch sei, ich freue mich sehr, daß es ihm gut geht. Und sein Erinnerungsvermögen ist ganz wiederhergestellt?«
»Er hat noch ein paar Lücken, aber im großen und ganzen, ja.«
»Er muß ja Schreckliches durchgemacht haben.«
»Die anderen erzählten, er hätte seine Essens- und Wasserrationen den Frauen und Kindern gegeben.«
Samantha sah auf ihre Uhr. »Ich habe leider gleich noch einen Termin, und eine Untersuchung braucht ihre Zeit. Können Sie morgen noch einmal kommen?«
»Aber natürlich.«
Sie standen beide auf. »Ich hoffe, ich werde Ihnen morgen sagen können, wie es für Sie aussieht. Paßt Ihnen zwei Uhr?«
»Ja, vielen Dank, Doktor. Auf Wiedersehen.«

Samantha war noch lange im Untersuchungszimmer sitzen geblieben, nachdem Marks Frau gegangen war. Sie hätte sich nicht von der Stelle rühren können, wenn sie gewollt hätte. Aber schließlich war sie aufge-

sprungen, hatte Schwester Constance erklärt, sie wäre zu einem Notfall gerufen worden und war direkt zu Hilary gefahren.
»Er lebt«, hatte sie nur gesagt, als Hilary die Treppen heruntergekommen war.
»Wenn ich mir vorstelle, daß Mark hier, in San Francisco, ist«, sagte sie jetzt. »Inzwischen hat sie es ihm sicher erzählt. Er weiß, daß ich hier bin, Hilary.« Samantha schaute zur Tür, als erwarte sie ein Klopfen. »Ich darf ihn nicht sehen, Hilary.«
»Warum nicht?«
»Weil es das Beste ist, alles so zu lassen, wie es ist. Er ist verheiratet und –« Sie mußte eine Pause machen, um die Tränen niederzukämpfen. »Ich habe Angst.«
»Wovor?«
»In meiner Phantasie liebt Mark mich immer noch. Abends im Bett brauche ich nur die Augen zuzumachen, und wir sind wieder zusammen wie damals. Aber wenn er jetzt sogar hier in der Stadt lebt, wird sich das ändern. Besonders wenn – wenn er mich durch die Amnesie für immer vergessen haben sollte. O Gott, wenn ich mir vorstelle, daß alles, was wir miteinander geteilt haben, vielleicht für ihn ausgelöscht ist...«
Hilary setzte sich zu ihr. Sie war erschüttert und hätte jetzt gern einen Löffel Farmers Frauenfreund genommen, um sich zu stärken, aber sie hatte nichts im Haus. Nachdem sie sich von ihrem Sturz erholt hatte, war ihr erster Gedanke gewesen: Lieber Gott, ich danke dir, daß ich das Kind nicht verloren habe. Dann hatte sie Samantha versprochen, das Stärkungsmittel aufzugeben. Aber zu ihrem Schrecken war das nicht so leicht gegangen, wie sie erwartet hatte. Jeden Tag mußte sie das bohrende Verlangen danach von neuem niederkämpfen. Aber sie wußte, daß sie siegen würde. Der Sturz hatte ihr einen heilsamen Schrecken eingejagt.
»Ich habe vor zwei Dingen Angst, Hilary«, sagte Samantha. »Ich habe Angst, daß er sich meiner nicht erinnert, aber ich habe genauso Angst davor, daß er sich erinnert und mich immer noch liebt. Ich glaube, das könnte ich nicht aushalten, Hilary – zu wissen, daß er mich noch genauso liebt wie früher, aber daß wir getrennt bleiben müssen...«
Eine Weile schwiegen sie beide, jede in ihre eigenen Gedanken versunken, dann sagte Hilary: »Du weißt, daß du für sie alles tun mußt, was in deiner Macht steht, Sam. Sie ist Marks Frau. Er liebt sie. Und die beiden wünschen sich ein Kind.«
Samantha drückte wie im Schmerz die Augen zu. Ich hatte einmal ein Kind...

»Dreizehn Jahre sind vergangen, seit du mit ihm zusammen warst, Sam. Ihr seid andere Menschen geworden.«
»Aber er ist immer bei mir geblieben.«
»Das ist ein anderer Mark, Sam, nicht der, der jetzt irgendwo hier in San Francisco ist. Empfange sie morgen. Stell dich ihr. Du weißt, wenn ihr jemand helfen kann, dann du. Du bist vielleicht ihre einzige Hoffnung. Sam, mach deinen Frieden mit der Vergangenheit.«

Sie wappnete sich innerlich. Die Frau wartete auf sie – Mrs. Rawlins. Hilary hatte recht – sie mußte sich der Gegenwart stellen, der Tatsache, daß sie sich beide verändert hatten. Mark hatte seine Frau und seine Karriere. Sie hatte das Krankenhaus, Jenny und Adam, den Kampf um Reformen in der Medizin. Was war denn geblieben von jenem Zwischenspiel vor dreizehn Jahren? Nicht einmal das Kind.
Lächelnd trat sie ins Untersuchungszimmer. »Guten Tag, Mrs. Rawlins.«
»Guten Tag, Doktor«, sagte Marks Frau.
»Ich werde Ihnen während der Untersuchung immer genau sagen, was ich gerade tue. Bitte ziehen Sie sich jetzt aus und setzen Sie sich auf den Untersuchungstisch.«
Samantha wandte sich ab, um ihre Instrumente zurechtzulegen, und hörte hinter sich die wohlmodulierte Stimme von Marks Frau. »Ich habe meinem Mann gestern abend von Ihnen erzählt, Doktor, aber er sagte, er könne sich nicht an Sie erinnern.«

6

Samantha sah sich mit Befriedigung die Broschüren an. Sie hatte viele Stunden damit zugebracht, alle im Krankenhaus vorhandenen Krankengeschichten zu lesen, um über Patientinnen, die infolge der Einnahme von diesen Arzneimitteln suchtkrank geworden waren oder andere Schädigungen davongetragen hatten, genaue Daten zu sammeln. Unter Verwendung dieser Angaben hatte sie eine Streitschrift verfaßt, in denen sie alle Frauen vor den verborgenen Gefahren solcher Mittel warnte, wobei sie sogar so weit gegangen war, Namen zu nennen, und hatte sie zur Verteilung im Krankenhaus drucken lassen. Zehn davon, die sie an verschiedene Zeitungen und Zeitschriften verschicken wollte, legte sie beiseite, dann lehnte sie sich zurück und nahm ihre Brille ab.
Durch die Glastür in den winterdunklen Garten hinausstarrend, dachte

sie an Mark. Jetzt, da der erste Schock über die Entdeckung, daß er noch am Leben war, gewichen war, spürte sie, daß er noch immer bei ihr war, an ihrer Seite, daß sich nichts geändert hatte. Der Mann jedoch, der mit Lilian verheiratet war, war ein anderer Mark. Und es war vielleicht gut, daß er sich an Samantha nicht erinnerte, denn nun brauchte sich nichts zu verändern; nun konnte sie ihn weiter so lieben, wie er gewesen war, und wann immer sie wollte, in jene Tage der Vergangenheit zurückkehren.
Sie stand auf und öffnete einen Moment die Tür, um frische Luft zu schöpfen. Die Untersuchungen, die sie am Nachmittag bei Lilian Rawlins durchgeführt hatte, hatten ergeben, daß keine organischen Schäden vorlagen, die eine Schwangerschaft verhinderten. Sie hoffte aufrichtig, daß Lilian bald mit freudiger Nachricht zu ihr kommen würde.
Als es klopfte, drehte sie sich um. Adam stand an der Tür.
»Ich wollte mich verabschieden, Dr. Hargrave.«
Er hielt dieselbe Reisetasche in der Hand, mit der er vor acht Jahren gekommen war. Groß und aufrecht stand er da, seine Stimme war ruhig und ohne Bewegung.
Samantha ging auf ihn zu. Sie sprach langsam, jedes Wort deutlich prononcierend. »Ich wollte, Sie würden bleiben, Adam.«
»Ich kann nicht, Doktor Hargrave. Ich muß fort.«
»Jenny ist so unglücklich.«
»Sie wird darüber hinwegkommen.«
»Adam.« Samantha trat noch einen Schritt näher und legte ihm die Hand auf den Arm. »Ich habe das Gefühl, Sie möchten gar nicht fort.«
Er zögerte. »Ja, das stimmt. Aber Sie brauchen mich nicht mehr, und die Schule braucht mich.«
»Aber wir sind doch Ihre Familie, Adam.«
Ja, dachte er bitter. Und wenn Jenny heiratet, bin ich vielleicht ihr Trauzeuge und muß zusehen, wie sie mit einem anderen die Ringe tauscht.
Widerstrebend läutete Samantha und bat Miss Peoples, als diese kam, den Wagen vorfahren zu lassen. Dann ging sie zu ihrem Schreibtisch und nahm ein Kuvert aus der Schublade.
»Das ist für Sie, Adam. Bitte lehnen Sie nicht ab. Wenn Sie es nicht für sich verbrauchen wollen, dann geben Sie es der Schule.«
Er schob den Umschlag unter seine Jacke, so verlegen plötzlich wie an dem Abend, als er zum erstenmal ins Haus gekommen war.
Schweigend warteten sie auf den Wagen, und als der Kutscher an die Haustür klopfte, ging Adam steif, als wären ihm die Beine bleischwer, aus dem Salon.

»Warten Sie, ich hole Jenny«, sagte Samantha.
»Nein.«
»Sie begreift es nicht, Adam. Sie glaubt, Sie gehen, weil Sie gehen wollen. Sagen Sie ihr die Wahrheit, Adam!«
Er sagte kein Wort, doch er drehte sich um und umarmte sie. Dann stürzte er zur Tür hinaus. Samantha ging zur Straße hinaus und sah dem Wagen nach, bis er um die Ecke bog.
Am nächsten Morgen war Jenny verschwunden.
»Es ist meine Schuld!« rief Samantha völlig aufgelöst. »Ich habe alles falsch gemacht. Ich wußte, daß sie unglücklich war, aber ich glaubte, wenn ich sie in Ruhe ließe, würde sie langsam damit zurechtkommen. Aber Jenny ist anders als wir. Sie ist noch nie von einem Menschen verlassen worden, den sie liebt.«
Die anderen im Zimmer schwiegen. Sie wußten, daß sie Samantha nicht trösten konnten. Darius lehnte am Kaminsims und starrte in sein Brandyglas; Hilary, die vor dem Feuer saß, blickte in die Flammen; und Stanton Weatherby schaute zum Fenster hinaus in den strömenden Regen.
Es war spät, und sie hatten noch immer nichts von der Polizei gehört.
»Ihr passiert nichts, Sam«, sagte Hilary leise.
»Woher willst du das wissen?« fragte Samantha beinahe aufgebracht. »Sie ist noch nie allein außer Haus gewesen, nicht mal bis zur nächsten Ecke. Sie kann nicht hören, Hilary. Sie hört weder die Kabelbahn noch die Droschken. Sie kann so leicht überfahren werden. Und sprechen kann sie auch nicht. Was glaubst du wohl, wie viele Leute die Zeichensprache verstehen?«
»Moment!« sagte Stanton. »Da fährt eine Droschke vor.«
Sie rannten alle zur Haustür.
Als Samantha Adam aussteigen sah und neben ihm Jenny, flog sie zur Straße hinunter. »Gott sei Dank«, sagte sie weinend. »Was ist passiert?«
Adam und Jenny standen Hand in Hand im Regen.
»Sie hat mich zurückgeholt, Dr. Hargrave«, sagte Adam mit einem strahlenden Lächeln. »Sie ist ganz allein zur Schule gekommen und hat mich geholt. Wir wollen heiraten.«

»Es war wirklich und wahrhaftig die schönste Trauung, die ich je erlebt habe«, erklärte Dahlia Mason. »Und daß der Geistliche den ganzen Gottesdienst in Zeichensprache gehalten hat! Ach, war das ergreifend!«
Samantha lächelte nur. Sie erinnerte sich noch gut an Dahlias erste Reaktion auf die geplante Heirat. »Das wirst du doch nicht erlauben, Saman-

tha? Wie sollen die beiden denn allein zurechtkommen? Und stell dir vor, wenn sie Kinder bekommen!«

Samantha konnte nicht bestreiten, daß sie im stillen gewisse Sorgen hatte. Sie zweifelte zwar nicht daran, daß Adam fähig sein würde, für Jenny und sich zu sorgen, und sie hatte auch keine Bedenken hinsichtlich der Kinder, da ja die Taubheit weder bei Adam noch bei Jenny angeboren war; Samantha beunruhigte etwas anderes: Wie würden die beiden in einer Welt überleben, die sie als unnormal betrachten würde?

Sie stand mit Dahlia und LeGrand Mason, den Gants und Stanton Weatherby im luxuriösen Foyer des Opernhauses, wo an diesem Abend Sarah Bernhardt in *Cyrano de Bergerac* auftreten sollte. Alle sechs hoben ihre Gläser, um auf das Brautpaar anzustoßen.

»Wie fühlst du dich, Hilary?« fragte Darius besorgt.

Sie drückte seinen Arm. »Wunderbar, Darius.« Hilary, im sechsten Monat schwanger, sehr elegant in einem Empirekleid, das sie sich extra hatte anfertigen lassen, lachte vergnügt.

Beruhigt zog Darius Stanton in ein Gespräch darüber, ob die Erfindung des Dynamit tatsächlich dem Krieg für immer ein Ende machen würde, wie Alfred Nobel hoffte.

Hilary neigte sich ein wenig näher zu Samantha und murmelte: »Wer ist der Mann, der dich so anstarrt? Dreh dich mal unauffällig um. Er steht rechts von dir am Buffet und läßt dich seit mindestens einer Viertelstunde nicht aus den Augen.«

Noch ehe sie sich umdrehte, wußte Samantha, wer der Mann war.

Als sie sein Gesicht sah, erstarrte sie. Ihre Blicke begegneten sich und ließen einander nicht wieder los.

Sie hatte gewußt, daß das eines Tages geschehen würde. Die Stadt war nicht so groß; es mußte sein, daß ihre Wege sich früher oder später kreuzen würden.

Mark kam direkt auf sie zu. »Samantha?« sagte er, als er vor ihr stand.

»Ja. Guten Abend, Mark.«

Er starrte sie immer noch ungläubig an. »Bist du es wirklich? Samantha Hargrave?«

»Dann erinnerst du dich also an mich?«

»Erinnern? Aber natürlich erinnere ich mich. Ich habe dich nie vergessen. Aber ich verstehe das nicht. Was tust du in San Francisco?«

»Ich dachte, deine Frau hätte es dir erzählt.«

»Lilian? Bist *du* die Ärztin, bei der sie war?«

»Sie sagte, sie hätte dir – sie hätte dir von mir erzählt. Sie sagte, du hättest Gedächtnislücken und könntest dich nicht an mich erinnern.«

»Aber sie sprach von einer Dr. Canby!« rief er.
Dr. Canby? Samantha dachte zurück. An dem Tag, an dem Lilian Rawlins das erste Mal ins Krankenhaus gekommen war, hätte eigentlich Willella Canby Aufnahmedienst gehabt, aber sie war durch eine Operation verhindert gewesen. Und Schwester Constance hatte Lilian offenbar nicht gesagt, daß eine andere Ärztin sie untersuchen würde.
»Das war ein Mißverständnis«, sagte Samantha. »Deine Frau sollte eigentlich zu Dr. Canby, aber dann habe ich sie untersucht. Ich habe vergessen, mich vorzustellen. Und als sie am nächsten Tag wiederkam – der Irrtum wurde nie...« Sein Blick war so intensiv wie an jenem fernen Abend, als Letitia *Annabel Lee* vorgetragen hatte. »Mark, ich möchte dich mit meinen Freunden bekanntmachen. Darius Gant und seine Frau...«
Er begrüßte alle sehr freundlich, aber er wandte den Blick nicht eine Sekunde von Samantha.
Als es läutete, drängte Darius sie zum Saal. Stanton Weatherby maß den Fremden mit scharfem Blick. Jetzt wußte er endlich, warum kein Mann in San Francisco bei Samantha Hargrave je eine Chance gehabt hatte.
»Ich kann dir nicht sagen, wie überrascht ich war, als ich dich sah«, sagte Mark leise. »Ich glaube, ich träume. Du hast dich überhaupt nicht verändert.«
»Du dich auch nicht«, gab Samantha zurück. Sie hatte alles um sich herum vergessen. »Ich glaubte, du wärst tot.«
»Ich konnte dich nicht finden. Kein Mensch wußte, wo du –«
»Ah, guten Abend, Doktor!« Lilian Rawlins tauchte plötzlich neben Mark auf, und mit einem Schlag war alles wieder da: Die Menschen, die Lichter, der Lärm.
»Guten Abend, Mrs. Rawlins.«
»Lilian, ich kenne die Dame doch. Sie ist Dr. Hargrave, nicht Dr. Canby.«
Samantha klärte das Mißverständnis auf, und Lilian sagte: »Ach, das ist aber schön. Es muß für Sie beide eine wunderbare Überraschung sein, nach den langen Jahren. Möchten Sie und Ihre Freunde nicht nach der Vorstellung mit uns essen, Dr. Hargrave?«
Samantha fand den Abend peinlich bis zur Unerträglichkeit. Sie erzählte Mark von ihrem Leben in San Francisco, und er erzählte ihr von seiner Rettung nach dem Schiffsunglück und seinem Leben danach, aber das Gespräch blieb freundlich und höflich.
Aber kurz bevor sie alle aufbrachen, sagte Mark, er würde sich das Krankenhaus gern einmal ansehen. Samantha war selig. Strahlend lud sie ihn

für die folgende Woche zu einem großen Rundgang unter ihrer persönlichen Führung ein.
Als der Tag kam, war sie so aufgeregt, daß sie sich kaum auf ihre Arbeit konzentrieren konnte. Sie liebte ihn immer noch. Die dreizehn Jahre der Trennung waren ausgelöscht. Es war wieder 1882.
Schwester Constance fielen Samanthas unnatürlich gerötete Wangen auf, und sie fragte sich beunruhigt, ob sie vielleicht eine Krankheit ausbrüte.
Das ist ja lächerlich, schalt Samantha sich im stillen. Ich benehme mich wie ein Backfisch.
Trotzdem fuhr sie zusammen, als die Tür sich öffnete.
»Mark«, sagte sie, sich umdrehend.
»Hallo, Samantha.«
Lange sahen sie sich schweigend an, dann sagte Samantha: »Setz dich doch, Mark. Trinken wir eine Tasse Tee zusammen.«
Er setzte sich in den Sessel vor ihrem Schreibtisch und schaute sich um.
»Du bist weit gekommen, Samantha«, sagte er leise.
»Wir sind alle stolz auf das Krankenhaus.« Sie konnte kaum das Zittern ihrer Hände beherrschen, als sie den Tee einschenkte. »Habt ihr euch in San Francisco schon eingelebt?«
»Wir haben ein Haus bei der Marina gefunden.«
Samantha führte ihre Tasse zum Mund, aber sie trank nicht. »Ich kann nicht trinken«, sagte sie. Die Tasse klirrte, als sie sie in die Untertasse stellte. »Mark, ich kann es immer noch nicht fassen. Es ist wie ein Traum.«
»Es ist wie damals, Samantha. Wie damals auf dem Weihnachtsball bei den Astors. Als wären die Jahre dazwischen nicht gewesen, als wäre alles nur an mir vorbeigerauscht. Nicht einen einzigen Tag habe ich aufgehört, an dich zu denken, Samantha, mich nach dir zu sehnen. Ich liebe dich immer noch, Samantha.«
»Ach, Mark. Es ist unmöglich. Wir hatten unsere Zeit, und jetzt ist sie vorbei. Es ist so schmerzhaft.«
»Ich habe dich überall gesucht, Samantha«, sagte er gepreßt. »Als ich endlich nach New York zurückkam, war ich fast wahnsinnig vor Sehnsucht nach dir. Und du warst fort. Niemand konnte mir sagen, wohin du gegangen warst. Janelle erzählte mir von ihrem letzten Besuch bei dir, daß deine Sachen schon gepackt waren. Aber du hattest keinem Menschen gesagt, wohin du reisen wolltest. Du bist einfach verschwunden. Ich schrieb an Landon Fremont, der nach Europa gegangen war, aber ich bekam keine Antwort. Dann machte ich mich selbst auf die Suche. Ich

dachte, du wärst vielleicht nach England zurückgekehrt. Ich folgte einer falschen Fährte von London nach Paris. Man sagte mir, eine junge Ärztin hätte eine Schiffspassage gekauft – aber es führte zu nichts. Ich reiste weiter nach Wien zu Landon. Aber als ich ankam, hörte ich, daß er gestorben war. Vier Jahre lang suchte ich wie ein Verrückter nach dir, Samantha. Warum bist du einfach fortgegangen? So überstürzt und ohne einem Menschen etwas zu sagen?«

Sie war nahe daran, ihm von Clair zu erzählen, ihrem gemeinsamen Kind. Aber dies war nicht der Moment dafür; vielleicht würde der richtige Moment niemals kommen.

»Ich glaubte, du wärst tot«, sagte sie.

Er nickte nur.

Samantha holte tief Atem. »Die Vergangenheit ist vorbei, Mark. Wir leben im Heute. Ich würde dir jetzt gern das Krankenhaus zeigen, wenn du möchtest.«

Er sah sie mit einem Blick an, der Trauer und Sehnsucht enthielt. Dann stand er auf. »Ja, ich würde es mir sehr gern anschauen.«

Es war schwierig für beide, wie zwei Fremde nebeneinander herzugehen, ohne sich zu berühren, ohne ein Wort der Zärtlichkeit miteinander zu wechseln. Aber sie schafften es, und als sie dann durch die Säle gingen, über Fachliches sprechen, Mark Fragen stellte und Samantha erklärte, ließ der Schmerz langsam nach. Sie waren in der Tat zwei alte Freunde, die ein tiefes Interesse an der Medizin miteinander verband.

Mark war beeindruckt, aber nicht überrascht. »Und was ist das für ein Ding?« fragte er, vor einem großen Metallschrank auf Rädern stehenbleibend.

»Das ist ein Servierwagen. Ich würde gern behaupten, daß er meine Erfindung ist, aber das kann ich nicht. Ich habe sie vom Buffalo General Hospital übernommen. Schau –« sie öffnete die Tür – »die Tabletts liegen auf diesen Schienen übereinander, und unten ist ein kleiner Ofen, damit das Essen warm bleibt. Die Räder sind aus Gummi und machen kaum Lärm.«

»Ihr seid hier hervorragend ausgestattet.«

»Ja, aber es ist auch ein dauernder Kampf. Wenn wir nicht unser Damenkomitee hätten, das sich immer wieder neue Strategien einfallen läßt, um Mittel für uns lockerzumachen, stünden wir längst nicht so gut da.«

Mark sah sich die kleine Säuglingsabteilung an, in der die Kinder versorgt wurden, deren Mütter gestorben waren oder zu krank, um sich um sie zu kümmern. Eine Amme saß mit einem Baby an der Brust in einem Schaukelstuhl.

»Man spürt überall hier deine Hand«, sagte er zu Samantha und sah sie mit einem Ausdruck an, den sie in ihren Phantasien tausendmal vor sich gesehen hatte. Wenn du mich jetzt berührst, dachte sie. Wenn du mich küßt...
Mit Mühe fand sie ihre Stimme. »Hast du vor, eine Praxis aufzumachen, Mark, oder willst du dich ganz der Arbeit an der Universität verschreiben?«
Langsam gingen sie weiter. »Als die Universität von Kalifornien mit der Bitte an mich herantrat, hier an der Medizinischen Fakultät zu unterrichten, sah ich das als eine Gelegenheit, mich intensiver mit der Forschung befassen zu können. Das war schon lange mein Wunsch, weißt du.«
»Und auf welchem Gebiet willst du forschen?«
»Krebs. Du wußtest es, nicht wahr? Und meine Mutter verbot dir, es mir zu sagen.«
Sie hob den Kopf und sah ihn an. »Ich hoffe, sie hat am Ende nicht gelitten.«
Ein Schatten der Trauer flog über sein Gesicht. »Sie war tot, als ich nach Hause kam.«
»Das tut mir leid«, sagte Samantha leise. Sie wandte sich ab und ging zum Fenster am Ende des Korridors, durch das der eisengraue Februarhimmel hereinschaute. »Ich wollte es dir sagen, weißt du«, fuhr sie fort. »Aber...«
Seine Hand sucht die ihre. Ihre Finger berührten sich, dann schlossen ihre Hände sich fest ineinander.
»Stellt man dir an der Universität ein Labor für deine Forschungen zur Verfügung?«
»Das geht leider nicht. Im Augenblick bin ich noch auf Suche nach einem geeigneten Raum. Vielleicht kann ich ein Labor mit einem Kollegen teilen. Aber auf dem Gebiet wird leider noch wenig Arbeit geleistet.«
Samantha sah ihn an. Er hatte sich in den dreizehn Jahren kaum verändert. Noch immer trug er das Haar ein wenig lang, auch wenn es inzwischen an den Schläfen grau geworden war. Immer noch war seine Haltung kerzengerade, der Körper elastisch und beweglich.
»Mark«, sagte sie, »wir bekommen vom Staat Mittel für ein pathologisches Labor. Wir werden in Zukunft alle Proben, die bei einer Operation entnommen werden, untersuchen, anstatt sie einfach wegzuwerfen. Das Labor wird im Keller eingerichtet, mit den üblichen Geräten, einem Mikroskop und einem Inkubator. Ich hoffe sogar auf eine Zentrifuge. Unsere Pathologin wird nur stundenweise da unten arbeiten. Wenn du möchtest, Mark, kannst du gern...«

Sie schwieg abwartend.
»Aber nur«, antwortete Mark, »wenn du erlaubst, daß ich die Zentrifuge stifte.«

7

Lilian Rawlins hatte sich verspätet. Das war ganz untypisch für sie. Sie hatte vor einigen Wochen ihre Besuche bei Samantha wiederaufgenommen, da sie noch immer nicht schwanger geworden war. Samantha wollte jetzt bei ihr einen Versuch mit einem Verfahren machen, von dem sie kürzlich in einer Fachzeitschrift gelesen hatte.
Sie stand von ihrem Schreibtisch auf und ging zum Fenster. Es war ein sonniger Apriltag. Ein warmer Wind blies kräftig, so daß die Leute unten auf der Straße ihre Hüte festhalten mußten. Samantha lächelte. Ihre Gedanken gingen flüchtig zu Jenny und Adam, die ihr am Abend zuvor erzählt hatten, daß sie sich nach einem eigenen Häuschen umschauen wollten. Es tat ihr gut zu sehen, wie glücklich die beiden miteinander waren.
Glücklicher als sie und Mark, der jetzt unten im Labor über das Mikroskop gebeugt saß. Es gab Tage, an denen Samantha ihn überhaupt nicht zu sehen bekam, aber es reichte ihr zu wissen, daß er mit ihr unter einem Dach arbeitete. Dienstag und Samstag waren seine Tage. Mark vertrat die Theorie, daß Krebszellen nichts anderes waren als normale Zellen, die entartet waren. Diese Theorie hatte kaum Anhänger, doch er hielt unerschütterlich an ihr fest und war entschlossen, die Ursache für die Entartung der Zellen herauszufinden.
Samantha sah auf ihre Uhr und runzelte die Stirn. Lilian Rawlins hatte sich bereits eine halbe Stunde verspätet. Sie ging zur Tür und schaute hinaus.
»Constance«, rief sie der gerade vorübereilenden Schwester zu, »haben Sie Mrs. Rawlins gesehen?«
»Ja, Doktor. Sie ist in der Notaufnahme.«
»Was? Ist sie verletzt?«
»Nein, nein. Sie hilft.«
Samantha war verblüfft. Sie wußte von Lilian Rawlins' starker Abneigung gegen Krankenhäuser, wußte, daß sie nur mit Widerwillen zur Behandlung kam. Was tat sie dann in der Notaufnahme?
Sie lief hinüber in die Abteilung. Es ging zu wie in einem Bienenstock. Dr. Canby und die Schwestern hatten alle Hände voll zu tun. Die Notfälle reichten vom eiternden Zehennagel bis zum gebrochenen Arm.

Lilian Rawlins saß in einer Ecke und plauderte mit einem kleinen Jungen auf einer Trage. Samantha sah, daß sein rechter Arm frisch verbunden war.
»Hallo, Mrs. Rawlins«, sagte sie.
Lilian sah auf. »Oh, guten Tag, Dr. Hargrave. Ich habe dem kleinen Jimmy hier gerade eine Geschichte erzählt.«
Samantha begrüßte lächelnd den Jungen, dessen Gesicht vom Weinen rot und geschwollen war. Er war völlig verschmutzt und so mager wie ein ausgehungerter kleiner Vogel.
»Jimmy hatte einen Unfall, nicht wahr, Jimmy?« sagte Lilian und tätschelte die schmutzige kleine Hand, die unter dem Verband hervorsah. »Aber er wird ganz schnell wieder gesund. Stimmt's, Jimmy?«
Der Junge nickte mit einem schüchternen Lächeln.
Lilian stand auf. »Es tut mir leid, daß ich mich verspätet habe, Dr. Hargrave«, sagte sie, »aber sie trugen den Kleinen gerade herein, als ich kam. Er weinte ganz schrecklich und tat mir so leid. Da habe ich ihn ein bißchen abgelenkt, während Dr. Canby seinen Arm bandagierte.«
»Ja«, bemerkte Willella, die zu ihnen getreten war, »wenn Mrs. Rawlins nicht gewesen wäre, hätte es einen schweren Kampf gegeben. Sie verstehen wirklich, mit Kindern umzugehen, Mrs. Rawlins.«
Zwei Pfleger erschienen und hoben die Trage hoch.
»Oh«, rief Lilian, »wohin wird er denn jetzt gebracht?«
»Auf die Kinderstation«, antwortete Samantha. »Sie können ihn gern begleiten, wenn Sie möchten.«
Lilian wurde blaß. »Auf die Kinderstation...«
»Da muß er ein paar Tage bleiben«, erklärte Willella. »Sie können ihn jederzeit besuchen.«
»Wiedersehen«, rief der kleine Junge und winkte ihnen zu.

Zuerst besuchte sie nur Jimmy, dann den Jungen im Nachbarbett, dann das kleine Mädchen mit der Entzündung, und schließlich kam sie jeden Tag zu den Kindern. Und nie kam sie mit leeren Händen: Sie brachte bunt bemalte Stroboskope mit, Puppen, hölzerne Soldaten, Stofftiere auf Rädern, die man an einer Schnur hinter sich herziehen konnte, und sie brachte Lakritze, Pfefferminzstangen, Bonbons und Schokolade. Die Kinder, die aufstehen konnten, versammelte sie um sich und erzählte ihnen Geschichten; die, welche ans Bett gefesselt waren, besuchte sie einzeln. Am Anfang weinte sie oft, über die schrecklichen Krankheiten und Verletzungen, über die Verlassenheit vieler dieser Kinder, über den Tod. Sie war kaum zu trösten, als Jimmy den Brand bekam und starb.

Aber mit der Zeit entdeckte sie in sich eine Quelle der Kraft, die es ihr möglich machte, mit dem Schmerz zu leben und ihn zu verbergen. Dem kleinen Mädchen, das bei einem Brand in der Mietskaserne schreckliche Verbrennungen davongetragen hatte, kämmte sie mit Hingabe das Haar und versicherte ihr, sie sähe wie eine kleine Prinzessin aus. Dem kleinen Jungen, der nach seiner siebenten Operation zur Korrektur seines Klumpfußes nur langsam genas, versprach sie, daß er eines Tages ein schneidiger Kavallerieoffizier werden würde. Sie sprach mit den Kindern und sie hörte ihnen zu, tröstete sie, wenn sie Angst hatten, und brachte sie zum Lachen, und bald warteten die Kinder mit Sehnsucht auf ihre Besuche. Aber als ein niedliches kleines Mädchen sie umarmte und flehentlich fragte, ob sie mit zu ihr nach Hause kommen dürfe, löste sich Lilian so behutsam wie möglich aus der Umarmung und antwortete, das sei nicht möglich.
»Warum nicht?« fragte Samantha eines Nachmittags unten im Labor.
Mark war dabei, einen Objektträger vorzubereiten. »Wir haben ein einziges Mal über Adoption gesprochen«, sagte er, »und Lilian war so entschieden dagegen, daß ich das Thema nie wieder angeschnitten habe.«
»Aber sie liebt Kinder doch so sehr, Mark. Sie wäre eine wunderbare Mutter. Jeden Morgen warten die Kinder voller Ungeduld auf ihren Besuch. Du glaubst gar nicht, wie sehr sie durch die Ermutigung, die sie ihnen gibt, zu ihrer Genesung beiträgt.«
Mark studierte aufmerksam den Objektträger, den er mit seiner Probe bestrichen hatte. »Ja, das ist wahr. Die Kinderabteilung ist ihr ganzes Leben. In den ersten Monaten hier fühlte sich Lilian sehr einsam. Ihr fehlte ihre Familie. Sie hatte überhaupt kein Interesse daran, sich mit den Frauen in unserer Nachbarschaft anzufreunden – sie haben alle Kinder, und das war zu schmerzlich für sie. Als dann die Behandlungen bei dir anfingen, war sie so sicher, daß sie zum Erfolg führen würden, daß sie sofort anfing, eines der oberen Zimmer im Haus als Kinderzimmer einzurichten. Das sind im Augenblick ihre einzigen Interessen – die Einrichtung des Kinderzimmers und die Besuche auf der Kinderstation hier im Krankenhaus. Sie ist wie besessen. Das geht so weit, daß –« Er brach ab.
Er hatte sagen wollen, so weit, daß sie vergißt, daß sie auch noch einen Mann hat. Aber das konnte er Samantha nicht sagen. Und er konnte ihr auch nicht sagen, daß für Lilian die nächtliche Umarmung mit Liebe nichts mehr zu tun hatte, nur noch Mittel zu einem Zweck war: endlich schwanger zu werden.

Samantha spürte, was er meinte. Bei ihren Besuchen sprach Lilian beinahe unablässig von den Kindern ihrer Schwestern in St. Louis, elf an der Zahl. Sie ließ sogar Fotografien der Kinder anfertigen und zeigte sie jedem.
»Aber das ist doch nur umso mehr Grund, ein Kind zu adoptieren, Mark.«
Er schüttelte den Kopf. »Sie will entweder ein eigenes Kind oder gar keines. Vielleicht wäre sie eher zu einer Adoption bereit, wenn sie nicht schon einmal ein Kind zur Welt gebracht hätte. Aber so –«
Samantha setzte sich auf den hohen Hocker vor dem Labortisch. Irgendwie konnte sie Lilian verstehen. Sie brauchte nur an ihr eigenes Kind zu denken, das auf dem Friedhof lag.
Mark ging zum Becken und wusch sich die Hände. »Ich bin froh, daß du heruntergekommen bist, Samantha«, sagte er, während er sie trocknete. »Ich möchte etwas mit dir besprechen.«
»Ja?«
Er rollte seine Hemdsärmel herunter, knöpfte die Manschetten zu und ging zum Sekretär. »Das hier.« Er nahm eine Broschüre, die dort lag, und hielt sie ihr hin. Es war eine ihrer Streitschriften gegen die Arzneimittelindustrie.
»Was ist damit?«
»Sind die Angaben darin richtig?«
»Sie stammen alle aus den Akten des Krankenhauses.«
Mark hielt die Broschüre auf der offenen Hand, als schätze er ihr Gewicht. »Es muß eine Menge Arbeit gewesen sein, diese Daten zusammenzustellen. Und deine Behauptungen über die Zusammensetzung der Mittel – zum Beispiel, daß Ellisons Elixier zu vierzig Prozent aus Alkohol besteht –, sind die zuverlässig?«
»Ich habe die Untersuchungen selbst durchgeführt.«
Er sah sie einen Moment nachdenklich an, dann sagte er: »Ich habe die Broschüre heute morgen am Empfang mitgenommen. Sie lag unter einem Stapel von Blättern über Hygiene und richtige Ernährung – völlig vergraben, Sam.«
»Ich weiß. Die Schwestern bemühen sich, Ordnung zu halten, aber –«
»Das geht einfach unter«, sagte er. »Und die Informationen sind da draußen verschwendet. So etwas muß publik gemacht werden.«
»Das habe ich versucht, Mark. Ich habe die Broschüren an sämtliche Zeitungen und Zeitschriften geschickt, bei denen ich Interesse vermutete, aber ohne Ergebnis.«
»Das ist kein Wunder. Die Firma Ellison gibt Unsummen für die Wer-

bung aus. Die Zeitschriften können es sich nicht leisten, dieses Geld zu verlieren.«

»Mark, wenn es mir auch bis jetzt noch nicht gelungen ist, die Öffentlichkeit aufmerksam zu machen, so tue ich doch wenigstens etwas.«

»Aber ist das genug?«

Sie zögerte. »Nein.«

»Gut.« Er ging zum Schrank und schob die Broschüre in die Tasche seines Jacketts. »Wie sehen deine Termine für den Rest des Tages aus?«

»Nach dem Mittagessen ist Visite, dann habe ich bis zum Abendessen Dienst in der Notaufnahme.«

»Kann dich da jemand vertreten?«

»Ich denke schon. Warum?«

»Weil ich dich mit einem Freund von mir bekannt machen möchte«, antwortete er etwas geheimnisvoll.

Die Redaktionsräume der Zeitschrift *Woman's Companion* befanden sich im obersten Stockwerk des Wing Fah Gebäudes in der Battery Street, und als Samantha durch die Tür mit der Aufschrift ›Redaktion‹ trat, war sie verwundert und neugierig. Die Auflage von *Woman's Companion* war, wie sie wußte, in den letzten Jahren immer mehr geschrumpft, und im vergangenen Jahr hatte sie gehört, daß die Zeitschrift eingegangen war. Aber hier schienen alle mit Hochdruck zu arbeiten; Schreibmaschinen klapperten, Leute rannten hin und her, telefonierten, berieten miteinander, kurz, es war eine Atmosphäre von Hektik und Betriebsamkeit.

Ein junger Mann kam zu ihnen. »Was kann ich für Sie tun?«

»Mein Name ist Mark Rawlins. Ich hätte gern Mr. Chandler gesprochen.«

Eine Minute später führte der junge Mann sie in ein großes Büro, durch dessen geöffnete Fenster helles Sonnenlicht strömte. Der Mann hinter dem wuchtigen Schreibtisch sprang auf. »Mark!«

»Hallo, Horace.« Die beiden Männer gaben sich die Hand. »Darf ich Ihnen Dr. Hargrave vom Frauen- und Kinderkrankenhaus vorstellen?«

»Guten Tag, Dr. Hargrave. Es ist mir wirklich ein großes Vergnügen, Sie kennenzulernen. Sie sind ja in San Francisco eine Berühmtheit.« Horace Chandler war ein massiger Mann, mächtig wie ein Grizzlybär. »Bitte, nehmen Sie doch Platz. – Mark, das ist aber wirklich eine nette Überraschung. Wie geht es Lilian?«

»Gut, danke, Horace. Und Gertrude?«

»Bestens. Also, was verschafft mir die Ehre Ihres Besuchs? Ist es was Privates oder was Geschäftliches?«

»Geschäftlich, Horace. Wir möchten Sie um Ihre Hilfe bitten.«
Auf der Fahrt zur Redaktion hatte Mark Samantha einiges über Horace Chandler erzählt. Er kannte den Verleger aus St. Louis, wo er eine Zeitschrift namens *Gentleman's Weekly* geleitet hatte. Horace Chandler, ein hochbegabter Zeitungsmann, machte sein Geld damit, daß er Publikationen aufkaufte, die sich kurz vor dem Ruin befanden, und sie wieder auf Touren brachte. Er war im vergangenen Jahr nach San Francisco übergesiedelt, um *Woman's Companion* zu übernehmen.
Samantha versuchte sich zu erinnern, wann sie die Zeitschrift das letztemal in der Hand gehabt hatte. Es war mindestens zwei Jahre her. Sie hatte ihr nicht gefallen. Eine Frauenzeitschrift der anspruchslosesten Art, nichts als Mode, Rezepte, seichte Unterhaltung und schnulzige Gedichte, die man am besten schnell wieder vergaß. Seitdem hatte sie die Zeitschrift nie wieder gekauft.
»Was ist das denn jetzt für ein Blatt?« hatte sie Mark gefragt.
»Es ist immer noch eine Frauenzeitschrift«, erklärte er, »aber eine, die den Frauen zutraut, daß sie sich ihre eigene Meinung bilden wollen und können. Natürlich bringt sie auch noch Rezepte und Mode, aber sie veröffentlicht auch viel Kontroverses politischer und gesellschaftlicher Art. In einem der letzten Hefte war ein Artikel über die Überbevölkerung, die zu heftigen Meinungsäußerungen führte, weil darin ganz ungeschminkt die These vertreten wurde, daß die Empfängnisverhütung vielleicht doch auch ihr Gutes hat.«
Während sie jetzt in Horace Chandlers Büro saßen, berichtete Mark von Samanthas Recherchen im Bereich der Arzneimittel und ihren erfolglosen Bemühungen, ihre Befunde an die Öffentlichkeit zu bringen.
»Niemand wollte etwas davon wissen, wie, Dr. Hargrave?« fragte Chandler. »Es gibt wohl kaum eine Publikation in diesem Land, die es riskieren würde, so etwas zu drucken. Sie müßte damit rechnen, die lukrativen Werbeverträge mit den betroffenen Firmen zu verlieren. Darum wird die Öffentlichkeit niemals die Wahrheit erfahren. Aber ich habe, als ich *Woman's Companion* kaufte, einige unverrückbare Prinzipien aufgestellt. Und dazu gehört, daß wir die Wahrheit bringen, ohne Rücksicht darauf, wen wir vor den Kopf stoßen. Wenn Sie sich die Zeitschrift ansehen, werden Sie außerdem feststellen, daß wir keinerlei Werbung für Arzneimittel bringen.« Er nahm ein Heft von seinem Schreibtisch und reichte es Samantha.
Sie blätterte es durch und war beeindruckt.
»Also, Mark«, sagte Chandler inzwischen und faltete gemächlich die Hände auf seinem Bauch, »ich gehe wohl richtig in der Annahme, daß Sie

mich dazu veranlassen möchten, diese Befunde von Dr. Hargrave zu veröffentlichen?«

Mark griff in seine Jackentasche und zog die Broschüre heraus. »Lesen Sie sie erst einmal durch, Horace«, sagte er und legte sie auf den Schreibtisch. »Dann sagen Sie uns, was Sie davon halten.«

Während Chandler aufmerksam die Broschüre studierte, sah Mark Samantha an und zwinkerte ihr zu.

»Mr. Chandler«, sagte sie, »mir geht es vor allem darum, die Leute auf die Gefahren dieser Arzneimittel aufmerksam zu machen. Auf den Etiketten wird behauptet, die Mittel seien völlig unschädlich. Tatsächlich sind sie das durchaus nicht. Schwangere Frauen nehmen ›Stärkungsmittel‹ ein, die ihre ungeborenen Kinder schädigen, und haben keine Ahnung davon. Krebskranke trinken flaschenweise gefärbtes Wasser, anstatt bei einem Arzt Hilfe zu suchen. Die Öffentlichkeit hat ein Recht auf Aufklärung, Mr. Chandler. Und da die Hersteller nicht bereit sind, die Leute aufzuklären, müssen wir es tun.«

Chandler legte die Broschüre aus der Hand und sah Samantha forschend an. »Sind Sie sich der Richtigkeit Ihrer Angaben sicher?«

»Absolut.«

»Können Sie noch ein paar mehr Daten beschaffen? Das hier ist etwas mager. Nur drei Hersteller. Es gäbe dem Artikel mehr Gewicht, wenn wir noch andere nennen könnten.«

»Ich hatte nicht die Zeit zu weiteren Untersuchungen«, antwortete Samantha, »aber ich habe schon seit einiger Zeit vor, Sara Fenwicks Wundermixtur zu analysieren.«

Chandler klatschte in die Hände. »Das ist der größte Hersteller überhaupt.«

»Ich mache dir die Analyse, Sam«, sagte Mark. »Ich brauche nur eine Flasche von dem Mittel und einen Bunsenbrenner.«

Chandler rieb sich das schwammige Kinn. »Ihre Broschüre ist gut, Dr. Hargrave, aber sie liest sich wie ein wissenschaftlicher Bericht. Hätten Sie etwas dagegen, wenn ich versuche, der Sache ein bißchen journalistischen Pfiff zu geben?«

»Aber gar nicht.« Samantha war gespannt und aufgeregt.

»Dr. Hargrave, ich werde dafür sorgen, daß der Leser nach der Lektüre meines Artikels überzeugt ist, es trifft ihn schon bei der nächsten Pille oder beim nächsten Wässerchen. Öffentliche Empörung – das ist Ihre Waffe. Man muß, brutal gesagt, im Dreck wühlen, um eine Gesetzesänderung herbeizuführen.«

»Und um die Auflage zu vergrößern«, bemerkte Mark grinsend.

Chandler stand auf. »Tut mir wirklich leid, aber ich habe gleich eine Verabredung. Mark, grüßen Sie Lilian von mir. Dr. Hargrave, es hat mich sehr gefreut. Ich schlage vor, wir treffen uns nächste Woche wieder.«
Samantha hätte am liebsten Freudensprünge vollführt, als sie aus dem kühlen Gebäude auf die warme Straße hinaustraten. Mark drückte seinen Homburg auf den Kopf, blinzelte kurz ins blendende Sonnenlicht und sah dann lachend Samantha an. »Dr. Hargrave«, sagte er, »ich glaube, wir beide werden die Welt verändern.«

8

Samantha starrte auf die Worte, die sie soeben geschrieben hatte, aber ohne sie zu lesen. Den Kopf in die Hand gestützt, hielt sie die Feder über dem Papier und verlor sich in ihre Gedanken. Dies war der zweite Artikel für *Woman's Companion*. Der erste, der im vergangenen Monat unter dem Titel ›Möchten Sie, daß Ihnen so etwas passiert?‹ erschienen war, hatte so großes öffentliches Interesse erregt, daß Horace Chandler gleich einen zweiten anschließen wollte. Dieser neue Bericht würde die Laboranalysen zehn besonders häufig gekaufter Arzneimittel enthalten.
Samantha legte die Feder aus der Hand. Es war sehr spät geworden. Draußen in den Fluren und in den Krankensälen war es still. Müde stand sie auf und ging zum Fenster. Sie zog die schweren Samtvorhänge zur Seite und schaute in die Oktobernacht hinaus. Die Straße war fast menschenleer. Die wenigen Passanten eilten in einer Hast, als fühlten sie sich verfolgt oder fürchteten die nächtlichen Schatten.
Herbst, dachte Samantha melancholisch. Die Jahreszeit, in der alles stirbt. Sie merkte plötzlich, daß sie den Tränen nahe war. O Gott, dachte sie verzweifelt, ich halte das so nicht länger aus. Ich halte es nicht mehr aus. Sie drückte den Kopf an die Fensterscheibe. Ich habe kein Recht. Aber ich brauche ihn. Ich komme um, wenn das so weitergeht...
Sie hatte geglaubt, sie würde es schaffen, Mark nur als alten Freund zu sehen und an seiner Seite zu arbeiten. Aber es fiel ihr von Tag zu Tag schwerer. Jedesmal, wenn er in ihr Büro kam, bei jedem Besuch bei Horace Chandler, bei den Abendessen im Haus der Gants, wenn Mark auf ihrer einen Seite saß und Lilian auf der anderen –
Samantha fülte sich plötzlich wie in einem Schraubstock; als rückten die Wände um sie herum immer enger zusammen. Sie mußte hinaus!
Sie lief zur Tür und machte auf. Der dämmrig beleuchtete Korridor war leer und still. Ich sollte nach Hause fahren. Was tue ich noch hier?

Ich halte es nicht mehr aus, dachte sie wieder. Wieder eine Nacht, in der ich mich mit Erinnerungen trösten muß...

Sie war sich kaum bewußt, daß sie sich in Bewegung gesetzt hatte. Als hätten ihre Füße das Kommando übernommen, ging sie zur Treppe. Sie blieb stehen. Er ist nicht mehr da. Er ist schon vor Stunden gegangen.

Stockend nahm sie wieder eine Stufe nach der anderen, als müßte sie prüfen, ob das Holz sie aushalten würde. Immer weiter hinunter, aus der Dunkelheit in die Dunkelheit, von Lichtkegel zu Lichtkegel, wie eine Schlafwandlerin. Und unablässig sagte ihr Verstand, er ist nicht mehr hier. Er ist längst gegangen.

Am Fuß der Treppe blieb sie stehen. Der Kellervorraum wurde nur von einer einzigen Birne erleuchtet, die schattenhaft geschlossene Türen und Schränke zeigte. Kalt und still. Aber unter der letzten Tür ganz hinten, unter der Tür zum Labor, sickerte Licht hervor.

In der nächsten Sekunde war sie dort. Aber natürlich, das konnte nur Dr. Johns sein, die Pathologin, die da drinnen noch an der Arbeit war.

Samantha klopfte.

»Herein«, sagte Mark von drinnen.

Sie öffnete die Tür und blieb auf der Schwelle stehen. Sie starrte ihn an, wie er sich vom Mikroskop aufrichtete und dachte: Noch nicht einmal ein Jahr. Wie lange soll ich das noch ertragen? Wieviele Tage und wieviele Nächte?

Sein Gesicht war im Schatten. Samantha konnte nicht erkennen, ob er ernst war oder lächelte.

»Sam«, sagte er leise. »Du arbeitest aber lange.«

»Ja. Der Artikel.« Sie hatte Schwierigkeiten zu atmen. »Du bist anscheinend auch fleißig.«

»Es ist hochinteressant.«

Wieder schienen ihre Füße sich von selbst in Bewegung zu setzen, und ihre Stimme klang ihr wie die einer Fremden, als sie sagte: »Ich arbeite lieber hier im Krankenhaus an dem Artikel. Dann bin ich gleich zur Stelle, wenn ich gebraucht werden sollte, und man muß mich nicht erst zu Hause holen...«

Sie hatte das Gefühl, er sähe in sie hinein, als er sagte: »Du hast in letzter Zeit oft bis in die Nacht gearbeitet.«

»Du doch auch.«

Sein Blick fiel auf den Türkis auf ihrer Brust. »Was ist denn das?« fragte er und griff nach dem Stein.

»Letitia hat ihn mir geschenkt. Erinnerst du dich an sie?«

»Natürlich.«

»Und Janelle?«
»Aber ja.«
»Und Landon Fremont –« die Worte sprangen ihr immer rascher von den Lippen – »und Dr. Prince, und Dr. Weston, Mrs. Knight – ach, Mark! Wir haben nie über die Vergangenheit gesprochen. Wir haben sie einfach zwischen uns begraben. Aber ich möchte, daß sie wieder lebendig wird. Ich –«
Ehe sie noch mehr sagen konnte, zog er sie mit einer heftigen Bewegung an sich und küßte sie leidenschaftlich. Plötzlich waren sie wieder in ihrem kleinen Zimmer im St. Brigid's, und Mark war eben mit den Worten hereingestürmt: »Verdammt nochmal, Samantha, ich liebe dich!« Gedämpftes Gelächter und das Klimpern eines Banjos drangen durch die Wände. Vierzehn Jahre waren wie ausgelöscht.
»O Gott«, flüsterte Mark, den Mund an ihrem Haar. »Ich habe gedacht, ich halte es nicht mehr aus. Dich jeden Tag zu sehen, immer den guten alten Freund zu spielen.«
Er nahm sie bei den Schultern und hielt sie auf Armeslänge von sich ab, um sie endlich so ansehen zu können, wie er sie seit Monaten ansehen wollte, mit Liebe und Zärtlichkeit, mit Leidenschaft und Begehren. Dann zog er sie wieder an sich, streifte ihr behutsam die Bluse von den Schultern und küßte ihr Gesicht, ihren Hals, ihre Brüste. »Ich liebe dich, Samantha«, flüsterte er. »Ich liebe dich noch genauso wie damals.«
»Ich dich auch, Mark«, erwiderte Samantha. »Laß uns noch einmal die Vergangenheit leben.« Sie hob die Kette mit dem Türkis über ihren Kopf und legte sie auf den Labortisch. »Laß uns nur dies eine Mal vergessen, wo wir sind und wer wir heute sind.« Die Tränen liefen ihr über das Gesicht. »Erzähl mir von Präsident Garfield. Beschwer dich über den Starrsinn deines Vaters. Erzähl mir von deinen Brüdern, über Stephens Verschwendungssucht, über die ständigen Vorhaltungen deiner Mutter. Und ich erzähle dir von dem Streit zwischen Dr. Prince und mir, seiner Weigerung, mich in den Operationsraum zu lassen...«
Sie vergaßen alles um sich herum. Diese eine Nacht gehörte nur ihnen. Später, wenn kühl und ernüchternd der Tag graute, wenn die ersten Geräusche des erwachenden Krankenhauses zu ihnen hinunterdrangen, würden sie darüber sprechen und der Realität ins Auge sehen. Sie würden sich damit auseinandersetzen, daß sie nicht frei waren, ihrer Liebe und Leidenschaft nicht nochmals nachgeben konnten, daß sie an andere zu denken hatten, an Lilian im besonderen, daß sie die Gegenwart akzeptieren und leben mußten. Samantha erzählte Mark von ihrem Kind, und

sie versuchten, so schwer das war, sich damit auszusöhnen, daß die Vergangenheit nicht wiederholbar war.
Diese eine Nacht jedoch gehörte ihnen.

9

Ende 1896 verbreiteten sich erste Meldungen von Goldfunden in Alaska, und San Francisco wurde bald zum Sammelbecken der vom Goldrausch befallenen Glücksritter und Abenteurer, die sich von hier aus nach Alaska einschifften. Der Goldsucher in Flanellhemd und wollenem Parka gehörte bald zum Stadtbild, und die Zeitungen berichteten ausführlich über die widrigen Zustände und die Gefahren in den Lagern am Yukon. Das Goldfieber packte alle, einschließlich Darius Gant, der zwei Bergleute finanzierte und sich dafür die Hälfte ihres Gewinns überschreiben ließ, und eine Zeitlang ging es in San Francisco so abenteuerlich und rauhbeinig zu wie in alten Tagen.
Die Folge davon war, daß Samanthas Artikel in *Woman's Companion* mit einer Menge anderer aufregender Nachrichten und Neuigkeiten zu konkurrieren hatten.
Das Dezemberheft brachte eine Reportage mit dem Titel ›Das reine Gift!‹, und im Januar erschien unter der Überschrift ›Wie leicht lassen Sie sich hereinlegen?‹ ein Test, an dem jede Leserin prüfen konnte, wie gut sie über die in Drugstores verkäuflichen Arzneimittel informiert war. Aber keiner der beiden Artikel rief ein Echo hervor, das dem nach dem ersten Bericht vergleichbar gewesen wäre. Die aufregenden Reportagen und Legenden vom Yukon hatten die Leserschaft abtrünnig gemacht, und man konnte sie, wie Horace Chandler behauptete, nur zurückgewinnen, wenn man ihr etwas wahrhaft Sensationelles auftischte.
Darum arbeitete Samantha jetzt, wenn sie nicht im Krankenhaus zu tun hatte, an einer ›wahren Geschichte‹ unter dem Titel ›Ich war abhängig‹. Die Tatsachen waren einer Krankengeschichte aus den Akten des Krankenhauses entnommen, und der Bericht zeichnete ein erschreckendes Bild von der Realität einer typischen Arzneimittelabhängigen.
Die Tage vergingen in einer endlosen Folge von Untersuchungen und Behandlungen, von Siegen und Niederlagen. Der naßkalte Winter wich langsam den milden Winden des Frühjahrs, und das Goldfieber in der Stadt nahm immer noch zu.
Samantha und Mark sahen sich während dieser regnerischen Wintermonate sehr viel; die Nacht im Labor jedoch blieb ein Ereignis, das sich nicht

wiederholte. Meistens saßen sie in Samanthas Büro und tranken eine Tasse Tee miteinander und lauschten, wenn in ihren Gesprächen eine Pause eintrat, dem Prasseln des Regens an den Fenstern. Sie brauchten die körperliche Liebe nicht in diesen Monaten; Blicke, eine flüchtige Berührung, das Wissen wie sie zueinander standen, genügte ihnen.
Sie arbeiteten an ihrer Kampagne – Mark unten im Labor, wo er Gesundheitselixiere und Stärkungsmittel analysierte; Samantha in ihrem Büro, wo sie die gefundenen Daten ordnete und auswertete. Über das, was sie im Innersten bewegte, sprachen sie nie wieder; sie wußten es ja: Sie liebten und begehrten einander.

»Bitte versuchen Sie, sich zu entspannen, Mrs. Sargent. Ja, so ist es gut.«
Samantha richtete den Blick auf die Wand gegenüber und stellte sich die innere Geographie des Bauchraums vor, während sie mit ihren Fingern tastete. »Gut, danke. Sie können sich wieder anziehen.«
Sie ging zum Waschbecken, um sich die Hände zu waschen.
Auf dem Tischchen neben dem Becken lagen Mrs. Sargents Handtasche und Handschuhe, daneben die *Saturday Evening Post*, in der sie gelesen hatte, während sie auf Samantha gewartet hatte. Sie war bei einem Bericht über Präsident McKinley aufgeschlagen, der vor kurzem in sein Amt eingeführt worden war. Samanthas Blick auf den Anzeigenkasten darunter. ›Operationen lassen sich vermeiden‹, stand da in fetten Lettern. ›Vernachlässigen Sie sich nicht und lassen Sie die Dinge nicht schleifen, bis Ihnen nichts anderes mehr übrig bleibt, als ins Krankenhaus zu gehen. Bauen Sie Ihre weiblichen Kräfte auf und kurieren Sie die kleinen Störungen, die Gefahrensignale sind, sofort. Die tägliche Einnahme von Sara Fenwicks Wundermixtur kräftigt und erhält den fein ausbalancierten weiblichen Mechanismus. Lesen Sie die nachstehenden Schreiben von Frauen, die litten und bei Mrs. Fenwick Hilfe suchten.‹
»Können Sie mir helfen, Doktor?«
»Sie haben sehr große Fibrome, Mrs. Sargent. Sie sind die Ursache der Blutungen.« Samantha trocknete sich die Hände an einem frischen Handtuch. »Wann haben die Blutungen denn angefangen?«
Mrs. Sargent, eine kleine, zierliche Frau, war sichtlich erregt. »Vor ungefähr fünf Jahren, nach Timothys Geburt. Anfangs war es nicht schlimm, nur hin und wieder mal eine kleinere Blutung. Aber vor ungefähr drei Jahren wurde es stärker. Da dauerte meine Periode oft zwei Wochen.«
»Sie sind nicht zum Arzt gegangen?«
»Ich hätte meine Arbeit in der Bäckerei verloren, wenn ich mir freigenommen hätte, um zum Arzt zu gehen. Aber ich habe an Sara Fenwick

geschrieben. In den Anzeigen steht doch immer, daß ihr Mittel Wunder wirkt.«
Samantha sah nachdenklich auf die Annonce hinunter. Sara Fenwicks gütiges Gesicht blickte sie freundlich lächelnd an.
»Und was hat sie empfohlen?«
»Sie schickte mir eine Flasche ihres Mittels. Und wirklich, kaum hatte ich was davon genommen, ging es mir gleich besser.«
Samantha nickte. Das war dem hohen Alkoholgehalt zu verdanken.
»Aber die Blutungen hörten nicht auf. Ich schrieb ihr noch einmal, und sie antwortete, ich solle die täglichen Dosen des Mittels erhöhen. Aber es half nichts«, bekannte Mrs. Sargent mit gesenktem Kopf. »Ich hab' das Mittel jeden Tag genommen, bis ich es am Schluß einfach nicht mehr aushalten konnte. Die Blutungen wurden immer stärker, und ich fühle mich jetzt sehr schwach.«
Samantha zog sich einen Stuhl heran und setzte sich. »Mrs. Sargent«, sagte sie, »die Fibrome sind nicht bösartig, aber sie müssen heraus.«
Die Frau wurde blaß. »Sie meinen, ich muß operiert werden?«
»Ja.«
»Was ist das für eine Operation?«
»Wir müssen Ihre Gebärmutter entfernen.«
Mrs. Sargent stieß einen Entsetzensschrei aus und begann zu weinen.
Samantha tätschelte ihr das Knie. »Wenn Sie gleich am Anfang zum Arzt gegangen wären, hätte man etwas tun können, aber die Fibrome sind inzwischen so gewachsen, daß nur noch die Operation in Frage kommt.«
»Wir können uns das nicht leisten«, jammerte sie in ihr Taschentuch. »Wir kriegen ja kaum die Kinder durch.«
»Mrs. Sargent, das Krankenhaus ist für alle, die nicht zahlen können, kostenlos.«
»Aber – o Gott, die Gebärmutter entfernen. Ach bitte, Dr. Hargrave, können Sie nicht was anderes versuchen?«
Samantha sah die Frau voller Bedauern an.
»Wegen mir ist es ja gar nicht. Es ist wegen Harry. Er liebt mich dann bestimmt nicht mehr.«
»Aber natürlich wird er Sie weiterlieben, Mrs. Sargent.«
»Aber ich bin doch noch nicht mal vierzig! Bitte, Dr. Hargrave!« flehte Mrs. Sargent. »Tun Sie es nicht. Lieber würde ich sterben.«
Samantha legte der weinenden Frau tröstend die Hand auf die Schulter.
»Ich wünschte, es gäbe eine Alternative.«
»Hat denn das Mittel überhaupt nicht geholfen?«

»Es ist nur ein Stärkungsmittel, Mrs. Sargent. Es kann organische Defekte nicht beseitigen.«
»Aber meine Schwester hatte eine Gebärmuttergeschwulst, und als sie anfing, Sara Fenwicks Mixtur zu nehmen, hat die sich völlig aufgelöst. Und mir hat das Mittel auch immer so gutgetan. Wenn ich nach zehn Stunden Arbeit in der Bäckerei heimkomme, kann ich kaum noch kriechen. Dann nehme ich meine Mixtur und sofort bin ich wieder ganz da. Das Kochen und Saubermachen macht mir überhaupt nichts mehr aus.«
Sie umklammerte Samanthas Hand. »Bitte, Doktor...«
Samantha spürte, wie ihr die Tränen kamen. Manchmal war es sehr schwer, objektive Distanz zu wahren. »Wenn wir die Operation nicht machen, Mrs. Sargent«, sagte sie eindringlich, »wird es Komplikationen geben.«
»Aber ich will nicht mit einem Schlag alt werden.«
»Alt, Mrs. Sargent?«
»Die Wechseljahre«, flüsterte sie. »Die kommen doch, wenn einem die Gebärmutter rausgenommen wird.«
»Das ist ein Märchen, Mrs. Sargent. Nur wenn die Eierstöcke entfernt werden, tritt die Menopause ein. Aber bei Ihnen werden wir einzig die Gebärmutter entfernen, die nichts weiter ist als ein Muskel.«
»Aber dann bin ich ja keine Frau mehr...«
Samantha würgte den Kloß in ihrer Kehle hinunter. »Aber natürlich sind Sie eine Frau.«
»Ach, Dr. Hargrave, ich habe solche Angst...«

»Mark, kann ich dich einen Moment sprechen?«
Er sah vom Mikroskop auf, und angesichts der Freude auf seinem Gesicht stockte Samantha einen Moment der Atem.
»Natürlich, Sam. Komm, ich möchte dir etwas zeigen.«
Sie neigte sich über das Mikroskop, während Mark den Spiegel zur besseren Beleuchtung einstellte. »Das ist eine Probe des Brustgewebes, das ihr gestern entfernt habt. Kannst du die normalen Zellen rechts oben sehen?«
»Ja.« Er stand sehr nahe, berührte sie fast.
»Sie sind alle gesund, einheitlich in der Größe, und einige teilen sich gerade.«
»Ja«, sagte sie leise. »Ich sehe es.«
»Jetzt schau dir die Zellen daneben an. Entgleist, deformiert. Und sieh, wie leicht sie sich lösen. Sam, das sind alles die gleichen Zellen!«
Sie richtete sich auf und sah in sein strahlendes Gesicht.

»Ich habe nie eine Probe untersucht, bei der es so klar zu sehen war«, fuhr er fort. »Das hier beweist praktisch, daß meine Theorie über die Anfänge des Krebses richtig ist. Und wenn ich recht habe, wenn die bösartigen Zellen entgleiste Zellen sind, die einmal normal waren, dann haben wir einen Ansatzpunkt, um nach einem Heilmittel zu forschen.«

»Das ist ja fabelhaft, Mark.«

Er wandte sich ab und machte sich am Labortisch zu schaffen. Das Lächeln war verschwunden. »Ich mache mir Sorgen um Lilian.«

»Was ist denn los?«

»Das weiß ich auch nicht. Sie wirkt unglücklich auf mich. Obwohl sie die Kinderabteilung hat.« Er schüttelte den Kopf. »Ich weiß nicht. Wir sehen uns kaum noch. Und wenn wir uns begegnen, haben wir praktisch nichts miteinander zu reden.«

»Glaubst du, sie ahnt etwas? Über das, was zwischen uns ist, meine ich?«

»Ich weiß es nicht, Sam. Aber ich glaube es nicht. Lilian ist ein sehr direkter, offener Mensch. Wenn sie einen Verdacht hätte, würde sie es sagen. Es muß etwas anderes sein. Wahrscheinlich ihr Wunsch nach einem Kind. Aber, worüber wolltest du mit mir sprechen?«

»Über unsere Kampagne, Mark. Mr. Chandler sagte mir, daß die Zahl der Briefe stark zurückgegangen ist. Wir finden nicht das Echo, das wir uns erhofft haben.«

»Vielleicht sollten wir den nächsten Beitrag ›Drogensucht in Alaska‹ nennen!«

»Vielleicht. Aber ich habe mir etwas anderes überlegt. Vielleicht gehen wir zu sehr in die Breite und überfordern die Leser mit zu vielen unterschiedlichen Fakten und Zahlen.«

»Ich möchte mich auf einen einzelnen Hersteller konzentrieren«, sagte Samantha, als sie in Horace Chandlers Büro saßen. »Ich würde denken, daß wir die Aufmerksamkeit der Öffentlichkeit eher erreichen, wenn wir eine vielgekaufte, bekannte Arznei aufs Korn nehmen.«

Horace lehnte sich in seinem Sessel zurück. »Denken Sie da einen bestimmten Hersteller?«

»Ja. Sehr viele meiner Patientinnen griffen zu Sara Fenwicks Wundermixtur, ehe sie zu uns ins Krankenhaus kamen. Ich glaube, das ist ein Mittel, das fast in jedem Haus zu finden ist.«

Horace pfiff durch die Zähne. »Sara Fenwick ist der größte Hersteller überhaupt, Doktor. Da haben Sie sich einen mächtigen Gegner ausgesucht.«

»Schreckt Sie das?«
Horace lachte. »Nicht im geringsten. Aber eines muß ich Ihnen sagen.« Er beugte sich vor und legte die Hände flach auf den Schreibtisch. »Wenn Sie sich mit Sara Fenwick anlegen wollen, sollten Sie sich Ihrer Fakten absolut sicher sein.« Er wandte sich Mark zu. »Haben Sie die Analyse schon gemacht?«
»Nur für den Alkoholgehalt. Der ist sehr hoch.«
»Glauben Sie, daß das Mittel schädliche Substanzen enthält, Dr. Hargrave?«
»Das wird nicht mein Angriffspunkt sein, Mr. Chandler. Ich glaube, daß das Mittel im Grund harmlos ist. Wogegen ich mich wehre, ist die Praxis des Unternehmens, per Korrespondenz die Diagnose zu stellen und zu behandeln. Jede einzelne meiner Patientinnen, die viel zu spät zu mir kam, weil sie Sara Fenwicks Mittel genommen hatte, berichtete mir, daß sie an die Firma geschrieben hatte. Und jeder von ihnen wurde versichert, das Mittel würde Heilung bringen. Das ist es, was ich anprangern möchte, Mr. Chandler.«
Horace überlegte einen Moment. »Dafür werden wir mehr brauchen als eine Laboranalyse und ein paar Geschädigte.« Er stand aus seinem Sessel auf und ging zu dem Bücherschrank, der eine ganze Wand seines Büros einnahm. Hinter einer der Türen war ein ganzes Bord voller Flaschen und Gläser verborgen. Horace schenkte sich einen Brandy ein. Den beiden Ärzten bot er nichts an; er wußte, daß sie ablehnen würden.
»Es trifft sich gut«, sagte er, nachdem er sich wieder gesetzt hatte, »daß Sie heute zu mir gekommen sind. Ich hätte mich sonst von mir aus gemeldet. Ausnahmsweise habe *ich* nämlich einmal etwas zu berichten. Haben Sie schon mal von der ›roten Klausel‹ gehört?«
»Nein.«
Chandler berichtete ihnen von gezielten Recherchen, die er auf eigene Faust durchgeführt hatte, weil er hoffte, das Ergebnis würde spektakulär genug sein, um in der Öffentlichkeit Aufsehen zu erregen. Er hatte einen Privatdetektiv damit beauftragt, ihm eine Kopie der Vertragsformulare zu beschaffen, die die Drogenhersteller benützten, wenn sie mit Zeitungen und Zeitschriften Werbeverträge abschlossen. Sich als Werbevertreter einer Regionalzeitschrift ausgebend, hatte der Pinkerton-Detektiv die Firma J. C. Ayer aufgesucht und eine Kopie des gängigen Werbevertrags erhalten. In diesem Vertrag nun befand sich die sogenannte ›rote Klausel‹.
Horace zog eine Schublade auf und reichte Samantha das Dokument.
»Nur wenige Leute wissen von dieser Klausel«, bemerkte er, während

Samantha und Mark den Absatz lasen, der rot gedruckt war. »Sie besagt, daß der Vertrag null und nichtig wird, sollten irgendwelche Gesetze gegen den Vertrieb von Markenarzneimitteln erlassen oder in der Vertragspublikation Berichte veröffentlicht werden, die das Ansehen der Firma schädigen. Diese Klausel findet man in allen Kontrakten der Arzneimittelhersteller. Damit wird der Presse erfolgreich der Maulkorb umgehängt.«
Mark reichte ihm den Vertrag zurück. »Wollen Sie den abdrucken?«
»Von Anfang bis Ende.« Horace nahm einen Schluck Brandy. »Aber jetzt habe ich noch etwas anderes vor: Ich werde diesen Pinkerton-Detektiv – er heißt übrigens Cy Jeffries – beauftragen, mal ein bißchen bei der guten Sara Fenwick herumzuschnüffeln. Könnte ja sein, daß er ein paar Dinge herausfindet, die die Öffentlichkeit interessieren. Ich hab' so das Gefühl«, fügte er mit einem Zwinkern hinzu, »daß Mr. Jeffries uns ein paar hochinteressante Informationen liefern wird.«

10

Mit den alten Operationsverfahren war dies nicht mehr zu vergleichen: Samantha und ihr Team trugen über den Kleidern frische weiße Kittel, dazu Hauben, unter denen das Haar festgehalten wurde; die Instrumente waren keimfrei, Mrs. Sargent schlief unter keimfreien Tüchern, und die Narkoseärztin trug Puls- und Atmungsdaten gewissenhaft in die Karte ein, die am Massachusetts General Hospital entworfen worden war. Die Operation selbst, Entfernung der Gebärmutter, war zur Routine geworden. Samanthas gewagte Experimente am St. Brigid's gehörten der Geschichte an.
Sie arbeiteten schweigend. Willella Canby, die Samantha am Operationstisch gegenüberstand, hatte den Eindruck, daß die Chefärztin an diesem Morgen nicht ganz bei der Sache war; nun, sie hatte ja auch eine Menge um die Ohren.
Die Gedanken, die Samantha an diesem sonnigen Maimorgen durch den Kopf gingen, hatten tatsächlich mit der Operation wenig zu tun. Sie dachte an das Fest, das am Abend im Haus der Masons stattfinden sollte: eine Geburtstagsfeier für Samantha, gegen die sie sich mit Händen und Füßen gewehrt hatte. Siebenunddreißig Jahre, das war kein Grund zum Feiern, fand sie. Aber ihre Freunde hatten sich von der Idee nicht abbringen lassen; am hartnäckigsten hatte sich Hilary gezeigt, die jetzt, da die kleine Winifred aus dem Gröbsten heraus war, endlich die ersehnte Freiheit genoß.

Weiter schweiften Samanthas Gedanken zu Jenny, deren Niederkunft in zwei Wochen zu erwarten war. Samantha sah dem Tag nicht ganz ohne Sorge entgegen. Jenny war sehr dick, und als Samantha sie das letztemal untersucht hatte, meinte sie zweierlei Herztöne gehört zu haben. Wenn wirklich Zwillinge unterwegs waren, vergrößerte sich damit das Risiko, daß Komplikationen bei der Geburt eintraten. Samantha wünschte jetzt, sie wüßte mehr über Jennys Familiengeschichte.

Jenny selbst sah der Geburt mit Freude entgegen. Sie zeigte eine Gelassenheit, die Samantha bei ihrem Alter erstaunlich fand. An ihrem Glück mit Adam gab es keinen Zweifel.

Samantha legte ihre Gedanken in Zaum und konzentrierte sich wieder auf die Operation. Der Uterus war jetzt entfernt. Nachdem sie die Höhle ausgespült hatten, um klare Sicht zu haben, inspizierten sie und Willella die umliegenden Organe; dann gingen sie daran, die Wunde zu schließen.

»Schwester, bitte bringen Sie die Proben zu Dr. Johns hinunter. Und wenn Dr. Rawlins da sein sollte, sagen Sie ihm doch bitte, daß ich in einer halben Stunde fertig bin.«

Während Samantha mit der Nadel arbeitete, spürte sie eine leichte Erregung. Nach der Visite wollte sie mit Mark zu Horace Chandler fahren, um die Aufmachung für den Bericht über Sara Fenwick zu planen.

Es gab jetzt keinen Zweifel mehr für sie, daß das, was sie vorhatten – eine Untersuchung des führenden Arzneimittelherstellers in den USA – eine Sensation werden würde. Als Horace Chandler unter dem Titel ›Arzneimittelhersteller spottet der Pressefreiheit‹ den Werbevertrag der Firma Ayer abgedruckt hatte, war der Absatz von Ayer-Produkten schlagartig gefallen, eine Flut von Zuschriften war bei *Woman's Companion* eingegangen, und die Anwälte der Firma Ayer hatten Horace Chandler einen Besuch abgestattet.

Cy Jeffries hatte dafür gesorgt, daß der nächste Bericht wie eine Bombe einschlagen würde. Er hatte hervorragende Arbeit geleistet. Nachdem er es geschafft hatte, in der Versandabteilung der Firma Sara Fenwick angestellt zu werden, hatte er weit mehr sorgsam gehütete Geheimnisse aufgedeckt, als sie sich erhofft hatten. Er hatte herausbekommen, daß viele der Dankbriefe gegen Entgelt geschrieben waren – fünfundzwanzig Dollar für jeden, der bereit war, schriftlich die Heilung durch Sara Fenwicks Wundermixtur zu bestätigen. Er hatte festgestellt, daß in der Abfüllung Zustände herrschten, die den Grundsätzen der Hygiene bei weitem nicht genügten; und er hatte, als es ihm gelang, in die Korrespondenzabteilung vorzudringen, gesehen, daß die Zuschriften Hilfesuchender nicht ›ausschließlich von Frauen‹ beantwortet wurden, wie in den Anzeigen behauptet wurde, sondern daß da auch eine ganze Reihe junger Männer an der Arbeit waren.

Aber das Prunkstück war die Fotografie. Horace Chandler wollte sie auf der ersten Seite der Septemberausgabe bringen. Sie zeigte Sara Fenwicks Grabstein. Aus den deutlich erkennbaren Daten, die darauf eingraviert waren, ging hervor, daß Sara Fenwick bereits sechs Jahre vor Gründung der Firma gestorben war. Unter das Foto wollte Horace eine Anzeige der Firma setzen, die den Wortlaut hatte, ›Mrs. Fenwick kann in ihrer guten Stube mehr für die kranken und leidenden Frauen dieses Landes tun als jeder Arzt‹.

Auch Mark und Samantha hatten ihre Beiträge für die Kampagne geliefert. Aufgrund seiner eingehenden Analyse des Mittels hatte Mark festgestellt, daß es doch nicht so harmlos war, wie sie geglaubt hatten: eine der enthaltenen Substanzen war ein Abortivum. Samantha ihrerseits hatte mehrere Briefe an die Firma geschrieben, wobei sie in der Unterschrift ihren Doktortitel weggelassen hatte. In ihrem ersten Schreiben klagte sie über ein schleichendes Unwohlsein. Sara Fenwick riet ihr, täglich einen Eßlöffel der Mixtur einzunehmen. Daraufhin schrieb Samantha einen zweiten Brief, in dem sie eine Verstärkung der Symptome schilderte. Sara Fenwick empfahl, die Dosis zu verdoppeln. Schließlich schrieb Samantha, ihr Arzt hätte zu einer Operation geraten, und die Firma antwortete, daß täglich eine halbe Flasche Wundermixtur sie vor dem Skalpell bewahren würde.

Sie hatten soviel Material, daß Horace beschloß, fast die ganze Septemberausgabe von *Woman's Companion* Sara Fenwick zu widmen. Daneben würde er kleinere Studien über andere Arzneimittelhersteller bringen. Das Heft sollte auf der Titelseite in leuchtend roten Buchstaben quer gedruckt die Warnung tragen: *Caveat Emptor*.

Als Samantha gerade dabei war, die Frischoperierte zu verbinden, kam Schwester Constance in den Operationsraum. »Dr. Hargrave, Mrs. Rawlins läßt fragen, ob Sie einen Moment für sie Zeit hätten. Sie wartet in Ihrem Büro.«

»Selbstverständlich, Constance. Würden Sie bitte bei Mrs. Sargent bleiben, bis sie wach wird.«

»Hallo, Lilian. Kann ich Ihnen eine Tasse Tee anbieten?«
»Danke, nein, Samantha.«
Neugierig, was der Anlaß ihres unangemeldeten Besuchs war, setzte sich Samantha an ihren Schreibtisch. Lilian war schon seit einiger Zeit nicht mehr in Behandlung; Samantha konnte nichts mehr für sie tun.

»Was führt Sie zu mir, Lilian?«
»Zunächst einmal wollte ich Ihnen danken, Samantha, für alles, was Sie für mich getan haben. Für Ihren Rat, Ihre Teilnahme und für die Behandlungen. Das war weit mehr, als andere Ärzte für mich getan haben.«
»Geben Sie die Hoffnung nicht auf, Lilian.«
»Doch, Samantha. Ich habe sie aufgegeben. Ich habe alle Hoffnung aufgegeben.«
Samantha sah sie ungläubig an. Sie hatte sehr ruhig gesprochen, und ihre Haltung war entspannt. Das Gebaren einer Frau, die sich mit dem Unabänderlichen abgefunden hat.
»Bitte geben Sie noch nicht auf«, sagte Samantha.
Lilian hob eine Hand. »Doch, Samantha, ich will nicht mehr. Als ich damals in St. Louis aufgegeben hatte, war ich bereit, mich mit meinem Schicksal abzufinden. Aber dann kamen wir hierher, und Sie gaben mir neue Hoffnung. Dafür bin ich Ihnen dankbar. Aber ich kann nicht ein drittes Mal wieder anfangen zu hoffen, Doktor. Eine dritte Enttäuschung würde ich nicht ertragen.«
»Aber es besteht doch gar kein Grund, jetzt die Hoffnung aufzugeben.«
»Ich werde dieses Jahr vierzig, Samantha. Ich habe spät geheiratet. Ich mache mir jetzt nichts mehr vor. Ich habe begriffen, daß es nie sein sollte.«
»Sie dürfen sich nicht als eine Versagerin ansehen, weil Sie kein Kind mehr bekommen konnten«, sagte Samantha eindringlich. »Den Kindern auf der Kinderstation sind Sie eine Mutter, Lilian.«
»Ich habe jetzt nicht von der Mutterschaft gesprochen, Samantha. Ich rede davon, daß unsere Ehe, die Ehe zwischen Mark und mir, ein Fehlschlag ist.«
Samantha konnte sie nur wortlos anstarren.
»Wir haben uns geliebt, als wir heirateten«, fuhr Lilian im gleichen ruhigen Ton fort, »und wir lieben uns immer noch, aber in diesen eineinhalb Jahren in San Francisco hatte ich viel Anlaß und Gelegenheit zum Nachdenken. Ich bin mir jetzt klar darüber, daß ich Mark aus den falschen Gründen geheiratet habe. Ich war über dreißig und hatte Angst davor, eine alte Jungfer zu werden. Und ich wollte unbedingt ein Kind. Unbedingt!«
Sie holte einmal tief Atem. Die folgenden Worte kosteten sie sichtliche Anstrengung. »Mark und ich hatten im Grunde nichts gemeinsam. Oh, sicher, Theater, Literatur und solche Dinge. Aber nichts wirklich Wesentliches, Grundlegendes. Ich war in New York zu Besuch bei Verwandten.

Ich lernte Mark auf einem Picknick kennen. Ich glaube, er fühlte sich aus den gleichen Gründen zu mir hingezogen wie ich mich zu ihm: Er wünschte sich eine Familie. Und wenn ich Kinder bekommen hätte, dann hätten wir darin vielleicht eine Grundlage für unsere Ehe gefunden. Aber nach dem Tod unseres Kindes –« sie starrte auf ihre Hände hinunter – »entfernten wir uns immer mehr voneinander. Mark wurde rastlos. Die Privatpraxis füllte ihn nicht aus. Als die Universität ihm einen Lehrstuhl anbot, sah er das als gute Gelegenheit. Ich wäre viel lieber bei meiner Familie geblieben, aber ich wollte das tun, was für Mark und seine berufliche Karriere am besten war.«
Lilian hob den Kopf und sah Samantha offen an.
»Mark hat hier gefunden, was er suchte. Er ist glücklich, ausgefüllt von seiner Arbeit. Und ich bin froh darüber.«
Samantha wußte nicht, was sie sagen sollte.
»Ich möchte nach Hause, Samantha.« Zum erstenmal drohte Lilian ihre Gelassenheit zu verlieren. Ihre Lippen zitterten. »Ich habe große Sehnsucht nach meiner Familie, nach meinen Nichten und Neffen. Ich fühle mich so unendlich leer, wie ausgehungert. Ich weiß, daß ich die Kinder hier im Krankenhaus habe, aber das sind immer nur flüchtige Beziehungen. Ich fürchte mich, sie zu lieben, weil ich den Schmerz fürchte, wenn sie wieder gehen. Ich möchte Kinder, die immer da sind, Samantha, die ein Teil von meinem Fleisch und Blut sind. Meine Schwestern –« Ihre Stimme brach.
Samantha stand auf und läutete. Dann setzte sie sich zu Lilian.
»Meine Schwestern«, fuhr diese fort, »möchten, daß ich nach Hause komme, Samantha.« Lilians braune Augen wurden feucht. »Dahin gehöre ich.«
Jetzt endlich kamen die Tränen. Samantha reichte ihr schweigend ein Taschentuch.
Lilian schniefte ein paarmal und schneuzte sich. »Ich liebe Mark, Samantha«, sagte sie dann. »Um nichts in der Welt würde ich ihm wehtun wollen. Aber ich bin nicht die richtige Frau für ihn. Ich kann ihm nicht das geben, was er braucht – Anteilnahme und Interesse an seiner Arbeit. Ich will ganz offen sein, ich finde das, was er in seinem Labor tut, eher abstoßend. Ich bewundere ihn für seine Energie und sein Zielbewußtsein, aber ich möchte am liebsten nichts von seiner Arbeit hören. Und ich spüre, daß er mein ewiges Gerede von meinen Nichten und Neffen lästig findet. Es ist kein überstürzter Entschluß, Samantha, glauben Sie mir. Ich habe monatelang darüber nachgedacht. Ich kehre nach Hause zurück.«

Haben Sie es Mark schon gesagt? hätte Samantha gern gefragt. Was sagt er dazu? Aber sie sagte nichts.
Als hätte Lilian ihre Gedanken gelesen, bemerkte sie: »Mark ist nicht glücklich über meinen Entschluß. Ich habe gestern abend mit ihm gesprochen. Es war unser erstes aufrichtiges Gespräch seit langem. Er macht sich Vorwürfe und will mir nicht glauben, daß er keine Schuld hat.«
Ihre Stimme wurde kräftiger. »Mark und ich gehören zwei verschiedenen Welten an. Liebe allein reicht nicht. Es gehört noch eine andere Art der Erfüllung dazu. Ich brauche meine Familie, Mark braucht seine Arbeit. Darum muß ich nach St. Louis zurück, und er muß hier bleiben.«
Lilian schwieg, und Samantha dachte, warum hast du mir das alles erzählt? Aber sie wußte, warum.
Als eine Schwester mit Tee kam, fragte Samantha: »Trinken Sie eine Tasse Tee mit mir, Lilian?«
Lilian lächelte. »Gern, Samantha.«

11

Jenny war nicht zu bewegen. Samantha mochte ihr hundertmal vorhalten, daß es sicherer war, im Krankenhaus zu entbinden, sie wollte nichts davon hören. Sie würde ihr Kind zu Hause zur Welt bringen, mit Adam an ihrer Seite.
»Aber wenn es nun Komplikationen gibt«, wandte Samantha ein.
»Keine Komplikationen«, signalisierte Jenny. »Alles ist in bester Ordnung.«
Dennoch nahm Samantha eine ganze Garnitur Geburtshilfeinstrumente mit nach Hause und fragte Willella, ob sie sich in Bereitschaft halten könne, für den Fall, daß sie Hilfe brauchen sollte.
»Ich mache mir Sorgen«, erklärte Samantha. »Jenny ist so dick. Und jetzt höre ich nur noch einen Herzton. Außerdem ist sie schon eine Woche über die Zeit.«
»Dr. Hargrave«, sagte Willella, »Sie sollten sich hören! Jenny ist nicht zu dick, Sie haben auch vorher nicht definitiv zwei Herztöne gehört, und es ist gang und gäbe, daß das erste Kind mit Verspätung kommt.«
Es war ein schwüler Juniabend. Sie saßen alle in Samanthas Salon und tranken Limonade. Willella war es heiß trotz des leichten Lüftchens, das durch die offene Terrassentür kam, und sie wünschte, sie könnte ihr Korsett aufmachen. Hilary, die wieder so rank und schlank war wie an dem

Tag, an dem sie Darius geheiratet hatte, litt nicht unter der Hitze; ihr war von der Aufregung um Jenny heiß. Darius gab einen Schuß Whisky in sein und Stantons Limonadenglas; Mark lehnte ab. Er stand an der offenen Tür und schaute zur lichterglänzenden Stadt hinaus. Samantha wußte, woran er dachte.
Miss Peoples erschien auf der Treppe.
»Wie geht es ihr?« fragte Samantha hastig.
»Gut, Doktor. Mr. Wolff ist bei ihr. Ich wollte noch einen Krug Limonade machen.«
Samantha hatte so besorgt um Jenny herumgegluckt, daß diese schließlich gebeten hatte, sie allein zu lassen. »Du machst mich müde, Mutter«, hatte sie signalisiert. »Bitte laß mir ein bißchen Ruhe. Ich läute, wenn was ist. Das verspreche ich dir.«
Aber Samantha hielt es nicht im Salon. »Ich muß hinauf und nach ihr sehen«, sagte sie.
Willella stand von ihrem Stuhl auf. »Lassen Sie mich gehen, Doktor. Sie machen ihr höchstens Angst mit Ihrer Besorgnis.«
Samantha ging mit ihr zur Tür. »Warten Sie fünf Minuten«, sagte sie leise, so daß die anderen sie nicht hören konnten, »und sehen Sie, ob Sie die Wehen spüren. Vor einer Stunde war sie auf vier Zentimeter und behauptete, sie spüre überhaupt nichts.«
Willella tätschelte ihre Hand.
Unruhig kehrte Samantha in den Salon zurück und stellte sich zu Mark. Er sah sie lächelnd an. »Wie geht's dir?«
»Ich habe gerade nachgedacht.«
»Worüber?«
»Über Lilian. Ich möchte wissen, ob sie ahnte, ob sie spürte, wie es zwischen uns ist.«
»Die Hauptsache ist doch, daß sie glücklich ist, Mark. Und das scheint sie zu sein. Ihre jüngste Schwester ist wieder guter Hoffnung.«
»Ja...« Er wandte den Blick wieder zum Garten hinaus.
Obwohl Samantha und Mark lange über Lilian gesprochen hatten, war etwas Wesentliches ungesagt geblieben: Wie es mit ihnen weitergehen würde, wenn die Scheidung ausgesprochen war. Mark schien darüber nicht sprechen zu wollen, und Samantha wollte ihn nicht drängen. Aber sie dachte häufig daran und hoffte.
»Alles in Ordnung«, verkündete Willella, in den Salon zurückkehrend. »Jenny geht es gut.« Sie ging zu Samantha und sagte leise: »Wehen alle fünf Minuten, Muttermund sechs Zentimeter.«
»Hat sie Schmerzen?«

»Sie sagt, nein.«

Samantha konnte jetzt nachfühlen, was die Väter durchmachten, wenn sie im kleinen Wartezimmer im Krankenhaus saßen. Kein Wunder, daß trotz strikten Verbots immer wieder Alkohol eingeschmuggelt wurde.

Miss Peoples erschien mit einem Krug frischer Limonade und einer Schale Mandelbiskuits. Während Darius die Gläser auffüllte, nahm Hilary ein Kartenspiel zur Hand und forderte Willella zu einer Partie Rommé auf. Samantha gesellte sich wieder zu Mark.

Nach einer Weile sah Willella von ihren Karten auf und sagte: »Hör sich einer dieses Gemaunze an! Da muß ja eine äußerst attraktive Katzendame in der Nachbarschaft sein.«

»Das ist keine Katze«, rief Mark. »Das ist –«

»O Gott!« Samantha stürzte zur Tür und rannte von Willella gefolgt die Treppe hinauf. Oben klopfte sie nicht, sondern stürmte sofort ins Zimmer.

Adam sah kurz auf, lächelte und beugte sich wieder über das kleine Körperchen, das er gerade mit einem weichen Tuch trocknete.

»Jennifer!« rief Samantha und eilte zum Bett. Zuerst untersuchte sie das Kind – alles in Ordnung. Dann schimpfte sie halb lachend, halb weinend mit fliegenden Händen ihre Tochter und ihren Schwiegersohn aus.

Adam legte den Säugling nur solange nieder, um zu signalisieren: »Wir brauchten dich nicht zu rufen, Mutter.« Dann nahm er das Kind wieder auf und legte es der wartenden Jenny in die Arme.

12

Die ›Caveat‹-Ausgabe gelangte im September in die Verkaufsstände und war binnen drei Tagen vergriffen. In der Redaktion von *Woman's Companion* liefen die Telefondrähte heiß, und die Leserzuschriften kamen körbeweise. Am Ende der Woche trafen Telegramme aus sämtlichen Teilen des Landes ein – andere Journale wollten diesen Artikel auch haben –, und ein paar Tage später war der Goldrausch von Alaska bei allen Zeitungen oder Zeitschriften von der Titelseite verschwunden. Während die einen empört die sofortige Schließung der Redaktionsräume von *Woman's Companion* forderten, lobten andere, darunter die *Saturday Evening Post* die Zivilcourage der Frauenzeitschrift. Die Broschüren, die Samantha im Krankenhaus ausgelegt hatte, fanden jetzt reißenden Absatz. Der Skandal schlug hohe Wellen; überall auf den Straßen San Franciscos begegnete man Leuten mit *Woman's Companion* unter dem Arm; in die

Apotheken und Drugstores kamen die Kunden scharenweise mit unbequemen Fragen und verlangten ihr Geld zurück. Und innerhalb eines Monats fiel der Absatz von Sara Fenwicks Wundermixtur rapide.

»Aber das bedeutet noch lange nicht, daß die Leute nun keine solchen Mittel mehr kaufen werden«, erklärte Horace. »Es ist im Augenblick lediglich verpönt, Sara Fenwicks Wundermixtur im Haus zu haben. Aber wie ich aus guter Quelle hörte, sind die Verkaufszahlen anderer Arzneimittelhersteller gestiegen. Jetzt«, sagte er zu Samantha und Mark, »müssen wir das Feuer schüren. Wir müssen die Öffentlichkeit so richtig in Rage bringen. Und dann müssen wir diese Energie in Kanäle leiten, die zu einer Gesetzesänderung führen.« Er wies mit großer Geste auf die Briefe und Telegramme auf seinem Schreibtisch. »Das hier mag zwar beeindruckend sein, aber aus Washington kommt noch immer nichts als Schweigen. Ich sage deshalb, wir müssen das Eisen schmieden, solange es heiß ist.«

Als nächstes forderten sie fünf weitere große Arzneimittelhersteller heraus und setzten sich dann an die Januarausgabe, ›um das Jahr 1898 mit einem Paukenschlag einzuläuten‹.

An einem regnerischen Nachmittag im November kam Mark zu Samantha ins Büro. Er hatte soeben von Lilians Anwalt den Bescheid erhalten, daß die Scheidung rechtskräftig war. Gleichzeitig war ein Brief von Lilian gekommen.

Samantha stellte sich ins Licht am Fenster, um ihn zu lesen.

›Mein lieber Mark‹, schrieb Lilian, ›ich hoffe, es geht Dir gut. Ich kann Dir nicht sagen, wie glücklich ich hier bin. Dierdre ist überzeugt, daß es diesmal Zwillinge werden. Dann werde ich wirklich beide Hände voll zu tun haben. Ich fühle mich so wohl jetzt, Mark, im Kreis der Familie. Mein Leben hat plötzlich wieder Inhalt und Erfüllung gewonnen. In Isabels Haus ist immer etwas los, und ich komme kaum zum Nachdenken. Alle sagen, daß ich die Kinder verwöhne; in Wirklichkeit verwöhne ich mich selbst. Manchmal frage ich mich, wodurch ich soviel Freude und Glück verdient habe.

Wir haben hier alle Euren aufregenden Bericht gelesen und sind sehr stolz auf Dich und Samantha. Ich bin stolz und glücklich, Mark, daß ich ein Stück Wegs mit Dir gemeinsam gehen konnte.

Ich wünsche Euch beiden von Herzen alles Gute.‹

Eine ganze Weile blieb Samantha schweigend am Fenster stehen und starrte auf Lilians feine, gestochene Handschrift, dann drehte sie sich nach Mark um.

»Ich habe heute auch einen Brief bekommen«, sagte sie. Sie nahm einen

Umschlag von ihrem Schreibtisch und reichte ihn Mark. »Sara Fenwick hat gegen uns Klage erhoben.«
Aber er nahm den Brief gar nicht aus dem Umschlag, sondern sah sie nur über den Schreibtisch hinweg an.
»Mark«, sagte Samantha atemlos.
Blitzartig war er um den Schreibtisch herum, nahm sie fest in die Arme und küßte sie lange und andächtig. Nie wieder würden sie sich verstecken müssen.

13

Am selben Tag, als die Februarausgabe von *Woman's Companion* mit dem Bericht ›Der Skandal nimmt kein Ende‹ erschien, begann der Prozeß der Firma Sara Fenwick gegen Horace Chandler, Samantha Hargrave und Mark Rawlins.
Am Abend vor Verhandlungsbeginn gab Hilary ein Essen für ihre Freunde. Es war, als wollte man der Stadt demonstrieren, daß man den bevorstehenden Streit nicht fürchtete. Insgeheim jedoch war keinem der Anwesenden so recht wohl in seiner Haut, und Stanton Weatherby fühlte sich angesichts der köstlich zubereiteten Speisen und der erlesenen Weine an eine Henkersmahlzeit erinnert.
»Ich verstehe absolut nicht«, sagte Darius, die Gabel in der Hand, »warum diese Narren unbedingt einen Prozeß wollen. Ein privater Vergleich wäre doch viel eher in ihrem Interesse. Der Prozeß kann diesen Leuten nur schaden.«
»Im Gegenteil«, versetzte Stanton, der die Verteidigung bereits vorbereitet hatte, »die Firma Fenwick ist überzeugt davon, daß der Prozeß mit dem ganzen Rummel, der damit verbunden ist, ihr nützen wird. Diese Leute sind keine Dummköpfe, Darius. Sie wollen als gemein verleumdete Unschuldslämmer aus der Sache hervorgehen. Zu diesem Zweck haben sie sich die besten Anwälte genommen, die man für gutes Geld bekommen kann. Sie werden dafür sorgen, daß alles, was Sie gedruckt haben, Horace, so gedreht wird, daß Sie als Lügner erscheinen müssen. Sie werden versuchen, Samanthas und Marks Ruf in den Schmutz zu ziehen, um ihre Glaubwürdigkeit zu erschüttern. Und die Presse wird jedes Bröckchen Dreck begierig auflesen und auf den Titelblättern sämtlicher Zeitungen verschmieren.«
Samantha schauderte bei der Vorstellung. Sie sah die Tafel hinunter zu Mark und war dankbar für sein beruhigendes Lächeln. Mit Mark an ihrer Seite brauchte sie nichts zu fürchten.

»Trotzdem verstehe ich nicht«, beharrte Darius, »wie irgend jemand auf der Seite dieser Betrüger stehen kann.«
»Das ist doch einfach«, erwiderte Stanton. »Sara Fenwick ist in amerikanischen Haushalten eine altvertraute Figur. Sie steht für Mütterlichkeit und weibliche Würde und Reinheit. Ich möchte wetten, daß fast in jedem Apothekerschränkchen in diesem Land eine Flasche Wundermixtur steht. Die Firma Fenwick ist angesehen und geachtet, sie ist zu einer Institution geworden, und die Leute mögen es nicht, wenn das Althergebrachte attackiert wird. Dazu kommt, daß viele Leute glauben, wir wollten sie gewisser Freiheiten berauben.«
»Aber darum geht es doch gar nicht!« dröhnte Darius. »Es geht doch lediglich um Aufklärung. Die Etiketten sollen genaue Angaben über die Bestandteile der Mittel machen, damit die Leute frei entscheiden können, ob sie sich vergiften wollen oder nicht.«
»Darius«, sagte Hilary und tätschelte ihm den Arm, »wir sind ja alle deiner Meinung. Du brauchst nicht zu schreien.«
»Ich fürchte, beim Prozeß wird es eine Menge Geschrei geben«, meinte Stanton. »Und eine Menge Unerfreulichkeiten dazu. Wie Ambrose Bierce einmal sagte: Eine Gerichtsverhandlung ist eine Maschine, in die man als Schwein hineinmarschiert und als Wurst wieder herauskommt.«
Keiner lachte.

Der Gerichtssaal war zum Brechen voll. Schon eine Stunde vor Öffnung des Saals hatte sich vor der Tür eine lange Schlange gebildet. Lärmende Männerstimmen schallten durch den Saal, die von Zigarren- und Zigarettenqualm durchzogene Luft war zum Ersticken, am Pressetisch spitzten die Reporter schon ihre Stifte. Frauen waren keine im Saal, ihnen war der Zutritt verboten.
Isaac Venables, der den Vorsitz führte, war als fairer und vorurteilsloser Richter bekannt. Die Geschworenen – lauter Männer, da auch hier Frauen nicht zugelassen waren – begaben sich zu ihren Plätzen. Es wurde still im Saal, und alle Anwesenden standen auf, als der Richter eintrat. Samantha war die einzige Frau im Saal. Alle Augen richteten sich auf sie, als sie sich gleichzeitig mit Mark und Horace von ihrem Platz erhob.
Den drei Beklagten wurde vorgeworfen, ›einem alten, allgemein angesehenen Geschäftsunternehmen durch verleumderische Behauptungen schweren Schaden zugefügt zu haben‹, Magnesiumpulver explodierte, als die Fotografen ihre Bilder schossen, Richter Venables schlug mit seinem Hammer krachend auf den Tisch, und die Verhandlung begann.

Jonathan Cromwell, Vertreter des Klägers John Fenwick, hielt sein Eröffnungsplädoyer, eine weitschweifige, sehr effektvolle Rede, die darauf abzielte, den zwölf Geschworenen die absolute Niedrigkeit der von den drei Beklagten begangenen Tat vor Augen zu führen, und danach konterte Bill Berrigan, Stanton Weatherbys junger Sozius, mit dem Versprechen, daß man die Vorwürfe des Klägers nicht nur widerlegen, sondern darüber hinaus das kriminelle Verhalten der Firma Fenwick beweisen würde.
Dann rief Cromwell seinen ersten Zeugen.
Dr. Smith war ein korpulenter kleiner Mann mit Brille, den ein Reporter als Maulwurf im weißen Anzug skizzierte. Er war leitender Chemiker bei der Firma Fenwick. Nachdem er Cromwell auf seine freundliche Frage erläutert hatte, daß die Wundermixtur einzig aus pflanzlichen Substanzen bestand, wollte Cromwell wissen, ob das Mittel auch Alkohol enthalte.
»Ja«, antwortete der Zeuge.
»Zu welchem Zweck?«
»Zur Stabilisierung des chemischen Gleichgewichts.«
»Hat die Firma Fenwick es je darauf angelegt, den Alkoholgehalt ihres Mittels zu verheimlichen?«
»Nein, Sir. Jeder kann uns schreiben und eine genaue Aufstellung der in der Mixtur enthaltenen Substanzen verlangen.«
»Muß eine Frau, die das Mittel nehmen möchte, unweigerlich auch den Alkohol zu sich nehmen?«
»Nein, Sir. Unsere Mixtur gibt es auch in Tabletten- und Pulverform.«
»Sind Ihnen Fälle bekannt, daß durch die Einnahme von Sara Fenwicks Wundermixtur Alkoholismus verursacht wurde?«
»Nein, Sir. Davon weiß ich nichts.«
»Gut, Dr. Smith.« Jonathan Cromwell, ein rotbärtiger Riese, füllte den Saal mit seiner metallischen Stimme. »Unter welchen Bedingungen wird das Mittel hergestellt?«
»Wie meinen Sie das?«
»Ist das Labor sauber oder schmutzig?«
»Es ist steril, Sir!«
»Und Sie sind Leiter des Labors?«
»Ja.«
»Sie beaufsichtigen also die Herstellung des Mittels?«
»Ja, Sir, von Anfang bis Ende.«
»Ist es möglich, daß Schmutz oder schädliche Substanzen in die Mixtur gelangen?«

»Nein, Sir, das ist ausgeschlossen.«
»Könnten schädliche Bakterien in die Mixtur gelangen?«
»Nein, Sir. Die gesamte Herstellung läuft unter sterilen Bedingungen ab.«
»Noch eine letzte Frage, Dr. Smith: Hätten Sie etwas dagegen, wenn Ihre Gattin oder Ihre Tochter Sara Fenwicks Wundermixtur einnehmen würde?«
»Nein.«
»Ich danke Ihnen. Keine weiteren Fragen, Euer Ehren.«
Berrigan, lang und schlaksig, näherte sich mit lässigem Schritt dem Zeugenstand. Samantha konnte nicht gegen ihre aufsteigenden Zweifel an. Er wirkte so jung, so unerfahren.
»Guten Morgen, Dr. Smith«, sagte er lächelnd. »Ich werde Sie nicht lange in Anspruch nehmen. Ich kann mir vorstellen, daß Sie zu Ihrer Familie zurück wollen. Sind Ihre Gattin und Ihre Tochter mit Ihnen nach San Francisco gekommen?«
Der Chemiker wurde rot. »Äh – ich bin nicht verheiratet. Ich habe auch keine Tochter.«
»Ach?« Berrigan zog die blonden Brauen hoch und sah sich im Saal um. »Da scheine ich etwas mißverstanden zu haben, Dr. Smith. Ich dachte, Mr. Cromwell hätte eben von einer Ehefrau und einer Tochter gesprochen.«
»Aber doch nur hypothetisch.«
»Ach so. Gut, Dr. Smith. Wenn Sie sagen, daß die Mixtur unter sterilen Bedingungen hergestellt wird, was genau meinen Sie dann damit?«
»Pardon?«
»Würden Sie den Herren Geschworenen bitte das Wort ›steril‹ erklären. Vorausgesetzt natürlich, daß es hier eine andere Bedeutung hat als die, die uns im Zusammenhang mit Ochsen geläufig ist.«
Einige Leute lachten unterdrückt.
»Steril heißt frei von Keimen.«
»Und wie prüfen Sie nach, ob solche Keime vorhanden oder nicht vorhanden sind, Dr. Smith?«
»Nun – äh –«
»Prüfen Sie das unter einem Mikroskop?«
»Richtig. Unter einem Mikroskop.«
»Können Sie uns ein Beispiel für so einen Keim geben? Uns vielleicht beschreiben, wie ein Cholerabazillus aussieht?«
»Äh, ja, wissen Sie, ich gehe im allgemeinen nach einem Buch vor, wenn ich meine Proben mache.«

»Natürlich, sehr gründlich von Ihnen, Doktor. Sagen Sie, wo haben Sie eigentlich Ihren Doktorgrad erhalten?«
»Meinen Doktorgrad?«
»Ja, in Chemie.«
Der Blick des Mannes huschte zu dem Tisch, wo John Fenwick und sein Anwalt saßen. »Vom Jamestown College für Naturwissenschaften.«
»Wohnten Sie während Ihres Studiums auf dem Campus oder lebten Sie außerhalb?«
»Einspruch, Euer Ehren. Diese Frage ist ohne Belang.«
»Euer Ehren«, widersprach Berrigan, »meine nächste Frage wird deutlich zeigen, worauf es mir ankommt. Sie gestatten?«
»Einspruch abgelehnt. Beantworten Sie die Frage, Dr. Smith.«
»Nein, ich wohnte nicht auf dem Campus.«
»Warum nicht?«
»Weil das Jamestown College –«
»Bitte sprechen Sie lauter, Dr. Smith.«
»Weil das Jamestown College für Naturwissenschaft Fernunterricht erteilt.«
»Und wie lange haben Sie diesen Unterricht genossen?«
Dr. Smiths Gesicht wurde krebsrot. »Ich erinnere mich nicht.«
»Ist es nicht richtig, Doktor, daß man nur hundert Dollar an diese Institution zu schicken braucht, wenn man einen akademischen Grad erwerben möchte?«
Pause. »Ja.«
»Und haben Sie auf diese Weise Ihren Doktor der Chemie erworben?«
»Ja.«
»Es ist also ein *hypothetischer* Doktorgrad.«
Gemurmel ging durch die Reihen, und Richter Venables schlug donnernd auf den Tisch.
»Weiß man bei der Firma Fenwick von diesem hypothetischen Doktortitel?«
»Ja.«
»Danke, *Doktor* Smith. Keine weiteren Fragen.«
Als nächsten Zeugen rief Cromwell Dr. John Morgani, den Vizepräsidenten der Firma Fenwick, und ließ ihn erläutern, daß er die gesamte Herstellung unter sich hatte und der für das Labor zuständige Dr. Smith sein direkter Untergebener war.
»Überprüfen Sie die Bedingungen im Labor auch persönlich?« fragte Cromwell.
»Häufig, ja.«

Der Reporter, der Smith als Maulwurf karikiert hatte, zeichnete Morgani jetzt als Frettchen.
»Und wie prüfen Sie nach, ob im Labor Keime vorhanden sind?«
»Mit dem Mikroskop.«
»Können Sie uns vielleicht beschreiben, wie ein Cholerabazillus aussieht, Dr. Morgani?«
»Es ist ein kleines Stäbchen, das Ähnlichkeit mit einem Komma hat.«
»Würden Sie dem Gericht sagen, wo Sie Ihren Grad als Doktor der Chemie erworben haben, Dr. Morgani?«
»An der Johns Hopkins Universität in Maryland.«
»Wohnten Sie auf dem Campus oder lebten Sie außerhalb?«
Alles lachte, und Richter Venables ließ wieder einmal seinen Hammer niedersausen.
»Ich wohnte auf dem Campus.«
»Wie lange dauerte Ihr Studium?«
»Vier Jahre.«
»Dann, Dr. Morgani«, rief Cromwell dramatisch, »ist Ihr Doktorgrad nicht hypothetisch.«
Während im Gerichtssaal Gelächter ausbrach, kritzelte Mark ein paar Worte auf einen Zettel und schob ihn Stanton zu. ›Das haben sie absichtlich so eingefädelt.‹ Stanton schrieb zurück: ›Ich weiß. Aber damit kommen sie nicht durch. Passen Sie auf.‹
Berrigan stand zum Kreuzverhör auf, wandte sich dem Saal zu, lächelte kurz und ging dann zum Zeugenstand. »Johns Hopkins«, sagte er freundlich. »Beeindruckend. Wissen Sie, Dr. Morgani, ich habe die Zusammenstellung der Mixtur nicht ganz verstanden. Dr. Smith zählte ein paar Dinge auf, die mir völlig unbekannt sind. Vielleicht könnten Sie da Klarheit schaffen, auch im Interesse der Herren Geschworenen. Dr. Smith sprach beispielsweise von einer Pflanze namens Lebenskraut. Ist sie auch unter einem anderen Namen bekannt?«
»Sie heißt auch Frauenkraut.«
»Ach? Und was glauben Sie, warum sie so heißt?«
»Ich habe keine Ahnung«, antwortete der Chemiker frostig.
Berrigan ging zu seinem Tisch und griff zu einem Buch. »Das ist John Kinds *American Dispensary*, Dr. Morgani. Kennen Sie das Werk?«
»Aber ja.«
»Würden Sie dem Gericht erklären, was das Buch enthält?«
»Es ist ein Nachschlagewerk aller bekannten Heilpflanzen, gibt Auskunft über ihre besonderen Eigenschaften, Wirkungen und Anwendungsmöglichkeiten.«

»Ein zuverlässiges Werk?«

»Ein ausgezeichnetes Nachschlagewerk, ja.«

Berrigan blätterte in dem Buch. »Ich fand hier unter dem Stichwort Frauenkraut einen Hinweis, daß die Pflanze im Volksmund auch als ›Monatsregler‹ bezeichnet wird. Können Sie mir erklären, was das heißt?«

»Ich glaube, die Definition ist angegeben. Das heißt, daß es beim Ausbleiben der monatlichen Regel hilft.«

»Dann bewirkt Frauenkraut also das Wiedereinsetzen der monatlichen Regel, wenn sie aufgehört hat?«

»Richtig.«

»Und was für Ursachen kann das Ausbleiben der Monatsregel haben?«

»Da gibt es eine ganze Reihe.«

»Gehört die Schwangerschaft auch dazu?«

»Selbstverständlich.«

»Dann ist also Frauenkraut und daher die Mixtur ein zum Abort führendes Mittel, ein Abortivum.«

Die Leute im Saal wurden unruhig. Richter Venables rief sie zur Ordnung.

»Ist das richtig, Dr. Morgani?«

»Aber es wird nicht als solches verkauft.«

»Ja oder nein, bitte, enthält die Mixtur Abortiva?«

»Ja.«

Als Berrigan von erregtem Stimmengewirr begleitet an seinen Platz zurückkehrte, sprang Cromwell auf.

»Dr. Morgani«, rief er, »empfiehlt Sara Fenwick das Produkt schwangeren Frauen?«

»Nein.«

»Wie sieht die Praxis in solchen Fällen aus?«

»Sara Fenwick rät schwangeren Frauen mit allem Nachdruck davon ab, das Produkt einzunehmen.«

»Ich danke Ihnen, Dr. Morgani.«

Am vierten Tag der Verhandlung rief Jonathan Cromwell eine Mrs. Mary Llewellyn in den Zeugenstand. Stanton Weatherby sah auf seiner Liste nach und stellte fest, daß es sich um eine der Frauen handelte, die der Firma ein Empfehlungs- und Dankschreiben zur Veröffentlichung übersandt hatten; zugleich eine der Briefschreiberinnen, denen Cy Jeffries hatte entlocken können, daß sie ihre Briefe gegen Bezahlung geschrieben hatten. An einem schwülen Augusttag hatte die Hausfrau aus Omaha dem gutaussehenden ›Bürstenhändler‹ bei einem Glas Zitronenlimonade gestanden, daß sie für ihr Empfehlungsschreiben Geld bekommen und von der Mixtur nie auch nur einen Löffel eingenommen hatte. Und jetzt riefen die Kläger diese Frau als Zeugin auf. Stanton warf einen Blick über seine Schulter zu Jeffries, der hinten im Saal saß. Der zuckte nur mit verwunderter Miene die Achseln.

»Mrs. Llewellyn«, begann Cromwell, »haben Sie am 23. April 1890 ein Dank- und Empfehlungsschreiben an Sara Fenwick geschrieben?«

»Ja.«

»Was veranlaßte Sie, diesen Brief zu schreiben?«

»Ich hatte jahrelang ganz fürchterliche Beschwerden. Ich wurde fast verrückt darüber. Mein Mann mußte aus dem Haus ziehen. Ich vernachlässigte meine Kinder und ging nicht mehr zur Kirche. Da riet mir jemand, an Sara Fenwick zu schreiben. Auf meinen Brief bekam ich sofort Antwort und dazu eine kostenlose Flasche von der Mixtur. Wirklich, Euer Ehren, es war ein Wunder. Mit einem Schlag ging es mir viel besser. Mein Mann kam wieder zu mir, wir wurden endlich wieder eine glückliche Familie. Und ich gehe jeden Sonntag zur Kirche.«

Samantha blickte zum Pressetisch hinüber und sah, daß die Reporter jedes Wort mitschrieben.

Dann nahm Berrigan die Zeugin ins Kreuzverhör.

»Sie sind heute sicher zum erstenmal in San Francisco, Mrs. Llewellyn.«

»Ja.«

»Und wie gefällt Ihnen unsere Stadt?«

»Es ist eine ganz herrliche Stadt, Sir.«

»Wo sind Sie denn abgestiegen?«

»Einspruch!«

»Stattgegeben.«

»Und wie kommt es, daß Sie heute hier in San Francisco sind, Mrs. Llewellyn?«

»Mr. Fenwick hat mich gebeten zu kommen.«

»Ah ja. Und hat er Ihnen die Eisenbahnfahrt bezahlt?«

»Ja, und erster Klasse dazu!«

»Und das Hotel auch?«

»Ja, Mr. Fenwick ist sehr großzügig. Ich wohne im Palace!«

Allgemeines Gelächter.

»Mrs. Llewellyn, hat man Ihnen für Ihre Aussage hier ein Entgelt versprochen?«

Sie sah an ihm vorbei zur Bank des Klägers. John Fenwicks Gesicht war unbewegt.

»Bitte beantworten Sie die Frage«, sagte Richter Venables.

»Na ja.« Sie rutschte auf ihrem Stuhl hin und her. »Das Haus braucht dringend einen Anstrich.«
»Bitte antworten Sie auf die Frage, Mrs. Llewellyn. Hat die Firma Fenwick Ihnen für Ihre Aussage hier ein Entgelt angeboten?«
»Ja, Sir. Hundert Dollar.«
Richter Venables mußte wieder seinen Hammer schwingen, um die Leute zum Schweigen zu bringen.
»Mrs. Llewellyn«, fuhr Berrigan fort, »im August letzten Jahres luden Sie einen Bürstenhändler auf ein Glas Limonade in Ihr Haus ein. Erinnern Sie sich?«
Sie wurde rot. »Nein, ich kann mich nicht erinnern.«
»Nein? Er stellte sich als Mr. Peterson vor. Sie kauften ihm eine Haarbürste ab und luden ihn auf ein Glas Limonade und ein Stück Kuchen ein. Sie erinnern sich wirklich nicht?«
Sie war sichtlich nervös. »Nein.«
»Mrs. Llewellyn, darf ich Sie erinnern, daß Sie unter Eid stehen?«
»Ich erinnere mich an keinen Bürstenhändler.«
»Keine weiteren Fragen, Euer Ehren.«
In den folgenden fünf Tagen riefen die Kläger eine Briefschreiberin nach der anderen in den Zeugenstand. Ihre Namen standen ausnahmslos auf der Liste, die Cy Jeffries Stanton geliefert hatte, und nach der diskriminierenden Aussage von Mrs. Llewellyn bestritt nun jede der Frauen hartnäckig, irgendein Entgelt für ihre Aussage zugesichert bekommen zu haben.
Horace Chandler war fuchsteufelswild. »Was zum Teufel«, brüllte er in Samanthas Büro und entschuldigte sich nicht einmal. »Die Burschen nehmen uns auseinander. Wie sind die an die Namen dieser Frauen gekommen?«
Cy Jeffries konnte nur die Achseln zucken.
»Sie haben wahrscheinlich bei allen ihren bezahlten Briefschreiberinnen nachgefragt, ob sich in letzter Zeit jemand bei ihnen wegen ihres Empfehlungsschreibens erkundigt hat«, meinte Mark. »Und die Frauen haben wahrscheinlich alle einen gewissen äußerst gewinnenden Bürstenhändler erwähnt.« Er sah den Detektiv lächelnd an, aber der verzog nur unwillig das Gesicht.
»Und jetzt?« fragte Darius.
»Es hat auf jeden Fall keinen Sinn, die Frauen nochmals aufzurufen«, meinte Stanton. »Man hat sie gekauft. Wir können uns nur in Geduld fassen. Ich bin gespannt, wie sie mit der Tatsache fertig werden wollen, daß es Mrs. Fenwick gar nicht gibt. Da kriegen wir sie ganz bestimmt. Sie

präsentieren ihr Foto, behaupten, die Rezeptur stamme von ihr, und machen den Leuten vor, daß sie jeden Brief, der hinausgeht, persönlich unterzeichnet.«

»Vielleicht haben sie über ein Medium mit ihr Verbindung«, sagte Mark, aber keiner lachte.

Die steinernen Mienen der Geschworenen verhießen nichts Gutes. Samantha wußte, daß die Firma Fenwick die Oberhand gewonnen hatte. Aber nur vorübergehend. Wenn die Beklagten endlich ihre Zeuginnen präsentierten, Frauen, die durch die Einnahme der Mixtur schwere gesundheitliche Schäden davongetragen hatten, würde sich das Blatt wenden. Und dann kam ja auch noch Cy Jeffries' Aussage.
Am elften Tag der Verhandlung rief Jonathan Cromwell die Leiterin der Korrespondenzabteilung in den Zeugenstand, die mit feierlichem Ernst erklärte, daß niemals ein Mann die Schwelle des Schreibraums übertreten hätte.
Stanton drehte sich nach Cy um, der nur den Kopf schüttelte.
Am zwölften Tag präsentierte Cromwell mit theatralischer Geste seine bisher größte Überraschung.
»Ich rufe Jane Fenwick in den Zeugenstand.«
Alle Köpfe drehten sich zur Tür.
»Wer, zum Teufel, ist Jane Fenwick?« flüsterte Stanton Mark zu.
Eine streng und sittsam wirkende Frau schritt durch den Saal zum Zeugenstand, leistete den Eid und nahm Platz. Auf Cromwells Aufforderung erklärte sie dem Gericht ihre Beziehung zur Familie Fenwick. »Die Großmutter meines Mannes war Sara Fenwick.«
»Haben Sie Sara Fenwick noch persönlich kennengelernt?«
»O ja. Ich kam als sehr junges Mädchen ins Haus der Fenwicks und war die letzten drei Jahre bis zu ihrem Tod die Gesellschafterin der leidenden Sara Fenwick.«
»Wie war Ihre Beziehung zu Sara Fenwick in dieser Zeit?«
»Mrs. Fenwick lehrte mich alles, was sie über Frauenleiden wußte, wie man Diagnosen stellt, welchen Rat man jeweils gibt, und kurz vor ihrem Tod vertraute sie mir an, daß es ihr Leben lang ein Traum von ihr gewesen sei, ein Unternehmen zu gründen, das zum Wohl aller Frauen ein Heilmittel herstellt und vertreibt, das ihr ihr Leben lang eine zuverlässige Hilfe war und das sie selbst auf ihrem Küchenherd zu brauen pflegte. Kurz vor ihrem Tod gab Sara Fenwick die Rezeptur dieses Mittels an mich weiter.«
»Und das ist die Wundermixtur?«

»Ja.«
»Dann ist es also richtig, daß dieses Mittel Sara Fenwicks Erfindung ist und daß die Ratschläge, die den Hilfesuchenden gegeben werden, direkt von ihr kommen?«
»Ja.«
»Was für eine Stellung haben Sie bei der Firma Fenwick inne?«
»Ich arbeite in der Korrespondenzabteilung.«
Cy Jeffries behauptete später, Jane Fenwick in den sechs Monaten seiner Anstellung bei der Firma niemals gesehen zu haben.
»Sagen Sie uns noch eines, Mrs. Fenwick: Werden Sie in den Anzeigen der Firma Fenwick erwähnt?«
»O ja. Die Anzeigen versprechen, daß alle Korrespondenz von Mrs. Fenwick persönlich gelesen und beantwortet wird. Diese Mrs. Fenwick bin ich.«
Vier Reporter sprangen auf und stürzten aus dem Saal. Richter Venables konnte die erregten Zuhörer auch mit krachenden Hammerschlägen kaum bändigen. Samantha schloß die Augen und holte mehrmals tief Atem. Du hattest recht, Horace, dachte sie, sie haben uns niedergemacht.

Life und die *Saturday Evening Post* waren auf der Seite der drei Beklagten und brachten satirische Zeichnungen von einer großen Raubkatze, die ein Gesicht wie John Fenwick hatte und schlotternd vor drei kleinen Mäusen mit Holzkeulen stand. Die übrigen Presseberichte jedoch waren negativ.
»Und was kommt jetzt, Stanton?«
Sie saßen beim Abendessen im Haus der Gants. Draußen fiel ein feiner Regen, und die Luft war so still und schwül wie vor einem nahenden Gewitter.
»Was jetzt? Nun, Cromwell hat vielleicht noch ein paar Zeugen, aber ich würde sagen, daß er kurz vor dem Abschluß ist. Er hat's ja den Geschworenen beinahe unter die Nase gestrichen, daß alle in *Woman's Companion* abgedruckten Berichte nichts als Lüge waren.«
Dabei ließ es Stanton bewenden. Er hatte in den vergangenen vierzehn Tagen Gelegenheit genug gehabt, sich von Cromwell ein Bild zu machen, und er ahnte, was als nächstes kommen würde, aber er behielt seinen Verdacht für sich.
Am vierzehnten Tag erfolgte das Manöver, das Stanton befürchtet hatte. Als Clara Hains, Chandlers Sekretärin, aufgerufen wurde, war Stanton der einzige im Saal, der nicht überrascht war.

»Kennen Sie Dr. Hargrave, Miss Hains?«
»Ja, Sir.« Die arme Person sah mit verzeihungheischendem Blick zu ihrem Arbeitgeber. Horace mußte sich abwenden. Er ahnte jetzt, was Cromwell vorhatte, und konnte die Qualen seiner Sekretärin nicht mitansehen.
»Hat Dr. Hargrave Mr. Chandlers Büro häufig aufgesucht?«
»Ich weiß nicht, was Sie mit häufig meinen.«
»Einmal in der Woche?«
»Es war eher einmal alle zwei Wochen.«
»Und was ging während dieser Besuche vor?«
»Einspruch.«
»Stattgegeben.«
»War bei diesen Besuchen sonst noch jemand zugegen?«
»Ja, Sir. Dr. Rawlins.«
»Dauerten diese Sitzungen manchmal bis in den Abend?«
Berrigan sprang auf. »Einspruch! Euer Ehren, diese Fragen haben mit dem Gegenstand der Verhandlung nichts zu tun.«
»Mr. Cromwell«, sagte Richter Venables, »ich nehme an, Ihre Fragen haben ein Ziel?«
»Euer Ehren, es geht uns darum, die moralische Haltung dieser Herrschaften festzustellen, die meinen Mandanten angegriffen haben. Mr. Fenwick hat aufgrund dieser Angriffe Einkommenseinbußen erlitten, seine Gesundheit ist angeschlagen, seine Glaubwürdigkeit als Geschäftsmann wurde in Frage gestellt. Aus diesem Grund ist es unerläßlich, die moralischen Qualifikationen derer festzustellen, die mit den Steinen geworfen haben.«
»Einspruch abgelehnt. Bitte beantworten Sie die Frage, Miss Hains.«
»Ja, manchmal dauerten die Sitzungen bis zum Abend.«
»Haben Sie auch daran teilgenommen?«
»Nein, Sir.«
»Es waren also nur Dr. Hargrave und die beiden Herren.«
»Ja, Sir.«
»Mußten Sie ihnen Erfrischungen bringen?«
Miss Hains nestelte nervös an ihrer Handtasche. »Tee und Kekse.«
»Haben Sie ihnen auch Alkohol serviert?«
Sie senkte den Kopf. »Einmal habe ich ihnen Brandy gebracht.«
Stanton Weatherby sah zu den zwölf Geschworenen und bemerkte zum erstenmal echtes Interesse in den Gesichtern.
»Wissen Sie, worüber in Mr. Chandlers Büro gesprochen wurde?«
»Es ging immer um Arzneimittel, Sir.«

»Um bestimmte?«
»Meistens um Sara Fenwicks Mixtur.«
»Mit anderen Worten, um ein Heilmittel für Frauenleiden.«
»Ja.«
»Haben Sie auch Bücher oder Zeitschriften gesehen?«
»Auf Mr. Chandlers Schreibtisch lagen immer alle möglichen Broschüren und Briefe und medizinische Fachzeitschriften herum.«
»Welchen Inhalts waren diese Materialien?«
Miss Hains war hochrot im Gesicht. »Die meisten handelten von – von Frauenleiden.«
»Sie sagen also«, rief Cromwell mit erhobenem Zeigefinger, »daß die drei Beklagten, eine Frau und zwei Männer, bis in die Nacht hinein in Mr. Chandlers Büro beisammen saßen, Alkohol tranken und sich über die intimsten Teile des weiblichen Körpers unterhielten!«
Als die Reporter hinausstürzten, klopfte Richter Venables energisch auf den Tisch und vertagte dann die Sitzung, um ›die Herren von der Presse zu einer Lektion über ordnungsgemäßes Verhalten vor Gericht‹ in sein Büro zu bitten.

Am nächsten Morgen defilierte unter grauem Himmel eine Schar von Frauen mit Schildern und Tafeln, die Jonathan Cromwells niederträchtige Taktik anprangerten, vor dem Gerichtsgebäude auf und nieder. Der Verlauf der Verhandlung war für die drei Beklagten so niederschmetternd wie in den Tagen zuvor.
Am Abend trafen sie sich bei Samantha zum Essen.
»Ich bin sehr beunruhigt, Stanton«, sagte Samantha, die ihr Essen kaum angerührt hatte. »Jetzt, wo ich diesen Cromwell in Aktion gesehen habe, habe ich Angst um meine Patientinnen. Ich weiß nicht, ob sie seiner Strategie gewachsen sind.«
Stanton kam nicht dazu, ihr zu antworten. In diesem Moment nämlich läutete es draußen, und gleich darauf stürzte Berrigan in höchster Erregung ins Zimmer.
»Was ist passiert?« fragte Mark aufspringend.
»Cy Jeffries!« stieß Berrigan hervor und ließ sich in den nächsten Sessel fallen. »Er hat einen Unfall gehabt.«
»Was?«
»Darius, Whisky, schnell!«
»Kommen Sie, Berrigan. Trinken Sie.«
»Ist es schlimm?«
»Er ist im Krankenhaus. In Lebensgefahr. Man sagte mir, er wäre von der

Kabelbahn gestürzt und von einem vorübergehenden Wagen angefahren worden.«

Hilary begann zu weinen. Die Männer fluchten. Mark sah Samantha an. Ihr Gesicht war wie versteinert.

Sie hatte zwei Tage zur Vorbereitung. Der Unfall war am Freitag geschehen, und das Gericht trat erst am Montag wieder zusammen. Während es draußen in Strömen regnete, saß Samantha allein in ihrem Arbeitszimmer zu Hause, nahe beim warmen Feuer, ein Glas Rotwein in der Hand.

Sie hörte Mark hereinkommen und mit Miss Peoples sprechen, die ihm aus dem nassen Mantel half. Dann kam er ins Zimmer, küßte Samantha und setzte sich zu ihr.

»Wie geht es ihm?« fragte sie.

»Nicht gut. Er hat einen Gehirnschaden.«

»Mark«, sagte sie ruhig. »Ich werde in den Zeugenstand gehen.«

Er starrte sie an. »Was?«

»Cromwell wird meine Patientinnen mit seiner gemeinen Taktik völlig niedermachen. Das kann ich nicht zulassen.«

»Samantha!« Er stand auf und zog sie hoch.

Sie lehnte sich an ihn, ungewöhnlich müde und erschöpft. »Wir haben uns das jetzt lange genug angehört, Mark. Ich will endlich da hinauf und der Welt die Wahrheit sagen.«

»Überlaß Stanton die Taktik, Sam. Er kennt sich am besten aus.«

14

Im Gerichtssaal roch es nach feuchten Mänteln. Die Luft war muffig, die Atmosphäre kalt, daran änderten auch die vielen Menschen nichts, die eng zusammengepfercht auf den Bänken saßen. Der Vertreter des Klägers hatte am vergangenen Freitag seinen letzten Zeugen präsentiert; nun war die Reihe an den Beklagten.

»Euer Ehren«, begann der junge Berrigan, »wir hatten eigentlich vor, an dieser Stelle unseren Hauptzeugen, Mr. Cy Jeffries, aufzurufen. Leider jedoch hatte Mr. Jeffries einen schweren Unfall und liegt jetzt in kritischem Zustand im Krankenhaus. Es ist äußerst fraglich, ob er am Leben bleiben wird.«

Samantha mußte sich beherrschen, um nicht zu John Fenwick hinüberzuschauen, der ihrer Überzeugung nach diesen ›Unfall‹ arrangiert hatte.

»Wir rufen Mrs. Joan Sargent in den Zeugenstand.«
Schüchtern trat die zierliche kleine Frau in den Saal und ging nach vorn. Der zeichnerisch begabte Reporter skizzierte eine Maus in einem viel zu großen Mantel.
»Mrs. Sargent«, sagte Berrigan, »würden Sie dem Gericht bitte berichten, wann Sie Dr. Hargrave das erstemal als Patientin aufsuchten.«
»Das war vor einem Jahr.«
»Würden Sie uns jetzt bitte sagen, warum Sie Dr. Hargrave aufgesucht haben?«
Mrs. Sargent mußte immer wieder ermahnt werden, lauter zu sprechen, obwohl es im Saal völlig still war, während sie berichtete. Sie erzählte von ihren Briefen an Sara Fenwick, von den Ratschlägen, die tägliche Dosis der Mixtur zu erhöhen, von Sara Fenwicks Empfehlung, sich keinesfalls einer Operation zu unterziehen, von ihrem in höchster Verzweiflung gefaßten Entschluß, zu Samantha zu gehen. Als sie von der Hysterektomie sprach, begann ihre Stimme zu zittern.
»Ich hatte Angst, daß mein Mann mich nicht mehr lieben würde, weil ich ja keine richtige Frau mehr war.«
»Würden Sie jetzt dem Gericht die Ursache dieses ganzen Elends nennen, Mrs. Sargent.«
»Ja!« rief sie so schrill, daß alle zusammenfuhren. »Dr. Hargrave sagte, wenn ich gleich zum Arzt gegangen wäre, anstatt an Mrs. Fenwick zu schreiben, wäre mir eine Menge Kummer erspart geblieben. Ich schrieb Mrs. Fenwick, daß ich sehr krank wäre, und sie schrieb nur zurück, ich solle noch mehr von ihrer Mixtur einnehmen.« Sie hob einen Arm und drohte John Fenwick mit geballter Faust. »Sie da! Ihren Lügen habe ich geglaubt!«
Die Leute im Saal tuschelten. Fenwick neigte sich zu Cromwell hinüber und flüsterte ihm etwas zu. Berrigan wartete auf ein Signal von Stanton, erhielt es und sagte: »Keine weiteren Fragen.«
Als Cromwell aufstand und sich über seinen roten Vollbart strich, sagte Samantha leise zu Stanton: »Kann man das nicht abbrechen?«
»Nein. Wir haben keine Wahl.«
»Es war ein Fehler. Er wird sie vernichten, die arme Frau.«
»Mrs. Sargent«, begann Cromwell mit dröhnender Stimme, »Sie berichteten dem Gericht, daß Sie an Fibromen litten. War das ein chronisches Leiden, das heißt, hatten Sie es die ganze Zeit?«
»Beinahe, ja.«
»Wie weit war es fortgeschritten, als Sie an Mrs. Fenwick schrieben?«
»Nicht sehr weit.«

Cromwell machte große Augen. »Sie schrieben ihr wegen eines Leidens, das Sie noch gar nicht hatten?«
»Das habe ich nicht gesagt. Sie drehen mir das Wort im Mund um.«
»Ich bin verwirrt, Mrs. Sargent. Wenn Sie damals noch nicht wußten, welcher Art Ihr Leiden war, wie konnten Sie dann Mrs. Fenwick ausreichende Informationen für eine richtige Diagnose geben?«
»Ich hatte die Symptome.«
»Und was waren das für Symptome, Madam?«
»Sie als Mann würden das ja doch nicht verstehen.«
»Mrs. Sargent, wollen Sie behaupten, daß die Mitglieder dieses Gerichts, der Herr Vorsitzende und die Herren Geschworenen eingeschlossen, nicht imstande sind, die Umstände zu begreifen, die Sie veranlaßten, jenen ersten Brief zu schreiben? Wie sollen wir dann feststellen, ob dieser Brief überhaupt legitim war.«
»Er war legitim«, schrie sie und brach in Tränen aus.
»Mr. Cromwell«, sagte Richter Venables, »Sie bedrängen die Zeugin. Mrs. Sargent, die Vernehmung ist beendet.«
Während ein Gerichtsdiener der Frau aus dem Saal half, hielten die Beklagten und ihre Anwälte eine kurze Besprechung. Dann stand der junge Berrigan auf und sagte mit sichtlichem Widerstreben: »Euer Ehren, wir rufen Dr. Samantha Hargrave.«

Der Reporter mit dem Skizzenblock konnte sich nicht entscheiden. Bei den anderen war ihm die Wahl leichtgefallen: Cromwell stellte er als Grizzlybären dar, Berrigan als Kranich, Stanton Weatherby als Bluthund, Richter Venables als Bernhardiner. Aber Dr. Hargrave war nicht so leicht einzuordnen. Wegen ihrer ungewöhnlichen Augen fing er mit einer langhalsigen ägyptischen Katze an, verwarf den Einfall dann, weil ihm das Tier als zu eitel und selbstsüchtig erschien. Als nächstes versuchte er es mit einem Rassepferd, aber das war ihm nicht weiblich genug; dann mit einem Reh, doch das fand er zu scheu. Am Ende kreierte er ein mit Flügeln ausgestattetes Phantasiegeschöpf, das Anmut und große Kraft zugleich in sich vereinigte. Und während er zeichnete, begann Samantha zu sprechen.
Sie überraschte sie alle und enttäuschte sie auch ein wenig. Sie hatten erwartet, daß sie sich ereifern, daß sie schreien und toben und ihnen eine spannende Vorstellung liefern würde; statt dessen saß Samantha ruhig und locker auf ihrem Stuhl im Zeugenstand und sprach mit lauter und klarer Stimme.
»Euer Ehren, werte Herren Geschworene, dies ist ein Unglückstag in der

Geschichte unseres Landes, denn allein unsere Anwesenheit hier zeigt uns der Welt als eine Nation von geldgierigen Beutelschneidern, die für den Dollar Ehre und Leben drangeben. Aber ich bin sicher, daß Mr. Fenwick dieser Streit hier keinen Gewinn bringen wird, denn das Leichenhemd hat keine Taschen.«
Samantha richtete ihre Augen mit kaltem Blick auf Mr. Fenwick und fühlte sich wieder von dieser unerklärlichen Mattigkeit überkommen, so daß sie unwillkürlich die Hand aufs Geländer des Zeugenstands legte. Mark, der sie beobachtete, hatte den Eindruck, daß sie ungewöhnlich bleich war.
»Ich habe viele Zeuginnen, die aussagen möchten, aber ich würde gern für sie alle sprechen. Lassen Sie mich nur wenige Fälle zitieren. Eine Frau entdeckte eines Morgens, daß sie an einer intimem Stelle ihres Körpers eine kleine wunde Stelle hatte. Unverheiratet, ihr Leben lang von schamhafter Zurückhaltung, glaubte sie den Behauptungen in den Anzeigen der Firma Fenwick, daß eine Frau sich nicht einmal einem Arzt zeigen solle. Sie schrieb daher an Mrs. Fenwick und erhielt zur Antwort, daß die Einnahme von einem Eßlöffel Wundermixtur täglich ihr kleines Problem beheben würde. Mit keinem Wort wurde in dem Antwortschreiben die wunde Stelle erwähnt, nichts wies darauf hin, daß Mrs. Fenwick sich über ihre besondere Beschwerde Gedanken gemacht hatte. Mit der Zeit wurde die Stelle größer und begann zu nässen. Wieder wandte sich die Frau an Mrs. Fenwick; wieder bekam sie zur Antwort, daß die Mixtur Heilung bringen würde. Die Patientin vertraute dieser mächtigen Firma, sie wußte ja nicht, daß die Behauptungen in den Anzeigen Lügen waren, und sie vertraute dem gütigen Gesicht der alten Dame, deren Porträt die Anzeigen ziert, da sie nicht wußte, daß diese Dame längst tot war. In diesem Vertrauen erhöhte die Patientin die tägliche Dosis.
Die Wunde begann zu eitern. Ein drittesmal wandte sich die Patientin an die Firma Fenwick. Man schickte ihr eine Salbe mit der Anweisung, sie täglich auf die wunde Stelle aufzutragen, und riet ihr, die tägliche Einnahmedosis der Wundermixtur nochmals zu erhöhen. Die Patientin nahm mittlerweile so viel von der Mixtur, die zu fünfundzwanzig Prozent aus Alkohol besteht, daß sie keinen Appetit mehr hatte. Sie verlor stark an Gewicht, und die wunde Stelle breitete sich weiter aus.
Erst auf Insistieren ihrer Schwester wurde ich schließlich hinzugezogen. Die Frau war schwer anämisch, unterernährt und depressiv. Ich hatte wenig Hoffnung, etwas für sie tun zu können. Nachdem ich sie untersucht hatte, mußte ich ihr sagen, daß sie Krebs hatte.«
Samantha machte eine Pause, sowohl um ihre Worte wirken zu lassen

als auch um Atem zu schöpfen. Mit Erschrecken spürte sie, daß ihr schwindelte.

»Wäre diese Frau, die dreiundvierzig Jahre alt war, gleich zu mir gekommen, so hätte ich das kleine Geschwür entfernt, und sie hätte weiterleben können wie bisher. So hat sie höchstens noch ein Jahr zu leben, und die letzten Monate werden eine einzige Qual sein. Dank Sara Fenwicks Wundermixtur.«

Samantha musterte die Gesichter im Gerichtssaal, ernst und aufmerksam fast alle. Selbst die Männer am Pressetisch vergaßen mitzuschreiben.

»Ein weiteres Opfer der Firma Fenwick ist eine junge Frau, die im Haus ihrer Mutter von einem betrunkenen Mieter mißbraucht wurde. Naiv und unwissend, hatte sie keine Ahnung, was ihr geschehen war, und aus Scham behielt sie den schrecklichen Zwischenfall für sich. Als ihre Menses ausblieb, kam sie in ihrer Unwissenheit nicht auf den Gedanken, das mit dem Zwischenfall zu verbinden; sie glaubte, sie wäre krank und schrieb voller Angst an Mrs. Fenwick. Fast ein Kind noch, tat sie getreulich, was Mrs. Fenwick ihr riet und trank eine ganze Flasche der Wundermixtur. Wie in dem Schreiben versprochen, löste sich ›ein Tumor im Uterus‹ ab und wurde unter großen Schmerzen und starken Blutungen ausgestoßen. Als das Mädchen sah, wie dieser ›Tumor‹ aussah, geriet sie völlig außer sich. Sie ist heute eine seelisch kranke Frau, die niemals auf ein normales, halbwegs glückliches Leben hoffen kann.«

Samantha holte mehrmals tief Atem; das Schwindelgefühl verstärkte sich. Sie drehte sich ein wenig in ihrem Sessel und richtete den Blick auf die Geschworenen.

»Meine Herren, ich habe die Arzneimittelhersteller Mörder genannt. Daran halte ich fest. In diesem Gerichtssaal sitzt ein Mann, der mit acht Kindern zurückgeblieben ist, weil seine Frau sich mit Rupert Wells' Krebskur zu heilen versuchte, anstatt zu einem Chirurgen zu gehen. Wie viele unter Ihnen haben eine Frau, eine Tochter, eine Mutter oder eine Schwester, die ihr Leiden mit einem Elixier trügerischer Hoffnung und schamlosen Betrugs zu heilen versucht? In seiner Eröffnungsrede sprach Mr. Cromwell von Rechten und Freiheiten. Er wollte Sie glauben machen, daß staatliche Vorschriften Sie alle zu rechtlosen Sklaven machen. Aber ich will Ihnen sagen, wessen Sklaven Sie sind! Diese Arzneimittelhersteller sind es, denen Sie preisgegeben sind. Sie täuschen Sie mit ihren Lügen. Sie machen Versprechungen, die sie nicht erfüllen können; sie behandeln Sie wie Kinder und Schwachsinnige, indem sie die Rezepturen ihrer Mittel für sich behalten, als besäßen Sie nicht die Intelligenz, sie zu begreifen. Und weil niemand da ist, der Sie vor diesen Leu-

ten schützt, vertrauen Sie ihnen, geben ihnen Ihr sauer verdientes Geld und bekommen dafür Gift, Sucht und Tod.
Warum wollen Sie sich belügen lassen? Warum sollten Sie das dulden? Wenn Sie eine Flasche kaufen, auf deren Etikett ›Rum‹ steht, erwarten Sie dann nicht, daß die Flasche auch Rum enthält? Und doch haben Sie gewiß schon unzählige Male Arzneien gekauft, die etwas zu sein behaupten, das sie in Wirklichkeit nicht sind. Mr. Cromwell hat behauptet, ich wolle Sie Ihrer Rechte berauben. Ich möchte Ihnen zu Ihrem Recht *verhelfen*! Zu dem Recht, darüber aufgeklärt zu werden, was die Arzneien enthalten, die Sie für teures Geld kaufen.«
Ihre Stimme schwoll an. Sie begann zu zittern. Als der Saal sich verdunkelte, glaubte sie, es sei eine Stromstörung. Dann erkannte sie, daß mit den Lichtern alles in Ordnung war; ich werde gleich ohnmächtig, dachte sie.
Sie stand auf und hielt sich am Tisch des Richters fest. »Dieser menschenfeindlichen Ausbeutung muß ein Ende gesetzt werden«, rief sie laut und klar. »Und wenn Sie es schon nicht für sich selbst tun wollen, dann tun Sie es für Ihre Frauen und Kinder. Tun Sie es für den kleinen Willie Jenkins, der in meinen Armen starb, nachdem er Hustenbonbons gegessen hatte, die er im Drugstore an der Ecke gekauft hatte. Tun Sie es für eine kleine Wäscherin namens Nellie, die mit dem Arm in die Mangel kam, nachdem sie eine so stark mit Betäubungsmitteln versetzte Arznei eingenommen hatte, daß ihre Sinne verwirrt waren –«
Samantha konnte einen Moment nicht weiter. Tränen brannten ihr in den Augen. Fast flüsternd sagte sie: »Tun Sie es für die unschuldigen kleinen Kinder, die im Schlaf sterben, weil Milikins Schlafsirup genug Opium enthält, um einen erwachsenen Mann zu betäuben. Und tun Sie es für die bedauernswerten Mütter dieser Kinder, die ihr Leben lang mit dem Wissen leben müssen, daß sie unwissentlich zu Mörderinnen an ihren eigenen Kindern geworden sind...«
Samantha schwankte. Im Saal brach das Chaos aus. Während sie verschwommen sah, wie die Reporter aufsprangen und aus dem Saal stürzten, während sie die Beifallsrufe der Leute wahrnahm, dachte sie: Aber ich bin ja noch gar nicht fertig.
Der Boden unter ihren Füßen schien sich plötzlich zu öffnen wie eine Falltür, und sie stürzte in kalte schwarze Tiefen. Aber Mark fing sie noch rechtzeitig auf, und das letzte, was sie sah, ehe sie das Bewußtsein verlor, waren seine warmen braunen Augen, die voll Liebe und Fürsorge waren.

Sie trieb auf Wolken dahin. Der Himmel war rot. Ihr Körper war leicht wie eine Feder. Dann überkam sie entsetzliche Übelkeit, und sie fürchtete, sie würde sich im Zeugenstand übergeben. Aber sogleich erkannte sie, daß sie nicht im Zeugenstand saß, sondern in der obersten Reihe der Anatomie im North London Hospital. Mr. Bomsie hatte das Skalpell zwischen die Zähne geklemmt, und seine Schürze war blutverkrustet. Er wollte einer jungen Frau die Brust abnehmen, und Samantha wollte ihm zurufen, daß er vergessen hatte, seine Instrumente zu sterilisieren und die Patientin zu betäuben. Und Freddy, der neben ihr saß, erklärte ihr, Mr. Bomsie wüßte es nicht besser, sie solle sich also nicht aufregen.
Dann zitterte sie vor Kälte, sie rutschte und stolperte über splitterndes Eis und griff in strudelndes schwarzes Wasser, um das rote Haar zu greifen, das gleich unter der Oberfläche war.
Sie drehte den Kopf zur Seite, hob die schweren Lider und sah schwarzes Wasser an den Fensterscheiben herunterströmen. Die Bucht läuft über, dachte sie. Wir werden alle ertrinken.
»Wie fühlst du dich?«
Samantha blinzelte und erkannte Mark. »Was ist passiert?«
»Du bist ohnmächtig geworden. Wie fühlst du dich jetzt?«
Sie drehte den Kopf und stöhnte.
»Du hast dir den Kopf angeschlagen, ehe ich dich auffangen konnte. Lieg still, Sam. Es eilt nicht. Das Gericht hat sich vertagt.«
Sie sah sich im Zimmer um. Es war Richter Venables Amtszimmer. »Wie lange bin ich schon hier?«
»Nur ein paar Minuten. Sobald es geht, bringe ich dich nach Hause.«
Mark hielt ihr ein Glas Brandy an die Lippen, aber sie wollte nichts.
»Woher kam diese Ohnmacht, Sam?«
Sie hatte Mühe, sein Gesicht im Blick zu behalten. Als sie seine tiefe Besorgnis sah, lächelte sie. »Der Arzt erfährt es als letzter. Wie dumm von mir, Mark. Ich war vom Prozeß so sehr in Anspruch genommen, daß ich die Anzeichen überhaupt nicht beachtet habe.«
»Was für Anzeichen?«
»Die Anzeichen der Schwangerschaft.«
»Der Schwangerschaft? Oh, Sam! Ist es wirklich wahr?«
Ihr Lächeln vertiefte sich. »Ich bin doch noch unter Eid, oder?«
Mark nahm sie in die Arme.
Richter Venables steckte den Kopf zur Tür herein. »Wie geht es ihr?«

Samanthas Patientinnen wurden gerufen, und Cromwell schaffte es, wie erwartet, ihre Aussagen in Fetzen zu reißen. Die Geschworenen berieten sechs Tage lang und entschieden dann zugunsten der Firma Fenwick.

»Sie konnten gar nicht anders entscheiden«, sagte Stanton Weatherby, während er ein frisches Holzscheit ins Feuer schob. »Die Fenwicks konnten alle ihre Behauptungen erhärten. Aber es ist nur ein Pyrrhussieg.«

Der Triumph der Kläger war von kurzer Dauer. Der Richter verhängte lediglich ein Bußgeld von fünfzig Dollar und hielt John Fenwick einen strengen Vortrag über anständiges Geschäftsgebaren. Und die Presse zollte Samantha so viel Beifall, daß man den Eindruck gewinnen konnte, sie hätte den Prozeß gewonnen.

»So«, sagte Samantha und sah lächelnd in die Runde. »Wir haben die Bewegung ins Rollen gebracht. Jetzt geht es weiter. Auf breiterer Basis. Ich bin dafür, daß wir uns mit Harvey Wiley zusammentun, der seit Jahren auf Reformen in der Lebensmittelindustrie drängt. Wir –«

»Aber Samantha«, unterbrach Hilary, »woher willst du denn die Zeit dafür nehmen? Du mußt jetzt ein bißchen langsamer treten.«

»Wozu denn das? Ich bin schwanger, nicht krank. Horace, was meinen Sie zu meinem Vorschlag?«

»Hm –« Er zog einen Zahnstocher aus seinem Mund – »ich könnte mir denken, daß wir auf dem Gebiet ein gewisses öffentliches Interesse wecken können. Es würde meine Leser sicher interessieren, daß der Rum und der Brandy, die sie kaufen, oft nichts anderes sind als Rohalkohol mit gefärbtem Wasser.«

»Und Mrs. Gossett in der Küche«, warf Willella ein, »schwört Stein und Bein, daß der Dosenmais Formalin oder so etwas ähnliches enthält.«

»Erinnerst du dich an Toby Watson?« fragte Samantha. »Erinnerst du dich, wie schlecht ihm nach diesen Sirupbonbons wurde? Wir fanden Schwefelsäure darin.« Ihr Gesicht wurde lebhaft. »Ja, wir müssen unsere Aufmerksamkeit auf alles richten, was wir unserem Körper zuführen, ob das nun Arzneimittel oder Nahrungsmittel sind. Und wir müssen sofort anfangen.«

Mark setzte sich auf die Armlehne ihres Sessels. Sie nahm seine Hand. Sie war glücklich. »Die erste Schlacht haben wir vielleicht verloren«, sagte sie leise, »aber so leicht geben wir nicht auf.«

ENDE

Band 2

Herzflimmern

Erster Teil
1968–1969

1

In einer langen Reihe defilierten sie in die Aula und suchten sich so zaghaft, als gähnten Abgründe unter ihnen, ihre Plätze. Fünf Frauen und fünfundachtzig Männer. Die Begrüßungen waren scheu, das Lächeln auf den jungen Gesichtern nervös. Für viele war dies der aufregendste Moment ihres Lebens – der Morgen, auf den sie sich jahrelang vorbereitet hatten. Nun endlich war er da, und sie konnten es kaum glauben.
Die fünf Frauen kannten einander nicht, dennoch setzten sie sich in der obersten Reihe des Saals nebeneinander, in die Ecke gedrängt, als wollten sie gegen die überwältigende Mehrheit der männlichen Studenten einen Block bilden. Leise sprechend schlossen sie erste vorsichtige Bekanntschaft miteinander, ehe die Einführung begann.
Die neunzig Studenten, die, unter dreitausend Studenten ausgewählt, an diesem Tag ihr Medizinstudium in der Eliteschule in Palos Verdes am Pazifischen Ozean aufnahmen, waren als Beste von den Colleges abgegangen, wo sie ihr Grundstudium absolviert hatten. Mit Ausnahme von einem Schwarzen, zwei Mexikanern und den fünf Frauen in der letzten Reihe wirkten die Studienanfänger des Jahres 1968 am Castillo Medical College wie aus einem Guß: junge männliche Weiße der Mittel- und Oberschicht. Die Atmosphäre knisterte; Ängste und Beklommenheit der neunzig jungen Leute waren beinahe greifbar.
Papier raschelte, während die Studenten die Bögen durchblätterten, die man ihnen an der Tür ausgehändigt hatte. Eine Geschichte der Schule – Castillo war früher eine riesige Hazienda gewesen, Eigentum eines alten kalifornischen *hidalgo*; ein Willkommenschreiben, in dem die einzelnen Abteilungen und ihr Personal vorgestellt wurden; eine Liste der Schulvorschriften (kurzes Haar, keine Bärte, Jacketts und Krawatten für die Männer; für die Frauen keine langen Hosen, keine Sandalen, keine Miniröcke).
Endlich erloschen die Lichter im Saal, der Schein eines einzigen starken Scheinwerfers fiel auf ein Pult, das in der Mitte des Podiums stand. Als Ruhe eingekehrt und aller Aufmerksamkeit auf das Podium gerichtet war, trat eine Gestalt aus dem Schatten ins Licht. Anhand der Fotografie auf der Personalliste erkannten sie alle den Mann. Es war Dekan Hoskins.

Einen Moment stand er ganz ruhig, die Hände auf dem Pult, während er langsam die Sitzreihen musterte. Es war, als wolle er sich jedes gespannte neue Gesicht einprägen. Als es schon schien, als wolle er niemals zu sprechen beginnen, als die erste feine Welle der Unruhe durch die Reihen ging, neigte sich Dekan Hoskins zum Mikrofon und sagte langsam und nicht übermäßig laut: »Ich schwöre...« Ein schwaches Echo vibrierte nach jeder Silbe hoch oben in der Kuppel des Saals, »...bei Apollon, dem Arzt, bei Asklepios, Hygieia, Panakeia –« Er holte tief Atem, und seine Stimme schwoll an, »und rufe alle Götter und Göttinnen zu Zeugen an, daß ich diesen Eid und meine Verpflichtung nach Fähigkeit und Einsicht erfüllen werde.«
Die neunzig jungen Leute starrten ihn an wie gebannt. Seine Stimme hatte ein beeindruckendes Timbre, die Worte waren wohlgesetzt; er sprach mit den Intonationen und Schwingungen eines meisterhaften Redners und schuf bei jedem seiner Zuhörer die Illusion, er spreche einzig zu ihm.
»Nämlich den, der mich in dieser Kunst unterwiesen hat, gleich meinen Eltern zu achten, sein Lebensschicksal zu teilen.« Dekan Hoskins hielt inne, schloß die Augen und artikulierte jedes Wort mit Nachdruck. »Ärztliche Verordnungen werde ich treffen zum Nutzen der Kranken nach meiner Fähigkeit und meinem Urteil; drohen ihnen aber Gefahr und Schaden, so werde ich sie davor bewahren.«
Die Atmosphäre in der Aula lud sich mit den Energien neunzig entschlossener Ärzte *in spe* auf. Alle Unsicherheiten und Ängste, die sie vielleicht beim Betreten der Aula geplagt hatten, bannte Dekan Hoskins mit der Deklamation des Eides. »Lauter und fromm werde ich mein Leben gestalten und meine Kunst ausüben. In alle Häuser aber, in wie viele ich auch gehen mag, will ich kommen zum Nutzen der Patienten, frei von jedem bewußten, Schaden bringenden Unrecht; insbesondere mich aber fernhalten von jedem Mißbrauch an Männern und Frauen, Freien und Sklaven.«
Er zeigte ihnen die Zukunft und er zeigte ihnen, daß es *ihre* Zukunft war. »Was ich während meiner Behandlung sehe und höre...«, wieder eine Pause, dann schwoll die Stimme von neuem an, »...werde ich als Geheimnis hüten. Wenn ich diesen Eid erfülle und nicht breche, so sei mir ein glückliches Leben und eine erfolgreiche Ausübung der Heilkunst beschieden, auf daß ich bei allen Menschen für alle Zeit Ansehen gewinne!«
Sie saßen mit angehaltenem Atem.
Dekan Hoskins trat ein wenig vom Mikrofon zurück, richtete sich auf

und sagte mit lauter, dröhnender Stimme: »Meine Damen und Herren, willkommen am Castillo Medical College!«

2

Sondra Mallone brauchte eigentlich keine Hilfe mit ihrem Gepäck, aber es war eine ungezwungene Art, mit einem neuen Nachbarn Bekanntschaft zu schließen. Er war auf sie zugekommen, als sie auf dem Parkplatz ihre Sachen aus dem roten Mustang geholt hatte, und bestand darauf, alle vier Koffer allein zu tragen. Er hieß Shawn, war Studienanfänger wie Sondra und war der irrigen Auffassung, sie wäre zu zart, um mit dem ganzen Gepäck allein fertigzuwerden.

Das ging den meisten Männern so, wenn sie Sondra sahen. Ihr Aussehen täuschte. Keiner konnte ahnen, welche Kraft in diesem schlanken Körper steckte, der durch jahrelanges Schwimmen in der Sonne Arizonas trainiert war. Vieles an Sondra Mallone täuschte. Der Name Mallone paßte überhaupt nicht zu ihrer dunklen, exotischen Schönheit. Aber sie war ja auch in Wirklichkeit keine Mallone.

An dem Tag, als Sondra, gerade zwölf Jahre alt, die versteckten Adoptionsdokumente entdeckt hatte, war ihr plötzlich etwas über sich selbst klargeworden. Sie begriff schlagartig, was diese bisher unerklärliche Grauzone tief in ihrem Inneren zu bedeuten hatte, dieses unbestimmte Gefühl, das sie stets begleitete, daß sie nicht heil war, ihr etwas fehlte, was eigentlich zu ihr gehört hätte. Diese Papiere hatten ihr gesagt, daß sie wirklich nicht heil war; daß ein Teil ihres Selbst erst noch gefunden werden mußte, irgendwo in der Welt.

Shawn redete fast unaufhörlich, während sie die Treppe zum ersten Stock des Wohnheims hinaufstiegen. Er konnte kaum den Blick von Sondra wenden. Niemand hatte ihm gesagt, daß er in einem gemischten Wohnheim leben würde. Da, wo er herkam, gab es so etwas nicht; um so erfreulicher zu entdecken, daß zu seinen Hausgenossinnen ein Mädchen gehörte, das aussah wie die Frau seiner Träume.

Sie sprach nicht viel, aber sie lächelte häufig. Er fragte, woher sie käme, und konnte es kaum glauben, als sie Phoenix, Arizona sagte. Mit diesem dunklen Teint und den Mandelaugen! Sondra fand ihn angenehm; ein netter Kerl, gegen dessen Freundschaft nichts einzuwenden war. Aber mehr würde nicht daraus werden. Dafür würde sie sorgen.

»Wie steht es mit Ihrem Sexualleben? Ist es sehr aktiv?« hatte einer der Prüfer sie im vergangenen Herbst gefragt, bei dem persönlichen Ge-

spräch, nach dem die endgültige Entscheidung darüber fallen sollte, ob ein Bewerber angenommen wurde. Sondra wußte, daß man männlichen Bewerbern diese Frage niemals stellte. Nur eine Frau konnte Schwierigkeiten bereiten, wenn sie zur Promiskuität neigte. Sie konnte schwanger werden, das Studium aufgeben, was eine Verschwendung für die Schule von Zeit und Geld bedeutete.
Sondra hatte wahrheitsgemäß »Nein«, gesagt.
Doch als man sie gefragt hatte, ob sie Verhütungsmittel nähme, hatte sie einen Moment überlegen müssen. Sie gebrauchte keine, weil sie es nicht nötig hatte. Doch man mußte diesen Leuten das beruhigende Gefühl geben, daß man eine Frau war, die ihren Uterus und somit ihr Leben unter Kontrolle hatte; darum hatte Sondra »Ja«, geantwortet. Und es entsprach ja auch der Wahrheit. Enthaltsamkeit war die beste Verhütung.
»Wie fandst du die Einführung heute morgen?« fragte Shawn, als sie den ersten Stock erreichten.
Sondra griff in ihre Chaneltasche und zog ihren Zimmerschlüssel heraus. Sie hätte eigentlich schon am Tag zuvor ins Heim einziehen sollen, aber sie hatte die Fahrt nach Los Angeles zu spät angetreten – eine Surprise-Party, die ihre Freunde für sie gegeben hatten – und war erst diesen Morgen, gerade noch rechtzeitig zur Einführung hier angekommen.
»Ich war ziemlich baff, als ich hörte, daß es hier Kleidervorschriften gibt«, antwortete sie, während sie die Tür aufsperrte und zurücktrat, um Shawn mit ihren Koffern vorbeizulassen. »So was hab ich seit meinen *high-school* Tagen nicht mehr gehört.«
Er stellte die drei großen Koffer auf den Boden und das Kosmetikköfferchen auf das Bett. Sondras Gepäckstücke waren alle weiß und mit ihren Initialen versehen.
»Oh«, rief sie und lief an ihm vorüber zum Fenster über dem Schreibtisch. Genau das, was sie sich erhofft hatte: hinter Palmen und Pinien konnte sie einen blauen Streifen Meer sehen.
Sondra, die ihr zweiundzanzigjähriges Leben lang im trockenen Arizona gelebt hatte, wo es keine größeren Gewässer gab, hatte sich bei den medizinischen Fakultäten beworben, wo Wasser in der Nähe war; ein großes Gewässer, ein Meer oder ein Fluß, der sich in der Ferne verlor. Es sollte ihr eine ständige Erinnerung daran sein, daß jenseits ein anderes Land lag, ein neues Land, ein Land fremder Menschen mit eigenen Sitten und Gebräuchen, ein Land, das winkte und lockte, sie gelockt hatte, so weit sie zurückdenken konnte. Und eines Tages in naher Zukunft, wenn sie die Ausbildung hinter sich und ihre Promotion in der Hand hatte, würde sie dort hinausziehen, in die Welt...

»Warum wollen Sie Ärztin werden?« hatten die Prüfer sie im vergangenen Herbst gefragt.
Sondra hatte gewußt, daß sie ihr diese Frage stellen würden. Ihr Berater an der Universität von Arizona hatte sie auf das Gespräch vorbereitet und ihr gesagt, was für Antworten die Prüfer hören wollten. »Sagen Sie nur nicht, daß sie Ärztin werden wollen, weil Sie den Menschen helfen wollen«, hatte der Berater sie gewarnt. »Das hören sie gar nicht gern. Schon weil es so pathetisch klingt. Außerdem ist es nicht originell. Und schließlich wissen sie verdammt gut, daß nur eine Handvoll Studenten aus rein altruistischen Gründen Medizin studieren. Sie bevorzugen eine ehrliche Antwort, direkt aus dem Kopf oder aus der Brieftasche. Sagen Sie, Sie streben berufliche Sicherheit an oder Sie haben ein wissenschaftliches Interesse an der Ausrottung von Krankheiten. Sagen Sie nur nicht, daß Sie der Menschheit helfen wollen.«
Sondra hatte ruhig und fest geantwortet: »Weil ich den Menschen helfen möchte«, und die sechs Prüfer hatten gemerkt, daß es ihr ernst war. Sondras Augen besaßen starke Überzeugungskraft; ihr Blick war klar und offen und ohne Furcht.
In Wahrheit hatte sie tiefere Gründe, aber es war nicht notwendig, darauf einzugehen. Sondras Wunsch, den Menschen zu helfen, von deren Stamm sie kam – wer immer sie sein mochten –, war für die sechs Prüfer nicht von Interesse. Es reichte, daß sie ihn spürte, daß er sie vorwärts trieb und ihr eine unerschütterliche Selbstgewißheit und Sicherheit über den Sinn ihres Lebens einflößte. Sondra wußte nicht, wer ihre Eltern waren und warum sie sie fortgegeben hatten, doch an ihrer dunklen Hautfarbe und dem schwarzen Haar, das sie lang und glatt trug, an ihren langen Gliedern und kräftigen Schultern war leicht zu sehen, was für Blut in ihren Adern floß. Und nachdem sie die Adoptionsunterlagen gefunden und erfahren hatte, daß sie in Wirklichkeit nicht die Tochter eines wohlhabenden Geschäftsmanns aus Phoenix war, sondern das Kind einer unbekannten Tragödie, hatte sie gewußt, wohin es sie trieb. »Ich will nicht in einer Nobelklinik arbeiten«, hatte sie ihren Eltern erklärt. »Ich schulde es *ihnen*, dorthin zu gehen, wo ich gebraucht werde.«
»Du kannst froh sein, daß du ein Auto hast«, sagte Shawn hinter ihr.
Sie drehte sich lächelnd um. Er lehnte, die Hände in den Taschen seiner Jeans, am Türpfosten.
»Ich hatte zwar gehört, daß Los Angeles eine Riesenstadt ist«, fuhr er fort, »aber auf das hier war ich nicht gefaßt. Ich bin jetzt vier Tage hier, aber ich hab immer noch keinen Schimmer, wie die Leute von einem Ort zum anderen kommen.«

Sondras Lächeln vertiefte sich. »Du kannst jederzeit mein Auto leihen.«
Shawn starrte sie an. »Vielen Dank!«

Gehetzt von der Befürchtung, sie könnte es nicht schaffen, an diesem ersten Tag alle Formalitäten zu erledigen, rannte Ruth Shapiro, in weißen Jeans und schwarzem Rolli, den gepflasterten Weg zum Verwaltungsgebäude entlang. Kurzbeinig und etwas rundlich jagte sie zwischen den Grünanlagen hindurch, um ja noch rechtzeitig zur Kasse zu kommen, und dabei fiel ihr ein anderes Rennen ein, das sie vor langer Zeit gelaufen war.
Ein pummeliges kleines Ding, mit flatterndem braunen Haar, von zehn Jahren war sie damals gewesen, als sie schnaufend und prustend wie eine kleine Lokomotive um die matschige Bahn der Grundschule in Seattle gekeucht war, eisern entschlossen zu siegen – für Daddy. Sie mußte diesen Preis unbedingt gewinnen. Sie wollte ihn ihrem Vater wie ein Opfer bringen, um ihm zu zeigen, daß er sich in ihr getäuscht hatte, daß sie doch keine Versagerin war. Am Ende war sie nicht als erste oder zweite eingelaufen, sondern als dritte, aber das machte nichts, weil es auch für die Drittplacierte einen Preis gab, einen großen, teuren Malkasten, den Ruth unter ihrem Regenmantel nach Hause trug. Als ihr Vater aus dem Krankenhaus heimgekommen war, hatte sie ihm den Preis scheu auf den Schoß gelegt, und zum erstenmal in Ruths zehnjährigem Leben war ihr Vater stolz auf sie gewesen.
Keine geringe Leistung, sich die Bewunderung und den Beifall des Mannes zu erwerben, der es ihr zehn Jahre lang nachgetragen hatte, daß sie als Mädchen zur Welt gekommen war. Dr. Mike Shapiro hatte den Malkasten auf das Kaminsims gelegt, wo die Fotografien und Ehrenurkunden von Ruths drei Brüdern standen, und hatte in den folgenden Tagen jedem, der zu Besuch ins Haus kam, den Preis mit der Bemerkung gezeigt: »Man sollte es nicht für möglich halten! Unsere dicke kleine Ruth hat dieses Prachtstück beim Langstreckenlauf gewonnen.«
Sechs herrliche Tage lang hatte sich Ruth im Stolz ihres Vaters gesonnt, überzeugt, daß jetzt alles gut werden, es keine kritischen Bemerkungen und keine enttäuschten Blicke mehr geben würde. Bis ihr Vater sie eines Tages beim Mittagessen ganz beiläufig gefragt hatte: »Übrigens Ruthie, wie viele Kinder haben eigentlich an dem Rennen teilgenommen?«
An diesem grauenvollen Tag war sie von ihrer rosaroten Wolke gefallen, und alles war mit einem Schlag und für immer wieder beim alten gewesen. »Drei«, hatte sie gepiepst, und ihr Vater hatte so laut gelacht wie nie

zuvor und nie mehr danach. Die Episode war ins Schatzkästlein der Familienanekdoten gewandert, die im Lauf der Jahre immer wieder zum besten gegeben wurden, und Dr. Shapiros Gelächter war immer gleich herzhaft gewesen.

»Au!« schrie sie jetzt auf, machte einen einbeinigen Sprung und ließ sich ins Gras fallen, um den spitzen Kieselstein zu entfernen, der ihr in die Sandale gerutscht war.

Zu Ruths großer Überraschung war ihr Vater am Vortag zum Flughafen mitgekommen. Sie hatte geglaubt, nur ihre Mutter würde sie begleiten, und ihr Vater würde es bei einer kurzen Umarmung und einem flüchtigen Kuß an der Haustür bewenden lassen. Doch er hatte sich wie selbstverständlich ans Steuer des Wagens gesetzt, als sie losgefahren waren, und sie hatte sich voll ängstlicher Erregung der Hoffnung hingegeben, dies könnte die langersehnte Versöhnung sein. Aber es war wieder eine Illusion gewesen. Er hatte ihr Gepäck aufgegeben, war mit ihr zum Flugsteig gegangen und hatte, nachdem er ihr kurz die Hand gedrückt hatte, gesagt: »Ich geb dir bis Weihnachten, Ruthie. Spätestens dann wirst du gemerkt haben, daß ich recht hatte.«

Weihnachten. Fünfzehn Wochen waren es bis dahin; bis sich zeigen würde, ob Mike Shapiros Vorhersage sich bewahrheiten würde. »*Du* willst Medizin studieren? Ach, Ruthie, du bist eine richtige Träumerin. Geh auf Nummer sicher und mach etwas, das deinen Fähigkeiten entspricht. Wenn man zu hoch hinaus will, ist der Sturz um so tiefer. Du weißt doch, wie schlecht du Niederlagen erträgst. Du warst nie eine gute Verliererin, Ruth. Du glaubst wohl, so ein Medizinstudium wäre eine Kleinigkeit? Nein, nein, hör nicht auf mich, ich bin ja nur Arzt, was weiß ich schon darüber? Versuch's ruhig. Denk nur daran, daß es kein Kinderspiel ist.«

Es war ungerecht. Mit Joshua und Max redete er nie so, nahm ihnen niemals gleich von vornherein allen Wind aus den Segeln. Selbst Judith, die Jüngste, wurde von ihm stets ermutigt, nach den Sternen zu greifen. Warum hat er es immer nur auf mich abgesehen? Warum kann er mich nicht lieben?

Als Ruth endlich wieder auf den Füßen stand und den Kleinkram eingesammelt hatte, der ihr aus der Schultertasche gefallen war, läutete es vom Glockenturm die Mittagsstunde. Ruth schimpfte vor sich hin. Die Kasse war von zwölf bis zwei geschlossen.

Mickey Long trat durch die Glastür der Manzanitas Hall in den milden Septembermittag hinaus und blieb stehen, um sich umzusehen. Dann beugte sie sich von neuem über den Lageplan des Colleges.

Die Manzanitas Hall war, seitdem sie am Morgen die Aula verlassen hatte, das fünfte Gebäude, in das ihre Suche sie geführt hatte, und sie war wieder nicht fündig geworden. Das Campus war nicht groß, es waren nicht mehr viele Gebäude übrig, wo sie suchen konnte. Der Verdacht, der sich in ihr regte, beunruhigte sie tief, und beinahe panisch rannte sie weiter zur Encinitas Hall, dem Flachbau im spanischen Stil, der Freizeitaktivitäten und gesellschaftlichen Veranstaltungen vorbehalten war.

Ein merkwürdiges Campus, schoß es ihr durch den Kopf, während sie am Glockenturm vorübereilte, ganz anders als alles, was sie gewohnt war. Wo waren die Klapptische der verschiedenen Studentenverbände mit ihren Werbeplakaten? Wo waren die Redner und Agitatoren? Was war aus Vietnam, Black Power und der Free-Speech-Bewegung geworden? Es war, als wäre sie über eine Zeitschwelle in die Vergangenheit eingetreten, in die verschlafenen Fünfzigerjahre, wo Studenten nur studierten und man die Professoren noch *Sir* nannte. Das Castillo Medical College war idyllisch, mit gepflegten Blumenbeeten und smaragdgrünen Rasenflächen, gepflasterten Wegen und plätschernden Springbrunnen, weißen Gebäuden mit roten Dächern und maurischen Bögen. Eine alte Schule mit Tradition; eine Schule, die förmlich nach Geld und konservativer Lebensart stank.

Welch ein Unterschied zu ihrer eigenen University of California in Santa Barbara, wo die Jungs die Bank of America in Brand gesteckt hatten. Wie sollte sie auf diesem verschlafenen Campus untertauchen? Sie vermißte das Geschiebe und Gedränge der Studenten, die Scharen von Radfahrern, die Pärchen und heiß diskutierenden Gruppen, die auf Rasenflächen und unter Bäumen lagerten. Sie hatten ihr die Möglichkeit geboten, sich zu verstecken und unsichtbar zu machen. Hier, stellte sie mit Erschrecken fest, gab es diese Möglichkeit nicht. Als Mickey sich um die Aufnahme im Castillo College beworben hatte, hatte sie keine Ahnung gehabt, daß es dort so geordnet und ruhig zuging. Hier würde sie auffallen; man würde sie bemerken.

Ob es nicht ein Fehler gewesen war, hierher zu kommen?

Endlich fand sie, was sie gesucht hatte: eine Damentoilette. Wie ein Wüstenwanderer, der eine Oase gesichtet hat, stürzte sie zum Waschbecken.

Immer waren die ersten Tage an einem neuen Ort eine Tortur für Mickey Long. Bis ihre neuen Gefährten sich an ihr Gesicht gewöhnt hatten, mußte sie zuerst ihre verdutzten Blicke ertragen, dann ihre unverhohlene Neugier, dann das versteckte Mitleid, und zuletzt ihre Verlegenheit, wenn sie beim Anstarren ertappt wurden und ihr ungeschicktes Bemü-

hen, so zu tun, als wäre ihnen gar nichts besonderes aufgefallen. Aus diesem Grund kleidete Mickey Long sich stets unauffällig, griff zu Grau- und Brauntönen, weil sie hoffte, dann nicht beachtet zu werden. Ihr wirksamster Schutz waren größere Menschenmengen.
Sie schob jetzt das seidige blonde Haar, das ihr weit ins Gesicht fiel, hinter die Ohren, schraubte das Make-up-Fläschchen auf und vollzog das Ritual. Als sie fertig war, das Haar ihr wieder wie ein Vorhang über die Wangen fiel, legte sie einen Hauch zartrosa Lippenstift auf. Sie hätte sich gern so kühn und auffallend geschminkt, wie viele andere Mädchen das taten, um Aufmerksamkeit auf sich zu ziehen; aber mit ihrem Gesicht!
Sie trat aus dem Gebäude ins Freie und sah wieder auf ihren Lageplan. Es mußte auf dem Gelände doch mehr als eine Damentoilette geben! Sie beschloß, das Mittagessen im Speisesaal auszulassen und statt dessen sämtliche Damentoiletten auf dem Campus ausfindig zu machen und in ihren Plan einzutragen. Zielstrebig machte sie sich auf den Weg zur Rodriguez Hall, die hoch über dem Meer auf den kahlen Felsen von Palos Verdes stand.

Sondra stand noch lachend und schwatzend mit Shawn an der offenen Tür ihres Zimmers, als sie eine der anderen Studentinnen durch den Flur kommen sah, ein mausgraues Ding, das eine große Strohtasche wie einen Schild an ihre Brust gedrückt hielt. Das bißchen Gesicht, das zwischen dem weit nach vorn fallenden honigblonden Haar zu sehen war, war knallrot.
»Hallo«, sagte Sondra, als die junge Frau näher kam, und bemerkte, daß die Röte im Gesicht merkwürdig einseitig war. »Ich bin Sondra Mallone« und streckte ihre Hand aus.
»Hallo.« Mickey ergriff scheu Sondras schmale, aber kräftige Hand. »Ich bin Mickey Long.«
»Und das ist Shawn. Er wohnt ein paar Türen weiter.«
Shawn musterte Mickey mit einem kurzen, neugierigen Blick und wandte sich leicht verlegen ab.
Sondra flippte mit lebhafter Bewegung das lange schwarze Haar über ihre Schulter nach rückwärts. »Ich glaube, ich bin die letzte, die hier einzieht«, meinte sie. »Shawn hat mir netterweise mit dem Gepäck geholfen. Ich hab mal wieder viel zu viel eingepackt.«
Mickey stand unsicher im Flur und hob immer wieder die Hand an die Wange, um sich zu vergewissern, daß das Muttermal verdeckt war. Aus den Nachbarzimmern drangen gedämpfte Stimmen, während die drei auf dem Gang sich in peinlich verlegenem Schweigen gegenüber standen.

Dann sagte Sondra: »Also! Ich glaube, wir müssen uns jetzt zum Tee umziehen, nicht, Mickey?«
Mickey nickte voller Erleichterung und steuerte sofort auf ihr Zimmer zu.
Sobald sie verschwunden war, murmelte Shawn: »Die Arme! Ich dachte, solche Muttermale könnte man heutzutage wegoperieren.« Dann wechselte er das Thema und begann von den Gerüchten zu erzählen, die er über das Castillo College gehört hatte. Doch Sondra hörte ihm nur mit halbem Ohr zu. Sie dachte über Mickey Long nach. Ein merkwürdiges Mädchen, so schüchtern und zaghaft, für eine Ärztin doch sicher nicht das geeignete Naturell.
Während Shawn noch mitten im Erzählen war, legte Sondra ihm die Hand auf den Arm und und sagte: »Wir Frauen sind nachher zum Tee bei Mrs. Hoskins eingeladen, der Frau des Dekans. Da muß ich mich langsam fertigmachen.«
Er warf ihr einen Blick zu, als wollte er sagen: Wieso, du siehst doch großartig aus. Aber dann nickte er. »Okay. Heute abend nach dem Essen ist im Speisesaal eine Fete. Kommst du?«
Sondra schüttelte lachend den Kopf. »Ich bin praktisch die ganze Nacht gefahren. Spätestens um acht ist bei mir das Licht aus.«
Er machte immer noch keine Anstalten zu gehen, sondern sah sie mit seinen blauen Augen eindringlich an. Was er sich erhoffte, war deutlich zu erkennen. Als sie nicht reagierte, sagte er leise: »Wenn ich was für dich tun kann, wenn du irgendwas brauchst, ich bin in zweihundertdrei.«
Sie sah ihm einen Moment lang nach, als er durch den Flur davonging, ein großer netter Junge, dann wandte sie sich der Tür zu Mickeys Zimmer zu. Nach kurzer Überlegung ging sie hin und klopfte.
Die Tür öffnete sich nur einen Spalt.
»Ich bin's nur«, sagte Sondra lächelnd beim scheuen Blick der grünen Augen. »Ich wollte dich fragen, was du zu dem Tee bei Mrs. Hoskins anziehst. Ich hab keine Ahnung, was da angebracht ist.«
Mickey zog die Tür ganz auf, musterte Sondra mit skeptischem Blick und sagte: »Das soll wohl ein Witz sein? Du kannst doch gehen, wie du bist.«
Sondra sah an sich hinunter. Sie hatte noch das ärmellose Minikleid aus cremefarbenem Voile und die hochhackigen weißen Sandaletten an, die sie zur Einführung angezogen hatte.
»Ich hab überhaupt nichts Elegantes mit«, sagte Mickey und griff schon wieder an ihr Haar, um es weiter ins Gesicht zu ziehen.

Sondra hatte schon erkannt, daß sie sich das Make-up nur deshalb pfundweise ins Gesicht schmierte, das blonde Haar nur deshalb auf einer Seite so weit nach vorn kämmte, weil sie hoffte, dadurch das Muttermal zu verdecken. Aber es klappte nicht; im Gegenteil, gerade Mickeys angestrengtes Bemühen, das große Feuermal auf ihrer Wange zu verstecken, lenkte erst recht die Aufmerksamkeit darauf. Blau oder Türkis sollte sie mit ihrem hellen Haar und den grünen Augen tragen, dachte Sondra, nicht dieses fade Braun.
»Komm, schauen wir mal, was du zu bieten hast«, meinte sie.
Mickey hatte nur einen Koffer, ein abgewetztes, altes Stück. Drinnen stapelten sich braune und beigefarbene Blusen und Pullover über Röcken und Kleidern in den gleichen Tönen. Die Etiketten trugen die Namen billiger Versandhäuser. Alles war altmodisch und verwaschen.
»Ich hab eine Idee«, sagte Sondra. »Du kannst was von mir anziehen.«
»Ach nein, ich –«
»Klar, komm schon.« Sondra faßte Mickey kurzerhand beim Arm und zog sie mit sich in ihr eigenes Zimmer, wo sie mit Schwung einen ihrer großen Koffer aufs Bett hievte und öffnete.
Mickey riß die Augen auf, als sie die Stapel von Blusen und Röcken aus Seide und Baumwolle in allen erdenklichen Farben und Mustern sah. Sondra riß achtlos ein Stück nach dem anderen heraus und warf es aufs Bett, hielt nur ab und zu inne, um Mickey einen Pulli oder ein Kleid anzuhalten und mit kritischer Miene die Wirkung zu begutachten.
»Wirklich, ich zieh lieber was von meinen eigenen Sachen an«, sagte Mickey.
Sondra schüttelte ein Mary Quant Kleid aus türkisblauem Leinen aus und hielt es Mickey unters Kinn.
»Das paßt mir doch gar nicht«, protestierte Mickey. »Die Sachen passen mir alle nicht. Ich bin größer als du.«
Sondra sah sie einmal von unten bis oben an, dann nickte sie und warf das Leinenkleid aufs Bett. »Na ja, so wichtig sind Klamotten auch wieder nicht. Ich bin nur in der Hinsicht richtig verwöhnt, weißt du. Ist der ganze Krempel nicht widerlich?« Sie machte einen vergeblichen Versuch, die Sachen wieder in den Koffer zu stopfen und gab dann kopfschüttelnd auf. »Manchmal ist es mir richtig peinlich, daß ich so viel Zeug habe.« Sie schwieg einen Moment, und ihr Gesicht wurde ernst. »Ich habe immer alles bekommen, was ich wollte«, sagte sie leise. »Ich mußte nie auf etwas verzichten...«
Aus dem Flur kam wieherndes Männergelächter, und sie blickten beide zur offenen Tür.

»Ich hatte keine Ahnung, daß hier die Wohnheime nicht getrennt sind«, bemerkte Mickey mit einem Anflug von Verzweiflung.

»Und ich hatte keine Ahnung, daß die Zimmer so klein sein würden. Wo, zum Teufel, soll ich die Sachen alle unterbringen?«

Sondra dachte an die Villa in Phoenix, wo sie ein großes Zimmer mit Bad und einen Ankleideraum hatte, der beinahe so groß war wie dieses Zimmer hier. Sie war zum erstenmal für längere Zeit von zu Hause weg. Während ihrer Collegezeit hatte sie bei ihren Eltern gelebt, da sie nie das Bedürfnis gehabt hatte, auszubrechen, Nächte durchzufeiern, junge Männer einzuladen. Sondra hatte nur ein Ziel, und um dieses Ziel zu erreichen, war sie hierher nach Castillo gekommen. Alles übrige – Partys, Kneipenbummel, junge Männer – war nebensächlich.

Aus dem Flur hörten Mickey und Sondra plötzlich einen lauten Knall, dann ein unterdrücktes »Ach, verdammt!« und als sie hinausschauten, sahen sie eine junge Frau in weißen Jeans und schwarzem Rolli, die auf dem Boden kniete und einen Haufen Bücher einsammelte, die ihr hinuntergefallen waren. Lachend blickte sie auf und fuhr sich mit einer Hand durch das kurze braune Haar.

»Ich hab immer schon zwei linke Hände gehabt«, erklärte sie.

Während Mickey und Sondra ihr beim Einsammeln der Bücher halfen, machten die drei sich miteinander bekannt und witzelten über diesen ersten Tag im Castillo.

»Ich komm mir vor wie ein kleines Kind«, meinte Ruth Shapiro, nachdem sie ihre Tür aufgesperrt hatte und die drei in ihr Zimmer traten. »Alle vier Jahre wieder ein Schulanfang. So geht das praktisch schon mein Leben lang.«

»Ja, aber das hier ist hoffentlich die letzte Etappe«, versetzte Sondra lachend, während sie sich im Zimmer umsah und feststellte, daß Ruth, genau wie Mickey und sie, sich noch nicht häuslich eingerichtet hatte.

Ruth warf ihre Schultertasche aufs Bett und fuhr sich wieder durch das kurze Haar. Der Anhänger an ihrem Hals, ein stilisiertes Waagezeichen, blitzte in der späten Nachmittagssonne auf.

»Ich hab das Gefühl, mein ganzes Leben besteht nur aus Lernen und Lesen.«

»Du hast deine Bücher schon?« fragte Sondra und warf einen Blick auf die Titel, als sie sie auf den Schreibtisch legte. »Wie hast du die Zeit gefunden?«

»Ich hab sie mir *genommen*. Und ich werde gleich heute abend anfangen zu pauken. Komm, setzt euch.« Ruth schleuderte ihre Sandalen von den Füßen. »Als erstes muß ich mir ein paar solide Schuhe besorgen, damit

ich hier nicht gegen die Kleidervorschrift verstoße. Und meine Mutter muß ich anrufen, damit sie mir ein paar Röcke schickt.«
Sondra hockte sich auf den Bettrand. »Und ich muß alle meine Kleider und Röcke auslassen.«
»Seid ihr beide aus Kalifornien?« fragte Ruth.
»Ich komme aus Phoenix«, antwortete Sondra.
Sie sahen beide zu Mickey auf, die immer noch stand. »Ich bin hier aus der Gegend«, sagte diese so leise, als lege sie ein Mordgeständnis ab.
»Ach, da kennst du dich hier wenigstens aus«, meinte Sondra, die versuchte, Mickey ihre Befangenheit zu nehmen.
»Hast du einen Freund in der Nähe?« fragte Ruth, während sie völlig ungeniert Mickeys Wange musterte.
»Einen Freund?« Beinahe hätte Mickey gelacht. Als hätte sie mit so einem Gesicht bei Männern eine Chance. »Nein, nur meine Mutter.«
»Wo wohnt sie?« fragte Sondra.
»In Chatsworth. Sie ist in einem Pflegeheim.«
»Und dein Vater?«
Mickey starrte auf die leuchtende Bougainvillea, die Ruths Zimmerfenster umrankte. »Mein Vater ist gestorben, als ich noch ganz klein war. Ich habe ihn nie gekannt.« Es war eine Lüge. Mickeys Vater hatte seine Frau und seine einjährige Tochter wegen einer anderen Frau verlassen und sich nie mehr um die beiden gekümmert.
»Da geht's dir so ähnlich wie mir«, bemerkte Sondra. »Ich habe meinen richtigen Vater auch nie gekannt. Und meine Mutter ebensowenig. Ich bin adoptiert.«
»Als ich dich heute morgen bei der Einführung sah«, sagte Ruth, während sie eine Packung Zigaretten aus ihrer Tasche kramte, »dachte ich, du wärst Polynesierin. Jetzt wirkst du eher wie eine Süditalienerin oder Spanierin auf mich.«
Sondra lachte. »Du hast keine Ahnung, wofür mich die Leute schon gehalten haben! Einer erklärte sogar mal steif und fest, ich müßte Inderin sein.«
»Du weißt überhaupt nicht, wer deine Eltern waren?«
»Nein, aber ich habe eine Ahnung, wie sie aussahen. Bei mir auf der Schule war ein Mädchen, das mir sehr ähnlich sah. Viele hielten uns für Schwestern. Aber sie kam aus Chikago. Ihre Mutter war eine Schwarze und ihr Vater ein Weißer.«
»Ach so.«
»Ich hab's inzwischen kapiert, weißt du. Aber meine Mutter hatte Riesenprobleme mit meinem Aussehen, als ich größer wurde. Meine Adop-

tivmutter, meine ich. Als sie mich adoptierten, war ich noch ein Säugling, und sie hofften wohl, ich würde mich so entwickeln, daß man mit ein bißchen gutem Willen eine Ähnlichkeit mit meinem Vater erkennen könnte. Er hat auch schwarzes Haar. Aber ich entwickelte mich ganz anders, von Ähnlichkeit zu meinen Eltern konnte keine Rede sein, und das machte meiner Mutter schwer zu schaffen. Sie ist Mitglied in allen möglichen Klubs, bewegt sich in den vornehmsten Kreisen, und ich weiß, daß sie eine Zeitlang richtige Ängste hatte. Besonders als mein Vater beschloß, in die Politik zu gehen. Aber dann kam zu meinem Glück die Bürgerrechtsbewegung. Plötzlich war es *in*, den Schwarzen zu helfen, und meine Mutter brauchte nicht mehr von irgendwelchen italienischen Vorfahren zu flunkern, um mein Aussehen zu erklären.«
Ruth und Mickey starrten Sondra erstaunt an. Sie konnten sich nicht vorstellen, daß ihr Aussehen ein Handicap gewesen sein sollte. Ruth, die ständig mit ihrem Gewicht zu kämpfen hatte, und Mickey, die unter der Verunstaltung ihres Gesichts litt, fanden Sondras exotische Schönheit und langgliedrige Geschmeidigkeit nur beneidenswert.
»Bist du ein Einzelkind?« fragte Ruth.
Sondra nickte. »Meine Mutter wollte nicht mehr Kinder. Aber ich hab immer von einem Haufen Geschwistern geträumt.«
Ruth zündete sich eine Zigarette an. »Ich hab drei Brüder und eine Schwester. Ich hab immer davon geträumt, ein Einzelkind zu sein.«
»Ich hätte auch gern Geschwister gehabt«, sagte Mickey leise und ließ sich endlich, den Rücken an die Schranktür gelehnt, auf dem Boden nieder.
Ruth starrte auf die Zigarette in ihrer Hand. Der Blick ihrer braunen Augen war hart. Geschwister schön und gut, aber vorausgesetzt, es war genug Vaterliebe für alle da.
»Hallo! Hallo!«
Die drei drehten die Köpfe. An der offenen Tür stand eine junge Frau mit einer Flasche Sangria und vier Gläsern. »Ich bin Dr. Selma Stone, viertes Jahr. Ich bin euer persönliches Empfangskomitee hier.«
Sie war mit klassischer Eleganz gekleidet: Tweedrock, Seidenbluse und Perlenkette; konservativ wie das ganze College. Sie holte sich den Schreibtischstuhl und setzte sich zu den anderen.
»Du bist im vierten Jahr?« fragte Ruth und nahm ein Glas Wein entgegen. »Wieso bist du dann schon *Doktor* Stone?«
Selma lachte. »Ach, im dritten Jahr fängt die klinische Ausbildung im Krankenhaus an – drüben, im St. Catherine's –, und da verlangen sie, daß man sich den Patienten als *Doktor* vorstellt. Das beruhigt die Patienten.

Ich tu das jetzt seit einem Jahr, darum kam es ganz automatisch. Mein Examen mache ich erst in neun Monaten.«
Ruth wußte nicht recht, was sie von dieser Unehrlichkeit den Patienten gegenüber halten sollte, und sagte nichts.
»Ich hab mich angeboten, euch vor dem Tee heute nachmittag persönlich willkommenzuheißen. Das gehört hier zur Tradition, seit auch Frauen zugelassen werden. Vor drei Jahren, als ich anfing, war ich die einzige Frau in meinem Jahrgang. Ich kann euch nicht sagen, was für Angst ich hatte! Ich war froh, als eine von den älteren Studentinnen zu mir kam und ein bißchen mit mir redete.«
Sondra sah Selma aufmerksam an und versuchte, sich vorzustellen, wie es gewesen sein mußte, unter neunzig Studenten die einzige Frau zu sein.
»Ihr habt sicher eine Menge Fragen«, fuhr Selma fort. »Das geht allen Neuen so.«
Abwartend, taxierend betrachtete sie die drei jungen Frauen. Die kleine Brünette würde hier in Castillo überhaupt keine Schwierigkeiten haben; der Blick ihrer Augen verriet den eisernen Willen zum Erfolg. Und die schöne Exotin würde entweder Riesenprobleme mit den Männern bekommen oder aber im Vorteil sein, je nachdem wie selbstsicher und zielstrebig sie war. Die dritte, die Blonde, die sich hinter ihrem Haar versteckte, die wirkte wie ein gehetztes Tier. Selma bezweifelte, daß sie es schaffen würde.
Gerade da sagte das Mädchen: »Ja, ich habe eine Frage. Wo sind eigentlich die Damentoiletten?«
»Da gibt's überhaupt nur eine einzige in den Unterrichtsgebäuden. In der Encinitas Hall.«
»Nur eine einzige? Wieso?«
»Weil der Anteil von Frauen pro Studienjahrgang acht Prozent nie überstiegen hat. In den vierziger Jahren, als zum erstenmal Frauen zugelassen wurden, war die Quote sogar auf zwei Frauen pro Jahrgang beschränkt. Und da es keine weiblichen Lehrkräfte gab und immer noch nicht gibt, wäre es absolut unrentabel gewesen, in sämtlichen Gebäuden neue Toiletten zu installieren.«
»Ja, aber wie –« begann Mickey.
»Man gewöhnt sich daran, morgens auf Tee oder Kaffee zu verzichten, und wenn man kurz vor der Menses ist, beugt man eben vor, weil man nicht die Zeit hat, während eines Seminars oder einer Vorlesung zu verschwinden und über das ganze Campus zur Encinitas Hall zu laufen.«
Mickey war niedergeschmettert.

»Und wie werden Frauen hier behandelt?« fragte Sondra.
»Soviel ich weiß, gab's am Anfang ziemlich heftigen Widerstand gegen die Frauen. Man hatte Sorge, die Zulassung von Frauen könnte das Ansehen des Colleges mindern. Bei den älteren Dozenten spürt man das auch heute noch. Es sind ein paar da, die es darauf anlegen, einen fertigzumachen. Fangt bloß nicht an zu weinen! Da bekommt ihr gleich typisch weibliche Hysterie vorgeworfen.«
Ruth hob ihr Glas an die Lippen, entschlossen sich vom Unken dieser Kassandra nicht einschüchtern zu lassen. Nichts und niemand würde sie daran hindern, ihr Ziel zu erreichen.
»Aber ihr werdet's schon schaffen«, meinte Selma tröstend. »Wichtig ist eine professionelle Haltung. Und vergeßt nicht, daß Castillo ganz anders ist als die liberalen Colleges, von denen ihr sicher gerade gekommen seid. Hier geht es so steif und konservativ zu wie in einem englischen Männerklub. Wir Frauen sind Eindringlinge.«
»Und die Studenten?« fragte Sondra. »Wie stehen die zu uns?«
»Die meisten akzeptieren uns als Gleichgestellte; aber man trifft natürlich immer wieder welche, die sich durch uns bedroht fühlen. Die versuchen dann, einen runterzumachen und einem zu zeigen, wer Herr im Haus ist. Ich glaube, einige haben sogar richtig Angst vor uns. Aber wenn man sich freundlich, aber bestimmt von ihnen abgrenzt und sich auf das konzentriert, wozu man hier ist – um Medizin zu studieren –, dann hat man eigentlich keine Probleme.«

Laute Rockmusik und männliches Gelächter empfingen Sondra, Ruth und Mickey, als sie, vom Tee bei Mrs. Hoskins zurückkehrend, die hell erleuchtete Tesoro Hall erreichten.
»Ich möchte wissen, wie man bei dem Krach konzentriert lernen soll«, sagte Ruth. »Was haltet ihr beiden eigentlich von dem Wohnheim?«
»Wie meinst du das?« fragte Sondra.
»Na, wir bezahlen doch einen Haufen Geld für die Unterkunft. Und hört euch das Getöse an. Wollen wir nicht versuchen, uns zu dritt eine Wohnung zu nehmen?«
»Eine Wohnung?«
»Ja. Außerhalb vom Campus. Wir würden bestimmt was finden, und gedrittelt wäre die Miete bestimmt viel niedriger als der Preis, den wir hier im College bezahlen – wo man nicht mal Ruhe hat.« Ruth wies mit dem Kopf in die Richtung, aus der Musik und Gelächter kamen. »Hier müssen wir außerdem für Reinigung und Wäscherei bezahlen. Eine Wohnung könnten wir leicht selber sauberhalten, und unsere Wäsche können wir

auch selber waschen. Und was sie hier für das Essen verlangen, finde ich sowieso unverschämt. Oder wie fandet ihr das Mittagessen heute?«
Sie versuchten beide, sich zu erinnern. Es war irgendein bräunlicher Auflauf gewesen.
»Ich kann ganz gut kochen«, fuhr Ruth fort, »außerdem esse ich keine drei Mahlzeiten am Tag. Hier bezahlen wir für Frühstück, Mittag- und Abendessen, ganz gleich, ob wir es nehmen oder nicht. Überlegt mal, wieviel Geld wir sparen würden.« Sie machte eine kurze Pause. »Aber am wichtigsten erscheint mir, daß wir in einer Wohnung für uns wären und nicht dauernd irgendwelche Knaben durch den Flur trampeln.«
Mickeys Augen leuchteten auf. »Ja, ich finde, das ist eine gute Idee.«
Sondra sah ihr winziges Zimmer vor sich und dachte an die übermäßig hilfsbereiten jungen Männer wie Shawn, die sicher vom besten Willen beseelt waren, aber eben doch störten. »Gegen ein bißchen mehr Platz hätte ich nichts einzuwenden«, meinte sie. »Aber ich möchte gern in der Nähe vom Meer wohnen.«
Sie einigten sich darauf, daß Ruth sich umsehen würde. Die Lehrveranstaltungen sollten erst in zwei Tagen beginnen; es blieb also noch genug Zeit, sich nach einer Wohnung umzuschauen und mit der Collegekasse um die Rückerstattung der Gebühren für Unterkunft und Verpflegung zu kämpfen. Sie besiegelten die Vereinbarung mit Handschlag.

3

In Südkalifornien kommt der Hochsommer im September, und am Mittwoch nachmittag, als die drei sich wieder trafen, war es glühend heiß. Nicht das kleinste Lüftchen wehte vom Meer her. In Sondras Mustang fuhren sie los, die Avenida Oriente hinunter.
Als sie wenige Minuten später die Treppe zu der Wohnung hinaufstiegen, die Ruth ausgekundschaftet hatte, zog Ruth einen kleinen Block aus ihrer Tasche und reichte ihn Sondra.
»Da sind die Zahlen. Die Vermieterin wollte eigentlich eine Kaution, aber ich habe sie davon überzeugt, daß wir die Wohnung pfleglich behandeln werden. Die Miete kostet hundertfünfzehn im Monat, und sie sagte, die Nebenkosten würden nicht mehr als zehn Dollar betragen. Ich hab nochmal hundertfünfzig pro Monat für Lebensmittel angesetzt, das heißt, daß wir pro Person nicht einmal hundert Dollar im Monat zahlen. Im Wohnheim kostet es uns achthundert Dollar pro Semester; wir sparen also jede ungefähr dreihundert Dollar.«

Ruth zog den Wohnungsschlüssel aus ihrer Jeanstasche und sperrte auf.
»Bitte sehr! Unser eigenes Reich.«
Die Wohnung war klein, aber freundlich eingerichtet mit hellen Möbeln und Spannteppichen. Regale und Wände waren kahl, doch die drei Frauen hatten gleich eine klare Vorstellung davon, wie die Räume wohnlich werden würden. Sondra stellte sich Kissen und Poster vor, Ruth verteilte im Geist Pflanzen und Bilder, und Mickey sah die kleine Wohnung als rettende Zuflucht.
»Na, wie findet ihr es?« fragte Ruth.
»Mir gefällt's«, antwortete Sondra. »Ich hab einen Haufen tolle Poster dabei. Die können wir hier an die Wände pinnen, dann sind wir überall von großartigen Landschaften und herrlichen Sonnenuntergängen umgeben. Und aufs Sofa gehören ein paar Kissen. Das macht es gemütlicher.« Sie trat in die Mitte des Wohnzimmers und sah sich um. »Vielleicht können wir hier sogar einen schönen, dicken Berberteppich reinlegen.«
»Moment mal!« Ruth hob abwehrend die Hand. »So was kann ich mir nicht leisten. Ich muß mein Studium selber finanzieren. Da zählt jeder Penny.«
»Ach, das macht nichts«, versetzte Sondra vergnügt. »Ich hab Geld. Ich übernehm die Inneneinrichtung.«
Ruth beobachtete Mickey, die so zaghaft und vorsichtig zum Flur ging, als vermute sie dort in den Schatten ein gefährliches Ungeheuer. Sie stemmte beide Hände in die rundlichen Hüften und sagte: »Und was meinst du zu der Wohnung, Mickey?«
Mickey nickte nur. Sie war glücklich und erleichtert. Die Wohnung war schön, gemütlich und heimelig, ein Ort, wo sie sich zurückziehen konnte. Und dank den geringeren Ausgaben konnte sie nun auch hoffen, mit ihrem Geld auszukommen. Ihr Stipendium und das, was sie sich in den Sommerferien verdient hatte, würde ausreichen das College zu bezahlen und ihre Mutter im Pflegeheim zu unterstützen.
»Ich schlage vor, wir losen um die Zimmer«, sagte Ruth und kramte schon in ihrer Tasche nach Streichhölzern.
Doch Mickey wehrte ab. Sie nähme gern das Zimmer ohne Fenster, sagte sie. Glas und Spiegel waren ihr ein Greuel.
In der Mittagshitze fuhren sie wieder ins Wohnheim, packten ihre Sachen und verstauten sie in Sondras Mustang. Die feurige Sonne des Spätnachmittags in den Augen, kehrten sie in ihre neue Wohnung zurück.
»Die Vermieterin hat mir versprochen, daß morgen früh der Strom eingeschaltet wird«, bemerkte Ruth, während sie in jedes Zimmer ein paar

Kerzen legte. »Am Wochenende können wir zusammen die Sachen besorgen, die wir noch für Küche und Bad brauchen.«
Sondra richtete in aller Ruhe ihr Zimmer ein, obwohl die Sonne schon untergegangen war, und es schnell dunkel zu werden begann. Das Poster mit der Dschungelkatze hängte sie an die Wand gegenüber von ihrem Bett, so daß sie es morgens beim Erwachen gleich sehen konnte; die Schreibgarnitur aus Leder, die sie zum Schulabschluß bekommen hatte, kam auf den Schreibtisch und daneben ein Foto ihrer Eltern; die Kleider wurden rechts im Schrank aufgehängt, Röcke und Blusen links, die Schuhe wurden darunter aufgereiht. Sie breitete die Decken aus, die die Vermieterin ihnen geliehen hatte, bis sie sich eigene besorgen konnten, schüttelte das Kopfkissen auf und trat zurück, um ihr Werk zu betrachten.
Der erste Schritt, dachte sie befriedigt. Der erste Schritt auf der letzten Etappe...
Ehe sie wieder zu Ruth und Mickey hinausging, trat sie ans Fenster. Das Meer konnte sie, wie Ruth sie schon vorher gewarnt hatte, von hier aus nicht sehen, aber es war ganz in der Nähe, gleich hinter den Palmen und den Dächern der Häuser. Sie spürte seinen Pulsschlag und den Hauch seines Atems. Wenn sie die Augen schloß und konzentriert lauschte, konnte sie die Brandung hören, den Schlag der Wellen, der so viel verhieß – die weite, lockende Welt auf seiner anderen Seite. Eines Tages würde sie – Sondra – in diese Welt hinausziehen, daran gab es für sie nicht den geringsten Zweifel. Unrecht mußte wiedergutgemacht werden, eine Schuld an den Menschen, von denen sie abstammte, mußte beglichen werden. Es galt für sie, ihre Identität zu finden, ihren Platz in der Welt, darum mußte sie zu der dunklen Rasse zurückkehren, wie fern sie auch sein mochte, der sie verwandt war. Sondra Mallone fühlte sich am Beginn eines abenteuerlichen, unwiderstehlich lockenden Wegs, und dieses Gefühl erfüllte sie mit der gleichen Erregung wie am Dienstag morgen die Deklamation des hippokratischen Eides.
In der Küche deckte Ruth den Tisch. Sie hatte zwei Kerzen angezündet und arbeitete allein. Mickey war noch im Badezimmer.
Ruth wunderte sich, daß ihre Hände so ruhig waren; innerlich zitterte sie. Sie hatte sich durchgesetzt und den kühnen Schritt gewagt. Trotz meines Vaters, dachte sie. Ich werde nicht versagen. Und wenn es mich umbringt, ich werde bis zum Ende durchhalten, und ich werde als Beste meines Jahrgangs abschließen.
Mike Shapiro, einer der bekanntesten und meistbeschäftigsten Allgemeinärzte in Seattle, war tief enttäuscht gewesen, als seine Frau damals,

vor dreiundzwanzig Jahren, all seinen Wünschen und Plänen entgegen ein Mädchen zur Welt gebracht hatte. Doch schon elf Monate danach war Joshua gekommen, und alles war verziehen. Dann war Max geboren worden und nach ihm David. Das letzte Kind, das Nesthäkchen, war wiederum ein Mädchen gewesen. Als existierte die Erstgeborene gar nicht, als hätte Mike Shapiro sich seine ganze Liebe für dieses letztgeborene Kind aufgehoben, gab er der kleinen Judith all seine Wärme und Zuneigung, hob sie auf den Platz der Prinzessin, der, wie Ruth meinte, eigentlich ihr zugestanden hätte.

In gewisser Weise konnte sie es ihm nicht einmal verübeln. Sie war ein dickliches, tolpatschiges Kind gewesen, das immer irgend etwas umstieß und ständig mit bekleckertem Kleidchen umherlief. Heute, als Erwachsene, konkurrierte sie mit ihren Brüdern; Joshua war in West Point; Max studierte an der Northwestern University und bereitete sich darauf vor, in die Praxis seines Vaters einzutreten; David wollte Rechtsanwalt werden.

»Das schaffst du doch nicht, Ruthie«, hatte Mike Shapiro erklärt, als sie die Bewerbungen für das Medizinstudium ausgefüllt hatte. »Warum nimmst du dich nicht als das an, was du bist? Such dir einen netten Mann. Heirate. Setz Kinder in die Welt.«

Doch das, was Ruth vorwärtstrieb, war die Tatsache, daß sie in Wirklichkeit niemals versagt hatte. Sie mochte in ihrer Kindheit und Pubertät vielleicht manchmal auf das Niveau unverzeihlicher Mittelmäßigkeit abgesunken sein, aber gescheitert war sie nie. Sie war nur einfach kein begabtes Kind. Es war nicht ihre Schuld, daß an dem einzigen Wettkampf, in dem sie sich je placiert hatte, wegen des Regens nur drei Konkurrentinnen teilgenommen hatten, so daß sie ihren Preis auch bekommen hätte, wenn sie mit halbstündiger Verspätung eingelaufen wäre. Ein Gutes hatte jenes Debakel immerhin gehabt: Für kurze Zeit hatte Ruth die Süße väterlicher Bewunderung kosten dürfen. Und einmal auf den Geschmack gekommen, wollte sie mehr.

Diesmal, dachte sie, während sie die Kräcker auf einen Pappteller legte, laufe ich nicht als Dritte ein. Diesmal werde ich Erste. Die erste von neunzig.

Mickey blieb lange im Badezimmer. Sie tat nichts, sondern stand nur da und starrte auf das Gesicht der Frau im Spiegel.

Bei ihrer Geburt war das Muttermal stecknadelkopfgroß gewesen, ein Kuß von der guten Fee, hatte ihre Mutter gesagt. Aber mit den Jahren hatte es sich vergrößert und bedeckte nun fast ihre ganze Gesichtshälfte vom Ohr bis zum Nasenflügel und vom Unterkiefer bis zum Haaransatz.

Die Kinder in der Grundschule waren oft grausam gewesen. »He, Mikkey«, sagten sie wohl, »du hast Marmelade im Gesicht.« Oder sie erklärten sie zur Aussätzigen und sagten, niemand dürfe in ihre Nähe kommen. Sie schlossen Wetten ab, wer von ihnen es wagen würde, zu Mickey hin zu laufen und das Feuermal zu berühren. Stanley Furmanski behauptete, sein Vater hätte gesagt, solche Muttermale würden immer größer, bis sie schließlich platzten und das ganze Gehirn herausspritzte. Die Lehrer hielten dann wohl der Klasse einen Vortrag darüber, daß man zu Menschen, die das Schicksal weniger begünstigt hätte als einen selber, besonders nett sein müsse, und Mickey hätte sich vor Scham am liebsten ins nächste Mauseloch verkrochen. Schluchzend pflegte sie nach Hause zu laufen, um sich von ihrer Mutter trösten zu lassen.

In der *High school* wurde es nicht besser. Manche Mädchen freundeten sich nur mit ihr an, um ihr Fragen über ihr Gesicht stellen zu können; wohlmeinende Lehrer demütigten sie mit ihrer übertriebenen Freundlichkeit; die Jungens machten sich an sie heran, weil ihre Freunde ihnen fünf Dollar versprochen hatten, falls sie es über sich brachten, diese entstellte Wange zu küssen.

Ihre Mutter war mit ihr von einem Arzt zum anderen gelaufen. Die meisten stellten fest, das Mal sei zu vaskulös und schickten sie wieder fort; einige experimentierten mit Skalpell und flüssigem Wasserstoff und Trockeneis, ohne daß es den geringsten Erfolg hatte. Ihr Gesicht war nur durch Narben noch mehr entstellt worden.

Aber die schlimmsten Narben trug Mickey nicht im Gesicht. Nach den langen Jahren grausamer Quälerei, die sie von ihrer Umwelt erfahren hatte, war sie nun überzeugt von ihrer eigenen Minderwertigkeit; überzeugt, daß sie einzig dazu bestimmt sei, ganz in der Arbeit aufzugehen, die sie sich wählen würde.

Im ersten Moment hatte sie es gewundert, daß die sechs Prüfer im vergangenen Herbst sie nicht gefragt hatten, warum sie Ärztin werden wollte; sie hatte geglaubt, diese Frage würde man jedem Bewerber stellen. Dann aber hatte sie sich überlegt, daß sie ihr wahrscheinlich nur ins Gesicht hatten sehen müssen, um den Grund zu erraten. Sie waren schließlich Ärzte. Sie konnten sich gewiß vorstellen, wie viele Ärzte Mickey in den vergangenen Jahren aufgesucht hatte. Immer wieder die fremden kalten Hände in ihrem Gesicht; immer wieder das bedauernde Kopfschütteln. Viel zu oft hatte sie die niederschmetternden Worte ›Keine Hoffnung‹ gehört. Jedem, der sie genauer ansah, mußte offenkundig sein, daß Mickey irgendwann beschlossen hatte, einen Beruf zu

ergreifen, der es ihr ermöglichen würde, Menschen zu helfen, die so geschlagen waren wie sie selbst, auch wenn es für sie selber zu spät war.
Sie fuhr zusammen, als es draußen klopfte, und öffnete hastig die Tür. Sondra stand vor ihr, das lächelnde Gesicht von Kerzenschimmer erleuchtet.
»Entschuldige, daß ich so lang gebraucht habe«, sagte Mickey. »Das kommt bestimmt nicht wieder vor.«
»Ach, das macht nichts. Ich wollte dir nur sagen, daß unser Festessen auf dem Tisch steht.«
Ruth hatte Käse und Kräcker hingestellt und goß Cola in die Pappbecher.
»Ich muß mich mit dem Zeug zurückhalten«, sagte sie, während die beiden anderen sich im flackernden Kerzenlicht an den Tisch setzten. »Bei mir schlägt alles gleich an. Als ich klein war, hat mir mein Vater jedesmal, wenn er mich mit einem Cola erwischt hat, fünf Cents vom Taschengeld abgezogen. Und als ich in der siebten Klasse war, hat er mir zehn Dollar ausgesetzt, falls ich es schaffen sollte, zehn Pfund abzunehmen.«
»Wenn wir am Wochenende einkaufen«, meinte Sondra und stopfte sich einen Kräcker in den Mund, »besorgen wir uns einen Haufen Diätgetränke und Mineralwasser. Was haltet ihr davon, wenn wir abwechselnd kochen? Jeder immer eine Woche lang.«
Beide sahen Mickey an, doch die schwieg.
»Hör mal, Mickey«, sagte Ruth, während sie sich ein paar Krümel von ihrem T-Shirt streifte, »du mußt ein bißchen kontaktfreudiger werden, wenn du Ärztin werden willst. Wie willst du denn mit deinen Patienten reden, wenn du immer so still bist?«
Mickey hüstelte ein wenig und senkte den Kopf.
»Ich will keine Praxis. Ich möchte in die Forschung.«
Ruth nickte. Sie hatte verstanden. In einem Labor sind Persönlichkeit und Aussehen nicht von Bedeutung; da kommt es nur auf Intelligenz und Hingabe an.
»Und du, Ruth?« fragte Sondra. »Was willst du mal machen?«
»Allgemeinmedizin. Ich möchte in Seattle eine Praxis aufmachen. Du?«
»Ich möchte raus in die Welt«, antwortete Sondra. »Das drängt mich eigentlich schon mein Leben lang – ich kann das Gefühl nicht beschreiben. Seit ich denken kann, hab ich eigentlich immer den Drang gehabt, rauszukommen und zu sehen, was hinter der nächsten Ecke wartet.«
Das Kerzenlicht schimmerte in ihren topasbraunen Augen. »Ich weiß nicht, warum meine richtige Mutter mich weggegeben hat. Ich weiß

nicht, ob sie vielleicht bei meiner Geburt gestorben ist oder ob sie mich einfach nicht bei sich behalten konnte. Manchmal quälen mich diese Gedanken. Ich bin 1946 geboren, damals galten Mischehen ja noch als etwas Unerhörtes. Ich habe oft darüber nachgedacht, wie es gewesen sein mag. Ob sie sich vielleicht in meinen Vater verliebte und dafür von ihrer Familie ausgestoßen wurde; ob die beiden zusammengeblieben sind, oder ob er sie verlassen hat. Ich weiß nicht einmal, ob meine Mutter oder mein Vater schwarz war. Nach meiner Assistenzzeit möchte ich nach Afrika gehen. Um meine andere Hälfte kennenzulernen.«
Der Wind draußen hatte aufgefrischt und rüttelte jetzt an den Fensterscheiben, als wolle er eingelassen werden. Die drei am Tisch schwiegen, nachdenklich, den Blick nach innen gerichtet. Vor wenigen Tagen waren sie einander noch fremd gewesen, hatten nichts voneinander gewußt; nun würden sie ein Stück Wegs gemeinsam gehen, in eine unbekannte Zukunft, an die sie große Erwartungen, vor der sie aber auch ein wenig Furcht hatten.
Ruth räusperte sich und hob ihren Becher. »Also dann, auf uns! Auf die drei zukünftigen Ärztinnen.«

4

In das Steinsims über dem zweiflügeligen Portal der Mariposa Hall waren die Worte *mortui vivos docent* eingehauen. Oft waren die Studienanfänger in den vergangenen sechs Wochen unter ihnen hindurchgegangen, doch erst an diesem Tag, an dem sie zum erstenmal sezieren sollten, wurde ihnen die Bedeutung der Worte voll bewußt: Die Toten lehren die Lebenden.
Ruth setzte sich wie immer in die oberste Reihe der Anatomie und zog, da sie früh daran war, Guytons *Physiologie des Menschen* aus ihrem Beutel. Seit dem ersten Tag am College, als Dekan Hoskins mit solcher Eindringlichkeit den hippokratischen Eid gesprochen hatte, las und lernte Ruth mit wilder Entschlossenheit und benützte jede freie Minute, um zu büffeln. Während die anderen Studenten gemächlich in den Saal schlenderten und ihre Plätze einnahmen, hockte Ruth über ihrem Buch und versuchte, die zwanzig Aminosäuren auswendig zu lernen, aus denen sich alle bekannten Eiweiße zusammensetzten.
»Hallo!«
Ruth blickte auf, als Adrienne, eine hübsche Frau mit rotem Haar, sich neben sie setzte. Adrienne war wie sie im ersten Jahr und war mit einem Studenten verheiratet, der kurz vor dem Examen stand.

»Ich schwitze Blut«, sagte Adrienne. »Mein Mann hat zwar versucht, mich seelisch auf diese Seziererei vorzubereiten, aber mir graut trotzdem. Ich hab noch nie im Leben einen Toten gesehen.«
»Ach, das wird schon«, meinte Ruth, pragmatisch wie immer. »Man muß sich nur sagen, daß es nicht anders geht, dann klappt's schon.«
»Er hat mir erzählt«, fuhr Adrienne mit gesenkter Stimme fort, »daß einer der Anatomiedozenten unheimlich frauenfeindlich ist. Wenn eine von uns diesen Kerl erwischt, Moreno heißt er, blüht ihr einiges.«
»Wieso?«
»Er führt jedes Jahr das gleiche Theater auf. Man geht nach dieser Vorlesung ins Labor, und garantiert fehlt auf einem seiner Tische eine Leiche. Immer ist es ein Tisch, der einer Frau zugeteilt ist. Er wählt dann mit großem Brimborium und scheinbar völlig unparteiisch jemanden aus, der ins Souterrain gehen und den fehlenden Leichnam holen muß. Aber es ist *unweigerlich* eine Frau.«
Ruth starrte sie ungläubig an. »Ach, ich kann mir nicht vorstellen –«
»Doch, es ist wahr. Mein Mann hat mir erzählt, daß damals, als er das erstemal im Labor war, eine Frau runtergeschickt wurde. Sie ist überhaupt nicht mehr zurückgekommen.«
»Wieso? Was war mit ihr?«
»Als sie das Becken sah, wo die Leichen drin rumschwimmen, kriegte sie einen totalen Zusammenbruch und rannte weinend ins Wohnheim.«
»Hat sie danach weitergemacht?«
»O ja. Sie ist jetzt im vierten Jahr. Du kennst sie. Selma Stone.«
Ruth ließ sich diese unerfreuliche Information durch den Kopf gehen und sagte sich grimmig, das soll der Kerl nur bei mir versuchen. Dann sah sie, daß ein Formular durch die Reihen ging, auf dem jeder Student sich einschrieb.
»Was ist denn das?« fragte sie.
»Ach, so eine Art Anwesenheitsliste.«
»Ich dachte, so was gibt's hier nicht.«
»Normalerweise nicht. Das gilt nur für die Laboreinteilung.«
Ruth fand das Formular, als es sie ereichte, höchst verwunderlich. Man sollte, wie die Anweisungen besagten, nur seinen Namen und seine Körpergröße eintragen. Sie setzte also ihren Namen auf das Blatt und schrieb dahinter 1,60 m.
Nach Adrienne kam das Formular zu Mickey, die gerade noch den letzten Platz in der Reihe ergattert hatte, nachdem sie wegen des unvermeidlichen Abstechers in die Damentoilette in der Encinitas Hall wieder einmal beinahe zu spät gekommen wäre. Sie unterschrieb hastig und krit-

zelte 178 cm neben ihren Namen. Als letzte bekam Sondra das Formular, die in angeregtem Gespräch mit ihrem Nachbarn war. Zerstreut setzte sie ihren Namen aufs Papier und daneben ihr Gewicht, 50 Kilo.
Dann trat schon Dr. Morphy auf das Podium und begann ohne Umschweife seine Vorlesung. Nach einstündigem dichtem Vortrag, den er mit schnell an die Tafel geworfenen Diagrammen und Schaubildern illustrierte, schickte er die Studenten in die Labors.
Kaum einer sprach etwas, während sie durch einen langen, kalten Gang geführt wurden. Beklommen schlüpften sie in die Laborkittel. Die Frauen, abgesehen von Mickey, hatten Mühe, Mäntel zu finden, die ihnen paßten, und behalfen sich schließlich damit, daß sie die Ärmel aufkrempelten.
Ein Assistent mit dem Formular in der Hand, das zu Beginn der Vorlesung durch die Reihen gegangen war, rief in schneller Folge Namen und Tischnummern auf. Als die Studenten sich an ihre Plätze begaben, begriffen sie, warum sie ihre Körpergröße hatten angeben müssen. Des Rätsels Lösung war einfach: Die Tische waren auf unterschiedliche Höhen eingestellt, damit die Studenten an Tischen arbeiten konnten, die ihrer Größe angepaßt waren. Die Folge war, daß Mickey allein mit drei Männern zusammenarbeitete, während Sondra, Ruth und die beiden anderen Frauen zusammen an einem Tisch waren.
Unglücklicherweise landeten die Frauen alle in Dr. Morenos Labor.
Klein und gewichtig trat Moreno ein. Während die Studenten nervös neben ihren Tischen standen, auf denen die zugedeckten Leichen lagen, dozierte Moreno in dramatischem Ton: »Im vierzehnten Jahrhundert mußten die Studenten an der medizinischen Fakultät von Salerno vor der Sektion an der heiligen Messe teilnehmen und für das Seelenheil des Toten beten, den sie sezieren sollten. So weit gehen wir hier nicht, aber wir verlangen unbedingte Achtung vor unseren Leichnamen. Wir dulden hier keinerlei, ich wiederhole, meine Herren, *keinerlei* Mißbrauch. Lassen Sie sich also nicht einfallen, nachts hier hereinzuschleichen und die Kadaver mit Geleebonbons zu füllen oder ähnliche Scherze zu machen. Ich gebe seit zwanzig Jahren Anatomieunterricht und bin mit allen kindischen Streichen bestens vertraut. Sie sind alle nicht neu und alle nicht witzig. Jegliche Mißachtung, meine Herren, hat die unverzügliche Entlassung aus dieser Lehranstalt zur Folge. Merken Sie sich das.«
Moreno senkte seinen Zeigestab und musterte mit herablassender Miene die verschreckten jungen Gesichter.
»Gut«, sagte er etwas weniger autoritär. »Sie finden an jedem Tisch ein

Informationsblatt mit Angaben über den Kadaver und die Todesursache. Es handelt sich hier größtenteils um Sozialfälle, Leute ohne Familie, für die niemand die Beerdigungskosten bezahlen wollte. Aber machen Sie sich keine Gedanken, meine Herren, das College sorgt am Ende dieses Kurses für eine anständige Beerdigung ihrer leiblichen Hülle.«
Er wanderte langsam zwischen den Tischen hindurch.
»Bei jedem Tisch liegen ein Sektionsplan und Plastikhandschuhe, die nach der Sektion weggeworfen werden können.«
Beim letzten Tisch blieb er stehen und runzelte die Stirn. Es war mucksmäuschenstill im Raum.
»Hm«, sagte Moreno milde überrascht. »Ihr Kadaver ist nicht heraufgebracht worden. Einer von ihnen muß in den Keller hinuntergehen und ihn holen.«
Er machte kehrt und marschierte zum Arbeitstisch zurück, wo das Anmeldeformular lag. Mit übertriebener Beiläufigkeit sagte er: »Mal sehen, wer ist für Tisch zwölf eingeteilt? Ah, ja. Ich suche einfach irgendeinen Namen heraus. Mallone, wo sind Sie?«
Sondra hob die Hand.
»Okay, Mallone. Gehen Sie hinunter und holen Sie eine Leiche. Fahren Sie mit dem Aufzug da in den Keller hinunter und sagen Sie, daß wir einen Leichnam zu wenig bekommen haben. Bringen Sie dann einen mit herauf.«
Der Aufzug knarrte, der unterirdische Korridor war von ekelerregenden Gerüchen erfüllt. Die trüben Glühbirnen an der Decke waren nackt, überall schienen bedrohliche Schatten zu lauern. Sondra schlug das Herz bis zum Hals. Sie ging an mehreren geschlossenen Türen vorüber, die nicht durch Schilder gekennzeichnet waren, und begann schon sich zu fragen, ob sie sich verlaufen hätte, als plötzlich eine Gestalt aus den Schatten trat. Sondra schrie auf.
»Hallo«, sagte der alte Mann im Overall. »Hab Sie schon erwartet.«
Sondra würgte ihren Schrecken hinunter. »Ja?«
»Erster Sektionstag, stimmt's? Sie haben Moreno, richtig? Kommen Sie nur mit, junge Frau.«
Humpelnd trat er durch eine Tür und führte Sondra in einen großen Raum, der so von Formalindünsten geschwängert war, daß ihr sofort die Tränen in die Augen sprangen.
»Ich such ihnen eine schöne aus«, sagte der Alte und griff nach einer langen Stange, die mit einem Haken versehen war. »Die schönen sind nicht so unheimlich.«
Durch einen Tränenschleier sah sie das große, in den Betonboden einge-

lassene Becken, ein Becken, wie es in jedem Schwimmbad hätte sein können, nur war es nicht mit Wasser gefüllt, sondern mit Konservierungsflüssigkeit, und es waren keine Schwimmer darin, sondern sachte schaukelnde, braune menschliche Leichen. Der Alte warf seinen Haken aus, zog einen der Kadaver an den Beckenrand und machte sich daran, ihn herauszuziehen.

Das Gesicht war verhüllt, ganz mit weißer Gaze umwickelt, und die Hände waren wie im Gebet auf der Brust zusammengebunden. Sondra sah, daß es die Leiche einer jungen Frau war.

»Freuen Sie sich, junge Frau, daß sie so eine schöne Leiche kriegen. So jung haben wir sie selten. Das Bezirkskrankenhaus hat ein Abkommen mit dem College. Da sparen sie sich nicht nur die Begräbniskosten, sondern kriegen auch noch Geld für ihre Leichen.« Er wälzte den Leichnam auf eine heruntergelassene fahrbare Trage. »Gemeiner Kerl, dieser Moreno. Macht das jedes Jahr. Die anderen Leichen oben sind alle uralt. Da macht's überhaupt keinen Spaß. Aber Sie, junge Frau, dafür, daß Moreno Ihnen das angetan hat, hm...« Er zog die Bahre hoch und stellte die Beine fest. »Ich gab Ihnen die Beste, die wir haben. Die anderen werden Sie beneiden, wenn sie – He, he!« Er packte blitzschnell ihren Arm. »Sie werden mir doch nicht ohnmächtig?«

Sondra wischte sich über die feuchte Stirn. »Nein, nein.«

»Ich bring Ihnen die Leiche im Aufzug rauf. Gehen Sie die Treppe hoch.«

»Sagten Sie – sagten Sie, daß er das jedes Jahr tut?« fragte Sondra.

»Nur bei den Frauen. Er hat was gegen Frauen, die Medizin studieren. Er genießt es, wenn sie sich gruseln.«

»Ach, so ist das.« Sie hätte gern tief Atem geholt, aber sie konnte nicht. Sie fühlte sich einer Ohnmacht nahe. »Ich schaff das schon, vielen Dank.«

»Lassen Sie mich nur. Ich tu's gern. Ich bring sie für Sie rauf.«

»Nein, nein, es geht schon. Würden Sie sie bitte zudecken?«

Knarrend fuhr der Aufzug aufwärts. Sondra lehnte an der Wand, ein Dröhnen in den Ohren. Zweimal dachte sie, sie würde umkippen, doch mit einer Willensanstrengung hielt sie sich auf den Beinen. Vor allem ihr Zorn gab ihr die Kraft dazu. Als die Aufzugtüren sich öffneten, sah sie zwanzig Gesichter, die ihr gespannt entgegenstarrten.

Moreno ging ihr entgegen und musterte sie kalt. »Es wundert mich, daß Sie das allein geschafft haben, Mallone, in Anbetracht der Tatsache, daß Sie noch nicht einmal Ihre Körpergröße von Ihrem Gewicht unterscheiden können.«

5

Am Pacific Coast Highway, direkt gegenüber vom St. Catherine's Krankenhaus, war ein kleines Einkaufszentrum, in dem es neben einem Supermarkt, einem Waschsalon und einer kleinen Buchhandlung auch ein Kino und die Stammkneipe der Studenten gab: Gilhooley's.
Die Pullis feucht von den ersten Regentropfen, traten Sondra, Ruth und Mickey durch die Tür und fühlten sich sofort wohl. Die Musik war so laut, daß sie einem alle ernsthaften Gedanken aus dem Kopf jagte; an den Tischen drängten sich laut schwatzende, lachende Männer und Frauen; Wärme, Licht und Lebendigkeit waren überall.
»Oh, hallo!« rief Ruth vergnügt, als sie Steve Schonfeld entdeckte, einen großen, gutaussehenden Jungen, der im vierten Jahr in Castillo studierte. Sie hatte ihn zwei Wochen zuvor bei einer Party in der Encinitas Hall kennengelernt und war am vergangenen Wochenende mit ihm im Kino gewesen. »Kommt, er winkt uns«, sagte sie. »Wir sollen zu ihnen an den Tisch kommen.«
Mickey warf den drei Männern, die mit Steve am Tisch saßen, einen scheuen Blick zu und senkte sofort die Lider.
»Ach, bleiben wir doch lieber für uns«, meinte sie.
»Mickey hat recht«, sagte Sondra. »Suchen wir uns einen eigenen Tisch. Dann kann er sich ja zu uns setzen, wenn er will.«
Es war nicht so einfach, in Gilhooley's einen freien Tisch zu finden. Aber Ruth entdeckte einen und drängte sich energisch durch das Getümmel am Tresen. Sie stellte ihre Handtasche auf einen der Stühle, schob schmutziges Geschirr und zerknüllte Papierservietten an den Tischrand und setzte sich. Als Mickey und Sondra sich zu ihr gesellt hatten, kam auch schon Steve.
»Hallo, Ruth«, sagte er lächelnd. »Wieso sitzt du nicht über deinen Büchern? Das ist ja das reinste Wunder.«
Es war schon zum Scherz zwischen ihnen geworden. In den zwei Wochen ihrer Bekanntschaft hatte Ruth vier Einladungen abgelehnt, jedesmal mit der Begründung, daß sie unbedingt lernen müsse.
Nachdem Ruth ihre beiden Freundinnen mit Steve bekanntgemacht hatte, setzte dieser sich zu ihnen. »Ich bin leider im Dienst«, erklärte er. »Ich kann euch also nicht versprechen, daß ihr lange in den Genuß meines sonnigen Gemüts kommen werdet.« Er lehnte sich auf seinem Stuhl zurück und verschränkte die Arme. »Und was ist der Anlaß für euren Besuch hier? Hat jemand Geburtstag?«
Ruth schnitt ein Gesicht. »Erster Sektionstag.«

»Ach so, darum ist es hier so voll. Sonst ist nämlich mittwochs hier nie so viel los. Kein Wunder. Ich weiß noch, wie es mir nach meiner ersten Leiche ging. Ich war wochenlang total deprimiert.«

Ruth verspürte Neid. Steve und seine Freunde arbeiteten schon im Krankenhaus mit Patienten, marschierten wie fertige Ärzte mit Stethoskopen in den Taschen und Namensschildchen an den Revers ihrer weißen Kittel von Zimmer zu Zimmer. So sah die moderne medizinische Ausbildung aus: Zwei Jahre reine Theorie unter Professoren, die zumeist Philosophen waren, nicht Mediziner; und im dritten und vierten Jahr dann kamen die Studenten zum erstenmal mit Krankheit und praktischer Medizin in Berührung. Ruth war voller Ungeduld; sie konnte es kaum erwarten, mit der Praxis zu beginnen, das zu tun, was ihr Vater tat.

Einer von Steves Freunden eilte an ihrem Tisch vorüber und sagte verdrossen: »Ich muß rüber. Neuen Tropf anlegen.«

Steve schüttelte lachend den Kopf. »Das ist schon das siebtemal in dieser Woche, daß er rübergerufen wird, um einen neuen Tropf anzulegen. Aber er wird's schon noch lernen. Er wird schon noch dahinterkommen. Bei mir ist das ganz schnell gegangen.«

»Wovon redest du?« fragte Sondra, die nach einer Kellnerin Ausschau hielt.

»St. Catherine's ist ein Lehrkrankenhaus. Da überlassen sie möglichst viel Kleinkram den Studenten, damit die Übung bekommen. Einen Tropf anlegen, gehört auch dazu. Die Folge ist natürlich, daß die Schwestern überhaupt nicht darauf achten, wieviel noch in der Flasche ist, und daß die Dinger immer leer laufen. Dann muß jedesmal ein neuer Tropf angelegt werden. Im letzten Frühjahr mußte ich in einer Nacht *viermal* raus, um einen Tropf anzulegen, und da kam mir plötzlich die Erleuchtung. Ich zeigte dem Patienten die Flasche über dem Bett und sagte: ›Sehen Sie die Flüssigkeit in der Flasche? Sehen Sie den Schlauch da? Lassen Sie die Flasche ja nicht ganz leer werden, sonst kommt Luft in Ihre Vene, und das ist tödlich.‹«

»Nein!« rief Sondra entsetzt.

»Ich sag euch, das klappt wie am Schnürchen. Seitdem hab ich nicht ein einzigesmal einen neuen Tropf anlegen müssen. Meine Patienten läuten sofort der Schwester, wenn die Flüssigkeit zu Ende geht, und die legt eine neue Flasche ein.«

»Aber dann muß der Patient ja die ganze Nacht wach liegen«, sagte Sondra.

»Lieber er als ich.« Als Steve die Mißbilligung auf Sondras Gesicht sah, neigte er sich zu ihr. »Wart's nur ab. Wenn du anfängst Nachtdienst zu

machen, wirst du bald merken, daß Schlaf wichtiger ist als alles andere. Wenn du die ganze Nacht auf den Beinen bist, weil du dauernd irgendwo einen neuen Tropf anlegen mußt, bist du am nächsten Tag, wenn die echte Arbeit kommt, zu nichts zu gebrauchen.«
Sondra warf ihm einen zweifelnden Blick zu. So tief, dachte sie überzeugt, würde sie niemals sinken.
»Ich glaub die Kellnerinnen wollen uns nicht sehen«, bemerkte Ruth, die vergeblich versuchte, eine Bedienung herbeizuwinken.
»Nein, sie sind nur überlastet, Mr. Gilhooley hat solchen Andrang heute abend nicht erwartet und hat nicht genug Leute da.«
»Ich hab einen Wahnsinnsdurst«, erklärte Ruth.
»Ich hol euch gern was am Tresen. Was wollt ihr denn?«
»Für mich ein Mineralwasser«, sagte Ruth.
»Und ich nehm einen Weißwein«, fügte Sondra hinzu.
Sie wandten sich Mickey zu, die gedankenverloren ins Leere starrte. Ehe sie sie jedoch aus ihrer Versunkenheit reißen konnten, kam ein anderer von Steves Freunden an den Tisch und rief: »He, diesmal hat's uns beide erwischt. Schwerer Unfall. Ist gerade in die Notaufnahme gekommen. Marsch, ab durch die Mitte.«
»Tut mir leid, meine Damen.« Steve sprang auf. »Ein andermal vielleicht. Ruth, kommst du am Samstag abend auf das Fest?«
»Klar«, antwortete sie lachend. »Bis dann.«
Ein schwitzender junger Mann mit rotem Gesicht kam an ihren Tisch, räumte hastig das Geschirr zusammen und fuhr einmal mit einem feuchten Tuch über die Tischplatte; doch eine Kellnerin ließ sich immer noch nicht sehen.
»Ich hole die Getränke«, sagte Sondra. »Schaut ihr zu, ob ihr eine Kellnerin erwischt. Mickey? Ein Cola für dich?«
»Wie? Ach ja. Bitte. Ein Cola.«
Am einen Ende des Tresens, wo ein junger Mann eine Gruppe von Freunden mit Anekdoten aus dem Krankenhaus unterhielt, war kein Durchkommen. Auch Mr. Gilhooley selber, ein robuster, rotgesichtiger Mann mit einem dröhnenden Lachen, stand dort unten und hörte sich die lustigen Geschichten an. Sondra drängte sich zum anderen Ende der Theke durch und sah sich um. Ein junger Mann in Jeans und weißem Hemd kramte in dem Regal hinter der Theke zwischen Gläsern mit Oliven und Perlzwiebeln.
Sondra sah sich nach ihren Freundinnen um und stellte fest, daß sie inzwischen wenigstens Speisekarten bekommen hatten.
»Entschuldigen Sie«, sagte sie zu dem Mann hinter dem Tresen.

Der drehte sich um, lächelte kurz und wandte sich wieder dem Regal zu.
Sondra räusperte sich und sagte lauter: »Ich möchte etwas bestellen bitte.«
Wieder drehte sich der Mann um, musterte sie einen Moment lang und sagte dann: »Gern. Was möchten Sie haben?«
»Ein Cola, ein Mineralwasser und ein Glas Weißwein, bitte.«
»Würden Sie mir bitte Ihren Ausweis zeigen?«
Sondra war perplex. Das hatte man noch nie von ihr verlangt. »Ich bin über einundzwanzig.«
»Tut mir leid«, gab er zurück. »Vorschrift ist Vorschrift.«
Achselzuckend stellte sie ihre Handtasche auf den Tresen und suchte ihren Führerschein heraus. Als sie ihn gefunden hatte, hielt sie ihn dem Mann hin.
Er schaute ihn sich genau an, betrachtete erst das kleine Foto, dann aufmerksam ihr Gesicht, sah dann wieder auf das Foto.
»Der ist nicht gefälscht«, sagte Sondra.
»Sind Sie wirklich nur eins dreiundsechzig?« fragte er.
Sie starrte ihn verwundert an. Er sah sympathisch aus, nicht allzu groß, und wenn er lächelte, zeigten sich Grübchen in seinen Wangen.
»Das ist ein Führerschein, der in Arizona ausgestellt ist«, sagte er. »In Kalifornien ist der nicht gültig.«
»Was!«
»Okay, okay!« Er lachte. »Für Sie mach ich eine Ausnahme. Ein Cola, ein Mineralwasser und ein Chablis. Kommt sofort.«
Er holte die Gläser heraus und füllte sie.
»Das macht eins fünfzig«, sagte er und schob ihr die Gläser über die Theke.
Sie nahm einen Eindollarschein und drei Vierteldollarstücke aus ihrer Geldbörse. »Der Rest ist für Sie«, sagte sie.
»Besten Dank«, antwortete er und schnippte die zusätzliche Münze in die Luft, ehe er sie einsteckte.
Sondra sah sofort, daß sie die drei Gläser nicht auf einmal an den Tisch befördern konnte. Während sie noch überlegte, ob sie zweimal gehen oder eine ihrer Freundinnen rufen sollte, kam Mr. Gilhooley vom anderen Ende der Bar. Er wischte sich die Hände an einem Tuch und sagte: »Suchen Sie was, Doc?«
»Ich brauch ein Zitronenschnitzel, Gil. Wo haben Sie Ihre Zitronenschnitzel versteckt?«
Gilhooley brachte eine kleine Schale zum Vorschein, die leer war, brum-

melte etwas und steuerte auf eine Tür zu, die offensichtlich in die Küche führte.
Sondra stand immer noch mit ihren drei Gläsern an der Bar. Der junge Mann lächelte ein wenig verlegen und sagte: »Entschuldigen Sie.«
»Sie sind gar kein Barkeeper?«
»Nein.«
»Und ich hab Ihnen ein Trinkgeld gegeben!«
»Das kann ich gebrauchen, glauben Sie mir. Sie wissen doch, daß die Assistenzärzte alle am Hungertuch nagen.«
»Sie sind Arzt?«
»Rick Parsons.« Über die Theke hinweg bot er ihr die Hand. »Und ich weiß, daß Sie Sondra Mallone sind, eins dreiundsechzig groß.«
Als Gilhooley mit einer Schüssel voll Zitronenschnitzel zurückkam und sie auf den Tresen stellte, achtete Rick Parsons gar nicht auf ihn. Zitronenschnitzel schienen ihn nicht länger zu interessieren.
»Und Sie?« sagte er. »Sind Sie Krankenschwester?«
»Nein, ich studiere hier. Im ersten Jahr.«
Rick Parsons musterte sie mit wachsendem Interesse. »Tatsächlich?«
Vom Tisch aus beobachtete Ruth einen Moment lang die Freundin im Gespräch mit dem Fremden. Sie bemerkte das Interesse des Mannes an Sondra und bewunderte die Unbefangenheit, mit der Sondra sich mit ihm unterhielt, als wäre sie schon jahrelang mit ihm bekannt. Ruth hatte, als sie zusammengezogen waren, eigentlich erwartet, daß Sondra massenhaft Verehrer haben und ständig etwas vorhaben würde. Doch es war ganz anders gekommen. Sondra war zwar heftig umschwärmt und zog überall die Aufmerksamkeit der Männer auf sich, doch sie zeigte keinerlei Interesse an Flirts und verstand es, Distanz zu wahren. Ruth fand ihre Gabe, Männer anzuziehen und auf Abstand zu halten, ohne sie zu kränken, bewundernswert. Sie fragte sich, wie sie es fertigbrachte; und warum sie es tat. Nun ja, vielleicht fiel ihr die männliche Bewunderung einfach zu leicht zu; vielleicht fehlte ihr die Herausforderung.
Ruth legte die Speisekarte aus der Hand und sah Mickey an. »Wie geht's dir? Alles in Ordnung?«
»Hm? O ja, mir geht's gut. Ich muß nur andauernd an heute nachmittag denken.«
»Geht mir genauso. Als ich noch klein war, hat mein Vater uns oft Geschichten aus seiner Studienzeit erzählt. Manche waren ziemlich scheußlich, kann ich dir sagen.« Ruth legte Messer, Gabel und Löffel in drei genau parallelen Linien auf ihrer Serviette nebeneinander. »Mein

Vater hat in seinem Jahrgang das beste Examen gemacht. Unter mehr als hundert Studenten.«

Mickey nickte, schien aber an dem Gespräch nicht wirklich Anteil zu nehmen, darum schwieg Ruth und schaute sich wieder die Gäste in der Kneipe an.

Viele waren ihr zumindest vom Sehen bekannt, junge Männer vom College, die Anzug und Krawatte, wie sie auf dem Campus vorgeschrieben waren, gegen Jeans und T-Shirts vertauscht hatten. Eine ganze Reihe von ihnen waren mit Frauen da, von denen die meisten Schwesterntracht trugen, aber es fehlte auch nicht an jungen Mädchen aus den Nachbarorten, die auf einen Flirt mit einem angehenden Arzt hofften. Es war eine heitere, lebhafte Menge, aus deren Mitte immer wieder ausgelassenes Gelächter erschallte, aber jetzt, wo Ruth Ruhe hatte, die einzelnen Gesichter genauer zu studieren, konnte sie erkennen, daß bei vielen die Fröhlichkeit nur Maske war. Dahinter verbarg sich die nervöse Angst, die viele der Studienanfänger nach diesem ersten Nachmittag im Labor gepackt hatte.

Ruth kannte sie nur allzu gut, diese Angst. Ganz gleich, wieviel sie lernte, wie genau sie während der Vorlesungen mitschrieb, wie gewissenhaft sie las und studierte, sie hatte ständig das Gefühl nicht genug zu tun. Während ihre Freundinnen sich Zeit für andere Dinge nahmen – Mickey besuchte an den Wochenenden ihre Mutter im Pflegeheim, Sondra machte stundenlange Spaziergänge am Meer –, meinte Ruth, sich solchen Luxus nicht erlauben zu können. Aber die beiden anderen wurden nicht vom gleichen Ehrgeiz getrieben wie sie. Mickey hatte einmal erklärt, ihr genüge es, wenn sie sich im oberen Drittel des Jahrgangs halten könne. Ruth war das unverständlich. Warum an einem Wettkampf teilnehmen, wenn man nicht die Erste werden wollte?

Überall war die Spannung spürbar. Der Dekan hatte sie nach seinem erhebenden Vortrag der Eidesformel schnell wieder auf die Erde zurückgeholt. »Wenn Sie hart arbeiten«, hatte er gesagt, »werden Sie es schaffen. Diejenigen, die glauben, Sie könnten es mit links schaffen, werden scheitern. Wir hätten natürlich liebend gern eine Erfolgsrate von hundert Prozent, aber die Erfahrung spricht dagegen, daß wir die je erreichen werden. Nicht alle von Ihnen, die heute hier sitzen, werden das Diplom bekommen.«

Sofort hatte jeder im Saal den anderen verstohlene Blicke zugeworfen, als müßten die zum Scheitern Verurteilten durch ein Mal auf der Stirn gekennzeichnet sein; als könne man so im voraus erfahren, ob man bleiben und kämpfen oder lieber gleich das Feld räumen solle. Doch Ruth Shapiro

hatte das nicht abschrecken können. Im Gegenteil, je schwärzer die Vorzeichen, desto fester ihre Entschlossenheit.
Als Ruth diese Gedanken jetzt durch den Kopf gingen und sie sich plötzlich bewußt wurde, daß sie in aller Ruhe in einer Kneipe saß und es sich gutgehen ließ, richtete sie sich mit einem Ruck auf, griff in ihre Handtasche und zog einen Stapel Karteikarten heraus. Sie streifte das Gummiband ab und las die Frage auf der ersten Karte. ›Nennen Sie die spezifischen Eigenschaften des B Lymphozytensystems.‹
Hinten am Tresen sagte Rick Parsons gerade: »Warum ausgerechnet Afrika?« und Sondra blickte in den großen Spiegel hinter ihm, in dem sie ihre beiden Freundinnen sehen konnte. Mickey schien in einer Trance zu sein, und Ruth ging ihre Karten durch. Sondra wußte, daß es Zeit war, wieder zu ihnen zu gehen; die Eiswürfel in den Getränken begannen schon zu schmelzen.
»Haben Sie Lust, sich zu uns zu setzen, Dr. Parsons?«
»Rick, bitte. Ja, mit Vergnügen. Nur einen Augenblick. Ich will meine Jacke holen.«
Sondra wartete, während er sich durch das Gedränge zu einem Ecktisch durchschlug, wo drei Männer und eine Frau, alle in weißen Jacken, beieinander saßen. Sie sah, wie er mit ihnen sprach, wie sie alle zu ihr herüberschauten, dann nickten und ihn winkend verabschiedeten. Einen Augenblick später kehrte er, eine Wildlederjacke über der Schulter, zu ihr zurück, und Sondra mußte sich eingestehen, daß sie ihn sehr attraktiv fand.
»Es ist ein ziemlicher Schock, nicht wahr?« meinte Rick ein paar Minuten später, nachdem er und Sondra die Gläser abgestellt und sich zu Mickey und Ruth an den Tisch gesetzt hatten. »Ich meine, zu entdecken, daß hier in einer einzigen Stunde so viel Arbeit steckt wie am College in einer ganzen Woche. Das schmettert einen erstmal völlig nieder. Alle, wie sie hier sitzen«, sagte er mit umfassender Geste, »waren die besten ihrer Colleges. Sie marschieren selbstsicher und siegesgewiß hier ein, und dann – peng! – kommt das rüde Erwachen.«
Sondra lachte. »Ich kam mir schon in der zweiten Woche vor wie die Königin aus *Alice im Wunderland*, die wie eine Verrückte rennen muß, nur um am selben Fleck zu bleiben.«
»Gar nicht schlecht der Vergleich«, meinte Rick mit einem Blick auf Ruth, die ganz in ihre Karten vertieft war. »Eine einzige versäumte Vorlesung kann nicht aufgeholt werden. Wenn man nicht ständig auf Trab bleibt, ist man sofort weg vom Fenster.«
Ruth klappte die nächste Karte um.

»Ist Ihre Freundin immer so?« fragte Rick Sondra. »Ab und zu darf man ruhig mal abschalten.«
»Ruth schaltet nie ab. Sie ist die absolute Superfrau.«
Ricks Blick wanderte zu Mickey. Schöne grüne Augen, dachte er, wenn sie sich nur das Haar nicht so weit ins Gesicht kämmen würde. Mickey, die seinen Blick spürte, senkte hastig den Kopf. Es war doch kein so guter Gedanke gewesen, hierher zu kommen. Da rückten einem die Leute zu nahe, sie paßte nicht hierher. Sie wollte in Ruhe gelassen werden, mit ihren Gedanken und Sorgen allein sein. Die Sezierübung am Nachmittag hatte Mickey an einer empfindlichen Stelle getroffen und Angst gemacht, und sie hatte diese Angst noch immer nicht überwunden.
Der Leichnam auf ihrem Tisch war der einer etwa sechzigjährigen Frau gewesen. Sie war an Komplikationen gestorben, die im Anfangsstadium einer durch Pneumokokken hervorgerufenen Lungenentzündung aufgetreten waren. Was als einfache Infektion der oberen Atemwege begonnen hatte, hatte mit dem Tod geendet.
Und gerade jetzt lag Mickeys Mutter mit einer Lungenentzündung darnieder. Im vergangenen Jahr war sie nach einem schweren Sturz, bei dem sie sich das Hüftgelenk gebrochen hatte, in das Pflegeheim übergesiedelt. Die Fraktur war, nachdem man die Knochen genagelt hatte, langsam verheilt, und Mrs. Long, eine aktive und bewegungsfreudige Frau, hatte mit Hilfe eines Laufstuhls langsam wieder gehen gelernt, doch vor nunmehr vier Wochen hatte sie ganz unerwartet eine schwere Lungenentzündung bekommen und seitdem fast fünfzehn Pfund abgenommen. Mickey hatte sie am vergangenen Sonntag besucht und mit Entsetzen gesehen, wie schwach und müde ihre sonst so lebhafte Mutter durch die Krankheit geworden war.
Mickey hatte vom Pflegeheim eine hohe Rechnung bekommen. Ihre Mutter brauchte intensive Pflege und teure Medikamente. Die Kosten, die die Privatversicherung nicht deckte, mußte Mickey übernehmen. Wenn es ihr nicht gelang, die Rechnung zu bezahlen, würde man Mrs. Long in ein Bezirkspflegeheim überweisen, wo sie auf ihre Freunde, auf die kleinen Annehmlichkeiten und den sonnigen Garten des privaten Pflegeheims würde verzichten müssen. Das konnte und wollte Mickey nicht geschehen lassen. Irgendwie mußte sie es schaffen, ihrer Mutter die vertraute Umgebung zu erhalten. Ihr Leben lang hatte ihre Mutter hart gearbeitet, um sich und Mickey durchzubringen, hatte häufig zwei Schichten übernommen, um die Rechnungen der Ärzte bezahlen zu können, die sie in der Hoffnung konsultiert hatte, sie könnten ihrer Tochter helfen. Wie konnte Mickey sie da jetzt im Stich lassen?

Aber ein Job kam nicht in Frage; es war den Studenten vom College aus verboten, während des Unterrichtsjahres zu arbeiten, außerdem reichte dazu die Zeit nicht. Mickey mochte ihr Studium nicht ganz so fanatisch betreiben wie Ruth, aber sie saß dennoch jede Woche mehr als dreißig Stunden über ihren Büchern. Wie sollte sie nur das zusätzliche Geld aufbringen?

»Neurochirurgie«, sagte Rick in Beantwortung von Sondras Frage. »Dieses Jahr mache ich noch Assistenz, dann bin ich fertig.«

»Und warum Neurochirurgie?« fragte Sondra, ihr Glas zum Mund führend.

Ruth sah von ihrer Karte auf, die nach der Wirkung des Fibrins auf die Blutgerinnung fragte, um einen Moment lang das Geschehen am Tisch zu beobachten. Rick Parsons zeigte offenkundiges Interesse an Sondra, und sie begegnete ihm mit der gewohnten freundlichen Art, die keineswegs zurückweisend war, aber klare Grenzen steckte. Ruth dachte an Steve Schonfeld, den sie sehr aufregend fand. Nach dem Kino hatte er sie lang und leidenschaftlich geküßt, und Ruth hatte sofort angefangen, darüber nachzudenken, wie sie bei ihrem harten Arbeitsplan Zeit für eine Romanze finden sollte. Nun, sie würde sich die Zeit einfach nehmen, denn im Gegensatz zu Sondra wünschte sich Ruth eine enge Beziehung zu einem Mann.

Sondra und Rick unterhielten sich lange, legten nur einmal eine Pause ein, um sich Hamburger zu bestellen und noch zwei Gläser Wein. Sondra berichtete von ihrer alten Sehnsucht nach Afrika, und Rick versuchte, ihr die abgeschlossene Welt des Operationssaals nahezubringen.

»Sie waren noch nie bei einer Operation dabei?« fragte er. »Ich garantiere Ihnen, ein einziger näherer Blick auf die Chirurgie, und Afrika ist vergessen. Passen Sie auf, ich hab morgen vormittag eine Kraniotomie. Schwänzen Sie Ihre Vorlesung und kommen Sie zum Zuschauen. Vierter Stock. Fragen Sie nach Miss Timmons. Die läßt Sie rein.«

Während Mickey Zahlen auf ihre Serviette kritzelte, um auszurechnen, was sie sparen konnte, wenn sie weniger aß, und wieviel sie durch Blutspenden dazu verdienen konnte; während Ruth sich mit der Rolle des Vitamins D bei der Plasma-Calcium-Konzentration befaßte, versprach Sondra Rick Parsons, am folgenden Morgen in den Operationstrakt des St. Catherine's Krankenhaus zu kommen.

6

An Sondras Kittel fehlten hinten zwei Knöpfe, so daß Miss Timmons die klaffende Öffnung mit einem breiten Stück Heftpflaster zukleben mußte. Da es unmöglich war, einen Operationsmantel in tadellosem Zustand aufzutreiben, mußten die Schwestern sich mit Sicherheitsnadeln und Heftpflaster behelfen und selten fand eine Schwester die passende Größe. Doch Sondras Kittel paßte ausnahmsweise wie angegossen. Selbst die gräßliche Papierhaube sah bei ihr gut aus, brachte den aparten Schnitt ihres dunklen Gesichts mit den Mandelaugen wirkungsvoll zur Geltung.

Die Oberschwester lachte und sagte: »Nehmen Sie sich nur vor den Wölfen in acht.«

Ein seltsames Gefühl, zum erstenmal in den Operationsräumen zu sein. Sondra hatte natürlich gewußt, daß der Tag einmal kommen würde, aber sie hatte nicht damit gerechnet, daß es so bald sein würde. Normalerweise kam man erst im dritten Jahr, wenn die klinische Ausbildung begann, in die Chirurgie. Sie hingegen war gerade in der sechsten Woche ihres Studiums und war nun schon bis ins Allerheiligste vorgedrungen.

Es erinnerte sie an eine Badeanstalt, gekachelte Wände, Chrom, Glas und durchsichtiger Kunststoff überall. Die Beleuchtung war grell, weiß und kalt. Es gab keine Fenster, durch die man die Außenwelt hätte wahrnehmen können. Das Echo gedämpfter Stimmen, fließenden Wassers, leise klirrender Flaschen hallte in diesen Räumen. Es roch nach Seife und Desinfektionsmittel, und die gereinigte Luft, die hereingeblasen wurde, lag kühl und trocken auf der Haut.

Sondra stand verschüchtert in der allgemeinen Hektik, bis Miss Timmons sie auf die Seite zog und ihr ein Mundtuch gab. Sie zeigte ihr, wie man es umband.

»Legen Sie es fest über die Nase. Ja, so ist es richtig. Ein paar Dinge gibt es noch zu besprechen.«

Trotz der hektischen Betriebsamkeit an diesem Morgen nahm sich die Oberschwester auf Dr. Parsons Bitte hin die Zeit, die Medizinstudentin gründlich zu informieren.

»Rühren Sie nichts an. Das Beste ist, Sie bewegen sich überhaupt nicht von der Stelle. Ich weise Ihnen irgendwo im Saal einen Platz an, und da bleiben Sie, als wären Sie festgewurzelt. Es wird proppenvoll werden da drin, das ist bei Gehirnoperationen meistens so.«

»Muß ich mich abschrubben?«

»Aber nein, Kind, Sie sind ja mindestens zweieinhalb Meter vom Tisch entfernt. Nein, wir lassen niemanden, der nicht zum Team gehört, in die Nähe des Operationsfelds.«
Die Oberschwester eilte davon und ließ Sondra bei den Waschbecken zurück. Betten, in denen Patienten lagen, wurden vorbeigeschoben und kehrten leer wieder zurück; rote Narkoseapparate wurden von einem Raum in den anderen gerollt; jemand rannte wie in Panik an ihr vorüber, zwei Männer in Grün standen mit verschränkten Armen an die Wand gelehnt, Schwestern in wehenden Kitteln hasteten mit Schalen voll dampfender Instrumente vorbei.
Ein Mann in Grün, das Mundtuch über dem Gesicht, das Haar unter der Operationshaube verborgen, trat zu den Waschbecken, nahm einen Schwamm aus seiner Verpackung und musterte dann Sondra genüßlich von Kopf bis Fuß, während er sich die Arme befeuchtete.
»Hallo«, sagte er, und seine Augen verrieten, daß er lächelte. »Sind Sie neu hier?«
»Ich bin nur Gast.«
Er zog die Augenbrauen hoch.
»Ich bin Medizinstudentin«, fügte sie hinzu und sah das Interesse in seinem Blick augenblicklich erlöschen.
Sie ging zur Seite, als zwei weitere Ärzte, die Gesichter hinter den Mundtüchern verborgen, an die Becken traten. Während sie Hände und Arme mit den Schwämmen wuschen, unterhielten sie sich angeregt, bis der eine von ihnen Sondra bemerkte und sich aufrichtete.
»Hal-lo!« sagte er. »Wo bin ich nur Ihr Leben lang gewesen?«
Sondra lachte leise.
Der zweite Chirurg drehte sich nach ihr um, starrte sie einen Moment lang an und sagte: »Nehmen Sie's ihm nicht übel, er ist nun mal ein ungehobelter Bursche. Sie sind wohl eine von den neuen Schwestern?«
Ehe Sondra antworten konnte, sagte der erste Arzt: »Mit dem brauchen Sie gar nicht zu reden. Der hat einen Gehirnschaden. Schnüffelt immer Äther, wissen Sie.«
Der andere warf seinen Schwamm weg, trat dicht zu ihr und sah sie mit lachenden Augen an. »Das Leben ist viel zu kurz für diesen ganzen Klimbim. Was für eine Telefonnummer haben Sie und wann machen Sie hier Schluß?«
In diesem Augenblick kam eine Schwester angelaufen und rief: »Dr. Billings, das Labor hat eben angerufen. Sie sagen, daß für Ihren Patienten kein Blut da ist.«

»Was!« Er riß sich ein Papierhandtuch ab und stürzte davon, die Schwester dicht auf seinen Fersen.
Der andere Chirurg war immer noch dabei, seine Arme zu schrubben. Einen Moment lang betrachtete er Sondra schweigend, dann fragte er: »Wie kommt es, daß Sie als einzige hier nicht rumlaufen wie ein Huhn ohne Kopf? Ist das Ihre Einführung?«
»Ich arbeite nicht hier. Ich bin nur Gast.«
»Ach so.« Er seifte seinen anderen Arm ein. »Und wem wollen Sie zuschauen?«
»Dr. Parsons.«
»Richtig. Hab's schon gesehen. Eine Kraniotomie. Haben Sie schon einmal eine Gehirnoperation gesehen?«
»Nein.«
»Wissen Sie was? Wenn Sie's bis zum Ende durchstehen, lade ich Sie zum Abendessen ein. Was sagen Sie dazu?«
Er hatte schöne braune Augen mit dichten dunklen Wimpern. Aber das war auch alles, was Sondra sehen konnte.
»Ich glaube nicht, daß daraus etwas wird«, erwiderte sie lächelnd.
»Wie meinen Sie das? Daß Sie die Operation nicht durchstehen?«
»Oh, daß ich die durchstehen werde, das *weiß* ich.«
Er warf seinen Schwamm in einen Eimer, spülte dann beide Arme von den Fingerspitzen zu den Ellbogen, wobei er sorgfältig darauf achtete, daß das Wasser an den Ellbogen ablief. Die Hände erhoben, trat er vom Becken weg.
»Lassen Sie doch Parsons' Fall sausen«, meinte er. »Ich hab Ihnen was viel Interessanteres zu bieten. Haben Sie schon mal eine Operation am Zehenballen gesehen?«
Sondra lachte wieder, war aber erleichtert, als sie Rick kommen sah.
»Sanford, du alter Lustmolch«, sagte Rick und schlug dem Kollegen auf den Rücken. »Aufs Süßholzraspeln verstehst du dich, wie?«
»Wer ist die Dame, Rick. Schwester bei euch?«
»Sondra Mallone, darf ich Sie mit Sanford Jones bekanntmachen, seines Zeichens Orthopäde. Sanford, das ist Sondra. Sie studiert Medizin.«
Jones blinzelte etwas verwirrt, wurde rot und ergriff die Flucht. Rick lehnte sich mit verschränkten Armen an das Waschbecken.
»Manche von den Burschen gehen auf die Schwestern los wie der Teufel auf die arme Seele. Sie halten sie aus irgendeinem Grund alle für Freiwild. Aber bei Kolleginnen bekommen sie sofort kalte Füße.« Er schwieg einen Moment. »Schön, daß Sie gekommen sind.«
»Ich hab schwer mit mir gerungen, ob ich Physiologie schwänzen soll.

Noch dazu, wo nächste Woche die Zwischenprüfungen sind. Aber ich konnte mir dieses Angebot einfach nicht entgehen lassen.«
»Wen haben Sie in Physiologie? Art Rhinelander? Hm, wenn ich mich recht erinnere, brauchen Sie sich da nur auf DNS und Nukleotide zu konzentrieren, dann kann Ihnen nichts passieren.«
Er nahm sich ein Mundtuch und band die unteren Schnüre um den Hals. Sondra, die ihm schweigend zusah, mußte sich eingestehen, daß Rick Parsons in dem schlabberigen grünen ›Pyjama‹ verflixt gut aussah. Und als er das Mundtuch hochzog, fiel ihr auf, was für schöne graue Augen er hatte.
Sobald das Mundtuch richtig saß, zog er die obere Verschnürung herunter, so daß die Maske herunterfiel und ihm auf die Brust hing.
»Timmons achtet wie ein Schießhund darauf, daß hier jeder sein Mundtuch trägt. Aber manchmal muß man eine Ausnahme machen.«
Er zog einen Gummihandschuh aus der Tasche seines grünen Hemdes, dehnte ihn mehrmals in verschiedene Richtungen, und blies dann zu Sondras Verwunderung kräftig hinein.
»Ich sag Ihnen schnell was über den Fall«, bemerkte er, im Blasen innehaltend. »Die Symptome des Patienten traten langsam auf: Ataxie auf der linken Körperseite – darunter versteht man eine Störung in der Koordination der Muskelbewegungen; Nystagmus, also dauerndes unwillkürliches Zittern des Augapfels; Kopfschmerzen und Erbrechen, hervorgerufen durch gesteigerten interkranialen Druck; Neigung des Kopfes auf eine Seite. Die Röntgenaufnahmen des Schädels zeigen eine Erweiterung der Schädelnähte; aus den Ventrikulographien ist Hydrocephalus zu erkennen, aus den Angiographien eine avaskulare Masse in der Kleinhirnhalbkugel. Diagnose: Zystischer Gehirntumor.«

Er begann wieder in den Handschuh zu blasen, und als dieser aussah wie eine Melone mit einem Hahnenkamm, band er ihn zu, zog einen Filzstift aus seiner Tasche und malte ein Clownsgesicht auf den Ballon.
»Wir öffnen den Schädel des Patienten, um festzustellen, welcher Art die Masse ist. Wollen Sie immer noch zusehen?«
»Ja.«
»Gut. So, jetzt ziehen Sie Ihre Maske herunter. Ich möchte Sie mit unserem Patienten bekanntmachen.«
In einem Bett, das für den kleinen Körper zu groß war, lag ein Junge von höchstens sechs oder sieben Jahren. Sein Gesicht war blaß, die Augen blickten schläfrig, die große Operationshaube um seinen Kopf war hochgerutscht und ließ ein Stück des kahlgeschorenen Schädels frei.

»Tag, Tommy«, sagte Rick und legte seine Hand auf den Arm des Jungen. »Ich bin Dr. Parsons. Kennst du mich noch?«
Der Junge musterte ihn mit großen blauen Augen, dann antwortete er in schleppendem Ton: »Ja, ich kenn Sie.«
Rick wandte sich Sondra zu und sagte sehr leise: »Die langsame Gehirntätigkeit ist auf den gesteigerten interkranialen Druck zurückzuführen. Er hatte auch Sehstörungen.« Zu dem Jungen sagte er: »Tommy, ich hab dir was mitgebracht, schau!«
Er zog den aufgeblasenen Handschuh mit dem Clownsgesicht hinter seinem Rücken hervor. Tommy reagierte langsam, doch dann strahlte er über das ganze Gesicht.
Sondra spürte, wie ihr die Tränen in die Augen schossen, und sie wandte sich hastig ab.
»Kommen Sie«, sagte Rick und nahm sie sanft beim Arm. »Ich muß Sie jetzt eine Weile allein lassen. Ziehen Sie Ihr Mundtuch wieder hoch, sonst wirft Timmons uns beide hinaus. Ich nehm es nur bei Kindern herunter, damit sie mein Gesicht sehen und mich erkennen können und weniger Angst haben.«
»Rick, wie sind seine –«
»– Aussichten?« Rick führte Sondra in den Operationssaal zu einem Platz in einer Ecke, abseits der keimfreien Zone. »Das können wir erst sagen, wenn wir aufgemacht haben. Wenn es ein Tumor ist, sieht es nicht so gut aus. Wenn es eine Zyste ist, sind die Aussichten wesentlich besser. Und wenn wir das Nodulum der Zyste finden und herausholen können, sind seine Chancen ausgezeichnet. Wenn Sie ein Gebet sagen wollen, nehmen wir das dankbar an.«
Viel später erst konnte Sondra die Eindrücke dieses Morgens ordnen. Es war ein verwirrendes Durcheinander von grünen Kitteln und blitzendem Chrom, zu vielen Menschen und zu vielen Apparaten, von unnatürlichen Geräuschen und grellen Lampen, in deren kaltem Licht die Instrumente blank zur Hand genommen und rostrot von Blut zurückgereicht wurden. Scharfe Befehle und knappe Meßmeldungen jagten einander, dann wieder folgten lange Pausen, in denen Rick und sein Assistent in schweigender Konzentration am offenliegenden Gehirn des kleinen Jungen arbeiteten. Tommy saß aufrecht, den Kopf auf die Brust gesenkt, den Operateuren den Rücken zugewandt. Sie hatten vom ersten Halswirbel bis zum Kleinhirn den Schädel freigelegt. Nachdem sie eine gelbliche, zähe Flüssigkeit abgesaugt hatten, wandte sich Rick einer der Schwestern zu und sagte: »Rufen Sie bitte in der Pathologie an. Wir können jetzt Proben abgeben.« Sich an alle im Saal Anwesenden richtend, fügte er

dann hinzu: »Die Masse ist zu siebzig Prozent zystisch, wir machen eine Biopsie der Zystenwand.«
Nachdem Dr. Williams, der Pathologe, die Proben zur Untersuchung mitgenommen hatte, trat eine Wartepause ein. Rick stützte sich, die Füße gekreuzt, mit einer Hand auf den Operationstisch, sein Assistent ließ sich auf einem Hocker nieder und selbst die Operationsschwester setzte sich auf einen Stuhl.
Nach einer Weile drehte sich Rick nach Sondra um. Sein Mundtuch war feucht, sein Kittel mit Blut beschmiert. Er winkte ihr. »Sie können ruhig ein bißchen näherkommen. Ja, so ist's gut. Jetzt schauen Sie her, ich möchte Ihnen das zeigen.«
Mit einer Sonde deutete er vorsichtig auf das elfenbeinfarbene Kleinhirn unter dem weichen Gewebe, das von einem Retraktor auseinandergehalten wurde.
»Die Zyste befindet sich in der Kleinhirnhalbkugel und nicht im Stammhirn. Sehen Sie, wie der untere Teil des Kleinhirns sich kräuselt, wenn ich ihn berühre? Ich habe zur Druckentlastung einen Katheder in die Hirnkammer eingeführt und die Zyste angestochen, um die Flüssigkeit herauszuholen. Ich vermute ein zystisches Astrozytom, das unter den bei Kindern vorkommenden Gehirnerkrankungen sehr häufig ist. Wenn ich recht habe, und wenn wir das ganze Nodulum herausbekommen, hat Tommy ausgezeichnete Chancen.«
Als Dr. Wiliams wenige Minuten später mit den Gewebeproben zurückkehrte, rief er: »Sieht mir nach einem Astrozytom aus, Rick. Die Zystenwand ist eindeutig gliomatös.«
Das Team trat wieder zusammen, um sich von neuem an die Arbeit zu machen. Die folgende Stunde war dem Bemühen gewidmet, das Nodulum von der Zystenwand zu entfernen, um eine Neubildung zu verhindern.
»Ich mache ihn jetzt zu«, sagte Rick nach einer langen Weile zu Sondra.
Die Atmosphäre entspannte sich.
Die Schädeldecke wurde mit Drähten verschlossen, die Kopfhaut genäht, dann ein dicker Verband angelegt. Die weitere Arbeit übernahmen die Schwestern. Sie wuschen den Jungen und trockneten ihn ab, während die beiden Chirurgen ihre Kittel ablegten. Die Hemden darunter waren klatschnaß von ihrem Schweiß.
Rick nahm die Karte seines Patienten, murmelte etwas davon, daß er jetzt mit den Eltern des Jungen sprechen wolle, und ging zur Tür. Ehe er hinausging, zog er sich das Mundtuch vom Gesicht und sagte zu Sondra:

»Lassen Sie mir zwanzig Minuten Zeit, dann lade ich Sie auf eine Tasse Kaffee ein.«

Es war ein sonderbares Gefühl, dessen Ursache sich Sondra nicht recht erklären könnte. In der Krankenhauskantine sitzend, trank sie ihren Kaffee und sah sich um. Um diese Nachmittagszeit war es hier nicht voll – ein paar Besucher, einige Schwestern, die gerade Schichtwechsel hatten –, und darüber war Sondra froh. Sie hatte rasende Kopfschmerzen.
Sie schaute zu Rick hinüber, der am Telefon stand und redete. War sein Gesicht ärgerlich? Sie konnte es nicht erkennen. Sie hatten sich gerade mit ihrem Kaffee gesetzt gehabt, als er ausgerufen worden war.
Was war das nur für ein komisches Gefühl, das ihr so zusetzte?
Die Operation hatte fünf Stunden gedauert, und als sie im Aufzug ins Erdgeschoß hinuntergefahren waren, hatte Rick ihr gesagt, Tommy hätte die besten Chancen, wieder ganz gesund zu werden. »Kinder haben eine erstaunliche Kraft und erholen sich schnell.«
»Besteht die Gefahr, daß die Zyste wiederkommt?« hatte sie gefragt.
»Nein, das glaube ich nicht. Ich glaube, wir haben wirklich alles erwischt. Der Druck ist wieder normal; in ein paar Wochen müßte eigentlich die volle Koordination der Muskelbewegungen wiederhergestellt sein.«
»Muß er bestrahlt werden?«
»Nein, zum Glück nicht.«
Ja, Tommy hatte großes Glück gehabt. Es war ein schwieriger Fall gewesen, jedoch mit glücklichem Ausgang. Woher kam dann dieses seltsame Gefühl, das sie bedrängte?
Wieder sah sie zu Rick hinüber. Er war ein attraktiver Mann, das ließ sich nicht leugnen. Und sie fühlte sich zu ihm hingezogen. War das das unerklärliche Gefühl, das sie jetzt quälte und Unbehagen in ihr auslöste? War es die Angst vor einer möglichen Beziehung zu einem Mann und den damit verbundenen Komplikationen? Es gab schließlich keinen Zweifel daran, daß das Studium einen voll in Anspruch nahm, ungeteilte Aufmerksamkeit und Entschlossenheit verlangte. Sondra wußte, daß Ruth schon mehrere Freunde gehabt hatte – einen festen Freund in der *high school* und dann eine Reihe kurzer ›Begegnungen‹, wie sie es nannte, auf dem College. Und jetzt hatte sie sich mit Steve Schonfeld angefreundet, dem Studenten im vierten Jahr, den sie am vergangenen Abend bei Gilhooley's getroffen hatten. Ruth war erst zweimal mit ihm ausgewesen, sie hatte offen gesagt, daß sie gern mit ihm schlafen würde, aber gleichzeitig gelang es ihr, all die Komplikationen zu vermeiden, die mit einer neuen Beziehung einhergingen.

Sondra beneidete Ruth um den inneren Abstand, um das fertigzubringen. Sie wußte, daß sie selber niemals so sein könnte. Sie liebte entweder mit Leidenschaft oder gar nicht; ein bequemes Mittelding gab es für sie nicht. Sie konnte nicht mit einem Mann Zärtlichkeiten tauschen und innerlich unverbindlich bleiben, das wußte sie. Und das war auch der Grund, weshalb sie nie einen richtigen Freund gehabt hatte, weshalb sie zwar viele männliche Freunde, aber niemals einen Liebhaber gehabt hatte. Um ihr Berufsziel zu verwirklichen, mußte sie frei bleiben. Es war schließlich kein Verbrechen, mit zweiundzwanzig noch unberührt zu sein, auch wenn einige ihrer Freundinnen in Phoenix da entschieden anderer Meinung waren. Wenn sie erst einmal fertige Ärztin war und ihr Betätigungsfeld gefunden hatte, war noch Zeit genug, den richtigen Mann zu finden und sich tiefe Gefühle zu gestatten.

»Entschuldigen Sie«, sagte Rick und setzte sich neben sie. »Ein Notruf von meinem Börsenmakler.«

Sondra bemühte sich, sein Lächeln zu erwidern. Die Kopfschmerzen begannen nachzulassen, aber das seltsame Gefühl hielt weiter an.

Rick rührte einen Moment lang schweigend seinen Kaffee um, allem Anschein nach tief in Gedanken. Doch schließlich sah er auf und sagte: »Das hat Sie umgehauen, nicht wahr?«

Sie sah ihn verblüfft an. »Wie bitte?«

»Die Operation. Die hat Sie umgehauen. Ich seh's Ihnen an!«

Sondra blickte ihm forschend in die Augen und langsam begann sie, etwas zu begreifen – etwas über sich selbst, das er, ein Fremder, mit ein paar schnoddrigen Worten zusammengefaßt hatte, was sie selbst nicht hatte fassen können.

Die Operation hat Sie umgehauen. Natürlich. Das war es. Dieses unerklärliche Unbehagen, das sie plagte, seit sie wieder in ihre Straßenkleidung geschlüpft war. Mit Liebe und mit Rick Parsons hatte das überhaupt nichts zu tun; auch nicht mit ihren Ängsten vor Beziehung und Verbindlichkeit. Es ging tiefer. Es war eine tiefe Erschütterung, eine Art ehrfürchtiges Staunen, das sie unbestimmt gespürt aber nicht hatte benennen können. Mit Ricks nonchalanten Worten war es ihr mit einem Schlag bewußt geworden. Zum erstenmal begriff sie, worum es eigentlich ging.

»Mir ist es genauso gegangen«, sagte Rick ruhig. »Aber ich war damals noch nicht im Studium. Ich war auf der *high school*, und mein Vater, der Chirurg ist, hatte mich eines Tages in den OP mitgenommen. Es war eine einfache Gallenoperation, aber sie hatte genau die gleiche Wirkung. Mir gingen sozusagen mit einem Schlag sämtliche Lichter auf.«

Sondra fühlte sich von einer merkwürdigen Leichtigkeit emporgehoben, die Kopfschmerzen waren weg. Am liebsten hätte sie lauthals geschrien, Ja! Ja! So ist es. Statt dessen verschränkte sie die Arme und beugte sich weit über den Tisch.
»Können Sie sich vorstellen«, sagte sie ernsthaft, »daß ich bis zu diesem Moment felsenfest davon überzeugt war, die eifrigste und hingebungsvollste Medizinstudentin der Welt zu sein? Ich bildete mir allen Ernstes ein, den Ruf vernommen zu haben. In gewisser Weise stimmte es auch. Aber es war nichts im Vergleich zu dem, was ich heute erlebt habe.« Sie lehnte sich zurück und breitete die Arme aus. »Es hat mich, wie Sie gesagt haben, völlig umgehauen.«
»Wenn man das erstemal eine Operation miterlebt hat, hat man hinterher entweder ein für allemal die Nase voll – und das kommt oft vor, glauben Sie mir –, oder es packt einen mit Haut und Haar. Deshalb wollte ich gern, daß Sie kommen und zusehen. Nichts kann so überzeugen wie eigene Erfahrung.«
Er hat recht, dachte Sondra. An diesem langen Vormittag im Operationssaal hatte sie eine erste Ahnung davon bekommen, was der Kampf um das Leben bedeutete. Einem Kind wie Tommy, das zum Tode verurteilt schien, das Leben wiedergeben, den Eltern ihr Kind wiedergeben zu können – nur darum war es an diesem Morgen voller Hektik und scheinbar menschenverachtender Wissenschaftlichkeit und Sachlichkeit gegangen.
»Im Operationssaal erlebt man es wirklich«, fuhr Rick fort, als hätte er ihre Gedanken gelesen. »Natürlich sieht man in der Notaufnahme oft Dramatisches, und eine Geburt ist etwas Wunderbares. Aber Leben *gerettet* wird im Operationssaal. Wir Chirurgen geben den Kranken und Schwerverletzten, die man uns bringt, gewissermaßen eine zweite Chance. Wir flicken die kaputten Körper wieder zusammen und schicken die Leute heil wieder nach Hause. Es ist ein wahnsinniges Gefühl, Sondra, ein einzigartiges. Ich glaube, es wäre auch für Sie die richtige Laufbahn.«
Sie schüttelte verneinend den Kopf. Es mochte Rick gelungen sein, das Gefühl zu benennen, das sie aus dem Operationssaal mitgenommen hatte, doch wenn er sie zur zukünftigen Chirurgin berufen sah, so täuschte er sich. Das Erlebnis im Operationssaal hatte keinen solchen Ehrgeiz in ihr geweckt; es hatte sie jedoch in ihrem Verlangen bestärkt, in die Welt hinauszugehen und das, was sie gelernt hatte, dorthin zu tragen, wo es am meisten gebraucht wurde. Der kleine Tommy gehörte zu den Glücklichen, denen moderne Krankenhäuser und gut ausgebildete Ärzte

zur Verfügung standen, was aber war mit all den anderen, den Millionen Kranken und Leidenden, die diese Chancen nicht hatten. Wie stand es um die Menschen, zu denen vielleicht auch ihre leiblichen Eltern gehört hatten – um die Armen, die Schwachen, die, welche ohne Hoffnung waren?

Sondra hatte jahrelang gewußt, daß sie Medizin studieren würde, doch so laut und drängend wie an diesem Tag hatte sie den Ruf nie vernommen. Das Gefühl war so überwältigend wie jenes, das sie überkommen hatte, als sie mit zwölf Jahren die Wahrheit über sich selber entdeckt hatte. Der Tag mit Rick Parsons hatte sie in ihrer Zielsetzung bestätigt und bestärkt. Es hatte ihr die letzte Sicherheit gegeben.

7

Mickey verspürte nicht das geringste Verlangen, an diesem Abend auf ein Fest zu gehen.

»Aber es tut dir bestimmt gut«, widersprach Sondra, die bei ihr im Bad stand und zusah, wie sie eine frische Lage Make-up auf ihre Wange auftrug. »Du führst ein Leben wie eine Nonne, Mickey. Du hast praktisch mit niemandem, außer mir und Ruth, Kontakt.«

»Ich brauche keine anderen Leute.«

»Ach, du weißt genau, was ich meine.«

Ja, natürlich wußte Mickey das. Sondra meinte, sie solle mehr unter Menschen gehen, das Gespräch und die Berührung mit anderen suchen. Aber Sondra hatte leicht reden; sie war von Natur aus kontaktfreudig und brauchte wegen ihres Aussehens keine Hemmungen zu haben. Und mit Ruth war es nicht viel anders; sie war selbstsicher und hatte im Umgang mit Menschen überhaupt keine Schwierigkeiten. Die beiden hatten keine Vorstellung davon, was es bedeutete, mit einem verunstalteten Gesicht durchs Leben gehen zu müssen. Allein der Gedanke an die Silvesterfeier an diesem Abend lähmte Mickey; sie brauchte sich nur die vielen Menschen vorzustellen, die neugierigen Blicke, die Verlegenheit und das Mitleid der Leute.

Aber Sondra ließ nicht locker, und Mickey fühlte sich ihr tief verpflichtet.

Vor vier Wochen, gleich nach den Zwischenprüfungen, war Mickey eines Tages in der Küche ohnmächtig geworden. Nur Sondra war zu Hause gewesen. Es war nur ein kurzer Ohnmachtsanfall, nichts Ernstes, aber er erschreckte sie beide. Als Sondra dann den Grund für den Schwächeanfall erfuhr – daß Mickey Blut spendete und meistens auf ihr Mittagessen verzichtete, um Geld zu sparen –, fragte sie Mickey hell empört, ob sie denn von ihren Freundinnen so wenig hielte, daß sie überhaupt nicht daran gedacht hatte, sie um Hilfe zu bitten. Es sei doch selbstverständlich, daß sie ihr helfen würden, die Kosten für das Pflegeheim mitzutragen; sie selber, meinte Sondra, könne sich das ohne weiteres leisten, und Ruth würde gewiß auch helfen wollen. Nachdem Ruth die Geschichte später gehört hatte, erbot sie sich sofort, einen größeren Anteil der Haushaltskosten zu übernehmen.

Mickey ging es nach diesem Gespräch sofort viel besser. Sie hörte auf, Blut zu spenden, begann wieder richtig zu essen und fuhr am folgenden Wochenende gleich mit einem großen Blumenstrauß zu ihrer Mutter. Aber die kleine Episode, die für Mickey die Rettung aus tiefer Verzweiflung bedeutet hatte, hatte auch noch eine andere Wirkung. Sie hatte Mickey gezeigt, daß sie zum erstenmal in ihrem Leben echte Freunde hatte, auf die sie sich verlassen konnte.

Gerade aus diesem Grund wollte Mickey Sondra, die so versessen darauf schien, sie auf die Silvesterfeier mitzuschleppen, nicht enttäuschen.

»Geht Ruth auch?« fragte sie, das Gesicht dicht am Spiegel, um sich zu vergewissern, daß von dem Mal nichts mehr zu sehen war.

Sondra stemmte die Hände in die Hüften und schüttelte den Kopf. Diese beiden! Die eine hatte Angst vor dem Leben, die andere sah nur noch ihre Bücher. Der letzte Tag im alten Jahr, und was tat Ruth Shapiro? Sie lernte; lernte für einen Kurs, der noch nicht einmal begonnen hatte.

»Ich hab sie schon den ganzen Tag bekniet. Und ich krieg sie auch noch rum, warte nur!«

Sondra freute sich auf das Fest. Sie wußte, daß Rick Parsons kommen würde. Seit dem Morgen im Operationssaal hatten sie sich nur zweimal gesehen. Einmal am Abend desselben Tages, als Rick Sondra impulsiv in ein italienisches Restaurant eingeladen hatte, wo sie endlos debattiert hatten, denn Rick war entschlossen, Sondra von Afrika abzubringen und für die Neurochirurgie zu gewinnen. Er hatte sie an diesem Abend nicht überzeugen können und zwei Wochen später einen neuen Anlauf genommen, als er sie im Krankenhaus getroffen und kurzerhand zum Mittagessen eingeladen hatte. Er besaß eine sehr starke Ausstrahlung, und es war schwer, ihm zu widerstehen. Sein Argument, daß es hier zu Hause mehr als genug für tüchtige Ärzte zu tun gäbe, hatte Sondra in ihrem Entschluß, nach Afrika zu gehen tatsächlich schon ein wenig schwankend gemacht.

Doch Sondra war sich klar darüber, daß nicht nur seine Argumente auf sie wirkten, sondern vor allem seine Persönlichkeit. Zum erstenmal in ihrem Leben war sie einem Mann begegnet, zu dem sie sich sehr stark hingezogen fühlte, und sie fragte sich, ob sie es an diesem Abend wagen würde, ihren Gefühlen freien Lauf zu lassen.

Ruth hockte in ihrem Zimmer auf dem Bett und tat gar nichts, weil sie nicht wußte, was sie tun sollte. Sondra mochte ihre Witze darüber machen, aber Ruth fand nichts Komisches dabei, sich auf einen Kurs vorzubereiten, der noch gar nicht angefangen hatte. Nur so hatte Ruth es schließlich geschafft, bei den Zwischenprüfungen so gut abzuschneiden. Sie war jetzt Zwölfte ihres Jahrgangs. Unter vierundachtzig Studenten hielt sie den zwölften Platz; ihre beiden Freundinnen standen an neunzehnter und sechsundzwanzigster Stelle. Sie befanden sich im oberen Drittel, und das reichte ihnen. Ruth jedoch war es nicht genug. Während die anderen drüben bei Gilhooley's ihren Erfolg gefeiert oder ihre Enttäuschung im Alkohol ertränkt hatten, hatte Ruth schon wieder zu Hause über den Büchern gesessen.

In der ersten Freude über ihre guten Noten hätte sie beinahe zu Hause angerufen, aber dann hatte sie den Hörer wieder aufgelegt. Sie wußte genau, was Vater gesagt hätte. »Was? Zwölfte bist du? Und wieviele sind in deinem Jahrgang, Ruthie? Zwölf?« Ihm würde das nicht genügen, das wußte sie. Mike Shapiro konnte man nur mit absoluten Bestleistungen beeindrucken, wie sie Joshua in West Point und Max an der Northwestern University brachten. Ein harter Kampf, aber Ruth wußte, daß sie ihm gewachsen war.

Sondra klopfte an die Tür und trat ins Zimmer, ohne auf eine Aufforderung zu warten.

»Jetzt komm schon, Ruth, das Kurzpraktikum fängt doch erst in einem Monat an!«

»Ruth Shapiro«, sagte Sondra streng, »wenn du dich jetzt nicht sofort umziehst, krieg ich einen Schreikrampf.«

Ruth sah die Freundin neugierig an. So erregt hatte sie Sondra selten gesehen. Aber es war ja verständlich. Rick Parsons war wirklich ein Mann zum Verlieben. Ganz im Gegensatz zu Steve Schonfeld, der inzwischen sein wahres Gesicht gezeigt hatte...

»Steve erwartet doch bestimmt, daß du kommst.«

Ruth hatte ihren Freundinnen nichts von dem Zerwürfnis mit Steve erzählt. Sie wollte die kurze Episode mit ihm einfach vergessen und so tun, als wäre er nie in ihr Leben getreten. Sie verstand nicht, wie er so unsensibel und verständnislos hatte sein können.

Einen Moment lang blieb sie noch unschlüssig auf dem Bett sitzen. Dann

überlegte sie sich, daß es in der Silvesternacht wahrscheinlich sowieso viel zu laut werden würde zum Lernen. Sie klappte das Buch zu.
»Okay, ich komme mit.«
Sie zogen sich besonders sorgfältig an und gingen das kurze Stück von der Wohnung bis zur Encinitas Hall zu Fuß und stießen bald mit einer Gruppe anderer junger Leute zusammen, die wie sie den hellen Lichtern und der lauten Musik zustrebten.
Nie hatten sie den großen Saal so voller Menschen gesehen. Die drei jungen Frauen blieben einen Moment am Rand des Getümmels stehen und ließen das bunte Bild auf sich wirken: Medizinstudenten in Anzug und Krawatte, junge Frauen in Miniröcken, Dozenten in dunklen Anzügen mit Westen, ihre Frauen in Cocktailkleidern; ein Duft nach Räucherstäbchen hing in der Luft, die Lampen einer Lichtorgel warfen wechselnde Farbstrahlen über die Menge, hier und dort waren Fetzen einer Unterhaltung deutlich zu hören: Herzverpflanzung, Zyklamate, Vietnam, hießen die Reizwörter.
Ruth widerstand mit Mühe dem Impuls, auf der Stelle kehrtzumachen und in die Wohnung zurückzulaufen. »Ich hol mir erstmal ein Bier«, sagte sie und stürzte sich tapfer ins Gedränge.
Mickey hatte nur den Wunsch, in der Toilette zu verschwinden, und Sondra hielt nach Rick Parsons Ausschau.
Auf dem Weg zu dem Tisch, an dem Bier und Wein ausgeschenkt wurden, stieß Ruth mit Adrienne zusammen, die mit zwei Gläsern Bier in den Händen herumschaute.
»Hast du zufällig meinen Mann gesehen?« fragte sie Ruth. »Er hat Notdienst. Ich hoffe nur, er mußte nicht weg und hat mich einfach hier stehen lassen.« Ihr Lachen klang gekünstelt.
»Hat er schon was wegen seiner Assistentenstelle gehört?« fragte Ruth.
»Nein, aber es wird entweder St. Catherine's oder das Uniklinikum in Los Angeles. Das wissen wir inzwischen mit Sicherheit.«
»Und wo wollt ihr wohnen, wenn er nach Los Angeles kommt? Ich meine, das kann er doch nicht jeden Tag von hier aus fahren.«
»Ach, weißt du es noch gar nicht? Ich bin schwanger! Ja, ehrlich. So kann man reinfallen. Zweiundneunzigprozentiger Schutz bei Diaphragma, und ich gehör zu den acht Prozent, bei denen's schiefgeht. Aber wir freuen uns trotzdem beide. Unser erstes Kind!«
»Wie wollt ihr das mit dem Studium machen?«
»Ach, ich mach erstmal Pause. Das Kind kommt im Sommer, ein Kindermädchen können wir uns nicht leisten, also pausiere ich nächstes Jahr.

Wenn Jim dann als Stationsarzt anfängt, haben wir ein bißchen mehr Geld und können uns einen Babysitter leisten, und dann kann er auch ab und zu beim Kind bleiben. Dann mach ich hier weiter.«

Ruth sah sie etwas ungläubig an.«

»Hoskins ist einverstanden. Ich hab schon mit ihm gesprochen. Ich komme bestimmt hierher zurück und mach fertig. Aber im Augenblick ist Jims Karriere einfach wichtiger, verstehst du? Wenn er dieses Jahr pausieren würde, damit er sich um das Kind kümmern und ich weiterstudieren kann, würde sich für ihn später vielleicht nicht wieder eine so gute Assistentenstelle bieten. Darum haben wir uns gedacht, daß er erst fertigmachen soll, und ich weitermache, wenn er einen festen Posten hat. Verstehst du?«

»O ja. Viel Glück, Adrienne. Du wirst uns fehlen.«

Jetzt sind wir nur noch zu dritt, dachte Ruth, während sie sich weiter zur Bar durchdrängte.

Als sie ankam, stand plötzlich Steve mit zwei Gläsern Weißwein in den Händen vor ihr. »Hallo, Ruth«, sagte er und errötete leicht.

»Hallo, Steve«, erwiderte sie leise. »Wie geht's dir?«

Sein Blick flog nach rechts und nach links. »Gut, danke. Und dir?«

»Gut«, antwortete sie. »Hast du schon was wegen deiner Assistentenstelle gehört?«

Wieder blickte er nach rechts und links. »Noch nicht. Ich hoffe auf Boston.« Er lachte ein wenig nervös.

»Ich wünsch dir, daß es was wird.«

»Danke...«

Ruth schoß der Gedanke durch den Kopf, daß dies genau die richtige Gelegenheit war, ihm zu sagen, was sie dachte; wie enttäuschend sie es fand, daß gerade er, als Medizinstudent, überhaupt kein Verständnis aufgebracht hatte, für ihre Ungeduld, ihre Examensnoten zu erfahren. Darum nämlich war es zu dem Zerwürfnis zwischen ihnen gekommen; weil sie eine Unterhaltung mit ihm abgekürzt hatte, um zur Encinitas Hall zu laufen, wo die Noten ausgeschrieben gewesen waren.

Drei Wochen waren seitdem vergangen, aber Ruth erinnerte sich der kurzen Szene mit schmerzlicher Deutlichkeit. Es war ein feuchter, nebliger Abend gewesen, sie hatte gerade gehört, daß die Prüfungsergebnisse ausgehängt worden waren, und war sofort losgelaufen, um zu sehen, wie sie abgeschnitten hatten. Unterwegs hatte sie Steve getroffen, der stehengeblieben war, um mit ihr zu plaudern. Sie hatte ihm erklärt, verdammt nochmal, warum sie es so eilig hatte. Wieso hatte er das nicht verstehen können? Er war doch selber seit dreieinhalb Jahren im Medi-

zinstudium; er mußte doch wissen, wie es einem unter den Nägeln brannte, wenn die Ergebnisse herauskamen. Sie hatte nur kurz gesagt, sie würden sich später sehen, und war weitergelaufen.
Als sie ihn ein paar Tage später anrief, war er sehr kühl. Er hielte es für besser, wenn sie sich nicht mehr sähen, erklärte er. Auf ihre Frage, was denn plötzlich los sei, antwortete er: »Ich kann nicht mit Büchern konkurrieren, Ruth. Du bist mir zu ehrgeizig. Du brauchst jemanden, dem es nichts ausmacht, die zweite Geige zu spielen.«
Seine Stimme hatte ein wenig traurig geklungen, sein Ton eine Spur vorwurfsvoll. Die gleichen Gefühle drückte sein Gesicht jetzt aus. Vielleicht sollte sie wirklich etwas sagen, jetzt, in diesem Moment, vor allen Leuten; vielleicht sollte sie ihm sagen, daß er offenbar vergessen hatte, wie es war. Vielleicht sollte sie ihn fragen, wieviele Frauen in seinem Leben die zweite Geige hatten spielen müssen, während er guten Noten nachgejagt war – er stand in seinem Jahrgang immerhin an fünfter Stelle. Wenn das kein Ehrgeiz war!
Aber sie sagte nichts von alledem. Wenn er, der ja gewissermaßen im selben Boot saß wie sie, für ihre Sorgen kein Verständnis aufbringen konnte, war sowieso jedes Wort überflüssig.
»Tja«, sagte er, sich schon von ihr entfernend. »Ich muß gehen. Wir sehen uns.«
»Sicher. Wir sehen uns...«

Als Sondra Rick Parsons entdeckte, sagte sie zu Mickey: »Komm, gehen wir rüber zu Rick.«
Aber Mickey wollte nicht. »Nein, nein, geh du allein rüber. Ich such mir irgendwo einen Platz, wo ich mich hinsetzen kann.«
Während Mickey auf ein sicheres Versteck unter den hohen Topfpalmen zusteuerte, drängte sich Sondra zum Kamin durch, wo Rick Parsons mit ein paar Leuten zusammenstand. Lächelnd winkte er ihr zu, als er sie bemerkte.
»Hallo, wie geht es Ihnen?«
»Oh, mir geht's gut.«
»Wie nett, daß Sie gekommen sind. Ich hab gute Nachrichten für Sie.«
Schlagartig wurde sich Sondra bewußt, daß es für sie gar nichts mehr zu überlegen gab. Sie hatte sich bereits Hals über Kopf in ihn verliebt, und diesmal würde sie sich keine Grenzen setzen.
»Ja?« fragte sie. »Was denn?«
»Sie erinnern sich doch an Tommy?«
»Aber ja, natürlich.«

»Er ist inzwischen wieder völlig gesund. Ist das nicht schön?«
Sondra strahlte.
»Darf ich Sie bekanntmachen?« fuhr er fort und umfaßte mit einer weiten Geste die Leute, mit denen er zusammenstand. Die Namen waren Sondra unbekannt. Lächelnd sagte sie zu jedem, der ihr vorgestellt wurde, »Freut mich sehr«, und hatte dabei das Gefühl, schon lange nicht mehr so glücklich und vergnügt gewesen zu sein.
»Und das«, sagte Rick schließlich, »ist meine Frau, Patricia.«
Sondra starrte die Frau an, die neben ihm stand, eine sehr hübsche Frau mit einem sympathischen Lächeln und einer warmen Stimme. Wie aus weiter Ferne hörte sie, »ich freue mich, Sie kennenzulernen. Rick hat mir schon erzählt, daß er versucht, Sie für die Neurochirurgie zu werben. Wie sieht's denn aus? Werden Sie sich überzeugen lassen?«
Seine Frau? Hatte er denn je etwas davon gesagt, daß er verheiratet war? Blitzartig liefen in ihrem Kopf die Gespräche ab, die sie mit ihm geführt hatte, und sie erkannte, daß er trotz der Nähe, die zwischen ihnen gewesen war, im Grund nie etwas von sich selbst erzählt hatte.
»Nein!« antwortete sie mit einem Lachen, von dem sie nur hoffen konnte, daß es echt klang. »Ich habe nicht die Absicht, mich von ihm ins Wanken bringen zu lassen. Ich habe mich schon vor langer Zeit entschlossen, nach Afrika zu gehen, wenn ich fertig bin.«
Ein älterer Mann, mit einer wahren Löwenmähne, bemerkte lächelnd: »Man könnte meinen, daß er für jeden, den er für die Neurochirurgie wirbt, eine Prämie bekommt. Drei unserer Assistenzärzte sind nur dank Ricks Überredungskunst bei uns.«
Jemand anderer sagte: »Vielleicht handelt Rick nach dem Grundsatz, geteiltes Leid ist halbes Leid«, und alle lachten, während Sondra nur einen Wunsch hatte, so schnell wie möglich zu verschwinden. Wie hatte ausgerechnet ihr, die immer so überlegt und vorsichtig war, so etwas passieren können? Wie hatte sie eine solche Dummheit begehen können? *Er hat mir nichts vorgemacht; ich habe mir selber etwas vorgemacht.*
»Sie haben gar nichts zu trinken, Sondra«, sagte Rick. »Kommen Sie, ich geh mit Ihnen an die Bar.«
»Nein, danke«, erwiderte sie hastig. »Ich versorg mich schon selber. Meine Freunde warten sowieso auf mich. Wir sehen uns sicher später noch.«
Er war sichtlich verwundert über ihre Ablehnung, und Sondra wurde rot. Rick Parsons hatte keine Ahnung gehabt!
»Es hat mich gefreut, Sie kennenzulernen«, sagte sie zu den anderen

und fügte zu Rick gewandt hinzu: »Ich bin froh, daß es Tommy wieder gut geht.« Dann drehte sie sich um und drückte sich wieder in die Menge.

Ein Glas Bier in der einen Hand, eine Stange Sellerie in der anderen, wanderte Ruth in weitem Rundgang durch den großen Raum und beobachtete die in ständiger Bewegung befindliche Menge der Gäste. Hinter einer Topfpalme, unter dem Porträt Juanita Hernandez', einer glutäugigen *hidalga* in spanischer Tracht, blieb Ruth stehen, kaute den letzten Bissen ihres Selleries und wünschte, sie hätte ihre Karteikarten mitgenommen.
Nicht weit entfernt umringte eine Gruppe junger Leute mit gespannter Aufmerksamkeit einen Mann, der ihnen mit großen Gesten irgendeine medizinische Theorie auseinandersetzte. Ruth fand seine Stimme unnötig laut, seine Gebaren unangenehm demonstrativ.
»Entschuldigen Sie«, sagte jemand hinter ihr. »Ist das hier vielleicht eine Oase der Vernunft?«
Ruth drehte sich um und blickte direkt in ein Paar sympathischer brauner Augen, die sie scheu anlächelten.
»Bitte, kommen Sie nur«, sagte sie und trat ein wenig näher zu der Palme, um dem Mann Platz zu machen. »Hier geht's tatsächlich zu wie im Irrenhaus.«
Er war nicht sehr groß, nur ein paar Zentimeter größer als Ruth, und auf den ersten Blick eher unscheinbar. Doch bei näherem Hinsehen, entdeckte sie die Weichheit in seinem Gesicht und die Sanftheit seiner Augen.
»Ich fühle mich hier völlig fehl am Platz«, sagte er mit einem leisen Lachen. »Ich habe mit der Medizin überhaupt nichts am Hut, und hier scheint sich alles einzig um dieses Thema zu drehen.«
Der Bursche mit dem großen Mundwerk, der den ganzen Saal mit seiner Brillanz beeindrucken zu wollen schien, veranlaßte Ruth, sich stirnrunzelnd umzudrehen und zu sagen: »Wir sind nicht alle so. Dieser Mensch gehört zu den unangenehmen Ausnahmen. Gräßlich, diese Wichtigtuerei. Wenn der sich weiter so aufbläst, wird er bald oben an der Decke schweben.«
Der Fremde errötete ein wenig und sagte, wieder mit diesem leisen, etwas zurückgenommenen Lachen: »Ehrlich gesagt, seinetwegen bin ich hier.«
»Ach, ist er ein Freund von Ihnen?«
»Schlimmer. Er ist mein Bruder. Dr. Norman Roth. Und ich –« Er bot ihr die Hand – »bin Arnie Roth.«

Ruth starrte ihn einen Moment lang verdutzt an, dann sagte sie: »Wenn es jetzt gleich laut kracht, ist Ruth Shapiro im Erdboden versunken. Können Sie mir noch einmal verzeihen?«
Sein Lächeln blieb offen und echt. Immer noch hielt er ihr die Hand hin. »Denken Sie sich nichts. Norm leidet an Profilierungssucht, und das weiß er auch. Ansonsten ist er ein netter Kerl. Kommen Sie sich hier unter diesen Leuten auch so verloren vor wie ich?«
Ruth gab ihm die Hand und lachte. »Ich gehöre leider zu diesen schrecklichen Leuten.«
»Sind Sie Krankenschwester?«
»Nein, Medizinstudentin. Im ersten Jahr. Und Sie? Was machen Sie?«
»Ich bin Wirtschaftsprüfer. Mein Büro ist in Encino, alles schön sauber, kein Blut und keine Toten.«
»In der Medizin gibt's nicht nur Blut und Tote, Mr. Roth. Das ist nur die eine Seite. Die andere ist das Leben.«
Er nickte gehorsam, schien aber nicht überzeugt. »Und Sie studieren also Medizin?« fragte er dann und sah Ruth mit seinen braunen, sanften Augen einen Moment lang sehr intensiv an. »Ist es wirklich so hart, wie ich gehört habe?«
»Noch viel härter, glauben Sie mir.«
»Ja, ich weiß von Norm, daß man sehr viel arbeiten muß. Bleibt Ihnen da überhaupt noch Zeit für was anderes?«
Ruth sah ihm in das offene, verletzliche Gesicht und dachte, laß dich mal lieber nicht mit mir ein. Ich bin zu einer normalen Beziehung mit einem Mann derzeit nicht fähig.
»Ich gehöre zu den Leuten«, sagte sie, »die praktisch Tag und Nacht büffeln. Ich möchte nämlich als Beste abschließen, und da bleibt neben dem Studieren wirklich kaum Zeit für etwas anderes.«
»Bewundernswert.«
Sie sah ihn groß an. »Finden Sie wirklich?«
»Aber ja, ich bewundere Menschen, die wissen, was sie wollen und ihr Ziel entschlossen verfolgen, auch wenn es Opfer kostet.«
»Manche von meinen Freunden sehen das ganz anders.«
»Dann sind sie vielleicht keine richtigen Freunde.«
Sie sah ihn an und war plötzlich froh, daß sie sich von Sondra hatte überreden lassen, auf das Fest mitzugehen.
Als Arnie Roth sagte: »Kommen Sie, schlagen wir uns mal zum Buffet durch und sehen, was es da alles Gutes gibt«, nickte Ruth mit ihrem einladendsten Lächeln und dachte, zum Teufel mit dir, Steve Schonfeld.

Mickey hockte in ihrem Versteck in der Ecke und beobachtete das Treiben um sie herum. Wie sie Ruth beneidete, die, einen Teller mit Brötchen in der Hand, mitten im Gedränge mit einem lächelnden Mann zusammenstand und ausgelassen lachend den Kopf in den Nacken warf, daß die braunen Haare flogen. Wenn man so selbstsicher, so unbefangen sein könnte!
Sie drehte den Kopf, um nach Sondra Ausschau zu halten, und da sah sie den Mann an der Tür.
Er starrte sie unverhohlen an.
Ihr stockte der Atem, und instinktiv suchte sie nach einem Fluchtweg. Verstohlen spähte sie noch einmal zu ihm hinüber; er war gerade erst mit einigen anderen Leuten hereingekommen, und sein Blick war unzweifelhaft genau auf sie gerichtet.
Mickey überfiel die alte Panik. Sie sprang von ihrem Stuhl auf und blickte hastig nach rechts und links. Dann riskierte sie noch einmal einen gehetzten Blick. Guter Gott, er kam auf sie zu.
Sie glitt an der Wand entlang, duckte sich hinter einer riesigen Topfpalme und entdeckte zu ihrer Erleichterung die Tür, die zu den Toilettenräumen führte. Die Rettung. Sie stürzte hinaus und hetzte den kurzen Korridor entlang zur Damentoilette.
Drinnen war niemand, wie sie aufatmend feststellte. Sie trat zum Waschbecken und blickte aufmerksam in den Spiegel. Warum hatte der Fremde sie so angestarrt? Sie schob das Haar hinters Ohr, holte das Makeup-Fläschchen aus ihrer Handtasche und machte sich daran, eine neue Schicht aufzutragen. Dann kämmte sie sorgfältig ihr Haar nach vorn über die Wange, dann drehte sie sich um und ging wieder hinaus.
Er erwartete sie.
»Hallo«, sagte er und lächelte sie an. »Ich hab Sie da hineingehen sehen. Ich bin Chris Novack.«
Mickey blickte auf die dargebotene Hand, nahm sie aber nicht. Sie fühlte sich wie gefangen in dem kleinen Flur. Die geschlossene Tür an seinem Ende, durch die gedämpft Musik und Stimmengewirr drangen, schien weit entfernt.
»Studieren Sie hier in Castillo?«
Sie hielt, wie das ihre Gewohnheit war, den Kopf leicht seitlich, so daß ihm ihr linkes Profil zugewandt war. Er war ein gutaussehender Mann. Groß, schlank, Ende vierzig.
»Sie sprechen doch Englisch, nicht wahr?« fragte er, und sein Lächeln vertiefte sich.
»Ja...«

»Ich sah Sie ganz allein sitzen und dachte, Sie hätten am letzten Abend des Jahres 1968 vielleicht gern ein bißchen Gesellschaft. Kann ich Ihnen etwas zu trinken holen? Oder etwas vom Buffet?«
»Nein, danke«, erwiderte sie hastig.
»Ich bin noch nicht lange hier in Los Angeles und kenne kaum jemanden.« Er machte eine kleine Pause. »Also – studieren Sie hier? Oder arbeiten Sie im Krankenhaus?«
»Ich studiere.«
Mickey starrte zu ihrer Handtasche hinunter.
»Entschuldigen Sie«, sagte er endlich. »Ich wollte wirklich nicht aufdringlich sein. Aber ich wollte Sie eben gern kennenlernen und hielt es für das Beste, direkt zu sein.«
Sie hob den Blick und sah sein entschuldigendes Lächeln.
»Es ist meine Schuld«, sagte sie mit kleiner Stimme. »Ich bin es nicht gewohnt, daß man so auf mich zukommt.«
»Das kann ich nicht glauben. Eine schöne Frau wie Sie.«
Mickey senkte wieder die Lider.
»Also, soll ich Ihnen nicht doch etwas holen?«
»Ja, ich hätte gern ein Cola. Ich hab vorhin mal versucht, mich zur Bar durchzuschlagen, aber ich hab's nicht geschafft.«
Er lachte. »Kein Wunder, bei dem Gedränge. Wie heißen Sie eigentlich?«
»Mickey.«
»Mickey? Das ist ein ungewöhnlicher Name. Ist es eine Abkürzung?«
»Nein. Ich heiße einfach Mickey.«
»Und warum haben Sie sich gerade für das Medizinstudium entschieden, Mickey?« Chris Novack öffnete die Tür zum Saal und schob leicht seine Hand unter Mickeys Ellbogen.
»Das hat mit meinem Vater zu tun«, antwortete Mickey. »Er starb an einer unheilbaren Krankheit, als ich noch ein Kind war.« Es war die Lüge, die sie allen auftischte.
»Haben Sie vor, sich zu spezialisieren?«
»Ich möchte eigentlich am liebsten in die Forschung. Ich arbeite gern im Labor.«
Als sie tiefer ins Gewühl gerieten, faßte Chris Novack ihren Arm fester, als hätte er Sorge, sie könne ihm verlorengehen. Es kostete einen kurzen Kampf, ehe sie zwei Flaschen Cola ergatterten. Dann sah Chris Novack sich stirnrunzelnd um.
»Hier gibt's ja wirklich nirgends ein stilles Fleckchen. Was meinen Sie, wollen wir's draußen versuchen?«

Sie kämpften sich zur großen Tür durch, Chris Novack die beiden Flaschen hoch über dem Kopf haltend, dann standen sie endlich draußen in der kühlen Nachtluft.
»Wer weiß«, meinte Chris Novack, das begonnene Gespräch fortsetzend, »vielleicht überlegen Sie es sich in den kommenden Jahren noch anders. Wenn Sie im dritten Jahr auf den verschiedenen Stationen im Krankenhaus arbeiten, werden Sie sicher immer wieder schwankend werden. In der Pädiatrie werden sie Kinderärztin werden wollen. In der Pathologie werden Sie feststellen, daß sie Pathologin werden wollen und so weiter. Das geht allen so.«
Mickey beobachtete sein Profil, während er sprach. Sie saßen unter einer dickstämmigen Eiche, wo sie Musik und Gelächter aus dem Saal nur gedämpft hörten. Chris Novack hob die Colaflasche zum Mund und nahm einen tiefen Zug. Dann sah er Mickey an und sagte: »Ich würde gern mit Ihnen über Ihr Gesicht sprechen.«
Die Flasche rutschte Mickey aus der Hand und schlug klirrend zu Boden. Glas splitterte, Mickey spürte, wie sich die Flüssigkeit über ihre Füße ergoß.
»Oh!« rief Chris und sprang auf. »Ach, das tut mir wirklich leid.«
Mickey stand zitternd auf. »Ich wußte nicht...« Sie drückte ihre Hand auf die Wange.
»Es tut mir wirklich leid«, sagte er wieder, und als Mickey sich abwandte und weglaufen wollte, legte er ihr hastig die Hand auf den Arm. »Bitte, warten Sie! Nur einen Moment. Ich weiß, wie schwer es für Sie ist, darüber zu sprechen, aber –«
»Ich muß gehen«, sagte sie erstickt.
Gerade als Mickey loslaufen wollte und Chris sie fester faßte, um sie zurückzuhalten, begannen die Glocken im Glockenturm zu läuten. Während die Leute ringsrum ausgelassen »Prost Neujahr!« riefen und mit Gläsern und Flaschen anstießen, drehte Chris Novack Mickey herum, so daß er ihr ins Gesicht sehen konnte, und sagte laut und deutlich: »Ich bin Arzt, Mickey, Chirurg. Ich wollte mit Ihnen sprechen, weil ich glaube, daß ich Ihr Gesicht in Ordnung bringen kann.«

8

Ruth war gerade eine Stunde auf der Entbindungsstation, aber es reichte ihr schon. Sie fand es fürchterlich und wollte nur noch weg.
Es war Februar, und sie befanden sich in der zweiten Woche des Kurz-

praktikums. Der Kurs hatte einen guten Anfang genommen; die Studenten hatten zunächst sämtliche Stationen besichtigt, waren mit der Struktur des Krankenhauses und der Personalhierarchie vertraut gemacht worden und hatten zum Abschluß eine gründliche Lektion im Umgang mit Stethoskop, Blutdruckmeßapparat, Augenspiegel und Reflexhammer erhalten. Die ganze Schar war in mehrere Gruppen aufgeteilt worden, jeder Student hatte einen Satz Untersuchungsinstrumente erhalten, und dann hatten sie an ihren Kommilitonen geübt. Sie lernten die Herztöne abhören, Herzgeräusche ausmachen, die auf eine Erkrankung der Herzklappen hinwiesen, die Messungen von Puls und Blutdruck auswerten. Dann hatten sich die Gruppen getrennt, jede war auf eine andere Station gekommen.

Am vergangenen Tag hatte Ruths Gruppe an der Visite in der gynäkologischen Abteilung teilgenommen, und Dr. Mandell hatte ihnen eine Bekkenuntersuchung vorgeführt. Er hatte die Studenten um das hinterste Bett in einem der Krankenzimmer versammelt, wo eine nette Frau lag, der es nichts auszumachen schien, sich von zwölf Studenten anstarren zu lassen. Mandell hatte den Vorhang rund um das Bett geschlossen und verkündet, daß er jetzt zeigen würde, wie eine Beckenuntersuchung vorgenommen wurde. Die Frau hatte das hingenommen, ohne auch nur mit der Wimper zu zucken.

»Sie ist keine echte Patientin«, hatte Mandell vor der Visite erklärt. »Sie ist eine Prostituierte, die sich dem Krankenhaus gegen Entgelt zur Demonstration zur Verfügung gestellt hat. Eine richtige Patientin würde sich viel zu sehr verkrampfen. Da könnten Sie nichts lernen.«

Ruth hatte den Tag auf der gynäkologischen Station interessant gefunden und hatte das Gefühl, eine Menge gelernt zu haben. Doch in der Entbindungsabteilung gefiel es ihr überhaupt nicht.

Hier wurden jeweils nur zwei Studenten zugelassen; jedes Paar blieb drei Tage, während der Rest der Gruppe, die anderen Stationen durchwanderte. An diesem Morgen hatte Dr. Mandell Ruth und Mark Wheeler auf die Station mitgenommen, ihnen die Garderobe gezeigt, wo sie sich umziehen konnten, und sie dann im Schwesternzimmer erwartet.

Man ignorierte Dr. Mandell und seine beiden Schützlinge. Es war ein Tag, an dem besonders viel los war. In einem der Entbindungsräume waren, wie Ruth sah, als sie durch das kleine Fenster in der Tür schaute, drei Ärzte und zwei Schwestern mit einer schwierigen Geburt beschäftigt. Im nächsten Zimmer war eine einsame, gehetzt wirkende Schwester dabei, die Vorbereitungen für einen Kaiserschnitt zu treffen.

Ruth war überrascht, wie sehr die Entbindungsstation der chirurgischen

ähnelte, wo sie in der Woche zuvor gewesen war. Eine Geburt war für sie immer ein natürlicher Vorgang gewesen, der mit Chirurgie nichts zu tun hatte. Der Lärm in der Abteilung war ohrenbetäubend. Durch die dicke Tür drangen die Schreie der Gebärenden und die lauten Ermunterungen der Geburtshelfer. »Jetzt pressen Sie!« Dann wieder: »Nicht pressen!« Das Piepen mehrerer Herzmonitoren war zu hören, die beiden Sterilisierapparate zischten und klapperten. Irgendwo schrillte ein Telefon, das keiner beachtete. Aus einem Warteraum kamen die Stimmen zweier laut diskutierender Männer. Und um allem die Krone aufzusetzen, zerriß plötzlich noch ein markerschütternder Schrei die Luft, bei dem die beiden Studenten erschrocken zusammenfuhren.
»Daran erkennt man den Kreißsaal«, bemerkte Dr. Mandell. »Man braucht nur dem Geschrei zu folgen.«
Ruth begleitete Dr. Mandell in den Saal, Mark Wheeler jedoch, leichenblaß im Gesicht, blieb zurück. Nur eines der vier Betten war belegt, und als Ruth die Patientin sah, war sie sprachlos.
Sie war noch ein Kind.
»Also, sehen wir uns mal ihre Karte an.«
Es war eine gelbe Karte; das bedeutete, daß das junge Ding eine Fürsorgepatientin war, also zu jener Gruppe gehörte, an denen Studenten und Assistenzärzte sich üben durften. Die Patienten mit rosafarbenen Karten waren absolut tabu, das wußte Ruth. Sie waren Privatpatienten, die ihre eigenen Ärzte hatten.
Ruth sah das kindhafte Mädchen im Bett lächelnd an, doch das schmale, weiße Gesicht mit den großen braunen Augen blieb ernst. Feucht hing dem Mädchen das blonde Haar ins Gesicht, ihre Lippen waren fahl, das Krankenhausnachthemd war feucht von Schweiß. Das Mädchen musterte die beiden Ärzte mißtrauisch, aber ohne Neugier; da sie ein Fürsorgefall war, waren zweifellos schon viele Männer und Frauen in weißen Kitteln oder grünen Mänteln bei ihr gewesen, und die meisten hatten sich wahrscheinlich nicht die Mühe gemacht, sich vorzustellen.
Ruth zwang sich, ihre Aufmerksamkeit wieder auf die Karte zu richten.
»Die Cervix ist auf fünf Zentimeter erweitert«, sagte Dr. Mandell. »Da die volle Erweiterung zehn Zentimeter beträgt, können wir sagen, daß Lenore es zur Hälfte geschafft hat.« Er klappte die Karte zusammen und hängte sie wieder am Fußende des Bettes auf. »Na, hier brauchen wir weiter keine Zeit zu verlieren. Kommen Sie, dann können Sie bei dem Kaiserschnitt zusehen.«
Beim Hinausgehen drehte Ruth sich noch einmal um. Der Blick der großen dunklen Augen folgte ihr.

Kaum standen sie wieder im Flur, kam aus dem Raum, den sie gerade verlassen hatten, wieder ein jammervoller Schrei. »Hm, da sind wir gerade rechtzeitig gegangen«, meinte Dr. Mandell lächelnd.

»Tut mir leid«, sagte Dr. Mandell, »hier darf immer nur einer hinein. Kommen Sie, Mr. Wheeler, Sie können den Anfang machen.«

Ruth sah ihnen nach, als sie im Entbindungsraum verschwanden, und hörte eine Frau sagen: »Meinetwegen, wenn er nur nicht ohnmächtig wird.« Dann trat sie zu der Tür des nächsten Raumes und spähte dort wieder durch das kleine Fenster.

Über die Schultern des Arztes hinweg konnte sie die Gebärende sehen und beobachten, wie der Scheitel des kleinen Köpfchens ans Licht drängte und dann wieder verschwand, als wäre das Kind noch nicht bereit, sich in die Welt zu wagen. Jedesmal, wenn der kleine Kopf vordrang, schrie die Frau laut auf. Ruth hörte, wie der Arzt sagte: »Herrgott, geben Sie ihr nochmal was von dem Epidural.«

Sie glaubte, die Frau protestieren zu hören, aber wenig später wurde sie still, und auch die Wehen ließen nach. »Pressen Sie!« rief der Arzt, dessen gekrümmter Rücken schweißnaß war. »Los, pressen Sie!«

Die Frau versuchte es offensichtlich, aber der Erfolg war gering. Durch das Narkotikum war ihre Muskelkontrolle stark reduziert.

Schließlich griff der Arzt zur Zange, und nun endlich kam das Kind, fiel direkt in die keimfreien Hände des Assistenten.

Sie ging von der Tür weg die Wand entlang und dachte bei sich, irgendwie übersteh ich das schon, als die Flügeltür am Ende des Korridors aufgestoßen wurde und zwei Männer in weißen Kitteln mit einer Trage hereineilten. Augenblicklich erschienen mehrere grüngekleidete Schwestern und Ärzte, übernahmen die Trage von den Sanitätern, nahmen der hochschwangeren Frau, die darauf lag, die Decke vom Körper, schimpften, daß die Karte nicht vollständig sei, schimpften auf das Team in der Notaufnahme, bis jemand laut rief: »Mensch, beeilt euch, wir müssen das Kind da rausholen!« Daraufhin schoben sie die Trage hastig in den Entbindungsraum.

Ehe die Tür sich hinter ihnen schloß, sah Ruth flüchtig das bleiche Gesicht Mark Wheelers, der dicht an die Wand gepreßt stand. Von Dr. Mandell war keine Spur zu sehen. Er war vermutlich zum Rest der Praktikumsgruppe zurückgekehrt, die sich augenblicklich in der Pathologie befand. Ruth wünschte aus tiefstem Herzen, sie könnte jetzt auch dort sein.

Ein jämmerlicher Schrei aus dem ersten Entbindungszimmer lenkte sie von ihren eigenen Kümmernissen ab. Sie lief den Flur entlang bis zur

Tür, stieß sie auf und schaute hinein. Das Mädchen namens Lenore, blaß und mager, höchstens fünfzehn Jahre alt, blickte ihr voller Angst entgegen.
»Bitte helfen Sie mir«, sagte sie.
Ruth trat zu ihr ans Bett. Lenore lag halb aufgerichtet in feuchten Kissen, die mageren Hände schützend auf ihrem geschwollenen Leib. Über den Beinen hatte sie eine Decke. Einer ihrer dünnen Arme war mit Klebeband auf ein starres Brett gebunden; im Unterarm steckte die Kanüle des Tropfs. Um den Oberarm auf der anderen Seite lag die Blutdruckmanschette. Auf dem Nachttisch lagen zwei verschiedene Stethoskope, ein flacher Karton mit Gummihandschuhen, eine kleine Taschenlampe und ein Thermometer.
Als sie sich wieder Lenore zuwandte, sah sie die stumme Bitte auf dem ängstlichen Gesicht; das Mädchen wollte wissen, wer sie war, wagte aber nicht zu fragen. Stellen Sie sich immer als ›Doktor‹ vor, hatte Dr. Mandell gesagt. Das flößt den Patienten Vertrauen ein.
»Hallo, ich bin Dr. Shapiro.«
Als sie die Erleichterung in dem blassen Gesicht sah, kam sie sich vor wie eine Betrügerin. Bitte verlaß dich jetzt nicht auf mich; ich hab nicht die blasseste Ahnung, was los ist.
»Ich hab Angst«, flüsterte das Mädchen.
»Natürlich«, sagte Ruth und tätschelte ihr die Schulter. »Das ist ganz verständlich. Es ist wohl Ihr erstes Kind?« Dumme Frage!
»Ja.« Lenore sah zu ihrem Bauch hinunter und schien noch etwas sagen zu wollen. Aber sie blieb stumm.
»Sind Sie ganz allein?« fragte Ruth behutsam.
Lenore hob den Kopf. »Ja. Ich hab keinen Menschen. Mein Freund ist einfach abgehauen, als ich ihm sagte, daß ich ein Kind krieg. Ich glaub, er ist jetzt oben in San Francisco. Wir haben in einer Wohngemeinschaft gewohnt, wissen Sie, aber Frank und ich, wir waren ein Paar. Ich hab nie was mit einem anderen gehabt. Als er abgehauen ist, ist die ganze Gruppe auseinandergeflogen.«
»Und wo wohnen Sie jetzt?«
»Ach, mal da, mal dort.«
»Und wo sind Ihre Eltern?«
»An der Ostküste. Ich bin letztes Jahr quer durch die Staaten getrampt. Das war echt toll. Und dann hab ich Frank getroffen, und wir haben uns zusammengetan. Jetzt treibt er sich wohl rum.«
»Schade. Das tut mir leid«, murmelte Ruth. »Aber wenigstens haben Sie jetzt Ihr Kind.«

»Hm, ja...«

Der Klang von Männerstimmen unterbrach sie. Ruth drehte sich um und sah zwei Männer in grünen Anzügen hereinkommen. Der eine war der Arzt, der kurz zuvor die Zangengeburt gemacht hatte.

»Okay«, sagte er, während sie sich beide Lenores Bett näherten, »hier haben wir einen Fürsorgefall. Primipara, fünf Zentimeter. Kam über die Notaufnahme. Bei solchen Fällen muß man unbedingt immer auf Geschlechtskrankheit untersuchen.«

Ruth ging zur Seite, als die beiden zum Bett kamen. Der Arzt überflog schweigend die Karte und reichte sie dann seinem Assistenten. Dann zog er ein Paar Gummihandschuhe aus dem Karton auf dem Nachttisch und streifte sie über. Als er die Decke herunterzog, drückte Lenore automatisch die Schenkel zusammen.

»Bißchen spät, um die Beine zusammenzuklemmen, meinen Sie nicht?« sagte er. »Nun kommen Sie schon, Mädchen, wir haben nicht den ganzen Tag Zeit.«

Während der Untersuchung sprachen die beiden Ärzte über das Mädchen hinweg, ohne sie auch nur ein einzigesmal anzusehen. »Acht Zentimeter«, stellte der eine am Schluß fest, »der Kopf noch ziemlich hoch im Becken. Kommen Sie, trinken wir erstmal eine Tasse Kaffee.«

Als sie sich aufrichteten und ihre Handschuhe auszogen, sagte Lenore unerwartet mutig: »Das Baby ist schon ganz weit unten. Ich spür's.«

»Nein, da täuschen Sie sich, Mädchen. Das dauert schon noch eine Weile.«

»Können Sie mir bitte was gegen die Schmerzen geben?«

Der Stationsarzt klopfte ihr auf die Schulter. »Das geht nicht. Das würde die Wehen beeinflussen. Sie würden langsamer werden oder ganz aufhören. Nun stellen Sie sich mal nicht so an. Das, was Sie da erleben, ist doch was ganz Natürliches.«

Gerade als sie gehen wollten, eilte Mrs. Caputo ins Zimmer. »Dr. Turner, die Notaufnahme hat gerade angerufen. Auf dem Highway war ein schwerer Unfall. Eine der Verletzten ist eine Schwangere, bei der durch den Schock die Wehen eingesetzt haben. Möglicherweise ist das Kind in Gefahr. Sie bringen sie jetzt herauf.«

»Ach, du lieber Gott. Das hat gerade noch gefehlt. Kommen Sie, Jack, da können Sie gleich mit zupacken.«

Als Ruth wieder ans Bett trat, sah sie, daß Lenore weinte. Doch ehe sie etwas sagen konnte, verzog sich das Gesicht des Mädchens zu einer Grimasse des Schmerzes, und sie warf den Kopf stöhnend nach rückwärts. Dann schrie sie laut auf und sank atemlos wieder in die Kissen.

»Das tut so weh!« jammerte sie. »Es bringt mich um. Ich sterbe.«
»Nein, nein, Sie sterben nicht«, entgegnete Ruth und nahm Lenores Hand. »Der Doktor hatt schon recht, es ist etwas ganz Natürliches.«
»Ja, aber getäuscht hat er sich trotzdem. Der Kopf ist nicht mehr oben. Er ist hier unten. Ich hab gespürt, wie das Kind runtergerutscht ist.«
Ruth starrte sie einen Moment erschrocken an. »Sind Sie sicher?« fragte sie und bedauerte augenblicklich ihre Worte, die gegen den ersten Grundsatz der Medizinerphilosophie verstießen: Der Arzt weiß es immer besser; den Patienten ignoriert man.
Lenore blieb keine Zeit zu einer Erwiderung. Wieder verzerrte sich ihr Gesicht, die Adern am Hals und an den Schläfen schwollen an, sie schrie laut und fiel keuchend wieder zurück. Ruth war höchst beunruhigt. Die Wehen kamen jetzt sehr rasch hintereinander.
»O Gott«, wimmerte Lenore. »Ich blute.«
»Das kann nicht sein«, widersprach Ruth so ruhig wie möglich. Sie warf einen Blick über ihre Schulter zur Tür – wo waren sie nur alle? –, dann zog sie vorsichtig die Decke über den Beinen des Mädchens weg. Das Laken zwischen ihren Schenkeln war mit einer klaren Flüssigkeit getränkt. »Es ist schon in Ordnung«, erklärte Ruth, obwohl sie keine Ahnung hatte, ob es in Ordnung war. »Es ist kein Blut. Es ist Fruchtwasser.«
»Jetzt kommt wieder eine –« Lenore verkrampfte sich unter dem Schmerz einer neuen Wehe und umklammerte Ruths Hand so fest, daß Ruth beinahe mit ihr geschrien hätte.
»Bitte helfen Sie mir! Es kommt! Oh Gott, ich hab solche Angst.«
Ruth löste Lenores Finger von ihrer Hand.
»Ich hole jemanden. Sie brauchen keine Angst zu haben, Lenore. Es wird schon alles gut.«
Aber draußen im Korridor war das Chaos ausgebrochen. Die schwangere Frau, die bei dem Unfall auf dem Highway verletzt worden war, wurde gerade in den Kreißsaal geschoben. Sechs Leute bemühten sich um sie, schnitten ihr die blutigen Kleider vom Körper, hielten ihr eine Sauerstoffmaske aufs Gesicht, schoben ein Atemgerät heran, schalteten den Defibrillator ein. Alle, die nicht bei dem Kaiserschnitt im Nebenraum beschäftigt waren, kämpften um das Leben dieser Frau und ihres Kindes.
Ruth wußte nicht, was sie tun sollte. Dann entdeckte sie Mrs. Caputo und rannte zu ihr.
»Das Mädchen bekommt gleich –« begann sie.
Doch die Oberschwester stieß sie brüsk zur Seite. »Verschwinden Sie, Sie

sind hier im Weg. Das Mädchen ist Dr. Turners Patientin. Er kümmert sich schon um sie. Wenn Sie hier nochmal dazwischenfahren, lasse ich Sie rauswerfen.«
Ruth rannte wieder zu Leonore ins Zimmer. Sie war sich gar nicht bewußt, daß sie das Mädchen jetzt als ihre eigene Patientin betrachtete. Mein Gott, dachte sie erschrocken, als sie Lenore mit einer neuen Wehe kämpfen sah, das Kind kommt wirklich. Lenores Bauch hob und senkte sich, die Decke rutschte herunter, während das Mädchen wieder laut aufschrie.
Als Lenore erschöpft wieder in die Kissen sank, packte sie mit einer blitzschnellen Bewegung Ruths Handgelenk. »Helfen Sie mir«, flüsterte sie heiser. »Bitte, helfen Sie mir!«
Ruth versuchte loszukommen, drehte sich in Panik nach der Tür um. Wenn sie um Hilfe rief, würde das Lenore Angst machen. Sie mußte sich wenigstens den Anschein geben, als sei sie völlig ruhig.
Lenore krampfte sich in einer neuen Wehe zusammen, und Ruth wurde mit Erschrecken klar, daß sie das Mädchen jetzt nicht allein lassen konnte.
Lieber Gott, lieber Gott, betete sie lautlos, während sie sich am Seitengitter des Betts zu schaffen machte. Wo ist die Klingel? Warum haben sie hier keinen Notruf? Warum schaut nicht wenigstens mal jemand hier herein?
Bei der nächsten Wehe sah sie kurz den Scheitel des kleinen Kopfes.
Zitternd zog sie ein Paar Gummihandschuhe aus dem Karton wie vorher Dr. Turner das getan hatte, und streifte sie über. Dann postierte sie sich entschlossen zwischen Lenores gespreizten Beinen. Bei der nächsten Wehe streckte sie beide Hände aus, um, wie sie das in einem ihrer Lehrbücher gelesen hatte, das glitschige kleine Wesen aufzufangen. Aber das Ungeborene richtete sich nicht nach dem Lehrbuch. Der Kopf wich wieder zurück, und Lenore entspannte sich keuchend.
Jetzt hole ich jemanden...
Aber da tauchte der Kopf schon wieder auf, und diesmal gewahrte Ruth mit Entsetzen, daß etwas wie eine Schlinge um den Kopf des Ungeborenen lag. Kalter Schweiß brach ihr aus allen Poren, und einen Moment lang hatte sie das schreckliche Gefühl, ohnmächtig zu werden. Die Schlinge konnte nur eines sein: die Nabelschnur.
»Warten Sie«, sagte sie zu Lenore. »Pressen Sie das nächstemal nicht.«
»Ich kann nicht anders. Ich kann es nicht zurückhalten.«
»Nein! Nicht pressen –«
Schon kam die nächste Wehe, schon zeigte sich wieder das kleine Köpf-

chen. Ruth sah, wie die rötliche Nabelschnur, die über dem Schädel lag, sich weiß färbte, als der Kopf am Beckenausgang auf sie drückte. Sie wußte, was das bedeutete. Mit jedem Stoß auf die Nabelschnur, wurde die Versorgung des Ungeborenen mit Blut und Sauerstoff von der Mutter unterbrochen. Wenn das so weiterging, würde das Kind noch vor der Geburt sterben.
Ruth war sich nicht bewußt, daß sie zu weinen angefangen hatte. Durch einen Tränenschleier sah sie ihre eigenen Hände, die instinktiv, wie von selber, in die Vagina glitten. Ihre Finger fanden den weichen kleinen Kopf, fühlten die pulsierende Nabelschnur und hielten bei der nächstene Wehe den Kopf von der Nabelschnur weg. Doch als die Entspannung kam, fühlte Ruth, daß die Nabelschnur wieder über den Kopf fiel, und wußte, daß sie bei der nächsten Wehe erneut abgedrückt werden würde.
Ohne zu überlegen, sprang sie vom Bett, rannte zum Fußende und begann wie eine Wahnsinnige zu kurbeln. Langsam hob sich das Fußende, so daß Lenore schließlich, den Kopf etwas tiefer als den Unterkörper, in Schräglage zu liegen kam. Nachdem Ruth das geschafft hatte, eilte sie wieder an ihren Platz und wartete auf die nächste Wehe. Diesmal wurde die Nabelschnur nicht so fest abgedrückt, aber eingeklemmt wurde sie dennoch. Ruth schob eine Hand in die Vagina und hielt wieder den kleinen Kopf.
Stundenlang, schien ihr, ging es so: Lenore schrie und preßte, und Ruth umschloß mit ihren Fingern das kleine Köpfchen, um es von der Schnur fernzuhalten. Immer wieder, immer wieder. Als sie schließlich um Hilfe rief, war sie sich dessen überhaupt nicht bewußt, hätte nicht sagen können, wie oft sie gerufen hatte, doch als endlich jemand ins Zimmer kam und »Ach, du lieber Gott!« rief, weinte sie laut auf, und als eine Schwester sie ablöste, brach sie schluchzend zusammen. Jemand nahm sie in den Arm und führte sie zu einem Stuhl. Sie hörte schnelle Schritte und das Quietschen des Bettes, das aus dem Zimmer geschoben wurde. Dann war es still.
Einige Minuten später kam eine besorgte Schwester und brachte ihr eine Tasse Kaffee. Sie zog ihr die blutigen Handschuhe von den Händen und ließ sie dann wieder allein. Ruth beruhigte sich langsam. Sie wußte nicht, wie lange sie so gesessen hatte, als ein Mann in Grün hereinkam, den sie nicht kannte. Er musterte sie mit fragendem Blick und stellte sich ihr als Dr. Scott vor.
»Ich kenne Sie leider nicht«, sagte er, während er sich einen Stuhl heranzog und nach einem Namensschildchen auf dem Revers ihres Kittels suchte. »Sind Sie eine Schwester?«

Ruth schluckte. Sie hatte sich beruhigt, aber sie war immer noch ein bißchen zittrig.
»Nein, ich bin Medizinstudentin.«
»Ach so. Drittes Jahr? Oder viertes?«
»Erstes.«
Er zog die Brauen hoch. »Studentin im ersten Jahr? Was tun Sie denn hier?«
Sie berichtete von dem Kurzpraktikum.
»Aha, Sie bekommen also eine erste Kostprobe von der praktischen Arbeit des Arztes«, meinte er mit einem freundlichen Lächeln. »Das finde ich sehr gut. Als ich studierte, bekamen wir erst im dritten Jahr zum erstenmal ein Krankenhaus von innen zu sehen. Das war ein ganz schöner Schock, sage ich Ihnen. Ich wurde ohnmächtig, als ich meine erste Rückenmarkspunktierung sah.«
Er schwieg und sah sie einen Augenblick forschend an. »Und hat dieses Erlebnis Sie nun von der Medizin abgebracht?«
»Nein.«
Sein Lächeln wurde breiter. »Sie haben sicher schon Erfahrung mitgebracht? Haben Sie mal als Hilfsschwester gearbeitet?«
Sie schüttelte den Kopf.
»Sie hatten überhaupt keine Erfahrung?« fragte er ungläubig. »Das war Ihre erste Entbindung?«
»Ja.«
Die Arme auf der Brust verschränkt, lehnte er sich zurück. Auf seinem Gesicht war ein Ausdruck, den Ruth nicht recht deuten konnte. »Das ist wirklich erstaunlich. Sie wußten genau, was Sie zu tun hatten. Sie sind nicht in heller Panik davongelaufen, sondern Sie haben bei ihr ausgehalten.«
»Ich hab angefangen zu heulen.«
Er zuckte die Achseln. »Das passiert uns allen irgendwann mal. Sie haben es jetzt schon hinter sich.« Er betrachtete sie nachdenklich. »Wollen Sie Geburtshilfe machen?«
»Allgemeinmedizin.«
»Überlegen Sie mal, ob Sie sich nicht doch spezialisieren wollen. Leute wie Sie, können wir hier gebrauchen.«
Ruth sah ihn mit großen Augen an. Dann glitt ihr Blick durch das Zimmer, über die alberne Tapete, das Poster an der Tür, zu der leeren Stelle, wo Lenores Bett gestanden hatte. Hier? dachte sie.
»Wie geht es Lenore?«
»Gut. Sie hat einen gesunden kleinen Jungen zur Welt gebracht. Dank Ihrer tatkräftigen Hilfe. Möchten Sie ihn sehen?«

»Gern.«
Sie standen auf, und Dr. Scott führte sie am Arm aus dem Kreißsaal hinaus.

9

»Tut es weh?«
»Nur die Spritzen. Und hinterher, wenn die Wirkung des Xylocains nachläßt.«
Während Dr. Novack sich die Instrumente zurechtlegte, wandte sich Mickey ab. Sie wollte sie nicht sehen. Sie schaute zum Fenster hinaus, von wo man den Pazifischen Ozean sehen konnte, der grau unter dem Februarregen lag.
»Haben Sie Angst, Mickey?«
»Ja.«
»Möchten Sie ein Beruhigungsmittel?«
»Nein.«
In den sieben Tagen, seit sie sich zu der Behandlung bereit erklärt hatte, hatte Mickey versucht, sich auf diesen Moment vorzubereiten, aber all seine beruhigenden Zusicherungen schienen sich im grauen Regen aufzulösen. Es war eben doch nur ein Experiment: keine Garantie.
In der Neujahrsnacht vor fast zwei Monaten hatte Dr. Novack sie am Arm festgehalten und gesagt: »Ich glaube, ich kann Ihr Gesicht in Ordnung bringen.« Danach hatte sie nicht mehr weglaufen können. Sie hatte sich wieder mit ihm auf die Bank gesetzt, und er hatte ihr erklärt, was er vorhatte.
»Ich habe einen Forschungsauftrag am St. Catherine's Krankenhaus. Ich bin Facharzt für plastische Chirurgie und experimentiere mit verschiedenen Methoden zur Beseitigung von Hämangiomen. Deshalb habe ich Sie so unhöflich angestarrt. Ich suche schon eine ganze Weile nach jemandem, über den ich meine Fallbeschreibung machen kann. Ich habe eine ganze Reihe Patienten mit meiner neuen Methode behandelt, alle mit Erfolg, aber es handelte sich immer nur um kleine Geschwulste. Für meine Darstellung brauche ich einen dramatischen Fall. Und da tauchten Sie plötzlich auf.«
Mickey sagte nichts. Sie hatte entsetzliche Furcht, nicht vor Chris Novack und nicht vor Schmerz, sondern vor Enttäuschung. Sie hatte ihn wiederholt gefragt, ob die Behandlung erfolgreich sein werde, und er hatte immer wieder geantwortet: »Ich kann keine Garantien geben.«
»Sie haben ein sehr großes Mal. Ich kann mich nicht erinnern, je eines

gesehen zu haben, das eine ganze Gesichtshälfte überzog. Das ist eine hochempfindliche Zone, und das Verfahren ist entsprechend heikel. Ich mache erst eine Probe an Ihrem Rücken, um festzustellen, ob sich irgendwelche Reaktionen zeigen.«
»Und was muß ich tun?«
»Nichts. Sie müssen nur jeden dritten Samstag zu mir kommen. Jede Sitzung dauert ungefähr eine Stunde. Ich rechne mit sechs oder sieben Sitzungen. Sie müßten mir allerdings gestatten, daß ich vorher und nachher Aufnahmen von Ihnen mache und daß ich die Bilder und Ihren Namen in meinen Aufsätzen und Vorträgen verwenden darf.«
»Und wenn es schiefgeht?«
»Sie haben Angst, daß es hinterher noch schlimmer aussehen wird? Nein, das auf keinen Fall.«
Gerade als Mickey für sich beschlossen hatte, den Sprung ins kalte Wasser zu wagen, sagte Dr. Novack: »Eines noch: während der Behandlung ist kein Makeup erlaubt. Wir dürfen auf keinen Fall eine Infektion riskieren.«
Das hatte Mickey von neuem abgeschreckt. Wenn er jedesmal nur eine kleine Stelle behandelte, bedeutete das, daß der Rest des Mals zu sehen sein würde; das war für sie, als müßte sie sich den Leuten nackt zeigen. Nein, sie würde es doch nicht tun. Und das sagte sie ihm auch.
Doch sie hatte nicht mit ihren Freundinnen gerechnet, die sie bei jeder Gelegenheit mit gutem Zureden, Vorwürfen, sogar Drohungen bearbeiteten und in ihren Bemühungen, sie zu der Behandlung zu überreden, keinen Moment lockerließen.
»Ich bin schon zu oft enttäuscht worden«, hatte sie weinend gerufen, worauf Ruth und Sondra wie aus einem Mund erwiderten: »An Enttäuschung ist noch niemand gestorben.«
Sondra hatte eines Tages recht eigenmächtig die Initiative ergriffen und, während Mickey schlief, das Makeup aus sämtlichen Flaschen in den Ausguß gekippt und weggespült. Jetzt saßen die beiden, Sondra und Ruth, draußen im Flur und warteten, um Mickey nach ihrer ersten Behandlung in Empfang zu nehmen.
»Man hat praktisch alles ausprobiert«, sagte Dr. Novack zu Mickey, die wie versteinert in dem großen Stuhl saß, der sie an einen Zahnarztstuhl erinnerte. »Jahrelang haben die Ärzte mit allen möglichen Mitteln herumexperimentiert, und die Erfolge waren jedesmal gleich Null. Die Narbe vor Ihrem Ohr ist die Folge einer versuchten Hautverpflanzung. Machen Sie sich keine Gedanken, Mickey, die kann ich entfernen.«
Er brauchte ihr über die Methoden, die man schon ausprobiert hatte,

nichts zu erzählen; sie kannte sie alle aus eigener Erfahrung. Und praktisch jede Behandlung, der sie sich unterzogen hatte, war nicht nur erfolglos gewesen, sondern auch unglaublich schmerzhaft.
»Sie haben Glück, Mickey, Sie haben ein Kapillarhämangiom. Wenn es ein Kavernom wäre, müßte ich erst einen Neurochirurgen operieren lassen, um die Hauptblutzufuhr unterbrechen zu lassen.«
Als er mit den Fingerspitzen ihr Haar berührte, zuckte sie zusammen. Als er das erstemal ihr Haar nach hinten gestrichen hatte, um sich das Mal anzusehen, hatte Mickey geglaubt, sie müsse im Boden versinken vor Scham. Es war, als erforsche er mit seinem Blick und seinen Fingern ihr Allerintimstes. Niemals würde sie sich daran gewöhnen können.
»Ich fang direkt am Ohr an, Mickey. Dann ist es nicht zu sehen, wenn tatsächlich etwas schiefgehen sollte.«
Seine Stimme war sanft und beschwichtigend, während er arbeitete. Er steckte ihr das Haar zurück und legte ihr ein Tuch um den Kopf. Mickey hatte sich, wie er ihr geraten hatte, das Gesicht am Morgen gründlich mit einem Desinfektionsmittel gewaschen. Während sie jetzt, den Kopf nach rückwärts geneigt, das Gesicht der Wand zugekehrt, in dem Stuhl lag, machte Dr. Novack ein zweites Tuch unter ihrem Kinn fest und wusch dann ihre rechte Gesichtshälfte noch einmal mit Desinfektionsmittel. Sie hörte, wie er etwas niederlegte, dann etwas zur Hand nahm und sagte: »Okay, Mickey, jetzt kommen ein paar Einstiche. Das ist das Xylocain.«
Die Spritzen waren unangenehm, aber nicht übermäßig schmerzhaft, und bald danach hatte sie das Gefühl, als löse sich ihre Wange von ihrem Gesicht, schwebe zu Dr. Novack hinüber, um abgelöst von ihr sich seiner Behandlung anzuvertrauen.
»Ich habe mich sehr bemüht, das Pigment auszusuchen, das dem Ihrer Haut am ähnlichsten ist, Mickey. Sie haben eine sehr schöne Haut. Viele Frauen würden Sie darum beneiden, wenn Sie sie nur zeigen würden. Sie sind überhaupt eine sehr schöne Frau, Mickey, aber wie soll das jemand erkennen, wenn Sie immer nur Ihre Nasenspitze zeigen.«
Sie spürte seine Finger auf ihrer Wange. »Ich lege jetzt das Pigment auf.«
Dann hörte sie das Geräusch, bei dem sie am liebsten aufgesprungen und davongelaufen wäre. Das Schnappen eines Schalters und dann das Brummen eines Motors. Sie schloß die Augen und stellte sich vor, was er in der Hand hielt: ein Instrument, das aussah wie ein Füller, mit winzigen Fäden an der Spitze, die auf und nieder tanzten und das Pigment in ihre Haut trieben – die Tätowiernadel.

Als sie eine Stunde später etwas blaß, etwas zittrig, aber mit einem Lächeln der Erleichterung in den Korridor kam, sprangen Ruth und Sondra auf, wie elektrisiert. Chris Novack hatte den Arm um Mickeys Schulter gelegt und sagte: »Lassen Sie den Verband so lange wie möglich drauf. Wenn irgend etwas los sein sollte, rufen Sie mich sofort an. Kommen Sie am Mittwoch nachmittag wieder, damit ich nachsehen kann. Vergessen Sie nicht, sich immer das Haar zurückzustecken, so lange der Heilungsprozeß dauert. Viel Glück, Mickey.«
Sondra lief zu ihr und umarmte sie, während Ruth, die Hände in die Hüften gestemmt, zurücktrat, um sie zu begutachten. Mit einem Blick auf den Verband und die tiefrote Haut, die darunter hervorschimmerte, sagte sie grinsend: »Du meine Güte, Mickey Long, du siehst aus wie Frankensteins Braut.«

Dann war schon der Mai da, und die Jahresabschlußprüfungen standen vor der Tür.
Je näher die Prüfungen kamen, desto stiller wurde es auf dem Campus. Bald saß man nur noch auf den Zimmern und büffelte. Denn jetzt war der kritische Punkt gekommen; bei dieser Prüfung wurde die Spreu vom Weizen gesondert. Wenn man das erste Jahr schaffte, hieß es allgemein, war der Rest praktisch gelaufen. In der Encinitas Hall herrschte jetzt meist gähnende Leere; höchstens samstags nachmittags und abends traf man hier ein paar Studenten der höheren Jahrgänge an. Das gesellschaftliche Leben auf dem Campus kam zum Stillstand; der Strand veröde; man hängte das Telefon aus und ließ die Post unbeantwortet; in den Fenstern der Wohnheime schimmerte nächtelang Licht.
Die drei in der kleinen Wohnung in der Avenida Oriente waren so besessen wie ihre Kommilitonen. Aber neben der Arbeit für die Prüfung beschäftigte jede von ihnen noch anderes.
Für Ruth galt es, wenigstens einen weiteren Platz in ihrem Jahrgang vorzurücken. Vom zwölften Platz im vergangenen November hatte sie sich im Januar auf den neunten und bei der letzten Zwischenprüfung auf den achten vorgearbeitet. Sie konnte es sich nicht leisten zurückzufallen und war fest entschlossen, nicht an der achten Stelle zu bleiben.
Sondra dachte oft an den langen Sommer, den sie zu Hause bei ihren Eltern verbringen wollte. Es würde wahrscheinlich für lange Zeit das letzte längere Zusammensein mit ihnen sein.
Und Mickey stand kurz vor ihrer letzten Behandlungssitzung bei Dr. Novack.
Niemand hatte sie angestarrt. Gewiß, zu Anfang hatten bei den Vorle-

sungen ein paar Leute die Köpfe gedreht, sie auf dem Weg über das Campus mit milder Neugier angesehen – hatte sie vielleicht einen Unfall gehabt? – aber bald hatte sich die Neugier gelegt, man hatte sie ignoriert, wie sie das gewohnt war und als angenehm empfand. Nach der ersten Behandlung hatte Mickey die nächste Sitzung kaum erwarten können. Sie war so voller Spannung und Ungeduld, daß sie zu den nachfolgenden Sitzungen fast jedesmal zu früh da war; aber den Spiegel mied sie immer noch. Wenn sie sich wusch, das Haar kämmte, die Zähne putzte, tat sie es wie eine Blinde, aus Angst vor ihrem Spiegelbild und vor einer möglichen Enttäuschung. Sie wollte die ›Enthüllung‹ so lange wie möglich hinausschieben. Wenn Ruth und Sondra sie musterten, konnten sie nichts übermäßig Dramatisches entdecken. Mickeys Gesicht war die meiste Zeit geschwollen und verfärbt und von Verbänden zugedeckt. Mit dem Näherkommen der Prüfungen wandte sich ihre Aufmerksamkeit immer mehr den Büchern zu, und es blieb ihnen kaum Zeit, sich um Mickey zu kümmern.
Am Wochenende vor der gefürchteten Statistik-Prüfung fragte Dr. Novack Mickey, ob sie bereit wäre, sich auf der jährlichen Fachtagung, wo er einen Vortrag halten wollte, zur Demonstration zur Verfügung zu stellen.
Er war dabei, die Fäden an der Stelle vor ihrem Ohr zu ziehen, wo er die alte Narbe entfernt hatte.
»Würde es Ihnen etwas ausmachen, Mickey?« fragte er. »Die Tagung findet in zwei Wochen statt, am letzten Wochenende vor Semesterschluß. Es kommen ungefähr sechzig Fachärzte aus allen Teilen des Landes. Meinen Sie, Sie könnten so eine Demonstration auf sich nehmen?«
Sie saß wie immer, den Kopf zur Wand gedreht, die Hände im Schoß.
»Was muß ich denn da tun?«
»Nicht viel. Ich zeige meine Dias und halte einen kurzen Vortrag. Dann müßten Sie herauskommen, damit die Kollegen Sie sehen können.«
»Das kann ich nicht«, flüsterte sie.
Der letzte Faden war gezogen. Dr. Novack knüllte das kleine Gazebündel zusammen und warf es in den Eimer. Dann rollte er auf seinem Drehstuhl herum, so daß er Mickey ins Gesicht sehen konnte.
»Ich glaube schon, daß Sie es können«, sagte er sanft. »Ich kann Sie natürlich nicht zwingen. Aber überlegen Sie mal, was Sie damit bewirken können. Viele dieser Ärzte kommen extra her, um sich über meine neue Behandlungsmethode zu informieren. Wenn sie Sie sehen, wird sie das überzeugen, daß die Sache Hand und Fuß hat. Sie werden nach Hause

fahren, um anderen zu helfen, die noch so unglücklich sind, wie Sie es einmal waren.«
Sie starrte ihn an. »Wie ich einmal *war*?«
»Sie haben noch nie in den Spiegel gesehen, nicht wahr, Mickey? Hier.«
Er nahm einen Handspiegel und hielt ihn ihr vors Gesicht. Instinktiv schloß Mickey die Augen. »Sehen Sie sich ruhig an. Ich würde sagen, wir haben einen absoluten Volltreffer gelandet.«
Sie öffnete die Augen, starrte furchtsam in den Spiegel. Ihre rechte Gesichtshälfte sah grauenvoll aus: rötliche Narben, Verfärbungen, Schwellungen –
Aber das Feuermal war weg.
»Das alles vergeht mit der Zeit«, sagte Dr. Novack und berührte dabei verschiedene Stellen mit den Fingerspitzen. »Wenn Sie sich an das halten, was ich Ihnen gesagt habe und nicht in die Sonne gehen, wird kein Mensch etwas davon merken, wie das einmal ausgesehen hat.«
Noch einen Moment lang starrte sie ihr Spiegelbild an, dann wandte sie sich Dr. Novack zu.
»Also gut«, sagte sie mit einem unsicheren Lächeln. »Ich tu's.«

»Sie kommt«, rief Sondra, ließ den Vorhang fallen und rannte vom Fenster weg.
Ruth stürzte in die Küche, Sondra folgte ihr, und dort blieben sie beide mit angehaltenem Atem im Dunkeln stehen. Als sie das Knacken des Schlüssels im Schloß hörten, hatten sie Mühe, das aufkommende Gelächter zu unterdrücken. Die Tür öffnete sich, und sie sahen Mickey umrißhaft im abendlichen Dunkel stehen.
»Hallo«, sagte sie. »Ist keiner zu Hause?« Dann murmelte sie: »Sind anscheinend beide weg...«
Sondra drückte auf den Lichtschalter und Ruth schrie mit voller Lautstärke: »Hurra!«
Mickey fuhr erschrocken zusammen. Handtasche und Papiere fielen zu Boden. Sie drückte eine Hand auf die Brust und rief erstickt: »Was ist denn –«
»Wir haben eine Überraschung für dich«, riefen Sondra und Ruth in lachendem Singsang. »Komm rein, wir müssen feiern.«
»Was ist denn –« begann Mickey wieder, während die beiden anderen sie an den Händen faßten und zu ihrem Zimmer zogen. »Sind die Prüfungsergebnisse rausgekommen?«
»Noch nicht. Nun komm schon.«
Sondra blieb zurück, und Ruth schob Mickey in ihr Zimmer. Alle drei

blieben stehen, Sondra und Ruth lachend, Mickey mit geöffnetem Mund.
»Was soll das?« fragte sie schließlich leise.
»Wir feiern dein Debut, Mickey Long.« Ruth gab ihr noch einen sanften Puff in den Rücken. »Na, los schon. Schau dir an, wie wir uns die neue Mickey vorstellen.«
Langsam näherte sich Mickey den Sachen, die auf dem Bett ausgebreitet lagen: ein ärmelloses Kleid aus kornblumenblauer Seide, ein Paar hochhackige Lacksandaletten von derselben Farbe, ein kleines Etui mit goldenen Steckohrringen, ein Schminkkästchen voller unterschiedlicher Farben, ein Seidenschal in Blau, Türkis und Aquamarin, auf dem ein Kärtchen lag. ›Damit Du Dir die Haare aus dem Gesicht binden kannst‹, stand darauf.
»Ich versteh nicht, was –«
»Die Sachen sind von Ruth und mir. Zum Einstand in dein neues Leben.«
»Nein, das kann ich nicht annehmen –«
»Jetzt hör mal zu, Mickey«, erklärte Ruth, »es wird Zeit, daß du dich endlich hübsch anziehst. Möchtest du vielleicht morgen zu dem Bankett als graue Maus gehen? Sollen die Chirurgen dich vielleicht als Mauerblümchen sehen? Du bist doch eine tolle Frau, also zeig's auch!«
Mickey begann zu weinen. Sondra weinte mit. Ruth packte kopfschüttelnd die Haarbürste auf dem Toilettentisch und rief. »So, und als erstes werden wir dir mal eine neue Frisur verpassen.«

Chris Novack hatte gesagt, er würde sie um sieben Uhr abholen. Das Bankett sollte im großen Konferenzsaal des St. Catherine's Krankenhaus stattfinden, von der Wohnung auch zu Fuß nicht weit, doch er hatte darauf bestanden, sie mit dem Auto abzuholen.
Sondra ließ ihn herein, Ruth winkte ihm aus der Küche zu.
»Wir mußten uns den Mund fusselig reden, ehe wir sie so weit hatten, daß sie geht. Jetzt ist sie in ihrem Zimmer und überlegt, was sie anziehen soll.«
Er schüttelte lachend den Kopf. Mit der Zeit, da war er sicher – er hatte es ja oft genug erlebt –, würde Mickey sich an ihr neues Gesicht gewöhnen und ihr zaghaftes Verhalten ablegen. Bei manchen Menschen dauerte es eben ein bißchen länger.
»Hallo, Dr. Novack.«
Er drehte sich um. Und war wie vom Donner gerührt.
»Mickey?«

So unsicher, als hätte sie zum erstenmal hochhackige Schuhe an, trat sie ins Wohnzimmer, den Kopf gesenkt, weil sie das Haar mit einem leuchtenden Seidenschal im Nacken zusammengebunden hatte, so daß ihr Gesicht frei war. Erst als sie nahe vor ihm stand, hob sie den Kopf und lächelte schwach. Sie hatte sich die Lippen geschminkt, und auf den Augenlidern hatte sie einen Hauch grünen Lidschatten. Aber es war nicht nur die Schminke, die ihr Gesicht veränderte. Es war eine innere Lebendigkeit, die sich in ihren Augen und im scheuen Lächeln ihres Mundes ausdrückte. Ihre Einstellung zu sich selbst hatte sich verändert.
Dr. Novack war sprachlos.
»Viel Spaß«, sagte Ruth und wandte sich ab, um sich mit irgend etwas zu schaffen zu machen. »Wir bleiben auf, bis du heimkommst, Mickey.«

Sie machten einen letzten Spaziergang am Strand. In der Wohnung warteten schon die gepackten Koffer, in ihren Handtaschen steckten die Flugscheine. Sondra und Ruth würden abreisen, Mickey würde bleiben. Sie hatte einen Sommerjob als Aushilfsschwester im St. Catherine's Hospital, so daß sie die Wohnung für sie halten konnte.
Sie gruben ihre nackten Füße in den warmen Sand, füllten ihre Lungen mit der frischen, salzigen Luft, ließen sich das Haar von der Meeresbrise zausen. Es war ein herrlicher Tag, der Himmel strahlend blau mit kleinen weißen Wölkchen, die friedlich dahintrieben, und über der rauschenden Brandung tummelten sich kreischend Scharen weißer Möwen.
Alle drei hatten sie das Gefühl, an einer Schwelle zu stehen. Und gleichzeitig waren sie von wohltuender Befriedigung über das bisher Geleistete erfüllt.
Ruth war mit den Abschlußprüfungen auf den sechsten Platz ihres Jahrgangs vorgerückt und sie wußte, wenn sie im Herbst aus Seattle zurückkam, würde Arnie Roth auf sie warten. Sondra hatte einen Platz in einem von der Gesundheitsbehörde finanzierten Hilfsprogramm bekommen und würde einige Wochen lang in einem Indianerreservat arbeiten. Mickey hatte ihr neues Gesicht und sah das Leben mit optimistischerem Blick.
So vieles lag hinter ihnen und so vieles noch vor ihnen. Und der September schien noch in weiter Ferne.

Zweiter Teil
1971–1972

10

Mickey rannte durch den Korridor und stieß ziemlich unsanft mit einem jungen Mann mit einer Filmkamera zusammen. Ihr wirbelte so vieles durch den Kopf in diesem Moment: ob sie die Assistentenstelle in Hawaii bekommen würde, ob sie an dem Chirurgie-Seminar am kommenden Wochenende teilnehmen sollte, was sie mit dem Kind auf Zimmer sechs tun sollte, das eine offene Sicherheitsnadel verschluckt hatte. Sie stieß mit dem jungen Mann zusammen, weil sie auf ihre Uhr gesehen hatte: Vor zwei Stunden erst hatte sie angefangen und lag schon zurück.
Als sie eben am Schwesternzimmer vorübergekommen war, hatte ihr der Duft frisch gekochten Kaffees in die Nase geweht, und sie war sich des hohlen Gefühls in ihrem Magen bewußt geworden. Am Abend vorher war sie bis nach Mitternacht in der Notaufnahme im Dienst gewesen, war dann gar nicht erst nach Hause gegangen, sondern hatte statt dessen in einem Untersuchungszimmer geschlafen. Bei Morgengrauen war sie schon wieder auf den Beinen gewesen, hatte in der Schwesterngarderobe der Chirurgie geduscht und war wieder in die Notaufnahme hinuntergeflitzt, um die nächste harte Achtzehn-Stunden-Schicht zu beginnen. Sie überlegte gerade, wann sie das letztemal gegessen hatte – ein Stück Kuchen, das sie am Mittag des vergangenen Tages hastig hinuntergeschlungen hatte –, und fragte sich, wann sie das nächstemal zum Essen kommen würde, als sie gegen den jungen Mann prallte und ihn förmlich umriß.
»Oh!« rief sie erschrocken. »Entschuldigen Sie!«
Er taumelte ein paar Schritte nach rückwärts und hatte Mühe die große Filmkamera festzuhalten, die er auf der Schulter trug.
»Meine Schuld«, erwiderte er, als er wieder sicher stand. »Ich hab nicht aufgepaßt.«
»Sie haben sich hoffentlich nicht wehgetan?«
Er lachte und schwang die Kamera von der Schulter. »Ich werd's überleben. Berufsrisiko.«
Sie sah von ihm zu dem jungen Mann, der mit einer großen schwarzen Tasche über der Schulter hinter ihm stand.
»Kann ich Ihnen irgendwie behilflich sein?«
»Nein, nein, wir kommen schon zurecht, vielen Dank. Lassen Sie sich von uns nicht aufhalten.«

Mickey war auf dem Weg zu ihrem nächsten Patienten gewesen. Es war acht Uhr an einem schönen Oktobermorgen, und in der Notaufnahme des St. Catherine's Krankenhauses ging es noch ziemlich ruhig zu. Aber bald, das wußte Mickey aus Erfahrung, würde es chaotisch werden.
»Sind Sie von der Zeitung?«
Der Mann mit der Kamera schüttelte den Kopf. »Ach«, sagte er erstaunt, »Sie wissen nicht Bescheid. Das tut mir leid. Man sagte mir, das gesamte Krankenhauspersonal wäre unterrichtet.« Er bot ihr die Hand. »Jonathan Archer. Und das ist Sam, mein Assistent.«
Etwas verwundert gab Mickey ihm die Hand und nickte dem Assistenten zu. »Ich bin trotzdem noch im unklaren«, sagte sie. »Wer sind Sie denn und was tun Sie hier?«
»Jonathan Archer«, sagte er wieder, als müßte sie den Namen kennen und als wäre damit alles erklärt. »Wir machen einen Film.«
»Einen Film?«
»Ich dachte wirklich, alle hier wüßten Bescheid.« Er musterte ihren weißen Kittel, das Stethoskop, die Krankenkarte in ihrer Hand.
»Gehören Sie hier zum Personal?«
»In gewisser Weise.«
Mickey rang mit dem Impuls weiterzulaufen. Seit sie vor einem Jahr ihre klinische Ausbildung begonnen hatte, war sie es gewöhnt, ständig auf Trab zu sein und wenn möglich, drei Dinge auf einmal zu tun. Die Schichtarbeit im vierten Jahr ließ einem kaum Zeit, eine Tasse Kaffee hinunterzuschütten, geschweige denn herumzustehen und mit einem wildfremden Menschen zu schwatzen. Aber sie war neugierig.
»Was für einen Film machen Sie denn?«
Jonathan Archer lächelte. »Es ist ein Dokumentarfilm. In den kommenden Wochen werden Sam und ich überall im Krankenhaus Aufnahmen machen, um die Ereignisse so einzufangen, wie sie tatsächlich ablaufen. Reines *cinema verité*.«
Mickey musterte ihn mit unverhohlenem Interesse. Jonathan Archer sah aus wie ein gewöhnlicher Arbeiter, der in die Notaufnahme gekommen war, um irgend etwas zu reparieren. Seine Blue Jeans war sauber, aber an vielen Stellen geflickt; das verwaschene T-Shirt spannte sich über den breiten Schultern, und das braune Haar hing ihm bis zu den Schultern hinunter. Mickey schätzte ihn auf Ende zwanzig.
Er seinerseits betrachtete sie mit seinen wachen blauen Augen und fand sie ungewöhnlich schön. Der lange, anmutige Hals, das blonde Haar, das streng zurückgenommen war, die hohen Wangenknochen, die schmale Nase – sie sah aus wie eine Primaballerina klassischer Schönheit.

»Und wem habe ich das Vergnügen zu verdanken, beinahe auf der Nase gelandet zu sein?«
»Ich bin Dr. Long.«
»Ach, Sie sind Ärztin.«
»Nein, nein. Ich bin Medizinstudentin. Im vierten Jahr. Wir haben nur Anweisung, uns den Patienten so vorzustellen, und das wird einem schnell zur Gewohnheit.« Sie lächelte entschuldigend. »Habe ich irgendwas verpatzt? Eine Aufnahme?«
»Nein, wir drehen noch nicht. Wir sondieren gewissermaßen erst mal das Terrain, die Beleuchtung, die räumlichen Möglichkeiten und dergleichen.«
»Sind Sie der Kameramann?«
»Ich bin Produzent, Regisseur, Kameramann, Script Girl und Laufbursche.«
Sie lachte. »Ich dachte immer, Filme würden mit Riesenscheinwerfern und Reflektoren und einer Crew von mindestens fünfzig Leuten gedreht.«
Er stimmte in ihr Lachen ein, wobei sich in seinen Augenwinkeln kleine Fältchen bildeten. Er hatte sehr schöne, warme Augen, fand Mickey.
»Das kommt immer auf den Film an. Das hier wird kein *Ben Hur*. Bei Filmen wie wir einen drehen, braucht man keine große Crew. Die besteht nur aus Sam und mir. Das Krankenhaus ist die Kulisse, und die Leute hier, Personal und Patienten, sind die Schauspieler.«
»Und die Story?«
»Das Krankenhaus erzählt seine eigene Geschichte.«
Wie seltsam. Vor drei Minuten noch war Mickey in höchster Eile gewesen, hatte tausend Dinge zugleich im Kopf gehabt, und jetzt stand sie seelenruhig hier und unterhielt sich mit einem Mann, den sie gar nicht kannte, ausgerechnet über Kino.
»Kann ich Sie zu einer Tasse Kaffee einladen?«
Mickey wünschte, er hätte die Frage nicht gestellt. Nichts wäre ihr in diesem Moment lieber gewesen, als die Einladung anzunehmen. Aber sie mußte sie ausschlagen. In den Untersuchungszimmern warteten die Patienten, und sie wußte, daß sie den ganzen Tag nicht zur Ruhe kommen würde. In der Notaufnahme gab es ständig zu tun. Man mußte Platz- und Schnittwunden nähen, Gipsverbände anlegen, punktieren, hysterische Mütter beruhigen – die Liste war endlos. Wenn sie Glück hatte, würde sie irgendwann Zeit finden, ein hastiges Mittagessen hinunterzuschlingen, in die Wohnung zu laufen, um sich umzuziehen, und vielleicht in einem freien Untersuchungszimmer ein kleines Nickerchen zu machen.

»Tut mir leid, aber ich kann nicht.« Sie wandte sich zum Gehen. »Viel Erfolg bei Ihrer Arbeit.«
»Wir sehen uns sicher wieder, Dr. Long.«
Mickey zögerte, wollte etwas sagen, überlegte es sich anders und eilte davon.

Sie stieß noch ein zweitesmal mit ihm zusammen, als sie zu schnell um eine Ecke bog, und sie lachten beide über diesen Zufall. Jonathan Archer wollte mit ihr zusammen zu Mittag essen, aber wieder lehnte sie ab. Als sie das drittemal mit ihm zusammentraf, war sie auf dem Weg in die Verwaltung, um eine Krankenkarte suchen zu lassen, und Jonathan und Sam waren auf dem Rückweg aus der psychiatrischen Abteilung, wo sie gerade gefilmt hatten. Sie konnten nur ein paar Worte wechseln, da Mickey wie immer in Eile war und seine Einladung, eine Tasse Kaffee mit ihm zu trinken, wiederum abschlagen mußte.
Beim vierten Zusammentreffen war Mickey so in die Planung ihres Umzugs nach Hawaii vertieft, falls sie die Assistentenstelle am Great Victoria Krankenhaus bekommen sollte, daß Jonathan sie am Arm fassen mußte, um ihre Aufmerksamkeit auf sich zu lenken. Diesmal waren sie am richtigen Ort, in der Krankenhauskantine, und es war die richtige Zeit, Mittag. Er fragte, ob sie nicht zusammen mittagessen wollten, aber Mickey hatte noch dringende Schreibarbeiten zu erledigen und mußte weg.
Jonathan Archer begann sich zu fragen, ob sie ihm absichtlich aus dem Weg ginge, und Mickey fragte sich das gleiche.

Sie war nervös. Während sie sich am Becken vor dem Operationssaal gründlich schrubbte, versuchte sie, sich alles ins Gedächtnis zu rufen, was sie im vergangenen Semester bei ihrem ersten turnusmäßigen Praktikum in der Chirurgie gelernt hatte. Zuerst Arme und Hände gründlich waschen, dann mit der Bürste abschrubben und dabei die Bürstenstriche zählen – zwanzig an den Nägeln, zehn für jeden Finger und die Hand, sechs um die Handgelenke, sechs für den Arm bis über den Ellbogen. Dann spülen, bei den Fingerspitzen anfangen, Hand langsam heben, den Arm entlang spülen, darauf achten, daß das Wasser von den Fingern zum Ellbogen läuft. Dann die Bürste in die andere Hand nehmen, Seife zugeben, das Verfahren wiederholen.
Mickey bürstete wie alle Anfänger viel zu fest und biß die Zähne zusammen, weil es so weh tat. Mit der Zeit würde sie lernen, wie stark sie bürsten mußte, um die Hautbakterien zu entfernen, ohne die Haut selbst

zu verletzen. Gerade so wie sie gelernt hatte, sich mit dem Körper nicht an das Becken zu lehnen und sich das Mundtuch umzubinden, ehe sie mit der Wäsche anfing. Warum waschen sich die Chirurgen im Film immer mit heruntergelassenem Mundtuch, fragte sie sich. Wenn sie das in einem richtigen Krankenhaus täten, würde man sie hinauswerfen.

Sie sah zur Uhr hinauf. Die gründliche Waschung sollte, wenn sie richtig gemacht wurde, genau zehn Minuten in Anspruch nehmen. Sie wollte ihre Sache unbedingt gut machen, da sie an diesem Morgen Dr. Hill assistieren sollte, dem Chef der Chirurgie, der, wie getuschelt wurde, den Medizinstudenten mit Vorliebe das Leben schwer machte.

Jetzt kam der heikle Teil: man mußte über den Flur, durch die geschlossene Tür, sich abtrocknen, den keimfreien Kittel und die Handschuhe überziehen, ohne sich unsteril zu machen. Im vergangenen Semester hatte eine Schwester – es waren die Schwestern, nicht die Ärzte, die die Medizinstudenten in dieses Verfahren einwiesen – Mickey dreimal zu den Waschbecken zurückgeschickt, ehe sie zufrieden gewesen war. Die Arme hochhaltend, so daß das Wasser an den Ellbogen ablief, ging Mickey jetzt rückwärts zur Tür, stieß diese mit dem Gesäß auf und war froh, daß die Schwester schon mit dem Handtuch dastand, denn ihre Arme waren eiskalt und brannten. Unter dem kritischen Blick der Schwester trocknete Mickey zuerst die eine Hand, dann die andere, ohne mit dem Handtuch ihre Kleidung zu berühren, trocknete dann die Arme bis zu den Ellbogen und warf das Tuch in den Wäschekorb. Sie schlüpfte in den grünen Kittel, den die Schwester für sie hielt, und schob ihre Hände dann in die Handschuhe, ohne sie zu zerreißen – was nicht ganz einfach war –, während eine andere Schwester hinten ihren Kittel zuband.

Die Operation hatte noch nicht begonnen, doch Mickey schwitzte schon jetzt.

»Sie assistieren Hill?« rief der Anästhesist hinter dem Wandschirm hervor.

Mickey konnte ihn nicht sehen. Da der Patient schon in Narkose und alles zur Operation vorbereitet war, hatte die Operationsschwester die keimfreien Vorhänge vorgezogen; der Anästhesist saß hinter seiner grünen Wand verborgen.

»Ja«, antwortete sie ihm.

»Na, dann viel Glück.«

Das war das sechstemal, daß ihr an diesem Morgen viel Glück gewünscht wurde. So schlimm konnte Dr. Hill doch gar nicht sein!

»Im OP ist er ein richtiger Tyrann«, hatte Miss Timmons, die Oberschwester, Mickey in der Garderobe anvertraut. »Er hält sich offenbar für

den Herrgott persönlich und hat ein Vergnügen daran, die Medizinstudenten niederzumachen. Seien Sie nur vorsichtig, er schlägt einem schnell mal auf die Finger.«
Das gleiche hatte Mickey von verschiedenen Kommilitonen gehört, die vor ihr in der Chirurgie gewesen waren. Wenn man einen Fehler machte, bekam man von Dr. Hill mit einem Instrument kräftig eins auf die Finger.
»Also, dann wollen wir mal!« dröhnte es von der sich öffnenden Tür her. Ein großer, imposanter Mann im grünen Anzug hielt der Schwester seine tropfnassen Arme hin und trocknete sich blitzschnell die Hände. Während man ihm seinen Kittel zuband, musterte er Mickey mit einem Blick, unter dem ihr beklommen zumute wurde. »So, und Sie assistieren mir also heute?«
»Ja, Doktor.«
»Ihr Name?«
»Dr. Long.«
»Nein, *Doktor* noch nicht. Haben Sie schon mal bei einem Blinddarm assistiert, Miss Long?«
»Nein, Doktor, aber ich habe mir gestern –«
»Stellen Sie sich da drüben auf die Seite«, befahl er und ging mit drei langen Schritten zum Operationstisch.
Mickey gehorchte stumm, nahm ihren Platz gegenüber Dr. Hill ein und legte ihre Hände sehr leicht auf die grünen Tücher. Sie spürte die schwache Wärme des Patienten, der darunter lag, und den sachten Rhythmus seiner Atmung.
»Wenn Ihnen während der Operation unwohl werden sollte, Miss Long, dann gehen Sie vom Tisch weg. – Also, meine Damen, sind wir soweit?«
Die beiden Schwestern nickten.
»Chuck, bist du wach da hinten?«
»Voll da«, kam die knappe Antwort hinter der Abschirmung hervor.
Dr. Hill pflanzte sich breitbeinig am Tisch auf und beugte sich über das kleine Fleckchen nackte Haut, das die Tücher freiließen. Er maß Mickey mit einem langen taxierenden Blick und sagte dann: »Wir fangen immer mit dem Skalpell an. Ich nehme an, Sie haben schon mal vom Skalpell gehört, Miss Long? Wenn Sie das Skalpell verlangen, strecken Sie auf keinen Fall die flache Hand hin, wie Sie das bei anderen Instrumenten tun würden. Da würden Sie nämlich mindestens einen Finger einbüßen. Sie halten Ihre Hand in der Stellung, die sie einnehmen wird, wenn Sie das Messer benützen. Also so.«

Die Hand gekrümmt, so daß Daumen und Fingerspitzen sich berührten, das Handgelenk leicht abgewinkelt, streckte Dr. Hill den Arm über das Operationsfeld, und die Operationsschwester schob ihm den Griff des Skalpells zwischen die Finger.
»Im Idealfall«, fuhr er fort, »sollte man niemals ein Instrument verlangen müssen. Gesten sollten genügen. Und wenn die Operationsschwester auf Draht ist, sind nicht einmal Gesten nötig, weil sie das nächste Instrument schon bereithält, ehe man es braucht. Wir schneiden jetzt, Miss Long. Sehen Sie zu, daß Sie zu jeder Zeit einen Tupfer zur Hand haben. Das ist mit Assistenz gemeint. Sie *assistieren* mir, ist das klar?«
»Ja, Doktor.« Mickey griff zum Operationswagen hinauf, nahm einen Tupfer von dem dort liegenden Stapel und riß drei Gefäßklammern und eine vorbereitete Nadel mit herunter.
Dr. Hill legte mit demonstrativer Bedächtigkeit das Skalpell aus der Hand, richtete kalte graue Augen auf Mickey und sagte: »Das, Miss Long, ist absolut unmöglich. Sehen Sie die Tupfer hier unten, die unsere Operationsschwester aufmerksamerweise für uns bereitgelegt hat? Das ist ihre Aufgabe hier, Miss Long. Uns zu helfen. Wir arbeiten hier, in dieser Zone, wo die Wunde ist, und sie arbeitet am Operationswagen.«
Mit hochrotem Kopf versuchte Mickey, die gebogene Nadel aus dem Gazebausch zu ziehen, machte die Sache aber nur noch schlimmer. Dr. Hill hüllte sich in Schweigen. Sein frostiger Blick durchbohrte Mickey förmlich, während sie an Gaze und Nadel riß und zupfte, bis endlich die Operationsschwester sich zu ihr neigte und freundlich sagte: »Lassen Sie, ich mach das schon.«
»Tut mir leid«, murmelte Mickey und nahm einen der bereitliegenden Tupfer.
Dr. Hill ergriff wieder das Skalpell und setzte seinen Vortrag fort.
»Also, wenn man in den menschlichen Körper hineinschneidet, blutet er. Dieses Blut muß aufgetupft werden, während der Operateur arbeitet. Dazu hat Gott Sie bestellt, Miss Long – mir nachzutupfen. Wenn ich Sie ohne einen Tupfer in der Hand ertappen sollte, muß ich davon ausgehen, daß Sie keinen blassen Schimmer davon haben, warum Sie sich in diesem Operationssaal befinden, und werde Sie bitten, den Raum zu verlassen.«
Er durchtrennte Haut und Fettgewebe mit einem einzigen sauberen und routinierten Schnitt, und Mickey stopfte sofort einen Gazebausch in die Wunde. Als er sich mit Blut vollgesogen hatte, zog sie ihn heraus und ersetzte ihn durch einen frischen. Dr. Hill sagte nichts. Seine Hände regten sich nicht. Mickey begann der Kopf zu dröhnen, während sie tupfte,

den Tupfer entfernte, einen frischen nahm, wieder tupfte und wieder wechselte. Sie wollte gerade einen weiteren frischen Tupfer in die Wunde drücken, als Dr. Hill trocken sagte: »Ich nehme an, Sie wollen so weitermachen, bis der Patient verblutet? Tupfen Sie das Blut ab, Miss Long, und bleiben Sie mir dann aus dem Weg, zum Teufel, damit ich kauterisieren kann.«
Er nahm ein Instrument, das aussah wie ein Kugelschreiber, mit einer Nadel am vorderen Ende und einem Elektrodraht, der vom hinteren Ende wegführte, und drückte die Nadel auf alle Stellen, wo Blut austrat. An den Wundrändern zog sich bald ein Pfad kohlschwarzer Punkte entlang. Die Prozedur dauerte einige Minuten, und Mickey begriff rasch, worum es ging. Sie sah, welche Richtung die Nadel nahm, tupfte hastig ab, so daß Dr. Hill die Stelle erkennen konnte, wo das Blut austrat. Und bald blieben die Tupfer sauber, und die offene Wunde lag rosig und trocken vor dem Operateur.
»Von jetzt an, Miss Long, werden Sie zu jeder Zeit eine Gefäßklammer zur Hand haben. Sollte mein Messer ein großes Gefäß treffen, so müssen Sie es augenblicklich abklemmen. Strecken Sie die flache Hand aus so wie ich es Ihnen zeige.«
Sie tat es, und sofort wurde ihr fest eine Gefäßklemme auf den Handteller gedrückt. Automatisch hob sie die linke Hand, um die Klemme zu halten, während sie ihre Finger durch die Ringe schob. Blitzschnell fuhr Dr. Hill über den Tisch und schlug ihr hart auf die linke Hand. Erschrocken riß Mickey den Kopf in die Höhe.
»Arbeiten Sie niemals mit beiden Händen, Miss Long. Ökonomie der Bewegung ist alles in der Chirurgie. Sie halten die Hand hin, und die Schwester gibt Ihnen das Instrument in Bedienungsposition. Also, kein Gefummel und nur *eine* Hand. Versuchen Sie's noch mal.«
Mickey schluckte ihren Zorn hinunter, ließ die Klemme fallen und streckte wieder die flache Hand aus. Die Schwester legte ihr die Klemme hinein, und wieder hob Mickey automatisch die andere Hand. Diesmal packte Dr. Hill die erste Gefäßklemme und schlug ihr damit auf die Fingerknöchel.
»Noch mal«, befahl er.
Wütend starrte Mickey ihn an. Sie ließ die Klemme fallen, streckte die flache Hand aus, spürte, wie das Instrument auf ihren Handteller gedrückt wurde, und versuchte dann, ohne die linke Hand auch nur zu bewegen, ihre Finger in die Ringe zu schieben. Die Klemme fiel ihr aus der Hand, landete auf den keimfreien Tüchern, rutschte ab und schlug klirrend zu Boden.

»Noch mal«, sagte Dr. Hill, sie mit kaltem Blick fixierend.
Die nächste Klemme fiel Mickey auf den Boden, sie bekam noch einen Schlag auf die Knöchel, aber beim sechsten Versuch gelang es ihr endlich, die Finger in die Ringe zu schieben.
»Bravo«, sagte Dr. Hill ironisch. »Das sind die falschen Finger.«
Am liebsten hätte sie ihm die Klemme ins Gesicht geschleudert und ihm gesagt, er könne ihr den Buckel runterrutschen. Statt dessen jedoch streckte sie wieder die Hand aus, erhielt die Klemme, schob eilig Daumen und Zeigefinger in die Ringe und senkte dann die Spitze zur Wunde hinunter.
»Na endlich.« Dr. Hill legte sein Instrument aus der Hand und sagte: »Der Vorteil beim McBurney Schnitt, Miss Long, ist, daß man den Muskel nicht zu schneiden braucht, man teilt ihn einfach.« Damit schob er die beiden ersten Finger jeder Hand in die Wunde, zog die Ellbogen hoch und die Wunde auseinander.
»Also, Miss Long, welcher Art sind die Krankheitserscheinungen bei akuter Appendizitis?«
Sie überlegte einen Moment, dann antwortete sie: »Unbestimmte Bauchschmerzen, die im allgemeinen im Epigastrum beginnen, Appetitverlust und Erbrechen. Nach einigen Stunden lokalisiert sich der Schmerz im rechten Unterbauch. Im allgemeinen nur leichtes Fieber. Häufig Muskelkrampf im rechten Unterbauch, eine Erhöhung der Leukozytenzahl und die Senkungsgeschwindigkeit kann –«
»Mit der Senkungsgeschwindigkeit arbeite ich bei meinen Appendizitis-Patienten nicht, Miss Long, sie ist im allgemeinen nicht diagnostisch.«
Während er in die Bauchhöhle griff, um den Wurmfortsatz zu suchen, sagte er: »Man muß hier sehr vorsichtig zu Werke gehen, wenn nämlich der Appendix zu mürbe ist, bricht er bei Beugung, und dann wird die Basis zuerst vom Zäkum getrennt anstatt umgekehrt.«
Nachdem das rosige, wurmähnliche Gewebestück entfernt war, nähte Dr. Hill den abgebundenen Appendixstumpf mit einer Tabaksbeutelnaht.
»Können Sie mir sagen«, fragte er dabei, »warum ich gerade dieses Nahtverfahren wähle und nicht ein anderes, Miss Long?«
»Ich würde denken, Doktor, wenn sich an der Stelle ein Abszeß bilden sollte, dann besteht bei dieser Naht eher die Chance, daß er sich, wenn er aufgeht, in das Zäkum entleert und nicht in die Bauchhöhle.«
»Sehr gut, Miss Long«, sagte er langsam. »Sie sind heller als die meisten.« Dann wandte er sich dem Anästhesisten zu. »Ich mach jetzt zu, Chuck.«

»Herz und Atmung stabil, Jim«, kam es hinter dem Vorhang hervor.
»Nadel«, sagte Dr. Hill zur Operationsschwester und hielt ihr die geöffnete Hand hin. »Und geben Sie Miss Long die Schere. Wenn ich darauf warte, daß sie selbst danach fragt, stehen wir nächstes Weihnachten noch hier.«
Der Anästhesist stand hinter seiner Abschirmung auf und zog sich die Ohrenstücke des Stethoskops aus den Ohren. »Und was hältst du von diesem Filmmenschen, Jim?« fragte er. »Der hat das ganze Krankenhaus auf den Kopf gestellt.«
»Mich stört er nicht, solange er mir aus dem Weg bleibt.«
»Haben Sie seinen letzten Film gesehen?« fragte eine der Schwestern.
»Der hat Riesenwirbel verursacht. Es heißt, das Justizministerium hätte versucht, ihn zu verbieten.«
»Ich habe ihn gesehen«, brummte der Anästhesist. »Kommunistische Propaganda von vorn bis hinten, wenn Sie mich fragen.«
»Was ist es denn für ein Film?« fragte die Operationsschwester.
»Er heißt *Nam*. Es ist eine Dokumentation über den Krieg«, erklärte die andere Schwester. »Sehr drastisch, aber auch sehr schön. Er soll direkt an der Front gewesen sein, um die Aufnahmen zu machen. Der Krieg durch die Augen eines GI's gesehen.«
»Verdammt noch mal, Miss Long«, schimpfte Dr. Hill heftig, »Sie schneiden sie nicht kurz genug ab. Schwester, schneiden Sie bitte für mich.« Er riß Mickey die Schere aus der Hand und warf sie zornig auf den Operationswagen.
Mickey stand reglos. Sie hielt den Blick auf Dr. Hills Hand gerichtet, die in gleichmäßigem Rhythmus die Nadel führte. Sie schluckte die aufsteigenden Tränen hinunter und bemühte sich, ruhig zu atmen. So etwas würde ihr kein zweitesmal passieren; so etwas würde ihr nie wieder passieren...

11

Es war Donnerstag nachmittag. Draußen peitschte ein kühler Wind das Meer zu schäumenden Wogen auf. In der Notaufnahme war es relativ ruhig.
Mickey hatte die vergangene Stunde zugesehen, wie ein Assistenzarzt eine Münze aus der Kehle eines Kindes entfernt hatte, und wusch sich gerade am Becken die Hände, als Dr. Harold zu ihr trat, der freundliche alte Stationsarzt.
»Ich weiß noch«, sagte er, sich mit verschränkten Armen an die Wand

lehnend, »wie uns eines Abends mal ein kleiner Junge gebracht wurde, dem eine Münze im Hals steckte. Wir riefen Dr. Peebles an, den HNO-Spezialisten, und sagten ihm, was los war. Er meinte, er wäre gerade beim Essen, und es fiele ihm nicht ein, extra reinzukommen, nur um einem kleinen Bengel einen Penny aus dem Hals zu holen. Der Assistenzarzt sagte: ›Es ist kein Penny, Sir. Es ist ein Zehn-Cent-Stück.‹ – ›Wenn das so ist‹, antwortete Peebles, ›komme ich sofort.‹«

Mickey lächelte pflichtschuldig. Sie hatte die Anekdote schon viele Male gehört, immer mit anderem Namen und einem anderen Geldstück.

»Miss Long?« Die Empfangsschwester trat mit einer Karte zu ihr. »In drei wartet ein Mann auf Sie. Starke Bauchschmerzen.«

»Danke, Judy.« Mickey klappte die Karte auf und überflog die Angaben. Es handelte sich um einen L. B. Mayer, Anfang sechzig, Übelkeit, Schmerzen im linken Unterbauch, keine Versicherung.

Medizinstudenten stellten keine endgültigen Diagnosen, schrieben keine Rezepte, wiesen Patienten nicht ins Krankenhaus ein; sie machten jede Untersuchung nur zur Übung und Überprüfung ihres eigenen Wissensstands. Nach Mickey würde ein Assistenzarzt den Mann untersuchen und nach ihm ein Stationsarzt; alle würden sie ihm die gleichen Fragen stellen, die gleichen Untersuchungen machen, die gleichen Informationen niederschreiben. Zum Schluß würde der Oberarzt die Entscheidung treffen. Obwohl Mickey auf der untersten Sprosse dieser hierarchischen Leiter stand, bemühte sie sich, an jeden Fall so heranzugehen, als wäre sie allein verantwortlich. Ihre Untersuchungen waren daher immer sehr gründlich.

Die Karte gab wenig Aufschluß. Eine eingehende Untersuchung nahm im allgemeinen ein bis zwei Stunden in Anspruch. Sie klopfte an die Tür von Untersuchungszimmer 3, öffnete dann und sagte mit einem freundlichen Lächeln: »Guten Morgen, Mr. Mayer. ich bin Dr. Long, und ich –«

»Es ist schon Nachmittag, Doktor«, unterbrach Jonathan Archer sie mit einem vergnügten Lachen und sprang vom Untersuchungstisch.

»Was –«

Er stürzte an ihr vorbei zur Tür, schloß sie, riegelte ab und nahm ihr dann die Karte aus den Händen.

»L. B. Mayer, verstehen Sie? Bitte setzen Sie sich doch, Doktor. Schauen Sie, was ich mitgebracht habe.« Er holte einen Korb und hob das karierte Tuch hoch. »Brötchen, Käse und Lachs.« Er zog eine Thermosflasche heraus. »Und jamaikanischen Kaffee.«

»Mr. Archer –«

»Keine Proteste, Doktor. Sie haben keine Ahnung, was ich ausgestanden habe, um bis hierher zu gelangen.«
»Mr. Archer, was soll das heißen?«
Er schüttelte das karierte Tuch aus und legte es über den Untersuchungstisch. Dann schraubte er die Thermosflasche auf.
»Wollen Sie sich nicht setzen?«
»Ich möchte gern wissen, was Sie sich dabei gedacht haben –«
Er drehte sich abrupt um und sah sie an. Sein Gesicht war ernst. »Ich bin nach langer Überlegung zu dem Schluß gekommen«, erklärte er ruhig, »daß ich Sie nur sehen kann, wenn ich als Patient komme.«
»Aber Sie sind kein Patient, Mr. Archer.«
»Ich kann's aber sein.«
Sie sah ihm in die ungewöhnlich blauen Augen mit den kleinen Lachfältchen an den Winkeln und sagte: »Das würden Sie nicht tun.«
»Stellen Sie mich auf die Probe.«
Mickey kam sich vor wie in einem albernen Theaterstück. Gleichzeitig fühlte sie sich geschmeichelt. »Ich muß arbeiten«, erklärte sie nicht sehr überzeugend.
»Dr. Long, ich möchte doch nur ein Weilchen mit Ihnen zusammensein und Sie kennenlernen. Ich habe die Schwester gebeten, Sie hier hereinzuschicken, wenn Sie nichts anderes zu tun haben. Auf der Station ist nicht viel los. Wir essen unsere Brötchen und reden ein bißchen –«
»Hier drinnen?«
»Warum nicht? Wenn Sie gebraucht werden, weiß die Schwester, wo Sie sind.«
Sie warf einen Blick auf das Essen im Korb, roch den verlockenden Kaffeeduft, sah ihm wieder in die sympathischen Augen.
»Ich kann nicht. Das wäre einfach nicht in Ordnung.«
»Na schön, Sie wollen es nicht anders.« Er steuerte auf die Tür zu.
»Was haben Sie vor?«
»Ich kann auch schauspielern, Dr. Long. Ich werde mich da draußen brüllend vor Schmerz auf dem Boden wälzen. Und dann werde ich allen erzählen, daß Sie sich geweigert haben, mich zu untersuchen. Und dann werde ich drohen, Sie zu verklagen –«
Mickey fing an zu lachen.
»– und dann bring ich den ganzen Skandal in meinem Film und mach Sie so unmöglich –«
»Also gut.«
»– daß Sie froh sein können, wenn Sie in irgendeinem gottverlassenen Nest in Arkansas noch eine Praxis aufmachen können.«

»Ich sagte, also gut. Ich bleibe.« Sie hob rasch eine Hand. »Aber nur, weil ich einen Riesenhunger habe. Und nur ein paar Minuten.«
»Macht Ihnen das hier wirklich Spaß?« fragte er fünf Minuten später und umfaßte mit einer Armbewegung den kleinen, kahlen Raum, die Manschetten zum Blutdruckmessen, die an der Wand hingen, die Instrumente, die in einer rosafarbenen Lösung lagen, die Kartons mit Verbandszeug und Nahtmaterial.
»Ja, es macht mir wirklich Spaß.«
Er trank den Rest seines Kaffees und sah sie in schweigender Nachdenklichkeit an.
»Wo ist Sam?« fragte sie.
»Er ist im Labor und schaut sich die ersten Muster an.«
»Von Ihrem Film?«
»Ja.«
»Ich habe leider noch nie einen Ihrer Filme gesehen. Ich komme so selten ins Kino.«
Er lachte. »Ich habe nur zwei gemacht, und der erste landete irgendwo in der Schublade. Ich hatte überhaupt nicht damit gerechnet, daß *Nam* so ein Hit werden würde. Ich hatte einzig die Absicht, der Öffentlichkeit die Augen zu öffnen. Wer hätte gedacht, daß das für die guten Leute so schmerzhaft sein würde.«
»An welcher Filmakademie haben Sie studiert?«
Jonathan nahm sich ein zweites Brötchen, legte dick Käse darauf und garnierte es dann mit einer Scheibe Lachs.
»Ich war nicht auf der Filmakademie. Ich bin Jurist. Stanford, Jahrgang 68.«
»Filmen ist Ihr Hobby?«
»Es ist mein Beruf. Ich hab Jura studiert, weil mein Vater es gern wollte. Er stellte sich vor, ich würde dann in seine Kanzlei in Beverly Hills eintreten. Aber den Ehrgeiz hatte ich nie, ich fühlte mich immer zum Kino hingezogen. Sie haben keine Ahnung, wie oft ich Seminare geschwänzt habe, um irgendwo in einem dunklen Kino zu sitzen. Aber ich machte meine Prüfungen und bekam meine Zulassung als Anwalt, wie er es sich wünschte, und erfüllte damit sozusagen den Vertrag.« Er biß von seinem Brötchen ab, kaute nachdenklich und schenkte sich frischen Kaffee ein.
»Mein Vater hat seitdem kein Wort mehr mit mir gesprochen.«
»Das tut mir leid«, sagte Mickey.
»Ach, das wird schon wieder. Das weiß ich aus Erfahrung. Mein Bruder rebellierte genauso. Er ging in die Versicherungsbranche. Aber kaum kam bei ihm das erste Kind – der erste Enkel meines Vaters –, da war alles verziehen.«

Mickey lachte. »Wollen Sie diese Taktik auch anwenden, um Ihren Vater zu versöhnen?«
»Ich werde ihm entweder ein Enkelkind präsentieren oder meine erste selbst verdiente Million. Beides wirkt«, erwiderte Jonathan lächelnd und hoffte inbrünstig, die verdammte Sprechanlage würde stumm bleiben.
Mickey hoffte das gleiche, und es verwunderte sie. Seit sie sich in jenem Sommer 69, vor nun mehr als zwei Jahren, von Chris Novack verabschiedet hatte, hatte sie sich ausschließlich auf ihr Studium konzentriert.
»Wollen Sie sich spezialisieren?«
»Ja, auf plastische Chirurgie.«
»Warum denn das?«
Sie erzählte ihm von sich selbst, von ihrem Leiden an dem verunstaltenden Muttermal und von Chris Novack. Sie sprach ruhig und gelassen über das, was sie vor zweieinhalb Jahren noch mit tiefster Beschämung erfüllt hatte.
Jonathan musterte sie mit zusammengezogenen Brauen, noch ehe sie zum Ende gekommen war. »Auf welcher Seite war das Muttermal?«
»Sagen Sie's mir.«
Er stand auf und ging zu Mickey. Sehr behutsam umfaßte er ihr Kinn und drehte ihren Kopf erst auf die eine, dann auf die andere Seite.
»Ich glaub's Ihnen nicht«, sagte er schließlich.
»Doch, es ist wahr. Und das Mal ist auch immer noch da. Dr. Novack hat es nicht entfernt, er hat es nur verdeckt. Ich muß starke Sonne möglichst meiden, und wenn ich erröte, wird nur eine Gesichtshälfte rot.«
»Das möchte ich sehen. Machen Sie mal.«
»Ich kann doch nicht auf Kommando erröten.«
Er trat ein wenig dichter an sie heran, so daß seine Beine die ihren berührten, und sagte, die Hand immer noch an ihrem Kinn: »Ich würde unheimlich gern mit Ihnen schlafen, gleich hier, auf dem Untersuchungstisch.«
Ihr stockte der Atem, und sie spürte, wie sie rot wurde.
»Ha!« rief er triumphierend und trat einen Schritt zurück. »Es stimmt. Nur Ihre linke Gesichtshälfte ist rot geworden.«
Sie starrte ihn stumm an, während er zu seinem Stuhl zurückkehrte, sein angebissenes Brötchen nahm und weiteraß.
»Sie wollen also Schönheitschirurgin werden und die Welt von aller Häßlichkeit befreien?«
»Kein Mensch kann etwas für sein Aussehen. Nur weil Sie das Glück hatten, gutaussehend geboren zu werden –«
»Finden Sie wirklich?«

»Ich wollte damit sagen –«
»Ihre linke Gesichtshälfte ist wieder rot, Dr. Long.«
»Warum verspotten Sie mich?«
Er sprang sofort auf. »Oh! Seien Sie mir nicht böse. Ich habe doch nur Spaß gemacht. Ich wollte Sie nicht kränken.« Er trat zu ihr und faßte sie am Arm. »Es tut mir wirklich leid. Bitte gehen Sie jetzt nicht.«
Mickey sah zu ihm auf. »Ich war niemals häßlich – es gibt kaum einen Menschen, der wirklich häßlich ist. Aber ich fand mich häßlich. Das Muttermal sah nicht schlimmer aus als ein Sonnenbrand, aber da ich überzeugt war, es würde abstoßend wirken, benahm ich mich auch so. Nachdem Dr. Novack das Mal entfernt hatte, wurde ich ein anderer Mensch. Über Nacht praktisch kam eine ganz andere Mickey Long zum Vorschein – die wahre Mickey Long. Mehr als alles andere hatte sich das Bild verändert, das ich von mir selber hatte. Das ist der Grund, warum ich in die plastische Chirurgie möchte: Ich möchte anderen Menschen, die unter körperlichen Verunstaltungen leiden, zu einem freundlicheren Bild von sich selber und damit zu einem glücklicheren Leben verhelfen.«
Er betrachtete ihr ernstes Gesicht und seine Schnodderigkeit von zuvor erschien ihm plötzlich völlig unpassend.
Sie sahen einander schweigend an. Er umfaßte ihren Arm fester, und ein starkes körperliches Gefühl überkam sie, wie sie es nur einmal zuvor gespürt hatte, vor zwei Sommern in den Armen Chris Novacks.
»Meine Lebensgeschichte kennen Sie«, sagte Jonathan. »Jetzt erzählen Sie mir Ihre.«
»Da gibt es nichts zu erzählen.«
»Keine Familie?«
»Nein. Mein Vater hat uns verlassen, als ich noch sehr klein war, und meine Mutter ist vor zwei Jahren gestorben.«
»Dann sind Sie ganz allein?«
»Ja...«
Als das Summen der Sprechanlage in die Stille drang, reagierte zunächst keiner von beiden.
»Tut mir leid, Mickey«, kam die Stimme der diensthabenden Schwester. »Ich habe eine Punktierung für Sie.«
Da erst rührte sich Jonathan; Mickey räusperte sich und sah auf ihre Uhr.
»Ich komme sofort, Judy, danke.«
An der Tür drehte sie sich um. »Vielen Dank für das Picknick. Es war schön.«
»Haben Sie Samstag abend Zeit?«

Sie schüttelte den Kopf. »Da habe ich Dienst. —«
»Und wann sind Sie außer Dienst?«
»Wenn ich Notdienst habe.«
»Und die restliche Zeit?«
»Schlafe ich.«
Jonathan seufzte. Jeder anderen hätte er eine schlagfertige Erwiderung gegeben – etwa, ›dann schlaf ich eben *mit* Ihnen‹. Aber nicht Mickey Long. Sie war etwas Besonderes.
»Ich muß sehr viel arbeiten. Es tut mir leid. Sechsunddreißig Stunden Dienst, dann achtzehn Stunden frei. Nebenher hab ich Seminare und muß viel lesen.«
»Ein totgeborenes Kind, unsere angehende Freundschaft, scheint mir.«
»Ja, so sieht es aus.«
»Können Sie sich nicht Zeit *nehmen*? Ein wenig nur.«
Sie warf ihm einen letzten Blick zu, ehe sie die Tür öffnete. »Ich werd's versuchen.«

12

Ruth lief wieder ein Rennen. Aber diesmal ging es nicht um einen Malkasten und nicht um gute Noten.
Diesmal ging es um ein Kind.
Sie saß in der Wärme der Oktobersonne, die durch die großen Fenster fiel, in einem Sessel in der Encinitas Hall. Auf dem Schoß hatte sie einen Kalender, Block und Bleistift. Sie versuchte, Mondzyklen und Daten zu errechnen, als weibliche Stimmen sie ablenkten. Ruth hob den Kopf und musterte die Gruppe von Studienanfängerinnen, die sich um den großen Kamin versammelte, und fragte sich, woher dieser neue Typ von Medizinstudentinnen gekommen war.
Mit gekreuzten Beinen hockten sie auf dem Boden, an die dreißig junge Frauen mit langem, glatten Haar, das hinter die Ohren zurückgeschoben war, alle in Jeans oder anderen langen Hosen, in Folkloreblusen, Männerhemden oder riesigen Pullis. Eine trug ein T-Shirt mit der Aufschrift ›Eine Frau ohne Mann ist wie ein Fisch ohne Fahrrad‹. Sie gingen mit einer ruhigen Vertrautheit miteinander um, so als kennten sie sich schon seit Jahren und wären sich nicht erst im vergangenen Monat das erstemal begegnet. Vier schwarze Frauen und zwei Chicanas waren in der Gruppe, unterhielten sich mit den anderen mit einer Ungezwungenheit, die einige Jahre zuvor noch nicht möglich gewesen wäre.

Sie hatten Ruth am ersten Tag des neuen Studienjahrs völlig aus dem Konzept gebracht. Nachdem sie sich freiwillig gemeldet hatte, die Studienanfängerinnen willkommen zu heißen, war sie zu ihnen gegangen, mit den Ratschlägen gewappnet, die sie selber drei Jahre zuvor von Selma Stone erhalten hatte. Aber ihre Worte waren völlig überflüssig gewesen. Sie wußten schon Bescheid. Wie war das gekommen? Was war das für ein geheimnisvolles Netz weiblicher Kommunikation, das offenbar das ganze Land überzog? Wie war es möglich, daß diese dreißig Frauen, die aus ganz verschiedenen Teilen des Landes hier angekommen waren, sich, obwohl einander völlig fremd, schon kannten und ihr als einige Gemeinschaft gegenübertraten?

Innerhalb einer Woche hatten sie eine radikale Änderung der Kleidervorschriften durchgesetzt. Moreno hatte sich, nachdem er nach bewährter Manier seine Nummer mit der fehlenden Leiche abgezogen hatte, in aller Form entschuldigen müssen. Dr. Morphy löschte stillschweigend Wörter wie ›Mädel‹ und ›Kleine‹ aus seinem Vokabular. Und derzeit wurde ein alter Lagerraum in der Mariposa Hall in einen Aufenthaltsraum nur für Frauen umgewandelt.

Wie kam es, daß diesen dreißig gelungen war, woran ihre Vorgängerinnen gescheitert waren? Lag es nur an ihrer Zahl, die jetzt ein Drittel des neuen Jahrgangs ausmachte, so daß sie nun eine Kraft bildeten, mit der man rechnen mußte? Oder stimmte es, daß die Frauen überall sich veränderten, sich ihrer eigenen Identität und ihres Platzes in der Welt bewußter wurden, nicht mehr bereit waren, alles hinzunehmen?

Ruth beglückwünschte die neuen Studentinnen im stillen und wandte sich wieder ihren Berechnungen zu.

Sie mußte den Geburtstermin richtig bestimmen und konnte dann nur hoffen, daß kein unvorhergesehenes Ereignis ihr einen Strich durch diese Rechnung machte. Wenn sie bei Antritt ihrer Assistentenstelle hochschwanger war, würde das Krankenhaus sie nicht nehmen und ihre Stelle jemand anderem geben; wenn sie andererseits die Empfängnis zu lange hinausschob, würde sie während des größten Teils ihrer Assistenzzeit schwanger sein, und das würde auch keinen Anklang finden. Ruth kannte die meisten der Ärzte und Schwestern in dem Krankenhaus in Seattle, wo sie im kommenden Juli als Assistenzärztin anfangen würde; sie hatte bereits in den vergangenen drei Sommern mit ihnen zusammengearbeitet und war ziemlich sicher, daß man sie nehmen würde, wenn der Geburtstermin nicht mehr allzu fern war, und damit zu rechnen war, daß sie nach der Entbindung voll zur Verfügung stehen würde.

Ruth überlegte sich, daß der siebte Monat der geeignete Zeitpunkt wäre, um die Assistentenstelle anzutreten. Bis dahin würde sie Übelkeit und andere Beschwerden, die sich manchmal zu Beginn einer Schwangerschaft einstellten, hinter sich haben, würde zwar etwas rundlich, aber noch voll arbeitsfähig sein und würde im September alles hinter sich haben. Sie war sicher, daß man ihr lieber zwei Wochen Urlaub geben würde, als sich nach einer neuen Assistenzärztin umzusehen.
Also.
Ruth nahm Stift und Papier und rechnete es noch einmal durch. Man nimmt den ersten Tag der letzten Periode, zählt sieben Tage dazu, rechnet dann drei Monate zurück und erhält das Geburtsdatum. Ruths Menses kam immer sehr regelmäßig, so daß sie die künftigen Zyklusdaten genau vorherbestimmen konnte. Sie rechnete vom 5. November aus und kam auf einen Geburtstermin von Mitte August.
Zu früh.
Ihr nächster Zyklus begann am 2. Dezember. Diesmal kam sie mit ihrer Gleichung auf den 9. September.
Ruth legte lächelnd den Stift aus der Hand und lehnte sich zurück.
Ideal. Genau der richtige Zeitpunkt für das Kind.
Jetzt brauchte sie nur noch Arnies Mitarbeit.
Drei Jahre waren vergangen, seit sie sich Silvester 1969 begegnet waren, und in dieser Zeit hatten sie genau zweimal ernsthaft über Heirat gesprochen. Beide Male hatte Arnie das Thema angeschnitten, beide Male hatte Ruth der Diskussion sehr schnell ein Ende gemacht. Wo sie denn dann wohnen sollten, hatte sie gefragt, da er doch jeden Tag nach Encino in die Firma müßte und sie nach Palos Verdes aufs College? Außerdem, erklärte sie mit unwiderlegbarer Logik, würden sie sich, wenn sie heiraten sollten, auch nicht häufiger sehen können.
Sie hatten sich schließlich darauf geeinigt, daß es das Vernünftigste wäre, im Juni zu heiraten, gleich nach Ruths Examen. Dann blieb ihnen für den Umzug nach Seattle, wo Ruth am 1. Juli ihre Assistentenstelle antreten wollte, fast noch ein ganzer Monat Zeit.
Ruth war klar, daß Arnie kaum einsehen würde, warum sie nun plötzlich doch schon im Oktober heiraten sollten. »Wir haben drei Jahre gewartet, Ruth«, würde er sagen, »da können wir es die letzten sechs Monate auch noch aushalten. Ich möchte nicht in den ersten Ehemonaten von meiner Frau getrennt leben.« Sie mußte sich also genau überlegen, wie sie Arnie dazu überreden konnte, auf ihren Plan einzugehen, schon jetzt zu heiraten und dann noch bis zu den Abschlußexamen getrennt zu leben.

Ruth fühlte eine tiefe Zuneigung zu Arnie Roth. Seine Weichheit, seine ruhige Sanftmut waren Balsam für sie. Er war der ruhende Pol in ihrem hektischen, von Ehrgeiz getriebenen Leben, bei ihm fand sie die Stabilität und Ausgeglichenheit, die ihr selber fehlte. Sie hatte ihn einmal gefragt, wie er ihre Verbissenheit, ihre Stimmungsschwankungen, die Tatsache, daß sie das Studium über ihre Beziehung stellte, überhaupt aushalten könne, und er hatte ganz ruhig gesagt: »Wenn man die Beste sein will, muß man eben eine Menge Opfer bringen. Und man muß kämpfen. Aber irgendwann wird es ja vorbei sein, Ruth. Dann können wir beide gemeinsam unser Leben genießen. Darauf freue ich mich und deshalb halte ich es jetzt aus.«

Es war der Traum vom idealen Leben, den sie teilten. Ruth würde ihren Doktor machen, sie würden sich in Seattle ein Haus kaufen, dann drei Jahre an einem Krankenhaus und danach die eigene Praxis für Geburtshilfe. Und wenn sie finanziell Boden unter den Füßen hatten, würden sie eine Familie gründen. Arnie hatte recht; die Zukunft war die Mühe wert.

Aber nun sah plötzlich alles ganz anders aus.

Als Ruth im Sommer für die Ferien nach Hause geflogen war, war sie vierte ihres Jahrgangs gewesen – vierte unter neunundsiebzig Studenten. Nun endlich würde auch ihr Vater zugeben müssen, daß sie fähig war, daß sie seiner Liebe wert war. Er hatte es tatsächlich zugegeben, zu ihrer Verwunderung.

»Du hast es geschafft, Ruthie«, hatte er gesagt. »Ich muß sagen, ich bin platt. Ich glaubte, wenn du es überhaupt schaffen würdest, dann mit Müh' und Not. Aber du bist vierte deines Jahrgangs, das ist wirklich beeindruckend.«

Ruth glühte vor Stolz. Nicht einmal Joshua hatte es in West Point so weit gebracht.

»Aber...«

Ruth hörte wieder die Worte ihres Vaters, während sie durch das Fenster der Encinitas Hall starrte. Sie sah sein Gesicht vor sich, das einen Ausdruck der Bekümmerung angenommen hatte, hörte die Stimme, die plötzlich beinahe vorwurfsvoll wurde.

»Aber was für einen Preis hast du dafür bezahlt, Kind? Ist das die Sache wirklich wert? Bis du fertig bist und deine eigene Praxis hast, wirst du dreißig sein. Das ist spät für Kinder. Du hast deine Weiblichkeit der Karriere geopfert. Du wirst dein Frausein niemals ausleben können. Glaubst du nicht, daß das ein unnatürliches Leben ist, das du dir da ausgesucht hast?«

Zwei Wochen vor Semesteranfang flog Ruth nach Kalifornien zurück und suchte bei Arnie Zuflucht. Seine Liebe und sein Verständnis halfen ihr über ihren Schmerz und ihre Bitterkeit hinweg. Jetzt hatte sie nur noch einen Gedanken – ihrem Vater zu beweisen, daß er sich getäuscht hatte.

Als die große Flügeltür am anderen Ende des Raumes sich öffnete, blickte Ruth auf. Sondra kam herein, winkte ihr zu, ging zu einem der Automaten, um sich eine Tafel Schokolade zu holen, und schlenderte dann zu Ruth hinüber.

»Wie läuft's?« fragte sie und warf einen Blick auf die Frauengruppe beim offenen Kamin.

»Ich hab's mir genau ausgerechnet«, sagte Ruth und zeigte Sondra ihre Aufzeichnungen.

Sondra sah auf das Blatt und nickte. Sie hielt es für einen Fehler, jetzt eine Schwangerschaft einzuplanen. Aber Ruth war fest entschlossen, und Sondra hatte längst alle Versuche aufgegeben, sie von ihren Plänen abzubringen.

»Ich geh' zu Gilhooley's rüber was essen. Kommst du mit?«

»Ich kann nicht. Ich muß unbedingt noch in die Bibliothek.«

Jeder andere wäre mit den glänzenden Ergebnissen, die Ruth bei den letzten Zwischenprüfungen erzielt hatte, wahrscheinlich glücklich und zufrieden gewesen; Sondra und Mickey jedenfalls hatten an ihrem zwölften und fünfzehnten Platz innerhalb der Jahrgangsstufe nichts auszusetzen. Aber Ruth konnte nicht lockerlassen, hatte sich sogar noch für ein außerordentliches Projekt gemeldet, um zusätzliche Punkte zu bekommen. Es war Sondra schleierhaft, wie Arnie das alles ertrug. Sie bewunderte ihn dafür, daß er so unerschütterlich zu Ruth stand, ihr niemals Szenen machte, wenn sie wieder einmal tagelang keine Zeit für ihn hatte, es ganz ihr überließ, ihre Treffen zu planen. Jetzt fragte sie sich, wie Ruth ihn dazu überreden wollte, so bald schon zu heiraten und ein Kind in die Welt zu setzen.

»Frag Mickey«, sagte Ruth mit einem Blick auf ihre Uhr. »Ich glaub', sie ist heute abend frei.«

»Mickey geht heut' abend aus. Wußtest du das gar nicht? Sie ist mit Jonathan Archer verabredet.«

Sondra ging mit Ruth zur Tür. »Er hat diese Woche jeden Abend angerufen. Heute ist ihr erster freier Abend. Er will mit ihr in den Antikriegsfilm gehen, den er gemacht hat. Er hat dieses Jahr in Cannes einen Preis bekommen, und Mickey hat mir erzählt, er soll sogar für den Oscar vorgeschlagen sein.«

Draußen in der milden Oktobersonne blieben sie einen Moment stehen.
»Ich bin heut' abend auch nicht da, Ruth«, sagte Sondra. »Ich gehe zu einem Vortrag über Tropenmedizin.«
»Okay«, erwiderte Ruth und wandte sich zum Gehen. »Ich laß das Flurlicht brennen.«
Hast du's gut, dachte sie im stillen beinahe neidisch. Sondras Zukunft war so klar abgesteckt, ihre Ziele waren so scharf definiert. Da gab es keine Hindernisse, keine Bindungen, die alles erschweren, niemanden, auf den sie Rücksicht nehmen mußte. Sie hatte sich in den drei Jahren des Studiums nicht einmal eine Liebelei geleistet, sondern war konsequent den Weg gegangen, für den sie sich Jahre zuvor entschieden hatte. Im vergangenen Sommer hatte Pastor Ingels, der Pfarrer der Gemeinde in Phoenix, der Sondras Eltern angehörten, bei ihr angefragt, ob sie sich entschließen könne, auf einer Missionsstation in Kenya zu arbeiten. Sondra war sofort Feuer und Flamme gewesen. Nach den Abschlußexamen wollte sie zunächst ein Jahr als Assistenzärztin an einem Krankenhaus in Arizona arbeiten und dann nach Afrika gehen, wo sie, wie ihre beiden Freundinnen fest glaubten, ein Leben voller Abenteuer, Neuentdeckungen und persönlicher Befriedigung erwarten würde.

Mickey war voller Bedauern, als er kam. »Es tut mir leid, Jonathan. Ich habe versucht, Sie zu erreichen. Ich kann doch nicht mitkommen. Es ist was dazwischengekommen.«
»Was ist denn passiert?«
»Ich hab' heute abend Notdienst.«
»So plötzlich? Heute nachmittag, als wir miteinander sprachen, waren Sie noch frei. Hat man Ihnen das aufgebrummt, oder haben Sie sich freiwillig gemeldet?«
Sie senkte die Lider unter seinem scharfen Blick.
»Na ja, sie haben mich gefragt...«
»Und da konnten Sie nicht nein sagen. Kann ich dann wenigstens reinkommen und Ihnen Gesellschaft leisten, bis es soweit ist?«
»Ich müßte eigentlich im Krankenhaus sein. Wenn ein Notfall reinkommt –«
»Sie sind doch hier nicht weit. Ich kann Sie ja rüberfahren.«
Sie überlegte einen Moment, dann nickte sie.
»Ach ja, das wird schon gehen. Aber samstags ist immer am meisten los.«
Er kam herein und zog den dicken Schafwollpullover aus, den er über seiner Jeans trug.

»Warum haben Sie angenommen? Werden Sie dafür bezahlt?«
Mickey schloß die Tür und ging in die Küche.
»O nein, Geld gibt's da keines.«
»Warum dann?«
Sie machte den Kühlschrank auf und rief: »Bier, Wein oder Limo?«
»Bier bitte. Also, warum haben Sie den Notdienst übernommen, obwohl gar kein Zwang bestand?«
»Weil ich Erfahrung brauche. Sie wissen, daß ich in die plastische Chirurgie möchte, und da muß man erstklassig nähen können. Wenn ich im OP bin, darf ich höchstens die Zangen halten. Das Nähen besorgen die fest angestellten Ärzte.« Sie ging ins hell erleuchtete Wohnzimmer und setzte sich aufs Sofa. Jonathan nahm in dem Sessel ihr gegenüber Platz. »In der Notaufnahme«, fuhr sie fort, »kommen erst die Assistenzärzte und die Praktikanten zum Zug, aber wenn's wirklich hoch her geht, dürfen wir Medizinstudenten auch nähen. Ich habe mich an einem der besten Krankenhäuser um eine Assistentenstelle beworben. Da muß ich schon was vorweisen, um die Konkurrenz schlagen zu können.«
Er trank von seinem Bier und sah sich aufmerksam im Zimmer um. »Sie wohnen schön hier.«
»Ja, wir haben es uns ganz gemütlich gemacht. Als wir vor drei Jahren hier einzogen, war es ziemlich kahl.«
»Wir?«
»Meine beiden Freundinnen und ich.« Mickey erzählte ihm kurz, wie sie, Sondra und Ruth sich kennengelernt und beschlossen hatten, eine gemeinsame Wohnung zu nehmen. Sie erzählte ihm von sich und ihrem Leben am College, und während Jonathan ihr aufmerksam zuhörte, überlegte er, ob er es nicht irgendwie schaffen könnte, das Telefon auszuhängen, damit sie nicht weggerufen werden konnte.
»Entschuldigen Sie«, sagte sie schließlich. »Ich hab' Ihnen ganz schön die Ohren vollgeblasen, nicht?«
»Sie sind die schönste Frau, die mir je begegnet ist. Das meine ich wortwörtlich, Mickey. Sie sind umwerfend. Ich hab' mir gestern die ersten Aufnahmen von Ihnen angesehen, die wir letzten Mittwoch in der Notaufnahme gemacht haben. Sie sind unglaublich fotogen. Sogar Sam war baff. Sie sind für den Film wie geschaffen, Mickey. Ich bin der Meinung, daß Sie sich den falschen Beruf ausgesucht haben.«
Sie sah ihn einen Moment lang perplex an, dann lachte sie. »Ist das eine Masche?«
Aber er meinte es ernst, und sie wußte es.

»Eine Frau von so natürlicher Schönheit wie Sie, ist der Traum jedes Filmregisseurs. Es ist nicht allein Ihr Aussehen, verstehen Sie.« Er stellte sein Bier weg und beugte sich, die Ellbogen auf die Knie gestützt, näher zu ihr. »Sie haben eine wunderbare Art, sich zu bewegen, Mickey. Da stimmt einfach alles, es *fließt*.«
»Hm.« Sie drehte ihr Glas in den Händen, während sie ihn nachdenklich ansah. »Früher haben mich alle Mickey der Rotfleck genannt.«
Er stand auf und setzte sich zu ihr aufs Sofa. »Ich möchte einen Film über Sie machen, Mickey.«
»Nein.«
»Warum nicht? Ihre Geschichte ist anrührend und spannend und –«
»Nein, Jonathan«, sagte sie mit Entschiedenheit. »Ich will nicht zum Film und ich will auch nicht meine Geschichte vor der Öffentlichkeit ausbreiten. Ich möchte nichts weiter als eine gute Ärztin sein. Bitte versuchen Sie nicht, mich zu überreden. Versuchen Sie nicht, eine andere als ich bin aus mir zu machen.«
Er nahm ihre Hand. »Mickey, es würde mir nicht einfallen, eine andere aus Ihnen machen zu wollen.«
Er nahm sie in die Arme und küßte sie. Nur einen Moment lang verspürte Mickey die alte Angst, was er denken würde, wenn er ihr Gesicht aus der Nähe sah; ob die erste Faszination nicht in Widerwillen und Ablehnung umschlagen würde. Dann gab sie sich seinem Kuß hin und war erstaunt, wie leicht und natürlich es war, ihm zu vertrauen. Ihr Herz begann schneller zu schlagen, als sein Kuß drängender wurde, und genau dann läutete das Telefon.
Jonathan ließ sie los. Sie sprang auf. Das Gespräch war kurz.
»Judy? Ja? Schwere Gesichtsverletzungen? Ja, natürlich. Ich komme sofort.«
Jonathan blieb schweigend auf dem Sofa sitzen, während sie in ihrem Zimmer verschwand. Wenig später kam sie mit ihrer Handtasche und einem sauber gefalteten weißen Kittel über dem Arm wieder heraus.
»Es tut mir leid, Jonathan«, sagte sie leise. »Aber ich muß sofort los.«

13

Sie hatten das Autoradio eingeschaltet. Ruth starrte zum Fenster hinaus, ohne jedoch das Lichtermeer des nächtlich erleuchteten San Fernando Valley wahrzunehmen. Sie sah vielmehr das geisterhafte Spiegelbild einer jungen Frau mit kurzem dunklen Haar, das sie versonnen anblickte.

Ruth wußte, daß sie mit Arnie sprechen mußte, bevor dieser Abend vorbei war, aber sie wußte nicht recht, wie sie anfangen sollte.
Sie spürte, wie er ihre Hand nahm und sie an seinen Mund zog, um sie zu küssen. Lächelnd drehte sie sich um. »He, das ist *meine* Hand!«
»Ich weiß«, sagte er, während er das kurvenreiche Stück des Mulholland Drive mit nur einer Hand am Steuer fuhr. »Ich würde dich am liebsten mit Haut und Haaren auffressen.« Er biß sie leicht in den Daumen.
»Gib sie mir lieber zurück. Ich brauch' sie morgen wieder.«
Er ließ ihre Hand los. »Gern, schöne Frau, wenn Sie mir nur nicht erzählen, wozu Sie sie brauchen.«
Es verblüffte Ruth selbst jetzt noch: Arnie hatte an dem Abend, als sie sich kennengelernt hatten, tatsächlich nicht übertrieben, als er erklärt hatte, von der Medizin wolle er am liebsten überhaupt nichts hören.
»Arnie, kannst du einen Moment halten?«
Er sah sie mit hochgezogenen Brauen an.
»Jetzt? Warum denn? Willst du ein bißchen schmusen?«
»Ich möchte reden.«
Er warf einen Blick auf die Uhr am Armaturenbrett. »Ruth, die ganze Familie wartet auf uns. Meine Mutter kriegt einen Anfall, wenn wir zu spät kommen.«
Sie seufzte bei dem Gedanken an Arnies Familie: Mr. Roth, ruhig und unauffällig, Wirtschaftsprüfer wie Arnie, zwei Brüder, der eine der Epidemiologe, der andere Immobilienmakler, drei Schwestern, alle verheiratet mit insgesamt acht Kindern, eine alte Tante und ihr Mann, die in einem Seniorenheim lebten, diverse Vettern und Cousinen und schließlich die energische Maxine Roth, Arnies Mutter, die wie eine mächtige Matriarchin über die ganze Familie wachte. Eine Familie, die Ruths eigener nicht unähnlich war.
»Arnie«, sagte Ruth, nachdem er seufzend das Auto geparkt hatte und sie fragend ansah. »Ich möchte heiraten.«
»Aber das tun wir doch.« Er drückte ihre Hand. »Im Juni, du weißt doch.«
»Ich meine, jetzt. Sofort.«
Er lachte leise. »Du bist doch eine verrückte Nudel.«
»Ich mein' es ernst, Arnie. Ich kann nicht warten.«
Sein Gesicht wurde ernst. »Wie meinst du das?«
Es wurde nicht die ruhig fließende Rede, die sie geplant hatte. Die Aufregung nahm ihr alle Ruhe, so daß sie es nur noch in abgerissenen Sätzen, die sie mit heftigen Gesten unterstrich, hervorsprudeln konnte: daß sie

ein Kind haben wolle, unbedingt, bald, ehe es zu spät wäre, daß sie nicht warten wolle, bis sie über dreißig sei, daß sie sich so dringend ein Kind wünsche, daß es sie fast verrückt mache.
Arnie hörte sich das alles schweigend an, verblüfft und sprachlos angesichts dieser völlig unerwarteten Wendung. Drei Jahre lang waren sie sich völlig einig darin gewesen, daß sie mit Kindern warten wollten, bis Ruth sich als Ärztin mit eigener Praxis niedergelassen hatte, und nun wollte sie diese Planung, die gerade sie mit allem Nachdruck vertreten hatte, plötzlich umwerfen. Während Ruth erregt auf ihn einredete, registrierte er trotz seiner Verblüffung neben den Worten noch etwas anderes; er sah die verzweifelte Dringlichkeit im Blick ihrer Augen, hörte den flehenden Unterton ihrer Stimme, spürte die Panik, die sie zu überwältigen drohte.
Warum? fragte er sich. Nichts von alledem, was sie sagte, erklärte wirklich diesen plötzlichen dringenden Wunsch, ein Kind zu bekommen. Wieder einmal, wie schon manchesmal in der Vergangenheit, schoß ihm der Gedanke durch den Kopf, daß er Ruth Shapiro im Grund kaum kannte.
»Wenn wir jetzt heiraten«, sagte er langsam, »wo wollen wir wohnen? Meine Wohnung ist viel zu weit weg vom College, und ich glaube nicht, daß wir um diese Jahreszeit etwas finden, was näher ist für dich.«
Ruth blickte ins feuchte Gras hinunter. Das war der heikle Moment. Was sollte sie tun, wenn er nicht einwilligte; wenn er darauf bestand, bis zum Juni zu warten? Ruth wußte, sie würde ihr Kind bald bekommen müssen, wenn sie beweisen wollte, daß sie nicht auf Kosten ihres Frauseins Medizin studiert hatte; wenn sie der Welt zeigen wollte, daß sie alles zugleich sein konnte – Frau, Mutter und Ärztin. Aber war dieses Bedürfnis so dringend, daß sie bereit war, dafür ihre Beziehung zu Arnie aufs Spiel zu setzen?
»Wir könnten doch so weiterleben wie bisher«, antwortete sie leise. »Es wäre ja nur eine Sache von sechs Monaten.«
Er war unschlüssig. »Bist du denn sicher, daß sie dich im Krankenhaus nehmen, wenn du schwanger bist?«
Ruth sprach hastig: »Wenn wir es so einrichten können, daß ich im September entbinde, bin ich nur zweieinhalb, höchstens drei Monate während meiner Assistenzzeit schwanger. Die letzten neun Monate wäre ich voll arbeitsfähig.«
»Aber wie wollen wir das denn schaffen, wenn wir beide arbeiten?«
»Meine Mutter springt bestimmt ein, bis wir alles richtig organisiert haben. Wir können ja eine Studentin für das Kind engagieren.« Ruth

drückte seine Hand. »Ich weiß, daß wir's schaffen können, Arnie. Und es liegt mir so viel daran.«
Er war hin und her gerissen. Aber schließlich konnte er Ruths flehendem Blick nicht länger widerstehen. »Na schön«, sagte er lächelnd mit einem Achselzucken. »Wenn es dir so viel bedeutet.«
Sie schlang die Arme um ihn und drückte ihr Gesicht an seinen Hals. »Ach, ich danke dir, Arnie. Es geht bestimmt alles gut. Du wirst sehen, es wird wunderbar.«

14

»Ein glückliches neues Jahr, Mickey.«
»Dummkopf, Neujahr war vor drei Wochen.«
»Aber es ist trotzdem ein neues Jahr.«
»Außerdem ist es gerade erst acht. Aufs neue Jahr stößt man um Mitternacht an.«
Jonathan sah sie mit einem Blick gespielter Verwunderung an. »Ich wußte gar nicht, daß du so konventionell bist.«
Sie saßen in Jonathans Wohnung in Westwood, um bei einer Flasche Dom Pérignon die Fertigstellung seines Krankenhausfilms zu feiern. Auf dem Boden zwischen ihnen standen die Reste eines kalten Abendessens, das sie sich von einem Restaurant hatten liefern lassen. Aus den Boxen der Stereoanlage kam die Stimme von Joan Baez.
Mickey senkte den Kopf und starrte in ihr Glas. Dieser Abend hatte ein Fest werden sollen; seit Tagen hatten sie versucht, sich zu sehen, aber jetzt, wo sie hier war, in Jonathans Welt, um an seinem Triumph Anteil zu nehmen, fühlte sich Mickey seltsam fremd.
Er faßte ihr sachte unter das Kinn und hob ihren Kopf. »Was ist los, Mickey?«
Sie schaffte es nicht, ihm in die Augen zu sehen. »Warum fragst du das?«
»Du warst den ganzen Abend so still. Ich hab' den Eindruck, daß du mit deinen Gedanken ganz woanders bist. Sag's mir. Wo bist du, Mickey Long?«
Sie mußte überlegen, um die richtigen Worte zu finden. Wie konnte sie ihm erklären, daß der Beginn des neuen Jahres für sie mit einer Traurigkeit einherging, die sie sich kaum selber erklären konnte? In dem Moment, als sie das Läuten vom Glockenturm des Colleges gehört, als der Operateur von seiner Arbeit aufgeblickt und zu seinem Team gesagt hatte: »Hallo, es ist 1972! Prost Neujahr!«, war ihr gewesen, als lege sich

eine eisige Hand um ihr Herz. Dieses Gefühl der Kälte hatte sie seitdem nicht mehr verlassen, auch an diesem Abend nicht, auch nicht in Jonathans Umarmung.
Dabei war dies das Jahr, dem all ihr Streben, all die harte Arbeit der letzten Jahre, all ihre Opfer gegolten hatten! Ich brauche mehr Zeit, dachte sie niedergeschlagen. Ich brauche Zeit, um mir über meine Gefühle für Jonathan klarzuwerden, um zu erfahren, welchen Platz er in meinem Leben einnimmt und welchen ich in seinem einnehme. Vor drei Wochen und einem Tag war es leicht gewesen, Jonathan zu lieben, da schien ihr, sie hätten noch eine Ewigkeit vor sich. Aber nun hatte sie den Meilenstein, der am Beginn der nächsten Etappe stand, schon im Blick. Sechs Monate noch, dann würde diese Phase ihres Lebens beendet sein und eine neue beginnen, und so sehr sie sich bemühte, sah sie in diesem neuen Abschnitt ihres Lebens keinen Platz für Jonathan.
»Ich fliege morgen nach Hawaii«, murmelte sie schließlich.
Durch die geschlossenen Fenster hinter den schweren Vorhängen drangen die Verkehrsgeräusche vom Westwood Boulevard, während das Schweigen im Zimmer sich in die Länge zog.
»Wegen der Assistentenstelle?« fragte Jonathan schließlich.
Sie hob den Kopf. »Ja. Ich habe das Telegramm letzte Woche bekommen. Sie haben mich zu einem Gespräch eingeladen. Ich bleibe zwei Tage weg.«
Jonathan sah sie einen Moment lang forschend an, dann stellte er sein Champagnerglas nieder.
»Du willst also wirklich hingehen?«
»Das weißt du doch schon lange, Jonathan. Ich habe meine Pläne nicht geändert. Ich hab' dir schon vor Wochen erklärt, was mir eine Stelle am Great Victoria Krankenhaus bedeutet. Es ist das beste Krankenhaus der Welt für plastische Chirurgie. Seit ich mit dem Studium angefangen habe, träume ich davon, dort arbeiten zu können. Nur deshalb habe ich die ganze Zeit so geschuftet, hab' jede Gelegenheit genutzt, um Notdienst zu machen, hab' versucht, im St. Catherine's Kontakte zu knüpfen, damit ich gute Referenzen bekomme...«
Jonathan stand auf. Über den Notdienst brauchte Mickey ihm nichts zu erzählen; oft genug hatte sie deswegen in letzter Minute Verabredungen abgesagt; oft genug hatten sie deswegen fluchtartig ein Restaurant verlassen müssen, wo sie gerade gemütlich beim Essen gesessen hatten. Einmal hatte Mickeys kleines Funkgerät sogar zu piepen angefangen, während sie im Bett gewesen waren.

»Aber Mickey, das Great Victoria ist doch nicht das einzige Krankenhaus auf der Welt. Du könntest auch hier an die Universitätsklinik gehen oder im St. Catherine's bleiben.«
»Natürlich könnte ich, aber ich will nicht. Das Great Victoria ist das beste. Außerdem ist mir eine feste Anstellung dort sicher, wenn ich die Assistentenstelle bekomme. Bei fast jedem anderen Krankenhaus müßte ich mich nach dem Assistenzjahr neu bewerben, aber wenn ich im Great Victoria genommen werde, kann ich bleiben.«
»Aber es ist nicht sicher, daß du genommen wirst.«
»Nein. Die Konkurrenz ist unheimlich hart, gerade weil das Great Victoria so ein hervorragendes Krankenhaus ist. Da bewerben sich bestimmt Hunderte von Leuten. Deshalb habe ich mich ja so reingekniet. Damit ich was vorzuweisen habe. Und du kannst dich darauf verlassen, wenn ich morgen nach Hawaii fliege, werde ich mit allen Mitteln versuchen, die Leute dort davon zu überzeugen, daß sie mich dringend brauchen.«
»Und wenn du die Stelle nicht bekommst, was tust du dann?«
»Ich bekomme sie, Jonathan.«
»Mickey, wenn du sie nicht bekommst –«
»Dann kann ich ebensogut am St. Catherine's bleiben. Aber ich werde diese Assistentenstelle bekommen, Jonathan.«
Er berührte leicht ihr Gesicht. »Dann fängst du im Juli an und bleibst ein Jahr?«
»Sechs Jahre. Ein Jahr Assistenz, fünf Jahre Stationsärztin.«
Er wandte sich ab. »Ich kann nicht sechs Jahre ohne dich leben, Mikkey.«
»Dann komm mit.«
Er fuhr herum. »Du weißt genau, daß das unmöglich ist. Du weißt, was ich mir gerade hier aufbaue. Du kannst nicht erwarten, daß ich das alles einfach im Stich lasse.«
»Aber genau das verlangst du von mir.«
Jonathan schwieg. Es gelang ihm nur mit Mühe, seine Enttäuschung und Erbitterung zu beherrschen. Es war nicht das erstemal, daß sie dieses Gespräch führten. Sie hatten das alles schon vor zwei Wochen durchgekaut, als sie Ruth und Arnie aufs Standesamt begleitet hatten. Sondra hatte geweint bei der kurzen, ziemlich nüchternen Zeremonie, und Jonathan und Mickey waren sich schmerzlich der Tatsachen bewußt geworden, denen sie beide nicht ins Auge sehen wollten.
»Ich bleibe in unserer Wohnung beim College«, hatte Ruth beim gemeinsamen Mittagessen in einem kleinen Restaurant unweit des Stan-

desamts gesagt. »Jetzt kommt der Endspurt, da kann ich nicht jeden Tag zwischen Tarzana und dem College hin und her fahren.«
Jonathan hatte sich Arnie zugewandt, der so ruhig und gelassen war wie immer.
»Wann startest du nach Seattle?«
»Sobald ich hier alles erledigt habe. Meinen Anteil an der gemeinsamen Firma habe ich meinem Partner verkauft. Er hat schon einen neuen Mann gefunden. Ich muß mir jetzt möglichst schnell in Seattle eine Stellung suchen. Ruth kommt dann im Juni nach.«
Jonathan und Mickey hatten nur schweigend einen Blick getauscht. Es ging, wie es schien, nicht ohne Opfer.
Abrupt wandte sich Jonathan zur Tür. Er war es gewohnt, seinen Kopf durchzusetzen, die Fäden in der Hand zu halten.
»Komm, Mickey«, sagte er, »fahren wir ein Stück.« Er holte seinen Anorak aus dem Schrank. »Sonst erstick' ich hier noch.«
Zu Mickeys Überraschung fuhr Jonathan nicht in Richtung zum Ozean, sondern steuerte den Porsche auf den San Diego Freeway und von dort aus nach Westen auf den Ventura Freeway. Sie sprachen kaum ein Wort während der Fahrt, die durch Woodland Hills in das weniger dicht besiedelte Gebiet des San Fernando Valley führte. Nach einer Weile fuhr Jonathan vom Freeway ab, direkt auf die dunklen Berge zu, weg von Lichtern und Verkehr. Von der Landstraße gelangten sie auf eine verlassene Schotterstraße. Im Licht der Scheinwerfer sah Mickey einen verrosteten Maschendrahtzaun, und wenig später hielt Jonathan den Wagen vor einem Schild mit ›Zutritt verboten‹ an.
»Wo sind wir?« fragte Mickey.
Er wandte sich ihr in der Dunkelheit zu und berührte ihr Haar.
»Ich wollte dir das eigentlich noch nicht zeigen. Ich wollte eine große Gala-Einweihung steigen lassen. Aber ich glaube, jetzt ist der richtige Moment. Komm!«
Er knipste eine Taschenlampe an, nahm Mickey bei der Hand und führte sie über den knirschenden Kies. Die Nacht war kalt, die Dunkelheit hatte fast etwas Bedrohliches. Vor einem mit einer Eisenkette verschlossenen Tor blieb Jonathan stehen und ließ Mickeys Hand los.
»Was tust du?« flüsterte sie.
»Das wirst du gleich sehen.«
Er zog einen Schlüssel heraus und machte das Tor auf. Dann nahm er Mickey wieder bei der Hand und zog sie mit sich.
Im ersten Moment war es Mickey, als träte sie in ein riesiges schwarzes Loch, aber dann hoben sich im schweifenden Lichtstrahl von Jonathans

Taschenlampe die Umrisse von Gebäuden aus der Dunkelheit. Sie sah massige Lagerhallen, Ladenbauten mit eingeschlagenen Schaufenstern, von deren Mauern die Farbe abblätterte, Bürgersteige, ein Straßenschild an einem windschiefen Pfosten. Sie sah eine ganze menschenverlassene Geisterstadt.
»Wo sind wir?« flüsterte sie voll Unbehagen.
»Das sind die alten Morgan-Ateliers. Sie wurden in den dreißiger Jahren geschlossen und einfach dem Verfall überlassen.«
Sie drangen noch tiefer in die Finsternis ein, kamen an seltsamen Gebilden vorüber, deren Bestimmung sie nicht erkennen konnten, stolperten über herumliegende Gegenstände, die in der Dunkelheit unkenntlich blieben.
»Alexander Morgan war ein Tyrann und ein Verrückter«, sagte Jonathan mit gedämpfter Stimme, als hätte er Angst, schlafende Geister zu wecken. »Aber er machte hervorragende Stummfilme. Er war ein Genie, aber gegen Ende seines Lebens, als der Tonfilm kam, änderten sich seine Filme. Sie wurden merkwürdig und bizarr, hatten keinen Erfolg mehr, und schließlich machte er Pleite.«
Mickey starrte in die Nacht, versuchte zu sehen, was Jonathan sah, die Faszination zu spüren, die diese geisterhaften Relikte aus einer anderen Zeit für ihn zu haben schienen.
»Warum bist du mit mir hierher gekommen?« fragte sie.
Er blieb stehen und drehte sich nach ihr um. Im blassen Schein der Sterne, der auf seinem Gesicht lag, sah sie die Intensität seines Blicks.
»Ich habe das Gelände gekauft, Mickey«, sagte er. »Ich werde es wieder lebendig machen.«
»Aber – es ist doch völlig zerfallen.«
»Vieles, ja, aber vieles kann man noch retten. Und es geht ja nicht nur um die Gebäude und die Requisiten, Mickey, das Wichtigste ist der Grund. Das Gelände ist ideal gelegen. Als die ersten Filmemacher nach Kalifornien kamen, ließen sie sich hier nieder, weil die Landschaft so spektakulär ist und man das ganze Jahr hindurch Sonne hat. Bei Tageslicht würdest du sehen, daß die Landschaft hier zum Filmemachen wie geschaffen ist.«
Er wandte sich von ihr ab und ließ den Strahl der Lampe über die gespenstischen Bauten schweifen.
»Wenn du nur sehen könntest, was ich sehen kann«, sagte er. »Ich habe nicht vor, mein Leben lang Amateurfilme zu machen, Mickey. Ich möchte große Filme drehen. Ich möchte den Leuten etwas zu sehen geben. Weißt du noch, als wir uns das erstemal begegnet sind? Da sagtest

du, du hättest geglaubt, beim Filmen stünden überall riesige Scheinwerfer herum und es wimmle von Menschen. Komm in sechs Monaten wieder hierher, Mickey, dann wirst du genau das sehen.«
Der Funke seiner Phantasie sprang auf sie über, und einen Moment lang sah sie alles, wie er es sah. Aber dann erlosch der Funke, und sie erkannte, warum er sie hierher gebracht hatte: um ihren Traum durch seinen zu verdrängen.
»Heirate mich, Mickey«, sagte er leise, ohne sie anzusehen oder zu berühren. »Bleib hier bei mir, als meine Frau, und hilf mir, das aufbauen.«
»Ich kann nicht.«
»Du kannst nicht? Oder du willst nicht?«
»Ich möchte sehr gern, Jonathan. Das weißt du auch. Ich würde so gern für immer bei dir bleiben. Wenn du wüßtest, wie oft ich mir das vorstelle, wie klar ich das Bild vor mir sehe – du und ich zusammen – unsere Kinder...«
Er faßte sie bei den Schultern und neigte sich ganz nahe zu ihr. »Ich sehe es genauso, Mickey.«
»Aber wie soll es je wahr werden?«
»Es kann wahr werden. Wir müssen es nur wollen. Du kannst in Los Angeles bleiben. Keiner von uns braucht seine Pläne aufzugeben. Bleibe bei mir, Mickey. Ich bitte dich.«
Tränen schossen ihr in die Augen, aber ehe sie etwas sagen konnte, brach ein schriller Piepton in die Stille der Nacht ein.
»Was ist das?« fragte Jonathan.
Mickey griff mit der Hand in ihre Handtasche.
»Mein Piepser.«
Seine Hände glitten von ihren Schultern. Er riß ihr das kleine Gerät aus der Hand.
»Mickey!« schrie er. »Nicht einmal diese eine Nacht? Nicht einmal diese eine Nacht, die wir uns weiß Gott sauer genug verdient haben, kannst du es lassen? Hast du deshalb keinen Champagner getrunken – weil du nüchtern bleiben mußtest? Wir haben zusammen geschlafen, und du wußtest es? Wir haben auf meinen Film angestoßen, und du wußtest es? Du wußtest, daß du mich jeden Augenblick sitzenlassen würdest, um in dein verdammtes Krankenhaus abzuhauen?«
Ehe Mickey es verhindern konnte, holte Jonathan aus und schleuderte das Gerät weit in die Nacht hinaus. Dann packte er Mickey in heftigem Zorn. »Bist du denn so ausschließlich mit dir selber beschäftigt, daß du nicht einmal einen einzigen Abend für mich übrig hast?« Er schüttelte

sie. »Sag mir, woran du gedacht hast, während wir zusammen im Bett lagen. An die nächste Operation? An den Patienten auf Zimmer zehn?«
Er stieß sie von sich weg und wandte sich ab.
Sie faßte ihn beim Handgelenk. »Jonathan! Verstehst du denn nicht? Meine Pläne sind mir nicht weniger wichtig als dir deine! Und sie fordern genauso den ganzen Menschen. Du mußt tun, wozu es dich drängt, und ich muß tun, wozu es *mich* drängt. Wenn ich meine Arbeit und meine Pläne aufgäbe, gäbe ich mich selbst auf.«
Ihre Stimme wurde weicher. »Jonathan, ich liebe dich. Ich liebe dich wirklich, aber es hat keinen Sinn. Wir sind einander zu ähnlich. Wir sind zwei voneinander getrennte Menschen, jeder in seiner eigenen Welt, jeder mit seinen eigenen Träumen und Plänen, an denen er festhalten muß. Wir könnten nur zusammenbleiben, wenn einer von uns genau das aufgäbe, was ihn zu dem macht, was er ist. Ich muß nach Hawaii, und du mußt hier bleiben, dein Atelier aufbauen, deine großen Filme machen. Ich möchte nicht, daß du das aufgibst, ich könnte nicht mit einem Mann leben, der nur eine Hülle ist. Würdest du mit einer Frau zusammenleben wollen, die sich dauernd wie amputiert fühlen würde?«
Er nahm sie in die Arme und drückte sein Gesicht an ihr Haar, und Mikkey begann zu weinen.

Sie saß zwischen Sondra und Ruth, die beide nicht halb so aufgeregt waren wie die anderen Studenten. Ruth, die drei Sommer hintereinander auf der Entbindungsstation des Krankenhauses in Seattle gearbeitet hatte, wußte bereits, daß sie als Assistenzärztin angenommen war. Sondra hatte alle ihre Bewerbungen nach Arizona und New Mexico geschickt und konnte sicher sein, daß sie das letzte Jahr vor ihrem Aufbruch nach Afrika noch in der Nähe ihrer Eltern würde verbringen können.
Mickey war so nervös, daß sie kaum richtig sitzen konnte. Sie wußte, daß sich drei ihrer Kommilitonen ebenfalls am Great Victoria beworben hatten und als Konkurrenten nicht zu verachten waren. Und sie hatte keinen Zweifel daran, daß auch angehende Ärzte der anderen großen Universitäten, wie Harvard, Berkely, gern am Great Victoria arbeiten würden. Sie sah herzklopfend zu, wie die Umschläge verteilt wurden, hörte rund um sich herum Freudenschreie und Ausrufe der Enttäuschung, sah plötzlich, wie einer ihrer drei Konkurrenten aufsprang und seinen Nachbarn umarmte. Ihr wurde beklommen zumute.
Aber gleichzeitig dachte sie: Jetzt kann ich bei Jonathan bleiben.
Ihre Hände zitterten, als sie ihren Umschlag aufriß, und als sie den Bescheid gelesen hatte, war sie wie betäubt.

Die meisten anderen blieben zu der kleinen Feier, die in der Encinitas Hall stattfinden sollte, doch Mickey, Sondra und Ruth beschlossen, nach Hause zu gehen. Das Telefon läutete, als sie die Tür öffneten.
Es war Jonathan. »Mickey!« rief er erregt. »Stell dir vor, mein Film ist für einen Oscar nominiert worden. Ich habe eben das Telegramm bekommen. Oscar für den besten Dokumentarfilm. Meine Eltern geben heute abend ein Fest für mich. Ich möchte, daß du auch kommst, Mickey. Ich möchte dich hier haben. Ich hole dich ab. Feiere mit mir, Mickey.«
»Das Great Victoria hat mich genommen, Jonathan.«
Er blieb einen Moment still, dann sagte er: »Mickey, ich möchte dich an meiner Seite haben, wenn ich den Oscar entgegennehme. Ich möchte dich heiraten. Ich komme und hole dich –«
»Ich kann nicht, Jonathan.«
Wieder schwieg er, länger diesmal. »Also gut, Mickey«, sagte er dann. »Ich überlasse die Entscheidung dir. Ich bin heute abend um acht am Glockenturm auf dem Campus. Ich warte zehn Minuten. Wenn du mich heiraten möchtest, wenn du mich liebst, Mickey, dann kommst du.«
»Ich werde nicht kommen, Jonathan.«
»Doch, du wirst! Ich weiß, daß du mich nicht enttäuschen wirst. Um acht Uhr am Glockenturm.«
Sie ging zum Ozean hinunter und machte einen langen Spaziergang. Sie setzte sich in den warmen Sand und sah den Uferläufern zu, die geschäftig hin und her sausten und mit ihren nadelscharfen Schnäbeln den Sand aufwühlten. An dieser Stelle des Strandes waren alle Spuren von Zivilisation wie weggewischt. Hoch über ihr auf den Klippen stand hinter Föhren und Manzanitabäumen verborgen das College. Mickey war, als befände sie sich an einem Ort mitten in All und Zeit, den menschliche Unrast nicht erreichen konnte, an einem Ort unberührter Klarheit, von dem aus sie zum Meer hinausblicken und ihre Seele freisetzen konnte.
Sie zog die Beine an und legte den Kopf auf die Knie. Sie hatte einen weiten Weg hinter sich und hatte doch auch noch einen so langen Weg vor sich. Ihr Leben erschien ihr wie ein einziges Paradoxon: Sie mußte aufgeben, was sie liebte, um das zu erreichen, was sie sich ersehnte; sie mußte einen Traum verloren geben, um den anderen zur Erfüllung zu bringen.
Aber sie wußte schon, wie ihre Entscheidung ausfallen würde. Als Chris Novack das schreckliche Mal aus ihrem Gesicht gelöscht hatte, hatte er ihr eine Chance auf ein neues Leben gegeben. Damals hatte Mickey sich gelobt, es ihm zu danken, indem sie ihm nacheiferte, seine Arbeit fortführe, das, was er ihr geschenkt hatte, anderen Unglücklichen weiter-

reichte. Es ging hier nicht nur um ihren Traum, eine gute Ärztin zu werden; es ging auch um Schuld und Verpflichtung.
Sie würde Jonathan vermissen. Sie würde um ihn trauern. Sie würde ihn immer lieben. Aber sie wußte, was sie zu tun hatte.

Es war vielleicht der schlimmste Abend ihres Lebens. Sie mußte einen beinahe körperlichen Kampf ausfechten, um der Macht zu widerstehen, die sie aus der Wohnung hinausziehen wollte. Je näher der Zeitpunkt rückte, desto unerträglicher wurde die Qual.
Sie stellte sich Jonathan vor, wie er allein am Fuß des Glockenturms stand...
Lauf zu ihm. Nimm die Liebe an.
Nein, geh nach Hawaii. Wirf deine Zukunft nicht weg.
Achtmal schlug die Glocke über dem Campus. Der Wind trug ihren Klang über den Ozean davon. Mickey starrte mit angehaltenem Atem auf die Wohnungstür. Gleich würde er hereinstürzen und sie in seine Arme reißen.
Aber er kam nicht.

15

Es war eine gelungene Feier gewesen, die Reden nicht zu lang, feierlich, aber doch mit Humor gewürzt, so daß niemand richtig ins Gähnen gekommen war. Zufrieden gingen die vierundsiebzig frischgebackenen jungen Ärzte und Ärztinnen in den heiteren Junitag hinaus, der sie mit klarem blauen Himmel und einer milden Meeresbrise freundlich empfing. In ihren kardinalroten Roben mit den gleichfarbigen Mützen, um die Schultern die Stola in Blaßblau und Weiß, das Zeichen ihrer neuen Würde, standen sie auf den Rasenflächen des Campus mit Verwandten und Freunden zusammen.
Ruth war der strahlende Mittelpunkt einer besonders großen, lebhaften Gruppe von Menschen, die sie mit Glückwünschen überschütteten. Zwei Elternpaare, die sich zum erstenmal begegneten, umarmten einander; die Mitglieder der Familien Roth und Shapiro schlossen erste, noch etwas zaghafte Bekanntschaft. Ruths Vater schien den Tag ausgiebig zu genießen, unverhohlen stolz darauf, eine Tochter in die Welt gesetzt zu haben, die bei den Abschlußprüfungen als Beste ihres Jahrgangs abgeschnitten hatte.
»Du hast uns wirklich eine Riesenüberraschung bereitet, Ruthie«, sagte er und zog sie demonstrativ in seine Arme. »Wer hätte das gedacht, daß

du am Schluß die Nase ganz vorn hast! Tja, tja. Ich hoffe, du wirst jetzt erst einmal ein bißchen kürzertreten. Mit einem Kind solltest du vorläufig nicht an eine eigene Praxis denken. Dein Platz ist zu Hause. Aber vielleicht hat sich die ganze Anstrengung doch gelohnt. Vielleicht kannst du später einmal etwas mit deinem Diplom anfangen.«
Einige der jungen Leute waren allein, Mickey unter ihnen. Sie schwankte in ihren Empfindungen, während sie das Gedränge rundherum beobachtete: Einerseits neidete sie den anderen die Aufmerksamkeit, die ihnen von Verwandten und Freunden zuteil wurde, andererseits war sie froh, allein zu sein. So, dachte sie, werde ich von jetzt an immer leben – allein. Sondra würde früher oder später den Mann finden, der für sie der Richtige war; Ruth und Arnie würden sich ein gemeinsames Leben aufbauen. Sie jedoch, davon war sie überzeugt, würde ihren Weg allein gehen müssen, und sie war bereit, das zu akzeptieren.
Während sie langsam über den Rasen ging, dachte sie an Jonathan. Das letztemal hatte sie ihn gesprochen, als er angerufen und sie gebeten hatte, sich am Glockenturm mit ihm zu treffen. Seither hatte sie nichts mehr von ihm gehört. Gesehen hatte sie ihn noch einmal im Fernsehen, als er seinen Oscar für den besten Dokumentarfilm entgegengenommen hatte. Er hatte unglaublich lebendig und dynamisch gewirkt. Er brauchte sie jetzt nicht mehr; er mußte seinen eigenen Weg gehen, so wie sie, frei und ohne Bindungen. Und dennoch, das wußte Mickey, würde er sie stets begleiten, ihr ganzes Leben lang.
Als sie sich ihren beiden Freundinnen und deren Familien näherte, überfiel sie eine leichte Traurigkeit. So glücklich sie war, diese erste Etappe auf ihrem Weg geschafft zu haben, so gespannt sie in die Zukunft blickte, der Gedanke, daß sie sich nun bald von Sondra und Ruth würde trennen müssen, stimmte sie traurig.
Doch ehe sie diesem Gefühl richtig nachgeben konnte, packte Ruth sie schon beim Arm, um sie ihren Eltern vorzustellen. Mickey fiel auf, wie ungewöhnlich still Arnie war. Sie wußte den Grund dafür. Er war gekränkt, weil Ruth sich ihr Diplom auf ihren Mädchennamen hatte ausstellen lassen.
Sondras Eltern, elegant gekleidet und braungebrannt, begrüßten sie.
»Ich kann Ihnen nicht sagen, wie stolz wir auf Sie drei sind«, sagte Sondras Vater, als er ihr die Hand schüttelte. »Sondra hat uns erzählt, daß Sie nach Hawaii gehen. Und unser kleines Mädchen will nach Afrika.«
Später, als die allgemeine Aufregung sich gelegt hatte, gingen Mickey, Sondra und Ruth zu ihrer Wohnung zurück. Das letztemal, dachte sie, daß sie gemeinsam diesen Weg gingen.

Dritter Teil
1973–1974

16

Ein Koffer war angefüllt mit Medikamenten, die das Krankenhauspersonal für die Mission gesammelt hatte; der andere, kleinere, enthielt ihre Kleider und die wenigen persönlichen Dinge, von denen sie sich nicht hatte trennen wollen. Sondra behielt die schwarzen Träger im Auge, die die Gepäckwagen heranzogen und die Koffer holterdipolter abluden. Es ging chaotisch zu am Flughafen: Touristen sorgten sich, daß ihr Gepäck nicht mitgekommen sein könnte; Geschäftsleute schwitzten erbärmlich in ihren korrekten Anzügen, hatten Angst, sie könnten ihre Anschlußflüge verpassen; nervöse Mütter fuhren ihre quengelnden Kinder an; ein paar Golfspieler aus England drängten sich ungeduldig durch das Gewühl, um nach ihren Golftaschen zu suchen. Sondra stand etwas abseits von der Menge, eine junge Frau in Blue Jeans, Cowboy-Stiefeln und einem verwaschenen T-Shirt mit dem Emblem der Universität von Arizona.
Sie sah auf ihre Uhr. In Phoenix war es jetzt acht Uhr abends. Im Krankenhaus wurde das Geschirr vom Abendessen abgetragen, und Dr. MacReady tyrannisierte zweifellos eine neue Gruppe von Assistenzärzten. Der bärbeißige Chefarzt, von dem sie immer den Eindruck gehabt hatte, er könne sie nicht leiden, hatte sie damit überrascht, daß er sie gebeten hatte zu bleiben.
»Sie sind eine gute Ärztin, Mallone«, hatte er gesagt.
»Wir brauchen Leute wie Sie. Gehen Sie nicht nach Afrika. Bleiben Sie hier und machen Sie Ihren Facharzt. Ich werde dafür sorgen, daß Sie das Fach bekommen, das Sie haben möchten.«
Sondra hatte sich geschmeichelt gefühlt, aber sie hatte abgelehnt. Sie war Pastor Ingels und dieser Mission verpflichtet; sie wollte nach Afrika, in das Land ihrer Vorfahren.
Die Uhuru Missionsstation befand sich in der Dornsavanne, etwa auf halbem Weg zwischen Nairobi und Mombasa. Sie war eine der ältesten Stationen in Kenia und betreute eine weite Region, die hauptsächlich von Angehörigen der Taita und der Massai besiedelt war. Als Sondra Pastor Ingels erklärt hatte, daß sie nicht fromm sei und daher niemanden missionieren könne, hatte dieser gesagt: »Missionare haben wir genug, Sondra. Unsere Meldelisten von Freiwilligen sind ellenlang. Was wir drin-

gend brauchen, sind Ärzte wie Sie, die sich in der Allgemeinmedizin auskennen. Wir brauchen Leute, die den Eingeborenen die Grundkenntnisse der Körperpflege und der Hygiene beibringen können. Wir brauchen Leute, die bereit sind, in den Busch hinauszugehen und sich um alle die Kranken zu kümmern, die den Weg zur Missionsstation nicht bewältigen können. Glauben Sie mir, Sondra, auch wenn Sie keine Missionsarbeit leisten, dienen Sie da draußen dem Herrn.«

Die Menge begann sich zu lichten, das Gedränge verlagerte sich zur Paßkontrolle. Man hatte Sondra mitgeteilt, daß jemand von der Missionsstation sie abholen würde, aber selbst nachdem sie ihre Koffer gefunden hatte, hatte sich noch niemand bei ihr gemeldet. Sie begann, ein wenig unruhig zu werden. Da sah sie endlich einen Mann auf sie zukommen.

»Dr. Mallone?« fragte er ziemlich brüsk, als er sie erreicht hatte.

»Ja«, antwortete Sondra und ließ sich ihre beiden Koffer von ihm abnehmen.«

»Ich bin Dr. Farrar«, erklärte er kurz, drehte sich um und schob sich schon ins Gewühl. »Bleiben Sie einfach hinter mir«, fügte er hinzu, ohne sich nach ihr umzudrehen. »Das wird hier besser werden, wenn der neue Flughafen fertig ist.«

Als sie nach der Paß- und Zollkontrolle endlich in den kühlen, sonnigen Morgen hinaustraten, führte Derry Farrar sie zu einem VW-Bus, der zu Sondras Überraschung in grellen Zebrastreifen gespritzt war. Er sprach kein Wort, während er das Fahrzeug durch den dichten Verkehr am Flughafen steuerte, und Sondra, der sein steinernes Schweigen Unbehagen verursachte, fiel nichts ein, worüber sie hätte sprechen können.

Derry Farrar war ein gutaussehender Mann. Braungebrannt, in Khakihose und Khakihemd mit aufgekrempelten Ärmeln, erinnerte er Sondra an die legendären weißen Jäger früherer Zeiten. Er hielt sich sehr gerade, hatte die straffen Schultern und den kraftvollen Rücken eines jungen Mannes, obwohl er Sondras Schätzung nach mindestens fünfzig Jahre alt sein mußte. Das schwarze Haar trug er sauber gescheitelt und glatt zurückgekämmt wie ein vornehmer Engländer, und seine Ausdrucksweise war geschliffen. Doch mit dem offenen Hemd, das die braungebrannte Brust sehen ließ, hätte er sich kaum in der Fleet Street zeigen können.

Sein Gesicht faszinierte sie. Es wirkte weich und doch gleichzeitig sehr verschlossen. Die dichten schwarzen Brauen gaben ihm einen strengen, beinahe zornigen Zug, und die tiefblauen Augen hatten etwas Unergründliches. Es war ein widersprüchliches Gesicht, anziehend und abweisend zugleich.

Die zweispurige Landstraße, in die sie einbogen, war von leuchtenden

Bougainvilleabüschen gesäumt, die Sondra an das Castillo College erinnerten. Als sie plötzlich am Straßenrand eine Giraffe sah, die an den Blättern einer Akazie knabberte, rief sie: »Ach! Schauen Sie doch mal!«

»Das ist der Nationalpark von Nairobi«, sagte Derry.

»Gibt es bei der Missionsstation auch Tiere, Dr. Farrar?«

»Nennen Sie mich Derry. Wir nennen uns alle beim Vornamen auf der Station. Ja, Tiere gibt es. Haben Sie Malariatabletten genommen?«

»Ja.«

»Gut. Wir hatten in letzter Zeit einige Fälle. Nehmen Sie die Tabletten regelmäßig, solange Sie hier sind.«

»Das hatte ich sowieso vor. Ich habe mir Vorrat für ein ganzes Jahr mitgenommen«, erklärte sie vergnügt.

Derry Farrar drehte flüchtig den Kopf und warf ihr einen Blick zu, der sagte, ein Jahr halten Sie es hier draußen nie aus. Sondra wandte sich hastig ab und schaute wieder zum Fenster hinaus.

Der VW-Bus bog an einer Kreuzung von der breiten Straße ab, um einem Wegweiser mit der Aufschrift *Wilson Airport* zu folgen. Als sie vor dem Flughafengebäude anhielten, runzelte Sondra die Stirn. »Fahren wir nicht mit dem Wagen zur Missionsstation?« fragte sie, als Derry Anstalten machte auszusteigen.

»Das sind zweihundert Meilen. Da brauchen wir den ganzen Tag.«

Im Flughafengebäude kaufte Derry eine Zeitung, dann gingen sie weiter aufs Rollfeld, wo Sondra den Blick hoffnungsvoll auf mehrere große Maschinen der East African Airways richtete. Doch die Hoffnung wurde enttäuscht. Er führte sie zu einer klapprigen, staubbedeckten Einmotorigen.

Er sprang auf die Tragfläche, öffnete die Tür und streckte den Arm zu Sondra hinunter, um ihr heraufzuhelfen.

»Ach, du lieber Gott«, sagte sie lachend. »Hält die überhaupt noch einen Flug durch?«

»Sie haben keine Angst vorm Fliegen, hoffe ich. Das ist die Missionsmaschine. Mit der werden Sie in ganz Kenia herumfliegen. Kommen Sie.«

Als sie es sich in einem der kleinen Sitze bequem gemacht hatte, sagte Derry: »Ich bin in einer Minute wieder da«, und sprang zum Rollfeld hinunter.

Die Minute zog sich in die Länge, es wurden fünf Minuten, dann zehn, dann fünfzehn, während Sondra beobachtete, wie Derry Farrar die Maschine einer sorgfältigen Prüfung unterzog, die er damit beendete, daß er

durch ein Polierleder Benzin in den Tank goß. Er sah zu ihr auf, und wieder bemerkte sie diesen Ausdruck in seinem Gesicht, der ihr verriet, daß er keineswegs erfreut war, sie zu sehen.
Sondra ließ sich davon nicht stören. Sie würde sich diesen heißersehnten Moment ihrer Ankunft in Afrika nicht von der schlechten Laune dieses Griesgrams verderben lassen.
Einem plötzlichen Impuls folgend, öffnete sie ihre Handtasche und kramte zwischen Tabletten gegen Luftkrankheit, altem Schokoladenpapier, Reisepaß und anderen Dokumenten einen Briefumschlag hervor, der in Honolulu abgestempelt war. Mickeys letzter Brief war in großer Eile hingeworfen, da sie gerade ihr zweites Jahr am Great Victoria begonnen und für private Dinge kaum einen Moment Zeit hatte. In dem Umschlag steckten außerdem ein Foto von Ruth, das sie, mit der elf Monate alten Rachel auf dem Arm und sichtlich schon wieder schwanger zeigte, und eine Polaroidaufnahme von Mickey am Strand von Waikiki. Sondra blickte lächelnd auf die beiden Gesichter und dachte: Ich bin hier, ihr beiden. Ich hab's geschafft.
Derry kletterte in die Maschine. Ehe er den Motor anließ, wandte er sich Sondra zu und sagte: »Wollen Sie beten?«
»Wie bitte?«
»Ob Sie beten wollen, ehe wir starten.«
Sie zwinkerte verdutzt. »Ich hab' vielleicht Angst vorm Fliegen, aber deswegen brauchen Sie sich nicht darüber lustig zu machen.«
Eine Sekunde lang veränderte sich sein Gesicht, wurde offener, als er leicht die dunklen Brauen hochzog, und der Schatten eines Lächelns um seinen Mund spielte.
»Verzeihen Sie. Ich wollte mich nicht über Sie lustig machen. Die Leute von der Mission sprechen immer ein Gebet vor dem Aufbruch, selbst wenn sie zu Fuß gehen.«
»Oh«, sagte Sondra verlegen. »Entschuldigen Sie. Das wußte ich nicht.« Verwirrt wandte sie sich ab. »Nein – danke.«
Sie flogen über eine Landschaft sanft gewellter grüner Hügel, die von kahlen Flecken roter Erde durchsetzt war. Sondra konnte sich nicht sattsehen. Weit vorgebeugt saß sie in ihrem Sitz und starrte so angespannt hinunter, als wolle sie sich diesen Blick für immer einprägen. Nach einer Weile wich das Grün bräunlichen Grasflächen, auf denen krüppelhaft kleine Bäume wuchsen.
»Schauen Sie da!« rief Derry laut, um das Donnern der Maschine zu übertönen. »Sie haben Glück. Meistens ist der in den Wolken, und man bekommt ihn gar nicht zu sehen.«

Sondra blickte mit großen Augen auf den schneebedeckten Berg, der sich aus der Ebene erhob.
»Ist das der Kilimandscharo?« fragte sie beinahe ehrfürchtig.
»Ja. In Suaheli heißt *kilima* kleiner Hügel. Es ist also der kleine Hügel mit dem Namen Ndscharo.«
In lavendelblauen Hügelketten und leuchtenden roten und lohfarbenen Matten, auf denen unter Gruppen flachkroniger Bäume Herden wilder Tiere grasten, entfaltete sich die afrikanische Landschaft unter Sondras Blick. Ihr war, als werde ihr ein Blick in die Vergangenheit gegönnt, auf die Erde, wie sie zu Urzeiten gewesen war. Sie war so überwältigt, daß ihr die Worte fehlten. Ein Gefühl überkam sie, als wäre sie leichter als Luft, ein beinahe lähmender innerer Jubel. Sie kannte es, sie hatte es vor beinahe fünf Jahren schon einmal erlebt, als Rick Parsons einem kleinen Jungen ein neues Leben geschenkt hatte. Es war ein beinahe mystisches Gefühl gewesen, ein plötzliches inneres Wissen um den Platz, den das Leben ihr zugedacht hatte. Jetzt verspürte Sondra es wieder, genau wie damals, und es ließ sie erschauern.
Als Derry die Maschine nach Osten zog, sah Sondra unten rote Wüste, eine nackte, strenge Urlandschaft, die sie an Landschaften des amerikanischen Südwestens erinnerte. Brüllend erklärte ihr Derry, daß dies der Tsavo Nationalpark sei, eines der größten Tierreservate der Welt. Die nackte rote Erde schien sich bis an den fernen Horizont zu dehnen.
Plötzlich entdeckte Sondra unten etwas und rief laut: »Was ist das da unten?«
Derry griff nach einem Feldstecher. »Ein Elefant«, antwortete er nach einem kurzen Blick und reichte ihr das Glas. »Und er lebt noch.«
Sondra warf nur einen Blick in die Tiefe und zog das Glas wieder von den Augen.
»Er stirbt«, rief Derry. »Darum liegt er auf der Seite. Er ist von Wilderern angeschossen worden. Diese Schweine warten, bis die Tiere zu einem Wasserloch kommen, dann schießen sie sie einfach ab. Sie spicken die Elefanten mit Giftpfeilen und verfolgen sie, wenn sie sich halbtot davonschleppen. Meistens dauert es Tage bis so ein Tier verendet. Wenn es dann endlich tot ist, fallen die Kerle über den Kadaver her, hacken ihm die Stoßzähne ab und überlassen den Rest den Geiern.«
»Kann man dagegen denn nichts unternehmen?«
»Was denn? Der Park ist achttausend Quadratmeilen groß, alles Wildnis. Und überwacht wird er vielleicht von einer Handvoll Leuten. Was sollen die gegen die Wilderer ausrichten? Nein, solange die reichen Industrienationen bereit sind, für Elfenbein und Leopardenfelle zu bezahlen, so-

lange wir alle den Hals nicht voll genug bekommen können, haben diese armen Teufel überhaupt keine Chance. Ich werde die Sache melden, wenn wir ankommen, aber helfen wird es nichts. Die Wilderer sind jetzt schon da unten, und sie wissen, daß wir das Tier gesichtet haben. Bis einer von den Wildhütern hinkommt, sind sie längst verschwunden, nachdem sie dem Elefanten bei lebendigem Leib die Stoßzähne abgesägt haben.«

Nicht lange danach setzte Derry zur Landung an.

»Halten Sie sich jetzt fest. Ich muß erstmal die Landebahn freischaufeln.«

Ehe sie sich's versah, ging die Cessna in Sturzflug und donnerte in geringer Höhe über die Landebahn.

»Die verdammten Hyänen«, brüllte Derry. »Die kriegt man nie anders von der Landebahn weg.«

Noch einmal starteten sie durch, und als sie endlich auf dem Landestreifen aus festgetrampelter Erde aufsetzten, war Sondra beinahe übel.

»Sie werden sich schon daran gewöhnen«, bemerkte Derry, als er ihr von der Tragfläche herunterhalf.

Während er die Koffer, einen Packen Post und einige Säcke aus der Maschine holte, sah Sondra sich in ihrer neuen Umgebung um.

Hinter ihr dehnte sich eine weite Ebene roter Erde, die mit dürrem gelben Gras, Dornbüschen und verkrüppelten Bäumen bewachsen war. Vor ihr jedoch hatte die Landschaft ein anderes Gesicht: Grüne Hügel wellten sich in die Ferne zum Fuß hochragender, in Dunst gehüllter Felsen. Nicht weit von der Landebahn befand sich eine Enklave menschlicher Ordnung und Sauberkeit: Beschnittene Bäume und Hecken und eine Gruppe von Gebäuden – die Missionsstation. Dahinter sprenkelten runde Hütten und kleine abgegrenzte Felder die Hügelhänge.

Derry trat neben sie und sagte: »Komisch, daß keiner hier ist, um Sie in Empfang zu nehmen.«

Sie drehte den Kopf und sah die Verwunderung auf seinem Gesicht. Dann hörten sie beide von jenseits der Bäume und Blumen einen lauten Aufschrei. Derry ließ plötzlich Koffer und Säcke fallen und rannte davon. Verwirrt lief Sondra ihm nach.

Sie rannten zwischen zwei Torpfosten hindurch, über denen ein holzgeschnitztes Schild mit der Aufschrift ›Uhuru Missionsstation‹ angebracht war. Im Hof hatte sich eine kleine Menschenmenge versammelt: Afrikaner in bunt gemusterten Gewändern und Weiße in Khakikleidung. Alle schienen sie entweder zornig oder erschrocken zu sein. Die Menge teilte sich, als plötzlich ein Mann durchbrach, ein großer Afrikaner in

Khakihemd und Shorts, einem breitkrempigen Hut und einem Dienstabzeichen an der Brust. Zuerst rannte er, von zwei Männern verfolgt, in ziellosem Zickzack, dann schwenkte er unvermittelt und hielt direkt auf Sondra zu. Sie blieb stehen, er prallte mit ihr zusammen und riß sie zu Boden.
»Haltet ihn!« hörte sie jemanden rufen.
Sie sah Derry an sich vorüberlaufen, dann einen zweiten Weißen in Jeans und kariertem Hemd, der ein Stethoskop um den Hals hängen hatte.
Während sie langsam aufstand und sich den Staub von den Kleidern klopfte, schwoll das Geschrei um sie herum an, und zwei weitere Männer nahmen die Verfolgung des großen Afrikaners auf. Der rannte immer noch wie ein hakenschlagender Hase im Hof umher, wich behende den Händen aus, die ihn greifen wollten, bis er plötzlich ohne jeden ersichtlichen Grund zusammenbrach und auf der Erde liegenblieb wie von einer Kugel getroffen. An allen Gliedern zuckend wälzte er sich auf dem Boden.
Derry und der Mann in den Jeans knieten neben ihm nieder. Sondra lief zu ihnen, während die anderen neugierig zwar, aber doch ängstlich, murmelnd zurückwichen.
»Ich weiß nicht, was passiert ist«, sagte der Mann an Derrys Seite, der mit einem starken schottischen Akzent sprach. »Ich wollte ihn gerade untersuchen, ich hatte ihn noch gar nicht angerührt, da raste er plötzlich aus dem Krankenhaus hinaus.«
Derry blickte aufmerksam in das schwarze, von Schmerz verzerrte Gesicht. Die Augen des Schwarzen hatten sich so verdreht, daß nur noch das Weiße zu sehen war. Speichel und Blut rannen ihm über die Lippen.
Sondra kniete neben ihm nieder und drückte zwei Finger auf seine Halsschlagader.
»Er hat einen Anfall«, sagte sie. Dann hob sie den Kopf und sah den Mann an, der ihr gegenüber kniete und in offenkundiger Ratlosigkeit zu dem schwarzen Gesicht hinunterblickte. »Was ist geschehen?« fragte sie.
»Ich weiß nicht. Ich hatte kaum Zeit, mir den Mann anzusehen. Ich weiß nicht einmal, warum er ins Krankenhaus gekommen ist.«
»Aber ich weiß es.« Derry stand auf. »Ich kenne den Mann. Er ist Beamter bei den öffentlichen Versorgungsbetrieben in Voi.«
Sondra sah zu dem Bewußtlosen hinunter, dessen krampfartige Zuckungen jetzt nachgelassen hatten. »Der Anfall muß durch Drogen ausgelöst gewesen sein«, murmelte sie nachdenklich. »Ich weiß keinen primären Krankheitsprozeß, bei dem ein Mensch so herumrennt.« Sie zog jedes

der beiden Augenlider hoch und stellte fest, daß die Pupillen normal waren, sowohl was ihre Größe als auch was die Reaktion anging. Das verwirrte sie noch mehr. Jede Störung, die ihr einfiel, mußte sie ausschalten, da sie alle mit Beeinträchtigungen der Motorik einhergingen: Eine Alkoholvergiftung, andererseits oder irgendein Halluzinogen.

Der junge Schotte, der Sondra gegenüber kniete, starrte sie einen Moment lang an, als hätte er sie erst jetzt bemerkt, und sagte dann: »Wir packen ihn ins Bett und halten ihn unter Beobachtung. Solange wir die Ursache des Anfalls nicht wissen, können wir nicht viel für den Mann tun.« Er drehte sich um und winkte zwei Afrikanern, die in der Nähe standen. »*Kwenda, tafadhali.*«

Aber sie rührten sich nicht von der Stelle.

»Wir müssen ihn selber tragen«, sagte Derry und bückte sich, um den Mann bei den Füßen zu fassen. »Sie werden ihn nicht anrühren.«

Sondra stand auf. »Warum nicht?«

»Sie haben Angst.«

Sondra begleitete die beiden Männer, die den Bewußtlosen ins Krankenhaus trugen.

»Sie sind gewiß Dr. Mallone«, sagte der Schotte. »Wir haben Sie schon sehnlichst erwartet. Ich bin Alec MacDonald. Willkommen in Afrika.«

Nachdem man den Mann auf einem Bett im Krankensaal niedergelegt hatte, nahmen Sondra und Alec MacDonald gemeinsam eine routinemäßige neurologische Untersuchung vor. Doch alles blieb ihnen so rätselhaft wie zuvor. Die Symptome entsprachen keiner ihnen bekannten Krankheit. Obwohl seine Pupillen weiterhin normale Größe und Reflexe zeigten, reagierte er nicht einmal auf die schmerzhaftesten Stimuli. Die beiden Ärzte legten einen Tropf und schickten eine Schwester nach einem Katheter, um die Nierenfunktion zu überprüfen. Zum Schluß maß Sondra noch einmal den Blutdruck und stellte fest, daß er unter siebzig abgesunken war.

»Er fällt in einen Schock. Wir müssen ihm sofort Dopamin geben, um den Blutdruck zu stützen, und eine toxikologische Untersuchung –«

Ein kurzes »Ha!« veranlaßte Sondra und Alec aufzublicken. Derry war hereingekommen und stellte sich mit verschränkten Armen neben das Bett. »Dopamin! Toxikologische Untersuchungen! Was glauben Sie denn, wo Sie hier sind? Im Städtischen Krankenhaus London?«

Alec sagte: »Was meinten Sie vorhin, Derry, als Sie sagten, Sie wüßten, warum der Mann zu uns ins Krankenhaus gekommen ist?«

»Ich kenne den Burschen und ich glaube, ich weiß, was mit ihm los ist.«

»Und was ist es?« fragte Sondra, die Hand an dem Stethoskop, das sie sich von einem Wandhaken genommen und um den Hals gehängt hatte.
»Er ist mit einem Fluch belegt worden.«
»Mit einem Fluch?«
Die scharfen blauen Augen blitzten kurz auf, dann wandte sich Derry – beinahe verächtlich, wie sie wahrzunehmen meinte – von Sondra ab und richtete das Wort an Alec.
»Dieser Bursche hat einem Mann seine Ziegen gestohlen. Als er sich weigerte, sie zurückzugeben, ließ der Bestohlene ihn von einem Medizinmann mit einem Fluch belegen.« Er sah auf den schlafenden Schwarzen hinunter. »Wir können hier überhaupt nichts für ihn tun.«
»Das muß der Grund sein«, sagte Alec ruhig, »warum er ins Krankenhaus kam. Er hat wohl gedacht, die Medizin des weißen Mannes könnte ihn retten. Aber in letzter Minute bekam er Panik und stürzte davon.«
»Sie meinen, seine Störung ist rein psychologischer Natur?« fragte Sondra.
»Nein, Dr. Mallone«, entgegnete Derry, sich schon zum Gehen wendend. »Sie ist durch einen Taita Fluch ausgelöst und ist sehr real.«
Irritiert sah sie ihm nach, als er davonging, dann drehte sich sich wieder nach Alec MacDonald um, der auf der anderen Seite des Bettes stand und Sondra mit unverhohlenem Interesse betrachtete.
»Wir müssen etwas tun«, sagte sie.
Alec zuckte die Achseln. »Was Derry gesagt hat, stimmt. Ich habe von solchen Fällen gelesen. Der arme Kerl kann von uns keine Hilfe erwarten.« Er sah sie einen Moment ernst an, dann lächelte er mit Wärme. »Sie können jetzt sicher eine Tasse Tee gebrauchen.«
Sondra lachte. »Das ist das Beste, was ich heute den ganzen Tag gehört habe.«
»Ich will nur schnell sehen, wohin die Schwester verschwunden ist, dann führe ich Sie in unseren eleganten Speisesaal.«
Ehe sie in die Mittagshitze hinausgingen, nahm Alec einen Strohhut vom Haken.
»Ein braver Schotte wie ich ist für diese Glut nicht geschaffen.« Er hielt ihr die Fliegengittertür auf und fügte lächelnd hinzu: »Sie sehen mir ganz so aus, als wäre die Tropensonne genau das Richtige für Sie. Sie sind bestimmt spätestens in einer Woche knackebraun.«
Im Hof hatten die Leute nach dem Zwischenfall ihre Arbeit wiederaufgenommen und musterten Sondra mit freundlichen Mienen, als sie an ihnen vorüberging. Zwei Mechaniker, die sich am Motor eines Land Rover zu schaffen machten, riefen ihr auf Suaheli einen Gruß zu.

»Sie heißen Sie hier willkommen«, erklärte Alec ihr. »Sie sollten möglichst schnell Suaheli lernen. Das ist die allgemeine Umgangssprache in Ostafrika.«
»Sie können es offensichtlich schon gut.«
»Von wegen! Ich bin erst einen Monat hier. Ich spreche gerade so viel, daß ich mich einigermaßen durchschlagen kann, aber das ist auch alles.«
Sie kamen zu einem großen, unfreundlichen Bau aus Löschbeton und Wellblech. Auf der überwachsenen Veranda, die von blühenden Jacaranda- und Mangobäumen beschattet wurde, standen Tische und Stühle, die dringend eine frische Lackierung gebraucht hätten.
»Unser Eß- und Aufenthaltsraum. Leider nicht sehr luxuriös.«
Der Innenraum war mehr als einfach: An den Wänden bröckelte der Verputz, die Decke war die unverkleidete Unterseite des Wellblechdachs. Um den rußgeschwärzten offenen Kamin waren mehrere Sessel und ein Sofa gruppiert, am anderen Ende des Raums standen einige lange Tische mit Holzbänken.
»Eine Gemeinde in Iowa hat uns einen Fernsehapparat gestiftet«, berichtete Alec, während sie zu einem der Tische gingen. »Aber wir können hier nicht viel damit anfangen. Es gibt überhaupt nur ein Programm, und das wird erst abends ausgestrahlt und besteht hauptsächlich aus regionalen Nachrichten. Von der Außenwelt hören wir kaum etwas. Bitte, setzen Sie sich. – Ndschangu!«
Sondra ließ sich auf einer Bank nieder, und Alec setzte sich ihr gegenüber. Er nahm den verbeulten Strohhut vom Kopf und legte ihn neben sich.
»Dr. Mallone, Sie wissen gar nicht, was für ein herrlicher Anblick Sie sind.«
»Das gleiche kann ich von Ihnen sagen«, erwiderte sie, und es war ihr ernst damit.
Alec MacDonald war ein sympathisch aussehender Mann mit heller Haut und hellem Haar, aber es waren vor allem seine Herzlichkeit und seine Wärme, die Sondra ansprachen, ein angenehmer Gegensatz zu der abweisenden Art, die Derry Farrar ihr gegenüber bis jetzt an den Tag gelegt hatte.
»Niemand hat uns darauf vorbereitet, daß man uns eine so ausnehmend schöne Frau schicken würde. Wir erwarteten einen Mann. Entschuldigen Sie –« Alec drehte sich um. »Ndschangu! Tee bitte!«
Hinter dem bunten Vorhang trat gleich darauf ein Afrikaner mit einem Tablett hervor. Er war sehr groß und sehr dunkel, mit einem grimmi-

gen, unfreundlichen Gesicht. Sein Alter konnte Sondra nicht schätzen. Er trug eine abgeschabte helle Hose und ein ausgewaschenes kariertes Hemd und auf dem Kopf ein Käppchen, das, wie Sondra später erfuhr, aus Schafsmagen gearbeitet war. Ndschangu war, wie sie ebenfalls erst später erfuhr, eine Kikuyu, Angehörige eines der größten Stämme in Kenia. Pastor Sanders, der Leiter der Missionsstelle Uhuru, hatte ihn vor Jahren zum Christentum bekehrt, aber alle wußten, daß Ndschangu insgeheim immer noch Ngai verehrte, den Kikuyu Gott, der auf dem Gipfel des Mount Kenya wohnte.

Ziemlich unwirsch stellte Ndschangu das Tablett auf den Tisch und wandte sich wieder zum Gehen.

»Ndschangu«, sagte Alec. »Das ist unsere neue Ärztin.«

Der Schwarze blieb einen Moment stehen, murmelte »*Iri kanwa itiri nda*« und verschwand wieder hinter dem bunten Vorhang.

»Was hat er gesagt?« fragte Sondra, als Alec den Tee einschenkte.

»Am besten kümmern Sie sich gar nicht um ihn. Er ist manchmal ein bißchen barsch. Sein Name bedeutet in der Sprache der Kikuyu ›grob und falsch‹, und ich glaube, es macht ihm Spaß uns ab und zu daran zu erinnern.«

»Aber was hat er gesagt?«

»Er hat gesagt«, antwortete Derry Farrar, der soeben hereingekommen war, »Essen im Mund ist noch lange nicht im Magen. Das ist ein Sprichwort der Kikuyu und bedeutet ungefähr so viel wie ›noch ist nicht aller Tage Abend‹.«

Mit einem Stirnrunzeln wandte sich Sondra wieder Alec zu, der achselzuckend gestand: »Ich spreche kein Kikuyu.«

»Ndschangu wollte damit sagen, daß Ihre Anwesenheit hier noch lange nicht heißt, daß Sie uns auch eine Hilfe sein werden«, bemerkte Derry, ehe auch er hinter dem Vorhang verschwand.

»Nehmen Sie das alles nur nicht persönlich, Dr. Mallone«, sagte Alec und stellte Sondra eine Tasse Tee hin. »Die Leute hier sind so oft enttäuscht worden, daß sie sich keine Hoffnungen mehr machen wollen.«

»Enttäuscht? Inwiefern?«

»Ach, es waren schon viele hier, die sich freiwillig gemeldet haben, gute Leute, mit den besten Vorsätzen, aber sie bleiben fast nie, aus den unterschiedlichsten Gründen.«

»Sie meinen, sie geben auf?«

»Sie halten schlicht und einfach nicht durch.« Derry trat mit einer Dose Bier in der Hand wieder hinter dem Vorhang hervor. »Sie kommen hier an, haben riesige Rosinen im Kopf, posaunen ihre hehren Ziele und Absichten in die Welt hinaus, und nach einem Monat packen sie ihre Koffer, weil sie unbedingt zum Begräbnis von Tante Sophie müssen.«

Er sah sie bei diesen Worten herausfordernd an, und Sondra hatte das Gefühl, daß Derry Farrar in diesem Moment mit sich selbst eine Wette darüber abschloß, wie lange sie wohl auf der Missionsstelle aushalten würde.

Einen Moment lang sah sie ihm kühl in die Augen, dann sagte sie: »Also, ich hab' keine Tante Sophie, Dr. Farrar.«

Nachdem er gegangen war, nahm Sondra sich ein Keks und biß hinein.

»Sie sollten sich von Derry nicht irremachen lassen, Dr. Mallone«, sagte Alec freundlich. »Er ist ein feiner Kerl. Aber er hat leider eine Neigung zum Zynismus. Es fehlt ihm am rechten Gottvertrauen. In gewisser Hinsicht kann man ihm das nicht verübeln. Er hat schon so viele Leute hier kommen und gehen sehen. Er lernt sie an, hilft ihnen, sich akklimatisieren, und dann packt sie's plötzlich: Heimweh, Kulturschock, Desillusion – und sie packen ihre Sachen und verschwinden. Das ist besonders bei den Frauen so. Und besonders bei den Predigern. Sie reisen hier voller heiligem Eifer an und glauben allen Ernstes, daß die Eingeborenen scharenweise zur Missionsstelle strömen, um ihre Seele zu retten. Aber so läuft es nun mal nicht.«

Sondra schwieg. Sie spürte, wie die Müdigkeit sie plötzlich zu überwältigen drohte. Vor vierundzwanzig Stunden war sie in Phoenix abgeflogen, war seitdem fast ständig auf den Beinen gewesen, hatte nur im Flugzeug ein kleines Nickerchen machen können, und nun war sie endlich in diesem fremden, unvertrauten Land, wo der Tag gerade erst seine Mitte erreicht hatte, während ihr Körper auf Nacht und Schlaf eingestellt war.

»Ich bin fest entschlossen, das volle Jahr zu bleiben«, sagte sie leise.

»Das glaube ich Ihnen. Und der Herr wird Ihnen die Kraft dazu geben.«

»Wie lange bleiben Sie, Dr. MacDonald?«

»Genau wie Sie, ein Jahr. Bitte nennen Sie mich Alec. Ich weiß schon jetzt, daß wir uns gut verstehen werden.«

»Gibt es hier außer dem Leiter und seiner Frau Leute, die auf Dauer hier sind?«

»Einige ja, wie Derry zum Beispiel.«

»Ist er immer so brüsk?« fragte Sondra. »Er wirkt so zornig. Das ist doch eine merkwürdige Haltung für einen christlichen Missionar.«

»Oh, Derry ist kein Missionar. Jedenfalls nicht in dem Sinn, wie Sie meinen. Er ist Atheist, und er macht kein Geheimnis daraus.« Alec

schüttelte den Kopf. »Soviel ich gehört habe, versucht Pastor Sanders seit Jahren, Derrys Seele zu retten. Aber Gottes Wege sind unerforschlich. Derry kam vor Jahren hierher, als er eine der Schwestern hier heiratete. Pastor Sanders meinte, das wäre ein Zeichen des Herrn, daß er diesen Sünder vor der ewigen Verdammnis retten solle. Ich gebe zu, daß Derry eine rauhe Art hat, aber im Grund ist er ein feiner Mensch. Und ein verdammt guter Arzt.«
Eine Weile schwiegen sie beide und lauschten den Geräuschen, die vom Hof her durch die Fenster drangen. Sondra fiel auf, daß Alec MacDonald schöne Hände hatte, glatt und feingliedrig, sicher sehr sanft. Ganz im Gegensatz zu den sonnverbrannten, schwieligen Händen Derry Farrars, die wahrscheinlich so grob und derb waren wie der Mann selber.
»Sie sind sicher zum Umfallen müde«, meinte Alec. »Es dauert immer ein paar Tage, bis man die Zeitverschiebung verkraftet.«
Sie sah sein scheues Lächeln und lächelte ebenfalls. »Ich bin noch halb in Phoenix.«
»Der Pastor wollte eigentlich hier sein, um sie zu begrüßen, aber dann mußte er ganz unerwartet nach Voi. Also müssen Sie wohl oder übel mit mir als Empfangskomitee vorliebnehmen.«
Alec lächelte. »Ich zeige Ihnen jetzt Ihre Hütte. Heute abend beim Essen können Sie dann alle anderen kennenlernen.« Unterwegs erklärte er: »Die Uhuru Mission liegt an der Straße, die Voi und Moshi verbindet. Das heißt, wenn Sie weit genug fahren, dann landen Sie in Tanganjika. Ich meine, Tansania. Nicht allzu weit von hier entfernt ist ein neues Safari-Hotel des Hilton-Konzerns. Da drüben ungefähr liegt Voi, keine große Stadt, aber von dort bekommen wir unsere Vorräte – vorausgesetzt, wir können zahlen. Das da sind die Taita-Berge. Die meisten Leute, die hier zu uns auf die Station kommen, sind Taita. Wir betreuen auch die Massai. Mit denen werden Sie vor allem zu tun haben, wenn Sie durchs Land fahren oder fliegen.«
»Und wann wird das sein?«
»Das kommt auf Derry an. Er ist für das Pflegepersonal hier verantwortlich.«
Sie gingen unter den ausladenden Ästen eines mächtigen alten Feigenbaums hindurch, der fast in der Mitte des Hofes stand. Um seinen Stamm herum lagen kleine Mengen von Nahrungsmitteln und kleine Holzschnitzereien.
»Was hat das zu bedeuten?« fragte Sondra.
»Die Afrikaner verehren den Feigenbaum als heiligen Baum. Ndschangu und andere, die hier arbeiten, glauben, daß ein mächtiger Geist diesen

Baum bewohnt, deshalb legen sie ihm Opfergaben hin. Da drüben ist unsere Schule...«
Das Schulhaus war wie die übrigen Bauten der Missionsstation aus Löschbeton mit einem Wellblechdach. Aus den offenen Fenstern wehte Kindergesang.
Sie kamen an einem Gemüsegarten vorüber, an einer kleinen Obstanlage, einem Schuppen, der als Autowerkstatt diente, am schlichten Haus des Pastors, an der bescheidenen kleinen Kirche.
Die Luft wurde immer drückender. Die kaum wahrnehmbare Brise trug Gerüche von warmer Erde und Tieren, von Rauch und faulenden Früchten mit sich. Scharf und durchdringend stieg Sondra diese Geruchsmischung in die Nase, betäubend und abstoßend zugleich. Sie war erleichtert, als Alec stehenblieb und sagte: »So, da sind wir. Das ist Ihre Hütte.«
Die niedrigen kleinen Hütten standen ordentlich in einer Reihe. Alec stieß eine Tür auf, die kein Schloß hatte, und sie folgte ihm ins Innere, wo es beinahe stockdunkel war.
»Trinken Sie nur das Wasser, das in den Krügen ist«, sagte er. »Ndschangu chloriert es jeden Tag. Und wenn Sie hinten zur Toilette gehen, dann nehmen Sie unbedingt einen Stock mit und scheppern drin erst mal richtig mit ihm herum. Dann hauen die Fledermäuse ab.«
Das Mobiliar bestand aus einem Eisenbett, einem wackligen Tisch mit einer Sturmlampe und einem Wasserkrug darauf, und einem Stuhl. Quer über Eck war eine Schnur gespannt, an der ein paar Kleiderbügel hingen. Ihre Koffer standen in der Mitte des Raumes auf dem Betonboden.
Es war stickig und ziemlich beengend. Alec lächelte entschuldigend, als wäre er für dieses ärmliche Quartier verantwortlich, und bot ihr die Hand. »Ich danke dem Herrn, daß er Sie geschickt hat, Sondra Mallone«, sagte er.
Sie nahm die dargebotene Hand und drückte sie dankbar.
»Schlafen Sie gut«, sagte Alec noch, dann ging er hinaus.

17

Ihr war nur ein kurzer Schlaf vergönnt. Lärm vor dem Fenster weckte sie. Ein Automotor lief auf Hochtouren, Kinder schrien und quietschten, dröhnende Männerstimmen schallten über den Hof. Sie blieb einen Moment lang reglos auf ihrem Bett liegen und wunderte sich, daß die Luft-

hansa 747 plötzlich gar nicht mehr rüttelte. Dann erst wurde sie sich bewußt, wo sie war. Mit einem Satz sprang sie auf und ging zur Tür. Der Hof, Schauplatz lebhafter Betriebsamkeit, war in das rötliche Licht der Nachmittagssonne getaucht.
»Jambo!« rief Alec von der anderen Seite und winkte ihr zu. Er stand auf der Veranda des Krankenhauses, umgeben von etwa zehn bis fünfzehn Eingeborenen, die dort im Schatten saßen. Auch Derry Farrar war drüben über ein Kind gebeugt, dessen Ohr er untersuchte.
Sondra erwiderte Alecs Winken, ehe sie wieder in ihre Hütte ging. Nach einigem Suchen entdeckte sie unter dem Tisch einen Eimer frisches Wasser und eine angeschlagene Waschschüssel aus Porzellan. Rasch wusch sie sich Gesicht und Hände, dann zog sie Jeans und T-Shirt aus und schlüpfte in ein dünnes Baumwollkleid ohne Ärmel. Nicht mehr ganz so müde wie zuvor und erfrischt ging sie wieder in den Hof hinaus.
Alec kam ihr entgegen. »Wie fühlen Sie sich?«
»Als könnte ich nochmal hundert Stunden schlafen.« Sie schaute an ihm vorbei zu Derry, der jetzt dabei war, einer Frau den Fuß zu verbinden. »Brauchen Sie Hilfe?«
Alec warf einen Blick über die Schulter und schüttelte den Kopf.
»Wir sind für heute fast fertig. Keine Sorge, Sie können noch bald genug mitmischen. Kommen Sie, ich mach' Sie mit Ihrer neuen Familie bekannt.«
Die Angehörigen der Mission saßen im Aufenthaltsraum, Kikuyu-Arbeiter, scheue junge Krankenschwestern, die ihre Ausbildung in Mombasa genossen hatten, noch ein weißer Arzt, der wie Sondra und Alec nur auf Zeit hier war, dazu mehrere Geistliche aus den Staaten und aus England. In einer Ecke lief das Radio, aber kaum einer hörte zu. Man war viel zu vertieft in die eigenen Gespräche. Der Raum hatte eine ganz andere, viel wärmere Atmosphäre als am Morgen, als Sondra ihn das erstemal gesehen hatte.
Alec machte sie mit allen bekannt. Man begegnete ihr mit Herzlichkeit, einige gaben ihr zur Begrüßung die Hand, viele grüßten sie mit »Jambo« und »Salaam«.
Sie setzte sich mit Alec zusammen zu einer Gruppe an einem der langen Tische, wo Tee und Kekse bereitstanden, und sofort fiel man mit Fragen über sie her, höchst interessiert zu erfahren, was sich draußen in der großen Welt tat.
Ndschangu kam aus der Küche, fixierte sie mit frostigem Blick und stellte eine nicht allzu saubere Tasse vor sie hin.

»Ich glaube, er mag mich nicht«, bemerkte Sondra leise, als Alec ihr die Teekanne reichte.

»Ndschangu ist mit jedem so. Der einzige, den er wirklich mag, ist Derry. Verrückt, wenn man bedenkt, daß sie früher einmal Feinde waren.«

»Feinde?«

»Ndschangu gehörte der Mau-Mau-Bewegung an. Er war einer der am meisten gefürchteten Rebellen. Derry gehörte zu der Polizeitruppe, die gegen die Aufrührer kämpfte.«

Sondra hatte sich lange vor ihrer Abreise mit der Geschichte Kenias vertraut gemacht und wußte, daß die Mau-Mau ein blutiger Aufstand Mitte der fünfziger Jahre gewesen war.

Ein stattlicher alter Herr betrat plötzlich den Raum und klatschte in die Hände, um die Aufmerksamkeit der Anwesenden auf sich zu ziehen.

»Gute Nachricht!« Er schwenkte einen Briefumschlag. »Der Herr hat uns hundert Dollar zukommen lassen.« Die Worte wurden mit Applaus und beifälligem Gemurmel quittiert.

Dann folgte zu Sondras Überraschung unmittelbar ein geräuschvoller Exodus aus dem Aufenthaltsraum.

»Die Post ist da«, erklärte Alec, als er ihr verwundertes Gesicht sah.

Der stattliche alte Herr kam auf Sondra zu und bot ihr die Hand.

»Meine Liebe, es freut mich sehr, Sie kennenzulernen. Sie sind ein wahres Gottesgeschenk für uns. Es tut mir wirklich leid, daß ich nicht hier sein konnte, als Sie ankamen, aber wir hatten Schwierigkeiten mit der Bank in Voi, die ich dringend klären mußte.« Pastor Sanders nahm seinen Strohhut ab und wischte sich mit einem Taschentuch über den kahlen Scheitel. Er war ganz in Weiß gekleidet, doch es war ein schmuddeliges, durchaus nicht frisches Weiß. »Haben Sie schon alle hier kennengelernt?«

»Danke. Dr. MacDonald war so freundlich, sich meiner anzunehmen.«

»Ah, gut, gut. Tja, Sie müssen mich leider entschuldigen. Hier gibt es immer sehr viel zu tun. Aber Derry wird Sie schon einweisen. *Kwa heri, kwa heri.*«

Nachdem auch der Pastor wieder gegangen war, stellten Sondra und Alec fest, daß sie die einzigen waren, die zurückgeblieben waren.

»Wollen Sie nicht auch Ihre Post holen?« fragte Sondra.

Er errötete leicht. »Die Briefe können warten. Ich wollte Sie nicht mutterseelenallein hier sitzen lassen.«

»Es ist wohl immer ein großes Ereignis, wenn die Post kommt?«

»O ja, das kann man sagen. Man weiß ja nie, wann man damit rechnen kann. Wenn sie dann wirklich kommt, ist man so ausgehungert nach Neuigkeiten, daß man die Briefe der anderen am liebsten auch gleich noch lesen würde.«

»Das kann ich verstehen.« Sondra dachte an die Briefe, die sie von Ruth und Mickey bekommen würde, Verbindungsfäden zu einer altvertrauten Welt. »Bekommen Sie viel Post, Alec?«

»Ja. Ich habe viele Verwandte und Freunde in Kirkwall.«

»Lebt Ihre Frau auch dort?«

Sein Lachen war ein wenig verlegen. »Ich bin nicht verheiratet. Ich kam gar nicht dazu. Ich hatte gerade erst das Studium fertig und meine eigene Praxis aufgemacht, als der Herr mich in seinen Dienst rief. Da hieß es dann, auf nach Afrika.«

»Oh.«

»Und Sie? Gehe ich recht in der Annahme, daß Sie auch ungebunden sind?«

»Sie gehen recht in der Annahme«, antwortete Sondra lachend.

»Also dann.« Er schlug mit den Händen auf den Tisch, als wäre damit der wichtigste Teil des Tagesprogramms erledigt. »Ich muß jetzt nach meinen Patienten sehen. Wollen Sie sich das Krankenhaus anschauen?«

»Gern.« Sie hatte am Morgen in der allgemeinen Aufregung über den Amokläufer kaum etwas von ihrer Umgebung mitbekommen.

Zu ihrem Ärger ertappte sie sich dabei, daß sie nach Derry Ausschau hielt, als sie neben Alec die Treppe zum Krankenhaus hinaufstieg.

Was sie dann in dem kleinen Krankenhaus sah, entsetzte sie. Von Ordnung und Hygiene schien man hier noch nie etwas gehört zu haben. Unglaublich, daß Derry Farrar, ein ›verdammt guter Arzt‹, wie Alec ihn genannt hatte, solche Schlampereien durchgehen ließ. Wo, um alles in der Welt, hatte er seine Ausbildung als Mediziner erhalten? Arzneimittel lagen kunterbunt durcheinander in Schränken, die nicht abgesperrt waren, den Instrumenten fehlte es sichtlich an sachkundiger Pflege, die Aufzeichnungen waren schlampig und unvollständig, der Krankensaal mit seinen zwanzig Betten, die teilweise gleich von zwei Patienten belegt waren, war unerträglich laut und strahlte keineswegs vor Sauberkeit, der Operationsraum spottete jeder Beschreibung.

»Ich weiß, was Sie denken«, bemerkte Alec, während sie zusahen, wie ein Pfleger recht unlustig versuchte, die Blutspritzer von dem altmodischen Operationstisch zu schrubben. »Daß Sie sich so was in Ihren schlimmsten Alpträumen nicht vorgestellt hätten. Mir ging es genauso, als ich vor vier Wochen hier ankam.«

»Das Nahtmaterial stammt ja noch aus der Steinzeit«, stellte sie fest.

»Stimmt. Aber es ist das einzige, was wir haben. Wir müssen uns damit behelfen.«

Sondra nahm ein blaues Päckchen mit Nahtmaterial, auf dem ein großer roter Daumenabdruck prangte. Es war bereits bei einer Operation verwendet worden. In Phoenix wäre es im Müll gelandet.

»Sie meinen, das ist alles?«

»Ja, und wir sind froh, daß wir wenigstens das haben.«

»Du lieber Gott! Und die Instrumente!« Sie zog einen Kasten zu sich heran und sah die verbogenen Zangen und stumpfen chirurgischen Messer durch. »Die heben Sie alle zur Reparatur auf?«

Alec lachte und schüttelte den Kopf.

»Nein, mit denen arbeiten wir.«

Sondra starrte so entsetzt in den Kasten, als hätten sich die Instrumente plötzlich in Giftschlangen verwandelt. »Das ist ja fürchterlich.«

»Was ist denn so fürchterlich?« Sich mit einem Handtuch Hände und Unterarme trocknend, trat Derry hinter ihnen aus dem Waschraum.

»Sondra erlebt gerade eine herbe Überraschung«, erklärte Alec.

Derry warf das Handtuch in einen Wäschekorb und pflanzte sich vor Sondra auf.

»Was haben Sie denn hier erwartet, verehrte Kollegin?« fragte er. »Ein Modellkrankenhaus wie das, aus dem Sie zu uns gekommen sind?«

Sondra war wütend. »Nein, Dr. Farrar, das habe ich nicht erwartet. Aber ich kann nicht glauben, daß Sie das hier akzeptabel finden.«

Betretenes Schweigen folgte ihren Worten. Derrys Gesicht war so finster wie ein Gewitterhimmel. Alec trat nervös von einem Fuß auf den anderen, und Sondra fragte sich, ob die beiden Männer hören konnten, wie laut ihr das Herz klopfte. Dann drehte sich Derry wortlos um und ging hinaus.

Alec pfiff leise durch die Zähne. »Na, das war ja ein guter Anfang.«

»Ich möchte wissen, womit ich mir diese Ungezogenheit verdient habe.«

»Na ja, irgendwie kann ich ihn verstehen. Das Krankenhaus ist sein Werk. Er leitet es seit Jahren und ist stolz darauf. Da trifft ihn natürlich Kritik von Leuten wie Ihnen und mir, die von den Zuständen hier keine Ahnung haben.«

Sondra schwieg. Nachdenklich betrachtete sie den Operationswagen mit den alten Instrumenten und Nahtmaterialien, die angegilbten Verbandspackungen, den antiquierten Operationstisch, und dabei fiel ihr ein, was Pastor Ingels in Phoenix zu ihr gesagt hatte. »Die Missionsstation Uhuru«, hatte er ihr erklärt, »lebt nur von freiwilligen Spenden. Sie wer-

den feststellen, daß es dort sehr ärmlich zugeht. Das kleine Krankenhaus läßt sich in keiner Weise mit dem vergleichen, was Sie von hier gewohnt sind, Sondra.«
Sie gestand sich ein, daß ihre Kritik an Derrys Krankenhaus vielleicht voreilig gewesen war, zumal sie kaum Zeit gehabt hatte, sich gründlich umzusehen. Doch das war keine Entschuldigung für seine Feindseligkeit ihr gegenüber.
Als sie das Alec sagte, meinte der: »Die Mission hier braucht dringend alle Hilfe, die sie bekommen kann, aber unfähige Leute sind mehr Belastung als Hilfe.«
»Ach, und er meint wohl, ich werde mich als unfähig entpuppen?«
»Er hält Sie vermutlich einfach für zu unerfahren. Sie sind ja auch noch sehr jung, Sondra. Er wird Ihnen eine Menge beibringen müssen, ehe Sie selbständig arbeiten und den anderen hier wirklich etwas abnehmen können. Und er fürchtet zweifellos, daß Sie aufgeben werden, ehe Sie überhaupt so weit sind. Ich muß zugeben«, fügte Alec mit gesenkter Stimme hinzu, »als ich Sie das erstemal sah, bekam ich auch sofort Zweifel. Wie soll so ein zartes Ding hier zurechtkommen, dachte ich.«
Sie sah seinen warmen Blick und das ermutigende Lächeln, und ihre Wut verrauchte. Alec MacDonald hatte recht. Derry Farrar hatte sich zweifellos einen älteren, erfahreneren Mitarbeiter gewünscht, einen robusten, der es gewöhnt war, unter schwierigen Bedingungen zu arbeiten und das Beste daraus zu machen. Vielleicht wirkte sie tatsächlich so, als wäre von ihr wenig Hilfe zu erwarten. Sondra war überzeugt, daß Derry Farrar sehr bald merken würde, daß er sich in ihr getäuscht hatte.

Am Abend fand in der kleinen Kirche ein Gottesdienst statt. Soweit Sondra feststellen konnte, nahmen alle Missionsangehörigen außer Derry und der Nachtschwester teil. Pastor Sanders sprach ein langes Gebet, um dem Herrn dafür zu danken, daß er ihnen Dr. Mallone geschickt hatte; keiner sang den Schlußchoral lauter als Alec MacDonald.
Zum Abendessen gab es Ziegenbraten und einen Bohneneintopf, den die Eingeborenen *posho* nannten, und hinterher Berge von Erdbeeren. Alec, der neben ihr saß, erklärte ihr, Erdbeeren gediehen das ganze Jahr über in Kenia, aber einen Apfel bekäme man nie zu sehen.
Sondra fiel auf, daß die Leute beim Abendessen nach Hautfarbe getrennt saßen; alle Weißen hatten sich an einem Tisch versammelt, alle Schwarzen an einem anderen. Sie fragte Alec, ob das eine Vorschrift wäre.
»Nein, nein, jeder kann sitzen, wo er will. Aber es fühlt sich offenbar jeder zu seiner eigenen Gruppe hingezogen.«

Derry Farrar saß ganz am Ende ihres Tisches und sprach während des Essens kaum ein Wort. Sie hätte gern gewußt, welche der Schwestern seine Frau war.

»Sagen Sie, Dr. Mallone«, fragte Pastor Lambert, ein Geistlicher aus Ohio, der ihr gegenüber saß, »was sind denn die neuesten Entwicklungen im Watergate-Skandal?«

Einige blieben nach dem Essen, um Radio zu hören, Briefe zu schreiben oder die Zeitung zu lesen, die Derry am Morgen mitgebracht hatte. Eine Gruppe führte eine lebhafte Diskussion über den Korintherbrief. Sondra und Alec machten einen Abendspaziergang.

»Am Anfang ist es schwierig«, meinte Alec auf seine weiche Art, »sich hier zurechtzufinden und sich an all das Fremde und Neue zu gewöhnen. Ich habe mich selbst noch nicht richtig eingelebt.«

»Was haben Sie vor, wenn Ihr Jahr hier abgelaufen ist?«

»Dann gehe ich nach Schottland zurück und lasse mich als praktischer Arzt nieder. Unsere Inseln sind nicht sehr dicht besiedelt, aber für mich wird es sicher reichen, und für meine Familie auch, sollte ich heiraten. Nach dem Leben hier wird es mir zu Hause sicher still und ereignislos vorkommen, aber es ist nun mal mein Zuhause. Dort habe ich meine Wurzeln.« Er schob die Hände in die Taschen seiner Jeans. »Und es wird mir eine große Befriedigung sein, hier dem Herrn gedient zu haben.«

Sondra blickte zu dem einfachen Holzkreuz auf dem Giebel der Kirche hinauf, das sich schwarz vom lavendelfarbenen Himmel abhob. Sie hatte sich trotz der Gläubigkeit ihrer Eltern nie zur christlichen Religion hingezogen gefühlt, hatte nie viel damit anfangen können.

»Halten Sie hier auch Predigten, Alec?«

»Nein, nein, ich bin ja kein Geistlicher. Aber ich sage denen, welchen ich helfe, daß es der Herr ist, der sie heilt, nicht ich. Das ist ja unsere Aufgabe hier; diese Menschen Gott zuzuführen. Einfach ist das nicht. Meistens dauert es sehr lange, diesen Menschen Christus nahezubringen. Es kommt allerdings auch vor, daß einer sich praktisch über Nacht bekehrt. Erst neulich habe ich so was erlebt. Da wurde uns ein Massai ins Krankenhaus gebracht, der von einem Löwen angefallen worden war. Nachdem Derry und ich für ihn getan hatten, was in unserer Macht stand, bildeten alle einen Kreis um sein Bett und beteten eine ganze Nacht und einen ganzen Tag. Aber nicht alle machen es einem so leicht. Sie brauchen nur an Ndschangu zu denken, unseren Koch. Er bekannte sich vor zehn Jahren zum Herrn, als Pastor Sanders ihn im Gefängnis besuchte, aber haben Sie gesehen, was er um den Hals trägt? Neben dem Kreuz, das er von der Mission bekommen hat, baumelt so ein heidnischer

Talismann, der ihn vor der Schlafkrankheit schützen soll. Die Kikuyu sind die abergläubischsten Menschen der Welt.«
Er blieb unter einem blühenden Jacarandabaum stehen und wandte sich Sondra zu.
»Was haben Sie denn nach diesem ersten Tag für einen Eindruck?«
»Ich möchte mehr lernen.«
»Da haben Sie in Derry den besten Lehrer, den Sie sich vorstellen können. Als ich vor vier Wochen hier ankam, was wußte ich da schon von der Tropenmedizin? Inzwischen war ich zweimal mit ihm unterwegs. Wir haben mitten in der Wildnis kampiert, und er hat im Nu einen Dornbusch in eine provisorische Klinik umfunktioniert. Es ist phantastisch, wie er mit den Eingeborenen umgeht.«
»Wie kommt es, daß er das Land so gut kennt?«
»Er ist hier geboren, nicht weit von Nairobi. Ich habe gehört, daß sein Vater mit zu den ersten Siedlern gehörte. Er hatte eine große Plantage, glaube ich. Derry kam natürlich nach England in ein Internat, wie das bei den Kolonialherren so Usus war, und hat dann auch in England Medizin studiert. Während er drüben war, brach der Krieg aus und er ging zur Luftwaffe. Er bekam hohe Auszeichnungen, unter anderem das Victoria Kreuz. 1953 kam er, wie Pastor Sanders mir erzählte, nach Kenia zurück. Damals begannen gerade die Mau-Mau-Kämpfe, und er meldete sich freiwillig.«
Alec setzte sich wieder in Bewegung.
»Ja, Derry hat ein aufregendes Leben geführt. Die Aufständischen hielten sich in den Aberdare-Wäldern verborgen. Sie taten sowohl den Leuten ihres eigenen Volks als auch den weißen Farmern Grauenhaftes an. Derry war zwar, wie mir erzählt wurde, für die afrikanische Autonomie, aber er war gegen die Taktik der Mau-Mau. Darum meldete er sich, als die Polizei einen Freiwilligen suchte, der die Wälder überfliegen sollte, um die Lager der Aufständischen ausfindig zu machen.
Seine Maschine wurde von den Aufständischen abgeschossen, und er wurde gefangen genommen. Sie folterten ihn – daher hat er die Beinverletzung, seither hinkt er. Aber er erwarb sich ihren Respekt und wurde schließlich zum Vermittler zwischen der Mau-Mau und den Briten. Derry war einer der wenigen, dem die Aufständischen freien Zugang zu ihren geheimen Lagern gestatteten. In dieser Zeit lernte er Ndschangu kennen.«
»Und wie kam er dann hierher, auf die Mission?«
»Als er seine Frau kennenlernte, arbeitete sie hier als Krankenschwester. Sie wollte nicht von hier weg, also kam er hierher. Das war, glaube ich, vor zwölf Jahren, kurz vor der Unabhängigkeit.«

Fremdartige Geräusche erfüllten die Stille der Nacht, als Alec zu sprechen aufhörte. Sondra hörte den Schrei eines einsamen Vogels und die unbestimmbaren Laute der Wildnis, die in eine so tiefe, lastende Stille fielen, daß ihr einen Moment ganz angst wurde.
Leise sagte sie: »Welche von den Schwestern ist denn seine Frau?«
»Bitte? Ach so, Derrys Frau. Sie ist vor einigen Jahren gestorben. Im Kindbett, glaube ich. Hier auf der Mission. Ich nehme an, er blieb wegen des Krankenhauses, das er aufgebaut hatte.«
Sie blieben stehen, als plötzlich Derry Farrar vor ihnen auftauchte. Mit grimmiger Miene, die Hände in die Hüften gestemmt, stand er da. »Genau der richtige Aufzug für einen Abendspaziergang«, sagte er ironisch.
»Wie meinen Sie das?« fragte Sondra.
Er deutete auf ihre bloßen Arme. »Gefundenes Fressen für die Mücken. Da wird es nicht lang dauern, bis sie sich eine Malaria holen. Und ziehen Sie statt der Sandalen lieber feste Schuhe an. Hier wimmelt's von Zecken, die Spirillosen übertragen.« Er wandte sich Alec zu. »Ich hab' mir eben mal unseren Amokläufer angesehen. Sein Zustand ist unverändert. Wenn seine Familie kommt und ihn holen will, geben wir ihn ihnen mit.«
»Aber das geht doch nicht!« rief Sondra.
»Wir brauchen das Bett, und unsere Medikamente helfen ihm nicht. Also dann – gute Nacht.«
Wenig später kehrte Sondra mit Alec zu ihrer Hütte zurück. Sie war ihr so willkommen wie der prunkvollste Palast. Jetzt nur noch ins Bett!
»Derry hatte schon recht mit seinen Ermahnungen«, sagte Alec. »Die Malariamücken fangen kurz nach Sonnenuntergang zu beißen an. Ich hätte Ihnen das sagen müssen.«
Sie reichte ihm die Hand. »Vielen Dank für alles, Alec. Sie haben mir den ersten Tag hier ungeheuer erleichtert.«
Er umfaßte ihre Hand einen Moment mit beiden Händen und sagte: »Wenn Sie etwas brauchen, ich bin gleich nebenan.«
Im Licht der Sturmlampe kleidete sie sich aus. Sie war viel zu müde, um jetzt noch lange über ihr neues Leben nachzudenken. Dazu war in den kommenden 364 Tagen noch Zeit genug. Jetzt wollte sie nur schlafen und sonst gar nichts.
Sie wollte gerade die Bettdecke aufschlagen, als sie mit dem Kopf gegen das Moskitonetz stieß, das zu einem Knoten zusammengedreht über ihrem Bett hing. Alec hatte sie ausdrücklich ermahnt, es vor dem Schlafengehen herunterzulassen. Nach einigen vergeblichen Versuchen, das Netz zu entwirren, kramte Sondra ihren Morgenrock aus dem Koffer.
Draußen war alles dunkel. Die Mission war wie ausgestorben. Nur durch

wenige Fenster schimmerte Licht, die Stille war beinahe beängstigend. Sie huschte eilig zur Nachbarhütte und klopfte leise. Der Lichtschein hinter den Vorhängen sagte ihr, daß Alec noch wach war.
Als sich die Tür öffnete, war sie erst verblüfft, dann verlegen. Derry Farrar stand vor ihr, mit nacktem Oberkörper.
»Ich – äh –« begann sie und wäre am liebsten im Boden versunken. »Das Moskitonetz. Ich krieg's nicht runter.«
Er nickte. »Ja, das ist am Anfang ein bißchen schwierig.«
Als er herauskam und an ihr vorbeiging, sah Sondra flüchtig das Innere seiner Hütte. Es war beinahe so spartanisch wie bei ihr, als bewohnte er die Hütte erst seit kurzer Zeit. Einziger Luxus war ein bequemer Ledersessel, auf dessen Sitz ein aufgeschlagenes Buch lag.
Sie blieb unsicher an der Tür zu ihrer Hütte stehen, während er das Moskitonetz löste. Er zeigte ihr, wie man den Knoten aufmachte, aber Sondra konnte nur noch die Muskeln seines Oberkörpers und seiner Arme anstarren.
»So«, sagte er und schüttelte das zusammengedrehte Netz auseinander, »jetzt kommt der schwierige Teil. Sie stopfen es an drei Ecken unter die Matratze, dann klettern Sie ins Bett und verankern hinter sich die vierte Ecke. Sie müssen aufpassen, daß Sie nirgends eine Lücke lassen, durch die die Mücken reinkönnen. Kommen Sie, diesmal mach ich's Ihnen.«
Er richtete sich auf und wartete. »Na kommen Sie schon«, sagte er leise. »Ich hab' nicht die ganze Nacht Zeit.«
Zögernd schlüpfte Sondra aus ihrem Morgenrock, faltete ihn sorgfältig und legte ihn wieder in ihren Koffer. Derry trat zurück, als sie ins Bett stieg, dann schob er rasch und geschickt das Moskitonetz rundherum unter die Matratze. Sie hockte auf der leicht schwankenden Matratze und sah ihm zu. Als er fertig war, ging er zur Tür. In der Dunkelheit konnte sie sein Gesicht nicht erkennen, doch als er sprach, hatte sie den Eindruck, als lächelte er.
»Üben Sie«, sagte er. »Ich kann Sie nicht jeden Abend ins Bett packen. Gute Nacht.«
Sondra streckte sich auf den steifen Laken aus, die nach Krankenhausseife rochen, und hoffte, sie würde gleich einschlafen. Aber der Schlaf kam nicht. Sie bekam langsam Zweifel, daß sie je wieder würde ganz normal schlafen können. Die Assistenzzeit war schuld; nicht eine Nacht ungestörten Schlafs, niemals eine köstliche ununterbrochene Acht-Stunden-Spanne der Erholung. Wenn nicht das Telefon oder der Piepser einen herausriß, dann quälten einen schreckliche Träume und verhinderten, daß man zur Ruhe kam. Ihre Assistenzzeit hatte vor zwei Monaten

geendet, aber trotz der achtwöchigen Erholungspause im Haus ihrer Eltern hatte Sondra nicht zu normalen Schlafgewohnheiten zurückgefunden.
Sondra schloß die Augen und horchte in die nächtliche Stille.
Das Jahr ihrer Assistenzzeit am St. Catherine's war ein seltsames Jahr gewesen, eine Zeit, die man niemandem beschreiben konnte, der nicht selber so etwas erlebt hatte. Zwölf Monate ohne Freunde, weil dazu keine Zeit blieb; keine Bücher, kein Kino, kein Fernsehen; nicht ein einziger Tag außerhalb der Mauern des Krankenhauses, keine normalen menschlichen Beziehungen, keine Möglichkeiten, Emotionen zu verarbeiten, einmal innezuhalten und sich zu besinnen. Die Angst ist der Lehrmeister, und das Werkzeug sind Panik und Schweiß, denn Fehler sind in der Medizin nicht wiedergutzumachen; entweder man macht es beim erstenmal richtig oder man kann der Obduktion beiwohnen. Unzählige Dinge hatte Sondra zu tun gelernt, die sie sich niemals zugetraut hätte, Rückenmarkspunktierungen, Leberbiopsien, chirurgische Eingriffe. Unzähligemale hatte sie sekundenschnell Entscheidungen fällen müssen, weil niemand zur Stelle gewesen war, der ihr hätte sagen können, was sie tun sollte. »Bringen Sie sie in den OP. Wir müssen das Kind opfern.« So viele Fehlschläge und so viele Erfolge. Hatte es sich gelohnt?
Sondra spürte die Entspannung des nahenden Schlafs und überließ sich den Bildern, die an ihrem inneren Auge vorüberzogen. Aus der Ferne hörte sie MacReady sagen, »Gott sei Dank, daß Sie den Irrtum bemerkt haben, Mallone. Diese Gans von einer Schwester hätte der hypertonischen Patientin beinahe ein blutdrucksteigerndes Mittel gespritzt.« Sondra lächelte schläfrig. Eine andere Stimme meldete sich. »Ich danke Ihnen, Frau Doktor, daß Sie unser Kind gerettet haben.«

Sie war zwischen Wachen und Schlaf. Immer noch lächelte sie. Ja, die Mühen und Entbehrungen hatten sich gelohnt. Denn nun war sie endlich hier, in dem Land, in das es sie seit ihrer frühen Jugend unwiderstehlich gezogen hatte. Nun konnte sie helfen.
Als sie eingeschlafen war, träumte ihr, sie wäre wieder in Phoenix. Eben hatte man Mrs. Minelli mit ihrem rätselhaften Ausschlag hereingebracht, und Sondra gab Anweisung, eine Serie Blutuntersuchungen zu machen, da stand plötzlich Derry Farrar da und sagte mit grimmiger Miene, die Hände in die Hüften gestemmt: »Was glauben Sie denn, wo Sie hier sind? Im Städtischen Krankenhaus London?«
Im Schlaf lachte Sondra leise.

18

»Das Blut ist ein bißchen dunkel, finden Sie nicht, Doktor?«
Mason warf eine Klammer weg und streckte seine Hand aus. Die Operationsschwester klatschte ihm die gebogene Schere darauf.
Mickey hob ein wenig den Kopf und sah ihn über den Operationstisch hinweg an. »Dr. Mason?« sagte sie. »Sollten wir nicht etwas tun?«
»Mehr Sauerstoff«, blaffte er den Anästhesisten an.
Mickey tauschte einen Blick mit dem Mann hinter dem Schirm.
»Tupfer, Herrgott nochmal«, fuhr Mason sie an. »Passen Sie doch auf!«
Schweißflecken breiteten sich auf Masons Haube aus, die Augen über dem Mundtuch waren unruhig. Die fahle Blässe seines Gesichts, das Zittern seiner Hände verrieten Mickey, daß Dr. Mason wieder einmal unter den Nachwirkungen übermäßigen Alkoholkonsums litt.
»Dr. Mason«, sagte sie leise und ruhig. »Ich glaube, der Blutdruck fällt. Wir sollten es überprüfen.«
»Das ist mein Fall, Dr. Long«, knurrte er sie an. »Überlassen Sie das gefälligst mir. Und tupfen Sie, verdammt nochmal.«
Mickey unterdrückte ihren Zorn und wandte sich dem Narkotiseur zu. »Wie ist der Blutdruck, Gordon?«
Mit einem Ruck hob Mason den Kopf. Seine Augen funkelten wütend.
»Wofür halten Sie sich eigentlich? Sie sind hier, um mir zu assistieren, Doktor. Das könnte ja eine Hilfsschwester besser als Sie!«
»Dr. Mason, ich glaube, die Patientin –«
Mason warf seine Instrumente nieder und beugte sich drohend über den Operationstisch. In einem Ton, bei dem seine Stationsärzte im allgemeinen ganz klein wurden, sagte er: »Mir gefällt Ihre Einstellung nicht, Doktor. Und mir gefällt Ihre Arbeitsweise nicht. Wenn es nach mir ginge, würde ich Sie rauswerfen.«
»Scheiße!« rief der Anästhesist. »Herzstillstand.«
Alle Blicke flogen zum Herzmonitor, verharrten dort einen entsetzten Moment lang, dann brach das Chaos aus.
»O Gott«, flüsterte Mason und zerrte mit zitternden Händen an den Tüchern.
Mickey nahm die Schere, machte einen Schnitt in das Papiertuch, faßte es fest mit beiden Händen und riß es bis zum Hals der Patientin auf. Sie handelte, ohne nachzudenken, völlig automatisch, Mason mit ihren klaren Anweisungen immer einen Schritt voraus. Augenblicklich war der Raum voller Menschen, und über das allgemeine Getöse hinweg war die

monotone Stimme aus dem Lautsprecher zu hören: »Notfall, Chirurgie. Notfall, Chirurgie...«

»Mein Gott, Mickey!« rief Gregg und knallte die Tür hinter sich zu. »Was, zum Teufel, ist mit dir los?«
Sie richtete sich müde auf und schwang die Beine von der Couch.
»Bitte schrei mich nicht an, Gregg. Ich bin kurz vor dem Abkratzen.«
Er blieb in der Mitte des Wohnzimmers stehen. Sein Gesicht war rot bis zu den sandblonden Haarwurzeln.
»Es wundert mich, daß du überhaupt noch unter den Lebenden weilst. Mason tobt.«
»Tut mir leid«, sagte sie leise. »Der Mann ist unfähig. Ich tat, was ich tun mußte.«
»Was du tun *mußtest*? So nennst du das, wenn du in die Ärztegarderobe rennst und Mason vor sämtlichen anwesenden Ärzten – es waren mindestens zehn! – der groben Fahrlässigkeit beschuldigst?«
»Das hab' ich nur getan, weil er mich der unbefugten Einmischung beschuldigte. Gregg, der Mann hat mir praktisch ins Gesicht gesagt, daß der Herzstillstand meine Schuld war.«
»Deswegen hättest du nicht gleich in die Garderobe rennen und rumschreien müssen.«
»Er ist unfähig, Gregg.«
»Mensch, Mickey, du bist Stationsärztin im zweiten Jahr, nicht Christiaan Barnard! Behalt das doch endlich mal im Kopf. Ich kann dich nicht ständig rauspauken.«
Mickey warf ihm einen zornigen Blick zu. »Ich hab dich nie darum gebeten, mich rauszupauken, Gregg. Ich kann selber meine Gefechte austragen.«
»Ja.« Er wandte sich ab. »Und anzetteln kannst du sie auch gut.«
Er zog seinen weißen Kittel aus und warf ihn auf dem Weg in die Küche über die Stereoanlage.
Mickey hörte, wie der Kühlschrank geöffnet und wieder geschlossen wurde. Sie ging zur Balkontür und schaute hinaus. Der ganze Himmel schien im Schein der untergehenden Sonne in Flammen zu stehen. Wozu, fragte sie sich, hatte man eigentlich eine Wohnung am Ala Wai Canal, wenn man immer viel zu müde war, um es zu genießen?
Gregg kam aus der Küche, lehnte sich an den Türrahmen und öffnete eine Büchse Bier. Als ihre Blicke sich trafen, sahen sie beide, daß der Zorn schon verraucht war – sie konnten einander nie lange böse sein.
»Eins muß ich dir lassen, mein Engel. Langweilig wird's mit dir nie.«

Mickey lachte. Das war es, was sie an Gregg Waterman mochte – er konnte fast allem im Leben eine gute Seite abgewinnen.
Sie war vor sechs Monaten mit Gregg zusammengezogen, nachdem sie ein paar Monate lang vergeblich versucht hatten, trotz ihrer verrückten Arbeitszeiten – beide arbeiteten über hundert Stunden in der Woche und hatten fast nie zu gleicher Zeit frei – eine halbwegs normale Beziehung aufzubauen. Gregg war damals im fünften Jahr auf der Chirurgischen gewesen, Mickey noch in ihrem ersten. Zusammenzuziehen, hatten sie beide gemeint, wäre die ideale Lösung für ihr Dilemma: Da mußte man sich wenigstens ab und zu einmal über den Weg laufen, konnte auch mal gemeinsam essen oder sogar miteinander schlafen, wenn man nicht vor Müdigkeit vorher einschlief.«
»Du hast es soweit gebracht, daß jetzt das gesamte Krankenhaus glaubt, wenn du nicht gewesen wärst, dann wäre die Patientin gestorben«, bemerkte Gregg und ließ sich in den Korbsessel beim Fenster fallen.
»Dazu habe *ich* überhaupt nichts getan, Gregg. Darauf sind die Leute selber gekommen. Sie haben schließlich Augen und Ohren, oder glaubst du vielleicht, die Schwestern, die mit uns im OP waren, sind blöd? Die haben doch gesehen, was abging. Sie haben gesehen, daß er die Patientin beinahe umgebracht hätte.«
»Mein Gott, Mickey, das ist die Chirurgie. So was kommt vor.«
»Gregg, es war eine reine Routineoperation. Er hat die Signale nicht beachtet.«
»Es kann was gewesen sein, was bei den Tests vor der Operation nicht rausgekommen ist. Eine Überempfindlichkeit auf das Narkosemittel, weiß der Himmel was. So was kommt doch immer wieder vor. Es war nicht Masons Schuld.«
»Nein, der Stillstand war nicht seine Schuld. Aber verdammt nochmal, Gregg, er war nicht *vorbereitet*.«
Mickey begann im Zimmer hin und her zu laufen. Obwohl sie in den letzten sechzehn Stunden fast ununterbrochen gestanden hatte, hatte sie das Bedürfnis, sich zu bewegen. In fünf Stunden fing ihr Dienst wieder an, eigentlich hätte sie schlafen müssen. Aber sie war zu erregt.
»Mickey!« Gregg sah stirnrunzelnd zu seiner Bierdose hinunter. »Mason verlangt eine Entschuldigung.«
Sie wirbelte herum. »Kommt nicht in Frage.«
»Doch, Mickey, du mußt dich entschuldigen.«
»Ich entschuldige mich nicht dafür, daß ich etwas getan habe, was völlig richtig war.«
»Darum geht es nicht. Es geht darum, daß Mason ein Chirurg ist, der seit

fast zwanzig Jahren am Great Victoria arbeitet, und daß du ihn beleidigt hast. Er hat Einfluß, du nicht. Es ist die reine Politik. Du mußt mitspielen, wenn du am Leben bleiben willst.«

»Gregg, er sollte überhaupt nicht unterrichten dürfen. Er ist ein unmöglicher Chirurg. Für ihn sind wir Stationsärzte nur Sklaven. Operieren läßt er uns nie. Und seine Technik ist schlecht.«

Gregg trank den letzten Schluck Bier und schaute zum Fenster hinaus. Ein Sonnenuntergang wie auf einem Touristikplakat – goldener Himmel, davor Palmen und weiße Hoteltüren. Waikiki war gleich auf der anderen Seite des Kanals. Während Gregg zum funkelnden Wasser hinuntersah, versuchte er, Ordnung in seine Gedanken zu bringen. Das Leben war einfach gewesen, ehe Mickey Long aufgetaucht war. Warum gerade ich? dachte er jetzt. Und warum gerade sie, fragte er weiter, während er ihr Spiegelbild im Glas der Schiebetür betrachtete.

Sie stand leicht seitlich, still und gerade wie das Standbild einer Wintergöttin inmitten von Farn und Bambus; die schönste Frau, der er je begegnet war, und die herausforderndste. Konnte sie denn nicht verstehen, in was für einer Klemme er saß? Ihr Geliebter und ihr Chef, zwei unvereinbare Positionen.

Sicher, Mickey hatte recht. Mason war tatsächlich unfähig. Gregg selber hatte genug Operationen mit dem Mann mitgemacht, um das beurteilen zu können. Aber er hatte den Mund gehalten. In ein paar Monaten würde er das ganze Theater hinter sich haben und seine eigene chirurgische Praxis aufmachen.

»Ich kann nicht, Gregg.«

»Mickey.« Er bemühte sich, nicht wieder in Zorn zu geraten. »Du hast gegen ein ehernes Gesetz verstoßen – du hast dich als Stationsärztin geweigert, die Anweisungen des behandelnden Arztes zu befolgen. Erinnere dich doch mal an dein Einstellungsgespräch! Die erste Frage, die sie einem da stellen, lautet: Können Sie Anweisungen befolgen? Du hast den Leuten versichert, du könntest gehorchen wie ein pflichttreuer Soldat. Und jetzt sagst du, du kannst nicht – oder willst nicht.«

Gregg zerdrückte die leere Bierdose in seiner Hand.

»Und als wäre das noch nicht genug, hast du dir gleich noch den nächsten Verstoß geleistet und hast dich beim Chefarzt über Mason beschwert.«

»Doch nur, weil er in dem Moment als einziger da war. Außerdem war er in der Garderobe.«

»Mickey! Du kennst die Hierarchie und du kennst das Protokoll. Es gibt nun mal Formen, die eingehalten werden müssen. Du hättest mit deiner Beschwerde zu mir kommen sollen. Ich hätte mich darum gekümmert.

Statt dessen hast du dich höllisch in die Nesseln gesetzt. Mickey, du *mußt* dich bei Mason entschuldigen.«
»Nein.«
»Dann kann's dir passieren, daß man dich an die Luft setzt.«
Sie begann wieder hin und her zu laufen. »Nicht, wenn du mir Rückendeckung gibst.«
»Das kann ich nicht.«
»Du meinst, du willst nicht.«
»Gut, ich will nicht. Ich hab' nur noch acht Monate. Ich setz doch jetzt nicht alles aufs Spiel.«
Sie wußte, warum Mason die Sache forcierte. Seit dem Morgen ihrer ersten peinlichen Begegnung hatte er nur auf eine Gelegenheit gewartet, ihr die Hölle heiß zu machen. Mickey war damals gerade einen Monat am Great Victoria gewesen. Sie stand in der Schwesterngarderobe der Chirurgie und zog sich um, als Dr. Mason die Tür aufstieß, einen Kasten Instrumente auf die Bank stellte und nur sagte: »Sterilisieren Sie mir die bitte«, und verschwand. Halb bekleidet lief Mickey ihm nach und gab ihm den Kasten zurück. »Da müssen Sie eine der Schwestern bitten, Doktor.« Verwirrt musterte er sie von Kopf bis Fuß und fragte gereizt: »Und was sind Sie? Röntgenassistentin?« – »Nein, ich bin Ärztin«, antwortete Mickey. Erst war Mason verblüfft, dann färbte sich sein aufgedunsenes Gesicht blutrot, er drehte sich abrupt um und ging ohne ein Wort davon. Wenig später hörte Mickey, daß Dr. Mason es nicht ertragen konnte, bei einem Irrtum oder Fehler ertappt zu werden.
»Es wird dich schon nicht umbringen, wenn du dich entschuldigst.«
Eine Weile schwiegen sie sich unfreundlich an. Der Himmel draußen verdunkelte sich rasch.
»Man muß diesem Menschen das Handwerk legen«, murmelte Mickey schließlich.
»Hm, ja...« Gregg stand und streckte sich. Dann machte er sich auf den Weg in die Küche. »Aber deine Aufgabe ist das bestimmt nicht.«
Sie hörte ihn in der Küche rumoren. Einen Moment blieb sie unschlüssig stehen, dann ging sie auf den Balkon hinaus.
Der Oktoberabend war warm und mild. Das Getöse der Preßluftbohrer und Sägen von der Baustelle in der Nähe, wo schon wieder ein Hotel hochgezogen wurde, war verstummt. Der dumpfe Schlag einheimischer Trommeln pulste in der Dunkelheit, schmalzige Musik von einer der Hotelbands wehte herauf. Sechs Stockwerke unter ihr, am Ala Wai Canal hockten Fischer im Gras und sahen braungebrannten jungen Männern zu, die an ihren kleinen Rennbooten arbeiteten. Etwas weiter entfernt

lagen sachte schaukelnd die abendlich erleuchteten Hausboote auf dem Wasser. Mickey blickte hinunter und kam sich vor wie im Kino.
Ein einzigesmal in den sechzehn Monaten seit ihrer Ankunft in Hawaii war sie aus den Mauern des Great Victoria Krankenhauses herausgekommen und hatte von dem unbeschwerten Leben gekostet, das die Touristen hier genossen – bei ihrer ersten Verabredung mit Gregg.
»Was?« hatte er damals, vor gerade einem Jahr, ungläubig gefragt. »Sie waren noch nie in Waikiki?«
Er hatte sofort für einen der seltenen Tage, an denen sie gleichzeitig frei hatten, einen Ausflug geplant. Wegen Mickeys Furcht vor greller Sonne waren sie allerdings erst gegen Abend zum Strand hinuntergegangen. Sie badeten, wanderten barfuß durch den noch sonnenwarmen, weißen Sand und aßen später im Halekulani Hotel, dessen reizvoll altmodische Atmosphäre an das vergangene Jahrhundert erinnerte, als Hawaii noch Königreich gewesen war. Mickey trug eine scharlachrote Hibiskusblüte im Haar, und nach dem Essen zog Gregg sie ohne viel Federlesens auf die Tanzfläche. Vielleicht hatte Mickey da schon beschlossen, sich in Gregg Waterman zu verlieben; vielleicht aber auch erst später, bei ihrem Mondscheinbad im warmen, stillen Wasser des Ozeans.
Es war ein köstlicher Abend der Muße und der sinnlichen Freude in ihrem Leben gewesen, das sonst fast ausschließlich aus Arbeit, Lernen und Hetze bestand.
Während sie jetzt auf dem Balkon stand und auf die beleuchtete Stadt hinuntersah, versuchte sie vergeblich, den ungebetenen Gedanken abzuwehren, der sie so häufig plagte: Ach, wenn doch Jonathan hier wäre.
Anderthalb Jahre waren vergangen, seit sie ihn das letztemal gesehen hatte, im Fernsehen, wie er seinen Oskar entgegengenommen hatte; anderthalb Jahre, seit sie sich vorgenommen hatte, ihren Weg allein zu gehen, sich an keinen Mann zu binden. Eine Weile hatte es ganz gut geklappt, zumal sie in den ersten hektischen Wochen ihrer Assistenzzeit überhaupt nicht zum Nachdenken gekommen war. Aber dann war etwas Unerwartetes geschehen.
Während ihres dreimonatigen Turnus in der chirurgischen Abteilung hatte sie Gregg Waterman bei einer Krampfadernligatur assistiert. Zu ihrer Überraschung hatte er die Instrumente ihr überlassen und sie dann Schritt für Schritt durch die Operation geführt. Er hatte eingegriffen, wo es sich als notwendig erwies, im großen und ganzen jedoch hatte er ihr freie Hand gelassen. Mickey war hinterher sehr stolz gewe-

sen – die erste Operation, die sie fast ganz allein durchgeführt hatte –, und zugleich hatte sich ein Gefühl in ihr geregt, von dem sie geglaubt hatte, es sei für immer tot.
Sie hatte Gregg Waterman in die lächelnden braunen Augen gesehen und sich plötzlich wie erwärmt gefühlt.
Jonathan war er nicht. Kein Mann würde Jonathan ersetzen können. Die Erinnerung an ihn würde nie verblassen. Aber Mickey war auch Realistin. Sie hatte sich an jenem Abend entschieden, nicht zum Glockenturm zu gehen. Sie hatte ihren Weg gewählt. Die Vergangenheit war vorbei; dies war die Gegenwart und sie gehörte Gregg Waterman. Mickey hoffte, daß sie ihn mit der Zeit so tief lieben würde wie sie Jonathan Archer geliebt hatte.

Eine Schwester kam in das Krankenzimmer.
»Die Notaufnahme ist am Telefon, Mickey. Sie haben eine Patientin mit akuten Unterleibsbeschwerden. Möglicherweise ist eine Operation notwendig.«
»Danke, Rita. Sagen Sie ihnen, ich melde mich sofort.«
Mickey zog dem Patienten die letzten Fäden, klebte ein Pflaster über die Wunde und stand auf.
»Das ist sehr schön verheilt, Mr. Thomas«, sagte sie. »Sie können ohne weiteres morgen nach Hause.«
Der alte Mann, ein ehemaliger Seemann mit blitzblauen Augen, zwinkerte Mickey lachend zu.
»Ich glaub', ich leg' mir ein paar Komplikationen zu, damit ich mich noch ein bißchen von Ihnen versorgen lassen kann, Frau Doktor.«
Lachend ging sie aus dem Zimmer und eilte zum nächsten Haustelefon.
»Ich glaube es ist ein Blinddarm«, sagte Eric, der Assistenzarzt, der gegenwärtig in der Notaufnahme Dienst machte.
»Okay, ich komme sofort.«
Als Stationsärztin der Chirurgie hatte Mickey die Patienten der Abteilung vor und nach der Operation zu betreuen, war für Einweisungen und Entlassungen mitverantwortlich, mußte bei Operationen assistieren und sich rund um die Uhr für Notfälle zur Verfügung halten. Natürlich war es unmöglich, das alles zu schaffen, aber das hinderte Mickey nicht daran, ihr Bestes zu tun. Sie war gern auf der chirurgischen Station. Sie fühlte sich ungleich wohler als in ihrem Assistenzjahr, das so strapaziös und unmenschlich gewesen war, daß sie die Erinnerung daran am liebsten ganz aus ihrem Gedächtnis gestrichen hätte. Erst seit sie als Stationsärz-

tin in der chirurgischen Abteilung arbeitete, fühlte sie sich wirklich befriedigt und anerkannt.

Auf dem Weg zur Notaufnahme verschlang sie hastig einen Apfel. Sie hatte das Frühstück versäumt, in einer Stunde fingen die Operationen an, da würde sie vor dem Nachmittag kaum mehr eine freie Minute haben. Der Dienst auf der Chirurgie verlangte ungeheure Kraft und Durchhaltevermögen. Erst am Vortag beispielsweise hatte sie bei einer Magenresektion, die Dr. Brock durchgeführt und bei der sie nichts anderes zu tun gehabt hatte, als die Retraktoren zu halten, fünf Stunden lang ununterbrochen gestanden, die Hände steif und verkrampft, die Füße schwer wie Blei, in den Beinen Schmerzen, die sich bis zum Kreuz hinaufzogen. Sie hatte nicht gewagt, sich zu bewegen. Brock mußte beim Nähen Präzisionsarbeit leisten und brauchte allen Freiraum, den Mickey ihm geben konnte. Hätte sie die großen Wundhaken lockergelassen, so hätten dem Operateur wegen mangelnder Sicht Fehler unterlaufen können. Sie spürte die ersten Anzeichen heftiger Kopfschmerzen, als Dr. Brock endlich sagte, »okay, wir machen jetzt zu«. Mickey mußte sich am Operationstisch festhalten, um nicht auf der Stelle zusammenzuklappen. Sie wußte, daß einige ihrer Kollegen die Fähigkeit entwickelt hatten, zu schlafen, während sie die Wundhaken hielten; sie klemmten sich in die Ecke zwischen Operationstisch und Narkoseschirm und schlossen ein paar Minuten lang die Augen. Wie sie es fertigbrachten, daß ihre Finger während dieser kurzen Entspannungspause nicht erschlafften, war Mikkey schleierhaft.

»Daß Ihnen das auch noch Spaß macht!« hatte Toby, einer der Assistenzärzte erst neulich zu ihr gesagt. »Ich könnte das nie!«

Aber Mickey konnte sich gar nicht vorstellen, in einem anderen Fachbereich zu arbeiten.

»Hallo, Sharla«, sagte sie, als sie in die Notaufnahme kam. »Wo ist der Unterleib?«

Sharla wies mit dem Kopf zu einem Raum links. »Auf drei, Mickey. Die arme Frau hat starke Schmerzen.«

Anfangs hatte Mickey es merkwürdig gefunden, von den Schwestern beim Vornamen angesprochen zu werden. Sie nannten alle Ärztinnen bei ihren Vornamen; bei den Männern hätten sie sich das nicht einfallen lassen. Mickey hatte es für ein Zeichen unbewußter Verachtung oder Eifersucht gehalten; eine Reaktion von Frauen auf Frauen, die ihnen übergeordnet waren. Aber sie hatte bald erkannt, daß es vielmehr ein Zeichen weiblicher Solidarität war, einer Verbundenheit, mit der sich die Frauen in dieser von Männern beherrschten Welt abgrenzten.

Eric, der Assistenzarzt, stand vor Zimmer drei und rauchte eine Zigarette.

»Machen Sie die aus«, sagte Mickey im Vorbeigehen, ehe sie in den Untersuchungsraum trat. Sie mochte Eric Jones nicht. Er war ihr zu dreist und aufgeblasen. Wenn er einmal seine eigene Praxis habe, hatte er kürzlich erklärt, würde er nicht mehr als vier Tage in der Woche arbeiten und sich strikt an die üblichen Stunden von neun bis fünf halten.

Im St. Catherine's hatte Mickey für ihre Vorgespräche oft bis zu zwei Stunden gebraucht. Den Medizinstudenten war immer wieder eingebleut worden, daß Gründlichkeit das erste Gebot war. Die Methode, nach der diese Vorgespräche geführt wurden, war immer die gleiche: Man begann mit der ›Hauptbeschwerde‹ und ließ sie sich nach Erscheinungsform und Geschichte eingehend erläutern. Dann folgte eine Geschichte aller Krankheiten, die der Patient vom Tag seiner Geburt an durchgemacht hatte, und danach erkundigte man sich nach Krankheiten der Eltern, Geschwister und Großeltern. Als nächstes ging man die Funktion sämtlicher Körperorgane durch – Herz, Lunge, Niere usw. – und zum Schluß kam dann die eigentliche Untersuchung.

Mickey hatte in ihrem Assistenzjahr bald gelernt, all dies innerhalb von Minuten abzuhandeln. Da Eric bereits die Vorarbeit geleistet hatte, brauchte sie sich jetzt nur noch das Krankenblatt anzusehen, ehe sie mit der Untersuchung begann.

Mrs. Mortimer war zwei Stunden zuvor von ihrem Ehemann, der jetzt mit käseweißem Gesicht im Korridor auf und ab ging, in die Notaufnahme gebracht worden. Sie lag seitlich, die Knie bis zur Brust hochgezogen, auf dem Operationswagen.

Mickey stellte sich vor und stellte ihr einige Fragen, während sie Puls und Blutdruck prüfte.

»Wann hatten Sie zum erstenmal Schmerzen, Mrs. Mortimer?«

»Vor ungefähr zwei Wochen«, antwortete die Frau keuchend. »Es kam immer wieder mal. Ich dachte, es wären Blähungen. Aber gestern Nacht wurden die Schmerzen so schrecklich, daß ich dachte, ich würde ohnmächtig werden.«

Mickey fiel auf, daß die Frau beide Hände auf die rechte Leistengegend drückte.

»Ist Ihnen auch mal schlecht gewesen? Mußten Sie sich übergeben?«

»Ja...« Sie atmete stoßweise. »Vor ein paar Wochen mal.«

Mickey warf einen Blick auf das Krankenblatt. Mrs. Mortimer zeigte die klassischen Symptome einer Blinddarmentzündung. Sie zeigte aber auch Symptome einer Bauchhöhlenschwangerschaft. Mickeys Blick glitt weiter das Blatt hinunter. Erics Aufzeichnungen zufolge hatte die Beckenuntersuchung keine Anzeichen einer Schwangerschaft gezeigt. Mrs. Mortimer war 48 Jahre alt.

»Wann hatten Sie das letztemal Ihre Periode?« fragte Mickey, während sie behutsam die Lymphknoten am Hals abtastete.

»Das hab' ich dem anderen Arzt schon gesagt«, antwortete die Frau schweratmend. »Ich weiß es nicht mehr. Ich weiß, ich bin im Wechsel. Meine Periode kam nur noch sehr unregelmäßig. Und ich hatte Hitzewallungen. Dann blieb sie ganz weg und – ach, ich hab' solche Schmerzen!«

»Wir kümmern uns gleich darum.«

Wenigstens hatte Eric ihr kein Morphium gespritzt. Das hatte er in der vergangenen Woche bei einem Patienten getan, so daß, als Mickey zur Untersuchung gekommen war, sämtliche Symptome überdeckt gewesen waren, und sie keine Diagnose hatte stellen können.

»Mrs. Mortimer, wenn bei einer Frau starke Schmerzen in diesem Bereich auftreten, müssen wir immer auch an eine Eierstockschwangerschaft denken.«

Die Frau begann zu weinen. »Das ist ausgeschlossen. Mein Mann und ich – wir – wir haben schon lange nicht mehr...«

Mickey rief eine Schwester herein und bat sie, bei Mrs. Mortimer zu bleiben. Sie selbst ging zum Haustelefon und ließ Jay Sorensen ausrufen. Er war Stationsarzt im vierten Jahr und konnte die Operation übernehmen. Mickey durfte noch nicht allein operieren.

»Jay«, sagte sie, sobald er sich meldete, »sind Sie frei für eine Unterleibsoperation?«

Sie beschrieb ihm Mrs. Mortimers Zustand und beantwortete Jays Fragen. »Sie weiß nicht mehr, wann sie die letzte Menses hatte. Seit langem kein Geschlechtsverkehr mehr mit dem Ehemann. Leicht erhöhte Temperatur, aber sehr starke Schmerzen.«

»Bringen Sie sie rauf. Ich lasse einen Raum vorbereiten.«

Mickey beschloß, bei der Patientin zu bleiben, die hellwach auf dem Operationswagen lag und sichtlich Angst hatte.

»Dr. Brown, der Anästhesist, wird gleich kommen und Ihnen was geben, Mrs. Mortimer. Dann werden Sie herrlich schlafen.« Mickey legte der Frau beruhigend die Hand auf den Arm.

Diese umklammerte in einer panischen Geste Mickeys Handgelenk.

»Frau Doktor«, flüsterte sie. »Es ist doch der Blinddarm, nicht wahr?«

»Es sieht so aus, ja. Machen Sie sich keine Sorgen, Mrs. Mortimer. Sie bekommen einen der besten Operateure –«

»Nein, nein.« Die Frau faßte Mickey noch fester und sah sie beinahe beschwörend an. »Das ist es nicht. Es ist wegen der anderen Möglichkeit, von der Sie sprachen. Wegen der Eileiterschwangerschaft. Dafür bin ich doch zu alt, oder?«
Die Frage machte Mickey hellhörig.
»Beunruhigt Sie diese Möglichkeit, Mrs. Mortimer?« fragte sie behutsam.
Die Frau begann wieder zu weinen. »Ich habe solche Angst.«
Mickey schaute sich rasch um, entdeckte einen Hocker, zog ihn heran und setzte sich nahe zu der geängstigten Frau.
»Wovor haben Sie Angst?« fragte sie leise.
»Ich meine, es kann doch nur der Blinddarm sein, nicht wahr?«
»Offen gesagt, Mrs. Mortimer«, antwortete Mickey mit Bedacht, »kommt eine akute Blinddarmentzündung bei Frauen Ihres Alters relativ selten vor.«
»Aber es *kann* vorkommen?«
»Könnte es denn etwas anderes sein?«
Die Frau leckte sich die spröden Lippen und zupfte nervös an der Bettdecke. »Bitte sagen Sie es niemandem, Frau Doktor. Ich schäme mich so.«
»Worum geht es denn, Mrs. Mortimer?«
»Ich hab' solche Schwierigkeiten, darüber zu sprechen. Mein Mann und ich sind seit dreißig Jahren verheiratet. Wir haben uns wirklich sehr gern. Ich war immer treu. Wir mögen uns wirklich.« Sie drehte den Kopf und starrte zur Decke hinauf. »Vor zwei Monaten war ich eine Woche bei meiner Schwester in Kona. Da lernte ich einen Mann kennen...« Die Frau wandte sich wieder Mickey zu und starrte sie mit angsterfüllten Augen an. »Er bedeutete mir überhaupt nichts. Ich weiß nicht einmal mehr seinen Namen. Ich lernte ihn auf einer Party kennen und... Frau Doktor, mein Mann ist Diabetiker. Er ist schon seit mehreren Jahren – äh – impotent. Man hat uns gesagt, daß man nichts dagegen tun kann. Ich liebe ihn. Ich weiß nicht, warum ich diese Dummheit gemacht habe.« Sie fing an zu schluchzen.
Mickey tätschelte beruhigend ihre Schulter. »Sie brauchen keine Angst zu haben, Mrs. Mortimer. Ich glaube nicht, daß Sie schwanger sind. Dr. Jones hat bei der Beckenuntersuchung nichts gefunden.«
»Bei welcher Beckenuntersuchung?« fragte die Frau.
Mickey erstarrte, doch ihr Ton blieb ruhig.
»In der Notaufnahme. Erinnern Sie sich nicht, daß der Arzt, der vor mir bei Ihnen war, eine Unterleibsuntersuchung vorgenommen hat?«

»Wie hätte er das denn anstellen sollen? Ich kann mich ja überhaupt nicht ausstrecken.«
Eine grüngekleidete Gestalt tauchte neben Mickey auf. Jay Sorensen trat an den Operationswagen.
»Hallo«, sagte er lächelnd. »Ich bin Dr. Sorensen, der Chirurg.«
»Jay«, sagte Mickey leise und stand auf. »Kann ich Sie einen Moment sprechen? Da drüben?« Sie wies mit dem Kopf zum Waschraum.
»Natürlich«, antwortete er und entfernte sich schon. Als Mickey ihm folgen wollte, hielt die Frau sie fest.
»Bitte«, flüsterte sie. »Bitte, Frau Doktor, wenn es eine Eierstockschwangerschaft sein sollte, sagen Sie es nicht meinem Mann. Er soll nicht für meine Sünden büßen. Es würde ihn umbringen, wenn er erfährt, was ich getan habe. Versprechen Sie mir, daß Sie es ihm nicht sagen.«
»Mrs. Mortimer«, sagte Mickey, »ich muß ihm die Wahrheit sagen –«
»Bitte! Bitte, sagen Sie es ihm nicht!«

19

In der Legende heißt es: Eines Tages vor vielen, vielen Jahren beschloß ein Gott namens Lono, Bauer zu werden, und nahm deshalb Menschengestalt an. Er schlug sich versehentlich den Hackstock in den Fuß und brachte sich eine schreckliche Verletzung bei. Da erschien Kane, der Schöpfer, der Höchste der hawaiischen Götter, und zeigte Lono, wie er seine Verletzung heilen konnte, indem er ein Pflaster aus *popolo*-Blättern auflegte. Sodann teilte Kane mit Lono, der nun Lono-puha hieß, Lono mit der Schwellung, all sein Wissen um die Heilkunst und die heilende Kraft der Pflanzen und machte Lono-puha so zum Gott aller Ärzte, die nach ihm kamen.
An der Stelle, wo Kane sein Wunder vollbrachte, wurde ein Gotteshaus errichtet, eine Stätte, wohin sich die Lahmen und Kranken wenden konnten, um sich die bösen Geister der Krankheit austreiben zu lassen. Es war ein schlichtes Haus aus *koa*-Ästen und dem heiligen *ohia*-Holz. Die Zeit verging; vor den Stürmen neuer Welten und Zeiten zogen sich die Götter immer weiter zurück, und die Erinnerung an sie verblaßte. Doch an dem Ort, der Lono-puha heilig war, entstand eines Tages ein neues Haus zu Ehren eines anderen Gottes der Heilkunst, eines weißen Gottes. Im Jahr 1883 errichteten die Briten dort ein kleines Missionskrankenhaus und gaben ihm den Namen *Great Victoria*.
Bis Mickey Long ins Great Victoria kam, war aus dieser Gedenkstätte für

die Götter der Heilkunst ein gewaltiger Komplex aus Beton und Glas geworden, der vom fruchtbaren Boden Oahus zehn Stockwerke in die Höhe ragte. Einzige Erinnerung an die Vergangenheit, war die Sonnenuhr der Missionare am Rand eines mächtigen alten Banyan.

Dort saß Mickey jetzt auf einer Steinbank etwas abseits von dem gepflasterten Weg, der sich durch den gepflegten Park des Krankenhauses zog. Es war ein strahlend schöner Tag, aber die Hitze war fast unerträglich. Die Insel litt unter einem Einbruch von *kona*-Wetter, einem jener herbstlichen Witterungsumschwünge, wo die Passatwinde ersterben und ein von Lee wehender Wind Hitze und hohe Luftfeuchtigkeit über die Insel treibt.

Während Mickey genüßlich in der Sonne saß und sich der unerwarteten freien halben Stunde freute, las sie noch einmal Sondras Brief, den sie drei Tage zuvor bekommen und nur flüchtig überflogen hatte.

›Liebe Mickey, wie geht es Dir? Gut hoffentlich. Ich habe leider immer noch meine Probleme damit, mich hier einzuleben. In den letzten sechs Wochen mußte ich erst einmal eine Menge von dem, was ich in Phoenix gelernt hatte, wieder *verlernen*. Solange ich in Phoenix war, fand ich immer, wir müßten schuften wie die Ackergäule. Ich konnte es kaum erwarten wegzukommen. Aber wenn ich jetzt zurückschaue, sehe ich, wie leicht wir es hatten! Hier in der Mission gibt es keinen Röntgenapparat, kein EKG, keinerlei Diagnosegeräte, die uns schnell auf die Sprünge helfen. Es gibt keine Laboranten für die Blutuntersuchungen. Unser Labor hier ist der reinste Witz. Ein Mikroskop und eine Zentrifuge. Alle Analysen und Messungen müssen wir mit den primitivsten Mitteln selber machen.

Der ganze Laden ist hoffnungslos veraltet, und ich kann es mir einfach nicht abgewöhnen, immer wieder auf die Dinge zurückzugreifen zu wollen, mit denen ich ausgebildet worden bin. Neulich wollte ich zum Beispiel einen Patienten ans Atemgerät hängen lassen, worauf Dr. Farrar mich fragte, ob ich die Absicht hätte, ihn dazu nach Nairobi zu verfrachten.

Derry und ich krachen andauernd zusammen. In den Busch hat er mich bis jetzt kein einzigesmal mitgenommen, und ein Skalpell habe ich in den sechs Wochen, seit ich hier bin, auch noch nicht in der Hand gehabt. Und jetzt habe ich auch noch Schwierigkeiten mit den Schwestern. Sie wissen nicht, was sie mit mir anfangen sollen. Anscheinend haben sie noch nie mit einer Ärztin zu tun gehabt. Meistens ignorieren sie einfach meine Anweisungen oder gehen zu Derry oder Alec, um sich eine Bestätigung zu holen. Sie sind alle in Mombasa ausgebildet, nach dem alten britischen System, bei dem strengstens auf die Rangunterschiede zwischen Ärzten und Pflegepersonal geachtet wird. Wenn zum Beispiel ein Arzt ins Zimmer kommt, muß eine Schwester aufstehen und ihm ihren Platz anbieten. Alle meine Bemühungen, mich ein bißchen mit ihnen anzufreunden, finden sie nur verdächtig.

Die Eingeborenen, die als Patienten hierher kommen, trauen mir genausowenig. Sie haben gelernt, daß der weiße Mann der Heilkundige ist; weiße Frauen sind nur zum Teekochen da.

Aus Derry werde ich überhaupt nicht klug. Er ist ein sehr stiller und verschlossener Mensch und gibt sich keine sonderliche Mühe, mir etwas beizubringen. Wenn ich etwas lernen will, muß ich mich auf Alec MacDonald verlassen.‹

Mickey nahm das beigelegte Foto aus dem Umschlag. Es war ein sonderbares Bild: Fünf Menschen standen steif im Schatten eines Feigenbaums und im Vordergrund stolzierte ein hochbeiniger Vogel umher. Auf die Rückseite hatte Sondra geschrieben: ›Von links nach rechts: Pastor Sanders, seine Frau, ich, Alec MacDonald und Rebecca (Samburu Krankenschwester). Der Vogel heißt Lulu und ist ein Jungfernkranich. Das Foto hat Ndschangu aufgenommen. Derry ist abgehauen, als wir sagten, er solle sich dazustellen.‹

Mickey wandte sich wieder dem Brief zu.

›Wir hoffen hier alle auf baldigen Regen. Es ist angeblich ein ungewöhnlich trockenes Jahr, und das Wasser ist sehr knapp. Die Tiere kommen deshalb sehr nahe an unsere kleine Siedlung – Elefanten, Nashörner, Büffel. Nachts hören wir oft Löwen in der Nähe.

Ich hab' das Gefühl, mein Brief klingt ziemlich miesepetrig. Das wollte ich gar nicht. Insgesamt fühle ich mich nämlich sehr wohl hier und bin so entschlossen wie eh' und je, den Leuten hier zu helfen. Es dauert eben nur ein bißchen länger, als ich erwartet hatte.

Was hörst Du von Ruth? In ihrem letzten Brief schrieb sie mir, sie hätte den Verdacht, daß es diesmal Zwillinge werden. Ich frage mich wirklich, wie Ruth das alles schafft. Beruf, Haushalt, Mann und Kind.‹

Mickey ließ den Brief in ihren Schoß sinken und starrte geistesabwesend zu einer Gruppe Schwestern hinüber, die auf dem Rasen saß und plauderte.

Haushalt, Mann und Kind.

Mickey hätte dem Thema wohl kaum viel Beachtung geschenkt, wenn sie nicht die verschiedensten Leute immer wieder damit konfrontiert hätten. Gerade die Patienten brachten es häufig zur Sprache. »Sind Sie verheiratet, Frau Doktor? Nein? Eine schöne Frau wie Sie? Ich meine, der Arztberuf ist sicher etwas Schönes, aber Sie sollten auch einen Mann und Kinder haben.«

Einige Schwestern hatten sich ähnlich geäußert. »Wissen Sie, Mickey, ich hab' wohl daran gedacht, Medizin zu studieren, aber ich wollte auch eine Familie haben. Vier Jahre Medizinstudium – und das *nach* vier Jahren Grundstudium –, dann ein Jahr Assistenz, dann die Fachausbildung, die noch mal bis zu sechs Jahren dauern kann – das war mir einfach zuviel. Das kann ein Mann sich leisten. Der hat eine Frau zu Hause, die ihm das Essen kocht, den Haushalt macht und die Kinder bekommt. Für eine Frau ist das unmöglich. Da bin ich lieber nur zwei Jahre auf die Schwesternschule gegangen. Jetzt haben wir unser eigenes Haus und die drei Kinder, die wir uns gewünscht haben.«
Ruth schaffte es dennoch. Aber zu welchem Preis? Ihre Briefe waren immer kurz und sachlich. Arnie erwähnte sie selten; alles drehte sich um Rachel. Mickey erinnerte sich an Arnies Gesicht, als Ruth ihr Diplom unter ihrem Mädchennamen Shapiro in Empfang genommen hatte, und fragte sich, was für eine Ehe die beiden führten.
Sie faltete Sondras Brief und steckte ihn wieder ein. Jeder muß seinen Weg gehen.
»Hallo! Ich hab' dich gesucht.«
Sie sah auf und beschattete die Augen mit der Hand. »Hallo, Gregg. Du hättest mich über den Piepser erreichen können.«
»Ach, ich wußte doch, daß ich dich hier finden würde.« Er setzte sich zu ihr auf die Bank. »Ich hab' um vier eine Brustbiopsie und mögliche Amputation. Hast du Lust, mir zu helfen?«
»Das fragst du noch? Aber natürlich. Dir ist hoffentlich klar, daß die anderen dir bald vorwerfen werden, daß du mich bevorzugst. Das ist schon der dritte gute Fall zu dem du mich in dieser Woche zugezogen hast. Parker schäumt immer noch wegen der Gallenoperation.«
»Laß ihn schäumen. Ich tue es aus rein egoistischen Gründen. Meine zukünftige Partnerin soll neben mir der beste Chirurg am Ort sein.« Gregg bückte sich, pflückte einen Grashalm ab und drehte ihn zwischen den Fingern. »Ich hab' mich eben mit Jay Sorensen unterhalten. Er erzählte mir von eurer heißen Operation heute morgen.«
»Ja, das war was.« Mickey spürte, wie ihr Zorn wieder aufflammte. Gleich nach der Operation war sie in die Notaufnahme hinuntergelaufen und hatte Eric Jones gründlich die Meinung gesagt.
»Na, vielleicht kann das Nakamura endlich dazu veranlassen, ihn rauszusetzen. Es war schließlich nicht die erste Schlamperei, bei der Eric erwischt worden ist. Aber weißt du, Mickey, du hättest bei der Frau vorher auf jeden Fall einen Schwangerschaftstest machen sollen. Das gehört doch bei Verdacht auf Eileiterschwangerschaft zur Routine.«

»Ich weiß. Ich habe mich einfach auf das Wort der Patientin verlassen, die sagte, sie hätte keinen Geschlechtsverkehr gehabt, und in Erics Aufzeichnungen war eine Abdominaluntersuchung eingetragen. Ich wollte die Frau nur möglichst schnell auf dem Operationstisch haben. Das passiert mir bestimmt nicht wieder.«
Gregg nickte. Er schätzte es an Mickey, daß sie Kritik vertragen konnte und nicht wie viele andere mit Gekränktheit oder Feindseligkeit reagierte, wenn man ihr etwas sagte.
»Zwei Dinge mußt du dir merken: Verlaß dich nie darauf, daß der Patient dir die Wahrheit sagt, und verlaß dich nie darauf, daß ein Assistenzarzt wie Eric Jones eine ordentliche Untersuchung vornimmt.«
»Weißt du, Gregg, die Frau bat mich, ihrem Mann nichts zu sagen, falls es eine Eileiterschwangerschaft sein sollte. Sie wollte, daß ich ihn belüge und sage, es wäre der Blinddarm gewesen.«
»Dann hast du ja Glück gehabt, daß es wirklich der Blinddarm war. Was hättest du getan, wenn er's nicht gewesen wäre?«
»Ich weiß es nicht.« Sie sah ihn an. »Was hättest du denn getan?«
Er erwiderte einen Moment lang ihren Blick, dann wandte er sich ab.
»Mickey, ich möchte was mit dir besprechen.«
Sie hörte den Ernst in seinem Ton. »Was denn?«
»Es geht um Mason. Er will eine schriftliche Entschuldigung von dir.«
»Und was hast du ihm gesagt?«
»Daß sie heute nachmittag auf Nakamuras Schreibtisch liegt.«
»Nein!« sagte Mickey scharf. »Ich schreibe keine Entschuldigung, Gregg. Ich bin bereit, mich in Nakamuras Büro mit ihm zu treffen, wenn er das will. Ich stelle mich jedem Schiedsgericht, das er auswählt, ich laß' mich auch auf einen Kampf mit ihm ein, wenn es sein muß. Aber entschuldigen werde ich mich nicht!«
»Mickey, du hast keine andere Wahl. Denk' doch an deine Karriere hier am Great Victoria. Denk' daran, was für ein Rückschlag es für dich und mich wäre, wenn man dich hier rauswirft.«
»Das kann ich mit meiner Integrität nicht vereinbaren, Gregg. Ich hatte recht, und er hatte unrecht.«
Gregg trommelte mit den Fingern auf sein Knie. Er wußte aus Erfahrung, wie dickköpfig Mickey sein konnte. Nach einem Moment der Überlegung hob er den Kopf und sah sie mit dem Lächeln an, das immer Versöhnung bedeutete, wenn sie einen ihrer Dispute gehabt hatten.
»Ich weiß, daß du's tun wirst, Mickey«, sagte er leichthin. »Du enttäuschst mich – du enttäuschst *uns* bestimmt nicht. So, und jetzt ab mit dir in den OP. Wir sehen uns dann um vier.«

»Okay, Koko«, sagte er zu der polynesischen Operationsschwester und zwinkerte ihr zu. »Ich hoffe, Sie haben uns das Messer für heute richtig gewetzt.«
Das Mundtuch der Schwester verzog sich mit ihrem breiten Lächeln. Mit Gregg Waterman arbeiteten alle gern zusammen, er war immer freundlich, geduldig und fair. Und Mickey Long mochten die Schwestern, weil sie selten nervös war und eigenen Mangel an Erfahrung niemals damit zu kaschieren versuchte, daß sie die Schwestern anschrie.
»Das Messer bitte, Koko«, sagte Mickey ruhig, die rechte Hand ausgestreckt, während sie mit der linken die Brusthaut straffzog.
Nachdem Mickey den etwa drei Zentimeter langen Schnitt gemacht hatte, fand sie rasch den Knoten und entfernte ihn so geschickt, daß das Trauma am umliegenden Gewebe minimal blieb. Gregg tupfte für sie, griff nur einmal ein, um eine Klammer etwas anders zu placieren, und überließ ihr, nachdem die Gewebeprobe an die Pathologie weitergegeben worden war, die Wahl der Methode zur Schließung der Wunde. Er wußte, daß Mickey daran gelegen war, gerade im Nähen möglichst viel Übung zu bekommen.
Die Patientin war eine Frau in den Fünfzigern, der Schnitt befand sich dicht bei der Brustwarze und würde niemals zu sehen sein. Gregg hätte sich zum Schließen der Wunde mit einer einfachen Naht begnügt. Doch Mickey arbeitete so sorgfältig, als hätte sie das Gesicht eines Filmstars unter den Händen, und legte mit Nylon eine verdeckte Naht, die später höchstens noch als haarfeine Linie zu erkennen sein würde.
Sie hatten Zeit für solche Präzisionsarbeit; sie mußten sowieso auf den Befund des Pathologen warten.
»Art hat gesagt, wir können dieses Wochenende sein Boot haben, wenn wir wollen«, bemerkte Gregg und tupfte hier und dort ein wenig, während Mickey nähte. »Wir brauchen uns den Schlüssel nur abzuholen.«
Art war Orthopäde. Er hatte seit einem Jahr seine eigene Praxis und verdiente glänzend an den Verletzungen von Wasserskifahrern, Surfern und Vulkankletterern.
Mickey antwortete Gregg nicht. Die meisten Chirurgen werden gesprächig, wenn der Patient erst einmal in Narkose ist und die Operation glatt läuft; Mickey schwieg lieber bei der Arbeit.
Sie arbeitete immer sehr gewissenhaft und mit Gefühl, verwendete, wo es irgend ging nur die kleinsten Klammern und war stets darauf bedacht, nicht unnötig zu verletzen. Gregg sah ihr mit Bewunderung zu. Mickey war ein Greenhorn gewesen, als sie vor 16 Monaten ans Great Victoria gekommen war, aber sie hatte mit erstaunlicher Schnelligkeit gelernt,

alles Neue begierig aufgesogen, niemals lockergelassen. Sie hatte das Zeug zu einer erstklassigen Chirurgin. Als Team würden sie – später, wenn sie ihre gemeinsame Praxis hatten – unschlagbar sein.
Als Mickey noch dabei war, die Wunde zu verbinden, schlurfte Dr. Yamamoto in Papierschuhen herein. Wie jeder, der nur vorübergehend im Operationssaal zu tun hatte, trug er einen ganzen Overall aus weißem Papier.
»Okay, Gregg.« Er trat näher an den Operationstisch heran und zeigte den beiden Operateuren die Gewebeprobe, die auf einem Gazeviereck auf seiner offenen Hand lag. »Ihr habt hier eine Präcancerose. Wie alt ist die Patientin?«
»Sechsundfünfzig. Was würdest du tun, Mickey?«
Sie überlegte einen Moment.
»Teilweise entfernen. Und Biopsie auf der anderen Seite.«
Gregg nickte. »Okay, Leute, fangen wir gleich an.«
Die Vorbereitungen waren schnell getroffen, da das Operationsteam mit der Möglichkeit eines weiteren Eingriffs gerechnet hatte. Während neue Instrumente aufgelegt wurden, schlüpften Gregg und Mickey in frische Kittel und Handschuhe und wechselten die Tücher aus, mit denen die Patientin bedeckt war. Sobald das Team am Tisch versammelt war, blickte Gregg zu Mickey hinüber und sagte: »Willst du's machen?«
»Wenn ich darf.«
»Koko, geben Sie Dr. Long das Skalpell.«
Yvette, die Verbindungsschwester, stöhnte innerlich und zog ein Kreuzworträtsel aus der Tasche ihres grünen Kittels. Wenn ein Stationsarzt operierte, selbst wenn es Dr. Long war, dauerte die Prozedur unweigerlich zwei- oder dreimal so lang wie unter normalen Umständen. Dr. Scadudo, der Anästhesist, schob hinter seinem Schirm eine Kassette in seinen Recorder.
Mickey drehte das Skalpell in der Hand und zeichnete mit dem stumpfen Griff die Linie des beabsichtigten Schnitts vor. Einen Moment lang studierte sie die unsichtbare Wunde, dann drehte sie das Messer, um zu schneiden.
»Was machst du?« fragte Gregg.
»Einen Horizontalschnitt. Auf der Höhe der vierten Rippe.«
»Warum?«
»Weil es ein verdeckter Schnitt ist. Da sieht man die Narbe nicht.«
»Und wo hast du das gelernt?«
»Bei Dr. Keller. Letzte Woche. Er hat es mir gezeigt. Wir entfernen gerade soviel Brustgewebe wie –«

»Ich erinnere mich an den Fall. Die Patientin war fünfunddreißig und hatte Keller schon vor der Operation gesagt, daß sie später eine Prothese machen lassen wollte. Unsere Patientin ist Mitte fünfzig, Mickey. Wir haben nicht die Zeit, auch noch an die Schönheit zu denken.«
»Aber beim normalen Schnitt bleibt eine Narbe, die über dem Badeanzug zu sehen ist, Gregg.«
»Mickey, na komm schon, du lernst hier allgemeine Chirurgie. Heb dir die Finessen für die Fachausbildung auf.«
Sie starrte ihn einen Moment lang an, dann zuckte sie die Achseln und setzte zum Standardschnitt an. Aber eines Tages, dachte sie bei sich, eines Tages...

»Ich geh' und rede mit dem Ehemann«, sagte Gregg, während er Handschuhe und Kittel auszog. »Ich treff' dich in einer halben Stunde in der Kantine.«
Mickey, die gerade Anweisungen auf das Krankenblatt der Patientin schrieb, nickte zerstreut. Dann aber sah sie auf und sagte: »Was?«
Gregg war schon hinausgegangen. Sie lief ihm nach. »Wieso in der Kantine? Ich muß noch zu den Patienten, Gregg.«
Jetzt sah sie etwas in seinem Blick, das sie während der dreistündigen Operation, die sie völlig in Anspruch genommen hatte, nicht bemerkt hatte.
»Wir müssen miteinander reden, Mickey«, sagte er.
»Es gibt nichts zu reden.« Sie sah zu der Uhr an der grüngekachelten Wand. »Es ist nach sieben. Nakamura wird inzwischen gemerkt haben, daß der Brief nicht kommt.«
Gregg blickte den Korridor hinauf und hinunter, der jetzt bis auf zwei Putzfrauen mit Schrubbern und Eimern leer war. Er nahm Mickey beim Arm und zog sie weg von der Tür, durch die gleich ihre Patientin herausgeschoben werden würde.
»Nakamura hat den Brief schon, Mickey«, sagte er leise.
»Was?«
»Es ist vorbei. Du kannst die ganze Geschichte vergessen.«
»Ich versteh' nicht –« Mickey erstarrte plötzlich. »*Du* hast den Brief geschrieben«, flüsterte sie.
»Ich mußte es tun, Mickey. Ich wußte, daß du es niemals tun würdest.«
»Also Gregg!« Mit einem Ruck wandte sie sich von ihm ab, machte drei zornige Schritte und drehte sich wieder um. »Das ist wirklich das Schlimmste, was du mir hättest antun können!«

»Du wirst mir noch dankbar sein, Mickey, glaub' mir. Wenn wir erst unsere gemeinsame Praxis haben und du in der Rückschau erkennst, was ich dir erspart habe –«
»Du hattest nicht das Recht!«
Gregg warf einen Blick zu den beiden Putzfrauen, die ihn und Mickey verstohlen beobachteten.
»Verdammt noch mal, Mickey. Ich hab' mir Sorgen gemacht. Nicht nur um dich, sondern um uns beide. Kannst du das denn nicht verstehen? Meinst du vielleicht, du würdest an irgendeinem Krankenhaus wieder als Stationsärztin genommen werden, wenn Nakamura dich rausschmeißen würde? Hör endlich auf, nur an dich und deine Prinzipien zu denken.« Er hob abwehrend eine Hand. »Nein, setz dich jetzt nicht aufs hohe Roß und mach mich zum Bösewicht. Du hast dich selber da reinmanövriert. Und komm mir jetzt nicht mit deiner Integrität und deinen ethischen Grundsätzen. Die hast du nicht allein gepachtet.«
Mickey zitterte. Und je steifer sie sich hielt, desto stärker zitterte sie. Es kostete sie große Anstrengung, sich so weit unter Kontrolle zu bringen, daß sie in halbwegs normalem Ton sprechen konnte.
»Ich weiß, warum du so dringend wolltest, daß ich mich bei Mason entschuldige, Gregg«, sagte sie. »Mit *meiner* Karriere und *meinem* Ruf hat das überhaupt nichts zu tun, stimmt's? Es geht dir einzig um dich.«
»Um mich?« Gregg lachte gezwungen. »Was, zum Teufel, redest du da?«
»Du hast Angst, Nakamura könnte an deinen Fähigkeiten als Gruppenleiter Zweifel bekommen, wenn du nicht einmal eine Stationsärztin im zweiten Jahr dazu bringen kannst, daß sie die Anweisungen befolgt. Du hattest nicht um meine Karriere Angst, Gregg – sondern nur um deine eigene.«
Damit drehte sich Mickey um und ging.

Sie lehnte am offenen Fenster des Ärztezimmers und sah zu, wie der Himmel langsam dunkel wurde. Ihr Gesicht war weiß, die grünen Augen brannten vor Zorn. Sie konnte Gregg nicht verzeihen, was er getan hatte. Er hatte kein Recht dazu gehabt. Er hatte sie verraten. Nun gab es für sie beide keine Möglichkeit mehr, weiter zusammenzuleben oder auch nur freundschaftlich miteinander zu verkehren. Und auch ihre berufliche Beziehung würde leiden, weil immer Argwohn und Mißtrauen dasein würden.
Mickey spürte plötzlich, daß sie todmüde war. Die Beine taten ihr weh, und ihr Magen knurrte. Als sie auf die Uhr sah, wurde ihr bewußt, daß

sie abgesehen von der halbstündigen Mittagspause im Park seit fast vierundzwanzig Stunden ununterbrochen auf den Beinen war.
Am vergangenen Abend, als sie sich gerade mit Gregg zum Essen gesetzt hatte, war sie auf die pädiatrische Station gerufen worfen, um einem Leukämiepatienten einen Katheter einzusetzen. Unmittelbar danach brauchte man sie in der Notaufnahme, wo eine Frau mit Verdacht auf eitrige Gallenblasenentzündung eingeliefert worden war. Nachdem Mickey sie untersucht und auf die Chirurgie überwiesen hatte, mußte sie wieder in die Pädiatrie, weil sich am Katheter eine Infiltration entwickelt hatte. Sie hatte die halbe Nacht gebraucht, um einen neuen zu legen, während zwei Schwestern das völlig hysterische Kind gehalten hatten. Gegen Morgen war bei einer Frischoperierten die Operationswunde aufgebrochen und hatte neu genäht werden müssen. Danach hatte Mickey es geschafft, zu duschen und eine Tasse Kaffee zu trinken, und hatte gerade die morgendliche Runde begonnen, als sie wieder in die Notaufnahme gerufen worden war. Vierundzwanzig hektische Stunden praktisch ohne Pause; die halbe Stunde bei der Sonnenuhr hatte gerade gereicht, um einmal kurz Luft zu holen.
Mickey ging vom Fenster weg und ließ sich auf das Sofa fallen. Sie war im Ärztezimmer auf Drei Ost, weil sie Notdienst hatte und in der Nähe eines Telefons sein mußte. Auf der Station warteten zweiunddreißig Patienten, die sie zu betreuen hatte: Verbände mußten nachgesehen, Fäden gezogen, Medikamente verschrieben oder abgesetzt werden. Zweiunddreißig Patienten mit Schmerzen und Ängsten und tausend Fragen; und alle erwarteten sie, daß Mickey heiter lächelnd in ihr Zimmer kommen und sie aufmuntern würde.
Sie schlug die Hände vor ihr Gesicht. Sie konnte nicht. Sie konnte sie jetzt nicht sehen.
Sie weinte lautlos in ihre Hände. Vom Korridor hinter der geschlossenen Tür kamen die alltäglichen Krankenhausgeräusche: das Wispern der Operationswagen, die vorbeigeschoben wurden, das leise Quietschen von Gummisohlen auf dem Linoleumboden, Stimmen, die im Näherkommen lauter wurden und dann wieder verklangen. Nur ein einziges Mal zuvor hatte sich Mickey einen solchen Zusammenbruch erlaubt, ihrer Erschöpfung nachgegeben und sich richtig ausgeweint; aber selbst damals war sie innerlich ständig auf dem Sprung gewesen, aus Sorge, es könnte jemand ins Zimmer kommen und sie ertappen. Jetzt war sie soweit, daß ihr alles gleichgültig war. Sie wollte nur weinen bis sie keine Tränen mehr hatte und dann eine ganze Woche lang schlafen. Am liebsten wäre sie aufgesprungen und zur Tür hinausgerannt, fort aus diesen Gefängnismauern,

fort von den zweiunddreißig Patienten, die darauf warteten, daß sie sie erheitern und wieder gesundmachen würde, ohne daran zu denken, daß vielleicht auch sie dringend ein bißchen Fürsorge und Ermutigung gebraucht hätte.

Mickey bekam plötzlich eine Riesenwut auf sie, auf ihre Krankheiten und ihre Erwartungen an sie. Sie haßte das Krankenhaus; sie haßte Gregg und Jay Sorensen und Sharla in der Notaufnahme. Wie halten die das nur aus? Wie halten sie es aus, Tag für Tag hierher zu kommen, in diesem künstlichen Licht zu leben, diese künstliche Luft zu atmen und serienweise in ihren Funktionen gestörte menschliche Körper zu reparieren wie Techniker an einem Endlosfließband? Wo blieb da die Erfüllung? Wo blieb die Würde?

Und das noch einmal fünf Jahre lang!

Mickeys Weinen wurde heftiger. Sie schluchzte ihr Elend jetzt laut heraus, und es war ihr immer noch gleichgültig, ob jemand sie hörte. Sollen sie es doch hören! Sollen sie doch merken, daß ich keine Maschine bin! So nämlich erschien es ihr – daß diese vergangenen sechzehn Monate im Great Victoria sie beinahe in eine hervorragend funktionierende, völlig emotionslose Maschine verwandelt hätten. In der zwölfmonatigen Assistenzzeit war ihr jegliche Sentimentalität ausgetrieben worden; sie hatte gelernt, den Tod als nichts weiter zu betrachten als eine klinische Phase der Krankheit; sie hatte gelernt, sich innerlich nicht an Patienten zu binden, sondern sie als ›Fälle‹ zu sehen. Ihre natürlichen Instinkte waren unterdrückt worden.

Wenn ich hier rauskomme, bin ich einunddreißig Jahre alt.

Das Telefon läutete. Mickey blickte auf. Geh nicht hin! schrie es in ihr. Dann zog sie ein Taschentuch heraus, und noch während sie sich das Gesicht trocknete, meldete sie sich.

»Sind Sie das Dr. Long?« Die Stimme klang dringlich. »Hier ist Karen von der Pädiatrie. Wir haben einen Notfall. Blutungen nach einer Mandeloperation.«

»Wer ist der Assistenzarzt?«

»Toby Abrams. Er hat mich gebeten, Sie zu rufen.«

Mickey legte auf und ging automatisch zur Tür. Sie handelte, wie ihre Ausbildung es sie gelehrt hatte. Aber innerlich war sie kalt und abgestorben.

In der Pädiatrie war die Hölle los, als Mickey hinkam. Draußen im Korridor bemühten sich mehrere Schwestern, eine hysterische Frau zu beruhigen; im Krankenzimmer hielten zwei Schwestern und der Assistenz-

arzt ein Kind auf dem Bett fest. Bettzeug, Kleider und Fußboden waren voll mit frischem Blut.
Mickey lief zu dem kleinen Mädchen, das auf die Seite gedreht im Bett lag, und fragte: »Was ist denn los?«
Toby, der Assistenzarzt, war blaß. Sein weißer Kittel war blutbefleckt. Mit einer Hand hielt er das Handgelenk des Kindes, um zu verhindern, daß die Kanüle des Tropfs herausrutschte.
»Bernie Blackbridge hat sie heute nachmittag an den Mandeln operiert. Bis vor einer Stunde war alles normal. Da spuckte sie plötzlich eine Ladung Blut und fiel in Schock. In hab' eine Blutprobe genommen, um eine Untersuchung machen zu lassen, und wollte ihr einen Tropf legen. Aber sie hat partout nicht stillgehalten, und ihre Venen sind so klein –«
Mickey prüfte die Pupillen des kleinen Mädchens und sah ihr in den Hals.
»Wir mußten sie zu dritt niederhalten«, berichtete Toby niedergeschlagen. »Ich kriegte die Nadel endlich rein, und da fing sie wieder an, Blut zu spucken. Die Transfusion ist jetzt –«
»Verdammt noch mal, Toby«, unterbrach Mickey und sprang vom Bett. »Die Kleine braucht nichts weiter als ein paar Stiche. Haben Sie Dr. Blackbridge angerufen?«
»Seine Frau sagte, er wäre noch nicht zu Hause, aber sie würde ihn wieder herschicken, sobald er kommt.«
Sie wandte sich den Schwestern zu. »Haben Sie versucht, Dr. Waterman zu erreichen?«
»Der operiert gerade.«
»Gut. Dann lassen Sie Jay Sorensen ausrufen. Das Kind muß sofort in den OP.«

Es war Mitternacht, als Mickey endlich dazu kam, zu duschen und ihre blutbefleckten Sachen auszuziehen. Aber sie war sonderbarerweise überhaupt nicht müde. Nachdem sie auf Drei Ost angerufen hatte, um zu sagen, daß sie so bald wie möglich die Runde machen würde, ging sie wieder in die Pädiatrie hinunter, um nach der Mutter des kleinen Mädchens zu sehen, der sie zuvor ein Beruhigungsmittel gegeben hatte. Die Frau schlief ruhig in einem der freien Zimmer.
Im Ärztezimmer gab es frischen Kaffee, Orangensaft, Donuts und Obst, alles soeben für die Nachtschicht aus der Küche heraufgebracht. Mickey goß sich einen Kaffee mit viel Sahne ein und streckte sich in einem der Sessel aus.
Merkwürdig, sie war müde, aber auf ganz andere Art müde als ein paar

Stunden zuvor, als sie am liebsten alles hingeschmissen hätte. Diese Art der Müdigkeit, wie sie sie jetzt verspürte, hatte etwas Befriedigendes, beinahe Belebendes. Seit Tagen hatte sich Mickey nicht mehr so gut gefühlt.
Die Tür öffnete sich, ein deprimiertes Gesicht zeigte sich.
»Hallo«, sagte Toby. »Kann ich reinkommen?«
»Aber natürlich. Im Kühlschrank liegt hervorragende Salami.«
Doch Toby schüttelte den Kopf. Er hockte sich auf die Sofakante und machte ein Gesicht, als säße er auf der Armsünderbank.
»Danke, daß Sie die Kleine gerettet haben, Mickey. Mir haben Sie damit auch das Leben gerettet.«
»Man tut was man kann, Toby.«
Wieder schüttelte er den Kopf. Er war ein großer, bärenhafter Bursche mit dem Temperament eines Bernhardiners. Es gab niemanden, der ihn nicht mochte.
»Ich hätte die Kleine beinahe umgebracht, Mickey. Ich hab' einen furchtbaren Fehler gemacht. Das werd' ich mir nie verzeihen.«
Als Mickey die Trostlosigkeit in seinen Augen sah, die Mutlosigkeit in seinen hängenden Schultern, stellte sie ihren Kaffee nieder und beugte sich, die Ellbogen auf die Knie gestützt vor.
»Toby«, sagte sie ruhig und eindringlich, »Sie sind gerade vier Monate mit dem Studium fertig. Kein Mensch erwartet von Ihnen, daß Sie alles wissen.«
»Ja, aber sie brauchte nur ein paar Stiche. Und ich wußte das nicht. Ich fummelte eine ganze Stunde rum wie ein Blöder, während ihr das ganze Blut in den Magen lief. Ich hätte Sie sofort rufen sollen.«
»Aber das gehört doch zum Lernprozeß, Toby. Jetzt, da Sie's wissen, vergessen Sie es bestimmt nie wieder.«
Er war nicht zu trösten. »Und was ist das nächstemal? Was passiert, wenn ich meinen nächsten Fehler mache? Ich hab' Angst, Mickey. Die Sache hat mir eine wahnsinnige Angst gemacht.«
Sie sah es in seinen Augen. Sie kannte diesen Blick – von sich und anderen. Ein anderer Assistenzarzt fiel ihr ein, Jordan Plummer, der zur gleichen Zeit mit ihr ans Great Victoria gekommen war; ein ehrgeiziger junger Mann, ungeheuer gewissenhaft und idealistisch. Etwa ein Jahr war es her, da hatte Jordan Plummer einen alten Mann mit schwersten Atembeschwerden aufgenommen. Da er Herzversagen fürchtete, hatte er dem Patienten eine Morphiuminjektion gegeben. Der alte Mann war kurz danach gestorben. Bei der Obduktion hatte sich herausgestellt, daß der Patient nicht an einer Herzschwäche, sondern an schwerer Bronchitis

gelitten hatte. Durch das Morphium waren die sowieso nur noch schwachen Atemreflexe völlig unterdrückt worden. Obwohl die einzige Konsequenz für Jordan eine harte Rüge vom Chefarzt der internistischen Abteilung gewesen war – schließlich war Jordan ein absoluter Neuling –, war Jordan nicht über die Sache hinweggekommen und hatte sich sechs Wochen später das Leben genommen.
Auf Tobys Gesicht lag in diesem Moment ein Schatten der gleichen Verzweiflung, die Jordan Plummer in den Tod getrieben hatte.
»Toby«, sagte Mickey ruhig. »Sie sind ein guter Arzt. Sie sind einer unserer besten Assistenzärzte hier. Lassen Sie sich nicht von einem einzigen Fehler aus der Bahn werfen.« Sie rutschte zur Kante ihres Sessels vor. »Ich habe voriges Jahr auch einige Fehler gemacht, darunter einen großen, der mich beinahe Kopf und Kragen gekostet hätte. Hier, auf dieser Station. Man brachte uns einen sechzehn Monate alten Jungen – Richard Grey hieß er, ich werde ihn nie vergessen. Er hatte seit mehreren Tagen an Durchfall gelitten, war stark entwässert und völlig lethargisch. Ich war wirklich vorsichtig. Ich berechnete ganz genau die Menge an Elektrolyten, Wasser und Salz, die zur Aufrechterhaltung der Lebensfunktionen notwendig waren, und hängte den Kleinen dann an den Tropf. Eine Weile lief es gut, der Junge erholte sich, also ließ ich ihn weiter am Tropf. Aber am nächsten Tag bekam er Krämpfe. Ich versuchte alles – Kalziumglukonat, konzentrierte Kochsalzlösung –, aber nichts half. In meiner Verzweiflung holte ich schließlich Jerry Smith, der war damals mein Gruppenleiter. Er warf nur einen Blick auf das Kind, einen zweiten auf meine Aufzeichnungen und brüllte mich an, daß mir Hören und Sehen verging. Ich hatte den Kleinen völlig überwässert, Toby, und hätte dadurch beinahe ein Herzversagen herbeigeführt! Hätte Jerry nicht eingegriffen, wäre der Kleine gestorben.«
Mickey hielt inne und sah Toby aufmerksam ins Gesicht. Er schien sie gar nicht gehört zu haben, blieb ganz ohne Reaktion. Erst nach einer Weile sah er sie an und seufzte.
»Ich schaff' das nicht mehr, Mickey. Das ist kein Beruf für mich. Da muß man eisenhart sein und darf überhaupt keine Nerven haben. Geschweige denn ein Herz. Als Sie das Kind in den OP raufbrachten, hab' ich mich hier reingesetzt und geheult wie ein Schloßhund.«
Er schnüffelte und drückte eine Hand an seine Wange. Mickey setzte sich zu ihm aufs Sofa und legte ihm einen Arm um die breiten Schultern.
»Wann haben Sie das letztemal richtig geschlafen, Toby?«
»Was für ein Tag ist heute?«
Mickey lachte leise. »Okay, Sie haben seit März nicht mehr geschlafen,

sind total ausgepowert, und heute wäre Ihnen beinahe ein Kind gestorben, das Sie retten wollten. Kein Wunder, daß Sie fertig sind, Toby.«
Er schüttelte den Kopf. »Es ist nicht nur die Sache heute, Mickey. Es ist alles! Wissen Sie, wie oft ich meine Frau zu sehen bekomme? Jedes zweite Wochenende, wenn wir Glück haben. Und dann bin ich viel zu müde, um irgend etwas mit ihr zu unternehmen. Ich verschlafe das ganze Wochenende. Das ist doch ein völlig unnatürliches Leben, Mickey. Man rackert sich dreißig Stunden an einem Stück ab, kommt kaum zum Schlafen oder zum Essen, muß dauernd Angst haben, daß man eine falsche Entscheidung trifft. Und wenn ich schon einmal Zeit zum Schlafen finde, renne ich sogar im Traum ständig hier durch die Korridore und wache dann meistens völlig verspannt und erschöpft auf. Nein, Mickey –« Er schüttelte den Kopf – »ich kann nicht mehr.«
Mickey betrachtete ihn mitleidig und sah sich selber, wie sie vor einigen Stunden gewesen war, ausgepumpt, entmutigt, bereit, das Handtuch zu werfen. Genauso wie Toby jetzt hier saß, hatte sie selber vor drei Stunden dagesessen und hatte das gleiche gedacht: Ich kann nicht mehr. Aber im Operationssaal waren Niedergeschlagenheit und Untergangsstimmung wie durch Zauber von ihr abgefallen, sie hatte Zuversicht und Hingabe wiedergefunden.
»Wie halten Sie das nur aus?« fragte Toby. »Wie können Sie Tag für Tag hier in diese Fabrik marschieren und schuften wie ein Roboter? Wo alles so sinnlos ist!«
»Es ist nicht sinnlos, Toby, das wissen Sie doch. Stellen Sie sich mal eine Waage vor, so eine, wie sie die Justitia in der Hand hält, und legen Sie in die eine Schale alle Ihre Erfolge und in die andere alle Ihre Mißerfolge. Nach welcher Seite neigt sich die Waage?«
»Der Vergleich stimmt nicht, Mickey. Ein tödlicher Fehler wiegt schwerer als hundert Erfolge.«
»Falsch. Jeder Erfolg, den Sie errungen haben, kam nämlich als potentieller Mißerfolg hier ins Krankenhaus.«
»Sie reden wie Dr. Shimada. Er sagt immer, wir sollen nicht die Patienten zählen, die wir retten, sondern die, die wir nicht umbringen.« Toby lachte kurz auf. Dann straffte er die Schultern. »Ich halte das nicht noch weitere acht Monate durch, Mickey. Der Juli ist mir einfach zu weit weg.«
»Okay, dann geben Sie auf. Der Juli kommt trotzdem, ob Sie durchhalten oder nicht.«
Mickey zog ihren Arm von seinen Schultern und lehnte sich zurück. Ihr fiel ein, was sie selber noch vor wenigen Stunden gedacht hatte: Wenn

ich hier rauskomme, bin ich einunddreißig Jahre alt. Jetzt lautete ihre Entgegnung: Und wie alt bin ich in fünf Jahren, wenn ich jetzt aufgebe?
Die Tür öffnete sich. Eine Schwester schaute herein.
»Dr. Abrams? Wir brauchen Sie für eine Punktierung.«
Er streckte sich, als versuchte er, seinen Körper aus der Erstarrung zu lösen. Im Aufstehen sagte er zu Mickey: »Ich bin einfach hundemüde. Ich werd' immer quengelig, wenn ich mein Mittagsschläfchen versäumt habe.«
»Sie sind ein guter Arzt, Toby. Geben Sie nicht auf.«
»Hm«, machte er nur lächelnd, dann ging er mit großen Schritten hinaus.
Mickey nahm sich einen Apfel von der Obstschale und dachte an Gregg. An dem Tag, an dem sie ihm begegnet war, war sie am gleichen Punkt gewesen wie Toby heute. Sie hatte sich nutzlos und unfähig gefühlt und sich gefragt, ob sie überhaupt weitermachen solle. Da hatte Gregg sie auf eine Art angesehen, die ihr zu Bewußtsein gebracht hatte, daß sie immer noch eine Frau war, eine schöne, blühende Frau, und sie war ihm, so sehr aus Dankbarkeit wie aus einem Gefühl des Zu-ihm-Hingezogenseins, in die Arme gefallen. Nicht unbedingt eine solide Basis für eine lebenslange Beziehung. Zumal in den zwölf Monaten ihres Zusammenseins die Liebe, auf die sie gehofft hatte, sich bei ihr nicht eingestellt hatte.
Als das Telefon summte, hob Mickey von neuer Kraft beschwingt den Hörer ab. Das kommende Wochenende hatte sie frei. Sie würde wieder in das Krankenhaus-Wohnheim ziehen, wo sie zu Beginn ihrer Assistenzzeit gewohnt hatte. Vielleicht würde sie sich einen gebrauchten Wagen kaufen und in ihrer kostbaren Freizeit ein bißchen herumkutschieren, die Insel erkunden, wandern, schwimmen, sich einfach Raum zu schaffen, um frei zu atmen...
»Mickey«, sagte die Schwester von der Notaufnahme, »Mr. Johnson, den Sie vor zwei Wochen nach seiner Magenoperation entlassen haben, ist eben eingeliefert worden. Akute Unterleibsbeschwerden...«
Mickey nahm sich noch einen Apfel und flitzte hinaus.

20

Derry Farrar trat in die frische Januarsonne und betrachtete die Hektik vor seiner Hütte. Die Safari war fertig zum Aufbruch. Er zog eine Packung Crown Birds aus der Tasche und zündete sich eine der Zigaretten an. Schon nach zwei Zügen warf er sie zu Boden und trat sie aus. Sein Blick wanderte zur Nachbarhütte. Die Tür war geschlossen. Sie war noch nicht herausgekommen.

Er nahm sich eine neue Zigarette und dachte, während er den blauen Rauch in die Luft blies, an Sondra Mallone. Sie hatte auf diese Safari mitgehen wollen. Darüber waren sie am Vortag kräftig aneinandergeraten. Sondra wollte endlich mit auf die Runden, und Derry war der Meinung, dazu wäre sie noch nicht weit genug. Es war nur einer von vielen Zusammenstößen gewesen, die sie in den vergangenen vier Monaten gehabt hatten, seit Sondra kurz nach ihrer Ankunft Derry vorgeworfen hatte, für den Amokläufer aus Voi nicht genug getan zu haben. Der Mann war von seiner Familie abgeholt worden und einen Tag später gestorben. Sondra hatte kein Blatt vor den Mund genommen und erklärt, irgend etwas hätte man im Missionskrankenhaus für ihn tun müssen. Auf Derrys Frage, was denn ihrer Meinung nach angemessen gewesen wäre, hatte sie allerdings keine Antwort gewußt.

Sondra Mallone, sagte sich Derry, litt an übertriebenem Eifer. Sie meinte, sie müßte die Welt retten. Derry konnte zwar nicht umhin, ihren Enthusiasmus und ihre Hingabe zu bewundern, doch sie hatte von der Praxis keine Ahnung. Sie lebte immer noch in einer anderen Welt und konnte sich nicht in die Eingeborenen hineinversetzen. Sie hielt stur an ihren modernen wissenschaftlichen Arbeitsmethoden fest und zeigte mangelnde Flexibilität, wenn sie glaubte, den afrikanischen Eingeborenen zwingen zu können, an einem einzigen Tag Jahrhunderte der Evolution zu überspringen.

Ein ständiger Streitpunkt zwischen Derry und Sondra war die Frage der Keimfreiheit. Sie glaubte Derry nicht, daß die Eingeborenen eigene Abwehrkräfte entwickelt hatten, und versuchte ständig, den Leuten die Grundprinzipien der Hygiene zu erklären.

Krach hatte es auch wegen der Verpflegung der Patienten in dem kleinen Krankenhaus gegeben. Sondra hatte mit Entsetzen festgestellt, daß viele Patienten von ihren Familien verköstigt wurden, die jeden Tag das Essen brachten. Sie hatte Derry zu überreden versucht, die Speisen für die Patienten nach den Grundsätzen moderner Ernährungswissenschaft in der Missionsküche zubereiten zu lassen, und Derry hatte ihr klarzumachen versucht, daß Wissenschaftlichkeit in dieser Welt nicht viel taugte.

»Sie erholen sich in einer Umgebung, die ihnen vertraut ist, viel besser«, hatte er ihr erklärt. »Das gleiche gilt für die Nahrung. Wenn ihr Essen so zubereitet ist, wie sie es gewohnt sind und ihnen von Familienangehörigen gebracht wird.«

Ein wirklich ernstes Problem war die mangelnde Bereitschaft der Schwestern, mit Sondra zusammenzuarbeiten. Die Schwestern stellten Sondras Anweisungen in Frage, führten nichts aus, ohne sich vorher bei Derry oder Alec rückversichert zu haben; häufig ignorierten sie Sondras Befehle ganz und taten einfach, was sie selber für richtig hielten. Derry war bereit zuzugeben, daß der Umgang mit den Schwestern nicht immer ganz einfach war; sie verrichteten die ihnen aufgetragenen Arbeiten gern auf ihre eigene Art und in ihrem eigenen Tempo. Aber noch nie hatten sie sich den Anweisungen der vorübergehend auf der Mission stationierten Ärzte widersetzt. Im Gegenteil, häufig halfen sie, indem sie die Ärzte über Eigenheiten dieses oder jenes Stammes aufklärten oder als Vermittlerinnen einsprangen, wenn man aus Unwissenheit gegen einen Stammesbrauch verstoßen hatte. Sondra jedoch ließen sie einfach hängen. Als Folge davon hatten sich mehrmals problematische Situationen ergeben.
Wie hätte er unter diesen Umständen daran denken können, sie auf Runde in den Busch zu schicken?
Sondra Mallone war Derry ein Rätsel. Warum war sie hierher gekommen? Jeder Arzt, der bisher auf die Missionsstation gekommen war, hatte unter dem einen Arm das Stethoskop und unter dem anderen die Bibel getragen. Sondra nicht. Sie war, soweit er feststellen konnte, nicht religiös und verspürte allem Anschein nach keine Neigung, irgend jemanden zum christlichen Glauben zu bekehren. Ihr Engagement galt nicht Jesus, sondern Afrika. Das wunderte Derry, aber es gefiel ihm auch. Mochten sie sich noch so oft in die Haare geraten, mochte sie seine Geduld auf eine noch so harte Probe stellen, ihre offenkundige Liebe zu Afrika söhnte ihn immer wieder mit ihr aus.
Denn Derry selber war Afrika tief verbunden. In Kenia geboren, hatte er seine ersten Atemzüge in der reinen, klaren Luft Nairobis getan. Seine Amme war eine Kikuyu Frau gewesen, die ihn zusammen mit ihrem eigenen Neugeborenen gestillt hatte, da die *memsabu* zu schwach gewesen war, selber für ihr Kind zu sorgen. Seine ersten Schritte hatte er auf Kenias roter Erde gemacht; die afrikanische Sonne hatte seine rosige Haut gebräunt; seine ersten Worte waren ein kindliches Mischmasch aus Suaheli und Englisch, seine ersten Spielgefährten waren kleine Schwarze.
Beim Begräbnis seiner Mutter nahm ihn die schwarze Kinderfrau tröstend in ihre kräftigen Arme, während sein Vater verschlossen und unzugänglich abseits stand, ein Fremder, der es sich nicht gestattete, vor den Schwarzen Schmerz zu zeigen. Nach Liebe ausgehungert, die sein Vater

ihm nicht geben konnte, hatte Derry sich später eng an Kamante angeschlossen, einen gleichaltrigen Schwarzen. Tagelang verschwanden die beiden Halbwüchsigen im Rift, um auf Löwen Jagd zu machen, rissen sich an denselben Dornbüschen, schliefen unter denselben Sternen, und zum erstenmal erwachte in Derry ein Gefühl von Zugehörigkeit.

Kurze Tage waren es, die eine Ahnung von eigener Identität und bedingungsloser Liebe brachten, ehe Reginald Farrar seinen Sohn, wie es schien, zum erstenmal wahrnahm und sah, welch unverzeihlichen gesellschaftlichen Verstoß er beging. Unverzüglich sorgte er dafür, daß der Junge aus dieser ungesunden Atmosphäre freundschaftlichen Umgangs mit den Schwarzen entfernt wurde. Am Vorabend seiner Abreise nach England ging Derry ein letztes Mal mit Kamante ins Rift hinunter, nicht um zu jagen, sondern einzig, um die Tiere noch einmal zu sehen und Abschied zu nehmen von ihnen und von dieser Welt, die er liebte.

England haßte er, fand dort keinen Platz für sich, da er sich nicht als Brite fühlte. Seine kühnen Einsätze bei der Luftwaffe flog er nicht, wie alle Welt glaubte, aus Liebe zu England; sie waren allein das zornige Bemühen eines Einzelnen, diesen Krieg zu beenden, der ihn seiner wahren Heimat fernhielt.

Bei seiner Heimkehr starb sein Vater, und er fand sich in einem von Unruhen geplagten, geteilten Land, in dem der Sohn eines der verhaßten weißen Kolonialherren keinen Platz mehr hatte. An jenem Oktobertag im Jahr 1953 erkannte der einunddreißigjährige Derry, daß er in ein Niemandsland zwischen zwei Welten geraten war; in keine von ihnen gehörte er hinein, keine von ihnen wollte ihn haben.

Jane hatte ihn zwei kurze Jahre aus diesem luftleeren Raum gerettet und ihm einen Platz gegeben. Als sie ihn verlassen hatte, war er wieder wurzellos gewesen.

»*Kwenda! Kwenda!*«

Laute Rufe rissen Derry aus seinen Gedanken. Er sah, wie Kamante, der Freund seiner Jugendtage, einem der Fahrer, der gemächlich eine Zigarette rauchte, ungeduldig zuwinkte.

Es hatte Derry, als er nach England gekommen war, überrascht, daß man dort die Schwarzen für unzuverlässig und faul hielt. Er wußte, daß es kaum fleißigere Menschen gab als die Kikuyu. Sie mochten für den Mau-Mau-Aufstand verantwortlich gewesen sein, aber sie hatten auch den brillanten Jomo Kenyatta hervorgebracht und ihm zur Macht verholfen, hatten Kenia die Unabhängigkeit wiedergegeben und das Volk durch einen einigenden und positiven Nationalstolz zu neuer Lebenskraft erweckt. *Harambee!* riefen sie. Laßt uns zusammenstehen!

Kamante, einundfünfzig Jahre alt wie Derry, hatte nicht ein einziges weißes Haar auf dem ebenholzfarbenen Schädel. Die muskulösen schwarzen Arme, die jetzt in der frühen Januarsonne glänzten, waren so kräftig wie damals, als Kamante einen höchst unglücklichen und beschämten Derry aus einem Dornengestrüpp befreit hatte. Mit energischem Schritt ging Kamante zu Abdi, einem Fahrer, überschüttete ihn mit einem heftigen Wortschwall, und schon ging der Mann wieder an die Arbeit.
»Du kannst jetzt Inspektion machen!« rief Kamante und winkte Derry zu.
Derry winkte zurück und machte sich auf den Weg zu den Wagen.
Sondra, die in ihrer Hütte dabei war, ihr Bett zu machen, hielt inne, als sie von draußen Derrys Stimme hörte, und klopfte heftiger als nötig gewesen wäre das Kissen glatt. Sie war ärgerlich. Sie fand, daß sie jetzt dort draußen hätte sein sollen, um die letzten Vorbereitungen für die Fahrt ins Land der Massai zu treffen. Aber Derry war anderer Meinung.
Sie waren, so schien es ihr, eigentlich ständig unterschiedlicher Meinung. Dabei wollte sie ja hier gar nichts verändern – sie wollte nur einige Verbesserungen einführen. Aber Derry war ein starrsinniger Mensch, neuen Ideen überhaupt nicht zugänglich. Er war zu fatalistisch, fand Sondra, zu schnell bereit, die Dinge zu akzeptieren, anstatt erst einmal zu kämpfen.
Sondra wandte sich von ihrem Bett ab und warf einen flüchtigen Blick in den Spiegel. Ihre Haut war dunkel von der Sonne, hatte einen warmen, nußbraunen Ton, der in reizvollem Kontrast zu den bunten afrikanischen Gewändern stand, die zu tragen sich Sondra angewöhnt hatte. Nachdem sie auf dem Markt mehrere leuchtend bedruckte Stoffe erstanden hatte, hatte sie ihre Blue Jeans und T-Shirts weggepackt und angefangen, sich wie die einheimischen Frauen zu kleiden. Die Wirkung war bemerkenswert. Sie sah aus, als wäre sie in diesem Land geboren.
Neues Stimmengewirr zog sie vom Spiegel weg. Pastor Sanders fragte Kamante gerade, ob er genug Dosen mit Butter besorgt hätte, Derry rief irgend etwas auf Suaheli, Alec MacDonald fragte, ob dies das ganze Eis wäre, das sie für den Polioimpfstoff hätten, und Rebecca unterhielt sich laut mit einer anderen Schwester.
Sondra war froh, daß Rebecca auf diese Safari mitging. Sie war die Oberschwester, eine Samburu, Mitte vierzig, die als Kind zum christlichen Glauben bekehrt worden war und ausgezeichnet Englisch sprach. Und sie machte Sondra große Schwierigkeiten.
Wären die Probleme mit den Schwestern nicht gewesen, so hätte Sondra vielleicht nicht jeden Tag mit dem beklemmenden Gefühl beginnen müs-

sen, gegen Windmühlen anzukämpfen. Sie konnte sich nicht genau erinnern, wann die Schwierigkeiten angefangen hatten. Wahrscheinlich schon am ersten Tag, als die Schwestern mit Bestürzung festgestellt hatten, daß der neue Arzt eine Frau war. Aber vielleicht hätte diese Hürde überwunden werden können, wenn Sondra nicht den Fehler gemacht hätte, die Freundschaft der Schwestern zu suchen.

»Diese Frauen haben einen ausgeprägten Sinn für Rang und Ordnung«, hatte Alec ihr erklärt. »Sie wissen nicht recht, wo sie Sie einordnen sollen.«

Sondra hatte erfahren, daß Ärzte und Schwestern streng auf Abstand zu halten pflegten, und sie offenbar einen Verstoß gegen diese Rangordnung begangen hatte, als sie sich im Gemeinschaftsraum zu den Schwestern gesetzt hatte. Dennoch, diese Probleme hätten vielleicht bewältigt werden können, wenn es nicht zu dem katastrophalen Zwischenfall mit dem Katheter gekommen wäre.

Das war zwei Wochen nach ihrer Ankunft gewesen. Sondra befand sich allein im Krankensaal und untersuchte gerade einen jungen Mann, der am Blinddarm operiert worden war, als sie bei einem flüchtigen Aufblicken sah, daß Rebecca im Begriff war, etwas Unverzeihliches zu tun. Das sterile Katheterröhrchen war vom Bett gerollt und auf den staubigen Boden hinuntergefallen. Rebecca hob es auf und ging daran, es dennoch einzuführen.

»Nicht!«, rief Sondra so laut, daß alle im Saal sich ihr zuwandten. Sie befahl Rebecca, ein neues Röhrchen aus der Verpackung zu nehmen und erklärte vor allen, was die Schwester falsch gemacht hatte. Rebecca warf ihr nur einen zornfunkelnden Blick zu, schmiß den Katheter hin und ging hinaus.

Von da an war der Widerstand gewachsen. Und da Rebecca die Oberschwester war, hatten sich die anderen Pflegerinnen ihrer Haltung angeschlossen. Aber Sondra wollte sich davon nicht abschrecken lassen. Irgendwie würde es ihr gelingen, den Widerstand zu überwinden.

Sie zog die Tür ihrer Hütte auf und ging ins strahlend helle Morgenlicht hinaus. Blinzelnd blickte sie über den Hof. Die drei Rover waren zur Abfahrt bereit; die Teilnehmer der Safari – Alec, Pastor Thorn, Rebecca und die beiden Fahrer – versammelten sich zum Abschiedsgebet. Sondra gesellte sich zu ihnen und stellte sich neben Alec. Während Pastor Sanders das Gebet sprach, beobachtete sie aus dem Augenwinkel, wie Derry von den Autos wegging und im Krankenhaus verschwand.

Ein unmöglicher Mensch, und eine unmögliche Situation, die sich für Sondra nun auf höchst unwillkommene Weise verschärft hatte.

Die Träume hatten in einer regnerischen Nacht im Oktober angefangen. Am Abend hatte sie mit Alec MacDonald im Gemeinschaftsraum gesessen. Sie schrieb gerade einen Brief an Ruth, um ihr zur Geburt der Zwillinge zu gratulieren, als die Tür aufgestoßen wurde und Derry hereinkam, naß bis auf die Haut, verärgert, weil der Wagen im Schlamm auf der Straße steckengeblieben war. Doch Sondra hatte kaum ein Wort seiner zornigen Tirade mitbekommen. Sie hatte nur den Mann gesehen; das regennasse schwarze Haar, das ihm ins tiefgebräunte Gesicht hing; den kräftigen Oberkörper, dessen Muskeln sich unter dem durchnäßten Hemd abzeichneten; die zornigen Gesten seiner schlammverschmierten Arme. Vor allem aber hatte sie die stürmische Glut in seinen Augen gefesselt.

Und in der Nacht hatten die Träume begonnen, hocherotische Träume von Derry. Sondra wollte sie nicht, wünschte, sie würden endlich aufhören. Sie beunruhigten sie; die Vorstellung, daß sie sich zu diesem Mann hingezogen fühlen sollte, der sie mit seiner unzugänglichen, starrsinnigen Art jeden Tag von neuem reizte, war absurd.

Nachdem Pastor Sanders den Segen gesprochen hatte, verabschiedete man sich und ging zu den vollgepackten Autos. Alec blieb einen Moment stehen und nahm Sondras Hand.

»Viel Glück«, sagte sie. »Ich beneide dich.«

»Das Glück hast du nötiger als ich. Ich lasse dich hier mit der ganzen Arbeit zurück.«

Sondra warf unwillkürlich einen Blick zum Krankenhaus, wo sich schon eine Gruppe von Patienten angesammelt hatte. Alec sah in ihrem Blick einen Ausdruck, dessen sie selber sich nicht bewußt war.

Es war ein Ausdruck des Trotzes und der Herausforderung. Alec wußte natürlich von dem Konflikt zwischen Derry und Sondra, diesem Aufeinanderprallen zweier ungemein willensstarker Persönlichkeiten aus zwei völlig unterschiedlichen Welten. Derry, der vor zwanzig Jahren sein Studium beendet und den wissenschaftlichen Fortschritt nur am Rande mitbekommen hatte, war ein Arzt alter Schule, doch er konnte auf jahrelange Erfahrung zurückgreifen und besaß die Fähigkeit, in jedem Patienten wie in einem Buch zu lesen, was ihn zu einem hervorragenden Diagnostiker machte. Sondra andererseits war jung und unerfahren, konnte gerade drei Jahre klinischer Erfahrung vorweisen, verfügte jedoch über ein Fachwissen, das auf dem letzten Stand war. Hätte ihr eigensinniger Stolz es den beiden erlaubt, so hätten sie ein ausgezeichnetes Team abgeben können.

Nun würde Sondra zum erstenmal allein mit Derry im Krankenhaus arbeiten. Alec konnte nur hoffen, daß sie miteinander zurechtkommen würden.

»Morgen nachmittag bin ich wieder da und löse dich ab«, sagte er, noch immer ihre Hand haltend.

Sondra sah ihn an, sah das warme Lächeln und die weichen Gesichtszüge und fragte sich, warum sie nicht von Alec träumen konnte.

»Paß auf dich auf«, sagte sie. »Und viel Erfolg.«

Sie winkte den Wagen noch nach, bis sie verschwunden waren, dann ging sie ins Krankenhaus, wo Derry schon an der Arbeit war.

Die Patienten wurden nach einem einfachen System betreut: Wenn sie kamen, warteten sie auf der Veranda, bis sie nacheinander hereingerufen wurden. Die Ambulanz war ein großer, strohgedeckter Raum, der in der Mitte durch einen Vorhang geteilt war. In jedem der so entstandenen beiden Behandlungsräume gab es einen altmodischen Untersuchungstisch, einen Instrumentenschrank, einen Medikamentenschrank und einen kleinen fahrbaren Instrumententisch. Das Waschbecken in der Mitte teilte man sich.

Die Patienten, die regelmäßig zur Behandlung kamen, waren Sondra inzwischen wohlvertraut, und auch sie hatten sich mittlerweile an die *memsabu daktari* gewöhnt. Dennoch behandelte Sondra vor allem Frauen und Kinder; die Männer zogen es vor, auf Derry zu warten. In den vier Monaten ihres Aufenthalts hatte sie genug Suaheli gelernt, um ohne Dolmetscher arbeiten zu können.

Sondra konzentrierte sich auf die junge Frau, die auf ihrem Untersuchungstisch lag. Sie konnte die Milz nicht ertasten, und als sie die Brust des Mädchens abhörte, glaubte sie Herzgeräusche zu hören, die auf eine Herzvergrößerung schließen ließen. Die junge Frau erklärte ihr, sie litte immer wieder an Anfällen heftiger Bauchschmerzen, die von Erbrechen und im allgemeinen von schmerzhaft angeschwollenen Gelenken begleitet seien. Sondra stand vor einem Rätsel: einzeln genommen konnten die Symptome auf alle möglichen Krankheiten hinweisen; zusammengenommmen waren sie ihr unerklärlich.

»Nehmen Sie Blut ab, bitte«, sagte sie zur Schwester, während sie der jungen Frau aufhalf. »Und lassen Sie im Krankensaal ein Bett für sie richten.«

»Das ist nicht nötig«, sagte Derry, hinter dem Vorhang hervorkommend.

»Wieso nicht? Das Mädchen muß beobachtet werden. Vielleicht wird eine Operation notwendig.«

»Nein.«

»Aber Sie haben sie doch noch nicht einmal angesehen.«
Derry wandte sich der Schwester zu. »Nehmen Sie ihr aus der Fingerspitze ein paar Tropfen Blut ab, bitte. Auf ein Glasplättchen.« Zu Sondra sagte er: »Kommen Sie. Ich zeige Ihnen etwas.«
Das kleine Labor neben der Ambulanz war kaum größer als eine Kammer, an der einen Wand ein Arbeitstisch, an der anderen Waschbecken und Kühlschrank. Derry nahm eine kleine Glasflasche mit sterilem destilliertem Wasser vom Arbeitstisch, entnahm ihm mit einer Spritze 10 ml und entleerte das Wasser in ein Reagenzglas. Dann griff er nach einer Flasche Tabletten und warf eine der Tabletten in das Reagenzglas.
»Was ist das?« fragte Sondra.
»Null komma zwei Gramm Natriummetabisulfit«, antwortete er und hielt das Glas hoch, um zuzusehen, wie sich die Tablette auflöste.
»Und wozu ist das gut?«
»Das werden Sie gleich sehen.«
Die Schwester kam mit dem Glasplättchen herein. Mit einer Pipette gab Derry zwei Tropfen der Lösung aus dem Reagenzglas auf die Blutprobe, gab ein Abdeckglas darüber, tupfte es ab und schob das Glasplättchen unter das Mikroskop.
»Jetzt warten wir fünfzehn Minuten«, sagte er mit einem Blick auf seine Uhr.
Bei Sondras nächster Patientin war nur eine Routinebehandlung nötig; eine Kopfwunde mußte gereinigt und genäht werden. Als Sondra fertig war, kam Derry. »Kommen Sie«, sagte er, schon auf dem Weg zum Labor. »Jetzt sehen wir uns die Blutprobe mal an.«
Während Derry sich mit verschränkten Armen an den Arbeitstisch lehnte, setzte sich Sondra auf den hohen Hocker und drehte den Mikroskopspiegel so, daß er das Morgenlicht einfing. Dann drückte sie ihr rechtes Auge auf das Okular und stellte die Schärfe ein.
»Oh«, sagte sie. »Jetzt versteh' ich...«
»Sie haben so was noch nie gesehen?«
»Nein.«
»Wir behandeln das Blut vorher mit dem Natriummetabisulfit, damit es nicht austrocknet. Getrocknetes Blut sichelt nicht.«
»Sie hat Sichelzellenanämie.«
»Ja.«
Sondra starrte durch das Okular auf die deformierten roten Blutkörperchen, die die Gestalt von Sicheln hatten. Wegen ihrer abnormen Gestalt konnten sie die kleinen Blutgefäße nicht passieren und verstopfen so die

Blutbahn. Hinzukam, daß sie im Blutstrom zerfielen, so daß der Erkrankte buchstäblich verhungerte.
Sondra hob den Kopf und sah Derry fragend an. »Und die Prognose?«
»Behandeln kann man nur die Symptome, und auch das nur vorübergehend. Sonst kann man nicht viel tun. Bei Sichelzellenanämie gibt es keine Heilung. Der Zustand des Mädchens wird sich immer weiter verschlechtern, bis sie schließlich an einer Lungenembolie oder Thrombose oder Tuberkulose stirbt.«
Mit dem Voranschreiten des Morgens wuchs die Zahl der Wartenden auf der Veranda. Sondra und Derry arbeiteten mit der Schwester zusammen ohne Pause, untersuchten, verbanden, spritzten, erklärten, wie dieses oder jenes Medikament einzunehmen sei (Sondra hatte entdeckt, daß viele der Patienten ihre Tabletten nicht schluckten, sondern sie in kleine Beutel stopften, die sie sich als Amulett um den Hals hängten). Es wurde Mittag, ohne daß die Menge auf der Veranda merklich abgenommen hätte.
Als Sondra und Derry eine kurze Mittagspause einlegten, um eine Tasse Tee zu trinken und ein Brot zu essen, teilte ihnen eine der Schwestern, die im Krankensaal arbeiteten, mit, daß nun kein Bett mehr frei sei.
Der Strom der Patienten riß nicht ab; Infektionen, Schnittverletzungen, parasitäre Krankheiten mußten behandelt werden. Eine Frau brachte ihre kleine Tochter, die nach einer Magen- und Darminfektion stark geschwächt war. Die Krankheit war vorbei, aber das Kind wollte nicht essen. Weder gutes Zureden noch Drohungen halfen. Sondra beschloß, die Kleine ins Krankenhaus einzuweisen und intravenös zu ernähren. Derry kam hinter dem Vorhang hervor und legte Veto ein.
»Wir haben kein freies Bett. Außerdem wäre es gelacht, wenn wir das Kind nicht hier und jetzt dazu bringen könnten, etwas zu sich zu nehmen.«
Ehe Sondra Einwendungen erheben konnte, schickte er die Schwester mit dem Auftrag, eine Flasche Coca-Cola und einen Beutel Chips zu holen, in die Küche.
»Da kann kein Kind widerstehen«, bemerkte er, während sie warteten.
Er hatte recht. Er brauchte die Cola-Flasche nur zu öffnen, den Beutel mit den Chips nur aufzureißen, und schon machte sich das kleine Mädchen mit Wonne über beides her.
»Bei der Diät«, sagte Derry, »wird sie schnell wieder zu Kräften kommen. Entlassen Sie sie.«
Am frühen Nachmittag kam eine Mutter mit ihrem neun Monate alten Säugling, einem kleinen Mädchen. Das Kind hatte hohes Fieber, Ohren und Hals schienen entzündet zu sein, und als Sondra versuchte, seine Knie zu beugen, schrie es mörderisch. Eine fiebrige Erkrankung unbekannten

Ursprungs; ehe man mit einer Behandlung anfangen konnte, mußte die Ursache durch Blutuntersuchungen geklärt werden.

»Ich muß eine Blutprobe nehmen«, sagte Sondra zur Schwester. »Wir entnehmen sie aus der Halsader.«

In dem Moment kam Derrys letzter Patient an Krücken vorbeigehoppelt, und Derry selbst erschien.

»Das mache ich«, sagte er. »Schwester, bringen Sie die Mutter hinaus.«

Sondra starrte ihn fassungslos an. »Das kann ich selber, Derry. Ich hab das oft genug gemacht, als ich –«

»Ja, ich weiß. Aber wenn Sie auch nur einen kleinen Fehler machen, haben Sie einen ganzen wütenden Stamm am Hals. Ich weiß, wie man diese Leute behandelt.«

»Und *ich* weiß, wie man eine Blutprobe entnimmt.«

Doch er achtete gar nicht auf sie. Während die Schwester das kleine Kind einwickelte wie eine Mumie, so daß es sich nicht bewegen konnte, nahm Derry die Instrumente aus dem Becken mit der sterilisierenden Lösung.

Sobald Derry bereit war, legte die Schwester den fest eingebundenen Säugling seitlich auf den Operationstisch, und zwar so, daß sein Kopf über den Rand hing. Nun kam es darauf an, das kleine Mädchen zum Schreien zu bringen; das dehnte die Halsadern, so daß sie leicht mit der Nadel zu treffen waren. Es durfte nicht aufhören zu schreien, weil dann die Ader sich zusammengezogen hätte und kein Blut hätte entnommen werden können. Man mußte ihm daher Schmerzen bereiten, um es am Schreien zu halten, und das war der Grund, weshalb die Mutter hinausgeschickt wurde.

Während die Schwester mit einem Finger an die weiche Schädeldecke schnippte, führte Derry die Nadel in die angeschwollene Ader ein und entnahm ohne Schwierigkeiten die nötige Menge Blut. Sobald er fertig war, nahm er das Kind hoch und wiegte es in seinen Armen, bis es sich beruhigt hatte.

»Sagen Sie der Frau, sie soll morgen mit dem Kind wiederkommen«, sagte er zu Sondra, während er sich die Hände wusch. »Bis dahin haben wir erste Ergebnisse.«

Noch zweimal griff Derry in Sondras Behandlung ein; einmal, um eine ihrer Anweisungen zu ändern, das zweitemal, um selber die Behandlung einer Patientin zu übernehmen, die zu Sondra gekommen war. Sondra war nahe daran zu explodieren.

Da wurde ihnen ein kleiner Junge namens Ouko gebracht. Er war sieben

Jahre alt, ein hübscher Junge, langgliedrig wie seine Massai-Eltern, mit großen, ernsten Augen. Der Vater, der ihn hergetragen hatte, setzte ihn behutsam auf den Untersuchungstisch. Ruhig saß Ouko da, während er von den Kopfschmerzen berichtete, die ihn seit drei Tagen quälten. Sondra maß seine Temperatur, untersuchte seine Augen, doch als sie die Lymphknoten an Oukos Hals betastete, schrie der Junge laut auf vor Schmerz.

Der Vater erklärte auf Suaheli: »Er sagt, daß ihm der Hals weh tut. Seine Augen tun auch weh und seine Wangen auch.«

Sondra musterte Ouko mit scharfem Blick und fragte dann, ob er seinen Kopf so weit senken könne, daß das Kinn die Brust berührte. Der Junge versuchte es, aber es ging nicht. Tränen schossen ihm in die Augen.

»Er kann den Kopf nicht bewegen, *memsabu*«, bemerkte der Vater.

Sondra umfaßte Oukos Kopf behutsam mit beiden Händen und versuchte selber, ihn zu beugen. Wieder schrie der Junge auf.

Danach wollte Sondra ihm in den Hals schauen, aber Ouko sagte, er könne den Mund nicht aufmachen, weil seine Wangen so weh täten. Sie lächelte beruhigend, tätschelte ihm die Schulter und sagte auf Suaheli, sie würde ihn zu nichts zwingen, was er nicht tun wolle.

Zur Schwester sagte sie: »Das sieht mir nach einer frühen Meningitis aus. Sagen Sie im Krankensaal Bescheid, daß wir ein Bett brauchen. Wenn es nicht anders geht, müssen eben zwei zusammenrücken.«

Derry kam, sich die Hände trocknend, um den Vorhang herum, als sie hinzufügte: »Wir müssen eine Rückenmarkspunktierung machen.«

Er trat zu Ouko, sprach lächelnd ein paar Worte mit ihm und sagte dann zu Sondra: »Könnte Mumps sein. Achten Sie auf eine eventuelle Schwellung der Ohrspeicheldrüse. Ich schlage vor, wir isolieren ihn, für den Fall, daß er etwas Ansteckendes hat.«

Da Derry gleich danach ein schreiendes Kind mit einer Ohreninfektion zu behandeln hatte, mußte Sondra die Rückenmarkspunktierung allein, nur mit Hilfe der Schwester, vornehmen. Stumm, wie sein Stolz es ihm gebot, ertrug der Massai-Junge die schmerzhafte Krümmung seines Rückens. Zu seinem Glück war Sondra geübt, so daß die qualvolle Prozedur schnell vorbei war. Nur einen Moment lang mußte er, von den kräftigen Armen der Schwester gehalten, gekrümmt auf der Seite liegen, während Sondra behutsam seine Wirbelsäule abtastete. Dann ein schneller Einstich, und schon wurde die Nadel wieder herausgezogen.

Die Flüssigkeit war klar; Blutungen im Schädelinneren waren damit ausgeschlossen. Eine mikroskopische Untersuchung ergab, daß keine Eiterzellen vorhanden waren.

Da sie keine Ahnung hatten, mit was für einer Erkrankung sie es zu tun hatten, und da der Befund der Blutkulturen frühestens in zwei Wochen aus Nairobi zurückkommen würde, beschlossen sie, Ouko in ein Bett ganz am Ende des Saals zu legen und von den anderen Patienten abzuschirmen.
Inzwischen war es Abend geworden, und auf der Missionsstation kehrte Ruhe ein, Sondra ging in ihre Hütte, um sich zu waschen und zum Abendessen umzuziehen. Doch Ouko blieb bei ihr. Sie konnte den quälenden Gedanken nicht loswerden, daß sie bei ihm etwas übersehen hatten.

21

Sie war beim Briefeschreiben, als eine Schwester aus dem Krankenhaus bei ihr klopfte. Oukos Zustand hatte sich verschlechtert.
Sondra zog sich eine Jacke über und lief durch den stillen Hof zum Krankenhaus. Der Schreibtisch der Nachtschwester am Eingang des langen, strohgedeckten Hauses war in das gelbe Licht einer Petroleumlampe getaucht. Der Saal mit den zwanzig Betten war dunkel.
Sondra nahm die Lampe und ging schnell zum hinteren Ende des Saals, wo Oukos Bett stand. Der Junge zuckte zusammen, als sie um den Schirm herumkam.
Sie stellte die Lampe nieder und beugte sich über ihn.
»Ouko«, sagte sie leise.
Er sprang beinahe aus dem Bett.
Sondra betrachtete ihn mit tiefer Besorgnis. Als die Schwester etwas sagte, und Ouko wiederum zusammenzuckte, wurde aus Sondras Besorgnis Angst. Das war keine Meningitis. Das war etwas ganz anderes...
Nachdem sie der Schwester bedeutet hatte, nicht zu sprechen und ihr zu folgen, drehte sich Sondra um und ging leise zum Schwesterntisch zurück.
»Ich bin sicher, es ist Tetanus«, sagte sie so ruhig es ihr möglich war. »Wir brauchen sechzigtausend Einheiten Antitoxin. Haben wir das da?«
»Ja, *memsabu*«, flüsterte die junge Schwester mit großen, erschreckten Augen.
Ouko bekam die erste Spritze Pferdeserum in den linken Oberschenkel. Er sprang so heftig in die Höhe, daß er beinahe aus dem Bett gefallen wäre.
Sondra hatte noch nie mit Starrkrampf zu tun gehabt; in einer Stadt wie

Phoenix, wo es Schutzimpfungen gab, kam diese Erkrankung nur selten vor. Sie wußte, daß das Antitoxin, mit dem sie Ouko beandelte, nicht viel helfen würde; es würde lediglich das Gift neutralisieren, das noch nicht ins Nervensystem gelangt war. Das Gift jedoch, das bereits in Oukos zentrales Nervensystem eingedrungen war, konnte das Serum nicht angreifen. Diese Tatsache war es, die ihr große Angst machte.
Sie holte sich einen Stuhl ans Bett und setzte sich, um bei dem Jungen zu wachen. Sie wußte, daß Ouko bald von den Krampfanfällen heimgesucht werden würde, die für die Krankheit charakteristisch waren: schmerzhafte Krämpfe der Hals- und Kiefernmuskeln, Anspannung der gesamten Körpermuskulatur, Rückwärtsbeugung des Kopfes, Durchdrücken des Rückens bis zum Äußersten. Die größte Gefahr war die mögliche Verkrampfung der Atemmuskulatur; bei einem schweren Anfall konnte der Junge buchstäblich ersticken.
Sondra blickte in das angstvolle Gesicht, das von Schweiß glänzte, und wußte, daß eine schwere Nacht bevorstand.
Etwas später kam Derry und musterte Ouko mit langem, nachdenklichen Blick. »Haben Sie die Wunde gefunden?« fragte er dann so leise wie möglich.
Sondra nickte. »An der Fußsohle. Sie ist schon verheilt.«
Derry nahm die Spritze mit dem Antitoxin vom Nachttisch, warf einen Blick darauf und legte sie wieder zurück. »Hat er schon einen Anfall gehabt?«
Sondra schüttelte den Kopf, ohne den Blick von Ouko zu wenden. Der erste Krampfanfall würde bald kommen; sie mußten vorbereitet sein.
Schweigend blieb Derry neben ihr stehen, das Gesicht im Schatten außerhalb des Lichtkreises der Lampe. Sondra spürte seine Anspannung, obwohl er nichts sagte; spürte seine Besorgnis so scharf wie ihre eigene.
Plötzlich schrie jenseits des Wandschirms irgendwo im Dunkeln einer der Patienten im Schlaf auf, und Ouko fiel in einen Krampf. Ober- und Unterkiefer verklammerten sich förmlich ineinander, der Mund verzog sich zu einem unnatürlichen Grinsen, der Rücken wölbte sich unnatürlich, Arme und Beine spannten sich derartig, daß Ouko in die Höhe gerissen wurde und die Matratzte nur noch mit Ellbogen und Fersen berührte.
Während Sondra noch voller Entsetzen auf den Jungen starrte, hörte der Krampf so plötzlich auf, wie er gekommen war. Ouko fiel erschöpft nieder. Sondra drehte sich nach Derry um. Der tippte auf seine Uhr, dann öffnete und schloß er beide Hände mit ausgestreckten Fingern zweimal.

Der Anfall hatte zwanzig Sekunden gedauert. Zwanzig Sekunden qualvoller Schmerzen, die Ouko bei vollem Bewußtsein hatte aushalten müssen.

Draußen in der stillen Nacht schrie ein Vogel. Oukos Körper spannte sich von neuem an. Sondra schluchzte auf. Sie merkte, wie Derry sich umdrehte und davonrannte. Einen Augenblick später kam er mit einer Spritze wieder. Sobald Oukos Anfall nachließ, spritzte Derry ihn in den Oberschenkel.

»Seconal«, flüsterte er Sondra zu. »Ich glaube allerdings nicht, daß es helfen wird.«

Sie blieben noch einen Augenblick an Oukos Bett. Der Junge sah aus großen, verständnislosen Augen zu ihnen auf. Dann nahm Derry Sondra beim Arm und zog sie mit sich vom Bett weg. Vorn am Schwesterntisch befahl er der Schwester, sich zu Ouko ans Bett zu setzen.

»Aber machen Sie keine Geräusche oder plötzliche Bewegungen«, sagte er. »Das löst sofort einen Krampf aus.«

Dann ging er mit Sondra in die kühle Nacht hinaus.

»Was können wir nur tun?« fragte sie und umschlang fröstelnd ihren Oberkörper mit beiden Armen.

»Gar nichts«, antwortete er ruhig. »Wir können nur abwarten. Der Junge hat keine Chance. Die Krämpfe werden ihn umbringen, ehe sein Körper das Gift ausscheiden kann.«

»Aber wir können doch nicht einfach tatenlos zusehen, wie er von einem Krampf in den nächsten fällt.«

Derrys Augen waren zornig, als er sie ansah.

»Ich habe hundert solcher Fälle erlebt. Gegen Wundstarrkrampf kann man nichts ausrichten. Nichts wirkt. Ich habe es mit Demerol, Seconal und Valium versucht. Man kann nur abwarten, bis das Gift endlich aus dem Körper ausgeschieden wird.«

»Dann müssen wir Ouko eben so lange am Leben halten, bis das geschieht.«

Derry schüttelte den Kopf. »Sie erhoffen das Unmögliche. Er hat eine der schwersten Formen der Krankheit, die ich je gesehen habe. Sehr bald schon wird einer dieser Krämpfe entweder seine Atemmuskulatur lähmen, und er wird ersticken, oder es wird ihm das Rückgrat brechen.«

»Wir könnten ihn lähmen«, sagte Sondra. »Mit Curare können wir die Muskeln lähmen und die Krämpfe unterbinden.«

»Aber atmen kann er dann auch nicht mehr.«

»Wir können einen Luftröhrenschnitt machen und eine Trachealkanüle einsetzen.«

»Das würde nichts helfen. Er müßte künstlich beatmet werden, und wir haben kein Atemgerät.«
»Wir können es manuell machen. Die Schwestern können –«
»Es hat trotzdem keinen Sinn.«
»Warum nicht?«
»Selbst wenn wir seine Atmung stützen, wie wollen wir ihn ernähren? Der Krankheitsverlauf erstreckt sich über Wochen. Über so lange Zeit könnten wir ihn mit dem Tropf nie am Leben halten, Sondra. Es hat keinen Sinn. Für den Jungen ist es das Beste, wenn er bald stirbt.«
»Das kann nicht Ihr Ernst sein!« rief sie unterdrückt. »Wir können doch nicht einfach aufgeben!«
»Glauben Sie denn, daß ich ihn *nicht* retten will?« entgegnete Derry erbittert. »Wenn Sie eine Ahnung hätten, wie oft ich es schon versucht habe! Erst die Sedative, dann der Luftröhrenschnitt, und dann können wir nur noch zusehen, wie sie langsam verhungern; wie sie dazwischen immer wieder und immer wieder hilflos den schrecklichen Krämpfen ausgesetzt sind, eine Qual, wie man sie sich grausamer nicht vorstellen kann. Am Ende ist man froh, wenn sie sterben.« Zorn und Bitterkeit mischten sich in seinem Gesicht, als er Sondra ansah. Die Atmosphäre zwischen ihnen war aufgeladen. Dann sagte er leise: »Keine Kunststückchen, Sondra. Beim ersten Herzstillstand lassen wir ihn sterben.«
Sie starrte ihn ungläubig an. »Sie verurteilen den Jungen zum Tod!«
»Das ist meine unwiderrufliche Anweisung.« Damit drehte er sich um und ging.

Derry ging bis zum Zaun, der die kleine Missionssiedlung umgab. Jenseits dieses Zauns war eine Welt, in der der Mensch mit seinen Schwächen nichts zu suchen hatte, wild und ungezähmt. Am Zaun drehte sich Derry um und blickte zum Krankenhaus zurück, das er entworfen, gebaut und eingerichtet hatte. Sein Lebenswerk.
Nur selten noch dachte Derry an Jane und das Kind, das mit ihr im Grab lag; im Lauf der Jahre hatte er gelernt, seinen Schmerz zu zügeln. Doch es gab Momente, in denen die Erinnerungen erwachten, die Vergangenheit und die Trauer sich seiner von neuem bemächtigten. Er hatte Jane geliebt; ihretwegen war er auf die Missionsstation gekommen, ihretwegen war er geblieben. Es kam nicht häufig vor, daß er über sein Leben nachdachte, Reflexionen über sich und seine Arbeit anstellte.
Sie verurteilen den Jungen zum Tod, hatte Sondra gesagt. Und sie hatte recht damit. Aber er tat es nur, weil er ihm das Leben nicht geben konnte. Wir sind machtlos, trotz all unseres Wissens und Könnens.

Die Nacht war kalt, ein schneidender Wind wehte, aber Derry spürte es nicht. Seine Gedanken wandten sich Sondra zu, und er wünschte, sie wäre nie auf die Missionsstation gekommen.
Warum geht sie mir so unter die Haut? Warum ist das, was sie sagt, wichtiger als alles, was die anderen sagen? Weil sie mich an mich selber erinnert, wie ich einmal war. Vor einundzwanzig Jahren war er selber jung und idealistisch nach Kenia zurückgekehrt, voller Pläne und Visionen, beschwingt von dem gleichen blinden Optimismus, der jetzt Sondra Mallone zu glauben veranlaßte, sie könne die Welt verbessern. Wann hatte er diese jugendliche Zuversicht verloren, den Kampfgeist und die Lebendigkeit? Wann war dieser müde Zynismus an ihre Stelle getreten? Es war nicht plötzlich geschehen, über Nacht, aufgrund eines einzelnen Ereignisses oder Augenblicks; es war ein langsamer Prozeß der Aushöhlung gewesen. Ohne daß Derry sich dessen bewußt geworden wäre, waren alle Ideale und Hoffnungen allmählich abgebröckelt, bis nur noch eine leere Hülle übriggeblieben war.
Immer noch war sein Blick auf das Krankenhaus gerichtet. In einem der Fenster erschien eine schattenhafte Gestalt mit einer Lampe. Sondra kehrte an Oukos Bett zurück, um bei ihm zu wachen. Derry erinnerte sich an ähnliche Nächte, in denen er selber an Krankenbetten gewacht hatte. Sondra tat ihm leid. Ein harter Schlag wartete auf sie, und er konnte sie nicht davor bewahren.
Der Schrei eines Nachtvogels riß Derry aus seinen Gedanken. Er griff in seine Hemdtasche und zog die Zigarettenpackung heraus. Genug, sagte er sich. Mit Selbstmitleid und der Besorgnis um die zartbesaitete Seele einer naiven jungen Frau ist nichts gewonnen. Morgen war wieder ein harter Tag; Schlaf war jetzt das Wichtigste.
Dennoch wünschte er, während er durch den Hof zu seiner Hütte ging, es gäbe eine Möglichkeit, Sondra den Schmerz zu ersparen.

Sie war gewappnet. Auf Oukos Nachttisch lag alles bereit: das Skalpell, die Klammern und die Gazetupfer, die Trachealkanüle und der Atembeutel zum künstlichen Aufblähen der Lunge.
Die Schwester verweigerte die Hilfe. Sie kannte Derrys Anweisung und traute Sondras Urteil nicht. Als ein lautes Schnarchen vom Nachbarbett einen neuerlichen Krampf bei Ouko auslöste, heftiger und von längerer Dauer als die anderen, arbeitete Sondra deshalb allein.
Seine Lippen wurden blau, seine Haut nahm eine beunruhigende violette Färbung an, und Sondra dachte: Jetzt ist es soweit. Dieser Krampf bringt ihn um.

Ein Knie auf die Bettkante gestützt, beugte sie sich über Ouko und drückte seinen Kopf nach rückwärts. Ihre Hand zitterte, als sie das Skalpell über seinen Hals hielt und einen vertikalen Schnitt bis zum dritten Trachealring machte. Sie zog ihn auseinander, führte die Kanüle ein und blies die Manschette mit einer Spritze Luft auf. Nachdem sie sich vergewissert hatte, daß die Kanüle fest saß, befestigte sie an ihrem Ende den Atembeutel und drückte ein paarmal. Oukos Brust hob und senkte sich mit jedem Druck.

Immer noch zitterten ihre Hände heftig. Sie hatte so wenig Zeit. An seinem Hals und auf dem Laken war Blut, aber er atmete jetzt mit Hilfe des Beutels.

»Schwester!« rief sie, einen weiteren Krampf riskierend. »Helfen Sie mir.«

Die Schwester erschien so rasch, daß Sondra vermutete, sie hatte direkt hinter dem Wandschirm gewartet.

»Kommen Sie her«, sagte sie. »Pumpen Sie, während ich die Blutungen stille.«

Aber die Frau rührte sich nicht.

»Bitte! Ich übernehme alle Verantwortung. Sie werden keine Schwierigkeiten bekommen.«

Die Schwester wich einen Schritt zurück. »Dr. Farrar hat gesagt, wir sollen nichts tun.«

Ouko bekam einen neuen Krampf und hätte Sondra beinahe vom Bett gestoßen. Als seine Brust und seine Hüften in die Höhe gerissen wurden und sein Rücken sich wie ein Bogen wölbte, hörte sie das Knacken seiner Knochen.

»Lieber Gott!« murmelte sie und zwinkerte sich den Schweiß aus den Augen, während sie den Atembeutel festhielt, um zu verhindern, daß er sich von der Kanüle löste. »Schwester! Absaugen bitte! Schnell! Das Blut läuft ihm in die Luftröhre.«

Die Schwester stand in Unschlüssigkeit erstarrt.

»Helfen Sie mir doch!«

Plötzlich war Derry da, stieß die Schwester zur Seite und gab Ouko eine Spritze in den hart angespannten Oberschenkel. Während das Curare seine Wirkung tat und die Muskeln zu lähmen begann, nahm Derry einen Gummikatheter vom Nachttisch, befestigte an seinem Ende die Luftspritze und nickte Sondra zu. Sobald sie den Beutel von der Manschette zog, führte er den Katheter in die Kanüle ein und zog die Spritze zurück. Blut füllte den Glaszylinder. Er entleerte es in ein Becken und saugte nochmals ab. Oukos Muskeln waren inzwischen erschlafft, und

Sondra mühte sich eilig, die Blutungen am Einschnitt zu stillen. Sie und Derry arbeiteten Hand in Hand: Derry saugte ab, machte dann eine Pause, um Sondra ein paarmal mit dem Atembeutel Oukos Lunge blähen zu lassen, saugte dann wieder ab, während sie die Wunde reinigte.
Nach einer Ewigkeit, wie Sondra schien, schoben sie saubere Laken unter den bewußtlosen Jungen und wuschen ihn ab, während sie gleichzeitig seine Atmung mit dem Atembeutel stützten. Als sie fertig waren, und die Schwester die Instrumente wegtrug, setzten sich Derry und Sondra zu beiden Seiten des Bettes. Derry drückte mit kräftiger Hand in rhythmischer Bewegung den Atembeutel, während Sondra Ouko mit dem Stethoskop abhörte.
»Seine Lunge ist in Ordnung«, sagte sie schließlich, lehnte sich zurück und nahm das Stethoskop ab.
»Wie lang war er ohne Sauerstoff?«
»Ich weiß nicht genau. Zwei Minuten, vielleicht auch drei.«
»Dann dürfte nichts passiert sein.« Derry wechselte, um mit der anderen Hand zu drücken, da seine Finger sich mit dem stetigen Auf und Zu zu verkrampfen begannen. »Tja, Doktor, nun gibt es kein Zurück mehr. Jetzt müssen wir durch.«
Sondra sah ihn an. Sein schönes Gesicht war beschattet.
»Wir können die Familie mobilisieren«, sagte sie leise. »Brüder, Schwestern, alle Verwandten. Sie können alle abwechselnd pumpen.«
Derrys blaue Augen waren nachdenklich. »Ich rufe im Krankenhaus in Voi an und frage, ob man uns ein Atemgerät leihen kann. Wenn nicht, versuch' ich's in Nairobi. Wir legen gleich einen Tropf, und dann versuchen wir es mit künstlicher Ernährung durch eine Magensonde.«
Sondra betrachtete Derrys müdes Gesicht. »Es tut mir leid, was ich heute abend gesagt habe. Daß Sie Ouko zum Tod verurteilt haben, meine ich. Ich war so enttäuscht.«
»Ich weiß. Es macht nichts. Ich kenne das selber.«

22

Bei Sonnenaufgang war Ouko immer noch bewußtlos. Sie hatten einen Tropf gelegt, und einer der Mechaniker der Missionsstation, ein kräftiger Mann, saß am Bett und drückte gewissenhaft den Atembeutel.
Als Derry in den Gemeinschaftsraum kam, fand er Sondra müde vor einer Tasse Tee sitzend. Er legte ihr die Hand auf die Schulter. »Legen Sie sich eine Weile hin.«

Sie sah auf und fragte, ob er beim Krankenhaus in Voi etwas erreicht hätte.
»Nein, die können keines ihrer Atemgeräte entbehren. Ich muß nach Nairobi fliegen. Aber ich fliege erst heute abend, wenn Alec wieder da ist. Bis dahin machen wir mit dem Atembeutel weiter.« Er setzte sich zu ihr. »Die größte Sorge macht mir die Ernährung. Ouko war schon unterernährt, als er uns gebracht wurde. Nur mit dem Tropf wird er nicht lange durchhalten.«
Sondra war erschöpft wie nie zuvor. Nicht einmal während ihrer Assistenzzeit hatte sie sich je so schlapp und erschlagen gefühlt. Und mit der Erschöpfung stellte sich Mutlosigkeit ein. Was habe ich getan? dachte sie. Niemals wird es uns gelingen, Ouko drei Wochen lang am Leben zu halten.
Aber sie sagte Derry nichts von diesem Gedanken. Nicht jetzt, da sie sich auf den Kampf eingelassen hatten. Sondra hatte die ›Kunststückchen‹ vollführt, die Derry verboten hatte, und nun gab es kein Zurück.
»Ich füttere ihn erst, dann leg' ich mich eine Weile hin.«
Derry betrachtete sie. Ein paar schwarze Strähnen lugten unter dem bunten Tuch hervor, in das sie ihr Haar eingebunden hatte. Die Ärmel des weißen Pullovers waren aufgerollt und zeigten ihre braunen Arme.
Zum erstenmal bemerkte Derry, was für ein weiches Profil Sondra hatte: eine hohe Stirn, leicht schrägstehende Augen und hohe Wangenknochen. Doch die Nase war klein und gerundet, ihr Mund war vollippig, das Kinn ausgeprägt. Sie war eine schöne Frau. Das hatte er von Anfang an gesehen. Doch jetzt sah er noch etwas anderes. Bisher war er dafür blind gewesen, aber jetzt, da er sie mit offenen Augen ansah, war es unübersehbar. Derry wußte endlich, warum Sondra Mallone nach Afrika gekommen war.
»Ich füttere ihn«, sagte er. »Und Sie legen sich jetzt hin.«
Sie sah ihn mit einem schwachen Lächeln an. »Ist das ein Befehl?«
»Ja, ein Befehl!«

Zur allgemeinen Freude und Verwunderung entwickelte sich alles sehr zufriedenstellend. Ouko nahm die intravenöse Lösung gut auf, und die Nahrungszufuhr über die Magensonde hatte geklappt. Jetzt, während langsam der Abend kam, schlief Ouko friedlich, frei von Krämpfen. Doch dies war nur der erste Tag.
Draußen auf dem Hof ging es lebhaft zu. Fast die Hälfte von Oukos Stamm, wie es schien, hatte vor dem Krankenhaus Posten bezogen – an die zwanzig Massai hockten auf der Erde und skandierten magische Ge-

sänge. Zu gleicher Zeit hatte Pastor Sanders eine Gebetsgruppe auf der Vortreppe zum Krankenhaus um sich versammelt, die mit Inbrunst Gottes Segen auf Ouko herabflehte.

Diese Aktivitäten wurden von der Rückkehr der drei Safariwagen unterbrochen. Ein paar Minuten lang herrschte Chaos auf dem Hof. Derry rannte zu den Autos, teilte Alec in aller Eile mit, was geschehen war und nahm ihn sogleich mit ins Krankenhaus, wo Sondra einer der Schwestern gerade den Behandlungsplan für Ouko erklärte. Den beiden Männern folgte Rebecca, die Oberschwester.

»Er muß alle zwei Stunden umgedreht werden«, sagte Sondra und demonstrierte mit einer Geste, wie der Junge von einer Seite auf die andere gewälzt werden mußte. »Rückenmassagen sind sehr wichtig. Und Augenspülungen.« Sie hielt ein Fläschchen hoch. »Geben Sie ein paar Tropfen Mineralöl dazu.«

Sondra hielt inne, als sie Derry und Alec in den Saal kommen sah. Alecs Kleider waren staubbedeckt, sein Haar vom Wind zerzaust.

Als die Schwester Rebecca hereinkommen sah, wich sie vom Schreibtisch zurück wie ein Kind, das beim Naschen ertappt worden ist.

»Ich übernehme das jetzt, *memsabu*.« Rebeccas Stimme war kühl und hart.

Sondra wandte sich ihr zu. »Es ist wichtig, daß wir für den Jungen einen strengen Behandlungsplan aufstellen. Sein Zustand ist kritisch. Hier habe ich aufgeschrieben –« Sondra nahm das Blatt Papier, auf dem sie die einzelnen Punkte der Betreuung niedergeschrieben hatte.

Rebecca sah es gar nicht an. Mit ausdrucksloser Miene fixierte sie Sondra. »*Ich* übernehme das jetzt, *memsabu*«, sagte sie noch einmal mit Nachdruck.

»Kommen Sie!« Derry berührte Sondras Ellenbogen. »Sehen wir mal nach ihm.«

Sondra zögerte, den Blick unverwandt auf die feindselige Schwester gerichtet. Doch dann wandte sie sich ab und führte Derry und Alec zu Oukos Bett.

Nach einigen Minuten schweigender Beobachtung des Jungen schüttelte Alec den Kopf. »Ich persönlich hätte das gar nicht erst versucht. Wir können den Jungen doch nicht am Leben halten.«

»Er bekommt Sauerstoff«, sagte Sondra und deutete auf den Sauerstoffbehälter am Kopfende des Bettes.

Wieder schüttelte Alec den Kopf. »Das trocknet ihn doch nur aus.«

»Genau darum fliege ich jetzt nach Nairobi«, bemerkte Derry. »Ich habe nur auf eure Rückkehr gewartet.«

»Sie fliegen jetzt?« fragte Sondra. »Aber es wird doch schon dunkel.«
Er lächelte flüchtig. »Ich habe Erfahrung. Machen Sie sich um mich mal keine Sorgen. Ich lasse das Krankenhaus in Ihrer Obhut, Alec. Sondra hat hier mehr als genug zu tun.«
Er blickte einen Moment lang auf die großen Hände des Massai, der in gleichmäßigem Rhythmus den Atembeutel drückte. Die Brust des Jungen hob sich bei der jeder Einblasung. Derry runzelte die Brauen. Ouko sah nicht gut aus. Er fragte sich, ob er überhaupt noch rechtzeitig aus Nairobi zurück sein würde.
Alec blieb am Bett des Jungen, während Sondra hastig ihr Abendessen hinunterschlang und dann duschte und sich umzog. Ouko mußte rund um die Uhr überwacht werden. Während Sondra sich das feuchte Haar kämmte, stellte sie sich vor, wie ein solcher Fall in Phoenix behandelt werden würde, dachte an all die Geräte und technischen Hilfsmittel, die dort zur Verfügung standen.
Sie, Alec und Derry hatten nur ihre Augen und Ohren.
»Wie geht es ihm?« fragte sie leise, als sie um den Wandschirm herumkam.
In Oukos Nische hatte man abgedunkelt und Teppiche auf den Boden gelegt, um die Schritte zu dämpfen. Der Junge war am frühen Abend einmal aufgewacht, hatte aber bisher keinen weiteren Krampfanfall gehabt.
Alec stand von seinem Stuhl auf, nickte Pastor Thorn zu, der jetzt die Arbeit am Atembeutel übernommen hatte, und ging mit Sondra zusammen durch den Saal nach vorn.
»Mir ist schleierhaft, wie wir das schaffen sollen«, sagte er mit gesenkter Stimme. »Der Tropf reicht niemals aus. Der Junge ist unterernährt. Er wird uns verhungern.«
»Wir haben ihn bisher zweimal über die Magensonde gefüttert, und er hat es gut aufgenommen.«
Doch Alec fand das nicht zufriedenstellend. »Wir brauchen die Geräte, um ständig sein Blut überprüfen zu können. Wir haben keine Ahnung, wie sein Elektrolythaushalt aussieht. Wenn wir ihn ständig mit dem Curare ruhigstellen, bekommt er früher oder später ein Lungenödem. Und wenn wir es absetzen, riskieren wir, daß er an den Krämpfen stirbt. In ein anderes Krankenhaus können wir ihn auch nicht verlegen, weil er für den Transport zu schwach ist. Ich weiß wirklich nicht, Sondra.«
Aber ich weiß es, dachte sie. Ich habe ihn am Leben erhalten, als er kurz vor dem Tod war. Und jetzt ist es an mir, dafür zu sorgen, daß er am Leben bleibt.

Als sie zum Schwesterntisch kamen, blickte Rebecca von der Zeitung auf, die sie gelesen hatte. Ihr Blick war kalt und herausfordernd, als sie Sondra ansah.
»Bitte setzten Sie sich jetzt zu Ouko, Rebecca. Pastor Thorn ist ganz allein mit ihm.«
Demonstrativ richtete Rebecca ihren Blick auf Alec, sah ihn fragend an.
Der nickte müde. »Ja, gehen Sie zu ihm, bitte.«
Sie stand auf und ging.

Um Mitternacht bekam Ouko erneut Krämpfe. Er verlor den Tropf. Sondra arbeitete bis zum Morgengrauen, um einen neuen zu legen. Draußen schimmerten die ersten Sonnenstrahlen, die Missionsstation erwachte langsam zum Leben. Oukos Zustand hatte sich sichtlich verschlechtert.
Alec mußte Sondra zwingen, in ihre Hütte zu gehen und sich niederzulegen. Sie schlief unruhig und erwachte kaum erfrischt vom Brummen der zurückkehrenden Cessna. Als sie eine Viertelstunde später ins Krankenhaus hinüberkam, war das Atemgerät bereits angeschlossen. Ein durchsichtiger grüner Schlauch beförderte feuchten Sauerstoff in Oukos Lunge. Doch sein Zustand hatte sich nicht gebessert. Die Nahrung, die man ihm über die Magensonde zugeführt hatte, hatte er erbrochen.
Es war, wie Derry vorausgesagt hatte: Ouko verhungerte ihnen unter den Händen.

»Du hast dein Möglichstes getan, Sondra«, sagte Alec, der mit ihr an Oukos Bett saß. Es war spät abends, die Missionsstation schlief, Ouko war seit sieben Stunden an das Atemgerät angeschlossen. Niemand konnte Sondra von seinem Bett vertreiben.
Unverwandt war ihr Blick auf das Gesicht des Jungen gerichtet. Ouko sah friedlich aus, wie er da schlafend vor ihr lag. Aber der Schein trog. In seinem Körper tobte der Kampf mit unverminderter Härte, und das Gift gewann langsam, aber sicher die Oberhand.
»Ich gebe nicht auf, Alec«, sagte sie leise. Ihre Stimme war ruhig, ohne Emotion.
Alec nahm ihre Hand. »Sondra, du hast getan, was in deiner Macht stand. Mehr kann man nicht mehr tun. Kein Mensch kann über längere Zeit nur mit intravenöser Ernährung am Leben gehalten werden, das weißt du. Er wird von Tag zu Tag schwächer werden. Wir sind am Ende unserer Kunst angelangt.«

Sondra hörte ihm gar nicht zu. Sie starrte auf Oukos schmalen Brustkorb, der sich regelmäßig hob und senkte. Das Atemgerät erfüllte seine Aufgabe. Die Schwestern sorgten dafür, daß der Junge saubergehalten wurde und sich nicht wund lag. Es mußte doch ein Mittel geben, ihm die Nährstoffe zuzuführen, die er brauchte, um am Leben zu bleiben, bis das Gift sich verbraucht hatte und aus seinem Körper ausgeschwemmt worden war.
Immer noch starrte Sondra auf den kindlich schmalen Körper. Unter der rötlich braunen Haut zeichneten sich die Rippen ab. Das Schlüsselbein trat scharf hervor.
Das Schlüsselbein...
»Alec«, sagte Sondra erregt. »Alec, hast du schon mal von Hyperalimentation gehört?«
»Hm«. Er rieb sich das Kinn. »Ich glaube, ich habe mal was darüber gelesen. Ein experimentelles Verfahren zur künstlichen Ernährung. Vor allem für Frühgeburten gedacht, nicht wahr? Und sehr riskant, wenn ich mich nicht täusche.«
»Hast du schon mal gesehen, wie es gemacht wird?«
»Nein.«
»Aber ich. In Phoenix. An dem Krankenhaus, wo ich gearbeitet habe. Wir hatten da zwei Ärzte, einen Chirurgen und einen Internisten, die auf dem Gebiet Pionierarbeit geleistet haben. Ich habe mehrmals bei dem Eingriff zugesehen.« Sondra entzog ihm ihre Hand und stand auf. »Wir sollten es bei Ouko versuchen.«
»Das kann nicht dein Ernst sein.« Auch Alec stand jetzt auf. »Du hast *zugesehen*, wie es gemacht wird, aber du hast keinerlei praktische Erfahrung. Du willst *hier*, unter diesen Bedingungen, dem Jungen einen Herzkatheter legen? Nach dem, was ich über dieses Verfahren gelesen habe, fehlen uns hier sämtliche Möglichkeiten zur Durchführung.«
Aber Sondra war von dem Gedanken nicht mehr abzubringen. »Bleib bei ihm, Alec. Ich geh' und rede mit Derry.«
Ehe er weitere Einwendungen erheben konnte, war sie gegangen. Er setzte sich wieder auf seinen Stuhl, legte die Finger um Oukos schmales Handgelenk und zählte den schwächer werdenden Puls.
Mitten im Hof, im Schatten des heiligen Feigenbaums, trat Rebecca plötzlich Sondra in den Weg. Sie kam aus den Schatten, als hätte sie auf Sondra gewartet. Ihre Augen hatten einen harten Glanz im Mondlicht.
»Lassen Sie ihn sterben, *memsabu*«, sagte sie leise in einem Ton, der beinahe drohend klang. »Gott ruft ihn. Lassen Sie ihn sterben.«

Einen Herzschlag lang starrte Sondra sie stumm an, dann ging sie weiter zu Derrys Hütte.

Trotz der späten Stunde schimmerte noch Licht im Fenster. Sondra klopfte leise.

»Ich habe eine Idee«, sagte sie auf seinen fragenden Blick. »Und ich glaube, es könnte auch klappen. Haben Sie schon mal von Hyperalimentation gehört?«

Derry runzelte die Stirn. »Was ist das?«

»Ein Verfahren zur intravenösen Ernährung, aber nicht über den üblichen Tropf, sondern über einen Dauerkatheter in der oberen Hohlvene.«

Derry sah sie lange schweigend an. Er hatte nie von diesem Verfahren gehört; die Vorstellung von einem Dauerkatheter in der oberen Hohlvene, dem großen Gefäß, das direkt zum Herzen führte, erschien ihm absurd. Aber ihm entging nicht, daß Sondra wie neu belebt war, und er spürte die frische Energie, die von ihr ausströmte.

»Wie funktioniert das?« fragte er, während er sein Hemd in die Hose stopfte.

»Wir können Ouko nicht über den Tropf ernähren, weil die kleinen periphären Blutgefäße konzentrierte Lösungen nicht vertragen. Aber er braucht konzentrierte Lösungen, um am Leben bleiben zu können. Bei diesem neuen Verfahren hat sich gezeigt, daß die obere Hohlvene die kontinuierliche Infusion einer konzentrierten Nährlösung gestattet, und zwar so lange, wie es notwendig ist. Man hat das Verfahren vor einigen Jahren eingeführt, um Neugeborene mit Verdauungsstörungen am Leben zu erhalten; in Phoenix haben wir es bei Erwachsenen nach komplizierten Darmoperationen angewandt. Derry, mit dieser Methode könnten wir Ouko wochenlang am Leben halten.«

Seine Miene blieb skeptisch. »Haben wir denn die Instrumente für so einen Eingriff?«

»Ich weiß nicht. Aber wir könnten improvisieren.«

»Wie setzen sich die Lösungen zusammen?«

»Die müßten wir selber zusammenstellen. Aber ich denke, daß eine Apotheke in Nairobi uns dabei helfen würde.«

»Wissen Sie, wie man den Katheter einführt?«

Sie zögerte. »Ich habe gesehen, wie es gemacht wird.«

»Und die Risiken?«

Sie breitete die Hände aus. »Da gibt es bestimmt hundert. Aber wenn wir es nicht wagen, stirbt Ouko.«

Gemeinsam gingen Sondra und Derry zum Krankenhaus zurück, vorbei am Lager der Massai, die um mehrere kleine Feuer hockten und sich eine Mahlzeit aus saurer Milch und Kuhblut teilten.

Im Krankensaal ging es hektisch zu. Ouko war erwacht und hatte einen Krampfanfall bekommen. Wieder hatte er die Infusionskanüle verloren, und beim Husten hatte er Flüssigkeit aus der Lunge hochgebracht. Als Sondra und Derry kamen, waren Alec und Rebecca dabei, die Flüssigkeit aus der Luftröhre abzusaugen und die Infusionsstellen zu verbinden. Sie hatten ihm eine neue Dosis Curare gespritzt, so daß er wieder bewußtlos war.

Alec fuhr sich mit beiden Händen durch das Haar. »Er hat Gefäßkrämpfe. Es ist unmöglich, einen Tropf zu legen.«

Sondra beugte sich über den Jungen, um seine Lunge abzuhorchen. Was sie hörte, gefiel ihr nicht.

»Wir müssen es mit der Hyperalimentation versuchen.« Sie trat zu Alec und Derry am Fußende des Betts, während Rebecca Ouko frische Kissen unterschob.

Derry sah Alec an. Der schüttelte den Kopf. »Ich habe davon gehört, Derry, aber um diesen Eingriff erfolgreich durchführen zu können, müßten wir ideale Bedingungen haben. Die Risiken sind ungeheuer groß. Allein schon durch den Katheter könnten wir es mit Sepsis, Thrombose oder Arythmie zu tun bekommen. Ganz zu schweigen von den Stoffwechselstörungen: Glukosurie, Acidose, Lungenödem.«

Derry sah Sondra mit hochgezogenen Brauen an.

»Ich habe nicht behauptet, daß es risikolos ist.«

»Wie steht es mit dem Eingriff selber? Wie riskant ist der?«

»Es könnte passieren, daß wir das Brustfell anstechen, und die Lunge kollabiert. Wir könnten glauben, in einem Gefäß zu sein, während wir in Wirklichkeit im Pleurasack sind und ihm den Brustraum mit Massen von Flüssigkeit vollpumpen. Wir könnten auch eine Arterie treffen, dann ist er sofort tot. Aber –« Sie wies mit der Hand auf den schlafenden Jungen – »wenn wir nichts tun, lebt er nicht mehr lang.«

Derry schwankte. Sollte sie Ouko weiteren Qualen unterziehen, die vielleicht sein Leiden nur verlängerten? War es den Menschen draußen vor dem Haus gegenüber fair, ihnen Hoffnungen zu machen?

Er sah Sondra an, sah ihren flehenden Blick und sagte: »Also gut, versuchen wir's.«

Sie hatten weder die erforderlichen Instrumente noch die richtig ausgewogenen Nährlösungen; sie verfügten weder über die für einen solchen Eingriff notwendigen keimfreien Bedingungen, noch über Mitarbeiter mit einschlägiger Erfahrung, aber das konnte die drei Ärzte auf der Uhuru Missionsstation nicht von ihrem Unternehmen abhalten.
Sondra arbeitete die ganze Nacht, um mit viel Improvisation alles für den Eingriff vorzubereiten. Derry hatte ihr zwar befohlen, wenigstens ein paar Stunden zu schlafen; aber sie war viel zu aufgedreht, um Ruhe zu finden.
Instrumente und Geräte hatte sie rasch beisammen, da nichts Außergewöhnliches gebraucht wurde. Sorge machte ihr die Keimfreiheit. Bei einem geöffneten Blutgefäß bestand immer die Gefahr der Infektion. Sobald der operative Eingriff selbst abgeschlossen, der Katheter in die obere Hohlvene eingeführt und verankert war, würde eine ständige Beobachtung dieser Stelle, notwendig sein. Der Katheter durfte nicht verschoben werden oder unter Spannung geraten, Katheter und Wunde mußten stets absolut saubergehalten werden, die Nährlösungen mußten unter sterilen Bedingungen zugeführt werden, und Ouko mußte rund um die Uhr beobachtet werden.
All diese Aufgaben würden die Schwestern übernehmen müssen.
Während die Missionsstation schlief und die Massai draußen ihre leisen Gesänge in die Nacht sandten, legte Sondra die Instrumente zurecht, die sie für den Eingriff brauchen würden. Sie kochte alles im altmodischen Autoklav des Krankenhauses dreimal aus, um sicher zu sein, daß es keimfrei war.
Während Sondra im Krankenhaus an der Arbeit war, beriet sich Derry mit der Notaufnahmestation eines Krankenhauses in Nairobi. Die Formel für die konzentrierte Nährlösung, die Ouko zugeführt werden sollte, war keine einfache Sache; in Zusammenarbeit mit dem Pharmazeuten in Nairobi bestimmte Derry den Bedarf an Vitaminen, Proteinen, Electrolyten, Zucker und Salz sowie Oukos täglichen Kalorienbedarf. Die sterilen Lösungen, sagte man ihm, würden am Spätnachmittag des folgenden Tages für ihn bereit sein. Derry wollte sie mit dem Flugzeug abholen.
Bei Tagesanbruch operierten sie.
Da Ouko möglichst wenig bewegt werden sollte, einigten sie sich darauf, ihn in seinem Bett zu lassen, und den Eingriff dort vorzunehmen. Sie stellten noch einen Wandschirm auf und verhängten ihn mit sauberen Laken. Alec setzte sich mit dem Stethoskop hinter Oukos Kopf, um Puls

und Herz zu überwachen. Derry und Sondra standen sich auf beiden Seiten des Bettes gegenüber. Und am Fußende stand Rebecca, schweigend und aufmerksam, die dunklen Augen über dem Mundtuch unergründlich.
Nachdem Sondra und Derry sich Gummihandschuhe übergezogen hatten, bedeckten sie Ouko mit keimfreien Tüchern. Nur über dem Schlüsselbein des Jungen blieb ein kleines Quadrat jodroter Haut frei.
Als das getan war, sah Sondra zuerst zu Alec, der ihr mit einem Nicken bestätigte, daß Puls und Herzschlag stabil waren, dann zu Derry, dessen Blick ernst war, aber frei von Zweifel. Sie nahm die Spritze mit der langen Hohlnadel und sagte leise: »Zuerst muß ich jetzt die Unterschlüsselbeinvene finden. Durch die führen wir den Katheter ein.«
Die drei Ärzte blickten auf das kleine Viereck rötlich brauner Haut, das sich mit den Atemzügen kaum merklich hob und senkte, Oukos Halsvenen waren angeschwollen; man hatte das Fußende des Bettes mit Holzklötzen leicht angehoben, damit das Blut sich in den oberen Gefäßen sammeln konnte. Die Unterschlüsselbeinvene würde so leichter zu finden sein. Sondra hatte plötzlich Angst. Wenn sie nun statt einer Vene eine Arterie traf...
Dennoch war ihre Hand ruhig, als sie behutsam unter dem Schlüsselbein entlangtastete. Als sie jene Stelle gefunden hatte, wo das Schlüsselbein mit dem Brustbein verbunden ist, senkte sie die Nadel zur Haut hinunter. Dann zögerte sie. Ihr Mund war wie ausgetrocknet. In ihren Ohren dröhnte es. Mehrmals hatte sie bei diesem Eingriff zugesehen, aber ihn jetzt mit eigener Hand vorzunehmen –
Sie stieß die Nadel in die Haut. »Derry«, murmelte sie.
Sofort griff er herüber und hielt den schweren Glaszylinder am Ende der Nadel ruhig. Während Sondra langsam und vorsichtig die Nadel tiefer schob, folgte Derrys Hand, die den Zylinder umfaßt hielt, der ihren.
»Zurückziehen«, sagte sie.
Derry drückte den Zylinder leicht nach oben; es kam nichts.
Sie warteten auf Blut; dunkles Blut, das ihnen sagen würde, daß die Nadel in der Vene war. Wenn gar nichts kam, hieß es, das sie ihr Ziel verfehlt hatten; kam Luft, so bedeutete es, daß sie einen Lungenflügel getroffen hatten; und wenn sie helles, pulsendes Blut ansogen...
Sondra schluckte. Die Fingerspitzen auf dem Handgriff, trieb sie die Nadel immer tiefer in Oukos Brust. Sie spürte, wie ihr Schweißperlen auf die Stirn traten.
»Zurückziehen, bitte«, murmelte sie.

Derry drückte den Glaszylinder hoch. Nichts.

Rebecca stand unbewegt am Fuß des Bettes und beobachtete die Vorgänge mit unergründlichem Blick.

Alec hörte Oukos Herz ab.

»Zurückziehen«, sagte Sondra.

Noch immer nichts.

Sie begann zu zittern. Jetzt mußte sie doch angekommen sein! War sie vielleicht schon zu tief? Sie befand sich gefährlich nahe an Oukos rechter Lungenspitze. Soll ich die Nadel herausziehen und es noch einmal versuchen, aus einem anderen Winkel?

»Zurückziehen!«

Der Glaszylinder blieb leer.

Ihre Hände erstarrten. Sie konnte nicht weiter. Aber sie konnte auch nicht herausziehen. Es ist etwas schiefgegangen! Ich hätte das nicht versuchen sollen!

Sondra flüsterte: »Ich glaube, ich kann nicht –« Da umfaßte Derry ihre Hand und führte die Nadel tiefer, und als er diesmal den Stempel zurückzog, stieg eine Welle rostroten Blutes im Zylinder auf.

Die vier am Bett atmeten zu gleicher Zeit auf.

»Gut«, sagte Sondra und holte einmal tief Luft. »Wir sind in der Unterschlüsselbeinvene. Jetzt müssen wir den Katheter durch die Nadel einführen und in der oberen Hohlvene placieren.«

Während Derry die Spritze hielt, nahm Sondra feinen Kunststoffschlauch, glättete ihn und spannte ihn über Oukos Brust. Nachdem sie die rote Linie vermerkt hatte, die die Entfernung zum Herzen markierte, sagte sie: »Bitte die Spritze entfernen, Derry.«

Ein wenig Blut quoll heraus, als die Spritze von der Nadel gezogen wurde. Sondra tupfte es ab und ging dann daran, den dünnen Schlauch in die Kanüle einzuführen. Ihre Hände zitterten jetzt. Wenn sie sich vertan hatte, konnte der Schlauch ins Herz gehen oder in den Hals hinauf und würde Ouko töten.

Sondra und Derry arbeiteten Hand in Hand. Während der Schlauch langsam tiefer in die Hohlnadel glitt, neigte sich Alec mit gespannter Aufmerksamkeit vor. Das Stethoskop in den Ohren, die Hände unter den Tüchern auf Oukos Brust, horchte er auf ein erstes Anzeichen einer Störung im Herzen.

Von Sondras und Derrys Fingern geführt, schob sich der Schlauch immer weiter hinein, und als endlich die rote Markierungslinie auf gleicher Höhe mit der Haut war, hielt Sondra inne und sagte: »Jetzt müßten wir angekommen sein.«

Sie starrten alle drei auf das rotbraune Fleckchen Haut, als könnten sie hindurchsehen und die große Vene darunter entdecken.
Selbst Rebecca beugte sich vor, als wolle auch sie ins Innere von Oukos Brustkorb hineinsehen. In ihren Augen blitzte es, als sie wieder zurücktrat.
Sondra sah Alec an. »Was macht das Herz?«
»Hört sich gut an. Keine Arhythmie.«
Sie blickte zu Derry hinüber. »Sollen wir die Nadel jetzt herausziehen?« fragte sie.
Sie verankerten den Katheter mit schwarzer Seide an der Haut und verbanden die Stelle dann mit Gaze und Pflaster. Nachdem Sondra ihre Handschuhe ausgezogen hatte, schloß sie das Ende des Schlauchs an einer Tropfflasche an und machte den Hahn auf. Die Infusion begann.
Derry kam um das Bett herum, nahm Sondra beim Arm und sagte leise: »Kommen Sie, gehen Sie jetzt rüber und legen Sie sich hin. Alec und ich machen hier weiter.«
Die Erschöpfung der letzten drei Tage holte sie ein, als sie sich in ihrer Hütte voll angekleidet auf ihr Bett fallen ließ. Im Nu war sie eingeschlafen. Derry ließ sie nicht, wie sie verlangt hatte, um die Mittagszeit wekken, und als sie schließlich in der Dunkelheit erwachte, brauchte sie einen Moment, um sich zu orientieren. Draußen war alles still.
Dann fiel es ihr wieder ein. Ouko!

Im Krankensaal war es dunkel, die Patienten schliefen. Am Schwesterntisch saß vor der aufgeschlagenen Bibel die Nachtschwester. Als Sondra zu Oukos Bett ging, fand sie Derry dort.
»Wie geht es ihm?« fragte sie, um den Wandschirm herumkommend.
Beinahe erschreckt, drehte sich Derry um. »Sie sind wach.«
»Wie geht es Ouko?«
»Soweit gut.« Derry wies zu der Flasche mit der Nährlösung hinauf, die an den Katheter angeschlossen war. »Die hab' ich vorhin aus Nairobi mitgebracht. Wenn wir alles richtig berechnet haben und mit dem Katheter keine Probleme bekommen, müßte das Ouko lange genug am Leben halten.«
Sondra betrachtete die Infusionsflasche. Unmittelbar nach der Operation hatten sie Ouko eine Traubenzuckerlösung gegeben, um sich zu vergewissern, daß der Katheter funktionierte. Die Nährlösung, die jetzt hier hing, war nicht einfach herzustellen gewesen, und es war auch nicht erwiesen, ob sie wirklich wirken würde; das würde sich erst mit der Zeit herausstellen.

»Morgen werden wir wissen, ob es hilft« sagte Derry und wandte sich Sondra zu. Dicht nebeneinander standen sie im Halbdunkel des stillen Raumes. »Wir fangen mit einer Flasche pro Tag an und steigern die Menge, wenn er es verträgt.«
Er hielt inne und sah sie mit einem merkwürdigen Blick an. Er öffnete den Mund, als wolle er noch etwas sagen, aber dann überlegte er es sich anders und sah auf den schlafenden Jungen hinunter. »Ich habe Rebecca gesagt, dafür zu sorgen, daß immer eine Schwester hier sitzt«, bemerkte er. »Und ich habe ihr gesagt, daß sie und die anderen ihre Anweisungen direkt von Ihnen entgegennehmen sollen.«

Ouko wurde zum Mittelpunkt in der Missionsstation. Die anderen Patienten behandelte man wie immer; den Massai-Jungen ließ man keinen Moment aus den Augen. Sein Zustand blieb kritisch.
Vier Tage nach dem Eingriff entzündete sich die Haut um den Katheter herum, und die ganze Vorrichtung mußte erneuert werden. In den Zeiten, wo Ouko bei Bewußtsein war, erlitt er so heftige Krämpfe, daß man ihn jedesmal verloren glaubte. Am zehnten Tag war in seiner Lunge ein beunruhigendes Glucksen zu hören, und man setzte ihn auf Antibiotika, um einer Lungenentzündung vorzubeugen. Die Schwestern sorgten dafür, daß Ouko immer sauberes Bettzeug hatte und täglich mehrmals umgebettet wurde, damit er sich nicht wund lag. Pastor Sanders betete jeden Morgen an seinem Bett, und abends flehte die Gebetsgruppe bei Kerzenlicht Gottes Segen auf ihn herab.
Er verlor beängstigend an Gewicht. Die Formel der Nährlösung wurde geändert, die Kalorienzahl erhöht. In seinem Urin fand sich Zucker. Wieder wurde die Zusammensetzung der Nährlösung verändert. Wenn er es vertrug, fütterte man ihn über die Magensonde mit Sahne und Ei. Sein Harnkatheter entzündete sich und mußte ausgetauscht werden; wieder bekam er Antibiotika. Die Lungenentzündung blieb hartnäckig; immer wieder mußte durch die offene Luftröhre Flüssigkeit abgesaugt werden. Immer war jemand an seinem Bett.
Am achtzehnten Tag endlich, zwei Wochen und vier Tage seit dem Nachmittag, an dem sein Vater ihn gebracht hatte, blieb Ouko vierundzwanzig Stunden lang ohne einen Krampfanfall bei Bewußtsein. Der Luftröhrenkatheter wurde entfernt.
Am neunzehnten Tag wurde der Infusionskatheter entfernt.

Sondra hatte am nächsten Morgen eine Amputation vor sich; sie mußte einem Taita-Ältesten den völlig von Geschwüren zerfressenen Fuß abnehmen. Während sie im Labor die letzten Vorbereitungen für die bevorstehende Operation traf, kam Alec herein.

»Wie wär's mit einem Spaziergang vor dem Abendessen?« fragte er.

Es war ein schöner Februarabend. Der im Glanz der untergehenden Sonne flammende Himmel begann langsam zu verblassen, und vom Horizont zog mit samtigem Lavendelblau der Abend herauf. Auf der Station wurde überall mit verstärktem Eifer gearbeitet; man wollte das letzte bißchen Tageslicht noch nützen.

Sondra mochte Alec MacDonald. Er strahlte eine ruhige Sicherheit aus. Sie mochte sein warmes Lächeln und seine Ungezwungenheit, und den feinen Geruch nach Old Spice und Pfeifentabak, der ihn immer begleitete.

»Ich habe mir vorhin den alten *Mzee* Moses noch einmal angesehen«, bemerkte Alec, als sie an dem alten Feigenbaum vorübergingen. »Er spuckt kein Blut mehr, und seine Lunge hört sich normal an. Gott sei Dank.«

Sondra nickte und schob die Hände in die Taschen ihrer dicken Wolljacke. Sie schwiegen eine Weile, während sie unter Jacarandabäumen und Bougainvillea dahingingen.

»Jetzt wird bald die Regenzeit kommen«, bemerkte Alec, der das Schweigen nicht recht auszuhalten schien. »Man kann das versengte Gras riechen, das die Massai abgebrannt haben.«

Sondra wechselte hier und dort einen Gruß mit Leuten, an denen sie vorüberkamen. Sie hielt nach Derry Ausschau, aber der war nirgends zu sehen.

Nach ein paar Minuten merkte sie, daß Alec sehr geschickt das Gespräch vom Wetter auf seine Heimat gelenkt hatte.

»Wir haben manchmal eisige Stürme. Wenn man wie du aus Arizona kommt, findet man die Inseln da oben am Ende der Welt wahrscheinlich rauh und primitiv. Aber sie besitzen auch eine ganz seltene Schönheit. Ich glaube sicher, es würde dir dort gefallen.«

Als sie zu der kleinen Kirche kamen, blieb Alec im letzten Sonnenlicht stehen und wandte sich ihr zu.

»Ich weiß nicht, wie ich anfangen soll, Sondra«, sagte er ein wenig hilflos. »Seit Tagen schlage ich mich damit herum und immer wieder lande ich beim Wetter.«

Sie sah ihn fragend an.

Er legte ihr die Hände auf die Schultern und sah ihr in die Augen.

»Ich möchte dich bitten, mich zu heiraten«, sagte er leise. »Ich möchte dich bitten, mit mir nach Schottland zu gehen.«

Sondra blickte ihn wortlos an. Plötzlich konnte sie vor sich sehen, was Alec beschrieben hatte: die Inseln in ihrer kargen Schönheit, das uralte Haus, in dem die Familie seit Generationen lebte, die Brüder und Schwestern, das behagliche Leben der Sicherheit und Geborgenheit im Schoß einer großen Familie, das er ihr bot.

»Du brauchst mir nicht gleich eine Antwort zu geben, Sondra. Ich weiß, es kommt dir überraschend. Ich will dich nicht unter Druck setzen. Wir haben hier noch sieben Monate. Da bleibt dir genug Zeit, es dir zu überlegen. Ich kann dir nur sagen, daß ich dich sehr liebe und für immer mit dir zusammensein möchte.«

Er neigte sich zu ihr, um sie zu küssen, und Sondra wehrte ihn nicht ab. Doch als er sie näher an sich zog, sein Kuß leidenschaftlicher wurde, tauchte Derrys Bild vor ihr auf. Er war stets in ihren Gedanken und ihren Träumen. Es war nicht recht, Alec zu küssen, ihm falsche Hoffnungen zu machen.

Schritte klangen durch die abendliche Stille. Sondra und Alec trennten sich, und Derry, der eben um die Ecke der Kirche gekommen war, blieb stehen. Einen Moment zögerte er, dann sagte er, als hätte er nichts bemerkt: »Ich habe Sie gesucht, Sondra. Es möchte Sie jemand sprechen.«

Sie folgte ihm, begleitet von Alec, durch den Hof, und als er ins Krankenhaus hineinging, fragte sie sich, zu wem er sie bringen würde. Die Antwort bekam sie, sobald sie in den Saal trat.

Hinten am anderen Ende wartete Ouko, der neunzehn Tage lang von allem Leben im Krankenhaus abgeschirmt gewesen war. Die Wandschirme waren entfernt worden; der kleine Junge saß aufrecht in seinem Bett und aß den Haferschleim, mit dem Rebecca ihn fütterte.

Als die drei Ärzte sich näherten, hörte Ouko zu essen auf und sah ihnen mit großen Augen entgegen. Rebecca wischte ihm das Kinn mit einer Serviette ab.

»Hallo, Ouko«, sagte Sondra lächelnd.

Der Junge erwiderte das Lächeln. Er war immer noch erbärmlich dünn und zu schwach, um selber einen Löffel zu halten, aber seine Augen und sein Lächeln waren voller Lebendigkeit.

»Ouko«, sagte Derry im Dialekt der Massai. »Das ist die *memsabu*, die dich wieder gesundgemacht hat.«

Der Junge wurde tiefrot und murmelte leise ein paar Worte.

Derry wandte sich zu Sondra. »Ouko dankt Ihnen. Er sagt, er wird Sie niemals vergessen.«

Sondra spürte, wie ihr die Tränen kamen. Im selben Moment stellte

Rebecca die Schale mit dem Haferschleim weg, stand auf und sah Sondra mit klarem Blick an. »Haben Sie neue Anweisungen zu Oukos Betreuung?«

Einen Moment lang war Sondra sprachlos. Rebecca war bei Oukos Pflege unermüdlich gewesen, hatte mehr Zeit am Bett des Jungen verbracht als alle anderen Schwestern. Sie war es gewesen, die die ersten Anzeichen der Lungenentzündung entdeckt hatte; sie hatte dafür gesorgt, daß Ouko stündlich im Bett herumgedreht wurde, hatte darauf geachtet, daß der Katheter dabei nicht verschoben wurde. Sie war eine gute, zuverlässige Frau, eine Krankenschwester wie jeder Arzt sie sich nur wünschen konnte.

»Tun Sie, was Sie für richtig halten, Rebecca«, antwortete Sondra.

Der Schatten eines Lächelns huschte über Rebeccas dunkles Gesicht. »Ja, *memsabu*«, sagte sie und nahm ihren Platz wieder ein.

Während Alec zum alten *Mzee* Moses ging, um noch einmal seine Brust abzuhören, gingen Derry und Sondra hinaus. Es begann jetzt dunkel zu werden. Ein leichter Wind war aufgekommen. Die Luft roch nach den Ausdünstungen der Tiere, nach Blumenduft und versengtem Gras. Derry blieb stehen und sah zu den dunklen Bergen hinaus.

»Ich fahre in ein paar Tagen nach Norden auf Safari«, sagte er. »Ins Massai-Land. Wollen Sie nicht mitkommen?«

24

Sie hatten eine Fahrt von weit mehr als sechshundert Kilometern vor sich. In Nairobi wollten sie Station machen, um Medikamente abzuholen. Sondra fuhr zusammen mit Derry im ersten Auto; im zweiten folgte Pastor Thorn mit Kamante; im dritten Fahrzeug saß nur Abdi, der Suaheli Fahrer.

Die drei Wagen rollten schwankend über die holprige, staubbedeckte Straße von der Missionsstation zur Verbindungsstraße zwischen Moshi und Voi, die pfeilgerade durch flaches rotes Wüstenland schnitt, das nur hier und dort von kleinen Gruppen grüner Bäume und mannshohen Dornbüschen gesprenkelt war. Als sie die Straße nach Mombasa erreichten und sich nach Norden wandten, begann der Tag schon warm zu werden. Zu beiden Seiten der Straße dehnte sich brettebene, rostrote Einöde, deren Monotonie nur gelegentlich von einem Lavabrocken oder einem merkwürdigen Baum unterbrochen wurde, der aussah, als streckte er nicht seine Krone, sondern seine Wurzeln zum Himmel hinauf.

»Der Affenbrotbaum«, erläuterte Derry. »Die Afrikaner glauben, daß der Baum Gott einst so zornig machte, daß er ihn herausriß und verkehrt herum wieder in die Erde stieß. Und genauso sieht es ja auch aus. Die Afrikaner behaupten, die Äste, die man sieht, seien in Wirklichkeit die Wurzeln, während Zweige und Blätter unter der Erde wüchsen.«

Von der Legende über den Affenbrotbaum kam Derry auf andere Mythen und Sagen, und als sie kurz vor Mittag Nairobi erreichten, wußte Sondra mehr über Kenia und seine Bewohner als sie in den vergangenen fünf Monaten gelernt hatte.

Nach einem angenehmen Mittagessen im neuen Stanley Hotel, holten sie im Forschungszentrum der Weltgesundheitsorganisation die bestellten Medikamente ab, dann fuhren die drei Wagen auf einer verkehrsreichen Straße wieder aus der Stadt hinaus. Derry wurde zusehends lebhafter und lebendiger und unterhielt Sondra mit immer neuen Geschichten und Anekdoten.

Sie war fasziniert von dieser Veränderung in seinem Wesen. Nie zuvor hatte sie ihn so heiter und angeregt erlebt.

Sie folgten einer von Schlaglöchern durchsetzten Straße zwischen kleinen Farmen und Plantagen hindurch. Die Afrikaner nannten sie ›Mussolinis Rache‹, weil sie von italienischen Kriegsgefangenen gebaut worden und in katastrophalem Zustand war. Etwa eine Stunde nach Nairobi erreichten sie auf kurvenreicher Straße das Dorf Kijabe. Sie waren jetzt auf mehr als 2000 Meter Höhe, und hinter der letzten Kurve bot sich ihnen ein atemberaubender Blick auf das Great Rift Valley [sog. Afrikanischer Grabenbruch].

»Da unten war die Ranch meines Vaters«, sagte Derry. »Da bin ich aufgewachsen.«

Er hielt das Auto an, stieg aus, und öffnete ihr die Tür. »Sie müssen sich das ansehen.«

Tief unten zu ihren Füßen lag in einer von mauvefarbenen Hügeln geschützten Mulde ein weizengelbes Tal, ein Flickenteppich von Feldern und Weiden, über denen vom kühlen Wind getragen Adler kreisten. Sondra war wie gebannt.

»Ich habe die Ranch dort unten vor Jahren verkauft«, bemerkte Derry. »In unserem früheren Wohnhaus ist jetzt eine *harambee* Schule.«

Sondra drehte den Kopf, um Derry anzusehen. Sie bemerkte, wie sein Blick das ganze Tal in sich einschloß, und sie erkannte auf seinem Gesicht die innere Bewegtheit.

Es machte sie beinahe ein wenig verlegen, ihn so weich und offen zu sehen, verletzlich fast; zugleich aber war sie froh, daß er ihr diesen Blick in sein Innerstes erlaubte. Dieses wilde, ungezähmte Land weizenheller Täler und grüner Hügel war der Schlüssel zu Derry Farrars Wesen. Ihm fühlte er sich zugehörig. Sie glaubte beinahe, die Sehnsucht seiner Seele zu spüren, hinauszufliegen und das Land zu umarmen wie der heimkehrende Sohn seine Familie. Sie beneidete ihn. Derry hatte seinen Ort gefunden. Er wußte, wer er war und wohin er gehörte.

Am späten Nachmittag erreichten sie Norok, eine Siedlung aus Löschbetonhäusern mit Wellblechdächern im Schatten hoher Akazien. An der einzigen Tankstelle drängten sich die Safarifahrzeuge der Touristen. Die drei Autos hielten vor dem kleinen Warenhaus des Ortes, um Benzin zu kaufen.

Derrys Bewegungen hatten den Schwung eines jungen Mannes, als er in den Laden ging. Sein ganzes Verhalten, selbst seine Körperhaltung hatten sich nach dem kurzen Aufenthalt in Kijabe verändert. Er lachte und scherzte mit dem indischen Ladenbesitzer, der hinter der Theke stand, schwatzte kurz mit einer Gruppe alter Massai und drückte Sondra gutgelaunt eine Flasche eisgekühltes Bier in die Hand. Er ist heimgekommen, dachte sie.

Hinter Narok ging der Asphalt in Schotter über, und als die Wagen im späten Licht in Richtung zur Keekorok Safari Lodge abbogen, gelangten sie auf eine Piste, die nur aus zwei tiefen Furchen im üppig wuchernden Gras bestand. Die Ebenen, die vor ihnen lagen, waren in kupferrotes Licht getaucht, und die Akazien warfen lange Schatten. Ein Rudel Löwen, das gesättigt im Schatten eines Dornbuschs döste, rührte sich kaum, als die drei Fahrzeuge vorüberratterten.

Nach knochenschüttelnder Fahrt erreichten die drei Fahrzeuge einen Bach, einen kleinen Zufluß zum Mara-Fluß. Nachdem Derry eine Gruppe gelbstämmiger Akazien entdeckt hatte, die ihnen als Freilicht-Krankenhaus dienen konnte, stellten sie die drei Autos in einem Kreis um die Bäume und schlugen ihr Lager auf.

Später aßen sie im Schutz des großen Moskitonetzes vor dem Zelt ihr Abendessen, das aus Wels, den Kamante im Bach gefangen hatte, gekochten Kartoffeln und einer würzigen Soße bestand.

»Morgen werden die ersten Patienten kommen«, bemerkte Derry. Er zündete sich eine Zigarette an und lehnte sich, die langen Beine ausgestreckt, in seinem Klappsessel zurück. »In diesem Teil des Landes leben die Massai weit verstreut, aber sie haben ihr eigenes Kommunikationssystem. Ich bin sicher, wir werden morgen gleich in aller Frühe eine Menge zu tun bekommen.«

Sondra trank aus ihrer Blechtasse einen Schluck Kaffee, während sie zu-

sah, wie Kamante das offene Lagerfeuer löschte. Pastor Thorn schlief bereits selig unter dem Moskitonetz, das von einem Ast des Baumes herabhing. Auf der anderen Seite der kleinen Wagenburg stand das Zelt, das bei Tag als Ambulanz dienen und bei Nacht Sondras Schlafzimmer sein sollte. Derry würde im Küchen- und Vorratszelt schlafen, während die beiden Fahrer draußen unter den Bäumen nächtigten.
Sie lauschte in die tiefe Stille hinein, an die sie sich längst gewöhnt, ja, die sie lieben gelernt hatte.
»Was ist das für ein Geräusch?« fragte sie.
Derry lauschte einen Moment. »Das ist der Ruf des Honigkuckucks. Das ist ein niedlicher kleiner Vogel, der leidenschaftlich gern Honig frißt. Nur ist sein Schnabel so zerbrechlich, daß er den Honig nicht selber aus den Waben picken kann. Darum ruft er um Hilfe. Manchmal hilft der Honigdachs, manchmal hilft der Mensch. Man braucht dem Honigkuckuck nur zu folgen. Er führt einen zum Stock. Da nimmt man sich so viel Honig, wie man haben will, und läßt ihm den Rest.«
»Wie praktisch«, meinte Sondra lächelnd.
Derry zog tief an seiner Zigarette und blies langsam den Rauch in die Luft.
»Ja«, sagte er, »das war einmal. Jetzt, wo der Mensch Bonbons und Schokolade hat, um seinen Appetit auf Süßigkeiten zu stillen, braucht er den Honig nicht mehr. Jetzt ruft der Honigkuckuck umsonst.«
Sondra verspürte eine leichte Trauer; Trauer um den Honigkuckuck, der nun vergeblich rief, Trauer um ein vergangenes Afrika und um die verlorene Kindheit eines Mannes.
»Ich hoffe der alte Seronei kommt«, sagte Derry, das Thema wechselnd. »Das ist ein Massai, der viele Legenden wert wäre. Einen edleren und würdigeren Häuptling kann man sich kaum vorstellen. Er war letztes Jahr in dieser Gegend, aber sein *enkang* kann inzwischen schon wieder weit fortgezogen sein.«
Sondra hörte Derrys Sessel knarren, als er aufstand und zum Moskitonetz ging. Erst spähte er einen Moment durch das Netz hinaus, dann öffnete er es einen Spalt und sah zum Himmel hinauf.
»Wo sie wohl sind?« murmelte er vor sich hin.
»Wer?«
»Die Slums des Himmels.« Er lachte kurz auf. »Denn da komme bestimmt ich einmal hin.«
Sie betrachtete ihn, registrierte jede Linie seines Körpers, der sich umrißhaft aus der Dunkelheit hob.
»Da oben ist ein neuer Stern«, sagte er leise. Er drehte sich nach ihr um.

Sondra stellte ihre Tasse weg und ging zu ihm.

»Sehen Sie?« sagte er und wies zum schwarzen Himmel hinauf. »Das winzige Licht da, das sich ein wenig schneller bewegt als die anderen.«

Sondra sagte, »Ja«, aber in Wahrheit sah sie nichts als Myriaden von Sternen, die wie achtlos hingestreut am samtigen Nachthimmel leuchteten. Derry machte sie auf Dinge aufmerksam, die sie nicht sehen konnte; die sie nicht sehen wollte, da sie in diesem Zufallsuniversum keine Ordnung finden wollte.

»Da«, sagte er leise. »Da können Sie das Kreuz des Südens erkennen. Es ist das Tor nach Tansania und zur südlichen Hemisphäre. Da drüben ist der Große Bär. Er steht auf dem Kopf. Und direkt über Ihrem Kopf, Sondra, schauen Sie –« Er legte ihr die Hand auf den Rücken – »das ist der Zentaur, und da sind Alpha und Beta.«

»Wo ist der neue Stern, von dem Sie eben sprachen?«

»Gleich da drüben, dicht bei den Pleiaden. Es ist ein Nachrichtensatellit. Wenn man den afrikanischen Nachthimmel so gut kennt wie ich, sieht man sie leicht.«

Er senkte den Kopf und sah sie mit einem schwachen Lächeln an. »Sie lieben Afrika, nicht wahr?«

»Ja.«

Er zögerte einen Moment, dann sagte er nur:

»Wir sollten uns jetzt schlafen legen. Sobald die Massai hören, daß wir hier sind, wird's hier lebendig werden.«

Der Morgen war herb und kühl. Sondra nahm ein herzhafteres Frühstück zu sich, als es sonst ihre Gewohnheit war. Sie hatte gut geschlafen, ruhig und ohne Träume, und hatte sich nach dem Erwachen mit dem frischen Wasser gewaschen, das einer der Fahrer im Bach geholt hatte.

Während die Fahrer noch dabei waren, das Geschirr zu spülen und das Lager in ein Feldkrankenhaus umzufunktionieren, erschienen die ersten Massai.

Scheu blieben sie einige Meter vor dem Lager stehen: hochgewachsene junge Krieger, die sich auf ihre Speere stützten, mit langem geflochtenen Haar und schlanken, rot bemalten Körpern, die in der Morgensonne glänzten; schöne, langgliedrige Mädchen in Umhängen aus gegerbter Kuhhaut, mit nackten Brüsten und kahlgeschorenen Köpfen, auch ihre Körper rot gefärbt, so daß sie wie Standbilder aus rotem Zandelholz glänzten, bunte Perlenketten um Hals, Arme und Fesseln. Ältere Frauen mit kleinen Kindern und Säuglingen auf dem Rücken oder an der nackten Brust schwatzten miteinander wie muntere Vögel, tauschten lächelnd und lebhaft gestikulierend die letzten Neuigkeiten aus. Alte Männer kauerten schon auf der Erde und gruben die Löcher für das Spiel, das sie den ganzen Tag lang spielen würden. Die Kinder, mit geschorenen Köpfen wie alle Massai außer den jungen Kriegern, spielten nackt im Sand oder hielten sich an den Umhängen ihrer Mütter fest, während sie mit großen runden Augen die *wazungu* anstarrten.

Innerhalb einer Stunde hatte sich eine große schwatzende, lachende Menge angesammelt – wenn der weiße Mann sein Baumkrankenhaus aufschlug, war das immer willkommener Anlaß zu Abwechslung und Unterhaltung.

Pastor Thorn stellte sich unter einen Baum und begann aus der Genesis vorzulesen. Nur wenige hörten ihm zu; die ganze Aufmerksamkeit der Eingeborenen gehörte der weißen Frau.

Sondra, die damit beschäftigt war, auf dem Klapptisch Thermometer, Medikamente und Spritzen zurechtzulegen, merkte es erst, als sie sich umdrehte. Fragend blickte sie Derry an, als sie aller Augen auf sich gerichtet sah.

»Was ist los?«

»Sie sind fasziniert von Ihnen.«

Hitze und Insektenschwärmen, Sprachschwierigkeiten und eingeborenem Aberglauben zum Trotz taten Derry und Sondra ihre Arbeit. Die Massai hatten Malaria, Schlafkrankheit und Parasiten, und während sie die Patienten betreuten, las Pastor Thorn unter seinem Baum unermüdlich aus der Bibel.

Die ruhige Arbeit an Derrys Seite, die unbefangen lächelnden Gesichter der Massai, die tiefe Stille des Buschs hatten eine tiefe, befreiende Wirkung auf Sondra. Einmal mußte sie, eine Spritze in der Hand, einfach in der Arbeit innehalten und ihr Gesicht in den Wind heben. Fünfzig Meter entfernt zu ihrer Linken stand ein mächtiger Elefantenbulle im lohfarbenen Gras und riß gemächlich die Äste von einem Baum, wobei er hin und wieder mit seinen großen Ohren schlug. Rechts von ihr standen zwei junge Massai Krieger lässig auf ihre Speere gestützt und beobachteten sie mit wachem Interesse.

Durch das helle Gras kam eine kleine Menschengruppe, angeführt von einem alten Massai, der ein *rukuma* trug, die kurze schwarze Keule, die das Symbol seiner Würde war. Sieben Massai Mädchen folgten ihm. Lachend mischten sie sich unter die Menge, wurden mit Küssen empfangen, die sie heiter zurückgaben, tanzten springend und singend von einem zum anderen.

Derry erklärte Sondra, daß dies *olomal* waren, unverheiratete junge

Mädchen, die sich in einen Zustand ekstatischer Beschwingtheit hineingesteigert hatten und nun den Segen der Menge suchten, in der Hoffnung, daß ihnen Glück, Fruchtbarkeit und Liebe gegeben werden. Eine von ihnen, eine reife junge Frau mit glutvollem Blick, schien ihr Auge auf Derry geworfen zu haben. Sie tanzte für ihn und sang dazu mit Worten, die den Umstehenden beifällige Bewunderung entlockte.
Als der Häuptling etwas zu Derry sagte, worauf Derry lachte, fragte Sondra Kamante, worum es ging.
»Der alte Massai hat Derry gesagt, daß sie ein Auge auf ihn geworfen hat. Sie mag Derry und fragt, ob er sie haben will.«
Sondra sah, wie Derry lächelnd den Kopf schüttelte, dann zog die kleine Gruppe weiter.

Zum Abendessen gab es Rindfleisch aus Dosen und harte Biskuits, die man in Soße tauchte. Danach blieb man noch eine Weile zusammen im großen Zelt sitzen, um auszuspannen und abzuschalten. Die Fahrer spielten Karten und Pastor Thorn zog Derry in eine Diskussion über afrikanische Politik. Sondra setzte sich ein wenig abseits, trank langsam ihren Kaffee und blickte durch das Moskitonetz zu den Sternen hinauf.
Ein innerer Friede erfüllte sie. Ihr war, als wäre sie endlich am Ziel einer langen Reise angekommen.
Nach einer Weile sagte sie den anderen gute Nacht und ging zu ihrem eigenen Zelt hinüber. Zwischen Kartons mit Verbandszeug und Medikamenten sitzend, bürstete sie sich im Licht der Petroleumlampe das Haar, als sie hörte, daß sich Schritte näherten. Sie glaubte, es wäre Pastor Thorn auf dem Weg zu seinem Nachtlager unter dem Baum. Aber dann hörte sie Derrys Stimme.
»Sondra? Sind Sie noch wach?«
Er ließ sich auf einem der Kartons nieder und verschränkte die Arme.
»Ich habe Ihnen nie richtig gedankt für das, was Sie für Ouko getan haben.«
»Das haben wir doch alle gemeinsam getan.«
»Ja, aber Sie haben uns die Möglichkeit gezeigt, sein Leben zu erhalten. Und weitere Leben. Eines der größten Probleme, mit denen wir auf der Missionsstation zu kämpfen haben, ist die Unterernährung. Mit diesem neuen Verfahren der künstlichen Ernährung ist unsere Chance, Leben zu retten, viel größer als zuvor.« Einen Moment lang sah er sie schweigend an. »Ich habe Sie falsch eingeschätzt, Sondra«, sagte er dann. »Das tut mir leid. Ich war nicht sehr nett zu Ihnen, als Sie zu uns kamen.«
Sie sah ihn nur an, wie gebannt von den tiefblauen Augen.

»Was haben Sie vor, wenn Ihr Jahr hier abgelaufen ist?«
»Ich weiß noch nicht. Ich habe eigentlich noch gar nicht darüber nachgedacht.«
»Werden Sie Alec heiraten?«
»Nein.«
»Warum nicht? Er ist ein feiner Kerl. Er hat viel zu bieten und er ist offensichtlich hingerissen von Ihnen.«
»Sollte ich Ihnen nicht sagen, daß das nicht Ihre Angelegenheit ist?«
»Aber es ist meine Angelegenheit!«
Sondra lächelte schwach. »Wieso? Weil Sie der Leiter des Krankenhauses sind?«
»Nein. Weil ich Sie liebe.«
Ihr Lächeln erlosch. Sie sah ihn erstaunt an.
»Ich glaube, es geschah an dem Abend, als Sie mit Ihrer Wahnsinnsidee zur Rettung von Ouko bei mir klopften. Ich weiß es nicht. Vielleicht geschah es schon am allerersten Abend, als Sie mit dem Moskitonetz nicht zurechtkamen und aus Versehen bei mir klopften statt bei Alec.« Er sah sie unsicher an. »Ich sollte Sie jetzt wahrscheinlich wie der Held in der großen Oper in meine Arme reißen oder so was, aber ich fürchte, da würde ich mich nur lächerlich machen.« Er hielt inne und fügte dann leiser hinzu: »Oder habe ich mich schon lächerlich gemacht?«
»Ach, Derry!« flüsterte Sondra nur.
Er nahm sie in die Arme und küßte sie, behutsam und zart zuerst, dann mit Leidenschaft. Sondra fühlte seine starken Arme, seinen Körper und sie schmiegte sich fest an ihn. Kein Suchen mehr. Sie hatte ihre Heimat in Derry und seiner Liebe gefunden. Und beide wußten es.

Vierter Teil
1977–78

Ruth war wütend. Als wolle sie eine Fliege erschlagen, klatschte sie mit dem Handrücken auf die Zeitung.
»Hör dir das an, Arnie. ›Entbindung zu Hause kommt Kindesmißhandlung gleich.‹« Sie warf die Zeitung auf den vollbeladenen Tisch und sah Arnie so zornig an, als wolle sie ihn fressen. »Kindesmißhandlung! So ein Quatsch!«
Arnie, der gerade die zehn Monate alte Sarah fütterte, blickte nicht auf. Wenn er ihr nicht mit schöner Regelmäßigkeit einen Löffel nach dem anderen ins Mündchen schob, würde sie sofort anfangen zu quengeln.
»Worum geht's denn, Ruthie?« fragte er, während er den Löffel in den warmen Brei tauchte. »Was veranlaßt die Leute zu so einer Feststellung?«
»Ach, dieser idiotische Prozeß in Kalifornien. Du weißt doch, man hatte die Hebamme wegen Mordes angeklagt, als das Baby nach einer Hausgeburt starb. Mein Gott, ist das ein Blödsinn!« Noch einmal schlug sie auf die Zeitung, daß das Frühstücksgeschirr klirrte. »Es ist erwiesen, daß das Kind selbst unter idealen Bedingungen gestorben wäre. Aber nein, sie stürzen sich auf diesen Fall wie eine Meute ausgehungerter Hunde auf einen Knochen. Und das Schlimmste ist, daß die Leute es glauben werden.«
»Mama?«
Ruth sah von der Zeitung auf, und ihr Gesicht wurde weich.
»Was ist denn, Schatz?«
Rachel, fünf Jahre alt – fünf Jahre und zwei Monate, wie sie allen ernsthaft zu erklären pflegte –, stand an der Tür, die von der großen alten Küche ins Wohnzimmer führte.
»Das hier«, verkündete sie, »ziehe ich heute in die Schule an.«
Ruth lächelte. Rachel war gerade in die Vorschule gekommen und nahm sich selber sehr ernst.
»Aber du hast es doch verkehrt herum an, Rachel.«
Rachel hatte es geschafft, sich in ihr neues Schulkleid hineinzuwinden, ohne die Knöpfe zu öffnen.
»Aber so will ich es doch, Mama«, erklärte Rachel und stemmte dabei die Hände in die Hüften wie Miss Salisbury das zu tun pflegte. »So kann ich

mich nämlich, wenn ich heute heimkomme, ganz allein wieder auszuziehen, und Beth braucht mir nicht zu helfen, weil die Knöpfe ja gleich hier vorn sind.«

Ruth mußte lachen. »Geh wieder nach oben und laß es dir von Beth richtig anziehen.«

Rachel seufzte wie eine vielgeplagte Erwachsene, sagte, »Na gut«, und trippelte davon.

Arnie stimmte in Ruths Lachen ein, während er Sarah aus ihrem Kinderstühlchen hob und auf die Decke unter dem Tisch setzte. Er warf einen Blick zum Fenster und sagte: »Sieht nach Regen aus, Ruthie. Zieh dich richtig an.«

Während er das Frühstücksgeschirr abdeckte, beugte sich Ruth zu Sarah hinunter und legte ihre Hand auf das kleine Köpfchen mit dem weichen Haar. Ruth bevorzugte keines ihrer Kinder, aber sie hatte festgestellt, daß jedes der vier kleinen Mädchen sich durch eine besondere Eigenschaft auszeichnete, die sie auf ihre eigene Art liebenswert machte. Rachel war mutig und packte den Stier gern bei den Hörnern; Naomi besaß eine rasche Auffassungsgabe, ihre Zwillingsschwester Miriam war gründlich und wissensdurstig; und die kleine Sarah schien sich zu einer stillen Denkerin zu entwickeln. Im Gegensatz zu den anderen, die schon im Säuglingsalter laut und lebhaft gewesen waren, konnte sie lange in schweigender Beschaulichkeit dasitzen, und manchmal wirkten ihre unergründlichen Augen viel zu alt für das Babygesicht.

Und wie wird dieses hier werden? dachte Ruth, als sie sich aufrichtete und eine Hand auf ihren Bauch legte. Wirst du eine Künstlerin, eine Politikerin, eine Pionierin auf irgendeinem Gebiet? Vielleicht, dachte sie, den Blick auf Arnie gerichtet, der am Spülbecken stand, wird es ja diesmal sogar ein Junge.

Von oben kam lautes Krachen. Sie hob den Kopf, aber ohne Beunruhigung. Lärm war an der Tagesordnung im Hause Roth. Diese hundertjährigen Mauern hatten in den letzten fünf Jahren kaum einen Moment der Stille erlebt.

Sie liebte dieses alte Haus. 1972, als Ruth gerade als Assistenzärztin angefangen hatte und mit Rachel schwanger war, hatte Arnie ängstlich behauptet, sie könnten es sich unmöglich leisten; aber Ruth war entschlossen gewesen, das Haus zu kaufen, und hatte wie immer ihren Kopf durchgesetzt. Nicht unbedingt gegen Arnies Willen. Zum einen gab er Ruth gern nach, wenn es irgend möglich war, zum anderen liebte er das alte viktorianische Haus auf der Südseite von Bainbridge Island so sehr wie sie.

Sie hatten das große Haus mit den neun Zimmern bald mit Wärme und Leben angefüllt. Gleich nach Rachels Geburt war Ruth wieder schwanger geworden. Die Zwillinge waren zur Welt gekommen, und fast zur gleichen Zeit hatte Brandy, die Labradorhündin, geworfen. Die diversen Katzen hatten sich im Lauf der folgenden fünf Jahre von selber eingestellt und waren geblieben. Der kleine weiße Papagei, der immer auf irgend jemands Schulter hockte und an einem Ohrläppchen knabberte, war zusammen mit den Goldfischen ins Haus gekommen, und den Goldhamster hatte Rachel zu ihrem fünften Geburtstag bekommen. Beth, die Fünfzehnjährige, die von zu Hause fortgelaufen war und jetzt oben Rachel beim Anziehen half, hatte Ruth eines Tages einfach von der Straße mitgenommen. Früher oder später, dachte Arnie oft, fanden alle herrenlosen Geschöpfe auf Bainbridge Island ihren Weg ins Haus der Familie Roth.

Arnie stand am Fenster und sah auf den grauen Himmel. Am Vortag war es noch strahlend schön gewesen, aber über Nacht hatte es sich zugezogen. Er schüttelte den Kopf. Wie sollte ein Mensch, der im San Fernando Valley aufgewachsen war, es in diesem unfreundlichen Klima aushalten?

Im vorletzten Monat hatten sie beschlossen, zum Ende des Sommers noch einmal richtig Sonne und Ruhe zu tanken, und hatten das erstemal in ihrem gemeinsamen Leben richtig Urlaub machen wollen. Sie waren Anfang September für eine Woche in die Berge gefahren, und es hatte die ganze Zeit in Strömen geregnet.

Arnie ließ das Geschirr stehen – Beth würde es später spülen –, trocknete sich die Hände und drehte sich nach Ruth um.

Sie war eine schöne Frau. Und nach jeder Schwangerschaft schien sie ihm schöner zu werden. Er betrachtete sie still, wie sie da am Tisch saß, den Kopf in die Hand gestützt, das Gesicht nachdenklich. Sie war ein wenig rundlicher geworden, aber Arnie fand das schön an ihr; sie wirkte weich und ungemein anziehend.

Es kam nicht oft vor, daß sie einen solchen Moment der Ruhe miteinander teilen konnten. Fast immer waren sie in Hetze, Ruth meistens auf dem Sprung, so daß sie kaum Zeit fanden, ein ruhiges Wort miteinander zu wechseln. Arnie hoffte, das würde jetzt, da Ruth ihre eigene Praxis hatte, endlich anders werden.

Er drehte sich um, als er ein unangenehm vertrautes Geräusch hinter sich hörte. Der Wasserhahn tropfte schon wieder. Er überlegte, ob sie die letzte Rechnung des Installateurs schon bezahlt hatten, der praktisch das ganze obere Badezimmer hatte auseinandernehmen müssen, weil Rachel einen Waschlappen ins Abflußrohr gestopft hatte. Er schüttelte den

Kopf. Merkwürdig, je mehr Geld sie verdienten, desto knapper schien es zu werden.

Draußen begann es zu regnen. Verärgert sah er zum Fenster hinaus, doch sein Ärger schmolz dahin beim Anblick des kleinen Urwalds auf dem Fensterbrett; jeder abgebrochene Stengel, jeder Schößling, jedes Samenkorn und jeder Fruchtkern wanderte in einen von Ruths Blumentöpfen, um frisches Grün und junge Blättchen zu treiben. Das Neueste waren vier Avokadokerne, die mit Zahnstochern angestochen in vier mit Wasser gefüllten Milchgläsern hingen. Auf jedem Glas war ein Etikett mit dem Namen eines der Kinder, und jeden Morgen hob Ruth ein kleines Mädchen nach dem anderen hoch, damit jedes den Fortschritt seines Kerns begutachten konnte.

Arnie merkte plötzlich, daß er seit einiger Zeit vergeblich versuchte, den rechten Hemdsärmel zuzuknöpfen. Als er den Arm hob, sah er, daß der Knopf fehlte. Er runzelte die Stirn. Den Knopf hatte er schon vor Wochen verloren. Und er konnte auch nicht einfach hinaufgehen und das Hemd wechseln; es war gar kein sauberes mehr da. Die schmutzige Wäsche stapelte sich wieder einmal bis zur Decke.

»Sarah, du darfst die Stifte nicht in die Nase stecken.«

Ruth bückte sich, hob die Kleine vom Boden auf und setzte sie auf ihren Schoß. Sie nahm die rosige kleine Faust in ihre Hand und drückte sie auf ihren Bauch.

»Siehst du, Sarah, da ist das neue Baby drin. Sag hallo, Sarah, es kann dich bestimmt hören.«

Sarah lachte und sabberte auf Ruths Kleid. Wieder schüttelte Arnie den Kopf. Wie schaffte sie es nur? Als sie 1972 hierher gekommen waren, hatte er seine Zweifel gehabt, daß sich das alles würde vereinbaren lassen – Familie, Haushalt und Beruf. Sie hatte oft mehr als hundert Stunden in der Woche arbeiten müssen, und als sie Sarah erwartete, hatten die Wehen eingesetzt, während sie im Krankenhaus ihre tägliche Runde gemacht hatte. Aber sie war ruhig weiter von Zimmer zu Zimmer gegangen, um nach ihren Patienten zu sehen, hatte nur hin und wieder im Korridor eine Pause eingelegt und gewartet, bis eine Wehe vorbei war. Als alle Patienten versorgt waren, war sie seelenruhig auf die Entbindungsstation gegangen, hatte die Schwestern von der bevorstehenden Niederkunft informiert und sich in den Kreißsaal neben eine ihrer eigenen Patientinnen gelegt.

Anfangs hatte es Arnie gestört, daß das Haus in ständiger Unordnung war, daß er morgens soundsooft kein frisches Hemd finden konnte und abends, wenn er müde nach Hause kam, das Essen kochen und die Kinder

zu Bett bringen mußte; aber er hatte sich daran gewöhnt und fand überhaupt nichts Ungewöhnliches mehr daran, daß er Verdiener und Hausmann zugleich war. Es waren fünf volle, erfüllte Jahre gewesen und sie waren im Nu vorbeigegangen. Arnie hatte eine Stellung bei einer Wirtschaftsprüferfirma in Seattle, bei der er gut verdiente, und er nahm immer wieder private Aufträge an – als Steuer- und Investmentberater –, um etwas dazu zu verdienen. Und jetzt hatte Ruth ihre klinische Ausbildung endlich abgeschlossen und in Winslow ihre eigene Praxis eröffnet; da würden sie nicht mehr so zu sparen brauchen und es würde ihm nie mehr an frischen Hemden fehlen.
»Kommst du nicht zu spät, Arnie?« fragte Ruth.
Arnie sah auf die Wanduhr, die fast ganz unter Kinderzeichnungen versteckt war, und stellte fest, daß sie schon wieder stehengeblieben war. Es war eine dieser neuen Uhren, mehr extravagant als praktisch – ein gerahmter Spiegel, in dessen eine Ecke eine kleine Uhr eingebaut war; keine Drähte, keine Steckdosen, nur Batterien, die dauernd leer waren. Ruths Schwester hatte sie ihnen im vergangenen Januar geschenkt, als eine Meute Shapiros über das Haus hergefallen war, um Arnies und Ruths fünften Hochzeitstag zu feiern.
Fünf Jahre. Fünf Jahre Opfer und Verzicht und Geduld. Aber es hatte sich gelohnt. Sobald Ruth sich in ihrer Praxis niedergelassen und regelmäßige Arbeitszeiten hatte wie jeder andere Mensch, würde sie abends immer zu Hause sein und mehr Zeit für ihre Familie haben. Ja, dachte Arnie wohl zum tausendstenmal, es hatte sich gelohnt.
Er hatte in letzter Zeit öfter einmal einen längeren Blick in den Spiegel riskiert. Vor allem inspizierte er seinen Haaransatz, der sichtbar zurückging. Jeden Morgen lagen ein paar Haare mehr auf dem Kissen; jeden Abend blieben ein paar mehr im Kamm hängen. Nun ja, er hatte im letzten Monat immerhin seinen vierzigsten Geburtstag gefeiert; er begann um die Mitte ein bißchen fülliger zu werden und trug seit kurzem die unvermeidliche Lesebrille.
Er klopfte mit einem Finger an die Wanduhr. Sie rührte sich nicht. In dem Spiegel sah er Ruth. Sie hatte Sarah wieder auf den Boden gesetzt und rieb sich mit einer Hand leicht den Bauch. Er hatte sich fest vorgenommen, ihr seine Beunruhigung nicht zu zeigen, aber er spürte sie dennoch.
»Soll ich wirklich nicht mitkommen?« fragte er so beiläufig wie möglich.
»Nein, nein, das ist nicht nötig, Liebling. Geh du mal arbeiten. Ich ruf' dich an, wenn's vorbei ist.«

Wenn es vorbei ist. Die Untersuchung, bei der festgestellt werden sollte, ob sie dieses ungeborene Kind behalten sollten oder nicht.
Ruth hatte es von Anfang an mit großer Gelassenheit hingenommen. Im vergangenen Monat war sie von der Routineuntersuchung bei ihrer neuen Gynäkologin, Dr. Mary Farnsworth, nach Hause gekommen und hatte beim Abendessen ganz sachlich gesagt: »Ach, übrigens, Mary läßt dich bitten, mal vorbeizukommen. Wegen einer Blutprobe.«
»Wozu denn das?«
Ruth zuckte die Achseln. Doch an der Art, wie sie seinem Blick auswich, merkte er, daß etwas nicht stimmt.
»Sie hat mein Blut anscheinend auf einen bestimmten Faktor untersuchen lassen und hat ihn gefunden. Jetzt möchte sie deins auch noch untersuchen. Nur für den Fall.«
»Was heißt das? Was ist das für ein Faktor?«
Ruth hatte eine Regel: Bei den Mahlzeiten wurden keine unerfreulichen Dinge besprochen. Mahlzeiten mußten angenehm sein, ernste Gespräche wurden auf später verschoben. Doch an diesem Abend mußte Ruth schnell wieder ins Krankenhaus, weil eine ihrer Patientinnen in den Wehen lag. Darum hatte sie die Sache beim Essen besprechen müssen.
»Ach, irgendein Faktor, Arnie. Du bist doch sonst nicht so scharf auf medizinische Details.«
»Herrgott noch mal, Ruth –«
»Mary wird es dir schon erklären, okay?« Sie warf ihm einen Blick zu, der ihm deutlich sagte, ich bin beunruhigt, bitte mach' es nicht noch schlimmer.
Arnie war also zu Dr. Farnsworth gegangen.
»Ich habe Ihre Frau eigentlich nur auf Verdacht untersucht, Mr. Roth. Wegen ihrer Abstammung. Das Gen, das sie hat, kommt in zweihundert Fällen vielleicht einmal vor. Wenn nur sie das Gen hat, kann sie die Krankheit nicht auf ihr Kind übertragen. Wenn Sie es aber auch haben, besteht für Sie und Ruth die fünfundzwanzigprozentige Gefahr, daß sie ein *Tay-Sachs* Kind bekommen.«
Ein Kind, das keine Chance hat, seinen vierten Geburtstag zu überleben.
»Und wenn ich nun dieses Gen habe?«
»Dann untersuchen wir den Fötus, um festzustellen, ob er die Krankheit hat. Wenn ja, sollte die Schwangerschaft abgebrochen werden.«
In der letzten Woche hatte Arnie das Ergebnis bekommen. Es war positiv. Es wäre ein Wunder, hatte Mary Farnsworth ganz offen gesagt, daß er und Ruth zusammen vier gesunde Kinder hätten.

Der nächste Schritt nun war ein Verfahren, das sich Amniozentese nannte. Es handelte sich dabei um eine Untersuchung des Fruchtwassers, mit deren Hilfe festgestellt werden sollte, ob ein Enzym namens Hexosaminidase enthalten war. Fehlte dieses Enzym, so war klar, daß das Kind die Krankheit hatte.

Dieser Untersuchung wollte sich Ruth an diesem Tag unterziehen. Das Ergebnis würden sie in zwei Wochen erfahren.

»Ich kann mir den Tag freinehmen«, sagte Arnie. Einerseits wollte er sie gern ins Krankenhaus begleiten, andererseits graute ihm davor. »Es ist doch besser für dich, wenn du nicht ganz allein bist.«

»Unsinn.« Ruth schob ihren Stuhl zurück, nachdem sie sich vorher vergewissert hatte, daß Sarah nicht im Weg war, und stand auf. »Es dauert ja nicht lang, und ich fahre hinterher gleich in die Praxis.«

Seinem Vorsatz zum Trotz, sich um medizinische Dinge nicht zu kümmern, hatte Arnie Ruth gefragt, wie so eine Amniozentese vor sich ging und hatte es augenblicklich bedauert. Erst würden sie, hatte Ruth ihm erklärt, die Lage des Fötus feststellen, und dann eine lange Nadel in ihren Bauch einführen. Ob die Untersuchung mit Risiken verbunden wäre, hatte er gefragt. Ja, es gäbe gewisse Risiken, aber es wäre besser, gleich jetzt zu erfahren, ob das Kind normal war oder nicht.

»Arnie, du mußt gehen. Sonst verpaßt du die Fähre.«

Während er die Treppe hinaufstapfte, um seine Aktentasche zu holen – und eine Sicherheitsnadel für den Hemdsärmel –, begann tief drinnen wieder dieses seltsame, schmerzliche Gefühl ihn zu quälen. Was war es nur? Immer wenn es kam, versuchte er, es zu beschreiben, aber es gelang ihm nie ganz. Manchmal fühlte es sich wie Enttäuschung an, manchmal wie Ungeduld; an diesem Morgen schmeckte es eine Spur nach Groll. Gegen was? Gegen wen?

Im Schlafzimmer zog Arnie geistesabwesend die Bettdecken gerade, wie er das immer tat, weil das Bett sonst überhaupt nicht gemacht wurde.

Ruth stand unten in der Küche und hörte Arnies Wagen abfahren. Sie ging zum Kühlschrank und nahm einen Krug Orangensaft heraus. Kaffee wäre ihr lieber gewesen, aber sie hatte sich Coffein genau wie Nikotin, Alkohol und Tabletten während der Schwangerschaft verboten. Kaffee war ein Luxus, den sie sich erst nach der Entbindung wieder erlauben würde.

Während sie trank, warf sie einen Blick auf die Uhr. Sie hatte noch ein paar Minuten Zeit, ehe Mrs. Colodny kam. Sie setzte sich wieder an den Tisch und lauschte dem Rauschen des Regens, während sie müßig den Stapel Rechnungen hin und her schob, der vor ihr lag.

Sie hoffte, die neue Praxis würde bald etwas abwerfen, damit sie anfangen konnten, einige dieser Rechnungen zu bezahlen. Sie hatte bescheidene Räume in der Winslow Avenue gemietet, hatte eine Arzthelferin und eine Sprechstundenhilfe und schon jetzt so viele Patienten, daß sie die ganze Woche zu tun hatte. Jetzt kam es nur noch darauf an, sie dazu zu bringen, daß sie auch bezahlten.
Von der Treppe her kam das vertraute Poltern, und im nächsten Moment stürmten drei kleine Mädchen in die Küche und stürzten sich in die ausgebreiteten Arme ihrer Mutter.
Rachel, die ihr Kleid jetzt richtig anhatte, trug Gummistiefel und einen dicken Pullover. Seit Rachel in die Vorschule gekommen war, zogen sich die Zwillinge auch jeden Morgen fein an. Während sie sich ihre ›Schulkleidung‹ zusammenstellten, schwatzten sie über ihre imaginäre Lehrerin, Miss Pennies, und marschierten dann mit Rachel zum Schulbus hinaus. Ruth packte ihnen sogar Pausenbrote ein, die sie wieder mit ins Haus brachten, wenn der gelbe Bus um die Ecke verschwunden war. Mit ihren Broten setzten sie sich vor den Fernsehapparat und sahen sich ›Sesamstraße‹ an, und später zogen sie die feinen Kleider, die sie insgeheim gar nicht mochten, wieder aus, schlüpften in Jeans und T-Shirts und spielten vergnügt, bis Rachel wieder nach Hause kam.
Meine kleinen Engel, nannte Mrs. Colodny, die Babysitterin, sie. Aber Ruth wußte es besser. Ihre kleinen Mädchen konnten wahre Unholde sein, wenn sie es darauf anlegten.
Beth erschien an der Tür, immer noch scheu und zaghaft, obwohl sie nun schon seit drei Monaten bei den Roths lebte, stets darauf bedacht, zu gefallen, nur ja nichts falsch zu machen. Wie ein Hund, der zu oft geschlagen worden ist, dachte Ruth, während die drei Mädchen um einen Platz auf ihrem Schoß kämpften.
Ruth und Arnie wußten sehr wenig über das Mädchen; im Grunde nur, daß sie fünfzehn Jahre alt war, von zu Hause fortgelaufen und schwanger war. Sie hatte an einer Straßenecke in Seattle gestanden und gebettelt, als Ruth auf sie aufmerksam geworden war. Der verschreckte Blick der großen Augen, das magere Gesichtchen und die dünnen Arme hatten sie angerührt, und sie war stehengeblieben, um sich das Mädchen näher anzusehen. Von der Schwangerschaft war damals noch nichts zu sehen gewesen. Die hatte Beth erst gestanden, als Ruth sie mit nach Hause genommen und ihr erst einmal einen großen Teller mit Hackbraten und Kartoffelpüree vorgesetzt hatte. Eine Zeitlang hatten Ruth und Arnie sie davon zu überzeugen versucht, daß es besser für sie wäre, nach Hause zurückzukehren. Sie hatte ihr vor Augen gehalten, wie besorgt ihre El-

tern um sie sein mußten. Aber Beth hatte sich mit solcher Entschlossenheit geweigert und mehrmals versichert, daß sie dann sofort wieder durchbrennen würde, daß Ruth eine Vorstellung davon bekommen hatte, was sie dort durchgemacht haben mußte.
Die Behörden waren keine Hilfe gewesen. »Nach Seattle kommen jedes Jahr Tausende von Jugendlichen, die von zu Haus durchgebrannt sind, Mrs. Roth. Und an Heimen sind wir genauso knapp. Meistens brennen sie sowieso wieder durch, wenn wir sie in ein Heim stecken. Fünfzehn ist zu alt. Im Moment konzentrieren wir uns auf elf und darunter.«
Daraufhin hatte Ruth ihr erlaubt zu bleiben.
»Soll ich heute den Braten machen, Mrs. Roth?«
»Ja, das wäre schön, Beth. Und dazu neue Kartoffeln und Möhren. Und Soße natürlich, so richtig würzig, wie mein Mann sie mag.«
Es war ein glücklicher Zufall, daß Beth eine hervorragende Köchin war. Ihr Talent, aus bescheidenen Zutaten eine wohlschmeckende Mahlzeit zu bereiten und in Mengen zu kochen, die für ein ganzes Regiment ausgereicht hätten, verriet einiges über das ärmliche, von harter Arbeit geprägte Leben, aus dem sie zweifellos geflohen war.
»Ich schrubbe heute die Badezimmer, Mrs. Roth.«
Ruth lächelte sanft. »Streng dich nur nicht zu sehr an, Kind. Denk an das Baby. In zwei Monaten ist es soweit.«
»Ja, Mrs. Roth.«
Und dann? dachte Ruth, während Beth zum Spülbecken ging und es mit heißem Wasser vollaufen ließ. Was tun wir, wenn das Baby da ist?
Aber die Frage stand im Augenblick nicht im Vordergrund. Ruths ganze Sorge galt gerade jetzt ihrem eigenen ungeborenen Kind.
»So, Dr. Shapiro, legen Sie sich jetzt hin und lassen Sie ganz locker...«
Sie breiteten ihr ein Tuch über die Beine, um die peinliche Kürze des Anstaltskittels wettzumachen, den sie anhatte, und baten sie, während sie unter dem grellen, kalten Licht lag, sich zu entspannen.
Wie sollte sie das machen? Wie hätte sie sich unter diesen Umständen entspannen können? Ruth schloß die Augen. Es war ihr nicht gelungen, die aufkommende, altvertraute Depression abzuwehren, die sie seit Tagen hinterhältig bedrängte. Auf der Fahrt über die Insel und dann auf der Fähre nach Seattle hatte sie ein Rückzugsgefecht gegen die Dämonen geführt, die sie peinigten. Das Schlimmste war der Traum. Auf einmal war er wiedergekommen.
Wann hatte sie den Alptraum das letzte Mal gehabt? Sie konnte sich nicht erinnern. Er hatte sie seit ihrer Pubertät in ständiger Wiederkehr gequält; später, als sie auf dem Castillo College gewesen war, waren die

Bilder seltener gekommen und irgendwann ganz ausgeblieben. Doch jetzt, wo sie geglaubt hatte, für immer Ruhe zu haben, war der Traum plötzlich wieder da, so schlimm und quälend wie früher.
Ehe das Fruchtwasser entnommen wurde, mußte eine Ultraschalluntersuchung gemacht werden, um die Lage von Mutterkuchen und Fötus festzustellen. Auf dem Ultraschallbildschirm erschien ein verwischtes, fleckiges Bild, das überhaupt keinen Sinn ergab, wenn man nicht wußte, worauf man zu achten hatte.
Doch Ruth hatte ein geschultes Auge; sie sah die Rundungen und Flächen, die den Körper des fünfzehn Wochen alten Fötus in ihrem Leib bildeten. Sie mußte sich abwenden. Dieser kleine, noch ungeformte Mensch war völlig abhängig von ihr und diesen Leuten hier. Nur wenn sie feststellten, daß er frei war von der Krankheit, die seine Mutter und sein Vater ihm möglicherweise unwissentlich mitgegeben hatten, durfte er leben. Ich hatte kein Recht, dich ins Leben zu rufen, wenn ich es dir wieder nehmen muß.
»Wie geht's, Ruth?«
Sie lächelt schwach. »Ganz gut...«
Dr. Joe Selbie persönlich, Geburtshelfer und Gynäkologe mit Spezialausbildung in der Amniozentese, führte die Untersuchung durch. Er tätschelte Ruths Schulter.
»Es geht ganz schnell, Ruth. Der Fötus ist in günstiger Lage.«
Sie starrte zur Decke hinauf, in die eisigen weißen Lichter, die in weiße Dämmplatten eingelassen waren. Nichts als Weiß und blitzendes Metall in diesem Raum. Sie hätte ebensogut auf dem Operationstisch oder im Leichenhaus liegen können. Es war alles so unpersönlich.
Als sie hörte, wie der Instrumentenwagen herangerollt wurde, schloß sie wieder die Augen. Sie kannte das Verfahren; sie hatte selber schon die lange Sonde geführt. Aber es war ein gewaltiger Unterschied, an welchem Ende der Sonde man sich befand. Und so sehr sie sich bemühte, es gelang Ruth nicht, sich zu distanzieren, ihre Emotionen hinter sich zu lassen und sich auf die sachliche Ebene des Arztes zu begeben.
Sie hörte Selbie murmeln: »Wir gehen da rein«, fühlte dann die Kälte des Desinfektionsmittels auf ihrer Haut.
»Das ist jetzt das Xylokain, Ruth«, sagte Selbie. Sie spürte den Einstich und danach die rasch folgende Taubheit.
Sie wollte so gern die Augen öffnen und auf den Bildschirm sehen, wollte das Bild ihres Kindes beobachten, um sicher zu sein, daß nichts passierte, aber sie brachte es nicht fertig. Die Augen fest zugedrückt, dachte sie: Wird das kleine Wesen das Eindringen von kaltem Metall in

seine warme, feuchte Welt wahrnehmen? Wird es Angst empfinden? Können ungeborene Kinder weinen? Wird es mich dafür hassen. Es kann in einem solchen Moment nicht namenlos bleiben. Es muß einen Namen haben. Ich werde es Leah nennen. Weine nicht, Leah, Mutter ist bei dir.
»Okay, Ruth, jetzt sind wir soweit. Entspannen Sie sich. Sie werden nichts spüren.«
Ruth fühlte gedämpft den Einstich, dann nichts mehr. Aber vor ihrem inneren Auge sah sie, wie die Sonde durch Haut, Gewebe und Muskeln immer tiefer stieß; sie durchbohrte das Bauchfell, die Gebärmutterwand, und dann –
Armes kleines Kind! Armes wehrloses kleines Wesen. Ich kann dich vor dieser Verletzung nicht schützen. Oh, Arnie, ich habe Angst. Ich bin so allein. Ich wollte, ich hätte nachgegeben, dann wärst du jetzt hier bei mir, wir wären zusammen, und du könntest mir die Kraft geben, die mir fehlt.
Daddy...
Ruth begann zu weinen.

26

Ruth war verwirrt. Nach allen Gesetzen der Natur und der Wissenschaft hätte diese Patientin jetzt schwanger sein müssen. Aber sie war nicht nur verwirrt, sie war auch enttäuscht. Ihr schien als wäre die Lösung des Rätsels in greifbarer Nähe – wenn sie nur den Arm hätte ausstrecken können, um sie zu fassen. Aber es hatte keinen Sinn; Ruth war am Ende ihrer Kunst und ihres Wissens angelangt.
Sie saßen auf dem weißen Korbsofa in ihrem Sprechzimmer; die Novembersonne fiel auf die blaßgrünen und gelben Kissen. In der Ecke stand wie zum Trotz gegen die Kälte draußen ein Gummibaum, tropische Fische huschten rot und golden glitzernd im Aquarium hin und her. Freude an allem Lebendigen prägte Ruths Praxis. Draußen im Wartezimmer hing ein Poster mit der Aufschrift ›Krieg ist ungesund für Kinder und andere Lebewesen‹.
»Ich weiß nicht, was ich Ihnen sagen soll, Joan. Ich habe getan, was ich konnte.«
Joan Freeman, seit zwei Jahren verheiratet und zu ihrem Kummer immer noch kinderlos, zerknüllte ein Taschentuch in ihren Händen.
»Können Sie mich nicht künstlich befruchten, Dr. Shapiro? Mit den Spermien meines Mannes?«

»Die Ergebnisse Ihrer postkoitalen Untersuchungen sind völlig normal, Joan. Mehr als Ihr Mann kann ich auch nicht tun.«

Genau das war das Irritierende an dem Fall. Als Joan Freeman zu ihr gekommen war, hatte Ruth sämtliche Routineuntersuchungen gemacht und wie üblich nach der Krankheitsgeschichte gefragt. Gezeigt hatte sich das Bild einer normalen, gesunden Frau von dreiundzwanzig Jahren. Sie hatte nie eine entzündliche Krankheit des Unterleibs gehabt, keinerlei Unterleibsoperationen, hatte aus religiöser Überzeugung vor der Ehe keine Verhütungsmittel benutzt, war nie schwanger gewesen, nahm derzeit keine Medikamente ein. Ihre Menses kam regelmäßig, die Eierstöcke hatten Normalgröße, die Gebärmutter war in Ordnung. Blutuntersuchungen, Rubin Test, alles normal. Geschlechtsverkehr mit dem Ehemann mindestens dreimal in der Woche, und Mr. Freemans Spermienzählung war normal.

Warum also konnte die junge Frau nicht empfangen?

Fünf Monate waren seit ihrem ersten Besuch vergangen, und sie waren einer Antwort auf die Frage nicht nähergekommen. Ruth fragte sich jetzt, ob sie eine Laparoskopie vornehmen sollte, um festzustellen, ob Verwachsungen oder eine bisher unentdeckte Endometriose vorlagen. Ruth hielt nichts vom Schneiden, wenn es nicht unbedingt erforderlich war; sie griff nicht gern auf mechanische oder medikamentöse Hilfsmittel zurück.

»Ich kann Ihnen nur empfehlen, zu einem Spezialisten zu gehen.«

»Zu jemand *anderem*?«

»Ich kann nicht mehr für Sie tun, Joan. Wenn Sie den Besuch noch aufschieben wollen, kann ich Ihnen nur raten, es weiterzuversuchen wie bisher. Seien Sie locker, holen Sie die Spontaneität in Ihr Liebesleben zurück...« Sie breitete etwas hilflos die Hände aus.

Patientinnen, die zur Behandlung ihrer Sterilität in die Praxis kamen, klagten häufig darüber, daß mit dem Wunsch, ein Kind zu haben, ihr Sexualleben alle Spontaneität und allen Zauber verloren hätte. Das Paar war so darauf bedacht, zur ›richtigen Zeit‹ das ›Richtige‹ zu tun, daß der Impuls des Augenblicks zu kurz kam. Sie schliefen miteinander, wenn die Temperaturkurve es verlangte, auch wenn sie vielleicht gar keine Lust dazu hatten; durch die wachsende Spannung kam es zu Fällen von Impotenz, die wiederum die seelische Anspannung verstärkten. Das Zusammensein wurde zum mechanischen Akt, in seiner Bestimmung auf die Herstellung eines Produkts reduziert.

Ruth stand vom Sofa auf und ging zu ihrem Schreibtisch. Nach einigem Kramen unter Heftern und anderen Papieren fand sie die Liste mit den

Spezialisten. »Da haben wir sie schon«, sagte sie und drehte sich mit einem aufmunternden Lächeln um. »Er ist in Seattle. Es dürfte keine Schwierigkeit sein –«
»Er?«
Der Blick der Frau sagte alles. Ruth konnte nur die Achseln zucken.
»Es tut mir leid«, sagte sie. »Er ist der einzige, den ich empfehlen kann. Ich habe gehört, daß er sehr gut sein soll.«
Joan Freeman senkte den Kopf. »Und dann geht das Ganze nochmal von vorn los?«
»Ich fürchte ja. Ich schicke ihm natürlich Ihre Karte hinüber, aber er wird sicher eine Reihe der Untersuchungen, die ich gemacht habe, noch einmal vornehmen wollen. Einfach um Sie besser kennenzulernen.«
Schweigen breitete sich zwischen den beiden Frauen aus.
»Ich glaube nicht«, sagte Joan schließlich stockend, »daß mein Mann da mitmacht. Wir können ja kaum *Ihre* Rechnung zahlen, Dr. Shapiro. Und jetzt noch ein neuer Arzt...« Sie hob den Blick. »Wenn Sie nichts dagegen haben, würde ich gern weiterhin zu Ihnen kommen.«
Aber ich kann doch nichts mehr tun!
»Also gut, Joan, wenn Sie das wollen. Ich will sehen, ob wir nicht noch etwas anderes versuchen können.«
Ich möchte dir deinen Wunsch erfüllen, so wie ich möchte, daß mir mein Wunsch erfüllt wird. Ich wünsche mir, daß Mary Farnsworth mir sagt, daß mit meinem ungeborenen Kind alles in Ordnung ist.
Zwei Wochen waren seit der Untersuchung verstrichen. In dieser Zeit hatte Ruth eine Veränderung durchgemacht.
Angefangen hatte es an dem Tag nach der Untersuchung, als sie mit Arnie und den Kindern nach Port Angeles zu ihren Eltern zum Abendessen gefahren war. Sie hatte in der Küche gestanden und ihrer jüngeren Schwester beim Geschirrspülen geholfen, als das Wunder geschehen war. Das Kind hatte sich bewegt. Ruth kannte die Empfindung. Ein Flattern im Bauch, dann eine Pause, dann wieder ein Flattern. Sie kannte das Gefühl von ihren früheren Schwangerschaften, aber diesmal war es etwas ganz anderes.
Ruth hatte das Glas fallenlassen, das sie gerade trocknete, und war in Tränen ausgebrochen. Sofort hatten sich sämtliche Frauen der Familie um sie geschart, ihre Mutter, die Frauen von Joshua und Max, Davids Freundin, und hatten sie zu einem Sessel geführt. Auf ihre Fragen, was denn los sei, hatte Ruth nicht antworten können. Sie wußte ja selber nicht, was los war.
Dann hatte sie aufgeblickt und ihn an der Tür stehen sehen. Ihren Vater.

Flüchtig hatten sich ihre Blicke getroffen, und in diesem flüchtigen Moment hatte Ruth eine Botschaft empfangen. Sie hatte sofort zu weinen aufgehört, war aufgestanden, hatte allen versichert, daß es ihr gut ginge und war ans Spülbecken zurückgekehrt. Niemals würde sie den Blick ihres Vaters vergessen. Was ist denn, Ruthie? hatte er gesagt. Schaffst du's nicht?

Von diesem Moment an fühlte Ruth fremde neue Regungen in sich wachsen, die sie erschreckten: Selbstverachtung, Haß auf ihren Körper, der sie verraten hatte. Ihr Wille war stark, aber ihr Körper war schwach. Es war nicht ihre Schuld, daß sie bei jenem Rennen vor vielen Jahren nicht als erste eingelaufen war – sie hatte es *gewollt*. Zählte das denn gar nicht? Nein, jedenfalls nicht in Mike Shapiros Augen. Da zählte nur die Leistung. Der gute Wille allein zählte nicht.

Dieser Erkenntnis, diesem Zorn auf ihren Körper, folgte eine genauere Wahrnehmung der gleichen Selbstverachtung bei anderen Frauen. Sie sah sie bei vielen ihrer Patientinnen – die Depression nach einer Fehlgeburt, nach der Entdeckung eines Brustkrebses, nach dem Verlust eines Babys durch plötzlichen Kindstod, und aus all dem entstand ein tiefer Kummer, der sich nach innen wendete und ein Gemisch aus Schuld und Selbstvorwurf, Verwirrung und Furcht mit sich brachte.

Ruth hatte keine Zeit vergeudet. Sie hatte sofort eine Gruppe ins Leben gerufen. Sie hatte Patientinnen eingeladen, sich mit ihr und anderen regelmäßig in der Praxis zu treffen, um über die körperlichen Probleme und die seelischen Nöte zu sprechen, die sie alle quälten. Geradeso wie Joan Freeman jetzt begann, sich zu hassen und ihren Körper zu verachten, geradeso fand es Heidi Smith schrecklich, mit nur einer Brust zu leben; Sharon Lasnick, mit drei Fehlgeburten fertigzuwerden; Betsy Chowder, ihre Hysterektomie zu akzeptieren.

Sie kamen einmal in der Woche zusammen und redeten sich alles von der Seele. »Mein Mann findet mich nicht mehr begehrenswert.« – »Ich bin nutzlos; ich kann kein Kind gebären.« – »Mein Mann wird keine Lust mehr haben, mit mir zu schlafen.«

Ruth übernahm die Rolle der Beraterin. Sie war nicht nur die, die die Gebärmutter entfernte, sie war auch die, die sagte, daß es etwas Natürliches sei, sich betrogen zu fühlen. In der letzten Woche waren sie zu fünft in der Gruppe gewesen; an diesem Abend würden sie zwölf sein.

»Joan«, sagte sie, als sie die junge Frau zur Tür brachte. »Haben Sie nicht Lust, heute abend um sieben noch einmal hierher zu kommen? Wir haben eine Gesprächsgruppe, in der wir...«

Als Ruth sich wieder an ihren Schreibtisch setzte, kam die Stimme der Sprechstundenhilfe über die Sprechanlage.
»Dr. Shapiro? Ihr Mann ist hier.«
Arnie? Hier? »Bitten Sie ihn, einen Moment zu warten. Ich komme sofort. Wer ist noch da, Andrea?«
»Nur Mrs. Glass.«
»Gut, schicken Sie sie bitte in das Untersuchungszimmer. Und sagen Sie Carol, sie soll eine Urinprobe nehmen.«
Ruth sah auf ihre Uhr. In einer Stunde sollte sie bei Dr. Farnsworth sein. Sie hatte nicht gewußt, daß Arnie sie begleiten würde.

Arnie sah auf seine Uhr. Sie war wieder spät dran. Nun ja, Ruth hatte ihn schon vor ihrer Heirat gewarnt: Geburtshelfer können nicht nach der Uhr gehen.
Trotzdem, dachte er, als er sich im Wartezimmer niederließ. Er hatte geglaubt, das alles läge nun hinter ihnen – die langen Arbeitszeiten, die nächtlichen Störungen. Er hatte es während Ruths Zeit am Krankenhaus ertragen, weil er immer das Licht am Ende des Tunnels vor Augen gehabt hatte: ihre eigene Praxis, geregelte Arbeitszeiten, ein normales Familienleben. Aber so war es nicht gekommen. Im Gegenteil, anstatt langsamer zu treten, ihre Zeit zwischen Patienten und Familie zu teilen, schien Ruth es darauf anzulegen, jede freie Minute mit neuen Projekten vollzustopfen.
Wie diese Gesprächsgruppe, die sie initiiert hatte. Und ausgerechnet am Freitag abend. Warum hatte sie sich das nun auch noch einfallen lassen müssen?
»Arnie?« Sie kam ins Wartezimmer. »Ich wußte gar nicht, daß du kommen würdest.«
Er sprang auf. »Ich wollte einfach bei dir sein, wenn du es erfährst.«
Sie schob ihre Hand in die seine und lächelte ihn an. »Ich bin froh.«
Und Arnie dachte: Es ist dieses Kind. Es ist die Sorge um das Kind, die sie dazu treibt, jede Minute mit Aktivitäten auszufüllen. Wenn das alles erst vorbei ist...
»Weißt du was?« sagte Ruth auf dem Weg zur Tür. »Sie kann uns gleich sagen, welches Geschlecht das Kind hat. Fünf Monate vor seiner Geburt!« Sie drückte fest seine Hand. »Hoffentlich wird es ein Junge.«

Jason Butler wußte, daß er tot war. Er wußte es, weil er hörte, wie jemand es sagte. Doch wenn er wirklich tot war, wieso fühlte er dann immer noch Schmerz? Und wieso fummelte diese schöne Blondine an ihm herum, als wäre er noch am Leben?

Die Antwort dämmerte ihm, als sein Bewußtsein sich langsam verdunkelte: Nicht tot. Ich sterbe. Ich liege im Sterben.

»Kein Puls mehr, Doktor!«

Sofort begann das Team mit Wiederbelebungsversuchen. Mickey massierte die Brust des jungen Mannes auf der Trage, während die Defibrilatoren vorbereitet wurden. Dann sagte sie, »Zurücktreten«, und der Junge auf der Trage zuckte. Alle sahen auf den Kardiographen. »Noch einmal«, sagte Mickey. Und diesmal wirkte es.

Im Flur der Notaufnahme des Great Victoria Krankenhauses standen zitternd zwei junge Männer mit Badetüchern um die Schultern. Das lange Haar hing ihnen in salzfeuchten Strähnen auf die Schultern, die weiten Surfshorts klebten naß an ihren Körpern. Sie zitterten nicht, weil ihnen kalt war, sondern weil sie Angst hatten. Sie wußten nicht, ob sie den Freund noch rechtzeitig aus dem Wasser gezogen hatten.

Der achtzehnjährige Jason Butler, ein hervorragender Surfer, und seine beiden Freunde hatten es mit den vierzig Fuß hohen Brechern am Strand von Makaha aufnehmen wollen. Niemand konnte genau sagen, was geschehen war: Eben noch hatte Jason auf seinem Brett gestanden und die Welle mit dem Selbstvertrauen und der Sicherheit genommen, die man bei ihm gewohnt war; im nächsten Moment war er plötzlich im Wasser und wurde ins Meer hinausgerissen. Das vom Wasser herumgeschleuderte Surfbrett hatte ihm schwere Verletzungen beigebracht. Als seine Freunde ihn herauszogen und sein zertrümmertes Gesicht sahen, glaubten sie, einen Toten gerettet zu haben.

Doch Jason Butler war noch am Leben, und das Team in der Notaufnahme bemühte sich, dieses Leben, das nur an einem seidenen Faden hing, zu erhalten.

Als Mickey vier Stunden später aus dem Operationstrakt kam, war Jason auf dem Weg zur Intensivstation. Drei Operateure, Mickey unter ihnen, hatten sich um ihn bemüht. Alles, was sie zu diesem Zeitpunkt für den Jungen hatten tun können, war ihn zu stabilisieren. Während Mickey die zertrümmerten Gesichtsknochen mit Drähten zusammengefügt und die zahlreichen Schnittwunden genäht hatte, hatten zwei orthopädische

Chirurgen Jason das rechte Bein abgenommen. Er war immer noch bewußtlos, und sein Zustand war kritisch, die schweren Blutungen hatten gestillt werden können, doch sein Puls und seine Atmung waren stabil.
Man hatte Mickey gesagt, daß im Warteraum der chirurgischen Station der Vater säße. Sie fand den Mann ganz allein, blicklos vor sich hin starrend.
»Mr. Butler?« Sie bot ihm die Hand. »Ich bin Dr. Long.«
Er sprang auf und nahm ihre Hand. »Wie geht es meinem Sohn, Doktor?«
»Ich kann nur sagen, den Umständen entsprechend.«
»Dann lebt er?«
»Ja, er lebt.«
»Gott sei Dank«, sagte Butler und sank wieder auf das Sofa.
Mickey setzte sich ihm gegenüber in einen Sessel, um ihm über Jasons Zustand zu berichten und zu erläutern, was sie unternommen hatten, um sein Leben zu retten.
»Ihr Sohn hat an Hals und Kiefer schwere Verletzungen erlitten, Mr. Butler. Die haben wir zuerst versorgt, um sicherzustellen, daß er atmen kann. Aber wir sind leider noch nicht aus dem Gröbsten heraus. Ehe wir weitere Untersuchungen vornehmen können, muß Jasons Zustand sich stabilisieren. Er hat einen Schädelbruch und möglicherweise weitere Verletzungen. Das ganze Ausmaß kennen wir noch nicht.«
Mickey musterte den Mann, der ihr gegenüber saß. Sie wußte, daß er Harrison Butler hieß, Eigentümer der Firma Butler Pineapple war, des zweitgrößten Ananasproduzenten auf den Inseln. Sie schätzte sein Alter auf etwa sechzig Jahre, aber er wirkte körperlich fit und sportlich. Und er war ein sehr gutaussehender Mann.
»Kann ich etwas für Sie tun, Mr. Butler?« fragte sie behutsam.
Er richtete die grauen Augen auf sie. »Wann kann ich zu ihm?«
»Das wird noch eine Weile dauern. Er ist jetzt auf der Intensivstation. Er ist immer noch bewußtlos, Mr. Butler.«
Butler nickte. Sein Blick entglitt ihr wieder in weite Fernen.
»Ich habe das Surfen nie gemocht«, sagte er beinahe wie zu sich selbst. »Im letzten Jahr wollte er Drachenfliegen; da bin ich unerbittlich geblieben. Aber das Surfen lag ihm immer schon im Blut. Er hat seit seinem fünften Lebensjahr auf dem Surfbrett gestanden. Ich wußte, daß das hier eines Tages passieren würde.«
Mickey blieb schweigend bei ihm sitzen; sie hatte die Erfahrung gemacht, daß das häufig half. Während sie bei ihm saß, achtete sie auf Anzeichen eines Zusammenbruchs. Nicht selten brauchen die Angehöri-

gen von Patienten Beruhigungsmittel. Doch Harrison Butler schien nicht zu ihnen zu gehören. Er saß nur da und starrte ins Leere.
Mickey fand ihn sehr elegant in dem gutsitzenden Maßanzug mit der burgunderroten Seidenkrawatte. Kultiviert und vornehm, dachte sie. Ein klar geschnittenes Gesicht, schmal, mit hoher Stirn und gerader Nase.
Als sie über den Krankenhauslautsprecher ihren Namen hörte, stand sie auf. »Ich bin Jasons Ärztin, Mr. Butler. Wenn Sie Fragen haben, oder auch, wenn Sie nur sprechen wollen, dann rufen Sie mich bitte an. Das Krankenhaus kann mich jederzeit erreichen, ganz gleich, wo ich bin.«
In den folgenden vierzehn Tagen konnte Mickey damit rechnen, Harrison Butler an einem von zwei Orten zu sehen: in dem kleinen Warteraum, der zur Intensivstation gehörte, oder am Bett seines Sohnes. Er war immer höflich, niemals aufdringlich, dankbar für alles, was für Jason getan wurde. Nie machte er jemandem Vorwürfe oder machte seinen Ängsten und Sorgen in Form von Zornausbrüchen Luft, die er an das Personal richtete. Er sah ein, daß Jason die bestmögliche Pflege hatte und gab sich damit zufrieden.
Manchmal saß er da und diktierte Geschäftsbriefe; zu anderen Zeiten war er am Telefon und verhandelte über Verträge und geschäftliche Transaktionen. Nie begleitete ihn jemand; nie kamen andere Angehörige Jason besuchen. Ob am frühen Morgen oder spät am Abend, Harrison saß entweder im Warteraum oder am Krankenbett, ruhig und beherrscht. Ein Mann, dachte Mickey, der niemals die Haltung verlor, ein Mann mit unerschütterlichem Selbstvertrauen.
Einmal ließ er den Schwestern auf der Intensivstation einen großen Früchtekorb schicken; ein andermal schickte er den neun anderen Patienten auf der Station Blumen. Und wenn er Mickey begegnete, erkundigte er sich nach ihrem eigenen Befinden.
Er sah wirklich müde aus. Die vierzehn Tage unermüdlichen Wachens hatten ihre Spuren hinterlassen.
»Mr Butler. Wollen Sie nicht nach Hause gehen und sich etwas ausruhen?«
»Ich möchte das Krankenhaus nicht verlassen, Dr. Long. Ich möchte in der Nähe meines Sohnes sein.«
»Aber im Augenblick können Sie doch nichts tun. Ich denke, nach einigen Stunden Schlaf werden Sie sich viel besser fühlen. Wann haben Sie denn das letztemal etwas gegessen?«
Er seufzte und sah auf seine Uhr. »Zum Frühstück, glaube ich. Aber wann haben *Sie* denn zuletzt gegessen, Dr. Long?«

Sie lächelte. »Ärzte müssen essen, wenn sich's gerade ergibt, Mr. Butler. Ich hole mir jetzt etwas in der Kantine.«
»Bitte nennen Sie mich Harrison. Es kommt mir vor, als gehörten wir einer Familie an. Darf ich die Ärztin meines Sohnes vielleicht zum Abendessen einladen?«
Sie überlegte einen Moment. Sein Blick verriet soviel – die tiefe Sorge, die Ängste.
»Gleich gegenüber vom Krankenhaus ist ein kleines italienisches Restaurant«, sagte sie. »Da bekommt man zu jeder Tages- und Nachtzeit etwas zu essen. Ich muß mich nur rasch umziehen. Wir können uns ja unten im Foyer treffen.«
Es war so ein kleines Lokal mit karierten Tischtüchern und Kerzen in Chiantiflaschen. Die Speisekarte war einfach und nicht teuer. Viele der Krankenhausangestellten kamen zum Essen hierher, und es war nichts Ungewöhnliches, einen Piepser zu hören und jemanden hinausstürzen zu sehen.
»Ich danke Ihnen, daß Sie mir Gesellschaft leisten, Dr. Long«, sagte Harrison, nachdem sie bestellt hatten. »Ich bin es zwar gewohnt, allein zu essen, aber heute abend –« Er breitete die Hände aus.
»Bitte nennen Sie mich Mickey«, sagte sie lächelnd. »Wie Sie selber vorhin sagten – es kommt mir vor, als gehörten wir einer Familie an.«
Er nickte ernsthaft. »Das Unglück bringt die Menschen einander näher, nicht?«
Es gab eine Menge Fragen, die Mickey ihm gern gestellt hätte – wo Jasons Mutter war, ob er keine Geschwister hatte –, aber sie verkniff sie sich. Ihre Beziehung war, auch wenn die Kulisse noch so intim war, nicht persönlicher Natur.
»Ich kann Ihnen nicht sagen, wie dankbar ich für all das bin, was Sie für meinen Jungen tun«, sagte Harrison. »Ich weiß nicht, was – was ich ohne Jason anfangen würde. Er ist das einzige, was ich habe.«
Mickey sagte nichts. Sie wußte, daß Harrison ihr von selber alles erzählen würde.
Wenn Harrison nicht gerade in Honolulu zu tun hatte, wo er in der Nähe von Koko Head ein Haus hatte, lebte er mit Jason zusammen auf der Insel Lanai in dem alten Haus der Familie, das den Namen Pukula Hau trug.
»Jason ist in Pukula Hau geboren«, erzählte Harrison mit gedämpfter Stimme. »*Ich* bin dort geboren. Mein Vater baute das Haus 1912 und zog 1913 mit meiner Mutter dort ein, die er gerade geheiratet hatte. 1916 mußte er in den Krieg und kam nie zurück. Ich kam im folgenden Jahr zur Welt. Meine Mutter hat mich allein großgezogen und leitete außerdem

unser Unternehmen. Als sie vor zwanzig Jahren starb, erbte ich die Firma. Und ich will sie Jason weitergeben.«

Mickey wußte, daß Harrison Butler Millionär war. Man konnte den Namen Butler überall auf der Insel sehen, an Häuserwänden und an Anschlagtafeln. Im Lauf der Jahre jedoch hatte Harrison die Leitung des Unternehmens in die Hände von Angestellten gelegt, um sich selber anderen Interessen zuwenden zu können. Er hatte sich seitdem an allen möglichen geschäftlichen Unternehmen beteiligt; sein neuestes Interesse, erklärte er, gelte dem Film. Einer der Filme, die er finanziert hatte, hatte sich bereits als Kassenschlager entpuppt. Er hatte die Absicht, in Zukunft noch tiefer ins Filmgeschäft einzusteigen.

Bald schon lenkte Harrison das Gespräch in andere Bahnen und ließ sich von Mickey aus ihrem Leben erzählen.

»Sie sind offensichtlich eine Frau, die weiß, was sie will, und ihr Ziel mit Entschlossenheit verfolgt«, stellte er fest, nachdem er über ihre fünfeinhalbjährige Fachausbildung am Great Victoria gehört hatte. »Eine so lange Ausbildung auf sich zu nehmen und dafür auf so viele andere Dinge zu verzichten, das braucht eine Menge Kraft und Courage.«

Die ›anderen Dinge‹ waren Mann und Familie. Auch jetzt, da sie im letzten Jahr ihrer Fachausbildung war und mehr Zeit für sich selber hatte, war Mickey nicht bereit, ihre Energien zu teilen.

»Wann werden Sie denn fertig?«

»Im nächsten Juni. Nach der langen Zeit am Krankenhaus wird es mir sicher merkwürdig vorkommen, ganz allein zu arbeiten.«

»Wollen Sie Ihre eigene Praxis eröffnen?«

»Ja, das habe ich vor. Ich will gleich nach Neujahr anfangen, mich nach Räumen umzusehen.«

Er betrachtete einen Moment das schöne Gesicht mit den klassischen Zügen, auf denen das flackernde Kerzenlicht spielte. Mickey trug das blonde Haar immer noch so, wie Ruth und Sondra es ihr damals vor acht Jahren frisiert hatten – in einem strengen Nackenknoten. Wie eine Ballerina, dachte Harrison. Mickey Long war eine aufregend schöne Frau. Er konnte nicht verstehen, daß sie nicht verheiratet war.

»Darf ich Sie gelegentlich wieder einmal zum Essen einladen?« fragte er.

Ehe Mickey antworten konnte, tönte der Piepser, den sie in der Handtasche bei sich hatte.

»Entschuldigen Sie mich bitte«, sagte sie und ging zum Telefon.

Als sie an den Tisch zurückkehrte, genügte Harrison ein Blick auf ihr Gesicht, um zu erraten, weshalb sie gerufen worden war.

»Es ist Jason«, sagte er.
»Ja. Es tut mir leid, Harrison. Eine Lungenembolie. Es kam ganz plötzlich.«
Er nickte und stand auf. »Gehen Sie mit mir ins Krankenhaus hinüber?«

Mickey liebte ihre Wohnung. Sie hatte sie ganz nach ihrem persönlichen Geschmack mit den Dingen eingerichtet, die sie im Lauf der vier Jahre, seit sie sich von Gregg Waterman getrennt hatte, zusammengetragen hatte. Vom Balkon aus, wo sie häufig saß, hatte sie einen herrlichen Blick auf Diamond Head. Sie hatte es gern ruhig und war viel für sich. Wenn sie frei hatte, saß sie am liebsten zu Hause und las oder hörte klassische Musik. Wenn es sie gerade lockte, machte sie in ihrem kleinen Auto auch einmal eine Fahrt über die Insel. Sie hatte Freunde, aber sie scheute große Geselligkeit. Ihre engsten Freunde waren Toby Abrams, der jetzt seine eigene Praxis hatte, und seine Frau; immer wieder einmal versuchten die beiden, Mickey mit einem passenden Mann zu verkuppeln.
Mickey hatte gegen diese Bemühungen nichts einzuwenden, aber bisher waren sie erfolglos geblieben. Die Männer waren immer nett und sympathisch gewesen, aber gefunkt hatte es nie.
An diesem windigen Morgen im März, dem Beginn ihres freien Wochenendes, wollte Mickey zu einer gemütlichen Fahrt um die Insel starten. Sie hatte erst vor kurzem begonnen, sich mit ihrer tropischen Heimat so richtig vertraut zu machen und Oahu wie eine Touristin mit Fotoapparat und Badezeug zu erkunden. An diesem Tag wollte Mickey ins Polynesische Kulturzentrum auf der Nordostseite der Insel, wo man das Modell einer typischen Südsee-Siedlung aufgebaut hatte. Unterwegs wollte sie am Blow Hole und am Chinaman's Hat fotografieren.
Die Surfer würde sie diesmal nicht fotografieren.
Jason Butlers Tod war für alle ein Schlag gewesen – für Mickey, für die anderen Ärzte, die mit dem Fall befaßt gewesen waren, und für die Schwestern auf der Intensivstation. Nach jenem ersten Moment in der Notaufnahme, wo Jason in Schmerz und Verwirrung zu Mickey aufgesehen hatte, hatte er das Bewußtsein nicht wiedererlangt. Sein Vater hatte vierzehn Tage lang nahezu Tag und Nacht an seinem Bett gesessen und auf ein Lebenszeichen des Jungen gehofft, doch Jason war nie wieder aus dem Koma aufgewacht.
Harrison Butler hatte Mickey das letztemal am Abend von Jasons Tod gesehen, als man sie aus dem Restaurant ins Krankenhaus gerufen hatte. Als sie ins Krankenzimmer gekommen waren, hatten die Schwestern

schon alle Apparate abgestellt und das Laken bis zu Jasons Hals heraufgezogen. Sein Kopf war bandagiert gewesen, man hatte kaum etwas von ihm erkennen können. Ebensogut hätte ein Fremder da liegen können; irgend jemands Sohn. Nicht tot, nur im Schlaf. Mickey und die Schwestern hatten Harrison mit seinem toten Sohn allein gelassen. Er blieb lange in dem kleinen Raum, und als er herauskam, war sein Gesicht bleich und eingefallen, aber sonst zeigte es keine Regung. Harrison hatte allen die Hand gegeben und jedem Einzelnen für seine Bemühungen gedankt. Dann war er gegangen.
Vier Monate war das her. In dieser Zeit hatte Harrison Butler sich nur einmal gemeldet; er hatte dem Great Victoria Krankenhaus einen CAT Scanner gestiftet, einen der revolutionierenden neuen Diagnoseapparate zur Entdeckung von Gehirnschäden.
Nachdem Mickey ihre Tasche gepackt hatte, steckte sie noch die beiden Briefe ein, die sie unterwegs aufgeben wollte. Der eine war an Ruth gerichtet, Glückwünsche zur Geburt der kleinen Leah; der andere an Sondra und Derry, die in zwei Wochen ihren vierten Hochzeitstag feiern würden.
Als Mickey die Balkontür schloß, blickte sie noch einmal zum Diamond Head hinaus, der in majestätischer Größe in den strahlend blauen Himmel hineinragte. An seinem Fuß glänzten weiße Häuser, Palmen und Gärten im Frühlingsflor. In einer dieser Straßen hatte Mickey ihre erste eigene Praxis. Mit Hilfe eines Kredits hatte sie sie bereits eingerichtet und eine Sprechstundenhilfe sowie eine Arzthelferin engagiert. In drei Monaten würde sie anfangen. Sie würde morgens aufstehen und nicht, wie in den vergangenen sechs Jahren, zum Krankenhaus hinübergehen. Sie würde das kurze Stück zu Fuß gehen, ihre Jacke und ihre Tasche in ihren eigenen Räumen aufhängen und sich dann an ihren eigenen Schreibtisch setzen, um ihre Patienten zu empfangen.
Nur noch drei Monate.
Habe ich eigentlich Angst davor? fragte sie sich. Ja, ein wenig schon. Für diese Praxis da unten habe ich die letzten zehn Jahre gerackert. Und jetzt, wo ich sie habe, macht es mir tatsächlich ein wenig Angst.
In drei Monaten würde Mickey endlich frei sein, konnte leben wo und wie sie wollte, konnte arbeiten, wo sie wollte, lieben, wen sie wollte. Aber es wartete niemand auf sie.
Gerade als sie zur Tür hinaus wollte, klingelte das Telefon. Stirnrunzelnd hob sie ab. Im Krankenhaus wußte man, daß sie nicht im Dienst war.
»Hallo?«

»Mickey?« Die Stimme war vertraut. »Hier spricht Harrison Butler. Ich würde Sie gern sehen, Mickey. Paßt es Ihnen heute?«
»Harrison!«
»Ich muß mit Ihnen reden, Mickey.«

Der Abend war heiß und feucht, *kona* Wetter. Kurz bevor Mickey und Harrison aus Mickeys Wohnung gingen, hörten sie aus dem Radio noch die Warnung: Gegen Mitternacht wurde auf der Südseite der Insel ein schwerer Gewittersturm erwartet.
Sie wollten zu einem Ball, der im Washington Place, der ehemaligen Residenz der Königin Liliuokalani, jetzt Amtssitz des Gouverneurs von Hawaii, stattfinden sollte. Mickey saß schweigend an Harrisons Seite im Wagen, der sich in die lange Kette blitzender Limousinen eingereiht die lange Allee von Pilinußbäumen zum Portal des Palasts hinaufschob. Das Gebäude, inmitten grüner Rasenflächen gelegen, war im vergangenen Jahrhundert erbaut, ein Symbol exotischer Pracht und entschwundener Zeiten. Während Mickey den Prunkbau im Glanz seiner Lichter betrachtete, wurde sie sich bewußt, wie glücklich sie war. Sie liebte den Mann an ihrer Seite.
Seit seinem unerwarteten Anruf im März, der jetzt sechs Monate zurücklag, hatten sie sich regelmäßig gesehen. Mickey hatte damals ohne viel Überlegung ihre Tagespläne fallenlassen und war statt dessen stundenlang mit Harrison einen einsamen Strand entlanggewandert. Schweigend hörte sie ihm zu, während er von Jason sprach, von seinem Schmerz und seiner Trauer, der tiefen Einsamkeit, in der er monatelang gelebt hatte, allein in seinem Haus auf Lanai, für niemanden zu sprechen. Als er nach vier Monaten aus den Tiefen des Schmerzes aufgetaucht war, hatte er ein ungeheures Bedürfnis verspürt, Mickey zu sehen und mit ihr zu sprechen. Er wußte, daß sie verstehen würde, was in ihm vorging; sie hatte die schlimmen Tage ja miterlebt.
Sie legten an jenem Tag einen langen Weg zurück. Beide konnten sie endlich die Gefühle herauslassen, die sich in ihnen angestaut hatten: der Vater, der den Sohn, die Ärztin, die den Patienten verloren hatte. Als sie bei Sonnenuntergang zurückkehrten, in einem guten Schweigen, wußten sie beide, daß etwas Besonderes sich zwischen ihnen angesponnen hatte.
Es war eine warme Beziehung ohne Forderungen und ohne Bedingungen, die sie miteinander verband; gemeinsame Nachmittage, gelegentlich ein Konzert, eine Fahrt zum Waimea Bay zum Mittagessen. Für Mickey war es nicht die berühmte Liebe auf den ersten Blick gewesen, der

coup de foudre; die Liebe hatte sich langsam entwickelt, gegründet auf gemeinsamen Interessen und Ansichten und gegenseitiger Achtung, aus der Vertrauen und Offenheit gewachsen waren.
Harrison Butler war ein warmherziger und generöser Mensch mit hoher Sensibilität. Der Altersunterschied – Harrison war sechzig, Mickey dreißig – war für Mickey nicht so wichtig, wie sie anfänglich geglaubt hatte. Harrisons jugendliche Kraft und Vitalität machten ihn vergessen.
Dennoch blieb die Beziehung irgendwie ungeklärt. Sie waren Freunde, aber kein Liebespaar, tasteten sich gewissermaßen behutsam an der Oberfläche entlang und zogen sich augenblicklich zurück, wenn tiefere Verstrickung unvermeidlich schien. Tage konnten vergehen, ohne einen Anruf von ihm, dann meldete er sich, und sie verbrachten wunderbare Stunden zusammen, kamen sich einen Nachmittag, einen Abend lang sehr nahe, und dann trennten sie sich wieder. Ganz selten einmal kam es vor, daß eine Atmosphäre wie bei zwei Liebenden zwischen ihnen entstand, wenn Harrison vielleicht ihre Hand nahm und sie still ansah. Aber sobald Nähe drohte, tieferes Sich-Einlassen, zog Harrison sich so abrupt zurück, als hätte er Angst. Das Wort ›Liebe‹ war niemals zwischen ihnen gefallen; sie hatten sich nie geküßt.
Als Harrison sie einmal nach Lanai mitgenommen hatte, in sein herrliches Haus, das hoch auf einem Felsen stand, hatte Mickey gehofft, es hätte eine tiefere Bedeutung. Aber der Besuch hatte eine völlig unerwartete Wendung genommen.
An jenem Tag im Juli, als sie mit Harrison in seinem Privatjet nach Lanai geflogen war, war Jonathan wieder in ihr Leben getreten. Für Mickey war es ein Schock gewesen, da sie überhaupt nicht damit gerechnet hatte.
Als Mickey auf Lanai in Pukula Hau ankam, erfuhr sie, daß für den Abend ein Fest geplant war. Hundert Gäste in Smoking und *holoku* Abendroben amüsierten sich bei Champagner und hawaiischen hors d'œuvres im erleuchteten Park zu den Klängen einer Band, die sie mit Inselmelodien unterhielt. Gegen Mitternacht hatte es ein üppiges *luau* gegeben, mit *kalua* Schwein, das in einer mit Steinen ausgelegten Grube geschmort hatte. Danach, als der Lachs und die in Blätter gehüllten Fleischstücke gegessen waren, hatte Harrison seinen Gästen die Überraschung des Abends präsentiert: eine Vorführung des neuen Films *Invaders*, der noch nicht im Verleih war.
Leicht beschwipst begaben sich die Gäste in den kleinen Vorführraum im Ostflügel des Hauses und sanken faul in die komfortablen Plüschsessel vor der Leinwand. Es war bekannt, daß Harrison Butler dank seinen Verbindungen zur Filmbranche Zugang zu erstklassigen Filmen hatte, die

noch nicht im öffentlichen Verleih waren; die Gäste wußten, daß etwas Besonderes sie erwartete. Dennoch fürchteten einige, daß sie, von den Anstrengungen des üppigen Mahls erschöpft, während der Vorstellung einnicken würden.

Doch kaum hatte der Film begonnen, waren alle wieder hellwach. Ein cinematisches Feuerwerk riß die verblüfften Zuschauer, ehe sie sich's versahen, mitten in ein wirbelndes Inferno einer gewaltigen Atomexplosion, die den Erdball sprengte und die Sterne aus ihren Bahnen schleuderte.

»Ach, Science Fiction«, brummte jemand in der Dunkelheit, aber das blieb während der nächsten drei Stunden der einzige Kommentar, und als nach Ende des Films die Lichter angingen, rührte sich zunächst keiner der Zuschauer.

Als der Bann sich löste, hörte Mickey hier und dort abgerissene Kommentare. »Science Fiction! Ich dachte, das wäre längst begraben und vergessen.« »Wer ist der Regisseur? Archer? Hat der nicht früher Dokumentarfilme gemacht?«

Gesprächsfetzen drangen an Mickeys Ohren. »Er ist mit dieser französischen Schauspielerin verheiratet – Vivienne.« – »Archer ist zur Zeit gerade drüben in Kahoolawe. Zur Drehortbesichtigung für seinen nächsten Film. Es soll eine Fortsetzung zu diesem hier werden, heißt es.«

Er ist zur Drehortbesichtigung in Kahoolawe.

Damals hatte sie flüchtig mit dem Gedanken gespielt, mit ihm Verbindung aufzunehmen; nur aus Freundschaft, hatte sie sich gesagt, in Erinnerung an alte Zeiten. Der Impuls hatte rasch nachgelassen; sie hatte der Realität ins Auge gesehen. Er ist verheiratet. Wir sind nicht mehr die, die wir einmal waren.

Vor kurzem hatte sie sein Gesicht auf dem Titelblatt von *Time* gesehen, ein wenig älter, das Haar jetzt modisch kurz geschnitten, in den von feinen Fältchen umgebenen Augen ein neues Selbstvertrauen, das faszinierte. Eines der neuen Wunderkinder Hollywoods. »Ein Gesicht, das *vor* der Kamera sein sollte und nicht dahinter«, hatte eine Kolumnistin geschrieben.

Mickey gönnte ihm den Erfolg. Er hatte das Ziel erreicht, das er sich gesetzt hatte. Genau wie sie selber. Nach den ersten drei Monaten in ihrer eigenen Praxis wußte sie, daß ihre Ängste grundlos gewesen waren. Sie hatte die richtigen Entscheidungen getroffen. Die Opfer, die sie gebracht hatte, hatten sich gelohnt. Es war richtig gewesen, nicht zum Glockenturm zu gehen. Sie war jetzt Fachärztin für Plastische und Wiederherstellungschirurgie mit eigener Praxis und wachsender Patientenzahl. Und sie saß in diesem Augenblick an der Seite des Mannes, den sie liebte.

Zum vollkommenen Glück fehlt ihr nur die Gewißheit, daß Harrison ihr die gleichen Gefühle entgegenbrachte.

Man starrte sie an, als sie eintraten: Harrison Butler, groß und aufrecht, mit den klar gemeißelten Gesichtszügen eines Patriziers; Mickey, so groß wie er, gertenschlank, von faszinierender Schönheit in einem eisblauen Abendkleid. Es war, als beträten sie ein tropisches Wunderland. Das ganze Haus war mit raffinierten Arrangements farbenprächtiger Blumen und Blüten geschmückt, die einen berauschenden Duft verströmten. Die Türen waren mit Girlanden aus rotem und weißen Jasmin umkränzt, und jedem der eintreffenden Gäste wurde ein *Lei* aus weißen Orchideen und lavendelfarbener Bougainvillea umgelegt.

Mickey und Harrison mischten sich unter die Gäste, tauschten hier einige Worte, nickten dort jemandem zu. Manchmal nahm Harrison Mickey leicht beim Arm, ein-, zweimal legte er ihr kurz den Arm um die Schultern. Er war aufmerksam und zuvorkommend wie immer, versäumte nie, sie ins Gespräch miteinzubeziehen, wenn sie Bekannte von ihm trafen, bemühte sich, ihr jeden Wunsch von den Augen abzulesen. Und wenn sie den Eindruck hatte, daß Harrison an diesem Abend irgendwie anders war, so schrieb sie es ihrer Einbildung zu.

Sie war glücklich. Sie kam sich vor wie im Märchen. Wer hätte gedacht, daß Mickey, das Mauerblümchen, je einen solchen Abend erleben würde? Sie lachte viel; der Champagner wirkte wie ein belebendes Elixier, und Harrison hatte sie verzaubert. Sie wünschte sich, dieser Abend würde nie ein Ende nehmen.

Als sie mit Harrison tanzte, hätte sie ihr Glück und ihre Liebe am liebsten laut herausgesungen. Und ihr Begehren. Es war eine süße Sehnsucht, die sie seit Jahren nicht mehr verspürt hatte. Seit – Aber sie wollte jetzt nicht an Jonathan denken. Liebe ich ihn immer noch? fragte sie sich. Nein, nicht mehr. Das ist vorbei. Er ist nur noch eine Erinnerung; eine schöne und warme Erinnerung.

Und wenn ich ihm nun wiederbegegne? Mickey schlug sich den Gedanken aus dem Kopf. An diesem Abend war sie mit Harrison zusammen; diesen Abend wenigstens gehörte sie nur ihm.

Mitten im Tanz hielt Harrison plötzlich inne und sah Mickey mit einem Ausdruck an, den sie nicht deuten konnte. Er nahm ihren Arm und führte sie von der Terrasse hinunter, einen Weg entlang, der sich unter Bäumen und zwischen Blumenbeeten hindurchschlängelte. Als sie allein waren, die Klänge der Musik fern, blieb er stehen und sah sie lange an.

Mickey wurde unbehaglich. Den ganzen Abend schon hatte sie an Harrison eine Distanz zu spüren geglaubt, eine Abwehr, die sie nie zuvor bei ihm erlebt hatte. Und als sie ihm jetzt in die grauen Augen sah, die dunkel und ernst waren, erkannte sie, daß es nicht Einbildung gewesen war; Harrison war an diesem Abend wirklich anders als sonst.
»Mickey«, sagte er und legte seine Hände sachte auf ihre Arme. »Ich muß dir etwas sagen.«
Ein heißer, feuchter Wind kam plötzlich auf; das Gewitter braute sich zusammen.
»Ich versuche das schon seit einer ganzen Weile, aber irgendwie fand ich nie die richtigen Worte. Es fällt mir nicht leicht, Mickey.«
Äste und Blätter um sie herum gerieten in raschelnde Bewegung. Schwere Blüten fielen zur Erde. Mickey sah ihn abwartend an.
»Als meine Frau mich vor fast achtzehn Jahren verließ«, sagte er leise, »war das für mich der schlimmste Verlust, den ich je erlitten hatte. Sie war wesentlich jünger als ich. Sie war zwanzig, ich vierzig, als wir heirateten. Ich dachte, sie wäre glücklich in Pukula Hau. Ich glaubte, sie liebte unser gemeinsames Leben auf der Insel. Ich hatte keine Ahnung, daß das Haus für sie ein Gefängnis war und ich der Kerkermeister.«
Der Wind wurde heftiger. Palmenblätter schlugen klatschend aneinander.
»Nach Jasons Geburt wurde sie rastlos und launisch. Ich glaubte, das würde sich geben. Ich glaubte, sie würde ihre Erfüllung in der Sorge um das Kind finden. Aber ich täuschte mich. Eines Tages, als ich von der Plantage zurückkam, war sie nicht mehr da. Sie hatte mir einen Brief hinterlassen. Sie wollte nichts von mir außer ihrer Freiheit. Sie war mit einem jungen Mann von der Insel weggegangen. Ich wartete zwei Jahre, ehe ich die Scheidung einreichte. Ich hoffte immer, sie würde zurückkommen.«
Harrison schwieg einen Moment. »Als Jason sechs wurde, engagierte ich einen Privatdetektiv, um sie suchen zu lassen. Sie hatte sich wieder verheiratet und führte in den Staaten ein Nomadenleben. Dann verlor ich sie aus den Augen und akzeptierte die Tatsache, daß sie nie zurückkehren würde. Ich richtete mich in einem neuen Leben mit Jason ein.«
Harrisons Stimme wurde brüchig. Sein Gesicht spiegelte seinen Schmerz. Mickey nahm seine Hand.
»Als Jason starb«, fuhr er fort, »war das für mich noch einmal der gleiche grausame Verlust. Ich glaubte, diesmal würde ich es nicht überleben. Als mir dann klar wurde, daß ich mich mit meinem Schmerz selber zerstörte, dachte ich an dich.«

Jetzt tobte der Wind. Durch die Bäume kam das Gelächter der Gäste, die von der Terrasse ins Haus flüchteten. Harrison faßte Mickey fester, als wolle er verhindern, daß der Sturm sie davontrug.

»Noch einen solchen Verlust könnte ich nicht aushalten, Mickey«, sagte er eindringlich. »Ich muß wissen, wie deine Gefühle zu mir sind. Ob auch nur die kleinste Hoffnung besteht, daß wir uns ein gemeinsames Leben aufbauen können; ob du bereit bist, bei mir zu bleiben. Wenn es diese Hoffnung nicht gibt, muß ich mich von dir trennen. Noch heute, solange ich die Kraft dazu habe.«

Ehe sie antworten konnte, flog ein Palmwedel, den der Sturm losgerissen hatte, vor ihr klatschend zu Boden. Sofort nahm Harrison sie schützend in die Arme. Blätter so groß wie Elefantenohren knallten im peitschenden Sturm; Sand, kleine Kiesel und Blumenköpfe wirbelten durch die Luft. Irgendwo in der Nähe brach krachend ein Ast. Mickey drückte den Kopf an Harrisons Schulter. Es tat gut, einmal schwach sein zu dürfen, sich der Kraft eines anderen anzuvertrauen.

Lange standen sie so. Dann fielen die ersten schweren Regentropfen. Die Erde um sie herum begann zu dampfen. Mickey hob den Kopf, drückte ihre Wange an die seine und sagte leise: »Fahren wir nach Hause, Harrison.«

Drinnen im Haus näherte sich das Fest seinem Höhepunkt. Hand in Hand, als fürchteten sie, das neue Band zwischen ihnen könnte zerreißen, drängten sich Mickey und Harrison durch die ausgelassene Menge und gerieten in ein kleines Chaos, als sie ins Foyer gelangten, wo die einen mit geliehenen Schirmen hinausdrängten, um nach Hause zu fahren, während von draußen gleichzeitig neue Gäste hereinströmten.

Es dauerte einige Minuten, bis Harrisons Wagen vorgefahren wurde. Sie warteten ungeduldig, hatten nur einen Wunsch, endlich allein sein zu können.

Als der Wagen endlich kam, und sie die Treppe hinuntereilten, wandte Mickey ihr Gesicht von Wind und Regen ab und drückte ihren Kopf an Harrisons Schulter, der sie fest im Arm hielt. Darum sah sie nicht, daß aus dem Wagen hinter Harrisons Jonathan Archer stieg, der jetzt erst zum Ball kam.

Fünfter Teil
1980

28

Mickey hielt im Schreiben inne und sah nachdenklich in den Park hinunter, der sich zu ihren Füßen ausbreitete: saftig grüne Rasenflächen und alte Bäume, Orchideen und Schweifblumen in so kräftigen Farben, daß sie wie gemalt wirkten. Jenseits die silbrig grünen Ananasfelder, die bis an den Rand des türkis schimmernden Ozeans reichten. Hinter ihr erhob sich der alte Lanaihale, ein erloschener Vulkan, von dessen Gipfel man an klaren Tagen die Nachbarinseln sehen kann, Molokai, Maui, das kleine Kahoolawe, Oahu und die Große Insel.

Als Mickey vor zweieinhalb Jahren Pukula Hau das erstemal gesehen hatte, war sie sprachlos gewesen. Das Haus lag wie ein weißes Juwel inmitten einer Fassung aus Jade und Smaragd. Blautannen und Banyans beschatteten es und verliehen ihm einen Hauch von Zeitlosigkeit.

Sie frühstückte, wie das ihre Gewohnheit war, auf der breiten Veranda. Vor ihr auf dem Tisch lagen die Aufzeichnungen über ihre Patienten; sie waren für Dr. Kepler gedacht, der sie während ihrer Abwesenheit vertreten würde.

Mickey wartete auf den Wagen, der sie zum Flughafen von Lanai bringen würde. Seit sie vor etwas mehr als zwei Jahren hierher gezogen war, flog sie außer an den Wochenenden täglich in Harrisons Jet die knapp hundert Kilometer bis Honolulu und zurück. Wenn es der Zustand eines ihrer Patienten notwendig machte, daß sie über Nacht in Honolulu blieb, wohnte sie in dem Haus am Koko Head. An diesem Tag jedoch würde sie von Honolulu aus weiterfliegen nach Seattle. Zu Ruth.

Mickey schenkte sich noch eine Tasse Tee ein. In wenigen Stunden schon würde sie bei Ruth sein. Sie knüpfte ihre ganze Hoffnung an die bevorstehende Zusammenkunft.

Die vergangenen zwei Jahre mit Harrison waren beinahe wie ein Traum gewesen. Und doch fehlte etwas.

Mickey war, als verspürte sie einen kalten Windhauch. Oft hatte sie dieses Gefühl; immer wenn sie sich ihre Sehnsucht nach einem Kind bewußt machte.

Zu Beginn ihrer Ehe hatten sie beide kaum an Kinder gedacht, hatten einfach ihre Liebe und ihr Glück genossen. Dann kamen die mehr scherzhaften Spekulationen – stell' dir vor, wenn..., wäre es nicht schön,

wenn... –, und langsam hatte sich Spannung aufgebaut, die Enttäuschung war von Monat zu Monat bitterer geworden, die heiteren Spekulationen wichen ängstlicher Besorgnis.
Im vergangenen März schließlich hatte Mickey den Mut aufgebracht zu fragen: »Meinst du, es könnte etwas nicht in Ordnung sein?« Harrison, erleichtert, daß die unausgesprochenen Ängste endlich auf dem Tisch waren, hatte sofort zugestimmt, daß sie ›etwas tun‹ sollten.
Neun Monate waren seitdem vergangen – Ironie, diese Zahl. Der Spezialist in Pearl City hatte sich geschlagen gegeben. »Ich weiß nicht, woran es liegt. Sie sind beide normal und gesund. Sie dürften keine Schwierigkeiten haben.«
Da war Mickey Ruth eingefallen. Seit der Amnioskopie drei Jahre zuvor hatte sich der Schwerpunkt von Ruths Praxis von der allgemeinen Geburtshilfe auf Behandlung der Sterilität verlagert. Bei ihr erhoffte sich Mickey Hilfe.
Sie sah auf die Uhr; sie mußte sich langsam fertigmachen. Harrison würde gleich von den Feldern heraufkommen, er wollte sie zum Flughafen begleiten. Sie trank den letzten Schluck Tee und ordnete ihre Unterlagen, die sie in Honolulu Dr. Kepler übergeben wollte.
»Madam«, rief Apikalia, die philippinische Haushälterin, deren Mutter vor langer Zeit als junge Ehefrau eines der Plantagenarbeiter nach Pukula Hau gekommen war. »Mr. Butler bat mich, Ihnen zu sagen, daß er hier ist.«
»Danke, Apikalia. Ich komme sofort.«

»Du mußt das Chaos hier entschuldigen«, sagte Arnie, der Mickey mit ihren Koffern ins Haus folgte. »Ich hatte keine Zeit mehr aufzuräumen, bevor ich zum Flughafen fuhr. Wir haben eine Putzfrau, die einmal in der Woche kommt, aber die Ordnung hält sich hier nicht lange.«
Mickey sah sich im großen Wohnraum des alten Hauses um. Zwei behäbige Sofas, die nicht zusammenpaßten, ein grüner und ein orangefarbener Sessel, sämtlich mit Kinderbüchern und Puppen belegt, standen um den offenen Kamin, vor dem zwei Katzen dösten. Arnie führte sie in die riesige, unaufgeräumte Küche und fegte ein paar Zeitungen von einem Stuhl, damit sie sich setzen konnte.
»Ich mach' uns einen Kaffee«, sagte er. »Du bist die Kälte hier bestimmt nicht gewöhnt.«
Mickey lachte. »Ich glaube, ich lasse meinen Mantel an, bis meine Knochen aufgetaut sind.«
Er hatte Mickey lange nicht gesehen; sie war ihm fremd geworden. Er

hatte Ruth nicht begleiten können, als sie zur Hochzeit nach Hawaii geflogen war, doch er hatte von ihr gehört, was für ein luxuriöses Leben sie jetzt führte. Als er sie da an dem von Krümeln übersäten Küchentisch sitzen sah, genierte er sich plötzlich für dieses ungepflegte Haus.
Nachdem er den Kaffee aufgesetzt hatte, setzte er sich zu ihr an den Tisch. Er war verlegen und ein wenig unsicher.
»Die Großen sind in der Schule. Die Kleinen sind mit Mrs. Colodny, unserer Kinderfrau, oben.« Er hüstelte nervös. »Ruth hätte dich so gern selber abgeholt. Aber sie mußte zu einem Notfall ins Krankenhaus.«
Mickey betrachtete Arnie Roth, der nervös an einem Pfadfinderheft herumspielte, das vor ihm auf dem Tisch lag. Er war ein sympathischer, kompakter Mann mit schütter werdendem Haar, und einem scheuen Lächeln. Ein unauffälliger Mann in einem braunen Anzug mit weißem Hemd und brauner Krawatte; ein Mann, in dessen Anwesenheit man sich wohlfühlen konnte. Sie kannte ihn nicht richtig, hatte ihn seit ihrer Studienzeit nicht mehr gesehen, und Ruth erwähnte ihn nur selten in den kurzen Briefen. Arnie war jetzt Führer einer Pfadfindergruppe und sehr aktiv in seiner Männerloge.
»Ich freue mich, daß du gekommen bist, Mickey«, sagte er, während er den Kaffee einschenkte. »Das wird Ruth guttun. Sie hat hier nicht viele Freundinnen. Sie hat so viel zu tun...«
Wieder breitete sich Schweigen zwischen ihnen aus, bis ein paar Minuten später die Haustür aufgestoßen wurde, und eine Schar Mädchen mit kälteroten Wangen hereinstürmte. Mäntel und Mützen flogen in den Wandschrank, Bücher knallten auf die Ablage, und schon rannte die Schar durch das Wohnzimmer. An der Küchentür blieben sie stehen, aufgereiht, als sollten sie fotografiert werden: die kleinen vorn, die großen dahinter. Die siebenjährigen Zwillinge Naomi und Miriam, die achtjährige Rachel und die achtzehnjährige Beth. Alle vier starrten sie die fremde Frau an, die da am Küchentisch saß.
»Kommt her, Kinder«, sagte Arnie. »Sagt Tante Mickey guten Tag.«
»Hallo, Tante Mickey«, sagten die Zwillinge wie aus einem Mund.
Ein wenig unsicher breitete Mickey die Arme aus. Die augenblickliche Reaktion verblüffte sie. Ohne zu zögern flogen ihr die beiden kleinen Mädchen um den Hals. Sie spürte die Wärme ihrer kleinen Körper, nahm ihren frischen Geruch wahr, während jede ihr einen feuchten Kuß auf die Wange gab.
»Wohnst du jetzt bei uns?« fragte Rachel und kam etwas näher, um Mickey zu mustern.

»Eine Weile, ja.«
»Wir benützen zusammen ein Bad«, bemerkte Beth. »Ich habe schon ein Bord und einen Handtuchhalter freigemacht.«
Mickey lachte, als die Haustür wieder geöffnet wurde, und die hereinkam, auf die sie gewartet hatte.
»Ruth!« rief sie und stand auf.

Durch die geschlossenen Türen klangen gedämpftes Geschrei und Gelächter und das Quietschen der Betten. Hin und wieder gab es einen dumpfen Knall, wenn ein Kissen sein Ziel getroffen hatte.
»Sie werden bald ruhig sein«, sagte Ruth. »Sie sind unheimlich aufgedreht, weil du da bist.« Sie ging durch das Gästezimmer zum Fenster und setzte sich auf die Bank des kleinen Erkers. »Beth ist hingerissen von dir. Sie schwärmt zur Zeit für alte Filme und behauptet, du sähst aus wie Grace Kelly.«
Mickey schüttelte lachend den Kopf und fing an, ihren Koffer auszupacken. Auch für sie war es ein aufregender Abend gewesen, voll lärmender Lebendigkeit, wie sie sie nie erlebte. In dem ganzen Krach und wilden Durcheinander hatte dennoch Ordnung geherrscht: im Gänsemarsch die Treppe hinauf, um die Schulbücher zu verstauen, Umziehen, große Versammlung am offenen Kamin, wo es warme Milch und Kekse gab. Dann die täglichen Arbeiten: Die Zwillinge fütterten die Tiere; Rachel deckte den Tisch; Beth bereitete das Abendessen vor. Ruth hing über eine Stunde oben am Telefon, Arnie setzte sich unten vor den Fernseher und schaute sich die Nachrichten an. Die Kleinen – Sarah, Leah und Figgy, Beths kleines Mädchen – belegten Mickey mit Beschlag.
Beim Abendessen redete alles munter durcheinander, die Kleinen krähten, Arme griffen über den Tisch, ein Glas Milch kippte um, unter dem Tisch wippende Beine verteilten Fußtritte. Dann wurde das Geschirr gespült und getrocknet, der Boden gewischt, die Kleinen gebadet und an den Kamin gesetzt, die Tiere hinaus- und wieder hereingelassen, Ruth hing wieder am Telefon und Arnie versteckte sich hinter dem Sportteil der Zeitung, während Mickey von den Kindern belagert wurde.
Jetzt endlich, während sie ihren Koffer auspackte und Ruth ihr von ihrem Fensterplatz aus dabei zusah, kam das Haus langsam zur Ruhe. Arnie saß unten und sah sich die Spätnachrichten an, und die Mädchen versuchten krampfhaft, ja nicht einzuschlafen.
»Sie werden bald schlafen wie die Murmeltiere«, versicherte Ruth. »Sie sind todmüde.«
Mickey legte ihre gefalteten Sachen in die Kommode und dachte an die

stillen Räume von Pukula Hau. Wie ein Museum erschien ihr Pukula Hau im Vergleich mit diesem Haus; ein Museum mit glänzenden Böden, antiken Möbeln und Dienstboten, die lautlos hin und her eilten.
Während Ruth der Freundin beim Auspacken zusah, dachte sie an den strahlenden Februartag vor beinahe zwei Jahren zurück. War das eine Aufregung gewesen! Drei hektische Tage in Hawaii, zusammen mit Sondra und Mickey. Den Flug erster Klasse nach Honolulu hatte Mickey bezahlt; dort hatte sie Harrison Butlers Privatjet abgeholt und nach Lanai gebracht. Mickey hatte sie vor dem Portal eines alten Herrenhauses im Kolonialstil erwartet. Die drei Freundinnen verbrachten herrliche Tage miteinander, angefüllt mit Erinnerungen und langen Gesprächen, Gelächter und auch Tränen. Gemeinsam hatten sie vor dem Altar unter einem Baldachin aus tropischen Blüten und Palmen gestanden, Mickey an Harrisons Seite, Ruth und Sondra, die Brautjungfern, hinter ihnen. Anschließend der traumhafte Empfang mit Hunderten von Gästen, Musik und Champagner unter einem sternübersäten Tropenhimmel Mickey und Harrison hatten den ersten Tanz allein getanzt, und während sie sich auf der Terrasse drehten, regnete es aus einem Hubschrauber über ihnen Hunderte schneeweißer Orchideen auf sie herab.
»Und?« sagte Mickey. »Habt ihr von der Eruption am Mount St. Helen viel mitbekommen?«
»Überhaupt nichts. Kein Stäubchen. Das ist alles nach Idaho geblasen worden.«
»Ach«, sagte Mickey, sich aufrichtend. »Hier ist was für dich.« Sie hielt Ruth einen dicken Luftpostumschlag hin. »Von Sondra.«
Ruth stand auf. »Ich hab' ewig nichts von ihr gehört.«
Sie setzten sich nebeneinander auf das Bett und studierten mit gesenkten Köpfen die Fotografie. Sondra und Derry mit strahlenden Gesichtern, in Sondras Armen ein kleines Bündel.
»Mensch, schau dir diesen Mann an«, murmelte Ruth. »Einfach Klasse!«
Aber Mickey starrte auf das rosige Gesichtchen des zwei Monate alten Roddy. ›Wir haben ihn nach Derry genannt‹, hatte Sondra auf die Rückseite des Bildes geschrieben, ›der eigentlich Roderick heißt. Aber wir nennen ihn Roddy, damit wir Vater und Sohn auseinanderhalten können.‹
›Liebe Mickey, tut mir leid, daß ich so lange nicht geschrieben habe. Es ist einiges passiert, wie Du sehen kannst. Im Augenblick macht Roddy noch ziemlich viel Arbeit, aber ich bin selig. Der einzige Nachteil ist, daß ich nicht mit Derry auf Runde fahren kann. Aber das wird ja bald wieder

kommen, wenn Roddy ein bißchen größer ist, und ich ihn einer unserer Eingeborenenfrauen hier anvertrauen kann.
Es ist ziemlich spät am Abend, Roddy schläft schon. Derry ist im Taita Dorf, um einen Notfall zu betreuen. Ich bin ganz allein im Moment. Unsere kleine Siedlung schläft. Ich bin sehr glücklich. Manchmal frage ich mich, womit ich das verdient habe.
Es ist eigentlich paradox, Derry und ich sind im Grunde wie Nomaden, und doch fühlen wir uns hier so fest verwurzelt wie ein Affenbrotbaum. Wir könnten beide niemals ein ruhiges, beschauliches Leben an einem festen Ort führen – ganz Kenia ist unser Zuhause.
Mickey, bitte gib den Brief an Ruth weiter. Sie denkt bestimmt schon, ich hätte sie vergessen. Schreib mir doch bald einmal, ich möchte hören, wie es Euch geht. Wie schmeckt dir die Ehe? Was machen Ruths Kinder?
Sei umarmt und *kwa heri*.‹
Eine kleine Weile blieben sie schweigend sitzen und lauschten dem Pfeifen des kalten Nordwestwinds.
»Und wie läuft deine Praxis?« Ruth drehte sich herum und lehnte sich an den Pfosten des altmodischen Himmelbetts.
»Gut. Am Anfang war mir ein bißchen mulmig so ganz allein und auf mich gestellt, aber jetzt fühle ich mich sehr wohl. Die Praxis ist nicht weit vom Great Victoria. Ich habe zwei Arzthelferinnen und eine Sprechstundenhilfe. Ich habe sehr viel zu tun. Aber du mit deiner Klinik bist mir natürlich weit voraus.«
Als der Supermarkt neben ihrer Praxis schließen mußte, hatte Ruth das Gebäude gekauft und renovieren lassen. Ihre Klinik nahm jetzt das ganze Haus an der Straßenecke ein, hatte alle modernen Einrichtungen einschließlich Röntgenabteilung und Labors, und die Patienten wurden von zwölf Angestellten betreut. Ruth erinnerte sich noch genau an den Tag, als ihr Vater gekommen war, um die neue Klinik zu besichtigen. Es war sein erster und letzter Besuch gewesen, und er hatte nichts weiter gesagt als: »Findest du diese Spezialisierung nicht ein bißchen einseitig?«
Es klopfte zaghaft an die Tür, und ein kleines, herzförmiges Gesicht schob sich durch den Türspalt. Es war die zweieinhalbjährige Leah.
»Mami, ich wollte Tante Mickey Wobbwy geben, damit sie nicht allein schlafen muß.«
Ruth nahm das kleine Mädchen in die Arme. »Das ist lieb von dir, Leah. Tante Mickey schläft bestimmt gern mit Lobbly.« Über ihre Schulter hinweg sagte sie zu Mickey: »Ich leg' sie gleich wieder hin. Keine Angst, das wird nicht die ganze Nacht so gehen.«
Mickey versicherte, daß es ihr nichts ausmache. Es macht mir wirklich

nichts aus, dachte sie, während Ruth mit dem Kind hinaus ging. Im Gegenteil, ich wäre froh, wenn mich nachts ein Kind wecken würde...
Ruth kehrte mit einer Puppe zurück, einem kleinen knautschigen Geschöpf mit vier Armen und zwei Schwänzen. Es war die Nachbildung eines der Geschöpfe, die Jonathan Archers Nachfolgefilm zu *Invaders* bevölkerten.
»Das ist wirklich Ironie des Schicksals«, sagte Ruth und warf die Puppe auf Mickeys Bett. »Jetzt schläfst du mit einem von Jonathans Geschöpfen. Denkst du noch manchmal an ihn?«
»Jetzt nicht mehr. Früher habe ich viel an ihn gedacht. Ab und zu frage ich mich, ob er mir immer noch böse ist, daß ich ihn damals am Glockenturm versetzt habe.«
»Versuchst du nicht manchmal, dir vorzustellen, wie dein Leben sich entwickelt hätte, wenn du hingegangen wärst?« Ruth kehrte zu ihrem Platz im Erker zurück.
»Ruth, kannst du mir helfen?«
»Erzähl mir erst mal, was du bis jetzt unternommen hast.«
Mickey seufzte. »Im vergangenen Februar waren Harrison und ich bei einem Spezialisten in Pearl City. Er meinte, wir dürften eigentlich überhaupt keine Schwierigkeiten haben.«
»Hast du die Unterlagen mit?«
Mickey hob ihre burgunderfarbene Aktentasche hoch, die zwischen den Koffern stand. »Dicker als das Telefonbuch von Manhattan.«
»Und Harrison?«
»Völlig normal. Es steht alles hier drinnen. Das Problem liegt offenbar bei mir.« Mickeys Stimme klang gepreßt. »Aber Dr. Toland hat nichts gefunden.«
Ruth setzte sich wieder zu Mickey aufs Bett. Sie hätte tausend Fragen stellen können, aber sie wußte die Antworten schon. Mickeys Haltung, die Bewegungen ihrer Hände, die Niedergeschlagenheit in ihrer Stimme sagten ihr alles.
»Habt ihr mal an Adoption gedacht?«
»Das ist nicht das gleiche, Ruth. Das Kind einer anderen Frau. Ich möchte es selber erleben, ich möchte wissen, wie es ist, ein Kind zu gebären. Und ich möchte, daß Harrison wieder einen Sohn bekommt. Kannst du mir helfen?«
Da war er wieder, dieser Gesichtsausdruck. So quälend vertraut. Nicht von ihren Patientinnen kannte sie ihn, von sich selber. Immer wenn Ruth in letzter Zeit in den Spiegel sah, entdeckte sie dieses gleiche stumme Flehen, diesen verlorenen Ausdruck, der sich aus ungestillter Sehnsucht,

Furcht und Verwirrung mischte. Mir geht es nicht anders als dir, Mickey. Ich möchte noch ein Kind.
»Ich komme mir vor wie ein brachliegendes Feld«, sagte Mickey leise. »Es ist entsetzlich. Jede Menstruation kommt mir wie ein neues Todesurteil vor. Ich glaube, ich werde verrückt vor Sehnsucht und Verlangen.«
»Ich weiß, Mickey. Ich kenne das aus meiner Gruppe, in der die Frauen offen über ihre Ängste und ihren Zorn sprechen. Verlorene Weiblichkeit, das Gefühl, vom eigenen Körper verraten zu werden, Selbsthaß, das Gefühl der Nutzlosigkeit –«
Aber Ruthie, hatte Arnie gesagt, du kannst doch nicht im Ernst noch ein Kind wollen! Doch, ich will. Du hast keine Ahnung, wie sehr ich es will, Arnie. Aber das Risiko! Wir haben fünf gesunde Kinder bekommen, Arnie. Warum nicht noch eines dazu? Das ist doch Wahnsinn, Ruthie. Und reiner Egoismus.
Ruth fuhr sich mit der Hand über die Augen, Arnie, warum streiten wir in letzter Zeit soviel?
»Ruth?«
»Entschuldige, Mickey, mir ist gerade was durch den Kopf gegangen. Ich seh' mir deine Unterlagen übers Wochenende an, und dann checken wir dich noch einmal nach allen Regeln der Kunst durch. Es ist möglich, daß dein Arzt etwas übersehen hat.«
Mickey lächelte. Ihre angespannten Schultern sanken herab. »Danke dir, Ruth.«

»Das einzige Risiko bei diesem Verfahren ist, daß du unwissentlich schwanger bist, Mickey. Wenn das der Fall ist, lösen wir eine Fehlgeburt aus.«
Mickey sah einen Moment zu den rotgefärbten Bäumen hinaus. »Nein, Ruth, ich bin bestimmt nicht schwanger.«
»Okay.« Ruth faltete die Karte zusammen und stand von ihrem Schreibtisch auf. »Ich sag' der Schwester, daß sie alles vorbereiten soll.«
Sie wollten mit Hilfe einer Endometrialbiopsie feststellen, ob bei Mickey ein normaler Eisprung stattfand. Dr. Toland hatte in Pearl City die gleiche Untersuchung bereits vorgenommen, und sie war zufriedenstellend ausgefallen – aber Ruth wollte ganz sicher gehen.
Statistisch gesehen lagen die Gründe für Sterilität zu 40 Prozent bei den Männern, zu 30 Prozent bei den Frauen, zu etwa 20 Prozent bei beiden Partnern; bei den restlichen Fällen – 10 Prozent etwa – waren die Ursachen bisher ungeklärt. Den Unterlagen zufolge, die Mickey mitgebracht hatte, war bei Harrison alles in Ordnung. Dr. Tolands Untersuchungen

zeigten weiter, daß Mickeys Gebärmuttersekret keine spermiziden Antikörper enthielt und auch sonst das Vordringen der Spermien in keiner Weise behinderte. Folglich mußte das Problem bei Mickey organischer Natur sein, auch wenn Dr. Toland nichts dergleichen festgestellt hatte.
Während Ruth draußen mit der Schwester sprach, sah Mickey sich in ihrem Arbeitszimmer um. Es war völlig anders als ihr eigenes Sprechzimmer oder die Sprechzimmer anderer Ärzte, die sie kannte, aber es war eben typisch Ruth. Pflanzen, Spielsachen, handgenähte Kissen und Fotos, Fotos, Fotos von wahrscheinlich jedem Kind, bei dessen Geburt Ruth je geholfen hatte, von strahlenden Müttern in Krankenhausbetten, von stolzen Vätern und von Ruths eigenen Kindern einschließlich Beth und Figgy in sämtlichen Lebensaltern. Von Arnie war nur ein einziges Bild da – eine kleine Polaroidaufnahme, die Arnie mit der neugeborenen Rachel zeigte.
Mickey wurde nachdenklich. In der einen Woche ihres Aufenthalts im Haus der Roths, hatte sie etwas gespürt, das sie bedrückte; um so mehr, da Ruth überhaupt nichts wahrzunehmen schien.
Arnie.
Arnie Roth lebte in einer Frauenwelt; Tampaxschachteln im Badezimmer, Büstenhalter an Türklinken, Puppen und Lockenwickel, Schleifchen und Spangen; sogar die Hunde und die Katzen waren weiblichen Geschlechts. Und wie in unbewußtem Bemühen, dieser Überwältigung durch das Weibliche standzuhalten, produzierte der ruhige Arnie einen seiner Persönlichkeit völlig fremden Fanatismus für Männersport, steigerte sich bis zur Besessenheit in seine Aktivitäten für die Pfadfinder und für seine Männerloge hinein und hatte nun – gestern erst – sogar ein Jagdgewehr gekauft.
Das war nicht mehr Arnie Roth. Doch er fühlte sich in die Ecke gedrängt, auf die Seite gestellt, ausgestoßen, überflüssig. Sah Ruth denn nicht, was sie ihm antat?
»Okay, Mickey, wir sind soweit.« Ruth hielt ihr die Tür auf.
Bei der Endometrialbiopsie wird ein kleines Stück der Gebärmutterschleimhaut zur Untersuchung entnommen. Der Eingriff, der ohne Narkose vorgenommen wird, dauert nur wenige Minuten und verursacht einen Schmerz ähnlich einem Menstruationskrampf. Vor allem dient der Eingriff dazu, festzustellen, ob bei der Patientin ein Eisprung stattfindet.
Mickey legte sich zurück und schloß die Augen, während Ruth an die Arbeit ging. Sie wußte, was das Labor finden würde: daß sie einen normalen Eisprung hatte; daß jeden Monat um den vierzehnten Tag ihres

Zyklus' einer ihrer Eierstöcke ein Ei produzierte, das dann durch den Eileiter befördert wurde um hoffentlich mit einem Spermium zusammenzutreffen und befruchtet zu werden.
Mickey kannte die Ergebnisse aller ihrer Tests: ihr Hormonspiegel war normal; ihr Gebärmuttersekret war normal; ihr Uterus war gesund und in richtiger Lage; ihre Eileiter waren nicht verstopft, sie hatte weder Endometriose noch Verwachsungen im Bauch.
»Okay, Mickey«, sagte Ruth und zog das Papiertuch von Mickeys Beinen. »Das wär's. Jetzt warten wir auf das Urteil des Pathologen.«

29

»Du weißt ja bereits, Mickey, daß du einen normalen Eisprung hast, und das immer am gleichen Tag deines Zyklus'.«
Sie saßen in einem kleinen Fischrestaurant in der Nähe des Fährhafens bei Krebsen und Weißwein.
»Und wie geht's jetzt weiter?« fragte Mickey.
»Ich würde gern eine Laparoskopie machen. Was meinst du dazu?«
Mickey zuckte die Achseln. Im Lauf der neunmonatigen Untersuchungen bei Dr. Toland hatte Mickey sich daran gewöhnt, ihren Körper als ein Objekt zu sehen, das von anderen begutachtet, untersucht, angezapft und studiert wurde. Dieser Körper, der nicht empfangen wollte.
»Du bist die Ärztin.«
Ruth griff über den Tisch und berührte ihre Hand.
»Nicht deprimiert sein, Mickey.«
»Das bin ich nicht, Ruth, ehrlich nicht. Nur müde, weißt du.«
»Das tut mir leid. Ich sag' den Mädchen immer wieder, daß sie dich in Ruhe lassen sollen. Aber du bist nun mal Besuch vom andern Stern.«
Das war es nicht, was Mickey müde machte. Aber sie konnte der Freundin die Wahrheit nicht sagen – daß es sie niedergeschlagen und neidisch machte, ständig den lebenden Beweis für Ruths eigene überquellende Fruchtbarkeit vor Augen zu haben.
»Gut, wann machen wir die Laparoskopie?« fragte sie.
»Da muß ich erst mit Joe Selbie sprechen. Und dann muß ich das mit meinem eigenen Terminkalender koordinieren und nachschauen, wie der Operationsplan aussieht.«
Es ist ungeschriebene Regel bei den Chirurgen, daß man Verwandte oder Freunde nicht selber operiert.
»Und nach der Laparoskopie?«

»Das kommt darauf an, was Joe Selbie feststellt, Mickey. Wie stehst du zu Hormonpräparaten, um die Empfängnisbereitschaft zu steigern?«
»Nein, will ich nicht.«
Auch Dr. Toland hatte diese Frage gestellt, und Mickey und Harrison waren beide der Meinung gewesen, daß es besser war, von diesen Mitteln die Finger zu lassen, wenn auch von den derzeit auf dem Markt befindlichen Präparaten nur eines schädliche Nebenwirkungen gezeigt hatte.
Ruth nahm die Weinkaraffe und schenkte Mickey und sich nach. Ein seltener Luxus, mitten am Tag Wein zu trinken, aber es war auch ein besonderer Tag; sie hatte ihn sich für Mickey freigenommen.
»Willst du es nicht noch einmal mit künstlicher Befruchtung versuchen?«
Mickey seufzte.
Sie schwiegen beide und sahen zum Fenster hinaus auf die Bucht, durch deren graues Wasser sich die Fähre näherte, die sie von Bainbridge Island herübergebracht hatte. Mickey mußte wieder an das Gespräch denken, daß sie vor drei Tagen abends mit Arnie geführt hatte, als sie ihm beim Geschirrspülen geholfen hatte. Ruth war in der Klinik gewesen.
Gänzlich unerwartet hatte Arnie gesagt: »Na, Mickey, was hältst du denn nun von uns beiden – von Ruth und mir?«
Teller und Geschirrhandtuch in der Hand, sah sie ihn an. »Wie meinst du das?«
»Würdest du sagen, daß wir ein glückliches Paar sind, wenn du uns so siehst?«
»Ich weiß nicht. Seid ihr es?«
»Das kann ich nicht beantworten. Ist das nicht verrückt? Ich kann nicht sagen, ob wir glücklich sind oder nicht. Ich habe keinen Vergleich. Wie geht es anderen Paaren nach neun Jahren Ehe?«
Mickey starrte ihn an. Nach neun Jahren? Ich weiß es nicht. Ich bin erst seit zwei Jahren verheiratet. Jonathan und ich wären jetzt bald neun Jahre verheiratet, wenn ich damals zum Glockenturm gegangen wäre. Aber ich werde nie wissen, was das für ein Leben geworden wäre.
»Sie nimmt es mir übel, daß ich kein Kind mehr will. Ich verstehe nicht, wieso sie unbedingt noch ein Kind haben will, Mickey. Wir haben doch schon fünf. Warum sollen wir das Glück herausfordern? Weißt du«, fügte er leiser hinzu, »daß ich sogar schon an Scheidung gedacht habe? Nicht ernstlich natürlich, aber der Gedanke ist mir durch den Kopf gegangen. So nach dem Motto, was wäre, wenn... Aber ich weiß nicht, ob das die Lösung ist. Ich weiß ja selber überhaupt nicht, was ich eigent-

lich will. Ich weiß, daß ich meine Kinder, dieses Haus, Ruth und unser gemeinsames Leben will, aber nicht so, wie es jetzt ist.«
»Habt ihr beide mal darüber gesprochen?«
»Gesprochen? Angebrüllt haben wir uns. Ich weiß nicht, Mickey. Ich hab' das Gefühl, als zählte ich überhaupt nichts, als bedeute ich ihr gar nichts mehr. Sie ist nicht mehr die, die sie war, als ich sie geheiratet habe.«
Mickey mußte sich eine rasche Erwiderung verkneifen. Wann nimmst du endlich die rosarote Brille ab, Arnie? Ruth war immer schon so, wie sie heute ist – rastlos.
»Sie hat dauernd soviel um die Ohren«, fuhr er fort. »Ich dachte, wenn sie ihre eigene Praxis hätte, könnten wir endlich ein normales Leben führen. Aber kaum hatte sie sich selbständig gemacht, nahm sie alle möglichen anderen Projekte an, die Gesprächsgruppe am Freitag, die Schwangerschaftsgymnastik und die privaten Beratungsstunden. Ich habe das Gefühl, immer wenn ein bißchen Freizeit droht, stopft sie sie sofort mit irgend etwas voll. Manchmal kommt's mir vor, als lüde sie sich so viel auf, damit sie nicht zum Nachdenken kommt. Ich weiß nicht, Mickey...«
Mickey wußte nicht, was sie davon halten sollte. Ruth war genau wie damals, als Mickey ihr vor zwölf Jahren zum erstenmal begegnet war – ehrgeizig, wild entschlossen, in ständigem Wettlauf mit der Zeit. Aber wozu? Zu welchem Zweck und Ziel?
Mickey wandte sich vom Fenster ab, um die Freundin zu betrachten. Ruth war ein bißchen rundlicher geworden und hatte ein paar graue Strähnen im dunkelbraunen Haar. Aber sonst war sie unverändert. Auf dem Flug nach Seattle hatte Mickey sich vorgestellt, Ruths Freunde kennenzulernen; aber von Freunden oder Freundinnen war nie die Rede. Vielleicht, dachte Mickey, hat Ruth überhaupt keine Freunde. Wundern würde es mich nicht; sie hat ja keine freie Minute.
»Wie geht es dir eigentlich, Ruth?« sagte sie. »Wir haben ja noch gar keine Zeit gehabt, richtig miteinander zu reden.«
Ruth schien aus weiter Ferne zurückzukehren.
»Mir geht's gut. Alles ist bestens. Warum fragst du?«
»Du hast immer soviel zu tun. Ich kann mir nicht vorstellen, wie du das alles schaffst. Wo findest du die Zeit?«
»Ich *nehme* mir die Zeit«, antwortete Ruth, und Mickey fiel ein Gespräch vor langer Zeit ein, als Sondra am ersten oder zweiten Tag auf dem College Ruth gefragt hatte, »Wie hast du die Zeit gefunden, jetzt schon deine Bücher zu besorgen?« Ruth hatte geantwortet: »Ich habe mir die Zeit *genommen*.«

Wozu das alles, Ruth? Was fehlt in deinem Leben!
Ein anderes Gespräch kam Mickey in den Sinn. Es hatte erst am vergangenen Abend stattgefunden. Sie, Ruth und Arnie saßen mit ihrem Kaffee im Wohnzimmer, als die Mädchen herunterkamen, um gute Nacht zu sagen. Während die anderen sich um Mickey und ihre Mutter scharten, ging die achtjährige Rachel schnurstracks zu Arnie und kletterte auf seinen Schoß.
Ruth murmelte Mickey stirnrunzelnd zu: »Sieh dir das an. Sie rutscht praktisch auf den Knien vor ihm. Warum sind kleine Mädchen nur so unterwürfige Masochistinnen und nehmen alles hin, was Daddy sagt und tut? Ganz gleich, was Arnie auch macht, Rachel läßt nichts auf ihn kommen.«
Mickey sah Ruth überrascht an. »Ich finde, Arnie ist ein guter Vater.«
»Ja, natürlich. Aber eines Tages wird für sie die Ernüchterung schon kommen. Wenn es zu spät ist.«
Mickey hatte keine Gelegenheit gehabt, Ruth um eine nähere Erklärung zu bitten, und sie wußte nicht, ob der Moment jetzt dafür geeignet war. Ihr fiel ein, daß Ruth selber damals, als sie noch auf dem College gewesen waren, Schwierigkeiten mit ihrem Vater gehabt hatte. Hatte sie nicht ihr Studium selber finanzieren müssen, während ihre Brüder vom Vater finanzielle Unterstützung erhalten hatten?
Ruth nahm eine Salzstange, biß einmal davon ab und ließ sie auf ihren leeren Teller fallen.
»Habe ich dir eigentlich erzählt, Mickey, daß ich gern noch ein Kind hätte? Ja, wirklich. Ein letztes. Solange ich noch kann.«
»Hältst du das denn für klug?«
»Du redest wie Arnie. Ich möchte noch ein Kind, und er macht sich in die Hosen vor Angst. Weißt du, was er mir letzte Woche eröffnet hat? Daß er sich eine Vasotomie machen läßt, wenn ich aufhöre, die Pille zu nehmen. Findest du das fair?«
»Tut er es denn wirklich?«
»Nein. Ich nehme weiter die Pille. Aber es macht mich wirklich wütend. Jedesmal, wenn ich Leah ansehe, denke ich: Was wäre wenn ich von Tay-Sachs gewußt hätte, als ich mit Sarah schwanger war? Arnie hätte verrückt gespielt, und Leah wäre nie geboren worden.«
Ruth nahm die Salzstange von ihrem Teller und aß sie.
»Was für eine Idee«, sagte sie zornig. »Sich die Samenleiter durchschneiden zu lassen. Das ist doch nur eine andere Form männlicher Tyrannei. Die Vasotomie ist nichts weiter als eine Variation des Keuschheitsgürtels. Indem der Mann seiner Frau die Kontrolle über ihre eigene Empfängnis

oder Verhütung entreißt, versichert er sich, daß sie keine Seitensprünge macht. Ich kenne zwei Frauen, die ab und zu mal eine Affäre hatten. Sie mußten damit aufhören, als ihre Ehemänner sich die Samenleiter abbinden ließen; denn sie mußten natürlich sämtliche Verhütungsmittel wegschmeißen. Und eine Schwangerschaft können sie nicht riskieren, weil sie nicht die geringste Chance hätten, das Kind dann als seines auszugeben.«
Mickey wollte gerade etwas sagen, als hinter ihr eine fremde Stimme erklang. »Ruth! Was für eine nette Überraschung! Wie geht es Ihnen?«
Die Frau, die an ihrem Tisch stand, war um die fünfzig, konservativ gekleidet, das ergrauende Haar streng frisiert.
»Hallo, Lorna«, begrüßte Ruth sie lächelnd. »Setzen Sie sich doch zu uns. Darf ich Sie mit meiner Freundin Mickey Butler bekanntmachen?«
Lorna Smith war Redakteurin bei einer Zeitung in Seattle. Sie hatte Ruth kennengelernt, als sie als Patientin zu ihr gekommen war; später hatten sich gesellschaftliche Verbindungen über Arnies Kompagnon ergeben.
»Sie kennen sich also vom Medizinstudium her«, sagte Lorna, nachdem sie sich einen Bloody Mary bestellt hatte. »Das müssen interessante Zeiten gewesen sein, die Tage vor der Frauenbewegung.«
Bei der Erinnerung an einige der jungen Männer auf dem College und besonders an Dr. Moreno, den Anatomiedozenten, mußte Mickey lächeln.
»Darf ich Ihnen eine dumme Frage stellen, Mickey? Warum spricht man in Ihrem Fach von Plastik-Chirurgie? Arbeiten Sie mit Kunststoff?«
»Nein. Das Wort kommt vom Griechischen *plastikos*. Das heißt formen.«
»Na bitte.« Lorna nickte Ruth zu. »Wieder etwas dazu gelernt. Jetzt kann ich für heute faulenzen.«
Die Kellnerin brachte den Drink und Kaffee für Ruth.
»Wir haben Sie letzten Monat bei den Campbells auf dem Grillfest vermißt«, bemerkte Lorna, nachdem sie einen Schluck getrunken hatte.
Jim Campbell war Arnies Geschäftspartner und Finanzberater von Lornas Ehemann.
»Ich mußte in die Klinik. Habe ich was versäumt?«
»Nicht viel. Ich muß Sie allerdings warnen, Ruth, diese Wisteria Campbell ist ganz scharf auf Ihren Mann.«
»Was? Das soll wohl ein Witz sein?«
»Im Gegenteil. Sie hat ihre Klauen schon nach ihm ausgestreckt.«

»Nach Arnie? Aber Lorna, er ist nicht der Typ von Mann, der Frauen gefällt.«
Während Ruth lachte, tauschten Mickey und Lorna einen kurzen Blick. Dann wurde Lorna geschäftlich.
»Ich bin froh, daß ich Sie getroffen habe, Ruth«, sagte sie. »Ich wollte Sie sowieso anrufen. Ich möchte etwas Geschäftliches mit Ihnen besprechen. Um gleich zur Sache zu kommen: Lesen Sie ab und zu mal Dr. Chapmans Spalte?«
»Sie meinen ›Fragen Sie Dr. Paul?‹ Ja, manchmal. Aber er haut oft völlig daneben. Er ist hoffnungslos hinterher.«
»Ich weiß. Das ist uns schon seit einiger Zeit aufgefallen. Er ist alt. Er arbeitet seit Kolumbus' Landung bei unserer Zeitung. Die alte Redaktionsleitung hat ihn behalten, weil alle ihn mochten. Aber jetzt sind beim *Clarion* große Veränderungen geplant, und wir haben uns überlegt, daß wir für die Spalte einen neuen Mitarbeiter brauchen. Jemand der medizinisch auf dem neuesten Stand ist.«
»Und ich soll Ihnen jemanden empfehlen?«
»Da die meisten Briefe von Frauen kommen, wollten wir eine Ärztin nehmen, und die Spalte ›Fragen Sie Dr. Ruth‹ nennen.«
»Was? Sie wollen mich haben?«
»Sie müssen in Ihrer Praxis ständig Fragen beantworten, Ruth, und viele sind wahrscheinlich die gleichen Fragen, die Dr. Chapman gestellt werden. Die allgemeine Unwissenheit ist unvorstellbar.«
»Das brauchen Sie mir nicht zu sagen.«
»Dr. Chapman bekommt viele Briefe zu der Kontroverse über die Östrogentherapie, Briefe von Frauen, die angefangen haben, Sport zu treiben und wissen möchten, wie sich das auf ihren Körper auswirken kann. Andere wollen wieder das Neueste über Drogen und Operationsverfahren wissen. Was sagen Sie dazu, Ruth? Hätten Sie Lust? Die Kolumne erscheint nur einmal in der Woche. Wir geben Ihnen in der Redaktion einen Schreibtisch und eine Assistentin. Das Honorar ist bescheiden, aber es könnte doch ganz lustig sein.«
Mickey sah den Funken in Ruths Auge, die plötzliche Erregung, die eifrige Bereitschaft noch ein Projekt zu übernehmen, noch mehr Verantwortung. Und Mickey dachte: Sie muß verrückt sein, wenn sie es annimmt.
Ruth hingegen dachte an ihren Vater. Eine medizinische Spalte in einer Zeitung. Da würde er beim besten Willen nicht behaupten können, sie arbeite einseitig.

Mickey sah lächelnd zu der Narkoseschwester auf, einer hübschen jungen Frau mit großen blauen Augen.

»Wenn ich Ihnen das Pentothal gebe, Doktor, zählen Sie bitte von hundert nach rückwärts«, sagte die Schwester, während sie den Tropf öffnete, der in Mickeys Arm führte. »Und wenn Sie bis achtzig kommen, gewinnen Sie eine Reise nach Hawaii.«

»Da komme ich doch her«, entgegnete Mickey benommen.

»Dann eben zum Nordpol.« Sie drehte sich auf ihrem Stuhl um. »Wir sind soweit, Dr. Shapiro.«

Ruth, die hinter dem Tisch gestanden und die Instrumente geprüft hatte, trat an Mickeys Seite und nahm ihre Hand. »Träum was Schönes«, sagte sie durch ihren Mundschutz hindurch.

Mickey versuchte, ihre Finger um Ruths Hand zu legen, ihre Lider fielen herab, und im Mund lag ihr der Knoblauchgeschmack, der ihr sagte, daß das Pentothal in ihre Blutbahn eingedrungen war.

»Einhundert«, flüsterte sie, »neunundneunzig, achtundneunzig, siebenundneunzig... siebenundneunzig... sieben...«

Die Narkoseschwester zog Mickeys Lider hoch, nickte Ruth zu und murmelte: »Sie schaffen's nie auch nur bis fünfundneunzig.«

Joe Selbie arbeitete mit der Assistenz der Operationsschwester. Die Instrumente wurden durch die Vagina eingeführt – ein Tenakel zum Manipulieren des Uterus, eine Kanüle zum Einspritzen des Farbstoffs. Dr. Selbie machte neben dem Nabel einen kleinen Schnitt, durch den ein Trokar eingeführt wurde. Direkt am Ansatz des Schamhaars setzte er die Insufflationsnadel ein, durch die Kohlendioxid gepumpt wurde, um die Bauchdecke anzuheben.

Während Mickeys Bauch langsam anschwoll, sprach Ruth, die knapp außerhalb des keimfreien Feldes stand, ein stummes Gebet.

Nach der Insufflation führte Selbie das Spezialmikroskop ein und drückte sein Auge auf das Okular, während die Operationsschwester mit den Instrumenten bereitstand.

»Sieht normal aus«, murmelte Selbie nach einer Weile. »Keine Verwachsungen. Keine Endometriose. Keine Vernarbungen. Eine Anatomie wie aus dem Lehrbuch.«

Selbie hob den Kopf. »Okay, Doris«, sagte er zur Operationsschwester. »Methylenblau jetzt.«

Mit einer großen Plastikspritze voll violetten Farbstoffs stellte sich die Operationsschwester zwischen Mickeys hochliegende Beine. Sie schloß den Plastikschlauch der Spritze an die Metallkanüle an und begann mit Selbies Signal, langsam den Stempel zu drücken.

Ruth spürte, wie sie sich innerlich verkrampfte, während sie auf Joe Selbies gekrümmten Rücken starrte. Das Auge auf das Okular gedrückt, wartete er auf den Farbstoff, der seinen Weg durch den Uterus und die beiden Eileiter nehmen und schließlich durch die Fimbrien austreten würde, um sich dann völlig harmlos im Körper zu verteilen.
Joe Selbie schüttelte den Kopf. »Normal, Ruth. Keinerlei Blockaden.« Er richtete sich auf und lächelte beinahe entschuldigend. »Ihre Eileiter scheinen völlig in Ordnung zu sein.«
Zorn sprang in Ruth hoch, ein Zorn, der aus Enttäuschung und Anspannung geboren war. Aber er verging rasch, als sie zum Tisch trat, um selber durch das Okular zu schauen.
Wieder drückte die Operationsschwester auf den Stempel, und einen Augenblick später sah Ruth die tiefblaue Flüssigkeit aus den Enden der Eileiter strömen.
»Verdammt«, murmelte sie.
Nachdem sie wieder vom Tisch weggetreten war, nahm Selbie das Skalpell, machte am Haaransatz einen zweiten kleinen Schnitt und führte noch einen Trokar ein.
»Ich will mal was versuchen«, sagte er und nahm eine der langen Pinzetten.
Ruth sah angespannt zu, wie er das Instrument durch die zweite Öffnung gleiten ließ und dann sein Auge wieder auf das Okular drückte.
»Okay, Doris«, sagte er. »Noch etwas Farbe.«
Aufmerksam sah er zu, wie der Farbstoff durch die feinen Fimbrien sickerte, die sanften ›Finger‹, die die Natur geschaffen hatte, das reife Ei in den Eileiter zu befördern. Dann faßte er den linken Eileiter mit der langen Pinzette, rollte ihn ein wenig, um besser sehen zu können, und gab das Signal zur Einleitung von weiterem Farbstoff. Wie auf der rechten Seite sickerte der Farbstoff heraus und spülte über den weißen Eileiter unter den Fimbrien hinweg. Nur –
Es war gar nicht so.
Selbie hob den Kopf, zwinkerte einmal kurz, um wieder klaren Blick zu bekommen, und sagte stirnrunzelnd: »Noch mal, Doris«, ehe er sich wieder über das Okular neigte.
Es gab keinen Zweifel mehr. Der Farbstoff verfehlte den Eileiter.
»Ruth, kommen Sie. Sehen Sie sich das an.«
Das Auge auf dem Okular, während Selbie die Pinzette hielt, sah Ruth das gleiche, was Selbie gesehen hatte: eine winzige Öffnung zwischen Eileiter und Eierstock, so mikroskopisch klein, daß man sie ohne die Manipulation des Eileiters nicht hätte sehen können.

»Was meinen Sie? Eine Narbe?«
»Oder eine kleine Deformierung.«
Ruth war plötzlich sehr erregt. Es war eine Chance!
Mickey hatte bereits vor Beginn der Untersuchung ihre schriftliche Einwilligung zu einem Eingriff gegeben, falls ein solcher sich als notwendig erweisen würde. Das Team vergeudete keine Zeit. Es wurde alles für eine Operation vorbereitet.
Acht Minuten später machte Selbie einen Pfannenstiel-Schnitt, Ruth assistierte.
Am Ende des Eileiters fanden sie eine winzige Deformierung, beinahe zu klein, um sie mit bloßem Auge zu erkennen, aber im Verhältnis zur mikroskopisch kleinen Eizelle groß genug, um Sterilität zu verursachen.
Da zwischen Eierstock und Eileiter keine Verbindung besteht, schwimmt beim normalen Eisprung das reife Ei kurze Zeit frei, ehe die Fimbrien des Eileiters durch Kontraktionen, die durch Hormone ausgelöst werden, eine Strömung schaffen, die die Eizelle in die Trichteröffnung des Eileiters zieht. Von dort aus wandert es weiter und wird dann entweder von einem Spermium befruchtet oder zerfällt und wird mit der Menstruation ausgeschwemmt.
An Mickeys linkem Eileiter jedoch waren entweder infolge einer leichten Entzündung in frühen Jahren oder einer Endometriose die Fimbrien miteinander verfranst. Anstatt sich der Eizelle entgegenzustrecken und sie in den Eileiter zu ziehen, wirkten sie als Sperre. Eine kleine Öffnung hinter den Fimbrien, die wahrscheinlich bei der Vernarbung entstanden war, diente dem Farbstoff als Auslauf, so daß es bei den üblichen Diagnosetests den Anschein hatte, als arbeite der Eileiter normal.
Ruth war zutiefst erleichtert. Während Joe Selbie mit einem feinen Instrument die Fimbrien entwirrte und die winzige Nebenöffnung vernähte, konnte Ruth Mickeys Erwachen aus der Narkose kaum erwarten.

»Ich vermute, Mickey, daß bei dir der Eisprung meistens auf der linken Seite stattfindet. Möglicherweise auch nur links. Das kommt vor.«
Sie machten einen gemächlichen Spaziergang durch den Wald hinter dem Haus der Roths. Die Erde unter ihren Füßen war frosthart, der Wind war kalt auf ihren Gesichtern.
»Sämtlichen Tests zufolge hattest du einen normalen Eisprung. Das war auch richtig. Aber immer auf der blockierten Seite. Die Eizelle gelangte nie in den Eileiter.«

Ruths Atem kam in kleinen Stößen, während sie sprach. Mickey beobachtete die Wölkchen, die in die Luft stiegen. In Hawaii sah man so etwas nie. In letzter Zeit fielen ihr solche Dinge auf. Alles nahm sie jetzt viel bewußter wahr: das rauhe Gewebe ihres Mantels, das Glucksen des Baches am Ende von Ruths Grundstück, den Zimtgeruch des Apfelkuchens, den Beth vorhin aus dem Rohr geholt hatte.

Morgen würde sie nach Hause fliegen. Um zu verhindern, daß der frisch genähte Eileiter sich bei der Vernarbung schloß, hatte Joe Selbie einen winzigen Silikonpfropfen in der Öffnung gelassen, um den herum, der Eileiter wachsen würde; in einem Monat würde sie wiederkommen und den Pfropfen entfernen lassen. Und dann gab es, wie er ihr im Krankenhaus gesagt hatte, keinen Grund mehr, warum sie nicht sofort schwanger werden sollte.

Dennoch hielt sie die Hoffnung zurück. Keine Träume jetzt. Vorsicht war besser; die Gefühle im Zaum halten. Harrison hatte sie noch nichts gesagt; sie wollte es ihm in Ruhe erzählen.

»Du weißt natürlich«, fuhr Ruth fort, »daß es keine Garantien gibt.«

Sie hatten den Bach am Ende des Grundstücks erreicht und fanden einen mit Tannennadeln bedeckten Steinbrocken, auf dem sie sich niedersetzten. Das Licht der Wintersonne fiel durch das Gewirr der Äste und spielte auf ihren Gesichtern.

»Garantien gibt es nie, Mickey, das weißt du. Aber ich kann dir versichern, daß wir unser Bestes getan haben, und ich glaube, du kannst dir berechtigte Hoffnungen machen.« Sie griff in die Tasche ihres Mantels und nahm ein kleines Päckchen heraus. »Ich möchte dir das hier schenken, Mickey.«

Auf ihrer offenen Hand lag ein kleines Kästchen mit einer Schnur darum. Mickey nahm es und öffnete es. Auf weißem Seidenpapier lag ein blaugrüner Stein, ein Türkis, etwa von der Größe eines Silberdollars.

»Er ist sehr alt, Mickey. Eine Patientin hat ihn mir letztes Jahr geschenkt; eine Frau, die Toxämie hatte und beinahe ihr Kind verloren hätte. Der Stein bringt der Trägerin Glück, aber er tut seine Wirkung nur einmal. Wenn das Glück aufgebraucht ist, sagte sie mir, verblaßt der Stein.«

Mickey betrachtete ihn. In der Mitte hatte er eine merkwürdige Maserung, die auf den ersten Blick aussah wie eine Frau mit ausgestreckten Armen; bei genauerem Hinsehen jedoch wie ein Baum, an dem sich zwei Schlangen emporwanden. Auf der Rückseite war eine Fassung aus gelbem Metall und eine Inschrift in einer fremdartigen Schrift, zu verwischt, um noch leserlich zu sein.

»Er war blaß, als sie ihn mir gab, Mickey. Aber jetzt ist er leuchtend blau.«
»Dann hast du das Glück nicht verbraucht, Ruth.«
»Ich habe Glück genug. Nimm du ihn.« Ruth schloß Mickeys Finger um den Stein. »Trag ihn in deiner ersten Nacht wieder mit Harrison.«
Sie lachten beide unter Tränen.

Sechster Teil
1985–1986

30

Sondra griff in den alten Sterilisator, holte das heiße Ei heraus und schlug es an der Wand auf. Es war sehr hart gekocht. Das bedeutete, daß die Instrumente steril waren. Nachdem sie die altmodischen Gummihandschuhe übergezogen hatte, nahm sie die Platte mit den dampfenden Instrumenten heraus und trug sie zum Operationstisch.
Es war ein herrlicher Junitag; die Fenster des Operationsraums waren geöffnet, um den sanften Wind einzulassen – eine Todsünde in einem ›richtigen‹ Krankenhaus –, und der Deckenventilator, der die Fliegen dem Operationsfeld fernhalten sollte, drehte sich träge.
Sondra arbeitete allein. Auf dem Operationstisch lag ein alter Taita mit einer hochentzündeten Wunde am Arm, die gereinigt werden mußte.
Ihre alten Freunde aus früherer Zeit hätten die Frau in der kurzen Hose und dem ärmellosen Kittel vermutlich nicht wiedererkannt. Sondras Haut hatte den gleichen dunklen Braunton wie die vieler Eingeborener, und ihr Haar trug sie hochgesteckt unter einem farbenprächtigen afrikanischen Tuch. Ihr Suaheli als sie den alten Mann auf dem Operationstisch ansprach, war beinahe fehlerlos.
»So, *mzee*, ein bißchen Saft vom Geist des Schlafs, damit der Arm einschläft.«
Als sie ein paar Minuten später das Brummen der Cessna hörte, die im Tiefflug über die Landebahn sauste, um die Tiere zu verscheuchen, sah sie lächelnd auf. Und Sie, Dr. Farrar, dachte sie, werden sich heute nachmittag hinlegen, und wenn ich Sie ans Bett fesseln muß.
Derry, der arme, war ständig unterwegs. Wenn er nicht Medikamente zu fernen Außenstellen brachte, die schwer unter der Dürre litten, half er den Regierungsmannschaften bei der Säuberung malariaverseuchter Gebiete. Kaum eine Minute hatte er für sich.
»Wenn wir auf den Seychellen sind, kann ich tagelang faulenzen«, meinte er jedesmal, wenn sie ihm Vorhaltungen machte. Sie wollten dort auf den Inseln ihren ersten richtigen Urlaub verbringen.
Aus irgendeinem Grund hatte sie die Vorstellung gehabt, wenn man einmal eine Weile verheiratet war, würde man einander müde werden; die Flitterwochen würden vorübergehen und einem mehr oder weniger freundlichen Alltag Platz machen. Bei ihr und Derry war es nicht so

– 267 –

gekommen, würde niemals so werden. Nun waren sie schon mehr als elf Jahre verheiratet, und immer noch vermochte sein Anblick sie zu erregen wie am ersten Tag.
Sie rannte hinaus zur staubigen Landebahn. Er hatte die Hände voll mit Postbeutel und Zuckersäcken; trotzdem umarmte er sie und küßte sie herzhaft.
»Was gibt es Neues, Frau Dr. Farrar?« fragte er, als sie Arm in Arm zur Siedlung gingen.
»Nicht viel, Herr Dr. Farrar.« Doch das stimmte nicht ganz. Sondra hatte eine herrliche Nachricht für ihn und konnte es kaum erwarten, sie ihm mitzuteilen. Aber nicht jetzt; später, wenn er ein heißes Bad genommen hatte und zur Ruhe gekommen war.
»Daddy! Daddy!«
Ein kleiner Junge, der eine verblüffende Ähnlichkeit mit Derry hatte, kam aus dem Schulhaus gestürzt. Der fünfjährige Roddy war seinem Vater wie aus dem Gesicht geschnitten; nur die lichtbraunen Augen waren anders. Die hatte er von seiner Mutter.
Derry ließ Postbeutel und Zuckersäcke fallen, nahm seinen Sohn in die Arme und schwang ihn hoch in die Luft. Sondra drückte instinktiv die Hand auf ihren Bauch. Bald würden sie ein zweites Kind haben.
»Komm, Roddy«, sagte sie und befreite Derry von dem stürmischen Jungen. »Daddy muß sich erst mal ein bißchen ausruhen.«
Roddy hüpfte ihnen mit schmutzigen Shorts und aufgeschrammten Knien voraus.
»Ndschangu hat gesagt, wir kriegen heute Marmelade zum Tee. Er hat sie dem gemeinen alten Gupta Singh geklaut.«
Damit schoß Roddy davon, um die Rückkehr seines Vaters zu verkünden.
»Ndschangu sollte mit seinen Bemerkungen vor den Kindern wirklich ein bißchen vorsichtiger sein«, meinte Sondra unwillig.
Derry zuckte die Achseln. Das war etwas, was man nicht ändern konnte. Die Voreingenommenheit der Afrikaner gegen die Inder saß tief. Gupta Singh war der Inhaber der Handelsniederlassung, wo die Missionsstation ihre Einkäufe machte. Der alte Inder, der in Kenia geblieben war, als bei Kenyattas Machtergreifung Tausende geflohen und nach Indien zurückgekehrt waren, war Ndschangus verhaßtester Feind.
»Sie vermehren sich wie die Karnickel«, schimpfte der alte Kikuyu häufig. »Ich möchte wissen, wovon die alle leben.«
In letzter Zeit war Sondras Besorgnis gewachsen. Roddy schnappte von Ndschangu allerhand Ungutes auf und lernte von den Eingeborenenkin-

dern reichlich wilde Spiele. Aber als sie mit Derry darüber gesprochen und gemeint hatte, ob dies denn für die gesunde Entwicklung ihres Sohnes der rechte Ort wäre, hatte Derry nur erwidert: »Mir hat doch meine Kindheit in Afrika auch nicht geschadet.«
Nun ja, vielleicht würde Roddy etwas vernünftiger werden, wenn die kleine Schwester oder der kleine Bruder da war. Sie überlegte, wann sie es Derry sagen sollte. Am Abend, dachte sie, nach dem Essen.

In einer Welt, wo Giraffen, Elefanten und Löwen praktisch im Hinterhof spazierengehen, ist eine gemeine Ratte für einen kleinen Jungen natürlich weit faszinierender. Und jetzt wollten sie eine fangen, Roddy und Zebediah, Kamantes Sohn. Mit Stöcken und viel Phantasie gewappnet machten sie sich auf die Pirsch.
Die beiden Jungen waren nur einen Monat auseinander, aber dieser Monat war entscheidend, und Roddy nützte das weidlich aus. Da er der Ältere war, sah er es als seine Aufgabe an, den Jagdplan zu entwerfen. Zunächst einmal schlichen sie sich hinter der Kirche davon und hüpften über Elsie Sanders' Erdbeerbeet. Die beiden waren, wie früher ihre Väter, wie Brüder. Geradeso, wie Derry und Kamante einst unzertrennlich gewesen waren und alle ihre jugendlichen Abenteuer miteinander bestanden hatten, waren jetzt Roddy und Zebediah ständig zusammen.
»Du gehst da rum, Zeb«, flüsterte Roddy und zeigte dem Freund mit seinem Stock die Richtung an. »Sie hat sich unter dem Busch verkrochen. Du jagst sie raus, und ich zieh' ihr eins über.«
Zeb gehorchte und kam sich dabei sehr wichtig vor.
Die Erwachsenen waren im Gemeinschaftsraum, ließen sich von Derry aus Nairobi berichten, lasen lang erwartete Briefe, tranken Tee. Derry hatte beim Reisebüro in Nairobi die Flugscheine und anderen Unterlagen für die bevorstehende Reise auf die Seychellen abgeholt. Er reichte Pastor Sanders eine Kopie des Reiseplans.
»Wir sind in zwei Wochen wieder da. Das Krankenhaus ist in guten Händen. Dr. Bartlett kann uns während unserer Abwesenheit –«
Ein gellender Schrei schnitt durch die warme Luft. Alle Köpfe wandten sich zu den offenen Fenstern. Derry war als erster auf den Beinen. Kinderschreie der Angst und des Entsetzens schallten über den Hof.
Roddy kam stolpernd angehetzt. »Sie hat Zeb erwischt!« schrie er mit wild fuchtelnden Armen. »Sie hat Zeb erwischt.«
Derry blieb nicht stehen. Er rannte weiter in die Richtung, die Roddy ihm anzeigte. Sondra ging in die Knie und faßte Roddy bei den schmalen Schultern.

»Was ist denn passiert, Roddy? Was ist denn?«
Das Gesicht des kleinen Jungen war kreidebleich.
»Ein Ungeheuer! Es hat Zeb erwischt. Es hat ihn getötet!«
Kamante, durch die Schreie aufgeschreckt, rannte jetzt hinter Derry her, während seine junge Frau wie benommen an der Tür ihrer Hütte stehenblieb.
Im Hof hatte sich eine kleine Menge angesammelt, als Derry mit dem schluchzenden Zebediah in den Armen hinter der Kirche hervorkam.
Sondra lief ihm entgegen. »Was ist passiert?«
»Eine Ratte hat ihn gebissen.«
Sie umfaßte das runde schwarze Gesicht mit beiden Händen und sah die kleinen roten Wunden, die die Zähne der Ratte geschlagen hatte. »Jetzt ist ja alles gut, Zeb«, tröstete sie, während sie neben Derry herlief, der den Jungen zum Krankenhaus trug. »Es ist ja nichts passiert. Du hast dich nur fürchterlich erschreckt.«
Sobald Derry den Jungen auf dem Untersuchungstisch niedergelegt hatte, ging sie daran, die Wunden zu säubern. Ihre Hände zitterten. Keiner hatte es ausgesprochen, aber sie wußte, was Derry fürchtete: Tollwut.
Kamante war an der Seite seines Sohnes, als Derry mit der Spritze kam. Er hielt ihn an den kleinen Händen und sprach beruhigend auf ihn ein.
Derry spritzte den Jungen erst rund um die Bisse, dann gab er ihm die routinemäßige erste Dosis des Serums gegen Tollwut. Möglichst rasche Gegenmaßnahmen waren gerade bei Kindern von entscheidender Wichtigkeit.
Als Derry fertig war, und eine Schwester Zebediahs Kopf verband, nahm er Sondra beim Arm und zog sie mit sich hinaus. »Wir haben nicht genug Serum«, sagte er leise. »Ich rufe gleich mal in Voi an. Vielleicht können die uns aushelfen.«
Sondra sah ihm einen Moment nach, als er davonging, dann kehrte sie zu Zebediah zurück. Der Junge war jetzt ruhiger. Er hatte keine Schmerzen, sondern hatte nur einen Riesenschrecken bekommen. Die Jungen hatten die Ratte offenbar in die Enge getrieben, da war sie ihm an den Kopf gesprungen. Da die Möglichkeit bestand, daß das Tier tollwütig war, würde Zebediah nun eine Serie von dreiundzwanzig Injektionen über sich ergehen lassen müssen.
Als Sondra aus dem Krankenhaus trat, fand sie Roddy halb verlegen, halb ängstlich unter dem Feigenbaum. Ein Blick in sein Gesicht genügte Sondra, um zu erraten, daß die Rattenjagd seine Idee gewesen war. Sie kniete vor ihm nieder und wischte ihm die Tränen von den Wangen.

»Zeb ist nichts Schlimmes passiert, Roddy. Er ist bald wieder gesund. Mach dir keine Vorwürfe. Aber laß es dir eine Lehre sein, ja?«
»Ja, Mama.«
»Keine Jagd mehr auf wilde Tiere. Wir haben hier einen sehr lieben kleinen Hund, der sich über ein bißchen Gesellschaft bestimmt freuen würde.«
»Ja, Mama.«
»So.« Sie drückte ihn einmal fest an sich und stand dann auf. »Jetzt besuchen wir erst mal Zeb und sagen ihm, daß wir ihm etwas von der Marmelade aufheben, und dann überlegen wir uns, was für ein Geschenk wir ihm von den Seychellen mitbringen wollen.«
Roddys Gesicht hellte sich auf. Er faßte seine Mutter bei der Hand und versprach ihr mit Inbrunst, von jetzt an immer brav zu sein.
Als Sondra etwas später in den Gemeinschaftsraum kam, stand Derry, der bis jetzt am Funkgerät gesessen hatte, gerade auf.
»Nichts zu machen«, sagte er müde. »Sie haben kein Serum.«
»Ruf in Nairobi an. Sie sollen uns welches schicken.«
»Das hole ich lieber gleich selber.«
»Aber sie können es doch schicken.«
»Wer weiß, ob es dann rechtzeitig kommt.«
Sondra nickte widerstrebend. Sie hatten häufig Schwierigkeiten mit Medikamentensendungen; entweder schickte man ihnen das falsche Mittel, oder es war stundenlang der heißen Sonne ausgesetzt gewesen, oder aber es kam Tage zu spät. Sie konnte Derrys Sorge verstehen.
»Wir müssen morgen mit den Spritzen anfangen, Sondra. Ich muß sofort los.«
»Laß dich von einem der Fahrer hinbringen.«
»Dann ist in Nairobi kein Mensch mehr wach. Ich nehme das Flugzeug.«
»Derry! Du mutest dir viel zuviel zu.«
Er tätschelte lächelnd ihren Arm. »Ist ja nicht weit. Bis zum Abendessen bin ich wieder da.«
Obwohl Derry es eilig hatte, überprüfte er die Maschine mit aller Sorgfalt und tankte sie auf. Als er startklar war, kam Sondra zur Rollbahn heraus.
»Wie geht es ihm?« fragte Derry.
»Er schläft. Ich hab' ihm was gegeben.«
Derry umarmte sie. »Halt mir das Abendessen warm.«
»Ich mach' mir Sorgen um dich, Derry. Du überforderst dich.«
»Warte nur, bis wir auf den Seychellen sind.«

Sie trat zurück und beschattete die Augen mit der Hand, als der Propeller sich zu drehen begann und die Maschine sich in Bewegung setzte. Derry rollte bis zum Ende der Bahn, drehte, winkte Sondra noch einmal zu und gab Gas.
In einem Wirbel aus Lärm und Staub sauste er holpernd und wackelnd an ihr vorbei. Sondra winkte mit beiden Armen, während die Cessna Tempo zulegte. Bei einer Geschwindigkeit von fast 120 Kilometern pro Stunde riß Derry den Knüppel zurück. Sondra hatte den Schatten noch vor ihm gesehen, einen schwarzen Buckel, der sich, vom Getöse der Maschine aus tiefem Schlaf gerissen, mit einem Sprung auf vier Beine erhob. Das linke Rad des Fahrwerks ergriff die Hyäne und schleuderte sie von der Bahn. Die Maschine kippte zur Seite, ihre linke Tragfläche stieß auf dem Boden auf, sie taumelte und drehte sich, dann krachte sie zu Boden und ging mit einem Knall in Flammen auf.
Einen Moment war Sondra wie erstarrt vor Entsetzen, dann begann sie zu laufen. »Derry!« schrie sie laut. »Derry!«

31

Arnie ertappte sich dabei, daß er wieder nach ihr Ausschau hielt. Er wollte es nicht, aber er konnte nicht anders.
Es hatte ganz harmlos angefangen. Wenn man jeden Morgen dieselbe Fähre nimmt, werden einem die Stammfahrgäste vertraut, ob man will oder nicht; die Leute, denen man jeden Tag zunickt, mit denen man ein paar Bemerkungen über das Wetter tauscht, deren Namen man jedoch niemals erfährt. Bei der jungen Frau war es nicht anders gewesen; er hatte sie vor ungefähr sechs Monaten das erste Mal auf der Fähre nach Seattle gesehen. Sie war die Rampe heruntergekommen und hatte sich ins Raucherabteil gesetzt und während der halbstündigen Fahrt den *Post Intelligencer* gelesen. Arnie hatte nicht weiter auf sie geachtet. Er war genau wie die anderen Pendler mit Gedanken an den bevorstehenden Tag beschäftigt, mit Terminen und Klienten, bis ihm eines Tages aufgefallen war, daß sie ihn unverwandt anschaute. Das heißt, es war durchaus möglich, daß er damit angefangen hatte; er hatte völlig geistesabwesend in ihre Richtung gesehen. Wie einem das manchmal mit wildfremden Menschen so geht: Man schaut sie ohne jeden Grund an, ohne sie eigentlich wahrzunehmen, und dann merkt es der andere.
Das war vor einigen Wochen gewesen, und seitdem spielten sie das Spiel jeden Morgen und jeden Abend.

Arnie spürte, wie er neugierig wurde. Wer war sie? Was hatte sie in Seattle zu tun? Er sagte sich, sie müsse Sekretärin sein oder in einem Büro arbeiten; sie war immer gut angezogen, aber sie hatte nichts von der gestylten Aufmachung der Karrierefrauen an sich, die man auf der Fähre sah. Wohnte sie auf Bainbridge Island oder fuhr sie von Suquamish oder Kitsap herüber? Sie sah nämlich so aus, als könnte sie in dem Reservat dort leben. Die meisten Indianer, die man auf der Fähre traf, wohnten dort.

Sie war sehr schön. Ein kupferbraunes Gesicht, das von langem schwarzen Haar umrahmt war; ein Gesicht, das unschuldig war und zugleich von einer lockenden Exotik. Sie mußte etwa fünf- oder sechsundzwanzig sein. Sie war klein und zierlich und wirkte schüchtern, aber Arnie glaubte nicht, daß sie es war. Denn die großen rehbraunen Augen mit den langen Wimpern hatten einen Audruck, der ihn vermuten ließ, daß sie eine mutige und tapfere Frau war.

Und an diesem unvergleichlichen Morgen also, als die Sonne rosig über Seattles Nebelbänken aufstieg, das Wasser tiefblau leuchtete und die ferne Stadt verwischt durch graue Schleier schimmerte, an diesem Morgen, der noch alle Möglichkeiten eines neuen Tages barg, stieg Arnie Roth aus seinem Kombi und ertappte sich wieder einmal dabei, daß er nach ihr Ausschau hielt.

Er sah auf seine Uhr. Die Zeit begann in seinem Leben eine immer größere Rolle zu spielen, und er war sich dessen bewußt. Wenn man mit den Gedanken daran erwacht, wie rasend schnell die Jahre vorbeigerauscht sind, einem die Zeit zwischen den Fingern zerrinnt, wenn einen plötzlich die Vorstellung verfolgt, daß man ein Drittel seines Lebens verschläft, dann weiß man, daß man in einer Krise steckt. Wann hatte diese Fixierung auf die Zeit begonnen? An seinem letzten Geburtstag, seinem achtundvierzigsten. Er hatte die Kerzen ausgeblasen und in den blauen Rauch gestarrt und dabei gedacht, in zwei Jahren werde ich fünfzig. War das nun alles? Wo ist meine Jugend geblieben?

Arnie Roth kam sich vor, als wäre er nie jung gewesen. In der Rückschau sah er die farblose Kindheit in Tarzana, den stillen kleinen Jungen, der in einer Welt der Mittelmäßigkeit aufgewachsen war; den ereignislosen, beinahe langweiligen Übergang von der Kindheit zur Adoleszenz – keine Pickel, keine heißen Träume –, dann das College und seine Ausbildung zum Wirtschaftsprüfer; er sah ein Leben des Gleichmaßes, ohne Tiefen und ohne Höhen; einen mittelmäßigen jungen Mann, der an seiner Addiermaschine ein mittelmäßiges Dasein fristete. Bis Ruth Shapiro in sein Leben getreten war und das alles geändert hatte.

Über eine kurze Zeitspanne hatte Arnie einen Geschmack davon bekommen, wie aufregend und unkonventionell das Leben sein konnte – Ruth war so direkt, so unheimlich liberal in ihren Ansichten, so engagiert –, und eine Weile hatte er geglaubt, sein mittelmäßiges Leben würde eine Wendung zum Besseren nehmen. Aber so war es nicht gekommen. Nachdem er sein ruhiges Junggesellendasein gegen ein Leben mit nassen Windeln und Hypotheken eingetauscht hatte, war es wieder in Mittelmäßigkeit versunken.

Da war der blaue Volvo. Arnie riß sich aus seinen tristen Gedanken, knallte die Wagentür zu, sperrte ab und marschierte mit der Aktentasche in der Hand zur Fähre. Wie immer standen schon viele Pendler an der Tür zur Rampe. Arnie ging ganz nach vorn. Er wußte, daß sie am Ende der Schlange war, er fühlte förmlich ihre Gegenwart und hatte Mühe, den Impuls zu unterdrücken, sich nach ihr umzusehen.

Das Boot legte ab. Es schlingerte wie auf stürmischer See, obwohl das Wasser spiegelglatt war. Wird wohl mal wieder was an den Maschinen sein. Arnie war kalt, aber er wollte nicht hineingehen. *Sie* war da drinnen, und der Blick ihrer samtigen Augen würde ihm entgegenfliegen wie ein zitternder Schmetterling.

Er dachte an Ruth. Er dachte in letzter Zeit viel an Ruth; wahrscheinlich weil diese Frau sich immer in seine Gedanken drängte. Immer wenn er sich dabei ertappte, daß er über die rätselhafte junge Frau nachdachte – aus einem Impuls heraus drehte er sich um, und als er sah, daß sie ihn durch das beschlagene Glas anstarrte, wandte er sich ab –, verjagte er sie mit Bildern von Ruth.

Ruth, Ruth, wohin treiben wir? Wollten wir es so? War das vor dreizehn Jahren unser Ziel? Dachten wir an Eintönigkeit und tägliches Einerlei, als wir heirateten? Es war nicht ihre Schuld; Arnie machte Ruth keinen Vorwurf. Zu einer langweiligen Ehe gehörten immer zwei. Nein, das stimmte nicht. Langweilig war ihr Leben nicht; eher zu unberechenbar. Dauernd mußte man irgendwo überstürzt weggehen, aus dem Kino, aus dem Restaurant, von einem Fest, nie wußte man, ob die eigene Frau dasein würde, wenn man nach Hause kam, oder ob man wieder mal Kindermädchen spielen mußte. Eine Zeitlang hatten sie sich deswegen heftigst gestritten; als Arnie der fehlenden Knöpfe, der angebrannten Abendessen und der abgebrochenen Abende müde geworden war. Aber er hatte bald gemerkt, daß Streit nichts half; daß nichts sich ändern würde. Irgendwann hatte er klein beigegeben und einen zweifelhaften Frieden in der Resignation gefunden.

Ein Liebespaar waren sie schon lange nicht mehr. Seit Leahs Geburt vor

sieben Jahren, als sie sich geeinigt hatten, keine Kinder mehr in die Welt zu setzen, hatten sie immer seltener miteinander geschlafen. Jetzt kam es kaum noch dazu. Arnie drängte nicht. Wenn es sich ergab, dann, manchmal aus Zufall, manchmal weil einer von ihnen in einer seltenen Stimmung war. Arnie vermutete, daß es bei den meisten Paaren, die so lange verheiratet waren, so aussah.
Er drehte langsam den Kopf und schaute über die Schulter. Sie las die Zeitung und rauchte dabei; alle Indianer rauchten. Als sie den Kopf hob, sah er schnell weg. Ist sie verheiratet? Hat sie einen Freund? Viele Freunde vielleicht?
Das ist die *midlife crisis*, Arnie Roth. Wenn ein Mann anfängt, die Haare auf seinem Kopf zu zählen, den Gürtel unter dem Bauch schließt und hübsche junge Frauen auf der Fähre anstarrt...
Wohin fährt sie abends? Immer ist sie vor allen anderen in ihrem Volvo vom Parkplatz verschwunden...
Die Mädchen werden so schnell erwachsen. Nicht mehr lange, und sie würden aus dem Haus gehen. Dann würden er und Ruth allein sein. Zum erstenmal in ihrem gemeinsamen Leben.
Habe ich etwa davor Angst?
Ein Windstoß traf kalt sein Gesicht. Er beschloß, hineinzugehen. Als er die Tür aufstieß und in die verqualmte Luft trat, zwang er sich nicht zu ihr hinzusehen.
Er suchte sich einen Platz und ließ seine Gedanken laufen. Dieses Wochenende würden sie Ruths Geburtstag feiern. Er hatte immer noch kein Geschenk für sie. Vielleicht konnte er in der Mittagspause losgehen. Auf den Markt in der Pike Street. Es mußte etwas Besonderes sein. Ruth wurde bald vierzig. Machten Frauen auch eine *midlife crisis* durch? Oder waren es bei ihnen die Wechseljahre, die ihnen zu schaffen machten? Eine Frau in den Wechseljahren kann nichts an den Tatsachen ändern, aber ein achtundvierzigjähriger Mann, der auf der Fähre junge Indianerinnen anstarrt, macht sich eindeutig lächerlich.
Die Deckenplatten schepperten, als das Boot den letzten Bogen vor dem Hafen drehte. Es trompetete einmal lang und zweimal kurz, das Signal der bevorstehenden Ankunft. Die Leute standen auf und streckten sich. Er sah zu ihr hin. Ihre Blicke trafen sich.
Schnell sahen beide weg.

Ruth saß, nachdem sie ihre letzte Patientin verabschiedet hatte, allein in ihrem Büro. Vor ihr lagen Stapel unerledigter Arbeit. Am vergangenen Abend hatte sie bis in die Nacht über den Briefen an ›Dr. Ruth‹ gesessen und vier herausgesucht, die ihr zur Beantwortung am geeignetsten erschienen. Gelegentlich bekam sie Briefe von Spinnern oder Witzbolden, ab und zu auch einen obszönen Brief oder solche, die nicht in ihre Kolumne gehörten.

In der Montagskolumne wollte sie die Nachteile und Gefahren gewisser Körperpflegemittel wie Seife, Shampoo und Deodorants herausstellen und ihren Lesern ans Herz legen, beim Einkauf darauf zu achten, aus welchen Substanzen die Mittel hergestellt waren. Sie widmete häufig die ganze Spalte einem einzigen Thema, wenn sie in Zeitdruck war; die Recherchen waren weniger zeitaufwendig und das Schreiben ging wesentlich schneller.

Wenn sie nicht wenigstens einen Teil der Arbeit heute nachmittag schaffte, würde sie erst morgen wieder dazu kommen, weil am Abend ihre Gesprächsgruppe stattfand. Und morgen war ihr Geburtstag, da würde ihr wahrscheinlich wenig Zeit dafür bleiben. Am Sonntag vielleicht, wenn Arnie ihr die Mädchen ein paar Stunden vom Hals hielt...

Als das Telefon summte, hob sie ärgerlich ab. Sie hatte die Sprechstundenhilfe extra angewiesen, sie nicht zu stören außer bei einem Notfall.

»Ja?«

»Entschuldigen Sie, Doktor, aber Ihre Schwester ist am Apparat.«

Verblüfft drückte Ruth auf den Knopf. »Judy? Was ist denn?«

»Es ist Vater. Sein Herz. Vor einer Stunde.«

Ruths Arme und Beine wurden zu Stein. »Wo ist er? In welchem Krankenhaus? Ist jemand bei Mutter?«

»Er liegt im Herzzentrum. Mutter ist bei ihm, und Samuel auch. Ruth, er ist immer noch bewußtlos.«

»Kümmere dich um Mutter. Ich komme sofort.«

Arnie mochte den Markt in der Pike Street. Immer wenn er herkam, was nicht oft der Fall war, ließ er sich viel Zeit, um sich alles anzuschauen, und hinterher ging er meistens ins *Athenian Café*, zwängte sich in eine der kleinen Nischen am Fenster und sah auf die Bucht hinaus, während er Lammbraten und Pitabrot aß. An diesem Tag allerdings würde ihm dafür keine Zeit bleiben; trotzdem ging er ohne Eile durch die Höfe, in denen die Kunstgewerbler Kerzen und Patchworkdecken, Töpfereien und Bilder verkauften.

Was, zum Teufel, sollte er Ruth zum Geburtstag schenken? Rein dekorative Dinge mochte sie nicht. Jedes Objekt mußte einen Nutzen haben, sonst hatte es in ihrem Haus keinen Platz. Aber das war nicht das Pro-

blem. Die meisten Dinge, die man hier kaufen konnte, waren praktisch, die Batikröcke ebenso wie die Marcramégürtel. Doch nach einer halben Stunde müßigen Herumwanderns sah für Arnie alles gleich aus. Er wollte etwas Einmaliges. Praktisch, aber einmalig.
Er wollte gerade aufgeben und ins Büro zurückkehren, als er auf die kleine Galerie stieß. Das Ölgemälde im Fenster war es, das seine Aufmerksamkeit auf sich zog, das Porträt eines alten Indianerhäuptlings. Praktisch war das nun zwar weiß Gott nicht, aber es war faszinierend. Arnie beugte sich vor und las mit zusammengekniffenen Augen das Preisschild. Zwölfhundert Dollar. Er richtete sich auf und musterte die anderen Gegenstände im Fenster. Noch ein Ölgemälde, ein holzgeschnitzter Adler, Elfenbeinarbeiten, handgewebte indianische Decken. Arnie wußte nicht, was Ruth von Indianerkunst hielt, aber er meinte, es könne nicht schaden, sich drinnen einmal umzuschauen.
Er sah sofort, daß die Galerie für sein Portemonnaie nicht das Richtige war. Die wenigen ausgestellten Objekte standen auf kleinen, von Strahlern beleuchteten Sockeln. Ein Blick auf die ersten Preisschilder bestätigte seinen Verdacht. Was es hier zu verkaufen gab, konnte er sich nicht leisten.
Gerade als er sich umdrehen wollte, hielt eine Stimme aus dem hinteren Teil der Galerie ihn auf.
»Kann ich Ihnen behilflich sein?«
Er drehte sich um.
Arnie erstarrte. Es war das Mädchen.
Wenn sie überrascht war, ihn zu sehen, so ließ sie sich nichts anmerken. Sie gab überhaupt kein Zeichen des Erkennens.
»Suchen Sie etwas Bestimmtes?«
Sie hatte eine wunderbare Stimme. Sie kam auf ihn zu und blieb etwa einen Meter von ihm entfernt stehen. Jedes Detail ihres Gesichts konnte er sehen, den Duft ihres Parfums riechen.
»Ja.« Er räusperte sich. »Ein Geschenk. Ich suche ein Geschenk.«
»Ah ja.« Sie faltete locker die Hände. »Ist die Person, die Sie beschenken wollen, ein Sammler?«
»Äh – nein. Es ist jemand – es soll ein Geburtstagsgeschenk sein, und ich ...« Arnie brachte es nicht über sich, ›meine Frau‹ zu sagen.
»Die meisten Objekte in unserer Galerie sind von einheimischen Künstlern. Einige unter ihnen sind sehr berühmt, und ihre Werke haben weltweite Anerkennung gefunden. Wir haben auch einige sehr schöne alte Stücke. Wenn Sie Kwakiutl Schnitzereien mögen, kann ich Ihnen einige Sachen von Willy Seaweed zeigen.«

Sie ging langsam von ihm weg, zeigte erst auf ein Gemälde, dann auf eine Kachina Puppe.

»Vielleicht interessiert Sie eher etwas von einem bestimmten Stamm? Oder aus einer bestimmten Region? Wir beschränken uns nicht nur auf indianische Kunst der Nordwest-Küste. Wir haben auch schöne Exemplare von Pueblo-Kunst.«

Sie drehte sich nach ihm um. Arnie hatte das Gefühl, das Gesicht brenne ihm vom Kragen bis zum Haaransatz. Er hatte nicht ein Wort von dem gehört, was sie gesagt hatte. Er hatte sie nur angestarrt, ihre ruhigen, fließenden Bewegungen und das lange schwarze Haar, das im Rhythmus mit ihren Schritten schwang.

»Hm.« Er lachte ein wenig. »Ich weiß, es klingt komisch, aber es sollte etwas Praktisches sein. Etwas, das nicht nur dasteht und hübsch aussieht.«

Sie schien das durchaus nicht merkwürdig zu finden.

»Wir haben sehr schöne Navajo-Decken. Und handgeflochtene Körbe.«

Sie ging ein paar Schritte nach rechts und legte ihre Hand auf ein herrliches Tongefäß, das auf einem hohen weißen Sockel stand.

»Oh, das ist schön«, sagte Arnie nähertretend. »Ist das Nordwest-Küste?«

»Was die Tonwaren betrifft, haben die Stämme der Nordwest-Küste an sich keinen traditionellen Stil. Wir arbeiten im allgemeinen nach Mustern der Pueblo und versehen die Gefäße dann mit Nordwest-Motiven. Das hier zum Beispiel ist Thunderbird beim Diebstahl der Sonne.«

Arnie, der sich nicht mehr ganz so angespannt fühlte, lachte leise. »Ich habe leider von der indianischen Mythologie überhaupt keine Ahnung.«

Sie lächelte. »In der Sage heißt es, als der Himmelsgott die Sonne besaß, verwahrte er sie in einem Kasten und ließ das Tageslicht nur heraus, wenn er gerade Lust hatte. Da stahl Thunderbird die Sonne aus dem Kasten und schenkte sie den Menschen. Schauen Sie, er hat Hörner und einen kurzen scharf gebogenen Schnabel.«

Arnie betrachtete das Gefäß. Es war wirklich schön. Das Schwarz und Türkis der Bilder standen in augenfälligem Kontrast zum Rostrot des Tons. Und es war sehr groß. Ruths Benjamina würde sich bestimmt gut darin ausnehmen.

Arnie überlegte gerade, ob es sehr spießig war, nach dem Preis zu fragen, als sie vorsichtig das Gefäß vom Sockel hob und es ihm reichte.

»Auf dem Boden sehen Sie das Zeichen der Töpferin.«

Arnie kippte das Gefäß ein wenig und sah die in den Ton eingeritzte

Unterschrift. ›Angeline, 1984‹. Und daneben war das Preisschild – 500 Dollar.
»Äh –« Er reichte ihr das Gefäß zurück. »Ja, hm, so etwas in der Art suche ich...«
Während sie das Gefäß wieder auf den Sockel stellte, sagte sie: »Es ist auf der Scheibe gedreht. Es gibt kaum noch Töpfer, die mit der traditionellen Aufbautechnik arbeiten. Hier drüben haben wir einige Stücke von Joseph Lonewolf, wenn Sie lieber –«
»Nein, nein. Das Gefäß ist wunderbar. Ich muß es mir nur überlegen.«
Du lieber Gott, was sage ich da? Nie im Leben kann ich so einen Preis bezahlen, und sie bekommt bestimmt auf jedes Stück eine Provision. Was fällt mir ein, ihr Hoffnungen auf ein gutes Geschäft zu machen, wenn ich gar nicht die Absicht habe –
»Vielleicht ist es Ihnen ein bißchen zu groß. Wir haben noch einige von derselben Töpferin, kleinere Gefäße mit einfacheren Mustern.«
Während sie sich entfernte, überlegte Arnie krampfhaft, wie er sie ganz ruhig und lässig fragen könnte, ob sie Lust hätte, mit ihm etwas essen zu gehen. Oder besser noch, einen Kaffee zu trinken. Am Wasser zu sitzen, den Möwen zuzusehen und zu reden...
Hinten im Laden läutete das Telefon.
»Bitte entschuldigen Sie mich einen Moment.«
Er sah ihr nach und wußte, was er zu tun hatte. Und tat es. Als sie nicht hersah, drehte sich Arnie um und ging aus der Galerie.

Ruth sah so kalt auf den Mann im Krankenhausbett hinunter, als wäre er ein Fremder. Ihre Mutter hockte zusammengesunken auf einem Stuhl neben dem Bett und weinte geräuschvoll.
»Gestern abend sagte er, er fühle sich nicht wohl. Ich hab's überhaupt nicht beachtet, Gott strafe mich. Ich dachte, dein Vater wolle sich nur wieder mal über mein Essen beschweren. Heute morgen machte er sich für die Praxis fertig und plötzlich lag er da. Und ich war ganz allein mit ihm.«
Draußen vor der elektronischen Tür, die die Herzstation vom Rest der Welt trennte, versammelten sich die Mitglieder der Familie Shapiro. Mehr als zwei Besucher durften nicht eintreten, und da Ruths Mutter sich weigerte, von der Seite ihres Mannes zu weichen, mußten die anderen einer nach dem anderen warten bis sie an die Reihe kamen.
Die Schläuche und Monitore machten Ruth keine Angst wie den anderen; Angst machte ihr, was sie fühlte. Wie böse Geister sprangen die beängstigenden, messerscharfen Emotionen sie an. Sie verwirrten sie.

Sie spürte, wie der Boden schwankte. Sie hielt sich am Metallgeländer des Bettes fest und starrte auf die bläulichen Lider, die über reglosen Augen geschlossen waren, auf den schlaffen Mund, das sanfte Auf und Nieder seines Brustkorbs, als träume er schöne Träume. Du darfst nicht sterben, dachte Ruth verzweifelt. Wir sind noch nicht miteinander fertig.
Als Ruth sich zum Gehen wandte, faßte ihre Mutter sie bei der Hand.
»Wohin gehst du? Du kannst jetzt nicht gehen. Du kannst deinen Vater nicht in diesem Zustand zurücklassen. Du bist doch Ärztin, Ruth.«
»Mutter, wenn wir beide hier drinnen bleiben, können die anderen nicht zu ihm.«
»Dann schick Judy herein. Ich möchte jetzt nur Judy sehen.«
»Die anderen haben auch ein Recht, Mutter. Nur für den Fall.«
»Für *welchen* Fall? Ich frage dich, für welchen Fall?«
»Nicht so laut, Mutter!«
»Eine schöne Tochter bist du. Nicht einmal eine Träne hast du für deinen Vater!«
Ruth sah, wie die Schwester bei den Monitoren mit einem unwilligen Stirnrunzeln herüberschaute.
»Mutter, sei doch leise. Weinen kann ich später.«
»Später! Wann denn später? Wenn er tot ist?«
»Wenn du so weiter machst, Mutter, lasse ich dir eine Beruhigungsspritze geben.«
»Natürlich! Das hätte ich mir ja denken können. Du hast eben kein Herz.« Sie vergrub ihr Gesicht im Taschentuch. »Du hast deinen Vater nie gemocht. Gott allein weiß, warum.«
»Mutter –«
»Du hast ihm das Herz gebrochen, Ruth. Du mit deinem Medizinstudium, wo du genau wußtest, wie sehr er sich wünschte, daß du heiraten würdest. Du hast deinem Vater das Herz gebrochen, und jetzt ist er dem Tode nahe, und deiner Mutter bricht das Herz. Das hast du getan, Ruth, dein Leben lang – deinen Eltern das Herz gebrochen.«
Ruth starrte in das Gesicht des schlafenden Fremden und dachte: Ein Leben lang habe ich ihm das Herz gebrochen. Nun, dann hab' ich's ja endlich geschafft. Es ist gebrochen.
»Ich schicke Judy herein.« Aber ehe sie hinausging, drehte sie sich noch einmal zum Bett um, beugte sich über ihren Vater, bis ihre Lippen beinahe das warme, trockene Ohr berührten, und flüsterte: »Warte!«

Er hatte flüchtig daran gedacht, eine spätere Fähre zu nehmen, um ihr nicht zu begegnen, aber das hätte gar nichts bewirkt. Sollte er den Rest seines Lebens mit Verspätung ins Büro und mit Verspätung nach Hause kommen, nur weil er sich vor irgendeinem Mädchen, das er nicht einmal kannte, wie ein Idiot benommen hatte? Am besten, man tat einfach so, als wäre nichts geschehen. Im übrigen war ja auch nichts geschehen.

Es war sechs Uhr abends und noch hell. Die Tag- und Nachtgleiche näherte sich und mit ihr ein Winter langer, kalter Nächte. Arnie stand im Wind und sah die schneebedeckten Berge, das schiefergraue Wasser, den eisblauen Himmel. Seit dreizehn Jahren fuhr er jeden Tag mit dieser Fähre; wie kam es, daß er erst jetzt, erst an diesem Tag die Welt rund um sich herum wahrnahm?

Er würde nicht zu ihr hinsehen. Auf keinen Fall. Aber er sah hin, und diesmal erwiderte sie seinen Blick nicht. Sie saß wieder im Raucherabteil, mitten in einer Schar Indianer, die alle rauchten. Sie hatte einen Zeichenblock auf den Knien und skizzierte etwas. Arnie starrte unverwandt zu ihr hin, als könne er sie hypnotisieren, ihn anzusehen, aber sie tat es nicht, und er war enttäuscht.

Er hatte es vermasselt. Durch seine Ignoranz all dessen, was ihr offensichtlich sehr wichtig war, hatte er alles vermasselt.

Dreißig qualvolle Minuten später legte die Fähre an. Arnie stand schon im Heck, war einer der ersten, die ausstiegen und eilte die Rampe hinauf zum Parkplatz. Er wollte weg sein, ehe sie kam.

Er saß schon am Steuer, war angeschnallt und startbereit, als er sie wieder sah. Ohne sich zu rühren, blieb er sitzen und beobachtete sie, wie sie sich durch die Menge drängte, zu ihrem Wagen ging, ihre Handtasche hineinwarf und einstieg. Nichts verriet, ob sie ihn bemerkt hatte.

Ach was, dachte Arnie mit der gleichen Resignation, mit der er Ruth nachzugeben pflegte. Es wäre sowieso nichts daraus geworden. Zurück in die Wirklichkeit.

Aber dann bemerkte er, daß ihr Wagen nicht ansprang. Er beobachtete, wie sie ausstieg und die Kühlerhaube aufmachte. Kurzentschlossen sprang er aus dem Wagen.

»Kann ich Ihnen vielleicht helfen?« fragte er und bereute augenblicklich das unüberlegte Angebot. Er hatte von Autos keine Ahnung.

Sie richtete sich auf, wischte sich die Hände an einem alten Lappen und lächelte entschuldigend.

»Das passiert dauernd.«

Er inspizierte den Motor, als wüßte er genau, was er tat, und sagte: »Wissen Sie, woran es liegt?«

»Ja, nur zu gut. Und ich weiß auch, daß ich den Wagen wieder mal abschleppen lassen muß.«

»So ein Pech«, sagte er und trat zurück, als sie die Motorhaube herunterzog und zuknallte. »Aber da drüben in der Kneipe ist sicher ein Telefon.« Er wies hinüber zu der Bar, wo viele der Männer, die regelmäßig die Fähre benutzten, sich Freitag nachmittags ein Glas genehmigten.
Mit einer Kopfbewegung warf sie das lange Haar nach hinten. »Ich muß meinen Bruder anrufen, aber der ist erst in zwei Stunden wieder in der Tankstelle.« Sie starrte stirnrunzelnd auf ihr Auto. »Bis dahin ist es dunkel. Am besten lasse ich den Wagen hier und hole ihn morgen mit meinem Bruder zusammen ab.« Sie hob den Kopf und sah ihn an.
Beinahe hätte er sein Stichwort verpaßt.
»Oh – kann ich Sie dann vielleicht mitnehmen?«
»Wenn es kein Umweg für Sie ist.«
»Aber gar nicht«, versicherte er. »Wo wohnen Sie? In Kitsap?«
Sie lächelte schwach. »Nein, hier auf Bainbridge Island.«
Arnie wurde blutrot. »Ach so, natürlich. Ich wollte nicht –«
Sie lachte und holte ihre Handtasche aus dem Wagen. »Das macht doch nichts. Die meisten von uns wohnen ja auch im Reservat.«
Nachdem sie den Wagen abgeschlossen hatte, folgte sie Arnie zu seinem Kombi.
»Ach, Sie haben Kinder«, sagte sie, als sie einstieg.
Er drehte sich unwillig nach dem Sammelsurium von Spielsachen um, das den ganzen Rücksitz bedeckte. Sag einfach, daß es der Wagen eines Freundes ist und du in Wirklichkeit ein unverheirateter Playboy bist.
»Ja, ich habe fünf Kinder.«
»Ich finde große Familien herrlich.« Sie schloß ihren Sicherheitsgurt. »Ich komme selber aus einer großen Familie. Ein paar von uns wohnen noch im Reservat. Mein ältester Bruder hat seine eigene Tankstelle und meine beiden jüngeren Brüder sind bei der Fischereiflotte. Meine kleinen Schwestern sind in der *high-school* in Kitsap.«
Während Arnie den großen Kombi vom Parkplatz fuhr, überlegte er krampfhaft, was er zu ihr sagen könnte. Es sollte teilnehmend klingen, ohne neugierig zu wirken, witzig, ohne plump zu sein. Wäre es taktlos zu fragen, welchem Stamm sie angehörte.
»Das war wirklich eine Überraschung heute in der Galerie«, sagte er lahm. »Gehört sie Ihnen?«
»Oh nein. Es ist eine Kooperative. Alle Künstler, die dort ausstellen, beteiligen sich am Betrieb. Manche von uns arbeiten fest dort.«
»Sind Sie auch Künstlerin?«
»Ich bin eher Handwerkerin. Ich habe das Gefäß gemacht, das Sie sich heute angesehen haben.«

»Sie sind Angeline?« fragte Arnie.
»Die *berühmte* Angeline, ja.« Sie lachte.
»Der Name ist sehr schön.«
»Ich wurde nach Häuptling Seattles Tochter genannt.«
Die Stadt Seattle trug den Namen eines Indianerhäuptlings? Und er lebte seit dreizehn Jahren hier und hatte keine Ahnung davon? Arnie klappte den Mund zu und nickte nur sachverständig, um seine Unwissenheit nicht zu zeigen.
Danach schwiegen sie beide, den Blick durch die Windschutzscheibe auf die Straße gerichtet.
»Ich wohne in der High School Road«, bemerkte Angeline nach einer Weile, und Arnie glaubte einen Anflug von Verlegenheit in ihrer Stimme zu hören. Oder war es Einbildung? Wünschte er nur, daß es ihr mit ihm ähnlich ging wie ihm mit ihr?
High School Road. Arnie war enttäuscht. Da würden sie bald sein. Und dann? Sag doch was! Jetzt, wo du Kontakt bekommen hast, laß ihn nicht gleich wieder abreißen.
»Und wo haben Sie Ihre Töpferei?« Sehr weltmännisch, Arnie, echt.
»In meiner Wohnung. Statt des Küchentischs habe ich eine Töpferscheibe. Es ist natürlich ziemlich schmutzig, aber eine Entschuldigung dafür, daß man keine Einladungen gibt.«
Arnie sah es vor sich: die bescheidene Wohnung, sparsam eingerichtet mit indianischen Stücken, die tongraue Küche und Angeline an der Scheibe, den Blick auf das Werk konzentriert, das unter ihren schlanken Händen emporwuchs. Er sah die langen, einsamen Abende.
»Und was machen Sie?« fragte Angeline.
»Ich bin Wirtschaftsprüfer. Und ich heiße übrigens Arnie.« Er gab ihr die Hand, und sie legte die ihre hinein.
»Es freut mich, Sie kennenzulernen, Arnie«, sagte sie, und dann verging eine Minute, ohne daß einer sprach. Doch die Hände blieben verbunden. Dann sagte Angeline: »Hier wohne ich«, und entzog ihm ihre Hand.
Arnie bremste ab und hielt am Bordstein. Angeline wohnte in einem großen Wohnblock, in dem nur Leute mit niedrigem Einkommen lebten. Einen Moment lang saßen sie schweigend nebeneinander, sie schien es nicht eilig zu haben, nach Hause zu kommen, dann sagte sie: »Vielen Dank, daß Sie mich mitgenommen haben.«
»Es war mir ein Vergnügen.« Er versuchte, sich ihr zuzuwenden, aber das ging nicht richtig, weil der Sicherheitsgurt ihn beengte. Öffnen wollte er ihn nicht; das wäre, fand er, zu auffällig gewesen. »Hoffentlich kann Ihr Bruder das Auto richten.«

»Oh, bestimmt. Mit dem Wagen habe ich schon so viele Pannen gehabt, daß er ihn inzwischen in- und auswendig kennt.«
»Aber der Volvo ist doch eigentlich ein gutes Auto.«
»Sicher, aber er hat zuviel drauf. Über zweihunderttausend Kilometer.«
»Tatsächlich?« Arnie war nie zuvor aufgefallen, wie nah man in diesem Kombi saß. Angeline war keinen halben Meter von ihm entfernt; er hätte sie jederzeit berühren können. Längst totgeglaubte Gefühle regten sich.
»Da ist es praktisch, wenn man einen Bruder hat, der was von Autos versteht, nicht?«
»Ja, das stimmt.«
Wieder eine Minute des Schweigens. Arnie wurde beklommen. Gleich würde sie aussteigen.
»Das Gefäß in der Galerie hat mir wirklich gefallen.«
»Ja?«
»Ja, und ich würde es sehr gern kaufen, aber –«
»– es ist zu teuer.«
Er wurde rot.
Angeline lachte. Sie lachte viel, wie Arnie festgestellt hatte. »Alles in dieser Galerie ist teuer. Ich könnte dort auch nicht einkaufen. Aber wie soll man für das Können und die Arbeit eines Künstlers überhaupt einen Preis festsetzen?«
»Oh, ich wollte damit nicht sagen, daß das Gefäß sein Geld nicht wert ist...«
»Ich weiß.« Angeline öffnete ihren Gurt. »Aber es ist eben eine Menge Geld.«
Arnie wollte sie nicht gehen lassen. Am liebsten hätte er ewig in diesem alten Kombi voller Kinderspielzeug gesessen und mit Angeline gesprochen.
»Sie sagten, Sie hätten auch kleinere Stücke in der Galerie?« Sehr clever, Arnie Roth. Ein guter Vorwand, um noch einmal in die Galerie zu gehen. Und sie dann vielleicht zum Mittagessen einzuladen.
Sie sah ihn einen Moment aufmerksam an, dann lächelte sie. »Die sind leider auch ziemlich teuer. Aber wissen Sie was? In der Galerie müssen wir teuer verkaufen, um die Unkosten zu decken, aber ich habe ein paar sehr schöne Stücke zu Hause, die längst nicht so teuer sind. Sie können sie sich gern ansehen...«
Arnie glaubte, nicht recht gehört zu haben. Sie lud ihn in ihre Wohnung ein?
»Ich verkaufe oft von meiner Wohnung aus«, fuhr Angeline fort. »Nur

so bringe ich meine Sachen überhaupt an den Mann. In der Galerie verkaufe ich im Jahr vielleicht vier Töpfe, wenn ich Glück habe. Meinen Lebensunterhalt verdiene ich mir mit dem, was ich privat verkaufe.«
Arnie landete mit dumpfem Aufprall wieder auf dem Boden der Realität. Männer in der *midlife crisis* können sich ganz schön in die Nesseln setzen, wenn sie die Signale junger Frauen mißdeuten. Er sah auf seine Uhr und sagte: »Ich würde mir die Sachen gern ansehen, aber ich muß nach Hause.«
Angeline kramte in ihrer Handtasche und zog eine etwas zerknitterte Karte heraus. »Bitte. Vielleicht finden Sie doch einmal Zeit.«
Arnie warf einen Blick auf die Karte. ›Angeline. Amerikanische Volkskunst‹. Darunter eine Telefonnummer. Sehr professionell und geschäftsmäßig.
Arnie seufzte. Je älter, desto dümmer.
»Ich brauche das Geschenk schon für morgen. Das Fest ist morgen abend...« Arnie überlegte rasch. Diesen Abend hatte Ruth ihre Gesprächsgruppe. Sie würde erst spät nach Hause kommen. Und dies war wirklich die letzte Gelegenheit, ihr ein Geschenk zu kaufen. »Sind Sie später zu Hause?« fragte er und steckte ihre Karte ein.
»Ja, den ganzen Abend. Wenn Sie vorbeikommen wollen, tun Sie das ruhig. Ich bin auf Nummer 30.«
»Vielleicht komme ich wirklich.«
Sie lächelte wieder, aber nicht so tief diesmal, nicht so zuversichtlich. Scheu, dachte Arnie. Als hätte auch sie...
»Nochmals vielen Dank, Arnie«, sagte sie leise, die Hand am Türgriff.
»Es wird schon dunkel. Ich sollte Sie zur Tür bringen.«
»Das ist nicht nötig. Die Leute hier sind meine Freunde. Gute Nacht. Bis später vielleicht.«
Jahre war es her, daß Arnie Roth sich so blöde vorgekommen war. Was hatte er sich eigentlich bei der ganzen Sache gedacht? Sich vor einem Mädchen lächerlich zu machen, das er kaum kannte – daß seine Tochter hätte sein können! Sie lachte sich jetzt wahrscheinlich kaputt über den kleinen kahlköpfigen Anglo, der sich in sie verknallt hatte wie ein Schuljunge. Sie hoffte wahrscheinlich darauf, ihm zehn von ihren Töpfen anzudrehen, die Miete für den ganzen Monat, um sich dann mit ihren Künstlerfreunden über ihn zu amüsieren.
Arnie lenkte den Wagen in die Auffahrt, stellte den Motor ab und starrte durch die Windschutzscheibe auf den mächtigen alten Baum, von dem die Schaukel herabhing. Nein, so war Angeline nicht. Er stellte

sie nur so hin, um sich selber zu retten; sich vor der größten Dummheit seines Lebens zu bewahren.

Auf keinen Fall würde er heute abend zu ihr gehen.

Er machte die Haustür auf und rief. Niemand antwortete. Es war kein Mensch da.

Müde zog Arnie sein Jackett aus und lockerte die Krawatte, dann sah er die Post durch.

Er war Angeline gegenüber wirklich unfair. Sie war offensichtlich keine Großverdienerin, sonst würde sie nicht in einer Sozialwohnung leben. Es war nicht ihre Schuld, daß er sich in sie verliebt hatte wie ein pubertärer Jüngling. Sollte sie sich ein Geschäft entgehen lassen, nur weil Arnie Roth total verrückt war? Außerdem brauchte er ja wirklich ein Geschenk für Ruth.

Er würde später zu ihr fahren. Wenn er mit den Kindern gegessen hatte.

»Hallo!« rief er auf dem Weg in die Küche. »Wo seid ihr alle?«

Vielleicht würde er sogar eines von den Mädchen mitnehmen. Rachel mochte Keramik. Sie würde das sicher interessieren. Ich nehme sie mit, damit ich mich nicht noch einmal wie ein Vollidiot benehme.

In der dunklen, kalten Küche blieb er stehen.

Aber – angenommen, Angeline ging es um das gleiche wie ihm, und dann schleppte er seine dreizehnjährige Tochter an.

Arnie versuchte, seine Gedanken zu zügeln. Es war fast sieben Uhr. Nie zuvor hatte er bei seiner Heimkehr das Haus leer vorgefunden. Nirgends brannte Licht. Nirgends lief ein Fernseher. Er konnte sich nicht vorstellen, wo die Kinder waren.

Angeline. Vielleicht fahre ich später zu ihr. Allein...

Er überlegte, versuchte, sich zu erinnern. Hatte Ruth etwas davon gesagt, daß die Mädchen nach der Schule irgendwohin gehen würden?

Als das Telefon läutete, dachte Arnie einen verrückten Moment lang, es müsse Angeline sein.

Es war Ruth. »Arnie, mein Vater ist gerade gestorben. Ich bin mit Mutter im Krankenhaus. – Nein, nein, du brauchst nicht zu kommen. Die Kinder sind bei Hannah. Mort hat sie von der Schule abgeholt und gleich mitgenommen. Sie bleiben über Nacht.« Ihre Stimme brach. »Ich muß noch eine Weile hier bleiben, Arnie, wegen der Formalitäten. Dann bringe ich Mutter nach Hause. Sie ist völlig außer sich. Ach Gott, Arnie...«

Nachdem Arnie aufgelegt hatte, ging er zu der Glastür, die auf die Terrasse führte. Im Glas sah er das Bild eines törichten kleinen Mannes mit schütterem Haar und dickem Bauch, der nahe daran gewesen war, den Verstand zu verlieren. Einen Mann, der eben noch einen Traum gelebt hatte und jetzt sah, wie der Traum in tausend Stücke zersprang.

32

Mit einem Retraktor in der einen Hand und dem Endoskop in der anderen hob Mickey die Brust und begutachtete die Brustwand darunter.
»Ich glaube, es ist alles trocken«, sagte sie zur Operationsschwester, die auf der anderen Seite des Tisches stand. »Machen wir noch gründlich sauber.«
Mickey füllte die neugeschaffene Brusttasche mit antibiotischer Lösung, saugte dann die Flüssigkeit ab und trocknete den gesamten Raum mit Tupfern aus.
»Okay.« Sie legte ihre Instrumente ab. »Keine Blutungen. Geben Sie mir jetzt die Prothese.«
Nachdem Mickey sich noch einmal vergewissert hatte, daß das weiche Silikonpolster die richtige Größe hatte, tauchte sie sie in die Schale mit dem Bacitracin und ging dann daran, sie behutsam in den Hohlraum unter der Brust zu schieben.
Mickey war guter Dinge. Die Operation war ohne Pannen verlaufen. Bald würde sie mit Harrison ins Wochenende fahren. Sie hatten es lange geplant. Weihnachten in Palm Springs. Mickey freute sich darauf.
Mickey legte am Einschnitt eine verdeckte Nylonnaht, die unter der Brust saß und kaum erkennbar sein würde. Dann wusch sie das Blut von der ganzen Brust und sagte laut: »Carolyn! Carolyn, wachen Sie auf. Die Operation ist vorbei.«
Die Patientin, eine junge Frau, wälzte ein paarmal den Kopf hin und her, ihre Lider flatterten, und sie lallte mit schwerer Zunge: »Wann fangen Sie an, Doktor...?«
»Es ist schon vorbei, Carolyn. Wir sind fertig.«
»Sie meinen...« Sie seufzte mehrmals tief, während sie langsam ins Bewußtsein zurückfand. »Sie meinen, ich hab' jetzt einen Busen?«
Mickey lachte. »Ja, Carolyn, Sie haben einen Busen.«
Es war für diesen Tag die letzte Operation gewesen; nachmittags hatte Mickey Sprechstunde. Sie machte die meisten Operationen in ihrer Praxis. Aber sie hatte für größere Eingriffe auch Belegbetten im St. John's Krankenhaus, das nicht weit entfernt am Wilshire Boulevard war.
Vor drei Jahren waren sie und Harrison von Hawaii nach Süd-Kalifornien

übersiedelt. Es war für beide ein neuer Anfang gewesen. Harrison hatte die Firma verkauft, um sich auf das Filmgeschäft zu konzentrieren, und Mickey hatte in Santa Monica eine neue Praxis eröffnet. Beide hatten mit dem Neubeginn auch von dem Traum Abschied genommen, doch noch ein Kind zu bekommen. Nachdem sie nach Mickeys Besuch in Seattle noch zwei Jahre lang von Monat zu Monat gehofft hatten, hatten sie sich damit abgefunden, daß ihnen ein Kind versagt bleiben würde, aber das Schweigen in den vornehmen Räumen von Pukula Hau war danach für beide schwer zu ertragen gewesen. Der Umzug war ein Abschied und ein neuer Anfang gewesen, und in den drei Jahren, die seither vergangen waren hatten sie beide nicht zurückgeblickt.

In dem kleinen Badezimmer neben ihrem Sprechzimmer schlüpfte Mickey aus dem blauen Operationskittel und zog lange Hose und Pulli an. Ein rascher Blick auf ihre Armbanduhr: in dreieinhalb Stunden würde sie mit Harrison nach Palm Springs starten.

Sie nahm sich einen Moment Zeit, um einen Blick in den Spiegel zu werfen. Im kalten Licht musterte sie ihre rechte Wange. Ja, sie waren noch da die Schatten der Verunstaltung, von der Chris Novack sie vor sechzehn Jahren befreit hatte.

Einundzwanzig war sie damals gewesen.

Sie hatte Chris Novack vor drei Jahren einmal zufällig getroffen, kurz nachdem sie mit Harrison nach Süd-Kalifornien gekommen war. Er hatte wie sie an einer Fachtagung für plastische Chirurgie im Beverley Wilshire Hotel teilgenommen. Sein Haar war schütter, und er war dick geworden; aber mehr als das war ihr die Veränderung seiner Augen aufgefallen. Der Funke war erloschen. Es hatte Mickey bestürzt und traurig gemacht, Chris Novack nur noch als einen Schatten seiner selbst zu erleben. Warum war das Feuer ausgegangen? Was hatte Chris seiner Kraft und Energie beraubt? Nachdem er in seinem Fachgebiet zunächst Pionierarbeit geleistet hatte, war er später aus irgendeinem Grund in Mittelmäßigkeit und Selbstzufriedenheit versunken. Er hatte jetzt eine gutgehende Praxis im San Fernando Valley, wo er auf Versicherungskosten Nasen schönte.

Ein leichtes Klopfen an der Tür sagte ihr, daß die ersten Patientinnen da waren. »Ich habe Mr. Randolph in Eins geschickt, Mickey«, sagte Dorothy von der anderen Seite der Tür. »Und Mrs. Witherspoon in Zwei.«
»Danke, Dorothy. Ich komme sofort.«

Als sie in ihr Sprechzimmer ging, bemerkte sie den Stapel Post, den Dorothy ihr hingelegt hatte; sie würde ihn nach der Sprechstunde durchsehen.

Genau das brauchte sie jetzt – Rasen auf dem Indio Freeway! In solchen Momenten wünschte Mickey, sie hätten ein Kabriolett. Sie hätte ihr Haar aufgemacht, den Kopf zurückgeworfen und die Mächte dort oben herausgefordert. Und sie hätte die Geschwindigkeit richtig gespürt. Statt dessen drückte sie auf einen Knopf, um das Fenster herunterzulassen, so daß die duftende Nachtluft herein konnte; drückte einen Knopf, um den Kassettenrecorder einzuschalten, drückte eine weiteren Knopf, um die Kassette zurückzuspulen und drückte einen letzten Knopf, um ihre Sitzlehne leicht nach hinten zu kippen. Bei den ersten Takten von Beethovens Siebter Symphonie schloß Mickey die Augen und überließ sich der Musik und ihren Gedanken.

Was hatte der Brief eigentlich mit ihr angestellt? Sie wußte es selber nicht. Sie hätte in diesem Moment glücklich sein müssen; sie hatte fest damit gerechnet, daß sie glücklich sein würde. Aber sie war es nicht. Seit Monaten hatten sie diesen Ausflug geplant – ein Wochenende in der Wüste, eine luxuriöse Suite im *Erawan Gardens* Hotel, Abendessen bei *Fideglio's*, eine romantische Fahrt in die San Jacinto Berge und zum Abschluß die große Weihnachtsparty im Racquet Club. Keine Patienten, kein Telefon. Allein mit Harrison, mit dem sie nach sieben Jahren Ehe so glücklich war wie am ersten Tag. In ungeduldiger Erwartung hatte Mickey nach Schluß ihrer Sprechstunde letzte Anweisungen diktiert, den Schreibtisch aufgeräumt, um die Praxis in der Obhut ihre Partners Dr. Tom Schreiber zu hinterlassen.

Im letzten Moment hatte sie noch schnell die Post auf ihrem Schreibtisch durchgesehen – größtenteils Dankbriefe von Patienten, ein paar Einladungen, ein paar Rechnungen – und war auf das dünne blaue Luftpostkuvert mit den kenianischen Briefmarken gestoßen.

Sondra, hatte sie gedacht. Ich habe seit Weihnachten letztes Jahr nicht mehr von ihr gehört.

Aber nein, der Brief kam nicht von Sondra. Die Anschrift war mit fremder Hand geschrieben, und als Absender war Pastor Sanders angegeben.

Lange stand Mickey mit dem Brief in der Hand da, starrte auf die fremde Schrift und wagte nicht, den Umschlag zu öffnen. Sie konnte unter ihren Fingerspitzen beinahe die unerwünschte Nachricht spüren, die er enthielt. Sie spielte flüchtig mit dem Gedanken, ihn bis zum Montag liegenzulassen, aber sie schaffte es nicht. Als sie den Umschlag aufriß, fielen ihr zwei Schreiben entgegen.

Das erste war von Pastor Sanders unterschrieben und bestand nur aus wenigen Zeilen.

›Liebe Frau Dr. Long: Da Mrs. Farrar selber nicht schreiben kann, hat sie mir den beiliegenden Brief diktiert. Wir haben kein Telefon; sollten Sie uns erreichen wollen, so rufen Sie bitte beim Krankenhaus in Voi unter Voi-7 an. Von dort aus wird man uns Ihre Nachricht über Funk durchgeben.‹

Als Mickey den zweiten Brief entfaltete, der um einiges länger war, als der erste, sah sie, daß unten eine Fotografie aufgeklebt war...

»Mickey?« Harrison legte leicht seine Hand auf die ihre. »Wo bist du mit deinen Gedanken?«

Mickey öffnete die Augen und sah ihn lächelnd an. Das Leben in Süd-Kalifornien tat Harrison sichtlich gut. Er war jetzt achtundsechzig, aber er war so gesund und vital wie eh' und je. Es war eine gute Entscheidung gewesen, hierher zu übersiedeln, obwohl Mickey zuerst Einwände erhoben hatte, jetzt war sie froh, daß sie nachgegeben hatte. Neue Freunde, neue Interessen – da blieb keine Zeit, dem unerfüllten Traum von einem Kind nachzutrauern.

»Ich habe gerade an Sondra gedacht«, sagte sie.

Er nickte verständnisvoll. Mickey hatte ihm das Foto gezeigt.

»Weißt du schon, was du tun willst?«

»Ich glaube, daß Sam Penrod Sonntagabend auf die Weihnachtsparty kommt. Er ist einer der besten Spezialisten überhaupt. Ich werde ihn fragen, ob er sie nimmt.«

»Du willst es nicht selber machen?«

»Nein. Sie hat extensive Verletzungen erlitten. Ich weiß nicht, ob mein Können da ausreicht.«

In ihrem Brief hatte Sondra geschrieben: ›Ich bitte *Dich*, Mickey, weil ich an Dich glaube. Aber wenn Du aus irgendeinem Grund nicht kannst, dann gehe ich nach Arizona. Meine Eltern wissen noch nichts. Ich will es ihnen erst sagen, wenn alles vorbei ist. Warum sie auch noch belasten, wo Roddy schon so schrecklich leidet.‹

Die Fotografie zeigte zwei von Narben entstellte, verkrüppelte Klauen auf weißem Hintergrund. Grauenvolle Hände, wie man sie vielleicht in einem Alptraum sieht.

›Links besteht infolge eines dicken Narbenwulsts auf dem Handrücken eine schwere Kontraktur mit Verlust der Streckmuskelsehnen des zweiten und dritten Fingers. Rechts bestehen Kontrakturen aller Finger durch Vernarbung. Infolge überlanger Ruhigstellung nach ersten Hautverpflanzungen ist eine Verkürzung der Bänder eingetreten. Beide Hände sind völlig unbrauchbar.‹

Bei einem Brand vor sechs Monaten, hatte Sondra geschrieben, hatte sie

schwere Verbrennungen an beiden Händen erlitten. Nachdem man sie in der Notaufnahme des Krankenhauses von Voi behandelt hatte, war sie in ein größeres Krankenhaus in Nairobi verlegt worden, wo man die Infektion unter Kontrolle gebracht und eine Hautverpflanzung versucht hatte. Nach dem Foto zu urteilen, waren die Operationen nicht so erfolgreich gewesen, wie man es sich erhofft hatte.
Mickey starrte zum Wagenfenster hinaus. Nachtschwarz dehnte sich die Wüste zu beiden Seiten der Straße. Palmen und Kakteen hoben sich schemenhaft hervor, und weit weg, am Ende der flachen Öde ragten die zackigen Berge wie eine Mondlandschaft auf. Als der zweite Satz der Symphonie sich seinem Ende näherte, schloß Mickey wieder die Augen und kehrte zu Sondras Brief zurück.
›Mein Geld reicht für den Flug nach Kalifornien und zurück‹, hatte Sondra geschrieben. ›Pastor Sanders bringt mich nach Nairobi an den Flughafen und wird dafür sorgen, daß man mir auf dem Flug behilflich ist, soweit das nötig ist. Aber wenn ich bei Euch ankomme, brauche ich jemanden, darum meine Bitte: Kannst du mich am Flughafen abholen? Roddy bleibt hier auf der Station.‹
Ein karger Brief, der sich so las, wie Sondra ihn vermutlich diktiert hatte – direkt und ohne Beschönigungen.
›Sie haben hier in Nairobi sicher ihr Bestes getan. Ich kann ihnen nichts vorwerfen. Ich würde auch gar nichts weiter unternehmen, wenn ich nicht eine ständige Bürde für andere wäre. Ich kann mir nicht einmal allein das Haar kämmem; ich kann keine Tasse halten; ich kann meinen Sohn nicht streicheln. In Nairobi sagte man mir, es wäre hoffnungslos, meine Hände seien nicht zu retten. Jede Kleinigkeit wäre ein Hilfe, Mickey, und ich wäre Dir ewig dankbar, wenn Du für mich etwas tun könntest.‹
Sondra. Wie lange war es her? Das letztemal hatten sie sich vor sieben Jahren bei der Hochzeit auf Lanai gesehen. Ein herrliches, wenn auch kurzes Wiedersehen voller Erinnerungen. Ein paar Tage lang war die innige Verbundenheit der drei jungen Mädchen wieder dagewesen, die am Castillo College zusammen ihr Studium aufgenommen und vier Jahre zusammen gelebt hatten. Dann war wieder jede ihren eigenen Weg gegangen; die Bande hatten sich immer mehr gelockert, Zeit und Ereignisse hatten sich wie Keile zwischen die drei Frauen geschoben und sie immer weiter voneinander entfernt. Die Briefe und Telefonate, so häufig in den ersten Jahren der Trennung, waren immer seltener geworden, so daß jetzt nur noch eine schöne Erinnerung übrig war.
Das war es, was der Brief bei Mickey bewirkt hatte: Er hatte sie mit einem

Teil ihrer Geschichte konfrontiert, die sie vernachlässigt und mißachtet hatte: die erste wahrhaftige Freundschaft mit zwei anderen Menschen; den Beginn des langen Wegs, der sie dahin geführt hatte, wo sie jetzt stand. Er hatte Mickey an längst vergangene Dinge erinnert, die sie beinahe aus dem Gedächtnis verloren hatte.

Aber nicht ganz, dachte sie jetzt. Ich war in diesen letzten drei Jahren zu sehr in mein Leben versponnen und alle die Aktivitäten, die es ausfüllen. Ich hatte vergessen...

»Ich schreibe ihr sofort«, sagte sie zu Harrison, der jetzt vom Freeway abbog. »Ich schreibe ihr, daß sie jederzeit kommen und bei uns wohnen kann. Das ist dir doch recht, Harrison?«

»Aber natürlich.«

»Und ich glaube, ich schreibe auch gleich einen Brief an Ruth. Ich habe seit Ewigkeiten nichts von ihr gehört. Vielleicht kann sie sich ein paar Tage freinehmen und herkommen. Das würde Sondra bestimmt guttun.«

Mickey lächelte. Es ging ihr schon wieder besser. Dann fiel ihr auf, daß Sondra gar nicht von Derry geschrieben hatte. Würde er mitkommen, oder auf der Missionsstation bleiben?

Es war eines jener glanzvollen Ereignisse, wo die großen und die weniger großen Stars sich gegenseitig auf die Füße treten. Mickey kannte einige von ihnen, die meisten durch Harrison, der durch seine Verbindungen zu Film und Fernsehen in diesen illustren Kreisen aufgenommen worden war. Andere kannte sie durch ihre Praxis; sie war ihre Zauberin, die ihnen Schönheit und neue Jugend bescherte. Die gefeierte Rocksängerin beispielsweise, die gegenwärtig der höchstbezahlte Star von Las Vegas war, verdankte ihre Wespentaille Mickeys Kunst; einige der jugendlich glatten Gesichter waren ebenfalls Mickeys Werk; genauso wie die aristokratische Nase der Gattin eines Senators.

Die Zeitungen würden am folgenden Tag in aller Ausführlichkeit über diesen Gala-Abend berichten. Wer etwas auf sich hielt, wer gesehen werden wollte oder gesehen werden mußte, weil er die Publicity gebrauchen konnte, war gekommen. Dies nämlich war nicht einfach eine gewöhnliche Weihnachtsparty, sondern eine Wohltätigkeitsveranstaltung zugunsten der Opfer der Alzheimer'schen Krankheit. Positive Publicity dieser Art konnte nur guttun.

Als Mickey auf der anderen Seite des Swimming-Pools Sam Penrod sah, ließ sie Harrison im Gespräch mit dem Bundesrichter zurück, der beim Essen an ihrem Tisch gesessen hatte, und bahnte sich einen Weg durch die Menge.

Als Mickey Sam Penrod erreichte, wollte er gerade weggehen, um sein leeres Glas aufzufüllen.

»Hallo, Sam«. Sie legte ihm die Hand auf den Arm.

»Mickey!«

Sam Penrod war orthopädischer Chirurg, Hände- und Fußspezialist, mit einer luxuriösen Klinik in Palm Springs, die zu den besten der USA zählte. Er hatte Mickey in den vergangenen drei Jahren zweimal ernsthafte Anträge gemacht.

»Du siehst blendend aus, wie immer«, sagte er und drückte vielsagend ihre Hand.

»Wie geht es dir, Sam? Läuft das Geschäft?«

»Es könnte nicht besser sein. Solange die Baseballspieler gesunde Arme brauchen und Filmschauspielerinnen beim Gehen wie die Engel schweben müssen, geht mir die Arbeit nicht aus. Und du? Immer noch dem Jugendkult verpflichtet?«

Sie lachte. »Mehr denn je.«

»War die Frau bei dir, die ich dir letzte Woche geschickt habe? Mrs. Palmer.«

Mickey entzog ihm sanft, aber bestimmt ihre Hand.

»Ja, aber sie entschied sich dann doch gegen eine Operation. Ich konnte ihr nicht garantieren, daß hinterher nicht eine sichtbare Narbe bleiben würde.«

»Sie war früher unheimlich dick, weißt du. Ich kenne sie seit Jahren. Ich spiele mittwochs immer mit ihrem Mann Golf. Jetzt lernte sie im Klub einen Zwanzigjährigen kennen und jetzt möchte sie wieder ein Teenie sein. Ich habe sie gewarnt, als sie mit ihrer Abmagerungskur anfing, aber sie wollte nicht auf mich hören. Und jetzt steht sie da mit ihren Armen.«

Mickey nickte. Sie kannte das Problem von anderen Frauen, die zu ihr gekommen waren: Schwere Falten schlaffer Haut an den Oberarmen, entweder altersbedingt oder durch zu radikale Abmagerungskuren. Man konnte die Haut straffen, aber es blieben immer entstellende Narben zurück.

»Aber komm, reden wir nicht vom Geschäft.« Sam nahm wieder ihre Hand. »Du bist wohl mit deinem Wachhund hier, wie?«

»Ja, Harrison ist auch hier«, antwortete sie lächelnd. »Du änderst dich wohl nie, Sam, hm? Aber weißt du, genau vom Geschäft wollte ich mit dir reden.«

Sam Penrod spielte den Enttäuschten und ließ demonstrativ ihre Hand los. Ebenso demonstrativ stellte er sich in Positur, ganz der sachliche Kollege.

»Worum geht's Mickey?«
Sie öffnete ihr Abendtäschchen und nahm Sondras Brief heraus. »Das wird dir alles erklären.«
»Was, das ist dein Ernst? Du willst wirklich fachsimpeln?«
Mit einem übertriebenen Seufzer nahm er ihren Arm und führte sie an einen freien Tisch. Nachdem sie sich gesetzt hatten, las er Sondras Brief.
Er studierte die Fotografie mit zusammengezogenen Brauen, dann reichte er Mickey Brief und Foto zurück.
»Du meine Güte. Das ist ja schrecklich. Ein großer Teil des Schadens hätte wahrscheinlich vermieden werden können, wenn beim Schienen mehr Rücksicht auf Funktion und Streckung der Handgelenke genommen worden wäre. Ihre Informationen sind nicht ausreichend. Sie schreibt nicht, ob der Ellen- und der Speichennerv in Mitleidenschaft gezogen sind; ob die Faszie der Innenhand zerstört ist; woher die Kontraktur kommt.«
»Sie fand wahrscheinlich, das hätte Zeit, bis sie herkommt. Also, Sam, was meinst du?«
»Warum machst du es nicht, Mickey?«
»Ich?«
»Ja. Du machst doch Hände.«
Mickey faltete den Brief und steckte ihn zusammen mit der Fotografie wieder in ihre Tasche.
»Warum versuchst du's nicht? Du machst wunderbare Arbeit.«
Sie lachte. »Das ist sehr lieb von dir, Sam, aber ich kenne meine Grenzen.«
Die Band spielte den Titelsong aus *Der Pate*. »Wollen wir tanzen?« fragte Sam.
»Kann ich meiner Freundin schreiben, daß du sie nimmst?«
»Nur wenn du mit mir tanzt.«
Sie stand auf und schüttelte den Kopf. »Immer der alte Sam. Kann ich ihr schreiben, daß du's machst?«
»Meinetwegen. Für dich tu ich doch alles, Mickey. Wann kommt sie?«
»Ich weiß nicht. Sobald ich ihr Bescheid gebe, nehme ich an. Ich hole sie am Flughafen ab und bringe sie dann her. Vielleicht hole ich sie vorher noch ein paar Tage zu uns nach Hause.«
Sam stand ebenfalls auf und musterte das Gedränge der Tanzenden mit den Blicken eines hungrigen Wolfs.
»Gib mir Bescheid, dann reserviere ich ihr ein Zimmer.«

»Danke Sam.« Sie berührte leicht seinen Arm. »Ich wußte, daß ich auf dich zählen kann.«
»Ja«, erwiderte er mit gespielter Bitterkeit. »So bin ich nun mal – immer der gute alte Sam.« Damit machte er sich in Richtung auf eine Schöne im rückenfreien Glitzerkleid davon.
Mickey war erleichtert. Sie würde Sondra schnellstens schreiben und ihr die gute Nachricht mitteilen. Beinahe beschwingt machte sich Mickey auf den Rückweg zu Harrison und blieb abrupt stehen.
Zwischen ihr und Harrison stand, im Gespräch mit einigen anderen Leuten, Jonathan Archer.
Sie starrte ihn an. Er stand mit dem Profil zu ihr, schlank und sicher in seinem schwarzen Smoking, und sprach mit den souveränen unbekümmerten Gesten eines Mannes, der alles im Griff hat und sich seines Ranges bewußt ist. Ein älterer Jonathan, gelassener und reifer. Er mußte jetzt dreiundvierzig sein, ein berühmter Mann, Gewinner unzähliger internationaler Preise, Beherrscher eines Film-Imperiums. Und dreimal geschieden, dachte Mickey, während sie langsam auf ihn zuging.
Einer der anderen in der kleinen Gruppe, ein Anwalt aus Beverly Hills, mit dem Harrison geschäftlich zu tun hatte, bemerkte Mickey zuerst und unterbrach Jonathans Monolog mit einem freundlichen: »Hallo, Mrs. Butler. Wie geht es Ihnen?«
Als Jonathan sich lächelnd nach ihr umdrehte, durchzuckte es Mickey ganz unerwartet.
»Hallo, Mickey«, sagte er.
Seine Stimme schien aus einem alten Traum zu kommen, und ihre Beklemmung wuchs. So begrüßt er mich, nach so langer Zeit, obwohl ich ihn damals vesetzt habe?
»Hallo, Jonathan.«
»Ich sah dich schon mit Sam Penrod sitzen, aber ich wollte nicht stören.«
Was sagten die blauen Augen wirklich? Wie lautete die wahre Botschaft, die sich hinter dem immer noch jugendlichen Lächeln verbarg? Mickeys Beklemmung löste sich plötzlich. Da war ja nichts, gar nichts. Keine Bosheit, kein Groll, kein Bedauern. Da war nur der lockere, unbekümmerte Jonathan von damals, ein bißchen älter und zweifellos um einige Illusionen ärmer.
Die anderen der kleinen Gruppe verstanden die Signale und entfernten sich diskret.
»Wie geht es dir, Jonathan?« Mickey war erstaunt, wie leicht es ging.

»Ich kann mich nicht beklagen. Ich habe erreicht, was ich wollte.«
»Ja, ich weiß. Ich lese ab und zu das *Time*.«
»Uh!« Er verzog das Gesicht. »Dann bist du über sämtliche schmutzigen Skandale unterrichtet.«
Mickey lachte. »Drei Scheidungen machen dich nicht unbedingt zum Blaubart.«
»Und wie geht es dir? Wer ist Mr. Butler?«
»Ich bin mit dem Mann da drüben verheiratet.« Sie wies mit dem Kopf zu Harrison.
»Hm. Frag ihn, ob er in meinem nächsten Film eine Rolle haben möchte. Er gefällt mir.«
»Mir auch.«
»Und du, Mickey, hast du erreicht, was du wolltest?«
»Ja.«
Sie standen sehr nahe beieinander, ihre Stimmen leise trotz Musik und Stimmengewirr rundherum.
»Du befreist also die Welt von ihren Verunstaltungen?«
»So kann man es nennen. Aber ich sehe eher, daß ich den Leuten helfe. Manche Operation dient sicher nur der Eitelkeit, aber durch die plastische Chirurgie können auch schwere psychologische Probleme behoben werden. Das habe ich am eigenen Leib erfahren.«
»Und bist du glücklich?«
»Ja.«
Sein Lächeln wurde tiefer. »Ich bin jetzt eine Weile in Los Angeles. Hast du Lust bald einmal mit mir zu essen?«
Sie spürte, wie sie sich innerlich anspannte. Aber das war albern; es gab nichts zu fürchten.
»Oh, ja. Ich würde gern hören, was du all die Jahre getrieben hast, seit –« Sie brach ab.
»Seit dem Glockenturm?« Jonathan lachte leise. »Ja, da gibt es viel zu erzählen. Aber außerdem habe ich ein Geschenk für dich, Mickey. Etwas ganz Besonderes, und ich möchte es dir geben, wenn wir unter uns sind.«

31

Sie gehörte zum Stamm der Suquamish, sie aß gern Fisch, ihre liebste Jahreszeit war der Herbst und sie war nie über die Grenzen des Staates Washington hinausgekommen. Schritt für Schritt, wie Herbstblätter, die man aufhebt, um sie zum Pressen in ein Album zu legen, sammelte Arnie alle Informationen über Angeline und ihr Leben, derer er habhaft werden konnte. Er kannte die Marke der Zigaretten, die sie rauchte, er vermerkte, daß sie manchmal ein Buch mithatte, er hörte aus Gesprächen während ihrer Fahrten auf der Fähre, daß ihre jüngste Schwester Krankenschwester werden wollte. All diese Dinge verwahrte er für sich wie kleine Schätze. Sie machten Angeline aus.

Seit dem Tag im vergangenen September, als er beinahe zu ihr nach Hause gefahren wäre, um eines ihrer Gefäße zu kaufen, hatte Arnie mit dem Überlebensinstinkt einer Schildkröte, die genau weiß, wann es gefährlich ist, den Kopf herauszustrecken, den Rückzug angetreten. Er war noch einmal davongekommen. Was, um alles in der Welt, war nur damals in ihn gefahren.

»Deine Sterne stehen anscheinend alle hintereinander, Daddy«, hatte die dreizehnjährige Rachel altklug gesagt. »Oder du bist in der *midlife crisis*.« Solche Bemerkungen schnappte Rachel genau wir ihre Schwestern von ihrer Mutter auf. Die Mädchen wirkten alle viel zu erwachsen für ihr Alter.

Arnie und Angeline hatten sich auf freundliche und völlig ungefährliche Alltäglichkeiten geeinigt. Man winkte sich zu, wechselte ein paar belanglose Worte miteinander, wenn man sich auf der Fähre traf, weiter ging es nicht. Arnie hatte nicht den Mut aufgebracht, sie zu einer Tasse Kaffee einzuladen oder noch einmal in die Galerie zu gehen oder sich auf dem Boot einfach neben sie zu setzen. Und jeden Nachmittag sprang der Volvo mit ärgerlicher Zuverlässigkeit sofort an, und Angeline brauste vom Parkplatz.

Arnie konnte nur hoffen, daß ihm seine Gefühle nicht vom Gesicht abzulesen waren; daß er so kühl und gleichgültig wirkte, wie er zu sein vorgab, denn sie verschwendete über das tägliche »Guten Morgen, Arnie« oder »Ein schöner Tag heute, nicht?« hinaus offensichtlich keinen Gedanken an ihn. Auch das Spiel der Blicke war vorüber. Seit dem Tag, an dem er in die Galerie gestolpert war und sie dann in seinem Kombi voller Kinderspielzeug nach Hause gefahren hatte, schien sich der geheimnisvolle Zauber verflüchtigt zu haben. Verständlich. Angeline sah ihn jetzt so, wie er war. Alle Neugier war verflogen.

Eigentlich hätte er froh sein müssen. Er hatte zu Hause Probleme genug, da hätte er es gar nicht gebrauchen können, wenn sich zwischen ihm und diesem Mädchen tatsächlich etwas angesponnen hätte.

Er blieb zurück, tat als wäre er so vertieft in seine Abendzeitung, daß ihm das Vordrängen der Menge zur Fähre gar nicht auffiel. Er machte das nicht jeden Abend so, das wäre zu auffällig gewesen; ab und zu zwang er

sich dazu – und es kostete ihn wirklich Riesenüberwindung –, gleich mit den ersten müden und hungrigen Bainbridgers auf die Fähre zu gehen und Angeline hinten zurückzulassen; sie ging nämlich immer als eine der letzten an Bord. Es war also allein Arnie überlassen, ihre zufälligen Begegnungen zu arrangieren, und zwar so, daß sie keinen Verdacht schöpfte, daß es absichtlich geschah.
»Hallo, Arnie. Fahren Sie nicht mit?«
Er riß den Kopf hoch und sagte, »Was?« Sie stand direkt neben ihm und lächelte ihn an.
»Du meine Güte!« er faltete hastig die Zeitung zusammen und klemmte sie unter den Arm. »Ich hab' überhaupt nicht aufgepaßt.«
Die Fähre trompetete. Arnie und Angeline kamen als Letzte an Bord. Beinahe hätten sie das Boot verpaßt. Dann, dachte Arnie, wäre ihnen nichts anderes übriggeblieben, als zu warten, bis vierzig Minuten später die nächste Fähre kam. Das wäre doch etwas gewesen!
Angeline setzte sich wie immer ins Raucherabteil, und Arnie ging weiter, zu einer freien Bank, wo er ganz allein sitzen und grübeln konnte.
Du bist achtundvierzig Jahre alt, hast eine Frau und fünf Kinder – reiß dich endlich zusammen und benimm dich wie ein erwachsener Mensch!
Entschlossen, die Zeitung wirklich zu lesen und nicht an sie zu denken, blätterte er wieder jene Seite auf, die er vorher nur scheinbar gelesen hatte. Ironischerweise hatte er Ruths Kolumne vor sich; sie erfreute sich so großer Popularität, daß sie seit einiger Zeit täglich erschien. Arnie las sie nicht immer – sie sprach in erster Linie die weibliche Leserschaft an –, aber wenn er es tat, überfiel ihn jedesmal das beklemmende Gefühl, das dies in letzter Zeit die einzige Kommunikation war, die zwischen Ruth und ihm noch bestand.
›Liebe Dr. Ruth: Ich habe vor sechs Monaten angefangen zu joggen. Seitdem habe ich immer wieder leichte Zwischenblutungen, im allgemeinen um die Zeit des Eisprungs. Besteht da ein Zusammenhang? Sind diese Zwischenblutungen Anzeichen für irgendwelche inneren Schädigungen? Bremerton.‹
›Liebe Bremerton: Seit immer mehr Frauen Sport treiben, sind Fragen und Probleme aufgetaucht, die bisher kaum Beachtung fanden. ›Sportgynäkologie‹ ist ein relativ neuer Studienbereich, der . . .‹
Arnies Gedanken schweiften ab. Was machte Angeline am Wochenende? Sie schien ihm nicht der Typ der verbissenen Joggerin oder Aerobic-Fanatikerin zu sein. Saß sie Tag und Nacht über ihrer Töpferscheibe? Oder hatte sie einen Freund, mit dem sie die Wochenenden verbrachte?

Er ließ die Zeitung auf seinen Schoß sinken. Es hatte keinen Sinn, er konnte sie sich nicht aus dem Kopf schlagen.
Er sah das Foto von Ruth, das die Kolumne begleitete. »Liebe Dr. Ruth: Wissen Sie eigentlich, daß Ihr Ehemann wie besessen von einer jungen Indianerin ist? Bainbridge Island.‹
Waren sie denn überhaupt noch Mann und Frau? Sie schliefen nebeneinander im selben breiten Bett, ihre Zahnbürsten hingen nebeneinander im Bad, sie hatten gemeinsame Kinder, die ihnen beiden ähnlich waren, sie reichten eine gemeinsame Steuererklärung ein. Aber darüber hinaus...
Wann hatten auch die seltenen, mehr oder weniger zufälligen Begegnungen im Bett aufgehört, mit denen sie ein paar Jahre gelebt hatten? Als wir vor zwei Jahren den großen Krach hatten; als ich ihr sagte, daß für mich ein weiteres Kind nicht in Frage kommt. War denn Sex für Ruth nichts anderes als ein Mittel zum Zweck? Es war beinahe so, als läge Ruth nichts an der Lust der Umarmung, sondern einzig an dem Produkt, das daraus hervorging.
Er hob den Kopf und sah zur schwarzen Bucht hinaus, an deren fernem Rand die Lichter der Stadt blitzten. Vielleicht würde es heute nacht Schnee geben. Kalt genug war es.
Sie lebten in zwei verschiedenen Welten. Er saß jede Woche vom Montag bis zum Freitag hinter seinem Schreibtisch, und sie rettete Leben, half Babys auf die Welt und schrieb eine Kolumne, die schon fast zur medizinischen Bibel geworden war. Und an den Wochenenden? Da saß Ruth über ihren Briefen oder mußte Hals über Kopf in die Klinik oder bekam Notanrufe von ihren Patientinnen, während Arnie draußen im Garten Holz hackte, oder mit den Kindern einen Ausflug machte und an Angeline dachte.
Ihr gemeinsames Leben lief in so festen, eingefahrenen Bahnen, daß jeder Ausbruchversuch eine enorme Anstrengung gekostet hätte. Früher einmal war Arnie der Gedanke an Scheidung durch den Kopf gegangen wie ein flüchtiger Vogel. Aber hätte er seine Kinder verlassen können? Was hätte er anfangen, wo leben sollen? Auf seine Art liebte er Ruth immer noch. Und er hatte ja seine Phantasien, in die er sich im Notfall flüchten konnte. Doch in letzter Zeit brodelte es gefählich unter der trägen Behaglichkeit dieses Lebens eintöniger Mittelmäßigkeit, und das machte Arnie Angst.
Ruth veränderte sich.
Es war nicht über Nacht geschehen; es war eine allmähliche, schleichende Veränderung, die sich in abrupten Gesten gezeigt hatte, in den Ringen

unter Ruths Augen, in überquellenden Aschenbechern und schließlich – das war die Krönung gewesen – Ruths Eröffnung, daß sie beabsichtigte, eine Psychotherapie zu machen.

Dort würde sie auch an diesem Abend sein, bei ihrer wöchentlichen dreistündigen Sitzung bei Margaret Cummings, wo sie wahrscheinlich im Zimmer hin und her rannte wie ein gefangenes Tier, eine Zigarette nach der anderen rauchte und ›ablud‹ – was immer sie abzuladen hatte. Soweit Arnie beurteilen konnte, hatte es etwa zu der Zeit angefangen, als ihr Vater gestorben war.

Der Brief von Mickey war ein zusätzlicher Auslöser gewesen. Seit Mickey vor fünf Jahren in Seattle gewesen war, hatten sie sich kaum noch zu Weihnachten geschrieben. Dann war plötzlich Mickeys Brief gekommen, und Ruth war wütend gewesen. Für Arnie völlig unverständlicherweise. Er hatte den Brief gelesen. Mickey hatte lediglich angefragt, ob Ruth sich ein paar Tage freimachen und nach Los Angeles kommen könnte, um Sondra etwas moralische Unterstützung zu geben, und Ruth war fast ausgeflippt. »Was glaubt die eigentlich, was ich mit meiner Zeit anfange?« hatte sie wütend gefragt. »Soll sie doch Sondra moralische Unterstützung geben; sie hat Zeit genug. Wo waren sie denn, als *ich* Unterstützung brauchte?«

Arnie, der keine Ahnung hatte, wovon sie redete oder was diese Wut bei ihr hervorgebracht hatte, hielt es für das Beste, den Mund zu halten.

›Liebe Dr. Ruth: Warum reden Sie nicht mehr mit Ihrem Mann? Bainbridge Island.‹

»Arnie?«

Er fuhr herum. Angeline.

»Es ist mir etwas unangenehm, aber Sie sind der einzige, den ich hier auf der Fähre kenne. Ich wollte Sie um einen Gefallen bitten.«

»Aber natürlich. Worum geht's denn?«

»Um mein Auto wieder mal. Ich komme mir wirklich blöd vor, aber mein Bruder hat den Wagen heute abgeschleppt, weil er in seiner Werkstatt etwas reparieren wollte, und nun ist es noch nicht fertig. Könnten Sie mich wohl noch einmal nach Hause fahren?«

Er war selig. Erst am Morgen hatte er sich vorgestellt, wie sie neben ihm in seinem Kombi saß und angeregt mit einem weltmännischen Arnie plauderte, und jetzt saß sie wirklich an seiner Seite und erzählte, genau wie in seinen Phantasien. Nur war er so verkrampft vor lauter Glück und Erwartung, daß er überhaupt nicht weltmännisch sein konnte. Er konzentrierte sich deshalb aufs Fahren, während Angeline ihm ein paar Details aus ihrem Leben lieferte, die er seiner Faktensammlung einverleiben konnte.

»Er sagt mir dauernd, daß ich mir einen neuen Wagen kaufen soll, aber das kann ich mir einfach nicht leisten. Die Galerie bringt nicht soviel. An den Wochenenden gehe ich mit meinen Sachen auf den Markt in der Pike Street und verkaufe an die Touristen, um mir etwas dazu zu verdienen.«

Wenn er das früher gewußt hätte! Wie oft hatten die Mädchen ihn sonntags geplagt, mit ihnen auf den Markt zu gehen!

»Da muß ich nach Ihnen Ausschau halten. Ich habe mein Vorhaben, eines Ihrer Gefäße zu kaufen, noch nicht aufgegeben.«

Enttäuschend schnell erreichten sie den Wohnblock. Wie beim letztenmal schien sie es nicht eilig zu haben, nach Hause zu kommen, sondern blieb sitzen, als wolle sie die ideale Gelegenheit schaffen. Ob das nun wirklich ihre Absicht war oder nicht, Arnie ließ sich eines der wenigen Male in seinem Leben hinreißen.

»Sie können sagen, was Sie wollen«, erklärte er, »es ist stockfinster draußen und ich fühle mich für Sie verantwortlich. Also bringe ich Sie jetzt zu Ihrer Haustür.«

»Na schön«, antwortete Angeline einfach.

Sie schlugen einen Bogen um diverse Dreiräder, gingen über einen Hof, wo einmal grünes Gras gewesen, jetzt aber nur noch gefrorener Matsch war, dann eine Treppe hinauf, deren Wände mit Graffiti dekoriert waren. Auf der einen Seite lief ein Ehekrach, auf der anderen der Fernseher, dann standen sie viel zu bald vor Angelines Tür, und Arnie verfluchte den raschen Flug der Zeit, der die schönsten Momente so schnell davontrug.

Er wollte ihr eben gute Nacht wünschen, als sie, den Schlüssel schon im Schloß, sich umdrehte und sagte: »Wollen Sie nicht hereinkommen und sich meine Sachen ansehen? Ich verspreche, daß ich nicht versuchen werde, Sie zu beschwatzen.«

Einen Augenblick später trat er in die Wohnung, in der er in den letzten fünf Monaten die Hälfte seines Lebens verbracht hatte. In einer Weise war sie genauso, wie er es sich vorgestellt hatte, in anderer Weise überhaupt nicht.

An einer Wand hing ein Poster von Häuptling Joseph mit den traurigen Augen; an der anderen eine gerahmte Batik mit dem bekannten Motiv des Sonnendiebstahls durch den Thunderbird. Ein paar indianische Tongefäße standen herum, eine gefiederte Friedenspfeife, die sehr alt sein mußte, lag auf einem Bord, ansonsten hatte Angelines Wohnung nichts

Indianisches. Abgesehen von der Madonnenstatue auf dem Fernsehapparat und in der Küche einem Bild Jesu mit blutendem Herzen hätte es die Wohnung jeder jungen Frau sein können, die nicht viel Geld hatte und sich bemühte, aus wenigem das Beste zu machen.
Nachdem sie die Lichter eingeschaltet und die Wohnungstür geschlossen hatte, ging sie ihm voraus in die kleine Eßecke neben der Küche.
»Hier arbeite ich«, sagte sie, während sie aus ihrer Jacke schlüpfte.
Es sah tatsächlich so wüst aus, wie sie es ihm beschrieben hatte: Zeitungen auf dem Boden, verschlossene Säcke mit feuchtem Ton, ungebrannte Gefäße, auf dem Tisch alle möglichen Werkzeuge, daneben die Töpferscheibe.
Sie nahm eine kleine runde Schale mit einem geometrischen Muster und drückte sie Arnie in die Hände.
»Solche Sachen verkaufe ich auf dem Markt an der Pike Street.«
Er drehte die kleine Schale in den Händen, berührte sie, wo sie sie berührt hatte. Ich kaufe sie, Angeline, dachte er. Ich kaufe eine für jedes meiner Mädchen und eine für jedes Jahr meiner Ehe mit Ruth und eine für jedes Mitglied der Familie Shapiro im Staat Washington. Ich kaufe den ganzen verdammten Bestand, Angeline.
»Möchten Sie eine Tasse Kaffee?«
Er hob den Kopf, als er die Unsicherheit in ihrer Stimme hörte, und sah die Scheu in ihrem Gesicht.
»Ja«, hörte er sich sagen. »Gern.«
Plötzlich wurde er hellwach. Wie spät ist es? Wo sind die Kinder jetzt gerade? Wo ist Ruth? Ach ja, sie ist in ihrer Therapiesitzung bei Dr. Cummings. Da wird jetzt Mrs. Colodny bei den Kindern sein, wie immer, wenn Ruth nicht direkt von der Praxis nach Hause kommt. Mrs. Colodny paßt auf sie auf und macht ihnen das Essen. Nur für den Fall ...
Die Küche war winzig. Er zog Mantel und Schal aus und ging unsicher bis zum Rand des Linoleums, während sie den Filter und eine Dose Kaffee aus dem Schrank nahm. Er wollte etwas sagen, aber es fiel ihm nichts ein. Stumm beobachtete er die Bewegungen ihrer Hände und ihres Kopfes, wenn sie ab und zu das lange dunkle Haar zurückwarf.
»Ach, verflixt«, sagte sie stirnrunzelnd. »Kein Kaffee mehr.« Sie kippte die Dose um und versuchte, die letzten Reste herauszuschütteln.
Arnie wäre beinahe in die Knie gegangen vor Enttäuschung. Kein Kaffee, kein Grund zu bleiben. Jetzt zieh' ich meinen Mantel wieder an und gehe brav zur Tür hinaus ...
Doch Angeline holte eine kleine Trittleiter, die neben dem Eisschrank

stand uns klappte sie auseinander. »Ich weiß, daß ich da oben noch irgendwo eine Dose habe.«
»Lassen Sie mich –«
Aber sie stand schon auf der kleinen Leiter und reckte sich zum obersten Bord des Küchenschranks.
»Vorsichtig«, sagte er und trat einen Schritt näher.
»Ach, keine Angst«, erwiderte sie lachend. »Ich bin das gewohnt.« Und da rutschte sie schon aus und glitt ab. Arnie breitete instinktiv die Arme aus und fing sie auf. Angeline lachte und fand rasch das Gleichgewicht wieder.
Aber dann rührte sie sich nicht von der Stelle. Sie standen beide in der winzigen Küche, Angeline in Arnies Armen, den Kopf an seiner Schulter. Der Kühlschrank brummte geräuschvoll, und nebenan knallte eine Tür.
Arnie legte seine Wange auf Angelines Haar. Er spürte, wie sie die Arme hob und sie um seinen Hals legte. Dann küßten sie sich. Es geschah so plötzlich, daß Arnie keine Zeit hatte, sich zu fragen, ob dies nun Wirklichkeit war oder wieder eine seiner Phantasien.
Sie küßten sich mit einer drängenden Leidenschaft, als wäre mit einem Schlag alle aufgestaute Sehnsucht nach Liebe und zärtlicher Berührung freigesetzt worden. Lange unterdrückte Gedanken und Gefühle brachen aus ihnen beiden hervor.
»Ach, Arnie, davon habe ich immer geträumt.«
»Angeline, ich wußte ja nicht...«
»Ich hatte immer so Angst, daß ich mich lächerlich machen würde, Arnie...«
Sie war so leicht und zierlich, daß er sie hochheben konnte wie eine Puppe. Sie umschlang mit beiden Armen seinen Hals und küßte ihn, während er sie zum Sofa ins Wohnzimmer trug.
Arnie Roth hatte alle Gedanken an die Zeit vergessen.

34

Ärzte weinen nicht. Darauf werden sie in harten Lehrjahren gedrillt, damit sie nicht, wenn sie dem Unglück und der Tragik gegenüberstehen, zusammenbrechen wie gewöhnliche Sterbliche. Doch an diesem regnerischen Apriltag hätte Mickey beinahe alle Beherrschung verloren.
Sondra, die spürte, wie der Freundin zumute war, beschränkte ihre Gesten auf ein Minimum, um das Augenmerk nicht auf die beiden großen,

schwerfälligen Hummerscheren an den Enden ihrer Arme zu ziehen. Sie trug immer Verbände, obwohl ihre Hände völlig verheilt waren, denn »Verbände können die Leute ertragen«, wie sie Mickey am Flughafen erklärte, »auch wenn sie noch so groß und unförmig sind. Aber deformiertes Fleisch ist grauenerregend.«
Die Stewardeß, die sie während des Flugs betreut hatte, begleitete sie in Los Angeles durch den Zoll; danach nahmen Mickey und Harrison sie in Empfang und brachten sie in ihr Haus. Harrison, der ihr mit großer Herzlichkeit entgegengekommen war, hatte sich in sein Arbeitszimmer zurückgezogen, um Mickey und Sondra, die im Wohnzimmer saßen, Gelegenheit zu geben, langsam die alte Vertrautheit wiederzufinden.
»Ich kann ganz gut ohne Hilfe essen, aber am liebsten bin ich dabei allein. Ich kleckere fürchterlich«, sagte Sondra, während sie einen Becher zwischen die beiden bandagierten Hände klemmte und ihn vorsichtig zum Mund führte. »Aber wenn ich mich waschen und anziehen oder auf die Toilette gehen muß, könnte ich manchmal verrückt werden. Ich bin so hilflos wie ein Säugling. Das ist der Grund, weshalb ich mich entschlossen habe, es mit einer Operation zu versuchen. Ich möchte nicht ständig anderen zur Last fallen.« Sie stellte den Becher wieder auf den Tisch. »Dabei müßte ich eigentlich froh und dankbar sein, daß ich überhaupt noch Hände habe. In Nairobi wollten sie sie amputieren. Aber das habe ich nicht zugelassen.«
Mickey war wie versteinert. Sondras Geschichte war grauenhaft – den Mann und das ungeborene Kind verlieren, und dann noch diese schreckliche Verletzung.
»Vor allem möchte ich mich Roddys wegen operieren lassen. Als er meine Hände das erstemal sah, hat er laut geschrien. Ich mache ihm Angst. Er läßt sich nicht anfassen von mir. Ich glaube, er fühlt sich schuldig.«
Mickey drehte den Kopf zum Fenster und sah in den Regen hinaus.
»Die Infektion war das Schlimmste«, fuhr Sondra fort »Die Ärzte in Nairobi haben wirklich großartige Arbeit geleistet. Sie ließen mich nicht sterben, obwohl ich darum gebettelt habe. Als ich dann langsam wieder zu mir kam und an Roddy dachte, entschied ich mich doch für das Leben. Die Ärzte versuchten es mit Hautverpflanzungen an meinen Händen; als das nicht klappte, wollten sie sie amputieren.«
Sondra beugte sich vor und griff nach ihrem Becher. Aber dann überlegte sie es sich anders und lehnte sich wieder zurück. Mickey wäre am liebsten aufgesprungen, um den Becher für sie zu heben und ihn ihr an den Mund zu führen. Sie wußte nicht, was sie sagen sollte. Sondra war ihre älteste

Freundin, der erste Mensch, der sie so akzeptiert hatte, wie sie gewesen war. Aber Sondra war auch eine Fremde, die ihr Angst machte, und Mickey fiel nichts ein, das sie ihr hätte sagen können.
»Sam Penrod ist einer der besten Spezialisten in den Staaten«, bemerkte sie schließlich.
Sondra hob den Kopf und sah sie an. »Aber du wirst doch auch dabei sein?«
»Natürlich. Ich besuche dich jeden Tag.«
»Ich meine, bei der Operation.«
»Da muß ich erst mit Sam sprechen.«
Sondra nickte.
»Er ist wirklich sehr gut«, versicherte Mickey hastig. »Ich habe selber gesehen, was er fertigbringt.«
Wieder nickte Sondra.
Zum erstenmal wagte Mickey, Sondras Hände direkt anzusehen. Schwer und unförmig lagen sie in Sondras Schoß, eingebunden von den Ellenbogen bis zu den Fingerspitzen. Mickeys Beunruhigung stieg. Was verbarg sich unter den dicken Verbänden? Was für grauenhafte Verkrüppelungen versteckte Sondra vor den Menschen?
»Was hast du vor?« fragte Mickey unvermittelt. »Hinterher, meine ich. Gehst du zurück auf die Missionsstation?«
»Ja«, antwortete Sondra mit Entschiedenheit. »Da gehöre ich hin. Roddy ist dort. Und auch Derry ist noch dort. Darum habe ich bis jetzt meinen Eltern nicht von meinen Verletzungen geschrieben. Sie würden darauf bestehen, daß wir nach Phoenix kommen, aber ich könnte es nicht aushalten, wie eine Invalidin behandelt zu werden. Ich möchte weiterarbeiten, Mickey.« Sondra beugte sich vor und sagte mit Nachdruck: »Ich will meinen Beruf wieder ausüben.«
Das Rauschen des Frühjahrsregen draußen wurde stärker. Im offenen Kamin barst knackend ein Holzscheit.
Sondra rutschte zur Sesselkante vor. Ihre Stimme war leidenschaftlich. »Mickey«, sagte sie. »Derry war mein Leben. Er war alles, was ich mir je gewünscht habe. Ich war sehr glücklich mit ihm. Bei ihm war ich zu Hause. Es gibt kein Mittel, das meinen Schmerz lindern kann. Alles in mir weint um Derry. Und ich gestehe, es gab Tage, schwarze, schreckliche Tage, wo ich nur sterben wollte. Aber jetzt weiß ich, was ich zu tun habe. Ich muß seine Arbeit fortführen. Ich muß das weiterführen, was Derry begonnen hat. Sein Tod darf nicht umsonst gewesen sein. Ich muß für Derry leben und für unseren Sohn.«
Sondra hielt einen Moment inne, dann beugte sie sich noch weiter vor,

streckte einen Arm aus und legte die bandagierte Hand auf Mickeys Knie.
»Mickey«, sagte sie, »ich möchte, daß du mich operierst. Ich möchte, daß du mir meine Hände wiedergibst.«
»Das kann ich nicht«, flüsterte Mickey.
»Warum nicht? In Hawaii hast du doch sehr viele solche Operationen gemacht.«
»Ja, aber seitdem kaum noch.«
Mickey nahm Sondras Hand und legte sie ihr wieder in den Schoß. Sie stand auf und ging zum Kamin. Eine kleine Weile blieb sie mit dem Rücken zu Sondra stehen und stocherte mit dem Schürhaken im Feuer. Dann drehte sie sich.
»Ich habe seit langem so etwas nicht mehr gemacht, Sondra – Wiederherstellungschirurgie, meine ich. Irgendwie bin ich davon abgekommen, ich weiß selber nicht, wie. Aber jetzt mache ich hauptsächlich kosmetische Korrekturen.«
Sondra sah sie lange nachdenklich an.
»Ja, ich verstehe«, sagte sie dann. »Wir haben uns alle verändert, nicht wahr?« Sie seufzte. »Also gut, dann muß es eben Sam Penrod machen. Würdest du sie dir jetzt einmal ansehen?«
Sondra hob ihre eingebundenen Hände.
Mickey ging durch das Zimmer zu einem kleinen Kirschholztisch in der Ecke. Aus seiner Schublade nahm sie eine stumpfe Schere. Wieder bei Sondra zog sie sich eine Fußbank heran, setzte sich darauf nieder und nahm ruhig Sondras rechte Hand in die ihre. Die Schere zitterte leicht, als sie die Gazeumhüllung durchschnitt. Mickey wußte, daß nichts, was sie in den dreizehn Jahren ihrer Tätigkeit an Schrecklichem und Tragischen gesehen hatte, sie auf das vorbereitet hatte, was sie jetzt zu sehen bekommen würde.
Sondras Hände.

Sie hatten vier Monate gebraucht, um dieses Treffen endlich zustandezubringen; nicht weil sie nicht wollten, sondern wegen ihrer vollen Terminkalender: Wenn Jonathan frei war, hatte Mickey keine Zeit und umgekehrt. Es war fast wie in alten Zeiten. Sie hatten am Telefon sogar darüber gelacht.
Er war schon da, als Mickey kam. Er saß an einem der kleinen Tische in dem eingezäunten Gartenrestaurant. An den Wochenenden war das Lokal immer zum Bersten voll; an diesem Tag war es so leer wie der Strand. Jonathan saß ganz allein.

»Hallo, komme ich zu spät?« fragte sie, als sie um das schmiedeeiserne Gitter herumkam.
Er sprang auf. »Nein, nein, ich war früh dran.«
Er sah jünger aus als damals auf der Weihnachtsparty, trug Jeans und ein blaues Baumwollhemd. Mickey mußte an den Tag im St. Catherine's denken, als sie im Flur mit ihm zusammengeprallt war.
»Mickey«, sagte er und nahm ihre Hand.
Als sie sich setzte, sah sie auf dem karierten Tischtuch ein in Goldfolie verpacktes Päckchen liegen. Sie erinnerte sich, daß er gesagt hatte, er hätte ein Geschenk für sie, aber sie hatte das damals nicht so wörtlich genommen. Im Grunde wußte Mickey sowieso nicht, was sie eigentlich erwartet hatte.
»Ich habe Chablis bestellt«, sagte er, als er sich ihr gegenüber setzte. »Ich hoffe, es ist dir recht.«
»Keine Patienten, falls du das meinen solltest. Dienstags operiere ich nur. Da habe ich nachmittags keine Sprechstunde.«
»Dann bist du also frei«, sagte er, den Blick auf ihr Gesicht gerichtet.
Mickey war erleichtert, als der Wein kam. Da hatte sie wenigstens etwas zu tun.
»Bist du jetzt wieder für immer in Los Angeles?«
»Nein. Ich fliege nächsten Monat wieder nach Paris. Da geht mein nächster Film in Produktion.«
Ihr wurde etwas leichter. Dieses Mittagessen mit Jonathan hatte sie beunruhigt; sie hatte in der vergangenen Nacht schlecht geschlafen und war mit unangenehmen Gefühlen erwacht. Oberflächlich betrachtet schien es völlig normal, sich mit ihm zu treffen – zwei alte Freunde, die sich nach langen Jahren wiedersehen. Aber unter der Oberfläche brodelte es gefährlich. Sie und Jonathan waren früher weit mehr als Freunde gewesen und sie hatten sich nicht im besten Einvernehmen getrennt. Eine Menge Fragen hatten sich ihr aufgedrängt: Was will er? Warum nach so langer Zeit gerade jetzt? Was ist das für ein Geschenk, von dem er gesprochen hat? Habe ich Angst, ihn wiederzusehen? Habe ich Angst vor ihm oder vor mir selber?
»Ich habe im Lauf der Jahre immer mal wieder daran gedacht, dich zu besuchen«, sagte er jetzt, während er sein Weinglas hin und her drehte. »Ich war sogar einmal in Hawaii, als ich ein geeignetes Gelände für Aufnahmen suchte. Ich war nahe daran, einfach ins Great Victoria zu marschieren und dir guten Tag zu sagen. Aber dann fand ich, die Idee wäre vielleicht doch nicht so gut.« Er lächelte, und sie sah die vertrauten Lachfältchen an den Augenwinkeln.

Wie wäre das gewesen, dachte sie, während sie den Kopf drehte und zum Meer hinausblickte. Was wäre daraus geworden? Das war genau die Zeit gewesen, wo sie sich nach ihm gesehnt hatte; ehe sie Harrison kennengelernt hatte.
»Bist du glücklich, Mickey?«
»Ja, sehr. Und du?«
Er zuckte mit einem wehmütigen Lächeln die Achseln.
»Gott, was ist schon Glück? Ich habe erreicht, was ich wollte. Ich habe das Filmimperium aufgebaut, von dem ich geträumt habe.«
Jonathan machte sie plötzlich traurig. »Haben wir eigentlich eine Kellnerin?« fragte sie leichthin, um den Moment zu überbrücken.
Als hätte sie gelauscht, kam die Kellnerin an ihren Tisch, legte zwei Speisekarten vor sie hin und verschwand wieder.
»Ich bin neugierig, Mickey«, sagte Jonathan, nachdem er die Speisekarte überflogen und beiseite gelegt hatte. »Hat es sich gelohnt? Haben sich die langen Jahre am Great Victoria und die vielen Opfer wirklich gelohnt?«
Sie lauschte auf einen Unterton der Bitterkeit in seiner Stimme, sah ihm in die Augen, ob sie dort etwas entdecken könne. Sprach er von sich selber, von dem Leben, das sie miteinander hätten haben können, das sie jedoch ihrem Ehrgeiz geopfert hatte? Nein, sie bemerkte keine Bitterkeit an ihm, keinen Groll. Jonathan wirkte seltsam gedämpft, beinahe resigniert.
»Warum seid ihr eigentlich aus Hawaii weggegangen, du und dein Mann?«
»Ach, das hat viele Gründe. Nachdem ich meine Ausbildung am Great Victoria abgeschlossen hatte, entdeckte ich, daß ich, ganz gleich, wo ich meine Praxis aufmachte, dauernd mit den Leuten in Konkurrenz sein würde, die mich ausgebildet hatten, und mir erschien das nicht fair. Harrison meinte, es wäre besser für meine Karriere, wenn ich irgendwo auf frischem Terrain anfinge. Die Firma lief auch nicht mehr so gut, und er wollte sie aufgeben. Da ein Großteil seiner geschäftlichen Interessen in Süd-Kalifornien ist, schien es das Vernünftigste, hierherzuziehen.«
»Und jetzt hast du eine phantastische Praxis«, sagte er und winkte der Kellnerin.
»Ja«, antwortete Mickey und entschied sich für die *crêpe* mit Krabben.
Nachdem die Kellnerin wieder gegangen war, sagte Jonathan: »Du wirkst irgendwie zerstreut. Ist es dir unangenehm, daß wir hier zusammensitzen?«
Sie schüttelte lächelnd den Kopf. »Nein, ich dachte gerade an eine Freun-

din von mir. Du kennst sie auch, sie hat mit mir zusammen studiert...«
Sie erzählte ihm von Sondra. »Morgen fahre ich mit ihr nach Palm Springs«, schloß sie. »Vielleicht kann Sam Penrod ihr helfen.«
»Ja, er ist ein guter Mann«, meinte Jonathan. »Einer meiner Schauspieler verletzte sich einmal bei den Dreharbeiten so schwer, daß die örtlichen Ärzte meinten, er werde nie wieder gehen können. Sam hat seinen Fuß wiederhergestellt.« Jonathan hielt einen Moment inne und sah Mickey an. »Du hast bestimmt keinen meiner Filme gesehen.«
Mickey lachte. »Ich habe einmal mit Lobbly geschlafen. Zählt das.«
»Es gab mal eine Zeit, da hast du mit seinem geistigen Vater geschlafen.«
Ah, gefährlicher Boden. Jonathan hatte den ersten Schritt getan, aber Mickey würde ihm nicht folgen. Noch nicht.
Er sah auf das Geschenkpäckchen hinunter und spielte einen Moment mit der goldenen Schleife.
»Hast du es jemals bereut, Mickey? Daß wir nicht zusammen geblieben sind?«
»Ja, es gab Zeiten, da ich große Zweifel hatte, ob unsere Entscheidung richtig war. Ich habe damals am Great Victoria sehr einsame Nächte verbracht und oft an dich gedacht.«
»Aber jetzt ist das nicht mehr so?«
»Nein, seit ich Harrison kenne nicht mehr. Und du, Jonathan? Hast du es bereut?«
»Ja. Sehr. Mickey...« Er sah sie forschend an, als wäge er etwas ab, dann sagte er: »Das ist der Grund, weshalb ich dich allein sehen wollte. Ich wollte die Sache klären, reinen Tisch machen sozusagen. Ich kann mir vorstellen, daß du mir die ganzen Jahre sehr böse warst. Ich kann es verstehen. Und ich möchte es jetzt gern bereinigen.«
Mickey, die nicht verstand, worauf er hinauswollte, sah ihn fragend an.
»Ich weiß, es ist ein bißchen sehr spät, aber die Entschuldigung ist darum nicht weniger aufrichtig. Mickey, es tut mir leid, daß ich dich am Glokkenturm versetzt habe.«
Sie starrte ihn an. »Was hast du gesagt?«
»Es tut mir leid, daß ich dich damals am Glockenturm versetzt habe. Ich wollte wirklich kommen. Aber ich hab's einfach nicht geschafft. Plötzlich war das ganze Haus voller Reporter, und ich kam nicht mehr weg. Bis ich zum Telefon kam, war es neun, und in eurer Wohnung hat sich niemand gemeldet. Ich hab' stundenlang versucht, dich zu erreichen. Du mußt ganz schön wütend gewesen sein.«

Mickey war wie vom Donner gerührt. Sie sah sich wieder allein in der Wohnung sitzen und die Glockenschläge zählen, während ihr die Tränen über das Gesicht liefen und sie sich vorstellte, wie Jonathan draußen in der Kälte wartete und verzweifelt war, daß sie nicht kam. Später war sie zu Gilhooley's hinübergelaufen, wo Ruth und Sondra mit den anderen gefeiert hatten. Als sie in der Nacht nach Hause gekommen waren, hatten sie das Telefon ausgehängt, um einmal richtig ausschlafen zu können. Als Jonathan dann endlich durchgekommen war, hatte sich Mickey geweigert, mit ihm zu sprechen. Sie wollte nicht noch einmal erklären, warum sie ihn am Glockenturm versetzt hatte; sie wollte einfach ein Ende machen, damit jeder von ihnen sein eigenes Leben führen konnte. Vierzehn Jahre lang hatte sie das mit sich herumgeschleppt, das Bild Jonathans, wie er einsam am Fuß des Glockenturms stand und auf sie wartete.

Alles hatte Mickey erwartet, als sie zu dieser Verabredung gegangen war: daß Jonathan eine Affäre mit ihr anfangen wollte; seinen Zorn darüber, daß sie ihn damals verlassen hatte, über sie ausschütten wollte; ihr unter die Nase reiben wollte, was für ein göttliches Leben er führte, seit sie sich getrennt hatten. Aber auf dieses Geständnis war sie nicht vorbereitet gewesen.

»Bist du mir böse, Mickey?« fragte er. »Wenn ja, kann ich es verstehen. Ich war ja derjenige, der gedrängt hat; ich wollte unbedingt, daß du zum Glockenturm kommst. Und dann habe *ich* in letzter Minute alles umgestoßen. Es passierte alles so schnell. Die Nominierung für den Oscar, die Publicity... Plötzlich bekam ich Angebote von den renommierten Gesellschaften. Und ich glaubte auch – na ja, daß zwischen uns alles aus wäre.«

Immer noch war Mickey sprachlos. So leicht hast du mich aufgegeben? dachte sie.

»Es tut mir leid, Mickey, wirklich.« Er legte seine Hand auf die ihre, und sie ließ es sich gefallen.

Sie blickte auf das goldene Päckchen auf dem Tisch. Und was war das? Ein Entlastungsgeschenk?

Doch plötzlich war aller Zorn verschwunden. Sollte sie ihm die Wahrheit sagen? Daß auch sie nicht zum Glockenturm gekommen war? Nein, sagte sie sich, laß es ruhen, laß es einfach ruhen.

»Ich bin dir nicht böse, Jonathan«, sagte sie aufrichtig.

Zorn und Bedauern und die Frage, wie es gewesen wäre, waren vergangen. Die Vergangenheit war abgeschlossen. Sie konnten neuen Boden betreten. Sie konnten Freunde werden. Mickey fühlte sich sehr traurig und mit sich selber im reinen.

»Das ist für dich«, sagte er nach einer Weile und schob ihr das goldene Päckchen hin.
Mickey nahm es und wollte es öffnen.
»Nein.« Er hielt ihre Hand fest. »Mach es auf, wenn du allein bist. Nicht wenn ich dabei bin.«
»Was ist es?«
»Etwas, das ich dir schulde, Mickey. Etwas, das dir gehört.« Als sie ihn verständnislos ansah, fügte er hinzu: »Wenn du es siehst, wirst du schon verstehen.«
Dann kamen die *crêpes*, und sie aßen und unterhielten sich dabei wie zwei alte Freunde, die sich nach langen Jahren viel zu erzählen haben.

Sondra hatte sich im Gästezimmer hingelegt, Harrison war geschäftlich in San Francisco. Mit einem Glas Weißwein machte Mickey es sich auf dem Sofa im Wohnzimmer gemütlich. Das goldene Päckchen, das sie immer noch nicht ausgepackt hatte, stand vor ihr auf dem Couchtisch.
Stunden waren vergangen, seit sie sich von Jonathan getrennt hatte. Sie hatten einander umarmt und geküßt, beide in dem Wissen, daß sie sich wahrscheinlich nie wiedersehen würden, wenn auch keiner es angesprochen hatte. Sie waren jetzt in der Tat alte Freunde, nichts mehr stand zwischen ihnen. Und nichts mehr band sie aneinander. In Freundschaft getrennt.
Sie blickte auf das goldene Päckchen. Es war etwas, das er ihr ›schuldete‹, hatte er gesagt. Der Form des Päckchens nach hätte sie auf ein Schmuckstück getippt, eine Halskette vielleicht. Aber was hatte eine Kette mit einer Schuld zu tun?
Sie nahm das Päckchen zur Hand und schüttelte es. Nichts rührte sich. Schließlich machte sie die Schleife auf und schlug die Goldfolie auseinander.
Es war eine Videokassette. Sie drehte sie in der Hand. Nirgends ein Etikett; nicht eine Zeile der Erklärung.
Neugierig nahm sie Weinglas und Kassette und ging ins andere Zimmer hinüber, wo der Videorecorder stand. ›Du hast bestimmt keinen meiner Filme gesehen‹, hatte Jonathan im Restaurant gesagt. War dies einer seiner Filme? Der letzte aus seiner Serie vielleicht?
Nachdem Mickey die Kassette eingelegt hatte, füllte sie ihr Glas auf, setzte sich in das tiefe Sofa, und drückte auf den Knopf der Fernbedienung. Gespannt starrte sie auf den flimmernden Bildschirm. Es kam ein Moment grauer Leere, dann wurde es mit einem Schlag strahlend hell und lebendig.

Eine Geburt. In einem Schwall dunklen Blut glitt der Säugling aus dem Mutterleib.
Die Kamera ging auf Distanz und zeigte das Team der Notaufnahme bei der Arbeit. Wiederbelebungsversuche bei der bewußtlosen Mutter, der man die Kleider vom Körper geschnitten hatte. Das zerknitterte Neugeborene. Ein Wirrwarr von weißen Kitteln. Ein junger Polizist, der ohnmächtig wurde. All dies spielte sich in einem Vakuum der Stille ab. Nichts lenkte den Zuschauer von dem dramatischen Moment der Geburt ab.
Dann kam der Ton, erschreckend im ersten Moment. Sirenengeheul, dröhnende Schritte, zunächst alles untrennbar miteinander verschmolzen, ein einziges, beinahe ohrenbetäubendes Getöse, das sich langsam entwirrte, differenzierte. Eine scharfe Anweisung hier, das Knallen einer Tür dort. Dann ein langsames Zur-Ruhe-Kommen und schließlich eine Stimme, die müde sagte: »Sie kommen beide durch.«
Und auf dem Bildschirm die Worte: *Medical Center*.
Mickeys Augen wurden feucht. Da war Ruth im grünen Kittel. Zornig blickte sie in die Kamera. Eine jüngere Ruth, schmaler, energischer in ihren Bewegungen, eine Frau, die es eilig hatte. Und da war Sondra, schön und exotisch, häufig über die Schulter nach rückwärts blickend, als fühle sie sich von einem Phantom gejagt. Und nun Mickey, ungestüm, mit entschlossenem Schritt vorwärtsstürmend, als wolle sie es mit der ganzen Welt aufnehmen.
Mickey sah sich, wie sie mit fliegendem Kittel durch den Korridor einer Trage hinterherrannte. Die nächste Aufnahme zeigte eine junge Schwester, über dem Körper eines sterbenden Patienten. Dann ein rascher Schwenk auf Mickey, mit ernstem Gesicht und einer langen Nadel in der Hand.
Kein Script, keine Vorlage, keine Schauspieler, hatte Jonathan vor vierzehn Jahren gesagt. Dies war keine Schauspielerin; diese junge Frau war Mickey Long, Medizinstudentin im vierten Jahr, unerschütterliche und unermüdliche Helferin der Leidenden und Kranken. Es war beinahe peinlich, diese wilde Entschlossenheit zu sehen.
Der Film öffnete die Türen zu anderen Erinnerungen. Sie dachte an die zwölfjährige Mickey, die wieder einmal ängstlich und schüchtern das Sprechzimmer eines Arztes betrat und am liebsten auf und davon gelaufen wäre, als der Arzt ihr Gesicht berührte; Mickey, die wie eine Wahnsinnige zur Toilette raste, weil sie noch ihr Gesicht abdecken wollte, obwohl sie für Dr. Morenos Seminar sowieso schon zu spät dran war; Mickey am Great Victoria, voller Feuer und Idealismus, bereit, für ihre

Überzeugung zu kämpfen, sei es mit Dr. Mason oder mit Gregg Waterman; Mickey, die jede Herausforderung annahm und sich durch nichts abschrecken ließ.
Sie sah mit einem Blick ihr ganzes Leben – die Entschlossenheit, den Kampfgeist –, und sie dachte: Wann habe ich aufgehört, etwas zu riskieren?
Als der Film abgelaufen war, stand Mickey auf. Sie drehte sich um. An der Tür stand Sondra.
»Ich dachte, ich hätte etwas gehört«, sagte sie.
»Wieviel hast du gesehen?«
»Genug.«
Mickey lächelte. »Setz dich. Ich laß ihn nochmal laufen. Und später rufe ich Sam Penrod an. Er hat leider soeben eine Patientin verloren.«

35

›Liebe Dr. Ruth: Mein Mann und ich sind seit sechs Jahren verheiratet und wünschen uns dringend ein Kind, aber mein Mann ist steril. Wir haben uns für eine Adoption vormerken lassen, aber die Wartezeit beträgt mindestens vier Jahre. Unser Arzt informierte uns über künstliche Befruchtung über eine Samenbank, aber als wir mit unserem Geistlichen darüber sprachen, sagte er uns, daß künstliche Befruchtung von der Kirche als Ehebruch angesehen wird. Was können wir tun? Port Townsend.‹
Ruth legte das Schreiben weg und starrte finster auf den riesigen Stapel Briefe, der sich auf ihrem Schreibtisch häufte. Sie waren ihr am Morgen von der Zeitung geliefert worden, dabei hatte sie den Stapel vom Vortag noch nicht einmal bearbeitet. Und morgen, wenn das dritte Bündel kam, würde der Haufen immer noch daliegen. Lorna Smith würde kaum erfreut sein.
Ruth hatte sich bemüht, ihre Kolumnen lebendig zu gestalten, immer Neues und Interessantes zu bringen. Aber jetzt langweilte sie die Arbeit und war ihr nur noch lästig. Am liebsten hätte sie den ganzen Papierhaufen verbrannt.
Seufzend stand sie auf und ging zum Fenster. September. Bald kam der Herbst. Warum können wir nicht die alte Haut abwerfen und im Frühling neugeboren werden?
Sie haßte sich. Sie haßte sich seit Tagen, seit Wochen, weil sie ihre Gefühle nicht einfach in eine Flasche stecken und verkorken konnte, weil sie kein Mittel gegen die Bitterkeit fand, die ihr Blut vergiftete.

Vor fünf Jahren hatte es Spaß gemacht, diese Kolumne zu schreiben, selbst vor vier, drei, zwei Jahren noch; ach was, sogar vor einem Jahr noch hatte sie es genossen, ihr medizinisches Wissen an den Mann zu bringen und zu wissen, daß die Leute auf ihren Rat vertrauten. Aber an wen soll Dr. Ruth sich wenden? dachte sie. Wer hat die Patentlösung für *sie*?
Ruth sah auf ihre Uhr. Sie mußte sich fertigmachen, um nach Seattle hinüberzufahren. Dr. Cummings, ihre Therapeutin, hatte sie gebeten, ausnahmsweise schon am Nachmittag zu kommen statt wie sonst am Abend, und Ruth hatte sich die Zeit extra freigehalten; es gab Dinge, die absoluten Vorrang hatten.
Halfen die Sitzungen bei Margaret Cummings ihr eigentlich? Ruth war sich nicht sicher. Sie ging seit sieben Monaten einmal in der Woche zu ihr; da hätte doch eigentlich inzwischen etwas passieren müssen. Ruth wußte, daß sie ohne Therapie nicht leben konnte. Die abendlichen Sitzungen waren ihr rettende Zuflucht. Ruhig, ohne Kritik und ohne Wertung hörte sich Margaret ihre Tiraden an, ganz gleich, was sie sagte, ob sie weinte oder wütete. Vielleicht würde eines Tages der Durchbruch kommen und Ruth würde geheilt sein.
Ruth wandte sich vom Fenster ab und ging wieder zum Schreibtisch. Dieser gottverdammte Topf.
Vielleicht wäre der Durchbruch längst gekommen, vielleicht wäre es Ruth gelungen, bis zum Kern ihrer Bitterkeit und Depression durchzustoßen, wenn nicht diese verrückte Geschichte mit Arnie wäre. Erst hatte er Ruths Mutter zum Geburtstag so ein Tongefäß geschenkt. Dann hatte er zum Hochzeitstag seiner Eltern eines nach Tarzana geschickt. Dann bekam Rachel eines zu ihrem vierzehnten Geburtstag. Und zum krönenden Abschluß hatte auch Ruth noch eines zur Verschönerung der Praxis erhalten. Als reichte es nicht, daß sie sich mit diesem immer wiederkehrenden Alptraum herumschlagen mußte, mit der quälenden Schlaflosigkeit, dem unerträglichen Mangel an Selbstkontrolle, mußte sie sich jetzt auch noch um Arnie Gedanken machen. Um Arnie und seine Tontöpfe.
Ich gehe nicht in diese Galerie. So tief sinke ich nicht.
Das war Ruths erste Reaktion gewesen – einfach in die Galerie zu gehen. Der Zuwachs an indianischen Tongefäßen im Haus hatte sie neugierig gemacht, aber sie hatte die Sache einer Phase zugeschrieben, die Arnie gerade durchmachte; genau wie die Abendkurse, die er jeden Freitag an der *high-school* besuchte. Wunderbar, wenn ihn das glücklich machte.
Aber eines Tages war ihre Gesprächsgruppe unvorhergesehen ausgefallen, und sie war früher als sonst nach Hause gefahren. Auf dem Heimweg

– sie nahm einen Schleichweg zur Abkürzung – sah sie vor einem Wohnblock ein Auto stehen, das aussah wie Arnies Kombi. Als sie näherkam, stellte sie fest, daß es tatsächlich Arnies Kombi war. Aber hat denn Arnie heute abend nicht seinen Kurs, dachte sie, vergaß die Sache aber schnell. Erst als sie das Auto ein paar Wochen später wieder dort stehen sah, kam der Verdacht.
Sie hätte die Tongefäße niemals mit dem Wohnblock in Verbindung gebracht, wenn Arnie nicht die Geschäftskarte in der Brusttasche seines Hemdes vergessen hätte. Ruth hatte sie gefunden, als sie die Wäsche sortiert hatte. ›Angeline. Amerikanische Volkskunst‹. Ruth begutachtete die Tongefäße im Haus näher und wünschte hinterher, sie hätte es nicht getan. Sie fand ihren Verdacht bestätigt; die Gefäße waren alle von Angeline gemacht.
Dennoch konnte sie nicht sicher sein, ob da wirklich eine Verbindung bestand. Eines der Gefäße hatte sich in einem Karton befunden, auf dessen Deckel der Name einer Kunstgalerie stand. Ruths erster Impuls war gewesen, sich die Galerie anzusehen. Aber Dr. Ruth Shapiro ließ sich doch nicht dazu herab, ihrem Mann nachzuspionieren; war doch nicht so armselig, sich in einem Sumpf völlig unbegründeten Argwohns hinunterziehen zu lassen. Arnie sollte eine Affäre haben? Das war wenig wahrscheinlich. Sie brauchte ihn nur ganz direkt zu fragen, wer in dem Block wohnte, dann würde sie erfahren, daß es etwas völlig Harmloses war. Wahrscheinlich hockte er da mit ein paar anderen Teilnehmern seines Kurses zusammen und fachsimpelte über den letzten Vortrag. Was hatte Arnie gesagt, womit sich der Kurs befaßte? Ruth konnte sich nicht erinnern.
Es war rücksichtslos von ihm, ihr gerade jetzt, wo sie tief in der Krise steckte, auch noch das Leben schwerzumachen. Sie mußte ihre Probleme klären, alles, was ihr Leben ausmachte, sichten und analysieren, um sich entscheiden zu können, was sie behalten und was sie wegwerfen wollte. Ungefähr so, wie wenn man einen Schrank ausmistet, dessen Inhalt man sich jahrelang nicht angesehen hat. Mit Margaret Cummings' Hilfe würde ihr das vielleicht gelingen, aber nicht, wenn Arnie ihr in den Rücken fiel.
Ruths Blick fiel auf den Brief, den sie von Mickey erhalten hatte, ein Fortschrittsbericht über Sondra. ›Die Schädigungen an den Streckmuskelsehnen haben wir durch eine Sehnenverpflanzung von der vierten Zehe zum Zeigefinger zu beheben versucht. Mit Hilfe einer Sehnenverpflanzung vom proximalen Sehnenstumpf des dritten Fingers habe ich die iunctura tendinum zwischen dem dritten und vierten Finger wieder-

hergestellt. Die Hand wird jetzt in gestreckter Haltung drei Wochen immobilisiert. Dann kommen die Schienen heraus, und so Gott will wird die Hand zumindest teilweise wieder funktionsfähig sein.‹
Obwohl ihre Bitterkeit sich auf alles erstreckte – ihre Kinder, ihren Mann, ihre alten Freundinnen, ja, selbst die Vögel in der Luft –, mußte Ruth zugeben, daß das, was Mickey da versuchte, sehr mutig war. Und was Sondra aushielt, war bewundernswert. Erst die vielen Operationen, dann wochenlanges Stilliegen in der Gipsschale, während ihre Hände wegen der Hautverpflanzung an ihren Bauch genäht waren, unzählige Spritzen und Eingriffe.
In gewisser Hinsicht beneidete Ruth die beiden. Mickey und Sondra hatten ihre Arbeit abgesteckt, hatten klare, erkennbare Ziele. Sie arbeiteten zusammen, unterstützten sich gegenseitig, gaben einander Halt, indem sie teilten. Wann hatte Ruth solche Gemeinschaft das letztemal erlebt? Als wir noch in der Wohnung in der Avenida Oriente lebten und uns beim Geschirrspülen abwechselten...
Ruth wünschte, Mickey hätte nicht geschrieben, sie nicht gezwungen, ihr Leben mit dem der beiden Freundinnen zu vergleichen. Die beiden hatten ihren Weg gefunden; sie hingegen tappte immer noch im Dunkeln.

»Aber das ist es ja gerade!« Ruth sprang aus dem Sessel auf und begann wieder, im Zimmer hin und her zu laufen. »Ich weiß nicht, worauf ich wütend bin. Oder auf wen. Das ist es ja, was mich so verrückt macht. Die Wut hockt ständig auf meinem Rücken, krallt sich in mich ein, und ich kann sie nicht abschütteln. Sie läßt keine Minute nach. Ich bin wütend, wenn ich aufwache und ich bin wütend, wenn ich abends einschlafe. Aber meine Wut hat kein Ziel. Es gibts nichts, worauf ich sie richten kann.«
Margaret Cummings beobachtete Ruth, wie sie immer wieder den gleichen Weg durch das Zimmer nahm, während sie an einer Zigarette sog, die sie halb geraucht in dem großen Aschenbecher ausdrückte. Dann zurück zum Sessel, die nächste Zigarette aus der Tasche geholt, angezündet, und die Wanderung durch das Zimmer begann von neuem.
So hatte Margaret Cummings Ruth schon vor sieben Monaten erlebt, als sie das erstemal zu ihr gekommen war – eine Frau mit einer ungeheuren Wut, von der sie nicht wußte, wohin mit ihr. Und seit jenem Tag im Februar hatte sich nichts verändert. Sie waren der Lösung, von der sie beide wußten, daß sie in Ruth selber lag, nicht einen Schritt nähergekommen.
»Ich gerate immer mehr außer Kontrolle«, fuhr Ruth verzweifelt fort.

»Wissen Sie, Margaret, es gibt zwei Arten von Wut. Die eine gibt einem Kraft und Energie, um etwas zu schaffen oder zu bewirken. Die andere macht einen vollkommen ohnmächtig.«
Ruth drückte wieder eine Zigarette aus und kehrte zum Sessel zurück.
»Ich weiß nicht, was ich tun soll, Margaret.«
»Sprechen wir von Ihrem Mann. Was für Gefühle haben Sie, wenn Sie jetzt an ihn denken?«
»Arnie? Der ist doch nur ein Schatten.«
»Sind Sie auf ihn auch wütend?«
»Ich sollte es sein. Ich glaube, er hat ein Verhältnis.«
»Sie sind also wütend auf ihn?«
Ruth wandte den Blick ab.
»Ich weiß es nicht. Ich kann es nicht sagen. So geht es mir mit allem – keine klaren Linien, alles ist verschwommen. Ich weiß, was für Gefühle ich haben *sollte*, aber ich glaube, ich bin eher wütend darüber, daß er es mich hat merken lassen, als darüber, daß er mich tatsächlich betrügt.«
Ruth fuhr geistesabwesend mit zwei Fingern auf der Armlehne des Sessels hin und her.
»Ich habe überhaupt nichts mehr im Griff. Ich kann die Termine für die Zeitung nicht einhalten; ich habe viel zu viele Patienten; ich kann die Arbeit nicht mehr schaffen. Sogar meine Kinder entfernen sich immer weiter von mir. Wenn ich sie ansehe, kommen sie mir vor wie Fremde. Rachel ist in diesem Monat vierzehn geworden. Als sie neulich von der Schule nach Hause kam, hatte sie eine Sicherheitsnadel im Ohr. Ich war plötzlich wie vor den Kopf geschlagen. Ich dachte, erst gestern habe ich sie doch noch im Kinderwagen geschoben.«
Ruth senkte den Kopf und rieb sich die Stirn.
»Mein Leben schrumpft, Margaret. Und es zerfließt mir unter den Händen. Ich komme nicht mehr mit der Zeit zurecht. In letzter Zeit denke ich viel an früher, an mein Studium. Das waren Zeiten!« Sie sah Margaret an und lächelte. »Da hat der Sex noch Spaß gemacht.«
»Und wie ist er jetzt, mit Ihrem Mann?«
»Nicht vorhanden. Arnie ist total phantasielos. Die Frau, mit der er mich betrügt, muß einen Mann schon sehr dringend nötig haben.«
»Haben Sie wegen dieser Affäre mit ihm gesprochen?«
»Noch nicht. Ich weiß noch nicht genau, wie ich mich verhalten soll. Ich hab' so viel um die Ohren. Ich komme mir vor wie ein Jongleur, der zu viele Bälle hat. An manchen Tagen habe ich das Gefühl, daß die Wände rundherum mich erdrücken.«
»Haben Sie dieses Gefühl jetzt auch?«

Ruth sah sich im Zimmer um. »Ja.« Dann senkte sie wieder den Kopf. Sie wußte, was sie tat. Sie bewegte sich im Kreis, sie schlug Finten wie eine geübte Fechtmeisterin, warf Margaret Cummings aus tiefstem Herzen kommende Erklärungen hin, weil sie wußte, daß diese sie erwartete. Aber Ruth wußte auch, daß sie diese Vermeidungshaltung früher oder später würde aufgeben müssen, weil Margaret sie durchschaute.
»Der Traum ist wiedergekommen«, sagte sie leise.
»Der, den Sie als junges Mädchen so oft hatten?«
»Ja. Er kam das erstemal, als ich zehn war. Damals lief ich in einem Rennen mit und mein Vater lachte mich aus. Es war ein Alptraum. Und er kam immer wieder. Ich war damals dick, und mein Vater ermahnte mich ständig, weniger zu essen. Jedesmal, wenn er mich kritisiert hatte, kam der Traum.« Ruth zupfte an einem Fädchen des Sesselbezugs. »Als ich studierte, verschwand er und kam das erstemal wieder, als ich vor neun Jahren die Amnioskopie machen ließ. Dann war wieder eine Weile Ruhe, und jetzt hat es wieder angefangen – letzte Woche, in der Nacht nach meinem Geburtstag. Meinem vierzigsten Geburtstag.«
»Ist Ihr Geburtstag nicht auch der Todestag Ihres Vaters?«
Ruth blickte auf. »Doch. In der Nacht nach seinem ersten Todestag kam der Traum wieder, und er ist genauso, wie er früher war. Er hat sich überhaupt nicht verändert, nicht im kleinsten Detail.« Ruth lehnte den Kopf nach rückwärts und sah zur Zimmerdecke hinauf. »Es ist ein kurzer Traum, und eigentlich passiert überhaupt nichts. Aber ich bin jedesmal wie gelähmt vor Angst. Und wenn ich aufwache, klopft mir das Herz bis zum Hals.
Ein großer, schwarzer Raum schließt mich ein. Ich weiß nicht, ob es ein Zimmer ist oder eine Höhle oder ein Ozean. Ich kann nichts sehen. Ich bin total blind. Und ich falle jedesmal darauf herein. Jedesmal packt's mich wieder. Jedesmal fühle ich das Entsetzen und die Angst vor der Leere. Ich bin körperlos, fleischlos. Ich bin ein zielloss dahintreibendes Ding in grauenerregender, feindseliger Schwärze. Dann gerate ich in Panik. Ich fange an, mich zu fragen, wer ich bin. Ich kann nicht denken, nicht vernünftig überlegen. Ich bin völlig unentwickelt. Ich bin entweder der Anfang oder das Ende von etwas. Ich weiß nicht, was, und das verschlimmert die Angst noch; die Angst vor dem, was auf mich zukommt, wozu ich mich entwickeln werde, oder die Angst, daß alles hinter mir liegt, und es nun ewig so bleiben wird.«
Ruth umklammerte mit beiden Händen die Sessellehnen.
»Sie können sich das Grauen nicht vorstellen, das Entsetzen darüber zu wissen, daß ich bin und doch nicht bin.«

Sie hob den Kopf und sah Margaret Cummings an. »Das ist alles. Damit ist der Traum zu Ende.«
Margaret sah sie ruhig an. »Was, glauben Sie, hat er zu bedeuten?«
»Ich weiß es nicht. Oder doch, warten Sie. Er muß bedeuten, daß ich mich als etwas Ungeformtes sehe. Entweder noch nicht geboren oder tot. Ich weiß nicht, welches von beiden. Ich weiß nur, daß ich abends Angst habe, zu Bett zu gehen.«
Eine Weile schwiegen sie beide, dann sagte Margaret Cummings: »Ruth, schreiben Sie die Träume auf. Jedesmal, wenn Sie den Traum haben, schreiben Sie ihn auf. Lassen Sie nichts aus. Auch wenn Sie glauben, daß Sie immer wieder nur dasselbe schreiben. Schildern Sie jedes Gefühl und jede Empfindung, die Sie im Traum hatten, und schreiben Sie dann auf, wie Sie sich nach dem Erwachen fühlten.«
»Glauben Sie nicht, daß das ziemlich eintönig wird?«
Margaret lächelte. »Wenn sich auch nur die kleinste Abweichung zeigt oder nur ein einziges neues Detail, könnte uns das etwas verraten.«
Ruth sah auf ihre Uhr. Es war noch früh am Nachmittag. In der Praxis warteten keine Patienten auf sie und auch nicht in der Klinik. Da lag zwar immer noch dieser fürchterliche Stapel Post an Dr. Ruth, aber der konnte warten. Sie drehte den Kopf zum Fenster und blinzelte in die Sonnenstrahlen. Ein schöner Tag für einen Spaziergang.
Gleichzeitig mit Margaret stand sie auf.
»Nächste Woche kann ich nicht kommen, Margaret«, sagte sie auf dem Weg zur Tür. »Ich fliege für ein paar Tage nach Los Angeles zu Freunden. Vielleicht tut mir der Tapetenwechsel ganz gut. Vielleicht rückt das meine Perspektive wieder zurecht.«
»Versuchen Sie, es zu genießen, Ruth.«
Ruth lächelte. »Und wenn mir endlich ein Freud'sches Licht aufgehen sollte, lasse ich es Sie wissen.«

Ruth war schon lange nicht mehr auf dem Markt in der Pike Street gewesen und nie allein. Immer hatten die Mädchen gezogen und gedrängt, wollten hierhin und dorthin, hatten ihr keine Ruhe gelassen. Sie fühlte sich beschwingt und befreit, wie sie so ganz allein zwischen den Ständen und Läden herumwanderte.
Bis sie plötzlich vor der Galerie stand.
Lange blickte sie durch die dicke Glasscheibe des Schaufensters; Vorüberkommende mochten glauben, daß sie die ausgestellten Objekte musterte – die großen Tetems, die gefiederten Speere, das große Ölgemälde eines Zeltdorfs am Fluß. Tatsächlich versuchte sie, in das Innere hineinzusehen,

ohne den Laden betreten zu müssen. War *sie* jetzt dort drinnen? Angeline, die Tongefäße am laufenden Band produzierte? Wie war Arnie hierher gekommen? Was hatte ihn zuerst interessiert – die Galerie oder das Mädchen?
So angestrengt Ruth in das Fenster hineinspähte, sie sah nichts als ihr eigenes Bild; eine kleine dunkelhaarige Frau, der man ihre vierzig Jahre ansah.
Warum sollte ich hineingehen? Aus welchem Grund?
Aus dem gleichen Grund, aus dem jede Frau die ›Andere‹ sehen möchte: um festzustellen, was sie hat, das ich nicht habe.
Noch als sie die Tür öffnete und eintrat, gab sie Arnie die Schuld. Er war schuld, daß sie sich so tief herabließ. Eine Lüge war das, hier hereinzukommen und so zu tun, als wolle man etwas kaufen. Sie wußte, sie würde sich hinterher ganz scheußlich fühlen. Auch das würde Arnies Schuld sein.
Die ausgestellten Objekte waren schön; es waren mehrere darunter, die Ruth gern gehabt hätte. Die rostfarbene Batik im runden Rahmen zum Beispiel, die irgendeinen indianischen Geist mit großen Augen und zakkigen Raubtierzähnen darstellte. Über dem Kamin nähme sie sich großartig aus. Warum hatte Arnie nicht lieber so etwas gekauft statt der Gefäße? Weil Angeline die Gefäße machte natürlich.
Ruth, mit Sicherheit weißt du gar nichts. Du kannst dir das alles auch nur einbilden.
Vor der Skizze einer Squaw mit einem rundgesichtigen Baby auf dem Rücken blieb sie stehen.
Er geht abends nach seinem Kurs zu irgend jemand in die Wohnung. Wahrscheinlich zum gemeinsamen Lernen oder Diskutieren; vielleicht ist es auch jemand, der sich für Sport interessiert, und sie trinken zusammen ein Bier und fachsimpeln dabei. Daß die Gefäße alle von derselben Frau gemacht sind, kann reiner Zufall sein; vielleicht gefällt ihm einfach der Stil.
Dreh dich um und geh, Ruth, ehe du dich hoffnungslos lächerlich machst.
»Kann ich Ihnen behilflich sein?«
Ruth drehte sich um. Die junge Frau war hübsch und sah sie lächelnd an.
»Ja«, antwortete sie hastig. »Ich suche etwas für meinen Mann. Ein Geschenk. Er hat mir einmal von dieser Galerie erzählt. Wir haben einige von Ihren Sachen im Haus. Deshalb dachte ich...«
»Natürlich. Dachten Sie an etwas Bestimmtes?«

»Keramik. Große Gefäße. Mit Motiven aus der Mythologie.«
»Wir haben einige schöne Stücke hier.« Die junge Frau ging hinüber zur anderen Seite des Ladens. Neben einem großen Gefäß, das auf einem hohen Sockel stand, blieb sie stehen. »Das ist ein sehr schönes Gefäß. Die Töpferei selber ist im Stil der Pueblo-Indianer, die Verzierung ist Nordwest-Küste.«
Ruth ging langsam darauf zu. Eine kleinere Ausgabe dieses Gefäßes stand in ihrem Wohnzimmer.
»Er – äh – hat eine besondere Vorliebe für eine Künstlerin namens Angeline.«
Die junge Frau legte ihre schmale braune Hand auf das Gefäß. »Das hier ist von Angeline.«
Ruths Blick glitt langsam über das Gefäß. Es war schön. Diese Angeline hatte wirklich Talent.
»Ich bin neugierig«, sagte sie so lässig wie es ihr möglich war. »Kennen Sie Angeline zufällig? Wohnt sie hier in der Gegend?«
Das Lächeln des Mädchens wurde tiefer.
»Ich bin Angeline«, sagte sie leise.
Ruth war wie vom Donner gerührt. Das war Angeline? Eine Indianerin?
»Ach«, sagte sie und war erstaunt, daß sie sprechen, daß sie Haltung bewahren konnte, »dann kennen Sie meinen Mann vielleicht. Ich bin –« die Pause war kaum wahrnehmbar, ehe Ruth beinahe zum erstenmal in ihrem Leben sagte – »Mrs. Roth. Arnie Roth ist mein Mann.«
Das Lächeln erlosch. Das dunkle Gesicht wurde einen Schein blasser.
»Kennen Sie meinen Mann?« fragte Ruth, obwohl sie die Antwort auf Angelines Gesicht sah.
»Ja, ich kenne Arnie«, antwortete sie ruhig. »Er kommt manchmal hierher.«
Arnie! Sie nennt ihn Arnie. Sie besitzt nicht einmal das Taktgefühl, den Schein zu wahren und ihn Mr. Roth zu nennen!
»Mein Mann hat sich in den letzten Monaten zu einem wahren Experten in indianischer Kunst entwickelt«, sagte Ruth. Sie fand ihren Ton grauenvoll und fragte sich doch gleichzeitig, was es wohl für ein Gefühl war, einem anderen Menschen die Augen auszukratzen. »Er besucht sogar freitags abends regelmäßig Kurse, um indianische Lebensart zu studieren.«
Angeline erwiderte nichts, betrachtete Ruth nur mit großen unergründlichen Augen.
Da sah Ruth es plötzlich. Angeline sah es nicht, konnte es nicht sehen,

weil es nicht von draußen kam, sondern aus dem Raum hinter Ruths Augen: eine Dunkelheit, die sich immer mehr verdichtete, als trübten sich alle Lichter, als wälze sich schwarzer Nebel durch die Ritzen der Luftschächte. Sie verfinsterte die Sonne, die durch das Schaufenster strömte; sie verhüllte die Strahler an der Decke; es war ein wachsender, wogender schwarzer Schatten, der Schatten des Todes, der Isolation und absoluten Einsamkeit vielleicht; die beängstigende Finsternis des Nichts. Ruth wußte, was es war.
Es war die Summe ihres Lebens. Es war der Geist ihres Scheiterns.
Sie blickte in Richtung des Gefäßes, das sie nicht sehen konnte, weil die Schwärze sie einhüllte, und hörte sich sagen: »Ach nein, ich glaube, das ist doch nicht das Richtige.«
Sie floh aus dem Laden, durch die Tür hinaus in die sich verdunkelnde Sonne.

36

»Und was hast du dann getan?« fragte Mickey.
»Ich raste aus der Galerie und schaffte es gerade noch zur nächsten Bank. Da ließ ich mich drauf fallen und legte den Kopf auf die Knie«, berichtete Ruth. »Ich wäre beinahe ohnmächtig geworden.«
Sie saßen am Strand, den Blick auf die tosenden Brecher gerichtet, Mickey mit einem breitkrempigen Strohhut auf dem Kopf, Ruth, das kurze dunkle Haar vom Wind zerzaust. Etwas entfernt von ihnen ging Sondra allein durch den Sand. Hin und wieder blieb sie stehen und sah zum Meer hinaus, den Kopf leicht zur Seite geneigt, als wolle sie einen Ruf auffangen, den der Wind ihr zutrug.
Ruth schaute zu Sondra hinüber und wandte sich dann wieder Mickey zu.
»Ich bin dann stundenlang herumgelaufen«, fuhr sie fort. »Ich muß ausgesehen haben wie eine wandelnde Tote. Ich erinnere mich undeutlich, daß die Leute mich angestarrt haben, und ich weiß, daß ich dachte: So ist das also, wenn man einen Nervenzusammenbruch hat.« Ruth kniff die Augen zusammen und starrte über die schaumweißen Wellen hinweg in die Ferne. »Irgendwann bin ich dann auf die Fähre gegangen und kam um elf ungefähr nach Hause. Die Kinder waren schon im Bett. Aber Arnie war noch auf. Er saß vor dem Fernseher. Er schaute nicht mal hoch, als ich reinkam, sagte kein einziges Wort, und da wurde mir mit einem Schlag bewußt, daß es schon lange so mit uns war. Es war mir nur nie aufgefallen.«

Der Septembertag war ungewöhnlich klar. Die Farben hatten eine plastische Schärfe: das Blau des Wassers, das blasse Gelb des Sandes, das intensive Grün der Bäume oben auf den Felsen, wo die weißen Bauten des Castillo Colleges standen. Es war Sondras Idee gewesen, hierher zu kommen, und während Ruth eine Handvoll warmen Sand schöpfte und die Körnchen vom Wind wegfegen ließ, schaute sie wieder den Strand entlang zu der einsam wandernden Sondra. Sie erschien ihr mit ihren vierzig Jahren jünger und schöner denn je; die Härte des Lebens auf der Missionsstation schien zumindest äußerlich keine Spuren hinterlassen zu haben. Sie war immer noch gertenschlank, besaß immer noch diese natürliche Grazie – trotz der geschienten Arme, die in Gehäuse aus Metall und Schaumgummi eingeschlossen waren, während die Finger mit Drähten und Gummibändern fixiert waren.

»Aktive Schienen«, hatte Mickey es genannt. Während das verpflanzte Gewebe wuchs und sich akklimatisierte, wurden die Finger ständig unter leichter Spannung gehalten. Sondras Finger mochten wie erstarrt aussehen, tatsächlich arbeiteten sie unaufhörlich gegen die Gummibänder; Muskeln und neue Sehnen wurden geübt, obwohl es nicht so erschien.

Bei ihrer Ankunft am Vortag war Ruth entsetzt gewesen, als sie das Ausmaß von Sondras Verletzungen zu Gesicht bekommen hatte. In den Briefen war das nicht in dieser Deutlichkeit herausgekommen. Ruth war auf eine solche massive Schädigung, derart umfangreiche Wiederherstellungsarbeit nicht vorbereitet gewesen – die Flecken heller Haut, die von Bauch und Oberschenkeln verpflanzt worden waren, die unzähligen feinen Nähte, die unglaublich mageren Arme, die dünnen, klauenhaft gekrümmten Finger. Sie wußte, was Mickey in diesen letzten fünf Monaten geleistet, was Sondra durchgemacht hatte.

Im April hatte Mickey als erstes Sondras Hände fotografiert. Wie ein Goldschmied, der den Auftrag erhalten hat, einen besonders wertvollen Diamanten zu schleifen, studierte sie die Bilder, inspizierte jede Linie und jeden Winkel, füllte Blöcke mit Skizzen der verschiedenen Möglichkeiten, saß bis spät in die Nacht über Büchern, um sich mit dem komplizierten Gebilde der menschlichen Hand von neuem vertraut zu machen. Das Ziel war, die stillgelegten Muskeln und Sehnen zu befreien, die narbige Haut zu entfernen und durch Transplantationen zu ersetzen.

Als Mickey bereit war, mit der Behandlung anzufangen, stellte sie einen genauen Plan auf. Die Operationen sollten im St. John's Krankenhaus durchgeführt werden, wo Sondra dann noch eine Weile zur Erholung bleiben würde. Danach sollte sie wieder bei Harrison und Mickey wohnen; eine private Pflegerin würde sich um sie kümmern. Während der gesamten Behandlungszeit von fünf Monaten würde Sondra Arme und Hände nicht gebrauchen können.

Bei der ersten Operation Ende April waren die Hände nicht in Mitleidenschaft gezogen worden. Da ging es erst einmal darum, den Bauchlappen zu heben. Die Verletzungen an Sondras linker Hand waren so schwer, daß sie mit einer einfachen Hautverpflanzung nicht behoben werden konnten. Auch das subkutane Gewebe mußte erneuert werden; das hieß, daß an einer Stelle, wo sie sie entbehren konnte, eine ganze Schicht von Haut und subkutanem Gewebe entfernt werden mußte. Da dieser ›Lappen‹ mit seiner alten Wachstumsstelle verbunden bleiben mußte, während er sich an seinem neuen Wachstumsort an der Hand regenerierte, wählte man den Bauch als Spender.

Mickey führte den Eingriff bei örtlicher Betäubung durch. Nach zwei parallel verlaufenden Einschnitten an Sondras Bauch hob sie Haut und subkutanes Gewebe vorsichtig ab, so daß sich der Lappen wie ein kleiner Steg über dem Bauch wölbte, und nähte sie dann wieder an. Sinn dieser Maßnahme war es, die Blutzufuhr durch den Lappen zu sichern, den man dann drei Wochen lang genau beobachtete, um festzustellen, ob die losgelösten Hautschichten gesund und wachstumsfähig waren.

Nachdem Mickey sich vergewissert hatte, daß der Lappen lebensfähig und gut durchblutet war, ging sie daran, ihn vom Bauch zu lösen. Ein Ende mußte abgelöst werden, während das andere mit der Bauchhaut verbunden blieb. Die beiden Stellen, wo die abgehobene Haut noch mit dem Bauch verbunden war, hießen die Pedikel. Mickey verschmälerte das erste Pedikel mit zwei kleinen Schnitten, so daß der Lappen jetzt fast spitz zulief, und legte dann um die kleine Zunge, die noch mit dem Bauch verbunden war, eine Klammer. Jeden Tag zog Mickey diese Klammer ein wenig fester, um langsam die Blutzufuhr zu dem Pedikel zu unterbinden, ohne das Gewebe zu verletzen. Gegen die Schmerzen, die damit verbunden waren, injizierte sie das Gebiet wiederholt mit Procain. Als Mickey feststellte, daß der Lappen weiterhin rosig und gesund war und keine Schwellungen zeigte, war es Zeit, ihn auf Sondras Hand zu übertragen.

Im Juni wurde die Narbe an Sondras linkem Handrücken entfernt. Während Sondra in Vollnarkose lag, entfernte Mickey das gummiartige, zusammengezogene Gewebe, säuberte die Stelle, legte Sondras Hand auf den Bauch und nähte den Bauchlappen über der offenen Wunde fest.

Das verpflanzte Gewebe blieb gesund und wuchs gut an. Sondras Hand wurde vom Bauch genommen, die Spenderstelle am Bauch wurde geschlossen. Nun brauchte die linke Hand nur noch zu verheilen.

Zur Wiederherstellung der rechten Hand war ein anderes Verfahren nötig.
Während Sondras linke Hand grausam nach rückwärts gebogen war, war die rechte Hand in sich zusammengerollt wie eine Schnecke. In einer Serie von Operationen entfernte Mickey Schritt für Schritt das Narbengewebe, das die Kontraktur verursachte, und befreite die traumatisierten Nerven und Sehnen. Nach mehreren Hauttransplantationen von Sondras Oberschenkel wurde die Hand in natürlicher Haltung geschient, damit nicht wieder Kontraktionen auftreten konnten.
Als das verpflanzte Gewebe an der linken Hand ganz geheilt war, ging Mickey die letzte Phase der Wiederherstellungsarbeit an – die Transplantation der Sehnen aus Sondras Zehen in die Finger. Das war im August geschehen. Danach waren die Hände wiederum drei Wochen lang ruhiggestellt worden. An diesem Nachmittag endlich sollten die Schienen abgenommen werden.
»Weiß Arnie davon?« fragte Mickey in Ruths Gedanken hinein.
»Daß ich in der Galerie war, meinst du? Ich weiß es nicht. Ich könnte mir denken, daß sie es ihm erzählt hat, aber er hat nicht ein Wort davon erwähnt, als er mich zum Flughafen fuhr.«
»Wie hat er reagiert, als du ihm sagtest, daß du hierher fliegen würdest?«
Ruth zuckte die Achseln. »Eigentlich überhaupt nicht. Er sagte nur, er würde sich um die Kinder kümmern, ich solle mir keine Sorgen machen.«
»Er fand es nicht merkwürdig? Daß du aus heiterem Himmel plötzlich verkündetest, du würdest am nächsten Tag nach Los Angeles fliegen?«
»Er hat sich jedenfalls nichts anmerken lassen.«
»Und was hast du gesagt, wie lange du bleiben würdest?«
»Ich hab' gar nichts gesagt. Und er hat nicht gefragt.«
Mickey sah zu den Möwen hinauf, die sich von den Luftströmungen tragen ließen. Ihr war traurig zumute. Das Wiedersehen der drei Freundinnen am vergangenen Morgen, als Ruth in einem Taxi vor dem Haus der Butlers in Beverly Hills vorgefahren war, war herzlich gewesen. Sie waren einander lachend und weinend in die Arme gefallen, hatten alle drei zu gleicher Zeit geredet, Erinnerungen getauscht, Neues berichtet, sich gegenseitig begutachtet und festgestellt, wie wenig oder wie sehr sie sich verändert hatten. Mickey hatte Ruth das letztemal sechs Jahre zuvor gesehen, als sie zur Behandlung ihrer Sterilität nach Seattle gekommen war; Ruth und Sondra hatten sich das letztemal bei Mickeys Hochzeit zwei Jahre früher gesehen.

Die ersten Stunden des Beisammenseins waren so ausgefüllt gewesen, daß Mickey erst nach einiger Zeit aufgefallen war, daß es Ruth offenbar nicht gut ging. Die Zeichen waren nur allzu vertraut: ruckhafte Bewegungen, zusammengekniffene Lippen, das Gesicht angespannt, die Stimme unnatürlich. Mickey hatte sich an die Zeiten erinnert gefühlt, wenn Ruth auf ein Examen gebüffelt oder auf die Bekanntgabe der Prüfungsergebnisse gewartet hatte. Ruth verbarg etwas; sie schauspielerte. Es war beinahe so, als hätte sie nur ihren Körper nach Los Angeles geschickt und wäre mit der Seele in Seattle geblieben.

In der vergangenen Nacht hatte Mickey, die im Nebenzimmer schlief, gehört, wie Ruth im Schlaf aufgeschrien hatte. Am Morgen hatte die Freundin ausgesehen, als hätte sie die ganze Nacht kein Auge zugetan.

Hier am Strand, nach Mickeys Frage, ob etwas nicht in Ordnung wäre, hatte Ruth endlich ihr Herz ausgeschüttet. Sie erzählte vom Tod ihres Vaters, dem wiederkehrenden, beängstigenden Traum, Arnies Verhältnis zu einer anderen Frau.

»Weißt du noch, Mickey, als ich unbedingt noch ein letztes Kind haben wollte?« murmelte Ruth. »Und Arnie mir daraufhin mit einer Vasotomie drohte? Es ist gut, daß wir kein Kind mehr bekommen haben. Es wäre jetzt fünf Jahre alt, und ich wäre wahrscheinlich total überfordert. Meine Kinder entfernen sich von mir. Die Mädchen sind Fremde. Ich kenne sie nicht mehr; sie sind so selbständig geworden. Rachel hat einen Freund, einen Punker. Sie kommt nachts nach Hause, wann sie will. Und die Zwillinge haben schon mehrmals Briefe von den Lehrern nach Hause gebracht. Ihre Einstellung ließe zu wünschen übrig. Ihre Noten werden immer schlechter. Leah ist nicht zu bändigen und macht in der Schule nur Schwierigkeiten. Ich verliere immer mehr die Kontrolle, Mickey. Mein Leben zerbricht. Mit meiner Kolumne fing es an; erst kam ich dauernd mit den Terminen unter Druck, und ehe ich's mich versah, war ich hoffnungslos hinterher. Dann hatte ich plötzlich viel mehr Patienten, als ich überhaupt behandeln konnte. Ich bekam Panik. Ich hatte meine Fähigkeit, mir Zeit zu schaffen, verloren. Wo hab' ich nur früher die Zeit hergenommen, alles unterzubringen? Wenn ich zurückblicke, kann ich es kaum glauben. In letzter Zeit ist schon das Aufstehen ein Kampf, und es kostet mich wahnsinnige Anstrengung, pünktlich in die Praxis zu kommen. Und wenn ich dann dort bin, sehe ich die viele Arbeit, die auf mich wartet, und denke nur: ich schaff' es nicht.«

Ruth hatte ein Gefühl, als läge in ihrem Magen eine kalte Metallfeder, die sich mit jeder Woge, die an den Strand schlug, straffer spannte. Was tat sie hier, an diesem Ort, an den sie nicht mehr gehörte? Der Strand hier,

das College oben auf den Felsen, selbst die kreischenden Möwen in der Luft erschienen ihr wie der reine Hohn; eine Erinnerung daran, was sie hätte sein können und was für eine Versagerin sie geworden war.
Am Morgen, als Sondra vorgeschlagen hatte, zum Campus hinauszufahren, hatte Ruth den Gedanken gut gefunden. Jetzt wünschte sie, sie wäre nicht mitgekommen. Selbst hier, am Rand des Ozeans, fühlte sie sich eingesperrt wie in einer Falle.
»Mein Gott, Mickey«, sagte sie, die Arme fest um die angezogenen Beine geschlungen, den Kopf auf den Knien, »was soll ich nur tun?«
Sondra war umgekehrt und gesellte sich wieder zu ihnen, als Ruth gerade sagte: »Ich war immer eine gute Diagnostikerin. Weißt du noch, als wir lernten mit dem Stethoskop umzugehen und ich bei Stan Katz ein Nebengeräusch am Herz entdeckte? Erinnerst du dich an Mandells Reaktion? Er war überzeugt, ich hätte bereits vorher jahrelange Erfahrungen gehabt. Anscheinend kann ich bei anderen ausgezeichnet diagnostizieren, nur bei mir selbst nicht. Ich habe nichts von der Krankheit gemerkt, die sich in mein Leben geschlichen hatte – eine kaputte Ehe, ein unglücklicher Ehemann, Töchter, die außer Rand und Band sind. Und ich weiß nicht, was ich tun soll.«
Sondra, die keine Vorstellung davon hatte, wie es war, wenn man nicht wußte, was man tun sollte, wandte den Blick von Ruths trostlosem Gesicht und hielt ihr Gesicht in den frischen Wind, der vom Meer her wehte. Sie schloß die Augen und sah auf der anderen Seite dieses riesigen Gewässers ein Ufer mit sonnenheißen Häusern und braunen Menschen. *Ihr* Ufer, das winkte und lockte wie schon vor Jahren – vor Kenia, vor dem Medizinstudium, vor der Entdeckung der Adoptionsunterlagen. Sondra hatte immer gewußt, was sie zu tun hatte.
Und sie wußte es auch jetzt. Sechs Monate waren vergangen, seit sie ihren Sohn das letztemal geküßt, seit sie an Derrys Grab gestanden hatte. Es war Zeit heimzukehren.
Aber noch nicht ganz. Noch nicht ganz. Erst mußte der körperliche Heilungsprozeß abgeschlossen sein; und erst mußte noch etwas zu Ende gebracht werden, was unerledigt geblieben war. An diesem Tag. Denn Sondra wußte, daß die drei Freundinnen nie wieder an diesem Ort zusammenkommen würden. Sie sah zu Ruth hinunter, deren Hände verkrampft waren, als wollten sie etwas festhalten, das nicht da war, und sagte: »Kommt, machen wir einen Spaziergang über den Campus.«
Sie halfen Sondra den steilen, stolprigen Felsweg hinauf.
»Puh!« stöhnte Ruth, als sie oben waren. »Ich bin vielleicht außer Form.«

Mickey lachte, während sie sich den Schmutz von den Händen wischte.
»Eine Supersportlerin warst du nie, Ruth.«
»Nein«, meinte Ruth. Und leiser fügte sie hinzu: »Nein, das war ich nie, nicht?«
Sie folgten den vertrauten Wegen und waren erstaunt, daß so vieles unverändert war. Doch das Haus, in dem sie gewohnt hatten, war verschwunden; luxuriöse Wohnblöcke säumten jetzt die Avenida Oriente. Das St. Catherine's schien aus allen Nähten geplatzt zu sein: Es hatte zahlreiche neue Anbauten und Parkplätze. Gilhooley's war nicht mehr da, und auch das kleine Kino nicht mehr, in dem Ruth mit einem Studenten aus dem vierten Jahr gesessen hatte, an dessen Namen sie sich nicht mehr erinnern konnte. Aber die Encinitas Hall, wo Mickey zum erstenmal Chris Novack begegnet war, stand noch. Sie gingen an der Tesoro Hall vorüber, in die gerade ein paar frühe Studenten mit ihren Koffern einzogen; an der Mariposa Hall, wo das Anatomielabor war; und kamen endlich zur Manzanitas Hall, wo sie schweigend stehenblieben.
Hier hatte es angefangen. Vor achtzehn Jahren.
Das Gebäude war nicht abgeschlossen. Drinnen war es kühl und still. Der Klang ihrer Schritte widerhallte auf dem blanken Boden, als sie langsam durch den Korridor gingen. Es war, als wären sie erst gestern von hier fortgegangen, oder als wäre die Zeit stehengeblieben. Ruth spürte, wie die Spannung in ihrem Inneren noch mehr anstieg. Sie merkte, daß sie diesen Ort haßte, daß er ihr bedrohlich erschien. Die Mauern schienen näher zusammenzurücken, als wollten sie sie einschließen.
Schließlich gelangten sie zur Aula.
»Sieh nach, ob offen ist«, sagte Sondra. »Kommt, gehen wir rein.«
Indirekte Beleuchtung tauchte den großen Hörsaal in ein weiches Licht. Acht gerundete Sitzreihen schwangen sich terrassenförmig in die Höhe. Unten war das leere Podium mit dem einsamen Lesepult.
»Die Einführung ist nächste Woche«, bemerkte Mickey. »Ich habe den Anschlag draußen gesehen. Nächste Woche um diese Zeit sitzen hier lauter ängstliche und hoffnungsvolle Neulinge – genau wie wir einmal.«
Sie ging langsam hinter der obersten Sitzreihe entlang – die Aula erschien ihr viel kleiner als damals – und blieb hinter dem Sitz stehen, den sie achtzehn Jahre zuvor an ihrem Tag am Castillo College eingenommen hatte.

»Wenn ich damals gewußt hätte, was ich heute weiß...«
Ruth stellte sich zu ihr. »Würdest du etwas anders machen?«
»Nein. Ich würde alles noch einmal genauso machen«, sagte Mickey ruhig, und Ruth empfand Neid.
Sondra stand in einem Seitengang. »Schaut mal«, rief sie und hob den geschienten Arm. »Da ist was Neues.«
An der ganzen Wand, stufenförmig angeordnet wie die Sitzreihen, hingen Gruppenfotos der verschiedenen Examensjahrgänge.
»Da sind wir bestimmt auch irgendwo dabei«, meinte Sondra, während sie langsam die Stufen hinunterging und dabei ein Foto nach dem anderen musterte.
Ruth und Mickey blieben schweigend stehen.
»Erinnerst du dich noch an die Einführungsrede von Dekan Hoskins?« fragte Ruth. »Wie wir daraufhin alle am liebsten sofort losgestürzt wären und die ganze Welt von Leid und Krankheit befreit hätten?« Ihr kurzes Lachen war voller Bitterkeit. »Ich war letzte Woche bei einer Patientin im Krankenhaus, die sich gerade im Fernsehen irgendeine Quizsendung anschaute. Eine der Fragen war: Können sie die vier Götter nennen, die im hippokratischen Eid erwähnt werden? Der Kandidat konnte es nicht. Daraufhin sah die Patientin mich an und sagte: ›Aber Sie wissen bestimmt, wie sie heißen, nicht?‹ Und soll ich dir was sagen, Mickey? Ich konnte mich nicht erinnern.«
Mickey runzelte die Stirn. »War einer von ihnen nicht Apollo?«
Ruth blickte zum Pult hinunter und stellte sich Dekan Hoskins vor, wie er dort gestanden hatte. Es war eine gute Erinnerung; eine, an der man festhalten mußte. Sie löste die Spannung, die ihren Magen umkrallt hielt.
»Das waren Zeiten. Kannst du dich noch erinnern, wie Mandell uns am Ende des Praktikums reinlegte?«
»Nein«, antwortete Mickey, den Blick achtsam auf Sondra gerichtet, die langsam eine Stufe nach der anderen hinunterging und dabei die Fotos betrachtete.
»Was? Das weißt du nicht mehr?« Ruths Stimme war zu laut. Sie fing sich in schrillem Echo in der Kuppel der Aula. »Das war doch der Test mit dem Augenspiegel. Das mußt du doch noch wissen, Mickey. Du warst so aufgeregt, daß deine Hände wie verrückt gezittert haben.«
Mickey schüttelte den Kopf. Sie erinnerte sich sehr gut an jene Zeit, aber sie zog es vor, sie nicht zurückzurufen. Das waren die Tage gewesen, als sie wegen ihres Feuermals noch Qualen gelitten hatte und jeder nähere Kontakt mit einem Patienten ihr Angst gemacht hatte. Und wie sarka-

stisch Mandell gewesen war! Sie solle sich doch eine weniger ›hinderliche‹ Frisur zulegen, hatte er gesagt.
Ruths Stimme, als sie weitersprach, klang künstlich und laut, als sei sie bemüht, andere Geräusche zu übertönen. »Wir mußten uns alle um das Bett eines alten Mannes stellen, und er sagte, der Patient hätte ein Papillenödem. Jeder von uns mußte sein rechtes Auge mit dem Augenspiegel untersuchen. Ich weiß das noch so gut, weil ich die letzte war, und alle vor mir sagten, sie hätten das Ödem am Augapfel des Mannes ganz deutlich gesehen. Als ich an die Reihe kam, konnte ich absolut nichts entdecken. Ich schaute und schaute, aber ich sah nichts. Ich weiß noch, was für eine Angst ich hatte. Ich konnte es mir nicht leisten, beim Studentenpraktikum durchzufallen. Das hätte mich unheimlich zurückgeworfen. Deshalb behauptete ich, als ich mich wieder aufrichtete, genau wie alle anderen, daß ich das Ödem gesehen hätte. Daraufhin machte Mandell uns alle zur Minna, weil wir in ein Glasauge geschaut hatten.«
Mickey drehte den Kopf und starrte Ruth an. Die vertrauten Anzeichen der Erregung an Ruth wurden immer ausgeprägter – die kurzen, abgehackten Kopfdrehungen, die abgerissenen Worte, die flatternden Hände. Mickey war beunruhigt.
»Herrliche Zeiten«, sagte Ruth. »Einfach und unkompliziert. Das einzige, worum wir uns zu sorgen brauchten, waren unsere Noten. Und die Zeit verging so schnell. Ich weiß noch, wie ich bei Hoskins' Einführungsrede dachte, Du lieber Gott, *vier* Jahre! Es erschien mir wie eine Ewigkeit. Jetzt kommt's mir vor, als wären sie im Nu vergangen. Wo sind die Jahre geblieben?« Sie sah Mickey verwirrt an. »Wo sind sie geblieben?«
»Huhu!« rief Sondra, die inzwischen unten auf der dritten Stufe angelangt war. »Hier sind wir.«
Sie drehte abrupt den Körper, um zu den Freundinnen hinaufzuschauen und schwang dabei gleichzeitig den geschienten Arm zu der Fotografie an der Wand. Im selben Moment verlor sie das Gleichgewicht und stürzte rückwärts die Stufen hinunter.
Mickey rannte sofort los. Ruth folgte ihr. Als sie Sonda erreichten, hatte die sich schon auf die Knie hochgerappelt und schimpfte mit schmerzverzerrtem Gesicht auf ihre eigene Dummheit.
Mickey und Ruth halfen ihr auf einen Sitz am Ende der Reihe.
»Manchmal vergeß' ich es einfach«, sagte Sondra. »Ich vergesse, daß meine Arme geschient sind, und versuche, sie ganz normal zu gebrauchen. Ich glaube, ich bin nicht mehr die Treppe runtergeflogen seit ich in der Grundschule war.«
Während Mickey vor Sondra niederkniete, um ihre Arme zu untersu-

chen, trat Ruth einen Schritt zurück und starrte mit undurchschaubarem Blick auf die Freundinnen hinunter.

»Wo tut's weh?« fragte Mickey.

»Aua! Hier. Die Schiene bohrt sich genau in mein Fleisch.«

Mickey versuchte, den Arm zu bewegen, und Sondra schrie auf.

»Du mußt dich am Stuhl angeschlagen haben, als du gestürzt bist. Die Schiene ist ganz verbogen.«

Wieder schrie Sondra auf, fing aber zu Ruths Erstaunen gleich darauf zu lachen an.

»So was Dummes kann nur mir passieren. Na, wenigstens ist es der letzte Tag. Tu sie doch gleich runter, Mickey. Es tut wirklich ekelhaft weh.«

»Okay. Heute nachmittag hätten wir sie ja sowieso abgenommen.«

Während Mickey mit Vorsicht und Behutsamkeit daran ging, Sondras Arm aus seinem Metallgefängnis zu befreien, und dabei die Stelle inspizierte, wo die Schiene sich ins Fleisch gebohrt hatte, blieb Ruth stocksteif hinter ihnen stehen, die Lippen zu einer schmalen Linie zusammengepreßt.

Die kühle Luft auf der bloßen Haut tat Sondra gut. Sie fühlte sich ganz leicht.

»Wie fühlt sich's an?« fragte Mickey.

»Als hätte man mich endlich aus der Einzelhaft entlassen. Die Dinger machten mir richtig Platzangst.«

Mickey schaute auf die schmale Hand, die leblos in Sondras Schoß lag. Eine schöne Hand, dachte sie, trotz der feinen Narben und der hellen Flecke, die durch die Transplantationen entstanden waren. Eine Hand, mit der Mickey aufs innigste vertraut war, die sie neu geschaffen, dem Auge wieder gefällig gemacht hatte. Das krönende Ergebnis nicht fünfmonatiger Arbeit, sondern achtzehnjährigen Medizinstudiums. Mickey verspürte plötzlich Stolz, das erwärmende Gefühl, etwas geleistet zu haben. Dies war der Sinn ihres Lebens. Wenn jetzt nur...«

»Was hast du für ein Gefühl?« fragte sie. »Willst du versuchen, sie zu bewegen?«

Sondra blickte auf die reglose Hand hinunter und empfand plötzlich eine Furcht, die ihr ganz neu war. Sieben Monate lang hatte sie gewußt, daß dieser Augenblick kommen würde. Aber jetzt, wo er da war, hatte sie unerklärlicherweise Angst.

»Kannst du die Finger bewegen?« fragte Mickey leise.

»Ich weiß nicht. Es ist so lange her, seit ich meine Finger das letztemal bewegt habe, daß ich gar nicht mehr weiß, wie das geht.« Sondra lachte zitternd.

»Verdammt noch mal, was ist eigentlich mit dir los?« schrie Ruth.
Sondra und Mickey fuhren erschrocken herum. Ruths Gesicht war leichenblaß, die Augen groß und dunkel. Die Arme hingen ihr starr an den Seiten herab, die zu Fäusten geballten Hände zitterten.
»Wie kannst du nur lachen?« rief sie. »Wie kannst du darüber lachen? Mein Gott, du tust geradeso, als wäre das gar nichts. Ich versteh' dich nicht, Sondra. Wie kannst du diese gemeine Grausamkeit, die dir widerfahren ist, so ruhig hinnehmen?«
»Ruth«, flüsterte Mickey bestürzt.
Die dunklen Augen voller Schmerz und Verwirrung füllten sich mit Tränen. Die Stimme zitterte.
»Du hast deinen Mann verloren, Sondra. Weißt du das nicht? Du hast ihn verloren. Er kommt nie, nie zurück. Wie kannst du hier sitzen und lachen und darüber scherzen, was aus deinem Leben geworden ist?«
Ruth schlug die Hände vor ihr Gesicht und fing an zu schluchzen.
Mickey, die Ruth nie zuvor hatte weinen sehen, starrte sie einen Moment lang verblüfft an, dann sprang sie auf und legte ihr die Hand auf die Schulter. Aber Ruth wich zurück. Sie riß die Hände vom tränennassen Gesicht. Es war wutverzerrt.
»Und du bist genauso verrückt wie sie! Wie kannst du so gottergeben und gelassen sein? Du hast nie gekriegt, was du wolltest. Du hast das Kind nie bekommen, das du dir gewünscht hast. Wie könnt ihr beide das nur alles so hinnehmen? Das Leben ist pervers!«
Als Ruth sich umdrehte, um die Treppe hinaufzulaufen, packte Mickey sie beim Arm und hielt sie fest. Einen Moment lang trafen sich ihre Blicke in stummem Kampf, dann brach Ruth völlig zusammen. Ihr ganzer Körper wurde schlaff, sie fing an zu zittern, ihr Gesicht verzog sich zum Weinen. Einen Augenblick später lag sie schluchzend in Mickeys Armen.
So standen sie eine Weile, während Ruth alles herausließ: das Gift, die Wut, die Bitterkeit und die tiefe Niedergeschlagenheit, die sich in ihr angestaut hatten.
»Ich will ihn nicht verlieren«, rief sie schluchzend. »Ich liebe Arnie und ich weiß nicht, wie ich ihn halten soll.«
Mickey zog Ruth mit sich hinunter auf die Stufe und legte ihr den Arm um die Schultern.
»Rede mit ihm, Ruth. Du hast ihn noch nicht verloren. Arnie ist ein feiner Mensch. Er wird dir zuhören.«
Ruth kramte ein Taschentuch aus ihrer Handtasche, schneuzte sich und schüttelte den Kopf.

»Ich hab' solche Angst. Nie im Leben hab' ich solche Angst gehabt. Ich hab' das Gefühl, als hätte man mir plötzlich den Boden unter den Füßen weggezogen und ich treibe im luftleeren Raum.« Ihre Stimme wurde leise, als sich die Spannung löste. »Es tut mir leid, daß ich so wild geworden bin. Ich hab' das nicht so gemeint, was ich gesagt habe. Ich bin nur so durcheinander.«

»Ist ja nicht schlimm«, meinte Mickey.

»Ich weiß nicht, wie du das schaffst, Sondra. Woher nimmst du den Mut?« Ruth sah sie aus geschwollenen Augen an. »Was ist, wenn deine Hände nicht mehr werden? Wenn alles umsonst war?«

Sondra sah sie einen Moment stumm an, dann schaute sie auf ihre leblose Hand.

»Ach, die werden schon wieder.«

»Woher willst du das wissen?«

»Weil – weil ich in dieser hier Leben spüre.«

»Leben? Was denn für Leben? In so einer Hand! Sie wird immer nur ein ungeschicktes, unkoordiniertes Werkzeug bleiben, bestenfalls zur Ausführung der simpelsten Funktionen gut. Wie willst du mit diesen Händen wieder als Ärztin arbeiten? Wie willst du eine Naht legen, wie willst du einen Puls fühlen?«

Sondra sah Ruth mit ruhigem Blick an. »Ich lerne eben alles noch einmal neu, wenn es nicht anders geht.«

»Noch einmal neu? Du willst in deinem Alter noch einmal ganz von vorn anfangen?«

Ruth stand auf. Sie sah sich um, unsicher, nicht fähig, auch nur einen Schritt zu tun. Sie lehnte sich an die Wand, ohne zu merken, daß sie unter einem Bild stand, das sie selber zeigte, wie sie vor Jahren gewesen war – frisch, zuversichtlich, lachend.

»Woher nimmst du die Kraft und den Mut für ein solches Ziel? Du mußt dir doch mit jedem neuen Tag sagen, daß du vielleicht dein Leben lang verkrüppelt bleiben, immer auf die Hilfe anderer angewiesen sein wirst? Wie kannst du weiterleben nach dem, was dir passiert ist? Nachdem du zusehen mußtest, wie dein Mann auf schreckliche Weise ums Leben kam; nachdem du dein ungeborenes Kind verloren hattest. Jetzt, wo du dieses – diese –« Ruth konnte nicht weiter. Sie wies auf Sondras Hände.

»Ich habe zu mir selber gefunden, Ruth«, antwortete Sondra ruhig.

Ruth begann wieder zu weinen. Sie wandte sich ab und starrte auf das Lesepult, an dem vor Jahren Dekan Hoskins gestanden und ihr das Gefühl gegeben hatte, ihr Leben habe einen Sinn.

»Ich wollte, ich könnte mit meinem Vater abschließen«, sagte sie mit bebenden Lippen. »Mein ganzes Leben hat sich nur an ihm orientiert. Mich gab es immer nur im Verhältnis zu meinem Vater; ohne ihn hatte ich keine Bedeutung. Ich lebte nur für ihn, um ihm zu gefallen, um seine Anerkennung zu erringen. Als er starb, starb mit ihm der Sinn meines Lebens. Das ist die Bedeutung des Traums. Ohne meinen Vater habe ich keine Identität.« Sie drehte sich wieder nach Sondra und Mickey um. »Ich wußte von Anfang an, ich wußte immer, daß ich es niemals schaffen würde, ihm zu gefallen, aber ich wußte auch, daß ich niemals aufhören würde, es zu versuchen. Das hat mich am Leben erhalten. Das hat mich getrieben. *Ich* bin die Perverse. Mein ganzes Leben mit Arnie war nichts als Fassade; ich habe im Grunde niemals einen Gedanken daran verschwendet. Aber jetzt –« Sie drückte eine Hand auf den Mund. »Ich will ihn nicht verlieren.«

Mickey stand wieder auf und führte Ruth zu einem Stuhl.

»Ich wollte, ich könnte aufhören zu heulen«, schimpfte Ruth in ihr Taschentuch.

»Laß es doch ruhig kommen«, sagte Mickey. »Wein' dir das alles von der Seele. Wenn das Gift weg ist, kann die Heilung beginnen.«

Ruth weinte noch eine Weile, dann wischte sie sich die Augen und sagte leise: »Ich weiß nicht, wie ich da noch was retten soll. Ich weiß nicht einmal, ob ich die Kraft dazu habe.« Sie tupfte sich ein letztesmal das Gesicht mit dem Taschentuch, dann straffte sie die Schultern und holte tief Atem. »Es ist alles kaputt. Das ganze Haus ist eingestürzt. Ich müßte mit dem Aufbau ganz von vorn anfangen.«

Sie schwieg und sah zu Sondra hin, die in tiefer Konzentration auf ihre Hand starrte. Mickey, der plötzlich bewußt wurde, wie still es geworden war, drehte sich jetzt ebenfalls nach Sondra um. Unverwandt waren die lichtbraunen Augen auf die Hand gerichtet; es war, als wollten sie ihr eine Botschaft schicken. Sondra versuchte offenbar, die Hand zu heben.

Mickey wollte etwas sagen und schluckte es hinunter. Sie wußte, daß dies der entscheidende Moment war, die Wende. Und auch Ruth, gleichermaßen gebannt von Sondras gespannter Konzentration, sagte kein Wort, sondern blickte nur auf Sondras Hand.

Erst war es nur ein Zittern, ein leichtes Zucken, dann sprang der kleine Finger hoch und neigte sich, die Handfläche zu berühren. Dann krümmte sich der Ringfinger, der Mittel- und der Zeigefinger folgten und zum Schluß kam der Daumen; die Finger schlossen sich wie die Blätter einer Blüte sich am Abend schließen. Und dann öffneten sie sich wieder, einer nach dem anderen, breiteten sich aus wie Sonnenstrahlen. Sondra sah lächelnd zu den Freundinnen auf.

Mickey war einen Moment sprachlos, dann schrie sie auf und griff nach Sondras Hand.

»Sie funktioniert!« rief sie mit Tränen in den Augen. »Sondra, deine Hand funktioniert.«

Sondra fing an zu lachen, und Mickey mit ihr, während Ruth wie gebannt stand. Ein zweitesmal begann Sondra ihre Finger zu beugen, die Hand zur Faust zu ballen, um sie dann langsam wieder zu öffnen. Ihr Gelächter wurde ausgelassener und mischte sich oben in der Kuppel mit dem Mikkeys.

Wieder und wieder krümmte sie ihre Finger und streckte sie wieder aus, lachte dabei so selig, daß ihr die Tränen kamen. Bilder zogen plötzlich an Sondras Augen vorbei: die kleine ländliche Siedlung der Uhuru Missionsstation, die Hütte, die sie mit Derry geteilt hatte, das lachende Gesicht Roddys und, aus weiter Ferne, das Gesicht eines Jungen namens Ouko, der jetzt ein Mann war. Afrika wartete. Sie mußte fort von hier. Bald.

Mickey sah andere Bilder. In Sondras Fingern sah sie die Finger künftiger Patienten, Opfer von Unfall, Krankheit oder Geburtsfehlern, die ohne Hoffnung zu ihr kamen und gesund und voller Lebensmut wieder gingen.

Ruth, die aufgestanden war, ging ein paar Schritte von ihren Freundinnen weg. Sie beneidete sie. Dies war *ihr* Moment, ihr Sieg. Sie, Ruth, hatte keinerlei Anteil daran. Zwei mutige Frauen hatten dieses Wunder gewirkt; sie beneidete sie um ihre Innigkeit.

Ruth hatte auf einmal das Gefühl, in einen Rauschzustand zu geraten, ihr wurde so leicht und beschwingt, als fiele eine ungeheure Last von ihr ab. Und gleichzeitig spürte sie, wie etwas Neues wuchs, so kräftig wie ein kleiner Winterkrokus, etwas Neues, das dennoch alt und wunderbar vertraut war.

Sie hatte geglaubt, es wäre gestorben, mit ihrem Vater gestorben, weil sie immer geglaubt hatte, es wäre ihr von ihrem Vater gegeben: ihr alter Kampfgeist, ihre alte mutige Entschlossenheit und Wehrhaftigkeit. Ruth hatte immer geglaubt, ihre Stärke käme einzig von außen, sie selber besäße nichts Starkes, nichts Mutiges in ihrem Innersten. Doch hier waren Mut und Stärke und erfüllten Ruth wie das blendende Licht einer neuen Sonne. Sie war so überwältigt, daß sie sich an die Mauer stützen mußte. Und plötzlich dachte sie: Ich werde um ihn kämpfen. Ich werde Arnie zurückholen, und wenn ich ganz zurückgehen und ganz von vorn anfangen muß. Ich schulde ihm und meinen Kindern und mir selber vierzehn Jahre. Ich habe an uns allen vierzehn Jahre wiedergutzumachen.

Sie sah Sondra und Mickey nicht mehr abgetrennt von sich; sie fühlte sich ihnen zugehörig. Dieser Augenblick gehörte ihnen allen dreien.

Als sie einige Minuten später an der Glastür der Mazanits Hall standen, nahm Mickey ihre Tasche von der Schulter und sagte zu Sondra: »Ehe wir gehen, möchte ich dir noch etwas geben.«

Sie nahm ein weißes Kästchen aus ihrer Tasche. Darin lag der türkisfarbene Stein, den Ruth ihr sechs Jahre zuvor geschenkt hatte, leuchtend blau und voller Verheißung.

»Er bringt Glück«, sagte sie, als sie Sondra den Stein in die Hand legte. »Du bekommst ihn von uns beiden. Keiner von uns hat das Glück genommen, das in ihm steckt. Du bekommst also die doppelte Dosis.«

Ruth stieß die Glastür auf. Ein warmer Wind, der nach frischem Gras und dem Salz des Ozeans roch, wehte ihnen entgegen.

»Wißt ihr«, sagte Sondra, ins Freie tretend, »die Kikuyu haben ein Sprichwort: *Gutiri muthenya ukeag a ta ungi.* Das heißt: Kein Tag geht wie der andere auf. Ich habe das Gefühl, daß dies für uns alle drei ein ganz besonderer Tag ist.«

Ruth dachte: Als wir drei uns begegneten, standen wir ganz am Anfang. Bald werden wir uns wieder trennen, vielleicht für immer, und doch ist es, als stünden wir wieder an einem Anfang.

Laut sagte sie: »Nach dir«, und hielt Mickey die Tür. Dann gingen sie alle drei in den hellen Tag hinaus.

Barbara Wood
Das Haus der Harmonie
Roman
Aus dem Amerikanischen von Verena C. Harksen
Band 16570

Charlotte Lee, Tochter einer chinesischen Familie, ist Inhaberin und Geschäftsführerin von »Harmonie Biotech« in Palm Springs, wo nach traditionellen chinesischen Rezepten pflanzliche Medizin mit modernster Technologie hergestellt wird. Charlotte, die den Konzern von ihrer Großmutter übernommen hat, muss sich unerwartet der Anschuldigung stellen, drei Menschen seien durch ihre Produkte zu Tode gekommen. Als sie bei einem Unwetter mit dem Auto unterwegs ist, entgeht sie nur knapp einem tödlichen Unfall. Auch Charlottes Freunde werden in mysteriöse Zwischenfälle verwickelt. Schließlich wird sie von einem Unbekannten über das Internet aufgefordert, innerhalb von zwölf Stunden ein öffentliches Schuldbekenntnis im Namen von »Harmonie Biotech« abzulegen. Doch plötzlich taucht Jonathan, Charlottes Jugendliebe, auf und hilft ihr, die Verschwörung aufzudecken.

Fischer Taschenbuch Verlag

Barbara Wood
Himmelsfeuer
Roman
Aus dem Amerikanischen von
Veronika Cordes und Susanne Dickerhof-Kranz
Band 16571

In einer Höhle entdeckt die junge Archäologin Erica uralte indianische Wandmalereien und die Mumie einer Frau. Sie will und muss das Geheimnis ihres Volkes entschlüsseln. Aber sie muss um diese Ausgrabung kämpfen: gegen ihren alten Widersacher Jared Black, der die Rechte der Indianer Südkaliforniens vertritt und verlangt, dass die Schätze der Höhle ihren Nachkommen übergeben werden. Doch dann wird ein Anschlag auf Erica verübt, bei dem ausgerechnet Jared sie rettet. Kann sie ihm vertrauen, um die Rätsel der Vergangenheit und der Gegenwart gemeinsam mit ihm zu lösen? Mitreißend verbindet Bestsellerautorin Barbara Wood das Schicksal einer jungen Frau mit der abenteuerlichen Geschichte von Los Angeles – von der Goldgräberzeit bis heute.

»Eine Story voll Liebe, Betrug, Familiendrama und der ewigen Suche nach dem Glück.«
Journal für die Frau

Fischer Taschenbuch Verlag

Barbara Wood
Die Prophetin
Roman
Aus dem Amerikanischen
von Manfred Ohl und Hans Sartorius
Band 16573

Der große Jahrtausendwende-Roman von Barbara Wood. Im Jahre 1999 entdeckt die junge Archäologin Catherine Alexander Schriftrollen aus der Zeit des frühen Christentums. Auf der ganzen Welt steigt das »Jahrtausendfieber«. Die Menschen stürzen sich auf die Aussagen und Prophezeiungen der Schriftrollen über das ewige Leben und das Letzte Gericht. Aus ganz anderen Gründen hat der Vatikan die Brisanz dieser Schriftrollen erkannt: Die Texte geben Grund für erhebliche Zweifel an der Stellung des Papstes und der ausschließlich männlichen Priesterschaft. Mit der Jagd von Catherine auf die letzte noch fehlende Schriftrolle beginnt gleichfalls die Jagd auf sie und ihren Beschützer Pater Michael Garibaldi.

Fischer Taschenbuch Verlag

Barbara Wood
Rote Sonne, schwarzes Land
Roman
Aus dem Amerikanischen
von Manfred Ohl und Hans Sartorius
Band 16574

1917: Dr. Grace Treverton erreicht Kenia, das schwarze Land, entschlossen, den Eingeborenen die Segnungen der modernen Medizin zu bringen. Ihr Bruder, Lord Valentine, träumt seinen eigenen Traum von der Zukunft dieses britischen Protektorats: ein landwirtschaftliches Imperium, größer als jedes in der alten Heimat. 1944: Die Träume der weißen Siedler zerplatzen unter der roten Sonne an jener afrikanischen Großfamilie, die das Land seit Generationen bewohnt. Wachera, die angesehene und gefürchtete Medizinfrau, ist zum Kampf um die Erhaltung eingeborener Traditionen bereit. Ihr alter Fluch scheint in Erfüllung zu gehen und bringt alles in Gefahr, was die weißen Siedler sich erträumten. Der Widerstand gegen die Trevertons wird revolutionär. 1963: Deborah, die letzte Treverton, flieht aus einem brennenden Land. Jahre später wird sie nach Kenia zurückgerufen um sich ihrer Identität zu stellen. Erneut trifft sie auf die Gegenspieler aller Treverton-Generationen. Und sie muss eine Antwort finden auf die Frage: »Ist Afrika meine Heimat?«

Fischer Taschenbuch Verlag

Barbara Wood
Traumzeit
Roman
Aus dem Amerikanischen
von Manfred Ohl und Hans Sartorius
Band 16569

Als Joanna Drury 1871 in Melbourne von Bord ihres Schiffes aus England geht, ahnt sie noch nicht, was ihr in Australien bevorsteht und in welcher Weise sich ihr Schicksal hier erfüllen wird. Vierzig Jahre zuvor waren ihre Großeltern in Australien gelandet, ein junges Missionarsehepaar, das, auf der Suche nach dem wahren Garten Eden, im Landesinneren mit den Aborigines leben wollte. Vier Jahre später gab es keine Spur mehr von ihnen. Nur ihre kleine Tochter tauchte als verstörtes Kind, versehen mit wenigen geheimnisvollen Habseligkeiten, wieder an der Küste auf und wurde zurück nach England gebracht. Sie war die Mutter von Joanna, die nun den langen Weg zurückgeht. Es wird viele Jahre dauern und viele unverhoffte Wendungen geben, bis Joanna auf ihrem eigenen Traumpfad bis in das unerforschte Herz des Fünften Kontinents vorstößt.

Fischer Taschenbuch Verlag